KB134432

에피파니 필로스 후마니타스
Epiphany Philos Humanitas

최인훈

오디세우스의 항해

방민호 책임편집

일러두기

- 단행본은 『 』, 전집과 잡지, 신문명 등은 《 》, 논문, 강연, 영화 등은 「 」로 표기하였습니다.
- 장편소설은 『 』, 중편소설, 단편소설, 연작소설은 「 」로 표기하는 것을 원칙으로 하였습니다.
- 인용문과 인용귀에 쓰인 〈 〉, 「 」, " ", ' ' 등의 기호는 인용된 원문의 기호 체계를 반영하였습니다.
- 작가가 다른 동명 작품을 함께 언급할 때는 ' '로 표기하였습니다.

에피파니Epiphany는
책의 영원성'과 '정신의 불멸성'에 대한 오래된 새로운 믿음을 갖습니다

에피파니 필로스 후마니타스
Epiphany Philos Humanitas

최인훈

오디세우스의 항해

방민호 책임편집

에피파니

책 머리에

문학사의 한 시대가 저물어 가고 있다

이 책을 펴내며

문학사의 한 시대가 저물어 가고 있다. 거인들이 숨 쉬던 시대, 한반도와 한국어와 한국인의 삶을 총체적으로 사유하고자 했던 영웅들의 시대가 우리 곁에서 멀어져 가고 있다.

불행이 불행한 의식만을 낳는 것은 아니리라. 그들은 불행의 어둠의 한복판에서 났으되 이 현실의 불행을 정신의 넓고 깊은 바다에 녹여낼 수 있었던 풍요로운 영혼의 소유자들이었다. 그들은, 바다 건너 근대를 우리보다 먼저 배운 세력에 주권을 빼앗겼던 시대에 나서 학교에 다닐 때쯤 비로소 해방이 된 나라의 '자유민'이 되었다. 주어진 것 같은 자유의 의미를 묻고 그것을 진정한 자신의 자유로 비상시켜 나가는 일은 쉽지 않았다.

해방이 되자마자 한반도는 남과 북으로 나뉘어 그들 중 누군가는 '북조선인민민주주의공화국'의 신민으로 자라나야 했다. 누군가는 대일협력의 어두운 과거를 지닌 사람들이 시치미를 떼고 통치하는 대한민국의 부조리에 눈떠야 했다. 그 어느 쪽도 이상이 될 수 없는 반쪽의 자유 속에서 그들은 동족끼리 피를 흘리며 싸운 전쟁을 치러야 했다. 병사가 되지 않았더라도 적을 향해 총구를 겨눈 병사들의 부채의식을 나누어 짊어진 청년이 되어야 했다. 그들은 고통과 고뇌 속에서 한국 문학의 정신의 밭을 일군 사람들이었다.

그들이 누구냐? 여기서 필자는 1934년생 최인훈과 1936년생 김윤식을 떠올린다. 1934년생 이어령, 1935년생 유종호, 1937년생 김우창을, 그리고 1938년생 김병익과 백낙청을 함께 생각한다. 그리고 그들과 함께 고뇌하며 힘겨운 시대의 격랑을 헤쳐 나온 많은 이들이 있다.

최인훈. 그는 이 이름들의 대명사이기도 하다.

최인훈은 함경북도 회령에서 났다. 한일합방을 눈앞에 두고 하동 평사리를 떠나 용정으로 떠난 『토지』의 최서희. 그녀가 1911년 대화재로 불타버린 용정 집을 새로 짓기 위해 목재를 구하러 사람을 보낸 곳이 바로 회령이다. 최인훈의 부친은 겨울이면 꽁꽁 얼어붙은 두만강 줄기로 목재를 실어나르던, 만주, 간도, 용정, 국자가로 연결되는 그 회령의 목재상이었다. 왜 『광장』에 만주가 등장하는가? 그것은 어린 최인훈의 뇌리에 한반도의 경계를 넘어 대륙으로 펼쳐진 삶의 기억이 얼음처럼 박혀 있었기 때문이다.

마침내 해방이 되었다. 모든 빛은 누군가에게는 온통 빛살뿐이었을지 모른다. 어떤 이들에게는 빛은 그늘도, 시련도 함께 가져오게 마련이다. 구원으로 가는 길이 추방이 되고 추방이 곧 해방이 되는 아이러니처럼 어린 최인훈의 식구들은 신생 북반부 공화국의 핍박 받는 계급이 되어 원산으로 쫓겨 간다. 이 원산, W시의 기억이 없었다면 어떻게 최인훈 문학이 탄생할 수 있었으랴. 8·15 해방에서 6·25 전쟁 속 원산철수까지 5년여에 이르는 사회주의 체험이 없이, 어찌 그의 『광장』과 『회색인』, 『서유기』와 『화두』가 탄생할 수 있었으랴. 공부 잘하는 모범생이 계급적 비판의 대상으로 전락해야 하는 고뇌 속에서, 원산 땅을 '불꽃놀이'로 수놓은 원산폭격의 기억, 누군가의 죽음이 자기에게는 삶의 길이 되는 참극 속에서, 미군 수송선을 타고 원산에서 부산으로 탈출하던 난파의 경험 없이, 어떻게 그의 고뇌가 탄생할 수 있었으랴.

이 거인이 지금 이 지상에서 마지막 숨을 모아 쉬고 있다. 일산 명지병원이, 회령에서 원산으로, 부산으로, 목포로, 서울 청파동으로, 불광동과 갈현동으로, 미국으로, 그리고 일산 화정으로 긴 궤적을 그리며 숱한 문제작을 창조해온 그의 마지막 정차역이다. 『화두』에서 그는 난민이 되어 원산에서 부산으로 내려올 수밖에 없었던 자신의 생애를 이야기하면서, 자신은 한 번도 정주민으로 살아본 적이 없었노라고 했다. 대한민국이라는 이 반도의 나라는 해방 이후, 아니 이 나라의 사람들이 이른바 근대의 여명에 눈 뜬 이래 한 번도 안정과 안식을 얻어 본 적이 없었다. 최인훈이라는 인물은 이 한바다 위 '난파선'에서 정박할 곳 찾아, 물결에 떠밀리면서도 방향타를 잡으려 안간힘을 써온 처참한, 고독한 항해사였다. 그에게는 '사랑'이 이 세계의 제도와 기구의 운영 원리가 될 수 있는, 유토피아적 미래를 설계하기 위한 '시간'이 필요했다. 타인들이 임박한 혁명을 위해 싸울 때 그는 자신이 꿈꾸는 완전한 혁명을 위해 자신을 고독한 삶 속에 밀어 넣고 마치 실험실의 인간처럼 미래를 꿈꾸었다.

세 번 명지병원 침상에 누운 선생을 찾아뵈었다. 마지막으로 선생을 뵈었을 때 『화두』가 나올 때 무척 애쓰신 이남호 교수, 선생을 아버지처럼 따른 이나미 작가와 이진명 시인, 그리고 필자와 박광성 선배 등이 같이 있었다. 그때 선생은 앞서 두 번 찾아뵈었을 때보다 훨씬 힘이 있는 목소리로 많은 말씀을 하셨다. 그때 선생은 당신이 겪어온 이 나라, 한반도의 '근대'라는 것에 관한 '오디세우스의 항해' 이야기를 하셨다. 필자는 그것을 일종의 문학적 유언처럼, 그 자신이 평생에 걸쳐 추구해온 문학의 내용과 방향을 옹호하기 위한 최후의 변론처럼 받아들여야 했다.

루시앙 골드만은 『숨은 신』을 통하여 파스칼의 고독한 신에의 추구를, 그 장세니즘을, 그가 살았던 시대 현실의 고민으로 읽어내려 했다. 그렇다면 정호웅에서 필자와 조서연에 이르는 공부하는 사람들이 엮은 이 책은 최인훈이라는 한 인간의 문학을, 그가 온몸으로 맞닥뜨린 한국적인, 동시에 세계사적인 '근현대'의 문제로서 사유하고자 하는 뜻을 담고 있다고 말할 수 있다. 『서유기』에서 최인훈은 그 처참한 원산폭격 현장에서 살아남은 자의 부끄러움을 말했다. 『화두』에서 최인훈은 아메리카에서 러시아로 나아가는 긴 여정을 통하여 인류사의 근현대란 도대체 어떤 의미를 담고 있는지 따져 묻고자 했다. 그의 많은 희곡 작품들은 문학의 보편성과 고유성이 어떻게 충돌하고 또 서로에게 스며드는지 실험해 보인 것이었다. 그는 한반도의 북쪽 끝이라는 변경에서 출생하였으나 한반도와 아시아와 세계 전체를 하나로 엮어 사유하고, 그 존재를 다시 생명과 우주의 궁극 속에서 정위시키고자 한 위대한 거인이었다. 우리는 이 책을 통하여 그 거인의 영혼의 지도를 읽어내고 싶었다. 또한 그를 통하여 이 시대와 현실의 고민의 지형도를 읽어내고자 했다.

남과 북의 정상이 만나고 북과 미의 정상이 싱가포르를 찾고 머뭇거리는 종전을 향해 남이 중재자를 자처하고 나서는 오늘 우리는 다시 저 1945년 8월 15일로부터 1953년 7월 27일에 이르는 해방 후 8년사로 되돌아가지 않을 수 없다. 해방 후 한국의 현대사는 이 8년간과 그 이후의 시대로 나뉘어 있기 때문이다. 최인훈의 『광장』이 다시 우리에게 되돌아오고 있다. 우리는 단순히 과거로 되돌아갈 수 없으나 새로운 차원에서 나뉘기 이전의 '하나'를 꿈꾸어야 하기 때문이다. 이 하나를 직접 경험한 최후의 세대의, 영웅들이, 최인훈과 함께, 그들과는 '말'과 '감각'과 '감정'이 다른 젊은 세대, 젊은 세대의 젊은 세대를 향해 당신들의 인생이 담긴 무겁고도 그윽한 손을 내밀고 있다. 우리는 이 손을 마주잡아야 한다. 그들이 곧 우리들이기 때문이다.

본래 이 책을 구상하기로는 벌써 4년이나 되었다. 그때 필자는 생각했다. 오늘의 한국 문학, 해방 이후 오늘날까지 한국의 현대문학을 손수 일군 이들, 그들의 문학과 언어를, 삶을 문학사 연구의 현장으로 옮겨올 때가 되었다고. 그때 가장 처음 떠올린 이름이 바로 최인훈 선생이었다. 『광장』에서 『화두』에 이르는 긴 영혼의 도정을 생각했다.

이 책은 비록 필자의 아이디어 속에서 나와 시작되었으나 많은 분들의 도움 없이는 빛을 볼 수 없었을 것이다. 특히, 처음부터 끝까지 이 책의 체계를 잡고 많은 분들의 옥고를 한데 모으고 최인훈 선생과 출판사의 일을 맡아주고 다른 사람의 글까지 다듬어 준 전소영 선생, 여러 형식과 내용으로 이루어진 글들을 함께 갈무리한 이행미 선생, 김민수 군을 비롯한 대학원생들께 그동안의 노고에 감사드린다. 또한 극심한 출판 불황 속에서도 흔쾌히 이 책을 내고자 한 에피파니 출판사에 진심에서 우러난 감사의 말씀을 드린다.

이 글을 쓰는 시점에서 바로 어제 최인훈 선생의 아드님인 최윤구 선생과 전화로 이야기를 나누었다. 의사의 말을 전한 바에 따르면 이번 주말이 고비가 될 것이라고 한다. 오래 끌어온 책을 선생이 의식이 깨어 계실 때 전해 드리고 싶었다. 모든 것은 운명이요, 사람의 의지대로, 소망대로 되는 것이 별로 없다. 이 책이 최인훈 선생의 문학을 아끼고 사랑하는 분들께 작은 위로가 될 수 있기를 바란다.

2018년 7월 13일

방민호

산다는 것은 아픈 일이다. 살아보면 아는 일이다. 힘을 모아 서로, 아픔을 되도록 덜면서 살자는 것. 자식들에게 제발 좀 더 나은 세상을 물려주는 일을 위해 이 땅의 원주민인 우리는 제 나름의 노력을 할 수 있는 창조적 자유를 가진다.

살자고 발버둥치는 것은 우리만이 아니다. 살자고 발버둥치는 가난한 나라가 우리만이 아니다. 이 땅의 원주민인 우리들에게 창조적 기여에의 자유를 존중하는 것은 모든 사람의 의무이다.

나는 씌어진 역사를 믿지 않는다. 어쩌면 우리 조상들이 기억상실증에 걸려서, 우리 민족이 한 20만 년 전에 세웠던 대제국을 삼국유사에 기록하는 것을 잊어버렸을 수도 있다.

환상 없는 삶은 인간의 삶이라 불릴 수 없다. 환상 있는 곳에 길이 있다.

현실이여 비켜서라. 환상이 지나간다. 너는 현실에 지나지 않는다.

「아메리카」, 2012년, 삼인판 『바다의 편지』에서

차례

책 머리에 문학사의 한 시대가 저물어 가고 있다 방민호 004

PART Ⅰ 최인훈 연보 전소영 016

PART Ⅱ 시대를 측량하는 문학 | 총론

최인훈의 『화두』와 일제 강점기 한국 문학 정호웅 063

월남문학의 세 유형
선우휘, 이호철, 최인훈의 소설을 중심으로 방민호 091

무국적자, 국민, 세계시민 김종욱 166

최인훈 문학의 미학적 정치성 연남경 192

최인훈
오디세우스의 항해

PART Ⅲ 머무르지 않는 사유, 방법의 탐색 | 소설론 1부 (1959~1970)

라울로부터 독고준으로, 최인훈 문학의 한 기원 전소영 229

최인훈 단편소설에 나타난 여성 형상화 양상 최정아 276

20대의 혁명에서 70대의 배려까지
『광장』 서문들의 변화와 최인훈 작가의식의 변모 정기인 302

'얼굴/가면'에 가려진 '몸/예술'의 가능성
최인훈의 「가면고」 연구 허선애 334

독고준의 이름, 자기 서사의 출발 이경림 366

최인훈 문학에 나타난 '연작'의 의미
연작, 이야기의 성장을 위한 여정 노태훈 396

최인훈 소설에 나타난 '기억'과 '반복'의 의미에 대한 연구 남은혜 416

망명자의 정치 감각과 피난의 기억 서세림 465

PART Ⅳ 탐독과 의미의 분광 | 소설론 2부 (1970~1994)

1970년대 구보 잇기의 문학사적 맥락 정영훈 499

최인훈의 『소설가 구보씨의 일일』 연구
구보의 서명과 '후진국민'의 정체성 이민영 537

부활과 혁명의 문학으로서의 '시'의 힘
최인훈의 연작소설 「총독의 소리」를 중심으로 이행미 562

'우리 말'로 '사상(思想)'하기 장문석 597

최인훈 『광장』의 신화적 모티프에 대한 연구
1976년 개작을 중심으로 홍주영 654

『태풍』의 경로 혹은 두 개의 물음
'협력'과 '용서', '복구'와 '전환' 공강일 692

『화두』에 나타난 애도와 우울증, 그리고 정치적 잉여 구재진 717

최인훈

오디세우스의 항해

PART Ⅴ 경계를 넘나드는 가능성들 | 희곡 및 비교문학론

선을 못 넘은 '자발적 미수자'와 선을 넘은 '임의의 인물'
최인훈의 『광장』(1961)과 홋타 요시에의 「광장의 고독」(1951) 김진규 755

『광장』의 이명준과 『고요한 돈강』의 그리고리 멜레호브 허련화 790

세덕당(世德堂) 100회본 『서유기(西遊記)』를 패러디한
최인훈의 『서유기(西遊記)』 Barbara Wall 823

연극과의 동행, '최인훈 희곡'의 형성
「온달」에서 「어디서 무엇이 되어 만나랴」로의 이행 과정을 중심으로 송아름 839

무대 위 심청의 몸과 신식민지의 성정치
최인훈 희곡 「달아 달아 밝은 달아」를 중심으로 조서연 869

PART Ⅵ 註 · 필진약력 908

*최인훈 연보는 전소영이 집필하였고 작가 최인훈이 최종 확인하였습니다

PART I
최인훈 연보

제목	장르	게재날짜	게재지	단행본	간행년도	간행사

생애

1936년

작가의 소설 속에는 향수(鄕愁)의 기억을 지닌 장소들이 있다. H읍으로 등장하는 회령, 그리고 두만강이다. 그중 회령에서 작가는 1936년 4월 13일 출생했다. 본래 1934년생이었으나 남한에서 발급받은 호적에는 1936년생으로 기재가 되었다. 부친 최국성(崔國星)과 모친 김경숙(金敬淑)의 4남 2녀 중 장남이었다. 부친은 산판과 제재소를 운영하며 가족을 부양하였는데 원산 이주 전까지 작가도 그 슬하에서 평화롭고 풍요로운 유년기를 보냈다.

1943년

당시 회령 읍에는 동, 서, 남, 북, 이렇게 네 개의 국민학교가 있었다. 작가는 그중 북국민학교에 입학했다. 일제 강점 말기였던 저학년까지는 식민지 교육을 받았다. 작가는 '일본 이름으로 불리었던 세대'로서의 이 경험이 후에 「총독의 소리」 등을 쓰는 원동력이 되었다고 밝히기도 했다. 또 한 가지 염두에 둘 수 있는 것은 그가 국민학생 시절 독서에 있어서는 매우 조숙한 면모를 보였다는 점이다. 이 경험은 『화두』에 면밀히 기술이 되어 있다.

1945년

해방이 되었다. 국민학생이었던 작가에게 해방은 '사람들이 가두에서 만세를 부르던 광경'으로 다가왔다. 접경 지역인 회령에는 해방 직후 소련군이 바로 진주했고 일본군과 시가전을 벌이기도 했다. 그로 인해 작가가 거주하던 시가지에도 화재가 일어나 그는 가족과 함께 시골로 열흘 정도 피신했다가 돌아왔다. 도착해보니 세상은 공산 정권의 소유가 되어 있었다. 아버지가 중상류층 부르주아지로 지목 당한 이후 작가의 가족은 고향을 버리고 떠날 결심을 하였다.

제목	장르	게재날짜	게재지	단행본	간행년도	간행사

생애
1947년 함경남도 원산으로 가족 모두가 이주하였다. 회령 북국민학교를 5학년 1학기까지 다녔는데 원산에 와서는 원산중학교 2학년에 편입했다. 졸업 후에 다시 원산고등학교에 들어가 1950년 월남할 때까지 다녔다. 고등학교 1학년 과정은 수료를 했고 2학년 생활을 2개월 정도 한 것으로 알려져 있다. 자신의 사업장을 내버려두고 떠날 수밖에 없었던 아버지는 원산 제재 공장에 취직해 월급생활자가 되었다. 회령에서의 삶에 비하면 이때의 생활이 여러 면에서 부족했지만 그렇다고 큰 어려움이 있는 것도 아닌 시기였다.
1950년 6·25가 발발하였다. 운명이 파열음을 내며 급속도로 돌아가기 시작했다. 북상했던 국군이 10월에 철수를 하면서 작가의 가족도 12월 원산항에서 해군 함정 LST 편으로 월남하였다. 당시 원산이 연고지였던 사람들은 피난이 일시적인 일이 되리라고 생각했다고 한다. 그래서 가족을 남겨두고 단신으로 고향을 떠나는 일도 잦았다. 다만 작가의 가족은 원산 또한 하나의 이주지였으므로 다 같이 월남하는 쪽을 택하였다. LST가 부산에 도착한 직후 약 한 달 정도를 부산의 피난민 수용소에서 생활했다.

제목	장르	게재날짜	게재지	단행본	간행년도	간행사

생애
1951년 1월에 이르러 수용소를 떠나 목포로 이주할 수 있었다. 당시 작가의 외가 쪽 친척 중 한 사람이 해방 직전 월남하여 목포 관청에 재직하고 있었는데 작가의 가족은 그를 통해 집을 구했다. 그해 4월부터는 중단했던 학업을 다시 시작했다. 남한에서 고교학제가 처음으로 실시된 때여서 작가는 목포고등학교의 첫 고교 입학생이 되었다. 입학 후 1년여간 학교에 다니면서 영어를 배웠다. 원산에서는 제1외국어로 러시아어를 익혔고 이곳에서 다시 영어를 습득했던 것이다. 작가는 이때 공부한 영어가 통역 장교 시험 때나 미국 진출에 도움이 되었다고 술회했다.
1952년 목포고등학교를 3월에 졸업했다. 친척을 통해 피난 수도 부산으로 돌아와 대학 입시를 준비했다. 4월에 광주 제일고등학교에서 입시를 치르고 서울대학교 법과대학에 입학했다. 당시 부산에서는 국회 파동(부산 정치 파동)이 있었다. 다른 가족들은 부친과 함께 강원도에 머물렀다. 부친이 영월의 중석 광산에서 제재소 일을 보고 있었던 까닭이다. 홀로 대학을 다니며 작가는 완월동 산 언덕배기에 아버지가 지어 준 단독 바라크에 살았다. 자갈치시장과 부산 항구가 내려다보이는 곳이었다. 대학에서 첫 학기를 보낸 후 그해 초여름부터 그 이듬해 여름 사이에 고향 이야기로 「두만강」을 썼다. 발표는 한참 뒤인 1970년에 이루어졌지만 이 작품이 작가의 첫 소설이었던 셈이다.

제목	장르	게재날짜	게재지	단행본	간행년도	간행사
「人生의 充實」	수필	1954.6.2.	《서울 대학교 대학신문》			
「季節-實存의 位置」	수필	1954.10.15.	《서울 대학교 대학신문》			

생애
1953년 대학이 환도하면서 작가도 자연스럽게 서울로 이주했다. 이번에는 가족과 함께 청파동에 정착하였다. 대학 시절에는 주로 명동 어귀의 음악실 및 다방을 드나들었다. 가령 나중에 발표되는 소설 「우상의 집」은, 한국 문학 예술계의 살롱 시대를 견인했던 청동 다방에서 오상순 선생을 만난 경험을 바탕으로 작가가 써낸 작품이다.
1954년 《서울대학교 대학 신문》에 학생 신분으로 두 편의 수필을 발표하였다. 먼저 6월 2일 자 신문 「학생 문예 — 수상(隨想)」란에 「인생의 충실」이라는 제목으로 글을 발표하였다. 10월 15일자 신문에도 「수필」란에 「계절 — 실존의 위치」라는 글을 실었다.

1955년~1956년 작가는 정확히 1952년(4월)부터 1954년까지 서울대학교 법과대학을 다녔다. 3학년 2학기까지 마친 후 1955년 4학년 진학을 앞두고는 1년 휴학을 신청해 영어 공부를 하였다. 1956년 4월에는 복학 대신 입대를 선택하였다. 일반 사병으로 부관학교에 근무하면서 부관부(인사과) 소속으로 지냈다.

제목	장르	게재날짜	게재지	단행본	간행년도	간행사
「수정」	**시**	**1957.2.**	**《새벽》**			

생애

1957년

비교적 덜 알려져 있지만 작가가 처음으로 문예지에 낸 작품은 소설이 아니라 시다. 군인 신분이었던 작가가 잡지 편집자의 책임 추천으로 《새벽》지 제4권 제2호(62쪽)에 시 「수정」을 발표하였던 것이다. 그 후 따로 시를 발표한 적은 없지만 작가는 내내 시의 위력과 가치를 염두에 두고 여러 소설에 자작시 및 기존 시를 등장시켰다. 통역 장교 시험에 따로 응시하여 합격했다. 전방, 서울 근교, 육군 보도국 등지에서 근무하였고 나중에는 정훈, 보도 등의 일도 맡아보았다. 중위로 전역한 1963년까지 7년간 군 생활이 이어졌다. 당시 군대 내에서는 창작 활동에 대한 제재가 심하지 않았기 때문에 작가는 작품 활동도 병행할 수 있었다. 「그레이 구락부 전말기」부터 「하늘의 다리」 이전까지 발표된 모든 작품이 실은 이때 쓰인 것이다. 「무서움」, 「국도의 끝」, 「정오」, 「전사연구」처럼 군 생활을 소재로 한 작품들도 있다.

제목	장르	게재날짜	게재지	단행본	간행년도	간행사
「GREY 俱樂部 顚末記」	단편소설	1959.10.	《자유문학》			
「라울傳」	단편소설	1959.12.	《자유문학》			

생애
1959년 10월, 퇴계원에 근무할 때 집필했던 「그레이 구락부 전말기」로 문단에 이름을 알렸다. 사실상 작가의 등단작이라 할 수 있는 이 소설에 대한 당대의 반응은 상당히 좋은 편이었다. 이를테면 평론가 백철은 12월에 발표한 칼럼에서 이 작품을 「금년도작 베스트텐」 중 하나로 언급하기도 했다. (「금년도작 베스트텐 (상) — 신문학 이래 수확의 해」, 《동아일보》, 1959.12.26.) 12월에는 문제작 「라울전」이 소설가 안수길의 추천을 받아 잡지에 게재되었다. (등단 완료작이라고 알려져 있다.) 작가는 안수길의 제자였던 한 문청의 소개로 그를 만날 수 있었고 둘은 북방계 문인으로서의 동류의식 덕분에 서로에게 곧장 친근감을 느꼈다고 했다. 그 후 둘 사이에 큰 교류가 있었던 것은 아니니, 작가와 안수길의 인연이 사사로이 깊다고는 할 수 없을 것이다. 그럼에도 작가는 안수길을 '선생님이라고 부를 만한 분'이라 고평했고 『북간도』가 대하소설의 '원조'임에도 불구하고 한국 문학사에서 상대적으로 주목이 덜 되었다고 안타까워하였다. 『북간도』 발표 당시 문학의 주류가 단편소설이기도 했거니와 안수길 작가의 고향이 북쪽이었다는 점도 평가에 영향을 미쳤으리라는 것이 작가의 짐작이었다. 등단 완료작인 「라울전」에서부터 「크리스마스 캐럴」로 이어지는 일련의 작품들에는 기독교적 모티프가 드러나 있다. 작가는 어떤 종교의 신자도 아니었지만 형이상학 혹은 철학으로서의 기독교에 관심을 가졌던 시기라고 당시를 회상하기도 했다.

제목	장르	게재날짜	게재지	단행본	간행년도	간행사
「九月의 따리아」	단편소설	1960.2.	《새벽》			
「偶像의 집」	단편소설	1960.2.	《자유문학》			
「假面考」	중편소설	1960.7.	《자유문학》			
「廣場」	중편소설	1960.11.	《새벽》			
「因」	단편소설	1961.7.	《사상계》	『광장』	1961.2.	정향사

생애
1960년 11월, 「광장」의 발표로 세상에 커다란 파랑이 일었다. 그해 작가는 대전 병기창에서 파견 근무 중이었다고 한다. 그는 민가에서 사병들과 함께 하숙하며 백지에 수기로 이 소설을 쓰기 시작했다. 여름에 이르러 탈고를 마쳤고 신동문의 청탁을 받아 이어령이 주간을 맡고 있는 《새벽》지에 원고를 넘겼다. 「광장」은 엄청난 반응 속에 곧 '금후의 우리 문학을 위한 방향의 도표'(백철)가 되었다. 작가에 대한 조명은 물론 그 이전부터 있어왔다. 같은 해 전반기에 발표한 「9월의 다알리아」와 「우상의 집」, 중반기의 「가면고」로 그는 다시 한 번 '주목 받을 만한 신진 작가' 목록에 이름을 올렸다. "문명악에의 도전자", "〈메트로포리탄〉의 고독한 수인의 세계를 파헤친 가장 현대적인 감각의 소유자"라는 수식어를 얻기도 했다. (「문명악에 도전하는 작가 — "부딪힐 벽이 없다"는 최인훈씨」, 《경향신문》, 1960.10.22.) 다만 작가를 문단과 출판계, 그 너머의 대중에게까지 각인시킨 소설은 바로 이 「광장」이었다. 시간에 마모되지 않는 작품성을 지닌 「광장」은 여전히 한국 현대 문학사 안에서 대표적인 소설로 자리매김되어 있다.
1961년 정향사에서 『광장』이 처음 단행본으로 발간되어 대중적으로도 크게 인기를 끌었다. 단행본 『광장』이 나오고 (4월로 추정) 육군 중위로 제대한 작가는 복학하지 않고 창작 활동을 이어가기로 했다. 엄혹한 분단의 현실하에서 학업을 지속하는 일에 회의가 들기도 했거니와, 자신의 존재론적 문제를 고민하면서 전공인 법학보다는 문학이나 철학 쪽으로 기울어져 갔던 사정이 작가를 그렇게 이끌었던 것이다. 대신 그는 창작 활동에 박차를 가해, 일제 강점기의 소설가 이상을 상기시키는 소설 「수」를 기점으로 많은 문제작을 쏟아내었다.

제목	장르	게재날짜	게재지	단행본	간행년도	간행사
「九雲夢」	중편소설	1962.4.	《자유문학》			
「七月의 아이들」	단편소설	1962.7.	《사상계》			
「熱河日記」	중편소설	1962.7,8	《자유문학》			
『灰色의 椅子』	장편소설	1963.6. ~1964.6.	《세대》			
「크리스마스 캐럴」	연작소설	1963.6.	《자유문학》			
「金鰲新話」	단편소설	1963.12.	《사상계》			
「전사연구」	단편소설	1964.1.	《미의생활》			
「續 크리스마스 캐럴」	연작소설	1964.12.	《현대문학》			

생애

1962년 ~ 1964년

「광장」에 가려져 조명이 덜 되긴 했지만 작가의 문학세계 안에서 결코 간과될 수 없는 굵직굵직한 소설들이 이 시기에 많이 쓰였다. 「구운몽」, 「7월의 아이들」, 「열하일기」, 『회색의 의자』, 「크리스마스 캐럴 1」, 「금오신화」, 「전사연구」, 「續 크리스마스 캐럴」이 그것이다.

이 중 안수길 선생이 문제적 작품으로 지목한 「구운몽」과 「열하일기」는 「광장」 이후 작가의 문학세계의 한 진입로가 되었다. 이 작품들의 소재와 구성 방식이 이후의 소설들에 큰 영향을 미쳤던 까닭이다. 첨언하자면 「전사연구」의 경우 1989년 대표 작품 선집 『웃음소리』가 간행될 때 「전사에서」로 제목이 변경되었다. 희곡 작품을 생산하기 시작하면서 우리말 사용에 중점을 둔 작가가 의도적으로 그렇게 한 것이다.

제목	장르	게재날짜	게재지	단행본	간행년도	간행사
「문학 활동은 현실 비판이다」	**첫 평론**	**1965.10.**	**《사상계》**			

생애
1965년 작가가 '평론적인 언어 사용에 길을 낸 것은 잘한 일이었다'는 자평을 한 적이 있다. 당시 '정통'이라 여겨졌던 한국 소설의 어법은 논설이나 평론에서처럼 철학적인 언사를 쓰지 않는 것이었다. 그러나 작가는 평론 활동을 병행하며 오히려 그러한 관습에 얽매이지 않게 되었다고 술회하였다. 그를 평론가의 자리로 이끈 최초의 글은 「문학 활동은 현실비판이다」였다. 작가는 잡지의 의뢰를 받아 이 평론을《사상계》10월호에 기고하였다. 발표되자마자 '주목할 만한 평론'으로 부상했는데, 문학은 현실에 대립하는 개념이 아니라 현실의 한 계기라는 것, 현실은 문학을 그 속에 계기로써 가지고 있는 다층적 개념이라는 것이 글의 주된 주장이었다. 이때부터 1960년대 후반까지 쓰인 평론은 1970년 발간된 평론집『문학을 찾아서』에 수록되었다.

제목	장르	게재날짜	게재지	단행본	간행년도	간행사
「크리스마스 캐럴 3」	연작소설	1966.1.	《세대》			
「웃음소리」	단편소설	1966.1.	《신동아》			
「크리스마스 캐럴 4」	연작소설	1966.3.	《현대문학》			
「놀부뎐」	단편소설	1966.3.	《한국문학》			
「國道의 끝」	단편소설	1966.5.	《세대》			
『서유기』	장편소설	1966.5 ~1967.1.	《문학》			
「크리스마스 캐럴 5」	연작소설	1966.6.	《한국문학》			
「正午」	단편소설	1966.10.	《현대문학》			

생애

1966년

3월에는 현암사에서 창간한 계간《한국문학》(동인계간지)에 회원으로 참여했다. 김구용, 김수영, 김춘수, 신동문, 전봉권(시), 강신재, 박경리, 서기원, 선우휘, 유주현, 이범선, 이호철, 장용학, 최인훈(소설), 유종호, 이어령, 홍사중(평론)이 회원 명단에 함께 이름을 올렸다.

5월부터 또 다른 문제작인『서유기』(『회색인』의 후속편)의 연재를 시작하였다. 1966년부터 1968년 사이에《동아일보》의 소설 월평 지면인「작단시감(作壇時感)」을 몇 차례 맡아 문단의 상황을 진단하였다.「놀부뎐」,「웃음소리」,「크리스마스 캐럴 3」,「크리스마스 캐럴 4」,「국도의 끝」,「크리스마스 캐럴 5」,「정오」가 이 해에 나왔다.

12월에는 단편「웃음소리」로《사상계》가 제정한 11회 동인문학상을 수상하였다. 당시「웃음소리」는 '순수문학', '예술파 소설', '서구적인 발상에 놓인 관념소설'등으로 불리며 각광과 논란의 중심에 놓여있었다. 그럼에도 한국 문학에서 '드문 작품'으로 명명되는 것에는 이견이 없었던 것 같다. 수상 소감에서 작가는 그와 관련하여 "문학은 어디까지나 문학이어야 하며 예술은 어디까지나 예술이어야 한다. 문학이 그대로 자율적인 성공을 얻는다면 그것이 곧 앙가지망(engagement, 사회참여)이다."라고 언급하기도 했다. (《경향신문》, 1966.12.28.)

제목	장르	게재날짜	게재지	단행본	간행년도	간행사
「웃음소리」(재수록)	단편소설	1967.1.	《사상계》			
「춘향뎐」	단편소설	1967.6.	《창작과 비평》			
「歸省」	단편소설	1967.8.2 ~9.1.	《동아일보》			
「總督의 소리 1」	연작소설	1967.8.	《신동아》			
「挽歌」	단편소설	1967.12.	《현대문학》			

생애

1967년

1965년 조인된 한일 협정은 어린 시절 식민지 교육을 받았던 작가의 기억과 사유를 흔들어놓았다. 그로 인해 작가는 1967년 8월부터 1976년 10월까지 풍자소설인 「총독의 소리」 연작을 차례로 발표하기에 이르는데, 여기에 일본과의 수교 재개 문제로 당대에 불거졌던 위기의식의 전모를 담아두었다.

1967년은 「무정」 연재 50주년을 기념하는 해였다. 이에 '소설문학 50년 문제 작품 11편'이 선정되었는데 「광장」이 「무정」, 「날개」등과 나란히 거기 이름을 올렸다. 작가는 국제펜클럽 한국본부(위원장 백철) 산하 작가기금위원회에서 제3회 소설부 기금을 받았기도 하였다.

제목	장르	게재날짜	게재지	단행본	간행년도	간행사
「總督의 소리 2」	연작소설	1968.4	《월간중앙》	『총독의 소리』	1968.	홍익 출판사
「總督의 소리 3」	연작소설	1968.겨울	《창작과 비평》			
「主席의 소리」	연작소설	1969.6.	《월간중앙》			
「공명」	단편소설	1969.8	《월간중앙》			
「溫達」	희곡	1969.7.	《현대문학》			
「옹고집뎐」	단편소설	1969.8.	《월간문학》			
「涅槃의 배 — 溫達 2」	희곡	1969.11.	《현대문학》			

생애
1968년 ~ 1969년 첫 단편집인 『총독의 소리』는 홍익출판사에서 출간되었다. 작가가 처음으로 쓴 희곡 「온달」도 빛을 보았다. 작가의 공식적인 첫 희곡은 「어디서 무엇이 되어 만나랴」로 많이 알려져 있지만, 그 말은 절반은 맞고 절반은 잘못된 것이다. 해당 작품의 원형이 1969년 발표된 「온달」인 까닭이다. 양자는 도입부의 형식, 제목 등의 측면에서 차이를 보이긴 하지만 상당한 유사성을 지니고 있다. 뒤이어 나온 「열반의 배」는 '온달2'이라는 부제로 유추해볼 수 있듯 연작적 성격의 희곡이다. 소설 창작도 이어져 「총독의 소리」 연작, 「주석의 소리」, 「공명」, 「옹고집뎐」 등이 여러 문예지에 실렸다. 「어디서 무엇이 되어 만나랴」의 발표 지면에 대해서는 논자마다 의견이 분분하였으나 이 작품은 문예지에 실리지 않았다. 연출가 김정옥의 회고에 따르면, 그가 최인훈을 만나 「온달」을 공연 대본으로 수정해 상연할 것을 제안하였고 작가는 그것을 흔쾌히 수락해 「어디서 무엇이 되어 만나랴」가 탄생했다고 한다. 최근까지 알려진 가장 오래된 이 작품의 판본은 초연을 기념하여 발간된 책자(1972년)에 실린 것이었다. 그러나 현재 국립극장 공연예술박물관에 「어디서 무엇이 되어 만나랴」의 초연 대본(1970년)이 보관되어 있다. (이에 관해서는 이 책에 수록된 송아름 연구자의 논문을 참고.)

제목	장르	게재날짜	게재지	단행본	간행년도	간행사
「小說家 丘甫氏의 1日」	연작소설	1970.2.	《월간중앙》			
「小說家 丘甫氏의 1日 2」	연작소설	1970.봄.	《창작과 비평》			
「하늘의 다리」	중편소설	1970.5.3. ~8.30.	《주간한국》			
「豆滿腔」	중편소설	1970.7.	《월간중앙》			
「小說家 丘甫氏의 1日 2」 (재수록)	연작소설	1970.9.	《문학과 지성》			
「小說家 丘甫氏의 1日 3」	연작소설	1970. 겨울호.	《신상》			
「駱駝 섬에서」	단편소설	1970.12.	《월간문학》			
「어디서 무엇이 되어 다시 만나랴」	희곡	1970.	공연 대본			

생애

1970년

작가의 1970년대는 연작소설「소설가 구보씨의 일일」로 문을 열었다. 짐작 가능하듯 일제 강점기에 박태원이 쓴 동명의 작품에서 제목을 가져온 작품이다. 작가는 이 소설을 '지극히 소시민적으로 풀어 쓴 나의 율리시스'라 부르기도 했다.

삼성출판사에서 처음 간행한 단행본『소설가 구보씨의 일일』은 총 15개의 장으로 구성되어 있다. 각각의 장이 작가가 발표한 한 편의 소설인 셈이다. 1~2장에는 1970년 봄「소설가 구보씨의 일일」이라는 제목으로 작가가《월간중앙》과《창작과비평》에 발표한 소설이 담겨 있다.「소설가 구보씨의 일일」과「소설가 구보씨의 일일 2」가 그것이다. 3장은 1971년 3월《월간중앙》에 게재된 소설가 구보씨의 일일 3」로 이루어져 있다. 아울러 작가는「소설가 구보씨의 일일」과 유사한 성격의 연작 소설인「갈대의 사계」를 1971년 8월부터 1972년 7월까지《월간중앙》에 매달 연재했는데(총 12부작), 단행본의 4장~15장에는 이 소설들이 순서대로 갈무리되어 있다.

그런데 단행본에 수록되지 않은 또 다른「소설가 구보씨의 일일」도 존재한다. 1970년 겨울《신상》지와 1971년 4월《월간문학》지에 실렸던「소설가 구보씨의 일일 3」과「소설가 구보씨의 일일 4」가 그것이다.「소설가 구보씨의 일일 3」으로 발표된 내용 다른 소설이 두 편 있는 것이다.

「하늘의 다리」,「두만강」,「낙타섬에서」이 뒤이어 나왔다. 최인훈 희곡 문학의 본격적인 개화를 예고하는 희곡「어디서 무엇이 되어 만나랴」가 극단 '자유극장'(김정옥 연출)에 의해 국립극장 무대에서 11월 18일부터 22일까지 성황리에 공연되었다.

제목	장르	게재날짜	게재지	단행본	간행년도	간행사
「小說家 丘甫氏의 1日 3」	연작소설	1971.3.	《월간중앙》	『서유기』	1971.	을유 문화사
「小說家 丘甫氏의 1日 4」	연작소설	1971.4.	《월간문학》	『문학을 찾아서』	1971.	현암사
「갈대의 四季」 (12부작)	연작소설	1971.8. ~1972.7.	《월간중앙》			
「무서움」	단편소설	1971.9.	《문학과 지성》			
				『소설가 구보씨의 일일』	1972.	삼성 출판사

생애

1971년 ~ 1972년

두 번째 평론집 『문학을 찾아서』와 『서유기』, 『소설가 구보씨의 일일』이 연달아 간행되어 문단의 큰 호평을 받았다. 평론집에 대해 '문학에 대한 이론적 성찰과 작품에 대한 단편, 시대의 징후에 대한 유머러스한 성찰을 담고 있다. 민감한 감응체로서의 작가가 주위 환경에 대해 반응하는 태도를 이해할 수 있게 해준다.'는 찬사가 이어졌다. 소설 단행본들 또한 '최인훈이 발표한 작품세계의 총화'같다는 고평을 받았다.

극단 '자유극장'의 「어디서 무엇이 되어 만나랴」가 1971년 제7회 동아 연극상 대상을 수상하는 성과를 내면서 작가의 희곡 상연이 좀 더 적극적으로 이루어졌다. 1972년에는 극단 '실험극장'이 「놀부뎐」(최인훈 작, 허규 각색)을 김영렬 연출로 '카페떼아트르'에서 공연하기도 하였다.

1973년 9월 1일부터 6일까지는 국립극장에서 「어디서 무엇이 되어 만나랴」가 재연되어 크게 흥행했다. 당시 기사를 보면 그 인기를 알 수 있는데 "극단 '자유극장'이 명동국립극장에서 공연 중인 「어디서 무엇이 되어 만나랴」(최인훈 작, 김정옥 연출)는 공연 첫날인 일일 일회부터 관객이 밀어닥쳐 객석 팔백석을 가득 채우고도 매회 사백 명 정도가 입장을 못해 아우성을 쳤다. 연극 공연이 첫날부터 만원을 이룬 일은 최근의 연극계에서는 처음 있는 일인데 관객의 감소로 안간힘을 써오던 연극계는 이번 가을시즌 벽두에 나타난 관객 쇄도에 기쁨을 감추지 못한 가운데 저마다 그 원인 분석에 열을 올리고 있다."(「첫날부터 만원공연 자유극장의 「어디서…」, 《동아일보》, 1973.9.4.)고 적히기도 했다.

1974년에는 극단 '민예극장' 이 「놀부뎐」을 들고 부산, 대구, 청주, 전주, 원주, 춘천 등지에서 순회공연을 다녔다.

제목	장르	게재날짜	게재지	단행본	간행년도	간행사
「태풍」	장편소설	1973.1.1.~10.13.	《중앙일보》	『광장/총독의 소리/주석의 소리』	1973.	민음사
				『회색인 외』	1974.	삼중당
「總督의 소리 4」	연작소설	1976.10.	《한국문학》	《최인훈 전집》	1976.~1980.	문학과 지성사
「옛날 옛적에 훠어이 훠이」	희곡	1976. 가을호.	《세계의 문학》			

생애
1973년 작가의 삶이 변곡점에 다다른 시기였다. 9월 미국 아이오와 대학의 '세계 작가 프로그램(IWP)'에 초청되어 도미를 했던 것이다. 이 경험은 작가에게 새로운 지적 충전의 중요한 계기를 마련해주었다. 그곳에서 그는 우리말을 살려 「광장」을 개작하는 일, 희곡 「옛날 옛적에 훠어이 훠이」를 집필하는 일에 몰두했다. 장편소설 『태풍』은 그가 도미 전 《중앙일보》에 연재 형식으로 발표한 마지막 소설이었다. 민음사에서 「광장」, 「총독의 소리」, 「주석의 소리」 등 중, 장편을 모아 『광장』을 간행했다. 김현의 잘 알려진 평문 「상황과 극기」가 여기 실려있다. 일본에서는 「광장」의 일문판이 김소운 역으로 동수사(冬樹社)에서 출간되었다.
1976년 체미 3년 만에 미국 생활을 마치고 5월 12일 귀국하였다. 작가는 "일하다 말고 잠깐 쉬다가 다시 정신 차리고 책상 앞에 되돌아와 앉은 느낌"(「"확실히 알고 쓰겠다" 체미 3년 만에 귀국한 작가 최인훈씨」, 《경향신문》, 1976.5.20.)이라고 귀국 소감을 밝혔다. 민음사에서 산문집 『역사와 상상력』을 간행했는데, 여기에는 우리 문화가 아직 부적의 자리를 벗어나지 못함을 비판하고 언어를 통해 문명 재건을 꾀하려는 작가의 의식이 담겨있다. 긴 휴지기 끝에 4편이 나오면서 「총독의 소리」 연작이 완결되었다. 미국에서 쓴 「옛날 옛적에 훠어이 훠이」도 같은 해 발표되었다. 현재 가장 많이 알려진 《최인훈 전집》이 이때부터 문학과 지성사에서 간행되기 시작하였다.

제목	장르	게재날짜	게재지	단행본	간행년도	간행사
「봄이 오면 山에 들에」	희곡	1977. 가을호.	《세계의 문학》			
「둥둥 落浪둥」	희곡	1978.봄호.	《세계의 문학》			
「달아 달아 밝은 달아」	희곡	1978. 가을호.	《세계의 문학》			

생애
1977년 4월 18일 안수길 선생이 타계했다. 작가는 안수길 선생의 문제(門弟) 자격으로 영결식장에서 조사를 읽었다. 스승과 제자 사이를 핏줄의 유대 이상으로 승화시킨 감동적인 글이었다. 《한국문학》 6월호에 게재되었다. 서울예대 문예창작학과 유덕형 교수의 추천으로 같은 과 교수로 취임하였다. 희곡 「봄이 오면 산에 들에」를 발표하였고, 「옛날 옛적에 훠어이 훠이」로 제13회 한국 연극영화예술상 희곡상을 수상했다.
1978년 작가의 귀국 이후 시기를 '희곡 창작 시대'라 불러도 좋을 것이다. 「봄이 오면 산에 들에」에 이어 「둥둥 낙랑둥」, 「달아 달아 밝은 달아」가 연달아 발표되었다. 「옛날 옛적에 훠어이 훠이」가 여러 분야에서 각광을 받았다. 제4회 중앙문화대상 예술부문 장려상을 수상했고 극단 '삼일로창고극장'에 의해 5월 20부터 29일까지 마당굿의 형태로 공연되었다. 유현목은 「옛날 옛적에 훠어이 훠이」를 각색하고 영화로 연출하여 10월 19일 개봉하였다. 소설 「웃음소리」도 김수용 연출로 영화화 되었다. 10월 5일 코리아 극장에서 개봉했는데 당시 3만여 명의 관객을 동원했다는 기록이 남아 있다.

제목	장르	게재날짜	게재지	단행본	간행년도	간행사
「원시인이 되기 위한 문명한 의식」	에세이	1979.겨울.	《문예중앙》			
				『왕자의 탈』	1980.	문장사
				『하늘의 다리』	1980.	고려원
「한스와 그레텔」	희곡	1981. 가을호.	《세계의 문학》	『느릅나무가 있는 풍경』	1981.	민음사
「달과 少年兵」	단편소설	1983.6.	《한국문학》			
「놀부뎐」	희곡	1983.6.	《한국연극》			

생애
1979년 2월에 다시 미국으로 건너갔다. 이번 체류는 짧았다. 미국 뉴욕주에 있는 브록포드 대학에서 공연하는 「옛날 옛적에 훠어이 훠이」를 보기 위해 떠난 것이었기 때문이다. 미국에서의 공연이 처음 계획된 것은 1977년의 일이었다. 총 연출자이자 브록포드 대학의 연극과장인 케네드 존스 교수는 작가에게 연락해 공연 허락을 받은 후 그는 같은 대학에서 연극사와 작품 분석을 가르치는 조오곤 박사의 도움으로 희곡을 번역했다. 그리고 그해 여름 「옛날 옛적에 훠어이 훠이」를 처음으로 상연했다가 1979년 3월, 다시 막을 올리면서 원작자를 대학에 초정하였던 것이다. 작가가 자신의 삶의 행적과 작품에 대한 생각을 일관성 있게 기술한 산문으로는 거의 유일하다 할 수 있는 「원시인이 되기 위한 문명한 의식」을 발표했다. 서울시 문화상(문학 부문)과 서울 극평가 그룹상(「달아 달아 밝은 달아」)의 수상자로 결정되었다.
1980년 ~ 1983년 많은 단행본을 바쁘게 출간해 낸 시기이다. 1980년에는 『왕자와 탈』, 『하늘의 다리』가, 1981년에는 『느릅나무가 있는 풍경』이, 1982년에는 희곡 『한스와 그레텔』이 단행본으로 나왔다. 『화두』를 내기 전 발표한 마지막 단편소설 「달과 소년병」을 이때 써냈다.

제목	장르	게재날짜	게재지	단행본	간행년도	간행사
				『달과 소년병』	1989.	세계사
				『길에 관한 명상』	1989.	청하
				『웃음소리』	1989.	책세상
				『꿈의 겨울』	1990.	우신사
				『남들의 지붕 밑에서』	1992.	청아

생애

1987년

4월 '범아시아 레파토리' 극단의 「옛날 옛적에 훠어이 훠이」 공연을 참관하기 위해 미국의 뉴욕을 방문했다. 1979년도에 이어 두 번째였다. 이번 공연은 좀 더 의미가 있는 것이었다. '범아시아 레파토리'라는 극단의 성격 때문이었다. 극단의 운영진이 뉴욕 지역의 아시아계 미국 연극인들이었는데 이들은 근 10년 동안 미국 내 아시아계 극작가와의 작품과 아시아 여러 나라에서 생산된 희곡의 공연을 전문으로 해오고 있었다. 그런 특수성을 지닌 본격적인 극단의 초청으로 「옛날 옛적에 훠어이 훠이」가 뉴욕에서 공연되었다는 사실은 그 의의가 크다.

1989년 ~ 1992년

작가는 1980년대에 이르러 창작보다는 예술론이나 삶의 비의에 관한 단상들을 메모 형식으로 썼다고 했다. 분량으로 따지자면 책 몇 권에 해당되는 것이었다. 그 결과물이라 할 수 있는 『꿈의 거울』을 1990년에 선보였다. 그에 앞서 다채로운 형태의 단행본도 꾸준히 만들어졌다. 1989년에는 창작 선집 『달과 소년병』, 산문집 『길에 관한 명상』, 창작 선집 『웃음소리』가 간행되었다. 1992년에 들어서서는 단편 선집 『남들의 지붕 밑에서』를 청아에서 냈다. 『봄이 오면 산에 들에』의 프랑스어판이 출간도 같은 해 이루어졌다.

제목	장르	게재날짜	게재지	단행본	간행년도	간행사
				『話頭』	1994.	민음사
				『화두』	2002	문이재
「바다의 편지」	단편소설	2003.12.	《황해문화》			
				「길에 관한 명상」	2005	솔과학

생애
1994년 오랜 침묵의 끝에 1,000매에 이르는 장편소설 『화두』를 발표했다. 1993년의 러시아 여행과 그 여행으로 말미암은 생각들이 남김없이 녹아있는 작품이었다. 이 소설로 작가는 다시 한 번 문단의 집중 조명을 한 몸에 받으면서 제6회 이산문학상을 수상하였다. 이 시기 작가는 러시아를 두 번째로 여행하면서 「봄이 오면 산에 들에」의 모스크바 공연을 참관하기도 했다. 『광장』 프랑스어 번역판이 나온 것도 이때였다.
1996년 '최인훈 연극제'가 열렸다. 작가는 한·중·일 연극제의 북경 공연에 참가하고 연길을 방문했다. 『광장』 100쇄 간행 기념회가 프레스센터에서 열렸다.
2000년대 2001년 작가는 25년간 재직했던 서울예술대학 문예창작학과에서 정년퇴임을 하고 명예교수로 임명되었다. 제자들은 창작집 『교실』을 만들어 스승에게 헌정하였다. 같은 해 4월 13일 '『廣場』 발간 40주년 기념 문학 심포지움'이 서울 세종문화회관 컨퍼런스홀에서 성대하게 개최되었다. 2002년에는 작가가 1994년 판 『화두』의 내용을 900여 곳 정도 수정, 보완한 새 단행본이 발간되었다. 이듬해 11월 알려진 연보상으로는 마지막 소설인 「바다의 편지」가 문예지에 실렸다. 2004년 6월에는 『서울대학교 법과대학 100년사』 출판기념회에서 제12회 '자랑스러운 서울 법대인'으로 선정되기도 했다.

제목	장르	게재날짜	게재지	단행본	간행년도	간행사

생애
2010년대 2015년 여름, 서울대학교 국어국문학과와 한국어문학 연구소의 공동 주관으로 '최인훈 문학을 다시 읽다'라는 주제로 국제 학술대회가 개최되었다. 국내는 물론 중국, 유럽의 최인훈 문학 연구자들이 여기 참가하여 작가의 작품세계 전반에 대한 논의를 함께 나누었다. 2017년 2월 24일, 작가는 60여 년 만에 모교인 서울대학교 법과대학에서 명예졸업장을 받았다. 학교 측은 '민주주의를 끊임없이 추구하는 최인훈 작가의 정신을 기리고 이 정신을 서울 법대의 전통 가치로 수용하고자 한다'고 밝혔다. 2018년 7월 23일 오전 10시 46분 암 투병 끝에 선생께서 영면에 드셨다. 이틀 후 영결식에서는 1999년 보관문화훈장에 이어 금관문화훈장이 선생께 수여되었다. 병상에서도 형형한 눈빛으로 글을 읽으시던 모습이 선연하게 떠오른다. 어둑한 시대를 불 밝혔던 선생의 삶과 문학, 우리의 삶은 그 빛의 잔상 안에 영원히 있을 것이다. "현대 한국의 새로운 길을 개척한 항해사를 떠나보낸다. 당신 바다의 풍랑이 그쳤다. 고이 편히 잠드시라."(방민호 교수의 추모사 중에서)

*시 「水晶」은 최인훈이 공식적으로 문예지에 발표한 최초의 등단작이다

水晶

나의 念願은
맑다못해, 솜털 구름 연푸르게 흐느끼는
水晶 구슬이 되고저.

게게 잠든 鑛脈속에 소금에 저린
죽은 고등어처럼 자빠진
그런 水晶의 모습으로가 아니다.

女神의 가슴에 걸린, 빤한
水晶목걸이가 되고 싶다는 것.

뽀얀 살빛과
익은 體溫과
잔잔한 고동이 내것이 되어

果肉에 싸인
聖스러운 空처럼
우람히 滅하고 싶다.

(《새벽》 제4권 제2호, 1957.2.)

PART II

시대를 측량하는 문학 | 총론

최인훈의 『화두』와 일제 강점기 한국 문학

정호웅(홍익대학교 국어교육과 교수)

1. 머리말

1994년 전작 출간된, 1,000쪽이 넘는 장편소설(1권 462쪽, 2권 543쪽) 『화두』는 1992년 늦가을 어느 날 밤 작가인 주인공이 이 작품의 집필을 시작할 때까지, 그가 걸어온 삶의 길과 문학의 길을 따라, 그 두 길을 엮어 짜며 펼쳐진다. 자신이 걸어온 삶의 길과 문학의 길 따르기는 과거를 회고하고 시간 순서에 따라 늘어놓는 것을 가리키는 말이 아니다. 그것은 의미 있는 과거를 선택하여 개인사적·민족사적·세계사적·인류사적 관점에서 해석하고 평가함으로써 비평적으로 재구성하는 것이다. 이 점에서 『화두』는 작가가 쓴 자신의 평전이라 할 수 있다. 기존 연구에서 '메타픽션' '자기반영성'[1] 등의 개념으로 이 작품을 해석하고자 한 것은 이와 관련된 것이다.

주인공이 걸어온 삶의 길과 문학의 길을 비평적으로 재구성하는 과정을 자세히 들여다보면 그 한가운데에 일제 강점기 한국 문학이 자리 잡고 있음을 알 수 있다. 조명희의 「낙동강」, 이광수의 『흙』, 「소설가 구보씨의 일일」을 비롯한 박태원의 소설, 이태준의 소설, 이상의 시와 이용악의 시, 임화의 비평 등이 그것들이다.[2]

『화두』에 나오는 일제 강점기 한국 문학 가운데 이 작품에서 가장 큰 의미를 갖는 것은 「낙동강」이다. 이렇게 말할 수 있는 이유로는 무엇보다도 「낙동강」의 첫 문장이 소설의 처음과 마지막에 자리 잡아 수미상관의 구조를 이룬다는 점을 들 수 있을 것이다. 『화두』의 수미상관 구조는 마지막 문장 "이 소설은 어느 가을밤에 그렇게 시작되었다."[3]로 보아 알 수 있는, 『화두』가 『화두』를 쓰기 시작하기까지의 과정을 다룬 작품이라는 사실에 대응한다. 이와 함께 「낙동강」과 그 작가는 1부 4장과 2부 2·3·7장에만 나오지 않을 뿐 계속해서 나와 서사 전개를 주도한다는 점, "『화두』를 시대와 이념의 문제를 성찰하는 작품으로 본다면 조명희와 「낙동강」은 그런 주제를 파고들 수 있도록 하는 절대적 매개물"[4]이라고 할 수 있다는 점, 그리고 「낙동강」의 작가인 조명희와 관련된 다양한 체험과 사유는 주인공의 삶의 길과 문학의 길을 비평적으로 재구성하는 일에 대단히 큰 역할을 한다는 점 등도 들 수 있다.[5] 그것들은 『화두』가 다루고 있는 삶의 길과 문학의 길을 이루는 구성요소들 가운데 하나이고, 비교의 대상이 되기도 하고 이해와 판단의 준거가 되기도 함으로써 그 두 길에 대한 비평적 성찰을 지원하고 있으며, 작품 구성의 중심으로 기능하기도 한다.

요컨대 『화두』의 중심에 놓인 것은 「낙동강」과 조명희이다. 『화두』의 전개를 따라, 「낙동강」에서도 그러하듯이, '낙동강 칠백리, 굽이굽이 흐르는 물이' 출렁이며 흐르는 것이다.

이 글에서 필자는 「낙동강」과 그 작가인 조명희와 관련된 주인공의 다양한 체험과 사유가 어떤 의미를 갖는지를 살피고자 한다. 일제 강점기 식민지 통치권력, 해방 후 북한 사회를 지배한 정치권력, 해방 후 남한 사회를 지배한 정치권력 등에 대한 비판과 이를 수행하는 정신의 특성, 그리고 작가인 주인공의 글쓰기 전략을 중심으로 논의를 진행한다.

2. 「낙동강」과 자기비판회 — 정치권력 비판과 전면적 진실

주인공이 「낙동강」을 처음 접한 것은 고등학교 시절 국어 교과서에서였다. "이태준의 「영월영감」, 최서해의 「탈출기」, 임화의 「우리 오빠와 화로」, 박팔양의 「봄의 선구자」"(1, 10) 등 우리가 잘 아는 작품들과 나란히 「낙동강」이 실려 있었던 것이다. 주인공은 그 「낙동강」에 대해 소설의 끝에 이르기까지 거듭 반추하는데 이유는 세 가지이다.

첫째, 「낙동강」을 읽고 큰 감동을 받았으며 「낙동강」 독후감으로 이후 그의 생애를 결정하는 운명적인 경험을 하게 되었다. 그를 감동하게 한 것의 하나는 그가 말하듯 "명문의 힘"(1, 105) 때문이다. 다른 하나는 「낙동강」에 나오는 "훌륭한 일을 하기 위해서" "떠나기 싫은 고향을 떠나는 사람들"(1, 14)이 그의 마음을 사로잡았기 때문이다. 그는 「낙동강」의 주인공인 박성운을 두고 "그때의 나를 위한 이상 〈자아〉의 모델"(2, 83)이었다고 할 정도로 깊이 사로잡혔다. 이 사로잡힘은 아래서 살필 세 번째 이유 곧 자아 부정의 경험과 관련지을 때, 박성운을 비롯한 「낙동강」의 중심 인물들이 하나같이 감당하기 어려운 험로를 걸으면서도 끝까지 자기 동일성을 굳게 지키는 존재들이라는 사실과 맞물려 있다. 둘째, 그가 「낙동강」을 거듭 되새기게 되는 또 다른 이유는 그가 쓴 「낙동강」 독후감이 작문 교사로부터 칭찬을 듣게 되었고 이로 인해 작가로서의 운명이 결정되었다는 사실이다. 교사는 그의 독후감을 읽고 "동무는 훌륭한 작가가 될 거요"(2, 83)라고 최상의 칭찬을 하였다. 그를 이끌어 작가가 되게 한 것은 그때 교사의 칭찬에서 비롯된 감동이었으니 그 칭찬은 그에게 "치명적인 예언"(2, 83)이었고, 그날 교실에서의 일은 "소명(召命)의 의식"(2, 84)이었다.

그가 계속해서 「낙동강」을 기억 속에서 불러내어 되새기는 또 다른 이유는 자아비판회의 체험 그리고 이에 이어진 추방의 체험이다. 위에서 살핀 '첫째'와 '둘째'가 그를 행복하게 하는 것인 데 비해 이 세 번째 이유는 그를 불행하게 만드는 것이다. 그 자아비판회는 "변호인이 없는 재판 자리"(2, 76)였다. 그는 자아비판회를 주관하는 지도원 교사의 요구에 따라 "강요된 회상"을 해야 했고, 그의 마음에 들기 위해 "착한 학생"(2, 75)을 연기해야 했으며, "아버지를 배신한 것 같은 죄의식에 시달"(2, 76)려야 했다. 그것은 "〈자아〉가 부정당"(2, 77)하는 치명적인 체험이었다. 그의 영혼에 깊은 상처를 입힌 이 자아비판회의 체험은 이에 이어진 추방의 체험으로 인해 더욱 그 부정성이 강화되었다. 「낙동강」과 이 치명적인 자아비판회 그리고 추방의 체험 사이에 직접적인 관련은 없지만, 「낙동강」의 주인공과 지도원 교사가 다 같이 이상사회 건설을 향해 나아갔던 실천적 이념인이라는 사실이 매개하여 양자를 이어 엮는다. "박성운이 살아서 돌아와서 성공한 혁명정권의 참가자가 되었다면 지도원 선생 같은 교사가 되었을까? 그런 작풍으로 사업했을까?"(2, 84), 주인공의 "가족을 추방한 사람들은 정말 돌아온 「낙동강」의 주인공들이었을까?"(1, 104)라는 화두의 매개로 상호 관련되게 되는 것이다.

「낙동강」이 『화두』의 구성상 중심에 놓이게 된 것은 지금까지 살핀 세 가지 요인 때문이다. 이 가운데서도 가장 중심에 놓인 것은 세 번째 요인 그중에서도 특히 자아비판회의 체험이다. 주인공은 이 자아비판회의 체험을 거듭 불러내어 그 안팎을 살피는데 그 핵심은 해방 후 북한 사회를 장악한 새로운 정치권력에 대한 비판적 해부이다.

최인훈은 『화두』 이전에 장편 『회색인』과 『서유기』에서 이 자아비판회를 다루었다. 최인훈에게 그것은 "세계와 불화를 일으킨 최초의 그리고 가장 본격적인 상처"를 입힌 것이며, 그것으로부터 "도피하고자 하는 무의식적 열망"이 그를 "작가(글쓰기)에로 나아가게 한"[6] 것이라 말할 수 있을 정도로 큰 영향을 미친 사건이었기에 거듭 다루었던 것이다. 『화두』의 주인공은 이를 두고 "〈서쪽으로

가는 이야기〉에서 나는 〈잿빛의자에 앉아서〉에서 그 위치가 확인되었던 〈지도원 전설〉을 근접 촬영하는 데 성공하였다."(2, 176)라고 회고하는데 〈잿빛의자에 앉아서〉는 장편 『회색인』을, 〈서쪽으로 가는 이야기〉는 『서유기』를 가리키는 것이다. 『회색인』에서 최인훈은 자아비판회를 "이단심문소"[7]라 일컬으며 그곳에서 "부르주아적인 말을 하여 역사의 참다운 정의를 알지 못하면서 과오를 범했"다는 선고를 받은 뒤 "점점 더 망명자가 되었"[8]던 경험을 간략하게 다루었다. 『서유기』에서는 더 나아가 그 자아비판회를 주도한 권력(지도원 선생)의 논리와, "그 무서운 자아비판을 해야 할 생각을 하면 폭탄에 맞아 죽는 편이 더 나았다."[9](230쪽)라고 생각할 정도로 어린 소년의 마음을 일그러뜨린 그 자이비판회의 폭력성을 보다 자세하게 구체적으로 그렸다.

『화두』에서는 더 나아가 그 경험을 매우 자세하게, 구체적으로 그렸다. 무엇보다도 오랫동안 그 경험을 이해하고 설명하기 위해 노력해온 지식인 작가의 입장에서 그 경험의 중심에 놓인 해방 후 북한 사회에 들어선 정치권력의 성격을 비판적으로 해부하였다는 점에서 앞선 두 작품과는 크게 다르다. 『화두』의 주인공이 겪은 자아비판회를 통해 드러난 그 정치권력의 속성은 절대성, 무오류성에 대한 확신, 자의성 등이다.

> 거기서의 모든 결정과 행동은 법적으로 유효할 수도 있고 않을 수도 있으며, 무한 권한으로 수사할 수도 있고 그래서

도 안 될 수도 있고, 결정은 집행될 수도 있고 집행되지 않을 수도 있고, 고해성사는 지극히 높고 깊은 수준에서 이루어질 수도 있고 말장난에 그칠 수도 있고, 밀고는 〈적극적〉으로 피고 규탄에 참가해야 하는 형식으로 표현돼야 하는 권고 사항이기는 하지만 사람은 말주변이 있기도 하고 없기도 하다는 생물인류학적 차이가 전혀 용납되지 않는 것도 아니었다.(1, 33)

인용문이 잘 보여주듯 그 자아비판회를 지배하는 권력은 새로운 "공화국" 건설이란 깃발을 치켜들고 모든 것의 위에 우뚝 선 무소불위의 절대 권력이다(절대성). 절대 권력이기에 그 안에 어떤 잘못이 깃들어 있을 수도 있다는 의문은 권력의 집행자에게도 피집행자에게도 애당초 용납되지 않는다(무오류성에 대한 확신). 무오류의 절대 권력이기에 그것의 작동방식과 작동의 실제를 점검하는 일도 불필요하니 그것을 감시하거나 견제하는 일은 생각할 수조차 없다. 당연하게도 그 절대 권력은 얼마든지 자의적일 수 있다(자의성). 이처럼 절대성, 무오류성에 대한 확신, 자의성이 그 핵심 속성인 정치권력은 폭력적이다.

그 정치권력의 폭력성을 보여주는 예는 대단히 많다. 앞에서 언급한 "자아가 부정당하는" 경험이 그 가운데 하나임은 다시 말할 필요도 없다. 대상을 "자아의 해체"(1, 35) 또는 자아 분열의 상태로 몰아넣는 것도 그것의 폭력성을 증거하는 예이다. 『화두』의 주인공은 "생애 전체를 통하여" "상시 계류 상태인 재판"의 "피고로 자신을 느"(2, 77)끼며 살아왔다고 말하는데, 그 의식 속의 재판에서 그는 자아의 해체(분열)을 경험한다.

나는 이 의식 속의 재판에서 묘하게 처신하였다. 나는 자신의 무죄를 변명하는가 하면, 자신을 단죄하기도 하였다. 나의 〈자아〉를 지키려고 하는가 하면, 나의 〈자아〉를 그들이 요구하는 〈자아〉에 가깝게 만들려고 노력하였다. 나는 검찰관을 반박하는가 하면, 검찰관 이상으로 나 자신에 대한 검찰관이 되려고 하였다.(2, 77)

해방 후 북한 사회에 군림했던 그 절대의 정치권력의 한 속성이 폭력성을 가장 뚜렷이 드러내 보여주는 것은 "구토"의 경험인데, 이는 자아의 부정, 해체, 분열의 경험과 깊이 관련되어 있다.

비판회에서 H에서 지낸 일과 아버지에 대해 지도원 선생님은 되풀이해서 물어보았다. 나는 아버지에 대해서 대답하는 일이 거북했다. 내 입으로 대답해서는 안 될 일을 내 입으로 하고 있다는 생각 때문에 나는 아버지를 배신하고 있는 것처럼 느꼈다. 비판회가 끝나고 밤길을 돌아오면서 나는 과수원 울타리 옆에 주저앉아 몇 번씩 토했다.(1, 37)

인용문만 읽으면 아버지를 배신하고 있다는 느낌 곧 죄의식 때문에 토한 것이라고 '나'가 진술하고 있는 것처럼 보인다. 그러나 구토의 경험과 죄의식 사이 곧 마지막 문장과 그 앞 문장 사이 여백에는 진술되지 않은 것이 숨겨져 있다. 그것이 무엇인지 알려면 마찬가지로 "구토"에 대해 말하고 있는 소설의 다른 부분을 같이 읽어야 한다.

> 사람이 없는 가게 안에 조용히 줄지어 있는 물건들의 집합은 언제나 형용할 수 없는 모양으로 감정을 흔들었다. 이것은 여기 와서 처음이나 지금이나 달라지지 않은 반응을 일으키게 하는 것 중의 하나였다. 그때 희미한 구토를 느꼈다. 그것은 미미한 구역질이었지만 굉장히 불쾌하였다. (…) 그것은 불쾌감이라고 해서 틀리지는 않지만 얼핏 공포가 스치던 것이 떠올랐다. 그것은 **불쾌감과 공포**가 종이 앞뒷장처럼 흔들리는 상태 같았다. (…) W에서 나올 때 LST 안에서도 지독한 멀미를 했었다. (…) 그때 나는 아까처럼 속이 약간 올라오는 착각을 느끼면서 어떤 광경을 떠올렸다. 오랜 기억이었다. W의 중학교에서 그 일로 자기비판회를 마치고 돌아오다가 학교 앞 숲길 옆에 앉아서 토하던 기억이었다. 불쑥 그 광경이 떠오른 것이었다. 나는 그대로 오래 누워 있었다. 기억은 더 선명해지지도 않았고 구역질 증상도 돌아오지는 않았다. **그 둘 사이에 연락이 있을 것은**

없었다. 오늘은 즐거운 하루였다. 그날 같은 괴로운 기억과 하필 연결될 일은 적어도 그 순간도 그만두고 오늘 하루 동안 없었다. 그런데도 과거에 유사한 기억은 그곳에 가서 저절로 멈춘 것이었다. (…) 나는 침대에서 일어나 벽 속에서 아직 꺼내지 않았던 『밀실』을 꺼내 침대 맡 등불 밑에서 그것을 폈다. 그리고 그렇게 해오던 것처럼 한 손에 볼펜을 들고 벌써 여러 번 되풀이되던 작업을 시작했다. 지난번에 멈춘 자리를 찾아내고 그 다음을 읽어나갔다. 한참 만에 나는 무척 오래 같은 페이지를 그냥 펴 들고 있었음을 깨달았다. 그동안 내가 어딘가 가 있다가 돌아온 것처럼 **내가 비어 있던 시간의 끝에 서 있다**는 것만 뚜렷하였다.

(1, 449~451, 강조 인용자)

주인공은 동생이 운전하는 차를 타고 덴버에서 돌아오던 도중 불을 밝힌 채 문을 닫아 놓은 길가 가게들의 안을 들여다보고 "희미한 구토"를 느낀다. 그 경험은 비행기에서 겪은 멀미, 피난길 LST 안에서 경험한 심한 멀미 등을 떠올리게 하는데, 마지막으로 가닿은 것은 그 자아비판회에서 돌아오다가 토한 기억이다. 그리고 그는 『밀실』(최인훈의 출세작 『광장』을 가리킴)을 꺼내 들고 읽는다. 과거에 그가 경험한 멀미 또는 구토의 기억들 사이는 물론이고 그가 오래 전에 쓴 소설 읽기 사이에는 겉으로 보아 아무런 연관이 없다. 주인공의 말대로 그것들 사이에는 "연락"이 없는 것처럼 보이는 것이다. 이처럼 아무런 연관이 없는 기억 또는 행위들을 마치 자유연상 하듯 떠올리고 있는 위 인용은 그것들이 의식의 차원에서는 제각각이지만 더 깊은 무의식의 차원에서는 긴밀하게 연결되어 있음을 말하고 있다.

위 인용에서 그것들을 매개하여 연결하는 것을 찾는다면 "불쾌감과 공포" 그리고 "내가 비어 있던 시간"이 그것들인 것으로 보인다. 이 가운데서도 후자가 핵심이다. 이렇게 말할 수 있는 근거는 두 가지이다. 하나는, "불쾌감과 공포"는 그가 이전에 경험한 멀미 또는 구토의 기억과는 관련되어 있지만 『밀실』 읽기와는 무관하다는 것, 그리고 이에 반해 "내가 비어 있던 시간"은 이 모든 것과 관련되어 있다는 것이다. "내가 비어 있던 시간"이란 『화두』에 빈번하게 나오는 '자아'라는 말을 써서 표현하면 '자아가 부재하는 시간'이 될 것인데, 중학 시절 그에게 깊은 상처를 입힌 자아비판회에서 그가 겪은 자아가 부정, 해체, 분열되는 경험과, 지금 『밀실』을 꺼내 읽으면서 깨달은 것의 중심에 놓인 것은 그가 '자아가 부재하는 시간'을 겪었다(살아왔다)라는 사실이다. "내가 비어 있던 시간"이 핵심이라고 말할 수 있는 근거의 다른 하나는 이것이 "불쾌감과 공포"를 불러일으킨 주원인이라 점이다. 언뜻 보면 "불쾌감과 공포"가 먼저인 것 같지만 그것은 자아의 부정과 해체 그리고 분열의 경험에서 비롯된 것이다.

인용문의 자유연상 마지막에 나오는 『밀실』 읽기와 관련된 진술 속에 "내가 비어 있던 시간"[10]이라는 말을 넣음으로써 주인공은 넌지시(또는 무의식적으로) 이 소설에서 가중 중요한 사건인 자아 비판회가 그에게 안긴 “불쾌감과 공포” 그리고 이에 이어진 “구토”를 초래한 핵심 요인이 자아의 부정, 해체, 분열의 경험이라는 사실을 드러내었다는 해석이 이에 가능하다. 이에 이르면 우리는 위의 인용문 바로 앞의 인용문으로 돌아가, ‘구토의 경험과 죄의식 사이’ 인용문의 마지막 문장과 그 앞 문장의 여백에 숨겨져 있는 ‘진술되지 않은 것’이 자아의 부정, 해체, 분열의 경험이라는 사실을 읽어낼 수 있다.

지금까지 살펴왔듯 자신이 직접 겪은 ‘자기비판회’에 대한 비판적 해부를 통해 주인공은 해방 후 북한 사회를 지배한 절대 권력을 비판하고자 하였다. 여기에 머물렀다면 『화두』에서의 북한 권력 비판은 「구운몽」과 『서유기』에서의 비판에서 한걸음도 나아가지 못한, 같은 것의 되풀이에 지나지 않는다. 앞의 두 작품에서의 비판에 비해 훨씬 치밀하지만, 핵심 내용은 다르지 않으므로 그렇다. 되풀이에 지나지 않는다면 새삼 이 작품을 논의할 이유가 없을 터, 물론 그렇지 않다.

절대성, 자의성이 핵심 성격인, 그리고 무오류의 확신 위에 서 있는 북한 권력에 대해 『화두』의 주인공 또한 앞선 두 작품의 주인공과 마찬가지로 부정적인 태도를 취한다. 그러나 ‘절대로 인정할 수 없다’는, 전적인 부정은 아니다. 그는 북한 권력의 부정적 측면을 파악하여 설명할 수 있는 데까지 나아왔지만, 완전한 결론에 도달한 것은 아니다. 그는 여전히 그것을 보다 잘 이해하고 설명하고자 노력하고 있는, 도중의 정신이다. 이 점에서 『화두』에서의 북한 권력 비판은 앞선 두 작품에서의 북한 권력 비판과는 다른 차원에 놓인다.

『화두』에서의 북한 권력 비판이 전적인 부정이 아니라고 말할 수 있는 근거는 여러 가지이다. 그 하나는 주인공이, '현실로 존재하는' 권력이란 이상 그 자체가 아니라 이상이 굴절된 것이라는 인식을 바탕으로 '현실로 존재하는' 권력의 부당한 측면까지도 '다소간 그만한 까닭'이 있었을 것이라 생각한다는 점이다. 이런 관점에서 보면 북한 권력은 물론이고 그 권력의 말단 집행자인 지도원 선생의 부당함도 전적인 부정의 대상이 아니며, 최종 판단의 대상도 아니다.[11] 이런 생각 위에서 서서 주인공은 "해방 후 북한에서 전개된 사회적 변화가 전적으로 부당하기만 했다고 말하고 싶지 않다. 그것은 그만한 뿌리가 있는 역사의 한 고비"(2, 265)라고 말할 수 있는 데까지 나아간다. 이상과 그것의 굴절태로서의 현실에 대한 인식을 바탕으로 이처럼 열린 사유의 지평 위에서 설 때 비로소, 전쟁과 분단의 지난 역사가 길러낸 이분법적 적대(부정)의 인력에서 벗어나 대상의 전면적 진실을 문제 삼는 소설성이 열릴 수 있다. 그 첫머리에 『화두』가 서 있다는 평가가 이에 가능하다.

『화두』의 주인공은 조명희의 소련 망명, 김사량, 김태준 등의 연안행의 역사적 의미를 긍정하면서 "그 시절에 그 선택에는 흠이 없었다. 가장 투명하고 가장 정확한 선택이었다."(2, 254)고 평가하는데 이는 그가 이분법적 적대(부정)의 인력에서 벗어난 사유 태도를 지녔기 때문에 가능한 것이다. 주인공이 조명희가 "노예나라"에서 "노예생활"(2, 258)하는 것을 받아들일 수 없었기에 그 당시 "피압박 민족에게는" "노예해방의 요새"(2, 257)였던 소련으로 망명하였다고 하여, 조명희의 망명을 오로지 이민족 지배의 현실과 관련지어 이해하고 있다는 것은 물론 그 망명의 진실 가운데 한 부분만을 문제 삼는 것이라는 점에서 불충분하다.[12] 그러나 우리의 논의에서 중요한 것은 그 한계가 아니라, 공산주의 이념과 체제에 대한 맹목의 적대의식에서 벗어난 열린 사유가 이 같은 이해를 이끌고 있다는 사실이다.

이처럼 전면적 진실을 지향하는 열린 사유의 자리에 선다면, 주인공은 그를 오랫동안 괴롭혀온 "해결이 없는 의문", 곧 소련으로 망명한 조명희가 "해방된 조국에 돌아왔다면, 자기의 옛 동료들을 그렇게 대우했을까? 지도원 선생처럼, 증거와 추궁 사이에 있는 그토록 엄청난 거리를 태연히 무시하고, 과장된 추궁을 밀고 나가는 그런 생활풍속의 실천자가 되었을까?"(2, 87)를 쉽게 벗어날 수 있을 것이다. 조명희 또한 지도원 선생처럼 "혁명검찰관"(1, 31)이 되어 어린 제자의 "자아를 부정"하는 부당한 짓을 일삼았을 수도 있으며, 그러지 않았을 수도 있다. 문제는 그 각각의 진실이므로, 전면적 진실을 문제 삼는 자리라면 그런 질문 자체가 성립할 수 없기 때문이다.

결국 지도원 선생은 현실로 존재한다는 자격을 가졌을 뿐,

> 부정되어야 옳지 않은가 하는 생각을 해본다. 그러나 이 문제는 간단치 않다. 현실로 존재한다는 것은 다소간 그만한 까닭 없이는 가능하지 않다. 어떤 이상도 현실로 존재하자면 굴절을 면할 수는 없다. (…) 굴절된 모습이 마지막 모습이 아닌 것이다. (…) 일단은 부당했다고 할 수밖에 없는 그의 행위조차도 정당화할 수 있는 사정이 〈절대〉로 없었다고 단정할 수는 없다.(2, 87~88)

다른 하나는 주인공이, 해방 후 북한을 장악한 그 권력이 나름대로의 이론에 근거한 것이므로 이론 차원의 "철저한 연구" 없이 부정할 수는 없다는 문제의식을 지니고 있다는 점이다. 이 같은 문제의식은 한국 소설에서는 처음으로 나타난 것이니 그 의미는 대단히 크다고 하지 않을 수 없다.

> 지도원 선생님네가 신봉하는 그 〈대의〉는 정밀하게 구성된 〈이론〉이기도 하기 때문에, 그 이론을 파악하자면 일단 그 이론이 설정한 방식을 따라가 보는 과정을 거쳐야 한다, 고 나는 생각한다. 그런 철저한 연구 없이, 경험적 관찰이며, 체험이며, 그 이론과는 직접 교차하지 않는 다른 계열의 이론을 무기로 그 이론을 재단하는 방식에는, 한계가 있다. 경험은 경험이고, 이론은 이론이다.(2, 266)

주인공은 그 이론을 "철저히 연구"하지는 못한다. 이론 독해력의 부족, 이론 연구에 필요한 자료 접근에 있어서의 한계, 무엇보다도 한국 사회를 빈틈없이 규율한 반공이데올로기 등이 그 요인일 것이다. 철저히 연구하지는 못했으니 북한 권력과 그것이 내건 '대의'의 깃발을 이론 차원에서 근본 비판하는 데에는 이를 수 없다. 그렇다고 해서 이론 차원의 철저한 연구 없이는 그 권력을 완전 부정할 수는 없다는 문제의식의 의미가 없어지는 것은 아니다. 북한 권력을 그것을 뒷받침하는 이론에 대한 철저한 연구를 통해 이해하지 않으면 제대로 된 비판에 나아갈 수 없다는 이 문제의식으로 인해 비로소 『화두』는 현상과 함께 그 근본을 함께 문제 삼는 역사 이해의 지평을 열 수 있었다. 우리 소설 가운데 이 측면에서 『화두』와 나란히 설 수 있는 작품은 없었으니 그 소설사적 의의는 대단히 크다.

『화두』의 주인공은 스스로 이성의 법정에 서서 전면적 진실을 문제 삼는 태도, 북한 권력을 근본 차원에서 이해하려는 태도를 견지하며 오랜 기간 그 안팎을 살펴 이해하고 설명하려 하였다. 이로써 북한 권력의 문제를 다룬 우리 소설 일반을 지배해온 이분법적 적대(부정)의 틀에서 벗어날 수 있는 가능성이 열렸다.

3. 「낙동강」의 주인공과 관련된 화두와 '나 자신이 주인 되기'의 내적 형식

지나온 한평생을 회상하여 엮어 놓은 『화두』의 내적 형식은 '나 자신의 주인 되기'이다. 그 주인 되기의 여로를 이끈 것 가운데 중심은 "박성운이 살아서 돌아와서 성공한 혁명정권의 참가자가 되었다면 지도원 선생 같은 교사가 되었을까? 그런 작풍으로 사업했을까?"(2, 84)란 질문이다. 『화두』 집필에 앞서 주인공은 다음과 같은 말로써 이 작품의 내적 형식이 '나 자신의 주인 되기'임을 분명하게 밝혀 두었다.

> 나 자신의 주인일 수 있을 때 써둬야지. 아니 주인이 되기 위해 써야 한다. 기억의 밀림 속에 옳은 맥락을 찾아내어 그 맥락이 기억들 사이에 옳은 연대를 만들어내게 함으로써만 나는 나 자신의 주인이 될 수 있겠다. 그 맥락, 그것이 〈나〉다. 주인이 된 나다. 그래야 두 분 선생님을 옳게 만날 수 있다. (2, 542~3)

그는 자신의 자아를 부정, 해체하고 분열시키는 현실 속에서 살아왔다. 어린 영혼에 큰 상처를 입힌 자아비판회는 물론이거니와, "생애 전체를 통하여 내가 성인으로 살아가는 현실도 이 재판의 모습으로 진행되었고, 나의 직업상의 경력도 이 재판을 빼다 꽂은 듯한 유사성을 가지고 진행되었다"(2, 77)라는 진술에서 분명하듯 생애 내내 그런 현실 속에서 살아온 것이다. 그런 현실에서 비롯된 트라우마에 덜미 잡혀 살아왔기에 '나는 내 자신의 주인이 아니라 노예였다'라는 이 충격적인 자기 확인에 도달한 그가 '나 자신의 주인 되기의 여로'에 오른 것은 자연스럽다. 여기서 중요한 것은 그가 험로를 걸어 되고자 하는 '나 자신의 주인 되기'가 뜻하는 바가 무엇인가이다.

위 인용문은 그 주인 되기는 "기억의 밀림 속에 옳은 맥락을 찾아내어 그 맥락이 기억들 사이에 옳은 연대를 만들어내게 함으로써만" 가능하다고 말하고 있는데 모호하지만, 개인 차원의 것은 물론이고 사회, 민족, 인류 차원으로까지 확대되는 과거 기억을 자신의 삶과 관련지어 재구성하고 해석함으로써 가능하다는 내용을 담고 있는 것으로 이해된다. 그렇다면 그 같은 재구성과 해석의 집합이 곧 『화두』라고 할 수 있겠다. 그러니까 『화두』에서의 '나 자신이 주인 되기'는 그 같은 재구성과 해석을 통해 과거를 맥락화함으로써 조리있게 이해하고 설명할 수 있는, 이해와 설명의 주체가 되는 것을 가리킨다고 보는 것이 타당하다.

그 재구성과 해석의 과정은 그러나 언제나 불분명하며 미확정적이다. 무엇보다도 기억 내용이 실제와 똑같다고 말할 수 없다. 『화두』에는 기억의 이 같은 속성을 잘 보여주는 몇 예가 나와 있는데 이것들을 소설 속에 끌어들인 것은 이 소설의 중심 내용 가운데 하나인 과거의 재구성과 관련된 작가의 문제의식을 보여주는 것이라 짐작할 수 있다. 또 위에서 자세히 살핀 대로, 설사 과거를 정확하게 기억하고 있다 하더라도 그 과거 속 인물의 말과 행동 그리고 과거에 일어났던 사건 등의 진실은 여전히 분명하지 않다. 알지 못하는 사정이 숨어 있을 수 있기 때문이다. 무엇보다도 스스로의 주인이 되기 위해 과거 재구성과 해석의 고된 여로를 걸어 나아가는 그 자신이 미확정의, 형성 도정에 있는 존재이다. 그는 자기성찰을 통해 계속해서 스스로를 조정하는 유동의 주체이다.

그와 과거와의 관계는 이처럼, 언제나 불분명하며 미확정적인 주체와 마찬가지로 불분명하며 미확정적인 대상 사이의 관계이니, 이 또한 형성 과정에 있을 뿐이다. 그러므로 과거의 진실은 발견, 확인되는 것이 아니라 그 형성 과정에서 형성된다, 라고 말해야 한다. 그렇다면 과거의 맥락화와, 이해 및 설명의 주체가 되고자 하지만 그 목표에는 영원히 이를 수 없다. 다만 그 목표를 겨누고 나아갈 수 있을 뿐이다. 이렇게 본다면 '나 자신의 주인 되기'는 도달 불가능한 목표이다.

도달할 수 없는 피안을 향해 다만 노 저어 가는 것이 의미 있을 뿐인 여로 위에 선 미확정의 그 주체가 마찬가지로 미확정의 존재인 대상을 전적으로 긍정/부정하는 것은 논리적으로 성립할 수 없다. 그 주체는 특정의 관념에 갇히지 않은 열린 존재이며, 그 대상의 진실은 여전히 모호한 것으로 남아 있기 때문이다. 『화두』의 주인공이 북한의 정치권력과 그 육화 또는 실행자인 지도원 선생, 고등학교 시절의 주임 교사 등을 전적으로 긍정하지도 전적하지도 부정하지 않는 것은 이런 맥락에서 살필 수 있다.

이에 이르면 우리는 위 인용문에 나오는 '토론'이 대단히 중요한 말이라는 사실을 알게 된다. 그는 언제라도 자신의 잘못을, 부족함을 인정하고 자기 조정을 할 자세를 갖춘 토론자로서 옛날 선생님들이 소집하는 토론의 자리에 나아갈 준비를 하고 있는데 이는 그가 자신을 형성 도중의 자아로 열어두고 있음을 보여주는 것이다.

최인훈이 여러 소설에서 거듭하여 자아비판회를 다룬 것을 두고 연구자들은 "결백 증명의 의지가 반복을 낳은 근본적인 힘"[13]이라고 했는데 지금까지 우리가 살핀 것에 비추어 볼 때 적절한 표현이라고 하기 어렵다. 그는 형성 도정의 유동하는 주체로서 토론을 통해 자신의 잘못과 부족이 밝혀지면 언제라도 자기 조정을 행할 자세를 갖추고 있는 존재이지, 자신의 결백에 대한 확신을 딛고 상대방을 굴복시키고자 하는 자기동일성에 갇힌 존재가 아니기 때문이다.

그렇다면 주인공의 '나 자신의 주인 되기'의 여로를 이끈, "박성운이 살아서 돌아와서 성공한 혁명정권의 참가자가 되었다면 지도원 선생 같은 교사가 되었을까? 그런 작풍으로 사업했을까?"(2, 84)라는 화두의 답은 여전히 '찾기'의 대상으로 남아 있다고 할 수 있겠다. 소설은 끝났지만, 답 찾기의 여로는 끝나지 않았다.

최인훈은 『화두』에서 이처럼 형성 도정에 있는 미확정의 주체와 대상 그리고 양자의 관계를 문제 삼았다. 그 정체성이 확정된 주체와 대상 그리고 그 관계를 전제하는 문학과는 질적으로 전혀 다른 세계의 창출이 이로써 가능하였다.[14]

4. 망명문학론과 글쓰기 전략의 모색
— 조명희의 망명과 관련하여

지금까지 살펴보았듯 『화두』의 주인공은 「낙동강」을 매개 삼아 소년 시절에 경험한 '자아비판회'의 진실을 이해하고 설명하기 위해 과거 회상, 탐구, 해석의 길을 걷는다. 그런데 그 여로는 다른 한편으로는 작가인 자신의 글쓰기와 관련한 성찰의 길이기도 하다. 그 한복판에는 「낙동강」뿐만 아니라 머리말에서 언급한 여러 문인들의 문학에 대한 독서체험이 자리하고 있다. 주인공은 이들 선배 문인들의 문학을 통해 자신의 글쓰기를 거듭, 되돌아 살핀다. 이 지점에서 『화두』의 초점은 작품에서 작가로 옮겨가 작가의 글쓰기 전략 또는 당대 현실에 대응하는 작가의 태도를 문제 삼는다. 이와 관련하여 역시 첫머리에 오는 것은 「낙동강」의 작가 조명희이다.

「낙동강」을 읽고 큰 감동을 받은 주인공의 독서체험에서 「낙동강」을 쓴 조명희는 어린 그의 자아를 부정한 "지도원 선생보다 더 높은 인물"(2, 268)이고, "인류" 차원에서 볼 때 "이성의 육화"(2, 269)이다. 이렇게 생각하게 된 이유 가운데에는 그가 "노예"로서 살기를 단호히 거부하였다는 점, 비록 "공산주의자일망정, 사업방식은 지도원 선생과는 다를 것 같았고 방식이 다르면 내용도 다를 가능성이 있"(2, 269)다는 점 등도 있지만, 작가의 글쓰기와 관련하여 볼 때 핵심 이유는 조명희가 긍정할 수 없고 인정할 수 없는 현실에 순응하는 글을 쓰지 않았다는 것이다. 조명희의 망명문학은 개화기 이래 한국 지식인(문인)을 가두었던 "이미 앞선 고장에서 만들어진" "지식"을 익혀 전하는 "로봇, 괴뢰" 수준의 "계몽적"(2, 68) 지식인 수준을 넘어 신채호 문장의 "기백과 논리"가 잘 보여주듯이 "자기가 만족할 만큼 날아"(2, 69) 올랐을 것이라는 게 주인공의 생각이다.

망명 후 조명희가 쓴 글을 읽지 못했기에 주인공은 신채호의 망명문학을 통해 조명희의 망명문학의 성격을 우회적으로 암시하는 데 그친다. 실제 자료에 근거한 진단이 아니라 자신이 세운 논리에 근거한 추정일 뿐이니 그 타당성은 조명희의 망명문학을 통해 따져볼 수밖에 없다. 『화두』를 집필하던 시점에는 알려지지 않았지만 이후 해외 한민족 문학 연구자들에 의해 발굴, 공개되었기 때문에 우리는 조명희가 망명 후 연해주에서 창작한 작품들을 통해 『화두』 주인공이 세운 망명문학의 논리가 타당한지 살필 수 있다.

결론은 타당하지 않다는 것이다. 조명희의 망명문학은 연해주에 살고 있는 고려인의 한 사람이자 소련 국민의 하나로서 새로운 소련 체제 건설에 적극적으로 복무하는 조명희의 삶과 정신을 담고 있는데, 식민지 조국의 독립을 위한 투쟁의 삶과 의식은 거의 나타나지 않는다.

『화두』의 주인공이 세운 망명문학의 논리는 신채호와 같이, 조국 독립을 우선 과제로 붙잡고 창작 활동을 했던 작가의 문학을 설명하는 데는 유효하다. 그는 일본의 통치 아래 펼쳐진 식민지 문학의 계몽성을 '장음(奬淫)', '타협'이라 하여 근본 부정하고 '아와 비아의 투쟁' 정신을 바탕으로 한 불퇴전의 정신을 담은 절대성의 문학을 주장하였다. 식민 상태에서 벗어나 독립을 쟁취하는 것이 민족 생존의 제1과제라 믿었기 때문이다. 신채호처럼 식민 통치의 질서 밖으로 망명한 문인의 경우, 그 질서 속에서 창작을 했던 문인들을 가두었던 계몽성조차 근본 부정하며, 『화두』의 주인공이 진단했듯 "자기가 만족할 만큼 날아"올라 "기백과 논리"의 세계를 일굴 수 있었을 것이다.

그러나 조명희는 새로운 체제 건설이 활발하게 진행되고 있는 역사 공간에서 그 체제 건설에 적극적으로 복무하는 문학을 하였다. 그 또한 망명작가였지만 그의 문학은 조국의 독립을 제1과제로 삼지 않았다. 프롤레타리아 국제주의와 세계혁명론, 그리고 소련 국민의 한 사람이라는 현실 조건이 그의 글쓰기를 근본 규정하였기에 그러하였다고 볼 수 있을 것이다.[15]

『화두』의 주인공이 자신이 세운 망명문학의 논리로써 일률적으로 그들의 문학을 이해하고 설명하려 했지만 망명문인 각각의 특수성을 고려하지 않았기 때문에 모든 망명문인의 경우에 적용할 수 있는 논리에는 이르지 못했다. 이런 문제점에도 불구하고 『화두』의 주인공이 조명희의 망명을 높게 평가하여, 그 정신을 기리는 것은 작가인 그의 글쓰기와 관련하여 큰 의미를 지닌다. 『화두』의 주인공은 조명희의 망명을 "노예생활을 감수할 생각도 없었고, 다른 노예들을 감시하는 노예가 될 생각도 없었기 때문"(2, 258)이라고 하여, 용납할 수 없는 현실과 정면으로 맞서는 정신의 표현이라

이해하였는데 요점은 '용납할 수 없는 현실과 정면으로 맞서는 정신'이다. 작가인 『화두』의 주인공에게 조명희는 그런 정신을 품고 문학 활동을 한, 본받아야 할 모범으로서의 선배 작가로 인식되었던 것이다.

『화두』의 주인공이 그런 조명희를 모범이라 생각하여 받드는 것은 그가 자신의 문학에서 다루는 이 땅의 현실을 '용납할 수 없는' 것이라 인식하고 있기 때문이다. 그는 자신을 포함한 한국인 일반이 "노예의 시간"(2, 158)을 살아왔다고 말하는데, 이는 일제 강점의 식민지 시기뿐만 아니라 그 이후 그가 이 소설을 쓰고 있는 1990년대 초까지를 아우르는 말이다. 4·19 이후 시기의 경우, "대한민국이라는 나라를 가로챈 폭도들이 발행한 여권에 적힌 대로의 의미밖에 없는 그들의 피통치인 — 노예"(1, 332), "식민지 군대의 하급장교를 대통령으로 점지한 생활을 선고한 것이었다. 역사는 한국 사람들의 귀싸대기를 보기 좋게 갈겨준 것이었다."(1, 337), "밤이 지배하는 고향", "그런 줄 모르지는 않으면서도 그 밖에는 자리가 없던 사람들이 제 고향에서 유형을 사는 그 고향"(1, 461) 등의 말로 미루어, 주인공이 특히 군사 정권의 통치와 관련지어 '노예의 시간'이라는 말을 사용하고 있음을 알 수 있다. 그는 일제 강점기의 경우 「낙동강」과 조명희 등을 통해 식민지 통치권력을, 해방 후 시기에는 자아비판회와 지도원 선생을 통해 북한의 혁명권력을, 그리고 건너뛰어 4·19 이후 시기에는 위와 같은 표현들로써 군부독재권력을 문제 삼아, 그 통치 아래의 삶을 노예의 삶이라 인식하고 부각하고 있는 것이다.

우리는 2장에서 『화두』가 해방 후 북한 사회를 지배한 혁명적 정치권력을 비판하고 있음을 살폈는데, 여기에 멈추지 않고 더 나아가 일제 강점기 식민지 통치권력과 해방 이후 한국 사회를 지배한 군부독재 정치권력까지 비판하고 있는 것이다. 이처럼 정치권력을 문제 삼고 있다는 점에서 『화두』는 정치소설이다. 정치소설의 주인공인 『화두』의 '나'가 작가로서 자신의 글쓰기와 관련하여 가장 크게 의식하고 있는 것은 그 같은 정치권력이 지배하는 현실에 어떻게 대응하는가이다. 조명희를 높게 평가하여 기리는 것을 통해 우리는 그가 그것과 정면에서 맞서 싸우는 글쓰기의 태도가 바람직하다고 인식한다는 것을 알 수 있다. "내가 곧 — 조명희이기까지 하다는 느낌"(2, 207)을 가질 정도로 조명희와 자신을 동일시하기도 하는 데서 이를 잘 알 수 있다.

그러나 그는 조명희처럼 용납할 수 없는 현실과 정면에서 맞서는 문학을 하지는 못했다. 그는 자신의 문학적 삶을 "이 세상이 잘못되었음을 알면서도 꿈적 못하고 사는 생활. 입을 다물고 사는 것도 아니고 글이라는 입을 놀리면서도 세상에 어김없이 맞서지 못하는 생활. 행간을 읽어달라는 궁색한 희망. 그 희망이 할 일을 하지 않고 있는 데 대한 면죄가 되지 못함을 잘 알면서도 그 이상 어쩔 생각을 못 내는 생활."(1, 329)이라 하며 자기 환멸에 빠지기도 한다. 이 자의식이 그를 이용악, 박태원, 이태준 등의 작가에게 깊이 끌리게 만드는 가장 큰 이유이다. "동업자로서의 친근감"(2, 49),

"일본말 번역의 서양 저자들의 인문과학 책에 정신의 형성을 의존했다는"(2, 205) 점에서 그는 그들 곧 "한 많은 식민지 지식인"의 "지적인 호기심의 계승자"라는 "심리적 자기동일성"(2, 206) 등도 그 이유이지만, 보다 큰 이유는 글쓰기 과정에서의 현실 대응 '태도' 또는 글쓰기 전략의 동질성이다.

> 저항하지 못하는 민중을 〈반영〉한 시는 따라서 저항을 하지 않은 것인가? 그렇게 말할 수는 없다. 저항할 힘까지 빼앗긴 사람들이 현실로 있었으니 그들에게 주목한 것은 시인의 선택이다. 그러한 민중의 창출 자체가 점령자들의 억압의 가혹함에 대한 증거이며, 그 민중을 선택한 사실이 그에 대한 고발을 이루고 있다고 해석해야 할 것이다. 그 선택이 시인에게는 저항의 형식이다. 그 저항을 어느 등급으로 매기느냐는 그 다음의 일이다. 이런 형식의 저항. 온 집단이 통째로 노예로 된 다음에, 그 노예의 시간을 사는 방식의 분화. 거기서 이 시인은 값있는 길을 걸었다. 걷기 어려운 길이었으리라.(2, 47)

이용악의 시에 대한 독후감이다. "저항할 힘까지 빼앗긴" "민중"을 "선택"하여 "반영"하는 것이 "노예"의 현실에 대한 "저항의 형식"이라는 것이다. 『화두』의 주인공은 이 같은 저항의 형식을 박태원과 이태준의 소설에서도 마찬가지로 확인하는데, 박태원의 단편

「소설가 구보씨의 일일」을 두고, "적들이 점령한 땅에서 발행되는 자리에서 쓸 수 있는 한계와 싸우고 있는 긴장이 보인다", "나라 밖으로 나가지 않고, 표현 활동을 계속하자면 이렇게 굴절될 수밖에 없지 않았겠는가?"(2, 50)라고 말하는 것이 그것이다.

요컨대, 선택과 굴절을 핵심어로 하는 '저항의 형식'의 창출[16]이 중요하다는 것인데, 『화두』의 주인공이 폭력적인 정치권력에 맞서는 글쓰기와 관련하여 도달한 결론은 이것이다.[17]

5. 마무리

지금까지 「낙동강」 그리고 「낙동강」의 작가인 조명희와 관련된 주인공의 체험과 사유를 중심으로 『화두』에서 행해지고 있는 정치권력 비판과 작가인 주인공의 글쓰기 전략의 모색에 대해 살폈다. 이를 통해 우리는 『화두』가 무엇보다도 정치를 문제 삼는 정치소설임을 확인할 수 있었고, 주인공의 글쓰기 전략의 모색이 정치권력의 억압에 맞서는 '저항 형식'의 창출로 귀결됨을 알 수 있었다.

이와 함께 주인공의 정신이 자기동일성에 갇히지 않고 언제나 변화를 향해 열려 있는, 그러므로 형성 중인 도정의 정신이라는 사실을 확인할 수 있었다는 점은 특히 중요하다. 정치권력, 지식, 문학, 글쓰기, 서양 미국 일본 등 타자들과의 관계 등에 대해 넓고 깊게 사유하는 주인공의 정신은 자기 조정을 거듭하며 나아가는 열린 성격의 것인데 이로써 『화두』는 열린 정신의 성찰적 여로를 중심축으로 전면적 진실의 포착과 드러냄을 향해 스스로를 개방하는 세계를 구축할 수 있었다.

이 글에서 검토한 것 이외에도, 『화두』에는 일제 강점기 한국 문학에 대한 주인공의 독서체험 가운데 눈여겨 살펴야 할 의미 있는 게 많다. 이광수의 『흙』에 대한 해석, 일제 강점기 이태준 문학과 관련지은 「해방 전후」에 대한 논의, 임화의 문학사 기술에 대한 논의 등이 그것이다. 『화두』를 잘 이해하기 위해서는 이 또한 검토되어야 할 것이다. 『화두』 주인공의 독서체험 가운데에는 외국 특히 유럽 문학에 대한 독서체험도 있는데, 일제 강점기 한국 문학에 대한 독서체험과 함께 작품의 전개에 중요한 역할을 한다. 이에 대한 검토도 필요한데, 차후의 과제로 남긴다.

월남문학의 세 유형
— 선우휘, 이호철, 최인훈의 소설을 중심으로

방민호(서울대학교 국어국문학과 교수)

1. 들어가며 — 월남문학과 '고향 상실'이라는 문제

이 글은 월남문학이라는 키워드를 중심으로 선우휘, 이호철, 최인훈의 소설을 세 가지 대표적 유형으로 나누어 분석해보고자 하는 것이다. 그런데 이 월남문학이라는 문제는 그 정신사적 배경에 관한 검토의 하나로서 그것을 '고향 상실'이라는 문제와 깊은 관련을 맺고 있다. 이는 월남문학이 무엇보다 '고향 상실'의 문학인 때문이지만, 동시에 이 '고향 상실'의 문제야말로 월남문학이라는 개념을 단순한 정치체제에 대한 반응적 개념의 수준에서 철학적, 형이상학적 개념 수준으로 끌어올릴 수 있게 해줄 것이기 때문이다.

월남문학을 단순히 체제 반응적인 문학 수준을 뛰어넘는 것으로 고찰하고자 할 때 '고향 상실'이라는 문제가 근원적인 문제로 부각된다. 이념적인 이유로든 또는 상상할 수 있는 또 다른 이유들로든 월남문학인들은 해방 후 8년사의 어느 시기에 이북으로부터 이남으로 월경해 왔고, 지금까지 고향으로 돌아갈 수 있는 기회를 얻지 못했다는 의미에서, 또 그러한 상태를 어떤 형태로든 문학적으로 표현해왔다는 점에서 고향 상실 문학이라고 규정할 수 있다. 월남문학을 일단 이렇게 고향 상실 문학이라고 규정하게 되면 그에 대한 보다 풍요로운, 또는 심층적인 해석이 가능해진다.

문학에서 고향 상실이란 무엇이냐 할 때 그것이 무엇보다 독일 문학 또는 철학에서 풍요롭게 전개되어 온 개념이라는 사실에 주목하지 않을 수 없다. 그 가장 유력한 자료 가운데 하나는 게오르그 루카치의 『소설의 이론』이다. 이 저작은 근대 소설을 고향 상실 문학으로 규정하고 고향으로의 귀환을 그리는 소설로, 양식적으로, 발생론적으로 규정한다. 주지하듯이 거기서 루카치는 그리스 서사시와 근대 소설의 양식적 차이를 극명하게 대조시키면서, 전자를 원환적인 문학, 즉 영혼이 자신의 중심점을 중심으로 원을 그리듯 순환하는 문학으로, 후자는 그러한 자족적이고 친숙한 세계로부터 소외된 영혼들의 회복을 위한 고투의 문학으로 규정했다. 그런 의미에서 "서사시는 자체적으로 완결된 삶의 총체성을 형상화하고 소설은 숨겨진 삶의 총체성을 형상화를 통해 드러내고 구축하려고 추구한다."[1] "소설의 주인공은 추구하는 사람이다."[2]

그런가 하면, 철학 쪽에서도 고향 상실은 근본적인 의미를 획득하고 있다. 루카치가 『소설의 이론』에서 노발리스를 인용하여 "철학이란 본디 향수"이자 "어디서든 집에 있고자 하는 충동 (Die Philosophie ist eigentlich Heimweh…der Trieb überall zu hause zu sein)" 이라고 하였듯이,[3] 또 『영혼과 형식』에서 노발리스와 괴테를 고향이라는 문제와 관련하여 재론했듯이,[4] 하이데거 역시 바로 그 노발리스의 문장을 끌어들여 철학의 본성을 논의하고자 한다. 그에게 있어 고향은 다음과 같은 의미를 갖는다.

> 특히 하이데거의 존재 사유에서 고향은 인간 현존재의 '거주하기(Whonen)'를 위한 '존재의 장소'로 사유되고 있다. 물론 여기에서 '존재의 장소'란 '존재의 진리가 일어나는 장소'를 말한다. 그리고 '장소'란 단순한 거주지가 아니다. (…) 인간이 '거주한다'고 할 때 그것은 이 세상에 존재하는 모든 것을 '보살핀다(schonen)'는 것을, (…) '사방(das Geviert)'을 불러모으고 있는 사물(das Ding) 곁에(bei) 체류한다는 것을 말한다. 간단히 말하면 '비은폐성'으로서의 '존재의 진리'가 현성하는 곳에 체류한다는 것을 말한다. 그런데 이곳이 바로 존재하는 모든 것들이 자신의 모습을 고유하게 펼치는 '사방-세계', 열린 장(das Offene), 만남의 장(Gegnet), 현존재(Dasein)에서의 현(Da), '근원 가까이에 있는 곳' 등등이다. 그래서 이러한 장소에 존재하는 것이 바로 하이데거의 존재 사유에서는 고향에 거주하는 것이다. 이러한 이야기를 받아들일 수 있다면, 고향은 세계, 장소, 열린 장, 만남의 장, 회역(φύσις), 존재에로의 가까움, 근원 가까이에 있는 곳, 단순 소박한 자연과 사물 곁에 있음 등

일 것이다. 그래서 하이데거는 "근원 가까이에 있는 땅" "근원 가까이에 있는 장소 (der Ort der Nähe zun Ursprung) "라고 명명했던 것이다.[5]

이와 같은 하이데거의 생각이 월남문학 개념과 관련하여 유의미하다고 의식되는 것은 월남문학의 발원 지점에 해당하는 1940년대~1960년대가 우리 문학사에서 하이데거적인 현상학적 사유를 적극적으로 수용하기 시작한 때인 것과도 관련이 없지 않다. 이 시기에 활동한 작가들이 이와 같은 고향, 귀향 등의 의미를 모르면서 이북에 둔 고향에 관한 소설을 썼을 것이라 생각할 수 없다.

이처럼 하이데거에 있어서 고향의 개념은 단순한 회귀의 장소가 아니라 "은폐되고 망각되어버린 인간의 역사적 존재의미가 탈은폐 되는 사건이 일어나는 시간 - 공간 - 놀이 - 마당"의 의미를 갖는다. 또 고향으로의 귀환이란 "비본래성과 비진리를 탈은폐시키는 투쟁으로서의 진리사건"이다.[6] 나아가 하이데거는 현대를 고향 상실(Heimatlosigkeit)의 시대로 규정하고, 현대인을 호모 비아토(Homo viator), 즉 고향을 상실하고 정처 없이 떠도는 방랑자로 간주했다. 말하자면 현대인은 영원한 실향민인 셈이다.[7]

또 다른 논문은 이러한 하이데거의 고향의 의미가 특히 이방인 또는 실향민과 관련하여 특별한 의미를 지닐 수 있음을 부각시키고 있다.

> 고향은 이방성 또는 이질성을 전제로 한다. 이를 하이데거는 "고향의 본질은 추방 속에서만 오직 빛나기 시작한다"(Heidegger, 1983a: 73)는 말로, 헬러는 "낯선 타지(alien places)가 없다면 고향도 있을 수 없다"(Heller, 1999:192)는 표현으로 각각 설파하였다. 다시 말해 고향은 반드시 이방성을 필요로 한다. 이방성이 제거된 것에서는 고향이 설 자리가 없다. 이를 이해하는 것은 그리 어렵지 않다. 이것 한 가지만 놓치지 않으면 된다. 오직 이방인만이 고향에 대한 애틋함을 갖는다는 사실, 바로 그것이다. 그들만이 고향을 품을 수 있다. 고향을 떠나지 않은 이들, 즉 비실향인들에겐 고향에 대한 애틋함이 없다.[8]

이 논문은 또한 이러한 실향민, 이방인의 멜랑콜리와 노스텔지어를 논의하는데, 이는 현대인은 자신의 현존재를 염려하는 자라는 하이데거의 또 다른 논의에 연결될 수 있으며,[9] 나아가 아래에서 이야기되는 '퇴락존재' 개념과도 연관시킬 수 있다.

> 하이데거에 의해 독특하게 규명된 "세계-내-존재(In-der-Welt-Sein)"는 비실존적 삶의 형태인 "퇴락존재(Verfallensein)"로서의 현존재가 비본래성의 늪을 빠져나가 자기의 본래성에 이르게 되는 도정으로서, 자신의 존재 가능을 실현해가는 현존재의 세계인 것이다.

(…)

따라서 고향 상실의 극복은 무엇보다도 "퇴락존재"에서 벗어나는 길이다. 이 퇴락존재에서 벗어난다는 것은 곧 귀향하는 도정이며 무실존에서 실존에로의 이주라고 할 수 있다. 그렇다면 이러한 이주는 "존재의 빛 가운데 서는 것"인 탈존(Ex-sistenz)에 의해 가능하기에, 탈존이야말로 인간의 본질을 형성하는 근본 요인이라고 할 수 있다.[10]

즉, 하이데거에 있어 고향 상실이란 곧 퇴락존재에 머무름을 의미하며, 그 극복은 곧 고향으로의 귀환이다. 하이데거 철학에서 위에서 말한 "탈존"의 의미를 보다 분명히 이해하기 위해서는 1950년대~1960년대의 중요한 하이데거 해석자 가운데 한 사람인 조가경의 역저 『실존철학』(박영사, 1961) 등의 논의의 도움을 얻는 것이 필요하다.

한편으로, 월남문학 개념은 그리스어로 '흩어짐'이라는 뜻을 갖는 '디아스포라(*Διασπορα*)'에 연계시킴으로써 더 깊은 논의를 개진할 수도 있다. 이 디아스포라 개념은 최근의 논의들에서 매우 빈번히 도입되고 또 그만큼 속화되었으니만큼 본래적인 의미를 되짚어보고 또 그로부터 얻을 수 있는 영감과 직관, 방법론적 확장 등의 효과를 고려할 필요가 있다. 물론 이는 고대 유태인들의 이산 과정과 밀접한 관련이 있으며,[11] 특히 사도 바울의 그리스도교의 세계종교화 과정에 연계시켜 새로운 해석을 가할 수도 있다.

필자가 흥미롭게 읽은 책 가운데 하나인 귄터 보른캄의 『바울 — 그의 생애와 사상』(이화여대출판부, 1996)은 바울이 "엄격한 디아스포라(Diaspora, 이방 지역에 살고 있는 유대인들) 가정에서 태어났다"[12]는 말로 논의를 시작하고 있다. "팔레스틴 밖의 이방 지역에 살면서 유대인의 규범과 관습을 지키는 유대인들을 흩어진 유대인, 디아스포라라고 부른다"[13]는 문장 또한 디아스포라라는 말이 이산 현상을 가리키기 이전에 이산되어 살고 있는 이들을 가리키고 있음을 시사한다.

바울은 소아시아의 다소라는 곳에서 출생한 그리스어를 모국어로 사용하던 디아스포라 유대인이었다. 바울의 시대에 소아시아는 헬레니즘 지역이었고, 도처에서 옛 종교들과 특히 동양으로부터 쇄도해오는 새로운 종교들의 융합과 혼합 과정이 진행되고 있었다.[14] 이러한 시공간 속에서 바울은 처음에는 바리새인적인, 엄격한 율법과 할례를 존숭하는 교인이었으나 어떤 회심 끝에 십자가에 달린 자에 관한 구원의 소식을 전파하는 사도로 변신하게 된다. 이 시대에 이른바 '헬레니즘파'와 '히브리파' 사이의 반목 속에서 새로운 영성을 획득한 존재로 거듭난다.

> 바울 자신의 말은 이와 반대 방향을 지시하고 있다. 십자가에 달리고 부활한 그리스도와의 만남 및 신의 부름이, 양심의 가책에 쫓기는, 자기 자신에 대한 불만에 의해 일그러진 사람 — 우리가 루터에 관해 그렇게 알고 있듯이 — 에게가

> 아니라, 선택된 민족의 일원임과 신의 율법 그리고 그 자신의 의(義)를 무한한 자랑으로 알고 있는 오만한 바리새인에게 일어난 것이다. 그러므로 자신이 경험한 생의 전환에서 신에 이르는 길을 발견한 바울은 불신자가 아니라 그 누구보다도 신의 요구와 약속을 진지하게 받아들인, 신을 위하여 열심을 가졌던 자였다.[15]

이로써 바울은 히브리적인 세계, 팔레스타인이라는 기원으로부터 자유로운 존재가 되며, 세계를 영혼의 거처로 삼는 '탈공간적' 또는 '간공간적' 존재로 거듭날 수 있었을 것인데, 이것이야말로 디아스포라의 궁극적인, 진정한 방향성에 해당하는 것이다.

월남이란 물론 장소 상실이다. 월남은 감각적, 정서적 친밀감, 유대감의 원천인 특정한 시공간의 상실을 의미한다. 이푸 투안은 『공간과 장소』에서 이 둘을 구별하면서 추상적 개념으로서의 공간에 비해 장소란 경험적 연대의 의미가 부착된 구체적 개념이라고 했다.[16] 이러한 생각에 따르면 문학인들의 월남은 이데올로기 선택 이전에 장소 상실이자, 장소성(=장소감, sense of place) 회복을 위한 '형언할 수 없는' 욕망을 야기하는 원천적 경험이라고 할 수 있다. 그런데 그 회복의 궁극적인 지향점은 친숙했던 과거를 향해 있다기보다는 오히려 미지의 미래를 향해 존재하는 것이 되며, 친숙했던 과거적 장소로의 귀환이라기보다 낯설면서도 그리운 향수의 대상을 향한 나아감을 의미하게 된다. 비유적으로 말한다면 월남문학의 궁극적 지향점은 작가 스스로 새로운 바울로 거듭나는 것이다.

필자는 이효석의 장편소설 『화분』에 대한 분석을 통하여 이와 같은 개방성, 미래지향성을 논의한 바 있으며,[17] 최근에는 정실비 역시 유사한 맥락에서 이효석 소설에 나타난 "개방적 로컬리티"를 논의하고 있음을 볼 수 있다.[18]

이러한 선례들은 월남문학의 문학적 진정한 가능성이 고향으로의 단순한 회귀 또는 귀환에 있지 않으며, 오히려 미지와 미래, 이향을 향한 나아감에 있음을 시사한다. 이러한 맥락에서 월남문학의 고향 상실 또는 그 극복 내지 초극의 양상을 '유형화' 또는 '등급화' 할 수 있다.

그 첫째 유형은 장소성을 회복하려는 경향을 띠는 월남이다. 그것은 우리가 흔히 말하는 고향에 대한 향수를 의미하는 것으로, 선우휘의 「망향」이나 전광용 소설 「목단강행 열차」, 「고향의 꿈」 같은 작품에 나타난 인물들의 경우를 예로 들 수 있다.

두 번째 월남은 고향으로의 회귀 욕구를 최대한 억제하고 고향을 떠난 현실 상태 그 자체에 적응하고자 시도하는 것이다. 이는 반공주의를 비롯한 남한 체제 옹호 이데올로기와 결합하는 양상을 보일 수도 있고, 다른 한편으로 적응 시도와 함께 그러한 과정 자체를 비판적으로 사유하는 심도를 보여줄 수도 있다. 이호철의 장편소설 『소시민』의 주인공이 이 경우에 해당한다.

마지막 세 번째 유형은 생래적으로 부여된 고향과는 다른 차원의 고향을 향한 지향을 수반하는 월남이다. 월남을 일종의 엑소더스 또는 디아스포라 상태로 규정할 수 있다면 이것은 고향으로 돌아가고자 하는 대신 더 이상적인 고향, 상실된 과거로서의 고향보다 더 나은, 미래의 고향, 미지의 고향을 지향한다. 이 경향을 가장 극적으로 대표하는 것이 바로 최인훈이다. 그의 일련의 장편소설들, 특히 『광장』, 『서유기』, 『화두』에 나타난 주인공들이 바로 이 경우에 속한다.

필자로서는 이처럼 고향 상실 문제를 좌우익 이념 선택의 문제보다 우선시, 중시하는 것이 월남문학 연구의 심화를 기할 수 있는 관건 가운데 하나라고 생각한다. 앞에서도 언급했듯이 우리 문학과 그 연구는 너무 많이, 그리고 너무 깊게 정치화되어 있기 때문이다.

2. 월남문학의 제1유형 — 형언할 수 없는 고향에의 그리움 (선우휘의 경우)

선우휘의 「십자가 없는 골고다」(《신동아》, 1965.7) 및 「망향」(《사상계》, 1965.8)은 여러모로 공통점이 많은 작품들이다. 우선 발표 시기가 아주 가깝고, 다음으로 자전적 소설 형태를 띠고 있으며, 마지막으로 이 글의 논의 주제인 고향 상실 문제를 변주적으로 드러내고 있다.

위 문장의 마지막 문제와 관련하여, 「망향」은 "해방된 다음 해 봄"에 "삼팔선을 넘어 월남한" 인물을 화자로 내세우고 있는 데 반해,[19] 「십자가 없는 골고다」의 화자는 월남민 여부가 불확실하다. 이 소설에서 확실하게 드러나는 것은 디아스포라 의식이다. 작품 속으로 들어가 보면 '나'는 2년 만에 고국으로 돌아와 친구인 K·김이 정신병원에 수감되었다는 소식을 접한다. 그와 중학교 동창이며 한때 신문사에도 같이 다닌 적이 있는 '나'는 정신병원으로 그를 만나러 간다. 병원장에 따르면, 그는, 젊은이 하나가 군중들의 린치를 받고 불에 타 죽었는데 신문에 나지 않았다고 주장하고 있다.

이제 '나'는 K·김을 만나 대화를 나누게 되며, 이후의 이야기는 이 K·김의 술회를 중심으로 전개된다. 본격적인 이야기는 K·김이 대폿집에서 지인들과 더불어 "S월간지에 실린 H옹의 논문"[20]을 화제에 올리게 되는 것으로부터 시작된다. 잡지 및 인명의 이니셜의 특징상 이것은《사상계》에 실린 함석헌의 글을 가리키는 것으로 추측된다.

함석헌은《사상계》1961년 7월호에「5.16을 어떻게 볼까?」를 게재하는 등 군사정부에 대해 비판적인 태도를 견지했으며, 이로 인해 장준하가 당시 중앙정보부장이던 김종필에게 불려가 "정신분열자 같은 영감쟁이의 이따위 글을 도대체 무슨 저의로 여기 실었소?"라는 식의 심문을 당했다고 한다.[21]

함석헌은 또한 선우휘의「십자가 없는 골고다」가 발표된 1965년에도《사상계》1월호에「비폭력혁명 — 폭력으로 악은 제거되지 않는다」, 5월호에는「세 번째 국민에게 부르짖는 말 — 오늘은 우리에게 무엇을 호소하는가」를 게재하면서 군사정부에 대한 직설적인 비판을 감행한 바 있다. 특히 후자의 글에서 그는 "나폴레옹도 망했고 힛틀러도 망했습니다. 하물며 그 지혜에 있어서나 그 기백에 있어서는 나폴레옹이나 힛틀러에 못 가는 벼룩 빈대 같은 것들 따위겠습니까."[22]라고 쓰는가 하면 다음과 같은 선동적인 문장을 남겨놓기도 했다.

> 국민 여러분!
> 오늘까지는 싸움에 졌어도 내일부터는 꼭 썩어진 정치에 끝을 내도록 결심을 합시다.
> 일본 세력도, 미국 세력도, 중공 세력도 그밖에 어떤 세력도 다 물리치고 완전한 독립 국민으로 살 것을 결심합시다.
> 내일의 세계를 지도해갈 새 사상, 새 종교를 꼭 우리 속에서 낳도록 결심을 합시다. 성령의 수정(受精)을 하도록, 민족적 혼의 태반을 정화하도록 합시다.
> 세계 혁명의 앞장을 서도록, 세계 역사의 역사적 메시아로서의 십자가를 온전히 지고 살아나도록 결심을 해야 합니다. 한 사람 한 사람이 이제 시시각각으로 결심해야 합니다.[23]

현 정부를 타도하자며 "세계 혁명"까지 주창하는 함석헌의 문필 활동들은 「십자가 없는 골고다」에 등장하는 S지의 H옹 사건의 배경으로 자리를 잡고 있으며, K·김과 그의 지인들은 당국이 H옹을 잡아 가둘 것인가를 두고 내기까지 한다.

순교자가 되고자 하는 H옹에 대한 당국의 처분 방식을 놓고 이들이 벌이는 내기는 예수가 골고다 언덕에서 십자가에 못 박힐 때 그 밑에서 로마 병사들이 예수한테서 벗긴 옷을 걸고 주사위를 돌린 일에 비유된다. 그리고 이는 곧 이 작품의 주제를 시사한다. 당국이 H옹을 잡아 가둘 것이라고 주장함으로써 내기에서 진 K·김은 H옹의 글을 뛰어넘는 "깜짝 놀랄 행동"[24]이 필요하다며 한반도 남쪽을 "국제입찰"[25]에 붙여 방매해버려야 한다는 주장을 편다. 그렇게 해서 한 세대 당 5만 달러쯤에 땅이 팔리고 나면 그것은 "장엄한 민족서사시"[26]의 단초를 이룰 수도 있으리라는 것이다. 지극히 비현실적인 이 주장은 작품의 제목이나 H옹의 사건 등에 비추어 유대인들의 디아스포라에 연결되는 것이라 할 수 있다.

> 잠깐 뜸을 들인 K·김은 비어진 막걸리잔을 얼핏 높이 치켜들면서 소리쳤다.
> "엑소더스!"
> 사발에 남았던 몇방울의 막걸리가 옆의 친구들의 어깨에 뛰자 모두 고개를 흠칠 오그렸다.
> "그건 오랜 세월이 흘러야 해, 그리구 그동안 세계 각처에 흐터졌던 엽전들은 모진 고난을 겪어야 해. 어디서 히틀러 같은 놈이 나와 자기네들의 순결을 지킨다구 엽전을 모주리 죽여서 거기서 짜낸 기름으루 비누를 만들어 쓰는 일을 당할 수두 있구, 장사를 하다가 돌림을 당할 수두 있구, 얼싸 좋다구 오만불을 아예 때려 마시구 거지가 되는 수두 있

어야겠구 … 어쩌다 잘돼 〈록펠러〉처럼 큰 나라의 재벌이 되는 수도 있구, 〈암스트롱〉처럼 예술가가 돼서 날리는 놈두 있을는지 모르겠지만 하여간 오랜 세월이 지나면 더 잘살게 되었거나 간에 제고장 … 이놈의 땅이 그리워지게 될 게 아닌가. 그렇게 되면 그제야 어째서 그때 그렇게 피차 못되어 먹었을까 뉘우치게 될 테니 말이야, 그래 다시 제고장 땅으로 돌아가는 운동을 벌이는 거지, 철학자는 거기 사상체계를 세우구 시인은 향수의 노래를 읊구 … 그쯤되면 〈모세〉가 나올 테지, 아니, 〈매스〉의 시대니만큼 모두 〈모세〉가 될 수 있을 테지, 누굴 치켜올리기 싫어하는 족속이니까, 그렇게 모두 〈모세〉가 되어두 좋아. 그래서 다시 이 땅으로 돌아오는 거야, 다시 이 땅을 사가지고 말이지, 아니, 세계적으로 여론을 일으키면 다시 사잖아도 될는지 몰라. 한반도를 코리언에게![27]

유태인들의 엑소더스, 디아스포라, 그리고 팔레스타인 귀환열을 빌린, 이와 같은 한국 정치 현실의 희화화는 K·김의 황당한 주장을 진실한 주장이라고 믿고 따르는 대장장이 젊은이의 실제 행동으로까지 비화된다. 젊은이의 신분이 대장장이인 것은 그것대로 성경적인 비유적 해석을 필요로 할 텐데, 그는 K·김의 주장대로 한반도를 국제입찰에 붙이기 위한 서명 운동에 돌입하며, 이 운동이 확산되자 성난 군중들은 이 젊은이(=이성칠)를 매국노라고 몰아붙여 불에 태워 죽여버린다.

작품의 결말에 이르러 신문에도 나지 않은 이 젊은이의 죽음은 K·김의 과대망상증이 빚어낸 공상에 지나지 않을 수도 있음이 드러난다. 그리고 이 K·김은 어딘지 모를 곳으로 실종되어 버린다. '나'는 결말 부근에 이르러 "그는 과연 나의 친구였을까, 아니 과연 나의 친구 가운데 K·김이란 있었던가"[28] 하고 자문함으로써 이 인물이 '나'의 일종의 분신이며, 따라서 이 소설이 분신담으로 해석될 수도 있음을 시사한다. 그리고 이에 이르러 비로소 작중에 등장하는 K·김의 자기 환멸이 새로운 의미를 획득한다. K·김의 이력은 '나'로 표상하는 텍스트 바깥의 작가 자신, 즉 선우휘의 이력과 아주 흡사한 때문이다.

> 그렇게 부호랄 수는 없지만, 비교적 넉넉한 소지주의 집에서 태어나, 별로 남부러울 것 없이 자라난 어린 시절, 머리가 그렇게 좋은 편은 아니었지만 아버지의 관심이 담임교사들에게 웬만큼 영향을 주어 우등상장도 타고 이류중학을 나와 괜찮다는 대학을 다니며 적당히 즐기고 적당히 번민한 청춘의 나날, 해방 후 좌우의 정치 투쟁의 물결이 학창까지 밀려들었으나, 어느 편에도 기울지 않고 양쪽 다 적당히 비판하면서 무난히 졸업하고 중학교 교사의 직을 얻은 사회에의 제일보, 그리고 교원 생활에 싫증이 나자 선배에게 청을 넣어 힘들이지 않고 신문사로 들어간 언론계에의

투신, 육이오가 일어나자 특채로 채용되어 장교의 신분으로 일반 시민들보다 더 편히 지낼 수 있은 후방 생활, 휴전이 되자마자 군복을 벗어던진 재빠른 언론계로의 복귀, 사일구 이후 혁신 정치인들에게 추파 비슷한 호의를 던져보고 중립화 통일에도 관심을 가져보면서도 현실적인 회의를 느껴 이상으로 밀고 나가지는 못한 상식적인 처세, 그 탓으로 오일륙을 무사히 넘기자 군 출신이라는 점에서 받을 수 있은 각가지 대접 등등.[29]

분신담의 숨바꼭질이 어떻게 독자를 기만할 수 있는가는 박태원의 「적멸」(《동아일보》, 1930.2.5~3.1)을 통하여 이미 확인되며, 작가를 꼭 닮은, 그러나 디테일에서 꼭 같지만은 않은 인물을 등장시키는 자전적 소설의 이중적 효과에 대해서 이광수의 「그의 자서전」(《조선일보》, 1936.12.22~1937.5.1)을 통해서도 살펴볼 수 있었다. 선우휘의 실제 이력을 상기시키는 이 이력의 끝에는 "권태"[30]가 자리 잡고 있으며, 이 소설을 일종의 분신담으로 파악하는 한에서 이 "권태"는 비극을 지향하는 '나', 곧 자신의 본질주의적, 근본주의적 성격을 퇴락시키는 무서운 요인으로 작용함이 드러난다.

작중의 '나'는 "자기 운명이 어떻게 될 것을 뻔히 내다보면서 그래도 자기의 길을 가지 않으면 안 되고 그 비운의 길을 한 발자국 한 발자국 걸어가는 비극"[31]을 지향하는 사람이건만, '나'의 분신에 해당하는 K·김의 "권태"가 말해주듯 어느덧 그는 현실적인 생활 세계의 수렁에 깊이 빠져들어 있다는 것이다. 따라서 이와 같은 맥락에서 다시 K·김의 황당무계한 한민족 엑소더스 스토리를 검토해보면 그것은 심각한 정체성 위기에 직면한 '나', 즉 텍스트 바깥의 작가 자신의 구원을 위한 상징적 장치임이 드러난다.

필자는 비교적 최근까지만 해도 선우휘를 앞에서 언급한 '고향 상실'의 세 유형 가운데 두 번째 유형, 즉 현지 적응형 월남의 대표자로 간주하였으며, 이는 선우휘의 『노다지』, 「싸릿골의 신화」, 「십자가 없는 골고다」 등을 분석한 정주아의 논문 「두 개의 국경과 이동의 딜레마 — 선우휘를 통해 본 월남 작가의 반공주의」(《한국현대문학연구》 37, 2012)의 논지와도 일맥상통하는 면이 있다. "해방기에서 전후에 걸친 월남작가 집단의 독특한 체험과 갈등의 양상"[32]에 관한 분석을 꾀한 이 논문은 그들을 정치적 담론의 간섭에서 자유롭지 못한 존재로 보면서도 단순히 수동적이지 않은, 반공주의를 능동적 내면화할 수도 있는 집단으로 보고자 하며, 그러한 하나의 사례로서 선우휘를 분석해간다. 그에 따르면 「십자가 없는 골고다」에는 "언론 통제 당국에 대한 비판과 더불어 정치 담론에서 경제 담론으로 권력의 관심이 이동함에 따라 상대적으로 소외되는 남북관계 및 통일 문제 등의 정치적 현안에 대한 조급증이 반영되어"[33] 있으며, 이 소설의 문제의식은 "마땅히 제출되어야 할 정치적 안건이 공론화되지 못하는 상황에서, 대중 및 지식인 사회의 침묵을 과연 어떻게 깰 것인가라는 질문이 놓여 있다."[34]

"무인의 거리", "이 도시가 완전무결하게 죽어 있다는 공포" 같은 문장들, 그것들을 수반하는 일사 후퇴 무렵의 최후의 서울의 완전한 공백과 침묵에 관한 일화는 공론장의 부재 또는 위축에 관한 비유로 읽힐 수도 있을 것이다. 그러나 이 작품을 일종의 분신담으로, 또 작가 자신의 타락과 권태에 대한 성찰 및 그 회복의 문제로 보는 점에서, 이 텅 빈 도시의 문제는 엑소더스, 디아스포라의 상상력과 맞물려 월남이라는 '고향 상실', 즉 자기 회복을 필요로 하는 '비실존적' 상태를 표상하는 것으로까지 환원되어 해석될 수 있으며, 남한 체제에 '감금되어' 체제내화 되어가는 자기 존재에 대한 구원에의 희구로까지 상징적으로 해석될 수 있다. K·김이 상상하는 대민족적 서사시로서의 엑소더스 및 미래의 새로운 귀환은 이 자기 정화라는 문제를 민족적 상태에 투사시킨 산물이다.

한편, 이에서 더 나아가 「망향」은 월남이라는 행위가 부과한 장소 상실을 보상받고자 하는, 월남민의 의사(擬似) 귀향과 그 비극을 그린 문제작이라 할 만하다.

해방 이듬해 봄에 월남하여 이른바 타향살이 19년째에 접어든 '나'는 "고향에 돌아간 꿈"[35]을 꾸곤 한다. 작중에서 화자인 '나'는 고향을 그리는 자신의 마음 상태를 가리켜, "새삼스러운 나의 향수는 가슴이 저리도록 간절한 것이었다. 아니 눈앞에 드리운 보이지 않는 장막 같은 것을 예리한 칼로 섬벅 끊어버리고 싶은데 그것이 꼭 나의 얼굴 앞에 드리워 있어서 숨조차 드내쉴 수 없을 정도로 안타까우면서 가슴이 답답하기만 한 그런 그리움이라고 할까."[36]라고 표현하고 있다. 이와 같은 절실한 그리움을 이북에 두고 온

어머니를 그리워하는, 전광용의 「목단강행 열차」(《북한》, 1974.9)에 등장하는 작가적 주인공 '나'와 꼭 같은 현상을 보이는 것이며, 이를 장소성 회복을 지향하는 월남문학의 제1유형에 속하는 것으로 간주할 수 있다.

그러나 「망향」은 고향에 대한 향수라는 동일한 모티프를 반복하고 있음에도 그러한 그리움을 묘사하는 데 그치지 않고 더 나아가 그러한 향수의 실현이 사실상 원천적으로 불가능함을 극단적으로 드러낸다.

작중에서 '나'는 동향의 같은 월남민 친구인 이중환의 부친을 찾아뵈었던 일을 떠올린다. 충주 가까운 시골에 정착한 이중환의 부친은 고향에 대한 충족될 길 없는 그리움을 보상받으려는 마음에서 고향과 흡사한 지형을 가진 곳을 찾아 자신이 떠나온 유서 깊은 이북의 집과 꼭 같은 모양을 가진 집을 마련하고자 한다.

이중환의 부친이 살던 이북의 고향집은 백 년에서 삼 년이 모자라는 긴 기간 동안 4대에 걸쳐 살아온 고가이고 좌청룡 우백호의 풍수에 꼭 들어맞는 언덕산에는 5대에 걸친 선영이 자리를 잡고 있다. 너무나 낡아 금방이라도 주저앉을 것 같은 형편인 디근 자 형의 이 기와집을 그는 고가다운 원형을 지키며 살아왔던 것이, 해방 이듬해 봄에 급기야 그 집에서 축출당할 형편에 빠지고 말았다.

이 소설은 이 유서 깊은 고향집을 이남에 재현하려는 인간의 집념을 밀도 높게 그려내고 있다. 미련을 삼키고 고가를 떠난 그는 15년 만에 충북에 고향 지형에 흡사한 곳을 찾아 마침내 고가와 똑

같은 집을 지어내고야 만다. 그 집을 바라보는 '나'의 전신에 파상적인 소름이 돋을 정도로, 그는 그 집을, 신축이면서도 몹시 낡아 보이도록, 뿐만 아니라 이 집의 모든 디테일한 부분까지도 자신이 떠나온 고가를 그대로 재현한 것처럼 지어놓았다.

이와 같은 새로운 고향집은 장소성 회복이라는 문제를 전면화한다. 장소성이란 본디 시공간적 맥락을 떠나서는 성립할 수 없다. 이푸 투안은 장소감을 불러일으키는 고향집에 대해 다음과 같이 써놓았다.

> 집은 친밀한 장소이다. 우리는 주택을 집과 장소로 생각한다. 그러나 과거의 매혹적인 이미지는, 바라볼 수 있을 뿐인 전체 건물에 의해서 환기되는 것이 아니라 만질 수 있고 냄새 맡을 수 있는 주택의 구성 요소와 설비(다락방과 지하실, 난로와 대 달은 창, 구석진 모퉁이, 걸상, 금박 입힌 거울, 이 빠진 잔)에 의하여 환기된다. 슈타크(Freya Stark)는 말하길, "보다 작고 친밀한 것에서, 기억은 어떤 사소한 것, 어떤 울림, 목소리의 높이, 타르 냄새, 부둣가의 해초… 등을 가지고 가장 매혹적인 것을 엮는다. 이것은 확실히 집의 의미이다. 집은 매일매일이 이전의 모든 날들에 의해 증가되는 장소이다."[37]

「망향」은 이중환의 부친의 마음속 깊이 뿌리내린 장소성의 이와 같은 세부 요소들을 지극히 디테일한 수준, 부분에까지 섬세하고도 다채롭게 묘사한다. "늪을 끼고 도는 좁다란 길이라든가, 개천에 놓인 나무 조각을 새끼로 묶은 징검다리라든가, 그 조금 더 밑에 가서 웬만큼 물이 괸 웅덩이라는가, 아아, 그리고 기울어진 오양간의 기둥…"[38], "벽이란 벽은 모두 흙으로 발라 있었고 집 한 모퉁이에 굵다랗게 올라간 굴뚝도 돌과 흙으로 빚어져 있는데, 그 꼭대기는 무슨 상자를 올려 놓은 양 나무 조각으로 엮여져 있었다. 대청이란 것은 없고 댓돌 위의 높다란 장소에 나무 평상이 놓여 있고 문이란 문에는 모두 우악스러운 쇠고리가 달려 있었다."[39], "밥 바리가 놋그릇인 것이 인상적이었는데 밑반찬 외의 별식은 되비지였다. / 비지라면 이남에서는 두부를 앗은 뒤의 찌꺼기를 두고 말하지만 고향의 그것은 콩을 갈아 거기 돼지 뼈다귀와 살을 넣어 끓여내는 것으로서 보통 「되비지」라고 일컫는 것이었다."[40], "그 석유등도 이장환네가 해방전 고향의 그 옛집에서 쓰던 「방등」을 본떠서 만든 것이었다."[41] 등등.

가히 집념이라 할 만한 이장환 부친의 고향집에 대한 향수는 집을 둘러싼 지형지물에서부터 가옥의 기본 구조, 벽, 문, 집기들, 음식에 이르기까지 고향의 것을 그대로 빼닮도록 해놓았으며, 그 안에 들어앉아 그는 자신의 아들과 아들 친구가 집으로 돌아오는 모습까지, 그리고 집 천장에서 부스럭거리는 소리를 내는 쥐들까지 고가의 그것과 같기를, 흡사하기를 염원한다.

그러나 이 염원의 실현이 불가능하다는 것, 다시 말해 고향집의 장소감을 과거 그대로 재현할 수 없음은 이중환의 대사, 즉 "난 이상하게두 이북의 집허구 비슷하면 비슷할수록 아니 비슷하게 본 땄다고 보이면 보일수록 되려 생소한 느낌이 드니 웬일인지 모르겠어"[42]라는 문장에 압축되어 있다. 그리고 이중환의 부친 또한 말년에 이르러서는 "아니야, 이렇지가 않았어"[43]라는 혼잣말 버릇에 빠져들고 만다. 회복이 불가능하면 불가능할수록 더욱 집요하게 파고드는 이중환 부친의 고향 회복의 몸부림은 마침내 그를 고향집의 그것처럼 파놓은 늪에 빠져 익사하도록 하고 만다. 그리고 '나'는 그가 늪의 물에 얼굴을 묻고 죽어버린 것은 물속에 비친 자신의 늙은 얼굴에서 자신의 부친의 모습을 보았기 때문일 것이라고 추측한다.

「망향」의 문제적 성격은 바로 그 이중환 부친의 충족될 수 없는 고향 회복이 작중의 '나', 즉 '나'로 표상되는 텍스트 바깥의 작가 선우휘 자신의 것이라는 데 있다. 이중환의 부친의 의사 회귀의 실패는 선우휘 자신의 고향 회복이라는 측면에서의 어떤 절망을 표상하며 이처럼 진정한 의미에서의 귀환이 불가능하다면, 아울러 「십자가 없는 골고다」에서의 디아스포라의 허구성과 더불어, 고향 상실이라는 문제와 관련하여 작가에게 남은 선택지가 별로 없음을 의미한다. 그의 반공주의는 이러한 고향 상실의 심화 내지는 극단화 속에서 얻어진 하나의 현실 적응적 태도였다고 해석해볼 수 있다.

3. 월남문학의 제2유형 — 적응해야 할 현실의 부정적 형상 (이호철의 경우)

월남문학의 고향 상실 양상을 전형적으로 보여주는 사례 가운데 하나로 이호철의 장편소설『소시민』을 꼽을 수 있다. 이 작품은 1964년 7월부터 1965년 8월까지 잡지《세대》에 연재되었고, 신구문화사에서 1965년에 출판한《현대한국문학전집》8권에 전재 수록되었으며, 이후 여러 출판사에서 거듭 출간되었다.

이 소설은 한국의 1차 전후문학이 1960년대 중반경에까지 다다름을 보여주면서 전후 한국 사회의 추이를 심층적으로 진단하고 있는 문제적인 작품이지만, 특히 작가 이호철 자신의 피난 정착 생활을 모델로 삼은 자전적 소설이라는 점에서 이 글에서의 논의를 충당하기에 적절한 자료라 할 수 있다.

이호철은 지금은 갈 수 없는 함경남도 원산 태생이다. 원산은, 사전류에 따르면, 고종 32년인 1895년에 함흥부 덕원군으로, 다시 33년인 1896년에 함경남도 덕원군으로 되었으며, 1910년의 한일합방과 더불어 원산부(元山府)로 되고, 1914년의 행정구역 개편과 더불어 원산부와 덕원군으로 나뉘게 되며, 1942년에 덕원군이 다시 원산부와 문천군에 병합되는 등 곡절을 겪는다. 그는 1932년 3월 15일에 출생한 그는 평생을 "나는 본시 원산", "원산의 본 이름이 덕원"이고 "나도 원래는 덕원 사람"[44] 사람이라는 자의식 속에서 살아왔으며, 원산중학교를 나와 원산고등학교를 다녔으며 졸업을 목전에 둔 1950년 7월 7일에 인민군에 동원되었다. 인민군에 소속된 그는 당시 최전선인 울진 근방에까지 내려갔다 인천상륙작전 와중에 뿔뿔이 흩어져 후퇴, 단신으로 원산으로 돌아갔다 홀로 월남하게 된다. 그는 홀홀단신으로 미군의 원산 철수에 합류하여 LST를 타고 부산으로 오게 되는데, 이 과정은 6·25전쟁과 한 개인의 운명이 만나는 희귀한 장면이라고 할 만하다.

일요일 새벽 남침을 감행한 북한 인민군은 파죽지세로 밀고 내려와 곧장 서울을 함락시키고 남하하지만 낙동강 전선에서 교착 상태에 빠지게 된다. 소강 상태의 전세를 단번에 역전시킨 것은 맥아더의 인천상륙작전, 1950년 9월 15일 02시에 개시된 이 작전은 북한 인민군의 병참로를 차단하고 낙동강 전선을 후방에서 압박함으로써 전황을 급격히 반전시켰다. 이호철이 소속된 인민군은 대오를 잃고 오로지 북쪽을 향하여 후퇴하게 되며 이 과정에서 이호철은 국군의 포로가 되었다 친누나의 자형을 만나 구사일생으로 놓여나 원산으로 돌아간다.[45] 이때 국군측은 연합군보다 앞서 10월 19일에 평양으로 진격하였으며, 10월 26일에는 국군 6사단이 압록강에 다다라 강변에 태극기를 꽂기까지 한다. 그러나 여기서 전세는 다시 한 번 뒤집힌다. 10월 하순경에서 11월 초에 걸쳐 중공군이 대대적으로 전쟁에 개입해 들어온 것이다. 이른바 인해전술로 밀고 내려온 중공군에 밀려 국군과 연합군은 후퇴에 후퇴를 거듭하지만 급기야는 함흥, 원산 인근에 고립되어 퇴로를 차단당하는 위기를 맞게 된다.

원산 철수, 흥남 철수는 이러한 상황을 타개하기 위한 것으로 이때 아군 쪽에서 일하던 민간인들을 비롯한 피난민들이 함께 부산으로 오게 된다. 최근에 영화 「국제시장」(2014)을 통해 새롭게 환기된 흥남 철수는 미군과 국군이 1950년 12월 15일부터 23일에 걸쳐 흥남항을 통해 철수한 것을 가리키는 것으로 원산 철수는 그 서막으로서 그보다 조금 앞선 12월 9일에 이루어졌다. 인민군으로 국군 포로가 되었다 풀려나 원산으로 돌아와 있던 이호철은 원산에 원자폭탄이 떨어질지도 모른다는 흉흉한 소문 속에서 부친과 함께 바닷가로 향하지만 결국은 혼자 수송선에 오르게 된다. 이 과정을 그는 다음과 같이 술회하고 있다.

> "그래서 그렇게 일단은 중청리서 아버지랑 같이 떠났어. 그런데 너 먼저 내려가라. 나는 친구 집에 잠깐 들렀다가 뒤따라가마, 하셔서 그 벗어놓은 아버지 고무신만 조금 지긋이 보고 있었지. 그렇게 신흥동 건널목 철길을 건너 아래 원산 바닷가 항구에 갔더니 조용해. 함경도 '서호진'으로 간다는 배를 일단 탔더니, 사방이 그저 조용조용하기만 해서 아무래도 이상해서 도로 내렸지. 다시 위 원산 쪽으로 해방 따라 올라가니까 말 그대로 온통 인산인해야. 바다 저 멀리 커다란 미국 기선(레인 빅토리아호)도 보이더만. 그리고 조금 있으니까 드디어 파도를 가르며 쾌속정 몇 대가 왱 하고 그야말로 날아오듯이 가까이 다가왔어. 열아홉 살이고 혼자겠다, 맨 앞에 섰다가 휙 탔지."

(…)

"다시 선생님이 원산을 떠나신 것은?"

"12월 7일."

"1·4후퇴 이전이네요?"

"12월 9일에 부산에 도착하니까 거기 사람들은 아무것도 몰라요. 원산에서 내려왔다니까 놀라더만. 거긴 북한 아니냐면서 중공군 나온 소식도 모르고. 도청에 가니까 전부 소독약 DDT도 뿌려주고 그러니까 그게 뭐 보약인 줄로 알고 더더 뿌려 달라고들 하고."[46]

이호철의 등단작인 「탈향」(《문학예술》, 1955.7)이나 「나상」(《문학예술》, 1956.1)은 이호철의 전쟁 체험이 담긴 단편소설들이며, 『소시민』은 그 원체험으로부터 10여 년이 지난 시점에서 과거의 경험을 성찰적으로 조명한 본격적인 작품이라고 할 수 있다. 여기서 하나의 질문이 가능하다. 작가는 도대체 왜 그렇게 피난지 부산에서의 경험에 매달려야 했던 걸까? 이를 단순히 진귀한 소설적 소재인 때문이라고 말하는 것은 작품을 표층적으로만 읽는 결과를 낳을 것이다. 혼자 몸으로 고향 원산을 떠나 부산에 떨어지면서 작가에게는 이 낯선 공간에서 생존해나가야 하는 절대 과제가 주어졌다고 볼 수 있으며, 이때 그가 끝내 작가가 될 수 있었던 것은 그 자신이 다만 한 사람의 개체적 존재로서 남쪽 세계에 적응하기를 꾀하는데 그치지 않고 이 세계를 비판적으로 성찰할 수 있는 시각을 확보할 수 있었기 때문이다. 말하자면 작가는 6·25전쟁 후 십여 년이 지난, 조망적 시점을 교두보 삼아 부산을 전후 한국 사회의 인큐베이터로 간주하면서 이 '부화기' 속에서 어떤 일들이 벌어졌는가를, 그것이 이후에 전개된 한국인들의 삶과 어떤 인과관계로 맺어져 있는가를, 이 소설의 제목인 '소시민'이라는 사회학적 용어의 함축적 의미망을 중심으로 비판적으로 조명한다.

이 소설의 주제를 심층적으로 이해하기 위해서는 작중에 등장하는 '소시민'이라는 말의 용법을 다각도로 음미할 필요가 있다. 작가는 소설 속에서 이 용어를 빈번히, 파상적으로 등장시키며 이를 통하여 자신이 그려내고자 하는 피난지 부산의 사회적 체질을 구체화 하고자 한다.

이 소설에 등장하는 부산은 무엇보다 소시민화한 인간들의 도시다. 작중 앞부분에서 작가는 화자의 목소리를 빌려 "이 무렵의 부산 거리는 어디서 무엇을 해 먹던 사람이건 이곳으로만 밀려들면 어느새 소시민으로 타락해져 있게 마련이었는데, 더구나 아침저녁으로 부두 노동자들이 들끓고 있는 남포동 근처는 서민의 피부를 짙게 느끼게 하였다."[47]라고 쓰고 있다. 이는 그가 말하는 "소시민"이 "타락"과 뗄 수 없는 연관을 맺고 있으며 이 타락은 어디서, 어떻게 밀려 들어왔는지 모르는 사람들의 생존을 위한 불가피한 훼손임을 말해준다. 이러한 상황을 작가는 작품의 8장에 이르러 아주 인상적으로 압축해 설명해 보인다. 이 대목은 작품을 쓴 작가의 문제의식이 집중적으로 드러나 있는 곳이다.

어차피 사회 전체의 격동 속에서는 종래의 형태로 있던 사회 각 계층의 단위는 그 단위의 성격을 잃어버리고 모든 계층이 한 수렁 속에 잠겨서 격한 소용돌이 속에 휘어들어 탁류를 이루게 마련이었다. 미국의 잉여물자는 한국의 전쟁판에 그대로 쏟아 부어지고 그런 속에서 미국의 실업계는 새로운 숨을 쉬고 있는 셈이었다. 그리하여 전란은 한국의 강토를 피폐화시키고 있었지만 어느 모로는 전란에 매달려 나머지 한국민은 그날그날의 삶을 이어가고 있는 것이었다. 모든 물줄기는 부산과 일선으로 향해 있었다. 그리고 두 곳이 다 상반되는 소모(消耗) 속에 열을 뿜고 있었다.

미국 물자는 부산 바닥에도 고르게 퍼지는 것이 아니라, 그 본래의 논리를 좇아서 지그자그(지그재그)를 이루고 있었다. 그 물자를 둘러싸고 새로운 피나는 경쟁이 벌어지고 새로운 뜨내기 부유층이 형성되어 갔다. 결국 부산은 일선과는 다른 양상으로 밤마다 타오르고, 여기서부터 한국 사회의 새로운 차원이 열려지게 마련이었다. 살아갈 기력이 없는 퇴물들은 쓸려 가고 기력이 있는 자만 살아남게 마련이었다.

과연 이 지점에서 각자는 어느 곳으로 향하고 있는 것인가. 나는 나 나름의 감수성과 비평안으로 이 완월동 제면소를 둘러싼 한 사람 한 사람을 적지 않은 호기심으로 바라보기 시작하고 있었다. 그리고 그중에서도 가장 관심이 가는 것

> 이 역시 천안 색시와 김 씨였고, 정 씨와 신 씨, 그리고 입교 대학을 나왔다는 놀라운 사실을 죽은 다음에야 알게 된 강 영감의 일이었다.[48]

이 대목은 이 소설이 일종의 사회학적 시선으로 6·25전쟁기의 부산을 분석하고 있음을 보여준다. 화자는, 전쟁으로 인한 사회 계급 및 계층 구조의 전복, 한국 전쟁을 둘러싼 한국과 미국의 정치경제학적 변화, 전쟁 소비의 경제 활력적 측면, 혼란 속에서 새롭게 생성되는 계급, 계층 구조 등을 읽어낼 수 있는 시선을 가지고 있으며, 그 상부 구조적 표현으로서의 타락, 부패, 허무 등의 사회발생론적 인과성을 찾아낼 수 있는 감식안을 가진 존재다. 그는 그 자신만이 가진 "감수성과 비평안"으로 완월동 제면소의 인물들을 분석해나가게 되며, 그 속에서 부산을 전후 한국 사회의 새로운 인큐베이터로 이해하는 단계에 다다르게 된다. 27장의 화자의 생각 또한 이러한 맥락에서 깊이 음미해볼 만하다.

> 모든 상황은 그 상황 자체의 논리를 좇아서 뻗어 가게 마련이고, 일단 그 상황 속에 잠긴 태반의 사람들은 어쩔 수 없이 그 상황의 논리에 휘어들게 마련일 것이다. 이른바 상황의 메카니즘이라는 것이 있다. 그 상황의 메카니즘이 급한 소용돌이를 이루면 이룰수록 그 속에서의 사람들의 변모해 가는 과정도 속도를 지니게 마련이다. 요컨대 그 상황의 메

카니즘이 창조적인 것이냐 해체(解體)되는 것이냐에 따라서, 새로운 인격의 유형(類型)이 빚어지기도 하고, 전면적인 인격의 해체가 야기되기도 한다. 문제되는 것은 바로 그 개개인의 변모의 과정이고 이 변모의 과정을 문제삼을 때 최후의 열쇠는 상황의 메카니즘이 쥐고 있는 것이다. 인격의 해체가 가장 빈번하게 일어나는 것은 바로 사회 구조의 해체된 부분에서부터 비롯된다. 구조의 해체가 폭발성을 지닐수록 그 속에서의 인격의 해체도 폭발성을 지닐 것은 당연하다.

부산 자유시장의 폭발적인 비대는 곧 우리 구조의 폭발적인 해체와 양면을 이루는 일면이었다. 그러지 않아도 완만한 해체 과정을 겪고 있던 이 땅의 전 구조는 자유시장의 비대와 더불어 그 소용돌이 속에 휘어감기고 만다. 그것은 부산 정계(政界)와 부산 인심(人心)에 그대로의 열띤 그늘을 내리고 있었다.

항상 구조의 급진적인 메카니즘은 구조의 틀을 앞질러서 나가는 법이다. 비록 부산 경제는 구지주층(舊地主層)을 중심으로 한, 낡은 구조를 전제로 하여 형성된 것이었지만, 그것도 농촌 구조의 전면적인 와해와 더불어 발판을 잃은 채 급하게 전면적인 변질(變質)을 겪고 있었고, 혼란 속에서의 사회적 무정부 상태를 이용한 새로운 세력이 급진적으로 대두되어 가고 있었다. 그리고 정작 그 새로 대두되는 층을 뒷받침할 만한 사회적 터전도 형성되어 있지 못하였다. 모든 것은 전면적인 소용돌이였고 불안전한 임시 임시의 성격을 지니었고 뜨내기 부유층조차도 불안한 밤잠을 자야 했다.

이 모든 소용돌이는 구조 자체의 내부에서 빚여 나온 진통의 성질이 아니라 외부로부터 강요된 성질의 것이었고 따라서 비생산적인 폭발성을 지니고 있었다는 점에 문제가 있다. 사회적 무정부 상태는 사회 내의 도처에 큰 아가리를 뚫어 놓았고 이러한 공동(空洞)은 금시금시 탁류에 찬 잡것으로 들이차고 있었다.[49]

한 도시의 성격에 대한, 또 그 도시로 대표되는 당대 사회 및 시대의 본질에 대한 분석이나 종합이 이러한 차원에까지 도달하기는 쉽지 않을 것이다.

어떤 도시가 그 도시를 살아가는 사람들의 삶에 미치는 영향력이 잘 드러나 있는 소설을 훌륭한 도시소설이라 할 수 있다면, 『소시민』은 뛰어난 도시소설의 면모를 가지고 있는 작품이라 할 수 있다. 그리하여 화자이자 주인공인 '나'가 완월동 제면소에서 만난 사람들, 위의 인용문에서 각별히 기록해둔 사람들을 포함한 전체, 즉 사장, 곽 씨, 신 씨, 김 씨, 정 씨, 강 영감, 언국 등의 남성 인물들과, 사장 부인, 천안댁, 매리, 정옥 같은 여성 인물들은 모두 당대의 사회적 혼란과 뒤얽힘을 각기 다른 방식으로 대변하면서 아울러 이후의 한국 사회의 변화 방향을 암시하는 역할들을 맡게 된다.

우선, 좌익 활동 전력자들이다. 일본 유학 인텔리로서 좌익 활동에 뛰어들었다 보련, 즉 보도연맹에 가입해야 했던 강 영감은 작중에서 스스로 목숨을 끊는다. 정 씨 역시 일제 때는 징용을 갔었고 해방 후에는 좌익 활동에 뛰어들었다 그 그림자로부터 자유롭지 못한 삶을 살아가고 있으며 끝내 우물에 빠져 죽음을 맞는다. 언국은 전라도 쪽 산에서 내려와 부산에 숨어든 젊은이다. 이들은 전쟁이 열어놓은 새로운 시대적 상황에 적응하지 못한 채 퇴락하는 존재들로서, 당대의 좌익 활동자들의 구성 요소들을 반영하고 있다. 그런가 하면 신 씨는 태평양 전쟁 때 지원병으로 버마에까지 끌려갔다 온 과거를 가지고 있는, 일제 강점기라는 과거를 대표하는 인물이다. 김 씨는 지칠 줄 모르는 계층 상승 욕구와 그에 상응할 만한 도덕적 불감증을 가진 문제적인 인물로 부산 피난 시대의 타락을 상징할 만한 인물이다. 또 곽 씨는 징병 기피자로 떠돌다 끝내 군대에 끌려가 죽음을 맞이하며, 천안댁은 전사한 남편을 뒤로 하고 남성의 육체적 욕망의 희생양이 되어 타락한 삶을 향해 나아가게 된다. 이외에도 제면소 사장 부인은 전쟁이 부과한 허무를 체화, 그러나 육체적 욕망에 충실한 여성으로, 정옥은 그와 정반대로 기독교주의에 경사된 여성으로 나타난다. 마지막으로 죽은 강 영감의 딸 매리는 도덕적 인습에 얽매이지 않고 퇴폐적 타락을 통해 기성세대에 도전하는 전형적인 아프레 걸(Apres-girl,전후파 여성)의 형상을 띠고 있다.

이러한 인간 군상들의 소용돌이 속에서 '나'에게도 마침내 곽씨와 마찬가지로 신체검사 통지표가 날아온다. 낯선 부산 땅에 낙지하여 그 소용돌이에 적응하려 애쓰던 시간을 뒤로 하고 다시 일선으로 떠나야 할 때가 온 것이다. 이 대목은 작가의 실제 경험에 비추어 깊이 음미해보아야 할 곳이다. 현실에서 작가는 원산고 출신의 학도병으로 인민군이 되어 전투 대열에 참여한 경력을 가지고 있고, 부산으로 와 다시 징집 대상자가 되자 기피, 오랜 시간 동안 제대로 된 신분증을 얻지 못한 상태에 있었다. 한번 죽음의 현장을 경험한 자가 다시 한 번 그 불구덩이로 뛰어들기는 어려웠을 것이다. 소설 속의 주인공 화자는 이러한 작가적 경험을 바탕으로 주조된 자전적 인물이다. 이 소설을 작가와 텍스트를 긴밀히 관계지어 논의해야 하는 일종의 결합 텍스트(attached text)로 간주할 수 있다면, 주인공 화자인 '박'은 피난 이전의 행적이 흐릿하게 처리되어 있음에도 불구하고 그 공백 속에 죽음의 현장을 넘나든 경험이 가로놓여 있었을 것이라 상상해볼 수 있다. 또, 그렇다면 이 주인공 '나'가 새로운 징집에 응하기란 아주 어려운 일이라 하지 않을 수 없다. 과연 어떻게 해야 하느냐. 이 문제는 월남민의 현실 적응 문제를 함축하고 있는 질문이라 하지 않을 수 없다.

이 소설의 결말 부분에서 '나'는 영장이 나오자 함께 도망가자는 제면소 사장 부인의 제안을 뿌리치고 훈련소로 향한다. 이 결말 부분은 아주 의미심장하다. 이 주인공이 군대에 들어간다는 것은 아리스토텔레스의 『정치학』에서 말하는 바에 따르면 '시민', 즉 국가의 자유민으로 거듭나기 위한 통과제의에 해당하는 것이기 때문이다. 고대 그리스의 시민, 즉 자유민은 세 가지 역할을 수행하는 이들을 의미했으며 그것은 첫째 시민공동체의 전체 구성원이 참여하는 의사결정 행위, 둘째 군사적 측면에서 외부의 공격에 대항하는 공동체 방어 행위, 셋째 공동체 구성원들과 그들을 지켜주는 신들의 관계를 유지시키는 행위 등이었다.[50] 이러한 측면에서 보면 인민군에 들어가 남한 쪽과 싸운 전력을 가지고 있는 데다 징집 기피자로 오랜 시간을 살아온 현실 속의 실제 작가는 국가의 자유민으로서의 자격을 구비하지 못한 자였다고 할 수 있다. 소설 『소시민』의 주인공 화자인 '나'는 그러한 현실 속의 작가와는 다르게 국가의 소환을 응낙함으로써 시민, 곧 자유민이 되는 길을 선택한다. 그리고 이것이 그로부터 15년이 흐른 시점에서 작중 주인공 '나'가 정 씨의 맏아들의 기성세대 비판, 구세대 비판을 부정적으로 묘사할 수 있는 근거가 된다. 국가의 부름에 응한 전력을 가진 자이기에 이제 그는 이 국가 체제 안에서 살아갈 수 있는 자격을 가진 한 사람의 시민적 개체의 입장에서 젊은 세대의, 자신마저도 포함된 구세대에 대한 비판을 부정할 수 있는 것이다.

한편으로, 작중 주인공 '나'의 현실 적응 문제는 소설 바깥의 실제 작가의 이념적 세계관의 조정이라는 문제에 연결되는 것이기도 하다. 앞에서도 언급했듯이 『소시민』은 부산 피난지의 삶을 사회과학적인 안목으로 도해하고 있는데, 이와 같은 시각을 작가는 어디서, 어떻게 획득할 수 있었던 것일까? 작가가 해방 후부터

6·25전쟁에 이르기까지의 5년 동안 북한 체제 아래서 학창 시절을 보낸 경험의 소유자라는 사실이 특별히 부각될 수 있다. 원산에서 중고등학교의 우수생이었던 작가는 그때 이미 『레닌 열전』이나 『볼세비키 당사』를 읽었고, 19세기 러시아 소설들을 독파했고, 시모노프(1915~1979), 파제예프, 알렉세이 톨스토이 등과 같은 러시아 계급문학 작가들의 작품을 읽었으며, 나아가 베른슈타인이나 카우츠키의 수정주의 등에 대한 비판적 안목을 가지고 있었다.[51] 이러한 사회과학적 지식에의 탐사는 월남한 이후에도 식지 않은 것이, 작가의 술회에 따르면 『소시민』의 지적 배경으로서 아이자크 도이처(Isaac Deutscher)가 저술한 트로츠키 평전의 일본어 판, 신쵸사(新潮社)에서 1964년에 출간된 『무장한 예언자(武裝せる豫言者)』, 『무력 없는 예언자(武力なき予言者)』, 『추방당한 예언자(追放された豫言者)』 세 권을 읽은 것이 큰 도움이 되었다고 밝히고 있기도 하다.[52] 이 독서 경험은 『소시민』의 16장과 17장에 나타나는 '나'와 정 씨의 대화, 그리고 40장에 나타나는 '나'와 정 씨의 맏아들 사이의 대화 등에 집중적으로 드러나 있을 뿐 아니라 부산이라는 피난 도시의 특성을 갈파하고 이를 전후 한국 사회의 전개와 연결시켜 이해하고자 하는 이 작품의 기본적 의도에도 투영되어 있다고 할 수 있다.

그럼에도 불구하고 작가는 이제 전후 한국 체제에서 살아가야 할 존재로서 자신의 세계관과 체제 평가를 그러한 당위에 걸맞게 조정하지 않으면 안 된다. 월남과 함께 맞닥뜨리게 된, 부산으로 대표되는 남한의 현실, 그 혼란과 타락의 소용돌이를 지극히 비판적으로 관조하면서도 그러한 세계의 일원이 되기 위해 징집에 응하는 주인공의 사유와 행위에는 작가 자신의 내적 고민이 담겨 있다고 할 수 있다.

4. 월남문학의 제3유형 — '지금 여기' 없는 이상향을 찾아서 (최인훈의 경우)

4.1 부채꼴의 사상 — 『광장』의 이명준

전후라는 현상을 장기 지속형의 현상으로 이해하고 전후문학을 그 문학적 '상부 구조'로서 이해하고자 할 때 누구보다 분명한 존재로 부각되는 것이 바로 최인훈이다. 그는 가장 전형적인 '전후 문학인'으로서 한국 전쟁을 중심으로 한 한국 현대사의 문제를 집요하게 질문해나간 작가라고 할 수 있다. 이 질문의 형식이 작가 자신의 '원초적' 경험에 맞닿아 있다는 점에서 그는 그와 마찬가지로 원산중고등학교 출신인 작가 이호철과 유사한 면이 있다.

그러나 최인훈은 이 문제를 일제 강점기 이래의 한국사 전개에 연결시키는 역사주의적 안목을 보여줌과 동시에 다시 이를 역사주의 자체에 대한 비판적 성찰에 연결시켜 인간의 삶 자체를 총체적으로 사유하고자 하는 독자적인 세계를 구축하고자 하였으며 동시에 자각적이면서도 독자적인 창작 방법을 실험해나감으로써 한국적 포스트콜로니얼리즘의 진경을 개척한 작가라고 할 수 있다.

그의 문학적 과정은 일련의 소설 창작에서 시작하여 희곡 창작으로 나아간 후 다시 『화두』에 이르는 세 단계로 분석, 도해할 수 있으며 이는 그의 문학에 내재된 광범위하고도 복합적인 문제들을 다각적으로 처리하는 작업을 필요로 한다. 그러나 여기서는 이 과정을 『광장』(정향사, 1961), 『서유기』(을유문화사, 1967), 『화두』(민음사, 1994)의 세 국면으로 나누어 살펴보고자 한다. 이 세 개의 국면에 나타난 그의 소설 작업의 특징은 자신이 필생의 화두로 설정한 문제를 지속적으로 질문, 재질문 해가며 그 해답을 새롭게, 또 새로운 차원에서 찾아내고자 한다는 것이다.

이 지속성과 끈질김에서 그는 다른 작가들과 구별되며 그 자신의 문제를 한국 현대사와 한국사 전체, 그리고 인류사의 지평 위에 올려놓는 방식의 독특성으로 말미암아 그는 한국을 대표할 뿐만 아니라 가히 세계적인 작가라 평가할 수 있다. 그러나 최인훈 문학이 한창 자기전개해나가던 1960년대와 1970년대, 그리고 1980년대에 그의 문학의 함축적 의미망은 충분히 도해될 수 없었다. 그의 소설들이 일종의 생물적 유기체처럼 각각의 작품이라는 개체 발생 안에서 계통 발생을 되풀이해 온 까닭에, 그리고 그 반복이 단순하거나 규칙적인 대신 지그재그, 후퇴와 전진, 일탈과 복귀, 심화 등으로 점철되어 있는 까닭에, 그의 문학의 총체상은 많은 연구들에도 불구하고 쉽사리 파지될 수 없는 난해한 텍스트로 남아 있게 되었다.

필자로서는 이러한 최인훈 문학의 본질에 다가서기 위해서는 그 계통 발생상의, 현재로서는 마지막 단계에 해당하는 『화두』로부터 시작해야 한다고 생각한다. 최인훈 문학은 아직도 더 나아갈 길을 남겨두고 있으나 현재로서는 『화두』가 그 완성태에 가장 가깝다. 이 문제작은 한국 사회에서 수십 년에 걸친 독재 체제가 일시적으로 이완되고, 또 나아가 동구 사회주의권이 붕괴된 이후라는 독특한 공간에서 출현할 수 있었고 때문에 최인훈 문학이 제기하고자 했던 문제를 그 장대하면서도 난해한 플롯에도 불구하고 비교적 투명한 형태로 드러낸다.

『화두』의 1부 1장에 나타난, 지도원 선생의 자기비판 요구, 그리고 고등학교 국어선생과 함께 공부한 조명희 소설 「낙동강」, 이 두 경험의 상이한 이미지는 작가의 평생에 걸친 문제가 무엇이었는지를 명료하게 표현하고 있다. 해방이 되자 고향인 H시에서 W시로 이주하게 된 주인공은 학교에서 공부 잘하는 모범생이었지만 벽보에 쓴 글이 발단이 되어 소년단의 지도원 선생에게서 자아비판을 요구받게 된다. 처음에 전학 왔을 때 학교 운동장에 널려 있던 바윗덩어리가 어수선해 보였다는 대목이 말썽이 된 것이다. 지도원 선생은 새로운 공화국의 새 학교가 어째서 그에게는 허수룩해 보였는가를 문제 삼으며 그 속에서 자산가 계급인 그의 부친의 반동적 가계를 '갈파해' 냈고, 어린 소년은 그러한 지도원 선생의 거듭된 자아비판 요구에 속수무책으로 노출당하는 고통을 맛보지 않을 수 없었다.

나는 어두운 강변길을 돌아오면서 학교에서 일어난 일을 앞으로도 아버지에게, 그리고 어머니에게도 말할 수 없겠다고 강하게 느꼈다. 그것은 방금 공장을 바라볼 때부터 따라온 느낌 같았다. 비판회에서 H에서 지낸 일과 아버지에 대해 지도원 선생님은 되풀이해서 물어보았다. 나는 아버지에 대해서 대답하는 일이 거북했다. 내 입으로 대답해서는 안 될 일을 내 입으로 하고 있다는 생각 때문에 나는 아버지를 배신하고 있는 것처럼 느꼈다. 비판회가 끝나고 밤길을 돌아오면서 나는 과수원 울타리 옆에 주저앉아 몇 번씩 토했다.[53]

소년이 쓴 벽보 같은 하찮은 글에서조차 그의 계급적 반동성을 발견하고야 마는 이른바 정토 마르크시즘의 계급주의는 마르스크의 『자본론』에 나타난 물신성 이론에서 발원하여 루카치의 『역사와 계급의식』에서 정식화되는 프롤레타리아 의식 또는 당파성의 문제로 환원되는 성질의 것이다. 이 계급성 또는 계급의식의 이론은 어떤 개인이 가진 왜곡된 사유의 근거를 그 계급적 본질에서 찾고자 하며 바로 거기서 마르크시즘의 유물론적인, 다시 말해 의식에 대한 존재의 선차성을 입증하고자 한다. 반동 계급의 가계에서 태어나 자라난 이는 본질적으로 그러한 계급적 본질에서 벗어날 수 없다는 숙명론에 귀착되는 이 이론은 소비에트 러시아와 중국, 북한 등에서 갖가지 형태로 변형되면서 모든 학살과 야만적인 숙청에

명분을 제공해왔으며, 『화두』의 소년 최인훈이 직면한 자아비판의 공포는 그러한 야만적 폭력의 한 모습이었던 것이라 할 수 있다.[54]

어린 소년으로 하여금 하룻밤에도 몇 번씩이나 구토를 하게 만든 자아비판의 공포는 고등학교에 진학하여 배우게 된 조명희 소설 「낙동강」 이야기의 아름답고도 감동적인 경험과 그 감상을 글로 써 국어 선생님에게서 "이 작문은 작문의 수준을 넘어섰으며" "이미 유명한 신진 소설가의 〈소설〉"이라는 분에 넘치는 칭찬을 받은 기쁨으로 전변된다.[55] 그리고 이 상반된 두 개의 경험은 최인훈이 이호철과 같은 원산 철수의 경험을 통하여 LST를 타고 남쪽으로 이월해 온 후에도 최인훈의 뇌리에 지울 없는, 일종의 주박(珠箔)과도 같은 기억으로 자리를 잡는다. 이것이 바로 최인훈 문학의 출발점이다. 가장 아름다운 인류적 이상의 이미지를 가진 이념이 어떻게 한 개체를 향한 가장 공포스러운 폭력으로 작용할 수 있는가? 최인훈 문학은 이상과 공포의 공존이라는 그 모순적 질곡에서 벗어날 수 있는 가능성을 찾아가는 과정을 보여주는 것이며, 그러한 맥락에서 『광장』에서 『회색인』 및 『서유기』로, 여기서 다시 『화두』로 나아가는 계단을 문제 삼을 수 있다.

먼저 『광장』에서 소년 최인훈의 원체험은 우선 월북한 부친으로 인해 경찰의 폭력에 희생되는 주인공 이명준의 형상에 투영되어 있다. 이 작품은 이른바 '광장'과 '밀실'의 이분법으로 쓴 장편소설이라고 할 수 있으며, 여기서 광장이란 사람과 사람이 만나서 교류하거나 교감을 나누는 장소 또는 그 관계를 의미하며, 밀실은 에고 또는 자아의 장소 또는 상태를 의미한다. 남쪽에서 이명준은 월북한 부친으로 인해 국가 폭력에 노출되며 그로써 광장의 공포를 경험한다. 한편으로 월북한 이명준에게 가해지는 자아비판 요구는 소년 최인훈의 북한에서의 원체험적 공포가 사실적으로 재현된 것이라 할 수 있다. 북쪽에서의 그는 강연 원고를 몇 번씩이나 수정 지시를 받고 나중에 《노동신문》 편집부에서 일하면서는 불란서혁명의 해설 기사를 썼다 편집장에게 욕을 먹고 직장 세포에서 자아비판을 해야 했다. 이렇듯 이명준에게 남쪽과 북쪽은 공히 광장의 공포 메커니즘이 작동하는 곳이며, 이러한 구조적 질곡에서 벗어날 수 있는 길 또는 개체적 개인이 진정한 기쁨을 맛볼 수 있는 광장이란, 남쪽에서는 윤애와 사랑을 나누던 바닷가의 "분지"[56]와 북쪽에서 만난 은혜와 6·25전쟁 중에 재회하여 사랑을 나누던 "동굴"[57], 그 "반지름 三미터의 반원형 광장. 이명준과 은혜가 서로의 가슴과 다리를 더듬고 얽으면서 살아 있다는 증거를 다짐하는 마지막 광장"[58]뿐이다. 곧 사랑 또는 사랑의 장소만이 이명준에게는 고독한 자아가 소외와 공포를 경험하지 않을 수 있는 광장이 되는 것이며, 이러한 사랑의 장소마저 상실했을 때 그에게 남아 있는 것이라고는 제3국행 타골호의 뒤쪽 난간 모퉁이의 "저 혼자만 쓰는 광장"[59]이라는 역설밖에 없다.

『광장』은 정통 마르크시즘이 설파하는 거짓 광장의 이념에 반하여 사랑의 관계와 장소만이 진실한 광장이 될 수 있음을 시사하는 소설이다. 이 소설을 재독해 보면 작중에서 주인공이 끝내 죽음을 택할 수밖에 없는 것은 남쪽과 북쪽이 모두 이상에서 먼 환멸적 현실이라는 이유 때문이라기보다는 그가 윤애와 은혜라는 '이형동질'의 사랑의 대상을 상실해버렸기 때문이다. 그는 제3국에서의 새로운 삶을 상상하고 설계할 수는 있다. 그러나 사랑을 잃어버린 자에게 새로운 삶이란 가당찮은 것이다. 역사의 압력 아래 살아갈 수밖에 없는 개체에게 사랑이란 최후의 광장이 사라졌을 때 그 자아의 진정한 처소란 존재할 수 없다는 것, 이것이 『광장』의 결말의 의미이며 이를 작가는 '부채'의 비유를 통하여 다음과 같이 그려놓고 있다.

> … 펼쳐진 부채가 있었다. 부채의 끝 넓은 테두리 쪽을 철학과 학생 이명준이 걷고 있었다. 가을이었다.
>
> (…)
>
> 부채의 안 쪽 좀 더 좁은 공간에 바다가 보이는 분지(盆地)가 있었다.
>
> (…)
>
> 그의 생활의 무대는 부채꼴(扇形), 넓은 부분에서 점점 안으로 오무라들고 있었다. 마지막으로 은혜와 둘이 안고 딩굴던 그 부채꼴 위에 있었다.
> 그는 지금 부채의 요(要)점에 해당하는 부분에 서 있었다. 그의 생활의 광장은 좁아지다 못하여 끝내 그의 두 발바닥이 차지하는 면적이 되고 말았다.

(…)

그는 돌아서서 다시 마스트를 올려다 보았다. 그들은 보이지 않았다. 명준은 바다를 보았다. 그들 두 마리 새는 바다를 향하여 미끄러지듯 강하게 오고 있었다. 푸른 광장. 그녀들이 마음껏 날아다니는 광장을 명준은 처음 발견했다. 그녀들은 물속에 가라앉을 듯 탁 스치고 지나가는가 하면, 다시 수면으로 내려오면서 바다와 희롱하고 있는 모양은, 깨끗하고 넓은 잔디 위에서 흰 옷을 입고 뛰어다니는 순결한 처녀들을 연상시켰다. (저기로 가면 그녀들과 또 다시 만날 수 있다) 그는 비로소 안심했다. 부채꼴 요(要)점까지 뒷걸음 친 그는 지금 핑그르 뒤로 돌아섰다. 거기 또 하나 미지의 푸른 광장이 있었다. 그는 자신이 엄청난 배반을 하고 있었다는 생각이 들었다. 제三국으로? 그녀들을 버리고 새로운 성격을 선택하기 위하여? 그 더렵혀진 땅에 그녀들을 묻어 놓고, 나 혼자? 실패한 광구를 버리고 새 굴을 뚫는다? 인간은 불굴의 생활욕을 가져야 한다? 아니다, 아니다, 아니지. 인간에게 중요한 건 한 가지뿐. 인간은 정직해야지. 초라한 내 청춘에 〈신〉도 〈사상〉도 주지 않던 〈기쁨〉을 준 그녀들에게 정직해야지. 거울 속에 비친 그는 활짝 웃고 있었다.[60]

이 부채의 비유는 작가가 생각하는 세계(또는 사회, 국가)와 자아(또는 개체)의 관계를 명료하게 드러낸다. 부채의 바깥쪽 테두리는 구체적 역사적 현실을 의미하며 개인들은 바로 이 광장을 살아간다. 부채의 안쪽, 작가가 요점이라 표현한 부채의 손잡이 쪽으로 뒷걸음질 친다는 것은 그러한 구체적 역사의 압력을 관조할 수 있는 추상의 위치로까지 물러섬을 의미한다. 그러므로 요점에 다가갈수록 역사의 압력은 작아지고 대신에 개체의 에고의 존재가 분명하게 드러난다.

여기서 필자는 작가가 "부채꼴 요(要)점까지 뒷걸음 친 그는 지금 핑그르 뒤로 돌아섰다. 거기 또 하나 미지의 푸른 광장이 있었다"라고 쓴 대목에 유의한다. 부채의 요점까지 돌아선 개체가 구체적 역사를 조망하는 이제까지의 시점을 버리고 돌아섰을 때, 이미 그는 역사로의 차원으로부터 개체의 차원으로의 환원을 완료한 상태이기에 역사와 개체의 만남을 통해서 형성되는, "성격"이 규정성, 또는 역사적으로 규정되는 "성격"에서 자유로워질 수 있다. 필자가 오래 기억하고 있던 괴테의 명언 가운데 "개성은 타고나는 것이며 성격을 세류 속에서 형성된다"는 말이 있다. 이렇게 필자가 기억하고 있던 문장은 다시 찾아보면 "재능은 고독 속에서 길러지고 성격은 세류 속에서 형성된다(Talents are best nurtured in solitude; but character is best formed in the stormy billows of the world)"는 것이다. 이 문장은 『광장』의 마지막 장면에 나타나는 "새로운 성격"이라는 말과 관련하여 음미해볼 만하다. 이명준으로 대표되는 인간 개체가 역사의 구체적 현장에서 뒷걸음질 쳐 마침내 요점에까지 이르러 뒤로 돌아섰을 때 이제 그의 앞에는 무한한 백지, 그 가능성의 공간이 펼쳐져 있을 뿐이다. 이로써 그는 역사 또는 마르크시즘으로 대변되는 역사주의의 압력에서 벗어나 실존적 자유를 획득할 수 있다. 이제 그는 역사적 제약 없는 실존적 기투라는 역설로써 존재할 수 있으며 이 관념적 상상의 힘으로써 역사적 현실의 공포를 초극할 수 있다. 그러나 이 지점에서 그는 그 무한한 가능성의 공간을 향해 나아가기를 멈추고 부채꼴 역사의 안쪽 지점들에 놓여 있는 사랑의 존재들을 기억하고 그들과 함께 죽음을 맞이하는 길을 선택한다. 만약 이명준에게 고통을 가한 정통 마르크시즘의 논리를 인간에 대한 이성 중심적, 그리고 정신주의적인 이해를 대표하는 것이라 할 수 있다면 작가는 이 이명준의 선택을 통하여 사랑이라는 탈이성적, 탈정신주의적인 새로운 해방의 기획을 제시한 것이라 할 수 있다.

4.2 기억의 원점으로의 회귀와 생명사상의 구상 — 『서유기』의 독고준

한편, 『서유기』의 단계에 이르러 최인훈은 『광장』에서 제시한 이른바 부채꼴의 사상을 새롭게 재편해 보이려는 시도를 행한다. 이 작품은 물론 『회색인』(《세대》, 1963.6~1964.6)에 이어지는 작품이고 또 다른 연작적 연속성의 맥락에서도 살펴볼 수 있지만 작품에 나타난 담론의 복합성이나 독특함으로 인해 더 주목해야 할 작품인 것으로 판단된다. 특히 『서유기』에 나타나는 W시를 향한 주인공의 회귀는 『광장』의 이명준의 부채의 요점으로 뒷걸음질 치는 행위에 대응되는 것이어서 이 글의 논의의 맥락에서 이 작품은 아주 문제적인 작품으로 부각될 수 있다.

이 소설이 창작 방법상으로 아주 실험적으로, 포스트모던적으로 보인다는 것은 평설이지만 이러한 외상에 가려진 실상을 파악하는 일이 더 긴급해 보인다. 이 소설은 먼 미래의 시점에서 고대의 한국 화석에 대한 조사 보고를 행하는 것에서 이야기가 시작된다. 상고 시대 어느 기간에 산 인간의 것으로 믿어지는 이 화석은 "한국 화석의 일반적 특징인 황폐성과 무질서성이 아주 전형적으로 나타나 있"[61]는데, 이처럼 이야기 속에서는 먼 과거가 되는 한국의 전후 현대를 황폐성, 무질서성으로 진단하는 관점은 작가가 『화두』에서 한국 현대를 그가 피난해갔던 부산으로 대표되는 "난민촌"[62]의 그것으로 파악하는 방식과 같다. 작가는 이 '고대인'의 화석 필름을 보여주기 위한 기술적 방법에 대해 소개하는데 이는 곧 이 소설의 창작 방법에 해당하는 것이라 할 수 있다.

> 이 필름은 피사체 자신의 성질상, 그리고 전기한 제작 방침에 따라 비교적 느린 템포를 썼으며 클로즈업을 끊임없이 삽입하였고, 동일 장면의 반복 및 심지어는 영사기의 회전을 중단시키고 중요한 장면을 정물 사진으로 볼 수 있게 운용하였습니다.[63]

따라서 이 소설은 의식의 흐름을 기본 기법으로 구사하면서 자연스럽게 기억과 환상과 환각이 교차할 수 있도록 배치된다. 이렇듯 구성법을 충분히 숙지하지 않은 사람들에게는 플롯이 지극히 불분명해 보이고 뿐만 아니라 이 작품이 발표될 당시의 사회적 사정을 감안하여 생략과 은폐를 도처에서 보여주는 이 소설의 여러 의미 층위들에 대해서는 『광장』 쪽보다는 오히려 훨씬 자유로운 환경에서 쓴 『화두』 쪽을 참조함으로써 실체적 진실에 접근해갈 수 있다.

소설 속에서 주인공 독고준의 의식의 여행은 그의 고향이라고 말해지는 W시를 향한 것이며, 이 도시의 뜨거웠던 여름의 기억의 '원상'에 도착하기 위해서 그는 "여러 검문소"[64]를 거치면서, 그를 아직도 계속되는 식민지의 노예쯤으로 치부하는 일제를 표상하는 인물들을 만나고, 한국사의 문제성을 드러내는 여러 인물들, 곧 논개며 이순신이며 조봉암이며 이광수 같은 인물들을 차례로 만나거나 만나서 이야기를 나누게 되며, 마침내 자신을 괴롭히는 기억의 실체 또는 원점에 나아가 '지도원' 교사와 대면하고 또 법정에 서 심판을 받게 된다. 이 소설에 간단없이 등장하는 W시의 여름과 강철 날개를 가진 비행기는 미군 비행기의 원산폭격 상황에 노출되었던 작가 자신의 경험을 변주한 것이라 해석된다. 그것은 너무나 강렬한 경험이어서 언제나, 어디서나 출몰해야 한다.

최근의 한 연구에 따르면 6·25전쟁 중에 원산은 북한의 가장 중요한 항구이고 산업 도시이자 철도 요충지였던 탓에 미군기 B-29의 폭격을 가장 먼저 받은 도시였다. 개전 직후인 7월 6일과 13일에 걸쳐 대규모 공습에 노출된 원산은 조차장과 항만을 중심으로 폭격을 받았지만 당시의 레이더 폭격이란 "특정 좌표지점에 대한 무차별적인 맹목 폭격(blind bombing)"[65]이었던 탓에 민간인 피해를 면할 수 없었다. 연구는 원산뿐만 아니라 미군기의 "공중폭격을 직접 감내해야 했던 주요 도시 지역 민간인들의 충격과 공포는 북한 지도부의 그것을 훨씬 뛰어넘었"으며, "일제 시기 평양, 원산, 흥남 등의 도시에서는 적잖은 방공선전과 방공훈련이 반복되었지만, 실제 하늘에서 폭탄들이 쏟아지자 이 모든 것은 무용지물이 되고 사람들은 판단력을 상실한 채 오직 살기 위해 허둥대기 시작했다"고 쓰고 있다.

아이러니한 것은, 이와 같은 원산폭격의 충격과 공포가 최인훈 일가와 같이 북한 체제하에서 고통을 겪었던 사람들에게는 또 다른 희망의 비상구의 존재를 가리키는 계시와 같은 의미를 지니기도 했다는 사실이며, 이는 전황이 반전에 반전을 거듭한 후 원산철수의 와중에 최인훈 일가가 미군 함정을 타고 부산으로 월남하는 것으로 현실화되었다. 같은 도시를 살아가던 타인들의 죽음과, 충격과 공포가 소년 최인훈에게는 양가적인 의미를 지니고 있었다는 것, 이 때문에 『서유기』의 주인공 독고준의 W시로의 회귀는 고통과 부끄러움을 수반하는 것이 되지 않을 수 없다.

최인훈은 『광장』에 이어 『서유기』를 통하여 다시 한번 『화두』에 '민얼굴'로 재등장하게 될 W시의 기억으로의 회귀를 시도하지만 이는 아직 리얼리스틱한 기법으로 수행될 수 없다. 이 소설은 이른바 포스트모더니즘 소설들의 기법이라 치부할 수도 있는 패러디나 패스티시, 인유 같은 복잡한 지적 조작들을 보여주는데, 예를 들어 카프카 소설들의 기본적 장치며 모티프들, 즉 『성(Das Schloβ)』에 나타나는 실체를 드러내지 않는 권력의 이미지, 「변신(Die Verwandlung)」에 나타나는바 주인공 그레고르 잠자가 하루아침에 벌레로 전락하는 설정, 재판정에 나아가 무죄를 강변하는 주인공의 형상에 나타나는 『소송(Der Prozeβ)』 모티프 등이 그것이다. 또한 같은 맥락에서 이 소설에는 안톤 슈나크의 「우리를 슬프게 하는 것들」(1941) 등을 포함한 수많은 작품들의 변용 양상이 나타남을 볼 수 있다.

최인훈은 자신이 읽은 작품들을 '자유자재로' 자신의 창작적 구도를 위해 변용, 활용하는 능력을 갖추고 있었으며, 이를 통하여 그의 소설은 재료가 되는 서양의 여러 나라들, 그리고 일본의 작품들을 패러디, 패스티시, 인유의 방법으로 흡수해 들이면서도 정작은 그와 같은 지적 조작 위에서 고도의 더 심화된 세계를 창출해냈다. 이것은 즉 최인훈의 소설이 어느 작품과의 일대일 대응의 이항관계로 간주될 수 없음을 말해주는 것이며, 그러한 복합적 양상은 그의 창작 과정의 전개와 더불어 더욱 심화되어 감을 볼 수 있다. 그리고 이러한 상호 텍스트적 양상의 배후에 놓여 있는 것이 다시 원산에서의 최인훈의 독서 경력이다. 그는 『화두』에서 자신의 소년 시절 북한에서의 독서 경험을 다음과 같이 술회한다.

도서관에서의 책 읽기를 통하여 나는 또 하나의 학교를 다니고 있었다. 거기서도 〈책 속의 세계〉와 〈현실의 세계〉 사이의 관계를 읽을 힘이 없기는 마찬가지였지만 이것은 학교에서의 〈과제〉가 아닌 내가 좋아서 다니는 학교였다. 그 책들은 아마도 해방되지 못했더라면 일본 선생들이 있는 학교에서 지금쯤 읽고 있을 책들이었고 차츰 그 책 속의 경험과 책 밖의 세계 — 일본 선생과 일본 군대의 존재와 그런 것들 사이의 어긋남에 눈이 뜨이고 괴로워하면서 그래도 여전히 읽었을 책들 — 이었다. 대부분 일본말 장서였던 그 도서관의 책을 읽는다는 행위에 의해서 나는, 식민지 당국자들이 이 땅에 남겨 놓은 번역판 인문주의 문화의 학교에 열심히 다니는 셈이었다. 해방 후에도 계속된 나의 일본말 책읽기는 그러므로 나의 선배 연령의 조선 지식인들의 일본 유학을 그 내용대로 앉아서 읽는 셈이었다.[66]

이러한 최인훈의 일본어 경험은 그 자신이 술회하고 있는 또 다른, 영어 경험과 또 상당한 대조를 이루며 다가서는 것이다.

나는 해방 후에 북한에서 중학교에서 1년 동안, 남한에서 고등학교 3학년 때 1년 동안밖에는 영어 〈교육〉의 과정을 거치지 않았고, 대학에서는 교양 과정 말고는 학교에서는 영어를 공부라고 할 만한 것을 하지 못하다가, 1년 휴학하는 동안에 영어책만 집중적으로 읽은 것이 그나마 영어에 친숙하게 해주었다. 외국말로 책을 읽는 재미와 가치를 잘 아는 터이므로 〈이번에는 영어로〉, 하는 심경이었다고 기억한다. 그만한 형편으로도 통역장교로 임관할 수는 있었지만 입대 후 얼마 지나지 않아 소설가로 등단하자 영어책 읽기는 또 절박성을 잃어버렸다. 영어 교수가 되겠다거나, 유학한다거나 하는 목표 없이 영어책을 탐독할 수는 없었다. 금방 필요한 지식은 일본말 책에서 구할 수 있었다는 사정 말고도, 우리말과 같은 구조일망정 일본말을 잘 익힌 처지에서는 또 다른 외국말을 그만한 수준으로 익힌다는 것은 지레 맥부터 풀렸다. 메이플라워에 자리를 잡았을 때의 나와 영어의 관계는 이만한 것이었고 이 관계를 더 야심적으로 발전시킬 생각은 없었다.[67]

또한 이와 같은 최인훈의 언어 문제는 그의 원산고등학교 3년 선배인 이호철의 술회와도 공통되는 점이 있다.

이: 해방이 되고 교재가 없잖아요. 지금 생각해보면 국어 선생도 아무것도 모르는 사람이었어요. 괴테도 모르고 '끄이테, 끄이테' 했으니까. 사회과학도 그냥 고래고래 소리만 지르는 선생으로 재미가 없었죠. 고등학교 올라가서도 선생들끼리도 나는 문학을 할 아이라고 소문이나 있어서인지 여러 가지로 나를 특별히 봐줬어요. 그

래서 그냥 늘 책만 읽었죠.

방: 일본 글 책들이었겠네요.

이: 당연하죠. 일본 책이었지. 신조사판 세계문학전집. 초등학교 때부터 일본 글을 읽었으니까. 한글도 알았고. 해방이 되니까 전부 한글을 모르는데 나 혼자 알고 있더라고. 누나를 통해서 익혔고 한글 책도 읽었거든. 이기영, 한설야 소설들, 임화시.[68]

전후의 대표적 작가인 손창섭은 물론이고, 최인훈이나 이호철 같은 작가들은 일본어 헤게모니하의 지식세계 속에서 성장했고, 이 과정을 거쳐 해방된 나라, 그리고 전쟁 후의 나라에서 새로운 문학을 창조해나가야 하는 어려운 상황에 직면해 있었다. 그러나 이는 절대로 불리한 상황만은 아닌데, 이처럼 일본어와 영어로 직조된 지식에 더하여 해방 후 한국이라는 시공간적 특이성을 확보한 존재로서 한국의 작가들은 더 심원하고도 넓은 세계를 구축할 수 있는 가능성을 확보할 수 있기 때문이다. 최인훈이 『광장』에서 『서유기』를 거쳐 『화두』로 나아간 과정은 바로 이 가능성을 현실화시켜 나아간 과정이기도 했다.

이처럼 『화두』를 참조하여 『서유기』를 읽을 때 비로소 이 작품에서 작가가 벌이고 있는 힘겨운 싸움의 중핵에 다름 아니라 이청준의 전짓불 앞의 방백에 비견될 만한, 원산중학교 소년단 시절의 지도원 선생으로 표상되는 공산주의(≒사회주의) 권력에 노출된 소년의 고통이 자리 잡고 있음을 알게 된다. 『서유기』에는 아직은 조명희의 「낙동강」의 아름다운 이야기를 가르쳐주는 고등학교 국어 교사의 모티프는 등장하지 않는다. 이는 이 작품이 창작되던 시대 상황에서 기인하는 것일 뿐만 아니라 작가 자신의 내면적 정황상 이 시기에는 사회주의의 또 다른 긍정적 이미지를 구성할 수 있는 정신적 여유를 갖출 수 없었기 때문이라고도 할 수 있다.

결국 이 소설은 작가의 소년 시절의 심리적 트라우마에 대한 치유를 겨냥하고 있지만, 그러나 이것은 단순한 심리학적, 의학적 치료, 즉 권력의 힘과 권위를 수긍하는 수동적 주체로 재정립하는 데 따른 것이 아니라 작가 스스로 창조해나가는 야심찬 담론의 기획을 완성하는 행위를 통하여 이루어진다. 그는 주인공 독고준의 의식을 매개로 이성주의 철학과 병리학을 거부하고 작가적 자아의 바깥에 폭력으로 군림하는 역사를 해체하고 새롭게 재구성하는 시도를 행한다. 이것은 소년 시절에 원초적 트라우마를 제공한 북한식 공산주의와, 그것의 근본적 연원으로서의 일제의 식민 지배, 그리고 더 나아가 한국의 문화적 형성에 작용해온 요인들로서의 전통적인 의식 체계들, 국학, 유학, 불교 등은 물론 유럽적인 전통과 인식 방법들 전체를 향한 싸움이자 대화이다. 이 야심찬 시도 앞에서 일본, 일본적인 것, 일본의 식민 지배, 그리고 전후 일본의 새로운 양상 같은 것들은 많은 것들의 일부이자 보편에 귀결되어야 할 잡다한 개별들 가운데 하나일 뿐이다.

그리고 이를 통하여 작가인 그가 꿈꾸는 것은 작중에 여러 번에 걸쳐 나타나 시사되어 있는 것으로서, 해탈, 그 불교적인 깨달음, 서방정토로 나아감, 『서유기』의 배경에 드리워져 있는 명대 심학의 원리처럼,[69] "심령학"을 발동시켜 자신을 사로잡고 있는 근본적 고뇌, 즉 그를 전후 한반도의 냉전적 체제와 그것을 위요하고 있는 모든 이데올로기적 억압에서 벗어나 '나'라는 근원적인 상태의 인식에 도달하고자 하는 것이다.[70]

또한 이러한 기획에서 중심적인 위치를 차지하고 있는 것은 『서유기』의 237면에서 262면에 걸쳐 나타나는, 어느 노트에 적혀 있는 일종의 '공간론'이다. 노트는 일단 독고준이 머물고 있는 역의 역장의 아들의 것으로 나타나지만 작중 이성병원의 방송에서 말하듯 "그의 최근의 연구 업적으로는 공간론이 있"[71]는 것이라면, 독고준은 곧 역장의 아들이라는, 한 인물의 이인화(二人化) 또는 도플갱어적인 관계가 성립한다. 다시 말해 역장의 아들의 노트는 독고준의 숨겨진 내면이며, 바로 그 연장선상에서 이 소설의 301면에서 312면에 걸친 상해임시정부의 방송, 315면에서 322면에 걸친 불교 관음종의 방송 소리 등은 독고준의 숨겨진 내면의 또 다른 부름을 의미한다고 할 수 있다.

이러한 철학적, 역사학적 사유의 종합을 통하여 독고준은 이성주의와 병리학 대신에 살아 있는 "생명의 장"(243면) 및 "생명의 목소리"(321면)를 중시하는 새로운 '사상'을 구축하고자 한다. 이는 다음과 같은 작중 문장으로 압축될 수 있다.

사상이 바뀌는 것이 중요한 것이 아니라 생명력이 북돋아지는 것이 요첩니다. 그럴 때 죽은 문화조차도 새 얼굴을 드러낼 것이며 새 생명을 위한 양식의 구실을 할 것입니다.(317면)

그렇다면 여기서 『서유기』가 '진실로' 중국 소설 『서유기』의 패러디일 수 있는 가능성을 엿볼 수 있다. 어떤 논문은 최인훈 『서유기』의 패러디로서의 특징을 신괴소설 『서유기』와 마찬가지로 환상적인 데서 찾았으나, 그것이 타당한 견해의 일부일지라도 그것만으로는 불충분할 수 있다. 이 소설에 등장하는 많은 역사 속의 인물들, 방송 소리들, 무명의 인물들이 사실은 중국 소설 『서유기』에 등장하는 각종 요괴들과 같은 것이며, 당삼장과 같은 인격적 지위를 지닌 존재로서 독고준은 온갖 번뇌와 잡념, 망상을 딛고 해탈의 세계를 향한 고된 행군을 해나가는 것이다.

소설 속에서 독고준은 끝내 고향의 재판정에서 무죄 석방된다. 이 고향에서의 방면이라는 모티프는 이 소설이 월남 작가의 고향 상실의 소설이자 고향을 회복하려는 소설임을 가리킨다. 그러나 석방되고도 독고준은 고향의 거리에 효수된 부끄러움을 맛본다. 그는 "마음 착한 이들이 착한 일 때문에 분주하게 오가는 거리에 드높이 효수된 자기 마음을 보았다."[72] 작중 인물의 이 수치, 부끄러움이 사라지지 않았으므로 『서유기』의 서사는 끝났으되 작가 자신의 서사는 아직 끝날 수 없다. 이것이 그가 『화두』에까지 나아가야 했던 이유일 것이다.

4.3 역사주의를 넘어선 생물 구성체적 전망
—『화두』의 새로운 주체

『화두』는 여러 면에서 문제적인 작품이라고 할 수 있다. 출간된 지 20년이나 흐른 지금 다시 읽는『화두』는, 그러나, 무엇보다 그것을 일종의 월남문학으로 읽게 한다. 최인훈이 바로 1·4후퇴 때 원산에서 LST를 타고 부산으로 탈출한 월남 작가인 때문이다.

실로 이 분단된 나라의 남쪽의 문학은 월남 작가들에 의해 풍요로워졌다고 할 수 있다. 전쟁 전과 전쟁 중에 걸쳐 남쪽으로 내려온 문학인들의 입각점, 즉 일종의 크리티컬 인사이더 혹은 아웃사이더의 시점들은, 이 남쪽 세계의 '고향' 깊은 곳에 뿌리내리고 있는, 김동리, 서정주, 조연현, 박목월, 조지훈 등의 고색창연한 토착적 동양주의를 파열시켜 이질적이면서도 다종다기한 문학이 번성할 수 있는 비옥한 토양을 일구어 낸 까닭이다.

예를 들어, 장용학은 장편소설『원형의 전설』(《사상계》, 1962.3~11)을 통해서 자유와 평등 어느 하나의 원리에 의해서 일방적으로 지배되지 않는 원형의 세계를 미래상으로 제시했다. '동양적' 폐쇄성에 사로잡힌 이들, 또 이념이나 유토피아 문제에 오불관언한 채, 현실 세계 속에서의 지위나 명성에 안주하는 문학인들에게 이는 차라리 공상에 가깝게 이해될 뿐이었을 것이다. 그러나 이것은 20세기 현대성의 지양, 극복, 초월이라는 본질적인 문제를 파헤친 것이었다.

그렇다면 같은 맥락에서, 아니, 이보다 훨씬 더 중요한 측면에서, 최인훈은 월남문학을 대변하는 존재라 하지 않을 수 없다. 일찍이 『광장』에서 남북한 체제를 공히 상대화하는 시각을 선보인 그는, 동구 사회주의 몰락이라는 세계사의 전환을 바탕으로 쓴 『화두』에서 자유와 평등, 자본주의와 사회주의, 미국과 소련, 남한과 북한이라는 이데올로기 및 체제 대립이 어떤 의미를 지니고 있었는가를, 박경리의 용어를 빌리면 두루마기처럼 유장하게 이어지는 성찰적 시간의 형식 위에 풀어헤쳐 놓았다.

최인훈은 이것을 20세기의 인류사에 대한 성찰이라는 어떤 근본적인 차원에서 수행하고자 한다. 즉 그것은 단순한 이념 성찰이 아니라 인류사의 현대에 관한 전면적 재조명이며, 바로 이점에서 최인훈 문학은 세계문학으로서의 동시성을 확보한다. 이 소설의 머리말은 이러한 작가의식을 유장한 문장으로 표현하고 있다.

> 인류를 커다란 공룡에 비유해본다면, 그 머리는 20세기의 마지막 부분에서 바야흐로 21세기를 넘보고 있는데, 꼬리쪽은 아직도 19세기의 마지막 부분에서 진흙탕과 바위산 틈바구니에서 피투성이가 되어 짓이겨지면서 20세기의 분수령을 넘어서려고 안간힘을 쓰고 있다 — 이런 그림이 떠오르고, 어떤 사람들은 이 꼬리 부분의 한 토막이다 — 이런 생각이 떠오른다. 불행하게도 이 꼬리는 머리가 어디쯤 가

있는지를 알 수 있는 힘 — 의식의 힘을 가지고 있다. 그런 이상한 공룡의 그런 이상한 꼬리다. 진짜 공룡하고는 그 점에선 다른 그런 공룡이다. 그러나 의식으로만 자기 위치를 넘어설 수 있을 뿐이지 실지로는 자기 위치 — 그 꼬리 부분에서 떠날 수 없다. 이 점에서는 진짜 공룡과 다를 바 없다. 꼬리의 한 토막 부분을 민족이라는 집단으로 비유한다면 개인은 비늘이라고 할까. 비늘들은 이 거대한 몸의 운동에 따라 시간 속으로 부스러져 떨어진다. 그때까지를 개인의 생애라고 불러볼까. 옛날에는 이 비늘들에게 환상이 주어져 있었다. 비록 부스러져 떨어지면서도 그들은 이러저러한 신비한 약속에 의해서 본체 속에 살아남는 것이며 본체를 떠나지만 결코 떠나는 것이 아니라는. 그러나 오늘의 비늘들에게는 그런 환상이 거두어졌다. 그리고 상황은 마찬가지다. 그러나 살지 않으면 안된다. 비늘들의 신음이 들린다. 결코 어떤 물리적 계기에도 나타나지 않는. 듣지 않으려는 귀에는 들리지 않는. 이런 그림이 보이고 이런 소리가 들린다. 20세기 말의 꼬리인 비늘들에게는 한 조각 비늘에 지나지 않으면서 불행하게도 이런 일을 알 수 있는 의식의 기능이 진화되어 버린 것이다. 이 침묵의 우주공간 속을 기어가는 〈인류〉라는 이름의 이 공룡의, 〈역사〉라는 이름의 운동방식이 나를 전율시킨다.[73]

이처럼 20세기의 경험을 인류사의 맥락 위에서 근본적으로 성찰하고자 하는 시각은 『화두』의 2권에서도 그대로 견지될 뿐만 아니라 점점 확대, 확장되는 양상을 보인다.

예를 들어, 화자이기도 한 주인공은 소설의 마지막 부분에 가까워가면서 소련 붕괴 후의 러시아를 방문하여, 모스크바, 페테르부르크, 푸시킨 등을 잇는 여정을 따라가게 된다. 다음은 푸시킨시를 여행하는 중에 마주친 어느 이름 모를 여름풀에 관한 사색 부분이다.

> 이 풀과 나는 피차에 잘 이해하고 있다. 내가 땅에 서 있고 그가 땅에 뿌리를 박고 붙어 있는 것. 이것이 우리의 이해의 형식이다. 우리가 각기 이렇게 있다는 것이 우리의 이해이기도 하다. 우리는 〈생물 구성체〉로서 〈지리적 구성체〉인 이 마을의 땅 위에서 이렇게 만나고 있다. 이 마을 사람들의 조상들도 아득한 옛날부터 이 풀과 나의 관계처럼 그렇게 살아왔다. 〈생물 구성체〉와 〈지리적 구성체〉라는 자격에서는 그렇게 간단한 관계 위에 〈사회 구성체〉라는 그물을 한 겹 더 얹으면서부터 적어도 이 풀과 인간은 이미 〈형제〉라는 규정만으로 연결되지는 못하게 되었다. 이 풀은 아득한 그 옛날이나 지금의 이 순간이나 여전한 그 〈생명 구성체〉로 산다는 〈달인(達人)〉의 경지를 유지해온다. 그러나 사람은 일정한 주기를 두고 변해온 〈사회 구성체〉의 구성원

> 리를 〈사회화〉한, 즉 내면화하다 자기의 구성 원리로 터득한 생활자가 되어야 했다. 이 풀의 어린 싹은 그대로 자라서 여름풀이 되고 가을풀이 되면 그만이지만, 한때 이 풀의 곧이곧대로의 형제였던 〈인간〉의 아이들은 학교에 가서 그때 현재의 〈사회 구성체〉의 원리를 배워야 했고, 그리고 나서야 소우주란 말처럼 〈소(小) 사회 구성체〉가 될 수 있었다. 영주 시대에는 영주의 영민(領民)으로, 황제 시대에는 황제의 신민(臣民)으로, 쏘비에트 시대에는 공화국의 공민(公民)으로, 그리고 지금 새 공화국의 시민(市民)이 되어 있다.[74]

이렇게 인간의 삶은 이른바 생물 구성체의 차원으로까지 소급, 환원되며, 이로부터 다시 사회 구성체의 차원으로 나아간다. 그렇다면 이 과정 속에서 한국의 20세기는 어떤 역사적 단계에 처해 있었던 것이며, 또 그 속에서의 한국 사회 구성원들의 정신적 상태는 어떠했는가.

> 20세기를 산 우리나라 사람들은 자기를 다스릴 원칙 없이 이 세기를 정신적 피난민으로서 표류하였다. 〈공동체적 감정〉의 등가물로 〈민족주의〉가 등장했고, 〈공동체적 이성〉의 등가물로 〈사회주의〉가 수입되어 각각의 신도들을 모았다. 이 두 조류는 식민지 조선의 안팎에서 괴로워 한 사람들에게 가르침을 주려는 저류로 작용하다가, 해방 후에 남쪽에

서는 김구의 암살로 요약되는 민족주의의 좌절과, 북쪽에서는 김일성 단일 파벌의 집권에 의한 사회주의의 왜곡이라는 모습으로 좌절함으로써 새 역사 단계에서의 〈공동체적 감정〉과 〈공동체적 이성〉의 통합이라는 과제는 현재 난파 사태에 있다.

문제를 개인의 입장에서 보면, 오늘을 사는 우리 사람들은 자기 가슴과 머리로 짚어봐서 고개가 끄덕여지는 신념 체계를 눈앞에 가지지 못하고 자신이 인간으로서 부끄럽지 않게 귀속할 수 있는 소속 공동체를 가지고 있지 않으며, 문제를 좀 더 심리학의 형식으로 표현한다면 〈자아 확립〉의 기반없이 표류해야 하며, 분열된 조국은 개인의 심리를 정신분열증의 모습으로 조형한다. 오늘의 우리 생활자는 나면서부터 자신을 분열증 환자로 등록해야 한다.[75]

이에 따라 『화두』는 민족주의와 사회주의라는 20세기 한국의 주류적 담론체계에 맞서 '화자=주인공'이라는 문제적 인물이 자립적 의식을 획득하기까지의 여정을 그린 소설로 나타난다. 어떻게 하면 새로운 주체적 의식으로 새로운 세기를 맞이할 것인가? 『화두』는 이 문제를 집요하게 파고들고 있으며, 이 맥락 속에서, 자신의 제국들에서의 체류 및 여행 경험과, 자신의 소설 창작 전 과정을 밀도 높게 재구성하고 있다.

이를 위해 이 소설은 주인공이 소년 시대에 직면한 사회주의의 두 얼굴에 대한 물음과 사유를 작품 전체에 걸쳐 지속적으로 시도해나간다. 그것은 하나는 중학교의 소년반 지도 교사의 모습으로 대변되며, 다른 하나는 그에게 조명희 소설 「낙동강」의 아름다움을 일깨워준 고등학교 국어 선생의 모습으로 대변된다. 한편으로는 그렇게 무섭고 적대적인 이념이 다른 한편으로는 낭만적인 아름다움으로 나타날 수도 있었던 것, 이것은 어쩌면 사회주의라는 이데올로기의 주박이자 환술이라고 할 수 있을 것이다. 이 환술에서 어떻게 깨어날 수 있는가? 또는 그 원천적인 상처의 경험으로부터 어떻게 치유될 수 있는가?[76]

이 소설은 치유와 재활의 소설적 구조를 갖고 있으며, 화자는 그 치유책을 구하려 러시아로 간다. 그리고 그것은 곧 「낙동강」의 저자 조명희의 마지막 자취를 추적하는 과정이기도 하다.

조명희의 단편소설 「낙동강」이 『화두』의 사유를 끌어가는 중심적 매개체가 될 수 있었던 것은 최인훈이 6·25전쟁이 발발할 때까지 북한 지역에 살다 1·4후퇴 때 월남한, 월남민이었던 사실과 무관하지 않다.

1936년생인 최인훈은 회령에서 출생하여 소학교를 다니고 중학교에 진학했다 원산으로 이주하여 중학교에서 마저 공부하고 고등학교를 다니다 월남하게 된다. 그의 가족들이 월남하게 된 경위는 『화두』 1권에 자세히 서술되어 있다. 회령에서 목재소를 운영하던 그의 부친이 자산계급으로 분류되어 재산을 반납하고 원산으로 이주하게 되었고, 원산에서 전쟁이 터지자 부친이 남쪽에서 진주해 있던 세력에 협력했던 탓에 서둘러 철수하는 배에 동승하지 않을 수 없었다.

『화두』의 이야기의 배양토는 바로 이 경험에 있다고 할 수 있으며, 특히 성장하는 소년의 눈에 비친 신생 사회주의 국가의 이미지에 토대를 두고 있다. 이 신생 사회주의는 소년의 눈에 두 개의 상반된 이미지로 각인된다. 하나는 사소한 작문에 담긴 내용을 꼬투리 삼아 소년의 의식 속에서 자산계급의 사상의 작용을 확인하려는 지도원 선생의 무서운 얼굴이다. 다른 하나는 고등학교 국어 시간에 조명희의 「낙동강」을 가르쳐주던 국어 선생의 자애로운 얼굴이다. 북쪽에서 남쪽으로의 종단을 감행해야 했던 소년의 뇌리에 박힌 사회주의의 두 이미지는 자본주의 남쪽 세계를 살아가는 그에게 필생의 문제로 대두된다. 과연 이념이란 무엇인가. 사회주의란 무엇인가. 인류의 역사는 이념을 구현해갈 수 있는가.

이를 월남민으로서의 최인훈의 고향 상실이라는 운명에 주목해보면, 앞에서 논의한 바 생래적인 고향을 잃어버린 자의 진정한 고향 찾기라는 측면에서 사고할 수 있다. 월남을 일종의 엑소더스 또는 디아스포라 상태로 규정할 수 있다면 이것은 고향으로 돌아가고자 하는 대신 더 이상적인 고향, 상실된 과거로서의 고향보다 더 나은, 미래의 고향, 미지의 고향을 지향한다.

『광장』이나 『서유기』, 『화두』에 나타난 최인훈의 고향 지향성은 이와 같은 유형의 것으로 규정할 수 있다. 『광장』의 이명준은 남한, 북한을 모두 섭렵한 끝에 제3국행을 택하며, 『서유기』의 주인공 독고준은 고향으로의 회귀를 환상적으로 달성함에도 불구하고 고통과 부끄러움에서 자유롭지 못하다. 『화두』의 주인공 화자는 고향인 H시(회령)이나 W시(원산)로의 귀환을 꿈꾸는 대신에 미국과 소련이라는, 20세기의 이념의 본거지를 주유하면서 참된 고향으로 나아갈 수 있는 주체적 방법론을 찾는다. 『화두』의 다음 대목은 이러한 고향 탐색의 의미를 보여준다. 전쟁이 발발하자 최인훈의 가족은 원산에 진주했던 국군에 협력했다 남쪽으로 탈출하게 된다.

> 그 소용돌이 속에 우리 가족도 있고 나도 있었다. 남쪽의 권력과의 관계 속에서 본다면 나는 피난 온 다음의 우리 가족과 나의 생활을 〈난민수용소〉의 생활처럼 느꼈다. 그것은 〈정상〉의 생활이 아니었다. 〈수용소〉 밖의 토박이들의 이 고장 생활도 더 큰, 그만한 규모의 〈난민촌〉 생활로 보였다. 되는 일도 없고 안 되는 일도 없는 생활을 〈정상〉이라고 불러서는 결코 안 된다. 그것은 미국이라는 군대 막사 밖에서 와글거리는 기지촌 생활이었다. 로마 군대가 주둔한 이스라엘 도시 비슷하였다. 그때 그 도시의 어떤 지식인도 틀림없이 이런 생각을 하였을 것이다. 그런 생각은 〈엄살〉인가. 〈우리들의 난민촌〉 밖에 있는 더 큰 난민촌인 한국이라는 〈나라 난민촌〉이 우리가 처음 글을 익히면서 학교에서 배운 〈진실〉이 실천되고 있는 것으로는 보이지 않았고 그 까닭이 어디 있는지도 차츰 알게 되었다. 그렇다고 해서 우

리가 추방된 곳, 우리를 추방한 사람들이 다스리는 북한이, 남한에 와서 어른이 된 머리로 따져봐서 그 〈진실〉이 실천되고 있는 곳으로도 보이지 않았다. 그렇다고 해서 우리 가족에 대한 〈추방〉이라는 일만 해도, 나는 그것이 모두 옳다든가, 모두 그르다고 한쪽으로 결판을 내기가 어려웠다.[77]

여기서 화자는 자신이 몸담고 살아가는 곳을 추방된 자들의 〈난민촌〉으로 보고, 뿐만 아니라 이 난민촌을 감싸고 있는 한국이라는 세계마저도 〈나라 난민촌〉으로 간주하면서, 삶의 진정한 길을 찾는 모색을 계속해간다.

이러한 맥락에서 『화두』는 이념적 대립 속에서 방황해 온 20세기의 현대인들의 길 찾기, 고향 '회귀'에 관한 이야기로서, 일종의 여로형 '탐색소설'의 특성을 지닌다. 『화두』의 앞부분에서 이 소설의 월남문학으로서의 특성과 이 특성의 가능성을 최대치로 만들어준 탐색소설로서의 특성을 동시에 말해주는 대목을 발견할 수 있다. 여기서 화자는 1973년 가을 어느 날 아이오와 창작 프로그램에 참석차 미국으로 건너갔던 때를 회상하고 있다.

나는 해방 후 남한에 거주하지 않은 탓으로 그때까지 남한에서 글을 써온 사람들을 구속하고 있던 정치적 불문률에 대해 어느 정도 무감각하였고, 20세기 우리 문학사가 도달한 언어감각이 어디쯤까지인가에 대해서도 구체적인 가늠

> 이 없었기 때문에 문학을 그것의 바깥과 안에서 규정하는 이 두 가지 힘에 대해 무한 책임을 가지고 반응하려고 하였다. 좀 더 행복한 문학사에서라면 이런 힘들의 파도를 자연스럽게 〈타면서〉 보통 한 작가의 창조는 살쪄갈 탓인데도 나는 나 자신이 그 〈파도〉까지도 만들어내야 하도록 몰리고 있는 듯이 느꼈다. 나의 문학의식의 이런 사정 자체가 힘의 원천이기도 한 것이 사실이었으나 우주 공간에서의 무중력 상태 같은 의미에서의 무력감의 원천이기도 하였다. 입이 찢어지게 웃고 있는 태양 아래 돛을 다 올리고 파도의 머리카락을 밟고 내달린다는 느낌을 가지기 어려웠다. 〈모든 밸브 열어!〉로 달리고 있다는 믿음이 내게는 찾아오지 않았다.[78]

『화두』는 이러한 탐색소설로서의 월남문학의 가능성을 충만하게 실현하고 있는 소설이며, 이러한 여정의 플롯에서 조명희의 「낙동강」은 일종의 나침반 역할을 한다. 즉 이 소설은 『화두』의 주인공으로 하여금 자신이 가야 할 곳을 탐색하는 데 있어 참조해야 할 핵심적인 선례 역할을 한다. 이러한 「낙동강」과 조명희의 역할은 『화두』 전체를 지탱하는 구조적인 힘이지만, 특히 작중 도입부에 해당하는 1권(1부)의 1장과 2장, 그리고 2권(2부)의 1장, 4장, 8장, 10장에 집중적으로 그 힘을 드러낸다.

작품 전체에 걸쳐 「낙동강」과 그것을 쓴 조명희의 삶이 간단없이 출현하는 이 소설의 8장에서 화자는 자신의 뇌리에 남은 사회주의 체제의 두 개의 상반된 이미지의 '최종적'인 해독을 위해, 그리고 이를 통한 자신의 길 찾기, 고향 찾기의 완성을 위해 소비에트 붕괴 이후의 러시아로 향한다. 이미 그는 조명희가 일제의 스파이라는 이유로 1938년 5월 11일에 처형당한 사실을 알고 있다. 그럼에도 그는 러시아 여행을 기회를 살려 조명희의 최후의 흔적을 찾으려 하며, 마침내 러시아에 유학 가 있는 제자 K양을 통해 조명희에 관련되어 있는 러시아어 팜플렛과 그 한국어 번역본을 손에 넣는 데 성공한다.

그 러시아어 팜플렛은 "하바로브스끄의 KGB지부에 보관된 포석 관계 서류철에 첨부된 유일한 문서인데, 피고들로부터 압수된 것"[79]이며, 그러나 이것이 조명희 자신의 것이라고는 단정할 수 없다. 고발장이 다섯 사람이 한 건으로 취급되어 있고, 그것도 한 장으로 된 데 대한 첨부 서류이기 때문이다. 연설문인 듯한 이 팜플렛을 K양은 포석의 것이라고는 단정할 수 없다고 재차 확인하지만, 화자는 "포석의 것일 수도 있고, 그것은 어쨌건 다섯 사람에 관련된 것은 틀림없잖은가"[80]라고 반문한다. 어쩌면 이 팜플렛은 화자에 의해 조명희의 육성이 담긴 팜플렛이 되어야 하는지도 모른다. 그것은 어떤 형태로든 평생을 이념이라는 『화두』, 그 주박에서 풀어줄 열쇠가 되어야 하기 때문이다. 그가 그것을 간절히 원하고 있기 때문이다.

작중 화자는 조명희가 관련되어 있는 팜플렛의 내용을 몇 번씩 읽고 난 후, 그 팜플렛의 저자의 정신을 「낙동강」의 작가 조명희의 그것에 환치시키며, 자신의 길고 긴 정신적 탐색의 여정에 피리어드를 찍을 수 있는 알리바이로 삼는다.

> 문득, 붉은 『광장』이 보인다. 끄렘린이, 조명 받은 무대 장치처럼 보인다. 몇 번째 읽은 것일까. 지금까지 저 궁전 속에 있다가 갑자기 여기 앉아 있는 것이 어리둥절해진다. 한 번 읽고 끝에 올 때마다 들리던 환청(幻聽). 몇 번씩 귓전에 되풀이되던 환호가 지금 또 들린다. 길 하나 거리를 건너와서. 결정론도 허무주의도 없다. 슬픈 육체를 가진 짐승이 별들이 토론하는 소리를 낼 수 있다니. 알 만한 것을 다 알고, 검토할 만한 것을 다 검토하고, 실무자의 자상함까지 다 지니면서도, 해야 할 일을 하는 것 말고는 이 땅 위에서 달리 할 일이 없는 것을 알고 있던 이만한 문체로 연설할 수 있는, 저만한 그릇의 사람들이 이 세기의 새벽 무렵에 저 성 안에서 인간의 운명을 놓고 신들과 언쟁하고 신들에 상관없이 할 일을 시작한, 그렇게 된 곡절이었군요. 이처럼 조리 있게 시작된 출발이 주인을 쫓아낸 찬탈자들에 의해 다른 길에 들어서면서 자기도 속이고 남도 속여 오다가 결국 망한 것이군요. 자기를 빼앗기면 지금 이 도시에서처럼 이렇게 된다네. 선생님, 외람스럽습니다. 선생님 몫까지 구경해야겠다느니, 모시고 온 기분이라느니, 외람스러웠습니다.

선생님은 저 환호 속에 계시는군요. 저 연설 속에 계시는군요. 아니, 저 연설이 선생님이시구요. 모스끄바에서 저를 기다려 주셨군요. 보잘것없는 후배의 러시아 문학 기행을 도와주시기 위해서. 너 자신의 주인이 되라. 문학공부는 어려우니라, 알아들었습니다, 선생님.[81]

화자는 이 팜플렛이 조명희 그룹의 것이 아니라 레닌 등으로 대표되는 신경제정책 추진세력의 것임을 알아차린 후에도 그것을 조명희의 목소리로 환치시키면서, "너 자신의 주인이 되라"는 새로운 각성에의 요청으로 수용한다.

레닌은 마르크스의 교의를 수용하여 공산주의 혁명은 세계 혁명이자 이를 위한 영속 혁명이 되어야 한다는 논리에 따라 유럽에 사회주의 혁명이 파급되어 승리를 이루기까지의 한시적인, 그러나 비교적 긴 시간 동안, 포위당한 요새가 된 소비에트 러시아의 생존을 위한 방법론으로서 볼세비키 헤게모니하의 국가 자본주의 또는 시장 사회주의를 추구했다. 그러나 이 영속혁명론을 승계한 트로츠키를 밀어내고 권좌를 차지한 스탈린은 일국 사회주의론을 표방하면서 소비에트를 독재적 관료국가로 변질시킨 것인데, 이는 오로지 스탈린적인 기형적 사유의 소산이라고 할 수 있는 것일까?

확신할 수 없다. 왜냐하면 영속혁명론, 세계혁명론의 계승자로서의 레닌은 동시에 엥겔스적인 결정론, 예정조화론으로부터 완전히 자유로워 보이지 않기 때문이다. 과연 어떻게 필연의 구속은 자유의 실천으로 이행할 수 있는가? 그것은 필연을 믿으면서도 그것을 현실 상황을 주밀하게 투영시킨 계획에 따라 개조시켜 나가는 것에 의해 가능한가? 그러한 주체적 목적의식성이 20세기의 이념의 주박으로부터 벗어나는 길이 될 것인가?

최인훈의 경우에 자기에게로 돌아오는 이 결말은 일종의 '주관주의적 에고이즘'의 필연적 결과라고는 해도 그 미래를 꼭 낙관적으로만 진단할 수 없다. 그런데 이렇게 속는 주체의 아이러니를 떠나서도 이상을 품고 유토피아를 지향하는 것은 가능한 것일까? 이념적인 소설은 언제나 자기 스스로에게 기만당할 운명 속에서도 시시포스처럼 영원히 바위를 산 위로 밀어 올려야 하는 가혹한 운명을 타고 태어나는 것이 아닐까? 이 모든 것이 그의 월남체험, 즉 이북에서 이남으로의 종단, 월경에서 비롯된 것이라고 말한다면 그것은 너무 지나친 판단이 되는 것일까?

5. 나오며 — '해방 후 8년사' · '전후문학' · '월남문학'

필자는 최근에 '해방 후 8년의 문학사'를 재구성하려는 아이디어를 중심으로 일련의 연구를 진행하고 있다. 이는 지난 한국 현대문학사 연구에서 이 8년간의 문학사가 충분히, 새롭게, 하나의 연속적인 현상으로 다루어지지 못했다는 판단에 따른 것이다.

몇몇 중요한 논자들에 의해 도입된 '해방 공간'이라는 개념은 많은 경우 8·15 해방부터 남북한에서 단독 정부들이 수립되기까지의 3년간을 지칭하는 용어로 사용되고 있으며, 6·25전쟁

중의 문학과는 따로 떼어내어져 다루어지는 경우가 많다. 그 결과 해방 후 8년간의 문학사는 해방 공간 3년(1945.8·15~1948.8.14. 및 1948.9.8), 남북한 단독 정부 수립 후 2년(1948.8·15. 및 1948.9.9.~1950.6.24), 6·25전쟁 3년(1950.6·25.~1953.7.27.)의 시기로 분절된 채 각기 고립 분산적으로 연구되어 왔다.

그러므로 이 8년의 문학사를 하나의 연속적인 현상으로 범주화하는 것은 여러 가지 기능을 가질 수 있다. 이 가운데에서 특기할 만한 것은 그것이 일제 강점기와 이후 현대 문학사의 연계 양상을 종합적으로 사유할 수 있게 해주리라는 것이다. 특히 포스트 콜로니얼리즘의 맥락에서 한국 현대 문학사를 고찰하고자 할 때 이러한 연속성의 설정은 남다른 의미를 가질 수 있다. 해방 후의 문학사 과정은 해방 전의 문학사적 전개의 결과이자 그 연속으로 다루어져야 하고, 그럴 때 비로소 그것이 어떤 의미를 가지고 있는지 거시적 안목으로 살펴볼 수 있다. 일제 강점기와 관련하여 한국 사회는 지금도 탈식민적 문학의 시기를 통과하고 있다고 볼 수 있으며, 이런 관점에서 해방 후 8년사는 그 이후에 직접 연결되면서도 어떤 변별적 자질을 띠게 된다. 이 시기 동안 한국 사회는 미완의 해방으로 인해 남북 분단으로 나아가지 않을 수 없었고, 이 과정이 6·25전쟁이 휴전 협정으로 일단 '종결'됨과 함께 남쪽은 남쪽대로 북쪽은 북쪽대로 독자적인 문학적 전개를 보이게 되었다. 이 때문에 해방 후 8년의 문학사는 그 이후의 문학사와 구별되는 문학사 '공간'으로 취급되어야 한다.

한편으로, 한국의 현대 문학사 연구에서 '전후문학'이라는 개념 역시 성찰적으로 재정립되어야 한다. '전후' 또는 '전후파'라는 개념은 세계 제1차 대전 이후의 프랑스 문학에서 발현된 새로운 문학 경향을 지칭하는 용어지만, 세계 제2차 대전 이후에 세계 각국의 전후문학 현상을 가리키는 말로 일반화되었다. 한국에서도 이 '아프레게르(aprés-guerre)' 문학이라는 말이 등장하여 전후문학이라는 말과 함께 6·25전쟁 이후의 문학의 특징과 경향을 가리키는 말로 일반화 되었다. 그러나 이 말은 빈번한 사용에도 불구하고 지금껏 그 개념적 범주가 불분명한 채로 남아 있다.

도대체 어디서부터 어디까지가 전후문학, 즉 아프레게르 문학인가? 이러한 물음에 대한 가장 일반화된 답변은 휴전 협정이 조인된 1953년 7월 27일 이후에 시작되어 대략 1960년의 4월 혁명 이전까지의 문학을 가리킨다는 것이다. 그러나 이렇게 생각하면 설정된 전후문학의 시기가 연구자들의 경험적인 추론에 비해 너무 짧다는 인상을 받게 되는데, 이는 손창섭, 장용학, 박경리를 위시한 많은 작가들이 전후 작가로 지칭되지만 그들의 작품을 거론할 때는 대략 1960년대 중반까지의 것들을 전후소설이라고 부르고 있기 때문이다. 선제적인 개념 설정과 실제 수행상의 개념 설정이 부합하지 않는 것이며, 이러한 개념적 불분명함을 처리하는 것이 전후문학 논의의 가장 중요한 선결 사항이라고 할 수 있다.

따라서 필자는 무엇보다 1950년 6월 25일부터 1953년 7월 27일 휴전 협정까지의 전쟁 상태와 그에 이어진 휴전 협정 전후 체제가 현재에 이르기까지 해소되지 못한 점에 주목한다. 한국은 한국 전쟁 이후 고착된 전후 체제의 지속 위에서 지금까지 지구상 유일한 분단국가로 남아 있다. 이 남북 분단은 전후 체제가 현재에까지 지속되고 있음을 단적으로 대표하며, 그 개념이 전후 체제와 밀접한 관련을 맺고 있다는 점에서, 전후문학은 현재에까지 이어지고 있는 문학사적 현상이라고 할 수 있다.

그러나 이렇게 긴 시간을 지배하는 개념은 너무 넓어 실효성을 상실하기 쉽다. 필연적으로 단계 구분이 필요하며, 여기서 필자는 앞에서 언급한 1960년대 중반까지를 제1차 전후문학기라 명명하고자 한다. 전후라는 관점에서, 즉 6·25, 즉 한국 전쟁과의 관련 속에서 한국은 몇 단계에 걸친 전후문학의 전개 과정을 거쳐 왔다고 말할 수 있다. 이를 면밀하게 규정하는 것이 앞으로의 과제 가운데 하나다.

1960년대 중반까지 한국 전쟁의 참혹한 영향이 그 문학에 직접적이고도 깊은 흔적을 남겼다. 다시 말해 1950년대의 독재 체제가 붕괴된 1960년의 4월 혁명에도 불구하고 한국 전쟁의 영향력은 해소되지 않았으며 1961년의 5월 쿠데타를 통한 새로운 군사 독재 체제의 수립도 당분간은 한국 전쟁의 기억을 앗아가지 못했다.

마지막으로, 이러한 맥락에서 필자는 월남문학이라는 개념이 특별한 지위를 획득할 수 있다고 생각한다. 우리는 1980년대 후반부터 빈번히 월북문학이라는 개념을 사용해왔는데, 그에 반하여 월남문학이라는 개념은 충분히 정식화되어 있지 않다. 그러나 해방 이후 한국 문학사를 이해하는 데 있어 이 개념만큼 유효한 집합적 개념도 없을 것이다. 이는 특히 월북문학의 '불모성'에 비추어 볼 때 그러하다. 이른바 월북문학은 실상 정치주의적인 체제 옹호 문학에 불과한 현재의 북한 어용 문학에 흡수되는 과정에 지나지 않았던 반면, 월남문학은 남한에서 '고향을 가진 이들'의 문학에 대한 위화감을 기반으로 놀라운 창조력과 생산성을 보여준다.

이 월남문학을 총체적으로 분석하는 논문을 준비하고 있는 연구자 서세림이 정리한 바에 따르면 해방 후 문학사 전개 과정 속에서 월남문학을 구성하는 문학인들의 숫자나 비중은 놀라울 만하다. 그 대략적인 목록을 시와 소설 분야에 국한하여 여기에 옮겨 보면 다음과 같다.

○ 작가

강용준, 계용묵, 곽학송, 김광식, 김내성, 김성한, 김송, 김이석, 김중희, 박순녀, 박영준, 박연희, 박태순, 선우휘, 손소희, 손창섭, 송병수, 안수길, 오상원, 이범선, 이정호, 이호철, 임옥인, 장용학, 정한숙, 전광용, 전영택, 정비석, 주요섭, 최독견, 최인훈, 최정희, 최태응, 황순원 등

○ 시인

구상, 김광림, 김광섭, 김규동, 김동명, 박남수, 양명문, 유정, 이경남, 이봉래, 이인석, 장수철, 전봉건, 전봉래, 조영암, 주요한, 한성

기, 한하운, 함윤수, 황동규 등

이 목록은 아마도 이 연구자가 작성하는 박사논문에서 보다 체계적으로 제시될 것이다. 지금까지 이와 같은 작가들을 월남문학이라는 집합적 개념 아래 포괄하여 연구해온 경우는 별로 없었을 것인데, 이는 해방 후 8년 문학사, 그리고 그 이후의 문학사에 대한 연구가 방법론 면에서 새롭게 일신되어 오지 못했음을 반증한다.

월남문학을 단순히 체제 반응적인 문학 수준을 뛰어넘는 것으로 고찰하고자 할 때 '고향 상실'이라는 문제가 근원적인 문제로 부각된다. 이념적인 이유로든 또는 상상할 수 있는 또 다른 이유들로든 월남문학인들은 해방 후 8년사의 어느 시기에 이북으로부터 이남으로 월경해 왔고, 지금까지 고향으로 돌아갈 수 있는 기회를 얻지 못했다는 의미에서, 또 그러한 상태를 어떤 형태로든 문학적으로 표현해왔다는 점에서 고향 상실 문학이라고 규정할 수 있다. 그리고 그것은 김동리, 조연현, 서정주 등의 문협 정통파로 대변되는 '고향을 가진 자'들의 문학과 대별된다. 월남문학을 일단 이렇게 고향 상실 문학이라고 규정하게 되면 해방 후 8년사와 그 이후의 문학사적 과정에 대한 이해가 더욱 풍부해지고 심층적이 될 수 있으리라는 것, 이것이 이 논문의 가설이다. 그리고 여기서 이 논문의 분석 대상이 된 선우휘, 이호철, 최인훈뿐만 아니라 다른 작가, 시인, 비평가들의 위상과 의미가 더욱 명료하게 드러날 수도 있을 것이다.

무국적자, 국민, 세계시민

김종욱(서울대학교 국어국문학과 교수)

1. 아시아·태평양전쟁과 난민

1957년 미국 할리우드에서 데이비드 린 감독이 제작한 전쟁영화 「콰이강의 다리」는 싱가포르에서 항복한 영국군 공병대가 태국의 밀림 속에 자리한 일본군 포로수용소에 들어가는 장면으로 시작한다. 포로수용소장을 맡고 있는 사이토 대령은 사병뿐만 아니라 장교들까지 다리 건설에 동원하고자 하지만, 영국군 공병대 니콜슨 중령은 제네바 협약을 내세워 끝까지 이 명령에 따르지 않는다. 결국 정해진 기간 내에 다리를 건설하기 위해 포로들의 협조를 얻어야만 했던 사이토 대령이 어쩔 수 없이 명령을 철회하자, 니콜슨 중령은 효과적인 지휘 체계를 구축하여 다리를 완공시킨다. 영화는 영국군 특수부대가 침투하여 다리를 폭파하면서 막을 내린다.

사이토 일본군 대령의 강압에도 성공하지 못했던 콰이강의 다리를 영국군 포로들이 다양한 공학 지식을 활용하여 완공시키는 과정을 지켜보면서 관객들은 서구적 합리성에 경외감을 갖는 한편 국가를 위해 개인의 희생을 강요하는 일본 제국주의의 반인륜적 성격에 경악하게 된다. 하지만, 포로의 인권을 둘러싼 사이토 대령과 니콜슨 중령 사이의 논쟁은 일본이 제네바 협약을 정식으로 비준하지 않았다는 역사적 맥락을 제거한 채 문명과 야만의 이분법을 반복하는 것이다. 영화는 파시즘에 맞서 민주주의와 인권을 수호했다는 서구인들의 역사적 자긍심과 함께 동양 문화에 대한 서구인들의 오리엔탈리즘적 시각을 숨기고 있는 것이다.

이 영화에서 필자의 관심을 끈 것은 영국군 포로들을 학대하는 수많은 감시원들이었다. 그들은 카메라의 초점에 놓이는 경우도 거의 없을 뿐더러 서로 말을 주고받는 모습조차 보여주지 않는다. 그저 사이토 대령의 명령에 따라 일사불란하게 움직일 뿐이다. 그래서 영화를 볼 때, 그들은 사이토 대령의 분신, 달리 말해 일본군으로 기억된다. 그런데 일본군의 옷을 입고 있었지만, 그들은 '일본'군이 아니었다. 인도차이나 지역에 설치된 연합군 포로수용소의 감시원으로 동원되었던 이들은 조선이나 대만에서 동원된 식민지 청년들이었다. 또한 일본군의 옷을 입고 있지만, 그들은 일본 '군'이 아니었다. 정규 군사훈련을 받은 전투원(combatant)이 아니라 전쟁포로의 감시를 위해 동원된 군속(civilian component)이었던 것이다.

일본 육군성에 포로관리부라는 조직이 생긴 것은 아시아·태평양전쟁이 한창이던 1942년 3월 31일이었다. 1941년 12월 7일 오전 3시, 일본군은 하와이 진주만에 있는 미군 기지에 기습 공격을 가하는 한편, 말레이 반도를 비롯한 동남아시아 지역에 대한 대규모 진격 작전을 개시한다. 1941년 12월 10일 필리핀 북부에 상륙하여 20여 일만에 수도 마닐라를 점령하였고, 12월 20일 홍콩에 주둔하던 영국군의 항복을 받았고, 1942년 2월 15일에는 싱가포르의 영국군까지 제압했던 것이다. 또한 1942년 2월 14일에는 수마트라 남부의 팔렘방 유전을 확보하기 위해 300명의 낙하산 부대를 투입하고 3월 1일 자바섬에 상륙한 데 이어, 3월 9일에는 네덜란드를 항복시키기에 이르렀다.

아시아·태평양전쟁을 일으킬 당시 일본군은 동남아시아 점령 계획을 세웠을 뿐 포로 처리 문제에 대해 고민하지 않았다. 그런데 필리핀 바탄 코레히들 작전에서 5만 2천여 명, 말레이시아 작전에서 9만 7천여 명, 자바 작전에서 9만 3천여 명, 홍콩과 그 외 지역에서 1만 9천여 명 등 총 26만 명 넘는 대규모 전쟁포로가 발생하자 일본 육군성에 포로관리부를 만들고 체계적인 관리 계획을 수립하기 시작한 것이다. 그리하여 1942년 5월 1일 미얀마의 중심부 만달레이를 점령함으로써 동남아시아 점령이 일단락되자, 「남방에 있어서 포로의 처리 요령의 건」(1942.5.5)을 지시하고 식민지 조선과 대만에서 전쟁포로를 감시하기 위한 군속들을 광범위하게 모집한다. 조선에서도 전국에서 모인 3천 명의 젊은이들이 부산에 있는 노구치부대(野口部隊)에서 두 달간 훈련을 받고 동남아시아로 파견된다.[1]

그런데, 아시아·태평양전쟁이 끝난 후 포로 감시 행위는 전쟁

범죄로서 처벌된다. 1946년 1월 19일 연합군 최고사령관 맥아더는 '특별선언'을 통해 전쟁범죄의 범위에 관한 입장을 발표하였는데, 침략전쟁에 관여한 '평화에 관한 죄'에 해당하는 A급, 포로 학대 등 '통례의 전쟁 범죄'에 해당하는 B급, 박해 행위 등 '인도(人道)에 관한 죄'에 해당하는 C급으로 구분하여 재판을 열기로 했던 것이다. 이때 미국은 맥아더 장군 휘하에 극동국제전범재판소를 두어 A급 전범을 맡고, 연합국 사령부 산하 49개 전범재판소(미국 5, 영국 11, 오스트레일리아 9, 네덜란드 12, 중국 10, 프랑스 1, 필리핀 1)에서 B급과 C급의 전범들의 재판을 담당하게 된다. 이 전범재판에서 조선인 148명(사형 23명)이 전범으로 처리되었는데, 군인은 필리핀 포로수용소장이었던 홍사익(사형)과 필리핀 산중에서 게릴라전을 수행했던 2명의 지원병(유기형)뿐이었다. 나머지는 중국 대륙에서 통역을 시키기 위해 징용된 16명(사형 8명)과 동남아시아 포로수용소에서 포로 감시를 맡았던 129명(사형 14명)이었다. 3천 명의 포로감시원 중 129명이 전범으로 체포되었고 그중에서 14명이 교수형이나 총살형에 처해졌다는 사실은 매우 이례적인 일이다.[2] 당시 극동국제전범재판소에서 A급 전범으로 교수형에 처해진 일본인은 도조 히데키(東條英機)를 포함한 7명에 불과했던 것이다.

조선인 포로감시원의 굴곡진 삶 속에는 대동아공영권을 내세웠던 일본 제국이 국민국가로 재편되는 동아시아의 역사가 놓여 있다. 조선인 포로감시원들은 전범재판을 받을 당시 '일본국민'이었기 때문에 한반도에 국가가 건설된 후에도 국가의 보호를 받지 못했다. 그들은 전범재판에서 사형을 면한 경우 일본 스가모(巣鴨) 형무소로 이감되었는데, 샌프란시스코 강화 조약과 함께 일본 정부가 조선이나 대만 등 구식민지 출신자의 국적을 박탈하여 '외국인'으로 취급하는 상황 속에서도 끝내 모국으로 송환되지 못했던 것이다.[3] 대일본 제국 시절 조선인이라는 에스닉시티(ethnicity) 때문에 비국민(외지인)으로 차별을 받았던 그들은 전범재판 과정에서만 온전한 일본국민으로 취급받았을 뿐, 동아시아에서 새로운 국민국가의 질서가 자리 잡힌 후에도 어느 국가의 보호도 받지 못한 난민(refugee)으로 남았던 셈이다.

영화「콰이강의 다리」에서 재현된 포로감시원의 모습은 이러한 역사적인 사실과 거리를 두고 있다. 그들은 식민지 출신이나 군속과 같은 개별성을 제거당한 채 '일본군'으로 단일하게 재현될 뿐이다. 물론 할리우드의 시각에서 보았을 때, 그들이 식민지 출신의 비정규군이라는 사실은 그리 중요하지 않을지도 모른다. 그들이 설령 식민지 출신이라고 하더라도 제국 일본의 국민이었으며, 정규군이 아니었다고 하더라도 반인륜적 명령을 충실하게 수행하는 전쟁기계였기 때문이다. 그렇지만, 식민지 치하에 살아야 한다는 것이 얼마나 고통스러운지 짐작하고 있는 우리들로서는 식민지 출신의 군속들을 모두 일본 정규군과 다를 바 없이 재현하는 것이 불편하기 그지없다. 포로감시원들의 삶 속에 간직되어 있을 역사적 질곡에 대해서 눈감을 수 없는 것이다.

2. 피식민자와 국민, 그리고 민족으로 되돌아가기
— 선우휘의 「외면」

1976년 7월《문학사상》46호에 발표된 선우휘의 중편소설「외면」은 문틴루파(Muntinlupa)에 있는 전범수용소를 배경으로 하고 있다. 필리핀의 수도 마닐라 남단에 위치한 이곳에는 미군 포로 학대 혐의로 체포된 일본군 전범들을 수용한 빌리비드교도소(Bilibid Prison)가 있었다. 이곳에 전범수용소가 설치된 사정은 다음과 같다.

1941년 12월 8일 아침, 일본 해군이 하와이에 있는 미군 기지를 기습 공격하면서 태평양전쟁이 시작되었는데, 이와 동시에 일본군은 필리핀에 상륙하여 미-필리핀군과 치열한 전투를 벌이게 된다. 당시 서남태평양 지역으로의 확장을 준비하고 있었던 일본으로서는 필리핀을 전진기지로 확보할 필요가 있었던 것이다. 이듬해 4월 9일 미-필리핀군이 투항할 때까지 바탄 지역에서 1만여 명의 미군이 목숨을 잃었고, 7만 5천여 명이 포로가 되었다. 그런데 미군 포로들은 필리핀 바탄 반도 남쪽 마리벨레스에서 산페르난도까지(88km), 이어서 카파스부터 오도넬수용소까지(13km) 강제로 행진하면서 구타와 굶주림에 고통을 겪었고, 행진에 낙오한 경우에는 총검에 찔려 목숨을 잃기도 하였다. 결국 포로수용소에 도착한 전쟁포로들은 5만 4천 명에 불과했다. '죽음의 바탄 행진(Bataan Death March)'으로 알려진 이 사건은 전쟁이 끝난 후 필리핀 마닐라에 설치된 전범재판소에서 반인륜적 행위로 처벌받게 된다. 1946년 2월 23일 필리핀 방위전을 지휘했던 야마시다 도모유키가 마닐라 대학살의 책임을 지고 처형되었으며, 9월 26일에는 필리핀에서 연합군 포로수용소 소장으로 일했던 홍사익 또한 사형이 처해졌던 것이다.

「외면」은 이렇듯 전범으로 처형된 조선인 포로감시원을 주인공으로 삼고 있다. 서술자는 "그가 왜 미군 포로 학대의 잔인 행위를 저지르고 전범으로 지목되었는지, 그가 처형당하기 전에 자기의 짧은 삶을 그 마음속에서 정리하지 못한 채 죽어간 것인지, 아니면 그 나름의 어떤 마무리를 짓고 죽어간 것인지 필자는 그것만을 밝히면 족한 것이다"(382면)[4]라고 말한다. 전쟁이 끝난 후 전범재판관을 맡은 미국인 우드 중위, 통역관을 담당한 일본군 이츠키(五木) 소위, 그리고 전범으로 투옥되어 있는 조선인 하야시(林)를 초점화자로 교체시키는 것은 이러한 서술 목적과 관련되어 있다. 하야시가 전범으로 지목되어 처형당하는 '상황'과 함께 하야시가 포로 학대라는 반인간적 행위를 하게 된 '동기'를 밝히고자 했던 것이다.

우드 중위에게 있어 하야시란 "겉도 속도 인간의 것으로 믿어지지 않는"(382면) 괴물 같은 존재이다. 그는 "필리핀의 미군 포로수용소에서도 가장 혹독하게 미군을 다룸으로써 미군 포로들의 공포와 증오를 그 한 몸에 집중시켰"(382면)음에도 불구하고 조사 과정에서는 무표정하게 "그저 상관의 명령에 따랐을 뿐입니다."라는 말을 반복할 뿐이다. 포로 학대라는 반인륜적 범죄를 저지르고도 뻔뻔하게 자기 책임을 인정하지 않는 하야시는 "신으로부터 인간에게 주어진 양심"을 지니지 않는 "야수성 또는 악마성"(383면)의 존재인 것이다. 더욱이 우드 중위는 동양인에 대한 인종적인 편견에 사로잡혀 있어서 하야시를 인간으로서의 존엄을 갖지 못한 "고릴라 같은 코리언"(389면)이라고 여길 따름이다.

이에 비해 이츠키 소위에게 하야시는 동양인이나 일본인이 아니라 '조센징'에 불과하다. "누구든지 한 사람이라도 더 동포인 일본인 포로가 전범재판의 대상에서 벗어나기를 바래야 했고, 힘이 미치는 데까지 그렇게 되도록 애써야 했"(391면)던 이츠키로서는 일본인 모리(森) 군조를 전범에서 제외시키기 위해 모든 책임을 조선인 하야시에게 전가시키는 것이다. 이츠키의 이러한 태도는 대일본 제국 시절 식민자와 피식민자의 동화와 협력을 강조했던 것이 정치적 수사에 불과했다는 점과 함께 다양한 종족으로 구성되었던 '대일본 제국'이 여러 국민국가로 해체되는 상황을 보여준다.

이렇듯 하야시를 서양인의 눈에 비친 동양적 야만으로 바라보는 우드 중위, 일본이라는 국민국가를 재구성하는 과정에서 식민지 출신 하야시를 배제한 이츠키 소위의 공모에 의해서 하야시는 전범으로 처형된다. 그들은 하야시라는 '동양인'이자 '조센징'을 인종적·민족적 편견에 따라 전범으로 몰아갔던 것이다. 서술자는 이러한 편견들에 맞서 '인간'으로서의 하야시가 자신의 삶을 어떻게 바라보는지에 초점을 맞춘다. '하야시'는 '임재수(林在洙)'라는 본명을 가지고 있었다. 평안북도 구성에서 자작 겸 소작인의 셋째 아들로 태어나 보통학교밖에 마칠 수 없었지만, 여러 씨름대회에 나가 상품을 도맡아 올 정도로 기골이 장대하고 건장한 젊은이였다. 하지만, 식민지 변방의 가난한 집안에서 태어난 그에게 출세의 길은 막혀 있었다. 그런 차에 "일본군이 침략전의 전역을 넓히면서 필연적으로 병력이 딸리게 되자 궁여지책으로 제정한 제1차 반도인(半島人) 지원병 모집은 그의 팔자에 일대 전환을 가져올 수 있는 하늘의 소리처럼 받아"(394면)들여졌다. 그래서 부모의 반대를 무릅쓰고 지원병이 되었고 일본식 이름을 얻게 된 것이다.

이렇듯 임재수가 하야시로 불리게 된 과정은 정체성의 선택과 관련되어 있다. 식민지 조선인이 침략전쟁에 지원한다는 것은 '일본국민'이라는 상상의 공동체의 일원이 되는 것이다. '조선인-일본국민(외지인)'이라는 종래의 제국과 식민, 지배와 피지배라는 이분법적 세계를 뛰어넘어 '일시동인(一視同仁)'의 식민이데올로기가 만들어낸 환상 내지는 허위의식을 내면화하는 것이다. 따라서 임재수가 하야시로 바뀌는 순간 조선인으로서의 삶은 정지되고 일본국민으로서의 삶이 새롭게 시작된다.

그런데, 완전한 일본국민으로 '이행'하기 위해서는 조선인으로서의 정체성을 억압하지 않으면 안 된다. 현재의 시간으로 되살아나는 조선인이라는 타자성을 억눌러야만 완전한 일본국민이 될 수 있었던 하야시는 일본인보다도 제국의 이데올로기를 솔선하여 실천하는 인물이 된다. 일본군에 들어간 후 "시골청년이 남달리 잘나 보이려는 개인적인 작은 모험으로 근무에 열중"(399면)하여 총검술 등에서 발군의 실력을 보여주었던 것이다.

> 그는 계급이 오르면서 그 직위가 높아질수록 그보다 처진 계급의 직위가 낮은 병사들에게 자기의 명령에 순종할 것을 가차 없이 요구했다. 거기에 일본인이고 조센징이고의 구별이 없었던 것은 물론이다. 아니, 그는 자기가 일본 제국의 자랑스러운 병사임에 한 번도 의심을 품어 본 적이 없을 뿐 아니라 자기가 일본 천황의 이른바 적자임을 잠시나마 회의해본 적이 없었다. 그러므로 그는 모리를 한 번도 인격적으로 따져본 적이 없고 따라서 자기 자신을 인격적으로 평가해본 적도 없었음은 물론이다.(401면)

이렇듯 일상적인 출세의 욕망을 좇아 지원병이 된 하야시는 엄격한 군율을 신체화하면서 타자에 대한 맹목적인 적개심으로 무장한 전쟁기계로 탄생한다. 이 과정에서 중요한 역할을 한 것은 직속 상관이었던 모리 군조였다. 그는 하야시에게 미군 포로들을 잔인하게 대우하라고 명령한다. 하지만 교활하게도 "하야시에게 세밀한 부분까지 지시한 그는 언제나 손수 자기가 나서지는 않고, 막사 안이나 어느 그늘 밑 미군 포로들의 시선의 사각에서 담배를 피거나 야릇한 미소를 품은 표정으로 그 광경을 지켜보고 있을 뿐이었다."(403면) 이렇듯 모리의 보이지 않는 감시 아래 놓인 하야시로서는 언제나 모리가 상상했던 것 이상의 폭력을 행사하지 않으면 안 되었다. 하야시를 더욱 곤경에 빠뜨린 것은 "미군 포로들이 그에게 보낸 증오 어린 시선이었다. 아니 그러한 시선은 순간적으로 하야시에게 부어질 뿐 그들은 곧 그 시선을 딴 데로 돌렸다. 아예 미군 포로들은 하야시와 시선을 섞으려 하지 않았던 것이다."(400면)

포로 학대라는 폭력은 이러한 감시의 시선과 증오의 시선 '사이'에서 발생한다. 일상의 장 속에서 펼쳐진 일본과 조선, 국민과 비국민 사이의 차별은 하야시를 전장으로 이끌었다. 전장은 그에게 비국민으로서의 차별을 무화시킬 수 있는, 더 나아가 일본국민으로 주체화되는 일상의 확장이었다. 따라서 전장에서 일상화되는 규율과 감시는 한편으로 하야시가 일본국민이 아니라는 점을 상기시키지만, 다른 한편으로 일본국민이 되고자 하는 욕망을 자극한다. 모리 군조의 감시 대상이면서도 동시에 미군 포로의 감시 주체로 이중화되었을 때, 하야시는 감시 주체인 모리에 대해 맹목적으로 복종하는 것만큼 감시 대상인 미군 포로들에게 맹목적인 복종을 요구한다. 그런데, 미군 포로들은 하야시의 이러한 요구를 거부하고 증오의 시선으로 되돌려준다. 이처럼 감시 주체로서의 역할을 부정당했을 때, 하야시는 감시 주체로서의 힘을 과시하기 위해 폭력을 행사하는 것이다.

이러한 미군 포로들에 대한 외부적·신체적 폭력은 하야시의 내면적 폭력과 조응하는 것이기도 하다. 모리의 감시는 하야시 외부의 시선이기도 하지만, 동시에 일본국민이 되고자 했던 하야시 내부의 시선이기도 했다. 일본국민이 된다는 것은 자신의 마음속에 일본 제국이라는 상상의 공동체를 떠올리고 그것에 자신을 일치시키는 과정이다. 감시의 시선은 하야시가 일본국민이 되기를 선택하는 순간부터 하야시의 내면에 자리잡고 조선인으로서의 정체성을 억압했던 것이다. 이렇듯 조선인으로서의 정체성을 폭력적으로 배제한 순간, 전쟁포로가 된 미군들과 일본의 식민지로 전락한 조선인들이 유비적인 관계에 놓일 수 있다는 상상력은 개입할 여지가 사라진다. 내부의 타자에 대한 억압이 외부의 타자에 대한 학대로 표출되었던 것이다.

이렇듯 조선인이 일본국민이 된다는 것은 두 가지 방향의 접합으로 이루어진다. 하나는 (내부적으로) 비국민의 상태에서 '국민'의 상태로 주체화된다는 것이고, 다른 하나는 (외부적으로) 일본이라는 '국민'적 정체성을 바탕으로 다른 국민들과 구별된다는 것이다. 따라서 조선인이기를 포기하고 일본국민이 되기 위해서는 종족과 국가, 내부와 외부 사이의 균열을 감내해야만 한다. 내부적으로는 조선인다움을 끊임없이 감시해야 했고, 외부적으로는 국민적 타자 곧 미군들과의 대결을 떠맡아야 했던 것이다. 그런데, 이렇게 획득된 제국 일본의 국민적 정체성은 전쟁이 끝나자마자 허구적인 것이었음이 드러난다. 모리가 하야시를 조센징이라고 호명함으로써, 하야시의 일본국민 되기는 완전히 실패한다. 결국 하야시는 꼭두각시로 살아온 24년간의 삶을 반성하면서 "착각은 조센징인 내가 일본인이라고 착각함으로써 자랑이요 빛으로 착각하게 된 착각이었다."(405면)라는 자각에 도달한다. 하야시는 다시 조선인 임재수로 되돌아가는 것이다.

이러한 선우휘의 해법은 여러모로 문제적이다. 우리는 이러한 민족적 정체성의 '되돌아가기'가 과연 가능할 것인가 묻지 않을 수 없다. 사실 임재수는 자신이 놓여 있던 조선인-일본국민으로서의 모습 가운데에서 일본국민으로서의 정체성을 외피로 삼는다. 조선인이기 때문에 겪어야 했던 비국민으로서의 차별에서 벗어나기 위해 일본국민이라는 또 다른 모습에 자신을 내맡긴 셈이다. 그런데, 임재수가 하야시가 되고, 완전한 일본국민이 되었다고 하더라도 조선인이었던 그의 과거는 사라지지 않는다. 다만 억압될 뿐이다. 전범재판 과정은 그 억압된 것들이 다시 소환되는 과정이다. 일본국민이라는 외피가 쓸모없어졌을 때, 이전에 스스로 벗어던졌던 조선인이라는 외피를 다시 뒤집어쓴다.

그런데, 조선인이라는 새로운 외피가 덧붙여지면, 일본국민이고자 했던 시간들이 부끄러운 과거가 될 것이다. 일본국민이라는 외피를 갖고자 했을 때 조선인이라는 것이 부끄러운 내부였듯이, 조선인으로 다시 돌아오자 했을 때 일본국민이고자 했던 것 또한 부끄러운 내부인 것이다. 하지만 선우휘는 부끄러움 대신에 민족적 복귀의 정당성을 강조한다. 선우휘에게 있어 정체성이란 이처럼 선택 혹은 이행의 과정이다. 그렇지만 이 과정에서 분열은 필연적일 수밖에 없다. 선택을 통해서 또 다른 외피가 만들어지면 기존의 외피는 내부가 된다. 외피가 바뀌었을지언정 외피와 내부 사이의 분열을 피할 길 없다. 자기 속에는 또 다른 내부가 만들어질 뿐이다.[5]

이와 관련하여 '죽은' 하야시를 대신해서 말하고 있는 서술자의 위치 또한 고려할 필요가 있다. 전범으로 몰려 죽은 하야시는 침묵한다. 그 침묵을 대신해서 말하는 것은 서술자이다. 실제적으로 발화능력을 갖지 못한 죽은 자를 대신해서 말한다는 것은 무엇을 의미하는 것일까? 인간은 과연 타자의 목소리를 재현할 수 있는가? 하야시의 목소리는 우드 중위와 이츠키 소위를 통해서 재현되지 못했다. 그렇지만 서술자는 그것이 자신을 통해서 가능하다고 믿고 있다. 그것은 민족적인 동질성 위에서만 가능하다. 같은 민족이라는 사실은 서술자가 죽은 하야시를 대신해서 말하는 것을 정당화한다. 서술자와 대상, 말하는 자와 말 못하는 자 사이에 '상상의 공동체'가 형성된다.

이러한 상상의 공동체에서 아시아·태평양전쟁 과정에서 일본 국민으로서 행했던 가해 경험은 망각될 수밖에 없다. 피식민자로 주체성을 박탈당했던 조선인은 모두 피해자로 환원된다. 앞서 살핀 것처럼 서술자는 하야시의 반인도적 행위를 모리의 시선, 곧 제국의 감시와 연관 짓는데, 이에 따라 하야시의 반인륜적 행위의 책임은 다시 모리에게 되돌려진다. 하야시는 모리의 감시망 속에서 움직이는 꼭두각시에 불과했기 때문이다. 그렇다고 하더라도 하야시는 반인륜적 범죄 행위로부터 완전히 자유로울 수 없다. 그는 제국의 꼭두각시가 되는 것을 스스로 선택했다는 사실을 기억해야 한다. 따라서 피해자이면서도 또한 가해자이기도 하다는 사실을 직시하는 것이 중요하다. 그것이 몇몇 전범을 만들어내고 전범의 외부에 있는 국민들을 모두 피해자로 구성해 내는 전후의 방식을 넘어설 수 있는 지점일 것이다.

3. 피식민자와 무국적자, 세계시민으로 거듭나기 — 최인훈의 『태풍』

최인훈의 『태풍』은 선우휘의 「외면」보다 3년 정도 앞서 1973년 1월 1일부터 《중앙일보》에 연재되었다가 1978년에 《최인훈 전집》으로 출간되었다. 이 작품은 실재와 가상 사이를 넘나든다. 작품의 배경으로 제시된 여러 지명들은 작가가 인공적으로 만든 것이어서 텅 빈 것처럼 보이지만, 아나그램(anagram)의 규칙에 의해 만들어졌다는 것을 알아차리는 순간 실재하는 공간들과 공명한다. "유럽인들이 극동 혹은 동북아시아"라고 부르는 지역에서 "지구 표면의 4분의 1일 차지"하는 아니크, "동쪽 끝에 붙은 반도"인 애로크, 그리고 "이 반도를 활 모양으로 바라보는 몇 개의 섬으로 이루어진"(7면)[6] 나파유는 중국(China), 한국(Korea), 일본(Japan)과 대응하고 있는 것이다.

이런 아나그램의 규칙을 적용해보면 작품 속에 등장하는 아이세노딘(≒Indonesia), 니브리타(≒Britain), 아키레마(≒America)와 같은 국가라든가, 로파그니스(≒Singapore), 고노란(≒Rangoon)과 같은 도시, 그리고 오토메나크(≒Rangoon), 카르노스(≒Sukarno)와 같은 인물들이 지시하는 대상을 쉽게 알아차릴 수 있다. 뿐만 아니라 『태풍』에서 제시한 세계사적 상황 역시 1940년대 아시아·태평양 전쟁의 전황과 대체로 일치한다. 니브레타-아키레마 연합군과 전쟁을 벌이는 와중에서 나파유가 니브리타군을 몰아내고 로파그니스를 차지한 뒤 아니크계 주민들을 대량학살한다든지, 나파유가 패망한 후에 카르노스가 재식민화의 야욕을 드러낸 니브리타 세력을 축출하고 아이세노딘의 독립을 달성하는 것 또한 그러하다.[7]

이처럼 『태풍』은 실재와 가상의 경계에 놓여 있다. 동남아시아를 배경으로 하면서도 현지 취재조차 않은 채 작품을 구상하고 연재를 시작할 수 있었던 것도 이 때문이다.

> 이 작품은 현지 취재를 할 수 있었던 작품이다. 1973년 '베트남' 주둔 한국군 사령부의 문인 초청 방문 길에 나는 '베트남'의 풍물과 사회 분위기를 관찰할 기회가 있었다. 열흘쯤 되는 짧은 기간이었지만 나에게는 충분하였다. '넌픽션'의 반대극에 있는 소설을 위해서는 그 기간에 관찰한 것들만을 가지고 작중 상황으로 변모시키는 것은 어렵지 않았다.[8]

최인훈이 베트남을 방문한 것은 1973년 1월이었다. 베트남 휴전이 지연되고 있던 시기에 고은, 이호철, 최인훈 등 5명이 국방부의 도움을 받아 베트남을 방문한 것이다. 1월 9일 C-54를 타고 김포공항을 출발하여 필리핀 클라크 공군기지를 거쳐 베트남에 있던 주월 한국군 사령부와 맹호부대, 백마부대 등을 방문했던 경험은 수필 「베트남 일지」에 상세하게 기록되어 있다. 고은에 따르면 최인훈 일행의 베트남 방문을 기획했던 인물은 선우휘였다.[9] 그 덕분에 일행은 한국군 사령관 이세호를 비롯한 고급 장교들의 융숭한 대접을 받았을 뿐만 아니라 사이공(호치민) 시가를 마음껏 활보할 수 있었다. 선우휘가 이러한 역할을 담당할 수 있었던 것은 정훈장교로 복무했던 인연이라든가 《조선일보》 주필로서의 사회적 영향력 때문이겠지만, 베트남에 한국군을 파견하던 즈음에 「물결은 메콩강까지」(《중앙일보》, 1966)라는 작품을 발표하여 통해서 베트남 파병 지지 여론을 이끌었던 것과도 무관하지 않을 것이다.

그런데 『태풍』을 연재하기 시작한 것이 1973년 1월 1일이었으므로, 최인훈은 동남아시아를 체험하지 못한 상태에서 작품을 구상했다는 것을 알 수 있다. 애초부터 배경이나 인물을 현실감 있게 재현하기 위한 현지 취재도 없이 순전히 상상력만으로 작품을 쓰기 시작했던 것이다. 그것은 작가의 말마따나 "넌픽션의 반대극에 있는 소설" 곧 독자에게 소설이 리얼리티를 재현한다는 환상을 의도적으로 거부하는 가상소설(imaginary novel) 형식을 선택한 이유일 것이다. 그렇지만, 돌려 생각하면 다음과 같은 의문을 품을 수 있다. 어차피 가상소설로서 작가의 상상력에 의해 자유롭게 배경을 설정할 수 있음에도 불구하고 최인훈은 왜 동남아시아를 배경으로 삼았을까?

이와 관련하여 한 가지 흥미로운 역사적 사실이 있다. 1945년 일본이 아시아·태평양전쟁에서 패전한 후 네덜란드가 다시 재식민화의 야욕을 드러내자 인도네시아 민중들은 네덜란드와의 독립전쟁을 시작한다. 당시 수카르노가 이끌던 독립운동 세력은 일본군에게 무기를 요구하기도 하고, 자신들을 도와 독립전쟁을 적극적으로 참여해주기를 요청하기도 한다. 이때 일본 남방군에 입대하여 자바섬 포로수용소의 감시원으로 일하던 조선인 양칠성(梁七星 Komarudin, 1919.5.29~1949.8.10)은 조선으로 돌아가지 않고 상관 아오키와 함께 인도네시아 독립운동에 참여하여 게릴라부대를 이끌다가 네덜란드군에 체포되어 총살당한다.

최인훈이 『태풍』을 창작할 때 양칠성에 대해서 구체적으로 알고 있었을 가능성은 높지 않다. 1975년 11월 인도네시아 가룻 영웅묘지에 독립영웅으로 묻히면서 비로소 야나가와 시치세이(梁川七星)가 아닌 조선인 양칠성으로 밝혀졌기 때문이다. 하지만, 양칠성뿐만 아니라 인도네시아 자바수용소에 근무하던 조선인 포로감시원들이 일본 패망 이전부터 비밀결사 '고려독립청년당'을 조직하여 일제와 싸웠던 사실은 알려져 있었다.[10] 따라서 역사 속에 묻혀 있던 제3국행 전쟁포로의 이야기를 『광장』으로 창작했던 것과 마찬가지로 『태풍』 또한 동남아시아에서의 역사적 사건을 염두에 둔 가상소설이라고 볼 수 있지 않을까?

『태풍』의 주인공은 나파유군이 점령한 로파그니스에서 포로감시 임무를 맡고 있는 식민지 애로크 출신의 오토메나크이다. 그는 자신의 몸에 애로크인이라는 '부끄러운 피'가 흐르고 있다고 생각한다. 그래서 '부끄러운 피'를 스스로 바꾸기로 결심하고 전쟁 정신으로 요약되는 나파유 정신을 신앙처럼 받아들인다.

> 오토메나크는 거듭났다. 나파유 정신이라는 이름의 신화의 힘으로. 거듭난 사람의 눈으로 보니, 모든 사람이 너무나 비국민(非國民)으로 보였다. 오토메나크에게는 나파유인이든 애로크인이든 이 점에 대해서는 다를 것이 없었다. 생물학적 인종이 아니라, 정신적인 신앙이 문제였다.(13면)

하지만, 나파유 국민으로서 살아가던 오토메나크는 애로크에 나파유 민족주의를 퍼뜨리는 데 앞장섰던 마야카를 만나면서 정신적인 혼란에 빠진다. 마야카는 나파유의 패전 가능성을 언급하면서 애로크인이 나파유의 전쟁을 위해서 죽을 이유가 없으니 몸을 보존하라는 아버지의 메시지를 전했던 것이다. 이와 함께 오토메나크는 아이세노딘의 독립운동을 다룬 니브리타의 비밀문서들을 발견하면서 나파유인으로서 살고자 했던 자신의 선택에 회의를 품게 된다. 결국 오토메나크는 아이세노딘에서 발생하고 있는 게릴라전의 배후로 아니크계 아이세노딘인들을 지목한 나파유군이 민간인을 무차별 학살하는 장면을 직접 목격하면서 아시아 해방을 내세웠던 나파유의 아시아주의가 기만적인 술책에 불과했음을 깨닫게 된다.

이렇듯 나파유 정신을 내면화함으로써 제국의 정신적 적자가 되고자 했던 오토메나크가 나파유의 아시아주의가 식민주의의 또 다른 이름이었음을 깨닫는 과정은 선우휘의 「외면」과 크게 다를 바 없다. 그런데, 조선인으로서의 정체성을 회복하는 과정으로 끝맺는 선우휘와는 달리 최인훈은 '아시아주의'라는 담론을 포기하지 않는다.[11] 작품의 말미에 '로파그니스 30년 후'라는 에필로그를 덧붙이면서 나파유식 아시아주의와는 구별되는 새로운 아시아주의의 비전을 제시하는 것이다. 포로 송환을 위하여 항해를 하던 중 태풍을 만나 무인도에 표류한 오토메나크는 일본의 패망이 가까워져 왔음을 알고 자결을 결심했다가 카르노스의 설득으로 아이세노딘 독립운동에 적극 참여하는 방식으로 극적인 변화를 보여주었던 것이다.

> 당신은 얼마 전까지 자기를 나파유 사람이라고 믿고 있지 않았습니까? 지금 당신은 자기를 애로크 사람이라고 말합니다. 당신은 아이세노딘 사람도 될 수 있습니다. 아니 니브리타 사람도 될 수 있을 것입니다. 인연이 다한 이름을 버리면 됩니다. 사람은 육체로서는 한 번 나는 것이지만, 사람으로서는, 사회적 주체로서는 몇 번이고 거듭날 수 있습니다.(360면)

나파유인으로 죽어야 한다는 「전진훈(戰陣訓)」의 옥쇄 정신[12] 대신에 카르노스의 충고에 따라 살아남기로 작정했을 때, 오토메나크는 바냐킴으로 개명함으로써 애로크인으로서의 정체성을 더 이상 부정하지 않는다. 그리고 애로크의 통일을 위해 많은 도움을 주기도 한다. 그럼에도 불구하고 애로크 정부가 그의 공적을 기려 명예총영사로 위촉하는 것을 거절한다. 애로크인이기를 거부하고 나파유인으로 살고자 했던 과거에 대한 부끄러운 기억 때문이다. 그 대신 침략주의를 호도하기 위한 수사에 불과했던 나파유의 아시아주의를 넘어서 아이세노딘 민중의 편에 선 진정한 아시아주의를 실현하기 위해 노력한다.

이처럼 주인공 오토메나크/바냐킴에게 정체성은 국민국가의 경계에 갇히지 않았다. 오토메나크였을 때에 그는 애로크인의 피를 타고 났으면서도 나파유 정신을 신앙처럼 간직한 존재였다. 그리고 바냐킴으로 거듭났을 때에도 그는 정신적으로는 나파유가 내세웠던 아시아주의를 계승하고 있는 인물이었다. 그런데, 오토메나크가 애로크인임을 부정하고 나파유의 정신만을 따르고자 했을 때 어디에도 소속되지 '못하는' 정체성의 위기를 겪었던 것과 달리, 바냐킴은 자신의 의지로 어느 국민국가에도 소속되지 '않는' 무국적자의 길을 걸음으로써 정체성의 위기에서 벗어난다. 자신이 한때 신봉했던 나파유식 아시아주의가 다른 민족에 대한 지배 야욕을 은폐한 위장된 침략주의였다는 사실을 깨달았을 때, 그것과 완전히 단절한 채 다른 이념으로 이행하는 방식이 아니라 그것을 온전히 실현할 수 있는 방법으로 아이세노딘의 독립을 위해 헌신했던 것이다. 이로써 오토메나크/바냐킴은 완전히 다른 존재이면서도 깊이 연관되어 있는 존재로 화해할 수 있게 된다. 그것은 과거에 대한 무조건적인 용서가 아니다. 한 인간이 자신의 잘못을 깨우쳐 새로운 인간으로 태어났을 때 과거를 용서할 수 있는 것이다. 이러한 거듭나기 내지는 부활의 가능성을 믿기 때문에 30년 전에 전쟁 범죄를 저질렀던 인물을 법정에 세워 사형에 처한 것을 두고 "불필요하게 잔인하다."(349면)고 언급할 수 있었던 것이다.

최인훈은 『광장』에서 한국전쟁을 거치면서 이데올로기의 횡포에 절망한 지식인 이명준이 남북한 어디에서도 자신이 머물 공간을 마련하지 못하고 제3국을 향하다가 자살하는 모습을 형상화한 바 있다. 이러한 이명준의 자살은 이념에 의해 분할된 두 개의 국가에 대한 비판이지만, 동시에 민족공동체를 떠난다는 것이 얼마나 두려웠던가를 보여주는 것이기도 하다. 주인공의 제3국행은 일민족 이국가 체제에서 어느 쪽도 자신의 조국으로 삼을 수 없었던 피난민 최인훈의 어쩔 수 없는 선택이었지만, 그럼에도 불구하고 민족공동체와 유리된 삶을 상상할 수 없었던 최인훈의 문학적 자살이기도 한 것이다.

이에 비해 『태풍』은 이러한 국민국가라는 경계를 넘어섬으로써 '부활'의 가능성을 만들어내고 있다. 『회색인』에서 "혁명한 다음에, 우리나라가 동양의 스위스가 된 다음에, 만일 내가 실연(失戀)한다면? 동양의 무릉도원이 내게 무슨 소용인가?"[13]라고 물음을 던지던 근대적 개인주의자 최인훈은 이렇듯 민족과 국민을 넘어선 '세계시민'으로서의 가능성을 묻는 지점까지 나아간 것이다. 일찍이 칸트는 전쟁이 없는 영원한 평화를 구현하기 위해서 '세계공화국'을 꿈꾸면서 세계시민(Weltbürger)의 가능성을 모색한 적이 있다.[14] 칸트의 꿈처럼 세계시민이 된다는 것은 어느 국가에도 거주하지 않는 홈리스(homeless)가 되는 것이며, 더 나아가 근대 국민국가의 질서 바깥으로 떨어져 나와 스스로 무국적자, 곧 난민(refugee)이 되는 것이기도 하다. 바냐킴이 실천하고자 했던 아시아주의는 미국과 소련에 대립하는 비동맹노선만이 아니라 그 너머를 바라보고 있는 것이다.

이로써 최인훈이 『태풍』을 가상소설로 구상했던 이유도 조금은 드러나지 않은가 한다. 현실적으로 현대 세계를 지배하는 정치적 주체로서의 국민국가를 넘어설 수 있는 가능성은 그리 많지 않다. 모든 개인은 국민국가의 통제 내에 놓여 있으며, 세계는 국민국가 간의 관계 속에서 유지된다. 따라서 현실적으로 국민국가 바깥을 사유할 수 있는 길은 거의 없다. 어떠한 국민국가의 국민이 되는 것을 스스로 거부하는 무국적자 혹은 난민이 되는 것만이 유일한 가능성이겠지만, 이 또한 국민국가의 연합체인 국제연합의 질서 속에 놓여 있음을 부인할 수 없다. 따라서 세계시민의 가능성을 실현시키는 것은 쉽지 않은 일이이지만, 그것을 꿈꾸는 것은 가상으로서의 문학이 지닌 장점이기도 하다. "어느 나라의 이야기도 아니지만 모든 나라의 이야기고, 어느 누구의 이야기도 아니지만 모든 사람의 이야기라는, '픽션'이라는 말을 가장 순수하게 실험조건으로 받아들이고 쓴 소설"[15]이라는 언급은 바로 이것을 염두에 두었을 때 이해될 수 있을 것이다.

4. 잊혀진 전쟁과 책임의 윤리

1970년대 중반에 발표된 선우휘의 「외면」과 최인훈의 『태풍』은 아시아·태평양전쟁을 배경으로 하고 있다. 소설은 동남아시아에서 포로감시원의 역할을 했던 인물을 주인공으로 삼고 있지만, 전쟁이 끝난 후 자신의 정체성을 확인하는 과정에서 서로 다른 경로를 걷는다. 그들은 아시아·태평양전쟁 기간 동안 피식민자이면서 동시에 식민자로서, 감시의 대상이면서 동시에 감시의 주체로 살았다. 그들은 전쟁이 끝난 후 일본은 말할 것도 없고 모국으로부터도 환영받지 못한 존재들이었다. 남방군 군속 모집의 허황한 감언이설에 현혹되어 자원한 그들이었지만, 포로 학대로 인해 많은 이들이 전범으로 체포되어 형장의 이슬로 사라져갔던 것이다. 그리고 설령 그들이 살아 돌아갔다 하더라도 그들의 가해 행위는 부끄러운 기억일 수밖에 없었다.

선우휘는 이러한 과정을 제국주의와 민족주의의 대립을 통해서 형상화한다. 전쟁이 끝난 후 일본은 하야시에게 일본인 자격을 박탈하고 조선인으로 만들어냄으로써 제국 일본이 저질렀던 전쟁범죄를 일본 바깥으로 떠밀어낸다. 이에 맞서 선우휘는 하야시의 전쟁범죄가 조선인-일본국민으로서 저지른 것이며, 그것도 일본인 모리의 감시 아래 이루어진 행위를 강조함으로써 다시 일본 내지 일본국민에게 책임을 되돌려준다. 자신의 의지와는 무관하게 아시아·태평양전쟁에 동원되었을 뿐이라는 논리를 통해 윤리적 면죄부를 부여하는 것이다. 하지만 이 말이 전쟁에 동원된 피식민자에게 아무런 죄가 없다는 것은 아니다. 조선인 임재수로 재탄생한다고 하더라도 일본인 하야시로 저질렀던 죄가 사라지는 것도 아니다.

이와 달리 최인훈은 제국의 붕괴를 민족의 복원과 일치시키지 않는다. 아시아·태평양전쟁이 끝나고 '대동아'라고 불렸던 일본 제국이 사라지긴 하지만, 제국이 씨를 뿌렸던 인터-내셔널하거나 혹은 트랜스-내셔널한 상황은 쉽게 사라지지 않는다. 최인훈은 그러한 상황을 재전유하고 있다. 조선과 마찬가지로 아시아 역시 일본 국민의 내부이면서도 외부였던 것이다. 이렇듯 자신과 동일한 자리에 놓여 있음을 발견했을 때, 오토메나크는 카르노스와 아만다에게 정서적 연대감을 느낄 수 있었고 자기의 땅에서 스스로 추방당한 무국적자 혹은 세계시민의 삶을 살아간다. 뿐만 아니라 전쟁 중에 일본 군국주의에 협력했던 부끄러운 과거 역시 망각하지 않는다. 그것은 피해자 의식에서 가해자 의식으로의 전환이며, 책임의 윤리에 충실한 모습이라고 말할 수 있다.

사실 한국 근대문학사에서 여러 전쟁들이 소설적 재현의 대상이었음에도 불구하고 아시아·태평양전쟁만큼은 예외적이라고 할 만하다. 그것은 아마도 아시아·태평양전쟁을 기억하는 순간 한반도가 일본의 식민지 통치 아래 놓여 있었다는 역사적 상처가 함께 떠오르기 때문일 것이다. 식민지 경험을 가진 다른 국가들과 마찬가지로 민족사의 어두운 과거보다는 밝은 미래를 위해서 아시아·태평양전쟁을 의도적으로 은폐하고 억압했던 것이다. 그렇지만 아시아·태평양전쟁이 오랫동안 잊혀졌던 것은 부끄러운 식민의 상황을 환기시키기 때문만이 아니라 오히려 반인륜적 전쟁에 동참했던 가해의 기억을 떠올리게 하기 때문인지도 모른다. 피식민자이면서도 전쟁 수행 과정에서 제국주의 전쟁에 공모했던 죄의식을 은폐하거나 망각하고, 이 과정에서 파생된 책임에서도 벗어나려는 시도이기도 했던 것이다. 하지만, 인간다움이란 과거의 망각이 아니라 반성과 책임에서 비롯하는 것이리라.

최인훈 문학의 미학적 정치성

연남경(이화여자대학교 국어국문학과 교수)

1. '시와 정치' 논쟁과 최인훈 문학 연구

최근 최인훈 문학 연구를 검토하다 보면 소설, 희곡의 문학작품 위주의 연구에서 예술론, 문학론 등 산문에 관한 연구의 비중이 높아지고 있는 경향을 발견할 수 있다. 여러 요인이 작용했을 수 있겠으나, 몇 년 전 문단의 주요 담론이었던 '시와 정치' 논쟁의 영향도 적지 않으리라 생각된다. 사실 논쟁이 지속되는 가운데 미래파 시인들을 제외하고 가장 자주 언급되었던 문인은 김수영이었다. 논자들이 난해한 서구 이론의 실현 가능성을 우리 문학사에서 증명할 필요가 있을 때마다 김수영을 소환했다고 보는 게 적절한 이유일 것이다. 한편 '시와 정치' 논쟁을 주시했고, 이론적 토대를 제공한 랑시에르와 바디우 등에 관심을 가졌던 연구자에게 최인훈이 환기되는 것은 당연한 일이었을 것이다. 이에 따라 2010년 이후 최인훈 문학 연구의 주요 동향은 이와 유사한 문제의식을 공유하던 연구자들이 주축을 이루고 있는 듯하다. 이 연구 경향이 갖는 하나의 특징은 상론했듯이 특히 최인훈의 산문에 관심을 갖는다는 점이고, 또 다른 특징은 최인훈 문학의 정치성을 규명하는 데 초점을 맞추고 있다는 점이다.

최인훈 문학의 정치성을 다소 넓은 범주의 정치 개념을 통해서 두루 포함하려는 차미령의 논의[1]와 랑시에르와 바디우의 개념을 후경화하여 '존재론적 정치'로서의 최인훈의 정치를 규명한 양윤의의 논의[2]가 있다. 이들은 정치 개념을 유연하게 적용하여 최인훈 문학을 분석해내고 의의가 있음에도 소설 장르에 국한된 적용이라는 한계를 갖는다. 다음으로 4·19와 관련하여 최인훈 문학의 정치성을 재검토하려는 일련의 논의들이 있다. 4·19가 (바디우적 의미에서의) 정치적 '사건'이라 할 때 최인훈의 문학 역시 문학적 '사건'인가를 입증하려 했다는 공통점을 갖는다. 권명아[3]가 「구운몽」이 4월 혁명의 유산이며 문학적 혁명이었음을 처음 언급했다면, 김형중[4]은 4·19 이후 비평담론 점검을 통해 최인훈, 김수영의 문학의 정치성을 증명해낸다. 이를 잇는 김영삼의 논의[5] 역시 바디우의 사건 개념으로 4·19 문학의 정치성을 특히 『광장』과 「구운몽」을 중심으로 밝히고 있다는 점에서 '바디우 - 4·19 - 최인훈'이 연계된 논의는 상당한 진척을 이룬 것으로 보인다. 임태훈의 논의[6]는 사운드스케이프라는 전혀 새로운 개념을 도입했지만 '시와 정치' 논쟁에서 비롯된 개념과 상당히 유사하며 최인훈과 김수영을 동시에 언급하고 있다는 점에서 참조할 만하다. 권성우의 논의[7]는 최인훈의 산문을 대상으로 '시와 정치' 논쟁에서 제기된 문학의 정치와 관련한 선구적 통찰력이 보임을 입증하는 글이다. 산문으로만 장르를 국한하고 있다는 점을 제외하고는 근본적인 시각에 동의한다.

2010년 이후 최인훈 문학 연구의 중요한 한 축을 형성하고 있는 논의들을 검토하면서 다음의 확신과 문제의식을 갖게 되었다. 확실히 '시와 정치' 논쟁 이후, 감각적인 것의 재분배로서의 정치 개념(랑시에르)과 '사건' 이후의 충실성을 요구하는 진리 주체의 정치성(바디우)의 시각으로 최인훈 문학은 재검토가 필요하다. 그럼에도 기왕의 논의가 놓치고 있는 몇 가지 지점들이 발견된다. 그를 위해 잠시 '시와 정치' 논쟁을 살핌으로써 보충되어야 할 점들을 찾아보려 한다.

시인이자 철학자인 진은영이《창작과비평》2008년 겨울호에 「감각적인 것의 분배」를 발표한 이후 본격적으로 촉발된 '시와 정치' 논쟁은 시와 정치 주제의 평문들이 3년여 동안 30여 편 가까이 문예지와 학술지 지면에 제출되었던 것으로 요약된다. 이 논쟁은 여러 쟁점과 한계, 성과를 남겼고 그에 대한 정리가 있어왔으나, 여기에서는 최인훈을 염두에 두고 쟁점을 간추려보려 한다.

우선, 시와 정치라는 "서로 이종적인 것을 결합하는 다양한 방식에 대한 상상"[8]을 요구했던 이 논쟁은 '시란 무엇인가', '정치란 무엇인가', '문학은 무엇을 할 수 있는가'와 같은 본질론적 질문을 야기하였다.

둘째, 본질론적 질문에 대한 답을 찾기 위해 진은영은 랑시에르의 이론을 소개하였다. 랑시에르에 의해 기존의 정치 개념은 '치안'으로, '정치'는 "감각적인 것을 새롭게 분배하는 활동, 즉 감성적 혁명을 가져오는 활동"[9]이라는 개념으로 대체된다. 이 개념을 빌려옴과 더불어 시와 정치 논쟁은 "1980년대 논쟁을 경험한 이들의 후속 세대가 작품의 미학적 형식을 훼손하지 않으려는 강한 욕망을 보여"[10]줌으로써 이전 세대와 결별한다. 기존의 '리얼리즘', '모더니즘' 등 낡은 어휘들의 부활을 경계하며, 이들은 랑시에르의 이론을 빌려 "직접적으로 정치적이며, 첨예하게 미학적"[11]인 시에 근접하려 하였다.

셋째, 시와 정치 논쟁의 가장 큰 수혜자는 김수영이다. 2000년대의 시에서 시작된 논쟁은 진행되는 가운데 오히려 4·19와 김수영에게로 집중되는 결과를 낳았다. 본질론적 물음에 맞닥뜨릴 때마다 김수영을 찾는 현상이 반복되었기 때문이다. 김수영의 시론이 재평가되는 과정에서 4·19와 1960년대 문단, 사르트르의 참여론, 김현의 비평 등이 환기된다. 당연히 1960년대의 순수·참여논쟁의 이분법적 시각을 경계하였고, 이미 그에 비판적이었던 김수영의 시론에 주목한 것이다.

넷째, 문학의 전통적 장르 구분에도 회의적이며 반성적 태도를 촉구하였다. 랑시에르의 표현을 빌리자면 전통적 장르 구획 감각에 대해서도 불일치를 요구한다. 시 장르를 중심으로 논의가 진척되었기에 김수영이 소환되었지만, 김수영의 시론(산문)에 집중되었다는 점이 주목할 만하며, 랑시에르와 바디우의 사례는 예술 전반에서 두루 찾아질 뿐 아니라, 플로베르의 소설, 방리유 도시 야영이라는 퍼포먼스, 노동자들의 수기, 베케트의 희곡 등 장르에 구애되지 않는다는 점에서 근원적으로 시에 국한되지 않은 '문학과 예술' 전반에 관한 논쟁이었다는 점을 환기할 필요가 있다.

'시와 정치' 논쟁에서 얻은 위의 몇 가지 쟁점은 최인훈 문학의 미학적 정치성을 재규명하고 나아가 재평가할 필요가 있음을 요구한다. 우선 초창기 최인훈 문학이 4·19의 영향 아래 놓여있다는 점, 자신이 처한 시공간에서 '문학이란 무엇인가', '문학은 무엇을 할 수 있는가'와 같은 본질론적 물음을 평생의 화두로 삼고 창작에 임했다는 점, 최인훈의 문학론이 김수영의 시론, 다시 말해 랑시에르와 바디우 등의 이론과 상당히 부합한다는 점, 소설, 희곡 등의 창작뿐 아니라 예술론, 비평 등 다양한 산문을 통해서도 자신의 문학론을 개진했다는 점에서 그러하다. 최인훈이 '시와 정치' 논쟁에서 거론되지 않은 이유는 미래파 시와 관련한 의문에서 시작된 논쟁이었고 시인과 평론가들이 가세하면서 실상은 '문학과 정치'에 관해 논하였음에도 시 장르를 중심으로 진행되었기 때문이었던 것으로 보인다. 그렇기에 김수영과 더불어 철저한 문학론을 개진하고 작품세계를 구축한 최인훈을 환기하고 재평가하는 것이야말로 논쟁의 한계를 보완하고 성과를 나누는 일이 될 것이다.

이 글의 진행은 최인훈 문학의 정치성을 규명하려는 선행 논의들의 성과를 계승하되, '시와 정치' 논쟁의 쟁점과 연결 지으며 보충하는 차원에서 이루어질 것이다. 연구의 시각은 랑시에르와 바디우의 정치 개념을 도입할 것이며 동시에 이들을 전유했던 논쟁 참여자들의 의견을 참조하려 한다. 더불어 1960년대 상황과 관련하여 최인훈이 천착했던 본질론적 질문들을 살펴보려 한다. 연구 대상은 최인훈의 문학작품, 산문, 태도 등을 모두 포함하게 될 것이다.

2. 개념의 재검토 — 언어, 미학, 정치

'시와 정치' 논쟁의 쟁점 중 하나는 '언어'의 문제에 놓여 있었고, 언어의 미학적 효과를 놓고 신형철과 백낙청의 서로 첨예하게 다른 입장이 개진되었다. 먼저 신형철[12]은 "시인은 함부로 진실을 진술하기보다는 진실이 거주하는 고도의 언어적 구조물을 구축해야 한다."[13]는 견해를 제출하며, 그 근거로 아우슈비츠 경험과 관련한 브레히트와 첼란을 예로 든다. 쉽고 편안한 언어로 쓰인 시는 독자에게서 사유할 기회를 박탈하고, 미학적으로 보수적일 수밖에 없다는 것이다. 그는 기왕의 '서정시' 대 '전위시' 같은 따분한 구도 이전에 먼저 언어에 대한 태도가 있고, 그 '태도'가 미학적 진보와 보수를 규정한다고 결론짓는다. 《창비시선》 300번 돌파를 언급하며 시작된 이 글을 통해 신형철은 《창비시선》의 기조는 대개 '민중적 서정시'라는 틀에서 벗어나지 않았다는 점을 강조하며 예술적(시적) 형태가 창비가 36년간 표방해온 진보라는 가치에 부합했는가를 따져 묻고 있다.

창비 36년간의 진보노선을 대표하는 이데올로그 백낙청[14]은 위의 신형철의 논의를 전혀 언급하지 않은 채, 그러나 바로 그 논의에 정면으로 반박하는 글을 제출한다. 미학적인 진보가 반드시 난해한 언어를 통해 이루어지는 것은 아니며, 신경림과 정지용의 시를 예로 들어 시어/형식의 혁신 없이도 문학의 실험일 수 있다고 주장한다. 그는 진은영의 시와 랑시에르의 이론을 통해 자신의 주장을 입증하려 하는데, 문제는 랑시에르의 '미학적 예술 체제'를 원용하면서, "한국에서의 리얼리즘 논의를 제대로 되새기고 천착할"[15] 것을 요구한다는 점에서 랑시에르가 결별하고자 했던 재래의 리얼리즘과 모더니즘 체계를 더 강화하고 과거로 회귀하고 있는 것처럼 보인다.[16]

여기에서 잠시 랑시에르의 미학 이론을 검토할 필요가 있겠다. 지난 2세기 동안 담론으로서의 '미학'은 예술의 자율성만을 부과하여 사회에서 분리되어버렸다는 반성에서 시작되는 랑시에르의 논의는 미학 개념을 재사유하기 위해 모더니즘을 대체할 '미학적 예술 체제'라는 개념을 제안하며 시작된다.[17] 이 체제 안에서 미학은 더 이상 이론이나 학문이 아니라 칸트의 용법처럼 감각적인 것이 수용되는 시간과 공간 표상을 다루는 감성론(미학)을 뜻한다.[18] 그러므로 랑시에르가 말하는 미학의 정치는 감각적인 것을 새롭게 분배하는 활동, 즉 감성적 혁명을 가져오는 활동을 의미하게 된다. 예술은 반드시 예술이 지배 또는 해방의 기획들에 빌려줄 수 있는 것, 몸의 움직임, 말의 기능들, 보이는 것과 보이지 않는 것의 분배들만을 빌려준다.[19] 이처럼 '정치'가 감각적인 것의 분배와 관련된 것으로 규정되는 한, 정치 활동은 예술 활동과 연관될 수밖에 없다.

예술이야말로 감각적인 것에 대한 합의된 분배 방식에 이견을 제기하고 새로운 분배 방식을 만들어내는 활동이기 때문이다. 이런 맥락에서 랑시에르를 원용했음에도 불구하고 과거의 리얼리즘과 모더니즘 개념으로 손쉽게 치환해버린 백낙청의 논의는 "한국에서의 리얼리즘 논의를 제대로 되새기고 천착할" 것을 요구했다는 점에서 1960~70년대의 문단을 환기시킨다. 또한 '시와 정치' 논쟁이 김수영의 시론에 주목함으로써 4·19혁명과 1960년대 문학을 여러 차례 소환했다는 점에서도 당대 비평의 장에서 최인훈 문학에 대한 평가를 다시금 살펴볼 필요가 있다. 소위 4·19 이후 문단의 담론을《창작과비평》이 주도했던 것으로 본다면, 이 검토 작업은 신형철의 질문이 향해 있는 창비 진영의 대표적 이데올로그 백낙청과 주요 집필진이었던 염무웅의 비평을 중심으로 이루어지는 것이 온당할 것이다.

> 예컨대 최인훈씨의 경우를 살펴보자. (…) 그의 소설 속에 완전히 용해되지 않은 요소들, 서구 문학의 직접적인 영향과 연결 짓지 않을 수 없는 요소들이 눈에 뜨이며, 이 틈바귀에서 이루어지는 성과도 폐쇄적인 자아의 세계 속에 멈추고 있다. 최근에 발표된 「크리스마스 캐럴 5」(《한국문학》 제2호)는 좋은 예가 되겠다. 통금시간마다 屋外에 있기를 강요하는 야릇한 가래톳 때문에 주인공은 밤마다 거리를 몰래 산책한다. 이러한 다분히 환상적인 설정에 의해 서

> 울의 텅 빈 밤거리는 독특한 강도로써 체험되어 있다. 날개(가래톳)의 모순된 생리에 얽힌 주인공의 딜레마도 절실하게 표현되어 있으며, 5·16 등에 대한 해학적 비판도 작품의 재미있는 일부를 이룬다. 그에 비해 '나'와 '아버지' 간의 긴 대화는 부자연스러운 관념의 유희로 남은 셈이다. (…) 그러나 「크리스마스 캐럴 5」를 일단 성공한 작품으로 치더라도 이 작품의 끝에서 주인공이 부딪치는 내성적 自問의 막다른 길은 어떤 근본적인 한계를 암시해준다. (…) 그것이 여운 이상의 것이 되려면 리얼리즘과의 어떤 새로운 대결이 있어야 할 것이다. 이 작가의 때때로 신랄한 현실비판도 그때야 비로소 하나의 奇想 또는 순전히 개인적인 述懷 이상의 권위를 갖게 될 것이다.[20]

백낙청은 최인훈 문학을 "완전히 용해되지 않은" 서구 문학의 부작용 사례로 언급하며, 환상성, 관념적, 내성적 성격이 작가의 근본적 한계라 지적한다. 리얼리즘 작법에 따르지 않는 작가가 리얼리즘과 대결하기에는 새로운 언어, 형식적 실험은 섣부른 서구 문학의 모방으로 폄하되며 개인(밀실)의 영역이라 극복되어야 할 것으로 평가된다. 그러나 정작 최인훈은 서구적 현실에 관한 남다른 자의식과 비판의식을 갖고 있었기에 작가에게 가해진 이러한 평가처럼 소재 위주의 소박한 리얼리즘론에 저항하며 비판적 자세를 견지한다.[21] 물론 백낙청은 성실한 자기 갱신을 보여주는 비평가였으며, 「시민문학론」에서 자신이 노정한 한계를 스스로 비판하고 있었다.[22] 그러나 최인훈 문학의 결함을 관념유희, 자의식과잉에서 찾으며 자신의 소시민적 한계를 비판하고 넘어서려는 노력을 통해 한국적 시민문학의 숙제를 해낼 것을 요구한다는 점에는 변함이 없었다.[23] 그 이유는 "백낙청의 비평에는 작품에 대한 나이브한 패러프레이즈만 있을 뿐 형식 분석이 거의 존재하지 않"[24]는다는 점에서 찾아지며, 이는 리얼리즘과 시민문학 사이의 유대를 발견하며 본격화된 그의 '시민문학론'이 정치적 내용을 담보한 사실주의 기법에 고착되어 있었기 때문이다. 이러한 리얼리즘 프리즘을 통과할 때 최인훈 문학이 형식(언어) 실험이 과잉된 내성적 성격, 관념 유희, 자의식과잉의 부정적 자질로 치부되며 시민문학을 달성하기에 "미진"한 상태로 평가되는 것은 자명하다.

> 사실적인 수법으로 씌어진 『광장』의 주인공이 도피와 패배의 생애를 보낸 데 반하여, 고도의 방법적 조작을 거친 「가면고」, 「구운몽」의 주인공이 구원과 화해에 이르렀다는 것은 매우 의미심장한 현상이다. 그것은 현실적 패배가 관념적 승리로 위장되었음을 나타내는 것이다. (…) 그는 시대적 문제와의 문학적 연결을 날카롭게 의식하고 있다. 그러나 그의 주인공은 그런 사회악과 구조적 모순의 제거에 행동으로써 뛰어들지 않고, 그것들을 못마땅하게 여기면서도 끝내 자기 유지와 자아탐색에 몰두한다. (…) 그러나 그것이

현실 속으로 들어오면 패배주의로 나타날 따름인 것이다.[25]

위의 염무웅의 논지는 『광장』의 작가로서 최인훈을 주목하고, 『광장』 이후 행보가 논의의 중심을 이루고 있다. "과거의 문학적 터부를 깨뜨리고 남북 분단의 비극을 정면에서 다루어 작가를 한때 토픽의 첨단에 올려놓은 문제작 『광장』"[26]으로 미루어보건대, 『광장』은 바로 과거에 발화하지 못했던 정치적 문제를 다루고 있다는 점에서 가장 정치적인 의미에서 문제작으로 평가된다. 그러나 곧이어 이명준의 "도피와 패배의 생애"를 지적하며, "『광장』 이후 최인훈의 작품은 더욱 내면화의 길을 걷는" 것으로 정리된다. 『광장』의 작가로서 그는 문제적 작가임에 틀림없으나 내면화의 길을 걸음으로써 "문단의 주도적 경향으로부터 경원되어왔"[27]고 그것은 『광장』의 이명준으로부터 비롯되었다는 지적이다. 최인훈이 『광장』, 다시 말해 4·19 세대를 열었다는 무게감으로 인해 '참여' 문학의 새로운 진보를 보여주었고, 그로 인해 문단의 기대를 한몸에 받고 있으나, 이후 작품 경향은 내면세계로 침잠함으로써 '참여'로부터 멀어졌다는 판단이다. 이때의 '참여' 문학이란 직접적으로 정치적 내용을 담고 있는 문학, 소재로서의 정치성에 머물러 있음은 물론이다.

여기에서 염무웅이 초창기 비평에서 19세기적 리얼리즘과 구별되는 리얼리즘론을 전개하며 바람직한 리얼리즘 작가로 최인훈과 이호철을 호명했던 바를 상기할 수 있다.[28] 그러나 그 과정에서도 '관념론'과 결별하려 했으며《창작과비평》의 주요 필진이 되면서 구체적 리얼리즘론을 수립하는 데 일조한 궤적을 참고한다면, 초창기 비평에 해당하는 위의 인용문은 최인훈에 대한 양가적 평가가 분열증적으로 양립하고 있는 것으로 보인다. "그는 시대적 문제와의 문학적 연결을 날카롭게 의식하고 있다"는 문장은 이미 작가의 '미학적 정치성'에 대한 단초를 내장하고 있으나, 글이 전개되면서 당대 문단의 패러다임에서 그것이 정치성으로 해석되지 못하고 '패배주의'로 귀결되고 만다. 리얼리즘이 기술형식의 도식성에 빠지는 것을 경계하고 상상력의 중요성을 강조했던 김현과 입장을 달리했던 염무웅의 리얼리즘론에 의하면 최인훈의 인물이 행동하지 않고 내면으로 침잠했다는 점에서 관념적이며 패배주의적인 평가로 귀결된다. 그러나 '시와 정치' 논쟁을 경유한다면, 부정적 현실(시대적 문제)이 인물의 행동이라는 표면적인 내용을 통해야만 한다는 당위가 희석되고, "관념적 승리"야말로 "현실적 패배의 위장"이 아니라, 예술적 방식의 성취이며, 미학적 정치성을 획득하는 방식이 된다. 동일한 구절이 '미학의 정치성'이라는 개념을 통해 부정적 평가에서 긍정적 평가로 전환되는 순간이다. 더 상세한 논증을 위해 이와 관련 있는 최인훈 본인의 문학론을 점검해볼 필요가 있다.

> 정치적 소재를 회피함으로써 정치로부터 초월하려 할 것이 아니라, 정치의 핵심을 돌파하여 정치를 극복하는 입장에서 문학이 영위되도록 힘쓰겠다. 현재까지의 한국 문학의

참여·순수 논의는 미학적으로 불모한 개념 혼란이었다. 이 논의는 동계의식同系儀式(구상具象) 속에서의 사회적 견해의 대립이었기 때문에 '순수'란 표현은 무용하고 잘못된 명명이다.[29]

최인훈은 한국의 현대 문학사에서 '순수문학'이라는 관념이 그 실제적인 함의에 부합되는 개념이 아니라, 특정한 이념이나 정치적 입장과 은밀하게 공모하고 있는 '문학적 이데올로기'의 일종이라는 사실을 정확히 갈파하고 있다.[30] 그렇기에 한국 문학의 '순수', '참여'는 미학(예술)적으로 불모한 개념이라는 판단을 내리고, 자신은 기왕의 그러한 개념과 결별하고 현실을 극복하는 입장에서 창작할 것임을 다짐하고 있다. 1970년대 과제를 묻는 데 대한 답이었던 윗글의 논지는 여러 형태의 글과 작품에서 재론된다. 특히 '소재'의 범주로 정치성을 판단할 수 없다는 최인훈의 비판적 시각은 소박한 리얼리즘과 모더니즘의 관습적 독법에 대한 문제제기이며[31], 이렇듯 당시 문학 제도와 불화했던 최인훈은 "정치의 핵심을 돌파하여 정치를 극복하는 입장에서 문학을 하겠다"며 '문학의 정치'를 통해 현실에 개입할 것이라는 의지를 다졌던 것이다. 개인의 자유를 억압하는 어떤 규범에도 동조하지 못했던 최인훈은 자신의 창작과 문학론을 통해 창비가 주도하는 민족문학, 즉 '시민문학'을 향해가는 문학적 전체주의에 저항해야 했다. 이러한 상황에서 글쓰기와 관련한 엄격함, 끊임없이 기존 지식 체계에 회의하는 태도는 자신의 창작물과 문학에 관해 메타적으로 진술하는 글들로 남았다. 가령, 다음과 같은 진술들이다.

> 소설에서 고전을 면치 못했다고 볼 수 있겠죠. 소설이라고 하는 그 자체를 또 생각하고 그랬으니까. 비유적으로 말한다면 자동차 운전하는 사람이 운전하면서 기어를 뽑아가지고 좀 관찰하다가 다시 집어넣구서 또 운전한다고 하는 것은 있을 수 없는 얘기잖아요. 그런데 그런 식으로 주행을 했다는 얘기예요.[32]

> 나는 허구의 이야기로 엮는 창작 장르 못지않게, 그 창작이란 것은 대체 무엇인가 하는 이론적 파악을 주기적으로 하지 않으면 늘 견딜 수 없이 불안하다.[33]

백낙청에 의해 정치성이 미달하는 것으로 낙인찍혔던 최인훈의 작품은 신형철의 논지에 의거할 때 언어의 새로움을 고민해온 미학적 진보에 해당함으로써 정치적으로 투철한 작품으로 거듭나게 된다. 백낙청이 언어(형식)는 개인적 영역으로 치부한 채 "현실비판적" 내용으로만 작가의식을 평가했다면, 신형철은 언어(형식)에서 현실에 대한 작가의 "태도"를 길어 올리고 있기 때문이다. 염무웅에 의해 "패배주의"로 해석된 관념성은 랑시에르의 감성론에 의하면 합의된 분배 방식에 이견을 제기하는 정치성을 획득한다.

궁극적으로 최인훈은 창작뿐 아니라 비평과 스스로의 문학론을 통해서도 끊임없이 언어(형식)와 현실(사회)에 관한 질문과 답변을 거듭하고 있었기에, 최인훈의 문학은 시대마다 달라지는 이론과 해석을 견뎌왔으며 현재 '시와 정치' 논쟁을 마주한 상황에서는 '미학적 정치성'을 끊임없이 견지해온 작가로 재평가될 수 있는 것이다.

3. 문학론 — '정치적 유토피아'를 향한 '언어와의 싸움'

'시와 정치' 논쟁의 핵심은 '문학의 정치성'을 어떻게 이해하느냐는 것이었다. 어떻게 시가 "직접적으로 정치적이며, 첨예하게 미학적"일 수 있는가의 질문에 답하는 과정에서 김수영의 시론을 우회로로 삼는 특이성을 갖게 된다. 그 과정에서 김수영이 표방한 '삶-되기'의 문학을 어떻게 성취할 것인지를 두고 의견이 둘로 나뉘게 되는데, 하나는 문학 자체가 이미 정치성을 내포하고 있다는 견해였고, 다른 하나는 문학이 자기 밖의 삶의 실재에 다가가려고 끊임없이 시도해야 한다는 입장이었다. 전자는 미학적 자율성(삶에 저항하는 예술)을 중요하게 해석한 경우이며 후자는 미학적 타율성(예술의 삶-되기)을 적극적으로 찾고자 한 경우였다.

전자의 입장을 갖는 이장욱은 문학의 자율성을 통해 시가 삶의 모든 부면에 맞닿는 과정을 '성애학'으로 설명한다. 성애학은 세계를 온몸으로 끌어안으며 감각으로 느끼는 것인데[34], 김수영의 시론을 인용해 시 자체가 가지고 있는 정치성에 대해 입증한다.[35] 이장욱은 시의 본질과 문학의 자율성에 방점을 찍으며 삶의 부면에 맞닿으려 하기 때문에 삶의 실재를 문학으로 끌어들여 정치성을 획득하려는 입장과는 결별한다.

이장욱이 김수영의 '온몸시학'을 통해 문학의 정치성을 삶에 저항하는 예술 자체에서 찾고자 했다면, 진은영은 김수영의 '시 무용론'을 통해 "미학적 타율성에 대한 분명한 자각이 드러나는 새로운 자율성"[36]을 찾으려 한다. 새로운 미학적 자율성은 미학적 타율성과 반드시 관계해야 할 것이라 못박으며 진은영은 김수영이 말한 "선천적인 혁명가"로서 시인에 주목한다.[37] 진은영은 김수영이 보여주는 미학적 정치성을 불일치 혹은 불화의 미학으로 규정할 때, 이 불화의 미학이 이미 랑시에르가 말한 미학 안의 이중 운동을 담지하고 있는 것으로 보고 있다. 랑시에르의 불일치는 낡은 "권력의 관계들을 중지"시키는 동시에 "자유로운 일치"를 추구하는 개념이다.[38] 나아가 이러한 불일치/불화의 미학은 김수영이 창작에서만이 아니라 "언어를 통해 기성 세계의 합의된 질서에 불일치를 제기하는 모든 활동을 문학적 활동이라 외치며 자신의 미학적 정치성을 입증하고자 했다"[39]는 점에서도 찾을 수 있다. 여기까지 문학의 정치성을 해명하기 위해 김수영의 시론이 예술의 자율성과 타율성을 각각 강조하는 입장으로 전유되었음을 발견할 수 있었다.

여기서 잠시 랑시에르가 말한 '문학의 정치성'을 점검해보자. 랑시에르는 최초로 '글쓰기'와 '민주주의'의 관계에 관심을 가진 이로 플라톤에 주목한다. 플라톤은 정치적·사회적 전복 형태에서 이 단어들의 초과/과잉이 갖는 중요성을 인지하고, 철학적·정치적인 이유로 글쓰기(시인)를 추방했던 것이다. 그러므로 이에 따르면 문학은 애초에 정치적이었다. 랑시에르는 문학이 사물들에 이름을 다시 붙이고, 단어와 사물들 사이에 틈을 만들고, 단어들(언어)을 통해 탈정체화하며 그로부터 해방의 가능성이 초래됨을 말한다. 언어 구조물인 문학의 정치란 언어의 감각적 재배치와 관련되기 때문이다. 미학적 질문은 정치적 질문이며, 공통 세계를 편성하는 것(공동체 자체)에 대한 질문이 된다.[40] 언어의 감각적 재배치와 관련되면서 미학과 정치가 조우하지만, 랑시에르의 플라톤 이해에 따르면 애초부터 '글쓰기'와 '민주주의', '미학'과 '정치'의 두 극이 설정되어 있었던 것으로 보인다. 진은영의 질문 역시 그 두 극이 어떻게 조우하는가였기 때문이다. 혼란한 논쟁의 과정을 통과했음에도 미학과 정치의 두 극은 예술의 자율성과 타율성의 두 극으로 합치되지 못한 채 여전히 해석의 여지를 남겨둔 상태다. 따라서 '문학의 정치성' 개념이 여전히 해명되어야 할 현재 진행형이라면 김수영의 '온몸시학', '시 무용론'과 시각을 같이하며 문학의 정치성에 관한 의견을 개진해온 최인훈의 문학론을 살펴보아야 한다.

> 문학의 매재인 언어는 사물이 아니라 공동체의 사고형과 정서에 의해 조직된 '관념'이다. 문학작품을 쓴다는 것은 작가의 의식과 언어와의 싸움이라는 형식을 통하여 작가가 자기가 살고 있는 사회에 대하여 비평을 행하는 것이다. 그러므로 그것은 작가의 자유가 현실에 부딪혀서 일어나는

섬광이며, 작가에게 있어서의 현실은 언어 속에서의 싸움이다.[41]

김수영이 온몸시학에서 시의 내용과 관계없이 시를 쓴다는 것 자체만으로 사회에 공헌하는 것이므로 저절로 내용과 형식은 조우하는 것이라 말했다면, 최인훈은 유사한 결론에 도달하기 위해 다른 절차를 밟는다. 그에 의하면 이미 문학의 언어가 공동체의 산물이므로 그 언어로 작품을 쓴다는 것 자체가 사회에 대한 비평이며, 대사회적 행위다. 이때 작가의 정치성은 언어 속 싸움에서 획득된다는 단서를 달고 있다. "작가에게 있어서 현실은 언어 속에서의 싸움"이라는 단서에서 언어의 감각적 재배치가 발생하는 문학 행위는 정치적이라는 입장 정리가 이루어진다. 이는 이장욱의 입장이었던 문학의 자율성에 방점을 찍으며 삶의 부면에 맞닿으려 한 문학의 정치성과 관련한 보다 명쾌한 증명이 된다.

> 문학이라는 것도 이 편차의 존재 위에 성립하는 예술이다. 정치적 주제를 다루는 소설은 말할 것도 없이 현실 정치에 대해 내면적으로 이해하는 것이 당연히 요청된다. 그러나 그것이 집권 권력의 당원용 교육 문서가 아니고 예술이고자 한다면, 그 소설은 한편으로는 가장 비정치적이어야만 한다. 이것이 정치소설의 구조를 이루는 두 극이다. 이 두 극은 정치소설의 내부에서 자기 자신의 역할에 충실함으로

> 써 상승하여 소설을 풍부하게 만든다. 국민적 규모의 소설이면서 정치적 유토피아에의 개방성과 공상을 잃지 않는 소설의 공간 — 이런 성격이 아마 좋은 정치소설의 요건일 것이다.[42]

이 인용문은 정치소설이라는 소설의 하위 범주로 국한해 설명되어 있어 랑시에르가 말하는 문학의 자율성과 타율성에 대한 이해를 더 진작시킨다. 최인훈은 정치소설(소설)의 두 극을 '현실 정치에 대한 내면적 이해'와 '비정치적 예술(공상을 잃지 않는 소설의 공간)'로 설정하고 있는데, 두 극의 설정을 통해 좋은 정치소설이란 현실과 유리되지 않되 소설의 자율적 형식으로 이루어져야 함을 강조한다. 이는 랑시에르가 말한 예술의 삶 - 되기(타율성)와 삶에 저항하는 예술(자율성)의 개념과 부합한다.[43] 또한 랑시에르가 진정한 예술은 이 두 극 사이의 운동이라 본 것처럼 최인훈도 두 극 사이의 운동이 소설을 풍부하게 만든다고 설명함으로써 문학의 정치에 관한 이해를 근본적으로 같이한다. 이 글은 앞서 「문학과 현실」에서 규명한 바대로 문학의 자율성을 전제하면서도 진은영이 김수영의 '시 무용론'을 통해 찾고자 한 "미학적 타율성에 대한 분명한 자각이 드러나는 새로운 자율성"을 암시하기도 한다. 최인훈은 "사실주의적 방법으로 묘사되는 정치소설에서는 이 좌절과 희망의 철저함으로 추구한다는 데 한계가 있"음을 덧붙임으로써 타율성을 극대화하기 위한 예술의 자율성을 강조하고 있다. 최인훈에게 있어 예술의 자율성과 타율성의 두 극은 모순이 아니라 감성의 재배치가 발생하고 언어와 형식이 실험될수록 더욱 현실에 깊이 개입하는 관계에 놓여 있는 것이다.

진은영이 '시 무용론'에서 김수영의 미학적 정치성이 단순한 불일치의 미학을 넘어서서 새로운 세계의 긍정을 향해 있음을 강조했다면, 정치적 유토피아를 향해 있기에 가장 비정치적인 예술이어야 한다는 최인훈의 문학론이야말로 그에 상응한다. "언어와의 싸움"으로 문학적 현실에 충실함으로써 "정치적 유토피아"를 향하는, 즉 언어(형식)와 불화할수록 바람직한 현실을 노정할 수 있다는 최인훈의 문학론은 문학의 정치성을 정확히 설명해주고 있다. 나아가 최인훈이 스스로에게 요구하는 태도 — '책임감'과 '용기', '미래의 가능성에 대한 겸손'[44] — 역시 공동체 자체를 끊임없이 회의하는 가운데 보다 나은 미래를 모색하는 작가의 모럴에 해당할 것이다.

4. 작품에 드러난 문학의 정치성

정작 '시와 정치' 논쟁은 시 장르를 중심으로 진행되었지만, 그 이론적 토대를 형성한 랑시에르와 바디우가 제시한 사례의 경우 시 장르를 넘어서서 소설, 산문, 희곡 등을 망라했으며, 예술 체제 내의 평등과 문학 제도의 불일치까지 추구했다는 점에 주목한다면 문학의 전통적 장르 구분에 구애되지 않아야 한다. 따라서 최인훈이 산문에서 밝힌 문학론이 작품에서 어떻게 미학적 정치성으로 구현되는지 함께 살펴보는 것이야말로 최인훈 문학의 정치성을 온전히 규명하는 방식이 될 것이다.

4.1 불일치의 글쓰기와 감성적 재배치

「총독의 소리」는 작가 스스로 산문에서 설정한 "정치적 유토피아에의 개방성과 공상을 잃지 않는 소설의 공간"을 염두에 둔 미학의 타율성과 자율성 사이의 운동으로 풍부해진 좋은 정치소설에 해당한다. 라디오를 통해 흘러나오는 소리만 남은 소설, 인물이 사라지고 화자와 청자만 있는 소설, 여러 소리가 뒤섞인 담론의 재현을 통해 고정된 형식이나 의미에 불일치하는 소설인 「총독의 소리」는 최인훈 스스로 문학론에서 밝힌 바대로 소설의 공간이 보장되고 언어 속에서의 싸움이 행해진 자율적 방식에 의거한다. "진보와 변화를 따르면서 사실주의의 입장에서 영원을 가시화하는 길은 없다"[45]는 첨예한 미학적 정치관이 작품 안에 포함되어 언어와의 싸움을 통한 사회 비평 방식을 보여준다. 특히 청각이라는 감각과 사회적 신체를 연관 지은 연구에 따르면 1960년대 라디오는 국민미디어와 집단적 신체의 사회화에 관련된 매체이며 이를 통해 「총독의 소리」가 "국가의 사운드스케이프에 반응하는 특유의 병증에 주목"했다[46]는 점은 치안에 대한 감각적인 재배치가 일어난 미학의 정치성으로 충분히 설명될 수 있다. 이처럼 「총독의 소리」는 안팎으로 반공주의와 냉전 체제의 국가의 사운드스케이프에 언어의 감각적 충격으로 반응한다는 점에서 현실 정치를 향한 "타율성이 분명히 드러나는 새로운 자율성"을 가진 소설이 된다.

「구운몽」이 4월 혁명을 죽은 자의 몸과 목소리를 통해 재현하며, 살아남은 자의 시간으로 환원될 수 없는 죽음의 경험을 되사는 '유일한 형식'으로서 꿈을 설정함으로써[47] '몫 없는 자들의 몫'을 가시화하고 '셈해지지 않는 것들의 셈하기'를 행하는 불화의 정치성을 보여주는 작품이었다면, 이에 이어 「크리스마스 캐럴 5」도 4·19 이후 "굉장히 많은 학생과 시민들이 싸운" 시청 앞 광장의 밤 풍경을 보여준다는 점에서 4·19를 사유하는 작가의식이 연속되어 있다고 볼 수 있다. 그 밤의 광장에서 시체들이 피에타를 세우는 "이들의 행위는 정치적인 시위라기보다는 연극적인 퍼포먼스에 가깝"기에 "피에타의 고통이 심미적인 대상, 곧 미적 체험의 문제"가 되었다.[48] 망령들의 퍼포먼스는 은폐되었던 주체들을 가시화했다는 점에서 미학의 정치성에 해당한다.

이에 더해 겨드랑의 가래톳이 들쑤셔 시작된 밤의 산책은 작품 말미에 가면 이장욱의 용어 그대로 '성애학'적 국면을 이룬다. "나는 밤의 서울에 홀려버렸"으며, 밤의 서울과 사랑을 나누기 시작한다.

> 서울역 광장의 공중변소를 나는 사랑한다. 그렇다고 해서 내가 '더러움'에 치우치는 것은 아니다. 창경원의 차단한 고풍의 담을 못지않게 나는 사랑한다. 나는 그녀들 모두를 오르가슴에 올려놓기를 바란다. 그리고 내게는 그런 힘이 있다. 그녀들은 내가 만지기만 하면 벌써 색색 숨을 몰아쉬

기 시작하는 것이다.[49]

여기서 중요한 것은 해석학이 아니라 성애학, 즉 감성의 직접성이 강조되고 있다는 점이다. 통행 제한에 걸려 있는 고요한 서울의 밤거리에서 금지된 외출을 통해 그 치안 질서를 위반하는 '나'는 치안 질서하에서는 보이지 않고 들리지 않았던 서울역의 공중변소와 창경원의 담을 뜨겁게 감각하게 된다. 이처럼 성애학을 통해 감성의 교란을 야기하는 바는 치안적 질서에 대한 감성적 재배치에 다름 아니며, 아직 마주치지는 않았으나 나처럼 서울의 밤거리와 사랑을 나눌 줄 아는 "우리"[50]를 호명함은 감각적인 것의 재배치 이후의 공동체를 상상하는 타율성의 극에 대한 입장 표명이다.[51] 새롭게 상상되는 이 공동체는 각자의 방법으로 사랑함으로써 전체주의와 결별하며, 서로 만나 실제로 집단을 형성할 수 없게 은밀하다는 점에서 '공동체 없는 공동체'[52]가 된다. 이들의 공동체는 기존의 공동체가 갖는 '동일성'과 '내재성'에 대한 환상을 폭로하고, 지금까지 한 번도 없었던 방식으로 선언한다[53]는 점에서 정치적인 것이 된다. 최인훈의 문학론에 의하면 언어와 불화함으로써 '정치적 유토피아'를 향하고 있는 셈이다. 과거에 「크리스마스 캐럴 5」는 결말이 "내성적 자문이 갖는 근본적인 한계"가 되어 정치성이 미진한 작품으로 평가받은 바 있었지만[54], '시의 정치' 논쟁 후 이 작품은 오히려 이 결말로 인해 미학의 자율성과 타율성의 두 극이 첨예하게 긴장하는 가장 정치적인 문학으로 평가받을 수 있게 되었다.

4.2 '유적'[55] 글쓰기와 진리에의 충실성

진은영은 김수영의 시학에서 미학의 타율성을 최대한 끌어낸 자율성에 주목한 바 있다고 말했다. 진은영이 랑시에르의 개념을 통해 김수영의 '시의 삶 - 되기', '시인의 모럴'에 도달했다면, 함돈균은 바디우를 경유하여 시의 정치성에 도달하고자 했다. 바디우가 제안하는 '넘침의 윤리(계속하시오!의 윤리)'는 "동물적 생존명령에 예속된 존재의 끈질김과 단절하고, 삶의 질서를 초과하는 과잉을 지속적으로 사랑"[56]하는 결단에서 발생한다. "무용한 것을 사랑하고, 자명한 것과 결별하며, 알지 못하는 것에 몸을 던지고, 삶의 질서를 초과하는 과잉을 계속함으로써 세계의 중력을 이탈하는 그 자리야말로 시가 발생하는 자리"이며, 이 "단절과 과잉과 초과와 잉여를 욕망"하는 것이 시의 정치성이라고 말한다.[57] 바디우는 정치적인 문학은 진리가 발생하는 자리가 된다고 보며, 베케트 분석을 통해 문학의 진리 공정을 설명한다. 그는 베케트 문학에서 시적 명명의 윤리와 아름다움을 발견하며, "절도와 엄밀함과 용기의 교훈"[58]을 찾아냄으로써 허무주의와 패배주의에 빠져 있던 베케트 해석을 정치적이며 윤리적 지평으로 이동시키고 있다. 선행 연구에서 바디우로 최인훈을 읽는 독법이 4·19와 연관되어 있으며, 정치적 사건을 입증하는 방식에 국한되어 있다면, 이 글에서는 바디우가 베케트의 유적 글쓰기를 '윤리적'인 '사유'의 기획으로 읽은 독법을 참조하여 '관념적/사변적' 글쓰기로 굳어져 있던 최인훈 문학의 해석 지평을 확장해보려 한다.

2절에서 최인훈의 한계를 관념성에서 찾고, 『광장』의 결말에서 이명준의 행보를 패배주의라 평가한 염무웅의 견해를 살펴본 바 있다. 이처럼 최인훈이 관념의 작가라 일컬어졌던 바, 그의 소설에서 찾아지는 일련의 인물은 현실에 대응해 직접 행동하기보다 생각하는 인간형에 해당한다. 『회색인』의 독고준을 가족으로부터 독립시킴[59]으로써 생각에 전념할 수 있는 인간형으로 만들어낸 이래로 일상의 너절한 복잡성을 걷어내고 생각의 자리를 마련하는 작업은 계속 이어졌다. 『회색인』의 후속작이자 독고준의 "두개골 화석의 대뇌 피질부에 대한 의미론적 해독"에 해당한다는 서문을 달고 있는 『서유기』와 내화인 구렁이로 변신한 독고준 일화 역시 생각의 자리를 마련하기 위한 장치로 보인다. 월남한 후 어린 동생들을 먹여 살리느라 가장 역할을 하던 독고준이 어느 날 구렁이로 변신하게 되어 쓸모없어지면서 자기 방에서 똬리를 틀고 생각에 잠기는 일이 잦아진다.[60] 갑작스런 변신으로 생활인의 분주한 삶에서 축출된 설정은 바쁜 삶에서 잊고 있었던 고향 W시의 운명적 기억을 환기해야 하기 때문이다. 카프카의 「변신」이 시민사회의 가족적이고 오이디푸스적 선분에 갇혀버린 욕망의 흐름을 절단하여 새로운 탈주선을 작동시킨다는 해석에 따르면[61], 「변신」을 패러디하고 있는 이 일화 역시 전쟁 후 국가 주도적이며 서구화된 타율적 시민사회 건설 체제에 갇혀버린 독고준에게 '그 여름의 W시'의 기억을 찾아주는 장치다. W시로의 상상 여행을 지속하게 해줌으로써 기존 지식 체계를 절단하는 탈주선이 그려진다. 들뢰즈와 가타리가 카프카 문학을 재해석함으로써 기존의 어둡고 절망적이었던 해석 지평을 소수적인 문학이 갖는 정치적 영역으로 이동시킨 바대로 최인훈의 작품 중 가장 난해하다고 평가되는 『서유기』야말로 "자신의 언어 안에서 이방인이 되는"[62] 소수적인 문학에 해당하며 기성의 문학에서 탈주하는 혁명적 조건을 갖추게 된다. 이처럼 관념형 인물 유형과 사유 행위는 기성 문학의 언어와의 싸움을 동반하게 됨으로써 소수적인 문학, 진리창출이 가능한 문학에 근접한다.

여기에서 더 나아가 바디우에 의하면 베케트는 유적 인류, 감산적 인류의 형상을 통해 빼기의 글쓰기를 보여준다. 존재의 장식거리나 여흥거리가 제거되어 사유(이념)가 비로소 현현된 것이다. 결국 「최악을 향하여」에서는 말이 스며나오는 두개골로만 이루어진 인류의 형상이 나타나는데, 이를 사유하는 코기토의 존재라고 바디우는 설명한다.[63] 최인훈의 「바다의 편지」[64]에서 백골 역시 사유가 비로소 현현된 형상으로 볼 수 있다. 단순히 시체가 60여 년 동안 썩어서, 풍화작용에 의해 백골이 되었다고만 볼 수는 없다. 백골이란 바디우가 말한 유적 인류에 관한 작가의 형상화에 해당한다. 모든 것을 다 겪고 이제는 어떤 것에도 연연할 필요가 없는 "어떤 존재"[65]인 것이다.

「바다의 편지」는 해저에서 조류에 흔들리며 여기저기 누워 있는 백골이 등장하며 시작된다. 베케트의 「없이」, 「그것이 어떻게」

와 같은 작품에서 장소는 존재에 대한 사유를 위치 짓는 회색암흑지대로 설정되어 있으며, 그 장소가 무 또는 공백인 최종적이고 유일한 장소, 공간의 궁극적인 정화라고 해석된다면[66], 빛이 관통하지 않는 어두운 해저에서 조류에 자신을 내맡긴 채 있는 것밖에는, 그래서 생각밖에 할 수 없는 사유를 위치시키는 장소로 해저는 적절하다. 이처럼 실존이 구별되지 않는 회색암흑의 장소에서 존재가 현시된다면, 백골의 존재는 기존의 언어 체계에서 벗어나 있는 '비-존재'의 탐구를 위해 "실존하지 않을 수 없는 실존"으로서 바로 '코기토의 주체'가 된다.[67]

기존의 지식 체계로는 비식별 지점에 위치한 비-존재이자, 그렇기에 스스로의 존재를 탐구해야 하는 코기토의 주체인 해저의 백골은 본질적 기능만을 갖춘 유적 인류의 현시에 해당한다. 잠수정 폭격으로 정신을 잃은 뒤 60년 후 백골의 형태로 의식을 되찾은 주체는 더 이상 단일한 모습이 아닌 "느슨한 나 연합 같은 것"의 형상이며, 단일한 기억을 갖기 힘든 새로운 존재로 변화한다. "주체에 대해 거리를 두도록 물리적으로 배치된"[68] 백골의 형상은 점차 물고기가 되고, 바다의 물결이 되고, 빛이 되어간다. "빛이 되려고 이 백골이라는 알 속에서 나는 깨어나고 있는 것인가"라 자각하는 백골에게 자신의 기억이 아닌 타자의 말소리들이 "혼선이 된 전화선 속의 말소리들처럼 섞이기" 시작한다.[69] 갑자기 해저에서 의식을 되찾은 백골에게 타자의 기억이 뒤섞이는 방식으로 타자와의 만남이라는 '갑작스럽고 급격한 추가'가 이루어지는 것이다. 바디우는 베케트 문학의 진리 공정에서 침묵을 언술 행위의 순수 지점으로, 그로부터 갑작스레 도래하는 것, 즉 '사건'을 불연속, 단절, 혹은 명명에서 비롯하는 것으로 설명한다. 타자와의 만남은 「바다의 편지」의 백골에게 갑작스레 들리는 여러 소리를 통해 이루어지며, 상황 속에 공백이 출현하는 돌발적 사태이자 기존의 지식 체계로 설명 불가능하다는 점에서 '사건'으로 명명할 수 있다. 또한 이러한 기억의 뒤섞임은 기존의 작품인 「구운몽」의 삽입시 「해전」과 「하늘의 다리」의 13장이 교차 편집되는 구성을 통한 추가라는 점이 독특하다. 이때 기존 텍스트의 재인용은 과거를 단순히 현재의 시점에 불러내어 반복한다는 단순한 의미만을 갖는 게 아니라 새로운 배치 안에서 새로운 내용을 구성한다.[70] 텍스트 재배치를 통해 내용의 새로움을 추구한다는 점은 텍스트의 단절이자 공백에 다름 아니다. 이처럼 타자와의 만남, 텍스트 재배치는 「바다의 편지」가 문학적 사건임을 증명하는 표지가 된다.

"누구의 의식인지도 알 수 없는 이 넋두리들"[71]은 60년간 한국 전쟁과 국가 수립과 산업화의 국가 주도적 담론에서 말해지지 못했던 몫 없는 자들의 목소리라는 점에서 감성의 재분할을 가져오며, 상황으로부터 단절됨으로써 보이는 것에서 벗어나고 의미에서 벗어난(의미에 속하는 모든 것에서 분리된) '잘못 말하기'[72]에 해당한다. "가위 눌린 잠 속에서 잃어버린 꿈넋두리들이 흘러들어온"[73] 바는 기존 언어 체계의 일치의 지배를 받지 않는 자유로운 말하기로서 예술적인 글쓰기를 뜻한다. 진리는 사건의 자리, 공백의 가장 자리에서 출현하므로, 타자의 목소리가 유입되며 자아가 해체되는 백골의 모습이야말로 존재의 이전 상태를 넘어서는 사건의 발생 지점이며 진리의 창출을 가능하게 한다.

마지막으로 바디우는 베케트에게서 "자기 자신의 폐허 위를 떠다니는 '다시'의 말하기"[74]를 보며 그러한 방식으로 글쓰기를 계속하는 용기, 충실성을 요구한다.[75] 「바다의 편지」는 머나먼 미래의 어느 날의 희망을 말하며 끝난다. 먼 미래에 백골은 "나이면서, 또 다른 나"임을 발견하게 되며, "지금의 이 무섭고 슬픈 기억, 이 무서운 이야기"는 "진화한 인류가 되어 있을 우리"를 절망시킬 힘을 가지지 못할 것이라 다짐한다. 백골의 진리의 말하기(글쓰기)는 현재의 슬프고 무서운 인류에서 벗어나 희망을 향해 있다. 그러나 "그것은 먼 먼 미래의 어느 날. 그러나 지금은 아니다"라는 단서는 미래의 희망을 향해 현재의 '사건' 이후에도 '잘못 말하기'를 계속할 것임을, 글쓰기에의 충실성을 견지할 것임을 다짐하는 결말이 된다. "충실성에 충실한 것"으로 설명되는 진리의 과정에 관한 일관성은 또한 윤리적이다.[76]

사유가 현현하여 기존 지식 체계를 중단시키고 사건 이후에도 글쓰기에의 충실성을 다짐하는 최인훈의 가장 최근작을 살펴보았다. '시와 정치' 논쟁에서 불거진 문학의 정치성에 의거한바, '관념적/사변적' 글쓰기로 굳어져 있던 최인훈 문학의 해석 지평을 정치적이며 윤리적인 의미에서의 '사유의/미적' 글쓰기로 넓힐 수 있었다. 기왕의 연구에서 「바다의 편지」를 『화두』의, 또는 작가세계를 총결산하는 에필로그라 평한 바 있으나,[77] 본고를 통해 「바다의 편지」야말로 글쓰기에의 충실성과 지속할 용기를 다짐하는 정치적이며 윤리적인 측면에서 가장 비중 있는 작품이라는 재평가를 내리게 되었다.

5. 맺는말

'시와 정치' 논쟁 이후 최인훈 문학 연구는 또 다른 국면에 접어들었고, 이 글은 '문학의 정치성'을 둘러싼 새로운 개념들을 통해 최인훈 문학을 재검토하고 재평가하고자 기획되었다. '시와 정치' 논쟁이 랑시에르, 바디우 등의 개념을 통해 문학과 정치에 관한 본질론적 질문을 야기했다는 점, 김수영과 4·19를 소환함으로써 1960년대 문학에 다시금 주목했다는 점, 문학의 전통적 장르 구분도 파기할 것을 요구함으로써 근원적으로 문학과 예술 전반을 검토할 필요가 제기되었다는 점에서 최인훈 문학에 새롭게 접근하는 시각이 확보된다.

4·19와 더불어 주목되었던 최인훈은 당대 참여문학을 주도했던 《창작과비평》에 의해 개인주의적, 관념적 작가로 폄하되는데, 미학적 정치 개념에 의하면 '패배주의'로 오인됐던 점이 오히려 문학의 정치성을 획득하는 방식으로 재해석된다. 당대 소박한 리얼리즘론에 경도되어 있던 문학 제도와 불화했던 최인훈은 문학작품뿐 아니라 산문의 메타적 진술을 통해 문학적 전체주의에 저항하며 미학적 정치에 관해 숙고해왔다. 최인훈은 랑시에르가 말하는

문학의 자율성과 타율성의 두 극의 긴장을 이미 간파하고 있었는데 그에게 문학의 자율성과 타율성의 두 극은 모순이 아니라 언어(형식)과 불화할수록 바람직한 현실을 노정할 수 있다는 문학의 정치성으로 정확히 설명된다. 또한 이러한 문학론은 일련의 작품으로 구현되어 왔다. 「총독의 소리」는 국가의 사운드스케이프에 반응하는 언어의 감각적 충격이 전면화되어 있는 정치소설이며, 「크리스마스 캐럴」은 통행금지제도라는 치안적 질서에 대응해 서울 거리와 사랑에 빠지는 성애학을 통해 감성의 교란을 야기하는 불일치의 글쓰기에 해당한다. 한편 『광장』에서 시작되어 『서유기』를 거쳐 「바다의 편지」까지 보이는 사유의 주체는 유적 글쓰기를 통해 현현하며, 사건 발생 후 진리 창출의 글쓰기를 향한 충실성이 지속되어 왔음이 밝혀진다. 결국 산문과 문학작품을 망라하는 최인훈의 글쓰기는 가장 첨예하게 정치적인 문학임이 입증됨으로써 과거에 '관념적/사변적' 글쓰기로 굳어져 있던 최인훈 문학의 해석 지평은 이제 정치적이며 윤리적인 글쓰기로의 확장을 이루게 된다.

트로이 전쟁에서는 헤라클레스 같은 전사뿐 아니라 졸병들도 있었을 것이다. 졸병 한 사람의 생생한 현실감이라는 것도 많은 사람에게 도움이 될 수 있고, 그가 자신의 전투 일지를 보고하는 것도 의미가 있다. 참모총장이나 대장군이나 대제독만 의미 있는 것은 아니다. 인류는 점점 평민들이 대영웅이고 대귀족이고 대지식인이기도 한 시대로 진입한다. 사회주의가 말하는 인류 사회의 마지막 목적은 완전히 발전한 개인에 도달하는 것이다. 사회주의라는 이름하에 개인주의를 나쁜 것으로 폄하하고 개인은 전체를 위해 있다는 식으로 생각하는 것은 굉장히 엄중하고도 심각하게 첫 단추를 잘못 꿰고 있는 것이다. 모두 할 말이 있고 제 갈 길을 가는 것이다.

「완전한 개인이 되는 사회」, 2012년, 삼인판 『바다의 편지』에서 인간은 광장에 나서지 않고는 살지 못한다. 표범의 가죽으로 만든 징이 울리는 원시인의 광장으로부터 한 사회에 살면서 끝내 동료인 줄도 모르고 생활하는 현대적 산업 구조의 미궁에 이르기까지 시대와 공간을 달리하는 수많은 광장이 있다.
그러면서도 한편으로 인간은 밀실로 물러서지 않고는 살지 못하는 동물이다. 혈거인의 동굴로부터 정신병원의 격리실에 이르기까지 시대와 공간을 달리하는 수많은 밀실이 있다.
사람들이 자기의 밀실로부터 광장으로 나오는 골목은 저마다 다르다. 광장에 이르는 골목은 무수히 많다. 그곳에 이르는 길에서 거상(巨象)의 자결을 목도한 사람도 있고 민들레 씨앗의 행방을 쫓으면서 온 사람도 있다.
그가 밟아온 길은 그처럼 갖가지다. 어느 사람의 노정이 더 훌륭한가라는니 하는 소리는 아주 당치 않다. 거상의 자결을 다만 덩치 큰 구경거리로밖에는 느끼지 못한 바보도 있을 것이며 봄 들판에 부유하는 민들레 씨앗 속에 영원을 본 사람도 있다.

어떤 경로로 광장에 이르렀건 그 경로는 문제될 것이 없다. 다만 그 길을 얼마나 열심히 보고 얼마나 열심히 사랑했느냐에 있다. 광장은 대중의 밀실이며 밀실은 개인의 광장이다.
인간을 이 두 가지 공간의 어느 한쪽에 가두어버릴 때, 그는 살 수 없다. 그럴 때 광장에 폭동의 피가 흐르고 밀실에서 광란의 부르짖음이 새어나온다. 우리는 분수가 터지고 밝은 햇빛 아래 뭇 꽃이 피고 영웅과 신들의 동상으로 치장이 된 광장에서 바다처럼 우람한 합창에 한몫 끼기를 원하며 그와 똑같은 진실로 개인의 일기장과 저녁에 벗어놓은 채 새벽에 잊고 간 애인의 장갑이 얹힌 침대에 걸터앉아서 광장을 잊어버릴 수 있는 시간을 원한다.

『광장』, 1961년, 민음사판 개정본, 서문에서

PART III

머무르지 않는 사유, 방법의 탐색 | 소설론 1부

(1959~1970)

라울로부터 독고준으로, 최인훈 문학의 한 기원

전소영(홍익대학교 강사)

1. 회향을 거부한 방랑자

한 작가의 텍스트란 일차적으로 그 개인의 경험과 자아 투사의 산물이지만 이른바 문제작은 지평을 넘어 자아의 외부, 세계의 참과 거짓을 폭로하거나 발명하는 데까지 나아간다. 최인훈이 우리 문학사적으로 가장 '문제적'인 작가인 까닭도 거기에서 비롯된다. 그는 소설로써 자신의 내부와 고통의 진원지를 탐사하며 끝없는 자기 정립을 시도했고 그 과정을 통해 세계가 진면목을 드러내게 하였다. 이 '현시 - 창작'이야말로 "세계가 가장 강렬한 밀도를 보이"[1]게 하는 방식임은 물론이다.

따라서 작가 최인훈 문학세계의 규명은 언제나 작가의 생애에 대한 면밀한 조망과 함께 이루어질 필요가 있다. 최인훈은 1934년(호적상으로는 1936년) 4월 13일 함경북도 회령에서 태어났다.[2] 1943년 회령 읍의 북국민학교에 입학하여 5학년 1학기까지

다니다가 1947년 함경남도 원산으로 이사한 후 원산중학교 2학년으로 편입했고 월남 직전까지 원산고등학교에서 수학했다. 1950년 6·25 발발 후 국군이 10월에 철수하자 최인훈의 가족은 다 함께 12월 원산항에서 해군함정 LST 편으로 월남하였다.

해방과 분단, 전쟁과 피난으로 이어지는 이 경험은 이른바 'LST 의식' 혹은 '피난민 의식'으로 명명되어[3] 최인훈의 원체험으로 자리 잡는다. 이러한 체험과 창작이 긴밀한 연관관계에 놓인다는 연구자들의 지적은 이론의 여지가 없으며, 작가 문학세계의 전반적인 해명을 위해서 꼭 전제되어야 할 것이기도 하다. 이 같은 '고향 상실'[4]의 이력이 최인훈의 문학세계를 강력하게 추동해나갔기 때문이다.

다만 기왕의 논의 속에서 한 가지 간과된 사실 중 하나는 최인훈이 지닌 '피난민 의식'이 여타 월남작가와 변별되는 특성을 지닌다는 점이다. 그는 실향의 문제를 고향에 대한 노스텔지어가 아니라 '회향(回鄕)의 불가능성'에 역점을 두어 강력하게 피력했는데, 이는 최인훈만이 지닌 인식론적 특징이며 그의 문학세계가 한국현대 문학사 안에서 유독 이채를 띠게 된 경위이기도 하다.

> 우리는 지난날을 간단히 회고하였다. 그렇다면 한걸음 더 나가서 그들이 돌아온 곳은 과연 어디일까? 인간이 되었다는 것은 무슨 말인가? 라고 우리는 질문하지 않으면 안 된다. 이스라엘의 독립은 '출애굽'이며 '가나안에의 복귀'

였다. 인도의 독립은 브라만의 나라로 돌아오는 것이었다. (…) 이 모든 나라들의 경우는 그들의 정치적 각성을 밑받침해줄 정신적 고향을 가지고 있다. 그것이 종교든 종족적 정치이념이든. 그렇다면 우리들에게 있어서 그러한 정신의 고향은 어디일까? 아는 여기서 눈앞이 캄캄해진다고 고백하지 않을 수 없다. 일제 통치의 최대 죄악은 민족의 기억을 말살해버린 데 있다. 전통은 연속적인 것이어서 그것이 중허리를 잘리면 다시 잇기가 그처럼 어려운 것이 없다.[5]

한국의 근현대사를 되짚으며 한국인에게 '회향'이라는 개념이 어떠한 의미를 지니는지 탐색하는 이 글에서 최인훈은 '돌아갈 곳'이 존재하는 유대인과 달리 "우리들에게 있어서 그러한 정신의 고향"이 상실되어 있다는 점을 지적한다. 여기에서 '우리'란 일제 강점기와 분단, 전쟁의 역사를 거친 한반도의 구성원 전부를 의미하는 바, 작가는 실향의 문제를 월남민에 국한시키는 대신 민족 전체의 것으로 사유해내고 있는 것이다. 따라서 이때의 고향 상실이란 역사의 타자로만 존재해온 한반도 구성원의 자기 망실과 다르지 않은 말이 된다. 그 가장 적확한 근거가 작가의 여러 소설 속에서 반복, 변주되는 '자아비판회'에서 발견된다.

그 교실에서 배운 것은 무엇이었습니까. 그러고 보면 이상하기는 하였다(이하 강조는 인용자). 거기서 그들은 황황히 떠나간 이웃 나라 사람들의 말과 역사를 배웠다. 사람들은 집에서는 여전히 조선말을 쓰고 관청과 학교에서는 일본말을 썼다.

(…)

조선 아이들과 일본 아이들은 정기적으로 돌팔매질로 싸웠다. 일본 아이들은 기회만 닿으면 꼭 곯려주어야 할 상대였다. 그것은 다 알고 있었다. 그러나 그것은 고수레를 하는 것과 같은 것으로 그것의 현실적 뿌리가 무엇인지에 이를 수 있는 〈자각의 고리〉는 빠진 굿거리였다. 제국주의 침략자들이 망할 날은 임박해 있었으나 국내의 모든 저항은 진압되고 마지막 기간이기 때문에 그만큼 햇수가 쌓인 질서는 쇠그물처럼 공고하였고, 오래 제공된 아편처럼 조선사람의 마음의 핏줄과 신경줄 안에서 맹위를 떨치고 있었다. 아이들에게는 더욱 그랬다. 그러나 아편쟁이는 아편에 대해서 충성하고 있는 것이 아니라 아편에 먹히고 있는 것처럼, 교과서의 내용을 받아들이는 마음에 적극적인 의지는 없었다. 마찬가지로 일본 아이들과 하는 돌팔매질에도 〈신명〉은 있었지만, 인간이 다른 인간에 대해서 미움이건 사랑이건 모든 관계에서 마지막 뿌리가 되어야 할 **〈이성〉의 빛은 없었다. 그래서 일본점령자들이 떠나가고 난 다음에 하루아침에 바뀐 국기도 국어도 역사도 〈학교〉에서 〈선생님〉들이 말씀하시니까 으레 따르면 될 일이었다.** 어제까지 제국주의자들의 군가를 부르던 입은 조금도 순결을 잃지 않은 채, 〈민중의 기/붉은 기는 전사의 시체를 싼다/사지가 식어서 굳기 전에/핏물은 깃발을 물들인다/높이 들어라 붉은 깃발을/그 그늘에서 죽기 맹세한/비겁한 자여 갈테면 가라/우리들은 이 깃발을 지킨다〉라고 노래할 수 있었다. **성숙한 이성의 개입 없이 받아들인 것은 얼마든지 갈아 끼워도 피도 흐르지 않고 땀도 나지 않았다.** 적어도 마음에서는. 더구나 국민학교 아동들의 마음에서는. 지금 피고는 중학생이지만 그것은 2년 전까지는 국민학교 아동이었다는 사실을 쉽게 무르는 방법이었을 뿐이었다. 그 무렵에 배운 일을 지금 지도원 선생은 묻고 있었다. 어떻게 대답하라는 말일까? 그는 이미 대답하지 않았는가?

"그런 공부를 하면서 무엇을 느꼈는가를 동무에게 묻고있는 것입니다"

무엇을 느꼈는가 무엇을 느꼈는가 대답하기 어려운 말이었다.[6]

옮긴 인용문은 『화두』의 일부로 '자아비판회'가 최인훈의 삶에 남긴 외상(trauma)의 전모를 보여준다. 원산중학교에 진학한 작가는 특유의 필력 덕분에 학급소년단의 벽보 주필이 되어 신망을 누렸다. 그러나 학교 운동장의 바윗덩어리가 어수선하게 보인다고 묘사했던 대목이 말썽이 되어 한순간 지도원 선생으로부터 자아비판을 요구받는 신세로 전락했던 것이다.

소설은 이 자아비판회의 기억을 통해 작가가 새삼 알아차리게 된 사실을 크게 두 가지 정도 층위에서 갈무리한다. 이는 지도원 선생이 소년에게 대답을 강요한 두 가지 질문 — '아버지'와 'H에서 지낸 일' — 에 대한 심문에서 비롯된다. 먼저 전자의 경우는 어린 소년의 서툰 발화에서마저 그가 속한 가계의 반동성을 지목하는 지도원 선생의 발화와 관련이 있다. 즉 초기 이북 체제의 논리가, 당파성 내지 계급성 — 개인의 본질을 계급적 본질로 귀착시키는 환원론적 사회주의 이데올로기[7](교실) — 에 기대고 있으며 그것이 작가가 후에 조명희의 「낙동강」을 통해 목도하게 되는 이상적 이념으로서의 사회주의(책)와 낙차를 지닌다는 사실이다.

이 사실은 같은 작품에서 작가가 W시를 두 개의 공간으로 분할하여, 러시아 소설들을 독파했던 아름다운 '도서관(책)'의 세계와 자아비판회로 점철된 '학교(교실)'라는 또 다른 배움의 세계를 대비시켜 놓은 것과 같은 맥락에 놓이는 것이기도 하다. 이데올로기의 본질을 가늠하게 하는 독서의 체험을 통해 작가는 지도원 선생을 통해 교육되는 사상이 본질로부터 이탈한, 말하자면 진영을 강화하기 위해 왜곡되거나 협소해진 형태임을 지각하였다.

아울러 'H에서 지낸 일'에 대한 심문이란, "(일제 강점기의 — 인용자) 그 교실에서 배운 것은 무엇"이었냐는 질문과 연관되어 있다. 지도원 선생은 소년이 지닌 반동성의 추적을 위해 질문을 건넸으나 정작 그것이 건드린 스위치는 '자각의 고리'에 관한 작가의 각성이었다. 개개인이 '자각의 고리', 즉 이성을 통한 검수(檢收) 없이 교육되는 이데올로기를 수용하거나 내면화하는 일은 은밀하고도 파국적인 위력을 지녔다는 것, 일제 강점기에서 해방 직후로 이어진 한반도의 역사는 그 위력에 점령당해왔으며 따라서 자기에게는 진짜 정신적 토양이 없다는 것을 작가는 지도원 선생의 질문으로 알아차렸던 것이다.

물론 이는 북한의 '나'뿐만이 아니라 한반도 전체의 구성원에게 문제 삼아질 수 있는 성질의 것이다. 실상 남한에서도 해방은, 막 자유가 된 나라가 본질적인 의미에서 멀어진 민주화의 외피를 쓴 반공주의에 다시금 장악되는 과정에 다름없었다.

> 8·15, 그것은 물론 1차적으로 정치적 심벌이다. 그러나 우리가 이 글에서 돌이켜보려는 입장은 8·15를 단순한 정치 현상으로서가 아니라 보다 깊은 조명 속에서 보자는 것이다. 1945년의 그날 우리는 '해방된' 것이다. 이 위대한 날은 우리들에게 모든 것을 허락했으나, 동시에 아무것도 할 수 없게 만들었다. 해외에서 돌아온 '지사'들은 변하지 않은 조국에의 향수는 두둑이 가지고 왔으나, 한 가지 커다란 오해를 하고 있었다. 그들은 사실 해방된 조국에 돌아온 것이었는데도 불구하고 해방시킨 조국에나 돌아온 듯이 잘못 알았다. 그들은 개선한 것이 아니요, 다만 귀국했을 뿐이었다. 이 오해가 낳은 혼란은 컸다. 민국 수립까지의 남한의

카오스가 바로 거기에 까닭이 있었던 것이다.

미군정 당국이 애초에 어느 정도의 플랜을 가지고 있었는지는 나로서 이렇다고 확언할 만한 자료도 본 적이 없고 아직 너무 가까운 일이어서 그 진상을 알 수 없지만, 미군정이 현실로 취한 여러 행동으로 미루어볼 때 거의 아무 준비도 없었던 것이 아닌가 추측된다. '민주주의적 정권을 만든다'는 방향만은 가졌을 것이다. 그러나 그 말이 무엇을 의미하는가? 아무 뜻도 없다. 한국의 어느 층과 손을 잡을 것이며 어떤 속도로, 어떤 입장에서 한다는 계획 없이 그저 '민주주의적 정권을 세운다'는 것은 '인간은 행복해야 한다'는 말 이상으로 무의미한 말이기 때문이다.

미국의 대한 정책은 전후 뚜렷한 대결의 형태로 나타난 대소관계의 양상이 이루어짐에 따라서 비로소 구체화되었다. '민주화'란 의미는 '반공'과 같은 말이 되었다. 이렇게 해서 이승만의 시대가 시작되었다. 그는 한국의 민주주의는 반공을 뜻한다는 사실을 가장 잘 안 사람이기 때문에 정권을 얻었다. 역사는 역사의 뜻을 아는 사람에게 자리를 준다. 이승만 정권은 민주주의를 위한 정권이기에 앞서 반공을 위한 정권이었으며, 그러므로 빨갱이를 잡기 위해 고등계 형사를 등용하는 모순을 피할 수 없었다.[8]

요컨대 '자아비판회'에서 경험한 "자아의 해체"(35쪽)란 최인훈에게 있어 기왕에 순순히 진리라고 믿어왔던 것들이 자기 안에서 파국을 맞는 경험과 '자각의 고리'를 통과시키지 않고 수용했던 이념의 본질을 짚어보려는 의지가 접합된 하나의 계기였던 것이다.

정황이 그와 같다면 최인훈에게 북한으로의 회귀 욕망이나 남한을 새로운 고향 삼으려는 동화의 움직임은 매한가지로 부질없는 일이었을 것이다. 그리하여 작가는 『화두』에서 자신의 묘비명에 "WANDERER FROM THE UNKNOWNED LAND"라고 적어둔다. 그는 '허름한 영혼을 지닌 영혼'이자 '알 수 없는 곳에서 온 유랑민'으로 방랑지에 묻혀 있다.

이처럼 작가에게 중요한 문제는 정주할 땅을 찾는 일이 아니라, 자아 성립의 전제 조건인 어떤 정신적 기반을 구축하고 그것을 통해 새로운 주체로 거듭나는 길이었다. 이러한 인식이야말로 그의 문학세계의 출발점이라는 사실을 여실히 보여주는 작품이 바로 등단 완료작 「라울전」이다.

「라울전」(《자유문학》,1959.12.)은 등단작인 「그레이 구락부 전말기(GREY 俱樂部 顚末記)」(《자유문학》, 1959.10.)에 가려져 비교적 덜 조명되었지만[9] 최인훈 문학세계의 근원을 가시화한다는 점에서 상당히 중요한 작품이다. 소설 속에 등장하는 두 중심 인물인 바울과 라울은 이후의 여러 소설 안에서 그 이름이 발견되는데, 이를테면 『광장』(1960)에서 명준은 사도 바울이 쓴 『신약』의 「사도행전」과 「고린도 후서」의 일절을 직접 인유하기도 하고[10] 「열하일기」(1962)[11]나 「크리스마스 캐럴」(1963~1966)[12]에도 라울을 짐작하게 하는 부분이 등장한다. 특히 『서유기』(1967)에서는 좀 더 적극적인 방식으로 라울을 소환한다.

> 이것이 '라울'의 아픔이었으며 독고준의 아픔이었습니다. 인간의 정신은 무(無)와 더불어 살 수는 없습니다. 내일 태양이 뜨리라는 것을 예측할 수는 있어도 내일, 혁명이 압제가 안 되리라는 것을 보장할 수는 없습니다. 그들 혁명자들은 이것을 인정하지 않습니다. 그들은 찬성이 아닌 모든 사람들을 적으로 판결하고 그에게 차려진 개체의 시간량을 봉쇄합니다. 이렇게 해서 혁명이 처형한 생명은 회복이 불가능한 선고가 집행되는 것입니다. 독고준은 이러한 혼란 속에서 불가능한 선택을 포기한 희생자였습니다. 그 자신이 비인(非人)이 됨으로써 인간적 문제에 대한 질문이 되고자 한 것입니다. 광인(狂人). 그렇습니다. 광인은 비인입니다. 광인에게 처벌을 가해야 하겠다는 사람들에게 우리는 분노를 느낍니다. 독고준을 발견한 시민은 그를 보호하고 본원에 연락해주십시오.[13]

인용문이 보여주듯 작중에서 라울은 독고준을 '같은 아픔을 지닌 인간형'으로 인식된다. 이는 작가의 페르소나에 가까운 독고준이 곧 라울과 공유점을 지닌, 사실상 라울이 독고준과 같은 맥락에서 언급될 수 있는 인물이라는 짐작도 가능하게 하는데 이에 관해서는 대담을 통해 작가 자신이 어느 정도 답을 내려주기도 했다.[14] 이와 더불어 『서유기』의 독고준이 곧 『회색인』의 독고준과 연작적 인물임을 감안하면 최인훈은 「라울전」 이후 성경 밖 허구의 인물이면서 작가의 소산인 '라울'을 뒤따르는 소설들에 지속적으로 등장시켜 그 존재를 확증한 셈이 된다. 다시 말해 『서유기』 등에 나타난 '라울' 표상은 「라울전」에 등장하는 '라울'의 존재를 지시하여 증명하는 기호인 것이다. 이는 노스롭 프라이가 제시한 성서 구성원리를 환기시키는 매우 흥미로운 장치다.

프라이에 따르면 성서를 뜻하는 '바이블(Bible)'이라는 말은 원래 '타 비블리아(ta biblia)' 즉 '작은 책들'을 뜻한다. 그러므로 '바이블'이라는 실재물(entity)는 사실상 존재하지 않는 것이며, '바이블'이라고 불리워지는 혼란한 텍스트들은 하나의 실재로 읽히게끔 '구축'되어 온 것이라 할 수 있다.[15] 프라이는 이러한 성서 구성의 원리가 '브리꼴라주'를 전유한 것이라고 설명한다. 브리꼴라주는 본래 레비스트로스의 인류학에서 비롯된 용어로 "수중에 들어오는 모든 것을 가지고 조각과 단편을 짜 맞추는 일의 특질"을 지칭한다.[16]

이 정의에 기반할 때 '바이블'이란 상상력에 의해 하나의 '통일체'로 만들어진 조각과 단편들의 집합체라 할 수 있다. 예컨대 『신약 성서』는 이러한 통일체의 구성을 위해 『구약 성서』와 상호텍스트의 관계에 놓이게 되는데, 즉 『신약 성서』가 『구약 성서』의 예언적 진술을 증명하기 위해 사후적으로 그것을 지시하려는 목적하에서 작성되었기 때문이다.

이 같은 언급을 참고할 때 후행 소설들의 '라울'은 「라울전」의 '라울'이 독고준의 원형이자 작가 자신의 분신(후술되겠지만 온전한 분신이라기보다는 지양해야 할 존재로서의 분신)이라는 것을 끊임없이 증명해낸다고 해도 좋을 것이다. 이제 그 까닭을 들여다 볼 차례이다.

2. 문학세계의 진원지로서의 '라울' 표상

「라울전」의 초점 인물은 '라울'이며 초대 기독교의 인물인 '바울'의 동료로 설정된 허구의 존재이다. 소설은 『신약』의 「사도행전」(9:1~31) 등에 기록된 바울의 행적, '기독교 박해-다마스쿠스에서의 기적 체험과 개종-기독교의 전파'[17]를 라울의 시선에서 다시 쓰면서 일종의 패러디[18]의 형식을 취하고 있다.

즉 『신약』의 내용이 교회의 박해자였던 바울의 회심에 초점을 맞추고 있다면 「라울전」은 바울의 생애를 목격한 라울의 진술을 통해 '바울이 초대 기독교의 사도로 선택받게 되는 이유'를 조명해내는 것이다. 이러한 차원에서 『신약』과 일치하는 내용 보다는 『신약』과 「라울전」의 간극이 보다 비중 있게 규명될 필요가 있다.[19]

두 텍스트 사이의 차이가 가장 크게 부각되는 부분은 '라울과 바울의 성격 및 관계'에 있다. '라울'은 유대교의 랍비로 사명감 속에서 살아가는 인물이다. 깊은 신앙심과 소명의식을 지녔으며, '현인', '솔로몬 왕', '석학' 등의 별칭이 설명해주듯 히브리 경전뿐만 아니라 그리스 철학에도 능통한 존재였다. 그는 가문 대대로 이어져 온 그것들을 '선험적' 진리이자 절대적 빛으로 여기며 "경전과 철학을 읽는 생활 속에서 번번이 찾아들던 저 황홀경"[20]에 삶을 맡긴다.

이렇듯 라울은 제게 부여된 '배움'으로 자아를 구성해온 자였는데, 또한 그 때문에 자신이 기댄 지식의 작동 방식을 끝내 넘어설 수 없었다. 그것이 문제였을 것이다. 전혀 모자람이 없는 그에게도 열등감을 안겨주는 유일한 라이벌이 있었으니 그가 바로 바울이었다. 이상하게도 어린 시절부터 라울은 바울을 뛰어넘을 수가 없었다. 둘 사이의 경쟁 구도는 예수에 대한 풍문이 들려오면서 더 치열해진다.

> 〈예수〉라는 나사렛 사람의 풍문이 들려오기 시작할 때 그는 경전과 사료를 섭렵하여 치밀한 계보학적인 검토를 하여보았다. 그 결과는 놀랍게도 〈바울〉의 편지에 적힌 결론에 이르고 만 것이다. 〈라울〉은 자신이 저질러 놓은 이 일을 수습할 재주가 없었다. 연구하면 연구할수록 나사렛 사람 〈예수〉는 〈다윗〉 왕의 찬란한 가계 속에 분명한 자리를 차지해 오는 것이었다. 〈라울〉 같은 지성인에게 자기 자신의 손으로 캐어낸 사실이란 절대한 것이었다. 그러나 문제는 그곳에 있지 않았다. 만일 이 나사렛 사람이 메시아라고 단정이 되었다면 제사장의 옷을 벗고 지상에 군림한 〈에호바

의 아들〉을 따라 나서면 그만일 것이지만 그것을 할 수 없는 〈라울〉이었다. 〈라울〉은 경전을 통해서 그 나사렛 사람에 대한 많은 것을 알고 있었으나 기실 아무것도 모르는 것이었다. 〈라울〉은 아직 그를 보지 못한 것이다. 그는 몇 번이나 베들레헴으로 내려갈 계획을 세웠으나 그때마다 이 일 저 일로 이루지 못했다. 백사 불구하고 내려간다면 못할 것도 없었으나 총독이 부르는 연회니, 교수장 회의니 하는 상식을 깨트리지 못하는 〈라울〉이었다.[21]

예수의 등장은 라울의 삶에 균열을 일으킨다. 그는 신중한 검토 끝에 예수가 메시아일지 모른다는 가설에 누구보다 먼저 다다랐다. 그러나 결국 "상식을 깨트리지 못하는 〈라울〉이었다."

라울을 속박하고 있는 히브리적, 유대적 경전과 율법의 세계 때문이었는데, 이것은 작가에게 '자아비판회'가 자행된 '교실'의 알레고리로 여겨도 무방할 것이다. 히브리교와 유대교의 교리는 실제 바울 시대 '이데올로기'로 군림했던 두 개의 전통이었다. 이론의 형식이나 발화 방식이 다를지언정 양자는 '불가침의 율법과 지식'으로 군림했다는 점에서 매우 비슷했다. 즉 여기서의 '불가침'이란 그것을 숭배하는 자들 — 할례 받지 않은 자와 노예가 배제된 — 만의 특권을 보장해준다는 의미이기도 했다. 말하자면 라울이 절대적인 진리로 믿었던 그것들은, 인간 계급의 차별적 구획을 담보로 한다는 점에서 누구에게나 평등해야 하는 신앙의 본질을 크게 이탈하고 있었다.

간음한 여자를 재판하는 권리는 제사장에게 있었을뿐더러, 시바는 라울의 노예였다. 시바는 주인 앞에 꿇어앉았다. 한참 말없이 그녀를 바라보던 라울은 이렇게 심문을 시작했다.

"시바, 너는 어째 배은(背恩)하였느냐?"

"아니옵니다. 그는 저를 몸값을 치르고 사가서 아내로 삼겠다고 약속하였습니다."

"무어라…"

라울이 전혀 짐작지 못했던 대꾸였다.

"그 사람이 나에게 너의 값을 치르면 그에게로 가겠단 말이냐?"

"나으리에게 여쭈어 그리할 생각이었사옵니다."

"오…"

라울은 눈을 감고 의자에 털썩 주저앉았다. 자기 같은 주인을 버리고 가겠다는 이 노예의 마음은, 라울의 이해를 벗어난 것이었고, 또 그것은 자기를 이해하여주지 못하는 시바의 무지에 대한 노여움으로 바뀌었다.

"오냐, 네가 나의 곁이 싫다면 멀리 보내주겠다. 멀리. 먼 페르시아로."

"네? 나으리, 페르시아! 오 신과 같으신 나으리, 제발 저를 그런 먼 곳으로 보내지 말아주십시오. 제발!"

"나단, 이 계집을 끌어내라. 노예장수가 올 때까지 가두어 둬라."

나단은 울부짖는 노예를 긴 머리채를 감아쥐고 끌고 나갔다.[22]

그 진실을 단적으로 보여주는 존재가 바로 '시바'이다. 시바는 라울의 여자 종으로, 자유민인 총독의 무관과 사랑에 빠져 있었다. 무관은 그녀를 노예신분에서 해방시켜 아내 삼고자 했다. 그러나 라울은 그 둘을 이해하지도 사랑을 용인하지도 못한다. 스스로가 '신의 예언자'라고 믿었지만 '평등'이라는 신앙의 본질 대신 히브리 철학과 유대교 율법으로 지탱되었던 로마의 노예법을 더 중요하게 여겼던 것이다.

이 시바와 무관의 사랑을, 작가가 W시의 도서관에서 읽었던 『쿠오바디스』의 비니키우스(로마 무관)와 리기아(노예이자 기독교인)의 사랑을 패러디한 것으로 보아도 무방할 것 이다. 『화두』에 적힌 회고에 따르면 쿠오바디스는 '교실'을 피해 도피한 '도서관'에서 작가를 매료시켰던 첫 책 중 하나다.

이 도서관에서 처음 무렵에 읽은 책 가운데 하나가 『쿠오바디스』였다. (…) 팔로군 병사들이 인민의 마당을 쓸고 있는데도, 지도원 선생님이 수첩에 그의 말을 적어 넣는데도 아직도 이렇게 그들이 쓸어버리지도 적어 넣지도 못하는 사람들과 도시와 이상한 왕과 화재와 시장과 옛날의 바다와 그 위의 태양과 바람과 먼지가 이렇게 그들이 지배하는 도시에 버젓이 살고 있는 것이었다. (…) 어쨌거나 기독교인들은 원형 경기장에서 당하고 있었다. 거인은 황소의 목을 비틀어서 무러뜨리고 있었다. 공주는 죽음을 면하였다. 거인은 왜 한 사람밖에는 태어나지 않았는지. 그런데 노예철학자가 있다. 철학자 노예다. 이것은 대체 어찌된 일인가. 신분이 노예인데 직업은 철학자다. 철학자가 신분은 노예라고. 『쿠오바디스』에는 이런 노예이자 철학자인 인물이 나온다. 노예철학자, 철학자 노예, 엎어치고 둘러쳐봐도 사태는 조금도 달라지지 않고 머릿속의 혼선이 바로잡히지 않는다. 지도원 선생님이 모시고 있는 철학자가 말하기를 〈철학〉이라는 물건은 이미 끝장났다고 말씀하신 지가 벌써 세기의 고갯마루의 저편쪽 일인데도 지도원 선생님이 슬기롭게도 적발해낸 이 몹쓸 반동 피고는 이 먼지구덩이에 파묻힌 반동들의 교양 무화 기계가 만들어낸 전기닭답게 〈철학〉이란 것이 〈그 무슨〉 엄청난 요술이라도 되는 듯이, 이 세상 슬기의 요술단지라도 되는 듯이 알고 있었기 때문에 철학자가 노예라느니, 노예가 철학자라느니 하는 일이 너무나 어리둥절했다.[23]

『쿠오바디스』는 1896년 폴란드의 작가 헨리크 시엔키에비치가 써낸 소설로 제명은 '(주여) 어디로 가시나이까'(라틴어)의 뜻을 가지고 있다. 인용문에도 기술되어 있듯 로마 네로 통치 시대 말엽의 기독교 박해, 즉 로마에서의 고대적 세계관과 그리스도교 신앙의 투쟁를 배경으로 하는 작품이다.[24]

작중에서 리기아와 비니키우스의 계급을 초월한 사랑은 신앙 앞에서만큼은 모두가 평등한 단독자로 설 수 있다는 기독교적 믿음에 의해 가능해진다. 이는 「라울전」의 시바와 무관의 사랑과 겹쳐지는데, 반대로 말하자면 이 연인들의 관계는 라울이 신봉하는 히브리와 유대교의 고대적 전통에 반기를 드는 것이기도 하다. 그런데 바울은 시바의 사랑을 실현시킨다는 점에서 라울과 대척점에 놓인다.

> 책을 들여다보고 앉은 라울 옆에서 바울은, 멍하니 앉아서 열린 창문 사이로 불빛이 흘러나오는 스승의 방 쪽을 바라보고 있었다. 그러다가 그는 불쑥 입을 열었다.
> "에이 내일 하루 또 어떻게 땀을 뺀담…"
> 라울은 아무 대꾸도 않았다. 번연히 말을 걸어오는 것인 줄 알면서 못 들은 체하자니 오히려 대꾸해주는 것보다 더 짜증이 치밀었다.
> "어떡한담…"
> 바울은 또 중얼거렸다. 그러자 그는 무슨 생각을 하는지

의자에서 일어서서 마루에 꿇어앉아 기도를 시작했다. 라울은 못 본 체 하면서 줄곧 보고 있었다. 갑자기 웬 기도는…[25]

작가는 긴 지면을 할애하여 '바울의 체험'에 대해 세밀하게 묘사해낸다. 소설 속에서도 바울은 처음엔 자기 시대의 이단인 기독교를 맹렬히 박해하는 바리새파였다. 그러나 다마스쿠스로 가던 중 부활한 예수를 만나 계시 체험을 하고 그의 부활과 사랑의 교리를 망설임 없이 받아든다. 이로써 바리새파 랍비 사울에서 기독교사도 바울로 거듭나는 것이다.

이 '거듭남'의 조건을 작가는 다음과 같이 제시한다. 바울은 라울과 달리 자신에게 주어진 유대교나 그리스의 율법적 전통과 맞섰고 그것을 절대적이며 우월한 것으로 여기지 않았다. 그래서 그는 메시아의 존재가 등장하자 자신의 '자각의 고리'를 이용해 시대의 이념을 회의하고 부정할 수 있었던 것이다.

시바라는 이 여자 노예의 하소연을 우연히 듣게 되어 그의 원대로 그리스를 거쳐 로마로 데리고 가는 것을 용서하오. 주께서는 남녀 간 사랑을 축복하셨다고 들었소. 그는 나로 하여 주의 어린 양이 되었소. 주의 사랑과 로마에 가 있다는 그의 지아비의 사랑을 누리게 하려 하오.[26]

바울의 선언, "기뻐하시오. 메시아는 땅에 다녀가셨소"(77쪽)에 압도된 라울은 "제가 온 힘과 배움을 쏟아서 믿지 못하던 나사렛 사람 예수의 신성(神性)을, 바울이 돌아섰다는 한마디를 듣는 순간에 긍정"(71쪽)한 것에 절망한다. 그리고 무의식의 발로인 꿈을 통해 패배의 원인을 자각한다. 라울의 꿈에서 계급의 구획은 사라져 있고 라울을 제외한 모든 존재는 사랑이라는 진리 아래 새로운 공동체를 형성한다. "여태 어디서 무얼 하고 있었나!"(80쪽)라는 예수의 일갈은, 바울을 질투하면서도 자신이 믿는 경전을 회의하거나 부정할 수 없었던 라울을 향한 것이었다.

이 깨달음 이후 라울은 사라져 사막 위의 주검으로 발견된다. 우는 듯, 웃는 듯도 보이는 그의 마지막 얼굴은 자못 의미심장해 보인다. 자신이 기댄 경전과 교리가 실은 신앙의 본래적 형태와 멀어진 줄도 모르고 그것을 맹신했던 라울의 세계는 '자아비판회'라는 경험이 되짚어낸 작가 자신의 '자아해체' 순간과 겹쳐지는 까닭이다. 하여 소설의 결말은 라울의 영역을 지양하며 바울의 영역으로 나아가려는 작가의식의 한 발로로도 읽힌다. 이를 위해 작가는 바울을 내세우는 대신, 라울이라는 허구의 화자를 설정하였다고도 할 수 있겠다. 작가의 이 바울 지향은, 기독교에 대한 그의 사유와도 긴밀한 연락관계 안에 있다.

> 서양 문명에서 기독교가 차지하는 의의에 대해서 계몽적인 설명을 가할 생각은 없다. 다만 기독교가 그들에게는 알파

와 오메가라는 것만 말하면 그만이다. 서양 문명은 기독교 신학의 다양한 변주곡에 다름 아니다, 라고 나는 생각한다. 절박한 위기의식 속에 방황하는 그들이 기독교로 돌아가려는 움직임을 보인다면 그것은 너무도 당연한 일이다.[27]

기독교적 비전의 품속에 있다가 그것이 깨져버려 방황하는 정신의 초상들을 『실락원』이나 『파우스트』같은 데서 찾아볼 수 있는데 밀턴의 『실락원』은 직접 종교와 연결돼 있고 『파우스트』의 경우에도 기독교적인 세계에로의 복귀라고 해야 되겠죠. 그런 자기들의 근대적인 새로운 상황에 대해서 심각한 심층적인 곳에서 자기 확인을 한다는 게 주제가 돼 있었는데요. 서양의 근대라는 것, 그 연장으로서의 현대라고 하는 곳에서 도시가 어떻게 발전했느니 지리적인 공간이 넓어졌다느니 하는 사회학적인 자기 인식의 밑바닥에는 그보다 더 포괄적인, 종교적 비전이라는 게 늘 밑받침되고 준비된 상태로서 그 사람들은 현재에 이르고 있다는 거죠.[28]

김: 「그레이 구락부 전말기」도 그렇고 「라울전」도 그렇고 당시 비평계에서 상당히 주목을 받았던 것으로 알고 있는데, 특히 「라울전」에서 사울하고 대립되는 인물로 나오는 라울을 들여다보면 개인의 의지와는 관계없는 역

사의 움직임이라고 할까, 그런 것에 절망하는 지식인의 모습이 그려져 있어요. 그 지식인을 선생님 자신이라고 보아도 되는 것입니까?

최: 네, 그렇게 보아도 된다고 생각합니다.

김: 그런 생각을 하시게 된 경위 같은 것을 말씀해주실 수 있겠습니까?

최: 누구나 한때 『성경』은 읽기 마련인데 우리가 청년기에 도달해서 자기를 형성한다고 할 때 정신적인 의미에 있어서는 이미 눈앞에 존재하는 큰 체계에 도전하거나 그 체계를 탐구하는 길밖에는 달리 무슨 방도가 없지 않겠습니까?

스무 살짜리 청년이 큰 체계를 하나 만들 수는 없는 것이고, 대개 사람들 앞에 놓여 있는 어떤 체계, 가령 불경이나 성경, 혹은 어떤 큰 정치사상 같은 것에 관심을 갖게 되기 마련인데, 제 경우에도 그런 데 대한 관심이 그렇게 나타났다고 말할 수 있겠지요.

거기에다가 기독교 교리의 경우 사람의 생각으로서는 합리적으로 납득이 안 되는, 말하자면 신의 뜻을 사람이 이해할 수 없는 무엇이 있는 거 같고, 이것은 지금 생각해보면 방금 얘기한 것과 같은 근원적인 의미의 인간의 존재론적인 문제를 제기하는 면이 있습니다. 특히 그것을 나의 떠돌이식 인생에의 이동과 관련시켜본다면 역시 라울이라고 하는 사람의 갈등에서 보는 바와 같이 자기의 존재를 중심으로 생각하는 것과 하나님이라고 하는 존재를 중심으로 생각하는 체계가 부딪치고 있는 것이거든요. 이것은 물론 신학적으로는 라울 쪽이 하나님 쪽으로 들어가려고 하는 것이라고 보는 것이 전통적인 해석이겠지요. 그러나 그것을 신학의 차원에서 벗어나서 각기 상대적인 독립성을 가지는 동등의 사고 양식의 충돌이라고 볼 적에는 또 다른 면의 조명도 가능하지 않겠나 봅니다.[29]

옮긴 글들을 통해 짐작해볼 수 있는 사실은, 최인훈이 '기독교'를 서양 문명의 알파와 오메가 — 근간이자 완성태 — 로 상정하고 그것이야말로 서구인으로 하여금 끊임없이 '자기 확인'을 하게하는 성찰의 매개라고 생각한다는 점이다. 그러나 이러한 언급이 기독교에 대한 모방이나 추종에의 욕망을 의미하는 것은 물론 아니다.[30]

마지막 인용문에서 작가는 "자기를 형성한다고 할 때 정신적인 의미에 있어서는 이미 눈앞에 존재하는 큰 체계에 도전하거나 그 체계를 탐구하는 길밖에는 달리 방도가 없었"[31]던 상황과 연관된 것임을 진술한 바 있다. 그리고 이는 외국문화를 "원물형으로 받아들일 것이 아니라 그것을 요소로 분해해서 구조식을 알아내"[32]야 한다는 문화론의 언급과도 결부된다. 결국 창작 활동 초기의 최인훈에게 기독교란 자기정립을 위해 도전하거나 탐구해야 했던 큰 체계였으며 그는 이것의 분자식을 파악하는 일에 골몰했던 것이다. 이때 최인훈에게 전유 대상으로서의 기독교란 그리스 철학과 유대교의 폐쇄적 율법을 지양하며 등장한 진리 체계, 기왕의 이념과 역사를 검토하고 그것과 단절하는 지점에서 발생하는 혁명으로서의 기독교다.

이와 같다면 「라울전」이나 라울에 대한 기왕의 평가는 꽤 인색하게 다가온다. 소설이 발표된 직후 백철은 "최인훈씨가 역시 둘째번 작품 「라울전」(《자유문학》)을 발표하여 전작 「그레이 구락부 전말기」에 버금가는 작품성과를 보였다"고 쓰면서도 "신앙성으로 먼저 〈크리스트〉에게 지향한 〈라울〉에게 진리의 〈이메지〉가 와야 할 것인데 그 행운을 〈바울〉로 돌린 것"에 의문을 품고 이를 소설적 결락으로 비판하였다.[33] 더불어 「라울전」에 대한 보통의 접근법 역시 대개 '결단력 없는 지식인의 말로'라는, 잘못된 것은 아니지만 다소 단선적인 해설에 귀결되고 있다.[34]

그러나 '라울'이 독고준으로 대표되는 '반성적 자아'의 원형이며, 그의 의식 및 문학세계의 심부에 영원히 각인된 '자아비판회'(에 대한 작가의 소설적 해석)를 상기시킨다는 점에서 이 소설은 최인훈 문학세계의 출발점이자 표지로 다시금 평가될 필요가 있다.

3. 역사의 동원과 소설적 해소

'라울 - 독고준'의 연관성, 즉 역사적으로 '주어져 온' 이념을 회의하고 그것과 단절하는 것이야말로 최인훈 문학세계의 한 목표임을 방증하는 소설들이 있다. 바로 『회색인』(1963~1964)과 『서유기』(1966~1967)이다.

> 자아가 타아와 어울린다는 것은 '자기 안에 있는 남'의 매개를 통해서만 가능하다는 생각이다. 그렇지 않으면 '남'이란 자기가 '먹어버리는 것'이거나 '먹혀버리는 것'이거나 하는 객체에 지나지 않는다.[35]

기존의 연구에서 『회색인』과 『서유기』는 주로 작가의 자전적 사실과 연결되는 주인공의 'W시에서의 원체험'을 통해 '연작소설'로서 독해되었다. 그러나 두 작품의 더욱 중요한 교집합은 인용문에서도 알 수 있듯 "자기 안에 있는 남"의 매개를 작품을 통해 사유하게 한다는 점이다. 이는 소설의 구조적인 측면과도 연결되는데, 『회색인』에서 '독고준'이 자신의 관념 안에서 지속적으로 '김학'을 소환한다는 점,[36] 『서유기』의 '독고준' 역시 긴 여정 중에 다채로운 인물들을 만나 그들의 사고를 바탕으로 자신의 정돈해 나간다는 점이 이를 방증한다. 요컨대 두 편의 소설은 모두 '독고준'이 특정한 대타항을 설정하여 주체를 정립해 나가는 과정'을 그려낸 작품인 것이다. '독고준'의 다음과 같은 언급은 이를 명징하게 보여준다.

> 며칠 전 김학을 만났을 때 《갇힌 세대》의 봄호가 나온다는

이야기와, 이번 여름에 고향에 내려가서 사회 조사를 하기로 했다는 이야기를 들었을 때도 준은 그저 덤덤히 들었다. 그는 학을 만나면 오히려 마음이 외곬으로 가다듬어지는 것을 느낀다. 이것이냐 저것이냐 혼자서는 망설이다가도, 정작 김학과 마주치면 그의 마음은 딱 작정이 된다. 즉 김학과 정반대의 입장에 서는 자기를 발견했다.[37]

『회색인』과 『서유기』에서 이러한 대타항의 중심에 '이광수'가 놓여 있다는 사실은 주목을 요하는 부분이다. 『회색인』에서 이광수는 김학을 통해 '『흙』의 작가 이광수'로 회자된다. 이 형상은 『흙』과 그 주인공 '허숭'을 당대에 꼭 필요한 소설 및 인물로 고평하며 '독고준'에게 그러한 소설을 써보라고 독려하는 '김학'의 목소리에 의해 최초로 제시된다.

그에 비하면 이광수는 훌륭해. 다른 작품은 다 말고 『흙』 하나만 가지고도 그는 한국 최대의 작가야. 그 시대를 산 가장 전형적 한국 인텔리의 한 사람을 무리 없이 그리고 있잖아? '살여울'에서 한 그의 사업이 성공했느냐 못했느냐는 물을 바가 아니지. 그는 그 당시 국내에서 살았던 낭만적인 인간의 꿈을 그린 거야. 그는 시대의 큰 줄기가 무엇인지를 보는 눈이 있었어. 이런 소설을 써달란 말이야. 우리 시대에 '허숭'이 살아 있다면 그가 무엇을 했겠는가를 써달란 말이야. 자네가 그런 걸 쓸 만하다고 인정했기 때문에 동인이 돼달라는 거야. 싫어?[38]

물론 이 소설 속에서 '김학'이 이광수를 직접적으로 언급하는 장면은 그다지 큰 비중으로 다루어지지 않는다. 그럼에도 '독고준'의 사유 안에서 이광수는, 특히 '허숭'이라는 존재는 '김학'과의 유비를 통해 지속적으로 환기되는 것을 볼 수 있다.[39] 뒤이어 이 '『흙』의 작가 이광수'는 『서유기』에서 '독고준'이 최후에 만나는 역사적 인물로 재등장한다. 작가는 '독고준'의 열차여행과 『흙』의 한 대목(중심 인물 '윤정선'의 자살 기도 장면)을 오버랩시키면서 이광수를 소환하는데 여기에는 기념사업 등에서 소거되었던 일제 말엽의 이광수, 그의 행적과 내면 풍경이 매우 자세하게 추적(내지 복원)되어 있다. 이는 『서유기』가 당대 문화정책의 역사 호명 방식을 재전유하고 있음을 방증하는 것이다.

구체적으로 말하자면 『서유기』에 나타난 '역사상 인물들과의 만남이라는 형식'은 당대 문화정책의 '역사 전유(appropriation)' 방식을 '다시 전유(ex-appropriation)'함으로써 전자에 균열을 일으키기 위한 것이다.[40] 즉 당대 정권이 통치 체제의 확립을 위해 사적(史的) 경험을 전유(appropriation)하려 했다면, 최인훈은 이를 재전유(ex-appropriation)하여 통치 담론 내부에 잠복된 한계를 들추어내고자 했던 것이다. 이것은 부정이나 폐기보다 더 위력적인 대응이 될 수 있다.

그 양상이 다음과 같이 펼쳐져 있다. 주인공 '독고준'은 이광수와의 만남 이전, 일련의 여정을 통해 다양한 역사적 인물들과 대면한다.[41] 이들은 '독고준'을 '기다렸던 그 존재'라 칭하며 그에게 자신 곁에 머물러줄 것을 청한다. 그러나 그는 제안을 거절한다. 이 '거절'이 바로 재전유의 방법이다.

그가 거절한 인물 중 대표적인 존재는 논개와 이순신이다. 양자는 당대 담론 안에서, 특히 민족사 구성 과정에서 '애국적 영웅'으로 추앙받으며 빈번하게 호출당한 인물이었다. 이를테면 1964년 5.16 기념일에는 광화문에서 남대문까지 민족의 영웅들의 초상을 전시했고 1967년에는 호국 영웅들의 국난 극복 경험을 그린 대형 민족기록화를 경복궁 미술관에 진열하였는데, 그 리스트에서 특히 돌올한 이름이 관창, 이순신, 유관순 등이었다.[42]

정권은 '민족적 민족주의'의 함양을 위한 문화사업의 일환으로, 주로 국난 위기에서 민족을 구해낸 호국 영웅들의 뛰어난 업적을 기념하고 선양하는 사업을 진행했다. 단, 이데올로기와의 연관성에 따라 폐기해야 할 민족 유산과 계승되어야 할 민족 유산이 구분되어 있었다. 심지어는 한 인물의 이력 안에서도 소거되어야 할 부분과 부각되어야 할 부분이 나뉘었다. 호국과 희생만이 부각의 키워드였던 셈이다.

'독고준'이 처음 만나는 논개는 '민족의 성자'로 호명된다. 그녀는 스스로를 "민족을 사랑"하여 "짐승 같은 침략자"를 해친 영웅이었다. 단, 그러한 호명이 일본 헌병에 의해 이루어지고 또 그에 의해 애국심이 두둔되고 있다는 사실은 유념해 볼 만하다.

> 이 자식아, 너 같은 비국민이 있기 때문에 조선이 망한 거야, 알겠나? 민족의 성자가 구원을 청하는 데 무슨 군소리야. 개인을 버리고 민족에 봉사하라는 데 무슨 딴소리야. 소아를 버리고 대아를 찾으라 이 말이야. 모르겠나.[43]

'독고준'은, 민족을 위해 희생한 논개의 행적에 감동을 느끼지만 그녀를 구하지는 않기로 한다. 그녀를 구해주는 행위가 곧 '개인을 버리고 민족에 봉사하는', '소아를 버리고 대아를 찾는', '비국민이 아니라 국민이 되는' 행위와 동일시되었던 까닭이다. 이것은 일본 헌병의 발화였지만 구국 영웅담을 전유하여 기틀을 마련한 당대 민족적 민족주의와 유비(analogy)되는 것이기도 했다. 요컨대 '독고준'이 논개를 구하는 행위는, 국민으로의 통합을 위한 당대 정권의 문화담론 안으로 포섭되어 가는 것을 상징했다. 결국 '독고준'은 국가에 봉사하는 길 대신 개인(개체)적인 여행을 택한다.

다음으로 맞닥뜨린 존재는 이순신이다. 1966년 중건된 현충사와 1968년에 세워진 이순신 동상이 대변하듯 이순신 추모사업은 당대 위인 기념사업 중 가장 성행했던 것이었다. 심지어 한일회담의 성사를 두 달 앞둔 1965년 6월 22일에는 이순신 탄생 420주년 기념사가 다음과 같은 내용으로 발표되기도 했다. "공이 일찍이 맞아 싸운 적이었던 일본과도 손을 잡고 함께 공산주의와의 투쟁을 계속하여야 할 새로운 역사적 전환점에 도달했다. 이순신의 위대한 정신을 받아들여 국민 모두의 자각과 분별의 결의를 새로이 하자." 왜에 맞섰던 이순신의 영웅적 이미지가 아이러니컬하게도 한일회담을 둘러싼 여론의 분열을 무마하는데 활용되었던 것이다.[44]

그런데 『서유기』에서 작가는 국가가 전유한 이순신의 모습과 전혀 다른, 엄밀히 말하면 거기서 누락된 이순신의 형상을 재전유한다. 이순신은 기념되는 것처럼 '민족의 영웅'이 아니라 당대 조선의 환경과 풍토를 이해하고 거기 맞는 전략을 구가했던 '합리적인 지식인'이다.

> 내가 관계한 수군의 경우는 사정이 판이했습니다. 기동, 장갑, 화력, 경험, 개인기, 보급 — 육군에게 있어 아측에 결정적으로 불리했던 이 같은 분야가 수군의 경우에는 반대로 아군이 유리했던 것입니다.[45]

> 조선 왕조가 들어설 때 이미 피는 흘릴 만큼 흘렸소. 만일 천하를 걱정하는 사람이 있다면 그는 자기 자리에서 천하에 유익한 일을 하면 되리라 믿소. 만일 내가 천하를 엿보았다면 또 숱한 사람이 죽었어야 했을 게 아니오? 그러면 백성은 하루도 편한 날이 없었을 것이오.[46]

두 개의 인용문은 각각 '한산도 대첩'과 '백의종군'에 대한 이순신의 언급을 옮긴 것이다. 먼저 그는 '한산도 대첩' 당시 자신이 승리를 거둘 수 있었던 이유가, 후대에 알려진 것처럼 스스로의 용맹과 충의 때문이 아니라 군사적 여건에 있었음을 밝힌다. 즉 병력상의 차이로 인해 "처음부터 패퇴할 수박에 없었"던 육군과 달리, 전투를 위해 제반 조건을 갖추고 있었던 수군은 왜군을 격퇴할 수 있었다는 것이다.[47] '한산도 대첩'에 대한 이러한 재해석은, 당대 정권의 역사 발굴 안에서 유독 신성시되었던 승전 장면을 비튼다. 이순신은 국가와 민족을 위해 무조건적으로 희생한 영웅이 아니었다. 다만 임진왜란 당시의 군사적 상황과 효율적인 응전 방식을 알고 있었던 한 명의 장수, "당대 최고 수준의 인텔리겐차"[48]였을 뿐이다.

다음으로 이순신은 그를 '백의종군'하게 만든 중앙 정부에 불만이 없었냐는 물음에 누구든 "그런 무리를 해서 뭘 하겠"냐고 대답한다. '혁명'이 곧 숱한 사람을 죽이는 무기라면 그것은 없느니만 못하다는 것이다. 이는 '대의'를 위해서라면 얼마든지 '소의'를 희생시킬 수 있다는 (논개와 함께였던) 일본 헌병의 논법과 변별되는 것이어서 눈길을 끈다. 오히려 이순신은 "만일 천하를 걱정하는 사람이 있다면 그는 자기 자리에서 천하에 유익한 일을 하면" 된다고 역설함으로써 자칫 대아에 함몰될 수 있는 소아의 개별성을 지켜낸다.

동원된 역사적 표상로서의 논개, 이순신 등과의 잔류를 거부하며 '독고준'은, "자신의 기억(W시의 원체험, 지도원 동무로부터 자아비판을 종용당했던 기억)이 그것(역사적 인물과 함께 남는 행위 — 인용자)을 저지했다"고 독백한다. 이와 같은 발화는 의미심장하다. 추후 상술되겠지만 W시에서 월남해 온 '독고준'의 정체성과 기억이, 남한 정권이 표방한 '이념적 민족' 혹은 '국민'으로의 진입을 망설이게 하고 있었던 것이다.

4. '이광수의 고백'을 통한 이념의 검수

W시로 회귀하고자 하는 '독고준'은 기차 사고로 중도 정차한다. 그런데 그 사고의 피해자가 마침 『흙』의 등장인물 '정선'이었다. 전후 상황을 알아보기 위해 열차에서 내린 '독고준'은 역장과 검차원들이 '정선'을 들것으로 옮기는 모습, 그리고 조금 떨어져 그것을 지켜보고 있는 헌병과 '이광수'의 모습을 발견한다. 작가는 상당한 분량을 할애하여 둘의 이와 같은 조우 장면을 상술하였다. 당시 이광수는 '정선'의 투신과 관련된 자신의 과오를 한탄하는 중이었다. 자신이 그녀를 "허숭이 같은 사람에게 보냈던 것이 애당초 잘못"이었다는 것이다. 그러자 헌병은 그에 동의하면서 '허숭'에 대한 평가를 시작한다.

> 그러면 그는 누구를 사랑하는 것입니까? 아무도, 어느 여자도 사랑하지 않는 것입니다. 그가 사랑하는 것은 살여울이라는 마을입니다. 그렇습니다. 허숭의 임은 살여울입니다. 그건 확실한 것이 화냥질한 자기 아내가 살여울을 깨닫게 되었을 때 그는 아내에게 만족을 느끼며, 살여울의 일꾼에

게 첫사랑의 여자를 짝지워서 살게 합니다. 모든 생각이 살여울 중심입니다. 그는 정말로 살여울을 사랑하는 것입니다. (…) 그것이 사회 개량이라는 믿음입니다. 그렇습니다. 살여울 믿음입니다. 살여울 종교입니다. 그는 신앙촌의 교주가 되고 싶었습니다. 그래서 정선이가 그에게 로미오가 되기를 바랐을 때, 그는 별꼴 다 보겠다고 생각하면서 살여울로 와버린 것입니다. '정선'이의 신앙인 몸의 사랑은 그에게는 견딜 수 없이 천한 것이었습니다.[49]

헌병은 애초에 '허숭'이 '윤정선'같이 쾌락의 재미를 아는 여자가 아니라 '유순'처럼 종교적인 여자, 관념의 사랑만으로 족하는 여자와 만났어야 했다고 말한다. 그의 해석에 따르면 '허숭'은 '살여울 종교', 즉 민족주의의 실현을 위한 계몽운동단체의 교주였다. '민족'이라는 신앙 앞에서는 자신도, 주변 인물들도 거리낌 없이 희생시킬 수 있었으니, 민족보다는 자신의 쾌락을 추구하는 '정선'의 사랑을 거부한 일이 당연하다는 것이다. 같은 맥락에서 헌병은 유순에 대한 '허숭'의 애정 역시, 그녀가 "허숭의 신앙"을 사랑하는 길을 택했기 때문에 발현될 수 있었다고 한다. '허숭'이 사랑한 것은 결국 '정선'도 유순도 아닌 '살여울' 그 자체라는 것. 『흙』의 애정관계를 이렇게 재구성한 헌병은 마지막으로 『흙』이 "총독부에 대한 충성을 위해서 애써주신 충실한 보고서"[50]이며 일제 말기 춘원의 삶은 "『흙』의 속편"[51]이라고 덧붙인다. 그의 시각에서 '허숭'은 그를 만들어낸 '이광수'와 분리불가분의 존재였다.

> 절망 속에서 사는 식민지 현주민들. 그들 가운데 노예의 삶에 불만을 가진 자들은 모두 위험한 것입니다. 그들은 속세와 인연을 끊고 노예의 땅 이집트로부터 자기 백성을 이끌고 가나안으로 돌아갈 모세가 되기를 바라는 자들입니다. 그렇습니다. '허숭'은 모세이며, 집단 망명의 지도자입니다. 그는 압록강을 건너서 망명하지 않고 살여울로 망명했던 것입니다. 살여울을 이끌고, 홍해를 건너는 대신에 나일 강을 건너서 카이로로 망명한 모세입니다. (…) 그 후에도 선생님은 계속 총독부에 충성을 하셔서 급기야는 창씨개명하시고 조선 사람들이 살 길은 제국 신민이 되는 길밖에 없다, 이렇게 갈파하시지 않았습니까? (…) 결국 『흙』의 속편은 선생님께서 몸소 실연實演해 보이신 것이죠.[52]

헌병의 이러한 논리는 1960년대 '민족적 민족주의'의 명에와 유비될 수 있는 것이다. 주지하듯 당대 이광수의 '민족론'은 국가에 의해 전유, 조국 근대화의 동력으로 호출되는 중이었다. 이를테면 1961년 말《조선일보》에는 춘원 이광수와 관련된 의미심장한 사설 하나가 게재되었다. 요는 이런 것이다. 베이컨의 "허위의 우상관념" 중 "시장의 우상이 현실에 존재한다"는 점, 그것이 춘원에 대한 당대의 주류적인 시각과 연결된다는 점이었다.

> 判斷의 正確性이 學問의 「알파」와 「오메가」인데도 不拘하고 그릇된 考證도 일단 發表되면 活字의 魔力을 빌어서 眞理인양 權威를 갖추게 된다. 더구나 때와 場所가 바뀔 때마다 점점 信賴度가 굳어가서 威嚴을 더하게 마련이니 嘆할 노릇이다. (…) 춘원은 秀才였으나 生涯는 崎嶇했다. 그러기에 여러 가지 風聞이 떠돌고 지금은 生死도 모른다. 傳記를쓴다면 透徹한 史觀으로 公正하게 그의 人生觀을 解剖해야 할 것이다.[53]

이 글에 따르면, 춘원을 '학문적으로 연구하던' 필자는 당대 무분별하게 범람하는 "春園李光洙特輯" 기사들과 "멀지 않아 어떤 作家의 손으로 刊行될 春園傳記"에 경각심을 느꼈다고 했다. 그가 생각하기에 이러한 작업들은 '투철한 사관'도 없이 이광수의 삶을 곡해하고 그것을 반복, 재생산한다는 점에서 큰 오류를 범하고 있었다. 하여 그는 그것들을, 학문의 정확성을 저해하는 "그릇된 고증"의 산물들이자 타기해야 할 대상으로 간주하게 된 것이다.

이러한 지적은 1960년대 본격화되었던 '이광수 기념사업'을 겨냥한 것이었다. 이것은 춘원 특집 기사 및 『춘원 전기』 간행을 시작으로 전기 영화의 제작[54], 전집 간행[55], 유품 전시회[56] 등으로 확장되었다. 춘원이 '민족의 거인', '민족 작가'[57]로 운위되며 상당한 대중적 인기를 구가하는 계기가 되기도 했다.[58] 그러나 문제는 그러한 분위기의 무분별함이었다. 인용한 「春園」과 「市場의 偶像」는 그에 대한 우려가 담겨 있었던 것이다.

그리고 이듬해 같은 지면에 게재된 「그치지 않는 春園 迫害」라는 제명의 반박글은 그 '무분별함'의 실체가 무엇인지 짐작하게 한다. 이 글의 필자는 '춘원 특집'을 직접 기획했던, 또 추후 발매될 『춘원 전기』의 간행을 맡기로 한 곽학송이었다. 송민호가 자신을 염두에 두고 사설을 발표했다고 생각하여 항의의 뜻으로 반박 기사를 낸 것이다.

> 春園 李光洙先生이 共産傀儡에게 被拉되어간 지 어느덧 十二年이 된다 우리 近代文學의 모든 基盤을 마련하였을 뿐 아니라 半世紀에 걸쳐 誠實하고 敏感한 民族의 代辯者였던 春園先生의 功績은 새삼스레 論議할 필요도 없지만 그에 對한 民族의 報答은 너무나도 소홀하고 또 冷酷하였다. (…) 필자의 春園先生에 대한 態度는 硏究對象으로 삼는 宋教授와는 달리 血溫的인 親近이요 條件 없는 崇仰이라는 점이다.[59]

여기서 곽학송은 "「市場의 偶像化」를 念慮"하여 춘원의 전기 간행을 "時機尙早"라고 지적한 필자의 논리가 "春園先生에게의 새로운 迫害"라고 항변한다. 춘원이 '공산괴뢰'에게 피랍되었다는 사실을 고려할 때, 그에 대한 태도는 오히려 "혈온적인 친근이요, 조건 없는 숭앙"으로 대체되어야 한다는 것이다. "실제로 春園을 본

일도 만난 일도 없는"[60] 곽학송이 춘원을 이렇듯 강경하게, 심정적인 논리로 변호하고 있다는 사실은 간과하기 어렵다. 결국 앞선 글의 필자가 여기에 대해 어떠한 대응도 하지 않으면서 논전은 일단락되었고, 곽학송은 예정대로 『춘원 전기』(삼중당, 1962)를 발간했다. 또 같은 해 이광수를 소재로 한 『사랑은 가시밭길』(광문 출판사, 1962)을 써내고, 《춘원 전집》 출간에도 참여하였다.[61]

상기한 논쟁의 과정 및 결과에는 춘원의 생애를 공명정대하게 조명하는 대신 특정한 목적을 위해 활용하고자 했던 당대 정권의 진의가 기입되어 있다. 이는 곽학송의 발화를 통해 충분히 미루어 짐작할 수 있다. 요컨대 1960년대 춘원에 대한 재평가 작업은 반공주의를 국민통합의 기조로 삼았던 국가정책과 분리불가분의 관계에 놓여 있는 것이다.

이광수의 일제 강점기 및 해방 이후의 삶, 즉 근대 문학의 선구자에서 대일 협력자로 변모했다가 1949년 최남선 등과 함께 반민특위에 체포되어 고초를 겪고[61] 이듬해 납북된 행적은 강력한 반공주의 슬로건을 주조 또는 강화하려는 당시의 텍스트들 안에서 취사 선택적으로 가감된다.[63]

말하자면 당대 '이광수 기념사업'은 관 주도로 '민족론'을 새로이 천명하고자 했던 당대 문화정책의 그늘하에 놓여 있다. 주지하듯 1960년대의 정권은 경제 개발을 통한 국민국가 건설을 위해, 무엇보다 정치적 정당성을 입증하기 위해 '조국 근대화'의 정신적 기반으로 '민족적 민족주의'를 강조했다. 1962년 국민홍보용으로 발행된 책자의 제목도 「우리 민족이 나아갈 길」이었고 1963년의 대통령 선거 정변 발표에서도 '민족주의', '민족의식', '운명공동체로서의 민족적 자의식'이 공식적, 전면적으로 부각되어 있다.[64]

다만 그것은 국민통합을 위한 정서적, 정신적 장치로 고안된 것이었던 만큼 몇 가지 맹점으로부터 자유로울 수 없었다. 먼저 거기에는 식민지를 경험했던 제3세계 민족주의가 보편적으로 갖고 있었던 논리, 예컨대 외세의 침략, 예속의 강요 등을 경계하거나 거기에 저항하는 담론이 누락되어 있었다. 가령 「국가와 혁명과 나」에 한국 근대화의 모델로 '메이지 유신'이 제시되었다는 사실도 그 연장선상에 놓인다. 그 안에서 메이지 유신이 조선의 식민지화로 연결되었다는 사실은 (비)의도적으로 망각되어 있다.[65] 이렇듯 당대 정권의 현실 정책은 차라리 주장과 배치되는 노선 위에 놓여 있었다. 1960년대 초 한일협정 반대운동 시위를 주도했던 학생들이, 과거에 대한 반성 없는 협정의 재개를 '민족적 민족주의의 장례식'이라 부르기도 했다는 사실은 유념해둘 만하다.[66]

더욱이 국가적으로 공인된 '민족'의 개념도 종족적 표상이라기보다는 이념적 표상에 가깝게 위치 이동 중이었다. 당시 남과 북은 마찬가지로 '민족의 통일'을 주장하고 있었지만, 그 주장에는 반대 이데올로기 진영의 배척을 위해서라면 같은 민족도 제외시킬 수 있는 가능성이 또 매한가지 담보되어 있었다. '민족'이란 어디까지나 반공을 위한 수단으로서의 형상을 지닌 것이다. 이 두 가지 결락은, '자주성'을 바탕으로 '민족을 통일'하고 근대화를 이룩하자 천명했던 당대 정권의 '민족론'이 지녔던 텅 빈 본질을 짐작케 한다.

이 '허구의 민족주의'를 의도적으로나마 실체화하고자 했던 것이 1960년대 국가 주도의 문화정책이었다. 당시 국가는 권력과 재정적 지원을 바탕으로 관료와 지식인을 폭넓게 규합, 문화정책을 계획·실행하였으며 이는 당시 한국의 문화의 중요한 일부를 형성하게 되었다. 근대화 발전을 위한 운명공동체로서의 '국민'을 만들기 위해, 국가, 민족, 역사를 재편하고 기억시키는 것이 그 골자였다.[67] 이광수에 대한 왜곡된 기념사업 역시 이러한 정책의 일환으로 간주할 수 있을 것이다.

다만 다행한 것은, 당대 국가가 만들어 낸 주류적 민족담론에 대한 안티테제로서 지식인들 또한 나름대로의 '민족담론'을 만들어나갔다는 사실이다. 그것은 물론 저마다가 속한 입장과 사회적 맥락 안에서 윤색되며 다채로운 스펙트럼으로 뻗어나갔고 1960년대를 다양한 함의의 민족론으로 웅성거리게도 하였다. 1959년 문단에 나와 1960년대 및 1970년대 왕성하게 활동했으며, 저널리즘으로 표방되는 당대 담론을 예민하게 의식했던 작가 최인훈에게도 이러한 상황은 무관한 일이 아니었다.

> 해방 직후에는 그런대로 '일본 제국주의'가 당분간 그런 증오의 표적 구실을 했지만 6·25 바람에 끝장이 나버렸어. 하기는 6·25 전에도 반일 감정은 이미 국민적 단합의 심벌로서의 효력을 잃고 있었어. 그 대신 '빨갱이'가 그 자리를 메

웠어. 오늘의 불행을 만들어준 나쁜 이웃에 대해서 이렇게 어물어물 감정 처리를 못한 채 흘려버리는 것은 기막힌 일이야.[68]

인용문은 최인훈의 소설 『회색인』의 일부이다. 6·25 이전부터 그 효력이 상실되기 시작한 반일, 반제의 문제를 반공주의가 대체하였음을 예민하게 인식하고 있다. 그러니 소설을 현실 세계의 측심추로 활용하고자 했던 그가[69], 더군다나 제도적, 심정적으로 남한 사회에 온전히 정주하기 어려운 월남 작가였던 그가 1960년대 이광수에 관한 편향된 기념사업이나 민족담론을 염두에 두지 않았을 리 없는 것이다.

4·19에서 5.16을 거쳐 한일협정에 이르는 기간은 근대화의 주체로서의 새로운 '국민 만들기' 기획이 이루어진 시기였다. 통일과 근대화라는 과제하에서 개인들을 특정한 주체로 포섭하려는 시도는 역사 교육, 위인 기념사업 등을 통해 혹은 '민족'이라는 상징을 전유하면서 이루어졌다.[70] 해서 최인훈은 한일협정으로 반정권적인 감정이 고조되었을 때[71], 또 그것을 무마하기 위해 정부로부터 민족주의가 선포되고 그것을 위한 문화정책이 하나둘 가시화될 때 『회색인』[72] 『서유기』[73] 「총독의 소리」[74] 등을 써냈다.

나는 「민족개조론」의 대강과 골자를 될수록 著者의 말을 그대로 인용해가면서 설명하였다.

> 오늘날 우리는 근대화와 자립경제의 확립을 외치고 있다. 民主化와 工業化를 빨리 실현하여 부강하고 행복한 民族生活을 영위해보려고 발버둥치고 있다. 그러나 이것은 민족의 정신적, 도덕적 기초 작업이 없이는 도저히 실현되지 않는다.
> 민족 번영의 기초 작업이란 무엇이냐, 민족성 改造運動이다. 우리 국민의 민족적 성격을 건전하게 만드는 일이다. (…) 이 民族改造思想과 運動은 우리 민족의 百年大計를 구성한 大經綸으로서 길이길이 역사의 건설적 紙票가 될 것이다.[75]

헌병의 관점을 다시 짚어보자. 그에게 '허숭-이광수'는 '윤정선', '김갑진' 등을, 다시 말해 민족에 대한 헌신보다는 개인의 쾌락 추구에 몰두했던 불령선인들을 집단적 주체로 호명했다는 점에서 고평된다. 그로 인해 모든 인물은 자기희생을 거쳐 대주체로 수렴되었고 마침내 구원받았다는 것이다. 그는 이광수의 실제 삶도 그러한 과정을 거쳤다고 보고 있다. 물론 작가 최인훈이 이러한 언급을 통해 의도한 것이 『흙』이나 이광수의 생애에 대한 맹목적인 비판은 아니었을 것이다.[76] 그는 국가정책의 일환으로 부당하게 발화/침묵의 대상이 된 이광수의 목소리를 복원하고자 했고 그 과정에서 일제 강점기 이광수의 변모를 설명할 수 있는 이데올로기의 허상을 발견하였으며, 이를 통해 현실 세계의 문제 타진으로 나아간다.

> "거기 젊은이, 내 말을 들어보시오. 이 헌병이 한 말을 행여 믿어서는 안 되오. 내게 몇 가지 잘못이 있는데 그걸 말하기 전에 당시의 내 심정을 말하리다. (…) 2차 대전 후에는 미국과 소련의 대립으로 서양 제국주의에 대한 비난이 자리를 찾지 못했으나 보든 근본은 근세 이후의 서양 제국주의의 도덕적 악덕에서 비롯된 것이오. 그들 자신이 오늘날 세계의 어둠을 만들어낸 범죄자라는 것을 뉘우쳐야 될 거요. 그들의 역사적 원죄는 식민지를 정복했다는 바로 그 사실이오. 이 큰 피비린내 나는 범죄에 대한 깨달음과 회개 없이는 그들은 스스로도 구원을 받지 못할 뿐더러 다른 나라에 계속해서 피해를 입힐 것임에 틀림없소. 또 해방된 아시아 국민도 자기들이 당한 일은 부당한 일이었다. 그들이 가한 일은 나쁜 일이었다는 걸 분명히 안 다음에 협조하면 할 일이지, 그래도 그들 덕분에 개화했지, 라든가, 우리 탓도 있었지, 하는 엉뚱한 생각을 하는 한 영혼의 독립을 영원히 찾지 못하고 말 것이오. (…) 나 자신을 변명할 생각에서가 아니라 그때의 내 마음이 움직인 모양을 정확하게 따라가보고 싶은 것뿐이니 오해 마시오.[77]

작가는 소설 속에 '일제 말기 이광수의 고백'을 위한 자리를 마련한다. 춘원은 스스로 일제 말엽 자신의 내면을 추적, 분석, 자성한다. 그 과정에서 과거의 상황은 현실 정치에 견주어지고 그릇된 역사가 반복되고 있다는 사실이 명징해진다.[78] 비판적 성찰 없이 눈앞의 대아에 녹아들었을 때 맞닥뜨릴 수 있는 가망 없는 미래가 과거와 오버랩된다. 조선적 현실에 대한 이해 없이 받아든 대동아공영권(내지 아시아주의) 이데올로기가 허망한 파국을 몰고 왔음에도, 해방 이후 우리는 우리의 현실과 풍토를 고려하지 않은 냉전 이데올로기를 무비판적으로 수용함으로써 분단의 비극에 이른 것이다.

> 유럽이 치른 르네상스와, 산업혁명과, 민족주의와, 실증과학의 시기와, 그리고 20세기, 이렇게 중요한 변화가 있었던 몇 세기를 한몫으로 치르지 않으면 안 될 시기였습니다. 만일 인간 세상에 있어서의 이 같은 혁명적인 변화들이 종족 집단의 정치적 이해라는 현실적 구심점을 가지지 못하고 순수 관념의 체계로 각기 받아들여질 때는, 그곳에 벌어지는 모습은 걷잡을 수 없는 뒤죽박죽뿐이며 그 집단은 집단으로서의 갈피를 잃어버리고 마는 것입니다. 대체로 20세기의 지난 부분에서의 반도인들의 마음의 찬장 속은 그와 같은 모습이었다고 할 수 있습니다.[79]

작가는 국가담론에서 소거된 춘원의 일제 말기를 소설에 복원시키는 데 주력했지만 그것이 의도의 전부는 아니었다. 식민지의 대표적 지식인, 이광수의 삶을 추동해간 사유의 노정을 추체험하는 것은 결국 현실 세계의 진단을 위한 한 과정이 되었으니 말이다.

5. 미래적 혁명으로서의 '자기 찾기'

이처럼 최인훈은 『회색인』과 『서유기』를 통해 과거 지식인의 식민지 경험과 그것을 역사로서 지니고 있는 현재 지식인의 경험을 연결시킨다. 그러니 『회색인』에서 『서유기』에 이르는 여정이란, 한반도 구성원들의 '자기'를 망실하게 한 역사와 이념에 대한 작가의 소설적 검수라고 해도 무방할 것이다.

그런 의미의 연장선상에서 『서유기』 를 '자기 찾기'의 소설이라도 해도 좋을 것이다. 원작 『서유기』의 일행들이 죄인이었던 것처럼 독고준도 소설 안에서 수인(囚人)의 위치에 놓여 있다. 엄밀히 말하자면 그는 이데올로기에 의해 죄인이 된 월남인 — 죄 없는 죄인 — 이다. 따라서 속죄를 위해 요괴를 물리치는 『서유기』의 인물들과 달리 독고준은, 자신을 수인으로 만든 역사와 시대에 대한 탐찰을 행로 삼는다.

'자기 자신이 무엇인지도 모르는' 그는 흡사 요괴처럼 걸음을 막아서는 존재들로부터 죄수로, 구원자로, 감찰관으로 호명되며 정체성을 강요받는다. 그러다 마침내 자신의 방 W시의 원체험으로 돌아오는데, 이것은 정체성의 혼란을 거쳐 자신을 수인화한 역학들을 짚어본 후 다시 자기 안으로 돌아오는 상상적 여정이라 할 수도 있을 것이다.

독고준은 방으로 돌아오기 전 'W시의 기억', 즉 자아비판회라는 트라우마적 체험을 반복해서 겪어낸다. 자신을 피고로 세운 재판장에서였다. 다만 자아비판 종용에 그저 굴종했던 예전과 달리 그는 지도원과 맞선다. 그 항변의 근거가 되는 것이 바로 '문화형'이다. '문화형'의 개념이 소설 속에 처음 등장한 것은 사학자와의 만남이 이루어진 자리였다. 독고준은 대개 만나는 인물들에 대한 언급이나 평가를 아끼는데, 유독 '사학자'에 한해서는 '어느 정도 공명하는 지점이 있다'고 술회하기도 했다.

> 한마디로, 본인은 민족성이라는 실체實體의 존재를 부정하고 싶다는 것입니다. 이렇게 말할 때 저는 중요한 단서를 붙이고 싶습니다. 그것은 본인은 민족성의 논의를 생물학적 차원으로부터 문화사적 차원으로 옮기고 싶다는 것이 곧 그것입니다. 다시 말하지 않아도 분명한 일입니다만 나치스 학파의 이론이 비문화적이었다는 것은, 그들이 인간을 문화의 주체로 보지 않고 생물의 종자로 보았다는 데 있습니다. 이게 야만입니다. (…) 본인이 말하는 문화형이란 이 '생각하는 방식'을 뜻하는 것입니다.[80]

'문화형'의 개념은, 그 대표적인 예로 소설에 제시된 신채호의 사관을 살펴볼 때 보다 자명해진다. 최인훈은 신채호가 인물이나 왕조, 또는 경제 사정이나 지리자연에 앞서 인사(人事)의 법칙인

'생각하는 방식'에 역점을 두고 역사를 기술했다고 적었다. 위로부터 종용된 선험적 이데올로기가 아니라 아래로부터 자생된 경험적인 것들에 의거해 주체를 정립했다는 것이다.

'독고준'은 어린 시절 토론회에서 유물변증법적 역사관 대신, 책을 통해 스스로 추체험한 야담식 역사를 추종한다는 이유로 비난을 받았다. 전자가 위로부터 규정된 선험적인 것이라면 후자는 아래로부터 싹튼 경험적인 것에 가까울 것이다. 논개, 이순신, 이광수를 지나오는 관념의 여행 끝에서 지도원과 재회한 '독고준'은 이제, 자신을 자아비판대에 세웠던 지도원의 논리가 '허깨비'임을 알아차린다. 실은 당대 남과 북의 자본주의와 공산주의 모두가 허깨비나 다름없는 것이었다. 그것은 "개인을 공화국의 시민으로 구성"하기 위해 동원된 선험적 허구였다.

> 점령군이 데리고 들어온 공산주의자들이 벼락치기로 군림함으로써 비롯된 정권, 박래품임에는 마찬가지다. 그럴 때, 그 당대를 사는 사람들에게는 그 박래품은 그들의 개인적 삶의 실감의 핵심에 들어오지 않고 겉도는 어떤 근질근질한 이물감으로 받아진다. 그 이념이 보편주의의 권위를 가지고 추상적이며 논리적은 절대적 복종을 요구하면서 그 이념 속에 섞여든 박래성을 에누리해줄 아량도 슬기도 없을 때, 그처럼 불행한 사회도 없다.[81]

‘독고준’은 “공화국 시민이 아닌 인간”이 되고자 했다. 그것은 이데올로기적으로 호명된 정체성이 아니라, 개인적 경험과 사유의 축적물, “거대한 손때 묻은 시간의 쌓임”[82]에서 도출되는 “경험적인 것”[83] 혹은 “즉물적 진실”[84]을 토대 삼을 때 가능한 일이었다. 그리고 그것이야말로 작가 최인훈이, 일제 강점기 및 분단으로 이어지는 일련의 역사적 질곡 안에서 찾아내고자 했던 우리 민족의 ‘뿌리’ 혹은 ‘정신적 고향’이었을지 모른다.

그것을 찾고 회복하기 위한 노력은 따라서 ‘에고’ 수립의 의지와도 맞닿아 있다. 『서유기』는 이를 위한 ‘독고준’의 여정이었고, 최인훈의 문학세계는 ‘그것’을 찾는 작가 자신의 여로였다. 이것은 분단 시대 남한의 수인으로 살아가야 했던 월남민 독고준-최인훈이 택한 자기 석방의 길이기도 했다. 그렇게 본다면 최인훈의 소설은 ‘관념의 허영’으로밖에 도피할 수 없었던 (무)의식의 발로[85]라기보다는 현실적 앙가주망을 넘어서는 미래적 혁명으로서의 데가주망(dégagement)의 현현으로 보는 것이 옳을 것이다.

최인훈 단편소설에 나타난 여성 형상화 양상

최정아(경희대학교 강사)

1. 서론

이 글은 최인훈 문학에서 재현되는 여성 인물들의 형상화 방식을 고찰하고 그러한 인물군의 존재 의미를 심층적으로 살펴보고자 한다. 최인훈 문학에서 보이는 여성 인물들에 대한 고찰은 그의 작품이 지닌 반페미니즘적 성격에 대한 비판적 접근[1]이나 남성 주체의 욕망의 작동 방식[2]과 관련해서 제시된 측면이 있다. 이러한 면 면들은 작품 속 남성 인물이 보여주는 여성 폄하적 인식이나 발언(이를테면, '여자란 자기가 무엇인지를 알지 못하는 짐승 같다') 등이 지닌 문제성과 그러한 여성 인물들이 작품 속에서 구현되는 방식에 초점을 둔 것으로 생각된다.

특히 후자의 경우, 최인훈 작품에 빈번히 출현하는 관념적 남성 지식인들의 세계 인식 구조 속에서 여성 인물들의 유형을 분석한 것으로 주목을 요한다. 그러한 논의들 속에서 여성 인물은 크게 두 가지 유형으로 제시되는데 남성 주인공의 제어 범위에 속해 있는가 없는가에 따라 의식형/비의식형 인물로 맥락화될 수 있다. 대부분의 작품 속에서 남성 주인공은 두 유형의 여성 인물들을 경험하고 전자의 여성에 끌리면서도 그러한 여성을 제어할 수 없다는 자괴감 속에서 후자의 인물들과 결합하며 결과적으로는 그들과의 관계에 안착하고자 한다. 일종의 '구원의 여성'으로 지표화되는 후자의 인물들은 남성 주인공의 불안한 내면 지표에 '절대적 사랑'의 가능성을 보여주는 위안의 존재로서 기능하고 있다.

기실, 최인훈의 대표작들 속에서 여성 인물들은 남성 지식인 주인공들과의 관계 양상 속에서 그 의미가 부각된다. 여성 인물은 단독자적 실체로서 보다는 남성 인물과의 관계성 속에서 남성 인물의 주체성 발현의 양상 혹은 욕망의 구조를 밝히는 중요한 기제로서 작동하고 있다. 그렇기에 작품 속에서 여성 인물은 주로 남성의 시선 속에 타자화되어 있으며 내면이 없는 존재로서 형상화되는 경우가 많다. 기존의 연구들에서 이러한 지점들이 주목되었으며, 내면 없는 여성이 구원의 여성으로 의미화될 수 있는 지표들이 제시된 바 있다. 그러한 연구들에서 간과된 지점이 있다면, 바로 '타자화된 여성'의 실체와 관련된 부분이다. 작품 속 남성적 응시의 안과 밖에서 여성은 어떻게 호출되고 있으며 그 존재 의미란 무엇인가. 본고는 이러한 질문에서 출발하고 있으며 구체적으로 다음의 측면에 주목하고자 한다.

첫째, 남성 화자를 통해 구현되는 여성 인물들의 형상화 방식과 그 의미들을 규명한다. 최인훈은 남성 지식인의 내면에 재귀된 여성들을 통해 과거/현재, 현실/환상을 넘나들며 사랑/죽음의 서사를 펼친다. 특히 그의 내면의 창 속에서 펼쳐지는 여성과의 (불)가능한 관계의 형성 과정은 지식인 남성이 견뎌내야 했던 부조리한 현실과의 대면 과정과 맞물린다. 그러한 남성 지식인들의 내면 속에 제어할 수 없는 여성은 '넘을 수 없는 문'으로 다양한 메타포를 통해 제시된다. 따라서 이러한 작품들 속에 표상된 '여성적인 형상'의 다층적인 면모들을 구체화할 필요가 있다.

둘째, 여성 화자를 통해 구현되는 여성 인물들의 내면 지표와 그 의미들을 규명한다. 최인훈 작품들은 대부분 남성 화자를 내세우고 있으며, 여성은 내면 없는 존재로서 그려지고 있는 데 반해 몇 작품의 경우 여성의 내면 서사가 작품을 추동하는 힘으로 작동하고 있다. 문제적인 것은 이러한 여성 인물들이 실연당한 후 죽음의 기로에 서 있으며 그들이 겪는 일종의 가사(假死) 상태가 중심 서사로 제시되고 있다는 점이다. 이는 다수의 작품 속에서 남성 화자를 통해 제시되는 이상적인 여성, 즉 절대적인 사랑을 위해 죽음을 실행해낼 수 있는 존재로서의 여성과 연계되는 지점들이다. 이들의 내면 서사를 통해 여성과의 관계에서 은유화되었던 사랑(죽음)의 중층적인 구조들을 살펴볼 필요가 있다.

최인훈 소설에서 드러나는 여성 형상화 방식 및 의미와 관련하여 리타 펠스키의 논의[3]는 시사점을 제공한다. 펠스키는 『근대성의 젠더』(1995)에서 에밀 졸라, 사드, 오스카 와일드, 위스망 등 대표적인 서구 남성 작가들이 구현한 여성 표상을 분석하는 일련의 작업들을 진행한 바 있다. 즉, 서구 남성 작가들의 텍스트 속에 재현되는 여성 인물의 유형 및 여성성의 의미화 양상에 대한 분석을 통해 여성성의 문제를 근대성의 문제와 연관시킨 것이다. 이러한 펠스키의 관점을 최인훈 텍스트 분석에 원용한다면, 그의 소설에 한 지류를 형성하고 있는 여성성의 의미에 대한 풍성한 논의가 가능할 것이다. 이러한 면면들은 최인훈 초기 단편들 속에서 이미 드러나는바 「그레이 구락부 전말기」, 「우상의 집」, 「웃음소리」, 「만가」 등을 중심으로 구체적으로 살펴보고자 한다.

2. 남성 화자를 통해 구현되는 여성 인물들의 형상화 방식과 의미

최인훈의 작품 대다수는 남성 지식인 화자를 내세워 세계에 대한 사변적인 철학을 제시[4]한다. 그들은 현실과 적극적으로 조우하는 대신 자신만의 내면의 창으로 현실을 응시하는, 시선의 주체이다. 이러한 '창'형 인물들[5]은 현실(세계)를 비추는 창을 매개한 사념들을 통해 사회적 부조리를 직시하면서도 행동하지 못하는 자로서의 자괴감을 지니게 된다. '관념'으로서 현실은 '본능'으로서의 여성과 대비되며, 이러한 면면들은 그의 내면의 창 속에서 펼쳐지는 여성과의 (불)가능한 관계를 통해 은유된다. 그러한 남성 지식인들의 내면에 표상되는 은유된 여성성의 다층적인 면모들을 구체화할 필요가 있다.

최인훈의 등단작 「그레이 구락부 전말기」는 이후 지속되는 관념형 지식인의 원형이 드러난 작품으로, 특별한 직업 없이 독서, 그림, 음악을 취미로 하릴없는 때를 보내는 현, K, M이 조직한 비밀모임을 둘러싼 이야기가 펼쳐진다. "어느 예술 유파들이 그러하듯이, 거리를 배회하던 부엉이들끼리 모여앉아 어떤 분위기를 만들어 틀어박힘으로써 현실과의 쓸데없는 부대낌을 비키는 것"(12)이 결사의 목적인 것처럼 그들의 행동은 지극히 개인적이고 자유롭다. 한때 책을 음(淫)한 결과 책의 무용성을 깨달은 것이 소득이라고 자언하는 '현'은 다분히 몽상가적인 기질을 지닌 인물로 그의 철학적 사변이 작품의 골격을 이룬다.

이 작품에서 작가는 현의 입을 통해 '창'형 인간이라는 새로운 인간형을 제시한다. 그것은 "움직임의 손발을 갖지 못하고 내다보는 창문만을 가진 인간"으로 절대적으로 눈(시각)에 의존해 대상을 파악한다. 안과 밖을 매개하면서도 그 자체로는 닫힌 '창'이 지닌 속성 그대로 열린 눈으로 세계를 바라보지만 그러한 사유는 자기 회로를 벗어나지 않으며, 그저 부원들끼리 공유하는 정도에 그친다. 이러한 면면들은 여성에 대한 인식에도 그대로 투영된다. 현에게 여자는 '외로움', '존재의 막다른 골목의 담벼락에 붙은 문', '깡통' 등으로 은유된다. 전혀 연관성이 없어 보이는 이 비유들은 결국 현의 사유 범위에서 벗어나 있는 어떤 것을 지칭하는 것이다. 여기서 "존재의 막다른 골목의 담벼락에 붙은 문"의 경우에는 주목할 필요가 있는데 다음의 예문을 통해 구체적인 맥락을 살펴보기로 한다.

"외로움이란 건 즉 여자야."

"여자?"

"그렇지."

"시시한 프로이트 취미야. 이젠 낡은 이론이야. 사람은 여자 때문이 아니라도 외로울 수 있네. 돈주앙이 느끼는 외로움은 무어가 되지? 그러면…"

"그럴싸한 말이지만 돈 주앙의 이야기는 반증이 못 돼. 돈 주앙의 허전함은 마찬가지로 또 다른 여자의 가슴에서만 메워진단 말이야. 여자란, 존재의 막다른 골목의 담벼락에 붙은 문이란 말이야. 우리는 그 너머로 갈 수 없어. 언제까지나 열리지 않는 문, 아주 녹슨 문, 사람이 손으로 만지고 눈으로 볼 수 있는 마지막 물건이란 말일세."

"그러나 문 그 자체가 목적인 건 아니잖아. 문은 어디까지나 그 건너편에 있는 그 무엇으로 가는 길목일 뿐이야."

"그런데 그 문이란 영원히 잠겼으니깐 결국 마지막 목적이지 뭐야."

"옳아. 턱없는 자리를 사태를 틈타서 차지한 것이 되는구먼."

"그걸 여자는 마다하지도 않고 눌러쓰고 있다?"

"그런데 영리해서가 아니라 염치없어서."

(…)

"여자들한테 그런 멋대로의 풀이를 붙인다는 건 남자들한테도 안 좋아요. 이쪽을 똑바로 보지 못하는 사람들이 어떻게 변변히 굴겠어요. 제가 말씀드리지요. 여자는 남자와 꼭 같이 사람입니다. 그리고 아까 그 이론은 여자가 남자를 대할 때도 역시 들어맞을 수 있는 것이구요. 왜 벌써 입센 시대부터 환해진 이야기가 아니에요? 아니, 입센보다도 숫제 사람이 만들어진 처음부터 남자와 여자는 똑같은 짐승이었지요. 뭡니까, 사회적 위치니 하는 겉보기 때문에 사람의 본질을 놓치는 건 어리석다고 믿어요. 그렇다면 두 분께선 나 역시 그런 안경으로 보시는 모양이군요, 네?" (24~26)[6]

이 대화 속에서 남성 화자들에게 여자는 외로움이며, 영원히 잠겨 있는 문이다. 설명할 수 없는 것 혹은 인지 범위의 마지막 경계에 있는 것이다. 그 너머에는 무엇이 있는지 알 수 없기에 그것은 미지의 영역을 향한 통로이자 경계의 몸, 마지막 물성이다. 더구나 그들은 자신이 어떠한 위치에 있는지도 모르는 채 턱없는 자리에 있는 염치없는 존재이다. 약간의 관점 차가 있긴 하지만, 그들의 시선하에 놓인 여성은 미지의 것, 알 수 없는 것, 열등한 것이다.[7]

이에 구락부의 홍일점 키티는 그러한 남성의 시선이란 실제 여성과는 상관없는 '제멋대로'의 풀이라고 일축한다. '이쪽을 제대로 보지 않는 변변치 못한 일'이라는 것. 두 남성의 기대와 달리 그녀는 전혀 감정을 드러냄이 없이 논의 자체를 무화시키는 이지적인 존재이다. 사실 그녀가 그레이 구락부 당원이 된 것도 그러한 매력 때문이기는 했다. 현은 그의 단골 찻집에서 우연히 미스 한을 본

후 다른 당원들의 우려에도 그녀를 입당시킨다. 이 모임에서 그녀는 키티라는 이름으로 불리며 구락부의 홍일점으로서의 매력을 발산한다. 현은 결국 이 키티라는 여성과 사랑에 빠지게 되는데, 그의 구애에 그녀는 응할 듯한 태도를 보이는 한편으로 K의 나체 모델이 되어준다. 이 장면을 목격한 현은 그녀를 '화냥년'이라고 폄하한다. 자신의 잣대로 움직여주지 않는 키티와의 불화, 불온모임으로 낙인돼 경찰서 신세를 지고 온 현은 모든 것에 회의를 느끼는 한편으로 키티를 모임에서 축출하고자 한다. 그러자 키티는 다음과 같은 말을 퍼부으며 구락부의 상징인 부엉이 모형을 깨뜨리고 쓰러진다.

> "웃기지 마세요. 그레이 구락부가 무에 말라빠진 것이지요? 무능한 소인들의 만화, 호언장담하는 과대망상증 환자의 소굴, 순수의 나라! 웃기지 말아요. 그 남자답지 못한 잔신경, 여자 하나를 편안히 숨 쉬게 못하는 봉건성. 내가 누드가 되었다고 화냈지요? 천만에, 난 당신들을 경멸하기 위하여 몸으로 놀려준 거예요. 그 어쩔 줄 모르고 허둥대는 꼴이란. 그레이 구락부의 강령이란게 정신의 소아마비지. 풀포기 하나 현실은 움직일 힘이 없으면서 웬 도도한 정신주의는? 현실에 눈을 가린다고 현실이 도망합디까. 난 당신들 때문에 버려졌어요. 뭐 그렇다고 나 자신의 책임을 떠맡아달라는 소린 아니구요. 하긴, 방황도 또한 귀중한 것이니

까요. 내가 한 수 늦었군요. 소박 맞도록 눈치가 없었으니. 어떻습니까? 이것도 인연, 옛 동지가 아닙니까? 자 그럼 아듀, 그러나 마지막으로 나의 영원의 애인 그레이 구락부의 번영을 빌며…"(43~44)

현, K, M에 의해 세계를 향한 견고한 '창'의 기사단으로서 제시되었던 구락부의 실체는 '가당치 않은 존재의 문'인 여성, 키티에 의해 포격된다. 그들은 '무능한 소인들', '과대망상증자' 들일 뿐이며 그들의 강령이란 현실적인 힘이 없는 '정신의 소아마비'라는 것이다. 그레이 구락부는 그러한 눈을 돌린 환자들의 소굴일 뿐이라는 것. 키티는 그러한 정신 질환자들에게 그들의 문법 그대로 '여성(몸)'의 경멸을 보여주었다는 것이다. 그러한 설전이 끝나고 잠든 키티의 모습을 내려다보며 현은 '이성'을 느낀다. "자신의 수에 골탕을 먹고 잠든 여자. 그리고 자신도 그 무엇도 아닌 남자, 그저 사람인 것을 느낀다."(43) 그러면서 이제 자신은 '아름답고 신비하지만 쓰고 있을 수 없는 탈'을 벗어야 하는 때가 아닌가하고 생각하는 것이다.

「그레이 구락부」의 남성 화자가 '여성'을 통해 '몽상의 탈'을 벗고자 한다면, 「우상의 집」에서는 그러한 탈이 심화되어 실제로 정신병원에 갇혀 있는 한 남자의 이야기가 그려진다. 「그레이 구락부」의 현과 같은 존재인 '나'는 소설가로, 문단의 영향력을 지닌 K선생과 자주 모임을 갖는다. 역시 '아라사'라는 찻집을 배경으로 이야기가 전개되는데, 어느새부턴가 신원을 알 수 없지만 K선생의 총애를 받는 듯한 남자에게 관심이 간다. 우연히 둘이 만나게 된 일을 계기로 친분을 쌓게 되자 그는 자신의 비밀이야기를 들려준다. 그것은 자신이 6·25 사변 시기에 겪게 된 참혹한 일에 관한 것이다.

이북에서 병원을 운영하던 살만한 집 소생이었던 그는 졸라의 『나나』를 통해 매혹을 느끼는 시기에 실제 나나와 같은 한 여인을 보게 된다. 등굣길에 보게 된 그녀의 존재는 한 번 눈에 띄자 계속 들어오고, 그녀가 애인이 있음을 알게 되자 배신감을 느끼기에 이른다. 그러던 중 폭격이 시작되고, 그는 걱정스러운 마음에 그녀의 집을 찾아간다. 그리고 그는 '무서운 얼굴'을 목격한다.

> 그 무서운 얼굴.
>
> 온통 피투성이가 된 얼굴에 입을 버리고 나를 향하여 손을 허우적거리는 것이었다. 나는 올 때의 배나 되는 속도로 달음질쳐 집으로 뛰어드는 길로 이불을 뒤집어쓰고 드러누워 버렸다. 나는 오한과 두통에 몸을 떨며 저녁때까지 그러고 있었으나, 끝내 이불을 헤치고 일어났다. 다시 그 자리에 이르렀을 때 내 눈에 비친 광경은, 들것에 실려 나오는 몇몇 주검의 모습이었다.
>
> "눌렸어. 빨리만 발견했어도 살렸을 것을…"
>
> 귓전에 들리는 사람들의 이야기를 어렴풋이 들으며 나는 그 자리에 까무러쳐버리고 말았다.(97)

졸라의 『나나』에서 무한히 매혹적인 세계를 보고, 활자로 그려진 나나의 육체를 즐기며, '환상의 몸에 대한 애무'를 하던 그. 그녀에게 '나나'를 보는 순간 자신은 조르주가 되어 사랑을 나누고, 그러한 애무야말로 여자에 대한, 남성의 가장 아름다운 사랑의 길이었다고 믿던 그였다. 전쟁이라는 포화 속에 "해당화처럼 환한 얼굴"(94)을 지닌 그녀는 단숨에 죽음의 탈로 변모한다. 그 충격으로 그는 그녀로부터 도망가지만, 그로 인해 그녀는 죽게 되고 그는 평생 죄의식에 사로잡힌다. 이야기를 들은 후 '나'는 그의 비밀을 공유한 친구가 되고 그의 슬픔을 달래주고자 그를 만나러 간다. 그런데 알고 보니 그는 정신병원에 수감된 환자일 뿐이다. 그 눌려 죽은 여자에 관계되는 앞뒷일은 모두 거짓말일 뿐이고, 서울 이북에는 가본 적이 없는 서울 사람이었던 것. 의사는 그에 대해 이렇게 평한다.

> "여러 가지 콤플렉스가 한데 얽힌 형태로서, 한마디로 잘라 말할 수는 없는 일입니다만, 일종의 노출증이라 할 수 있지요. 과대망상, 오이디푸스 콤플렉스, 히로이즘 등 복잡한 뿌리가 엉겨 있습니다. 그러한 것이 엉켰다가 그런 당돌한 방법으로 나오고, 본인은 지어낸 이야기를 가지고 자기 문제를 푼 듯이 느끼는 것이지요."(101)

그의 거짓말에 농락당했다는 생각에 '나'는 산란한 심사가 되어 그를 만나러 가지만, 오히려 그는 심상하게 나를 대하며 의사를 꾸짖는다.

"여보게, 선생님이 자네한테 아마 그럴듯한 프로이트의 입문 강의를 했을 거야. 그 이야긴 사실 내 조작일세. 허나 그게 대체 어쨌단 말인가?. 거짓말 연애편지를 띄워 보내서 친구를 골탕 먹이는 건 괜찮은 장난이고, 그보다 더 공들여 머리를 쓴 장난이자 전쟁이 우리들에게 무엇을 했는가를 가르쳐준 창조적 거짓말은 병적이구 정신병원감이라? 자네는 나를 정신병자라구 믿나? 적어도 바로 전일까지 자네 눈에 수상하게 보일 그러한 행동을 했던가? 또 이곳의 병원 주소만 해도 내가 가르쳐준 것이 아닌가, 범인이 자기 숨은 데를 탐정에게 가르쳐준단 말인가?"

내가 그의 입담에 얼떨떨한 채 넋을 잃고 있을 때 뜻밖에 의사가 불쑥 거들었다.

"범인이 탐정에게 자기 숨은 데를 알려줬다는 사실이 바로 그 범인이 정상이 아니었다는 증거가 아닌가?"

그것은 논리는 어떻건 참으로 적절한 직관적 기습이었다. 의젓하던 그의 얼굴이 금세 새하얗게 되더니 다시 시뻘게졌다. 그는 의사를 노려보며,

"무어라구, 이 간사한 사기꾼. 네가 쥐꼬리만 한 프로이트 부스러기를 가지고 사람의 마음을 고쳐? 나를 퇴원시켜라. 그리고 입원비를 모조리 되돌려! 내가 미쳤다구? 나를 대

학 강단에 갖다 세워놓아 봐, 세 시간이고 네 시간이고 헤겔의 논리학을 풀어 보일테니. 그리고 자네…"(102~103)

상식의 수준에서 보자면 그는 정신병자이지만, 이 담화 속에서 그는 의사, '나'에 지지 않는 지식인의 면모를 지니고 있다. 그는 의사에게 정신분석의 논리를 들이대며, 소설가에게 거짓말의 서사적 진실을 피력한다. 처음에 그는 기인(奇人)의 풍모를 지니고 있었지만, 알고 보니 정신병자였고, 그의 내면에는 소설가의 자질이 있었다고 해도 무방할 정도이다. 어떤 면모에서 보느냐에 따라 소설가가 지닌 '기인(奇人)/정신병자/거짓말쟁이'의 상통 지점이 자기 반영적으로 제시되는 부분이다. 그렇기에 '나'는 마치 "정신병자가 병원에서 뛰쳐나가듯이"(103) 병원을 도망친다. 이를 지켜본 K선생은 "한국의 제일급 지성이 상식의 어전에서 황망히 퇴각하는 모습"(103)이라 평한다.

작가는 정신병자의 헛소리를 섞어 그런 이야기를 능청스럽게 늘어놓았지만 몇 가지 우회로를 거쳐 대면하는 것은 전쟁(이데올로기)의 문제다. 더구나 이 이야기는 '전쟁'으로 인해 '사랑하는 여인을 버려둔 죄의식'이라는 지극히 소설적인 우회로를 지닌다. 즉, 기인의 이야기/정신병자의 헛소리/소설가의 소설쓰기가 한 방향으로 궤도화되는 것이다.

이런 우회로들은 앞서 「그레이 구락부 전말기」와 함께 최인훈 문학에서 반복적으로 변주되는 서사적 원형들을 생각하게 한다.

예술가(지식인)들의 한량 놀음이 불온조직으로 오해를 사고, 정신병자의 헛소리가 전쟁의 비애를 이야기한다. 그것은 오해이고 헛소리이지만, 그 담화 속에는 그러한 상식의 수준에서 벗어나는 진실된 이야기가 있다. 그리고 그러한 진실은 '여성'을 매개로 이루어진다. 그들만의 견고한 그레이 구락부의 허울을 이야기하는 것은 키티지만 그녀를 처음부터 방외인으로 삼으며 소박한 것은 구락부의 남성 부원들이다.

작가는 그들이 손닿을 수 있는 마지막 문에 그녀를 두고 그녀를 통해 그들의 허울이 깨지도록 만든다. 즉, 남성의 제어 범위 밖에 있는 여성은 남성 지식인의 자의식 속에서 자신을 타자화시키고 검열케 하는 기제로서 작동하고 있는 것이다. 한편, 보다 강력한 아버지의 질서 속에 속해 있는 여성의 경우에는 일종의 희생양으로서 남성적 죄의식의 메타포로 작동한다. 그러한 죄의식은 그녀를 지켜주지 못한 수준에서 그치는 것이 아니라 강력한 아버지에 맞설 수 없는 지식인으로서의 왜소함에 의거한다.

따라서 두 경우 모두 지식인으로서의 자의식은 열린 눈과는 대비적으로 갇힌 회로 속에서 몽상적인 형태로 나타난다. 이러한 면면들은 이후 『광장』, 「가면고」를 비롯한 최인훈의 대표작들을 통해 지속되는 것으로 생각된다. 「그레이 구락부 전말기」의 키티, 「우상의 집」의 나나는 그녀들의 별칭에서도 드러나듯이 최인훈 소설의 대표적인 여성 형상들이다. '여성 형상'이라 함은 실존적 존재로서의 여성보다 범주가 큰 것이다. 이들은 실제 여성뿐 아니라 남성적

인 질서 속에서 여성적인 것으로 분류되었던 영역, 여성적인 메타포, 여성성을 포괄한다.[8]

3. 여성 화자를 통해 구현되는 여성 인물들의 내면 지표와 그 의미

앞서 언급한 것처럼 최인훈 작품들은 대부분 남성 화자를 내세우고 있으나 몇 작품의 경우 여성 화자를 전면에 내세울 뿐 아니라 그들의 내면 서사를 다루고 있어 주목을 요한다. 이는 최인훈 작품에서 주로 언급되는 '내면 없는 여성'의 대칭점에서 여성 인물들의 내면 지표와 의미들을 규명할 수 있는 토대로서 유의미한 한편, 그러한 여성들을 통해 작가가 제시하려는 메시지가 무엇인지에 대한 심층적인 접근이 필요한 지점이다. 이는 남성 작가의 텍스트에서 구현되는 여성 인물의 형상화 방식 문제, 여성 인물의 외적 갈등 보다 내면 서사를 다룬다는 문제, 최인훈의 다른 작품들에서 보이는 여성 인물들의 전형성과의 비교 문제 등의 차원에서 살펴볼 필요가 있다.

이와 관련하여 최인훈의 「웃음소리」, 「만가」는 유사한 내러티브를 통해 히스테리적인 여성을 다루고 있다는 점에서 주목을 요한다. 두 작품 모두 사랑했던 남자로부터 실연당한 여성이 자살하고자 하나 실행하지 못하고 돌아오는 이야기이다. 앞서 「그레이 구락부 전말기」나 「우상의 집」에서도 드러나듯이 최인훈 소설에서 여성은 사랑(죽음)의 서사와 직접적인 연관성을 갖는다. 남성적 응시 안에서 구현되는 서사구도와는 다르게 여성 화자의 내면을 추동하는 사랑의 구도를 전면화하고 있다. 작가는 사랑을 잃고, 죽음 앞에 선 여자의 히스테리적인 면면들을 그대로 텍스트화[9] 하고 있는 것이다.

최인훈의 「웃음소리」는 '바 하바나'의 1번 여급이 사랑했던 남자로부터 실연하여 자살하고자 하나 실행하지 못하고 돌아오는 이야기이다. 그녀는 죽음의 장소로 가기 위한 경비를 얻을 목적으로 이전 마담을 찾아가 다시 일을 한다는 약속하에 돈을 얻는다. 마담을 기다리면서 돌아본 예전 그녀의 무대는 회한으로 다가온다.

> 순자 얘기대로라면 마담은 올 테지. 오지 않으면, 하고 생각해보니 을씨년스런 홀의 모습이 그녀의 마음 속에서 마치 사람처럼 우뚝 마주선다. 만일 오지 않으면. 그녀 앞에서 기다리고 있는 것은 그 풍경을 꼭 닮은 생활이다. 지금까지도 그랬으나 그때는 색칠한 불빛과 마지막 자리에 서 있다는 썩은 안정감은 있었는데 지금은. 동굴 속의 어둠. 하늘을 찌르는 사보텐의 산. 그 속에 마지막 자리에서 한 발 더 내디디려고 허우적거리는 마음이 있다. 그녀는 손톱 다듬는 작업을 그치지 않으면서 이런 생각을 하고 있는데 그녀의 속에서 또 다른 한 사람의 그녀가 손톱에 신경을 쏟고 있는 그녀와는 달리 돌아 앉아서 혼자 하는 푸념이고 그녀는 그것을 어렴풋이 느끼는 그런 식으로 오락가락하는 생각이다.(260~261)

잘나가던 시절의 '썩은 안정감'과 현재의 '동굴 속 어둠'과 같은 생활, '허우적거리는 마음'. 그녀는 손톱을 다듬으며 '자기 안의 또 다른 나'를 느낀다. 이 작품 속에서 여성 화자가 손톱을 다듬는 행위는 여러 번 등장하는데, 상황에 따라 차오르는 감정을 누그러뜨리며 마음을 안정시키기 위한 의미를 지닌다. 특히 그가 인지하는 '또 다른 나'의 존재는 발설되지 않는 자기 안의 목소리로 구현되고 있다. 그녀는 주변을 정리하고 마담에게서 받은 돈으로 자신이 정해놓은 P온천으로 죽으러 가는데, 그러한 과정에서 죽음을 선택한 '나'와 그것에 참견하거나 지연시키고자 하는 '또 다른 나'로 인해 긴장 상태를 겪는다. 또한 그러한 여정에서 자신을 쉽게 보는 남성에게 살인의 충동을 느끼기도 한다.

> 그 일이 어떻고 저렇구가 아니라 의당 막 굴어도 좋으려니 하는 남자의 눈길에 그녀는 미움을 느낀다. 이 남자 ― 이 처음 만난 뚱뚱한 남자 ― 를 죽이고 싶은 마음은 거짓말 같지 않았다. 만일 이 사나이를 데리고 간다면… 자살 계획에 어떤 어긋남을 가져올까. 술에 약을 타서 먹여놓고 나는 혼자 그 자리에 가서 죽을 수 있다. 정말 그렇게 하고 싶다. 되는 일이다 하고 생각한다. 자기의 죽음이 거짓말 같았던 꼭 그만큼 그 일을 조금도 심한 일이라고는 생각하지 않았다. 죽여버리자… 아. (263~264)

그녀는 남자가 담배 연기 사이로 자신을 뜯어보며 '뭐하는 계집인지 안다'는 투의 시선을 보내는 것을 몸으로 느낀다. 줄칼을 잊었기에 사과를 깎으며 마음을 정리하고, 그를 향한 칼끝의 방향을 애써 돌린다. 그녀의 발설되지 않은 내면 서사는 사과를 깎는 행위와 자기 안의 '또 다른 나'의 목소리로 구현된다. 그러한 내면에는 '거짓말 같은 죽음'이 지닌 무게감이 자리 잡는다. '자기의 죽음이 거짓말 같았던' 그만큼의 무게로 자신을 희롱하는 남자를 죽이고 싶은 충동이 일어난다. 이러한 면면들은 이후 그녀가 겪게 되는 환각, 가사(假死) 상태들과 연계되어 여성 화자의 내면에서 벌어지는 죽음에 대한 긴장관계를 형성한다. 그녀는 "사막을 품고 있는 여자"(264)도 욕망의 대상으로 삼을 수 있는 남의 무정함에 비애를 느끼며 P시에 도착한다.

죽음을 향한 그녀의 발걸음이 지연되는 가장 큰 이유는 자신의 죽음이 지닌 무게감 때문이다. 목적지에서 그녀는 예수상 앞으로 발길을 멈춰 그가 구원해주기를 바라지만 어떠한 암시도 받지 못하고 결국 그녀가 죽음의 장소로 선택한 장소에 이른다. 그런데 그곳에 이미 남녀가 누워 있는 장면을 목격한다. 여자의 짧은 웃음소리와 함께. 예상치 못한 일에 상심하며 집으로 돌아온 그녀는 한밤내 꿈을 꾼다.

> 온밤 그녀는 뒤숭숭한 꿈 속을 헤맨다. 푸른 잔디 위에 두 남녀는 행복스럽게 웃으면서 누워 있다. 자세히 보니 여자

는 어느새 그녀 자신이다. 그녀는 말한다. 당신 팔을 베고 이대로 죽고 싶어. 이보다 더 행복하게 죽을 순 없잖아? 남자가 말한다. 왜? 하늘이 저렇게 근사한데. 이 풀냄새 좀 맡아봐. 죽으면 다 그만이야. 그러나 여자는 응석을 부리는 것이다. 싫어이. 지금. 당신과 내가 꼭 붙잡고 있는 지금 이대로 영원해지고 싶어. 남자는 또 어느새 예수였다. 예수는 황금의 팔을 그녀의 머리 밑에 받친 채 하얀 이를 드러내고 쓸쓸하게 웃었다. 그 얼굴이 누군가를 닮았다고 꿈속의 그녀는 생각하였다. 예수는 햇빛이 반짝이는 나머지 한편의 금빛 팔로 그녀의 머리를 쓰다듬으면서 말했다. 나로 말미암지 않고는 죽을 수 없어. 어머. 하고 여자는 말했다. 그거 무슨 뜻? 너는 내 팔에서만 죽을 수 있다는 말이지. 그러니까 죽어요. 안 돼. 하고 예수는 말하면서 누운 채로 호주머니에서 검은 선글라스를 꺼내 썼다. 그러자 해사한 눈자위가 꼭 누구를 닮았다고 꿈속의 그녀는 생각하였다. 왜 안 돼? 하고 그녀는 베고 누운 금빛의 팔을 머리로 비빈다. 예수는 말하였다. 꼭 되는 사업인데 좀 돌려줘. 그녀는 비로소 그가 누구인가를 알았다. 다음 순간 그녀는 남자의 팔에서 미끄러지면서 아래로 떨어지고 있었다. 거기서 잠이 깼다. 아직 한밤중이었다.(268~269)

꿈속에서 그녀는 빈터의 여자가 되어 남자의 품에 안겨 있다.

영원한 사랑을 위해 함께 죽기를 원하는 여자에게 남자는 '나로 말미암지 않고는 죽을 수 없다'고 말한다. 그는 예수이고 신이며 선글라스를 쓴 옛 애인이다. 사랑을 약속하고 그녀의 순정을 담보로 돈을 앗아간 애인. 그녀는 잠에서 깨어 전날처럼 그 빈터를 찾지만 여전히 그 곳은 어제의 그 남녀로 장악되어 있다. 빈터의 남녀는 꿈속에서 옛 애인과 자신으로 변주된다. "그것은 기쁨의 환각이었고 그 환각과 죽음은 맞먹었다."(271) 그러나 바로 다음에 환각은 깨어지고 그녀는 허망함을 느낀다. 이러한 꿈, 환각, 가사(假死) 상태가 반복되면서 그녀는 빈터에서 들려오는 여자의 웃음소리를 듣는다. 그리고 그러한 행복의 순간이 깨어지고 그녀에게도 그 사랑의 장소가 죽음의 장소로 돌변할 수 있음을 깨달으며 현실로 귀환한다. 그러자 그 빈터의 남녀가 이미 일주일 전에 죽은 시체들이었음이 밝혀진다. 그녀는 충격으로 일주일간을 머물다가 서울로 돌아온다. 그녀는 꾸준히 줄칼로 손톱을 다듬지만 예전과 다르게 늘 달고 다니는 웃음소리가 있다. 빈터에서 들려오던 웃음소리, 그것이 바로 그녀 자신의 웃음소리였음을 깨닫는다.

「만가」 역시 자신이 가장 행복했던 장소를 죽음의 장소로 채택하면서 그곳을 향해 가는 여정 속에 여성 내면의 '또 다른 나'의 면모가 히스테리적으로 묘사된다.

> 그녀는 웃는다. 어머. 죽으러 가면서도 교태야. 그녀는 웃는다. 구두한테? 구두한테야 뭐 어떠려구. 뭐가. 뭐가? 무슨

말이었더라? 그녀는 깜박 잊어버린다. 무엇을? 무엇을? 무얼 잊어버렸을까. 무얼 잊어 버렸는지 알면 잊어버리지 않았게? 그런데 이 사람들이 웬일일까. 일어선다. 차 밖으로 나온다. 그녀는 비로소 와 있는 곳을 안다. 다 트였다. 구불구불한 산길. 이 차가 올라온 길이 저기까지 보인다. 아카시아가 많은 길이다. 주욱 올라와서 여기다. 다 트였다. 사방이. 제일 높은 곳. 운동장 만한. 클로버. 클로버. 클로버…

(…)

그녀는 돌아서서 들꽃 속으로 걸어 들어간다. 네 잎사귀의 클로버. 경망스런. 정말 경망스런 사랑의 장난. 한 푼짜리 사랑의 장난. 한 푼 두 푼 모아서 목돈을 만들려던 것일까. 손이 퍼렇게 되게 클로버를 따고. 그는 말짱한 손을 뒷짐지고 웃는다. 보고만 있다. 나는 그의 머리며 가슴 호주머니며 단춧구멍에 꽂아주고. 저요? 제 행운은 당신이 맡아가지고 계시잖아요. 싫어. 생각하기 싫어. 생각하기 싫어. 생각하기. 깨끗한 손으로 물러설 궁리를 하고 있는 사람이 내 눈에는 보이지 않았지. 내 눈에는. 장님이 된 내 눈에는. 싫어. 싫어. 다. 모두. 그럴 수 없어. 그럴 리가 그럴 리가 없어. 거짓말이야. 거짓말이야. 그녀는 클로버를 밟고 걸어간다. 끝이다. 내려가는 길이 보인다.(354~355)

여성 화자는 옛 애인과 함께 했던 사랑의 장소로 향한다. 고원을 달리는 허름한 시골 버스가 재정비를 위해 멈춘 사이 들썩이는 판자들 사이로 먼지 뽀얀 자신의 구두를 보고 웃는다. 그와 함께 왔던 공간에 홀로 죽으러 가는 그녀의 히스테리적인 내면이 고스란히 드러난다. 문득 주변을 둘러보고 버스에서 내리니 클로버 밭이 펼쳐진다. 행운의 상징인 네 잎 클로버가 흐드러진 공간 속에서 그녀는 또 그와 속삭였던 달콤한 시간을 떠올린다. 사랑이라고 믿으며 그의 팔에 안겼던 자신이건만 그는 사실 '깨끗한 손으로 물러설 궁리'를 하고 있었던 것이다. 사랑에 눈이 먼 자신이 그것을 보지 못한 것을 자책하는 한편 그러한 사실을 믿고 싶지 않은 또 다른 내면이 고스란히 드러난다.

그와 함께 하기로 했던 목적지에는 그때와 같이 살뜰한 노후를 살고 있는 부부가 자신을 맞이한다. 그녀는 차마 진실을 말할 수 없는 처지에 그와 엇갈린 행세를 하고 일 년 전 그와 함께 머물렀던 방으로 올라와 호수를 내다본다. 그 호수 속에는 또다시 그가 있다. 사랑의 밀어를 속삭이던 그와의 환각. 한 해를 호수에 살 듯 호수는 그녀의 주변에 있고, 거기서 그들은 늘 배를 타는 것이었다. 호수에서의 삶. 그녀가 바라본 밤의 호수에 달빛이 들고, 문둥이 남자를 보듬다가 문둥이가 된 여자가 보인다.

> 나를 만지지마. 남자가 그렇게 말한다. 제가 만져야 당신은 나아요. 나를 속였지, 하고 남자는 말한다. 억설을 한다고, 그 자리에 없는 내가 발을 동동 구른다. 당신이 그래도 좋

다고 하지 않았어요? 하고 여자는 말한다. 나 아닌 내가 말도 안되는 대답을 하고 있다. 얼굴이 왜 그렇게 됐어, 하고 남자는 말한다. 어디서 그렇게 많이 고름을 빨아왔어, 하고 남자는 말한다. 내게서? 내게 어디 고름이 있어. 여기 있잖아요? 그녀는 은빛 나는 손가락으로 남자의 허물어진 얼굴에 흐르는 고름을 찍어 보인다. 여기 있잖아요? 하고 여자는 말한다. 네가 나를 망쳤어. 남편이 있으면서 나를 유혹했지? 하고 남자가 말한다. 아아 거짓말을. 당신도 아내가 있으면서, 하고 여자가 웃는다. 그것이 정말인데. 내 남편은 저기 있어요. 여자는 은빛의 손가락을 물속에 잠그면서 가리킨다. 호수의 밑바닥에 달 같은 남자가 누워있다. 손짓한다. 저이가 불러요. 가야 해요. 그녀는 물속으로 내려간다. 남자와 여자가 탄 배는 어디론지 가버렸다. 어느 언덕에도 닿지 않고 그들의 배는 먼 항구로 가버렸다. 그녀는 그들이 웃으며 가는 것을 본다.(363)

그녀는 한밤 내 달빛에 거울이 된 호수를 바라보며 문둥이 서사를 그려낸다. 과거처럼 그대로 호숫가에 매어진 세 척의 배를 보며 "내 세상은 끝난 것일까"(364)라고 의문하며. 남자를 사랑하여 문둥이가 되어도 문둥이가 된 죄를 물으며, 사랑 관계에 대한 억측과 책임을 묻는 남자. 그러한 남자에게 버림받고 죽기를 결심한 자신에 대한 환멸. 이야기 속에 그녀는 있으며 없는 존재이다. 호숫가 어디에서도 등장하는 남자와 그녀의 서사. 밤이 지나고 그녀는 호숫가에 매어진 세 척의 배 중에 하나에 올라탄다. 노를 저으며 나아가야 하는데 마음처럼 되지는 않고 지난밤의 서사처럼 갈대숲 사이에서 배가 나온다. 배에 탄 두 사람의 남녀는 '얼굴이 허물어진' 그 사람들이다. 그들은 그녀를 죽이려 달려들고, 그녀는 배를 타고 도망하려 하지만 역부족이다. 결국 그녀는 호수를 떠나기로 결심한다. "그이도 없는 호수. 자기도 없는 호수. 허깨비들이 사는 호수에서."(366) 그러한 한편으론 "영원히 살아야 할 호수, 떠나고 싶지 않은 호수"(367)이기도 하다. 그녀는 마침내 마음을 먹고 울면서 호수를 떠난다.

「웃음소리」, 「만가」 두 작품에서 여성 화자는 자신이 가장 행복했던 장소로 돌아가 가사(假死) 상태를 경험한다. 공통적으로 꿈, 환각, 가사(假死) 상태를 겪으면서 그녀는 애도의 과정을 거친다. 그들에게 사랑의 장소였던 공간은 죽음의 공간으로 환치되지만 그들이 그 공간에서 겪는 가사 상태를 통해 오히려 그러한 죽음의 공간에서 빠져나온다. 이러한 면면들은 최인훈 소설에서 '여성'을 매개로 펼쳐지는 사랑/죽음, 현실/환상의 구도와 연계하여 의미화될 수 있는 부분들이다. 다른 작품들 속에서 타자화된 여성은 남성을 향한 절대적인 사랑으로 죽음을 담보할 수 있는 존재들이다.

작가는 그러한 여성들을 전면화시키는 한편, 그녀들을 죽음의 수렁에서 구한다. 작품의 핵심은 그러한 수렁 — 사랑을 잃고 히스테리적 상황에 빠져 자기 환멸의 과정을 겪다가 가사 상태를 경험하는 것 — 속에서 드러나는 분열된 자의식이다. 그녀들은 다른 남성이 아닌 자기 안의 타자('또 다른 나')를 통해 죽음의 무게를 깨닫고 자기 구원의 양상으로 나아가는 과정을 보인다. 이는 최인훈 작품 속 남성 화자들이 '여성'을 매개로 한 자기 필터 작용을 통해 극복의 과정으로 나아가는 면모와 비교되는 지점들이다. 이러한 면면들로 볼 때 최인훈 문학에서의 '여성'이란 다차원적인 측면에서 거론될 필요가 있다.[10]

4. 결론

이 글은 최인훈의 단편소설에서 재현되는 여성 인물들의 형상화 방식 및 그 의미를 살펴보고자 했다. 기존에 최인훈 문학에서 보이는 여성 인물들에 대한 고찰은 관념적 남성 지식인들의 세계 인식 구조 속에서 여성 인물들의 유형을 분석하는 층위에서 이루어졌다. 본고는 그러한 여성의 실체적 층위에 초점을 두고 과연 최인훈 문학에서 여성이란 무엇인가라는 질문에 답해가는 과정으로서 다음의 두 층위를 통해 규명하고자 했다.

첫째, 남성 화자를 통해 구현되는 여성 인물들의 형상화 방식과 그 의미들에 대한 것이다.

둘째, 여성 화자를 통해 구현되는 여성 인물들의 내면 지표와 그 의미들에 대한 것이다.

이를 위해 서구 남성 작가들의 텍스트 속에 재현된 여성 인물의 유형 및 여성성의 의미화 양상을 근대성의 문제와 연관시킨 리타 펠스키의 논의를 주요 참조점으로 삼고자 하였다. 특히 남성 지식인의 분열된 자의식을 드러내는 기제로서의 여성, 실제 여성과는 구별되는 여성적인 것 혹은 여성 형상들, 실패한 사랑 혹은 연애 서사와 관련된 부분들에 주목하였다.

최인훈 작품 속 남성 지식인의 분열된 자의식은 그들의 내면에 재귀된 여성들과의 (불)가능한 관계 형성 과정을 통해 드러나고 있었다. 남성 지식인들의 내면에 제어할 수 없는 여성은 '넘을 수 없는 문'으로 다양한 메타포를 통해 제시된다. 특히 이러한 여성들과의 관계 형성은 지식인 남성이 견뎌내야 했던 부조리한 현실과의 대면 과정과 맞물리면서 과거/현재, 현실/환상을 넘나들며 사랑/죽음의 서사로 구현되고 있었다.

최인훈 작품들이 대부분 남성 화자를 내세우고 있으며 여성은 내면 없는 존재로서 그려지고 있는데 반해, 몇 작품의 경우 여성의 내면 서사가 텍스트로 전면화된 부분들에 주목하였다. 이러한 여성 인물들은 실연으로 인한 죽음의 기로에서 가사(假死) 상태를 겪는다. 히스테릭한 형상으로 그려진 이들의 내면 서사를 통해 다수의 작품 속에서 은유화되었던 여성과의 사랑(죽음)의 중층적인 구조들을 재조명할 수 있었다.

20대의 혁명에서 70대의 배려까지[1]

—『광장』 서문들의 변화와 최인훈 작가의식의 변모

정기인(동경외국어대학교 교수)

1. 작가의식의 변모와 『광장』의 7개 서문

한국 현대 소설사에서 손꼽히는 수작인 최인훈의 『광장』은 열 번에 걸쳐 개작[2] 되었다는 점에서 매우 특이하다. 1970년대 문학과 지성사 전집 판본의 개작 직후[3] 부터 2010년에 이르기까지 40년에 걸친 10번의 『광장』 개작은 주목할 만한 문학적 현상으로 여겨져 이에 대한 학위 논문[4] 도 제출되었을 정도로 수차례 연구가 된 바 있다.[5] 이 연구들은 꼼꼼하게 『광장』의 여러 판본들의 비교를 통해서 본문의 어떤 내용들이 달라졌고 그것이 의미하는 주제별, 작가의식의 차이들을 검토하였다. 그러나 '개작 양상'들이 거듭 지적되면서, 공통된 논의들이 비생산적으로 되풀이되어 온 감도 없지 않다.

이렇게 『광장』의 개작 양상이 거듭 논의되었으면서도, '서문'의 달라지는 양상에 대해서는 별다른 주목이 이루어지지 못했다. 그러나 『광장』 개작 관련하여 가장 근본적으로 달라지는 것은 바로 '서문'의 변화이다. 작가 스스로의 표현으로는 '개작'이 아닐 정도[6]의 본문 텍스트의 세세한 변화들에 대해 기존 개작 관련 연구들이 섬세한 해석을 시도한 것에 비해서, 새롭게 쓰인 서문에 대해서는 주목하지 않았던 것은 문제적이다. 이는 기존 논의들의 '본문 중심주의', 또는 '소설 중심주의'를 드러낸다. 즉, 최인훈 『광장』이라는 '책'에서 본문인 '소설'만이 중심이고 해석 대상이라는 생각이다. 서문을 본격적으로 다룬 유일한 논자인 이동하의 글[7]에서는 역설적으로 이러한 '본문 중심주의'가 더욱 잘 드러난다.

이동하는 최인훈 『광장』의 서문이 "무려 다섯 개씩이나 줄줄이 늘어서" 있다는 것이 매우 예사롭지 않은 현상임을 지적한다. 그는 일반 독자나 평론가들이 최인훈의 에세이인 서문의 내용을 그대로 받아들여서 이를 바탕으로 본문을 오독하고 있다고 비판하면서, 서문과 일치하지 않는 본문의 내용을 강조한다. 즉 서문에서 고평된 이명준의 모습이 본문에 나타나지 않는다는 것이다. 그는 "우리는 이명준을 이해하고 동정할 수는 있으나, 그가 항상 역사의 현장에 있으려고 적극적으로 노력한 사람이었다든가, 안내 없는 바다에 내려간 용사였다고 평가할 수는 없다"[8]라고 결론을 내린다. 이는 본문이 진짜이며 서문은 본문의 내용을 호도하는 장치라는 인식에 기초한다. 이 글은 이러한 '본문 중심주의' 또는 '소설 중심주의'에서 벗어나 최인훈 『광장』이라는 텍스트를 50여 년의 세월 동안 7번 새로 쓰인 서문[9]들과 본문을 포괄하고 있는 전체로서, 특히 서문과 본문 사이의 관계를 분석 대상으로 삼아야 한다고 생각한다.

이러한 서문에 대한 보다 정밀한 고찰을 위해서는, '서문'이란 무엇인가에 대한 일반론적 논의가 필요하다. 이에 대해서는 주네트(Gerard Genette)의 논의가 참조될 수 있다. 주네트는 곁다리텍스트(paratexts)에 대한 본격적인 저서를 내면서 이의 특성에 관해 논의하고 있다. 곁다리텍스트는 텍스트에 속한 것인지 아닌지는 잘 알 수 없지만, 텍스트를 감싸고 있고, 이를 연장시키며, 텍스트를 제시(present)하기 위해 존재한다. 여기서 제시한다는 것은 매우 강력한 의미로, 텍스트가 세계에 존재하기 위해, 텍스트가 세계에 받아들여지고 소비되기 위해 필수적(적어도 오늘날은)인 기능을 의미한다.[10] 이 '곁다리텍스트'는 실제로는 텍스트에 대한 전체 독서를 조정하는 역할을 한다.[11] 여기서 서문은 일종의 문지방(threshold)으로서 텍스트로 들어갈 때 꼭 거쳐야 하지만, 그렇다고 텍스트의 안도 밖도 아닌 경계지점으로서 받아들여진다. 따라서 이는 저자가 독자에게 건네는 '말 걸기'로, 독자는 이 서문에서부터 텍스트를 왜 읽어야 하는지, 그리고 어떻게 적절하게 읽어야 하는지에 대한 정보를 얻게 된다.[12]

즉 서문이 독자에게 텍스트를 어떻게 읽어야 하는지를 제시할 수 있는 공간이며, 때문에 작가의 목소리가 '직접적'으로 표출될 수 있는 텍스트라 할 때, 50년에 걸쳐서 7번 새롭게 달린 최인훈의 『광장』 서문은, 최인훈 작가의식의 변모 양상을 풍요롭게 드러내주는 장치라 할 수 있다. 특히 본문과의 관계 속에서 볼 때, 한국 문학사에서 최인훈의 『광장』이라고 불리는 텍스트는 7개의 서문과 함께 50여 년의 세월 동안 조금씩 변화하며 존재하고 있다는 점에 이 글은 주목할 것이다.

2. 혁명에서 보편으로 —《새벽》판 서문과 정향사판 서문

최인훈 『광장』의 서문은《새벽》(1960.11), 정향사(1961.2.), 민음사(1973.7), 동수사(일역판, 1973), 문학과지성사(1976.7), 문학과지성사(1989.4), 문학과지성사(2010)에 각기 다르게 달려있다. 이 글에서는《새벽》판에서 문학과지성사(2010)판에 이르는 서문들을 분석 대상으로 삼았다. 50년의 시간 동안 서문의 서술 태도나 내용은 큰 변화를 겪는다. 처음 『광장』이 발표될 당시, 작가의식의 직접적 표출을 엿볼 수 있는《새벽》판본[13]은 잡지 연재본이기 때문에 서문이라는 표현을 쓰지 않고, 「作者所感」이라 하여 『광장』이 처음 창작된 당시와 시간적으로 가장 가까운 작가의 소감을 볼 수 있다.

> 作者所感
>
> 風聞
>
> **우리**는 참 많은 풍문Rumour 속에서 삽니다. 풍문의 지층은 두껍고 무겁습니다. 우리는 그것을 역사라고 부르고 문화라고 부릅니다.
>
> 인생을 풍문 듣듯 산다는 건 슬픈 일입니다. 風聞에 만족지 않고 現場을 찾아갈 때 **우리**는 운명을 만납니다.
>
> 운명을 만나는 자리를 廣場이라 합시다. 광장에 대한 풍문

도 구구합니다. 제가 여기 전하는 것은 風聞에 만족지 못하고 現場에 있으려고 한 **우리 친구**의 얘깁니다.(《새벽》, 이하 강조는 인용자)

여기서 글쓴이는 '저자 - 독자'를 "우리"라고 부르며, 특히 이명준을 "우리 친구"라고 부르면서 '저자 - 독자 - 이명준'을 동등한 친구 사이로 호명한다. 그럼에도 여기에서의 "우리"는 모두 동등한 "우리"라고 할 수 없다. 첫째 문단에서의 "우리"는 풍문 속에서 살고 있고, 이를 역사와 문화로 부르고 있는 "우리"이다. 이에 반해, 둘째 문단에서의 "우리"는 현장을 찾아갈 때라는 조건 속에서 "운명"을 만나게 되는 우리이다. 첫째 단락의 우리를 현실태라고 한다면, 둘째 단락에서의 우리는 가능태로서, 이 가능태가 현실태가 되기 위해서는 "풍문에 만족지 못하고 현장을 찾아갈 때"라는 조건을 만족시켜야 한다. 이 조건을 만족시킨 "우리 친구"의 이야기를 형상화한 것이 바로 본문인 소설인 것이다. 최인훈은 여기서 분명히 "인생을 풍문 듣듯 산다는 건 슬픈 일"이라고 하여, "풍문에 만족지 않고 현장을 찾아"가서 운명을 만나는 자리로 "광장"을 제시하고 있다. "풍문"에서 "현장"으로, 즉 "광장"으로 나아갈 것을 "우리" 독자들에게 권유하고 있는 것이다.

소설의 제목이 "광장"인 것도 이 첫 서문과 연계하여 그 의미를 살펴볼 수 있다. 주지하듯 소설은 "밀실"이라는 사적 공간과 "광장"이라는 공적 공간이 궁극적으로는 모두 갖추어진 사회를 이상적 시민사회로 설정하고, 이에 대비되는 남북한의 현실을 비판한다. 그럼에도 소설의 제목은 '광장과 밀실'이나 '밀실과 광장' 또는 이는 포괄할 수 있는 제3의 개념이 아니라 "광장"으로 정해져 있다. 이렇게 제목에서 "밀실"이 삭제되고 "광장"이 전면화되는 이유는, 《새벽》판 서문에서 "밀실"이 전혀 언급되지 않고 "광장"만이 제시되는 것과 상동한다. 즉 《새벽》 판본에서, 서문이 밝히고 있는 광장이란 공적 공간으로서의 광장이면서 동시에 "운명을 만나는 자리"로서의 광장이다. 《새벽》 판본의 마지막에서도, 주인공 이명준은 "활짝" 웃으면서 "미지의 푸른 광장"을 향해 뛰어드는 것으로 끝난다.

> 부채꼴 요점까지 뒷걸음질 친 그는 지금 펑그르 뒤로 돌아섰다. 거기 또 하나 미지의 **푸른 광장**이 있었다. 그는 자신이 엄청난 배반을 하고 있었다는 생각이 들었다. 제삼국으로? 그녀들을 버리고 새로운 성격을 선택하기 위하여? 그 더럽혀진 땅에 그녀들을 묻어 놓고 나 혼자? 실패한 광구를 버리고 새 굴을 뚫는다? 인간은 불굴의 생활욕을 가져야 한다? 아니다. 아니다. 아니지. 인간에게 중요한건 한 가지뿐. 인간은 정직해야지. 초라한 내 청춘에 '신'도 '사상'도 주지않던 '기쁨'을 준 그녀들에게 정직해야지. 거울속에 비친 그는 활짝 웃고 있었다.(《새벽》, 295면.)

여기서 주인공은 그녀, 즉 윤애와 은혜를 만날 수 있는 곳으로서 "푸른 광장"인 바다로 나아간다. 이는 현실상에서는 자살이지만, 제일 중요한 것을 선택하는 용기 있는 행위로 개념화된다. 이는 앞서 서문에서 밝힌 "운명을 만나는 자리"라는 곳으로서의 "광장"과 상통한다. 이는 소설 내용상 균열을 보이고 있는 것이다. 남북한 양자를 비판하기 위해서 사용한 "밀실"과 "광장" 개념은 둘 다 중요하다. "밀실" 개념이 있어야 북한의 "광장"만의 사회를 비판할 수 있고, "광장" 개념으로서 남한의 "밀실"만의 사회를 비판할 수 있다. 그러나 제목과 서문에서 이렇게 "밀실"을 삭제하고, "광장"만을 강조하게 되는 근본적인 원인은 최인훈이 밝히고 있는 것처럼 아래와 같은 들뜸에 기인하는 것으로 보인다.

> 亞細亞的 專制의 椅子를 타고 앉아서 民衆에겐 西歐的 自由의 風聞만 들려줄 뿐 그 自由를 '사는 것'을 허락지 않았던 舊政權下에서라면 이런 소재가 아무리 口味에 당기더라도 敢히 다루지 못하리라는 걸 생각하면 저 **빛나는 四月이 가져온 새 共和國에 사는 作家의 보람**을 느낍니다.(《새벽》)

이렇게 "빛나는 4월이 가져온 새 공화국에 사는 작가의 보람"을 느끼며 "작자소감"을 적던 최인훈과 다르게, "풍문"에 만족하지 않고 "현장"에 있으려던 "우리 친구" 이명준은 제3국으로 가는 배 위에서 자살하고야 만다. 이명준은 최인훈처럼 새로운 세상과 사랑에 대한 기대로 가득 찬 것이 아니라, 과거의 경험을 절대화하고 여기에서 벗어나지 못하는 것이다. 이러한 본문의 내용, 그럼에도 독자에게 "운명"과 "광장"을 강조하는 서문 사이의 긴장이 발생한다. 서문에서 최인훈은 "저 빛나는 사월(4월)이 가져온 새 공화국에 사는 작가의 보람"을 말하고, 이를 "자유를 사는 것"이라 말한다. 그러나 본문에서 그 자유는 자살할 자유에 지나지 않았다. 이러한 서문과 본문 사이의 긴장은, 이광수 『무정』의 계몽주의를 거꾸로 세워놓은 듯하다. 식민지 조선의 몽매한 현실에 대한 비판과, 교육을 통해 조선 민중들을 계몽해야 한다는 의식, 그러나 이를 해결하기 위한 방법론이 구체성을 띠지 못했다는 것이 『무정』의 결말이 놓인 자리라면, 『광장』《새벽》판에서는 4·19 새 공화국에 대한 흥분, "현장"에 나아가 운명과 마주해야 한다는 당위, 그러나 그 운명을 개척할 수 있는 전망이 부재한 상황이다. 전자가 절망적 상황을 깨달은 선각자의 계몽의 부르짖음을 보여준다면, 후자는 압도적인 혁명의 낙관과 현실에 참여한다는 의식 속에서 한 시민이 동지로서 다른 시민들을 '우리'로 호명하고 있다. 그러나 이 둘 모두, 소설 속에서는 이를 위한 어떠한 구체적 방법론도 제시하지 못하는 것처럼 보인다.

그러나 "빛나는 4월"을 체험했던 최인훈이지만, 그 공화국을 이명준으로 하여금 체험하지 않게 했던 것, 오히려 혁명 이전 과거로 돌아가 남북한 사회의 모순을 체험하게 했던 것이 바로 최인훈이 혁명에 대해 발언하는 방식이며, 최인훈의 구체적인 방법론이다. 이미 완성되어 있는 혁명에 대한 전망이 아니라, 기존 사회의 모순을 서술하는 것을 통해, 혁명에 근원적 모순 해결을 요청하는 방식이라는 점에서《새벽》판『광장』은 혁명에 동참한다. 즉 자살할 수밖에 없는 "우리 친구" 이명준은 "빛나는 4월" 이전 사회에서 선택할 수밖에 없는 행로이며, 그 행로에 이르기까지의 남북한 사회의 모순들에 대한 해결의 요청으로,《새벽》판 서문은 "설렐" 수 있는 것이다. 따라서 여기서 서문과 본문 사이의 긴장은, 4월 혁명 이후의 서문과 이전의 본문으로 대비되기 때문에 발생한다. 즉, 서문은 4월 혁명 이후 시점에서 혁명에 동참하는 소설가의 요청이며, 본문은 4월 혁명 이전의 사회 모순에 대한 보고이며 개혁 요구이기 때문에 둘 사이에서 발생하는 건강한 긴장이다. 다시 말해서, 서문과 본문 사이의 긴장은 4월 혁명이 해결해야 할 긴장인 것이다.

이러한 "빛나는 새 공화국"과 운명을 만나러 현장으로 나아간 "우리 친구"에 대한 설렘을 서술한 서문과 그러한 주인공이 결국 자살을 선택하게 했던 본문 사이의 긴장은 단행본으로 묶이면서 해소된다. 1961년 2월 정향사 판본에서는 기존의「작자소감」하의 "풍문"이라는 제목으로 쓰였던 글이「作者의 말」이라고 그대로 실리며 그 이후 페이지를 넘겨서「追記 — 補完하면서」라는 제목으로 보완하는 서문이 실린다.

> 이명준의 경우도 마찬가지다.
> 그는 어떻게 밀실을 버리고 광장으로 나왔는가. 그는 어떻게 **광장에서 패하고 밀실로 물러났는가.**
> 나는 그를 두둔할 생각은 없으며 다만 그가 '열심히 살고

싫어 한' 사람이라는 것만은 말할 수 있다. 그가 풍문에 만족지 않고 늘 현장에 있으려고 한 태도다.
바로 이 때문에 나는 그의 이야기를 전하고 싶어진 것이다.(정향사)

이 서문에서는 이명준을 "우리 친구"로 호명하지 않으며, 그를 분명 "광장에서 패"해서 "밀실"로 물러선 이라고 말한다. 앞서 《새벽》판에서는 어떠한 "패배"에 대한 언급도 없이, 혁명의 승리에 대한 설렘만이 지배적이었다. 그러나 이제 최인훈은 분명히 이명준을 "패배"한 인물로 규정한다.

"풍문"에 만족하지 않고 "현장"에 있으려 한 태도에 대한 강조는 단행본으로 묶으면서도 여전히 나타나고 있지만, "우리"라는 말은 이제 단 한 번 등장할 뿐이다. 광장의 의미도 변한다. 《새벽》판에서 광장은 풍문에 만족하지 못하고 현장을 찾아갈 때 만나게 되는 운명의 자리를 의미했다. 그러나 정향사 판본의 서문에서 광장은 필수불가결한 것이며 원시 시대부터 당대에 이르기까지 보편적으로 존재해왔던 것이다.

人間은 廣場에 나서지 않고는 살지 못한다. 표범의 가죽으로 만든 징이 울리는 原始人의 廣場으로부터 한 會社에 살면서 끝내 동료인 줄도 모르고 생활하는 현대적 産業構造의 迷宮에 이르기까지 時代와 空間을 달리하는 수많은 廣

場이 있다.(정향사)

1960년 11월 최인훈은 "4월이 가져온 새 공화국에 사는 작가의 보람"이라는 4·19가 가져온 혁명적 분위기 속에서 "우리"를 거듭 호명하며, "우리 친구"처럼 "광장"에 서야 함을 말한다. 그러나 1961년 장면(張勉, 1899.8.28~1966.6.4) 내각하의 분위기는 곧 최인훈에게 냉정과 균형감각을 찾게 한 것이 아닐까.[15] 굳이 최인훈으로 하여금 서문에서 "추기"와 "보완"을 해야 한다고 느낄 수밖에 없었던 이유를 찾아본다면, 이는 앞서의 「作者所感」이 너무 "所感"에만 이끌려 광장과 밀실 사이에서 균형을 잡지 못하고, 광장만을 부르짖은 것에 있는 것으로 보인다. 물론 이는 "빛나는 4월" 속에서 가능했고, 그렇게 발언되어야만 했던 형태로서의 『광장』이었다.

《새벽》 판본 서문에서는 한 번도 등장하지 않았던 "밀실"이 「작자소감」에서 「작자의 말」로 바뀐 1961년도 판본에서는 "광장"과 대등하게 등장하며, 광장뿐만 아니라 인간에게는 밀실도 필요하다는 것을 다시 강조한다. 4·19의 혁명적 분위기 속에서 "광장"만을 언급하고 "우리"를 호명하며 이명준을 "우리 친구"라고 부르던 《새벽》 판본의 서문은 이제 이명준을 "우리 친구"가 아닌 그냥 "이명준"이라 부르며 광장과 밀실을 대비시키는 차분함으로 정향사판 서문에서 변모된다. 특히 《새벽》판과 정향사판의 본문은 몇 가지 삽화가 삽입된 것을 제외하고는 변화가 없다는 점에서, 두 서문들의 차이는 두드러진다. 곧 이는 두 개의 『광장』이 독자들에게, 전혀 다르게 받아들여질 수 있다는 것을 의미한다.《새벽》 잡지본을 읽는 1960년의 독자들과, 단행본으로 나온 정향사 판본을 읽는 1961년의 독자들은 다르다. 적어도 최인훈의 서문은 다른 독자들에게 말을 걸고 있다.

> 인간을 이 두 가지 공간의 어느 한쪽에 가두어버릴 때, 그는 살 수 없다. 그럴 때 廣場에 暴動의 피가 흐르고 密室에서 狂亂의 부르짖음이 새어나온다.
> 우리는 분수가 터지고 밝은 햇빛 아래 뭇꽃이 피고 영웅과 신들의 동상으로 치장이 된 廣場에서 바다처럼 우람한 合唱에 한몫 끼기를 원하며 그와 똑같은 진실로 個人의 日記帳과 저녁에 벗어놓은 채 새벽에 잊고 간 애인의 장갑이 얹힌 침대에 걸터앉아서 廣場을 잊어버릴 수 있는 시간을 원한다.(정향사)

즉 앞서《새벽》판의 "우리"가 빛나는 4월의 새 공화국에 살고 있는 "우리"였다면, 정향사 판본의 "우리"는 인간 보편을 의미한다. '지금 - 여기'의 혁명에 대한 발언에서, 인간 보편에 대한 문제의식으로 서문의 초점은 변한다. 따라서 "광장"만을 주창하는 것이 아니라, "광장"과 "밀실"의 대비가 중요하게 부각되는 것이다. 혁명이라는 '축제'는 일시적으로 전후좌우를 뒤섞고 이를 거꾸로 서게 한다.[16] 이러한 혁명적 분위기 속에서 "광장"을 부르짖던 서문과 "광장"과 "밀실"이 공존하지 못하는 남북한 현실의 모순 속에서 자살했던 이명준이라는 본문 사이의 긴장에 대한 해결로서의 4·19혁명에 대한 발화는, 단행본으로 묶여 나올 때에는 "광장"과 "밀실"의 공존이라는 보편적 시각으로 남북한 현실을 비판하는 것으로 바뀐다.

3. "광장/밀실"에서 "이데올로기/사랑"으로 — 민음사판 서문

1960년대 두 판본[17]과 1970년대 판본의 가장 큰 차이는, 1970년대에는 서문의 부제부터 "이명준의 진혼을 위하여"라고 하여, '죽은' 이명준에 대해서 쓰고 있다는 점이다. 1960년대 서문에서는 이명준은 동시대 속의 "우리 친구"(《새벽》)나 "그의 이야기"(정향사)를 전할 수 있는 인물이었다. 그러나 『광장』의 발표로부터 12년 후, 이명준에 대한 진혼곡으로 최인훈은 서문을 쓴다. 12년이나 지난 마당에도 이명준을 "鎭魂"의 대상, 즉 '넋을 달래어 고이 잠들게' 해야 할 대상으로 파악했다는 것이 문제적이다. 이명준의 혼은 구천을 떠돌고 있다는 것, 아직도 그의 문제의식과 억울함은 풀어지지 않았다는 것이 서문의 제목으로 전면화되는 것은 당시(1973)의 시대 상황에 대한 비판으로서 기능한다.《새벽》판에서 요청했던 혁명의 완수는, 4·19나 5.16에서 해결되지 못했다는 것을 분명히 하고 있다.

1973년 민음사판 서문에서는 광장과 밀실의 대립이 전경화[18] 되는 것이 아니라, 이명준의 '억울한' 죽음이 부각되기 때문에 이명준과 죽음 그리고 그가 뛰어들어 죽은 바다가 전경화된다. 또한 이명준은 "우리 친구"에서 "나의 친구"로 바뀐다.[19] 1960년대 4·19혁명 이후 "우리"로서의 '저자 - 독자 - 이명준'이라는 공동체는 붕괴되고, '저자 - 이명준'이라는 연결 속에서, 저자의 "친구"인 이명준의 이야기를 독자들이 듣는 것으로 변화한다. 또 광장과 밀실이라는 상징은 "이데올로기"와 "사랑"으로 변한다.

> 나는 12년 전, 이명준이란 잠수부를 상상의 공방에서 제작해서, 삶의 바다 속에 내려보냈다. 그는 '이데올로기'와 '사랑'이라는 **심해의 숨은 바위**에 걸려 다시는 떠오르지 않았다. 여러 사람이 나를 탓하였다. 그 두 가지 숨은 바위에 대한 충분한 가르침도 없이 그런 위험한 깊이에 내려보내서, 앞길이 창창한 젊은이를 세상 버리게 한 것을 나무랐다. 사람들은 옳다. 그러나 숨은 바위에 대해 알고 있다면 누가 잠수부를 내려보낼 것인가. 우리가 인생을 모르면서 인생을 시작해야 하는 것처럼, 소설가는 인생을 모르면서도 주인공을 삶의 깊이로 내려보내야 한다. 그렇게 해서 그가 살아오는 경우 그의 입으로 바다 밑의 무섭고 슬픈 이야기를 듣게 되는 것이요, ― 돌아오지 못하는 경우는, 그의 연락이 끊어진 데서 비롯하는, 그 밑의 깊이의 무서움을 알게 된다.(민음사)

이제 광장과 밀실의 이분법은 "바다"라는 상징으로 포괄된다.

이러한 상징을 매개로 확장되는 기호들은, "심해의 숨은 바위"로서의 "이데올로기"와 "사랑"이다. "광장"과 "밀실"이라는 이분법은 두 공간을 경계가 있는 단절로 표상한다. 그러나 "이데올로기"와 "사랑"은 다르다. "이데올로기"라는 개념은 남북한 사회의 모순점을 비판하기 위한 "광장"과 "밀실"이라는 이분법적 상징을 포괄한다. 이러한 "광장/밀실"에서 "이데올로기/사랑"으로의 변화는 중대한 인식론적 단절을 보여준다.[20] 실제로, 이후 서문들에서 "광장/밀실"이라는 단어는 한 번도 등장하지 않는다.

> 廣場에서 바다처럼 우람한 合唱에 한몫 끼기를 원하며 그와 똑같은 진실로 個人의 日記帳과 저녁에 벗어놓은 채 새벽에 잊고 간 애인의 장갑이 얹힌 침대에 걸터앉아서 廣場을 잊어버릴 수 있는 시간을 원한다.(정향사)

이처럼 앞선 정향사판에서는 광장과 밀실이 대비될 수 있고, 밀실과 광장은 각각 독립적으로 존재할 수 있는 곳으로 표상되었다. 그러나 푸코 이후 권력은 "외부에서 주체를 구속하고 종속시키는 힘에 국한되는 것이 아니라 주체에 내면화되어 그의 실존을 규정하고, 그의 행위를 조건 짓는 형식적 틀로서 작용"[21]하는 것으로 여겨진다. 즉 광장과 대비되어 개인의 권력으로부터 방해받지 않는 "밀실"이라는 사적 공간은 불가능하다. 공산주의 혁명이나 프랑스 68혁명이 실패한 근본적 원인은, 편재되어 있는 권력의 작용에 대항하지 않고, 정치적 권력의 획득만을 목표로 했다는 데에 있다. 문제는 사적 공간과 공적 공간의 차이를 지우며 모든 곳에서 편재해 작용하는 권력인 것이다. 따라서 이를 벗어나기 위해서는 단순히 공적 권력을 바꾸는 것이 아니라, 사적 권력을 일상에서부터 개혁하는 혁명적 주체성들이 필요하다. 사실 최인훈 『광장』의 본문은 이러한 인식적 단초를 품고 있다.

> "이명준 동무는 혼자서 공화국을 생각하는 것처럼 말하는군. 당이 명령하는 대로 하면 그것이 곧 공화국을 위한 거요. 개인주의적인 정신을 버리시오"라구요. 아하, 당은 저더러는 생활하지 말라는 겁니다. 사사건건에 저는 느꼈읍니다. 제가 주인공이 아니고 '당'이 주인공이란 걸. '당'만이 흥분하고 도취합니다. 우리는 복창만 하라는 겁니다. '당'이 생각하고 판단하고 느끼고 한숨지을 테니 너희들은 복창만 하라는 겁니다. (…) 수많은 고결한 심장의 소유자들이 이런 공화국을 만들려고 중세기의 순교자들보다 더 거룩한 죽음을 한 건 아니잖습니까? 그들의 피에 대한 배반입니다. 그 누군가가 위대한 선구자들의 피를 착취하고 있읍니다. 저는 월북한 이래 일반 소시민이나 노동자 농민들까지도 어떤 생활 감정을 가지고 살고 있는지 알았읍니다. 그들은 무관심할 뿐입니다. 그들은 굿만 보고 있읍니다. 그들은 끌려 다닙니다. 그들은 앵무새처럼 구호를 외칠뿐입니다.(민

음사, 129~130면)

이러한 이명준의 비판이 당시 북한의 실상과 일치하느냐의 논의보다는, 이러한 이명준의 발언이 어떠한 혁명관을 보이고 있는지가 중요하다. 북한 사회는 혁명의 "위대한 선구자"들에 대한 배반으로 규정된다. 이는 인민들과 당 사이의 관계가, 일방적인 당 주도이기 때문이다. 공산주의 단계로 나아가기 이전 자본주의 국가들로 포위된 사회주의 단계에서의 '당' 주도나 '당파성'에 대한 입장에 따르자면 이명준의 주장은 '반혁명분자'일지 모른다.[22] 그러나 푸코 이후 권력에 대한 논자들을 참조해본다면, 당 독재의 시기가 창출해낸 신민적 주체들로부터 공산주의 사회의 자율적 주체로 나아가는 것은 가능하지 않다. 오히려 '민중'을 몰주체적으로 만드는 당에 대한 이명준의 비판이야말로, 근본적으로 현실사회주의의 반동성을 지적하고 있는 것이다.[23]

이런 점에서 1973년도의 "이데올로기"와 "사랑"에 대한 주목은 고평될 수 있다. 주체에게 '현실'을 제시하고 그 현실에 얽매이게 하는 "이데올로기"와, 주체로서 주체 자신을 초극하게 하는 것으로서의 "사랑"[24] 사이에서 걸려 이명준은 떠오르지 못한다. 여기서 두 개의 바위에 가로막혔다는 것이 중요하다. 이데올로기만 전면화된다면, 그 이데올로기에 호명된 주체로서 남한이든 북한이든 명석한 두뇌의 소유자인 이명준은 그 사회에서 출세하는 길을 택할 수 있었을 것이다. 또는 사랑만 선택했다면, 이명준은 "이데올로기"를 무시하고 개인으로서 일상의 사랑에 만족하고 살 수 있었다. 그러나 이 두 "바위" 사이에 끼었다는 데에 이명준의 문제성이 있다. 사랑과 이데올로기 둘 다를 고민했던 이명준에게, 사랑이 이데올로기적 현실로 인해 불가능하게 되어버린 순간, 주체는 이데올로기적 현실을 제거하는 방법으로서의 자살밖에는 선택지가 없게 된다. 여기서 이명준의 자살의 의미를 선택하기 위해서는, 이명준이 애초에 왜 제3국을 선택했는지를 살펴야 한다.

> 중립국. 아무도 나를 아는 사람이 없는 땅. 하루 종일 거리를 쏘다닌대도 어깨 한 번 치는 사람이 없는 거리. 내가 어떤 사람이었던지도 모를 뿐더러 알려고 하는 사람도 없다. 병원 문지기라든지, 소방서 감시원이라든지, 극장의 매표원, 그런 될 수 있는 대로 마음을 쓰는 일이 적고, 그 대신 **똑 같은 움직임을 하루 종일 되풀이만 하면 되는 일**을 할 테다.(민음사, 185면)

이명준은 남북한을 선택할 수 없었기 때문에 제3국을 선택했고, 그 제3국 선택은 단지 자연적 수명의 연장에 지나지 않았다. 제3국행은 단지 "똑 같은 움직임을 하루 종일 되풀이만 하면 되는 일"을 하고, 아무도 자신을 모르기에 선택한 공간일 뿐이다. 따라서 이명준의 자살에 대한 선택은 현실도피가 아니라, 아무런 전망도 없는 단순한 자연적 수명의 연장이냐, 아니면 자살이냐의 문제였다.

그리고 이명준의 마지막 자살 장면은 민음사판에서는 갈매기로 나타난 은혜와 그의 딸에 대한 애정으로 인해 선택된 것으로 나타난다. 이러한 이명준의 자살 행위를 이해하기 위해서는 사랑에 대한 논의들을 참조할 필요가 있다.

주류적인 서구 철학사에서 감정은 늘 이성에 대해 부수적인 위치로 취급받았다. 플라톤, 아리스토텔레스, 스피노자와 칸트에 이르기까지 감정은 이성에 의해 통제되어야 할 재료에 불과했다.[25] 이러한 이성 우위론에 대해 감정이 이성에 앞선다는 코페르니쿠스적 전환을 한 철학자로 막스 셸러(Max Scheler, 1874~1928)의 논의를 참조해 볼 수 있다. 그는 감정을, 사실 자체에 대한 직접적 직관, 선천적 인식, 인식의 근원으로 규정한다. 즉 인간의 감정을 이성에 의해서 설명될 성질의 것이 아니라, 이성과 동등하며 다른 정신을 구성하는 요소로 끌어올린 것이다. 더 나아가, 오히려 감정이 이성을 지배하고, 이성적 사고와 판단 그리고 행위의 방향을 결정짓는다고 주장했다.[26] 이러한 셸러의 철학은 감정의 중요성을 서구 철학사에서 부각시켰다는 점에서 유의미하며, 『광장』에 나타난 '사랑'의 의미를 고찰하는데 도움을 준다.

이명준은 관념론적 사색으로, 이데올로기가 제시하는 '현실'을 돌파해보려 노력한 인물이다. 그의 이성으로서는 바다 "밑의 깊이의 무서움"을 알 수도 없고, 마침내 암초에 걸려 죽어버리고 말았다. 그럼에도, 그의 죽음은 스스로의 선택이었으며, 특히 "사랑"이라는 "직접적 직관"으로서의 선택이었다. 사랑을 비롯한 감정은, 이성에 의해 추후에 분석되고 설명될 수 있지만 언제나 잉여가 남는다. 우리는 '이미 느낀다'. 남한과 북한 어느 쪽도 선택할 수 없고, 어디에도 전망이 없음을 이성적으로 판단한 이명준은, "사랑"이야말로 선택해야 할 유일한 선택지임을 직관적으로 느낀다.

> 자기가 무엇에 홀려 있음을 깨닫는다. 그 넉넉한 뱃길에 여태껏 알아보지 못하고, 숨바꼭질을 하고, 피하려 하고 총으로 쏘려고까지 한 일을 생각하면, 무엇에 씌웠던 게 틀림없다. 큰일날 뻔했다. 큰 새 작은 새는 좋아서 미칠 듯이, 물속에 가라앉을 듯, 탁 스치고 지나가는가 하면, 되돌아 오면서, 바다와 놀고 있다. 무덤을 이기고 온, 못 잊을 고운 각씨들이, 손짓해 부른다. 내 딸아. 비로소 마음이 놓인다. 옛날, 어느 벌판에서 겪은 신내림이, 문득 떠오른다. 그러자, 언젠가 전에, 이렇게 이 배를 타고 가다가, 그 벌판을 지금처럼 떠올린 일이, 그리고 딸을 부르던 일이, 이렇게 마음이 놓이던 일이 떠올랐다. 거울 속에 비친 남자는 활짝 웃고 있다.(민음사, 200면)

여기서 시간적 혼동이 일어나며, 화자는 데자뷰 현상을 겪고 있다. 또 "신내림"이 언급되며, 비이성적이고 직관적인 깨달음이 강조된다. 결국, 화자는 마음을 놓으며, 활짝 웃는다.

다시 서문으로 돌아가자면, 서문에서 인생은 바다의 깊이를 탐험하는 잠수부이며, 소설가는 등장인물로 하여금 심해를 탐사하게 하여 정보를 수집하는 이로 규정된다. 이는 졸라의 '실험소설론'이나 김동인의 '인형조종술'과는 전혀 다른 소설관을 보여준다. 졸라의 실험소설론이 주어진 환경에 반응하는 주인공의 심리에 대한 관찰이자 기록으로서의 소설이며[27], 김동인의 인형조종술이 등장인물에 대한 신적인 소설가의 통제권을 의미한다면, 최인훈의 소설관은 등장인물을 작가 대신 바다의 "위험한 깊이"를 탐험하게 함으로써 이를 대리 체험하는 것을 의미한다. 작가는 졸라나 김동인과는 다르게, 주인공에 대한 깊은 애정을 보인다. "인형"이 아니라 "친구"이며 "사람"으로 주인공을 취급한다. 여기서 소설가의 태도는 "풍문에 만족지 않고 늘 현장에 있으려고 한 태도"(《새벽》)와 달리 바다 위에서 "송신"한 정보를 듣고 있는 태도이다. 그러나 이는 "풍문"이 아니라 직접 체험한 사실을 수신받은 귀중한 정보이다. 이에 대해 최인훈은 소설의 의의를 다음과 같이 서술한다.

> 지금이라면 이명준이 혹시 목숨을 보전하는 데 도움이 되지 않을까 싶을 만큼의 심해 정보를 가지게 되었다.
> 그러나 슬프다, 그런들 한번 간 사람에게야 무슨 쓸모가 있겠는가.
> 그저 마음을 달래볼 수 있는 한 가지 길은, 지금 내가 가지고 있고, 잘 쓰기만 하면 숱한 잠수 벗들에게 유익할 수 있는 심해 정보의 쌓임이 이명준에서 비롯되었고, 그는 안내

없는 바다에 내려간 용사였음을 다짐하는 일이다.(민음사)

앞으로 심해에 뛰어들 "숱한 잠수 벗"들에게 유용한 정보를 제공하는 것으로서의 소설이 최인훈이 생각하는 소설의 의의이다. 이는 최인훈 소설이 '관념'을 강조하기는 하지만, 해당 상황 내의 존재로서의 직관적인 '감정'을 중시한다는 것을 의미한다. 철학이나 역사학, 사회학적 분석은 이성적으로 해당 사회를 이해하는 여러 가지 방법을 제시할 뿐이다. 그러나 소설 속 주인공으로 하여금 삶을 살아가도록 하는 것은, 독자들이 주인공의 감정을 대리 체험함으로써 감정적으로 현실을 직관할 수 있게 한다. 이는 최인훈의 이명준에 대한 감정적 애착을 설명할 수 있게 하고, 그가 이명준을 "안내 없는 바다에 내려간 용사"라고 평가한 점도 이해할 수 있게 한다. 이명준은 철학, 역사, 사회와 같은 이성적, 논리적 '안내'에 따른 것이 아니라, 그 세계를 감정으로 체험하는 "용사"였던 것이다. 따라서 이는 이동하의 비판처럼 이명준의 "은혜와의 사랑"에 대한 태도를 "현실도피의 욕구 일변도"[28]라고 평가할 수 없다. 이성으로서는 실패할 수밖에 없을 때, 감정은 현실 인식의 중요한 도구이며 여기에 문학의 가능성이 놓인다고 최인훈은 파악하고 있었다.

4. "우리 친구"에서 "나의 친구"로 그리고 타자로

이러한 민음사 1973년도 판 서문과 같은 해에 쓰인 서문이 일역판(동수사 판본) 서문이다. 식민지 시기부터 한국 문학을 일본에 번역 및 소개해왔던 김소운에 의해 일어로 번역된 판본으로 여기에 최인훈이 번역판에 서문을 새로 쓴다. 이렇게 번역판본에 서문을 최인훈이 새로 쓴 경우는 현재까지는 1973년도 일역판본뿐인 것으로 보인다. 처음으로 최인훈 『광장』이 번역된다는 점에서 최인훈이 직접 서문을 새롭게 쓴 것으로 보인다. 여기서 최인훈은 한국이나 일본에 대한 어떠한 언급도 하지 않는다. 다만 일관되게 "사람" 보편의 논의를 하면서 이명준을 "삶의 짐작을 아무도 가르쳐주지 않고, 혼자 힘으로 깨닫기는, 혼자서 태어나기가 어려운 만큼이나 어려운 시대"에 삶의 짐작을 깨닫기 위해 고군분투 한 사람으로 그린다. 최인훈은 그렇기 때문에 이 주인공이 보편적일 수 있다고 말한다.

> 위대한 사람이라면 이 막다른 골목에서 빠져나오는 힘이 있으리라. 그러나 이 주인공에게는 그런 힘이 없다. 그리고 이 주인공과 시대를 함께하는 많은 사람들에게도 그런 힘이 없다. 그래서 그가 한 자리 얘기의 주인공이 된 것은 그가 위대해서가 아니다. 되레 그렇지 못한 탓으로, 많건 적건, 많은 사람들의 운명의 표징으로서 이 소설 속에 나타난 것이다. 이 주인공이 만난 운명은 그 같은 사람에게는, 너무 갑작스러웠다는 것, 힘에 부쳤다는 것 — 이런 까닭으로 이 주인공은 파멸로 휘말려갈 수밖에 없었다. 이 일 또한 주인공 한 사람의 생애라는 말로 끝나지 않는다. **이 국토에 시대를 함께한 숱한 사람들이 만난 운명**이다.(동수사[29])

1960년대 한국 독자들에게 "우리"로 1970년대 한국 독자들에게는 "나의 친구"로 불렸던 이명준은, 같은 해 1973년 일본 독자들 앞에서는 "이 국토에 시대를 함께한 숱한 사람들이 만난 운명"을 경험한 주인공으로 제시된다. 특히 마지막에

> 살아 있는 사람의 한 사람으로서, 작자는 이 소설의 주인공에 대해서 큰소리칠 자리에 있지 못하다. 그가 쓰러진 데서 한 걸음인들 내디뎠다는 믿음을 못 가졌기 때문이다 —

라고 끝내, 작자와 주인공 사이의 친연성을 강조하고 있다. 이는 앞서 민음사(1973) 판본과 마찬가지로 "죽은/쓰러진", 그리고 "파멸"한 주인공이라는 공통된 인식을 보여준다.

1976년 문학과지성사 서문부터는 개정판에서 무엇을 고쳤는지가 먼저 나온다. 이제 "우리"로 호명하는 것은 한국어를 쓰는 언중을 가리킬 뿐이며, 아직 광장의 주인공은 "이명준"으로 불리지만 마지막에 한 번 등장할 뿐이다. 이는 앞서 "우리"를 애타게 호명하던 《새벽》판이나, 이명준을 "우리 친구", "나의 친구"라고 부르던 때와는 전혀 다른 심정을 보여준다.

> 다음에 고친 것이 한자어를 모두 비한자어로 고친 일이다. 우리 소설 문장은 한자어를 한글 표기로 하기 때문에 (…) 위와 같은 개정 내용들이, 나의 짐작으로는, 이명준의 사

람됨과 그의 걸어간 길을 독자에게 좀더 가깝게 느끼게 하는 데 조금은 보탬이 되지 않았을까 생각한다.(문학과지성사, 1976)

이제 서문이라는 공간은, 소설의 내용과는 거리를 둔 채 어떤 부분을 개작했는지에 대한 보고로 변모한다. 이는 1989년도 판본에서도 지속되는 현상인데, 특히 여기서는 이명준을 처음으로 "주인공"이라고 명명하고 후에 "이명준"이라고 그 이름을 표기하는 식으로 바뀐다.

이 작품의 첫 발표로부터는 30년, **소설 속의 주인공**이 세상을 떠난 날로부터는 40년에 가까운 세월이 흘렀다. 이 소설의 주인공이 겪은 운명의 성격 탓으로 나는 이 주인공을 잊어버릴 수가 없다. 주인공이 살았던 것과 그렇게 다르지 않은 정치적 구조 속에 여전히 필자는 살고 있기 때문이다. **이명준**은 그가 살았던 고장의 모습이 40년 후에 이러리라고 생각하였을까 — 이런 생각이 떠오르는 것이다. 당자가 아니기에 단언할 수는 없지만, 아마 현실의 결과보다는 훨씬 낙관적인 전망을 무의식적으로 지니고 있지 않았을까 싶다.(문학과지성사, 1989)

이제 이명준은 작가와 분리된 존재로, 주인공의 무의식은 작가가 "추측"해볼 수밖에 없는 타자로 나타난다. 거제도 포로수용소에서 제3국을 선택하고, 제3국으로 가는 바다 위에서 자살을 선택한 이명준이라 해도, 1989년 당대 현실보다는 "훨씬 낙관적인 전망"을 지니고 있었을 것이라 한다. 이는 분명 당대 현실에 대한 날선 비판이다.

실제 본문에서 다음의 대목은 이명준의 "통일한국"에 대한 전망을 보여주고 있다.

> 몇 년에 한 번쯤, 코리어 얘기가 서넛 너덧 줄 날 때가 있을 것이다.
> '코리어 관광협회에서는, 코리어에 오는 외국 여행자들이 해마다 늘기 때문에, 어린애들이 그들을 따라다니느라고 공부를 게을리한다는, 현지 주민의 불평을 정부 당국에 강력히 드러낸 탓으로 내각이 넘어졌다.'
> 이 글을 보면서 나는 빙긋 웃는다. 기웃해 들여다보던 간호부가 한마디 한다.
> "이런 나라는 얼마나 살기 좋을까?"(문학과지성사, 1989, 157~158면)

여기서 관광협회가 현지 주민의 불평을 드러낸 것으로 내각이 넘어졌다는 것은 역설적 상황이다. 정부 산하 "관광협회"라면 관광 수입의 극대화를 추구해야 하는 조직인데도, 관광객이 늘어서 아이들이 공부를 게을리 한다는 현지 주민의 불평을 정부 당국에 제시하고, 이 때문에 내각이 교체되는 지경이다. 이는 조직의 이익이 아니라 공공성(아이들 공부)을 더 중시하는 이상적인, 그야말로 '유토피아'적 사회라고 할 수 있다. 이명준은 이러한 유토피아적 코리아 사회 기사를 보며 "빙긋" 웃는다. 또한 이러한 "코리어"가 사우스나 노스가 아니라 "코리어"라고 쓰인 부분을 주목해야한다. 실제로 《새벽》 발표본과 정향사 판본 그리고 신구문화사 판본과 민음사(1973) 판본까지는 이 부분이 "한국"으로 표기되어 남한을 가리키는 것으로 되어 있다가 문학과지성사(1976) 판본부터는 "코리어"로 표기되고 있다. 왜 굳이 최인훈은 "한국"에서 "코리어"로 바꾸었을까? 이는 7·4 남북공동성명과 직접적 연관성이 있다.

최인훈은 여러 곳에서 7·4 남북공동성명의 의의를 강조하고 이에 대한 기대감을 표출하고 있다. 특히 다음과 같은 대목을 살펴보자.

> 7·4남북공동성명은 한국 현대사의 다음 단계를 열어놓았다. 아마 이 성명은 한일 병합, 8·15해방, 6·25에 견주어 무게가 결코 낮지 않다. 7·4성명은 특히 한반도에서 살고 있는 모든 사람들에게 있어서 역사적인 선례를 찾는다면 아마도 유럽 근대에서의 종교 개혁에 견줄 만한 사건이었다. (…) 2차대전 후에 한때 위험한 수위에까지 이르렀던 대결의 모습은 1960년대에 벌써 해빙하기 시작했다.

그러나 한반도에서만은 결빙은 여전히 단단했던 것이 우리가 산 시간이었다. 7·4성명은 이 결빙에 굵은 금을 만들어놓았다.(「문명 감각」, 『유토피아의 꿈』, 문학과지성사, 2010, 175~176면.)

이러한 기대감은 이명준의 남북한 상황에 대한 전망을 변화시킨다. 이전 『광장』의 같은 대목이 나타내는 것은 "한국"이 유토피아적 사회로 변한다는 것이었다면, 이제는 분단된 남북이 아닌 통일된 "코리어"로 변한 것이다. 이는 이명준이라면 1989년쯤 되었을 때는, 당시 1989년 남북한보다는 훨씬 더 낙관적으로 변해있었을 것이라고 전망했다는 1989년 서문의 서술과 연결된다. 이렇게 이명준을 매개로 당대 사회를 비판하며, 동시에 이명준은 "나의 친구"가 아니라 주인공 이명준으로 객관적으로 제시된다.

이러한 변화는 2010년도 판에서는 더 극명히 드러나서, 이제 "이명준"이라는 이름도 등장하지 않고 오직 "주인공"으로만 지칭되고, 주인공에 대한 작가의 동일시도 나타나지 않는다. 이제 작가는 주인공의 "짐"을 덜어주려 하고, "도움을" 주려고 하는 시혜적 입장에 선다. 20대 이명준을 친구라 불렀던 20대 최인훈은, 이제 70대 노인으로서 50년 전 소설 속 20대의 짐을 덜어주려 하는 것으로 바뀐 것이다.

지난봄 증쇄본에 새 개정 부분을 만들어 넣었습니다. 주인공의 그 당시 마음과 바깥세상의 관계가 좀 더 자연스럽게 맞물리게 하자면 어떻게 묘사하는 것이 더 적절하게 독자에게 다가설까 하는 생각을 따라가본 끝에 나온 교정입니다. 초판본의 그 부분에 전혀 개연성이 없다 할 수는 없겠지만 **주인공에게 좀 지나치게 무거운 짐**을 지운 것이 아닌가 싶은 느낌이 줄곧 있어왔기 때문입니다. 초판본에서 뜻한 효과가 다 사라지지는 않으면서 너무 강조되지는 않게 보이는 쪽으로 고치는 것이 **작가가 이 주인공에게 도움을 줄 수 있는 길이라고 생각한 것입니다.** 아무쪼록 **이후의 독자들에게도 도움이 되었기를 바랍니다.**(문학과지성사, 2010)

"주인공에게 좀 지나치게 무거운 짐"을 지운 것 같아서 고친 부분 중 가장 핵심적인 변화 중 하나가 바로 북한군으로서 이명준이 서울을 점령했을 때 태식을 고문하는 장면이다. 문학과지성사(1989)에서는 이것이 소설 속 현실로 나타나지만, 2010년도 판본에서 이는 "수용소에서 무서운 꿈을 꾼다"라고 하여 이명준의 꿈으로 처리되었다.

최인훈이 거듭 강조하는 "도움"의 의미는 무엇일까? 주인공에게 그리고 독자에게 도움을 주기를 바라는 태도는, 70대 최인훈이 어린 주인공과 독자들을 배려하는 태도이다. 이명준이 실제로 태식을 고문하고 윤애를 겁탈하려고 했던 것이 아니라, 이것은 이명준이 수용소에서 꾼 무서운 꿈에 지나지 않는다고 처리해서 이명준은 현실상 어떠한 악도 저지르지 않은 순수한 존재로 남는다. 기존 판본이 남한 정보부 형사의 폭력성을 이명준도 학습하여 그대로 태식에게 폭력적 고문을 실행하는 모습을 보여준다는 점에서 문제적이라면, —

> 그런 일은 없었다. 아무리 생생해도 그것은 꿈이었다. 친구를 한 사람만 대라면 그는 태식이었다. 윤애에게 큰 빚을 졌으면 졌지 그렇게 대하리라고 꿈 밖에서도 생각해본 적은 없다. 내 마음 안에서 나와 상의 없이 일어난 현실, 그건 내가 아니다.(2010, 178면)

— 이러한 대목으로 변화한 것은 분명 주인공 이명준에게 큰 짐을 덜어준 것이다. 그러나 이는 오히려 독자들에게 자기반성을 할 수 있게 한 대목을 삭제한 것이라고 해석 가능하다. 외부의 폭력에 대한 비판뿐만 아니라, 어느새 그 외부의 폭력을 내면화[30]하고 있는 기성세대로서의 자기 자신에 대한 성찰이 있어야만 폭력의 악순환을 끊을 수 있다. 앞서 "우리 친구", "나의 친구"라고 이명준을 지칭하던 동시대 최인훈은, 이제 70대 노인으로서 20대 청년의 "기성세대"로서의 폭력의 내면화를 그에게 "짐을 지운 것"이라고 여기게 된다. 이것을 단도직입적으로 한계라고 비판할 수는 없겠으나, 분명 작가의식이 이명준을 "친구" 즉 동료에서 이제 "도움"

을 주어야 할 대상으로 보게 되었다는 증거가 된다. 기성세대의 입장에서 20대 청년에게 성인으로서 책임을 묻기에는, 이명준과 그의 세대는 1950년 당대에는 아직 전쟁 경험을 제대로 성찰할 수 있는 거리와 연륜이 없었다는 판단과 그럼에도 불구하고 2010년 현재 폭력의 내면화를 반성할 수 있는 계기가 더 중요하다는 판단 사이에서 최인훈은 전자를 선택했다. 이러한 최인훈의 이명준과의 거리두기는 1989년 판본에서부터 확연하게 나타나게 되어, 서문의 성격은 본문과의 밀접한 관련 속에 본문의 내용에 대해서 발화하는 파라(para)의 층위에서, 본문이 어떤 부분을 고쳤는지를 보고하는 메타(meta)적 형식으로 변화하게 된다.

5. "이명준"과 "우리"의 소멸과 거리감의 확보

앞서 이 글은 기존『광장』개작에 대한 연구들이 서문을 주변화하고 본문만을 특권화하여 논의한 것을 비판하고, 작가의식의 직접적 표출인 서문이 50년의 세월을 거치면서 어떻게 변해왔으며 그 의미는 무엇인가를 탐구했다. 이를 통해 궁극적으로는 기존 한국 문학사 연구에 있어서, 텍스트의 '본문'만이 주요한 연구 주제로 다루어져 온 것을 비판하고 텍스트를 바라보는 새로운 시각을 제시하려 했다. 어떤 텍스트들은 '본문'만이 남아있고, 독자들에게도 '본문'이 중요한 문제로 다가온다. 그러나 다른 텍스트들, 특히 최인훈의『광장』과 같은 텍스트는 '본문' 이외의 곁다리텍스트 중 하나인 서문이 텍스트의 특수성을 잘 드러내준다.

7개에 이르는 서문들과 함께 나온 각각의 『광장』이라는 텍스트들은 그 자체로 50년의 역사를 보여준다. 이를 통해 《새벽》 판본에서 나타나는 서문과 본문 사이의 긴장의 의미를, 4·19혁명에 대한 작가의 적극적 참여로 보았다. 이는 정향사 판본에서는 보편적인 광장과 밀실이라는 대립으로 변화한다. 1970년대 판본의 서문들에서는 "광장/밀실"의 대립 대신에 "이데올로기/사랑"의 대립이 전면화된다. 또 "우리 친구" 이명준은 "나의 친구"로 변화된다. 80년대에 들어서서는 이제 이명준은 '타자'로서 표상되게 된다. 이러한 변화 자체가 최인훈의 『광장』들이 50여년의 세월 속에서, 한국 사회와 함께 변화하며 운동하고 있었음을 보여준다.

1960년 4·19의 "빛나는 공화국"에서 쓰인 『광장』은 4·19혁명의 실패에 대한 진혼곡이 필요했던 1973년도 판본으로, 그리고 이명준도 이렇게 한국 사회의 모순들이 미해결로 남아있을 거라고는 생각지 않았을 것이라 날선 비판을 가하는 1989년 판본으로, 그리고 마침내 독자들에게 "도움"을 건네는 2010년도 판본으로 변화한다. 시대의 변화 속에서 이에 대응하며 함께 설레하고 분노하고 마침내 도움을 주는 모습으로 변화하는 것이 바로 『광장』이라는 텍스트의 특이성이라 할 수 있다.

'얼굴/가면'에 가려진 '몸/예술'의 가능성
— 최인훈의 「가면고」 연구

허선애(순천향대학교 강사)

1. 들어가며

'얼굴'과 '가면'이라는 두 개의 이미지를 중심으로 전개되는 최인훈의 초기작 「가면고」는 독고민 그리고 독고민의 최면을 통해 다문고(多聞苦) 왕자가 각각 지닌 '얼굴'에 대한 욕망과 이를 통한 자기 창조, 자아 완성이라는 관점에서 해석되어 왔다. 소설의 주 인물이 가진 중요한 욕망이 '얼굴'을 향하고 있으며, '다문고' 왕자의 경우 이 '얼굴'이라는 욕망을 성취한 후의 깨달음을 통해서 절대자의 지위에 도달했다는 점, 그리고 이 소설의 제목 역시 '얼굴'과 짝을 이루는 '가면'이라는 점을 고려할 때, '얼굴'이 「가면고」의 주 서사에서 핵심적인 기능을 맡고 있음은 자명하다.

「가면고」는 최인훈의 다른 작품에 비해 많이 연구되지 못했으며, 몇 안 되는 연구들은 거의 유사한 관점을 견지하고 있다. 「가면고」의 주인공인 독고민이 사유하는 주요 내용이 '자기 완성' 혹은

'외면과 내면의 일치' 등으로 주제화되고 있다는 점, 화가인 미라와 무용가인 정임이라는 두 여인 사이에서 '사랑'에 대해 고민하던 독고민이 '정임'을 통해 심리적 안정을 얻게 되는 결말, 독고민의 전생으로 표현되는 다문고 왕자 역시 마가녀에 대한 사랑을 느낌으로써 구원에 이른다는 점, 또한 이것이 『광장』을 발표하기 직전 작품이라는 점에서 「가면고」는 대체로 '자기 구원'과 '사랑'의 맥락에서 해석되어 왔다. 이는 김병익의 비평 이래로 반복적으로 활용되던 「가면고」의 주제어가 되었다.[1] 이러한 해석 및 연구에서 레비나스의 '얼굴' 개념은 유용한 참조점이 되고 있다.[2] 레비나스에 따르면 '얼굴'은 어떠한 지시 체계로도 환원할 수 없는 의미를 지닌 것이며, 타자의 존재를 저항 없이 맞아들이는 계기로 작용한다. 즉 타자는 '얼굴의 현현'을 통해서 주체에게 다가오며, 주체는 '얼굴'로 드러난 타자에 대해 '정의로'워야 한다는 명령을 받아들인다.[3]

레비나스의 '얼굴' 개념은 타자를 있는 그대로 마주하는 것, 즉 타자의 존재를 있는 그대로 인정함으로써 주체와 타자의 윤리적 관계를 맺을 수 있는 계기가 되는 것이다. 이러한 레비나스의 타자철학이 최인훈의 사상적 기반의 일부를 이루고 있음은 타당한 해석이라 할 것이다. 하지만 이 타자철학이 구현되는 방식은 물리적 차원의 '얼굴'을 이미 떠나 있다. 만일 레비나스의 얼굴 개념을 「가면고」의 '얼굴' 이미지에 그대로 적용하는 것이 설득력을 갖추려면 독고민이 타자의 얼굴에 대해 성찰하거나, 그 얼굴과 마주 대하는 장면이 중요하게 제시되어야 한다. 「가면고」의 소설 초반부에서 독고민은 우연히 마주친 여자의 얼굴을 상세히 묘사하고 있긴 하지만, 이 묘사는 자신의 과거 기억을 환기하는 데에 활용된다. 이후 독고민에게 타자의 '얼굴'은 한 번도 관심의 대상이 된 적이 없다. 소설 속에서 숱하게 반복되는 '얼굴/가면/탈'에 대한 사유는 거울 속의 '나', 내면의 '나'에 대한 사유를 향하고 있으며, 심지어는 독고민의 연인으로 등장하는 미라와 정임의 '얼굴'에 대해서도 독고민은 어떠한 사유도 보여주고 있지 않다. 다문고 왕자의 경우에는 많은 이들의 '얼굴'을 마주하지만, 그것은 자신의 진정한 얼굴을 찾으려는 시도가 실패를 거듭한 후, 마법사 부다가의 술책에 따라 다른 사람의 얼굴을 자신의 얼굴에 덧씌우기 위한 것이었다. 그렇다면, 다문고가 타자의 얼굴을 보는 시선 역시 레비나스 식의 '타자의 현현'이라고 보기는 어려울 것이다. 요컨대, 최인훈의 「가면고」에서의 '얼굴'은 반복적으로 주체가 자신의 자아를 성찰하는 수단으로 제시되는 것인데, 이를 타자성을 강조하는 윤리학의 개념으로 평가하는 것에는 논리적인 모순이 남는다.

양윤의는 여타의 연구와 유사하게 「가면고」에서 '얼굴'이 "주체와 타자 간의 시선을 매개하는 데 유용한 장치"(213)라고 평가하며[4], 소설의 결말 부분에서 '얼굴'과 '가면'에 대한 서술이 사라졌음을 포착해내고 있다. 그러면서 이를 개인의 주관적 시선으로 판단·평가되던 타인의 존재가 '살아 있는 사람'임을 깨달음으로써 '얼굴'이 재현 불가능한 상황에 처한 것으로 해석한다.[5] 하지만 소설의 후반 변화된 독고민이나 다문고 왕자의 태도를 고려할 때, 여전히 존재하는 '얼굴'이 이성으로 판단되는 영역을 벗어남으로써 재현 불가능한 대상이 된 것이 아니라, '얼굴'이 더 이상 중요하지 않은 것이 됨으로써 서술의 문면에서 사라진 것으로 해석하는 것이 더 타당해 보인다.

자기 자신에 대한 추구가 '얼굴'에 대한 집착으로 형상화되고 있으나, 독고민도 다문고 왕자도 종국에는 그 집착을 버리는 것으로써, 혹은 그 얼굴에 대한 집착이 사라짐으로써 자기 분열적 상태에서 벗어난다. 독고민은 자신이 '가면'이라 여겼던 자신의 현재 얼굴을 인정하는 방식으로, 다문고 왕자는 자신이 가지고자 했던 다른 이의 얼굴을 가질 수 없음을 깨닫고 후회하는 방식으로, 그리고 독고민이 창작한 무용극의 인물인 왕자는 자신이 쓰고 있던 가면을 벗어버림으로써 이른바 '완성'에 도달하게 된다. 결국 그 '얼굴'에 대한 집념이 사라짐으로써 얻은 자각이 인물에게 내면의 평화, 혹은 구원을 가져다준 것이라면, 「가면고」에서 이 넘쳐나는 '얼굴'의 이미지를 괄호 쳤을 때 보이는 무언가가 결국 자아 완성의 진정한 계기일 것이다.

이 글은 그동안 「가면고」에서 전면화된 이미지인 '얼굴/가면'에 가려서 주목받지 못했던 '신체'의 의미를 살펴보고자 한다. 이 「가면고」에서 인물이 얼굴에 집착하면 할수록 두드러지게 드러나는 것은 신체, 누군가의 몸이다. 가령, 독고민은 전쟁의 이미지를 절단된 타인의 신체로 환기하며, 그것을 자기 것으로 치환함으로써 자신이 일종의 '자격'을 갖추었다고 생각하게 된다. 또한 독고민이 그의 애인 미라와 지속적으로 갈등을 겪게 되는 이유 중 하나도 신체라고 할 수 있다. 가령, 독고민이 미라에게 가장 큰 분노를 표출한 순간은 자신이 잠든 순간, 미라가 자신의 발만을 화폭에 담았을 때였다. 그리고 독고민이 미라와 달리 정임에게 사랑/구원을 느끼게 된 것은 위험하게 난간 위를 걸어가는 정임의 몸을 발견하게 되면서부터였다. 이렇듯 독고민이 겪은 갈등이나 변화의 계기에는 '얼굴'보다는 '신체'가 더 많이 이미지화된다. 외부적 사건이 '신체'를 둘러싸고 벌어지는 데에 반해, 독고민의 내면은 그것을 회피하면서 더욱더 강력하게 얼굴에 집착하게 되는 것이다. 환언하자면, 독고민에게 '얼굴'은 여타의 신체와는 다른 형상으로, 신체보다 우월한 정신을 구현할 수 있는 유일한 외부라고 여겨진다. 그러므로 자신의, 혹은 타인의 신체를 외면하는 주체는 정신과 신체를 이분법적으로, 그리고 수직적 위계질서에 따라 이해하고, 이 이분법을 극복하려는 욕망은 현재와 다른, '진정한', 또는 '완전한' 얼굴을 갖추려는 과도한 집착을 갖게 한다.

하지만 최인훈의 소설에서 인물의 내면적 평정에 도달하는 방식은 '얼굴'이 아니라, 온전한 '몸'의 드러남을 통해서만 가능한 것으로 제시된다. '얼굴'을 매개하지 않고 자아분열적 상황을 벗어남으로써, 독고민이 그간 지니고 있던 '얼굴'을 향한 집착이 그릇된 것임을 보여주며 또한 인물의 갈등을 무화시키는 '몸'을 전면화함으로써 최인훈은 새로운 가치를 제시하고 있는 것이다. 「가면고」의 독고민은 자기 완성이나 주체화의 길로 나아가는 것이 아니라, 새로운 사상적 경지로 진입한다. 때문에 이 글의 2장과 3장에서는 앞서 언급한 장면에서 나타난 '얼굴'과 '몸'의 이미지를 살펴보면서 작가의 지향점을 확인하고자 한다.

한편 「가면고」의 독고민을 둘러싼 두 명의 여성은 미술과 무용이라는 예술 형식으로 대립하고 있다. 「가면고」에서는 미술과 무용이라는 두 개의 상이한 예술이 '몸'을 활용하는 방식의 양 극단에 놓여 있으며, 이에 대한 가치 판단은 이후 전개되는 최인훈의 문학론의 초석이 된다. 이를 확인하기 위해 이 글의 4장에서는 「가면고」의 이미지를 『서유기』에 드러나는 사유와 연결해보고자 한다. 본고에서 주목하고 있는 것은 「가면고」에서 '무용'을 형상화하는 방식인데, 우연히도 『서유기』에서 역시 예술/문학의 속성을 '춤'에 빗대어 설명하고 있다. 또한 이미지를 설명하기 위해 예를 들고 있는 '발끝으로 선 무희'의 이미지는 공연을 끝내고 옥상에서 독고민을 마주한 정임의 모습을 연상시킨다. 여러모로 「가면고」는 이후 최인훈의 문학/예술적 사유의 단초를 보여주는 작품이라 할 수 있다.

2. 가로챈 신체, 어긋나는 신체의 파편으로서의 '얼굴'

「가면고」를 제외한 최인훈의 초기 소설에서도 '몸'은 서사의 흐름에서 중요한 기호로 작용한다. 최인훈의 등단작인 「그레이 구락부 전말기」에서 현은 자신과 입맞춤을 한 키티가 K의 누드화 모델이 된 것에 노여움을 느낀다. 현이 그레이 구락부의 문제로 형사에게 취조를 당한 후 키티에게 구락부에서 탈퇴할 것을 권하자 키티는 그레이 구락부의 관념성을 강하게 비난한다.

> "웃기지 마세요. 그레이 구락부가 무에 말라빠진 것이지요? 무능한 소인들의 만화, 호언장담하는 과대망상증 환자의 소굴, 순수의 나라! 웃기지 말아요. 그 남자답지 못한 잔신경, 여자 하나를 편안히 숨 쉬게 못 하는 봉건성. 내가 누드가 되었다고 화냈지요? 천만에, 난 당신들을 경멸하기 위하여 몸으로 놀려준 거예요. 그 어쩔 줄 모르고 허둥대는 꼴이란. 그레이 구락부의 강령이란 게 정신의 소아마비지. 풀포기 하나 현실은 움직일 힘이 없으면서 웬 도도한 정신주의는? 현실에 눈을 가린다고 현실이 도망합디까."[6]

현과 그레이 구락부 회원들의 삶의 방식이 "정신주의", 현실을 움직이지 못하는 방관자적 태도라면, 키티는 자신의 "몸"을 드러냄으로써 그 태도를 조롱하고 경멸한다. 행동하지 않는 정신주의자를 비난하는 키티의 몸의 실체성은 소위 지식인들의 관념적인 사유의 반대편에 서서 그들의 신념에 균열을 낸다. 키티의 몸에 반대되는 구락부 회원들의 관념적 사유는 「가면고」의 독고민에게도 여전히 남아 있다. 독고민은 자신이 목격한 전장의 시체들을 자신의 경험으로 사유한다. 이른바 속물들에게 "손쉬운 도피"라고 불리는 것이 구락부 회원들에게는 '움직이지 않음', 무위의 실천이 "훌륭한 움직임"이라는 역설적 진리로 믿어지는 것과 같이, 독고민에게 전장에서의 타인의 죽음은 곧 자신의 '죽음'으로 셈하여진다. 관념성에 대적할 수 있는 실제적인 몸이, 그리고 전장에서의 죽음이 단지 한 인간에게 "이 시대에 살 수 있는 세금"이라는 명목으로만 전유되는 것에 작가 최인훈은 거부감을 표한다.

> 숱하게 터져나가던 포탄들의 숫자를 그 자신의 인간 수업의 수입란에다 염치없이 적어 넣었었다. 숯덩이처럼 나동그라져 구르던 주검이며, 동강 난 팔이며 다리들을 그 자신의 수난으로 셈한 데 잘못이 있었다. 피를 부르며 부서지던 그 포탄들은 장군의 전황 지도에 필경 가장 관계 깊은 사실이었고, 동강 난 팔과 다리는 '남'의 팔 '남'의 다리였지, '그'의 팔 '그'의 다리가 아니었다는 지극히 당연한 진실을 느지막이나마 깨닫고야 말았다. 그의 팔다리는 여전히 붙은 자리에 붙은 채 전쟁은 끝났던 게 아닌가. 그는 아무것도 잃지 않은 채 전쟁을 치른 것이다. 이 시대에 살 수 있는 세금도 치르지 못했을 뿐더러, 부듯해졌다고 생각했던 몸의 밀도는 바늘 끝으로 살짝 건드리면 소리만 요란스럽게 터지고 말 저 풍선의 밀도마냥 얄팍한 거짓이었다. 퇴역 후 의젓한 긍정의 기분에 싸일 수 있었다는 것도, 남들은 눈알을 뽑히고 다리를 날려 보낸 그 끔찍한 도살장에서, 말끔한 몸으로 살아났다는 사실에서만 가능한 일이 아니었는가.[7]

독고민이 누군가의 신체를 직접 대면했던 것은 포탄이 넘나드는 전장에서였다. 그가 보았던 신체는 이미 목숨이 끊어진 후의 주검이었고, 파편화된 신체들이었다. 온전한 신체를 유지한 채 전쟁터에서 살아나올 수 있었던 독고민은 절단된 신체의 파편들을, 전쟁으로 인해 비어버린 자신의 청년기를 채울 수 있는 기호로 삼았다. 독고민에 초점화한 서술자는 소설의 후반부에서 독고민을 "포탄에 찢어진 '남의 팔다리'를 가로채면서"[8] 살아온 자라고 묘사한다. 「가면고」에서 구체적으로 드러나진 않지만, 독고민이 경험했던 전쟁의 충격은 그의 정상적인 삶을 불가능하게 할 정도로 치명적이었다. 그럼에도 불구하고 전쟁에서 독고민의 육체는 다행히도 온전한 상태로 보존되었고, 그가 다시 사회로 복귀하기 위해서 그는 누군가의 죽음의 형상을 자신의 것으로 "가로채"야만 했던 것이다.

타인의 신체를 가로채는 것, 누군가의 죽음을 전유하는 것만이 독고민이 생존할 수 있는 방식이었으나, 이 생존 방식은 독고민에게 또 다른 상징에 대한 집착을 야기한다. 그것은 「가면고」 전반을 관통하고 하고 있는 얼굴에 대한 욕망이다. 독고민에게 '얼굴'이란 전쟁을 경험한 기형적 내면을 가진 청년이 자신이 '가로챈' 자들의 삶과 내적 동일성을 갖추고 있다는 환상을 보여줄 수 있는 불가능한 상징 체계인 것이다. 독고민의 얼굴에서 이를 찾기란 불가능한 것이며, 그럴수록 독고민에게 자기혐오와 타인과의 불화는 깊어져만 간다.

독고민이 꿈꾸는 얼굴은 '내면'과 일치되는 '얼굴'의 모습이다.

이러한 욕망은 인간의 외양인 몸이 그 정신과 분리되어 있다고 보는 이분법적 사고를 전제로 한다. 이 같은 이분법에 기반을 둔 전통적인 철학에서 몸이나 신체는 정신에 비해 저급하고 지양되어야 할 것으로 여겨져왔다. 「가면고」의 독고민이나 다문고에게도 신체는 그 자신의 '내면'을 따르지 못하는 낮은 차원에 속한 것으로 인식된다.[9] 다만 '얼굴'이 우월한 정신을 표현할 수 있는 가능성을 가진 유일한 외부라고 생각하는 독고민은 현재의 자신의 '얼굴'은 부정하며, 우월한 정신을 형상화할 수 있는 또 다른 '얼굴'을 갖기를 꿈꾼다. 그러므로 독고민은 자신의 얼굴을 '탈'이라고 생각하게 되고, 그의 거울보기는 자기혐오를 자아내며, (불가능한) 진정한 '얼굴' 찾기에 끊임없이 집착하게 만든다.[10]

> 사람의 얼굴이란 참으로 신비한 것이다. 그들은 어찌하여 이런 얼굴을 가질 수 있었던가. 브라마와 가장 먼 자들이…. 나는 그 순간 이름 모를 미움의 솟구쳐옴을 느꼈다. 나의 마음을 늘 어둡게 하여오던 자기 행위에 대한 깊은 가책이 사라지고, 또다시 조용한 미친 불길이 가슴속에 타오르는 것을 보았다.
>
> 그렇다. 이것들은 그 아름다운 탈을 자랑할 아무 턱도 없다. 그들은 오직 무지한 탓으로 조용했을 뿐이다. 오직 무지한 탓으로, 가장 높은 것과 맺어져서 영원의 얼굴을 이루는 것은 그들에게 영광이어야 한다. 비록 성공하지 못하였을망

정, 그 실험의 자리에 오를 수 있었던 것만으로도 그들에게는 영광이어야 한다.

이렇게 생각하면서 얼굴들을 돌아보았을 때, 지금까지 생생한 부피로 맞서오던 그 많은 얼굴들은, 흙과 아교로 빚어 놓은 한갓 '물체'로밖에는 보이지 않았다.

나는 눈앞의 얼굴을 집어 들었다.

이제 아무 값도 없어진 이 정밀한 자연의 가공물,

이것들이 몸통에 붙어 있던 때라 한들 정작 지금과 견주어 얼마나 더한 값이 있었단 말일까. 자기를 모르고, 아트만을 찾는 일도 없이 살아온 삶은 짐승과 무엇이 다를 바가 있는가. 나는 얼굴을 제자리에 놓고 방을 나오면서 부다가를 불렀다.

(…)

"얼굴을 벗겨 들여라. 또, 또, 몇백 장, 몇천 장이라도."[11]

독고민과 마찬가지로 다문고는 자신의 진짜 '얼굴'을 찾고 싶은 욕망으로 고통받는 인물이다. 그는 자신의 '자아'를 '얼굴'로만 파악하는 것과 같이 타자 역시 '얼굴'로 파악한다. 독고민의 최면 속에서 다문고 왕자가 타자를 '얼굴'로만 인식하는 것은 기실 위험한 것이다. 진정한 얼굴을 찾고자 했던 다문고는 자신의 시도가 번번이 실패하자, 마술사 부다가의 술책을 따르기로 한다. 그것은 타인의 얼굴을 빼앗아 다문고의 얼굴에 씌우는 것이었고, 이를 위해 부다가는 많은 사람들의 얼굴을 빼앗는다. 다문고가 들어선 '얼굴의 방'은 이미 죽어 있는 '얼굴'들이 수없이 늘어서 있는 곳이었고, 그 얼굴들은 다문고에게 한갓 '물체'로밖에 여겨지지 않는다. 더욱이 다문고가 가진 권력은 살아 있는 모든 사람들을 '물체'로 간주하게 만들고, 그는 더욱 포악하게 '얼굴'을 얻기 위해 타인의 목숨을 빼앗으라는 지시를 한다. 타자의 '몸'을 지각하지 못하는 주체는 타자에 대한 '포악함'이 걷잡을 수 없이 증폭되는 것이다.

얼굴의 방에서 잔혹성을 여과 없이 내비쳤던 다문고 왕자의 모습은 이보다 먼저 서술된 독고민의 괴이한 취미를 연상시킨다. 독고민은 "얼굴만 있고 몸뚱어리는 막대기로 대신한" 인형을 수집하는 것을 즐긴다. 이는 독고민이 사람을 대하는 방식을 은유한다. 독고민은 인형을 보면서, '미라'가 인형과 같은 여자가 되어주기를 바란다. 미라를 그 자체로 대하지 못하고 자신이 원하는 방식으로 있어주기를 원하고, 또 미라의 모습에 자신을 투사하여 미라를 오해하는 것이 독고민이 미라를 '사랑'하는 방식이었다. 독고민이 미라에 대해 가진 시선과 사유의 폭력성은 일방적인 것만은 아니었다.[12] 미라의 화폭이 담아내는 독고민의 모습 역시 독고민의 신체를 마음대로 재단한 절단된 신체 그것과 같은 것이었다.

> '아직도 우리는 사랑하는 것일까…' 불에 얹힌 송진마냥 지글지글 번지는 생각을 발로 짓이기며, 엎치락뒤치락 보람도 없는 풋잠을 얼마나 잔 때였는지, 흠칫 민은 이상한 느

낌에 몸을 오그라뜨렸다. 등 뒤에서 보고 있는 남의 눈길을 느끼고 획 돌아보면 틀림없을 때의 감각이었다. 민은 정신을 가다듬으며, 기척 없이 약간 고개를 들어 발치를 내려다보았다. 미라가 이쪽으로 등을 보이고 민의 발쪽을 향하여 쭈그리고 앉았다. 그녀의 손 언저리를 눈으로 더듬어가다가 민은 숨이 막혔다. 미라의 스케치북에 그려져 가고 있는 민 자신의 마른 나뭇가지처럼 초라한 맨발.

다음 순간, 그는 욱하니 자리에서 일어나며 그녀의 손에서 그림을 빼앗아 갈기갈기 찢고 있었다.[13]

자신의 '발'만이 잘려진 채로 화폭에 담겨 있는 것을 발견한 독고민은 신경증적인 반응을 보인다. 마치 독고민이 거울 속 자신의 얼굴을 바라보며 느꼈던 불쾌함과, 그것을 부정하고 싶었던 욕망은 독고민의 '발'을 그려낸 화폭을 보면서도 동일하게 나타난다. 자신의 신체를 부정하고, 현재의 얼굴 역시 벗어버려야 할 것으로 인식하는 독고민이 새로운, 혹은 진정한 얼굴을 꿈꾸었던 것처럼, 자신의 신체의 일부인 '발' 역시 그에게 혐오감을 유발한다. 이 '발'은 새로운 얼굴을 갖지 못한 자신의 육체적 한계, 현재의 부정할 수 없는 자기 자신의 신체이다. 자신의 신체를 총체적으로 바라보지 못하는 독고민은 자신의 신체 모두를 부정하고 싶어 하며, 그 앞에 드러나는 부분으로서의 '발'은 극단적인 혐오를 유발하는 대상일 뿐이다. 요컨대, 자신의 '몸' 혹은 전체를 바라볼 수 없는 독고민은 파편화된 신체에서 자기혐오감을 느낀다. 이 분열적 상태를 벗어나기 위해서는 잘려지지 않은 몸, 전체를 볼 수 있는 시각이 필요할 것이다.

미라의 그림을 발견하고 격한 분노를 느낀 독고민은 그 길로 미라의 방을 나오고 미라와 심리적으로 결별한다. 미라가 자신이 원하는 모습의 여인으로 있어주기를 바랐던 독고민은 그녀의 그림을 본 이후 미라와 자신의 관계는 파편화된 신체의 환영이 되어 독고민을 괴롭힌다. 미라와 독고민의 관계는 신체의 파편들로 얽혀서 풀어낼 수 없게 된 것이다.

> 눈앞에 아물아물 모습이 나타난다.
> 앙상한 맨발.
> 그 발이 무엇인가를 자꾸 걷어차고 있다. 미라의 어깨다. 그녀의 까칠한 어깨는 차이면서도 비웃듯 이죽대고 있다. 발길은 자꾸 헛나간다. 어깨는 오히려 들이대듯 비죽거린다. 하얀 발바닥이 퍼뜩퍼뜩 뒤집히며 허공을 찬다. 어디선지 소리가 들린다. (…) 약오르으지이 약오르으지이 장단에 맞추어 이죽대는 어깨, 헛차는 발길…[14]

미라의 시선은 독고민의 '발'이라는 부분을 향해 있었다. 미라의 화폭은 자신의 시선이 도달할 수 있는 일부, 제한된 시야만을 담을 수 있으며, 그 시선에 의해 재단되는 독고민의 신체는 독고민으로 하여금 분노를 유발한다. 그 분노는 미라의 존재를 절단된 신체로 떠오르게 만든다. 미라의 그림을 발견한 독고민이 자신의 모습을 "앙상한 맨발"로 떠올리게 될 때, 미라 역시 그 맨발이 닿는 "어깨"로만 남게 된다. 무용극의 내용을 구상하느라 버스 종점까지 와버린 독고민은 길을 헤매면서 미라와 자신의 모습을 환영처럼 본다. 그 환영 속에서 미라는 물론, 자기 자신도 온전한 몸을 가진 존재가 아니라, 하나의 절단된 신체일 뿐이다. 미라와 독고민은 서로를 맨발과 어깨로만 기억하게 되고, 온전한 신체로서 마주하지 못하는 연인은 어깨를 발길질하는 환영처럼 어긋날 수밖에 없게 된다.

3. 공감을 통해 다가오는 타자의 완전한 '몸'

미라를 대상화하면서 미라를 통해 자신을 사유했고, 미라가 자신이 수집하는 인형과 같은 모습으로 있어주기를 바랐던 것과 달리 독고민은 정임과는 새로운 방식으로 관계를 맺는다. 그중 가장 두드러지는 것은 독고민이 정임은 함께 '경마'를 보러가고 '대화'를 나눈다는 점에 있다.

> "제가 무어랬어요. 그 갈색 말이 꼭 이긴다고 하지 않았어요? 흰 말이 보기에는 그럴듯해도 뒷다리가 엉거주춤한 거랑 그 자세가 틀렸거든요. 인제 제 실력을 알 만하죠."
>
> (…)
>
> "스타트 라인에 선 모양만 봐도 안답니다. 우물쭈물하는 빛

이 있는 건 안 돼."

옳다. 행동과 심리 사이에 틈이 있을 때 그는 지는 거야. 빈틈없는 열중만이 삶의 보람을 느끼는 길이지. 출발선에서 망설인 자는 벌써 진 것이다. 말이든 사람이든.

(…)

민은 문득 미라를 생각했다. 그녀라면 이 뜰에서 무슨 말을 느낄 것인가. 그러고 보면 민이 그녀를 경마에 이끌었거나 비원에 데리고 온 기억은 없었다. 늘 새 아틀리에를 가졌으면 좋겠다는, 그 채광이 나쁜 아틀리에에서 지루한 신경전을 강요한 것밖에 또 무엇이 있었던가? 그 까칠한 목을 죄고, 밤을 새면서 그려놓은 출품 작품을 칼로 찢어버리는 것이 사랑이었을까.

… 경마를 권유한다면 그녀(미라 — 인용자)는, 가엾은 듯한 웃음을 지은 얼굴로 묵묵히 팔레트에 붓을 이기며 고개를 흔들 테지. 비원에 가자면 케이스에 가득히 스케치북을 메고 나와서 나를 절망시키겠지.

정임은 화제야 어떻든 자기 세계를 고집하지 않고 나와의 대화를 늘 바란다. 어쩌면 나는 대화를 할 줄 모르는 놈인가. 늘 독백만 하고 귀를 기울여 고즈넉이 들으며 다정히 응답하는 대화의 예절을 모르는 나.[15]

이태동은 최인훈과 「가면고」에 대한 대담을 나누면서 정임과 경마의 의미를 물은 바 있다. 이에, 최인훈은 말과 정임의 유사성, 그리고 경마와 춤의 유사성을 설명하는 것으로 그 답을 대신한다.[16] 작가의 직접적인 설명에 따르면, 정임과 말, 경마와 춤은 모두 육체와 정신이 조화된 상태, 즉 독고민이 '탈'을 벗어서 도달하고 싶은 것, 다문고가 다른 사람의 '얼굴'을 빼앗아 도달하고 싶었던 지향점이 이미지로 드러난 것이다. 말의 전체를 볼 줄 아는 정임은 그 말의 운명을 예감할 수 있다. 내면과 외면이 분리되지 않는 것, 독고민이 '얼굴'에서 얻고자 했던 것은 얼굴만이 아니라 그 신체 전체를 통해서 감각해야 하는 것이다. 부분만을 바라보며 그것이 전체이기를 바랐던 독고민과는 달리, 정임은 전체를 보는 시야를 가지고 있었다. 또한 정임은 소설 속 여타의 인물과 달리, 그 자신 또한 몸 전체로 형상화되기도 한다. 온전한 '몸'의 이미지로 등장하는 정임의 모습은 그 첫 등장에서부터 독고민을 변화시킨다. 「가면고」의 독자에게도, 독고민에게도 정임은 무용을 하는 모습으로 처음 등장한다.

> 팽팽하던 줄이 뚝 끊어지듯, 웅성임이 멎었다.
>
> 스타트였다.
>
> 흑, 백, 갈색의 싱싱한 물체들이 엷은 안개처럼 감도는 주로의 아지랑이 속으로 튕겨지듯 내달았다. 말과 기수는 빠름이 더해짐에 따라 차츰 부피를 잃어간다. 가벼운, 잠자리가 가듯, 움직인다느니보다 둥실하게 떠 보인다.

> 민은 흘긋 옆에 선 정임을 보다가 그녀의 손에 눈길이 갔다. 오른손 다섯 손가락은 쥐가 일었을 때처럼 한 가닥 한 가닥이 갈고리 구부러지듯 하고, 오른 발꿈치가 약간 들리고 왼손은 주먹을 만들어 가슴에 붙인 온몸의 균형에 앞으로 굽힐싸한 그녀의 얼굴은 빛나고 놀란 사슴을 닮아 코언저리가 시큰하였다.[17]

무용수인 정임은 독고민과의 첫 만남에서부터 몸의 이미지로 제시된다. 타자의 '몸'이 온전히 드러남은 단지 타자가 시각의 대상으로 제시되는 것에서 그치지 않고, 타자를 발견하는 동시에 공감을 통해서 타자의 감각을 함께 느끼는 것이다. '몸'은 타자와 주체가 교섭하는 장소이며, '몸'을 기반으로 한 타자의 지향성이 주체로 하여금 타자를 발견하게 한다.[18] 위의 인용문에서 정임의 춤을 처음 마주하는 묘사는 '시각'의 차원을 넘어선다. 시각의 대상인 정임의 춤은 "쥐가 일었을 때"의 느낌, "코언저리가 시큰"한 '몸'의 감각과 같이 독고민에 초점화한 서술 주체의 촉감으로 전환되어, 정임과 함께 느낄 수 있는 것이 되었다. 본다는 행위가 타자의 대상화, 그리고 보는 주체의 우월성을 전제하는 것이라면, 그 외의 감각은 타자와 주체의 동등성을 전제로 한다. 정임의 몸은 독고민의 시선이 닿는 대상이면서, 동시에 움직임을 만드는 주체이다. 독고민 역시 '시각'의 주체로 존재하는 동시에 대상이 주는 인상을 감각으로 받아들이는 '몸'이라는 이중의 경계를 갖게 된다.[19]

이러한 이중적이고 애매한 '몸'을 매개로 한 무용은 단순히 보는 것에서 그치는 것이 아니라 그 춤에의 능동적 참여, 그리고 무용수와 그것을 보는 자가 춤을 통해 연결됨으로써 그 가치를 지니는 것이다.[20] 분절되지 않고 완전하게 드러나는 몸의 이미지, 그리고 몸의 감각으로 전해오는 몸의 이미지는 그 이미지의 현전만을 의미하는 것이 아니다. 이 이미지는 세계와 연관되어 주체에게 다가서며, '몸'은 고정된 무엇이 아니라, "대상을 향한 능동적인 몸의 정박, 자기 과제", 대상에 대한 반성적 인식을 야기하며, 이를 통해 주체는 세계와 소통할 수 있게 된다.[21]

정임의 몸 '전체'를 자신의 '몸'의 감각으로 '함께' 지각하는 독고민은 지금껏 그가 지니고 있던 자기 폐쇄적 경향을 버리고 정임이 자신에게 주는 감각을 받아들이면서, 그녀를 '인형'으로 상상하는 것을 적극적으로 거부한다.[22] 파편화된 신체의 이미지로만 등장하며, 독고민의 시선의 대상으로만 머물던 '미라', 혹은 독고민을 파편화하며, 대상으로 사유하려던 '미라'와 달리 '정임'은 '인형'으로 연상되는 것이 중단되고, 오히려 그 중단은 그의 무용극을 새롭게 완성시키는 단초가 되었다. 미라와의 관계와 병렬적으로 놓였던 독고민, 혹은 미라의 예술이 지속적인 난항을 겪었던 것과 달리, 정임을 통해 얻은 새로운 '감각'은 독고민으로 하여금, 그의 예술을 완성할 수 있도록 만든 것이다.

독고민이 새롭게 쓴 무용극은 마술사의 저주를 받아 탈을 쓰고 있는 왕자가 신데렐라 공주(정임)의 헌신과 사랑으로 끝내 탈을 벗게 된다는 내용이다. 이 극에서 미라와 정임의 차이는 곧 마녀의 딸과 신데렐라의 차이로 환원되는데, 이는 타자에 대한 태도에서 분기한다. 독고민이 쓴 무용극에서 마녀의 딸은 왕자의 탈을 억지로 벗기려 하다가 실패하고 "악마가 자포자기한 묘한 해학의 몸짓"으로 퇴장한다. 독고민이 자신의 관점과 사유에 따라 미라를 이해했던 것처럼, 미라 역시 일방적인 태도로 독고민을 변화시키려 했으며, 자신의 시선에 따라 독고민의 '신체'를 파편화하여 인식했던 인물이다. 그러한 미라의 태도는 억지로 탈을 벗기려 했던 마녀의 딸의 이미지로 이어지며, 독고민을 괴롭히던 외부적 계기들이 더욱 두드러지게 만들었다. 자신의 '진정한' 얼굴을 찾기 위해서 자신에게만 골몰하던 독고민과 미라는 짝이 맞지 않는 신체의 파편들처럼 흩어져버리고, 미라가 사라진, 절단된 신체의 이미지가 사라진 그 자리에 정임의 몸은 또 한 번 그 온전한 모습을 드러낸다.

> 곁에 섰던 정임이 푸르르 달려가는 기척에, 민은 퍼뜩 머리를 들었다가, 얼어붙은 듯 숨을 죽였다. 달무리 진 하늘을 뒤로 옥상의 훤칠한 난간 위에 발끝으로 선 정임의 둥실한 포즈를 거기 본 것이다.
>
> (…)
>
> 자기만 '사람'이고 다른 사람은 인형으로 알고 살아오던 사람이, 처음으로 또 다른 자기 밖의 '사람'을 발견한 현장에서 느끼는 멀미였다. 사막과 인형들을 상대로 저 혼자만의

독백을 노래하며, 포탄에 찢어진 '남의 팔다리'를 가로채면서 살아온 자에게는 지금 테라스 위에서 맞서오는 '사람'의 모습은 어지러웠다.[23]

독고민은 정임의 "둥실한 포즈", 다시 말해 정임의 동작, 그 몸의 전체를 바라보고, 그것을 '사람'의 모습으로 받아들인다. 위의 인용문은 독고민이 최초로 '신체'를 감각하게 되었던 장면과 대비를 이룬다. 과거에 잘려진 타인의 신체를 자기의 것으로 삼음으로써 전쟁이 준 심리적 공백을 보완코자 했던 독고민은 이제 정임의 온전한 신체를 보면서 '사람'의 모습을 감각하고 어지러움을 느낀다. 독고민에게 '무용'은 정신과 육체의 거리를 좁혀나가는 수단[24], 즉 '진정'한 얼굴로 표면화되었던 욕망을 무화시키는 계기이다. 독고민에게 이상적인 상태는 '몸과 마음'이 공존하는 것이며, 이와 같은 "구원"은 예술을 통해서 가능한 것이다.[25] 즉 최인훈은 '몸'의 가치를 발견함으로써 몸과 마음, 곧 정신과 육체가 수직적 질서 체계 안에 놓여 있거나 혹은 몸이 정신에 종속되어 있는 존재가 아님을 깨닫게 된다. 몸 그 자체로서의 온전한 가치를 발견한다는 것은 정신과 신체가 단순히 공존하기만 하는 것이 아니라, 정신과 신체가 대등한 자리에 놓임으로써 생성되는 '사람'이라는 가치를 발견하는 것이다. 옥상 난간에 걸터 선 정임의 몸을 있는 그대로 감각하는 순간 독고민은 '사람'의 가치를 발견하게 되고, 자신의 사유 체계가 새롭게 구성됨으로써 생겨나는 '어지러움'을 느끼게 된 것이다.

다문고 역시 마가녀를 '얼굴'이 아닌 '몸'으로 인식하는 순간, 감정적 동요를 일으키게 된다. 이는 얼굴의 방에서 더욱 포악하게 '얼굴'을 빼앗으려 했던 다문고에게 '사람'의 가치를 깨닫게 되는 계기가 된다.

> 늘 아찔한 멀미를 느끼며 그녀의 얼굴을 대해온 나에게는, 여태껏 마가녀는 곧 얼굴이었으며, 그 팔과 다리와 몸뚱이를 마음에 둔 적은 없었다. 지금, 짙은 어둠 속에서 보는 그녀는, 얼굴을 가려 볼 수 없고, 다만 사람 크기의 부드러운 그림자의 덩어리였다. 지금의 그녀를 의식하는 것은 시각으로는 불가능한 일이었다.
>
> (…)
>
> 그녀 자신을 인격으로 대하는 대신, 그녀에게 비치는 자기 자신을 상대해왔던 것이다. 비록 그녀가 나의 말에 응답한다손 치더라도, 그 말은, 내가 던진 말의 메아리였다. 지금 얼굴도 보이지 않고, 말도 없는 마가녀는, 나로서는 모든 공격의 수단이 거부된 튼튼한 요새였다. 나는 이런 사태가 나 자신의 문제와 얼마나 깊게 얽혀 있는가를 미처 생각 못 하고 있었다. 그저, 더욱 도가 거세어가는 짜증과 노여움이 있었다.
>
> 확실히 손아귀에 잡았다고 생각했던 물건이, 뜻밖에 엄연한 자기의 존재를 주장한 데서 온 일방적인 감정이었다.[26]

얼굴이 보이지 않는 마가녀의 존재는 '그림자'로 다문고에게 다가온다. 얼굴을 보는 것만이 중요했던 주체에게 얼굴이 보이지 않는 신체는 이성적 사고 대신 감정적인 동요를 일으키며, 과거의 자신을 반성하게 하는 계기로 기능한다.

정신과 신체의 이분법적 사고 아래에서, 신체를 멸시하는 주체에게 '우월'한 정신을 그대로 재현할 수 있는 '얼굴'에 대한 욕망은 분열증적 태도를 야기했다. 우월한 정신에 미치지 못하는 현재의 신체 대신 또 다른 신체를 갖고 싶어 하는 욕망, 그 욕망은 자아의 완전성을 기하는 것이 아니라, 자신의 일부를 변형시키고자 함으로써 불완전한 것이 되었던 것이다. 하지만, 신체가 본질이나 정신을 모방하는 것이 아니라, 그 자체로서 가치 있는 것임을 깨닫게 되는 주체는 그 신체를 통해서 세상을 바라보게 되고, 그 신체는 타자를 재인식할 수 있는 계기를 마련해준다. '몸'으로 드러나는 마가녀에 대해 인간적인 감정을 느끼게 되고, 그 감정이 사랑이나, 과거 자신의 비인간적 행위에 대한 후회로 이어지고 있는 다문고, 그리고 미라와 완전한 결별 이후, 정임의 '몸'을 달빛 아래서 마주한 후 독고민에게 '얼굴'은 더 이상 의미를 갖지 않는 것이 되었다.

4. 신의 '시각'과 인간의 '촉각', 그리고 완전한 예술로서의 '춤'

독고민은 우연한 계기로 '무용'에 관한 글을 쓰고 이로 인해 의도치 않게 무용극을 만들게 되었다. 「가면고」에서 독고민의 '무용론'은 상세하게 소개되어 있지는 않다. 다만, 독고민이 '무용'에 흥미를 느끼게 된 이유가 '몸'이라는 "원시의 수단"과, "공간의 조형", 그리고 '시간' 까지를 포함하고 있다는 점이라는 것만이 제시될 뿐이다.[27] 간략한 문장으로 '무용' 혹은 '춤'을 고평하던 독고민은 몇 년 후 『서유기』에서 '춤'과 이미지에 대한 사유를 자신의 문학론으로 확장하는 독고준으로 이어진다.[28]

『서유기』의 독고준은 이미 우월한 '정신'과 일치되는 '얼굴'을 갖기 위해 헛된 집착을 갖는 「가면고」의 독고민과 거리를 두고 있다. 독고민은 형체 없는 정신/영혼이 형상 있는 것으로 나타나는 것이 아니라, 이미 정신/영혼이 형상 있는 '물체'이며, 이 물체를 발견하고 이에 '참가'함을 통해서 자기 자족적인 상태에 머무르지 않을 수 있게 된다고 생각한다.[29] 즉 독고준이 자신의 이론과 '거리'를 두고 있는 이른바 "선배들"이, 미라를 만나고 있던 시기의 독고민이라면, 정임을 만나 타자의 몸을 감각하게 되는 독고민은 『서유기』의 독고준을 예비하고 있는 것이다.

> 우리들의 '말'은 불완전하다. 우리가 만드는 이미지란 불완전하다. 이미지란 삶의 모든 행위를 말한다. 행위란 각기 저마다의 방향에서 삶의 공간에 요철을 만들어가는 일, 곧 이미지를 만들어가는 일이니까.
>
> (…)
>
> 시는 보는 일이 아니다. 보는 일은 저 탄력점만이 능히 할 수 있는 일, 시는 만지는 것이다. 쓸어보는 것이다. 모양 있

고 부피 있는 물체를 만지는 것이다. 세계의 모든 물체가 사랑스럽게 보이기 시작할 때 시인은 형상에 음(淫)해 있는 것이다. 형상에 음하라. 다시 말하면 '말'에 음하라. 이른바 '정신'도 물체이다. 안개가 아니고 물체다. 내공간의 물리상이다. 이른바 메타포가 숭상되는 것은 이 정신성의 물체성이 무의식적으로 파악되고 있는 증거다.[30]

이미지는 곧 행위이며, 시는 부피 있는 무언가를 '만지는' 것이라고 말하는 독고준의 논리는 「가면고」에서 독고민이 정신-육체로 분리된 이분법에서 벗어나는 순간에서부터 발전되어온 그의 문학론으로 볼 수 있다. 「가면고」의 주인공을 괴롭히던 추상적 욕망, 즉 보이지 않는 정신과 '조화'로운 얼굴을 만들고자 했던 집착이 부피를 가진 '육체'를 받아들임으로써 해소되었던 것처럼, 이미지, 시, 언어와 같은 예술의 속성은 최인훈에게 부피 있는 것, 그리하여 만질 수 있는 형상을 갖춘 것으로 표현된다.[31] 요컨대 최인훈에게 예술이란 형체를 통해 감각하는 것이다. 그는 '정신'마저도 형상을 갖춘 것이라고 말하며, 메타포가 그 정신의 '형상'을 방증하는 것이라고 말한다.[32]

춤, 슬픈 모색, 몸짓, 움직이는 조각, 보이는 음악. 외공간과 내공간에 같이 요철을 만들어가는 최고의 시. 춤. 현실에서 바랄 수 없는 질서 있는 동작의 몽타주에 의하여 존재의 공간에 요철을 만들어가는 윤리 행위 ― 그것이 춤이다. 이래서 시는 춤이다. 무희는 '사랑'에다 뺨을 비비고 '의젓함'과 악수를 나누며 '슬픔'을 만져보며 '노여움'의 가슴에 매달려 달래며 '서글픔'의 손을 이끌어 가슴에 품는다. 모든 추상 명사가 그녀에게는 물체로 나타난다. 댄서의 하나하나의 포즈는 내공간을 만지고 두드리고, 그 둘레를 혹은 조용하게 혹은 급하게 걸어다니는 외공간적 표현인 것이다. 이를테면 안팎 공간이 요철세계이므로 댄서의 포즈와 동작은 그 凸면인 것이다. 그리고 저 '눈'은 영원의 관객이다. 우리는 미치게 미치게 춤춘다. '눈'은 그저 본다. 우리는 춤춘다. 까닭 모르고 춤춘다. 까닭은 알려질 수 없는 것. 무도회란, 추는 자(외공간)와 춰지는 자(내공간)와 보는 자(탄력점)가 어울린 슬픈 놀이이다.[33]

최인훈은 '춤'을 단순히 관객이 객석에서 관람하는 행위라고 생각하지 않는다. 춤을 춘다는 것이 단순히 육체만의 것이거나 정신만의 것이 아니라, 두 공간에 함께 흔적을 남기는 것이며, 여기에서 감정은 '촉각'을 통해 전해지는 것이다. 정신과 육체를 이어줄 수 있는 '행위'인 '춤'은 어떤 정서를 '비비고' '악수를 나누'고, '만져보'는 것이다. 모든 정신적인 것에 형상이 있으며, 물체가 있다고 말하는 최인훈은 그것을 촉각으로 함께 나누는 것이 윤리적 행위이며, 이것이 시, 곧 예술이라고 생각한 것이다.

메를로-퐁티는 '몸' 이론을 바탕으로 하여 자신의 '회화론'을 전개했다. 메를로-퐁티가 사유했던 '몸', 부분이면서 전체이고, 내면과 외면이 조화될 수 있으며, 타자와 만날 수 있는 접점으로서의 '몸' 혹은 '살'이 세잔과 같은 회화를 통해 구현될 수 있을 것이라고 본 것이다.[34] 이는 메를로-퐁티가 회화를 '전통적인' 시각 개념으로 이해하지 않았기 때문이다.[35] '몸'에 대해 유사한 사유를 보여주는 최인훈의 예술론은 회화가 아니라 '무용' 혹은 '춤'을 예술의 이상으로 삼는 것을 향해 나아간다. 여기에도 역시 본다는 행위와 예술에 대한 최인훈 특유의 사유가 반영되어 있다.

근대 이후의 회화 예술의 특징이 '파편화된 신체'에 있다. 린다 노클린에 따르면, 절단된 신체의 회화적 표현은 근대 이후 나타난 자아의 파괴, 사회의 해체, 그리고 총체성의 상실, 영속적 가치의 붕괴 및 근대의 우연성을 반영하는 것이다.[36] 이러한 미술사적인 해석을 참고할 때, 최인훈 소설에서의 미술이 온전하고 전체적인 신체가 아니라, 그 파편을 그리는 것으로 형상화된다는 것 역시 작가 최인훈의 '현대' 인식에서 비롯한 것으로 유추할 수 있다. 최인훈 역시 근대 이후의 예술이 '총체성'을 구현할 수 없다는 것을 어렴풋이 인지하고 있었는지도 모른다. 미라의 그림이 파편화된 신체를 담아냈던 것, 독고민이나 다문고가 '눈'을 통해서 타인을 바라볼 때, 신체의 총체적 모습을 알아차리지 못했던 것과 달리 정임의 몸은 전체로서 드러나며, 그 '전체'로서의 몸은 타인인 독고민에게도 '감각'되는 것이었다. 총체성이 사라진 현대 사회에서 '미술'이 인간이 가진 시각의 한계성을 드러내는 것에 반해, 최인훈에게 춤은 시각으로 바라보는 것이 아니라 '촉각'을 통해 함께 느끼는 것이다.

최인훈은 총체성을 '시각'과 연결하고, '보는 것'은 인간이 아닌 신의 영역이라고 말한다. 『서유기』에서는 시각의 권리를 '신'의 영역에 귀속시키고,[37] 인간은 다만 '감각'을 통해서 무언가를 재현하고, 재현된 것을 체험할 수 있다고 서술되어 있다. 인간을 무대에 올려놓고 관람석에 앉을 수 있는 신만이 무대 전체를 관망하고 그것을 총체적으로 인지할 수 있다면, 이와 달리 인간이라는 나약한 존재는 고작해야 미라의 그림처럼, 또는 독고민의 왜곡된 시선처럼 무언가의 파편들만을 볼 수 있을 뿐이다. '몸' 전체, 물체화된 '정신' 전체를 '시각'으로 관망할 수 없는 인간은 그것을 그저 '느끼'는 것을 통해서 세계를 지각할 수 있는 것이다. 신의 권리인 '시각'을 신에게 되돌려 줌으로써, 그 '시각'으로 타인을 재단하고 사유하는 것이 아니라, 신의 시야에서 감각을 통해서 세계와 만나고 타인과 공감한다. 신의 시야 아래에서 인간은 정신과 육체의 질서있는 표현, 어긋나지 않는 형상이 '춤'이고 '시'라면, 정신의 물체성을 있는 그대로 보여줄 수 있는 육체의 존재, 『서유기』의 표현을 빌려 말하자면, 내공간과 외공간에 같은 무늬를 새겨나가고, 그 무늬를 감각할 수 있는 것이 인간 존재의 최대치가 될 것이다.

5. 결론을 대신하여. 최인훈만의 '심령학'

「가면고」는 잘려진 신체들의 이미지 사이에서 괴로워하던 독고민이 온전한 신체를 통해 사람의 가치를 발견하는 것으로 끝난다. 그런데 이 소설의 마지막은 독고민도, 정임도 아닌 심령학회 회원들이 채우고 있다. 그들은 독고민의 최면 내용에 대해 어떠한 입장을 취할 것인가를 두고 대화하고 있다. '심령학'이 "정신의 물리성"을 증거하는 것이라는[38] 『서유기』의 서술을 염두에 둔다면, 보이지 않는 '정신'이라는 내공간을 형상 있는 것으로 전환하는 것이 심령학이며, 다문고 왕자라는 형상은 독고민의 '내공간' 즉 정신을 형상화한 것이라고 볼 수 있다. 심령학회 회원들의 대화는 형상화된 인간의 정신세계를 어떻게 볼 것인가에 관한 철학적 물음을 내포하고 있다.

> "'본 케이스는 청년기의 보상 의식의 나타남으로서, 싸움에 다녀온 젊은이들이 그동안의 공백 기간을 무엇인가 값있는 어떤 것을 빨리 얻음으로써 메워보려는 정신 현상의 하나임.' 이 대목 말입니다."
> "그 대목에 약간 불만이 있으시다 그런 얘긴가요?"
> "이를테면… 모든 사람의 정신 활동을 이처럼 환경과 그에 대한 '대응'의 두 가지로 나누어버리면, 결국은 인간을 해체한다는 거나 다름이 없지 않을까 하는 생각입니다. 제일 과학적인 방법으로 인간을 연구한다는 노력이 마지막에는 인간의 파편을 한 아름 얻었을 뿐, 살아 있는 인간은 잃어버리는 결과가 된다는 건, 방법론 자체에 커다란 모순이 있

는 것으로 여겨집니다. '환경', '대응', 그리고 제 3의 요소가 필요합니다. '꿈'이랄지, '명예'랄지, 물리학은 환경과 반작용으로 충분히 세계를 설명하지요. 그러나 인간을 설명할 때는 또 하나 제3의 계기가 반드시 필요하지 않을까요? 그렇지 않고서야 운동과 행위를 구별할 수 없지요."

"찬성입니다. 동시에 불찬성입니다. 찬성이란 건 서양식 학문이란 방법론상으로 결함이 있다는 걸 시인하는 뜻에서 그렇고, 불찬성이란, 귀하가 우리 협회의 뜻을 잘못 아신 데서 그렇습니다. 우리는 철학을 하려고 모인 게 아닙니다. 사람의 행위에 가치론의 메스를 대려는 게 아니지요. 그런 기도는 너무도 많았고, 또 다른 사람들의 손에 의해서 앞으로 얼마든지 계획이 될 겁니다. 우리는 영혼의 생태학을 수립하기 위한 기초적인 법칙을 세우기 위해서 자료를 모으는 것입니다. 케이스에 대한 개별적인 감동이라든지, 그런 것에 유혹돼서는 안 될 줄로 압니다. 해부학자가 실험용 동물에게 불교도의 자비심을 베푼다면 그는 다지요. 학문에 감상이 섞여서야 될 말인가요? 우리는 인정이 너무 많아서 망한 거지요. 자기를 속이는 인정이…"

코밑수염은 손바닥으로 머리를 때리며 단단히 코를 떼었다는 시늉을 호들갑스레 몸짓으로 나타냈다.

"지금까지는 지부 책임자로서의 공식적인 말입니다. 그 소위 '제3의 계기'에 대해서는 이런 방법으로 전폭적인 지지를 나타내고자 합니다."

대머리는 이렇게 말하며, 찬장에서 한 병의 양주와 사람 수대로 글라스를 꺼내, 회원에게 죽 부어놓고 선창했다.

"다문고 왕자를 기념하여."

높이 들린 글라스 속 불그무레한 액체가 희미한 형광등 빛을 번쩍, 되비쳤다.[39]

회원 중 한 명은 인간을 '환경'과 '대응'으로 나누어버린다면, 인간을 해체하는 것과 다름 없다고 말하며 인간에게는 "제3의 계기"가 필요하다고 주장한다. 그러자, 또 다른 회원은 그 회원의 말에 반박을 하면서도 의미심장한 동조를 보낸다. 그의 반박이란, 일차적으로 심령학이라는 학문적 목표에 근거하고 있다. 「가면고」의 서술에 따르면 서양에서 시작한 심령학은 "성자의 대량 생산"이 가능하도록 하는 '법칙', "만인이 쓸 수 있는 영혼의 공식"을 마련하는 것에 그 목표를 두고 있다. "영혼의 생태학"을 수립하기 위해서 케이스를 수집하고 수많은 케이스를 포괄할 수 있는 법칙을 마련하는 지성적 작업을 통해서 인간의 영혼 전반을 바라보고 이해하고자 하는 것이 심령학이 추구하는 바이다. 이는 인간이 볼 수 없는 세계 '전체'를 바라볼 수 있는 기반을 만드는 것, 신의 영역인 총체적 시각에 조금이라도 다가서기 위한 시도라고 할 수 있다.

그러나 이 심령학이라는 "서양식 학문"은 인간을 기계와 같이 여긴다는 "방법론상으로 결함"을 내포하고 있다. 독고민은 처음 심령학 연구소에 가서 아서 밀러의 논문을 읽는 장면에서, 이에 대한 불만을 드러낸 바 있다.[40] 「가면고」의 말미에서 독고민에 관한 보고 내용에 불만을 제기한 회원 역시 독고민을 대상화하는 비인간적 학문 태도에 대해서 반발했던 것이다. 최인훈은 심령학에 대한 깊은 관심과 동조를 보이면서도 그 방법론상의 문제점을 지적하며 그것과는 거리를 두고 있다. 그럼에도 불구하고 최인훈의 문학에서 심령학이 반복적으로 등장한다는 것은 '서양식' 방법론에 의거한 것이 아니라, 최인훈만의 심령학을 만들고자 했던 작가의 욕망이 반영된 것으로 볼 수 있다. 인간에게 보이지 않는 정신이라는 내공간을 물리화하는 것, 그것의 형상을 만들어냄으로써 인간의 정신과 육체를 종합하여 인간을 바라볼 수 있는 시각을 마련하면서도 동시에 인간을 학문적 대상으로 여기지 않고 그에 대한 공감과 '자비'를 느낄 수 있는 것이 최인훈의 '심령학'일 것이다. 지성적 작업을 통해 법칙을 만들면서도 그 속에서 인간은 주체의 의지가 반영된 '행위'를 하는 존재라는 인간성을 보존하고자 했던 것이 최인훈의 꿈이었다. 인간은 환경에 대한 대응이라는 '운동'만 하는 비인격적 대상이 아니며, 또한 인간은 육체와 정신의 기계적 결합만으로 설명할 수 없는 총체성을 갖추고 있는 존재이다. 인간성을 보존하면서도 지성적 작업을 통해 법칙을 마련하고자 하는, 그 법칙이 다양한 사례를 포괄할 수 있는 '총체적 시각'을 갖추고자 했던 것이 최인훈의 사상적 탐험의 시작이었다.

독고준의 이름, 자기 서사의 출발[1]

이경림(충북대학교 강사)

1. 자기 서사 서술을 통한 '문학적' 정체성 만들기

『회색인』(1963)은 독고준, 김학, 황 선생, 이유정, 김순임 등 여러 등장인물이 다방면에 걸친 각자의 사유를 방대하게 펼쳐보인 텍스트라는 점에서 특히 『광장』의 관념적 성격을 계승하고 있다. 이 다양한 사유의 면 중 특히 『회색인』에서 주목받았던 것은 전후 남한 사회의 정치적·문화적 식민성에 대한 끈질긴 추적과 폭로다.[2] 말할 것도 없이 이는 작가 최인훈이 문학 생활 전반에 걸쳐 화두로 잡고 있는 가장 무겁고 집요한 주제 중 하나이기도 하다. 『회색인』의 주인공 독고준의 자기 정체성 정립의 핵심에도 바로 이 식민성에 대한 고뇌가 위치해 있다.[3]

그간의 연구에서 『회색인』은 대개 「그레이 구락부 전말기」, 「가면고」 등 최인훈의 초기 작품군의 일부로서 조명되어 왔다. 『광장』을 위시한 '주요작'으로 향하는 '디딤돌'적인 자리에 『회색인』

을 위치시키는 경향, 전후 사회와 4·19라는 특수한 시공간 맥락 속에서 최인훈 초기 작품군을 읽는 경향, 혹은 최인훈 전체 문학세계에 뚜렷하게 드러나는 기법 — 원체험의 반복적 형상화 — 에 주목하는 경향 등이 대표적이다.[4] 다시 말해 작가론과 시대론의 강한 인력 아래서, 『회색인』은 대체로 어떤 계열 속에 있는 부차적 작품으로 접근되었던 경향이 크다. 『광장』과 같은 '주요작'과 연결되었을 때에만 비로소 그 독해를 완성할 수 있는 '군소'한 작품으로 말이다. 그러나 『회색인』의 자기 완결성 높은 구조를 상기하자면, 이러한 협소한 관점은 반드시 재고될 필요가 있다. 특히 『회색인』이 서사와 수사의 스펙트럼을 아우르며 전체 텍스트를 빈틈없이 장악하는 견고하고 아름다운 구조를 보여준다는 점을 다시 평가할 필요가 있다. 거칠게 말하자면, 『회색인』에서 우리는 '사상가' 최인훈 못지않게 '소설가' 최인훈이 짙게 드러남을 볼 수 있다.

『회색인』의 중심축은 문자 그대로 '회색인'인 독고준이 정체성을 정립해나가는 과정이다. 독고준이 추구하는 자기 정체성이 '자유'를 중심으로 설명된다는 점을 고려하면, 『회색인』은 다른 최인훈 초기 작품들과 함께 결정론적 세계관을 공유하는 것으로 보인다.[5] 이와 같은 세계관에서 가장 핵심적인 문제, 즉 "이미 모든 것의 자리가 결정되어 있는 세계 속에서 어떻게 인물이 자유로운 주체로서 거듭날 수 있는가"라는 문제는 『회색인』에서 정확하게 부각되고 있다.

문제는 독고준의 자기 정체성 정립 과정이 담론과 표현 양측에 긴밀하게 얽혀서 형상화되고 있다는 점이다. 『회색인』에서 독고준의 정체성 정립은 사유와 표현의 특수한 결합을 통해 수행되는 '문학적' 과정으로 나타난다. 특히 주목할 만한 특징 중 하나는 독고준이 종교의 비유를 통해 사유의 의미와 뉘앙스를 구체화한다는 점이다.[6] 『회색인』에서 독고준은 종교, 예술, 이데올로기 등을 모두 종교에 비유하여 서술함으로써 이들을 동일한 층위에 묶어 둔다. 이들은 모두 세계-내-인간의 행동을 규율하는 선험적 원리로 제시되었다는 의미에서 윤리의 환유라 할 수 있다. 독고준이 보여주는 문제의식의 핵심에는 자기를 규율하는 원리, 즉 윤리의 창조가 "자기 원인으로서의 자유"[7]에 토대해야 한다는 강렬한 주장이 있다. 따라서 독고준의 자기 정체성 정립은 기성 윤리에 대한 전면적 거부를 표명하고 자기가 창조한 윤리를 따르는 자유로운 주체로 거듭남으로써 완수된다.

『회색인』에서 주목해야 할 부분은 바로 이 과정에서 드러나는 메타서사성이다. 특이하게도 독고준은 라스콜리니코프, 카프카, 드라큘라와 같은 허구(fiction)의 인물을 매개로 정체성을 구성해 나간다. 이는 그의 정체성이 서술(narration)에 의해 형성되었다는 사실, 즉 본질적으로 '문학적'인 것임을 매우 직관적으로 보여준다. 인물이 자기 서사를 스스로 서술함으로써 자신의 자리를 정위(定位)하게끔 하는 이러한 스타일은 『회색인』의 텍스트 구조의 중심에 있을 뿐 아니라, 작가가 텍스트와 맺는 특수한 관계성을 동시에 상기시킨다. 익히 알려졌다시피 최인훈 소설의 가장 큰 특징 중 하나는 자기반영성이다. 최인훈이 종종 그의 인물들과 — 반대로 인물들이 종종 최인훈과 — 동일시되는 것도 이 때문이다.[8] 따라서 『회색인』에서 이러한 메타서사 기법 자체가 장면화되는 방식에 주의를 기울일 필요가 있다.

2. 기성 윤리에 대한 전면적 거부

폴 리쾨르는 윤리학(èthiaue)과 도덕(morale)이라는 용어에 '좋다고 평가되는 것'과 '의무인 것처럼 강제되는 것'이라는 이중의 의미가 함축되어 있다고 보고 '윤리'라는 용어로 전자를, '도덕'이라는 용어로 후자를 가리켰다. 그의 표현을 빌려보자면, 윤리란 주체가 판단하려 할 때 기초하는 원리이다. 그리고 판단을 통해서 비로소 행동이 가능해지기 때문에, 윤리는 주체의 성립에 필수적이다. 이러한 관점에서 윤리는 목적론적 관점에 의해 정의되는 삶의 목표이며, 도덕은 의무론적 관점에 의해 정의되는 규범이라 정의할 수 있다.[9] 『회색인』에서 종교, 이데올로기, 예술은 이 '윤리'라는 동일한 기의를 가리키는 서로 다른 기표들로 이해할 수 있다.

다만 『회색인』에서 '윤리'의 기표들은 두 부류로 갈라진다. 종교와 이데올로기는 주체의 자유를 억압하는 '주어진' 원리로 독고준이 부정하는 것인 반면, 예술은 독고준이 스스로 윤리를 만들어내기 위해 의지하는 것이다. 공산주의로 대표되는 정치적 이데올로기, 가족주의로 대표되는 유교적·봉건적 이데올로기나 기독교, 불교, 동학 등 기성 종교는 독고준이 자기 정체성의 핵심으로 선택하려 하는 예술에 비해볼 때 부정적인 기표들이다. 그러나 심층에서 이들의 작동 방식은 동일하다. 이들은 모두 물질적 삶의 근본을 조직하는 정신적 원리들, 즉 '윤리'들인 것이다. 텍스트 표면에서 이들이 동일한 수사 체계에 속하는 것은 바로 이 때문이다.

『회색인』에서 기성 윤리는 정확히 "외부에 원리를 두고 있는 모든 것, 다시 말해 능동자나 수동자의 어떠한 협력도 끌어낼 수 없는 원리"[10]로 그려진다. 이는 주체의 행동을 '환경에 대한 대응'[11]으로 축소시키기 때문에 궁극적으로 주체의 자유를 구속하는 기제가 된다. 따라서 독고준의 자기 서사는 자신의 존재 이전에 주어진 기성 윤리를 모두 거부하는 데서 출발한다.

독고준의 회상에 따르면, 그가 가장 먼저 접한 기성 윤리는 북한의 공산주의다. 독고준의 아버지와 매부가 토지 개혁이 시행되던 해에 월남한 후, 그의 가족은 남몰래 라디오로 대북방송을 듣는 "정신적인 망명 가족"[12]이 된다. 자신의 의지에 따라 행로를 택할 수 있었던 아버지나 매부와 달리, 어린 독고준은 북한 사회를 지배하고 있던 공산주의의 전모를 미처 파악할 수 없는 무지의 상태에 놓여 있었다. 즉 공산주의는 어린 독고준이 처한 세계를 빚어낸 틀이자 규율 원리였던 것이다. 이 때 독고준의 눈에 비친 공산주의는 종교에 비유된다.

> 비록 소년일망정 준에게도 **박해의 시련**이 있었다. 학교에서 소년단 집회가 열릴 때마다 그는 **이단심문소에 불려 나**

간 배교자의 몫을 맡아야 했다. 그의 하찮은 생활의 잘못, 이를테면 지각이라든가 시간 중에 졸았다든가, 청소가 깨끗지 못했다든가 하는 일들이 빠짐없이 그의 반동적 가족 성분에 연결돼서 검토되고 냉혹한 자기비판이 강요되었다. 소년단 지도원이라는 이름으로 학교에서의 공산당 출장원을 맡아보는 교원은, 미래의 공산당의 달걀인 그의 꼬마 영웅들 — 소년단 간부들을 지휘하여 회의를 진행시키면서 준을 공격하였다. 그것은 꼭 여러 마리 사냥개를 풀어서 죄 없는 짐승을 물게 하는 사냥꾼의 솜씨 같은 것이었다.[13]

위의 인용문에서 독고준이 소년단에서 겪은 자아비판의 체험은 "박해", "이단심문소", "배교자"와 같은 종교적 수사를 통해 형상을 얻는다. 이 단어들은 "죄 없는 짐승을 물게 하는 사냥꾼의 솜씨"라는 비유와 결합하여 소년단 집회의 경험을 중세의 마녀사냥과 동질적인 것으로 환치시킨다. "사실 그 무렵 북한 땅에는 한 가지 종류의 진리의 말밖에는 없었다."[14]라는 서술에서 명확히 드러나듯, 어린 독고준이 처한 세계에서 공산주의는 진리와 등가로 형상화된다. 이 진리는 그것에 복종하지 않는 이들을 "이단"이자 "배교자"로 다스린다는 점에서 또한 종교와 등가이다. 이러한 점에서 공산주의는 명백하게 "역의 기독교"[15]로 정의된다.

이처럼 종교와 정치적 이데올로기는 대상에 대한 무조건적 믿음과 맹목적 복종을 요구한다는 점에서 동질적인 것으로 형상화된다. '자발적 믿음에 근거하지 않는 종교'로 비유된 공산주의에 대항하여 어린 독고준이 찾은 대책은 독서를 통한 정신적인 망명이었다.

> 예수교도가 성경을 통해서만 세계를 보듯이, '동무'들이 볼셰비키 당사를 통해서만 역사를 보듯이, **소년 독고준도 그의 주인공들을 통해서만 세계를 받아들였다.**[16]

'모든 것이 결정되어 있는' 세계에서 인간의 행동이란 세계에 변화를 일으킬 수 있는 '사건'이 아니라 예정된 인과 관계 속에 이미 기입되어 있던 '대응'으로 설명될 수밖에 없다. 이러한 세계에서 가능한 '대응'의 레퍼토리를 망라한 백과사전으로 여겨지는 것이 성경과 볼셰비키 당사(黨史)다. 성경과 볼셰비키 당사는 "눈앞에 일어나는 일의 본을 또박또박 '당사' 속에서 찾아내고, 그에 대한 처방 역시 그 속에서 찾아내"[17]게 함으로써 주체의 의지를 축출하고 그의 행동을 환경에 대한 단순한 반응의 수준으로 격하시키는 기제로 기능한다.

주목해야 할 부분은 독고준이 성경과 볼셰비키 당사를 거부하고 택한 창(窓)이 '소설의 주인공'이라는 사실이다. 성경과 당사가 '모든 것이 결정되어 있는 세계'의 비유인 데 비하여, 소설의 주인공은 그러한 세계 속에 경고도 없이 던져진 인간 존재 그 자체의 모방이기 때문이다. 소설의 주인공이 독고준에게 제공한 것은 '당사나 성경이 말하는 것처럼 세계가 결정되어 있지는 않다'는 비전이다. 즉 '소설의 주인공을 통해 세계를 받아들인다'는 독고준의 선택은 결정론적 세계로부터 빠져나가려는 경향성을 보여주는 것으로 이해할 필요가 있다. 후에 독고준이 카프카, 라스콜리니코프, 드라큘라와 같은 픽션의 인물을 매개로 자기상을 구축하는 방식은 이처럼 유년 시절의 그가 소설을 통해 세계를 수용했던 데에 예비되어 있었다.

독고준이 최초로 맞닥뜨린 기성 윤리(공산주의)에 대한 거부는 월남이라는 상징적 사건을 통해 표명된다. 그러나 월남한 독고준은 남한 사회와 그 속에 놓인 인간들의 존재 방식 역시 또 다른 선험적 원리에 의해 결정되어 있다는 사실과 마주치게 된다. 남한에서도 북한에서와 마찬가지로 '자유 없음'이 가장 절박한 문제로 남아있는 것이다. 이러한 인식은 대표적으로 "무슨 일을 해보려 해도 다 절벽인 사회. 한두 사람 힘으로는 어쩔 수 없는 시대"[18]라는 진술을 통해 표명된다. 주체가 '어쩔 수 없도록' 남한의 현실을 규율하는 기성 윤리들 중 『회색인』이 특히 부각시키는 것이 기독교와 가족주의다.

윤리 자체는 판단과 행동을 가능케 하는 기제라는 점에서 '주체성'을 구성하는 필수 요소다. 『회색인』에서 이와 같은 윤리의 긍정적 측면은 황 선생에 의해서도 대변되고 있는데, 그에 따르면 윤리란 인간 행동의 극점에 있는 정치가 권위를 빌려오는 무한자(無限者)의 다른 이름이다. 그러나 문제는 전후 남한 사회를 규율하는 윤리의 식민적 태생이다.

필경 정치란 유한한 것이요, 불안정한 거야. **어떤 형태로든 그것이 무한한 것과의 연결을 가지지 않고는 그 자체가 유지될 수 없어.** (…) 서양 사회에는 신의 상징인 이 교회가 건재해 있다는 거야. **그런데 우리에게는 그것이 없어.** 우리도 이 고을이 번성해서 잘살았을 때는 불교라는 걸 가지고 있었어. 조선의 유교를 욕하지만, 조선 선비 가운데 뛰어난 사람들의 높은 지조는 유교의 덕이었어. **불교와 유교가 신라와 고려와 이씨조선을 받친 주춧돌이었어. 그 주춧돌이 썩고 바스러지니 그들도 망하지 않았던가?** 신라의 불교가 쇠퇴하니 고려가 이어서 되살렸고 그것이 또 썩으니 조선의 유교가 물려받았고 그것이 또 기울어지니 동학이 받으려다 그만 눌려버리지 않았나. **그것을 무어라 부르건, 불교다, 유교다, 동학이다 불렀지만 결국 무한자에 붙인 이름이야.** 우리 민족도 그 성화를 면면히 계승해오다가 동학에 이르러 그만 놓쳐버렸어. 그러자 나라는 망했어.[19]

황 선생의 말에서 정치란 물질적이고 유한한 것으로 나타난다. 그리고 무수한 정치적 표면을 발생시키는 심층의 '무한한 것'은 기독교, 불교, 유교, 동학과 같은 구체적인 종교로 말해진다. 그러나 황 선생이 말하듯, 전후 남한 사회에서 득세하는 기독교는 근대와 함께 서양이라는 외부에서 강제적으로 도래한 것이므로 그 식민적 성격을 문제 삼을 수밖에 없다. 신라시대부터 조선시대에 이르기까지 불교, 유교, 동학으로 근근이 이어지던 '민족적', 혹은 '자생적' 윤리의 맥이 개화기에 단절되었다는 진단, 그 자리에 기독교가 '침략했다'는 인식은 여기에 뿌리를 두고 있다. 따라서 황 선생이 볼 때 가장 시급한 과제는 이 식민적 윤리를 축출하고 그 자리에 다시 자생적 윤리의 맥을 잇는 것이다.

서양에서 "교회가 숨은 밑바닥에서 그들 사회를 떠받치고 있"[20]었다는 언급에서 알 수 있듯, 『회색인』이 형상화한 기독교의 본질은 그것이 서양의 정치와 민주주의를 지탱하는 토대였다는 점이다. 따라서 근원적으로 서구 사상인 민주주의와 자유주의의 원만한 이식을 중시하는 관점에서 보자면, 바로 이 기독교 정신의 수용이야말로 당대 한국 사회에 요구되는 정신적 과제일 수 있다. 그러나 『회색인』은 황 선생을 통해 그러한 관점에 내재되어 있는 식민성을 지적하고, 김순임을 통해 기독교를 미신에 가까운 타락한 믿음으로 격하한다.

기독교로 상징되는 서구적·근대적 윤리에 대항하여 한국적 윤리를 부활시키려는 황 선생의 시도는 김학과 《갇힌 세대》 동인을 통해 어느 정도 관철된다. 『회색인』에서 김학 등이 추구하는 혁명 역시 윤리를 결여한 채로는 결코 성취될 수 없다. 따라서 새로운 윤리의 모색은 독고준뿐만 아니라 김학에게도 중대한 과제로 다가왔던 것이다. 위의 인용문에 이어서 황 선생은 남한의 정치가 처한 위기를 윤리의 상실에서 찾고, 불교를 계승하여 새로운 윤리로 삼을 것을 역설한다. 황 선생은 불교가 가르치는 사랑이 "어느 때 어느 장소에서 가장 가까운 사람을 사랑하라는"[21] 실천적·구체적 사랑임을 들어 기독교적 사랑의 빈(虛) 속성을 극복할 수 있다고 말한다. 그가 강조한 '가까운 사람'에 대한 불교적 사랑은 유교적 가족주의와 융화되기 쉬웠고, 실제로도 남한에 가족이 있는 김학에게는 비교적 거부감 없이 '새로운 윤리'로 수용된다.

그러나 김학과 달리 고향·가족에서 유리된 독고준에게 더 강렬하게 감각되는 남한의 기성 윤리가 유교적 가족주의다.

> **가족이 없다, 그러므로 자유다.** 이것이 우리들의 근대 선언이다. **우리들의 신은 구약과 신약 속에가 아니고 족보 속에 있어왔다.** 우리들의 우상은 십자가에 박혀 스스로 죄를 짊어진 한 인간이 아니고, 항렬과 돌림자로 새겨진 족보였다. 그런 까닭에 **우리들의 신은 '집안'이요 가문이었다.**
>
> (…)
>
> **그리스도는 우리를 떨게 하지 않는다. 그는 나와 무관한 이방인이다. 그러므로 그와 나 사이에 드라마는 없다. 우리는 다른 각본의 등장인물이다.** 동양인과 서양인이 만나는 자리는 서로 족보를 겸허하게 포기한 자리여야 할 게다.
>
> (…)
>
> **아직도 우리들 엽전에게는 '집'이 제일이다. 우리가 정말 사랑할 수 있는 것은 집뿐이다.** 집 있는 사람은 함부로 처신하지 못한다. 그는 모험도 할 수 없고 도박도 할 수 없다.

그러나 **나 독고준에게는 집이 없다. 나는 그러므로 무다. 나는 나 자신을 선택할 수 있다.**[22]

위에서도 독고준은 종교적 수사를 사용하여 가족주의를 공산주의, 기독교와 같은 층위에 위치시킨다. 다만 공산주의, 기독교와 달리 "집안"과 "가문", "족보"로 상징되는 유교적 가족주의는 현재 남한 사회의 '열전'들이 자발적으로 사랑할 수 있는 유일한 윤리처럼 진술된다. 그러나 독고준의 관점에서 유교적 가족주의는 '이방인'의 윤리인 기독교와 함께 거부해야 할 기성윤리로 포착된다. 독고준은 기독교의 이질성("다른 각본의 등장인물")을 이유로 기독교를 거부하고, 가족(주의)의 부재를 들어 가족주의도 거부함으로써 그에게 스스로를 선택할 자유가 있다고 선언한다.[23]

이처럼 독고준은 공산주의, 기독교, 가족주의를 차례차례 거부함으로써 자기정립의 토대를 마련한다. 그러나 독고준은 기성 윤리를 대체할 새로운 자기윤리를 곧바로 구성하지 못하고 과도기적 상태에 빠져든다. 독고준이 현호성과 유사 가족 관계를 유지하면서 남한에서 자기 혈육을 찾으려 시도하는 시기가 이에 해당한다. 이는 전후 남한 사회에서 가족주의를 완전히 거부한다는 것이 얼마나 지난한 사상적 과제였는가를 상징적으로 드러낸다.

사회에서 발붙일 데가 없던 한 청년이, 생활의 수단과 부단히 반응하고 대결해야 할 **'가족'**을 한꺼번에 새로 얻은 것

> 이다. **어떤 좌표에 자기를 얽어맸다는 안도감이다.** 그러면서도 독고준은 자기가 소속한 이 좌표의 체계에 대해서 조금도 사랑은 가지지 않기로 작정한 것이다. 그는 그와 같은 인정사정없는 윤리를 지니기 위해서 '가족'의 이론을 그는 만들어냈었다. 한국의 경우에는, 신은 죽었다, 그러므로 자유다, 하는 생각은 근거 없는 유행가다. 서부 활극의 호남아들이 우리 눈에는 아무래도 서먹한 친구들인 것도 그 때문이다. **그래서 우리들의 근대 선언은, 가족은 흩어졌다**(혹은 **없다), 그러므로 자유다, 하는 이론을 만들어냈다.** 이 명제를 십자가처럼 가슴에 품고 이 으리으리한 무대에서 싸늘한 연극을 살리라, 하는 게 그의 처음 생각이었다. 그러나 이 집에서 두 달을 보낸 지금 그의 행동을 조종하는 것은 그런 어깨에 힘준 철학 같은 것이 아니었다. **그러나 스스로도 놀랄 만큼 아무 저항도 없이 나날을 지낼 수 있는 데 놀랐다. 게으름. 윤리적 비판조차도 의식하기 귀찮아 하는 게으름**이 그로 하여금 그렇게 생활할 수 있게 만들었던 것이다.[24]

독고준은 현호성을 증오하면서도 그의 집에 들어가게 된 사건을 '가족을 새로 얻은' 경험이라 진술한다. 의식적으로 가족주의를 부정하면서도 내심 가족을 가지고자 하는 독고준의 욕망은 이처럼 강렬한 것이었다. 현호성의 집에 들어감으로써 그는 남한 사회에서 부랑(浮浪)하기를 그치고 '어떤 좌표'에 마침내 안착했다는 안정감을 획득한다. 가족이 없으므로 자신은 자유롭다는 독고준의 '이론'은 그가 현호성의 '가족'이 된 순간부터 무력해진다. 그가 만든 이론이란 그것을 잊고도 "스스로도 놀랄 만큼 아무 저항도 없이 나날을 지낼" 수 있을 만큼의 것, "게으름"에 밀려 쉽게 눈감아버릴 수 있는 정도의 것이었다. 물질적인 것에 대해 정신적인 것을, 유한한 것에 대해 무한한 것을, 안정된 것(부자유)에 대해 불안정한 것(자유)을 우위에 두었던 독고준의 이론은 바로 이 지점에서 자가당착에 빠진다.

가족주의에 안주하려는 발상은 독고준이 조부의 사촌을 찾을 기회를 얻으면서 정점에 달한다. 『회색인』에서 독고준이 조부의 사촌을 찾아가는 여행은 서유기(西遊記)에 비유된다. 독고준은 조부의 사촌을 찾아가는 자신을 "보물을 묻어 놓은 섬을 찾아 나선 모험자"[25]에 비유한다. 이 모험에는 '신화와 같은 혈연' 속에 "우주에서의 나의 위치"[26]를 기입해 보려는 자기정립의 욕망이 숨김없이 드러나 있다. 그러나 이러한 기대는 최종적으로 좌절되고 만다. 실패로 끝난 서유기를 통해 비로소 독고준은 가족주의를 완전히 거부할 계기를 얻는다.

3. '나'의 전위(轉位)를 통한 자기정립의 서사

『회색인』에서 기성 윤리의 표상 — 종교와 역사(이데올로기), 가족 — 은 모두 '피'를 통해 형상화된다. 기독교도들이 나누어 마시는 성혈, 가족의 혈연(血緣), 서양의 (기독교 정신에 기초한) 자유주의의 역사에 묻어 있는 피와 같은 공통의 표현은 일차적으로 텍스트 표면에서 기성 윤리의 세 범주를 효과적으로 연결시킨다. 그러나 특히 '피'는 기성 윤리가 개별자에게 행사하는 힘의 '정당성'을 드러내는 상징이라는 점에서 주목을 요한다.

> 자유의 역사에는 **끈적끈적한 피**가 엉겨 붙어 있어. **그 피는 지금도 후손들에게 호소하고 명령하는 힘을 지니고 있어.** 우리들의 경우는 피 대신에 막걸리가 흐르고 인간의 모가지 대신에 고무신이 굴러가고 있어. 이것은 비극이 아니야. 이것은 드라마가 될 수 없어. 우리는 갇혀 있으나 탈출은 금지돼 있어.[27]

예컨대 위의 인용문에서 자유의 역사에 엉겨 붙은 피란 자유의 쟁취를 위해 자발적으로 나서서 싸운 서양의 역사적 경험을 말한다. 이 '피'는 성혈이나 혈연의 힘과 마찬가지로 "후손들에게 호소하고 명령하는 힘", 즉 선험적 규율 원리의 정당성을 담보하는 힘을 상징한다. 그러나 『회색인』은 전후 남한의 제도와 사상 전체에 이와 같은 '피'가 흐르지 않는다는 인식을 보여준다. 『회색인』에 의하면 전후 남한 사회에는 주체성의 토대가 되는 '피'가 아니라 주체성을 마취시키는 '막걸리'가 흐르고 있는 것이다. 이처럼 전후 남한의 제도와 사상에 주체성이 결여되어 있으므로 그 정당성을 담보할 수 없다는 인식은 독고준이 기성 윤리를 거부하는 가장 큰 전제가 된다. 그가 보기에 가족주의의 기반인 가문은 이미 현대 사회에서 그 토대를 상실한 것이며 공산주의, 기독교, 자유주의 등의 이데올로기는 모두 "서양 사람들이 만들고 쓰고 보급시킨 심벌"[28]에 불과하므로 전후 남한에서 정당성을 획득할 수 없다.

따라서 독고준의 자기정립은 이러한 '가짜 피'를 거부하고 스스로를 규율할 '진짜 피'를 찾아가는 과정이라 할 수 있다. 이 자기정립은 독고준이 '나'의 자리에 '베스'로부터 '드라큘라'로 이어지는 허구의 인물을 바꾸어 앉히는 일련의 '문학적' 과정으로 형상화된다. 독고준은 비어 있는 주체의 자리에 다양한 인물들을 앉히고 그들의 서사를 모방·전유함으로써 자기 정체성을 구성해나간다.[29] 이와 같은 수많은 '나'들의 교체가 어떠한 수행을 통해 '고정(ancarge)' 되는 순간 독고준의 자기정립이 완수되는 것으로 볼 수 있다.[30]

『회색인』은 독고준이 현호성의 집에 들어가는 시점을 경계로 이분될 수 있다. 현호성은 부정적인 방식으로 남한 사회 정착에 성공한 전형적 인물로, 독고준이 그의 집에 들어가는 것은 남한 사회의 기성 질서에 편입되었다는 것을 의미한다. 이러한 의미에서 현호성은 독고준에게 사이비 아버지(pseudo-father)로 기능한다.[31] 이 유사 가족을 통해 독고준은 "아무 할 일도 없는 자유를. 책임이 없는 시간을. 윤리가 째리지 않는 게으름을. 그것만이다. 나는 그걸 얻었다. 나의 유년 시절의 저 과수원에서 즐기던 공상의 시간"[32]이라 진술되는 일종의 과도기적 상태에 처한다. 그러나 '게으른' 시간 속에서도 독고준은 자기 정위의 문제를 집요하게 추적한다.

> 자기가 현재 처한 위치에 대해서 변명하기에 그토록 많은 이야기를 만들어내야 한다는 것은 그 자리가 정상이 아니라는 증거다. 물론 독고준에게는 전혀 구실이 없는 것도 아니었다. 그는 지금 소설을 쓰고 있다.[33]

위의 인용문에서 보이듯, 처음에 독고준은 현호성의 집에 거처하는 자신을 권문세가에 기숙하는 가난한 예술가에 비유해 보았으나, 이와 같은 발상은 곧바로 스스로에 의해 정상이 아니라고 폭로된다. 다만 이때 독고준이 "소설을 쓰고 있다"는 변명을 들고 있다는 데 유의할 만하다. 어째서 독고준은 『광장』의 이명준과 같은 철학도가 아니라 소설을 쓰는 국문학도가 되었을까.

독고준이 소설을 쓴다는 설정은 서술되고 있는 소설의 주인공 독고준을 서술하고 있는 작가 최인훈에 겹쳐보게 한다는 점에서 주목할 필요가 있다. 두 경우 모두 글쓰기, 즉 서술을 통한 자기 정체성 확보가 문제되고 있기 때문이다. 최인훈에게 소설이란 자기 시대의 정확한 초상이자 삶의 목적을 질문하는 형식이라는 점에서 "종교가 권위를 잃은 세계에서 지난날에 종교가, 더 멀리는 신화가 하던 소임을 맡아보려고 노력하고 있는 분야"[34]이다. 이러한 관점에서 최인훈은 소설을 "세속 사회의 종교"[35]로 정의하고, "오토메이션 시대에 예술은 주체적 진리의 마지막 요새"[36]라고 단언했던 것이다. 이는 일견 독고준에게도 정확하게 적용될 수 있는 발언처럼 보인다.

소설은 나에게 또 하나의 자유를 줄 것이다. 소설을 쓰고 있는 동안 나는 신이니까. 그렇게 해서 나는 신이 된다. 가만있자. 좀 지저분한 신이 아닌가. 기껏 악덕 자본가의 빵에 얹힌 신이라면. 괜찮다. 요새는 그렇게밖에는 신이 될 수 없다.[37]

최인훈이 말했듯 신화와 종교가 힘을 잃은 시대에 '주체적 진리'를 산출하는 것이 소설의 본질이라면, 독고준의 소설 쓰기는 주체적 윤리 정립의 단초로 읽을 수 있다. 왜냐하면 위의 인용문에서 보이듯 독고준에게도 소설 쓰기는 "신"이 되는 것과 등가인 행위, 즉 종교로 상징되는 기성 윤리를 대체하는 행위이기 때문이다. 그러나 "지저분한 신"이라는 자조적 표현에서 짐작할 수 있듯 『회색인』에서 소설 쓰기는 완전한 자기정립으로 나아가기에는 부족한 행동으로 형상화된다.

이 지점에서 글쓰기를 지속해나간 최인훈은 텍스트 내 인물인 독고준과 분기한다. 이는 우선 독고준이 정치적 행동주의로 경사되어 있기 때문에 생겨난 필연적 결과로 이해할 수 있다. 예술의 무력함, 정확히 말해 문학의 무력함과 허무함에 비교되는 정치의 힘을 언급한 다음의 인용문에서 이러한 점이 명확하게 드러난다.

옛날과 달라서 지금은 모든 사람이 정치에 힘을 미칠 권리가 있다는 허울이 주어져 있다. 이 시대에 사람이 행동한다는 일은, 필경 정치에까지 얽히지 않을 수 없다. 적어도 머릿속에서는. 그러나 여기는 언제나 위험이 따른다. 정치처럼 역설적인 것은 없다. 그것은 가장 근본적인 것이면서도 가장 피상적인 것이다. 정치에 건다는 일은 최고의 행위면서 한 발 잘못하면 그것은 최하의 행위로 떨어질 수도 있기 때문이다. 정치가 가장 아름답고 뜨거운 순간 — 혁명은 그러므로 예술가의 마음을 잡아 끈다. 밀턴, 하이네, 바이런, 위고, 고리키, 아라공, 사르트르 — 이들의 마음의 비밀은 여기에 있다. 그러나 지금 하이네의 시사 풍자시 같은 것을 읽어보면 우리는 무어라 할까, 어떤 서글픔을 누를 수 없다. 그가 정열을 다해서 비꼬고 희극화하고 있는 정적(政敵)이라든가 혹은 애써 주장하는 어떤 일들은 그 얼마나 공허한 것인가. 그 시가 씌어진 시대의 독자들에게는 그 시구들은 틀림없이 강한 점화력을 가지고 있었으리라. 그러나 **시간이 흐른 자리에서는 그러한 점화력은 비바람에 바랜 다이너마이트처럼 무력하기만 하다. 이런 다이너마이트는 그 시대의 날짜가 찍힌 신문지에 맺어져 있다. 철 늦은 뉴스는 뉴스가 아니다. 역사에 발을 들여놓는 순간에 예술가는 분명히 무엇인가를 잃는다.** 그것은 그들의 마음이 이웃의 불행에 무관심하지 않을 수 없다는 착한 동기에서일 때 더욱 애처로운 일이다.

(…)

세상은 얼마나 빨리 흐르는가. 문제는 얼마나 자주 바뀌는

가. 작가가 신문지와 겨룬다면 승패는 처음부터 확실한 것이다. 그렇다면 역사를 외면할 것인가. 혁명의 폭풍 속에서 그렇게도 태연했다는 괴테의 처신은 징그럽고도 구역질이 난다. 정치, 그것이 얼마나 장미꽃과 바람과 구름과 애인의 가슴을 바꾸는가를 우리는 알기 때문에 우리는 외면할 수도 없다. **정치는 가까운 데, 제일 가까운 데, 에고의 한복판에 있다.**[38]

다소 길게 인용한 위의 장면은 독고준이 이유정의 아틀리에를 드나들며 얻은 예술과 정치에 대한 사유를 개진하는 대목이다. 여기서 보이듯 독고준은 소설을 쓰고 있으면서도 정치의 위력에 매료되어 있다. 역사의 '늦은' 기록으로서 예술은 역사와 나란히 설 수 없다는 태생적 한계를 가진다. 정치는 가장 '가까운 데', '에고의 한복판'에서 벌어지고 있지만 예술이 이를 포착하여 못 박는 데 성공한 순간 정치는 다시 한 발 앞서 나간다. 세상과 마찬가지로 정치는 항상 '빨리' 흐르며 급박하게 바뀌는 '문제'들과 보조를 같이 하기 때문이다. 이 시간차로 인해 예술은 역사에 참여하려 할 때마다 항상 '무엇인가를' 잃고 '비바람에 바랜 다이너마이트'처럼 무력해질 수밖에 없다. 이처럼 독고준은 예술이 태생적으로 역사에서 배제되었다고 본다. 대신 최인훈과 마찬가지로 독고준은 예술의 의의를 "놀랍고 비상한 '물음'의 방법"[39]이라는 데서 찾는다. 그러나 이에 입각하여 새로운 '물음'을 제기하기에는 독고준의 한계가 명백하다. 새로운 '물음'의 제기 자체는 새로이 구상된 윤리에 기초해야 가능해지기 때문이다.

최인훈이 말했던 바와 같이 '주체적 진리의 요새'를 건설하는 문학의 작업은 세속 사회에서 개인의 종교를 창시하는 작업에 다름 아니다. 그러나 『회색인』은 종교와 마찬가지로 문학이 언제나 선행자에게 빚을 진 채 출발할 수밖에 없다는 치명적 한계, 즉 진정한 의미에서 독창적인 세계를 창시하기란 거의 불가능하다는 점을 지적한다.

> **그런 뜻에서 모든 천재는 기독교 신학에서의 예수 그리스도의 자리와 같다. 그것은 한 번만 있는 일. 역사에 절대(絶對)가 끼어든 '한 번만의' 사건이다.** 그리스도는 한 번만 온 것이다. 그로써 일은 끝났다. 신약 성경의 주인공의 이름은 정해졌다. 만일 예수 그리스도와 똑같은 일을 하려는 사람이 있다면, 그는 신도(信徒)의 이름을 얻을 뿐 주(主)는 될 수 없다. **되풀이가 무의미한 사건.** 역사는 이런 행운아들의 이름을 기록하지만, 숱한 에피고넨들의 이름은 생략해버린다.[40]

독고준은 카프카를 고평하지만, 카프카 이후에 카프카처럼 쓰는 것은 의미가 없기 때문에 좌절한다. 문학에서도 '주체적 진리'들은 종교의 창시자들과 같은 '천재들'에 의해 선점되어 있는 것이다.

이처럼 '영향에의 불안(the anxiety of influence)'에서 자유로울 수 없다는 두려움, 독창적이고 내발적인 진리를 창출할 수 없다는 두려움 때문에 독고준은 소설을 끝맺는 데 항상 실패한다. 대신 『회색인』에서 '주체적 진리'는 글쓰기가 아닌 직접적 행동에 의해 성취된다. 바로 이 지점에서 독고준은 소설 쓰기를 멈추지 않는 최인훈과 차별화된다. 이러한 관점에서 보자면 독고준은 작가의 페르소나가 아니라, 작가적 불안과 두려움이 떨어져 나와 응고된 인물이라 할 것이다.

그러나 독고준의 결정적 행동이 소설의 전유에 의해 도달되었다는 의미에서, 독고준의 소설 쓰기는 실패한 것이 아니라 현실로 전화(轉化)된 것이라는 독해가 가능하다. 독고준이 현호성의 집에 들어가는 시점을 전후하여 『회색인』에는 주체적 윤리를 모색한 픽션의 인물들인 라스콜리니코프, 카프카, 드라큘라가 연속적으로 등장한다. 이들은 독고준이 자신을 비유해보는 대상이자 그 행동을 모방하고 서사를 전유하는 인물들로서 독고준의 자기정립에 핵심적 역할을 수행한다.[41]

현호성의 당증(黨證)을 발견한 날 밤, 독고준은 자신의 복수 계획을 정당화하기 위해 『죄와 벌』의 라스콜리니코프에 자신을 비유해본다. 최인훈은 라스콜리니코프에 대해 "그 자신이 세계와 인간에 대해서 지니고 있는 철학에 입각해서"[42] 행동한 인물이라고 평한 바 있는데, 독고준이 본 라스콜리니코프 역시 자유롭게 판단하는 주체로 진술되고 있다.[43] 라스콜리니코프의 행위는 그의 내발적 윤리에 의해 정당화되는 것으로, 독고준은 그를 모방함으로써 협박의 대가로 경제적 안정을 보장받는 자신의 범죄적 행동을 정당화한다. 그러나 독고준은 스스로가 "비열한 인간이며, 남의 빵을 훔치고 있다는 도덕의 비난"[44]에서 벗어나지 못한다. 독고준이 라스콜리니코프의 행동을 모방했을 뿐 그처럼 주체적 윤리를 창조하는 데에는 실패했기 때문이다. 이러한 자각은 '천재'가 되어야 한다는 조바심으로 드러난다.

독고준의 '부도덕한' 행동을 합리화하는 데 사용된 인물이 라스콜리니코프인 데 반하여, 카프카는 사라진 신을 대체할 주체적 진리를 창조해보였다는 점에서 독고준이 그리는 자기상에 가장 가까운 인물로 호출된다.

> 아무튼 독고준에게 카프카는 그처럼 위대한 선배였다. 그러나 막상 그의 방법을 따르려고 할 때 그는 다시 한 번 놀랐다. 왜? 카프카는 한 사람으로 족하다는 것을 깨달았던 것이다. **카프카와 같은 세계는 엄격한 선취득권이 인정돼야 할 세계였다.**[45]

그러나 위의 인용문에서 볼 수 있듯 "천재" 카프카는 새로운 "신학"을 창조한 그리스도와 같은 자리에 놓인다. 그리고 독고준은 그들이 창조하여 "엄격한 선취득권"이 존재하는 세계로 편입하기를 거부한다. 이처럼 "신"의 자리에 카프카, 그리스도, 소설가를 바꿔 끼워보는 장면들을 통해 독고준의 자기정립이 기성에 빚지지 않은 새로운 윤리를 내발적으로 구성하는 문제임이 명백해진다.

독고준의 자기정립이 급격하게 진전되는 것은 그가 유사 가족으로 포장되어 있던 자신의 위치를 직시하면서부터이다. 독고준은 현호성의 집에 얹혀사는 자신의 처지를 '가난한 예술가'로 지칭하면서, 역시 예술가인 현호성의 처제 이유정과 더불어 예술에 관한 이야기를 나누며 공감대를 형성하고 있었다. 그러나 이유정이 자신을 거부한 날 밤, 독고준은 자신이 결코 이유정과 동등한 좌표 체계에 속해 있지 않다는 점을 깨닫는다.

(가)

그들이 사는 별관에 들어서서 1층 이유정의 방문 앞에 이르렀을 때 준은 팔을 들어 여자를 끌어안았다.

"안 돼요. 쉿."

금방 베스를 쫓던 목소리가 퍼뜩 생각나면서 준은 개가 되었다.

(…)

준은 문 앞에 우두커니 서 있었다. 한참 만에 빙글빙글 돌아가는 머리를 두 손으로 짚으며 그는 2층 계단을 한 발자국 한 발자국 올라갔다. 속으로 중얼거리면서. 나는 개다. 나는 개다….[46]

(나)

자기 꼬리를 삼키는 뱀이 되기 싫어 나는 몸부림치지 않았는가. 그런데도 나의 이빨에 물리는 것은 바람뿐 하루를 보낸 그 지겨운 졸음이 퍼진 마을에서도 나는 바람을 씹었을 뿐 현호성을 물어뜯는 것이 소원이었으나 나는 그의 지갑을 조금 할퀴었을 뿐. 그리고 그리스도의 소녀 김순임도 물지 못하고 말았다 **나의 이빨은 가짜인가**.

(…)

김순임을 김학을 현호성을 물어뜯었다고 생각한 것도 착각이었다 내 살을 파먹고 있었을 뿐이다.[47]

(가)에 서술된 이유정의 행동은 현호성의 집에서 독고준의 위치가 현호성이 키우는 개 베스와 같은 것임을 정확히 상기시켜준다. 자신을 "개"로 자각한 순간, 독고준은 자신의 행동이 자신의 의도와 빗나갔음을 깨닫고 자신의 "이빨"이 가짜가 아닌가 하는 의심(나)에 휩싸인다. 이 지점에서 텍스트는 독고준이 생각해 온 '나'란 '베스'임을 폭로하는 것이다. 이 장면은 『광장』에서 이명준이 자신을 맡아 주던 영미네 집을 무심코 "주인집"이라고 부르는 대목과 정확히 겹쳐볼 수 있다. 『광장』의 '메리'나 『회색인』의 '베스'는 모두 집으로 상징되는 기성 세계에 기숙(寄宿)하는 데 그친 이명준과 독고준을 가리키는 직시어(deixis)다. 이유정의 거부를 통해 자신이 '베스'의 자리에 있음을 직시함으로써, 독고준은 현호성의 집에 안

주하면서 동시에 주체적 윤리를 구성하려 했던 시도 자체에 내재된 모순을 자각한다.

라스콜리니코프와 카프카를 거쳐 독고준이 마지막으로 모방하는 인물이 드라큘라다. 개(베스)와 드라큘라가 공유하는 이빨의 이미지를 통해 수행되는 이 급격한 전위는 독고준의 자기정립에서 가장 핵심적인 순간을 보여준다.

『회색인』에서 드라큘라의 전위적 성격은 "검은 신약의 주인공"이라는 언급에서 단적으로 드러난다. 드라큘라는 "스스로에게 규정한 법칙에 복종하는"[48] 자기 입법의 관념을 체화시킨 "신"으로 형상화되며, 그가 주인공인 "검은 신약"은 성경이나 볼셰비키 당사, 족보와 대조되는 새로운 윤리를 서술한 체계로 그려진다. 단적으로 독고준에 의해 드라큘라는 스스로 "주가 되기"를 택한 자로 규정된다.

> 그리고 같은 순간에 준은 보았다. **그 뒤쪽 창유리에 비친 한 남자의 얼굴을—창백한 드라큘라의 얼굴을.**
>
> (…)
>
> **다만 피를 빨 뿐이다.** 이 경우에 피를 빤다는 행위는 생물학적인 행위라느니보다도 한 상징적인 의식이다. **그렇게 해서 그는 또 하나의 동무를 만드는 것이다.**
>
> (…)
>
> 그것은 신을 잃어버린 인간의 드라마다. 그는 신을 사랑하

> 지 못한다. 일요일마다 얼마간의 돈을 내면 교회에서 사 마실 수 있는 성혈에 구미를 잃어버린 인간의 비극이다. 그의 혀는 인간의 피만 찾는다. 성혈은 그의 입 안을 상하게 한다. 그 거짓의 액체는 그에게 구토를 일으키게 한다.
>
> (…)
>
> 간단하다. **내가 드라큘라이기 때문이다. 사랑. 신의 사랑. 아무의 피도 아닌 피.** 이웃을 해치지 않는 흡혈귀는 합법이지만 진짜 피를 요구하는 자는 마귀이다. 가혈(假血) 아닌 진짜 피를 탐내서는 안 된다.[49]

독고준은 창유리에 비친 자신의 얼굴 속에서 드라큘라를 볼 정도로 그를 자신의 정체성 구성에 깊이 끌어들인다. 드라큘라가 특히 문제적인 이유는 그가 안티-그리스도로서 기독교의 역전(逆轉)인 동시에 혈통 중심적 가족주의의 역전이기 때문이다. 이러한 역전은 단순한 거부나 부정이 아니라 독고준이 최초에 말했던 "사랑과 시간"[50]에 기초한 주체적 윤리를 구성하는 것이기 때문에 더욱 중요하다.[51] 즉 기독교와 가족주의의 반정립으로 구성된 독고준의 윤리는 드라큘라를 전유함으로써 구체화되는 것이다.

드라큘라 형상의 작동에 있어서도 피 모티프는 핵심적 역할을 한다. 앞서 『회색인』에서 '피'가 기성 윤리의 구속력을 정당화하는 상징으로 사용되었다는 점을 서술했던 바 있다. 그러나 드라큘라의 흡혈 행위에서 피는 개별자들을 사랑으로 엮어 "동무"로 인식하게끔 해주는 표지로서만 기능한다. 그리스도의 성혈을 나누어 마시는 행위를 통해 기독교도들은 자신의 몸속에 그리스도의 피를 받아들이고, 족보에 기록된 혈통은 가족으로 묶인 개인들의 몸속에 같은 조상의 피가 흐르고 있음을 담보해준다. 이처럼 기성 윤리 체계에서 피가 언제나 "누군가"의 피로 나타나기 때문에, 피가 개인을 특정 윤리 체계에 구속시키는 장치로 형상화될 수 있었던 것이다. 이에 대하여 독고준은 드라큘라가 흡혈하는 피를 "아무의 피도 아닌 피"로 서술함으로써 피의 상징 자체를 역전시킨다.

『회색인』의 마지막 장면에서는 독고준이 자신을 거부했던 이유정을 강제로 취하려 한다는 점이 암시된다. 『회색인』의 전체 구조를 고려할 때, 이는 이유정에 대한 폭력이라기보다는 이유정으로 상징되는 것에 대한 거부로 읽을 필요가 있다. 정확히 말하여 독고준을 '베스'의 자리에 구속하는 판단을 거부하는 순간으로 읽어야 한다. 독고준이 이유정의 방문 앞에서 드라큘라와 마찬가지로 "양 손목과 다리를 묶은 사슬"[52]을 느꼈던 것은 이러한 맥락에 연결된다. 이 사슬을 끊는 순간, 즉 독고준의 자기정립이 완수되는 순간은 그가 드라큘라의 모방으로부터 벗어나 '독고준'이 되는 순간으로 형상화된다.

> 불가능한 것을? 그렇다. **내가 신이 되는 것. 그 길이 있을 뿐이다.** 그러나. 그것은 번역극이 아닌가? 거짓말이다. 유다나 드라큘라의 이름이 아니고 너의 이름으로 하라. 파우

스트를 끌어대지 말고 **너 독고준의 이름으로 서명하라.**[53]

이 장면은 독고준이 '익명적으로 있음', 즉 단순히 존재하는 것을 중지하고 '이름을 갖는 주체'인 존재자로서 출현하는 자기정립(hypostase)의 순간을 보여준다. 이 자기정립은 늘 주체의 행위가 시작되는 순간에 드러난다.[54] 독고준이 자기정립에 이르는 과정은 라스콜리니코프와 카프카, 드라큘라와 같은 다른 이름들을 빌려옴으로써 진행되어 왔다. 그러나 위 장면에서 독고준은 자기의 이름을 서명함으로써 스스로 자기 서사에 시작을 부여한다. 서명과 같이 행동을 자신의 것으로 돌리는 귀속(ascription)에 의하여 주체는 비로소 자신의 행동으로부터 시작되는 인과적 연쇄를 창출할 수 있게 된다.[55] 자유란 자신을 둘러싼 결정론적 세계에 대항하여 스스로 인과적 연쇄를 시작하는 이 능력 그 자체를 의미하는 것이다.[56]

4. 맺으며

본 논문은 『회색인』이 독고준의 자기정립을 중심으로 조직된 텍스트라는 데 주목하여 그 과정과 구조를 상세히 밝히고자 했다. 독고준의 자기정립은 기성 윤리의 거부에 기반을 둔다. 『회색인』은 기독교, 가족주의, 자유주의와 같이 전후 남한 사회를 규율하는 주요 기성 윤리들이 외부에서 주어졌거나 지금-여기의 현실에서는 토대를 상실한 텅 빈 윤리임을 지적한다. 이를 거부하고 내발적으로 주체적 윤리를 구성하는 과업, 새로운 윤리를 담지한 새로운 인간형을 정립하는 과업을 받아들인 것이 『회색인』의 독고준이다.

독고준의 정체성은 인물의 모방·서사의 전유를 통해 구성된다는 점에서 '이야기적 정체성'이라 말할 수 있다. 자기 서사를 서술함으로써 정체성을 구성해나간다는 의미이다. 자기 서사를 서술한다는 것은 곧 새로운 세계를 창출하고 그 새로운 세계-내-존재로서의 자신을 만들어나가는 과정이다. 이와 같은 정체성의 서사적 형성 과정은 공교롭게도 픽션의 인물과 현실의 인간이 공유하는 특성이기도 하다. 『회색인』을 통해 우리는 픽션 내에서조차 픽션의 인물을 통해 자기를 정립하려는 인물의 움직임과, 이 이중의 정립을 통해 텍스트 바깥의 자기를 구성하려는 작가의 움직임을 겹쳐볼 수 있다. 이러한 메타적 관계는 『회색인』의 독고준을 통해 1960년대의 최인훈을 다시 읽게 하는 단초가 될 것이다.

이러한 관점을 연장하면, 초기 작품인 『회색인』에서 독고준을 통해 강렬히 드러난 '영향에의 불안'과의 싸움을 밀고 나간 자리에 최인훈의 글쓰기를 위치시킬 수 있다. 최인훈의 글쓰기는 그 자신의 내발적이고 주체적인 진리를 구성하기 위한 분투였다고 볼 수 있다. 『회색인』의 작가 최인훈의 글쓰기에 자기반영성이 강하게 드러나는 점, 텍스트 간 연계성과 반복성이 강하다는 점 등은 익히 알려진 바다. 이러한 특징은 근본적으로 최인훈의 글쓰기를 자기 서사 서술의 수많은 반복으로 읽게 해준다. 이때 『회색인』은 이 분투의 원초적 장면이 텍스트화된 작품으로 이해할 수 있을 것이다.

최인훈 문학에 나타난 '연작'의 의미[1]

— 연작, 이야기의 성장을 위한 여정

노태훈(서울대학교 국어국문학과 박사과정 수료)

1. 들어가며

해방 후 한국 문학사를 논할 때 최인훈은 빼놓을 수 없는 작가이다. 유년기를 식민지 시기에 보내고, 한국전쟁에 휘말렸으며, 분단된 국가에서 고향을 잃고 살아갔던 피난민이자, 4·19 이래로 남한의 현대사를 고스란히 관통했던 작가이기 때문이다. 최인훈에게서 발견되는 것은 우선 역사를 온몸으로 겪으며 체득한 자신만의 세대 감각일 것이다.[2] 그 자신이 스스로 역사적 개인이었기 때문에 최인훈의 글쓰기는 "자기 반영적"으로 흐를 수밖에 없었다. 요컨대 실향민이자 지식인이었던 자신의 처지를 끊임없이 자각하면서 이를 글쓰기로 극복해보려는 노력이 최인훈 소설을 관통하고 있다고 할 수 있겠다.[3]

최인훈의 작품에 관해서는 두루 여러 관점에서 논의되어온 바 있지만, 우선은 글쓰기의 형식이나 서사 기법에 주목한 연구가 상당하다. 그것은 최인훈 소설의 다양한 실험적 측면에 기인하는 것이지만 무엇보다도 "반복"이라는 관점이 유효하기 때문이다.[4] 그의 소설에서는 동일한 문장이나 상황이 작품 내에서 반복되기도 하고, 서로 다른 작품 간에 겹쳐지는 장면이 허다하다. 그러다 보니 작가 스스로도 말하고 있듯 개별 작품을 따로 떼어내어 읽는 방식보다 연속선상에 두고 읽었을 때 의미의 진폭이 훨씬 크다.[5] 한 작가의 작품세계를 어떤 흐름에 맞추어 읽어내는 것은 자연스러운 일이지만 최인훈에 관해 그러한 방식으로 접근하는 것은 느슨한 형태의 작가론이 될 수 없다. 그는 스스로 자신의 작품들을 묶어서 그 연속선을 강조하면서 결과적으로 그것들이 "움직이는 질서"로서 읽히기를 바라고 있기 때문이다.[6] 그러므로 최인훈 문학을 "연작"의 관점에서 들여다보는 것은 무척 유효한 일이 될 수 있다. 하지만 동시에 그것이 "연작소설"이라는 단순한 장르론적 논의에 함몰될 위험이 있음은 늘 염두에 두어야 한다.

한편 최인훈 작품의 주제 의식이나 특유의 관념성, 정치성 등에 관한 연구도 주목할 만하다. 대체로 해방 이후 국가의 건설이나 민족의 정체성에 대한 논의가 주를 이루고 이것이 탈식민주의의 관점으로 확대되는 양상[7]이었으며, 특히 "한국적"이라는 키워드가 눈에 띈다. 한국의 근대에 관한 최인훈의 탐색은 자본주의와 공산주의의 대립을 근거로 한 좌우 이데올로기의 문제와 피식민 경험을 가진 아시아 후진국의 근대화가 처한 난점을 부각시키는 쌍방향으로 진행되었는데, 특히 후자에 대한 인식이 논의를 더 풍부하게 만들고 있다.[8] 무엇보다도 작품의 형식과 작가정신을 연결짓는 시도는 소설이라는 장르와 역사와 시대라는 현실을 동시에 사유하게 함으로써 흥미로운 관점을 창출해낸다.[9]

그러므로 최인훈 문학을 연작의 관점에서 읽어내는 것은 양식의 실험적 면모를 밝혀내는 것으로 그치지 않는다. 그것은 시대를 사유하는 작가정신, 문학을 바라보는 예술론의 입장과 맞닿아 있기 때문이다. 흔히 최인훈 문학에서 간과되는 것은 그가 약 25년간 대학에서 문학 창작을 가르친 교수였다는 점이다. 그가 견지했던 문학적 태도는 그러므로 포즈가 아니라 창작의 실천적 모색이었고, 자신의 머릿속에서 추상적으로 잠재되어 있는 문학관이 아니라 언제나 바깥으로 드러내야 하는 방법론이었다. 본고는 '연작'의 관점으로 최인훈의 여러 글에서 그의 문학관을 읽어내고, 대표적인 연작소설 세 편, 즉 「크리스마스 캐럴」, 「총독의 소리」, 『소설가 구보씨의 일일』을 검토한다.

2. 연작의 형식과 문학적 전환

최인훈은 그의 문학적 만년에 이르러 소설가로서 뿐만 아니라 극작가로도 여러 주목할 만한 희곡을 발표한 바 있고 다양한 산문, 에세이, 비평적 글쓰기를 전방위적으로 해나간 작가이다. 특히 최인훈이 탁월한 에세이스트이자 문학론자이기도 했다는 사실은 새삼 주목해야 할 문제인데, 최인훈의 문학론에 대한 기왕의 연구가 대부분 소설 내에서 작품 해석의 형태로 개진되어 왔다는 지적은 중요하다.[10] 최인훈 문학에서 작가 특유의 열린 감각으로 인해 시, 소설, 희곡 등 기존의 문학 장르들이 서로 교섭하고 융합되면서 독특한 효과를 만들어낸 것은 이미 잘 알려져 있다. 그러나 그의 "창작"과 "이론"의 관계를 면밀하게 살펴본 연구는 그리 많지 않다. 그것은 일차적으로 그의 작품에 대한 해석과 분석이 중요한 작업이었기 때문에 그러한 것이지만 무엇보다도 시대와 역사의 그늘에서 최인훈 문학에 대한 논의가 상당 부분 편향적으로 이루어진 결과로도 볼 수 있다. 현실과 문학의 논리가 따로 떨어질 수는 없으나 "근원적인 것에 대한 탐구"로서의 문학론이 "자기 시대의 문학 형식"에 대한 모색으로 환원되어 버리는 것은 최인훈 문학의 현재성이나 보편성을 놓치게 될 가능성이 크다.[11]

> 나는 허구의 이야기로 엮는 창작 장르에 못지않게, 그 창작이란 것은 대체 무엇인가 하는 이론적 파악을 주기적으로 하지 않으면 늘 견딜 수 없이 불안하다.[12]

최인훈은 세 권의 산문집[13]을 통해 꾸준히 문학 혹은 예술론을 펼쳐 왔다. 그것은 문학과 예술 일반론의 견지에서 예술의 역사적 위치, 삶의 제요소와 변별되는 예술의 특이성, 예술을 통한 정치성의 회복 등을 주로 설파하는 것이었지만, 문학이라는 장르에 대한 숙고로 이어지기도 했다. 무엇보다도 그가 창작에 대한 "이론적" 고민을 "주기적으로" 해왔으며, 그것이 작가적 "불안"을 해소하는 방식이었다는 언급은 주목할 만하다. 이는 최인훈의 작품들을 연속선상에서 읽어낼 수 있는 근거를 제시하는 것에서 나아가 그가 「크리스마스 캐럴」, 「총독의 소리」, 『소설가 구보씨의 일일』 등의 연작을 발표한 작가였다는 점을 상기하게 한다. 주지하듯 최인훈은 자신의 작품에서 소위 '연작적'이라고 명명할 수 있을 특징들을 상당히 드러내고 있는 편이었다. 그러나 그의 허다한 문학론에서 연작에 관한 직접적인 언급은 의외로 찾아보기 어렵다.

> **김현**: 선생님의 소설들을 보면 가령 고대 소설의 제목을 계속해서 차용한다든지 혹은 「크리스마스 캐럴」, 「총독總督의 소리」, 「소설가 구보씨의 일일」과 같이 연작 형태를 취함으로써 이명준식으로 얘기하자면 우리가 일상적으로 죽어가고 있으면서도 죽어 있는 시체, 주검 자체는 남기지 않는다는 그런 상태를 계속해서 확인해보는 형식을 보이는데, 이것이 선생님의 소설적인 방향과 어떤 대응관계를 이루고 있는 것이 아니냐, 그리고 그것이 바로 소설 이론에서 얘기하는 어떤 여행, 그게 내적인 여행이든 외적인 여행이든 그런 여행의 한 변형이 아닌가, 그렇게 생각합니다.[14]

최인훈은 연작의 형식에 관한 김현의 물음에 20세기 우리 민족의 뿌리를 잃어버린 "방황"이라는 두루뭉술한 답변을 하지만 이는 기실 작가 자신이 종종 강조했던 "소설적 방황"을 가리킨다고 보아야 할 것이다. 즉 텍스트의 층위와 현실의 층위가 일치하지 않는 모든 순간에 작품은 계속해서 다시 씌어져야 한다는 주장이다. 이것은 흔히 최인훈 문학에 있어 중요한 지점으로 포착되는 '개작의 논리'를 설명하기 위한 방편으로 활용될 수 있지만 연작이라는 형식의 측면에서도 곱씹을 여지가 있다.

최인훈이 연작소설을 단순히 "동일 주제를 반복하거나 동일 인물이 반복되는 등의 이유로 작가나 편집자에 의해 연작으로 묶여지는 작품"[15] 으로 생각하지 않았던 것은 분명하다. 「크리스마스 캐럴」 연작은 각각 1963년《자유문학》6월호, 1964년《현대문학》12월호, 1966년《세대》1월호,《현대문학》3월호,《한국문학》여름호 순으로 다섯 차례 발표되었다. 작품들의 시차가 꽤 있다는 것에 우선 주목해보자. 그런가 하면 「총독의 소리」의 경우 1967년《신동아》2월호,《월간중앙》8월호에 두 차례 발표되었으며 그해 홍익출판사에서 단편집 『총독의 소리』가 묶여 나온다. 그리고 이듬해인 1968년 「총독의 소리 3」이《창작과비평》겨울호에 발표되며, 「총독의 소리 4」는 한참 지난 1976년《한국문학》8월호에 발표된다. 이것은 최인훈이 사전에 완결된 기획으로서의 연작소설을 구성했던 것이 아님을 보여준다. 『소설가 구보씨의 일일』은 또 다른 방식의 진행을 보이는데, 1970년《월간중앙》2월호에 제1장이, 1970년《창작과비평》봄호에 제2장이, 1971년《월간중앙》3월호에 제3장이 발표되고, 「갈대의 사계」라는 제목으로 1971년《월간중앙》8월호부터 1972년 7월호까지 계속 연재되다가 1972년 삼성출판사에서 『소설가 구보씨의 일일』 단행본을 출간하게 된다.

따라서 최인훈 소설에서 '연작'은 흔히 연작소설의 첫 번째 특징이라 지목되는 "작가 자신의 뚜렷한 의지"가 존재한다고 보기 어렵다.[16] 이는 비단 각 작품 간의 느슨한 연결관계 때문만은 아니다. 오히려 작품 내적으로는 긴밀하고 밀접한 연관을 갖는 것이 최인훈 소설의 특징이기 때문이다. 그럼에도 불구하고 최인훈이 상정하는 연작이란 미리 계획되고 구성된 하나의 총체적 세계가 아니라 끊임없이 미숙하고 미흡하며 미완해서 결국 "소설 인식론적인 방황 자체를 문학 속에다 끄집어내는 것"이다.[17] 이것은 연작소설을 "Short Story Cycle"로 바라보던 관점을 비판하고, 이를 "Composite Novel"로 개념화했던 하나의 시도를 떠올리게 한다.[18] 여러 관점에서 이 두 개념은 비교될 수 있지만 가장 중요한 차이는 '합성소설'이 '단편'의 양식뿐만 아니라 시나 희곡 등 다양한 형태의 텍스트를 포괄한다는 것이다. 그리고 그 텍스트를 통해 궁극적으로 도달하고자 하는 바가 인물이 아닌 "이야기의 성장"[19]이라는 것이 중요한 지적으로 보인다. 최인훈은 하나의 개별적인 텍스트를 "완벽하고 세련된 고전적인 작품"으로 만들기보다는 "자기한테도 확실치 못했던 주제를 한번 시도했다가 그것이 미흡하기 때문에 미련을 버리지 못하고 다시 눌어붙는 그런 사고가 자꾸만 반복되는 것"이라 언급한 바 있다.[20] 이는 반복되는, 혹은 연속되는 이야기가 조금씩 그 미흡함을 메꾸어나가서 산문적 완결성에 가까워질 수 있음을 지적한 것이라 보아야 할 것이다.

이러한 최인훈의 인식은 여러 차례 장·단편의 실험적 형식을 띠고 진행되어왔지만 그것이 연작의 시도를 넘어 끝내 도달한 곳이 희곡이었다는 점은 새삼 주목할 만하다. 그는 소설의 형식이 예술의 핵심에 도달하기에는 "낭비"가 많다고 지적한 바 있다.[21] 그리고 그 위험성의 원인을 "일상 의식과 상상 의식의 혼동"이라고 보았다. 그러면서 "어떤 작가가 이러한 상황에 도달하면 그에 대처하는 예술적 자기 상실에서 벗어나기 위한 방법으로서, 보다 명확한 형식과 보다 강제적인 전통이 지배하는 장르에 자신을 구속해보는 길이 생각될 수 있다"고 서술한다.[22] 이때의 장르가 가리키는 것은 당연히 희곡이라고 보아야 할 것이나 우리가 주목해야 할 것은 최인훈의 소설 인식론적 방황이 "해체와 저항"[23]의 형식으로 귀결된 것은 아니라는 점이다. 오히려 그는 완고한 문학적 전통과 제약에 기대면서 이를 통해 한국의 식민성을 해체하고 이념의 강요로부터 벗어나려고 했던 것이다. 그러므로 그가 시도했던 여러 문학적 실험은 보다 면밀히 검토될 필요가 있고, 여기에서는 소설에서 희곡으로 전환되는 사이에 '연작'이라는 중요한 다리가 놓여져 있음을 우선 지적하고자 한다.

3. 미분과 적분의 양립 — 「크리스마스 캐럴」 연작

1970년을 즈음해 최인훈은 동시대 작가들의 작품들을 비평하는 자리에 자주 서 있었는데, 그는 여러 번 "문학미의 구조"가 "양의적 복합체"로 이루어져 있으며 그것은 "초시대적"인 의미의 "존재론적 적분선"과 "시대개성적" 의미의 "문명사적 미분선"으로 구분된다고 설명한다.[24] 물론 이것은 한국전쟁의 문명사적 담론이 주를 이룬 1950년대 문학과 일상 감각의 개성적 측면이 강조된 1960년대 문학의 조화를 꾀하고자 하는 맥락에서 배태된 진술이지만, 그의 문학세계에 대한 단초를 제공해주는 언급이어서 주목된다.

「크리스마스 캐럴」은 제목에서 드러나듯 크리스마스 문화가 생겨나기 시작한 당대의 상황을 다루고 있다. 이때 크리스마스는 서구적인 것, 혹은 근대적인 것을 상징하므로 크리스마스 이브에 밖에 나가 밤을 새겠다는 동생 '옥'을 문명사적 미분선으로 두고, 유교식 대화를 나누지만 끊임없이 '미끄러지는' 아버지와 '나'(철)를 존재론적 적분선으로 두면 이 작품은 최인훈이 생각했던 문학미를 잘 구조화한 작품으로 설명될 수 있을지 모른다. 그러나 이 작품이 결국 '연작'이라는 형식을 띠고 있음에 착안한다면, 어떤 미결점이 그로 하여금 후속작을 쓰게 했는지 살피는 것이 중요한 일이 될 것이다.

「크리스마스 캐럴 1」은 서구적 가치가 한국적 가치와 충돌하는 당대의 상황을 잘 묘파한 작품이다. 크리스마스 이브에 외박을 하려는 딸을 붙잡아두는 아버지의 전략은 "화투" 놀이였다. 그 화투판 끝에 크리스마스 이브는 지나가버리고 옥은 슬픈 눈으로 '나'를 바라보다가 대문 앞에서 미친듯이 트위스트를 춘다.

아버님이 조용히 땅에 무릎을 꿇고 앉으셨다. 두 손을 가슴에 여미셨다. 그리고 나를 쳐다보시며 물으셨다.

"철아 내가, 내가 흉악한 놈이지?"

나는 깊이 생각한 끝에 아버님의 시선을 피하면서 말했다.

"글쎄올시다."[25]

그 '옥'을 바라보는 마지막 장면에서 '나'는 아버지의 판단에 대해 입장을 유보한다. "깊이 생각한 끝에" "글쎄올시다"라고 대답하는 '나'의 모습에서 어떤 것이 "우리 시대에 대한 바른 감각"[26]인지 알 수 없었던 작가의 모습이 겹쳐지는 것은 자연스러운 일이다. 최인훈은 「크리스마스 캐럴 2」에서 같은 상황에서 완전히 다른 방식으로 결말을 맺는 시도를 보여준다. 이번에는 딸과 어머니가 모두 아버지와 아들이 고준담론에 빠져 있는 사이에 교회로 가버린 것이다. 이 대조적인 두 이야기와 더불어 「크리스마스 캐럴 3」에서는 "행운의 편지"를 통해, 「크리스마스 캐럴 4」에서는 "수호성녀"의 사연을 통해 서구적 가치의 이면을 드러내고 있으며, 「크리스마스 캐럴 5」는 "통행금지"의 풍경을 '나'의 겨드랑이에 돋아난 날갯죽지를 통해 보여주고 있다.

최인훈은 20세기 문학의 여러 모험들 중 하나가 "행동"과 "풍속"의 반영이라고 설명하면서 "복시점과 다좌표계의 채택으로 현실의 상투적 인식에 저항"하는 것을 "현대 문학의 입장"이라고 주장한 바 있다.[27] 그가 강조했던 적분과 미분의 동시계산은 바로 이런 방식의 문학적 시도를 뜻하는 것이었을 테다. 존재론적 고민을 수행하는 인물과 그 인물이 속한 문명사적 배경은 언제나 갈등한다. 그 갈등이 여러 측면에서 다양한 방식으로 조망될수록 소설은 그 자체의 미흡함을 채워나가게 되는 것이다.

> 우리 시대는 세계가 올망졸망한 권(圈)으로 나누어져서 각기 단힌 그 권 앞에서 사회의 변화가 그 사회의 전통적 발상형(發想型)에 따라 단선적으로 순서 좋게 계기(繼起)하는 그런 시대가 아니다. 망할 놈의 서양 친구들이 지리상 발견이란 일을 저질러놓은 이래 온갖 시간과 공간이 온갖 정사와 정신적 습관이 뒤범벅으로 섞여서 쇠죽 끓듯 하는 시대다. (…) 이 모든 혼돈이 오욕, 그것이 어쩔 수 없는 우리 것이며 내 것이다.[28]

모든 가치가 혼돈되는 당대의 상황 자체가 "어쩔 수 없는 우리 것"이라는 감각이 최인훈에게 있었던 것으로 보인다. 그 혼돈의 양상은 그러므로 질서화를 거부하는 작가 특유의 형식 충동으로 발현된다.[29] 「크리스마스 캐럴」 연작이 드러내는 메시지는 "한국적 근대에 대한 다층적인 사유"[30]로 종합될 수 있고, 문학의 형식 면에서 그것은 언제든지 '더' 말해질 수 있다는 여지를 남길 수밖에 없었다. 현실은 계속해서 변화해가고, 모든 가치들이 끊임없이 전복되는 시대에 이를 살아가는 인간의 존재론적 사유를 펼쳐놓기 위한 하나의 시도로 최인훈은 연작의 형식을 최초로 시도한다. 이것은 한 이야기 속에 여러 다른 이야기를 겹쳐 놓는 이른바 메타적인 시도와 궤를 달리한다. 그는 미분과 적분을 시차를 두고 반복함으로써 "복합체(composite novel)"로서의 텍스트에 도달하기 위해 골몰하고 있었다.

4. 열린 완결이라는 아포리아 — 「총독의 소리」 연작

「총독의 소리」 연작은 해방 후 한국 사회에 대한 신랄한 비판이 라디오 방송의 담화문이라는 독특한 형식에 담겨 전개되고 있다는 점에서 그동안 주목받아 왔다. 최인훈의 여러 작품에서 그러한 특징들은 이미 드러난 바 있으나 개인과 이데올로기의 관계에 대해 물음을 던지는 방식으로서의 '방송의 소리'는 「총독의 소리」에서 본격화되고 있다.[31] 이 연작은 작가의 말마따나 "한일 국교 파동"에 대한 반응으로 씌어졌고, 그 형식의 독특함에 대해서도 직접 언급한 바 있다.

> 첫째는 나는 이 소설에서 문학의 형식을 파괴하면서라도 온몸으로 부딪쳐야 할 위기의식을 느꼈다는 일이다. 둘째는 그렇다면 정말 문학의 장르의 테두리를 넘었느냐 하면, 나는 그렇지 않다고 말할 수 있다. 이 형식은 별다를 것 없는 풍자소설의 정통 적자(嫡子)다. 적의 입을 빌려 우리를 깨우치는 형식이다. 빙적이아(憑敵利我)이다.

> 여기서 말하는 연설은 바로 풍속적으로 그 연설에 가장 합당한 풍속적 의상 즉 총독의 옷을 입고 있다. 전위적이기는 커녕 너무 소심할 정도의 용의가 아닐까 한다. 전위적이라면 오히려 방송 뒤에 붙인 익명의 독백 부분이다. 앞의 부분의 연설은 모두 부수는 역할, 그 연설조는 그저 그만한 것 즉 총독의 눈이라는 그물에 걸린 상황의 요약이며, 이 세계의 복잡성은 그게 아니라는 부정의 부분이다.
>
> 이 두 부분이 어울려서 빚어내는 어떤 비전, 그것이 이 소설의 진정한 최종적 '작중 상황'이다.[32]

그는 「총독의 소리」가 문학적 형식을 파괴해보려는 노력이기는 했으나 결국 풍자소설의 옷을 입은 "적자"임을 밝히고 있다. 그리고 연설의 형식보다는 오히려 익명의 독백 부분이 "전위적"이며 그 두 부분이 어우러졌을 때 소설의 최종 "작중 상황"이 드러날 것이라 설명하고 있다. 그런데 이러한 설명은 본고가 주목하고자 하는 연작의 의미에는 별로 도움을 주지 못한다. 최인훈의 설명은 「총독의 소리」의 개별 작품들이 공유하고 있는 내적 형식에 관한 것이기 때문이다.

이 작품은 당대의 현실에 곧바로 대응하기 위한 방편으로 씌어졌고, 그렇기 때문에 제국-식민의 관계를 사유할 수 있는 "한일국교 수립", "북조선 무장특무 침입", "가와바타 야스나리의 노벨상 수상" 등이 소재로 동원된다. 그리고 여전히 제국의 반도를 꿈꾸는

"조선총독부지하부"를 설정하고, 그 총독이 방송을 통해 담화문을 발표하며, 그 담화에 익명의 독백이 짧게 붙는 형식을 고정시킨다. 이 경우 문학적 형식은 닫혀 있지만, 동시에 역설적으로 열려 있게 된다. 작가는 고정된 형식에 내용을 바꾸기만 하면 되기 때문이다. 따라서 작가는 그러한 제약 속에서 오히려 자유를 획득하게 된다.

최인훈은 미시마 유키오, 아베 고보, 시나 린조 등 일본의 전후 작가를 언급하는 글에서 "당대 사회라는 현실은 그 자체로 극적인 것이 아니라 순간마다 극적으로 선택할 때만 극적"이라고 말하면서 "현실 자체"는 "빈틈투성이이며 모순투성이"라고 말한다.[33] 문학은 현실의 모든 시간을 반영할 수 없으므로 결국 "진실이라는 이름의 인간의 질서"를 세우게 되는데, 그것은 "현실(풍속)"과 "신화(관념)" 간의 긴장관계 속에서 이루어진다. 그는 현실과 신화가 하나가 된 세계를 "고전문학"이라고 보고, 그것이 "현실의 어떤 계기를 강조하고 방법적으로 무시함으로써 이루어진 자연과 인간의 균형"이라고 설명한다.

> 완결된 신화의 시간 속에 변화를 위한 지평을 남겨두는 것이 모순을 에누리 없이 실천하는 것이 바람직한 리얼리즘이다. '열린 완결'이란 이 아포리아는, 순수 논리라는 닫힌 축에서의 표현이 아니라 관념과 풍속이 교차하는 현실의 공간에서의 이양(異樣)한 사실을 표기한 것뿐이다. (…) 모순의 극복은 현실을 자연과 인간이 만나는 자리로 보고 부

단히 변하는 좌표점을 따라가는 데서 가능하다.[34]

최인훈은 소설을 아주 자유로운 장르로 생각하면서도 그 자유가 가져다주는 한계에 대해 고민했고, 문학의 정치성을 역설하면서도 그 모순에 관해 끊임없이 자각했다. 그는 처음과 끝이 있는 소설이라는 장르를 인간의 삶에 비유하면서, 이를테면 『광장』의 이명준에 대해 죽은 것이 아니라 "생을 완성하는 것"[35]이라 표현한 바 있다. 텍스트의 층위와 현실의 층위가 엄연히 다르다는 점을 지적한 것이다. 그러나 동시에 중요한 것은 시간이 흐르면 현실은 변하고, 텍스트는 고정되어 있다는 것이었다. 따라서 작가가 부단히 해야 하는 일은 고정되어 있는 텍스트를 끊임없이 변화시키는 일이라 할 수 있었다. 최인훈이 여러 고전 작품들을 다양한 형태로 변주하는 작업을 지속했던 것은 바로 이러한 인식에 기인했다고 보아야 할 것이다. 또한 그것은 포괄적 의미에서의 '연작'적 작업이라고 볼 수 있다.

「총독의 소리」는 개별 작품들이 각각 완결성을 띠지만 그것이 전체로 다시 모여졌을 때 '열림'의 속성을 띤다. 단단한 형식의 제약이 오히려 무한히 자유롭게 예술적 핵심에 가닿게 한다는 역설은 최인훈 문학 후반기에 발견되는 특징이다. 그 '열린 완결'이라는 역설이 희곡 장르로 변모하는 만년의 최인훈에게 화두로 있었고, 그것이 소설가로서의 꽤 긴 공백기 이후에도 「총독의 소리 4」를 쓸 수 있었던 원동력이었을 것이다.

5. 부활의 논리 — 『소설가 구보씨의 일일』 연작

연작소설을 형성하는 기본적인 요소들 중 가장 자주 사용되는 통합적 요소는 "단 한 명의 주인공(a single protagonist)"이다.[36] 작품의 여러 텍스트가 주인공에게 초점을 두고 있거나 그를 일관되게 둘러싸고 있을 때 연작소설은 인물을 중심으로 상호 연결된다. 최인훈에게 있어 그러한 인물을 꼽으라면 주저하지 않고 "구보"를 들 수 있을 것이다. 그 구보가 열다섯 편의 작품 속에서 반복적으로 등장해 하나의 연작을 구성하는 것은 물론이거니와 박태원의 구보를 최인훈이 계승하고 있다는 면에서도 『소설가 구보씨의 일일』은 흥미로운 작품이다.[37] 그런데 우리가 『소설가 구보씨의 일일』에서 사실 더 주목해야 할 것은 '구보'로 모여드는 여러 이야기들이 아니라 '일일(一日)'이라는 형식이다.[38]

최인훈은 박태원의 구보를 빌려오면서 사색하고 산책하며 세계를 관찰하는 주인공뿐만 아니라 그 세계를 구성하는 시공간을 함께 가져오는데, 공간적 측면에서 그것은 집-거리-전차-다방(음식점)의 다양한 변주로 재구성되지만 시간적 측면에서는 여지없이 하루다. 그 하루라는 시간 속에서 구보는 (대체로) 아침에 눈을 뜨고 거리로 나갔다가 집으로 돌아와 밤에 잠든다. 작중 구보는 "소설 노동자"[39]로서 생계를 위해 소설을 생산하고 그와 관련된 여러 가지 일, 이를테면 작품 심사, 전집 기획 자문, 동료 문인의 출간 기념회 등을 수행한다. 따라서 이 연작소설을 하나의 줄거리로 요약한다는 것은 불가능하다. 파편적이고 미완결적인 이 작품에서 두드러지게 나타나는 것은 거대한 이데올로기로 뒤덮인 정치적 현실 속에서 소설가로서 하루를 살아가는 끊임없는 구보의 계속이다.

> 숙명론과 물물교환적 현물주의 대신 국제통화에 의한 신용결제의 논리로서 '부활'을 생각해보았다. 삼족을 멸하느니, 연좌니, 이데올로기 무술(巫術)이니 하는 시대의, 우리의 어제의 나쁜 유산들을 해독하는 인간의 지혜로서의 '부활' 말이다. 영원한 악인도 없고 영원한 선인도 없다. 자기비판에 의해서 몇백 번이든 개인은 천사처럼 청정하게 거듭날 수 있다. 이것이 미래의 부활, 천당의 영생이 보이지 않게 된 이 잔인한 우리 시대에 우리 힘으로 가능한 자력 구원의 길이라는 생각에서였다.[40]

최인훈은 '정신의 기준 화폐'를 설정하고, 이를 부활의 논리라고 칭한다. 그는 이 부활의 논리를 적용해 『광장』으로부터, 『회색인』, 『서유기』, 『소설가 구보씨의 일일』, 『태풍』을 "5부작"으로 읽어줄 것을 당부한다. 그리고 『태풍』에서 그 부활의 논리가 "창조적 생활의 원리"로 제시될 수 있음을 피력한다. 이때의 부활이란 죽어 있던 어떤 것이 다시 살아나는 현상을 뜻하는 게 아니라 원래는 그렇게 존재하지 않았던 것들을 '픽션'의 차원에서 살아나게 하는 것을 의미한다. 요컨대 관찰을 통한 소설화, 그리고 이를 통해 보편성을 획득하는 것이 부활의 논리인 것이다.

박태원의 구보가 노트를 들고 세계를 관찰하는 인물이었다면, 최인훈의 구보는 자신의 관찰과는 별개로 현실의 정치·사회적 사건을 일방적으로 전달받는다는 측면[41]에서 다르고, 세계의 관찰에만 그치는 것이 아니라 신념을 갖고 어떤 문제에 대해 나름의 판단을 내리는 인물이라는 점에서도 크게 다르다. 그러나 그러한 신념과 판단이 세계의 변화에 어떠한 영향도 끼치지 않는다는 면에서 결과적으로 두 구보는 같다고 볼 수 있다. 그것은 구보에게 주어진 시간이 모두 하루이기 때문이다. 구보의 하루는 모두 단절되어 있으면서 또 동시에 하루라는 시간의 연속이다. 한 편의 작품에서 그날의 사건은 모두 종결되지만 어김없이 구보의 다음 하루는 다시 시작된다. 그러므로 구보는 하루라는 시간 안에 갇혀 있지만 늘 '부활'하는 존재인 것이다.

> 문학예술이란, 현실적 인간으로서의 온갖 경험이 소재가 되어 — 아니 그 인간의 현실적 존재로서는 죽었다가 그 죽음이 매개물이 되어 '작중 현실' 속에서 다시 살아나는 부활의 의식이다. 예술의 시민이 된다는 것은 그 순간 현실의 인간으로서는 죽는다는 것을 말한다.[42]

인간에게 세계는 어떤 법칙, 구조, 단위 등의 개념으로 이해될 수 있지만 결국 "어떤 인간도 1로서 존재하는 것이 아니라 어떤 구체적 개인으로서만 존재"한다고 최인훈은 설명한다.[43] 이것은 텍스트 속의 인물과 그 바깥의 실제 독자가 양립할 수 없음을 뜻한다. 최인훈에게 문학이란 사후적으로 정의되는 개념이 아니라 부활의 의식을 거치는 '그 자체'인 것이다.[44] 그는 "현실의 세계의 관찰자"로 머무르지 말고 "상상력의 주체"가 되어 문학의 공간에 자리매김해야 한다고 역설한다. 구보라는 인물형이 독특한 매력을 가지는 이유가 여기에 있다. 현실의 관찰자로서의 '나'를 죽이고, 상상력의 주체가 되는 순간, 다시 세계의 관찰자가 되기 때문이다.

이 끊임없는 부활은 인간 존재의 일회성을 인식할 때라야만 가능하다. 『소설가 구보씨의 일일』에서 그 일회성은 '일일'이라는 시간적 조건으로 주어지고, 계속해서 의사(疑似) 죽음을 반복한다. 최인훈은 이를 통해 개별적으로 완결성을 가지면서도 상호 간의 내적 연관성을 가지는 '연작성'을 구현하고 있다.

6. 나오며

본고는 최인훈 문학에서 '연작'이 어떤 의미를 지니는지 고찰하고자 했다. 연작이라는 개념은 흔히 한 작가의 반복된 어떤 작품들을 가리키는 일반적인 어휘로 사용되지만, 문학적 이론의 토대에서 검토할 때 연작은 작가의 의지가 명확하게 드러나는 몇몇 작품군을 지칭하는 개념이어야 할 것이다. 포괄적인 의미에서 '연작적'이라는 어휘를 사용할 수 있다면 한 작가의 모든 작품들은 '연작'으로 읽혀야 할지 모르기 때문이다. 최인훈의 작품세계는 작가 자신의 언급에서도, 개별 작품들의 성격에서도 나타나듯 '연작적'

성격이 강하다. 그러나 연작적이라고 부를 수 있는 작품들과는 달리 작가가 의식적으로 연작임을 표방한 작품은 「크리스마스 캐럴」, 「총독의 소리」, 『소설가 구보씨의 일일』 등 세 편이다. 본고는 이 작품들만을 분석의 대상으로 축소시키면서 최인훈 소설에서 '연작'이 갖는 의미를 구체적으로 파악하고자 했다. 더불어 작품 속 인물의 서술이나 대화를 곧바로 작가의식으로 치환하는 것을 경계하고자 그가 남긴 산문들에서 문학적 사유의 편린들을 발견하고자 노력했다.

최인훈에게 예술의 장르란 그 자신의 궁극적 지향인 완전한 자유로움으로 향하는 도구였다. 하지만 그는 그 자유로움을 담보하는 것이 예술적 형식의 자유로움이 아님을 연작의 방식을 통해 깨달았고, 이는 최인훈이 자신의 문학적 중심을 희곡으로 옮기는 계기를 제공했다.[45] 어떤 예술도 특정한 장르에 속하지 않을 수 없다고 한다면, 그는 오히려 보다 형식을 강제했을 때 가능해지는 자유에 관해 깊이 천착했던 것으로 보인다. 더불어 연작의 형식이 개별 작품의 미흡함을 다층적으로 채워나갈 수 있다는 점에서도 크게 감응했던 것으로 생각된다. 그는 현실에 변화에 맞서 끊임없이 말하고, 부단히 텍스트를 변화시키는 것이 소설가의 의무임을 강조했다. '연작'에 대한 이러한 최인훈의 인식을 토대로 그의 문학적 특징으로 자주 언급되는 다시쓰기나 패러디 등의 문제들에 대해서도 접근해볼 수 있을 것이다.

최인훈 소설에 나타난 '기억'과 '반복'의 의미에 대한 연구

남은혜(서울대학교 국어국문학과 박사과정 수료)

1. 서론

최인훈은 다른 작가의 작품을 패러디하거나, 연작을 쓰기도 하고, 비슷한 인물을 여러 텍스트에 등장시키거나 유사한 모티프나 상황을 반복하는 등 창작에 있어 상호텍스트성을 두드러지게 보여준다. 그의 소설들은 작품이라는 개체 발생 안에서 계통 발생을 되풀이해 왔으며, 그 반복이 단순하거나 규칙적인 대신 지그재그, 후퇴와 전진, 일탈과 복귀, 심화 등으로 점철되어 있다고 평가되었다.[1] 이 글에서는 그중에서 「구운몽」, 『회색인』, 장편 『서유기』, 중편 「서유기」를 상호텍스트로 분석하여 이들의 공통적인 주제 의식을 규명해보고자 한다.

본고의 대상이 되는 텍스트는, 창작 순서로 보면, 「구운몽」(《자유문학》, 1962.4), 『회색의자』(《세대》, 1963.6~1964.6), 장편 『서유기』(《문학》, 1966.6), 중편 「서유기」[2] 순이며, '패러디', 연작소설, 다시쓰기 등의 관계를 보이기 때문에 상호텍스트로 함께 논의할 수 있다. 특히 최인훈은 '서유기'라는 같은 제목으로 상이한 작품을 창작하였는데 『회색인』과 연관관계를 드러내는 장편 『서유기』에 비해 이후 창작된 것으로 보이는 중편 「서유기」에 대해서는 그동안 본격적으로 연구가 이루어지지 않았다.

먼저 『회색인』과 장편 『서유기』의 관계를 보자. 『광장』, 『회색인』, 『서유기』(장편), 『소설가 구보씨의 일일』, 『태풍』은 작가 스스로 5부작으로 언급했으며[3] 이 중에서 『서유기』는 『회색인』의 속편으로 썼다고 설명했다.[4] 1971년 단행본 간행 시에도 이 작품은 '회색인의 속편인 듯'하며 작가의 다른 작품들과도 혈연 관계를 가지는 것으로 보인다고 소개되었다.[5] 『회색인』과 『서유기』에 모두 '독고준'이라는 이름의 주인공이 등장하고, 『회색인』의 마지막 부분이 『서유기』의 첫 부분의 서사로 이어지며 여러 모티프들이 공통적으로 등장하기 때문에 두 작품을 연작소설로 분석하는 연구 경향이 지속되었다.

그렇다면 『서유기』는 『회색인』의 속편이며 이 두 작품은 연작소설인가. 본고의 대답은 그렇기도 하고 아니기도 하다는 것이다. 『서유기』의 서사가 『회색인』의 결말에서 이어지기 때문에 속편이자 연작으로 보는 것은 일면 당연하다. 그러나 『서유기』 속의 시간이 단선적이지 않으며 『회색인』의 시간보다 앞선 시간들 — 독고준에게도, 다른 역사적 인물들에게도 — 이 다뤄지고 있으므로 단순히 앞뒤로 연결되는 일반적 의미에서의 '속편'이라고 보기 어렵다. 이 두 작품은 점유하는 공간이 중첩되지 않은 병렬적 관계로 이어져 있다. 그리하여 지금까지 연구에서는 『서유기』를, 『회색인』의 독고준의 의식세계를 탐색하는 것으로 보거나 『회색인』의 '다시쓰기'로 보는 두 가지 경향으로 진행되어 왔다.[6] 본고에서는 『서유기』를 『회색인』의 '다시쓰기'로 보고 두 작품을 겹쳐 읽음으로써 새롭게 평가해보고자 한다.

다음으로 장편 『서유기』는 「구운몽」과 비교되는 경우도 많았다. 각각 오승은(吳承恩, 명나라 소설가)의 『서유기』와 김만중의 「구운몽」이라는 고전 작품을 패러디하고 있으며, 꿈과 환상적인 세계로 보이는 비사실주의적인 서사라는 점에서 공통적이기 때문이다. 그런데 그동안 연구에서 소외되어 온 중편 「서유기」를 함께 분석해보면 두 작품이 서사의 구조만 닮은 것이 아니라 주제의식 또한 공유한다는 것을 알 수 있다.

지금까지 연구들을 통해 이 작품이 어떻게 같거나 다른지 충분히 분석되어 왔으므로 본고에서는 그 의미를 좀 다른 각도에서 살펴보고자 한다. 이 글의 첫 번째 목표는 「구운몽」의 반복된 꿈꾸기, 장편 『서유기』의 반복된 여정을 '기억'의 '반복'으로 보고 이 작품들을 꿰고있는 주제의식을 해명하는 것인데 이를 위해 베르그송의 '기억'과 벤야민의 '기억하기', 들뢰즈의 '반복'을 참고하였다.

또한 그동안 주목되지 못했던 중편 「서유기」를 분석 대상에 추가하여 오승은과 최인훈의 '서유기'의 세계를 비교해보는 것이 또 하나의 목표이다. 그리고 이것은 앞서 언급한 '기억'을 통한 역사적 구원이라는 주제와 밀접하게 연관된다. 중편 「서유기」는 오승은의 작품을 번역한 것이라고 해도 될 정도로 내용이 흡사한데 삼장법사를 떠나 화과산으로 돌아간 손오공을 저팔계가 찾으러간 장면에서 끝난다.[7] 오승은 원작과 너무 비슷하다는 점에서 오히려 패러디로서 생산적인 논의를 할 부분이 적다고 볼 수도 있지만, 이 작품에 붙어 있는 '소설로 쓴 소설론'이라는 작가의 발언이 예사롭지 않다.[8] 장편 『서유기』에서 "훌륭한 자연철학이며, 논리학이며, 신학(神學)"[9]으로 오승은의 『서유기』를 고평했던 최인훈이 같은 제목으로 전혀 다른 소설을 다시 썼다는 점에 주목하여 그 의미를 살펴볼 필요가 있을 것으로 보인다.

최인훈의 장편 『서유기』에서 독고준 여정의 목표지는 'W'시이다. 오승은의 『서유기』는 '서쪽'을 향해 떠난 삼장법사 일행의 여정을 그리고 있다. 인물들이 자신의 업보를 지우고 덕을 쌓아 윤회에서 벗어나기 위해[10], 그리고 그러한 덕의 결과로 많은 사람들에게 경전의 진리를 전해주기 위해 떠나는 여행을 다루고 있다. 이러한 '서유기'의 주인공들은 제 자리를 벗어나 있던 인물들이며, 완성을 향해 나아가야 할 존재이다.[11] 최인훈의 'W'시를 '원산'으로 읽으면 작가 자신의 기억을 형상화한 자전적인 소설이 되겠지만, 서쪽(West)으로 읽는다면 구도의 여정을 기록한 것으로 볼 수 있다.

오승은의 작품에서 명을 받아 나선 삼장이나, 고통스러운 현재의 처지에서 벗어나기 위해 서유에 나섰던 손오공 일행과 달리 최인훈의 텍스트에서 독고민이나 독고준은 어디로 떠나야 하는지 왜, 무엇을 위해 떠나야 하는지 알지 못한다. 그리하여 최인훈의 세계에서는 이들이 떠난다는 것 자체가 의미를 가지며 어떻게 떠날 수 있는지가 문제로 떠오른다. 그러한 측면에서 '회색인'이라는 존재의 의미를 재고할 필요가 있다. 고향을 떠나고 가족도 잃어버린 회색인은 현실에서 무기력한 존재이지만 그렇기에 잃어버린 것을 찾아 '서유'를 떠날 수 있다. 그리고 이는 제3국을 선택했지만 결국은 바다 속으로 사라진 『광장』의 이명준[12]과 다르다는 점에서 주목을 요한다. 방민호는 이러한 결말의 의미를, 역사의 압력으로 사랑이란 최후의 광장이 사라짐으로 자아의 진정한 처소가 존재할 수 없게 된 것으로 해석했다.[13] 이처럼 현실 속에서 존재할 곳을 찾지 못한 인물들이 다른 곳을 찾아 나선 기록이 「구운몽」과 『서유기』라고 할 수 있다.[14] 그러나 본고에서는 그 다른 곳을 현실과 유리된 환상이나 (개인의 심리적)무의식으로 보지 않고 역사철학적 맥락에서 새롭게 해석되어야 할 곳임을 밝히고자 한다.

오승은의 『서유기』가 임무가 완수되어 해탈할 수 있는 '미래'를 향하고 있다면, 최인훈의 작품들은 '현재 여기'(「구운몽」, 340면)를 떠나 과거의 기억을 찾아나서는 여행이며 그를 통해 구원을 모색한다는 점을 주목해야 한다. 이보다 먼저 발표된 「구운몽」의 독고민은 과거 연인이었던 숙을 찾아 나서면서 여러 독고민의 자리와 마주친다. 『회색인』에서 남은 가족을 찾고자 짧은 '서유'를 떠났던 독고준은 장편 『서유기』에서 유년의 기억이 있는 W시를 향해 본격적인 여정에 나선다. 지금까지는 이러한 작품들에 대해 한 개인의 트라우마 극복기라거나 "정신질환에 관한 리포트"[15]라는 해석이 많았다. 그러나 일방향적인 시간관을 탈피하고자 했던 베르그송(과 들뢰즈)의 과거에 대한 인식과 '기억' 개념을 통해 보면, 새로운 차이를 생성해내는 잠재성을 가진 텍스트로 평가할 수 있다. 또한 다른 면에서 과거와 '기억하기'에 주목한 벤야민의 역사철학적 인식을 통해 그 구체적인 특성들을 분석할 수 있다. 베르그송과 벤야민, 최인훈은 모두 전혀 다른 입지에서 자신들의 인식을 개진하였지만 전후(戰後)라는 현실로 고통당하였고, 과거가 가진 잠재성을 사유하고 있다는 데서 일치하고 있다. 그러므로 본고에서는 베르그송의 존재론과 벤야민의 역사철학이라는 방향을 통해 최인훈의 텍스트들이 가지고 있는 의미를 더 넓은 차원에서 적극적으로 평가하고자 했다.

그렇다면 최인훈의 소설에서 '서유'는 어떤 의미를 지니는가. 오승은의 『서유기』에서 '서유'를 떠난 이들은 자신의 원래 정체를 깨닫고 방해자의 유혹을 물리침으로써 해탈이자 구원에 도달하고자 길을 걷는다. 그 기록에서 압도적인 비중을 차지하는 것은 '서유'의 결과가 아니라 과정이다. 그리고 그 과정은 여정을 방해하는 방해꾼들을 물리치는 형태가 반복되면서 변주된다. 이는 최인훈의 『서유기』에서도 마찬가지다. 목표 지점이 어딘지, 그곳에 도착하는지 여부보다는 변주되면서 반복되는 여정 자체가 중요하게 다뤄지는데 이러한 '반복'은 벤야민과 들뢰즈의 각각의 의미를 참고하여 다시 평가할 수 있다.

2. 회색인의 잠재성

이 장에서는 기존에 원작관계로 분석되어온 『회색인』과 장편 『서유기』를 서사적 선후관계가 아니라 다른 차원에서 연계되는 상호텍스트로 읽어내고자 한다. 최인훈은 『회색인』을 통해 '회색인'이라는 존재를 현실의 틀 안에서 보여주었다. '회색인'은 현실 속에서 무기력한 외부자로 보인다. 그러나 장편 『서유기』와 「구운몽」을 함께 볼 때, 그 존재는 흰색이나 검은색이 될 것을 강요하는 현실이 아닌 다른 곳을 지향함으로써 '서유'를 떠나게 되는 잠재성을 가진 존재로 해석될 수 있다. 「구운몽」에서 거듭하여 꿈을 꾸는 것도, 『서유기』에서 서유를 떠나는 것도 이들이 '회색인'의 잠재성을 가지고 있기 때문이다. 과거를 통해 새로운 의미를 만들어낸다는 점에서 최인훈의 소설 속 '회색인'의 존재는 베르그송이 강조하는 잠재성[16]을 가진 존재로 평가될 수 있다.

'광장'과 '밀실' 모두에서 쫓겨나 제3국을 택한 이명준(『광장』)은 바다 속으로 사라졌고, 월남한 독고준(『회색인』)은 '회색인'으로 살아간다. '회색'은 흰색도 검은색도 아닌 색이다. 속한 곳이 없는, 갈 곳이 없는 『회색인』의 독고준은 혁명의 가능성을 부정하며, 게으른, 모든 날이 일요일인 상태로 지낸다. 『서유기』의 독고준 또한 "과도기에 삶을 받은 자"((장편)『서유기』, 7면)이며 「구운몽」의 독고민은 "풍문인(風聞人)"(「구운몽」, 303면)이다. '독고민'과 '독고준'이라는 이들의 성(姓) 또한 그들의 처지를 상징적으로 보여준다.

『회색인』의 독고준은 "가족은 흩어졌다, 그러므로 자유다"[17]라고 말한다. 고향과 가족을 잃고 선고받은 자유 속에서 그는 갈 곳이 없으므로 갇혀 있는 것과 다름없다.

> 관(棺) 속에 누워 있다. (…) 벌써 얼마를 소리 없이 기다려도 아무도 찾아오지 않는다. (…) 똑똑. 누군가 관 뚜껑을 두드리고 있다. 누구요? 저예요. 누구? 제 목소릴 잊으셨나요. 부드럽고 따뜻한 목소리. 많이 귀에 익은 목소리. (「구운몽」, 221면)

> 그는 문간으로 걸어갔다. 문에서 한 걸음 떨어진 한 곳에서 그는 멈춰섰다. 양 손목과 다리를 묶은 사슬이 지그시 뒤로 당겼다. (…) 그러는데 어디선가 들려오는 목소리. 여자다. 이리 오세요. 그 방에서 나와야 해요. 누굴까. 생소한 목소리다. 이리 오세요. 그 방에서 나오세요. 당신은 누구요? 저요? 어머, 다 아시면서. 모르겠어. (『회색인』, 379면)

위는 각각 「구운몽」과 『회색인』의 한 장면인데 갇힌 곳에서 바깥의 목소리를 듣는 꿈이라는 점에서 유사하다. 갇혀 있기 때문에 밖의 소리를 들을 수 있다. 본고에서는 이들이 갇혀 있다는 것을 깨닫고 목소리가 들리는 밖을 향해 떠나는 것이 '회색인'이기에 가능한 것이었다는 점을 분석하여 적극적으로 평가하고자 한다.

회색은 검은색과 흰색이 서로 섞여든 색이다. 이러한 존재는

「구운몽」과 장편 『서유기』에서 존재의 누층성으로 나타난다. 김만중의 「구운몽」이 아홉 사람 각자의 꿈이었던 데 반해, 최인훈의 「구운몽」은 한 사람이 여러 번 꿈을 꾸는 것처럼 보인다. 그러나 시대를 달리하고 다른 직업을 가진 다른 독고민들의 존재를 볼 때 이것은 단지 꿈과 현실의 교차가 아니라, 여러 번의 생을 사는 각자의 독고민들이 마주치는 경험으로 보아야 한다.[18] 최인훈의 시간관에 대한 조선희의 박사논문에서는 이러한 유사 이미지 인물이 반복되는 것을 환생의 순환성과 연결시켜 불교의 윤회적 시간관을 재현하는 것으로 보았는데[19] 이는 '서유기'적인 세계에서도 유의미한 분석으로 보인다.[20]

그러나 이러한 인식은 불교의 세계관으로만 설명되기도 어렵다. 단순히 한 개인이 윤회를 통해 여러 번 사는 것을 말하고자 하는 것이 아니라 인류 전체의 기억이 한 개인의 기억과 어떠한 관계를 가지는지를 묻고 있기 때문이다. 「구운몽」에는 여러 독고민들과 여러 층의 시간이 겹쳐 있는데 그중에서 '심령학'을 통해 인간의 정신에 대해 연구하고 있는 김용길 박사는, 겪지도 못한 수백 년 전의 기억을 지니고 있거나 가본 적 없는 외국의 도시에 대해 정확하게 진술한 개인들의 보고를 접하고 진술의 화자가 그 본인일 수 없는 문제에 빠져든다. 그리하여 개인의 유일성과 동일성이라는 문제가 '현재' '여기'라는 좌표를 떠나면 인류가 겪은 얼마인지도 모를 기억의 두께 속에 가라앉아 개인성을 잃지 않을지 탐구한다. 독고민은 만난 적 없는 사람들이 자신을 알고 있고, 그들이 자신이 아닌 자신을 호명하는 데서 두려움을 느낀다는 점에서 같은 맥락에 있다.

인간과 세계를 이렇게 누층적으로 파악하면 「구운몽」과 장편 『서유기』 속의 비현실적인 세계를 새롭게 인식할 수 있다. 그리고 이는 '풍문인'(독고민)이나 '회색인'(독고준)이라는 부정적인 정체성을 다른 차원에서 설명할 필요를 느끼게 한다. 인류 전체의 기억의 두께에 잠겨 동일성으로 파악될 수 없는 개인의 문제를 감지한 사람은 '현재' '여기'라는 좁은 현실에 혼란을 느낄 수밖에 없다. 그곳에(만) 포함되어 있지 않기 때문이다. 이러한 존재를 통칭할 수 있는 '회색인'이라는 존재는 현실의 생활에는 무능력하지만 그렇기 때문에 다른 차원을 지향할 수 있는 잠재성을 가질 수 있다. 그러므로 '회색인' 독고준은, 남과 북의 그 어디에도 속해 있지 않아 제3국으로 내몰렸던 이명준과 같은 종류이면서 더 넓은 차원을 포괄하는 존재라고 할 수 있다.

「구운몽」의 독고민에게 씌워진 죄명 '풍문인' — 인생을 살았으되 풍문 듣듯 살았다는 것[21] — 에서 지금의 삶에 정착하지 못한 인물의 상황이 단적으로 드러난다. 『회색인』의 독고준 또한 아무것도 하지 않고 다만 보기만 하는 생활을 바라면서 (김학이 꿈꾸는) 혁명도, (김순임과의) 연애도, (현호성에 대한) 복수도 주저한다. 그에게 할 것이 없는 자유는 진정한 구원이 아니기 때문에 문을 열고 나가는 것을 두려워한다.

「구운몽」의 독고민은 과거 잠적했던 숙의 편지[22]를 받고 "꿈에서 깬 사람처럼" 읽고 또 읽은 후 숙을 만나러 가지만 만나지 못한다. 그 후 찻집에 들어섰다가 자신을 '선생님'이라고 부르는 시인들을 만나 도망친다. 숙의 편지가 너무 늦게 도착한 것을 알고 나서는 숙에게 다시 만나자는 광고를 내고 숙을 기다리지만 또 만나지 못한다. 시인들에게 쫓겼던 "그날의 기억"과 똑같은 데에 공포를 느끼다 다시 사람들에게 쫓긴다. 그들을 피해 들어간 어느 집에서는 독고민을 사장님으로 부르며 그의 결정을 요구하고 그는 또 도망친다. 그들을 피해 들어간 집에서는 그를 '선생님'으로 부르는 무희들을 만나고 도망쳐 나온 뒤에 자신을 '각하'라고 부르는 이들과 감방 구역에서 죄수들을 둘러보다 도망치고, 바에서 자신을 애인이라 부르는 에레나를 피해 도망치고 결국은 광장에 몰려 혁명군의 '반란 수괴'로 처형을 당한다. 그 후 재생한 독고민은 '수령(首領)'이 되어 밖으로 떠날 것을 통보받는다. 그러한 도망침의 반복 장면에는 정부군과 혁명군의 방송이 교차로 반복되고 있고 독고민은 도망칠 때마다 다른 장소, 다른 사람들에게 다른 존재로 호명당하면서도 숙을 찾아야 한다는 일념으로 계속 움직인다. 그리고 그렇게 반복되는 가운데 숙처럼 왼쪽 볼에 까만 점이 있는 여성, '민'이라 불리는 빨간 넥타이를 맨 남성 등도 반복해서 나타나지만 독고민은 그들의 존재에 대해 알아차리지 못한다.

장편 『서유기』의 독고준도 자신을 찾는 신문의 광고를 보고 '그녀'가 보낸 것이라 생각하자 그녀를 만나기 위해 계속 길을 간다.[23] 자신에게 특별한 의미가 있는 여성의 초대를 받고 길을 떠나며 그 여정에서 어떠한 반복을 거듭하고 다양한 방송을 들으며 여러 존재들을 만나지만, 그 귀결에서는 자신이 누구인지에 대해 새로이 인식하게 되는 인물들의 이야기가 고고학 필름의 액자 안에 담겨 있다는 점에서 두 텍스트는 공통적이다.

그러므로 표면적으로는 독고민과 독고준은 자신을 부르는 그녀들의 목소리를 듣고 떠나지만 그 목소리를 들을 수 있었던 것은 근본적으로 그들이 '풍문인'이고 '회색인'이었기 때문이다. 그리하여 그들은 '현재' '여기'라는 자신이 있던 자리를 떠났고 그것은 새로운 시공간과 새로운 자신을 만나는 길로 이어진다.

우선 지금의 자리를 떠나는 것 자체가 의미를 가질 수 있는 것은 떠나기가 힘들다는 것을 통해서도 반증될 수 있다. 「구운몽」의 독고민은 자신에게 대답을 구하는 사람들로 인해 공포를 느끼며 불을 쬐면서 앉아 있고만 싶다고 느낀다. 그러나 독고민은 그에게 대답을, 혹은 결정을 요구하는 낯선 사람들을 벗어나 숙을 찾기 위해 계속 도망치고, 독고준은 자신의 잃어버린 고향과 가족을 찾기 위해서 '서유'를 떠난다. 『회색인』에서는 돈키호테가 되기를 거부했던 독고준[24]이었지만 짧은 서유를 떠나면서 처음으로 즐거움을 맛본다.

장편 『서유기』의 독고준은 '계단' — 이곳과 저곳을 연결하면서 어디에도 속하지 않은 — 을 통해 서유를 시작한다. 「구운몽」의 독고민 또한 관에서 나와 계단을 오르는 꿈을 상기하며 아파트 계단을 올라가 숙의 편지를 발견했다. 이렇게 최인훈 작품 속 인물들이 현재, 여기를 떠날 수 있었던 것은 앞에서 살펴보았듯이 현실 어디에도 속하지 못하는 '회색'의 자아이기 때문인데 이러한 존재의 잠재성은 벤야민의 '문지방 영역' 개념을 통해서도 설명될 수 있다. 벤야민이 강조한 '문지방 영역'은 이곳에도 저곳에도 속하지 않는 제3의 영역이라는 점에서 '회색인'과 연결된다. 독일어로 'Schwelle'라는 단어는 문지방, 문턱, 경계를 의미하며 벤야민은 경계가 모호해지는 체험을 '문지방 경험'이라고 표현하였다.[25] '문지방'은 변화와 이행이 일어나는 영역으로서 두 영역을 고립시키는 경계와 다르며 역동적인 중간 지대이다.[26]

벤야민이 강조한 '문지방 영역'은 아담의 언어이자 아케이드[27]로 통하는데 어떤 것을 기억하고 깨어날 수 있게 하는 '기억하기(eingedenken)'가 가능한 곳이 이 제3의 영역이라는 점을 주목할 필요가 있다. 이러한 기억하기에 대해서는 다음 장에서 자세히 논의하도록 하겠다.

그런데 이들이 '회색인'이 된 것은 스스로 원해서가 아니었다. 「구운몽」에서 '선생님', '사장님, '수령' 등으로 독고민을 불렀던 사람들로 인해 독고민이 계속 도망치게 되는 것처럼[28], 『회색인』에서 어린 독고준에게 '부르조아', '반동' 딱지를 붙이거나, '동인', '혁명동지', '신도' 등으로 끌어들이고자 하는 존재들로 인해 독고준은 자리를 옮겨간다. 원한 것은 아니지만 외부에서 결정한 이름에 순응하지 않고 회색의 자리에 있게 됨으로써 독고들은 그 자리를 떠날 자유를 가지게 된다. 외부의 힘에 의해 자신의 정체가 정해지면 자리를 떠날 자유를 잃는다는 점에서 역설적이다. 이렇듯 갇혀 있다는 것을 깨닫고 자리를 떠나는 그들을 끊임없이 잡아두고자 하는 것은 외부의 힘이다. 표지를 붙여 그를 쫓아낸다는 점에서 최인훈의 '회색인'은 르네 지라르의 '희생양' 인물로도 볼 수 있다. 신도 인간도 아닌 예수의 위치가 대속을 가능케 하는 유일한 방법이 되었다는 점에서 '회색인'의 잠재성과 겹쳐질 수 있다.

최인훈 문학에 내재된 희생양 메커니즘에 대해 『광장』과 희곡 작품들을 통해 분석한 연구가 있다.[29] 이 연구에서는 북에서 경험한 '자아비판'이라는 상황과 인도를 향하는 배에서 군중들에 의해 고립되는 이명준의 상황을 '희생제의' 유형으로 설명하고 있다. 『폭력과 성』에서 지라르는 '제의적 희생'에 대해 천착한다. 이는 전 세계에 널리 퍼져 있는 것으로, 인간이나 동물 같은 희생물을 바쳐 신의 노여움을 풀고 신의 선의를 기대하는 제의이다. 그것은 단일한 희생물로 모든 가능한 희생물을 대치시키며, 카타르시스적 기능을 맡는다. 희생물은 그러므로 상상적인 신에게 봉헌되는 것이 아니라 거대한 폭력에 봉헌되는 것으로 설명된다.[30] 지라르에 의하면 이러한 '희생제의'가 일어나는 것은, 어떤 이유에 대해 분노한 사람들이 그 실제 대상에 대응할 수 없을 때 폭력의 탐욕을 만족시켜줄 수 있는 다른 대상을 찾기 때문인데[31], 이는 전쟁과 분단이라는 엄청난 현실로 인해 고통당했던 사람들이 처한 최인훈의 작품 속 상황에도 적용될 수 있다.

마찬가지 맥락에서 『회색인』과 『서유기』에서 반복하여 드러나는 유년 시절 자아비판 경험과 그로 인한 인물의 변화를 파악할 수 있다. 어린 독고준은 자아비판 상황을 겪고 그로 인해 자신이 처한 상황의 모순에 눈뜨며 그를 극복하기 위해 길을 떠나게 되는 것이다. 그리하여 도착한 텅빈 도시에서 폭격을 경험하고 이때의 강렬한 기억은 장편 『서유기』에서 '서유'를 지속하게 하는 가장 중요한 동인이 된다. 이처럼 독고준은 희생양의 표지를 받고 추방된 것으로 볼 수 있다.[32]

「구운몽」에서는 이러한 희생제의의 메커니즘이 더욱 두드러진다. 아래 인용은 사람들에 쫓겨 고립된 독고민이 광장에서 처형당하는 장면이다. 무고한 그에게 죄를 씌우는 것이나 그를 처형하는 방식, 처형 후 사람들의 태도에서 지라르가 말한 희생제의의 메커니즘이 잘 드러난다.

> 동시에 광장을 뒤흔드는 발사음과 함께, 창틀에 얹혔던 수십 틀의 기관총이 불을 뿜기 시작했다. (…) 광장 어귀에서 지켜보던 사람들이 돌기둥으로 몰려왔다. 그들은 둘러서서 쓰러진 물건을 들여다보았다. (…) 사람들은 기쁜 얼굴로 서로 쳐다보면서 악수를 나누었다. (「구운몽」, 321면)

이처럼 '희생양' 메커니즘을 통해 상황을 보면 희생양을 향한 외부의 폭력성이 드러난다. 그런데 놓치지 말아야 할 것은 '희생양'은 그러한 제의를 통해 '성화'된다는 것이다.[33] 여기에서 다시 '희생양'이 된 '회색인'이 가진 잠재성을 확인할 수 있다. 「구운몽」의 독고민 또한 처형으로 죽는 것으로 끝나지 않고 새로 태어난다.

> 그녀는 손을 온통 시뻘겋게 물들이며 시체의 한 부분을 잡아서 세게 잡아당겼다. 지퍼가 주르륵 열리면서, 껍질이 훌렁 벗어졌다. 그녀는 껍질을 사지에서 벗겨 던졌다. 독고민은 말짱하게 누워 있었다. 그것은 아래위가 곁달리고, 후드까지 달린, 방탄복防彈服이었다. (「구운몽」, 323면)

시체의 껍질이 벗겨지자 독고민은 눈을 뜬다. 이러한 껍질 벗기 모티프는 오승은의 『서유기』를 참고할 때 그 의미가 분명히 드러난다.

> 삼장법사는 발을 딛지 못하고 꼬르륵 물속에 빠지고 말았어요. 그러자 상앗대를 잡고 있던 접인조사가 얼른 붙잡아 배 위에 세웠어요. 삼장법사는 옷을 털고 신을 기울여 물을 빼며 손오공을 원망했어요. (…) 접인조사가 가볍게 상앗대를 저어 배를 움직이는데, 물살 위에 시체 하나가 떠내려오고 있었어요. 삼장법사가 그걸 보고 깜짝 놀라자, 손오공이 웃으며 말했어요. "사부님, 겁내지 마십시오. 저건 원래 사부님의 껍질이었습니다." (오승은, 『서유기』, 10권, 212면)

인용은 오승은의 『서유기』에서 삼장법사 일행이 바닥 없는 배를 타고 능운도를 건너 해탈하는 부분이다. 사람의 껍질을 벗고 해탈에 이른 삼장법사를 통해 「구운몽」의 윗장면이 죽음으로 껍질을 벗을 수 있게 된 독고민의 '성화'를 말하고 있다는 점이 더욱 분명해진다. 껍질을 벗고 되살아난 수령 독고민이 혁명군들과 주고받는 암호가 죽으면 다시 살아나는 '피닉스'라는 점도 예사롭지 않다. 독고민은 그 전까지는 자신을 쫓는 사람들을 피해 수동적으로 쫓겨다녔으나 껍질을 벗은 이후에는 능동적으로 '떠나'는 모습을 보인다는 것도 '성화'의 측면을 보여준다고 하겠다. 장편 『서유기』의 독고준도 여정을 계속하면서 점점 혼란에서 벗어나고 W시에 도착한 후에는 외부의 여러 소리 — 방송에 미혹되지 않게 된다.

이렇듯 '껍질'을 벗음으로써 새로운 존재가 되는 것은 「구운몽」 뿐만 아니라, 오승은의 『서유기』와 최인훈의 장편 『서유기』에서 동일하게 드러난다. 오승은의 『서유기』에서는 사람으로 둔갑했던 요괴가 죽으면 껍질이 벗겨져 정체가 드러나며, 인간이 되고 싶은 요괴는 껍질을 벗을 수 있게 해달라고 말한다.[34] 최인훈의 장편 『서유기』에서 독고준을 가지 못하게 막는 역장의 정체가 드러나는 장면은[35] 요괴의 정체가 드러나는 것과 유사하게 그려진다.

지금까지 최인훈의 작품들에 나타난 인물들이 '회색인'으로서 존재하며 그로 인해 현실의 힘에 의해 '희생양'이 되지만 또한 그것이 새로운 차원을 지향할 수 있게 하는 잠재성을 깨운다는 점을 설명하고자 했다. 『회색인』에서 독고준은 카프카의 작품 속 인물들이 '전통과 질서'에 질문을 던지고 일상성과 완전히 거꾸로 된 세계에 존재한다는 점에 경탄한다.[36] 이는 일상과 다른 방향을 지향하는 의식을 보여주는 것이라 할 수 있다. 그리고 지금까지 연구에서는 일상과 현실에 뿌리내리지 못한 이런 존재를 무기력하고 허무한 존재로 인식하거나 그 존재로 인해 현실의 부정성을 드러내는 정도로 평가해왔다. 그런 맥락에서 김윤식은 독고준이 카프카의 주인공 측량 기사처럼 도달될 수 없었다는 점을 지적했다.[37] 그러나 엇갈리거나 도착할 수 없다는 것 자체를 강조한 카프카[38]와 달리 최인훈의 인물들은 현재, 여기를 떠남으로써 누군가를 만나고 — 혹은 어딘가에 도착하고 — 그것은 구도의 과정인 '서유기'로 기록된다. 다음 장에서는 그렇게 떠난 '서유'의 세계에서 반복되는 '기억'의 힘에 대해 분석해보도록 하겠다.

3. 기억을 반복하기

이처럼 최인훈의 텍스트 속의 인물들이 '현재' '여기'를 떠나는 것은 그들이 이쪽도 저쪽도 속할 수 없는 추방된 존재로서의 회색인인데, 과거의 사람과 과거의 기억을 지향하기 때문이다. 그들은 '현재' '여기'에서는 만날 수 없는 고향과 가족 — 혹은 사랑 — 을 간직하고 있다. 혁명의 한가운데에 있지만 자신이 누구인지 모르는 「구운몽」의 독고민도, 친구 김학이 꿈꾸는 혁명에 회의적인 『서유기』의 독고준도 불만족스러운 현재를 바꾸기 위한 방법을 미래의 혁명에서 찾고 있지 않다는 점에 주목할 필요가 있다.

그들은 미래의 혁명을 꿈꾸지 않고 과거의 시간, "언제든지 돌아갈 수 있는 마음의 성지"(『회색인』, 197면)로 떠난다. 그러나 이는 회고적이거나 복고적인 것으로 볼 수 없다. 그들의 과거가 완전한 이상향이거나 그 과거를 되살리는 것을 바라는 것이 아니기 때문이다. 과거를 근대적 시간관에서 파악하면 「구운몽」에서 이상한 꿈을 꾸는 독고민이나 장편 『서유기』에서 이상한 나라를 헤매는 독고준은 현실과 단절된 환상 속이나 (좁은 의미의) 무의식 속에 갇힌 존재일 뿐이다. 그러나 중요한 것은 이 텍스트들에서 이들의 과거가 현재의 뒤쪽에 있거나 이미 완료된 단절적인 것이 아니라 다시 돌아갈 수 있는 곳으로 그려지고 있다는 점이다. 그러므로 이 '과거'는 새로운 의미에서 파악되어야 한다. 베르그송은 과거가 본질적으로 잠재적이어서, 그것이 어둠으로부터 빛으로 솟아나오면서 현재적 이미지로 피어나는 운동을 따르고 채택할 때만 우리에게 과거로 포착될 수 있다고 설명하였다.[39]

「구운몽」의 독고민은 숙에 대한 그리움으로 거듭 꿈을 꾸게 되는데 이는 첫사랑인 숙과 함께 했던 지난 날이 "그의 삶의 보람이며 누더기옷에 꿰맨 보석"이기 때문이다. 장편 『서유기』에서는 유년의 여름 한가운데를 찾아 W시로 가기 위해 석왕사역에서 기차를 타는 것이 세 번 반복된다. 이들은 모두 과거를 만나고자 하는 것이다.

『회색인』의 결말에서 유정의 방에 들어섰던 독고준은 『서유기』에서 방을 나와 자신의 방을 향해 계단을 밟아 올라가는 것으로 여정이 시작된다. 현실과 과거는 계단을 통해 연결되어 있고, 과거는 이미 완료되어 단절된 시간 속에 있는 것이 아니라 새로운 공간 속에 놓여 (몇 번이고 다시) 갈 수 있다. 이 때 독고준이 — 독고민도 — 밟고 가는 계단은 과거로 연결된다는 점에서 과거와 현재를 동시적으로, 공존하는 것으로 파악하고 있는 들뢰즈와 그가 기대고 있는 베르그송[40]의 시간관을 떠오르게 한다. 이들에게 시간은 일방향적으로 흘러가버리는 것이 아니며 특히 과거는 현재와 동시적으로 공존한다.[41] 현재가 수축 종합되면서 과거가 만들어지지만 그 과거의 종합으로 인해 현재가 지나갈 수 있는 것으로 인식하기 때문이다.[42] 그러므로 이들의 과거는 누층적으로 쌓이며 매 순간 현재와 닿아 있다. 베르그송의 '기억'은 잠재성으로 충만한 무의식[43]인 과거로 심리적 현상을 말하는 좁은 의미의 '기억' 이상의 것이다. 베르그송의 '기억'은 과거를 보존하여 현재로 연장하면서 예측 불가능한 미래를 개방하는 지속 그 자체라는 점에서 주목해야 한다.[44]

앞서 보았듯이 「구운몽」에서는 '현재' '여기'라는 시간과 공간의 축을 떠나 인류가 겪은 얼마인지도 모를 기억의 두께 속에 가라앉을 때 개인의 동일성과 유일성의 문제가 제기된다는 것을 짚어냈었다. 이때의 기억의 두께는 베르그송이 말하는 순수기억[45]에 해당한다고 할 수 있다. 베르그송은 기억이 '과거 그 자체'라는 시간적 본성을 지닌다고 강조했다.[46] 그런 맥락에서 볼 때 장편 『서유기』는 '그 여름' — W시에서의 유년 시절의 기억이라는 '시간' — 자체를 찾아 떠나는 여정의 기록이 된다.

그러나 그가 만나고자 하는 과거는 예전에 실재했던 그 장면과 시간을 현재로 불러와 재연하는 것이 아니다. 과거를 향해 가는 것이며 그것은 기억을 반복하는 것을 동력으로 삼아 이루어지는데 이러한 반복을 거치며 새로운 의미가 생성된다. W시를 찾아나서는 여행을 오디세우스적 탐색으로 본 김정화의 논문에서는 석왕사로의 반복되는 원점회귀지만 동일한 실체의 반복이 아니라 '차이를 수반한 반복'이라고 설명하였다.[47] 들뢰즈는 두 가지 종류의 반복을 말하면서 차이를 사이에 놓는 정신적 반복(옷 입은 반복, 공존하는 반복, 잠재적 반복, 수직적 반복)의 잠재성을 강조한 바 있다.[48] 들뢰즈의 반복은 시간 속에 분리된 심급들의 등가성이나 유사성을 의미하는 것이 아니라 일종의 종합적 과정이다.[49] 최인훈의 텍스트에서 이루어지는 반복은 변주되며 의미를 만들어낸다는 점에서 이러한 반복으로 볼 수 있다.

그러나 들뢰즈가 참고한 베르그송의 철학에서 '기억'은 지속의 흐름에서 이루어지고 있으며, 신체를 가진 생명체의 창조와 진화의 근거라는 점에 포인트가 있으며 들뢰즈가 말하는 '차이'는 강도와 잠재성 간의 차이[50]를 말하므로 그대로 적용할 수는 없다. 그러므로 불연속적으로 반복되는 최인훈의 기억의 반복의 측면에 대해서는 벤야민의 '기억하기'를 참조하는 것이 더 적절할 것으로 보인다. 아래는 『회색인』의 한 부분이다.

> 그는 시간을 거꾸로 달려서 그 여름으로 돌아갔다.
>
> 그 여름 속에는 많은 것이 있었다. 그의 영혼은 순결하고

> 세계는 살 만한 곳이었다. 검은 새들은 도시를 폭격해주었다. 도시는 거짓말처럼 준을 위해서 자리를 마련해주었다. 그의 악역이었던 소년단 지도원에게 맞서기 위해서 그는 폭탄이 쏟아지는 거리로 찾아갔던 것이다. 그 여름 속에는 용기가 있었다. 그리고 그 용기는 보답을 받았다. (…) 여태껏 그것은 먼 옛날 일로 돼 있었다. 그런데… 새봄에 등록금을 댈 걱정에 골똘히 잠겨서 하숙으로 돌아온 가난한 학생은 한없는 공상과 흥분에 싸여서 이슥한 밤을 잊어버렸다. (『회색인』, 144면)

『회색인』만 보면, 그 여름으로 돌아가는 것은 현실의 걱정을 잊게 하는 '공상'일 뿐이다. 그러나 『서유기』에서는 '회상'이 '무기'[51]가 된다. 현실에 위치한 채 인식 속에서 과거의 어떤 지점을 회고하는 것과 과거를 실제로 다시 만나는 것은 전혀 다른 것이기 때문이다. 벤야민은 적극적으로 과거를 기억하는 '기억하기(eingedenken)[52]'가 가진 힘을 강조하였다. 그리고 여기에는 과거를 현재와 단절된 것으로, 이미 지나가서 되돌릴 수 없는 것으로 여기에는 근대적 시간관을 비판하는 '메시아적 시간관'이 배후에 있다. 변증법을 기반으로 하는 벤야민의 인식이 지속을 기반으로 하는 베르그송이나 들뢰즈의 시간관과 같을 수는 없지만 과거에 대한 재인식을 통해 근대적 시간관을 전복하고자 했다는 점에서는 상통한다고 할 수 있다. 벤야민에 따르면 과거를 '기억'하는 것은 메시아적 시간관을 통해 진정한 역사를 볼 수 있게 하는 힘을 가진다.

벤야민은 베를린에서의 유년 시절의 기억과 꿈을 통해 과거를 구원하고자 한다. 벤야민은 역사철학 테제에서 과거 속에 잠재된 욕망들이 우리에게 구원을 요청하고 있으므로 그 소리를 듣고 대답하는 메시아적인 역할을 해야 한다고 강조하였다.[53] 이는 「구운몽」의 끝부분과 『서유기』의 첫 장에 공통적으로 나타나는 고고학 필름 모티프와 연결될 수 있다. 최인훈은 여러 겹의 꿈 혹은 생의 층으로 구성된 텍스트의 제일 바깥에 고고학적 탐사 결과 보고라는 액자를 두고 과거를 들여다보자고 요청하고 있기 때문이다.

> 이 신기료장수는 해부사解剖師의 반대 작업을 한 것입니다. 조각을 이어붙여서 제 모습을 되살리는 것. 고고학考古學이란 먼저 이렇게 알아두셔도 좋습니다.
> 죽음을 다루는 작업. 목숨의 궤적軌跡을 더듬는 작업. 그것이 고고학입니다. 우리들의 작업대 위에 놓이는 것은 시체가 아니면 시체의 조각입니다. (…) 고고학자란 목숨이 아니라 죽음을, 창조가 아니라 발굴發掘, 예언이 아니라 독해讀解를 업으로 하는 사람입니다. (…) 우리가 하는 일은 신의 행위의 결과인 처녀막의 열상裂傷을 검증하는 일입니다. 우리 자신의 성기를 들이미는 일이 아닙니다. 역사란, 신神이, 시간과 공간에 접하여 일으킨 열상裂傷의 무한한 연속입니다. 상처가 아물면서 결절結節한 자리를 시대 혹

은 지층이라고 부릅니다. 이 속에 신의 사생아私生兒들이 묻혀 있습니다. 신은 배게 할 뿐, 아이들의 양육을 한 번도 맡는 일 없이 늘 내깔렸습니다. 우리가 하는 일은, 이 지층 깊이 묻힌 신의 사생아들의 굳은 돌을 파내는 일입니다. 캐어난 화석들은 기형아가 대부분입니다. 그것도 토막토막 난. (「구운몽」, 352면)

이 필름은 피사체 자신의 성질상, 그리고 전기한 제작 방침에 따라 비교적 느린 템포를 썼으며 클로즈업을 끊임없이 삽입하였고, 동일 장면의 반복 및 심지어는 영사기의 회전을 중단시키고 중요한 장면을 정물 사진으로 볼 수 있게 운용하였습니다. ((장편) 『서유기』, 7면)

「구운몽」에서는 "한국 고고학의 과제, 전망 및 골치를 한눈에 보여주고 있는 백미편白眉篇"인 영화, 『서유기』에서도 "한국 화석의 일반적 특징인 황폐성과 무질서성이 전형적"으로 나타나는 필름이라고 설명한다. 여기서 주목할 것은 '고고학'이란 과거를 읽어내는 것이며 그를 위해서 조각을 이어 붙이는 작업이 선행되어야 하고, 제대로 감상하기 위해서는 반복하거나 멈춰서야 한다는 인식이다. 이를 벤야민의 다음 설명과 함께 살펴보자.

'언어'는 우리에게 기억의 저장이 과거를 탐색하는 도구가 아니라 과거가 펼쳐지는 무대라는 것을 오해의 여지없이 가르쳐준다. 죽은 도시들이 **묻혀 있는 매개체가 땅인 것처럼, 기억의 저장은 체험된 것의 매체이다. 묻혀 있는 자신의 고유한 과거에 가까이 가려는 사람은 땅을 파헤치는 사람처럼 행동해야 한다.** 이것이 진정한 기억의 어조와 태도를 규정한다. **진정한 기억에서는 똑같은 내용을 반복해서 떠올리는 것을 기피해서는 안 된다.** 흙을 뿌리듯이 기억의 내용을 뿌리고, 땅을 파듯이 그 내용을 파헤치는 것을 기피해서는 안 된다. 왜냐하면 기억의 내용은 내부에 진짜 귀중품들이 묻혀 있는 성층이나 지층에 불과하기 때문이다. **진짜 귀중품들은 아주 꼼꼼한 탐사를 통해 비로소 모습을 드러낸다. 모든 과거의 연관관계로부터 벗어난 상들이 일종의 귀중한 물건들로—수집가의 갤러리에 있는 파편 혹은 토르소—나타나는 곳은 현재 우리의 성찰이 이루어지는 차가운 방이다.** 물론 발굴을 성공적으로 하기 위해서는 계획이 필요하다. 마찬가지로 어두운 땅을 팔 때 조심스럽게 더듬듯이 하는 삽질도 필수적이다. 발굴된 물건의 목록만을 기록에 남길 뿐 발굴 장소와 자리에서 느끼는 어두운 행복 자체를 기록에 담지 못하는 사람은 최상의 것을 기만당한다. 행복한 찾기와 마찬가지로 헛된 찾기도 최상의 것에 속한다. 따라서 기억은 이야기하듯이 진행해서는 안 되고, 사건을 보도하듯이 진행해서는 더더욱 안 된다.

> 가장 엄밀한 의미에서 기억은 서사적이고 광상곡과도 같은 리듬으로 언제나 새로운 장소에서 삽질을 시도해야 한다. 또한 같은 장소에서 점점 더 깊은 층으로 파헤쳐가야 한다.[54](강조 — 인용자)

파편을 찾아내기 위해 점점 깊이 반복해서, 꼼꼼하게 파내려가는 것이 벤야민의 '고고학'이다. 그러므로 최인훈과 벤야민의 인식에서 깊이 묻힌 과거의 파편들을 찾아내고자 반복해서 탐사한다는 점과, 이러한 고고학을 통해 최종적으로 과거의 역사를 되살리고자 하고 있다는 점이 유사하다.[55]

과거의 기억이 탐사의 무대라면 '반복'은 탐사의 방법이다. 벤야민은 반복해서 꼼꼼히 살펴야 한다고 설명했다. 최인훈의 「구운몽」에서 독고민은 여러 번의 꿈 혹은 생과 마주치며 자기 정체에 다가서는 한 편 찾아야 할 숙에 대한 사랑을 더 절실히 느낀다. 『회색인』의 인물들은 파행적 근대의 자장 안에서 '나는 누구이며, 나는 무엇을 해야 하는가'를 깊이 되새김질하는 자들이라고 평가받았다.[56] 『회색인』에서 짧은 '서유기'를 시도하고 현실로 돌아왔던 독고준은 『서유기』에서, 있던 자리를 떠나 W의 그 여름을 향해 계속해서 나아가며 도중에 이루어지는 '석왕사역' 방문은 조금씩 다르게 세 번이나 반복된다.

고행을 거듭해야 극락에 도착하는 것은 오승은의 『서유기』에서도 마찬가지이다. 서쪽에 도착해서 경전을 받고 해탈하는 '서유기'에서 가장 큰 비중을 차지하는 것이 가는 과정인 것처럼, 최인훈의 『서유기』에서도 중요한 것은 반복과 변주가 만들어내는 여정이다.

최인훈의 '반복'이 가지는 또 하나의 특징은 반복될 때마다 차이를 만들어낸다는 점이다. 이는 강도와 잠재성 간의 차이에 주목하는 들뢰즈의 설명보다는, 반복하면서 변주되는 벤야민식의 차이와 더 근접한 것으로 볼 수 있다. 앞서 벤야민은 '기억'은 서사적이고 광상곡과도 같은 리듬으로 해야 한다고 말했는데, 이는 문학사를 "프로테우스처럼 한없이 변모시켜가는 푸가"[57] 같다고 설명한 최인훈의 『화두』의 언급을 연상시킨다. 벤야민이 말한 '광상곡'은 푸가의 한 형태이며 '메타모르포시스'는 '변신'이라는 뜻이므로 자신의 텍스트의 이어짐을 변주의 양상으로 인식한 작가의식은 벤야민의 '기억'에 대한 인식과 연결된다고 할 수 있다.

「구운몽」의 독고민은 처음에 반복되는 상황에 공포를 느끼고 반복의 고리를 끊기 위해 차이를 만들어내려고 한다.

> 그날 밤과 모든 게 꼭 같다. 민은 숨이 가빠온다. 그는 사방을 살핀다. 그 거리다. 핀으로 머리를 긁던 여자. 꼭 같다. 그는 튕기듯 뛰기 시작한다. 전번에 들어선 골목을 지나치고 될수록 낯선 쪽으로 골라서 달린다. 그런데 어떻게 된 일일까? 마치 궤도에 올라앉은 기관차처럼, 벗어나서 달리려고 기를 쓰면 쓸수록, 민은 점점 낯익은 길로 자꾸 빠져

> 든다. 분명히 전에 헤매던 그 거리를 그날 순서대로 달리고 있는 저를 본다. (「구운몽」, 255면)

그러나 그 상황이 반복될 것이라는 공포로 인해 달리게 되고 앞에서 확인한 것처럼 다른 사람들을 계속해서 만나게 된다. 이후 그러한 반복이 변주될수록 그는 점점 자신이 이들이 찾는 그 사람이 아닌가 하는 생각을 하게 된다.

'서유기'의 세계에서도 반복은 중요한 요소이다. 중편 「서유기」 속 세계에서는 요괴를 물리치는 것을 반복하면서 해탈의 경지에 근접한다. '서유기' 속 세계에서 요괴들은 장수나 영생을 꿈꾸지만 삼장법사 일행은 영겁의 지옥에서 벗어나 윤회를 넘어서는 것을 진정한 구원으로 여긴다. 차이가 반복을 유발하고 그러한 반복의 반복이 반복의 틀 자체에서 벗어나게 한다는 점을 생각할 필요가 있다. 이는 벤야민식의 고고학이 '서유기'의 구원과 마주치는 지점이기도 하다. 이러한 맥락에서 벤야민의 시간관을 나선형적 시간관으로 보고 최인훈 소설에 나타난 윤회적 세계관과 연계해보고자 한 연구[58]도 있다.[59]

장편 『서유기』에는 여행을 하는 독고준이 꿈을 꾸었다 깨는 장면이 반복적으로 등장한다. 여기에서 꿈과 현실은 경계가 불분명하고[60] 밀접한 관계를 가지는데 앞서 보았듯이 반복된다는 점이 중요하다.[61] 이러한 반복은 꿈과 현실을 모호하게 할 뿐 아니라, 과거와 현재의 경계를 지운다는 점에서 발터 벤야민과 또다시 연결된다. 과거와 현재와 미래가 단선적으로, 순차적으로 연결되어 있지 않기 때문이다. 벤야민은 유년 시절에 대해 기록하면서 그것이 불연속적이라는 점에서 '자서전'과의 차이를 구별했다.[62]

이러한 불연속적이면서도 단절적이지 않은 반복은 꿈꾸기와 여행하기 차원도 있지만 텍스트 속 인물들의 삶 또한 반복되며 누층적인 기억을 생성한다. 관 속에 누워 있다 밖의 소리를 듣고 나오는 꿈으로 시작된 「구운몽」에는 독고민이 여러 사람들에게 쫓기는 꿈이 반복해서 이어지고 그 사이에 정부군과 혁명군의 방송 내용이 끼어든다. 그리고 이러한 서사 구조에서 어느 부분이 꿈이고 어느 부분이 현실인지는 명료하지 않은데 결말 부분으로 가면 삶과 죽음 또한 꿈과 현실처럼 불명확하게 그려진다. 독고민이 김용길 박사와 민 선생(또 다른 독고준)이 의사로 있는 병원의 시체실에 동사자로 들어오는데 그에 대해 두 사람은 '몽유병자'가 아니냐고 이야기하는 것이다. 그리고 그들의 세계는 또다시 그 바깥에 '조선원인고朝鮮原人考'라는 고고학 입문 시리즈의 필름이 놓여 있으며 그 영화를 보고 나오는 것은 숙과 민이다. 『서유기』에도 여럿의 독고준이 나오는데 그 의미에 대해서는 다음 장에서 살펴보도록 하겠다.

그렇다면 어떻게 그 기억 속으로 꿈 속으로 과거 속으로 반복해서 갈 수 있는가. 우선 멈춰서 기억해야 한다.[63] 독고민이나 독고준 모두 처음에는 영문을 모른 채 여정을 계속하지만 후반에 가면 무엇인가를 인식하며 점차 변화한다. 장편 『서유기』에서 구렁이가 된 독고준[64]은 방에 갇힌 채 자유를 잃은 것처럼 보이지만 또아리를 틀고 기억을 캐내면서 기억하지 못했던 다른 생을 여행한다. (의지로 어찌할 수 없는 무의식의 작용 속에서 이루어지는 베르그송의 기억이나 들뢰즈의 수축과 다르게) 현실에서 멈춰서 의지적으로 기억을 떠올린다는 점에서 벤야민의 '기억하기'가 다시 한 번 참고될 수 있으며 그것이 감각을 통해서 매개된다는 점도 주목할 필요가 있다. 독고준을 자꾸 불러내는 W시 시절과 공습의 기억은 공장의 흰 굴뚝, 사과 냄새, 빗소리, 비행기 소리와 방공호 속에서의 숨막히는 포옹 등의 감각으로 이루어져 있다. 그리고 이러한 감각이 실제로 감각될 때마다 독고준은 자신이 돌아가야 할 곳을 상기하고 그로 인해 적들은 무너진다.[65]

벤야민의 회상에서도 기억의 순간들은 하나의 이미지, 취향, 촉감의 형태로 떠오른다.[66] 이는 들뢰즈도 『차이와 반복』에서 주목한 바 있는 프루스트에 대한 '비자발적 기억'[67]과 같고도 다른데, 어떤 감각을 통해 기억이 떠오른다는 점에서 유사하지만 이 기억 속으로 의지적으로 지속해서 들어간다는 점에서는 최인훈의 경우와 더 가깝다고 할 수 있다. 또한 이렇게 '감각'이 매개된다는 점은 이 작품이 환상이나 무의식의 세계에 매몰된 것이 아니라는 하나의 증거가 될 것이다. 그러므로 회색인이 과거로 떠난 것은 개인 차원의 문제를 해결하기 위해서만이 아니다. 그에 대해 다음 장에서 논의하도록 하겠다.

4. '서유기'의 구원

이제 '(과거의) 기억'을 향해 서유를 떠난 이들의 '서유기'에서 그들은 어디에 도달하여 무엇을 찾았는지를 살펴보고자 한다. 이 장에서는 최인훈의 두 '서유기'를 겹쳐 읽으면서 최인훈의 세계가 오승은의 것과 어떻게 같고 다른지를 분석하여 어떠한 구원이 탐색되고 있는지 규명할 차례이다.

> 당나라 황제에게 주노라. 서쪽에 높은 글이 있느니라. 길은 10만 8천 리. 이 경을 가져오면 그대 나라에 크게 이로울 것이다. 가서 가져오기를 소원하는 자 있으면 정과(正果)를 얻어 부처가 되리라.((중편)「서유기」, 395면)

위에서 보듯 삼장법사는 그 자신이 부처가 되는 것뿐만 아니라, 나라를 크게 이롭게 하기 위해 '서유'를 떠난다. 그러나 최인훈의 중편은 오승은의 작품과 달리, 손오공이 삼장법사를 떠나 과거에 있던 곳으로 돌아가는 데서 끝나므로 경전을 얻는 데까지 이르지 못한다. 그리고 장편 『서유기』의 독고준에게는 자신이 도달해야 할 곳이 어디인지, 그곳에 도착해서 얻을 경전이 무엇인지 확실하지 않다.[68] 그럼에도 최인훈의 작품 속 인물들은 "달리면 구원될 것"[69]이라고 생각하며 계속 나아간다. 고생을 하지 않으면 진리를 손에 넣을 수 없기 때문이다.[70]

오승은과, 최인훈의 두 '서유기'에서 공통적으로 중요하게 다뤄지는 것은 인물들이 본래의 자리로 돌아가거나 더 나은 존재로 변하는 것이다. 이는 다르게 말하면 진정한 자기를 찾는 것이라고 할 수 있다. 『회색인』의 독고준은 "어떠한 이름 아래서도 에고의 포기를 거부하는 것, 현대 사회에서 해체되어가는 에고를 구하는 것"이 작가의 임무(『회색인』, 271면)라고 하였다. 「구운몽」에서는 "개인의 유일성과 동일성"의 문제를 뿌리에서 다시 살펴야 한다고 인식한다. 여기서 다시, 유년 시절의 기억을 떠올리는 것에 대한 벤야민의 다음 설명을 참고해보자.

> 순간적으로 조명이 이루어지는 순간은 관습의 지배를 받는 일상적 자아를 벗어나는 순간이자 보다 깊은 곳에 위치한 심층적 자아가 충격을 받는 순간이다. 그러한 순간은 일상적 자아의 익숙한 체험의 연속성이 중단되는 순간이기도 하다. 이때 체험 내용을 시간 속에서 배열하고 의미를 부여하는 구심점으로서의 자아는 존재하지 않는다. 베를린 유년 시절의 회상 역시 연속성보다는 불연속성, 단절의 계기에 중점이 놓인다.[71]

이러한 각성의 순간은 '현재시간'이라는 벤야민의 개념인데 『회색인』에서 그 단초가 발견된다.

> 그러한 순간이 물론 있었다. 하찮은 대상이 문득 새삼스러

워지는 순간. (…) 그러나 그것은 순간이다. 그 화폐를 언제까지나 가지고 있을 수는 없다. 그 화폐를 가지고 시간을 사야 한다. 그 순수한 순간을 주고 시간이라는 거스름 푼돈을 받는다. 금화金貨와 동전銅錢을 바꾸는 것이다. 그것이 생활이다. 이 교환이 아무래도 납득이 가지 않는 나는 그래서 슬프다. (『회색인』, 294면)

위의 인용부분에서 보듯, 『회색인』의 독고준은 일상적인 생활의 영향력에서 벗어나는 '순간'을 '금화'처럼 소중한 것으로 인식하고 있다. 그러나 그러한 순간은 계속되지 못하고 생활이라는 시간으로 교환되기에 슬픔을 느끼고 있다. 이러한 '생활'은 '현재' '여기'와 같은 것으로 보인다.

생활하는 사람이 될 수도, 그 생활에 만족할 수도 없었던 『회색인』의 독고준은 『서유기』에서 '현재' '여기'를 떠나 '기억'이라는 과거를 향해 가면서 그러한 순간을 연장하게 된다. 그것은 벤야민식으로 설명하면 일상적 자아를 벗어난 상태이다. 그런데 벤야민은 그러한 체험 내용을 시간 속에 배열하고 의미를 부여하는 구심점인 자아는 존재하지 않는다고 했다. 그러나 최인훈의 텍스트에서는 기억의 두께 속에서 개체의 통일성을 지킬 수 있는 힘이 무엇인지 묻고 있다. 최인훈의 작품 속에서 기억(과 꿈) 속으로 반복해서 떠나는 독고민과 독고준은 자신의 존재와 여러 번 마주하며 혼란을 겪지만 그로 인해 통일성을 잃고 해체되지는 않는다. 숙을 기억하고 그를 찾고자 하는 자기와(독고민), 여행을 계속해야 하는 자기(독고준)가 있기 때문이다.

> 그는 아무리 생각해보아도 이제는 자기가 예전에 살던 곳이며 자기가 누구인지며가 도무지 생각나지 않았으므로 우선 역장의 굴레를 벗어나야 하겠다는 생각밖에는 없었다. (…) 그는 모든 기억을 다 잊어버리고 있었으나 다만 한가지 자기가 어디론가 가야 한다는 일, 그리로 가려고 길을 떠났다는 사실, 그 길은 무엇과도 바꿀 수 없다는 사실, 그 길은 그의 목숨이라는 사실, 그 길로 빨리 가야지 이렇게 도중하차를 하는 것은 시간을 낭비하는 것뿐이라는 사실, 이런 모든 것은 확실하였다. 확실하지 않은 것은 한가지뿐인데 어디로 가야 하는지 모른다는 것뿐이다. ((장편)『서유기』, 194면)

자기가 누구인지 혼란스러워하는 것은 표면적으로는 기억이 나지 않아서이지만, 그 근저에는 누층의 기억 속을 여행하면서 마주친 자신의 존재들이 있다. 이러한 독고준은 사유의 내용을 통일체로 만들어주지 못한다는 점에서 사유의 주체가 아니라고 본 연구도 있다.[72] 그러나 여행하는 독고준과 여행 속에서 마주치는 다른 독고준들이 꿈과 기억을 통해 연결되는 것으로 보아 여행의 주체인 독고준은 중요한 지위를 가진다. 그가 서유를 떠났고 계속 나아가기 때문에 다른 자기들의 존재와 마주칠 수 있기 때문이다. 이는 반복된 요소를 수축하여 종합하는 들뢰즈의 존재론을 통해 설명될 수 있을 것이다. 반복되는 요소 그 자체는 독립적이지만 그것을 수축하여 반복으로 파악해내는 주체의 차원에서는 종합을 이룰 수 있기 때문이다.[73]

『회색인』의 후반부에서 독고준은 누구인지 알 수 없는 유리 속 남자와 여러 번 마주한다. 그는 독고준의 그림자 혹은 다른 자아처럼 보인다. 장편 『서유기』에서는 독고준이 읽게 되는 노트를 통해 '나'에 대한 탐구를 직접 드러내고 있기도 하다.

> 우리 경험으로 보면 '나'의 뒤에는 또 하나의 '나'가 차디차게 도사리고 앉아 있다. 그 나를 붙잡는 것은 절대로 불가능하다. (…) 우리의 '나'란 이같이 움직이지 않고, 절대로 움직이지 않고, 그저 보는 눈, 움직이지 않고 바라보는 눈에 의하여 감시되고 있다. (…) 그것은 '나'의 궁극의 근거이면서 또 벌써 '나'라고는 절대로 말할 수 없는 극한점이다. (…) 우리는 이것을 붙잡으려고 피투성이의 자기 탐구라는 짝사랑을 한다. ((장편)『서유기』, 243~5면)

위의 인용은 또 다른 독고준으로 보이는, 역장의 아들이 쓴 것이다. '나'를 영원히 붙잡을 수 없는 근원으로 인식하는 것에 대해서 실존주의적으로도 설명할 수 있겠지만, 본고의 맥락에서 살펴보자면 쉽게 도달할 수 없는 목표에 끝없이 다가서고자 한다는 점에서 '서유기' 여정과 같은 것으로 볼 수도 있다. 이 근원의 깊은 눈을 감기는 것을 비참한 업의 윤회에서 벗어나는 것[74]으로 설명하고 있으며, 노트의 마지막 부분에서는 위대한 책 '서유기'에 대한 분석으로 끝난다는 점에서도 그 연관성을 짐작할 수 있다.

이 글을 읽고 독고준은 자신을 붙잡는 역장을 (다시) 떠나 W시로 향하는 여정을 계속해나간다. 이러한 여정에서 마주치는 다른 독고준들이 하나의 흐름으로 연결되는 것은 앞장에서 분석했듯이, 기억과 감각 — 혹은 감각의 기억 — 을 통해서이다. 도중에 등장하는 또 다른 독고준의 이야기는 독고준이 어느 날 구렁이로 변하고 그로 인해 가족들을 비롯한 타인과의 관계에서 곤란을 겪는다는 점에서 카프카의 「변신」과 유사하다. 그러나 타인과의 관계가 어려워질수록 그는 자기 자신에 대해 탐구하며 그로 인해 만족을 느끼기도 한다. '구렁이가 된 독고준'은 여행을 계속했던 독고준과 다른 가족관계와 직업을 가지고 있다는 점에서, 다른 사람이다. 그런데 구렁이가 된 후 다른 독고준의 꿈을 꾸고, 자기 속에서 다른 자기의 부스러기를 캐며 그를 그리워한다. 구렁이가 된 뒤에도 그의 발의 사마귀나 목소리는 변하지 않았다는 점에서도 존재의 양태가 변해도 남아있는 지점이 있다는 것을 알 수 있다.

그렇다면 이들은 어떻게 — 다른 세계 속의 — 자신과 만날 수 있으며 그것은 어떤 의미를 가지는가. 장편 『서유기』의 여정의 시초에 독고준은 신문에서 자기 사진이 실린 광고를 본다.

> 이 사람을 찾습니다. 그 여름날에 우리가 더불어 받았던 계시를 이야기하면서 우리 자신을 찾기 위하여, 우리와 만나기 위하여, 당신이 잘 아는 사람으로부터. (〈장편〉『서유기』, 14면)

그 여름날은 W시에서 유년 시절, 폭격 중에 그를 방공호로 이끌어 품었던 누군지 모를 그녀의 품에서 의식을 잃었던 그때를 말하는 것이다. 『회색인』에서 독고준은 계속 그녀를 그리워한다. 『서유기』에서 그는 '그녀'가 자신을 찾기 위해 광고를 낸 것으로 생각하고 기쁨을 느낀다. 그는 '그녀'를 만나는 것이 자신의 생애의 의미라고 깨닫기 때문이다.[75] 이러한 목표의식은 — 떠난 손오공을 다시 불러오기 위한 삼장법사의 메시지와도 같이 작용하여 — 방해와 만류를 이겨내며 그를 계속 여행하게 했다. 그러나 고향 W시에 도착한 후, 비행기 뇌음과 함께 떨어진 종이에서 광고와 똑같은 메시지를 보고 그는 또 한 번 기쁨의 깨달음을 얻는다. 이것은 여정 초와 똑같이 반복되어 서술되지만 그 대상은 '그녀'가 아니다. 이 여행을 통과한 후 '당신을 잘 아는 누군가'는 다른 누가 될 수 없다.

> 모든 일이 인제 분명하였다. '당신이 잘 아는 사람으로부터'라구. 아무렴. 그는 너무나 벅차서 눈을 지그시 감았다. (〈장편〉『서유기』, 324면)

'당신이 잘 아는 사람'은 '그녀'가 아니라 '자신'이다. 그녀의 품에 안겨 정신을 잃었던 방공호에서의 경험 자체가 자신만이 아는 감각적이고 성적인 죄의식과 깊숙이 관련되어 있었다.[76] 그녀는 함께 있었지만 그와 같은 것을 느낀 것이 아니기 때문에 그의 기억을 공유할 수 없다. 그러므로 '우리가 더불어 받았던 계시'는 타인과 공유될 수 없는 것이다.

『회색인』에서 유리 속의 남자를 보고 불안을 느끼던 독고준은 『서유기』의 '서유'를 거쳐 그가 ― 자신을 잘 아는 ― 자신이라는 것을 알게 되었다. 『회색인』에서 돈키호테가 되기를 주저하는 독고준에게 그 남자는 풍차를 향해 달려가는 길밖에 없다고 했었다.[77] 『서유기』에서 비로소 현실을 떠난 독고준은 처음에 자신을 찾는 것이 '그녀'라고 생각했으나 그를 초대한 것은 그 자신이라는 것을 알게 된다. 여정 초반에 논개를 만났을 때 그는 '그녀'를 만나야 한다고 생각하며 자리를 벗어난다. 그러나 여정이 이어지면서 그가 반복되는 방해를 이겨낼 수 있었던 것은 그 여름의 기억을 떠올리게 하는 소리와 감각이며, 그것은 당연히 자신 안에 내재되어 있었던 것이다.

그러므로 '우리 자신을 찾고, 우리 자신을 만난다는 것'은 결국, 나의 초대를 들은 내가 나를 찾아 나선 것이라는 의미로 확인된다. 이 때 만나게 되는 '나'는 앞서 말한 "영원히 붙잡을 수 없는 근원인 나"는 될 수 없다. 이 짝사랑은 이뤄질 수 없기 때문이다. 그러나 그것은 근원을 붙잡기 위해 '영원히 움직이는 나'이다. 『회색인』

의 독고준은 '생활'의 차원에서 무기력한 존재였으나 그를 벗어나는 '순간'에 대해 알았고, 장편 『서유기』의 독고준은 '영원히 움직이는' 실천력이 잠재해 있는 나와 마주하게 되며 이것이 그가 찾은 '금화'이자 경전일 것이다.

구재진의 연구에서는 장편 『서유기』의 결말에서, 문 저편의 소리를 듣고 그 여름을 향한 문을 기대하고 열었는데 독고준의 방문이었다는 점에서 여행 목적을 이루지 못한 것으로 해석했다.[78] 그러나 그것은 독고준의 방문이어야 한다. 자신에 대한 초대를 한 것이 자신이라는 점을 안 새로운 자신이 시작되기 때문이다. 독고준은 이러한 여정의 처음과 마지막에 '부끄러움'을 반복하여 느낀다. 그러나 그 의미는 다르다. 처음에는 타인들의 법정에서 죄인이 된 부끄러운 현장으로 인한 것이었지만, '서유' 여정을 통과한 그가 느끼는 '부끄러움'은 다른 차원이다. 그는 『회색인』의 결말에서 출발했던 이유정의 방에서 물러나와 자신의 방에 도착했다. 그리고 그 사이 '회색인'으로 자신이 가지는 잠재성을 마주했으므로 이제 그가 기댈 것은 이유정이라는 타인이 아니라 자신이어야 한다. 그래서 그는 이유정의 방에서 "문간에 얼어붙은 것처럼 섰다가 그대로 물러나왔"던 것이다. 그리고 독고준은 보이지 않는 밤을 유리창 너머로 내다본다. 이제 독고준은 유리창 너머 — '현재' '여기' — 에서도 서유를 계속하게 될 것이다.

이러한 끝없는 반복 구조를 정신분석학을 통해서도 해명할 수 있다. 이러한 연구에서는 반복의 '굴레'에서 벗어날 수 없음을 아는 것 자체에 주목한다.[79] 그러나 본고에서는 어떠한 의미를 생성할 수 있는 반복이 가진 잠재성에 주목하고자 한 것이다. 또한 최인훈의 텍스트가 한 개인의 의식과 무의식의 차원이 아니라 역사라는 중층을 반복해서 탐사하기 위해서라는 더 큰 목표를 가지고 있다는 점을 정신분석학적인 연구를 통해서는 포괄하기 어렵다. 앞에서 벤야민이 기억하기를 통해 과거의 역사를 구원하고자 했던 것처럼 최인훈의 『서유기』에서 구원을 기다리는 것은 독고준 혼자가 아니다. 이는 오승은의 『서유기』가 삼장 개인의 힘으로 달성될 수 없는 여정이라는 것에서도 알 수 있는데 이에 대해 마지막으로 살펴보고자 한다.

장편 『서유기』에서 독고준이 나의 근원에 끝내 다가설 수 없지만 계속 움직여 나가는 것은, 중편과 오승은의 『서유기』에서 경전을 얻기 위해 계속 나아가는 것과 대응된다. 그런데 이 길은 혼자서는 갈 수 없다. 오승은의 『서유기』에서 인물들은 여러 번의 생을 살며, 그 각각의 생애는 서로 밀접하게 연관되어 있고 각 세계에서의 인연 또한 다른 세계에서도 유사하게 이어진다.

> "너희들이 어찌 알겠느냐? 그 스님(삼장법사 — 인용자)은 금선자金蟬子가 환생한 분으로, 서천의 성스러우신 여래불의 둘째 제자니라. 나와 그분은 오백 년 전에 우란분회盂蘭分會에서 알게 됐는데, 그분이 나(진원대선 — 인용자)한테 직접 차를 대접해주었단다. 불제자가 나에게 차를 대접했고,

바로 이 연고로 친구가 된 것이란다." (오승은, 『서유기』 2권, 117면)

이러한 인연의 반복은 「구운몽」의 독고민과 숙의 관계에서도 확인되며 이는 김만중의 원작에서도 동일하다고 하겠다. 인연은 '서유' 과정에서 중요한 요소이다. 손오공 없이 삼장법사는 목적지에 도착할 수 없었을 것이기 때문이며, 삼장법사 없이 손오공은 죄를 씻을 수 없기 때문이다. 그리하여 '서유'는 혼자 가는 여행이 아니다. 각각의 자리에서 할 몫이 있다. 오승은의 작품의 결말에서 부처는 삼장법사 일행(삼장법사, 손오공, 저오능, 사오정, 백마) 한 명 한 명의 이력을 훑고 직책을 수여한다. 그들이 걸어온 길이 그들을 해탈에 이르게 한 것이다.

이렇게 서유를 함께하거나 그들 일행과 마주침으로 인해 — 긍정적이든 부정적이든 — 삶의 변화를 맞는 존재들은 최인훈의 장편 『서유기』에서 독고준과 마주치는 여러 인물들에 비견될 수 있다.

그렇다면 최인훈의 두 '서유기'에서 인물들은 어떠한 만남을 가지는가. 삼장법사에게는 일행뿐만 아니라 방해꾼이 있는 것처럼, 최인훈의 '서유기'에도 가려는 자와 막으려는 자가 마주친다.[80] 오승은과 최인훈의 '서유기' 도상에서 만나는 자들은 선의로든 악의로든 여행하는 자를 붙잡아 머물게 하려고 한다.[81] 이들은 서유하는 자들을 붙잡아 자신의 구원을 꾀한다는 점에서 공통적이다.

> 자네(독고준 — 인용자)를 만나야 우리(역장과 역무원들 — 인용자)는 옳은 귀신이 될 수 있단 말일세. 나와 내 부하들의 업(業)을 건지려면 자네는 세상에 나가서 더러워지고, 슬픔으로 살찌고, 외로움으로 뼈가 굵어야 했거든… 우리는 그러면 좋은 곳으로 가는 거야, 풀려서, 우리를 풀어주게. 그 자리에 가만히 서 있게. ((장편)『서유기』, 99면)

독고준이 기차를 타고 떠나는 것을 막고자 역장과 역무원들이 설득하는 부분이다. 「구운몽」에서 독고민을 쫓음으로 그를 움직이게 한 사람들도 이런 맥락에 있다. 붙잡으려는 이들은 오히려 독고민과 독고준을 계속 움직이게 만든다는 점에서 공통적이다. 중편 「서유기」와 오승은의 작품에서 삼장법사 일행은 자신들을 붙잡아 놓으려는 여러 사람들과 요괴들을 만난다. 때로는 이들의 유혹에 지체되기도 하지만 손오공은 자신들이 계속 가야한다는 것을 알고 있다. 장편 『서유기』의 독고준도 이러한 어려움을 이겨내는데 그것은 앞에서 보았듯이 "나 자신에 대한 책임"을 잊지 않기 때문이다.

이러한 방해자들은 오승은 『서유기』의 요괴처럼 죽으면 정체를 드러내거나, 정체가 드러나면 사라진다는 점에서 흥미롭다. 오승은의 작품 속 인물들은 적과 마주하면 먼저 자신이 누구인지와 자신이 가진 무기가 무엇인지를 구구절절 밝힌다. 그리고 주요 인물의 내력이 작품 속에서 여러 번 반복하여 소개된다. 뿐만 아니라 요괴를 물리치기 위해서는 그 요괴가 누구인지를 알아야 한다. 힘이 센 요괴들은 천상의 인물이거나 사물이 지상으로 내려온 경우인데 자신이 누구인지를 깨닫게 함으로써 제자리로 돌아가게 하는 것이다.[82] 그리하여 손오공은 그 요괴의 무기 — 천상에서 주인 혹은 자신이 사용했던 것이 변한 것 — 를 통해 그 요괴의 정체에 대한 실마리를 풀어간다.

오승은의 『서유기』에서 가장 중요한 것이 이러한 방해자들을 처치하는 것이며, 그러한 반복이 작품에 대부분을 차지한다. 최인훈의 장편 『서유기』에서 독고준의 길을 늦추는 인물들 중에는 주지하다시피 역사적인 실존 인물들도 포함되어 있다. 그러나 오승은의 작품에서 방해자들은 정체가 노출되면 자신의 자리로 돌아가며 사라지는 데 반해, 최인훈의 『서유기』에서는 그들을 묻힌 과거의 역사 속에서 되살리는 데 목적이 있다는 점에서 차이를 보인다.

벤야민에 따르면, 유년 시절의 이중적 이미지의 궁극적 의미가 밝혀지는 것은 고독한 개인의 회상 속에서가 아니라 집단적 차원에서의 역사적 깨어남에서이다.[83] 이를 참고해서 최인훈의 텍스트를 분석해보도록 하겠다.

> "… 네, 저를 구해주세요, 어둡고 괴로운 이 마굴에서 저를 풀어주세요." 그녀(논개 — 인용자)의 화사하고 어글어글한 눈에서 눈물이 솟아올라 풍성한 빰을 타고 툭 굴러내렸다. 독고준은 가슴이 막혀서 무어라 말을 할 수가 없었다. ((장편)『서유기』, 49~50면)

위의 인용은 몇 백년 동안 일본 헌병들에게 고문받고 있던 논개가 자신을 데리고 나가달라고 애원하는 부분인데 독고준은 자신을 움직이게 하는 힘, 그 여름으로 가야 한다는 이유로 거절한다. 이러한 논개와의 장면은, 오승은의 『서유기』에서 여자 요괴들이 자신의 어려운 처지를 호소하며 삼장법사의 연민을 불러일으켜 그를 붙잡아두고자 한 것과 비슷하다. 그러나 이 요괴의 사연은 현혹되지 말아야 할 거짓인데 비해, 최인훈의 장편 『서유기』에서는 이들이 독고준을 만나 자신의 사연을 풀어놓는다는 것 자체가 중요하다.

이렇듯 과거의 실존 인물들의 이야기를 들려준다는 점은 최인훈의 장편 『서유기』에서 가장 주목받아 온 특징 중 하나이다. 이를 역사를 소환하는 것으로 보고 현재의 문제를 환기하며 비판하기 위한 전략[84]으로 볼 수도 있을 것이다. 그러나 현재를 판단하기 위해 불러오는 것이라면 이들과 관련하여 이미 검증된 역사적 자료를 가지고 오는 것이 더 나을 것이다. 그러나 독고준의 서유라는 허구적 상황 안에서 이들이 새로운 목소리를 내고 있다는 점에 주목해야 한다. 이들은 현재를 에둘러 말하기 위해 소환된 과거라기보다, 과거 그 자체의 목소리를 내게 하기 위한 역할극을 하고 있는 것으로 보이기 때문이다.

그렇다면 최인훈이 이들의 목소리를 들려주고 있는 이유는 무엇인가. 이경림은 『회색인』에 대한 논의에서, 독고준이 픽션의 인물을 통해 자기를 정립하려 하는 동시에 텍스트 바깥의 자기를 구성하려한다고 설명한 바 있다.[85] 구재진은 독고준 개인의 실존적 기억하기 형식 속에서 역사적 기억하기가 이루어지며 이 둘 모두 '정체성의 근원'에 대한 질문이라고 평가하였다.[86] 조선희는, 오승은의 『서유기』가 앞을 향해 전진하는 데 반해 최인훈의 세계는 과거로 회귀이며 개인사적 여행과 민족사적 여행에 대한 이중회귀라고 보았다. 최인훈의 장편 『서유기』에서 개인사적 여행과 민족사적 여행은 서로 밀접하게 얽혀 있기 때문이다.[87] 이러한 연구들은 이 작품에서 자신과 역사에 대한 탐색이라는 두 흐름이 밀접한 관계를 가진다는 것을 지적했다는 점에서 의미를 가진다.

이 문제를 풀어가기 위해 중편 「서유기」를 함께 보자. 이 작품에 대해 작가는, '소설로 쓴 소설론'이라고 하면서 자기 문제를 풀기 위해 분신을 만들어내는 손오공이 소설가와 닮은 일을 하고 있다고 말했다.[88] 그렇다면 '서유기' 두 편을 통해 소설가 최인훈은 무슨 일을 하고 있는가. 서유하는 인물이 만나는 존재들이 역사 속에서 되살아나고 과거가 목소리를 얻게 되는 것이다. 그렇기 때문에 이 필름에 '한국'이나 '조선'이라는 이름이 붙은 것이리라.

이에 대해 탈식민적 기억하기라는 관점에서 볼 수도 있다. 이러한 연구에서는 한국의 식민지 체험에 대한 근원 탐구로 보거나[89] 식민화의 폭력을 드러내는 한편 적대적 과거를 친숙하게 만들어 궁극적 화해를 시도하는 것으로 평가했다.[90] 그러나 이 텍스트들이 식민지 시기보다 더 넓은 범위를 다루고 있으며, 과거가 극복의 대상이라기보다 구원의 대상이라는 점에서 본고에서는 다시 벤야민의 역사철학을 참고하고자 한다.

벤야민의 메시아적 시간관에서 죽은 자들은 죽음으로 끝난 존재가 아니라 메시아가 오면 다시 평가받을 사람들이다. 벤야민은 기억하기를 통해 과거의 목소리를 듣고 그를 구원하는 것이 역사가의 할 일이라고 강조했다.

이와 관련해 마지막으로 주목할 점은 과거가 독고준의 기억 속에서 흘러나와 이야기가 된다는 것이다. 유년 시절 독고준의 토론회 원고에 등장했던 이순신과 논개가 W시로 가는 독고준을 만나 자신의 목소리를 내고, 기억 속에 있었던 움직이는 배와 구더기 산도 책 속 이야기가 되어 살아난다. 이야기라는 형식으로 되살린다는 점에서 소설가 최인훈의 '신외신(身外身)법'이라고 하겠다.

> 소설의 주인공에 대해서 그것이 작가의 분신이라는 말을 한다. 손오공도 자기 문제를 풀기 위해서 분신을 만들어낸다. 그들은 서로 닮은 일을 하고 있다. 다르다면 손오공은 현실에서 그렇게 하고 소설가는 상상想像 속에서 그렇게 한다는 점이다. 손오공의 작자는 자기가 하는 일의 거울로서 손오공을 창조한 것이다. 「서유기(西遊記)」는 소설로 쓴 소설론이다. (〈중편〉「서유기」, 262면)

과거가 현재에 그대로 재현 혹은 재연될 수는 없지만 '현재' '여기'를 축으로 하지 않는 다른 세계에서라면 그들의 분신을 되살릴 수 있기 때문이다. 벤야민이 말한 '집단적 차원의 깨어남'과는 다르지만 역사를 구원하기 위한 적극적인 창작 실천방법이라는 점에서 고찰할 필요가 있다. 이러한 창작 방법을 통해 어떠한 집단이 어떻게 구원받을 수 있는지에 대해서는 더 깊은 논의가 필요할 것이다.

그러나 문인들, 사업가들, 무용수들, 혁명군 등의 집단의 목소리를 들려주었던 「구운몽」과 실존했던 개인들을 불러와 그들의 목소리를 발굴하고 있는 『서유기』 모두 한국 화석을 보여주는 필름으로 호명된다는 점에서 역사적 개인의 분신들을 되살려 역사를 구원하고자 한 최인훈의 작가의식을 주목하지 않을 수 없다. 이 텍스트들에는 조선부터 4·19까지의 시간이 흐르고 있기 때문이다.

5. 결론

지금까지 최인훈의 소설 중에서 '기억'과 '반복'을 통해 과거의 잠재성을 탐색하고 있는 텍스트들을 함께 읽고 분석해보았다. 『회색인』에서 '회색인'의 존재가 가지는 잠재성의 일단을 보여주었다면 그 존재가 과거를 만나는 기록이 「구운몽」과 장편 『서유기』에서 펼쳐진다. 또한 그동안 제대로 연구되지 못했던 중편 「서유기」와 그 바탕을 이루는 오승은의 원작을 함께 참고할 때 이 텍스트들에서 새로운 존재와 시간론이 탐색되고 있음을 알 수 있었다.

이를 위해 일방향적인 시간관을 탈피하고자 했던 베르그송과 들뢰즈의 과거에 대한 인식과 '기억' 개념을 통해 새로운 차이를 생성해내는 잠재성의 개념을 참고하였다. 또한 다른 면에서 과거와

‘기억하기’에 주목한 벤야민의 역사철학적 인식을 통해 최인훈 텍스트에 나타난 구체적인 지점들을 분석하고자 했다.

최인훈은 『회색인』을 통해 ‘회색인’이라는 존재를 현실의 틀 안에서 보여주었다. 그러나 그 존재는 단순히 무기력한 외부자로서 그치는 것이 아니라 현실이 아닌 다른 곳을 지향함으로써 ‘서유’를 떠날 수 있는 잠재성을 가진 존재이다. 「구운몽」에서 거듭하여 꿈을 꾸는 것도, 『서유기』에서 서유를 떠나는 것은 이들이 ‘회색’의 자아이기 때문인데 이는 벤야민의 ‘문지방 영역’ 개념을 통해서도 설명될 수 있다. 이들은 현실의 힘에 의해 ‘희생양’이 되지만 오히려 그러 인해 과거로 떠날 수 있게 된다.

이 텍스트들에서 ‘과거’는 누층적으로 쌓이며 매 순간 현재와 닿아 있다. 과거로의 ‘서유’는 기억을 반복하는 것을 동력으로 삼아 이루어지며 그로 인해 새로운 의미가 생성된다. 그 의미 중 하나는 진정한 자기를 발견하는 것이다. 기억의 두께 속에서 개체의 통일성을 지킬 수 있는 힘에 대한 문제도 제기된다. 그리고 붙잡을 수 없는 나의 근원을 붙잡기 위해 ‘영원히 움직이는 나’의 서유가 지속된다. 그 과정에서 여러 유혹을 물리침으로써 해탈이자 구원에 도달하고자 한다.

최인훈의 『서유기』 세계에는 구원을 얻고자 하는 인물들이 등장하고 그중에는 역사적 실존 인물들도 포함된다. ‘서유’하는 인물과 마주치는 존재들이 역사 속에서 되살아나고 과거가 목소리를 얻게 된다는 점에서 벤야민이 강조한 역사가의 임무를 연상시킨다. 그렇기 때문에 「구운몽」과 장편 『서유기』는 서사의 표층에 '한국'이나 '조선'이라는 필름의 이름을 부여받은 것으로 볼 수 있다.

본고에서 주목한 '반복'은 텍스트 내에만 머무는 것이 아니라 텍스트 사이를 거쳐 최인훈 문학의 흐름을 형성한다는 점에서 적극적으로 평가하고 본고에서 다루지 못한 텍스트들에까지 확장하여 살펴볼 필요가 있다. 발 내디딜 곳을 찾지 못했던 『광장』의 이명준으로 끝나는 것이 아니라 새로운 시간과 장소를 살아가는 「구운몽」, 『서유기』로 이어진 이러한 소설가의 '신외신법'은 마지막 작품인 『화두』에서까지 '기억'의 변주로 지속되고 있기 때문이다.

망명자의 정치 감각과 피난의 기억[1]

서세림(광운대학교 강사)

1. 『서유기』 독해의 새로운 방법

최인훈은 한국 문학사에서 가장 지적인 작가 중 한 명으로 손꼽힌다. 그의 대표작이라 할 수 있는 『광장』을 중심으로 많은 연구가 집중되어왔는데, 그 외에도 작가는 다수의 문제적 작품들을 발표해왔다. 특히 관념적이고 환상적인 경향의 작품들의 경우 텍스트의 난해성으로도 유명하며, 그중에서도 『서유기』는 가장 난해한 것으로 평가된다. 전통적 소설 개념의 외피를 완전히 벗어던진 듯한 파격적이고 해체적인 형식 실험을 통해 끊임없이 제시되는 관념과, 환상 속에서 반복적으로 조우하는 역사적 인물들의 형상은 독자에게 낯선 감각을 느끼게 한다. 주인공 독고준의 환상을 따라가는 지난한 여정은 합리적 사고 체계의 범주를 넘어서고 있는 것처럼 여겨지기 때문이다.

작가의 다른 작품들에 비하면 많지 않은 편이지만, 『서유기』의 독해를 위한 연구는 나름대로 지속되고 있다. 우선 이 작품의 실험적 형식에 대한 연구들은 주로 패러디와 구조의 의미 등에 주목한다. 이 작품에서 패러디를 채택한 이유와 그 구조의 성격, 의미 등을 파악하여[2] 패러디를 통한 고전 형식의 차용은 작품의 난해성을 상쇄시켜 구조적 안정감을 줄 수 있음을 밝히며, 여행 구조를 통해 형식의 자유로움을 한층 더 보장받을 수 있음을 논하였다. 방송의 소리 형식 차용이나[3] 에세이적 서술 방식,[4] 서사 형식의 해체 기법[5] 등 작품의 새로운 기법적 측면을 이해하기 위한 분석도 이루어졌으며, 이러한 기법적 특성이 다성성의 측면으로 언급되기도 하였다.[6] 이에 차후의 연구에서는 기법의 천착을 포괄하여 더 나아가야 할 필요가 있다. 기법 탐구의 측면을 넘어, 그러한 난해함의 근본적 원인에 대한 고찰이 이어져야 하기 때문이다.

또 다른 시각으로 이 작품의 난해성을 해명하기 위하여 정신분석학적 방법론이 제기되거나[7] 환상성을 중심으로 분석되기도 하였다.[8] 또한 유년기 기억의 의미를 중심으로 해석하기도 하고,[9] 탈식민주의적 관점으로 접근하는 논의들과[10] 최인훈 소설의 자기 반영성의 근간을 파악하고 역작 화두에 이르기까지의 내적 연관성을 고찰한 논의도 주목된다.[11] 이를 토대로 이후의 논의에서는 보다 종합적 관점이 요구되는데, 유년 체험에 대한 탐구를 넘어서서 여정의 목적과 방향 자체에 대한 탐색이 필요하다고 할 수 있다.

앞서 살펴본 바와 같이 기존의 논의들은 대체로 패러디 구조와 환상성 자체에 집중하면서 그러한 구조를 배태시킨 작가적 사유의 근원적 측면에 대해 분석하는 데에는 상대적으로 깊이 나아가지 못한 측면이 있다. 또한, 환상의 이면에 깊이 뿌리내리고 있는 월남민이자 피난민으로서의 강력한 자의식에 대한 부분도 마찬가지이다. 따라서 본고에서는 이 작품의 난해함의 근거가 되고 있는 환상성의 출발이 어떠한 연유로 인한 것인지를 근본적으로 살피고, 거기에서 더 나아가 월남민 출신 불안정한 망명자의 관점으로 세상을 바라보는 작가의 시각이 소설 속에서 어떠한 담론으로 형상화되고 있는지를 구체적으로 분석하고자 한다. 이는 작가의 다른 작품들에서도 지속적으로 탐구되는 중요한 주제 중의 하나이다. 『서유기』는 그와 같은 작가의 정치 감각을 드러내며 그 핵심에 놓여있는 중요한 작품으로서 의미를 갖는다. 또한 이 작품에서 결국 도달하고자 하는 W시라는 공간이 지니는 의미를 '헤테로토피아'의 개념으로 이해하여 새로운 관점에서 상상적 공간의 기능을 탐구해보고자 한다.

정치적 갈등 상황 속에서 강제적 이동을 경험한 월남민이자 피난민으로서의 작가의식은, 최인훈이 등단 이후 지속적으로 소설을 통해 드러내고자 한 관념 세계의 한 중심이 되어 왔다. 그렇기 때문에 전후 한국 사회의 현실에 가장 이지적이고 문제적인 반응을 보인 작가로 꼽히는 최인훈의 작품세계를 이해하기 위해서는 이러한 경계인의 정치 감각에 대한 이해가 반드시 필요하다고 할 수 있다. 따라서 본고에서는 그러한 정치 감각의 총화로써 기능하는 작품 내 환상의 파생 지점에 대해 먼저 살피고, 나아가 그러한 감각의 원류에 어떠한 사유가 기능하고 있는가를 고찰하였다. 이를 통해 경험적 세계의 고난과 현실을 직시하고 관념의 모험을 펼치는 환상 여행의 의미를 탐색하였다.

2. 능동적 공간과 회귀적 시간 — 환상의 탄생 지점

잘 알려진 바와 같이, 『서유기』는 전작인 『회색인』의 후속 작품의 성격을 갖는다. 주인공 독고준이 이유정의 방을 나오는 『회색인』의 마지막 부분에서 『서유기』는 시작된다. 독고준이 자신의 방으로 돌아가기까지의 짧은 순간이 바로 『서유기』 전체의 시간적 배경이 되며, 계단을 올라 자신의 방으로 향하는 짧은 거리가 실질적인 공간적 이동의 전부이다. 새벽 2시, 독고준이 이유정의 방을 나와 자신의 방에 돌아가기 위해 계단을 오르면서 상념이 시작된다. 독고준은 자신을 기다리는 낯선 사내들에게 체포되어 어디론가 끌려가는데 그곳에서 일본 헌병에게 끌려갔다 붙잡혀 고문당하고 있던 논개를 만나, 그를 기다리고 있던 그녀의 청혼을 받지만 거절한다. 그 후 그곳을 빠져나와 기차역에 도착하는데, 그곳은 바로 '석왕사'라는 역이다. 석왕사의 역장은 계속해서 독고준에게 현실에 안주하며 정거장에 머물 것을 요청하지만, 그는 거절하고 끝내 기차에 오른다. 기차 안에서 빈 좌석을 검문하는 헌병들과 역장을 다시 만난 그가 내린 곳은 다시 석왕사역이다. 석왕사역을 중심으로 독고준의 여행과 회귀는 계속되며 그 과정에서 논개를 비롯하여, 이순신, 원균, 조봉암, 이광수 등 역사 속의 인물들과 만나게 된다. 이렇듯 최인훈의 『서유기』는 독고준의 환상 속에서 매우 지난한 여행의 과정이 펼쳐진다.

주인공 독고준이 계단을 오르다 정체모를 괴한들에게 붙들려 환상적 관념 세계로 들어간 직후 환상의 공간에서 마주친 의사들과 간호사는 애초 인간의 형태를 지니고 있었으나, 독고준과의 대화 이후 어쩐지 책과 글의 형태로 변신한다. 원작인 오승은의 『서유기』에서 마치 요괴로 변신하듯 형태가 변형된 텍스트는, 결국 모든 것은 독고준이 그동안 읽어온 텍스트 속에 존재하는 것이라는 것을 상징적으로 보여주고 있다. 이 작품 속에서 현실 세계와 문학 세계는 이원화된 세계로서 드러난다. 어린 독고준에게 끊임없이 폭력과 억압을 가하는 현실 앞에서, 그는 문학 텍스트 속의 세계로 침잠하여 그곳에서 새로운 성을 쌓고 새로운 세계로의 길을 열었던 것이다. 그리고 그 새로운 세계는 이 작품을 이끌어가는 환상 여행의 한 기반이 된다.

> 한참 만에 세 사람은 거의 동시에 입으로 피를 쏟으며 의자에서 굴러떨어졌다. 그들이 마루에 쓰러지는 순간에 그들의 형체는 간 데 없고, 그 자리에는 세 권의 팸플릿이 놓여 있었다.[12]

모든 것이 갑작스럽게 변화하고 변신하는 상황 속에서 어떻게, 왜 그곳에 들어가게 되었는지 모르기 때문에 당연히 어디로 향해야 하는지도 모르고 있는 독고준에게 다가온 것은 갑작스럽게 되살아난 '운명'에 대한 기억이다. 그것은 이 작품 전체를 추동하는 힘으로 기능하게 된다.

> 방의 어둠에 눈이 익숙해지면서 그는 좀 더 자세히 자기가 갇힌 곳을 볼 수 있었다. 그때 그는 자기 발밑에 떨어진 한 장의 신문지를 보았다. 그것은 빛이 바랜 오래된 신문이었다. 그는 그것을 집어들었다. 그리고 불편한 손으로 받쳐들고 살펴봤다. 신문을 훑어가던 그는 가볍게 소리를 질렀다. 광고란에 자기의 사진이 있었던 것이다. 그곳에는 이렇게 씌어져 있었다.
>
> 이 사람을 찾습니다. 그 여름날에 우리가 더불어 받았던 계시를 이야기하면서 우리 자신을 찾기 위하여, 우리와 만나기 위하여. 당신이 잘 아는 사람으로부터.
>
> 그랬었구나, 하고 그는 기쁨에 숨이 막히면서 중얼거렸다. 그랬었구나, 하고 그는 거듭 중얼거렸다. 그는 이 광고를 낸 사람을 너무나 잘 알고 있었다. '당신이 잘 아는 사람으로부터'라구. 아무렴, 그는 너무나 벅차서 눈을 지그시 감았다. 폭음 소리가 들려온다. W시의 그 여름 하늘을 은빛의 날개를 번쩍이면서 유유히 날아가는 강철 새들의 그 깃소

> 리가. 태양도 그때처럼 이글거렸다. 둥근 백금의 허무처럼. 기체의 배에서 쏟아져내리는 강철의 가지, 가지, 가지. 그곳으로 독고준은 가고 있었다. 왜냐하면 학교에서 소집 연락이 있었기 때문에. 식구들의 만류를 뿌리치고.[13]

어두운 방에 갇혀 있다가 갑자기 무언가를 떠올리게 되는 계기는 다름이 아니라, 굴러다니던 신문지 조각이다. 그곳에서 독고준은 자신을 찾는 광고글을 보게 되는데, 그것을 통해 '그 여름', 즉 W시의 여름을 기억하게 된다. '그 여름'은 독고준이 학교의 소집 명령을 받고 나갔다가 포화 속에 휘말려 낯선 여인의 손을 잡고 방공호로 피신했던 기억 속의 그날이다. 그것은 독고준의 전 생애에 걸쳐 잊을 수 없는 원체험이 되었는데, 극한의 공포와 격렬한 충동 속에서 맞이한 그때의 기억을 이제 성인이 된 독고준이 다시 찾으려 하고 있는 것이다. 그리고 그는 곧 그것을 자신의 '운명'으로 인식한다. 그리고 그 '운명'을 향해 시공간을 가로질러 끝 모를 여행을 계속하는 것이 이 작품 전체의 구조이다. 시간이 멈추는 공간에서는 서로 다른 세계가 동시에 실현될 수 있다. 그 과정에서 독고준은 다양한 시공간을 가로지르고, 과거의 역사적 인물들을 만나 대화를 주고받는다. 식민지 시대 지식인과의 역사적 동질성을 느끼는 독고준의 심리를 전달하기 위해 과거의 인물들과의 조우와 대화가 이루어진다. 독고준은 식민지의 지식인들과 자신의 처지에 유사성을 느끼며, 그들과의 만남과 대화 속 담론에서 자신의 지적 안식처를 찾기 위한 탐색을 시도한다.

근대가 도래한 이래 개개의 체험을 묶어주는 가장 공신력 있는 의미망은 다름 아닌 '역사'였다. 역사는 일상의 시간을 초월하는 시간성으로, 일련의 기념비적 사건과 영웅적 인물들이 쉴 새 없이 교체되면서 민족이나 계급의 형성, 발전과 같은 장엄한 흐름을 이끌어간다. 개인 및 집단은 이와 같은 '역사적 시간'에 자신의 체험을 종속시킴으로써 민족이나 계급 등의 일원으로서 정체성을 획득할 수 있었다.[14] 그러나 식민이나 전쟁과 같은 폭압적 상황은 그러한 견고한 정체성에 위기 상황을 불러올 수 있으며, 우리 민족의 경우 그것은 실제로 식민지 시대 이후 지속된 역사적 상황이었다.

사실 역사는 전체만을 위한 것이 아니다. 역사의 시간이 흘러가는 동안, 개인의 삶 역시 진행된다. 온전한 '개인'이 되기 위하여, 폭력적·억압적 역사나 주의에 함몰되지 않기 위하여, 최인훈이 고안해낸 방법론의 한 끝에 이 새로운 시간과 공간의 환상이 놓여 있다. 이와 같은 신념을 위하여 독고준은 자신에게 열렬히 구애하는 논개의 청혼마저 거부하는 것이다. 수백 년간 논개를 감시하고 고문해온 일본 헌병조차, 민족적 관점에서 논개를 받아들이라고 종용하지만 그럼에도 불구하고 논개의 청을 거부할 수 있는 것은 독고준이 온전한 자신의 삶의 방향을 찾기 위한 여정을 진행하고 있는 중이기 때문이다.

그러나 그 여름은 그보다 더 힘세고 깊었다. 그는 앓는 소리를 내면서 무릎을 꿇었다.

"논개여, 나를 용서해주세요. 나는 하잘것없는 놈입니다. 난 아무것도 아닙니다. 난 아무 힘도 없습니다. 난 여기 오고 싶어서 온 것도 아닙니다. 저는 한 번도 당신의 가슴을 태우는 그런 높은 뜻을 지녀본 적이 없습니다. 저는 지쳤습니다. 저는 뭔지 모르고 사는 티끌 같은, 파리 같은, 하루살이 같은 하잘것없는, 아주 하잘것없는 존잽니다. 당신은 나에게는 너무 높습니다. 나는 당신 앞에서는 두렵습니다. 나는 제 한 몸밖에 아낄 줄 모르면서 살았습니다. 그런 자기를 변호하느라고 세상을 탓하기도 했습니다. 지금은 그럴 기력도 없습니다. 당신 같은 사랑의 천재 앞에서는 나는 쓰레기요 벌레입니다. 내가 어떻게 당신을 구합니까? 나는 지금 나 자신에 대해서나 이 세상에 대해서 아무 바라는 것이 없습니다. 단 한 가지를 빼놓고는 말예요. 그 한 가지란 지금 저를 움직이는 힘입니다. 저는 그 현장을 보고 싶어요. 그것은 저만이 아는 일입니다. 대단한 일이어서 말 못한다는 게 아닙니다. 그걸 입 밖에 내면 전 죽을 겁니다. 부끄럼 때문에. 제 영혼의 치부지요. 당신은 잔인하시지 않을 테지요. 벌레 같은 한 마리 사람에게 그의 부끄럼을 풀어놓으라고는 안 하실 테죠?"[15]

이러한 시각을 바탕으로, 이 작품에서는 직선적 이동이 아닌,

회귀하고 순환하는 것으로서의 시간 인식이 펼쳐진다. 그러한 시간의 인식하에서 기억의 공간이자 능동적 공간이며 상호작용하는 공간으로 독고준은 여행을 계속한다. 과거의 공간은 '현시점'과의 상호작용 아래 있으며, 따라서 현실과 상관없이 과거를 추적하는 게 아니라 현시점에서 다시 체험되고 배치되는 것이다. 유년 시절 겪었던 그 여름의 체험과 의미를 떠올리며 다시 길을 떠나는 독고준의 여정은 지금 재배치되는 기억을 통해 끊임없이 새로워진다. 갑작스럽게 낯선 여정에 뛰어든 독고준은 이질적이고 낯설게 느껴지는 시선을 통하여 물리적으로 선규정된 공간으로서의 의미를 뛰어넘는, 전에는 미처 보지 못했던 새로운 공간적 차원의 성격을 발견하게 되는 것이다. 기억이란 과거의 층위에 파묻혀 있는 것을 탈공간화하여 현재에 드러나게 함으로써 현재의 맥락 속에서 재공간화하는 것이다. 이때 기억이 체험된 것을 현재의 맥락으로 옮겨올 수 있는 것, 즉 재공간화할 수 있는 것은 물론 기억 행위가 현재적인 행위이기 때문일 것이다.[16]

이러한 관점에서는 시간과 공간에 대해 모두 새로운 구도로의 재배치가 가능해진다. 현시점과의 연관이라는 점이 중요하기 때문에, 이미 흘러가버린 것으로서의 어찌할 수 없는 수동적 역사가 아니라 대화 가능한 능동적 이해의 역사로 재탄생하고 있는 것이다. 현재나 과거가 단선적으로 존재하는 것이 아니라 끊임없이 상호작용하는 가운데, 이 작품의 핵심적 구조인 환상의 파생 지점이 있다. 어느 것 하나 고정된 것이 없기 때문에, 시간과 공간의 복수성은 상념의 자유에 힘을 실어주며 독고준이 보여주는 끝없는 평가 유보의 태도는 그러한 인식의 최대치를 보여줄 수 있게 하는 기능을 한다. 생물학적 시간이나 사회적 시간이 아니라, 관념적이며 환상적인 시간의 흐름 안에서 인물들은 내면의 목소리를 다양하게 드러내고 그들은 그것을 평가해줄 것으로 기대되는 독고준을 계속해서 찾고 기다린다. 그렇기 때문에 독고준은 이질적 시간과 공간을 매개해주는 의미를 갖게 되며, 정작 본인은 여행의 목적조차 수시로 망각하는 데도 불구하고 등장하는 모든 인물들이 독고준을 애타게 기다리는 것은 이러한 해명이 가능할 것이다.

작품 내에서 액자식으로 제시되고 있는, 어디로 가는지도 모르는 채 노를 젓는 선원들의 이야기나, 호랑이의 외피를 한 채 어디로 가는지도 모르는 채 전진하는 구더기들의 이야기는 역사적 방향성을 망각하거나 회피하려고 할 때 얼마나 어두운 결론이 맺어지는가를 보여주는 상징적 우화이다. 즉, 독고준이 지난 길마다 마주치는 모든 존재들은 그것이 '지금'의 독고준이라는 인물이 상상하고 회상하는 부분들과의 교집합에 의해 생성되는 것이며, 그렇기 때문에 그들의 담론은 독고준의 평가를 계속해서 요구하고 있는 것이다.

최초의 그 여름을 겪을 당시의 소년 독고준은 규율과 제도의 세계에 대해 민감한 의식을 갖고 있는 형태로 등장한다. W시의 여름, 전장의 포화 속에서 소집 명령이 떨어진 학교에 가고 싶지 않은 것이 본심이지만, 학교의 '규율'에 반드시 따라야만 한다는 것이 작품 속 소년 독고준의 생각이다. 그는 제도의 규율을 위반하지 못하는 인물인 것이다. 그리하여 그는 남들이 모두 학교의 명령을 회피하는 순간에도 혼자서 고지식하게 그 명령의 포화 속으로 걸어 들어간다. 그리고 그 포화 속은 곧, 이후의 환상 여행의 기반인 '그 여름의 폭음' 속이 된다. 이 긴 환상 여행 속에서 계속해서 과거의 인물들과 마주치는 독고준이 바라보고 향하는 것은 결국 미래의 길이며, 그렇기 때문에 미래의 길을 보기 위해서라도 독고준은 그 포화 속의 여름을 찾아 헤맬 수밖에 없는 것이다.

W시라는 공간에 대한 환상은 결코 현실을 떠나 존재하는 것이 아니다. 관계가 공간을 구성하는 것이다. 과거로의 역사 여행에서의 종착지가 결국 고향 회귀로 간다는 것도 그와 관련된 것이다. 인간의 공간은 총체적 경험을 바탕으로 구체적 현실성을 얻는데, 오랜 시간 동안 거주하며 우리는 그 장소에 대한 친밀성을 갖게 된다. 그러한 경험의 세계로부터의 갑작스러운 이탈이 바로 피난의 시작이다. 한 "세계의 중심"이 파괴될 경우, 다른 중심이 이전과는 다른 위치에 세워질 수 있고, 그것은 다시 "세계의 중심"이 된다.[17] 공간 자체가 어떠한가가 아니라 우리가 그 공간을 어떻게 보느냐, 어떻게 경험하느냐, 거기에 어떻게 속해 있느냐에 따라 공간은 모습을 달리하는 것이다.[18] 따라서 같은 공간으로 돌아가는 것처럼 여겨지는 W시로의 회귀가 사실은, 같지만 다른 공간, 이질적이고 혼종적인 공간으로 향해가는 것임을 이해할 필요가 있으며 그러한 이해로 나아가는 과정 자체가 바로 작가의 정치 감각의 총화라고 할 수

있다.

회상은 근본적으로 재구성된 것이며, 그것은 항상 현재에서 출발한다.[19] 최인훈의 『서유기』는 환상 세계의 체험을 다루지만 이는 현실 세계와 동떨어진 것이 아니라, 한국 현대사와 당대 현실의 문제와 깊은 관련이 있는 환상이다. 작가는 환상을 통해 한국 현대사와 현실 문제를 제기하고 진단한다. 그렇기 때문에 여정의 길에서 그 숱한 역사 인물들과의 조우가 이루어지는 것이며, 작품 속에서 그들의 목소리를 빌려 한국의 근현대사는 비판적으로 성찰된다.

그런 면에서 볼 때, 작중 독고준과의 만남에서 들려주는 이광수의 다음과 같은 고백은 매우 의미심장하다.

> 아무튼 아시아의 대부분이 서양 사람들에게 강점돼 있던 무렵에 그들 서양 사람들에게 싸움을 걸고 나선 일본의 모습이 그만 깜빡 나를 속인 거요. 나는 잊어버렸던 거요. 바로 그 일본이야말로 우리 조선에 대해서는 서양이었다는 사실을 말이오. 그렇게 쉬운 일을 잊을 수 있느냐 하겠지만 사실이니 어떻게 하겠소. 그때 내 눈에는 노예 소유자인 서양을 대적한 일본만 보였지 그 일본이 우리의 원수라는 사실은 보이지 않았소. 나 자신을 변명할 생각에서가 아니라 그때의 내 마음이 움직인 모양을 정확하게 따라가보고 싶은 것뿐이니 오해 마시오. (…) 민족이란 것은 결국 '나'인데 이 나를 버린 세계가 진정한 문화적 세계가 아니겠는가

하는 것이오. 이왕 일이 이렇게 되었으니 이 운명을 어떻게 하면 최대한 이용할 수 있는가 하는 것이 내 괴로움이었소. 내가 발견한 해결은 비록 내 손으로 버린 '나'는 아닐망정 사후에라도 그것을 생각하고 마음먹기에 따라서는 스스로 버린 나, 민족적 해탈이라고 볼 수 있지 않겠는가, 나를 버리는 데 내 살 길이 있다, 이렇게 생각하고 나는 창씨개명했던 것이오. 버리려면 철저히 버려야 한다, 이게 내 생각이었소. 이렇게 더듬다 보니 이것 역시 내 마음이 허한 탓이었소. 만일 자기의 '나', 만족의 '나'에 대해 자신을 가진 사람이라면 그것을 버릴 수는 없을 것이니, 나는 결국 우리의 '나'를 업수이 보고 우리의 '나'가 세계에 내놔서 능히 통한다는 자신이 없었던 게 분명하오. 또 그때 내가 동조동근설을 진심으로 믿고 있어서 일본과 하나가 되는 것은 결코 나를 버리는 것이 아니라고 생각했다 치더라도 자신이 있었으면 대한제국 속에 일본이 들어왔어야 옳다고 생각해야 됐을 텐데 그렇게 못 한 것은 역시 내 맘이 허했던 탓이오. (…) 그때 나는 절망하고 있었고. 절망한 노예가 사슬에 묶인 자기 몸이 연화대 꽃자리 위에 올라앉아 염주를 손목에 걸고 있는 것이라고 환상한 것이오. 나는 시세가 이미 그른 줄 알았었소. 일본의 굴레에서 빠져나가기는 이미 그른 줄 알았었소. 내게 보였던 그 모든 허깨비들은 실상 시세가 다 그른 줄로 판단한 내 허한 마음에 들끓는 귀신들이었소. 나는 희망은 이미 사라졌고 운명의 고리는 닫힌 것으로 알았소. 조선민족은 요동할 수 없는 굴레 속에 영원히 갇혀버린 줄 알았었소. 내 식견이 모자랐던 탓이오. 일본제 빅터 5구짜리 라디오 하나가 세계로 통한 나의 창문이었소. 그 창문에서는 富士山과 조선총독부밖에는 보이지 않았소. 아아 단파 수신기 하나만 있었더라도(이광수는 가슴을 쥐어뜯었다), 그놈 하나만 있었더라도 이 천추에 씻지 못할 잘못을 저지르지 않았을 것을. 미친 시대 속에서 한 인간의 슬기는 보잘것이 없었소. 나는 지쳤던 것이오. 내 조국의 광복을 기다리다가 나는 지쳤던 것이오.[20]

실제의 이광수에게 결코 듣지 못할 이야기이겠으나, 독고준의 관념 여행 속에서 이광수의 이러한 고백은 작가의 정치 감각이 닿는 최대치의 상상력을 보여준다고 하겠다. 반쯤 자포자기의 심정으로 괴로워하는 이광수의 모습을 일본 헌병이 바라보고, 그러한 일본 헌병이 바라보는 이광수의 모습을 독고준이 바라보는 속에서 이광수의 담론은 자신의 판단력과 정치 감각의 오류의 원인을 조급한 열정과 시대적 맥락 속에서 찾고 있다. 이는 작품 내에서 상대적으로 적확한 정치적 판단력을 지닌 것으로 평가되는 조명희의 대응과는 정반대의 양상을 보이는 것인데, 망명자의 길을 선택해 적극적으로 시대에 대응하고자 했던 조명희의 삶은 이광수의 선택과 비교되며 간접적으로 독고준의 의지를 드러낸다. 마땅히 "일본의 천하가 되어가는 줄로만 안" 이광수의 선택은 조명희의 망명과는 달리, 국내에서 "설교하고 예언하고 가르치려고" 하는 것이었다. "상해나 만주에 간 사람들이 이루지 못한 일을 나는 앉아서 일거에 이루어버리자는 생각"[21] 자체가 허영이었음을 고백하는 이광수의 처절함은, 오로지 이 관념의 세계에서만 가능한 상상력이다. 패러디의 외피를 쓴 이 여정의 길에서 만난 이광수는, 작가의 이성적 관념을 대변해주는 고백을 대신 들려주며 이 실현 불가능한 환상의 목적지로 인도한다.

3. 망명자의 환상 속 반복되는 혁명 — 비판 없는 자아의 자아비판

독고준은 W시에 가야 하는 목적을 모르는 상태로 여정을 시작했다. W시로 가는 길은 우리의 근대사, 역사를 온전히 되짚어 가는 길과 가깝다. 그만큼 정신없이, 피동적으로 당해온 역사의 성격을 드러내고 있는 것이다. 독고준은 역사를 되짚어 보는 과정에 참여하고 있는데, 그것에 대한 판단의 과정이 아직 수반되지 않은 상태이기 때문에 목적을 분명히 언급하지 못하고 있는 것이다. 그럼에도 불구하고 환상 속의 인물들은 모두 한결같이 독고준을 기다리고 있다. 그들은 왜 독고준을 기다리는가. 단지 자신들의 언술과 사변을 늘어놓기 위해서라고만 보기에는 무리가 있다. 독고준은 계속 침묵하지만, 그들에게 독고준은 어떤 역할을 하는가 생각해볼 필요가 있다. 그들은 차라리 독고준의 이야기를 듣고 싶은 것이라고 하는 것이 옳을 것이다.

질문을 던지는 타자들과 대답을 요구받는 주인공의 대립 상황은, 내가 '미처' 모르는 나의 모습을 이야기하라는 강압적 상황, 자아비판회의 무대에서 극단적 고통을 불러일으키게 된다. '나'의 의도와는 상관없이 일방적으로 전달되는 이데올로기와 정보들에 대하여, 나는 그것을 '견디는' 형태로 수용할 수밖에 없었던 것이 과거의 고향에서의 현실이었다. 폭로와 자기 숙청이 혁명을 완성시킨다는 러시아 볼셰비키 당의 생각은[22] 북한 사회의 급변하는 상황 속에 여과 없이 수입, 투영되었던 것이다.

작품 속에서 지속적으로 재기억되는 "자아비판회"는 세계와 자아의 불화의 최대치를 보여준다. 체제에서 배제된 개인이 겪는 극한의 고통과 고독이 소년 독고준의 유년기 기억을 지배하고 있는 것이다. 공부도 잘하고 학교의 규율도 어긴 적이 없는 모범생이지만, 끊임없이 자아비판을 당해야만 하는 것은 그가 소부르주아의 아들이기 때문이며, 그 사실은 독고준이 결코 바꿀 수도, 어찌할 수도 없는 불변의 사실이라는 데 불화의 원인이 있다. 독고준의 생래적 환경 자체는 변하지 않았지만, 그를 둘러싼 북한 사회의 상황이 급변하면서 정치적 적대감의 시선에 맞닥뜨리게 된 어린 독고준의 현실은 고통스러운 것이었으며 월남 이후에도 지속적으로 그의 내면을 괴롭힌 기억이 되었던 것이다. 공동의 적이라는 사회 통합적 관념 앞에서 어린 독고준은 현실적으로 그것에 대항하기 어려운 나약한 주체였기 때문이다.

그것이 바로 소년 독고준이 겪어야만 했던 비판 없는 자아의 자아비판회인 것이다. 영민한 머리로 아무리 기를 쓰고 해답을 찾으려 해도, 어린 독고준은 결코 지도원 선생이나 북한 사회의 새로운 지도층이 원하는 해답을 내어놓을 수가 없는 상황이다. 급격히 변화하던 북한 사회와 학교 제도 속에서, 자아비판회를 이용한 권력담론은 그것을 수용하지 않을 수 없는 권력의 규칙과 직접적으로 연계되어 있기 때문에, 특히 규율과 규칙을 어긴 적 없는 어린 독고준에게는 더욱 더 큰 파장을 불러일으키게 되는 것이다. 권력의 규칙과 진실의 담론들이 밀접한 관계를 맺고 그것을 끊임없이 확대재생산하는 과정에서, 진실의 주체라고 할 수 있는 자아의 저항이 철저히 무시되는 상황의 불합리를 결국 끝까지 어린 독고준은 이해할 수 없으며, 그것은 이후 『화두』의 세계에서 스스로 이데올로기와 논리의 정합성으로 무장하여 그것을 독파하려 하는 시도로까지 이어지게 된다.

현실적으로는 결코 돌아갈 수 없는 고향이지만, 이 관념의 여행 속에서 결국 W시에 독고준은 다시 도달할 수 있게 된다. 그리고 여전히 소부르주아의 아들이자 망명자인 독고준은 성인이 된 자신의 눈앞에 이전과는 미묘하게 달라진 그 여름의 분위기를 느끼게 된다.

다시 돌아온 고향에서, 고향은 독고준을 반기지 않는다. 그 이유는 무엇인가? 바로 독고준이 끊임없는 새로운 '시작'과 영원한 '유보'의 능력을 갖고 있는 자이기 때문이다. 그것은 오로지 독고준만이 갖출 수 있는 정치 감각이고, 그렇기 때문에 독고준의 출현은

W시에 커다란 파장을 일으키게 된다.

실제로 작품 속 독고준의 여행은 매번 '새롭게' 되풀이된다. 즉 그는 끝없는 '시작'을 경험하는 인물인 것이다. 이는 곧 언제나 혁명이 예비되어 있는 상태와도 같다. 역장을 비롯한 많은 인물들이 독고준에게 현실적 안주의 달콤함을 속삭이며 그의 새로운 혁명을 방해하려 하지만, 독고준은 결코 새로운 시작을 포기하지 않는 선택을 보여준다. 역사적 사례에 근거한 권위도, 인정에 매달린 정서도 독고준을 잡지 못한다는 것은 그가 근본적으로 내재하고 있는 정치적 욕망의 철저함을 드러내고 있는 것이다.

망명자로서의 기억과 욕망은, 영원한 월남민이자 피난민의 신분인 그가 남한에 존재하고 있음으로 해서 의미를 갖는 것이다. 남한에서, 지금 현재 구성되는 기억으로서의 의미인 것이다. 아렌트는 무국적 혹은 망명자의 상태는 곧 정치적 의견을 제시할 수 있는 공간의 상실을 의미한다고 본다.[23] 자유 의지의 삶을 누리는 데 있어 정치적 의사 결정만큼 중요한 것은 없으며, 그것을 누릴 수 없는 상태는 이성적 고통이 배가되는 암울한 사회가 된다. 월남해온 피난민으로서의 삶으로 시작한 남한에서의 존재 양태가 이후에도 지속적으로 피난의 연장으로 여겨지는 상황이 최인훈의 작품에서는 반복적으로 나타나는 바, 이것은 작가의 특수한 정치적 상황이 사회적 현실과 맞부딪치면서 그만의 예민한 정치 감각을 형성해가는 데에 큰 영향을 주게 된다.

> 위기에서 한 나라가 힘을 유지하려면 국민의 대부분이 그 위기 속에는 자신의 책임이 들어 있음을 실감하고 자기의 의무를 수행할 자연스러운 느낌이 있어야 합니다. 만일 그렇지 못하면 그것이야말로 위기입니다. 지금 우리가 해야 할 일이란 우리 국가가 내세우고 있는 정치적 자기동일성의 형식적 조건을 회복하는 일입니다.[24]

"정치적 자기동일성의 형식적 조건을 회복"하기 위해서 가장 필요한 것은 책임과 의무조차 자연스러운 것으로 여겨지는 합목적적인 정치적 상황 자체일 것이다. 정치적, 강제적 이동의 형태로 거주를 옮겨 온 상황에서, 이러한 망명자의 감각으로 최인훈은 적극적으로 정치 의식의 확대와 심화를 추구해왔다. 상실의 위기에서 건져 올린 간절한 의지에, 타자의 입장에서 이 사회에 유입된 월남민의 자의식이 합쳐지면서 이방인의 객관성과 정주민의 정치 감각을 동시에 추구할 수 있었던 데에 이 작가의 최대의 가능성이 있었던 것이다.

최인훈에 따르면 우리에게 망명의 역사는 조명희에서부터 시작된다. 「낙동강」의 세계를 구축해놓고, 남겨진 꿈을 따라 소련으로 떠난 이 작가는 신념을 따라 선택한 새 나라 소련에서도 버림받고 비운의 죽음을 맞은 미완의 망명가이다.

> 망명 후의 포석의 의미는 망명지에서의 그의 작가적 업적

과는 상관없이, 그의 망명 자체가 가지는 상징적 의미가 우리 문학사에서 중대한 의미를 지녀 보이는 데서 찾아야 할 것 같다는 것이 필자의 생각이다.
식민지 시대에 우리 작가들의 대부분은 국내에 머물렀다. 따라서 20세기 전반부의 우리 문학은 물리적으로는 식민지 권력의 울타리 안에서 생산되었다. 그것들은 헌병과 고등계 형사들의 감시와 탄압이라는 일반적 조건을 전제로 생산되었다.[25]

이러한 조명희의 망명은 상해임시정부의 목적의식과 그 궤를 같이 하는 것으로서, 억압을 피해 진실의 목소리를 내기 위한 최후의 수단으로서 의미를 갖는다. 작품 내에서 상해임시정부의 목소리는 방송의 형식으로 울려 퍼진다.

상해정부는 민족의 이름으로 정통을 주장합니다. (…) 우리는 적을 가지고 있었습니다. 암살할 대상을 가지고 있었습니다. 우리가 걸어야 할 길은 분명했습니다. 인간은 밥만 먹고는 못 산다는 것이 진리라는 것을 우리는 알고 있습니다. 동지 여러분, 지금은 초야에 묻혀서 실의의 나날을 보내고 있는 옛 동지들, 본인은 이 방송을 보내면서 비분의 눈물을 금할 길 없습니다. 해방된 조국의 천하는 국제 정세의 해괴망측한 변덕과 장개석 총통의 영향력 상실로 말미암아 인

> 간으로서 아무 쓸모없는 배신자들과 적의 치하에서 유유낙낙하던 소인배들의 손아귀에 떨어지고 말았습니다. 민족보다 이데올로기를 주장하는 강대국에 아부하여 그들의 어리석은 심부름꾼 노릇을 함으로써 자신들의 호구지책과 치부에 여념이 없는 무리들은 오늘날 조국을 두 토막으로 내어 쑥밭을 만들어놓고 말았습니다. 무릇 국가는 밥만 먹고 사는 것이 아닙니다. 국가의 기초는 도덕적 세력입니다.[26]

이러한 임시정부의 태도는 당시 우리 민족이 가질 수 있는 가장 본질적이고 올바른 정치적 태도였다는 것이 최인훈의 판단인데, 이는 다음의 인용에서도 드러난다. 마땅히 대표성을 부여받아야 옳았을 임시정부의 자격이 부인됨으로써, 우리 사회의 정치적 혼란의 원인이 되었다는 것이다.

> 막연히 해방 후에 자동적으로 자연히 혼란이 존재한 것처럼 생각하기 쉬우나, 만일 '임시정부'가 정부의 자격으로 환국하고 혁명정부로 집권하였더라면, 어떠한 '혼란'도 전혀 존재하지 않았을 것이다. (…) 따라서 미군정이 '임시정부'의 '정부' 자격을 부인한 것은, 우리 민족의 독립 투쟁을 통해 우리가 정당하게 주장할 수 있는 정치적 인격의 연속성을 부인한 것이 된다.[27]

작가 최인훈은 정치적 소재를 회피함으로써 정치로부터 초월하려 할 것이 아니라, 정치의 핵심을 돌파하여 정치를 극복하는 입장에서 문학이 영위되도록 힘쓰겠다고 말한 바 있다.[28] 정확하게 정세를 판단하고 상황을 이해하는 능력과 더불어 꼭 필요한 것은 도덕적 감수성을 겸비한 정치 감각이다. 그리고 그러한 감수성의 세계를 작가는 망명자들의 시각 속에서 찾고 있다.

4. 전이된 헤테로토피아의 의미

『회색인』에서 독고준이 현실과 타협하고 전 매부인 현호성의 집에 들어가고 난 후 고향의 가치가 상실된 듯한 기분을 느끼는 것은, 현실에서 결코 구현될 수 없는 고향, 즉 "영혼 속에서 이미 죽어" 버린 고향의 모습을 드러낸다. 『회색인』에서 독고준이 남한 사회에 유입된 후 월남민으로서의 자의식이 약화되어 가는 동시에, 타협의 형태로 자리매김하는 과정은 내면적으로 괴롭고 절망적인 포즈를 자아낼 수밖에 없었고 이상은 결국 현실의 앞에서 우물쭈물하게 만들었던 것이다.

그런데 이러한 현실을 뛰어넘어 모든 환상의 종착역이 결국은 회상이라는 점에 『서유기』의 문제적 지점이 있다. 이러한 공간 인식은 일찍이 푸코가 이야기한 바 있는 '헤테로토피아'로의 접근을 가능하게 한다. 푸코는 지금의 구성된 현실에 조화롭지 않은, 달리 말해, '정상성'을 벗어나는 공간 배치, 즉 있을 수 없는 장소로서의 유토피아가 실제 존재하는 경우를 헤테로토피아로 명명한다.[29] 공간은 더 이상 "죽은 것, 고정된 것, 비변증법적인 것, 정지된 것"이 아니라 살아있는 것, 역동적인 것, 다수적인 것이 되며, 무엇보다 관계들 속에서 위상학적으로 자리매김되는 공간이 된다.

독고준의 관념 여행 속 다시 도달한 W시는 과거의 공간이면서 현실과 섞여 있고, 실재 공간을 가리키기도 하지만 환상적이기도 한 공간이라는 점에서, 실재하면서도 현실의 외부에 있다는 점에서 푸코가 말한 "다른 공간", 즉 헤테로토피아와 닮아 있는 장소이다.[30]

헤테로토피아는 모든 것을 이분법적으로 분리하는 기존의 인식론을 해체하여 상반되고 이질적인 요소들이 공존하도록 한 관념의 공간을 의미한다고 볼 수 있다.[31] 그것은 현실과 허구를 이분법적으로 분리하는 기존의 인식론이 해체됨으로써 존재와 비존재가 허물어진 공간이며, 선형적 시간 구조 또한 해체되어 현재가 과거와 미래로 무한히 확장될 수 있는 가능성이 담겨 있는 공간이기도 하다. 이러한 이질적 요소들의 총합이 헤테로토피아인 것이다. 그러한 이종적 성격으로 인해 헤테로토피아는 일상화된 관습적 사물의 공간이 해체되고 복수의 공간, 복수의 배치가 구현 가능한 새로운 결합의 공간이 된다.[32]

따라서 회귀 불가능한 고향이 되어버린 W시를 헤테로토피아의 상상력으로 제시하고 있는 것은, 망명자이자 피난민인 현실을 딛고 선 작가가 환상을 통해 말하고자 하는 바를 드러내는 기반이 될 수 있다.

독고준이 다시 도달한 W시에서, 도시의 모든 존재들이 독고준을 낯설어하는 동시에 독고준도 낯선 도시의 풍경을 직시하게 된다. 특히 독고준의 발길이 닿는 장소와 건물마다 모두 철저히 파괴되고 무너지는 것을 알게 되는데, 이것은 매우 의미심장한 상상력이다.

> "W시 인민에게 고합니다. 간첩은 시내 곳곳 인민의 재산에 파괴적인 공격을 가했습니다. 간첩은 W역을 폭파하고 정치보위부에 공격을 가하였으며, 천주교당에서 학교 고개 사이에 있는 가옥들을 파괴하였습니다. 그는 이 모든 파괴 활동을 회상이라는 흉기로 범행하였습니다. 이 몰락한 부르주아의 회상은 비뚤어진 과거의 독으로 인민의 건강하고 올바른 현재에 대하여 보편성 없는 감상의 흙탕칠을 하였습니다. (…)"[33]

온갖 도저한 상상의 작업 끝에 『서유기』의 세계에서 결국 독고준이 회상 속의 대상인 W시에 돌아간다는 것, 그리고 그러한 고난의 끝에 닫게 된 고향의 장소들이 파괴되어 변이되는 것은, 회상과 상상의 교차를 통해 파괴되고 전이되는 헤테로토피아의 모습을 보여준다. 전쟁과 파괴된 도시가, 고향이 낯선 이미지를 드러내며 원형의 기억에서 멀어지듯이, 다시 돌아온 발걸음이 닫는 순간 무너져 내리는 W시의 이미지라는 것은 하나의 탈향이자 탈원형으로서 중요한 의미를 지닌다. 헤테로토피아로 상정되어 있던 W시가 전이되는 과정을 지켜보는 독고준을 통해 월남민으로서의 작가의식의 일단을 엿볼 수 있기 때문이다. 익숙하면서도 이질적인 공간이었던 W시에 대한 새로운 이해와 관념화가 가능해질 때에 비로소 이남 사회에서 독고준의 정치 감각은 온전히 기능할 수 있게 될 것이다.

기억은 재현될 때마다 번복되고 달라지는 것이며, 이는 현재의 시점을 중심으로 이루어진다. 독고준이 다시 돌아온 그곳은 "잘 알고 있다기보다 잊어버릴 도리가 없는 길"이지만, 동시에 새로운 역사로 진입하지 않을 수도 없는 길인 것이다. W시에 다시 돌아온 독고준은 어린 시절의 기억으로 끊임없이 자신을 괴롭혀온 자아비판회에 다시 서서 지도원 선생에게 '사랑의 부재'를 이야기한다.

지도원: 나는 동무가 훌륭한 소년단원이 되게 하기 위하여 동무의 과오를 고쳐주려고 노력하였습니다. 그것이 무서웠던가요?

독고준: 당신은 나를 사랑하지 않았습니다.

지도원: 당신은 인간이 인간을 사랑해야 한다고는 믿습니까?

독고준: 어떤 경우에는 그래야 한다고 생각합니다.

지도원: 어떤 경웁니까?

독고준: 그때의 저와 선생님 간의 사이 같은 것입니다.

지도원: 구체적으로.

독고준: 저는 선생님의 생도이지 죄수가 아니었습니다.

지도원: 누가 죄수라고 했습니까?

독고준: 선생님은 저를 적으로 생각했습니다.[34]

다시 마주친 지도원 선생에게 이제 더 이상 독고준은 우물쭈물거리지만은 않고 적과 적이 아닌, 선생과 학생의 관계를 논할 수 있게 된다. 과거의 기억을 다시 소구해서 그것을 전복하고자 하는 이 시도는, 독고준의 인생에 두 번째 맞이하는 재판이라 할 수 있으며 첫 번째 재판에서 언제나 유죄 판결의 자아비판형벌을 받을 수밖에 없었던 것과는 달리, '석방'이라는 판결을 받아낸다. 이는 물론 독고준이 비인(非人)이자 광인의 상태라고 변호해준 이성병원의 변론이 큰 역할을 담당한 것이지만, 그 불완전한 해명에도 불구하고 광기와 폭로의 틀 아래서 인간적 자유 의지가 실종되었던 당대의 북한의 정치 상황에 대한 심정적 비판의 목소리로 받아들일 수 있다. 이렇듯 달라진 인식을 보여줄 수 있는 것은, 그토록 찾아 헤맸던 W시의 전이를 독고준이 직접 지켜볼 수 있는 과정이 있었기 때문에 가능한 것이었다고 할 수 있다.

작품의 말미에서, W시라는 헤테로토피아가 파괴되어 소멸되어 가는 것을 바라보면서, 독고준 개인의 특수한 경험이 그것 자체의 폐쇄적 세계에만 은거하는 것이 아니라, 세계의 중심으로 점차 스며들어가고 있음을 알 수 있다. 이렇듯 헤테로토피아로 존재하던 고향의 건물들이 파괴되고 낯설게 변해가는 것은, 이데올로기적 허상의 종말이자 도피의 종말과 닿아있는 것이기도 하다. 역사에 잠식당하지 않는 자아로서, 독고준의 의지가 간접화된 것이다. 자신의 발길이 닿는 곳마다 건물들이 파괴되고, 헤테로토피아의 고향이 전이되는 것을 직접 목격할 수 있을 때, 독고준은 비로소 역사에 침식되지 않는 하나의 자아로서 살아남을 수 있다. 이 변이는 좌절이나 하강을 뜻하는 것이 아니다. 파괴된 고향의 장소들을 목도함으로써 비로소 강박적 기억에서 벗어날 수 있는 계기를 마련하는 것이다. 그리고 그것은 망명자의 새로운 정치 감각을 정립하는 과정으로 이어진다.

파괴를 통해 도피는 종말을 맞는다. 돌아왔음에도 닿을 수 없는 고향. 이것은 후에 역작 『화두』의 작업을 통해 20세기 세계의 역사를 총체적으로 탐색하는 방향으로 나아간다.

5. 결론

전후 한국 소설사의 가장 중요한 작가 중 하나로 손꼽히는 최인훈의 작품들에 대하여 오랫동안 많은 연구자들이 관심을 기울여왔다. 특히 가장 대표적인 작품으로 꼽히는 『광장』을 대상으로 한 연구들이 중심이 되어왔다. 이에 다른 대표작들에 비해 상대적으로 연구가 누적되지는 않았으나, 난해하고 문제적인 작품인 『서유기』에 대하여 본고에서는 작가의 정치 감각을 중심으로 하여 집중적으로 분석해보았다.

해방 이후 급격히 변화한 북한의 사회적 환경 및 남북의 정치

갈등 속에서 강제적 이동을 경험한 월남민이자 피난민으로서의 작가의식은, 최인훈이 등단 이후 지속적으로 소설을 통해 드러내고자 중요한 관념이자 주제였다. 그렇기 때문에 전후 한국 문학사에서 가장 문제적인 작가로 꼽히는 최인훈의 작품세계를 이해하기 위해서는 이러한 경계인의 정치 감각에 대한 이해가 반드시 필요하다고 할 것이다. 이에 본고에서는 그러한 정치 감각의 총화로써 기능하는 『서유기』 내 환상의 파생 지점에 대하여 파악하고, 더 나아가 그러한 감각의 바탕에 근원적으로 어떠한 사유가 기능하고 있는가를 고찰하였다. 이를 통해 현실 비판의 목적을 담지한 관념의 모험과 환상 여행의 의미를 탐색하고 『서유기』 독법의 새로운 방식을 시도하고자 하였다. 이는 최인훈의 작품세계를 포괄적으로 이해하는데 중요한 단초로 기능할 수 있을 것이다.

대학 시절에 소설을 하나 쓰고 있었습니다. 그것이 이 「두만강」입니다. 여러 가지 사정이 겹쳐서 집필이 중단되고, 그 후에 다른 작품을 가지고 문단의 한 사람이 됐습니다. 그 '사정' 가운데서 순전히 문학적인 그리고 가장 주요하기도 한 사정만을 말한다면 이 소설을 써가면서 처음에 내다보지 못한 국면들이 새롭게 나에게 질문해왔기 때문입니다. 글 쓰는 사람이면 으레 겪는 일입니다. 그것들은 어렵고 갈피를 잡을 수 없이 헝클어진 것들입니다.

그럭저럭 한 10년 소설을 쓴 셈입니다. 그동안 내 마음에는 늘 이 '강'이 흐르고 있었습니다. 그러나 그 강물에 다시 들어서기에는 너무 초심(初心)에서 멀리 와버렸습니다. 기억 속에 있는 강물은 삶의 강물과는 다릅니다. 삶의 시간에서는 다시 같은 강물에 들어설 수 없지만 문학의 강은 어느 아득한 곡선을 돌아 처음과 끝은 맺어져 있습니다. 수원(水源)과 바다가 하나이며, 어머니와 딸이 한 인물인 이상한 세계입니다. 여기서는 흘러가면서도 흐르지 않고 흐르면서도 제자리걸음을 합니다.

이런 생각이 이 작품을 발표하자는 데로 나를 이끌었던 것입니다. 이것을 지금 내놓으면 다시는 그 강을 만나지 못하리라는 생각을 나는 버리기로 합니다. 이 굽이에서 갈라지더라도 다른 굽이에서 또 만날 수 있습니다. 그때 나는 다른 모습의 이 강을 보겠지요. 또 넓고 느릿한 이 강의 물살에는 여러 갈래가 — 겉과 안, 가운데와 강변이 층층이 어울려 있습니다. 이 작품을 쓸 때, 나는 그런 것들을 다 알아볼 만한 삶의 슬픔과 기쁨의 재고량을 가지지 못했고 측량 기구도 가지지 못했습니다. 지금도 그런 것들이 넉넉하다고는 할 수 없고 언제나 그럴 것입니다.

「두만강」, 1970년, 문학과 지성사판 최인훈 전집, 작가의 말에서

PART Ⅳ

탐독과 의미의 분광 | 소설론 2부

(1970~1994)

1970년대 구보 잇기의 문학사적 맥락

정영훈(경상대학교 국어국문학과 교수)

1. 서론

이 논문은 최인훈의 연작소설 『소설가 구보씨의 일일』(1972)이 놓인 문학사적 맥락을 살피는 것을 목적으로 한다. 잘 알려져 있는 것처럼 최인훈은 박태원의 소설 「소설가 구보씨의 일일」의 소설적 스타일을 빌려 쓴 일련의 소설을 잇달아 발표했다. 최인훈은 이들 가운데 열다섯 편을 묶어 『소설가 구보씨의 일일』이라는 제목으로 펴냈는데, 엄밀하게 이야기하면 구보를 주인공으로 내세운 작품의 수는 이보다 많다. 이 열다섯 편 외에 장편(掌篇)으로 분류할 수 있을 두 편의 소설이 더 있는데, 「소설가 구보씨의 일일 3」, 「소설가 구보씨의 일일 4」로 발표된 이 두 작품은 전집 『총독의 소리』에 실려 있다.[1] 이들 외에 한국단편문학전집 17권 『웃음소리』(정음사, 1972)에 수록된 「가람기행」도 넓게 보면 『소설가 구보씨의 일일』 연작의 일부라고 할 수 있다. 연작의 마지막 작품인 「난세를 사는 마음 석가 씨를 꿈에 보네」에 삽입되어 있는 소설이 바로 「가람 기행」이다.

이 논문이 주목하는 것은 1970년대라는 시대 현실 속에서 박태원이라는 한 작가의 소설적 스타일을 빌려 쓰는 일 자체에 내재된 의미이다. 최인훈의 『소설가 구보씨의 일일』과 박태원의 「소설가 구보씨의 일일」을 비교 검토하는 논의들은 이전에도 있었다. 이들은 대개 미학적인 측면에서 최인훈의 작품이 박태원의 작품과 어떤 점에서 비슷하고 다른지 살피는 것을 목적으로 하고 있다. 이 같은 논의는 꼭 필요하지만 최인훈이 1970년대라는 시대 현실 속에서 박태원의 구보를 되살리려 한 의도가 무엇인지, 나아가 이러한 행위가 지닐 수 있는 의미가 무엇인지 살피는 일도 그에 못지않게 중요하다. 이어지는 논의를 통해 자세히 살피겠지만, 1970년대에 구보를 되살려 소설을 쓴다는 것은 그리 단순한 일이 아니었다. 여기에는 미학적으로뿐 아니라 정치적으로도 매우 문제적인 지점이 게재되어 있다. 이 논문이 살펴보려 하는 것도 바로 이 문제이다.

문학과 지성사에서 간행된 최인훈 문학 전집 4권 『소설가 구보씨의 일일』에 수록된 김우창의 해설을 주의 깊게 읽어보면 어딘가 이상한 점을 발견하게 된다. 『소설가 구보씨의 일일』을 대상으로 한, 본격적인 의미의 평론으로서는 첫 번째 사례로 꼽힐 이 글은 구보씨 연작의 형식적인 특징과 그 속에 담긴 작가의식을 정치하게 분석하고 있다는 사실 외에, 이들 작품이 놓인 정치적이고 역사적인 상황을 돌아보게 한다는 점에서 특히 인상적이다.

김우창은 글을 시작하면서 "『小說家 丘甫 氏의 일일』의 이야기는 제목과는 달리 소설가 丘甫씨의 하루의 行狀記가 아니다. 소설의 제1장을 넘긴 후 곧 분명해지듯이 그것은 하루가 아니라, 여러 날, 또 끝까지 보고 나면 1년 내지 3년 이상에 걸친 세월 동안의 구보씨의 생활에 관한 것이다"[2]라고 쓴 다음, 곧바로 "그렇다면 소설의 제목은 잘못된 것일까?"라고 묻는다. 이렇게 물었을 때는 그렇지 않다는 대답이 나오기 마련인데, 이 글 역시 다르지 않다. 김우창은 연재 와중에 "작자의 의도가 바뀌"었을 가능성도 있지만, 제목에 나오는 하루의 의미를 "시계의 하루가 아니라 일 년을 하루같이, 삼 년을 하루같이 비슷한 삶을 산다는 뜻에서의 하루"로 바꾸어 이해한다면 이런 제목에 무리가 없을 것임을 주장한다. 실제로 작품 속에서 구보가 살아가는 하루하루의 모습들은 크게 차이가 없기 때문에 김우창의 이런 설명은 충분히 납득이 간다. 그러나 그럼에도 한 가지 의문을 제기하지 않을 수 없는데, 그것은 곧 김우창의 해설 어디에도 박태원의 구보가 언급되고 있지 않다는 사실이다.

주지하듯이 최인훈의 이 소설은 박태원의 소설 「소설가 구보씨의 일일」을 모방한 작품이다. 구보라는 이름이 같을뿐더러, 하루를 시간 단위로 해서 구보가 사람들과 만나 나누는 이야기와 구보의 의식을 스치고 지나가는 여러 상념들, 현실 속에서 지식인으로서 느끼는 고뇌 등이 소설의 주된 부분을 차지하고 있고, 주인공인 구보를 주된 초점인물로 설정하고 있다는 사실을 통해 이를 확인할 수 있다. 문학적 상식에 속한다고도 할 수 있는 이 사실을 김우창은 단 한 차례도 언급하지 않고 있는 것이다. 물론 굳이 언급할 이유가 없었거나 글을 쓰다 보니 그렇게 된 것이라고 할 수도 있다. 그러나 이미 살핀 것처럼 이 글이 『소설가 구보씨의 일일』에 대해 쓴 첫 번째 본격 비평인데다, 소설의 제목이 실제 이야기와는 다르다는 사실을 애써 지적해 놓은 마당이라면 이렇게 보는 것은 아무래도 무리다. 제목과 상치되는 부분에 관해서라면, 하루의 의미를 달리 이해하는 대신 박태원의 원작을 언급하는 것만으로도 충분했을 것이기 때문이다.

김우창은 박태원의 구보를 몰랐던 것일까. 그랬을 수도 있다. 박태원을 비롯하여 이른바 월북문인들에 대한 해금 조치가 이루어진 것은 서울올림픽 개막을 두 달 앞둔 1988년 7월 19일이었다. 그 이전까지 월북문인들은 꼭 필요한 경우에 한해서만 이름자 가운데 일부가 가려진 채로 간신히 호명될 수 있었고, 논의 역시 대학의 연구실 공간 근처에서만 제한적으로 이루어질 수가 있었다.[3] 사정이 이와 같았기에, 해설을 쓰던 1970년대의 어느 시점에서는 최인훈의 구보 이전에 박태원의 구보가 있었다는 사실이 제대로 알려지지 않았을 가능성도 있다. 박태원이 호명되지 않은 이유가 무지에 있었을 수도 있다는 뜻이다. 그러나 김우창이 당대의 비평가로서 애정을 갖고 한국 문학을 들여다보고 있었다는 점이나 동료 비평가인 김윤식과 김현이 1972년 봄부터 《문학과 지성》에 2년간 연재한 후 책으로 펴낸 『한국문학사』(민음사, 1973)에 『소설가 구보씨의 일일』이 "1930년대의 동명 소설을 형식상으로 그대로 모방"[4]한 작품임을 적시한 것을 염두에 두면, 그가 이런 사실을 모른 채 글을 썼다고 보기는 어렵다. 다른 이유가 있었다고 볼 수밖에 없다.

이 경우 가장 먼저 떠올리게 되는 것은 1970년대적인 시대 상황과 월북문인을 둘러싸고 형성되어 있었을 어떤 정치적인 무의식이다. 학계와 문단의 테두리 안에서 쓰인 『한국문학사』에서 박태원과의 관련성을 언급하는 것과 독자 대중을 상대로 쓴 해설에서 이를 언급하는 것은 전혀 별개의 문제일 수 있다. 『한국문학사』의 경우도 조금 미묘한 데가 있는 것이, 해당 대목을 보면 박태원에 대한 언급 없이 그저 "1930년대의 동명 소설"로만 표현되어 있다. 박태원에 관한 별도의 장이 마련되어 있으므로 문제의 동명 소설이 그의 것이라는 사실 자체가 감추어져 있는 것은 아니지만, 최인훈과 박태원의 이름이 같은 지면에서 언급되지 않은 것은 어쩐지 공교로운 일로 보인다. 김우창의 경우를 나란히 놓고 생각해보면 더더욱 그렇다. 김우창은 몰라서 쓰지 않은 것이 아니라 어떤 정치적 판단 때문에 쓸 수 없었던 것이리라. 제목과 내용의 상이성을 지적하면서 글을 시작한 것은, 혹 이에 관한 의문이 박태원의 구보를 환기시키는 데로 나아갈 위험을 막고, 해석의 범위를 미리 제한하기 위함이었던 것은 아닐까.

이런 물음들이란 한낱 추측에 불과할 수도 있다. 그러나 무지에 의한 것이든 다른 이유가 있어 그랬든 박태원을 언급할 수 없는 어떤 사정이 있었던 것만큼은 틀림이 없고, 이 경우 상대적으로 도드라져 보이는 것은 최인훈이 자신을 박태원의 에피고넨으로 드러내는 데 조금의 주저함도 없었다는 사실이다. 당시에 박태원을 언급하는 것이 어느 정도의 금기에 속하는 일이었는지는 좀 더 면밀하게 따져 보아야겠으나, 최인훈이 박태원의 작품을 흉내 내어 소설을 쓰면서 이런 사실을 적극적으로 드러냈다는 사실은 그것만으로도 문제적이라고 할 수 있다. 가령 박태원의 「소설가 구보씨의 일일」이 지니고 있는 미적인 자질이나 소설의 어떤 형식적인 특징에 이끌렸다면, 그저 이들을 모방하는 것으로도 충분했을 것이다. 굳이 제목을 통째로 가져와 쓸 이유는 없다는 뜻이다. 자기 작품이 모작으로 비칠 여지와 월북문인과 연루될 수 있는 가능성에 무심한 채 최인훈이 박태원을 끌어들였다면 이를 예사롭게 보아서는 안 될 것이다. 최인훈이 『소설가 구보씨의 일일』을 쓴 이유에 대해 좀 더 깊이 들여다볼 필요가 있다는 뜻이다.

이 일련의 물음과 관련해서라면 『화두』의 한 대목을 참고하는 것이 좋을 듯싶다. 허구가 가미된 문학적 자서전이라 할 수 있을 이 작품에서, 최인훈은 주인공 화자의 입을 빌려 자신이 『소설가 구보씨의 일일』을 쓴 이유를 어느 정도 밝히고 있다. 이 문제와 관련해서만 쓴 것이 아니어서 생각들이 여기저기 분산되어 있고, 소설이라는 외장을 빌려온 만큼 표명된 생각들을 액면 그대로 받아들이기는 어렵다는 한계가 있지만, 앞서 품은 의문들에 답하는 데 『화두』가 상당한 도움이 되는 것 또한 사실이다. 이 논문은 이들 이야기에 상당한 정도의 신빙성이 있음을 전제로, 이를 참고하여 논의를 진행해 나가고자 한다. 이 논문의 일차적인 목적은 최인훈이 박태원의 「소설가 구보씨의 일일」을 쓰면서 가졌던 문제의식과 이러한 글쓰기가 갖는 다양한 의미를 밝히는 데 있지만, 논의 과정에서 작가 박태원이 1970년대적 시대 상황 속에서 어떤 의미를 가졌던가에 대해서도 부분적으로 다루게 될 것이다. 이는 박태원 연구에서 일종의 공백 지대를 이루고 있는 한 시기를 복원한다는 의미도 아울러 지닐 수 있을 것이다.[5]

2. 단절된 문학사의 복원과 구보

『화두』에서 최인훈은 화자의 입을 빌려 자신이 『소설가 구보씨의 일일』을 쓰게 된 사정을 일부 소개해놓고 있다. 월북문인에 대한 해금 조치가 이루어지면서 이들의 작품이 하나둘씩 책으로 묶여 나오기 시작하고, 그런 가운데 이용악의 시집 『오랑캐꽃』을 읽게 된 화자가 그 소회를 적어 나가는 도중에 박태원의 구보를 모방하여 소설을 쓰게 된 이유와 동기 들을 밝히고 있는 것이다. 작품 속의 시간적 배경인 1989년이나 작품이 발표된 1994년은 최인훈이 『소설가 구보씨의 일일』 연작을 쓰던 1970년대 초와는 시대적인 분위기가 다른 만큼 과장이나 왜곡의 가능성을 완전히 배제할 수는 없겠지만, 최인훈이 가졌던 기본적인 문제의식만큼은 그대로 받아들여도 좋을 듯싶다. 다만 박태원에 대해서만 이야기하고 있는 것도 아니고, 체계적으로 쓴 것도 아니기 때문에, 『화두』에 쓰인 것과는 조금 다른 순서로, 어떤 부분은 관련 사실들을 보충해 가면서 정리할 필요는 있을 것 같다.

(가)

식민지 체제에서 살았던 선배 문학자들의 여러 모습의 태도가 언제부턴가 남의 일 같아 보이지 않는다. 그들을 거울삼아 나를 짐작하는 일이 가장 실감나는 자기파악일 것 같다는 생각. 언제부턴지 이끌리게 된 그런 식의 관심의 시야에 들어온 사람이 내 경우에는 소설가 박태원이었고 그래서 쓰게 된 소설이 「소설가 구보씨의 별 볼일 없는 하루」였다. 그의 모든 단편들이 마음에 들었고, 그의 『천변풍경』이 좋았다. 특히 「소설가 구보씨의 일일」이 대뜸 그 안에 나를 들여앉히고 싶은 그릇으로 좋았다. 그것은 저항할 수 없는 인력이었다.

(나)

어떤 세대를 사는 인간집단은 운명공동체임은 분명하다. 식민지 체제라는 조건을, 우리 민족이라는 단위가 공동으로 짊어지고 있다는 상황의 표현이다. 그런데 우리 민족은 이미 원시사회가 아니었기 때문에 민족은 그 속에서 역할의 분화가 이루어져 있다. 민족 속의 각기 다른 부분이라는 자격으로 그 조건과 운명을 맞는 것이기 때문에 그에 대응해서 운명의 모습도 분화된다. (47~48면)

위의 인용문은 최인훈이 박태원의 「소설가 구보씨의 일일」을 모방하여 소설을 쓰게 된 가장 기본적인 문제의식이 어디에 있었는지 알게 해준다. 어느 순간 식민지 체제에서 살았던 선배 문학자들을 거울삼아 자신을 짐작하는 일의 필요성이 느껴졌던바, 그래서 선택된 것이 박태원이었고, 특히 「소설가 구보씨의 일일」은 흉내 내어 쓰기에 적합한 어떤 문학적 형식을 갖추고 있었다는 것이 최인훈의 설명이다(가). 문학적 형식에 관해서는 뒤에 가서 논의하기로 하고, 우선 최인훈에게 문학적 거울이 필요했던 이유가 어디에 있었는지 확인해보기로 한다. 이에 답하기 위해서는 우선 민족 공동체 전체에 주어진 운명이랄까 민족 공동체 전체가 직면해 있는 현실적 상황에 관한 최인훈의 인식을 살필 필요가 있다(나).

인용문에 나와 있는 것처럼 "어떤 세대를 사는 인간집단은" 공동의 운명을 짊어지고 있다. 가령 "식민지 체제 아래에서의 우리 민족이라는 표현"을 쓸 때, 여기에는 식민지 체제라는 현실적 상황이 민족의 운명을 결정짓는 데, 혹은 민족의 운명을 선택하는 데 매우 중요한 조건이 된다는 사실이 전제되어 있다. 한 개인이 자기 운명을 개척하기 위해 어떤 선택을 할 때, 그는 민족 전체가 짊어지고 있는 이러한 상황을 뚜렷이 자각할 수도 있고 그렇지 않을 수도 있을 것이다. 최인훈의 논의에서 후자 쪽은 고려의 대상이 되지 않으므로 전자에 한정지어 이야기를 이어가자면, 한 개인의 선택은 다른 이들의 선택과는 다른 모습으로 나타날 수 있다. 우리가 살고 있는 사회는 각기 맡은 영역들이 세분화되어 있다. "원시사회"에서라면 모를까, 지금처럼 분화되어 있는 사회에서는 구성원들 각자가 저마다 할당된 몫을 나누어 짊어진 채 공동체의 운명에 참여할 수 밖에 없는 것이다.

이런 의미에서 한 개인은 "민족 전체의 입장과 그 속의 한 계층의 입장과 이렇게 이중으로" "운명에 관계한다"(48면)고 할 수 있다. 이를 작가에게 적용해보면 다음과 같은 명제가 도출된다. 작가에게는 "민족에 공통되는 역사의식"과 더불어 "문학이라는 표현물의 흐름을 연속된 사물로 의식하고, 자기 자신을 그 표현공동체의 살아 있는 인격화로 생각하는" "문학사 의식"(48면)이 필요하다. 문학사 의식은 "선후 작품들 사이에서 부르고, 받고, 그렇게 대화하는 관계 — 하나하나의 문학작품들이 등장인물이 된 드라마의 형식으로 존재한다는 믿음", "〈문학사〉 전체가 끝날 줄 모르는 열린 미완의 작품이라는 생각"(51면)으로 고쳐 부를 수도 있다. "문학사에서의 한 시대의 모습은 다음 시대에서 메타모르포시스"(51면)된다. 고쳐 말하면, 하나의 작품을 쓴다는 것은 문학사에 등재된 작품을 지금 이곳에, 시대의 요청에 부합하는 형태로 되살리는 일이라 할 수 있다. 선배 작가들과 그들의 작품을 참고해야 하는 이유가 여기에 있다. "선행하는 문학작품이라는 표현물과 그 작품의 표현인격인 문학자는 후속하는 작가에게는 자기를 들여다보는 거울이 된다."(48면) 그들을 통해 지금 이 시대에 요청되는 것이 무엇인지, 이러한 요청에 대응하는 작가의 자세가 무엇인지 배울 수 있기 때문이다.

최인훈은 지금 민족공동체의 운명과 관련하여 작가인 자신에게 주어진 몫이 무엇인지 묻고 있다. 이를 위해 선택한 거울이 바로 "식민지 체제에서 살았던 선배 문학자들"이다. 이들은 1970년대 현실에서 쓸 수 있고 써야만 할 작품이 무엇인지 알려 주는 거울이 된다. 최인훈이 식민지 시기의 작가들을 거울로 삼은 것에는 적어도 두 가지 의미가 있다. 최인훈은 「춘향뎐」, 「놀부뎐」, 「옹고집전」 등과 같이 고전 소설을 차용한 일련의 작품을 썼거니와 이는 미학적인 차원에서 문학적 전통을 지금 이곳에 되살리는 일이라 할 수 있다. 식민지 시기 작가들을 거울삼아 쓰는 것 역시 같은 의미를 지닌다. 다음으로 선배 작가들을 통해 주어진 역사적 상황 속에서 어떤 몸가짐을 가져야 할 것인지 배울 수 있다. 작가가 작품을 쓰는 일이 민족공동체의 일원으로서, 민족공동체 전체에 주어진 운명을 문학적인 차원에서 실현하는 것을 뜻한다면, 의미 있는 작품이란 특정한 시대에 처한 개인이 그 나름의 역사의식을 가지고 싸움한 결과물이라 할 수 있다. 역사의식의 문제는 지금 현재 이곳에서 쓰고 있는 작가에게도 동일하게 요청되는바, 선배 작가들은 이 문제와 먼저 씨름했다는 점에서 뒤에 오는 후배 작가들의 거울이 될 수 있을 것이다.

그런데 "식민지 체제에서 살았던 선배 문학자들", 그 가운데서도 굳이 월북문인을 선택한 이유는 무엇일까. 우선 "식민지 체제에서 살았던 선배 문학자들"을 선택한 이유와 관련해서는 식민지 시기와 1970년대의 동질성을 상정해볼 수 있다. 『소설가 구보씨의 일일』 연작에서 두루 확인되는 것처럼, 1970년대 현실을 바라보는 작가 최인훈의 인식이란 "에익, 神哥놈"으로 요약된다. 소설 속 구보에게 현실은 간단하고 명쾌하게 정리되지 않는다.[6] 구보는 그 자신도 잘 알 수 없는 시대를 장님 코끼리 만지는 심정으로 가까스로 살아갈 뿐이다. 그는 요령부득의 현실을, 한때 우주만물을 다스리는 존재로 여겨졌던 신을 끌어와 그에게 실컷 욕을 퍼붓는 방식으로 냉소한다. 세계를 이해할 수 없기로는 식민지 시기도 이에 못지않았다. 많은 작가들이 식민지 현실 속에서 겨우 써 나가면서 적극적으로든 소극적으로든 일제에 협력했고 후대의 사람들은 이들을 비난했지만, 이는 공정하지 못한 처사다. 이는 역사의 사실들이 모두 밝혀지고 난 이후에 내려진 판단이기 때문이다.

> 한 개인에게는 자기가 사는 시대라는 환경은 절대적이다. 우리가 과거의 사람들을 판단할 때의 함정은 우리에게는 이미 파악된 정보를 가지고 지난날의 환경 속에 자기를 놓는 일이다. 그래서 자동적으로 옛사람들보다 현명한 사람들이 된다, 이것은 야바위다. 그들은 캄캄한 밤 속에서 열심히 찾고 있는 중이었다. 한치 앞을 내다보기 어려운 어둠 속을 가고 있는 중이다. 지평선은 보여도 한치 앞은 보이지 않는 것이 역사다. 그래서 별자리가 제일 잘 보인다. 그들과 우리 사이에 바른 대응 관계를 찾자면, 우리 환경에 대한 우리 태도를 객관화시키는 작업을 해야 한다. 그럴 때의 대수(代數)적 거울로서 옛사람 — 옛 시대는 도움이 된다. 나에게 박태원의 「구보씨…」는 그런 거울이었다. 그 거울 속

에 비친 나를 그려본 것이 나의 「구보씨…」였다. (60면)

진행 중인 역사는 분별하기가 어렵다. 그 속에서 작가로서 어떤 몸가짐을 가져야 할 것인지 판단하기가 쉽지 않다. 이럴 때 참고할 수 있는 것이 역사이고, 그 속에서 저마다의 몫을 실천하려 했던 개인들이다. 식민지 시기는 "한치 앞을 내다보기 어려운 어둠 속"이라는 수사적인 표현에 가장 잘 어울리는 시기였기에, 그때만큼이나 앞을 가늠하기 어려운 현실 속에서 작가로서의 선택을 모색하고 있던 최인훈에게는 식민지 시기 작가들이 가장 효과적이고 뚜렷한 거울로 보였을 것이다.

최인훈이 "식민지 체제에서 살았던 선배 문학자들" 가운데서도 월북문인에 특히 관심을 두었던 데는 정치적인 이유가 개재해 있다. 이미 언급한 것처럼 이즈음은 월북문인들의 작품이 자유롭게 읽힐 수 없는 상황이었다. '지금 이곳'의 현실에서 이들은 배제되어 있다. 이들에 대한 배제는 후배 작가들이 이들을 선택하고 배제하는 과정에서 자연스럽게 귀결된, 이를테면 문학사적 결정에 의한 것이 아니라 이와는 아무 상관이 없는 정치적인 요인에 의한 것이었다. 최인훈 자신의 말마따나 우리 문학의 연속성을 결정짓는 것이 "〈민족〉의 존립과 〈민족어〉의 존립"(49면)이라 한다면, 박태원은 물론이고 이태준, 이용악 같은 작가들의 작품은 이러한 원칙에 위배되지 않는다. 이들의 작품이 민족의 존립이나 민족어의 존립에 해를 끼친 바가 전혀 없기 때문이다. 이들이 문학사에서 사라진 것은 문학사의 계승 과정에서 자연스럽게 빚어진 귀결이 아니라, 순전히 정치적인 이유 때문이었다. 월북문인들에 대한 최인훈의 관심은 이런 현실을 배경으로 하고 있다.

> 그가 북쪽에서 이 제목(「소설가 구보씨의 일일」 — 인용자)을 다시 사용할 가능성은 없다고 나는 판단했다. 가령 사용해서 그의 손에서 제2, 제3의 「구보씨…」 속편이 나온다고 해도 남쪽의 우리 눈에 띄지는 못할 것이었다. 마지막으로 해방 전의 그의 원전(原典) 「구보씨…」도 가까운 장래에 남쪽에서 햇빛을 볼 가능성에 대한 기대는 1970년 현재에서는 환상으로 보였다. 그러니까 70년 현재에서 볼 때 「구보씨…」는 과거에도, 현재에도, 미래에도(물론 수긍할 만한 미래 말이다), 우리 문학사에는 없는 존재라는 현실에서 우리는 살고 있기 때문에 「구보씨…」라는 이름으로 모작을 씀으로써 나는 우리 문학의 연속성의 단절에 항의하고, 〈민족의 연속성〉을 지킨다는 역사의식을, 문학사 의식의 문맥에서 실천하고 싶었다. 그것이 나의 구체적인 역사의식이었다. (50~51면)

최인훈이 작가적 거울로서 월북문인을 선택한 데는 이를 통해 문학사의 단절을 낳은 정치적 현실에 항의하고 문학사를 복원하려 했던 의도가 있었다. 김우창이 해설에서 소설가 구보를 '남북조 시대의 예술가'라 부른 것은 정확한 판단이었다. 시대를 바라보는 구보의 태도에서 가장 근본적인 지점은 남북이 나뉘어 있다는 인식에 있기 때문이다. 정치적인 이유로 배제된 선배 작가의 작품을 지금 이곳에 되살리는 일은 그것 자체로 대단히 정치적인 의미를 지닐 수 있다. 『소설가 구보씨의 일일』을 쓰는 일은 남북이 분단되어 있는 상황에 대한 항의를 문학사적 차원에서 실행한다는 의미를 지닌다. 남과 북이 다시 하나가 되는 것이 정치가의 과제라면, 단절된 문학사를 복원하는 것은 문학자의 과제이다. 민족공동체가 짊어지고 있는 공동의 과제를 각자의 영역에서 떠맡는 것이라는 입장에 서면 이 둘은 완전히 등가라고도 할 수 있다. 이런 맥락에서 우리는 최인훈이 『소설가 구보씨의 일일』을 씀으로써 민족공동체 전체에 부여된 과제를 작가로서 짊어지려 했던 것이라고 해석할 수 있다.

이렇게 본다면 『소설가 구보씨의 일일』이 중립의 꿈이 좌초된 상황에 대응되는 작품이라는 견해는 조금 수정될 필요가 있다. 『광장』과 이후의 작품을 통해 비교적 분명하게 드러난 것처럼, 최인훈에게 중립국은 유토피아적 몽상이 깃든, 냉전 체제 바깥의 '제3세계'적인 대안 공간이라고 할 수 있다.[7] 중립국이 실재하는 분단 체제를 가로지르는(혹은 내파하는) 상징적인 공간이라고 이야기할 수 있다면, 『소설가 구보씨의 일일』을 통해 최인훈이 복원하고자 한 문학사 역시 마찬가지의 상징적인 의미를 지니는 것으로 볼 수 있을 것이다. 중립의 꿈은 『소설가 구보씨의 일일』을 쓰던 1970년대 초반에도 여전히 유효하다. 다만 그것이 이전과는 조금 다른 방식으로, 이를테면 중립화 담론을 뒷받침하는 정치적 역학 관계의 변화 속에서 중립의 가능성을 좀 더 은밀하게 드러내는 방식으로 표현된 것이라고 할 수 있겠다.

3. 문학적 거울로서의 구보

이제 왜 박태원인가 하고 좀 더 직접적으로 물어볼 단계에 이르렀다. 지금까지의 논의에서도 왜 박태원인가에 대한 대답이 일부 포함되어 있었지만, 이들은 박태원 개인에 한하는 문제들이 아니라 대부분의 월북문인에게도 해당되는 것들이었기 때문에 문제를 좀 더 예각화할 필요가 있다. 최인훈은 왜 월북문인들 가운데 유독 박태원을 골라 그의 작품을 모방하려 했던 것일까. 크게 나누어 두 가지를 생각해볼 수 있다. 하나는 작가 박태원과 그의 작품에 내재해 있는 고유한 특징과 직접 관련이 있는 요소들이고, 다른 하나는 이와는 상관이 없는 다소 우연적인 요소들이다. 첫 번째 경우에 속하는 것들에 대해 먼저 살펴본다.

> 예술의 여러 유파는 다른 유파를 가지고 대체할 수 없는 고유한 기능 때문에 분화하였고, 그것들은 다른 것들의 공존을 방해하지 않는다는 원칙만 지키면 된다. 우리 문학사의 입장에서는 우리 문학의 연속성을 해치지 않는다는 조건이다. 우리 문학의 연속성 — 〈민족〉의 존립과 〈민족어〉의 존

럽이다. 존립이란 우선 이것들의 생존을 긍정하는 것이고, 다른 것들의 노예가 되지 않는다는 존재 방식이므로 생존을 유지시키는 일이다.

내가 읽어본 작품의 범위에서는 박태원은 이 연속성에 어긋나게 보이지 않았고, 그런 다음에 그가 나에게 가지는 의미는 그의 「구보씨…」에서 표현된 동업자로서의 친근함이었다. 그 상황하에서 나도 그쯤한 삶을 유지했을 것 같은 생각이 들게 한다. 그런 관심을 가졌을 듯하고, 그렇게 걸어다녔을 듯했다. (49~50면)

위의 인용문에서 두 가지 이유를 확인할 수 있다. 하나는 박태원의 작품이 "〈민족〉의 존립과 〈민족어〉의 존립"이라는 문학의 연속성에 어긋나지 않다는 판단이고, 다른 하나는 "그의 「구보씨…」에서 표현된 동업자로서의 친근함"이다. 문학의 연속성의 근거가 "〈민족〉의 존립과 〈민족어〉의 존립"에 있다고 본 데서 최인훈이 문제 삼고 있는 문학이 '근대' 문학임을 분명하게 확인할 수 있다. 남과 북이라는 정치적 실체를 기준으로 삼는 대신 둘을 아우르는 〈민족〉을 내세움으로써 이러한 구분선을 무효화하고, 민족의 연속성에 근거한 문학사를 새롭게 구상하고자 하는 의도 또한 읽어낼 수 있다. 그러나 문학의 연속성에 관한 이 부분은 박태원의 작품에만 있는 고유한 특징이 아니다. 민족의 가치를 부정하거나 한국어가 아닌 다른 언어로 쓰인 작품이 아니라면 모두 이 범주에 포함될 것이기 때문이다. 보다 본질적인 이유는 뒤쪽에 있다.

"동업자로서의 친근함", 이것이 핵심적인 이유이다. 1930년대의 구보와 1970년대의 구보 사이에는 어떤 동질성이 확인된다. 작품을 쓸 때부터 이미 최인훈은 이런 인식을 가지고 있었다고 볼 수 있다. 최인훈은 『소설가 구보씨의 일일』을 쓰던 당시를 회상하며 이와 같이 이야기한다. "그 상황하에서 나도 그쯤한 삶을 보냈을 것 같은 생각이 들게 한다. 그런 관심을 가졌을 듯하고, 그렇게 걸어다녔을 듯했다." 최인훈의 구보는 박태원의 구보가 1970년에 있었다면 어떤 표정을 지어 보였을까 하는 물음 속에서 태어났다. 그런 만큼 둘은 꽤 닮아 있다. 「소설가 구보씨의 일일」에 관한 여러 논의들에서 확인할 수 있는 것처럼, 구보의 삶은 권태와 우울로 가득 차 있다. 그는 이를테면 "눌린 사람들, 저항할 힘조차 빼앗긴 사람들"(50면) 가운데 하나라고 할 수 있다. 최인훈이 끌린 것은 무엇보다 구보의 이런 인간적 모습들이다.

최인훈이 무기력하고 나약한 인물인 구보에게 끌린 이유는 무엇이었을까. 박태원의 구보는 이용악의 시집 『오랑캐꽃』에 나오는 "전통적 빈곤의 환경에서조차 밀려나서 타향을 유랑하는 사람들"(46면)과 판박이다. 그들은 "식민지에서의 우리 사람들 모두의 생활의 상징"(46면)이자 "어떤 의미에서도 저항할 힘이 없는 국민의 부분"(47면), "눌린 사람들, 저항할 힘조차 빼앗긴 사람들"(50면)이다. "저항하지 못하는 민중을 〈반영〉"하고 있으므로 이들의 작품은 "저항을 하지 않은" 것일까? "그렇게 말할 수는 없다."(47면) 다만 이들은 "저항할 힘까지 빼앗긴 사람들"에게 주목하기로 선택했을 따름이다. 이런 선택에 대해서는 적극적인 의미 부여를 하는 것도 가능하다. "그러한 민중의 창출 자체가 점령자들의 억압의 가혹함에 대한 증거이며, 그 민중을 선택한 사실이 그에 대한 고발을 이루고 있다고 해석해야 할 것이다. 그 선택이 시인에게는 저항의 형식이다." (47면) 이들에게는 "적들이 점령한 땅에서 발행되는 자리에서 쓸 수 있는 한계와 싸우고 있는 긴장"이 있다. 그리고 이러한 긴장이야말로 "〈예술성〉"(50면)이라 부를 수 있는 성질의 것이다.

요컨대 박태원은 소설가 구보를 통해 식민지 현실에 저항하는 그 나름의 방식을 보여주었다고 할 수 있다. 최인훈의 구보도 마찬가지다. 최인훈의 구보는 현실에 적극적으로 대항하는 대신 기껏해야 "에익, 神哥놈" 하고 냉소할 따름이다. 거기에는 "사회 속에서의 무력함 즉 사회적 인식에 있어서의 무력함"[8]이 짙게 배어 있다. 냉소와 체념, 그리고 그 속에 약간의 반항심을 지니고 있는 최인훈의 구보는 이런 모습을 통해 현실적 가능성이 거세된 1970년대 우리 사회의 불모성을 드러낸다. 최인훈이 1970년대 현실에서 『소설가 구보씨의 일일』을 쓰는 일은, 박태원의 구보가 지금 이곳에서 살아가고 있다면 그가 응당 보고 느꼈을 것을 대신 기록하는 일이기도 하다. "그들이 못 다한 방황, 그들이 못 다한 고뇌, 그들의 육체적 존재가 말살되었기 때문에 그들이 계속 지켜보지 못한 인생과 세월과 역사를 그들의 정신의 맥박을 생생하게 지니면서, 그것들이 과연 어떻게 되어 나가는가를 끝까지 지켜봐야 할 집념이 내 육체 속에 자리 잡아 오는 것을 나는 이후의 생애에서 차음 확실히 알게 되었다."(206면) 이러한 "심리적 자기동일성"(206면)이 『소설가 구보씨의 일일』을 쓰게 한 원동력이었다고 할 수 있다.

최인훈이 박태원과 그의 구보에게서 느낀 심리적 동질감 외에 「소설가 구보씨의 일일」의 형식적 특징도 이유로 들 수 있다.

> (가)
>
> 「소설가 구보씨의 일일」의 이름으로 내가 나중에 소설을 쓰게 된 것은 거의 육체적인 빙의(憑依)의 감각에 따른 것이지, 무슨 기술적 양식을 차용한다는 그 정도의 착상에 의한 것은 아니다. (206쪽)

> (나)
>
> 나는 박태원에 대해 대강 이런 생각을 가지면서 1970년 한 해 동안 「구보씨의 별 볼일 없는 하루」라는 연작소설을 썼다. 박태원은 이 제목으로 한 편을 썼지만, 나는 그 분위기가 그렇게 끝나기에는 아까운 형식으로 보였다. (50면)

인용문 (가)에서 최인훈은 "「소설가 구보씨의 일일」의 이름으로" 소설을 쓰게 된 것이 "기술적 양식을 차용한다는 그 정도의 착상에 의한 것은 아니"라고 쓰고 있다. 이 문장은 조금 주의해서 읽어야 한다. 이를테면 이 문장을 「소설가 구보씨의 일일」이 지닌 "기술적 양식"을 차용하는 데 아무 관심이 없었다는 뜻으로 이해해서는 안 된다. 인용문 (나)에서 확인할 수 있는 것처럼, 최인훈이 박태원의 「소설가 구보씨의 일일」을 빌려 쓰되 이를 연작소설의 형태로 이어나간 것은 이 소설이 가진 어떤 "형식"에 끌렸기 때문이다. 이미 인용한 다른 문장에서도 최인훈은 "「소설가 구보씨의 일일」이 대뜸 그 안에 나를 들여앉히고 싶은 그릇으로 좋았다. 그것은 저항할 수 없는 인력이었다."라고 쓴 적이 있다. 그렇다면 인용문 (가)는 『소설가 구보씨의 일일』을 쓰기로 마음먹게 된 최초의 동기가 어디에 있었던가에 대한 설명으로 이해하는 게 옳을 것이다. 이 경우 "거의 육체적인 빙의(憑依)의 감각에 따른 것"이라는 문장은 「소설가 구보씨의 일일」의 소설적 형식이, 형식을 모방한다는 자각이 필요치 않을 만큼 최인훈에게 자연스럽고 익숙한 것이었음을 알려주는 표현이라고 해석할 수 있을 것이다.[9]

최인훈은 "거의 육체적인 빙의의 감각"을 가지고 "대뜸 그 안에 나를 들여앉히고 싶은 그릇"으로 「소설가 구보씨의 일일」의 형식을 수용하였다. 표면적으로 드러나는 형식상의 유사성이 크든 작든, 중요한 사실은 최인훈이 「소설가 구보씨의 일일」의 형식적 특징에 관심을 기울이고 있었고, 이것이 그의 작품을 통해 드러났다는 데 있다. 이 경우 둘의 차이는 오히려 부차적이라고 보아야 한다. 이는 변용의 과정에서 생긴 결과물이지, 최인훈이 박태원 소설의 형식을 참조하지 않았다거나 단순히 "박태원 소설의 이름만 빌려 소설에 대한 동일한 문제의식을 드러내었을 뿐"[10]임을 알려주는 증거가 될 수는 없는 것이다. 그렇다면 최인훈이 주목한 「소설가 구보씨의 일일」의 형식적 특징은 무엇이었을까. 길을 조금 우회하여 이태준 소설에 관해 쓴 다음 대목을 먼저 읽어 보는 것이 좋을 것 같다.

> 적당한 분량의 작가의 자아가 작중인물들에게 주어지고 남은 자아는 이편에서 그들을 바라보고 있다. 그 거리가 모든 작품을 예술이게 하고 있다. 그 눈길은 비판일 때도 있고, 사랑일 때도 있고, 동정일 때도 있다. 힘이 없기로는 다 별스럽지 않은 사람들이기 때문에 작가는 자기의 모두를 그들에게 옮길 수가 없기 때문에 자기 미화에서 자동적으로 벗어난다. 작가 자신이 등장할 때도 이 절제는 지켜지고 있다. 별 수 없이 점령자들이 짜놓은 그물 안에서 가능한 움직임밖에 안 하기 때문에 작가가 등장해 봐야 다른 등장인물 이상의 신통한 가치를 만들어내지 못한다. 등장인물로서의 작가의 뒤에, 보이지 않는 서술자로서의 작가가 숨어 있는 낌새가 역력하다. 그래서 작가가 출연하는 단편은 「구보씨의 일일」을 빼다 박은 것 같은 분위기를 만든다. (54면)

최인훈은 『화두』의 주인공 화자의 입을 빌려 이태준 소설에 대한 생각을 위와 같이 표현해 두고 있다. 『화두』의 주인공이 이태준의 소설 모두를 읽게 된 것은 그의 작품들이 해금되고 난 이후의 일이다. 그에게는 이태준의 "모든 단편소설이 다 좋았"지만 "장편소설은 모두 좋지 않았다."(53면) 『사상의 월야』 한 편만이 예외였는데, 그 이유는 『사상의 월야』가 이태준의 단편이 가지고 있는 미덕을 공유하고 있었기 때문이다. 이태준의 단편들에는 "작가의 현실적 자아와 이상적 자아"(53면), 작가와 작중인물 사이에서 보이는 독특한 긴장이 있다. 작가는 인물에게 자신을 나누어 주는 한편, "도저히 모두 풀려나올 수"(53면)는 없는 "이상적 자아"의 어떤 부분을 가지고서 그를 살펴보기도 한다. 이 사이에서 빚어지는 긴장과 "거리가 (이태준의 — 인용자) 모든 작품을 예술이게"(54면) 한다. 작중인물과, 작가가 작중인물에게 주고 난 나머지 사이에서 생기는 긴장이 작품을 작품답게 만든다. 이태준의 장편이 통속적이라 느껴지는 이유는 이런 긴장이 없기 때문이다.

최인훈이 이태준의 소설 가운데 깊은 관심을 보이는 것은 "작가가 출연하는 단편"이다. 작가와 인물 사이의 거리가 가까워서 둘을 구별하기가 쉽지 않은 작품을 특히 주목하여 보았다는 뜻이다. 가령 『화두』의 주인공 화자는 이태준의 「해방전후」에 대한 소감을 길게 늘어놓고 있는데, "주인공 — 작가 자신 — 은"(60면)이라는 표현에서 알 수 있듯, 작가 이태준과 작중인물인 현을 굳이 구별하지 않는다. 이태준의 장편 가운데 유일하게 읽을 만하다고 본 『사상의 월야』 역시 작중인물인 송빈이 이태준 자신과 동일시될 만큼 자전적인 요소가 강한 작품이다. 이렇게 볼 때 작가와 인물 사이의 긴장이란 상당히 역설적인 의미를 가질 수 있다. 둘 사이의 긴장이 성립되기 위해서는 인물을 관찰할 수 있는 여분의 자아를 마련하는 일 이전에 우선 둘이 구별하기 어려울 만큼 닮아 있게끔 해 둘 필요가 있기 때문이다.

이태준과 박태원이 중첩되는 지점도 바로 이곳이다. 최인훈은 이태준의 단편, 그 가운데서도 "작가가 출연하는 단편"에 특별한 애착을 갖고 있고, 이들 작품은 박태원의 「소설가 구보씨의 일일」을 "빼다 박은" 듯이 닮아 있다. 그렇다면 박태원의 「소설가 구보씨의 일일」이 최인훈에게 특히 인상적이었던 이유, "그 안에 나를 들여앉히고 싶은 그릇"이 될 수 있었던 이유 역시 여기서 찾을 수 있을 것이다. 박태원의 「소설가 구보씨의 일일」은 작가를 직접 작품 속에 투영시킬 수 있는 장치를 그 속에 품고 있다. 박태원 자신의 아호이면서, 대부분의 문장들에서 주어의 자리에 놓여 주변 세계를 관찰하는 중심이 되는 인물인 구보가 바로 이 소설적 장치에 해당한다. 구보는 '나'라는 1인칭 대명사를 대신하는 동시에, 자아 속에 있는 이상적인 부분과 현실적인 부분을 동시에 문제 삼으면서 긴장을 유발시키는, 매우 특별한 종류의 고유명사이다.[11] 최인훈은 박태원에게서 빌려온 것이 바로 이것이다.

최인훈이 '구보'라는 소설적 장치에 끌린 것은, 이것이 그의 소설 스타일에 매우 잘 들어맞기 때문이었다고 할 수 있다. 이미 여러 논의들을 통해 지적된 것처럼 최인훈 소설에서 작가와 작중인물 사이의 거리는 매우 가까운 편이다.[12] 최인훈은 인물들을 매개로 세계에 대한 자기 인식을 드러내는 데 익숙했던바 이런 특징이 가장 뚜렷하게 드러난 작품이 바로 『소설가 구보씨의 일일』이다. 박태원의 구보가 없었어도 최인훈은 이런 유의 작품을 쓸 수 있었겠지만, 박태원의 구보가 있었기 때문에 이들 작품에는 구보라는 이름이 공통적으로 붙여질 수 있었고, 문학사적 전통의 일부가 될 수조차 있었다. 그런 만큼 최인훈이 박태원의 구보를 발견한 것은 문학사적 사건의 일종이라 할 수 있으며, 최인훈에게나 박태원에게나 두루 만족스러운 결과를 낳았다고 할 수 있겠다.

4. 구보 선택, 그 가능성의 근거

최인훈이 『소설가 구보씨의 일일』을 쓰게 된 배경에는 문학적 거울의 필요성, 단절된 문학사를 복원하고자 하는 의식 외에 박태원에게서 느낀 동질감과 「소설가 구보씨의 일일」이 지닌 형식에의 이끌림이 있었다. 어떤 의미에서 이런 요소들은 최인훈이 『소설가 구보씨의 일일』을 쓰게 된 직접적인 이유에 속할 것이다. 이들 외에 덧붙여야 할 것이 있다. 최인훈이 『소설가 구보씨의 일일』을 쓸 수 있었던 배경에는 우연한 요소들이 있었다. 1970년대에 『소설가 구보씨의 일일』을 쓰는 행위 속에는 상당한 정도의 긴장을 내포하는 정치적 의미가 깃들어 있었던바, 몇몇 행운이 뒤따르지 않았다면 『소설가 구보씨의 일일』은 쓰일 수 없었을 것이다. 아래에서는 이와 관련한 몇 가지 문제들을 살펴보려 한다.

1) 최인훈이 『소설가 구보씨의 일일』을 쓰기 이전, 그러니까

최인훈의 가족이 월남하여 정착한 1950년 초반부터 1960년대 후반에 이르는 시기에 박태원의 책을 구해 읽을 수 있는 가능성은 어느 정도였을까. 박태원의 둘째 아들인 박재영의 회고에 따르면, 해금 이전 국립중앙도서관에 있던 박태원의 책들에는 "禁貸出"이라는 표시가 적혀 있어 "책 목록을 보는 것만으로 만족"[13]해야 했다. 가족들이 이런 상황이었다면 누구라도 월북문인의 책을 구하는 것이 쉽지는 않았을 것이다. 이태준의 경우 최인훈이 그의 "글 모두를 읽을 수 있었던"(53면) 것은 해금 조치가 취해지고 작품들이 책으로 묶여 나온 이후였고, 이용악의 경우는 해금될 무렵 해서야 겨우 이름을 듣게 된 듯하다. 박태원의 경우 사정이 좀 나았다고 하더라도 그것은 어디까지나 상대적인 의미에서만 그랬을 것이다. 『소설가 구보씨의 일일』을 쓸 당시 최인훈이 박태원의 원작이 "가까운 장래에 남쪽에서 햇빛을 볼 가능성"(51면)이 거의 없다는 쪽에 내기를 걸고 있었던 것을 보면, 박태원의 작품을 읽는다는 것이 누구에게나 허락된 일은 아니었음을 짐작하게 된다. 이 점에서 최인훈은 상당히 운이 좋은 편에 속했다고 할 수 있다.

최인훈이 어느 시점에 어떤 경로로 박태원의 작품을 손에 넣었는지는 알 수 없다. 군 시절 외출 때마다 "대구역에서 직선으로 뻗은 거리"에 있는 "고본점"(207면)에 들르는 것이 큰 즐거움이었다고 회고하는 도중에 "「소설가 구보씨의 일일」의 이름으로 내가 나중에 소설을 쓰게 된 것은"(206면) 하고 이야기하는 것을 보면, 이즈음 박태원의 작품들을 구하게 된 것이 아닌가 싶다. "그의 **모든 단편들**

이(강조 — 인용자) 마음에 들었고, 그의 『천변풍경』이 좋았다"(47면) 다고 적은 것을 보면, 『천변풍경』 외에 한 권 이상의 작품집을 구해 읽었을 가능성이 높다. 월북 전까지 박태원이 남긴 작품집은 『소설가 구보씨의 일일』(문장사, 1938), 『박태원 단편집』(학예사, 1939), 「성탄제」(을유문화사, 1948) 셋이 있다. 어느 글에 "1938년에 나온 박태원의 단편집 『소설가 구보씨의 일일』"[14]에 대한 언급이 있는 것을 보면 최인훈이 이 책을 읽은 것은 분명한데, 그것이 『소설가 구보씨의 일일』 연작을 쓰기 전의 일이었는지는 확실하지 않다.

『소설가 구보씨의 일일』 연작을 쓰기 전 최인훈이 확실하게 읽었으리라 짐작되는 책은 해방 후에 묶여 나온 『성탄제』다(최인훈이 박태원의 다른 작품집을 읽었을 가능성이 없다는 뜻은 아니다). 여기에는 「성탄제」, 「옆집 색시」, 「오월의 훈풍」, 「딱한 사람들」, 「전말」, 「길은 어둡고」, 「진통」, 「소설가 구보씨의 일일」 등 모두 8편의 소설이 실려 있다. 1938년에 나온 『소설가 구보씨의 일일』을 줄여서 묶은 것이라 볼 수 있다. 『성탄제』를 지목한 것은, 해방 이후에 출간된 만큼 다른 책들에 비해 구하기가 상대적으로 쉬웠으리라는 짐작 때문이기도 하지만, 무엇보다 최인훈이 주인공의 이름으로 '仇甫' 대신 '丘甫'를 선택했다는 점이 더 큰 이유가 된다. 박태원의 구보가 '仇甫'인 것은 『소설가 구보씨의 일일』(1938)이나 『성탄제』(1948)나 매한가지이지만, '丘甫'라는 이름은 오직 『성탄제』에만 나온다. 박태원은 책의 후기에 다음과 같이 적어 놓고 있다.

> 作品 하나 하나에 對하여는, 特히 이 곳에서 말하려 않는다. 다만 「小說家 仇甫氏의 一日」을 發表하였던 因緣으로 하여, 以來 十餘年 ―, 「仇甫」가 나의 雅號 行世를 하고 있다는 것을 여기서 밝힌다. 只今도 「仇」字를 不快히 생각하여 「九甫」로 對하려는 이가 있거니와, 내 自身도 決코 이 雅號 아닌 雅號에 조금이나 愛着을 느끼고 있는 것은 아니다. 當者의 意思나 感情은 털끝만치도 尊重할 줄 모르는 文友諸君이, 期於코 일을 그렇게 꾸며 버리고 만 것이다.
>
> 이제부터 나는 斷然 「丘甫」인 것을 宣言한다.[15]

박태원은 이제부터는 필명을 '丘甫'라 하겠다고 선언하고 있다. 해방 이전에 발표된 작품들 가운데 필명으로 '丘甫'를 쓴 예가 없는 것을 보면, 박태원이 필명으로 '丘甫'를 내세운 것은 이때가 처음이었다고 해야 할 것이다. 최인훈이 그 많은 한자들 가운데 '丘甫'를 선택한 것이 그저 우연이라고 할 수 없다면, 그 출처는 바로 『성탄제』였다고 해야 할 것이다. 이것이 바로 최인훈이 『소설가 구보씨의 일일』 연작을 쓰기 전 이 작품집을 읽었으리라고 추정하는 이유이다. 최인훈이 위에 적힌 구절을 근거로 구보의 이름을 '丘甫'라 한 것이라면, 두 구보의 한자가 다른 것에 대해 지나치게 과장된 의미를 부여하는 것은 곤란해 보인다.[16] 3장에서 살핀 것처럼 최인훈은 "주인공 ― 작가 자신"이라는 등식을 가지고 『소설가 구보씨의 일일』을 읽었던 터다. 그렇다면 박태원이 필명을 '丘甫'로 쓰겠다고 이미 선언했음을 근거로, "주인공 — 작가 자신"이라는 등식에 따라 소설 속 인물의 이름을 '丘甫'로 한 것이리라는 추측을 하는 것도 가능하다. 요컨대 한자가 다르다는 사실이 아니라, '丘甫'라는 한자가 박태원에게서 나온 이름이라는 사실에 더 주목해야 하리라는 뜻이다.

2) 『소설가 구보씨의 일일』(문장사, 1938)을 읽었더라도 박태원이 상대적으로 온건한 축에 속하는 작가가 아니었다면 그를 모방하여 쓰는 일이 쉽지는 않았을 것이다. 가령 최인훈은 조명희를 박태원의 자리에 넣을 수도 있었다.

『화두』를 읽어보면 최인훈이 작가의 길을 걷게 되는 데 조명희의 작품 「낙동강」이 어떤 역할을 했는지 쉽게 알 수 있다. 『화두』에서 「낙동강」은 주인공 화자가 의미 있게 기록해두고 있는 문학적 체험의 첫 번째 사례로 기록되고 있다. 작가의 꿈을 가능하게 한 것도 「낙동강」이었고, 자신이 속해 있는 공동체에서 배제당하는 경험을 하게 한 것도 「낙동강」이었다. 그가 평생 이데올로기 문제와 씨름해야 했던 것도 따지고 보면 모두 「낙동강」 때문이었다.

『화두』에서 가장 인상적인 대목 가운데 하나는 러시아에서 조명희가 숙청당했다는 사실을 알게 된 후 깊은 비애감에 잠기는 장면이다. 이런 조명희였지만, 최인훈은 자신의 문학적 거울로서 조명희를 내세울 수가 없었다. 러시아로 망명해버린 작가 조명희를 1970년대에 호명하는 일은 최인훈이 아니라 어느 누구에게도 불가능한 일이었을 것이다.

이태준의 경우도 사정은 비슷하다. 『화두』의 한 대목을 통해 이미 살핀 것처럼, 최인훈은 이태준의 작품들에 상당한 호감을 표시하고 있다. 『소설가 구보씨의 일일』을 쓰기 전 어느 시점에 최인훈이 이태준의 작품을 읽었다면, 그 역시 최인훈에게 모방욕구를 불러일으켰을 법하다. 「해방전후」에 대한 애정 어린 독해에서 알 수 있듯 작중인물인 현은 문학적 거울로서 모자람이 없고, 단절된 문학사를 복원하는 일에 관해서라면 그 자리에 이태준을 넣는 것 또한 어색하지 않아 보이기 때문이다. 그러나 어떤 형태로든 이태준을 호명하는 일은 일어나지 않았는데, 이는 최인훈이 이태준의 작품을 일부라도 읽을 기회가 없었거나 읽었다고 해도 그 당시에는 박태원만한 자극을 주지 못했기 때문일 수도 있지만, 근본적인 이유는 다른 곳에 있었던 것이 아닌가 짐작된다. 이를테면 이태준의 불온성 때문에 최인훈이 이태준을 읽었다고 하더라도 그를 드러내놓고 모방할 수는 없지 않았을까 하는 것이다.[17]

잘 알려져 있듯이 해방 이후 이태준은 조선문학건설본부에서 조선문학가동맹으로 이어지는 노선의 문학적 이념에 적극 찬동하였다. 그는 「해방전후」로 조선문학가동맹에서 제정한 제1회 해방기념조선문학상을 수상하였고, 조선문학가동맹 중앙집행위원회 부위원장으로 활동하였으며, 제1회 전조선문학자대회를 성공적으로 개최하였다. 그의 행보는 방소문화사절단의 일원으로 소련을 방문하는 데까지 이어졌던바 여기서 보고 느낀 일을 기록한 책 『소련기행』은 "발간되자 장안에 물의를 일으켜 성북동 상허의 자택으로 기관원이 들이닥"[18]치는 사태까지 벌어졌다. 그에 비해 박태원은 온건한 편이었다. 박태원이 월북한 것은 한국전쟁이 있은 직후의 일이다. 박태원의 월북은 갑작스러웠고, 의도 또한 불분명했다. 이즈음 월북한 작가들 가운데는 월북인지 납북인지 뚜렷하지 않은 경우들이 상당수 있었다. 박태원도 그렇게 이해되었을 가능성이 있다. 이태준에 비해 운신의 폭이 넓었으리라는 뜻이다.

1970년대 현실에서 박태원이 어느 정도로 금기시되는 인물이었는지에 대해서는 느끼는 바들이 제각기 달랐을 것이다. 가령 남은 가족들은 박태원의 사진까지 모조리 내다버려야 했다. 연좌제에 걸릴 것을 염려했던 탓이다. 반면 최인훈의 경우는 박태원의 소설을 공공연하게 되살려 놓고 있다. 이 일이 최인훈에게는 그리 위험하지 않은 일로 여겨졌을까. 미국으로 이민을 간 아버지는 아들에게 가족을 뒤따라오기를 줄곧 권했는데, 월남했다는 것도 하나의 이유였다. "또 무슨 일이 있으면, 그 사람들이 월남한 사람들을 가만두겠느냐?"(78쪽) 월남한 사람이라는 처지가 정치적인 운신의 폭을 상당히 제약하는 요인이 될 수 있었음을 짐작케 한다. 그렇다면 최인훈 역시 그 나름의 위험을 감수하고 구보를 되살리는 작업을 했다고 할 수 있다. 다만 그 위험성이 극복할 수 있는 한계 바깥에 있었던 것은 아니라고 해야 할 것이다. 금기를 위반하는 것은 위험한 일이지만 이런 위험을 감수해도 좋을 만큼의 쾌감을 선사해주기도 한다. 최인훈에게 박태원은 불가능할 정도는 아니지만 긴장과 위반의 쾌감을 줄 정도로는 위험한, 어떤 심리적 균형점 위에 놓여 있는 작가이지 않았을까.

3) 최인훈은 박태원이 북한에서 「소설가 구보씨의 일일」이라는 "제목을 다시 사용할 가능성"은 없으며, 혹 쓴다고 하더라도 이들 작품이 "남쪽의 우리 눈에 띄지는 못할 것"(51면)이라고 판단했다. 이 짧은 몇 마디 말 속에는 여러 함축적 의미가 깃들어 있다. "제목을 다시 사용할 가능성"이라 했지만, 최인훈은 박태원이 작품을 쓰는 일 자체가 아예 불가능하리라 생각했을 수도 있다.

1963년 한 신문에서는 임화와 설정식이 총살당하고, 김남천, 이원조, 김오성이 투옥되었으며, 이태준이 숙청당한 후 청진제철소의 벽보 교정인으로 연명하고 있다는 기사를 내보낸 적이 있다.[19] 박태원의 소식이 전해진 바는 없지만, 이런 유의 기사가 박태원의 운명을 짐작해보는 데 도움이 되기는 했을 것이다. 이를테면 구인회 활동을 같이 했던 이태준이 숙청당했으니 박태원 역시 비슷한 운명에 처해졌으리라고 짐작했음직하다. 박태원이 북한에서 작품을 쓰게 되더라도 그것이 「소설가 구보씨의 일일」 류의 작품은 아닐 것이다. 「소설가 구보씨의 일일」은 이른바 순문학에 해당하는 작품이기 때문에 북한의 문학계를 이끌어 나가고 있을 구 KAPF 계열 작가들의 구미에는 맞지 않을 것이기 때문이다.

지금까지 확인된 사실로 볼 때 박태원에 관한 구체적인 소식이 우리 쪽에 처음 소개된 것은 1980년 무렵이었던 듯하다. 그사이 이기영이 작품 활동을 계속하고 있다는 보도가 나온 일은 있다.[20] 한 신문에서는 박태원이 전신불수의 상태에서 구술에 의지하여 「동학농민전쟁」을 집필하고 있다는 소식을 전하면서 반강제로 작품을 쓰지 않으면 안 될 만큼 박태원의 처지가 딱하다는 해석을 덧붙이고 있다. 이런 해석이 그 나름의 정직한 반응이었던 것인지 고의적인 왜곡이었는지 알 수는 없지만, 이런 정황들로 미루어 볼 때 1960년대 후반에서 1970년대 초반에 이르는 현실 속에서 박태원에 관한 소식이 우리 쪽에 제대로 알려졌을 것 같지는 않다. 최인훈이 박태원을 모방하여 『소설가 구보씨의 일일』을 쓰던 때의 상황이 대강 이러했는데, 결과적으로 보면 최인훈이 정치적으로 상당히 위험한 일을 하고 있었다고 해석할 수도 있다. 박태원은 이즈음 작가로서 누릴 수 있는 최고의 영예를 누리고 있었기 때문이다.

1956년 이른바 '8월 종파사건'으로 하방한 박태원이 복권된 것은 1960년이었다. 이후 그는 1965년과 1966년 『계명산천은 밝아오느냐』 1부와 2부, 1977년과 1980년에는 『갑오농민전쟁』 1부와 2부를 각각 펴냈다. 이들 작품은 북한 최고의 역사소설로 평가되었으며, 박태원은 이런 공로를 인정받아 1977년에는 당으로부터 국기 훈장 1급을 수여하였다. 최인훈은 박태원이 구보 계열의 소설을 쓰더라도 "남쪽의 우리 눈에 띄지는 못할 것"이라고 판단했지만 정작 박태원은 구보 계열과는 다른 소설을 써서 명예를 누리고 있었다. 최인훈을 포함한 문인들 대부분과 평범한 독자들에게 이 사실이 알려지지 않은 것은 분명하지만 정보기관이나 정부의 고위관료들도 그랬는지는 알 수 없다. 그리고 이런 생각들은 곧장 다음과 같은 의문을 품게 한다.

최인훈이 박태원의 소식을 알고 있었다면, 『소설가 구보씨의 일일』을 쓰기 위해 더 큰 용기가 필요했을 것이다. 적어도 애초 느꼈던 것보다는 더 큰 긴장과 마주해야 했을 것이다.

이런 상황 속에서도 최인훈은 『소설가 구보씨의 일일』을 쓸 수 있었을까. 정보기관이나 정부의 고위관료들도 박태원의 근황을 모르고 있었던 것일까. 아니면 작가의 근황쯤이야 어떻든 상관이 없기 때문에 굳이 알려고 하지 않았거나 알았어도 별로 중요하게 여기지 않은 것일까. 박태원의 근황은 파악하고 있었지만, 『소설가 구보씨의 일일』이 박태원의 원작을 모방한 작품임을 인지하고 못했기에 이를 문제 삼지 않은 것일까. 이렇게 물어나가다 보면 최인훈의 『소설가 구보씨의 일일』 연작이 15편(혹은 17편)에 이르기까지 쓰일 수 있었던 것은 일종의 '운명적'인 사건이라고 할 수 있을 듯하다. 『소설가 구보씨의 일일』은 아예 시작조차 되지 못하거나 미완으로 그칠 수도 있었던 작품이기 때문이다.

최인훈은 1970년대의 어느 시점에 「박태원의 소설세계」라는 글을 쓴다. 1938년에 나온 박태원의 단편집 『소설가 구보씨의 일일』과 『천변풍경』에 대해 개략적으로 소개한 글이다. 최인훈 전집 12권 『문학과 이데올로기』(1979)[21]에 수록된 이 글이 언제 어떤 맥락에서 쓰인 것인지는 알 수 없다. 글 말미에 있는 "이 글은 필자가 이 훌륭한 문학적 선배의 작품 제목을 빌어쓴 인연으로 청탁을 물리칠 수 없어서 쓴다는 것 말고는, 그리고 위에 든 작품에 대한 필자의 애정 말고는 아무런 내세울 만한 자격(연구자로서의) 없이 쓴 글이다. 그의 행적과 문학을 전반적으로 소개하지 못한 것에 대해서 독자들의 海容을 바란다"라는 문장에서 청탁을 받고 쓴 글이라는 짐작을 할 수 있는데, 청탁의 주체가 누구인지, 어떤 지면에 실렸는지, 실리기는 한 것인지, "독자들"을 언급한 것을 보면 출판사와 관계가 있을 것 같은데 박태원의 작품을 책으로 묶어 낼 결심을 한 곳이 어디인지 여러모로 궁금하다. 분명한 사실은 이 글을 쓸 시기에 이르기까지 최인훈이 여전히 박태원이라는 선배 작가의 이름을 드러내기에 주저함이 없었다는 점이다.

5. 구보 잇기의 문학사적 의미

한 연구자의 연구에 기대면 해방 이후 우리 문학사에서 박태원에 대한 평가가 그나마 자세하고 정확하게 기술된 것은 김윤식·김현의 『한국문학사』(민음사, 1973)에 이르러서다.[22] 그 이전까지는 '태원'이라는 이름만 제시되고 작품의 제목도 「구보일기」로 잘못 적거나(백철, 『국문학전사』, 신구문화사, 1957), 구인회에 대한 서술 부분에서 이름이 누락되어(조윤제, 『국문학개설』, 을유문화사, 1967) 있다. 이와 달리 김윤식·김현은 '개인과 민족의 발견'이라는 장 아래 '박태원 혹은 닫힌 사회의 붕괴'라는 항을 두어 박태원을 비중 있게 다루고 있다. 박태원에 대한 평가도 우호적이어서 "서울 서민층의 식민지 치하에서의 변모를 그처럼 탁월하게 묘사한 작가는 없다"거나 "계속적인 문체 탐구로 문학사적인 중요성을 또한 획득"(김윤식·김현, 『한국문학사』, 민음사, 1973)하고 있다고 서술하고 있다.

최인훈이 『소설가 구보씨의 일일』을 연재하기 시작한 것은 1970년 2월이다. 김윤식·김현이 박태원을 언급하기 전의 일이다. 박태원을 깊이 읽고 그의 작품이 지닌 의미를 누구보다 먼저 발견해낸 것이 최인훈이었다.

최인훈 이전에도 박태원에 대한 깊이 있는 연구가 누군가에 의해 이루어졌을 수 있고, 최인훈 외에도 그의 작품을 사랑한 문인들이 혹 있었겠지만, 적어도 해방 이후의 시기를 문제 삼을 때, 박태원의 문학적 가치를 분명하게 드러낸 것은 최인훈이 처음이었다. 비록 학술적인(비평적인) 언어를 통해 이를 논증하는 방식으로 쓴 것은 아니지만, 박태원의 구보를 1970년대에 되살리는 작업을 한 것만으로도 이런 역할을 했다고 보아야 한다. 누군가의 작품을 흉내 내어 쓴다는 것은 선배 작가에 대한 '오마주'라 볼 수 있기에 그것 자체로 평가 개념을 내포하고 있다고 볼 수 있기 때문이다.

『소설가 구보씨의 일일』이 없었다면 1970년대 박태원 연구사는 훨씬 쓸쓸했을 것이다. 박태원에 관한 연구사에서 일종의 공백지대로 남아 있는 이 시기를 작가 최인훈이 대신 메꿔 주었다고나 할까.

최인훈은 「소설가 구보씨의 일일」이 문학사적 중요성을 획득하는 데도 일정 정도의 역할을 했다. 앞선 연구자의 논의를 다시 한 번 참조하자면, 박태원 당대에는 「소설가 구보씨의 일일」보다 『천변풍경』이 더 높은 평가를 받았지만, 최근의 문학 교과서들에는 「소설가 구보씨의 일일」이 상대적으로 더 많이 실려 있는 것을 확인할 수 있다. "작가 소개나 작품 소개에서도 「소설가 구보씨의 일일」이 우선되며, 교과서에 『천변풍경』이 수록될 때는 주로 '더 읽을거리'나 확장 텍스트로 사용"[23]되고 있는 것을 볼 수 있다. 물론 문학 교과서에 작품이 실리는 것이 작품의 가치를 결정짓는 것은 아니다. 「소설가 구보씨의 일일」이 선호된 데는 장편보다는 단편이 가르치기에 수월하다는 이유도 작용했을 것이다. 그러나 「소설가 구보씨의 일일」이 문학사적 의의를 새롭게 획득하는 과정을 생각해볼 때, 최인훈의 작업이 갖는 의미가 간과되어서는 안 된다. 이 소설의 미학적 가치랄까 형식적 특징에서 비롯되는 장점을 맨 처음 포착해 낸 것이 바로 최인훈이었기 때문이다.

최인훈 이래로 구보는 여러 작가들에 의해 다양한 방식으로 호명되고 있다. 주인석의 『검은 상처의 블루스 — 소설가 구보 씨의 하루』(문학과지성사, 1995)는 이미 잘 알려져 있고, 최근에는 『소설가 구보 씨의 영화 구경』(주인석, 리뷰앤리뷰, 1997), 『녹색시민 구보 씨의 하루』(엘런 테인 더닝·존 라이언, 고문영 옮김, 그물코, 2002), 『철학자 구보 씨의 세상 생각』(문성원, 알렙, 2013) 같은 비문학적 글쓰기 형식에서도 구보가 등장하고 있다.

구보를 주어로 하는 글쓰기는 다양한 글쓰기에 두루 차용되는 바 최인훈은 「소설가 구보씨의 일일」이 소설 한 편으로 끝나기에는 아까운 형식이었음을 누구보다 일찍 알아차렸다. 구보를 주어로 하는 글쓰기는 반복과 확장이 가능한 형식이었던바, 최인훈은 연작 형식으로 『소설가 구보씨의 일일』을 씀으로써 박태원의 원작이 지닌 이런 가능성을 맨 먼저 입증해 보였다고 할 수 있겠다.

최인훈의 『소설가 구보씨의 일일』 연구
— 구보의 서명과 '후진국민'의 정체성

이민영(서울대학교 강사)

1. 서론

『소설가 구보씨의 일일』(1972)은 1970년부터 발표되었던 단편소설들을 묶어낸 최인훈의 연작소설이다.[1] 각각의 작품들이 따로 발표될 수 있었던 점에서 살펴볼 수 있듯이 이 작품은 개별의 작품들이 독자적인 완결성을 지니고 있다. 각각의 소설들은 내용이나 사건에 있어서 연관성을 보이지 않는다. 다만 '구보'라는 인물을 중심으로 삼아 내용적 통일성을 유지한다. 특정한 사건보다는 주인공의 의식을 중심으로 소설을 전개하는 것이다. 특히 소설가 구보의 외출을 하나의 사건으로 삼으면서 구보에 의해 관찰된 현실을 기록한다는 점에서 이 작품은 박태원의 동명의 소설인 「소설가 구보씨의 일일」과 매우 유사한 지점을 드러낸다.

소설 내에서 구보라는 인물은 전체 작품의 전개를 이끄는 중요한 요소로 기능한다. 또한 그 구보라는 이름이 과거 박태원의 작품에서 차용한 것임을 고려할 때, 이 작품을 설명하는 데 있어서 '구보'라는 인물을 이해하는 것은 매우 중요한 지점이다. 기존의 연구들 또한 '구보'라는 인물의 특수성에 주목하여 최인훈 소설을 설명하기 위해 박태원의 '구보'를 빈번하게 호출하고 있다.[2] 여기서 주목할 점은 두 소설에 등장하는 '구보'는 동일한 이름을 지니고 있지만 전혀 다른 인물을 지칭한다는 것이다. 최인훈은 이미 다른 작가(박태원)의 자전적 특성을 드러내는 '구보'라는 이름을 다시 불러와 자신의 자전적인 소설에 기입하고 있다. 따라서 '구보'의 의미를 알기 위해서는 '구보'라는 서명 뒤에 놓인 두 명의 서로 다른 작가의 존재를 고려해야 한다.

박태원의 구보가 식민지사회의 작가의식을 대변한다면 최인훈의 구보는 이미 해방된 냉전 시대를 살아가는 작가적 의식을 드러낸다. 두 명의 구보가 어떠한 차이를 지니는가를 단순히 비교하는 것에서 나아가 왜 서로 다른 주인공을 '구보'라는 이름으로 설명하는가를 이해할 필요가 있다. 최인훈이 왜 자신의 이름이 아닌 박태원의 '구보'를 통해 스스로를 호명하는가에 대해 질문해야 하는 것이다. 본고는 최인훈이 박태원의 '구보'를 자신과 유사한 주인공의 이름으로 활용하고 있다는 점에 주목하여, '구보'라는 서명의 의미를 분석하고자 한다. 이를 통해 냉전 사회를 살아가는 작가의 삶에 투영된 식민지적 작가의 자의식이 어떠한 효과를 나타내는지를 살펴보고자 한다.

최인훈은 『화두』를 통해 식민지작가와 자신의 삶에서 공통적

인식의 구조를 발견하게 되었음을 밝힌 바 있다.[3] 최인훈의 '구보'는 이러한 식민지인의 정체성을 바탕으로 등장하게 된다. 따라서 '구보'의 의미를 확인하는 과정은 식민지인으로서의 자의식을 전제로 해야 한다. 최인훈은 다양한 작품들을 통해 해방 이후의 삶 속에서 제국의 흔적을 발굴해내고 있다. 최인훈에 관한 다양한 연구들은 이러한 작품들에 대한 분석을 통해 소설에 나타난 탈식민성을 논의해왔다.[4] 하지만 그 대상 작품들이 주로 식민적 시대성이 분명히 드러난 「총독의 소리」, 『태풍』 등에 한정됨으로써 식민적 과거를 전제로 '현재의 삶'에 주목한 최인훈의 탈식민담론의 성격이 충분히 드러나지 못했다. 따라서 본고는 『소설가 구보씨의 일일』을 통해 최인훈의 탈식민성이 냉전적 현실 속에서 재의미화 되고 있다는 점에 집중하여 탈식민적담론의 의미를 규명하고자 한다. 이를 통해 냉전 사회에서 구성된 피난민 의식이 현실에 놓인 제국적인 권력을 재발견하는 시각으로 기능하고 있으며 동시에 이를 거부하려는 탈식민적인 목표를 수행하고 있음을 밝힐 수 있을 것이라 기대한다.

소설이 드러내는 탈식민적 사유를 이해하기 위해 식민 사회와 냉전 사회에 놓인 두 명의 구보는 중요한 전제가 된다. 두 개의 시간에 존재하는 한 명의 구보는 발전과 진보를 근간으로 하는 근대적인 역사 인식[5]을 넘어설 수 있게 하기 때문이다. 식민 과거를 극복하고 근대적인 국민국가를 이루어내었다는 역사서술 방식은 그 궁극적인 목표를 서구적 근대 사회로 설정하고 있다는 점에서 제국이후에도 지속되는 제국의 논리를 드러낸다. 따라서 발전과 진보로 설명되지 않는 공동체의 삶을 기록하는 것은 탈식민화의 과정에서 매우 중요한 역할을 한다. 2차 대전 이후 한국 사회뿐만 아니라 많은 탈식민국가[6]들은 서구적 근대 사회를 목표로 하는 발전의 논리를 강조했다. 근대적 민족국가의 성립이 곧 식민사회 이후의 달성해야 하는 세계의 이상이 되었다. 최인훈의 소설은 이와 같은 발전논리에 대한 문제의식을 제기한다. 그리고 이 과정에서 서구 사회가 제안하는 '국민'에 도달하지 못한 '피난민 구보'의 의미가 재발견된다. 국민국가를 전제로 구성되는 민족의 의미를 넘어서면서 새로운 의미를 지닌 제3세계에 속하는 '한국인'의 현실을 고민할 수 있게 하는 것이다.

본고는 구보의 정체성이 선진적 서구 사회의 일원이 아닌 후진국민의 정체성으로 사유된다는 점을 전제로 『소설가 구보씨의 일일』을 설명하고자 한다. 『소설가 구보씨의 일일』은 선형적이고 발전적인 역사세계의 외부에서 고안된 '구보'라는 인물을 통해 제국주의 이후에 도래한 냉전 사회에 여전히 제국의 흔적이 남아있음을 드러낸다. 그리고 이러한 인식을 바탕으로 정치적, 경제적 근대화의 담론을 넘어서는 탈식민사회의 새로운 역사 인식의 가능성을 탐색한다.

2. '피난민 소설 노동자 구보'의 정체성

최인훈의 『소설가 구보씨의 일일』은 동명의 소설인 박태원의

「소설가 구보씨의 일일」의 제목을 차용하고 있다. 그리고 박태원의 소설이 그러했듯 '구보'로 불리는 주인공의 하루를 사실적으로 기록하면서 작품을 전개해나간다. 최인훈의 『소설가 구보씨의 일일』은 박태원 소설의 제목뿐만 아니라 그 서술 방식을 동시에 빌려오고 있는 것이다. 하지만 이렇게 유사한 제목과 서술 방식에도 불구하고 박태원의 소설과 최인훈의 소설은 중요한 지점에서 차이를 보이고 있다. 그것은 '구보'라는 동일한 이름으로 지칭되는 두 소설의 주인공이 전혀 다른 시대를 살아가고 있는 전혀 다른 인물이라는 점이다. 제목과 서술 방식의 유사성에도 불구하고 두 편의 소설의 내용이 전혀 다른 것은 이러한 주인공의 차이에서 기인한다.

최인훈의 『소설가 구보씨의 일일』은 "소설 노동을 직업으로 삼고 있는 이름은 구보라고 하는 홀몸살이의 이북 출신 피난민"[7]이라는 표현을 반복하면서 구보의 정체성을 강조한다. '소설가이자 피난민'으로서의 구보를 재확인하는 과정을 통해 내용상의 연관이 없는 연작소설은 각각의 이야기의 긴밀성을 유지한다. 따라서 구보의 정체성을 읽어 내는 것은 최인훈의 『소설가 구보씨의 일일』의 전체 서사를 이해하는 데 있어 가장 중요한 지점이라 할 수 있다.

구보의 정체성의 기반은 작가 최인훈이다. 구보는 소설가라는 직업을 가지고 있으며, 이북에서 살다가 피난을 와서 가족과 함께 떨어진 채 홀로 서울에서 살아가고 있는 인물이다. 이러한 구보의 정체성은 두 개의 용어를 통해 정의되는데 그것은 바로 '소설가'와 '피난민'이다. 그리고 이때, 소설가로서의 구보는 단순한 예술가라는 의미에 한정되지 않는다.

> 과학이라는 것은 눈에 보이는 절대적인 증거만을 가지고 말한다. 또는 나사못으로 말할 것 같으면 쓰는 사람은 그것을 써서 어떤 만족을 얻으려는 것이요, 만족하면 기쁜 것인즉, 소설을 읽고 기쁨을 얻는 것과 무엇이 다르랴. 일언이폐지하고 나사못과 소설은 같은 것이요, 그런즉슨 구보씨는 노동자임이 분명하다. 굳이 우리들의 구보씨를 노동자로 쑤셔 박고자 함의 연유는 다음이 아니라 한때 스탈린주의라든가 사탕발림주의라든가 하는 해괴망측한 주의인지 나발인지 하는 것이 지식 노동자를 조상 때려죽인 망종이기나 한 것처럼 주눅을 들려 골병들인 일이 문득 생각나서다.[8]

『소설가 구보씨의 일일』이라는 제목에서 확인할 수 있듯이 소설가라는 직업적 지위는 구보라는 인물의 정체성을 설명하는데 있어서 핵심적인 역할을 한다. 그런데 최인훈은 소설가라는 용어에 노동자의 의미를 부여하는 방식을 통해 특유의 소설가 정체성을 만들어나간다. 구보는 창작 활동이 생산 수단을 소유하지 않았다는 점에서 노동자임이 틀림없다고 언급한 뒤, 소설가 또한 노동자의 일원이 될 수 있어야 함을 강조한다. 노동자와 소설가를 동시에 위치시키는 행위는 노동자와 대조되는 지식인으로서의 소설가의 역할을 제한하기 위함이다. 구보는 '대중에게 봉사한다'는 생각이 결국 특권의식의 반영일 뿐이라고 강조하면서 이러한 특권의식에서 벗어나기 위해 노동자로서의 정체성을 강조한다. 그리고 이를 통해 스탈린주의에 의해 설명되는 소설가의 개념을 비판할 수 있게 된다. 이때 '소설 노동자'라는 용어는 지식인으로서의 특권의식을 버리고자 하는 구보의 작가관을 설명한다.[9] 하지만 보다 근본적으로 이는 자신의 정체에 영향을 미칠 수 있는 스탈린주의를 부정하려는 의도를 드러낸다. 물론 사회주의 이념을 비판하는 이러한 관점이 곧 민족주의적 순수문학의 담론으로 이어지는 것은 아니다. 구보에게 순수예술가-소설가의 개념은 지식인-소설가의 개념만큼이나 한계를 지닌 것이기 때문이다. 구보는 특권적 지식인으로서의 소설가적 정체성을 부정하면서도 여전히 현실에 대한 작가적 시야를 확보할 수 있기를 원한다.

> 자신의 당대를, 지금 이 생활을 서사시의 소재처럼 바라본다는 일은 실상 안 될 이야기다. 스스로 '實感'이라고 생각하는 내용은 실감임에는 틀림없지만 아주 좁은 시야에 비치는 '私'의 느낌에 지나지 않을 수도 있다. '私'의 느낌은 아무리 절실하더라도 서사시가 되지는 못한다. 아무리 뛰어나도 그것은 서정의 세계다. 눈먼 개인의 심장의 뛰는 소리다. 세상의 지평선이 보이는 '公'의 세계 속에 있는 개인을 그리자면, 그 사회에 '公'이 공기가 있어야 한다. 그 '公'은 워싱턴에 모스크바에 있는 것이라는 것을 배운 세월이

구보씨의 피난 살림이었다.[10]

구보는 서정의 세계를 넘어서 공(公)적인 세계를 담아내야하는 소설가의 역할을 강조한다. 하지만 자신이 그것을 수행할 수 없음을 인식하고 안타까워한다. 그가 '실감을 넘어선 공적인 서사시의 세계'를 그릴 수 없는 것은 자신이 살고 있는 사회에 '공기(公氣)'가 존재하지 않기 때문이다. 구보는 북한과 남한을 넘어서면서 경험했던 피난민의 지위를 통해서 이를 인식하게 된다. 피난 살림을 통해 구보는 '공'의 영역이 한국이 아닌 "워싱턴"과 "모스크바"에 속한 것임을 발견하게 되는 것이다. 그리고 자신의 삶이 좌익이념에 의해서도 우익이념에 의해서도 재단될 수 없는 제3의 위치에 놓여 있음을 인식하게 된다. 독립적 지위를 확보하지 못한 제3의 세계, '공'이 발견되지 못하는 사회에서 구보는 항상 "삼류 소설 노동자"가 될 수밖에 없다. 전체의 세계를 읽는 눈, 세계의 '공'이라는 것이 자신이 알고 있는 세계 너머에 있기 때문이다. 구보는 결국 피난민의 정체성을 통해 어느 진영에도 속하지 않는 경계인의 지위를 확인한다.

구보는 지식인 소설가로서도 순수한 예술가로서도 설명될 수 없는 피난민-소설가의 정체성을 지니게 된다. 피난민의 정체성은 워싱턴과 모스크바 사이에 놓여 있다. 제3의 위치에 놓인 소설가의 정체성은 좌우의 이념적 분할선을 넘어선다. 그리고 강대국과 약소국의 관계를 전제로 하는 제국적인 분할선을 새롭게 인식하게 만든다. '소설 노동자'의 정체성을 통해 이념적 규정이 형성되고 유통되는 보편의 세계[11]에 밖에 놓인 자신의 위치를 이해하게 되는 것이다. '단테'를 구보 자신과 동일시하여 이해하는 것, 소설가 단테를 피난민 단테로 이해하는 것은 바로 이러한 인식에 기반한다.

구보는 자신의 국가에서 추방된 단테의 삶을 피난민의 삶으로 정의한다.[12] 추방자 단테를 통해 권력의 세계에 속할 수 없는 피난민으로서의 정체성을 투사해내는 것이다. 단테는 갈등하는 로마 교황청과 신성 로마 황제 사이에 놓여 있는 인물이었다. 결국 두 세력 모두에게 버림받은 단테는 영구추방자가 될 수밖에 없었는데, 단테가 된 구보는 무언가에 '소속'되려는 의지를 버리고 자신만의 '창업'을 꿈꾼다. 추방자 단테의 '창업'은 피난민 구보의 '창업'을 말하는 것이기도 하다. 구보가 내세우는 피난민의 정체성은 워싱톤과 모스크바를 중심으로 규정되는 질서의 모순을 발견하고 이를 극복하고자 하는 강렬한 욕망을 반영하는 것이다. 피난민 구보는 세계 밖에 놓여 있다는 인식을 통해 자신이 살고 있는 세계의 문제를 발견한다. 자신을 배제함으로써 추방자이자 피난민으로 만들어내는 세계의 논리를 발견하는 것이다.

최인훈이 만들어내는 '구보'의 서명은 바로 이러한 인식을 바탕으로 등장한다. 『소설가 구보씨의 일일』은 1960년 이후 10년을 정리하는 강연으로부터 시작된다. 이와 같은 강연의 주제는 4·19 이후 5.16으로 이어진 10년의 변화를 설명하고자 하는 요청에서 비롯된 것이었다. 1960년 이후 10년이 지난 시점 구보는 자신의 눈앞에 놓인 세계의 틀이 무너졌음을 확인하게 된다. 4·19를 통해 스탈린의 사회주의가 그러했듯, 이승만의 민족주의 또한 허구의 우상이었음을 발견하게 되는 것이다.[13] 이에 남한과 북한을 오가던 피난민 소설가 최인훈은 자신의 정체성을 새롭게 설명할 필요성을 느낀다. '구보'의 서명은 모순적인 현실의 인식의 극복 과정에서 고안되고 있는 것이다. 이해할 수 없는 세계를 이해하기 위해 최인훈은 식민지인이었던 '구보'를 되살려낸다. 그리고 눈앞에 놓인 현실의 의미를 외부의 우상이 아닌 자신의 목소리를 통해 복원하고자 한다. 식민사회가 그러했듯 당대의 삶을 통제하는 규율이 자신의 외부에 놓여있음을 발견하게 되는 것이다.

3. 후진국민의 현실 인식과 냉전 체제의 재인식

최인훈의 『소설가 구보씨의 일일』은 '구보'라는 인물을 주인공으로 삼으면서 내적인 통일성을 유지해나간다. 이때의 구보가 각 장의 서사를 진행시켜가는 주동인물이라고 한다면 이러한 구보의 반대편에 놓인 반동인물은 바로 "신가(神家)놈"이라 할 수 있다. 구보를 당황시키고 눈물짓게 만드는 소설 속의 현실들은 모두 보이지 않는 "신가놈"에 의한 것으로 설명되기 때문이다.

> 구보씨의 가련한 정신은 진리라는 것을 그런 상자 속에 있는 것으로 알았다. 그 이후 구보씨가 겪은 진리는 모두 그 비슷한 상자 속에 들어 있었다. 구보씨는 진리란 것이 어디

에 있는 줄로 알고 찾아다니면서 살아왔다. 그러나 인생의 반허리까지 살고 보니 진리란 '있는' 것이 아니라 만드는 것이며 더 바르게 말하면 '있게 하는' 것이 아닌가, 하고 생각하게끔 되었다. 이런 억울한 일이 어디 있으랴. 진즉 그런 줄 알았다면 헛수고인들 얼마나 덜 수 있었겠는가. 원통한 생각 같아서는 이런 헛수고를 시키는 그 우두머리놈을 박살을 냈으면 좋으련만 이 역시 불쌍한 구보씨는 그 우두머리가 대체 어떤 놈인지 알지를 못한다. 전하는 말에 신이라는 자가 이 세상의 모든 것을 만들었다하니 그렇다면 때려죽일 놈은 그 신가놈일 수밖에 없다.[14]

진리란 것이 까만 상자 속에 들어있는 일본왕의 '勅語'와 같은 것이 아니었다는 것을 알게 된 구보는 자신이 쫓아왔던 진실들(천황, 스탈린, 이승만)을 잃어버리고 갈 곳 잃은 피난민이 되어버린다. 구보는 천황과 스탈린과 이승만으로부터 기대했던 근원적인 진실이 '신가놈'에 의해 만들어지는 것일 뿐임을 알게 된다. 그리고 동시에 소설 노동자이자 피난민인 자신은 그러한 지식과 권력의 세계에 도달 할 수 없음을 확인하게 된다. "이것이 세상인가, 여기에 걸려 넘어진단 말이지"라는 뜻을 의미하는 '신가놈'은 현실을 알지 못해 어리둥절함을 느끼는 구보의 반대편에 서서 세계의 진실을 제시하고 이를 만들어나가는 "우두머리", 구보를 피난민으로 만든 세계의 원리를 지칭한다. 즉, 구보가 도달할 수 없는 지식과 권력의 세계를 상징한다.

구보는 주로 신문을 통해 미국 대통령의 중공 방문이나, 적십자사의 남북 대표 회의, 미국 기자의 평양 방문과 같은 의외의 소식을 접했을 때 신가놈을 떠올린다. 신가놈의 절대적이고 신적인 면은 근원적이고 종교적인 형태로 나타나는 것이 아니라 신문이라는 근대적 인식의 틀을 규정하는 지식권력의 형태[15]로 현전하는 것이다. 이러한 점에서 진실을 만들어내고 그것을 유통시키는 신가놈의 세계는 구보가 피난 생활을 통해 발견했던 '워싱턴'이나 '모스크바'와 긴밀하게 연관된다. '워싱턴'과 '모스크바'는 구보의 세계를 구획하는 외부의 권력이다. 구보는 이들이 만들어놓은 구획선을 넘나드는 피난 생활을 통해 자신이 보편의 세계에 의해 설명될 수 없는 지점에 놓여있다는 것을 알게 된다. 구보는 냉전세계의 강대국들이 만들어내는 진실에 결코 도달할 수 없는 후진적 세계[16]에 속하는 것이다. 구보가 지니게 되는 후진국민으로서의 자의식은 이와 같은 비대칭적 권력에 대한 인식을 바탕으로 형성된다.

'전쟁'은 후진국민으로서 구보의 지위를 다시 한 번 확인시켜 준다. '오랜 평화의 시대'로 불렸던 서구 사회의 냉전[17]과 달리 한국 사회는 평화가 아닌 전쟁을 통해 냉전을 경험했다. 이러한 실질적인 전쟁 경험은 제국주의 이후 구성된 냉전적 세계 질서하에서 제1세계와 제3세계를 나누는 주요한 요소가 된다. 구보가 아직 전쟁이 끝나지 않아 피난민으로 남아 있는 것과 달리 신가놈은 화해의 움직임을 보이는 강대국 간의 국제관계를 통해 현현한다. 구보가 목격한 1970년대는 냉전 강대국들에게 있어서 데탕트의 시대[18]였지만, 제3세계의 국가들에게는 끝없는 전쟁을 반복하는 열전(熱戰)의 시대였다.[19] 제3세계의 열전과 서구 사회의 냉전은 이념대립이라는 동일한 문제 상황이 국가적 지위에 따라 얼마나 다르게 전개되는가를 드러낸다. 『소설가 구보씨의 일일』이 월남전을 통해 한국 사회의 전쟁 위기를 상기해내는 것은 이와 같은 세계 인식에서 비롯된다. 구보씨는 피난민의 정체성을 통해 전쟁재발의 가능성에 집중함으로써 제3세계의 정체성을 재확인한다. 동서의 이념으로 분절된 수평적인 세계가 아니라 제국적 질서에서 기원하는 수직적 세계를 다시 발견하고 있는 것이다.

> "월남전이 멎으면 어디서 또 터져야 할 거 아니야?"
>
> "터져?"
>
> 구보씨는 모깃소리만 하게, 그러나 모기가 외마디 소리를 지르면 그렇게 지르리라 싶은 그런 소리를 냈다.
>
> "터져야지."
>
> 통명스레 김공론 씨가 선언했다.
>
> "왜 우리가 터져야 하나?"
>
> "그거야 우리 사정이지."
>
> "우리 사정이라니, 터지는 건 우린데, 우리가 왜 터져야 하는가 말이야."
>
> "그동안 많이 쉬었잖아?"

“쉬다니?”
“그래 안 쉬었나? 스무 해 가까이 평화 속에 지낸 일이 어쩐지 송구스럽잖아.”
구보씨는 어떤 노여움이 눈앞에 캄캄해지도록 솟구침을 느끼면서 팔을 내저었다. 어허허허 하는 웃음소리에 구보씨는 정신을 수습했다.[20]

구보와 그의 친구 김공론은 한국 사회와 월남을 동일한 층위에 두고 냉전의 체제를 설명한다. 미소를 중심으로 하는 냉전질서는 체제의 차이를 강조하면서 세계의 질서를 재편하고 과거의 제국과 식민지를 새로운 연대관계로 묶어냈다.[21] 하지만 구보와 김공론의 대화 속에서 냉전질서는 큰 전쟁을 막기 위해 작은 전쟁을 지속해야 하는 비대칭적 관계로 이해된다. 월남전이 멎으면 다음에 또 다른 작은 전쟁이 이어져야 한다는 전쟁의 논리는 그동안 한국 사회가 경험한 십여 년간의 짧은 평화조차 송구스러운 것으로 만든다. 전쟁이 끝나지 않는 한 이들은 선진 사회에 진입할 수 없다. 냉전 사회에서 ‘균형과 평화’의 역할이 강대국의 것이었다면 한국을 비롯한 후진 사회에게는 ‘위기와 전쟁’이 배당되었던 것이다. 이와 같은 관점은 출판사 편집장과의 대화에서도 발견할 수 있다.

“전쟁이 날까요?”
“글쎄요. 그걸 누가 압니까?”

"세상 바루 되는가 싶더니, 하긴 월남전쟁이 끝나면 어디선가 또 터지긴 터져야 하지 않겠어요?"

"제발 우리는 아니어야지요?"

"어디요. 그동안 쉴 만큼 쉬었으니 공밥만 먹어서야 되겠어요?"

"공밥요?"

"암요. 십여 년 공밥 먹었지요. 매니저들이 한번 게임을 주선할만한 때가 되지 않았습니까?"[22]

구보가 만난 출판사 편집장은 전쟁 이후 미국의 원조와 지원을 자본주의사회를 수호하기 위한 연대의 의미가 아닌 "매니저"들이 제공한 "공밥"으로 이해한다. 이들의 대화는 김공론과의 대화에서처럼 "그동안 많이 쉬었다"는 인식을 반복하면서 제1세계와 다른 위치에 놓인 제3세계의 불안을 서술한다. 이러한 제3세계의 전쟁의 불안감과 달리 신문은 미국과 중공의 만남을 전하면서 구보를 어리둥절하게 한다. 미국과 중공이 서로 만나는 그 순간에도 한국을 비롯한 제3세계의 국가들은 전쟁의 위험을 감수하며 살아간다. 한국이 아직 전후의 문제와 전쟁의 불안을 극복하지 못하고 있을 때, 강대국들은 실제로 화해를 모색하는 단계로 나아간다. 냉전체제의 중심이라고 할 수 있는 강대국은 이미 소통과 화해의 움직임을 보이며 후진 세계를 앞서가고 있는 것이다. 안정된 보편의 세계로서 신가놈의 세계는 이처럼 구보의 후진적 세계와 대비된다.

냉전 사회의 주체들이 힘의 균형을 통해 전쟁의 위기를 극복하고 있을 무렵 열전을 경험한 한국 사회는 다시 한 번 발생할지도 모르는 전쟁에 대한 불안감을 감추지 못한다. 해방 후 한국 사회는 제국과 동등한 '국민국가'라는 이름을 부여받았지만 여전히 "매니저"들의 주선에 따라 언제라도 싸움에 나서야 하는 "괴뢰"의 지위에 놓여 있다. 한국 사회가 독립된 국가를 건설하고 빠른 근대화 과정에 돌입했음에도 불구하고 여전히 이들의 삶은 제국적인 불평등의 관계에서 벗어나지 못하고 있는 것이다. 전쟁 이후 십여 년이 넘게 피난민 의식을 지니고 살아가는 구보는 이러한 불평등한 세계질서를 이해하는 인물이다. 피난민에게 있어서 현실은 언제나 불안과 공포로 존재하기 때문이다. 그리하여 후진국민의 정체성은 1970년대 구보의 모습을 1930년대 구보와 같은 모습으로 만들어준다. 다시 태어난 구보는 제국의 논리를 냉전의 논리에 겹쳐놓는다. 그리고 이를 통해 과거의 제국이 부와 번영을 누렸던 방식과 동일하게 냉전 사회의 강대국들이 평화와 안정을 누리고 있음을 발견한다. 최인훈의 '구보'는 반복되는 현실의 문제와 그것의 뿌리 깊은 기원을 설명할 수 있게 된 것이다.

4. '구보'의 서명과 피난민의 역사세계

『소설가 구보씨의 일일』은 후진국민의 정체성을 근거로 선진 강대국들이 내세우는 근대화의 과정 자체가 구보의 발을 걸어 넘어지게 하는 신가놈의 논리일 뿐이라는 점을 설명한다. '신가놈'은 아무리 독립된 국가의 국민이 되어도, 그리고 아무리 경제적인 발전을 이루고자 노력을 해도 선진국의 국민이 될 수 없게 하는 절대적인 권력의 원칙을 드러낸다. 구보는 이미 비대칭적인 세계의 질서 속에서는 "약소국의 지식인이나 정치가가 잘날 도리가 없다"[23]는 것을 확인한다. 그렇기에 피난민 구보의 현실 앞에서 선진국을 목표로 하는 발전과 진보의 논리는 무력한 것이 될 수밖에 없다. 구보에게 있어 한국 사회는 강대국 중심의 근대화 담론과 화해할 수 없는 피난민의 사회이며, 피난민의 정체성을 바탕으로 할 때에만 이해되는 사회이다.

『소설가 구보씨의 일일』에서 피난민은 단순히 북한과 남한의 사회를 옮겨 다닌 월남민 이상을 의미한다. 피난민은 아직 전쟁이 끝나지 않았다는 증거이고, 따라서 힘의 균형을 통해 평화를 유지하는 냉전 사회의 강대국들과 다른 입장에 놓인, 끝없는 전쟁을 수행하는 한국 사회의 현실을 환유적으로 드러낸다. 구보가 경험하는 피난민의 정체성이 단순히 월남 피난민에 한정되지 않고 한국 사회 전체를 지칭하는 말로 확대되는 것은 이러한 이유 때문이다.

> 통행금지가 가까워지면 모든 사람이 조급해진다. 어디론가 떠나려는 사람들, 빨리 집으로 돌아가려는 사람들이 서로 교통의 순서를 다툰다. 택시는 금방 난폭해진다. 모든 서비스가 거칠어진다. 피난민들이 마지막 열차에 매달리는 풍경이다. '막차' 그렇다. 이리하여 6·25의 얼굴은 밤마다 사

람들에게 모습을 드러낸다. 전쟁의 기억이 사라져가고 있다는 소리가 들릴 때마다 나는 웃음이 나온다. 하도 전쟁 속에서 오래 살았기 때문에 전쟁을 평범한 것으로 알게끔 취해버린 것뿐이 아닌가.[24]

통행금지는 해방 이후부터 한국 사회에 지속되어온 독특한 규칙이다. 한국의 민중들은 일본 제국으로부터 독립을 이뤘음에도 불구하고 여전히 자신의 시간의 절반을 구속당한 삶을 살아가고 있다. 아직 끝나지 않은 전쟁, 후진 사회에 놓인 불안과 갈등의 논리는 이러한 구속과 억압을 가능하게 하는 근거가 된다. 전쟁의 공포에 시달리는 한국인들은 밤의 시간을 되찾지 못한 채 살아가고 있다. 아직 끝나지 않은 전쟁을 증명하는 것이 구보를 비롯한 월남 피난민들이라 한다면, 여전히 지속되는 통행금지의 규약은 전쟁의 위기의식이 여전히 지속되는 전쟁사회로서의 한국을 드러낸다. 따라서 구보는 통행금지가 가까워진 때, 사람들의 표정을 통해 피난민의 모습을 읽어낼 수 있게 되는 것이다.

전쟁은 국민을 만들어내기 위한 주요한 경험으로 기능한다. 전쟁의 희생자를 추모하는 과정을 통해 국가는 공동의 운명에 속하는 국민이라는 공동체를 상상할 수 있게 한다.[25] 하지만 피난민에게 전쟁은 추모되고 이를 통해 공식적인 역사로 환원될 수 없는 기억이다. 이들에게 전쟁은 언제나 지속되는 현실의 문제로 사유되기 때문이다. 피난민은 국민의 지위를 유예당한 채 전쟁의 공포 속에서 살아가면서 "전쟁을 평범한 것으로 알게끔"되어버린 한국 사회 전반을 지칭하는 용어가 된다. 피난의 삶을 살아가는 한 한국인은 어느 누구도 고정된 국가의 영토 내에서 안정된 삶을 살아가는 근대 사회의 시민이 될 수 없다. 이러한 의미에서 피난민의 정체성은 여전히 국민국가를 건설하지 못한 한국 사회의 후진성을 지칭하는 동시에 서구적 보편세계와 동시적인 삶을 살아갈 수 없는 한국 사회의 특수성으로 이해된다.

피난 중의 한국인에게 역사는 진보와 발전의 선형적 논리위에 놓여있지 않다. 그것은 언제나 불안하고 공포스러운 일일(日日)의 삶들이었다. 피난민이자 소설가 구보는 이러한 한국 사회의 현실을 드러낸다. 최인훈의 『소설가 구보씨의 일일』은 작가 자신과 유사한 인물을 주인공으로 내세우고 그가 경험하는 현실을 있는 그대로 기록함으로써[26] '일일(一日)'에 담긴 사실성을 극대화한다. 하지만 이러한 사실성에도 불구하고 '구보'의 삶은 그가 살아가는 오늘에 한정되지 않는다. '구보'의 정체성은 이미 자신이 아닌 박태원의 것이기도 하기 때문이다.

『소설가 구보씨의 일일』은 다른 이의 필명을 빌려 자신의 삶을 기록함으로써 언술내용의 주체인 '구보'를 언술행위의 주체인 '최인훈'과 분리시킨다. 작가와 유사한 주인공을 내세우는 자전적인 소설이 '실제처럼 보여지는 효과'를 넘어서 '실제의 모습'을 목표로 한다면[27] 최인훈의 『소설가 구보씨의 일일』에서 중복 사용되는 '구보'의 서명은 그 실제의 모습을 있는 그대로 그러낼 뿐만 아니라 과거의 실제와 연결시키는 효과를 지닌다. 오늘의 현실에서 과거의 현실을 발견하게 하는 것이다. 이때, 구보는 최인훈인 동시에 박태원이며, 또한 작가 자신인 동시에 작가가 발견하는 세계이기도 하다. 그리고 오늘의 현실이 하루하루 축적되는 과정을 통해 구보가 경험하는 개인적인 '현재'는 나의 것에서 그의 것으로, 그리고 오늘의 것에서 과거의 것으로 확장된다. 구보의 서명을 통해 '일일'에 놓인 현재성은 '역사'로 넓어진다. 이와 같은 구보의 역사 속에서 현실은 발전하는 것이 아니라 반복된다.

식민사회의 구보는 해방 이후의 사회에 다시 태어나고 피난민들은 전쟁이 끝난 이후에도 전쟁을 이어나간다. 이러한 한국 사회의 현실은 발전과 진보의 논리로 설명할 수 없다. 과거의 시련을 극복하고 오늘의 발전을 이루었다는 이행의 서사가 불가능한 것이다. 이런 면에서 최인훈의 『소설가 구보씨의 일일』은 야만에서 진보로 이어지는 근대적 문명화 담론의 외부에 놓인 한국 사회의 모습을 그려낸다. 최인훈이 아닌 구보의 일일을 그림으로써 『소설가 구보씨의 일일』은 발전과 진보의 흐름을 전제로 구성되는 근대적 역사세계가 아닌 과거와 현재가 공존하는 한국 사회의 역사를 그려낼 수 있게 되는 것이다. 그리하여 피난민 구보는 후진 사회에서 선진의 사회로 발전해가는 세계가 아니라, 선진의 사회와 후진의 사회가 서로 공존하며 평행하게 흘러가는 세계를 기원한다.

"가만있자 그러면 현재의 지구상의 형편이 바로 그런 상태 아닌가? 아메리카와 아프리카가 공존하는 상태, 그리고 지금까지도 그런 식이 아니었나 말이야."

"그렇기는 하지. 현재까지는 그런 차이는 문명-야만, 선진-후진이라는 상태로서 그렇게 된 것이지만 앞으로는 그것들이 우열의 차이로서가 아니라 개성의 차이로서 존재한단 말일세."

(…)

"또 예를 들어볼까? 육상 경기에서 달리는 사람마다 칸이 나누어져 있지 않아. 각자의 칸 속에서 속도를 겨루는 것이지. 혼자서 경주하면 트랙이 한 개로 족하지만 복수가 동시에 같은 공간에서 달리기 위해서는 그 공간은 저마다 편차를 가져야 한다. 이거야. 나는 이 구성이 미래 사회의 모델이라고 생각해. 문명의 역사에는 새 주자가 나올 때마다 테가 하나씩 보태지는 것인데 그렇다고 기왕의 주자가 퇴장하는 건 아니야."

"그 이론은 전통예술의 기능에 대한 설명으로는 좋겠군."

"다만 지금까지 생각하듯이 소극적인 의미, 말하자면 현재의 더부살이로 과거가 있는 것이 아니라 평등한 식구로서 과거가 현재와 동거한단 말이지."[28]

선진 사회와 후진 사회가 "평등한 식구"로 동거하기 위해서는 문명과 야만이라는 이분법의 논리에서 벗어나야 한다. 제국주의는 공간에 시간적 편차를 부여하여 문명과 야만의 논리를 만들어 내었다. 동일한 시대를 살아가고 있음에도 불구하고 식민사회는 야만의 '과거'로 제국은 문명의 '현재'로 이해되었다. 이러한 인식을 발판으로 '문명화'라는 식민논리가 가능해졌다.[29] 구보는 이와 같은 제국주의적 역사 인식을 전면적으로 거부한다. 그리고 각각의 공간이 지니고 있는 편차를 같은 공간에서 달리기 위한 전제조건으로 설명한다. 구보는 "현재의 더부살이로 존재"하는 과거가 아닌 "현재와 동거하는 과거"를 통해 새로운 사회의 모델이 구성될 수 있을 것이라 말한다. 과거와 현재를 동거시킴으로써 "아메리카와 아프리카가 공존"하는 세계를 꿈꾸고 있는 것이다.

이러한 의미에서 『소설가 구보씨의 일일』이 드러내는 피난민의 정체성은 서구적 근대 담론의 전제가 되는 역사세계 너머를 상상할 수 있게 한다. 피난민의 삶은 서구 사회의 역사와는 다른 "트랙"의 삶을 살아가는 것이라 할 수 있기 때문이다. 피난민은 부정적 과거를 극복한, 발전적이고 진보적인 시대를 살아가는 국민국가의 시민이 아니다. 피난민들은 해방된 사회를 살고 있으면서도 식민지의 기억에서 벗어나지 못하는 자들이다. 피난민의 삶에는 서구적 근대와 하나가 될 수 없는 특수한 삶의 영역들이 남아있다. 그리고 『소설가 구보씨의 일일』은 이러한 피난민의 현실을 수정하고 극복해야 할 것이 아니라 제3세계의 민족이 지닐 수밖에 없는 특수성으로 이해한다. 구보가 이중섭의 전시회를 관람한 뒤 발견한 것은 이와 같은 피난민으로서 한국인의 삶이었다. 이중섭 또한 자신과 같은 피난민이었다는 점에서 어떤 공감의 가능성을 기대하는 구보는 이중섭의 그림을 통해 "한국 사람의 도원"을 발견한다. 한국인의 삶을 그리는 이중섭의 그림은 과거의 것임에도 불구하고 현재에 공존하는 한국적 전통의 가능성을 드러내다. 그것은 구보가 발견했던 것처럼 "복수의 전통을 허용"함으로써 가능해진다. 피난민으로 남은 한국인의 사회에서 민족과 전통은 근원적이고 단일한 중심에서 벗어나는 형태로 존재한다.

> 이중섭은 풍속의 자연스러운 범절을 노래하기를 원한다. 미술이라면 벌거벗고, 하느님은 예수고, 사회주의면 스탈린이요, 민족이면 무당귀신인 줄만 아는 식민지 똘마니와 무당 각설이패를 이중섭은 영원히 모른다.[30]

이중섭의 그림은 정해진 규칙과 규범에 얽매이지 않는다.[31] 구보가 천황과 스탈린과 이승만에게서 절대적인 진리를 기대했던 것과 달리 이중섭은 선험적 규정의 틀을 넘어서면서 스스로의 삶을 그림에 옮겨 놓는다. 구보는 이를 통해 피난민으로 살아가는 한국인의 삶을 발견한다. 그것은 신가놈으로 상징되는 근대 사회의 제국들에 의해 규정된 발전과 진보의 논리가 아닌, 각 세계의 고유의 속도와 삶을 드러내는 것이다. 최인훈의 『소설가 구보씨의 일일』은 일일의 삶을 기록하는 과정을 통해 "과학적인 소설가 구보"가 이해할 수 없었던 새로운 현실의 의미를 발견하게 된다. 진보와 발전이라는 하나의 목표를 중심으로 나아가는 근대 사회를 빗겨나 있는 피난민의 의식은 어느 한 가지의 모양으로 머물러 있지 않는 우주의 모습을 이해하는 제행무상의 태도와 연결된다. 이러한 의미에서 석가와의 만남을 담고 있는 마지막 장은 비로소 근대적 세계 너머를 바라볼 수 있게 된 구보의 가능성을 드러낸다. 식민지 시대 작가의 이름으로 다시 등장한 최인훈의 구보는 후진국민이 아닌 피난민의 정체성을 통해 복수의 전통을 꿈꿀 수 있게 되고 서구적 발전담론에 갇힌 근대 세계로부터의 이탈을 시도할 수 있게 되는 것이다.

5. 결론

최인훈의 『소설가 구보씨의 일일』은 박태원의 소설에 등장하는 '구보'라는 인물을 통해 자신의 삶을 그려낸다. 두 소설은 제목을 비롯하여 관찰자적 주인공을 중심으로 하는 서술방식에 있어서도 공통점을 드러낸다. 하지만 '구보'라는 동일한 이름을 사용하는 소설의 두 주인공은 박태원과 최인훈이라는 전혀 다른 작가의 정체를 대변한다. 따라서 두 작품의 관계에 대한 연구는 두 인물을 비교·대조하는 것 이상이 되어야 한다. 최인훈의 소설은 엄연히 서로 다른 인물을 동일한 이름으로 호명한다. 이를 통해 과거와 현재를 분리하여 선형적인 시간의 흐름 속에 놓는 근대적 역사 인식을 거스를 수 있게 된다. '구보'의 서명을 통해 과거의 현실과 오늘의 현실은 동시에 존재할 수 있게 되는 것이다.

이러한 두 명의 구보를 전제로 할 때, 소설 노동자이자 피난민인 최인훈의 구보는 더욱 정확하게 이해될 수 있다. 최인훈의 '구보'는 스탈린에 의해 규정되는 이념적인 소설가의 역할을 넘어서는 동시에 이승만의 민족주의가 요구하는 국민의 지위에 한정되지 않는다. 이와 같은 경계인의 정체성을 바탕으로 구보는 당대의 냉전적 현실을 새롭게 이해할 수 있게 된다. 그것은 자유와 공산이라는 수평적인 세계의 구획선에 여전히 잔재해 있는 1세계와 3세계의 구획선을 통해 발견된다. 아직 전쟁을 끝내지 못한 피난민 구보는 '신가놈'으로 대변되는 냉전적 세계의 질서 외부에 자신이 놓여 있음을 발견하게 된다. 구보가 문명과 야만이라는 진보의 논리를 거부하고 동시적으로 존재하는 과거와 현재를 이해하게 되는 것은 바로 이러한 현실 인식을 바탕으로 한다.

최인훈의 『소설가 구보씨의 일일』은 식민사회의 구보를 탈식민사회의 구보로 전유함으로써 냉전기에도 여전히 지속되는 식민사회의 모습을 재조명한다. 그리고 제국 이후의 신식민사회의 논리가 이행적 역사를 근간으로 하는 근대담론의 일환임을 전제로 새로운 세계의 구상을 시도한다. 불교로 상징되는 세계의 이해과정은 이성과 합리라는 절대적 기준을 바탕으로 세계를 유지하고 있는 당대의 현실을 극복하고 상대적이고 동시적인 주체의 공존가능성을 질문할 수 있게 하는 것이라 할 수 있다.

부활과 혁명의 문학으로서의 '시'의 힘[1]

— 최인훈의 연작소설 「총독의 소리」를 중심으로

이행미(충북대학교 강사)

1. 들어가며

최인훈은 첫 산문집 『문학을 찾아서』의 머리말에서 자신이 살아가는 시대를 "혁명과 재편성의 시대"로 규정하면서, 절망과 허무 속에서도 '분석적 이론화 작업'에 몰두하여 문학과 인생의 관계를 들여다보겠다는 의지적 자세를 보인다. 이는 "존재의 실상" 파악을 위한 모형 정립이라는 형태로 나타난다. 최인훈은 직접적인 구호를 외치기보다는 현실을 성찰하는 방식으로 혁명이라는 문제에 다가서고자 했던 것이다.[2] 이와 같은 태도는 같은 해 간행된 《문학과 지성》 창간사에 나타난 문제의식, 즉 한국 사회와 한국 문학의 병폐를 반성적으로 탐구하여 진정한 문화로 나아가리라는 선언과 공통분모를 형성하는 것이기도 했다.[3] 이렇듯 이 산문집에 담긴 최인훈의 문제의식은 동시대 문학적 환경 속에서 제출된 것이자, 당대 현실에 대한 작가 나름의 독자적인 응답이라는 점에서 주요한 의미를 지닌다.

1970년에 출간된 『문학을 찾아서』는 등단 이후 깊이를 더해간 작가의 문학관을 살펴볼 수 있는 산문집이다. 이 책에는 문학 일반에 대한 논의와 개별 작품에 대한 비평을 비롯하여 '시대의 표정'이라는 장 안에 「세계인」과 「일본인에게 보내는 편지」와 같은 글이 수록되어 있다. 그런데 이 책의 목차에는 한 가지 특기할 점이 있다. 「우리를 슬프게 하는 것들」을 '서장(序章)'으로, 「공명」을 '종장(終章)'으로 명시하고 있다는 사실이다. 서장의 내용은 "순수의 밀실"에서 빠져나와 "비순수의 광장"에서 고투해야 하는 "원치 않는 영웅"이 될 수밖에 없는 시대적 분위기를 상기시킨다.[4] 그리고 종장에는 '공명'을 통해 방황과 불안의 여정을 거치지 않고 실천적 삶을 살아가는 균형과 통일을 갖춘 완전무결한 인물의 면모를 보여준다. 최인훈 소설의 인물이 대체로 잃어버린 정신적 고향을 찾아 나서는 방랑자의 양상을 띤다는 점을 고려할 때, 공명과 같은 유형의 인물은 그 대척점에 위치한다.[5] 이와 같은 의식적인 글의 배치와 내용을 통해 이 산문집의 기획의도를 짐작하긴 어렵지 않다. 『문학을 찾아서』는 당대를 '슬픈 시대'로 규정한 후, 여러 편의 글을 통해 분석적인 해부를 시도하면서, 공명과 같은 "회의 없는 앙가즈망"[6]의 태도를 지닌 '영웅'이 되어 현실과 마주하고 싶다는 작가의 의지가 담겨 있는 책인 것이다. 1960년에서 1970년 사이 창작된 최인훈의 소설이 인생과 사회의 관계에 대해 천착하고, 현실의 여러 문제를 문학적 방식으로 대응하고 돌파해나가고자 한 산물임을 고려할 때도 이러한 추측은 타당해 보인다.

나아가 최인훈이 '공명'을 "현실과 상징이 하나로 되었던 인간"[7]이라는 점에서 '시인'으로 호명한다는 사실은 자못 흥미롭다. 그는 시인으로서 공명의 면목을 드러내주는 예로 출사표를 드는데, 이때 강조되는 것은 '글'에 머무르지 않고 현실에서 '행동'을 가능하게 한다는 점이다. '시인'은 말과 글이라는 상징적 기호가 현실에서 실천적 행동으로 발휘될 수 있게끔 하는 존재인 것이다. '시'와 '행동'을 결부시켜 이해하는 이와 같은 방식은 이 책에 수록된 다른 글에서도 어렵지 않게 발견된다. 작가의 단편적인 사유가 모여 있는 「감정이 흐르는 하상」에는, 자유가 "말이 아니라 힘"이자 "시가 된 행동"이고, 시인의 책무는 "행동의 기억"으로서의 "말"을 다루어 "행동을 상기"시키는 것이라고 적혀있다.[8] 이 책의 부록인 「소설 조형의 구조」에서도 작가가 규정한 '시'의 의미를 살펴볼 수 있다. 이 구조도는 한 인간이 현실 속에서 정신적 주체가 되는 과정과 예술가가 기호의 공간에서 소설을 만들어내는 절차를 보여준다. 여기서 '시'의 위치는 철학적 개념을 직관화한 것으로서 신화를 추상화한 '철학' 다음에 자리하며, 우연성을 제거한 '언어'가 되기 전에 놓인다. '시'는 문자를 통한 이성적 추론을 거치기 전 단계로서, 대상을 '직접' 받아들이는 경험과 실천의 영역에 속하는 것으로 분류된다. 이러한 맥락에서 최인훈이 '시' 또는 '시인'을 이해하는 방식이 근대 문학의 한 갈래인 운문으로서의 시가 아님은 자명해 보인다. '시'의 핵심은 언어의 조탁 또는 리듬이기보다는

'행동'에 있고, 언어는 '행동'으로 수행되도록 표현됨으로써 그 의미를 보장받는다.

이렇게 볼 때, 최인훈이 규정한 '시'와 '시인'의 의미를 면밀히 규명하는 것은 작가의 문학관과 현실 인식 모두를 밝히는 데 있어 단초가 되는 중요한 작업이다. 이를 위해 이 글은 「총독의 소리」 연작과 「주석의 소리」를 주된 분석 대상으로 삼으려 한다.[9] 이 연작 소설은 '방송의 소리'와 '청취자의 독백' 두 부분으로 구성되는데, 특히 독백 부분의 주체가 주로 시인으로 등장한다는 점에서 전술한 문제를 해명하기 위한 주요한 실마리를 제공한다. 한편 「총독의 소리」 연작을 구성하는 네 편의 소설 중 마지막 작품은 1976년에 발표되어 앞서 발표된 다른 네 편의 소설(「주석의 소리」 포함)과 약 8~10년의 시간적 상거가 있다. 그런 점에서 1960년대 후반 발표된 소설이 그때까지의 문학관을 결산하는 『문학을 찾아서』에 나타난 문제의식의 연장선에서 살펴볼 수 있다면, 「총독의 소리」 4편은 70년 이후 창작되었던 다른 작품들과의 관련성을 추가로 살핌으로써 적절한 작품 이해에 도달할 수 있다. 「총독의 소리」 4편은 희곡을 창작하며 극작가로서의 면모가 두드러지기 직전에 쓴 소설로, 이후 발표된 소설은 「달과 소년병」(1984), 『화두』(1995), 「바다의 편지」(2003), 이렇게 세 편이 전부이다. 따라서 「총독의 소리」 연작에 나타난 '시'의 의미를 해명하는 시도는 최인훈의 작품세계가 어떻게 변모하며 나아갔는지를 살펴보는 데에 있어서도 유의미한 지점을 제공하리라고 판단된다.

선행 연구에서 담화와 독백의 이중구조라는 이 소설의 독특한 형식의 의미를 살피려는 시도는 주로 총독의 방송 부분에 집중되었고, 시인의 독백 부분을 소략하게 다루는 경우가 대다수였다.[10] 총독이라는 발화 주체에 주목하여 탈식민주의적 관점에서 살펴보거나,[11] 당대 현실에 대한 작가의 정치성을 드러내고자 하는 연구에서도 그와 같은 입장은 마찬가지다.[12] 이러한 경향이 주를 이룬 데에는 한일 국교 파동을 겪고서 "문학의 형식을 파괴하면서라도 온몸으로 부딪쳐야 할 위기의식"을 느껴 총독을 발화 주체로 풍자성이 짙은 문학을 쓰겠다는 작가의 술회가 일정 정도 영향을 미친 듯하다.[13] 총독의 발화 부분을 통해 재식민지화가 될지도 모를 현실에 대한 작가의 비판적 진단을 규명하는 데에 초점을 둔 것이다. 그러나 작품의 창작동기를 설명하는 같은 글에서 최인훈은 '독백 부분'이 방송의 연설보다 더욱 전위적 성격을 띤다면서 그 중요성을 강조했다. 작가의 말을 전적으로 신뢰할 수는 없지만 여러 글에서 '시'와 '시인'의 의미를 살펴볼 수 있다는 사실을 염두에 둘 때, 이와 같은 진술은 간과하기 어렵다. 그 전위성의 의미를 해명할 필요가 있는 것이다. 이러한 맥락에서 독백 부분에 주목하고 있는 최근 연구가 있어 주목된다. 이들 연구는 접근 방식에 있어 세부적인 차이가 있지만, 랑시에르의 이론을 원용하여 최인훈 문학의 정치성을 분석하면서 작가의 문학 행위가 시인이 시를 쓰는 행위와 맞닿아 있다는 점을 지적하고 있어 흥미롭다.[14]

이 글은 이처럼 여러 각도에서 「총독의 소리」를 살펴본 선행

연구의 축적된 성과 위에, '시'와 '시인'의 의미를 밝히는 데 주안점을 두려 한다. 총독의 연설 도중에 차용된 시와 노래가 맥락화되는 방식과 그 의미를 밝히고, 독백 부분에 나타나는 시와 시인의 면모를 살펴본 후 두 담화의 관련성을 해명하고자 한다. 이를 토대로 작가의 문학관과 '시'의 의미, 나아가 양자의 관련성을 구명함으로써 최인훈 문학의 본령에 좀 더 다가가려 한다. 또한 '시'와 '시인'에 대한 작가의 이해를 살피기 위해 여러 소설과 산문을 아울러 살펴보는 과정에서, 연작소설을 써나가던 십 년이 조금 넘는 시간 동안 작가의 문학관이 어떻게 변모해나갔는지를 통시적으로 고찰할 것이다. 이를 통해 그간 현실에 대한 비판과 진단이 생경하게 드러나며 소설이길 포기한 요설로까지 평가되었던 「총독의 소리」 연작의 문학 작품으로서의 의의도 발견할 수 있으리라 기대된다.

2. 개인의 실존에 기초한 새로운 아시아의 구상

제목에서부터 알 수 있듯이 「총독의 소리」 연작과 「주석의 소리」는 해방 이후 지금은 사라졌으나 한국 역사에서 실존했던 총독과 주석이라는 두 발화 주체를 불러들여, 방송이라는 형식을 통해 당시의 현실 사회를 비판적으로 바라보려는 의도를 직접적으로 드러내는 소설이다. 주석이 제시하는 한국 사회의 나아갈 방향이 대체로 계몽적 색채로 일관되게 나타나는 반면, 총독의 발화는 재식민지화를 바라는 제국주의적 야욕을 드러내며 한국의 열등성을 폭로하는 배면에 현실 정치에 대한 작가의 통찰력이 숨겨져 있다는 점에서 이중적이다. 그런데 방송과 이를 듣는 시인의 독백이라는 담화 형식을 기본적인 구도로 설정하면서도, 총독의 발화 도중 이질적인 형식의 글이 삽입되어 새로운 의미를 생성하고 있어 주목을 요한다. 그중에서도 1편에 삽입된 시, 3편의 기미독립선언서 형식이 차용된 부분은 각별히 주의를 기울일 필요가 있다. 재식민지화를 기도하는 총독의 목소리 뒤로 새로운 보편으로서의 '아시아'에 대한 작가의 지향을 읽을 수 있기 때문이다.

「총독의 소리」 1편에서 총독은 현 한국 사회의 매판정권을 비판하고, 그 원인으로 반도인의 타율성을 지적하면서 재식민지화의 기대를 유감없이 드러내는 도중, 시인과 제목을 밝히지 않은 채 대동아공영권의 열망을 뒷받침하기 위한 의도를 지닌 것으로 보이는 장문의 시를 소개한다.

아시아의 밤
오 아시아의 밤!
말없이 默默한 아시아의 밤의
虛空과도 같은 속 모를 어둠이여

(…)

오 그러나 이제 異端과 사탄에게 侵害되고
유리된 世紀末의 아시아의 땅

(…)

오 아시아의 悲劇의 밤이여

오 아시아의 悲劇의 밤은
길기도 함이여

(…)

아시아의 밤이 동 튼다
오 雄運하고 莊嚴하고 永遠한
아시아의 길이
끝없이 높고 깊고 멀고 길고
아름다운 東方의 길이
다시 우리들을 부른다

> 이 시구의 절실한 가락을 보십시오. 그 위엄을 보십시오. 이 시가 반도인에 의해 씌어졌다는 것은 유감된 일입니다. 내지인 시인들도 숱한 성전 수행을 위한 시를 지었으되 그 가락이 이에 이르지 못한 것은 귀축미영의 썩은 사상이 아국 지식인들에게 감염되어 그들의 부족 시인으로서의 자세가 해체당하였기 때문입니다.[15]

총독은 아시아의 참상에 대해서 노래한 반도의 한 시인의 시를 소개하면서 대동아 전쟁이라는 '제국의 작전 수행'의 명분을 다시금 확인한다. 시적 화자는 "이단과 사탄에게 침해되고/ 유린된 세기말의 아시아의 땅"이 긴 "비극의 밤"의 시간을 지나 새벽이 밝아오길 바라는 강렬한 염원을 영탄조로 노래한다. 총독이 이 시를 소개하는 맥락을 고려할 때, '이단과 사탄'은 귀축미영(鬼畜米英)을 가리키며, 아시아의 밤을 끝나게 해 줄 '성전'으로서 대동아 전쟁을 옹호하고자 하는 의도가 있음을 알 수 있다.

흥미로운 점은 이 시가 본래 총독이 소개하고 있는 의도와는 전혀 다른 맥락에서 쓰였다는 사실이다. 전문이 인용된 이 시는 1962년에 《예술원보》에 게재된 오상순의 마지막 발표작인 「아세아의 여명」이다.[16] 1963년 6월 3일 세상을 떠난 공초 오상순을 기리는 한 기사에는, 이 시를 1962년에 쓴 시인의 마지막 작품으로서 폐허 동인 시절부터 일관적으로 드러내고자 했던 민족적 염원이 담겼다고 소개하고 있다.[17] 이와 같은 정황과 함께 오상순이 중일 전쟁이 발발하고 총동원 체제로 재편되던 1937년부터 해방을 맞이할 때까지 작품 집필을 하지 않았다는 이력 또한 이 시가 총독의 언술에서의 맥락과 아무런 관련이 없음을 방증한다.[18] 이처럼 일제 말기 대일협력을 했던 행적이 전혀 없는 시인의 시를 인용한 것은 총독의 발화에 균열을 일으키는 동시에, 시차를 얼마 두지 않고 발표된 이 시를 알고 있는 독자들에게 총독의 발언에 대한 비판적 정서를 불러일으킬 가능성이 크다.

한편 창작 시기가 묘연한 이 시를 해방 이후 신작시로 회고하는 기록이 있어 주목을 요한다. 수필가 박상훈은 1946년 여름 오상순이 「아세아의 여명」을 탈고하고서 그 기쁨을 함께 느끼고자 필자와 술잔을 기울이며 이 시를 큰소리로 읊었던 기억을 회상한다.[19] 이 글에 따르면 오상순은 이 시를 감격적 어조로 낭독한 후, "解放

된 또는 되어가고 있는 아시아와 特히 韓國의 前程을 눈빛에 불을 올리시면서 熱辯"[20]을 끝없이 토로했다. 이것만으로는 오상순이 이 시를 쓴 구체적인 집필동기를 파악하긴 어렵다. 그러나 해방정국을 아시아라는 범주 안에서 보고자 했다는 점에서 해방을 일본과 한국 두 국가 사이의 문제로 한정하지 않았던 그의 사유를 추론하는 것은 어렵지 않다. 식민지로부터의 해방이 제국주의에 대한 비판을 전제로 할 수밖에 없다는 점에서 새로운 자주 독립의 꿈은 일국의 문제가 아니었던 것이다.

그런데 이와 같은 반제국주의적 시각에 기초한 '아시아' 표상은 1920년대 초 아시아의 급진적 지식인들이 모여 생성한 '담론의 공동체' 안에서 제출되기도 했다. 당시 제국주의와 식민주의에 대항하면서 지역과 인종을 넘어 전 세계 피압박민족의 해방을 바라는 연대를 기도했던 동아시아의 지식인들에게 제국주의 일본은 '아시아'가 아니었다.[21] 오상순의 「아세아의 여명」은 그 집필 시기가 명확하지는 않지만, 1922년에 쓰인 「아시아의 마지막 밤 풍경」과 소재와 주제 면에서 유사하다. 이를 근거로 비슷한 시기에 발표된 것으로 여겨지기도 한다.[22] 오상순이 적극적으로 급진주의자들의 담론에 공명하며 '아시아'라는 시어를 썼는지는 확인하기 어려우나, 1920년대 지식인들에게 퍼졌던 사상적 조류에 영향을 받거나 공감했을 가능성은 커 보인다. 이렇듯 이 시는 1920년대, 해방 직후, 1960년대 초라는 세 시기 한국의 상황을 아시아를 아우르는 세계사적인 맥락 속에서 조망함으로써 일제에 의해 제기된 대동아

담론과는 '다른' 의미를 환기한다. 따라서 오상순의 시를 다른 맥락으로 읽히게끔 차용하는 이 대목은 총독이 꿈꾸는 '아시아'의 의미를 파쇄하고, 새로운 '아시아'의 모습을 정초하는 효과를 불러일으킨다.[23]

지역의 패권을 잡아 서구 열강의 대열에 서고자 했던 일제의 대동아 담론 속 '아시아'와 이와 다른 의미망을 환기하는 '아시아'의 대비는 「총독의 소리」 3편에도 나타난다. 3편에서 총독의 특별 담화를 기획한 목적이 일본의 대표적인 국수 작가 가와바타 야스나리의 노벨상 수상 기념인 만큼, 방송의 내용은 국수주의에 대한 강조로 채워져 있다.

> 패전의 그날 하늘이 무너지고 세상이 끝난 심사에 삶이 오직 욕인 양하여 한 목숨 초개같이 제국의 비운悲運에 한 가닥 분향으로 사르고 싶은 마음을 꾹 누르고, 죽은 듯이 살기로, **ウチテシヤマム,** 숙적의 간을 먹지 않고는 이 눈을 감지 말기로 한 결정이, 잘했지 잘했어, 역사는 살고 볼 일이라고 새삼 눈시울이 뜨거워지는 것입니다. (126~127면) (강조 — 인용자)

총독은 패전과 조선의 해방 이후 지하 조직을 만들어 설욕의 기회를 엿보던 중, 가와바타 야스나리의 노벨상 수상 소식을 듣고 감격한다. 위의 인용에서 특기할 점은 본문을 읽어 내려가는 흐름

을 방해하며 삽입된 가타카나로 쓰인 이질적인 문구이다. "ウチテシヤマム"는 제2차 세계대전 당시 일본 국민의 사기를 고양시켰던 슬로건으로, 태평양 전쟁 중 미국을 향한 선동문구로 쓰인 '撃ちてし止まむ'의 발음 '우치테시야마무'를 가타카나로 표기한 것이다. 이는 '격퇴해라' 혹은 '치고야 말리라'라는 뜻으로, 전쟁 당시 자신이 죽을 때까지 적을 쓰러뜨려야 한다는 비장함을 고조시키는 구호로 쓰였다.[24] 다소 생경하게 다가오는 이 문구는 대동아공연권의 담론을 대표한다는 점에서 총독의 의도를 함축적으로 담아내는 구절이다.

그런데 일본 제국을 위해 개인의 실존을 내던지는 국수주의자의 면모를 상기시키는 이 슬로건은, 말미에 나타나는 기미독립선언서의 문체를 빌린 총독의 발화를 통해서 그 의미가 여지없이 부정된다. 이와 같은 형식적 차용이 한일협정으로 일본의 영향력 아래 종속될지 모를 당대 현실을 풍자하려는 의도를 지닌 것은 물론이거니와,[25] 그 내용이 총독 스스로 대동아공영권 담론이 지닌 부정성을 드러낸다는 점에서 면밀히 분석될 필요가 있다. 총독은 천황에게 충성한 "반도의 민초"(139면)와 함께 감사를 전한다고 한 후, 제국을 위해 희생된 무수한 이들을 나열한다.

> 이런 꽃을 피우기 위하여 타향의 적지敵地에서 철조망의 이슬로 사라진 충용한 장병이 무릇 기하幾何이며 웅지를 품고 대륙의 산천을 헤매면서 나라를 위하다가 불령 현지

인의 손에 목숨을 잃은 자 무릇 기하이며 (…) 별과 고문실 사이를 잇는 우주와 역사의 신비를 위하여 헛되게 잠을 설친 식민지 대학생의 귀성한 밤의 시간의 총량은 무릇 기하이며 (가) **자욱한 안개 속 シナノヨル 속에서 민중의 중교에 불을 붙여 물고 바이칼의 바람이 스산한 고향의 하늘 밑에서 고량 이삭처럼 멋쩍었던 첫사랑의 밤을 회상하는 상하이의 소녀는 무릇 기하이며 좋으면서도 싫어야 할 것 같은 지식인의 허영을 하이칼라 넥타이처럼 우울하고 비딱하게 매고 쿠냥의 앙티로망적 아름다움을 감상하면서** 도회의 감미로운 モリカナ 캐러멜 같은 썩은 기쁨의 밤을 산보한 시인들이 무릇 기하이며 (…) (나) **국수國粹의 알맹이를 온존溫存하기 위하여 열린 세계에의 지평선을 폭파하고 종種의 버릇 속에서 종노비가 되면서 (…) 일세를 도도히 흐르는 귀축들을 흉내 낸 하이칼라 바람으로부터 제국의 향기를 지키기 위하여 스스로의 실존을 쇄국鎖國하여 국수國粹를 잃은 자의적 병자와 가난한 것이 곧 국수였던 타의적 병자는 무릇 기하이며** 그것은 가난한 자를 더욱 가난하게 하여 그것이 서러워서 더욱 쇄국의 길을 달려간 사람들은 무릇 기하이며 달려간 사람의 선봉에서서 타향의 적지敵地에서 철조망의 이슬로 사라진 충용의 장병이 무릇 기하인지. 본인은 다만 가슴 벅찰 뿐입니다.

(139~141면) (강조 — 인용자)

"헛되게", "썩은 기쁨"과 같은 표현에는 국수주의에 대한 부정적 평가가 전제되어 있다. 이는 국수주의 성향을 보였던 이들의 삶이 어리석음과 허망함으로 점철되었다는 사실을 폭로함으로써 애초 감사를 전하겠다는 총독의 취지와 상반된 의미를 전달한다. (가)에서 민중의 종교에 불을 지폈던 '지나노 요루(シナノヨル)'는 1940년 일본이 중국의 지배를 정당화하기 위해 만든 영화「지나의 밤(支那の夜)」을 가타카나로 표기한 것이다. 만주와 일본, 조선에서도 스타가 되었던 리샹란 주연의 이 영화는 경성에서도 개봉되었다. 상하이를 배경으로 이민족 간의 연애를 다루는 낭만적인 서사의 이면에는 일본의 식민지 지배를 우회적으로 공고화하고자 하는 의도가 담겨 있다. 대동아공영권을 선전하는 이 영화는 당시 삽입된 노래까지 유행할 정도로 선풍적인 인기를 끌며 민중을 동원의 길로 이끌었다.[26] 이 영화가 더욱 문제적인 것은 중국인 소녀가 일본인 남성을 향한 사랑을 깨닫는 계기가 폭력 행위 속에서 나타난다는 점이다. 식민지 종주국 남성을 사랑하기 위해 피식민지 여성은 강간 행위의 폭력성을 사랑과 배려로 받아들이면서 스스로 자유와 독립을 포기한다.[27] 이를 염두에 둘 때, (가)에서 총독이 감사를 표현하는 대상에는 '지나의 밤'과 '리샹란'에 열광하면서 이국적인 성적 판타지에 도취된 남성 지식인들도 포함된다. "첫사랑의 밤을 회상하는 상하이의 소녀"에 매혹되어 피식민자로서의 정체성을 자각하지 못하고, "쿠냥(중국 아가씨 — 인용자)의 앙티로망적 아름다움"에 취해 스스로 '노예'가 된 이들에게 감사를 표하는 총독

의 목소리에는 그들을 향한 작가의 비판적 인식이 함축되어 있다.

그렇다면 '우치테시야마무(ウチテシヤマム)'라는 슬로건, 영화와 노래를 통해 문화적으로 소비되는 '지나노 요루(シナノヨル)'를 통해 내면화시키고자 했던 '대동아'라는 이름의 아시아 표상에 함몰되지 않기 위해서는 어떻게 해야 할까. (나)에서 총독은 일제를 중심으로 한 국수주의적 태도가 결국 세계와 개인의 실존 양자를 폐쇄 또는 부정한다는 사실을 폭로하면서, 그 방법의 실마리를 제시한다. 총독은 3편의 발화 내내 강조했던 국수주의적 태도가 결국 죽음으로 종결될 수밖에 없다는 진실을 내비친다. 일제의 대동아 공영권 담론에서 제시하는 '아시아'는 이상과 생명의 대척점에 있다는 진실을 총독 스스로 폭로하고 있는 셈이다. 따라서 대동아 담론에서 제기했던 아시아와 '다른' 새로운 세계에 대한 전망은 자신의 정체성을 망각하지 않으면서도 합리적이고 비판적 시선을 견지하여 '개인의 실존'을 지켜낼 때만이 가능하다.

이처럼 최인훈에게 있어 새로운 공동체의 청사진은 '개인의 개인됨'을 기초로 한다. 일제의 대동아 전쟁 이념을 비판하면서 우회적으로 드러내는 이와 같은 공동체의 속성은 여러모로 중요하다. 최인훈은 4·19 혁명으로 인해 스스로 자유를 노래하면서 "'자기'가 되고자 결심한 인간"은 보편성을 갖춘 '세계인'이라는 새로운 인간형에 도달할 수 있다고 언급한 바 있다.[28] 이러한 '자유'를 찾기 위해 최인훈의 소설 속 인물들은 평화와 자주의 원칙을 견지할 수 있는 '제3의 길'로서의 중립을 모색하기도 한다.[29] 인간으로서 마땅히 누려야 할 권리를 주장하는 개인은 억압적인 체제에 저항할 수밖에 없으며, 자신의 실존을 보장받을 수 있는 장소를 꿈꿀 수밖에 없다. 그런데 「총독의 소리」 1편과 3편에서 환기되는 이와 같은 공동체의 의미는 공통적으로 '말의 힘'이 사라지지 않는 형식을 통해 나타난다. 총독에 의해 오상순의 시는 근대 이전의 '부족의 시'로 소개되고, 기미독립선언서는 낭독을 통해 행동을 선언하는 데 그 의미가 있다. 양자는 각기 다른 특징을 보이지만 '행동'을 함축하고 있는 것이다.

3. 가능한 세계를 창조하는 동력으로서의 '시'의 힘

「총독의 소리」 1편에서 총독이 「아세아의 여명」을 절실하고 위엄 있는 가락으로 평가한 이유는 "부족 시인으로서의 자세"(91면)를 견지하는 데에 있다. 근대 사실주의 문학이 변화하는 현실을 좇다가 영원성을 가시화하는 데 실패하여 구체적 삶에서 분리된 언어의 추상성에 함몰되는 반면, 부족 시인은 영원이라는 신념을 노래하는 것이다. 그렇다면 근대 문학과 대비되는 부족시인이 쓴 '시'는 어떠한 성격을 지니는 것일까.

최인훈에 따르면, 근대 이전 문학, 역사 시대에 이르기 전인 원시 사회의 문학은 '잃어버린 낙원으로 돌아가고자 하는 그 꿈이 현실적으로 이루어진다는 생각'에 기반을 두고 있다. 꿈에 대한 직관적인 확신이 담긴 이들의 문학에서 그 매체인 '말'은 현실과 분리되지 않는다.[30] 이는 말 자체에 이미 그 대상을 소유하고 있다는 의미로, '말'을 한다는 것은 '행동'을 하는 것이며, 그 '행동'에는 책임이 뒤따른다. 1편에서 총독은 세계의 식민화를 가속한 서구 이원적 태도의 출현 배경으로 근대 부르주아 리얼리즘 문학에 대해 논한다. 이와 같은 문학 경향이 허울뿐인 말을 시인의 몫으로 남겨놓고는, 그 안에 내재한 힘은 권력자에게 넘겨주었다고 비판한다. 그 기저에는 말과 힘이 결합하여 있는 문학, 순수한 행동이 될 수 있는 '시'를 이상적인 문학 형태로 간주하는 인식이 함축되어 있다.

이와 같이 말의 힘이 살아 있는 '시'는 1편과 2편에 인용된, 창작자를 알 수 없는 노래의 삽입을 통해서도 환기된다. 1편에서 총독은 최근 반도에 유행하는 노래로 "아이깨나 낳을 년 양갈보 가고/글깨나 쓰는 놈 재판소 간다"(95면)라는 가사를 소개한다. 그런데 이 노래는 구전 민요 「아리랑 타령」의 "말 깨나 하는 놈 감옥소 가고"와 "아이 깨나 낳을 년 갈보질 하고"와 같은 구절을 시대상을 반영하여 '양갈보'나 '재판소'와 같은 어휘로 변형한 것이다. 「아리랑 타령」의 제작연대는 정확히 밝혀지지 않았지만, 가사 내용을 통해 1910년대 무단통치하에서 수탈당했던 고통을 담고 있는 노래임을 알 수 있다. 2편에는 총독의 발화와는 전연 관계가 없어 보이는 「정읍사」와 「가시리」의 일부가 파편적으로 차용된다. 고려가요에 해당하는 이 두 노래는 공통적으로 작자와 제작 연대가 미상이며 오랜 시간 불특정 다수인 민중에 의해 불리었다. 이와 같은 노래들은 오랜 시간 동안 다수의 사람의 집단화된 정서가 적층된 산물이라는 점에서 시인이 추구하는 말과 주술성이 분리되기 이전의

시의 모습과 흡사한 특성을 보인다.[31]

그런데 시인이 그토록 찾고자 하는 말의 힘을 간직한 '시'에 대한 지향은 「총독의 소리」 연작뿐만 아니라 다른 작품에서도 찾아볼 수 있다. 1966년에 연재되기 시작한 『서유기』에서 '시'는 '춤'과 같은 것으로 나타난다. "현실에서 바랄 수 없는 질서 있는 동작의 몽타주에 의하여 존재의 공간에 요철을 만들어가는 윤리 행위"[32]라는 점에서 춤과 시는 유사성을 띤다. 춤을 추는 무희는 사랑, 의젓함, 슬픔, 노여움, 서글픔이라는 추상명사로 표현되는 정서적 표현을 실제의 경험으로 느낄 수 있게끔 한다. 이와 같은 춤은 실제 어떤 대상을 흉내 내기 위한 '모방'에 그치지 않고, 정서를 불러일으키는 생각을 재생산시키는 차원의 '재현' 행위로 수행된다. 이러한 맥락에서 춤은 제의적이면서도 주술적 성격을 띤다.[33]

> 연설은 바로 풍속적으로 그 연설에 가장 합당한 풍속적 의상 즉 총독의 옷을 입고 있다. 전위적이기는 커녕 너무 소심할 정도의 용의가 아닐까 한다. 전위적이라면 오히려 방송 뒤에 붙인 익명의 독백 부분이다. 앞의 부분의 연설은 모두 부수는 역할, 그 연설조는 그저 그만한 것 즉 총독의 눈이라는 그물에 걸린 상황의 요약이며, 이 세계의 복잡성은 그게 아니라는 부정의 부분이다.
>
> 이 두 부분이 어울려서 빚어내는 어떤 비전, 그것이 이 소설의 진정한 최종적 '작중 상황'이다.[34]

인용된 작가의 진술에 따르면, 총독의 시점으로만 포착된 연설은 세계의 단면만을 반영하여, 그 복잡성을 담아낼 수 없다는 점에서 단편적이다. 작가가 독백 부분을 '전위적'이라고 평하는 것은 이와 같은 총독의 언설을 부수는 역할을 수행하기 때문이다. 이때 눈에 띄는 것은 총독에 의해 발화되는 연설 부분이 '풍속'에 해당한다는 지적이다. 최인훈은 관념이 방법과 풍속으로 구성된다고 보았다. 여기서 '방법'은 풍속을 비판하는 부정의 정신으로서 풍속적 부분을 고쳐나갈 수 있는 새로운 '관념'을 부른다.[35] 이와 같은 구도를 위의 인용문에 대입하면, 독백 부분은 총독에 의해 그려진 현실의 모습(풍속)을 비판적으로 검토하여 새로운 비전을 낳도록 하는 '방법'으로 기능한다. 두 부분의 결합으로 인해 탄생한 새로운 '관념'이야말로 이 소설의 진정한 의미인 것이다. 한편 작가가 독백 부분의 주체를 시인으로 한정 짓지 않고 '익명'으로 명시하고 있는 점도 흥미롭다. 실제로 1편에서는 시인이 아닌 '그'가 등장하며, 4편에는 청취하는 대상이 직접적으로 나타나지 않는다. 그뿐만 아니라 '시'는 사회를 살아가는 이들의 집단화된 정서를 담고 있다는 점에서도 이러한 작가의 진술은 의미심장하다. 독백 부분의 주체인 시인은 '수많은 익명의 존재'에 의해 만들어진 염원의 공동성을 상실한 채, 일상을 반복적으로 살아가는 군상을 바라보며 과거의 잃어버린 '시'를 끊임없이 기다린다. 본질을 도외시하고 풍속만을 모방하는 예술이 아니라, 그 속에 담겨 있는 정서까지 재현하여 현실을 넘어서 새로운 가능한 질서를 꿈꿀 수 있는 예술로서의 '시'를

말이다.[36]

이러한 맥락에서 독백 부분은 총독의 발화 내부에서 그의 담론을 파쇄했던 힘을 지닌 '말'과 '시'가 전면적으로 나타난다는 점에서 면밀히 살펴볼 필요가 있다.[37] 독백 부분은 해당 편만 독립적으로 떼어냈을 때는 그 의미를 간취하기 어려우나, 발표된 시기를 순서로 연결하여 살펴보면 독백 주체의 의식 변화를 발견할 수 있다. 1편에서 방송을 듣는 '그'가 어둠 속에 들려오는 소리를 듣는 데 머무른다면, 2편에서 창틀 너머로 귀를 기울이는 존재는 '시인'으로 바뀐다. 청취 주체의 이러한 차이는 그가 듣는 것이 '무엇'인가에 따라 좌우된다. 1편의 청자는 신음과 울음과 같은 각종 소리를 무분별하게 받아들이고, 그중 자신의 목구멍 속에서 나는 비명을 가장 크게 듣는다. 그러나 2편의 '시인'은 풍문이 가득한 소리 속에서 "갈피 있는 통신"(121면)을 가려내기 위해 그가 사는 도시 사람들의 삶의 모습을 능동적으로 살핀다. 그 과정은 "끊어진 다리를 이어놓기 위하여 돌을 나르며 역사가 부숴놓은 마을을 말의 힘으로 불러내는 연금술을 발견"(121면)하고 싶은 염원 속에서 이루어진다. 하지만 시인은 그 힘을 부를 방법을 모른다. 시인 또한 "이데아의 꿈"(122면)을 기억할 수 없기 때문이다. 그리고 보다 본질적인 원인은 시인이 발을 디디고 있는 공동체가 더는 통일된 세계에 대한 신념을 집단적 무의식으로 공유할 수 있는 사회가 아닌 데에 있다.

먼 나라에서 알 수 없는 전화와 전보와 편지들이 시계와 똑

> 딱거리는 한 순간마다 쉴 새 없이 날아들어 와서 풍문의 시장을 이루면 그 속에 번개같이 달려들어 하다못해 기저귀감 하나라도 잡아 들어야 그것을 돈과 바꿀 수 있는 사람들이 고향을 잊어버리고 고향을 잊어버렸다는 넋두리도 지쳐버린 장타령꾼처럼 (…) 혼자만 똑똑한 체하는 자를 보면 살의를 느끼는 2천 년 전 팔레스타인의 자그마한 고장에서 광장을 모인 사람들의 가슴에서 어쩌면 뒤끓었을지도 모르는 썩은 소용돌이를 가슴마다 지었을지도 모르는 사람들이 전차를 타고 버스를 타면서 백 원 지폐에 대한 거스름을 차장이 잊어버리지 않기를 바라면서 (…) 도적질을 할 것인가 사기를 할 것인가 딸을 팔아먹을 것인가 어느 것이 양심적인가를 밤새껏 고민하는 가장과 이 크낙한 소용돌이 속에서 그들은 어떻게 돈을 버는 것인지…(123~125면)

인용된 부분에서 시인이 서 있는 도시의 특성은 크게 두 가지로 살펴볼 수 있다. 우선 "먼 나라에서 알 수 없는 전화와 전보와 편지"들로 "풍문의 시장"을 이룬 이 도시는 고향이 사라진 곳이다. 이때 고향이 '잃어버린' 것이 아니라 '잊어버린' 것이라는 서술에 주의를 기울일 필요가 있다. 최인훈은 한국의 근대가 민족사 내부에서 연속적으로 이루어지지 못하고 외부에 의해 "수술당한 형식"으로 이루어졌다고 보았다.[38] 이를 염두에 둘 때, 이 대목에서 나타나는 고향의 의미를 당대의 사회적 변화에 한정하여 이해하는 것은 충분하지 않다. 이들은 근대에 이르러 역사의 흐름에 단절이 나타남에 따라 자신이 누구인지, 자신의 고향으로 표상되는 공동체가 무엇인지를 '잊어버린 것'이다. 시인은 이러한 사람들을 비판적으로 바라본다. 그렇기에 "먼 나라"로부터 유입된 것을 "풍문"으로 간주하면서 밖에서 들어온 근대를 향한 맹목적 추수를 거부한다. 여기에서 우리의 뿌리, 우리의 고향을 찾아 단절된 역사의 흐름을 이어가야겠다는 작가의 의지를 엿볼 수 있다.

다른 하나는 각자의 이익과 이해관계가 최우선시되는 사회라는 사실이다. 인용문에서 2천 년 전 팔레스타인의 자그마한 고장에서 일어난 썩은 소용돌이는 예루살렘의 광장에서 예수를 죽이자고 외친 군중들의 심정을 가리킨다. 이들은 예수가 신이면서 인간이라는 사실을 받아들이기 어려웠다.[39] 그런데 인용문에서 그 원인은 "혼자만 똑똑한 체하는 자를 보면 살의를 느끼"기 때문이라고 나타난다. 시인에 의해 포착되는 사람들의 모습도 그와 다르지 않은데, 대체로 금전에 집착하는 모습으로 그려진다. 이와 같은 대목에는 각자 자신만의 이해관계에 따라 움직이는 이기적인 사람들로 가득 찬 현대 사회에서 모두가 공유하는 공동사회에 대한 감각을 찾기 어렵다는 작가의 인식이 담겨 있다.[40]

이렇듯 시인이 '시'를 쉽사리 발견하기 어려운 것은 집단에 의한 공통적인 감각 또는 정서를 찾기 어렵다는 점, 그리고 정신적 고향을 '잊어버린' 한국적 현실에서 비롯된다. 이로 인한 절망은 3편에 이르러 극대화되어 독백 부분이 등장하지 않는 데에 이르게 된다. 총독의 연설을 전적으로 부수는 역할을 하지 못하고 균열을 일으키는 정도의 전복성에 그치고 있는 것이다. 이듬해 발표된 「주석의 소리」의 독백 부분 또한 마찬가지다. '시인'은 소용없는 말의 틈바귀 속에서 "윤리의 중력"(79면)을 잃어버린 난장판이 된 도시를 침통하게 바라볼 뿐이다.

하지만 약 7년 뒤 발표된 4편의 독백 부분에는 민중을 통제하는 '거짓말'에 균열을 내기 위해 깊은 밤 수많은 소리를 모아 '말'을 건설하고 '한 줄의 시'가 탄생하길 기다리는 모습이 다시금 나타난다. 그 '시'는 도시 사람들의 침묵이 아닌, 아우성과 욕망, 감정과 열정을 발견하여 '재현'하고자 한다는 점에서 세계의 잠재적인 가능성을 창조해 내는 행위로 연결된다. 이와 같은 '시'는 "복수적이며 인과 관계의 체계에 통합될 수 없는 실제적인 경험들에 결부되어진 견해"[41]를 함축한다는 점에서 불온하다. 직관적이고 가시적인 삶에 밀착되어 있는 '시'는 법과 질서에 의해 통제될 수 없기에 현실 전복적인 성격을 띤다. 사람들의 실제적 삶에 근거하는 동시에 이들을 공동의 광장으로 나아갈 수 있게 하는 '꿈'을 담아내는 문학, 그것이 바로 '시'인 것이다.

4. 상상력을 매개한 보편적 세계의 재현

근대 리얼리즘에 대한 비판과 그 대척점에 있는 새로운 문학적 지향점을 담고 있는 최인훈의 '시'에 대한 인식은, 동시대 한국 문단에 제기되었던 문학과 현실과의 관계를 둘러싼 물음에 대한 나름의 응답이라는 점에서 더욱 의미가 있다. 구체적으로 이는 4·19 혁명의 유산으로서 문학의 가치에 대해 논하는 과정에서 1960년대 후반부터 나타난 '리얼리즘'을 둘러싼 논쟁과 맞물려 있다. 특히 최인훈의 문학적 지향은 한국 문학에 사회주의 리얼리즘 이론을 도식적으로 적용하면서 공리적 차원으로 문학을 수단화하는 현실을 비판적으로 검토했던 김현을 비롯한《문학과 지성》중진의 문제의식과 공통분모를 형성한다. 창간호에서 김현은 서구 역사에 등장했던 리얼리즘을 통시적으로 살펴보면서, 19세기에 이르러 근대 사조로 정착된 리얼리즘이 "소박한 모사론"으로 전락하고 도덕적 교훈을 도식적으로 강조하는 방향으로 축소되었다고 적고 있다. 그는 이와 구분되는 진정한 리얼리즘은 "상상력"을 통해 당면한 시대적 현실의 이면에 있는 진실을 발견하는 "존재론"적 차원에 자리한다고 보았다. 이론적 검토 후 김현은 한국 문학에서 가능한 서술 방법이 무엇인지 탐구하는 과정에서 레닌과 스탈린이 주창한 사회주의 리얼리즘 도입의 타당성 문제에 대해 가장 깊은 성찰을 보인 작가로 최인훈을 꼽는다.

> 최인훈에 의하면 예술에서의 리얼리즘의 등장은 당대주의의 승리와 밀접한 관계를 맺고 있다. (…) 최인훈이 파악하고 있는 리얼리즘의 원형은 시민계급의 형성이라는 국내적인 문제와 한 국가를 민주사회이게끔 하는 식민지의 개척이라는 국외적인 문제가 만나는 좌표에서 찾아볼 수 있다.

> (…) 그렇다면 리얼리즘은 시민계급과 식민지소유의 유무로써 그 가능성을 점칠 수밖에 없게 된다. 한국은? 당연한 물음으로서 그는 이러한 질문을 던진다. 그리고 그가 발견한 대답은 한국에서의 리얼리즘이란 원숭이 노름에 불과하다는 지극히 비판적인(!) 것이다. (…) 진정한 하나의 신화는 풍속 속에서 생겨나야지, 관념적인 모방으로 생겨나서는 안 된다.[42]

김현에 따르면, 최인훈은 서구의 리얼리즘을 그대로 적용하는 것이 한국적 상황에 맞지 않음을 알고 어떠한 방식으로 기술할지 지속적으로 천착했던 작가이다. 그러나 탐구에 그칠 뿐, 그에 대한 응답을 내리지 못한 상태라고 최인훈을 평가한다. 흥미로운 점은 이 글에서 김현이 한국 문학이 나아가야 할 유일할 방법으로 제시한 "한국의 현실의 기묘함을 그대로 정확히 파악하여, 그 실체를 작가의 상상력을 통해 재구성"[43]해야 한다는 진단과 유사한 내용이 비슷한 시기 최인훈의 문학관을 살필 수 있는 여러 글에서 부단히 강조되고 있다는 사실이다. 이를 잘 보여주는 예로 1960년대 후반 쓰인 것으로 추측되는 「작가와 성찰」의 한 대목을 살펴보겠다.

> 작가란 우상 숭배자다. 그는 형상을 통하여 생각한다. 눈에 보이지 않는 것, 손으로 만질 수 없는 것, 냄새 맡아볼 수 없는 것을 그는 믿지 않는다. 앞질러 얻어진 결론은 그에

게 아무 소용도 없다. (…) 그는 우상을 섬긴다. 우상은 자기다. '자기' 속을 흘러간 것만 그는 손댈 수 있다. 다른 것이 진리가 아니란 말이 아니다. 그의 몫이 아니란 것이다. 작가는 풍문을 듣고 쓸 수는 없다. 자기 이야기만이다. 시대를 말하더라도 자기 속에 발효시키는 수밖에 없다. (…) 아무도 작가를 메시아로 보는 사람이 없다. 다만 시대의 증인이고 민중의 증인이 되기를 바랄 뿐이다. 이렇게 말할 것이다. 마찬가지다. 나의 수사법이 반민주적이라고 트집을 잡지 않는 한 마찬가지다.

현대는 영웅이 필요 없다 한다. 작가는 영웅이 되려 한다. 한 시대를 증언하려는 사명감은 영웅 심리 이외의 아무것도 아니다.[44]

위의 인용 부분은 '리얼리즘'이라는 어휘를 직접 사용하고 있진 않지만, 당대 논쟁의 화두였던 이 문학 사조에 대한 최인훈의 이해와 평가가 나타난다. 우선 작가를 "우상 숭배자"로 규정하는 맥락을 이해할 필요가 있다. 작가는 보고 만지고 냄새 맡을 수 있는 감각적인 대상으로서의 물질세계의 형상을 통해 '진실'을 끄집어내는 자이다. 이에 따라 작가는 감각적 대상을 관찰하는 경험을 통한 귀납적 결론만을 믿으며, 여기에 바탕을 두지 않는 진리("앞질러 얻어진 결론")는 공소하다고 여긴다. 전술했던 김현의 표현을 빌리자면 '풍속에 기반을 두지 않는 관념적 모방'이 그러한 진리에 해당한다. 이는 한국 사회를 분석하지 않고 "시대의 증인이고 민중의 증인"이 되어야 할 문학의 역할만을 강조하며, 수입된 리얼리즘을 당위적으로 요청했던 문단의 흐름에 대한 전면적인 비판이기도 하다. 최인훈은 작가는 지각을 통해 수용하게 된 형상을 그대로 옮기는 이도, 형상 속에 있는 진리를 포착하여 이를 그대로 옮겨놓는 이도 아니라고 보았다. 작가는 오직 '자기'라는 주관성에 용해된 '진리'만을 그릴 수 있는 것이다. 따라서 최인훈이 지향했던 문학이란, 작가가 현실을 관찰하고 성찰하여 발견한 그 '무엇'을 그려내는 행위이다. 작가가 현대의 메시아 또는 영웅이 될 수 있는 것은 그 성찰이 현실 세계를 좀 더 나은 방향으로 이끄는 영향력을 발휘하기 때문이다. 이는 김현이 강조했던 "작가의 상상력", 시대가 요구하고, 그 시대를 초월해 나갈 수 있는 "실재"를 환기하는 "상상력"에 다름 아니다.[45]

이후 최인훈은 문학에 대한 자신의 관점을 드러내는 글에서 예술을 '상상력'으로 '세계를 얻는 행위'로 요약한다.[46] '상상력'에 대한 이러한 관심은 방법론적 '환상'이라는 그의 문학적 특질과도 긴밀한 관계를 보인다. 예술은 인간이 진화 과정에서 겪게 되는 불안을 해소하기 위해 무한히 펼쳐지는 상상 속에서 현실을 더 나은 방향으로 해결해 나가는 인간의 특별한 행위인 것이다.[47]

이와 같이 '상상력'을 매개로 한 문학은 현실의 단순한 모사가 아니라, 현실이 요구하는 것을 '재현'해낸다는 조건을 충족할 때 가능해진다. 작가의 역사의식은 역사학에서 역사적 변화를 이해하는 방식을 넘어선 전망을 조망할 수 있어야 한다. 실제 일어난 현실의 변화보다 더 나아간 '잠재적 가능태'를 추구할 수 있어야 한다는 것이다.[48] 그런데 이러한 '재현'에 대한 인식은 아리스토텔레스의 '미메시스' 개념과 접점을 이룬다. 아리스토텔레스에 의하면, 미메시스는 모방 대상을 그대로 복제하는 것이 아니라, 수용자의 상상력이 개입하여 전유하는 과정에서 탄생한다. 새로운 질을 지닌 것으로 변화시키는 이 과정은 주어진 것의 개별 특성들을 미화·개선하거나 또는 보편적인 것으로 바꾼다.[49] 이를 참고할 때, 최인훈 문학의 주된 특징이기도 한 환상적 속성을 현실을 도외시한 실험과 관념의 세계에 탐닉하는 것으로 보는 평가는 재고가 필요하다. 더 나은 '가능한 현실'과 인간적 진실에 공명할 수 있는 '보편적인 것'을 모색하고 소설화하기 위한 '환상'은 현실을 '재현'하는 다른 방식인 것이다. 이는 경험적 현실과는 다른 질서에 속하지만, 마땅히 있어야 할 세계를 포착하여 이를 재현해 내는 미메시스적인 태도와 상통한다.[50] 최인훈은 근대에 이르러 이러한 '재현' 감각이 현상을 경험적 분석으로만 이해하려는 사고에 의해 억제되었다고 본다. 그러나, 작가는 의식의 분열을 요구하는 사회 속에서도 구원과 각성의 가능성, "예술이라는 선의와 사랑의 시간 속에서 극복한 회복된, 또는 소망된 공동체의 시간"이 가능하리라는 직관을 포기하지 않아야 한다.[51] 이처럼 최인훈이 문학을 통해 그려내고자 하는 '보편'은 정신적 차원에서 현실의 소외를 극복하고, 모두가 공유할 수 있는 이상적인 가치가 존재하는 공동 사회와 맞닿아 있다.

작가의 이러한 문학관은 산문에서만 찾아볼 수 있는 것은 아니다. 「총독의 소리」 1편에는 총독의 목소리를 통해 진보적 당대주의에 입각한 근대 부르주아 리얼리즘이 위기를 돌파할 수 있는 세 방법이 제시된다. 우선 주인공을 지식인 또는 혁명가로 삼는 것이다. 지식인은 시시각각 변하는 미궁과 같은 현대 사회에 자신의 좌표를 확인하고, 혁명가는 상황에 대한 지식을 행동으로 옮긴다. 이는 정도의 차이가 있을 뿐, 고대 문학의 영웅과 같은 역할을 부여받는다는 점에서는 같다. 반면 세 번째 방법은 평가의 상대성이나 주관성의 우려를 떨칠 수 없는 인간의 개입을 거부하고 당대적 이미지만을 충실하게 옮기는 것이다. 서구의 근대 사조인 리얼리즘은 이와 같은 세 번째 방법을 택해 모사론으로 나아갔고, 사실주의 정신을 포기하여 현실과 유리된 추상적 언어유희로 귀결된다고 평가한다.[52] 이러한 맥락에서 최인훈은 서구 근대 리얼리즘의 위기를 돌파할 수 있는 대안으로 스스로 제시했던 나머지 두 방법, 지식인 또는 혁명가를 주인공으로 삼는 길을 택한 것은 아닐까 싶다.

따라서 최인훈이 지향했던 문학이 '리얼리즘'과 대립되지 않는다는 점은 재차 강조될 필요가 있다. 그는 몇 차례 산문을 통해 '리얼리즘' 혹은 '리얼리티'에 대한 인식을 드러냈다. 리얼리티는 '가치' 개념으로 추상과 구상이라는 두 방법적 차원에서 모두 가능하다.[53] 근대 사실주의 문학이 점차 문학의 본질에서 벗어나고 있다는 작가의 비판을 반사실주의 또는 초현실주의 문학으로 나아가야 한다는 진단으로 이해해서는 안 된다. 추상적 표현은 어디까지나

'방법'의 차원일 뿐으로, 그로 인해 리얼리티라는 '가치'가 훼손되는 것은 아니기 때문이다. '리얼리즘 문학'을 오늘날의 삶의 조건을 해석하고서 좀 더 참다운 모습에 가깝게 살아갈 수 있는 길(방향)을 가르쳐 주는 것으로 정의하기도 한다.[54] 요컨대, 최인훈의 문학 행위에는 복제와 흉내 내기로 '재현'의 의미가 전락되어 버린 현상을 비판하고, '존재론으로서의 리얼리즘'을 정초해나가고자 하는 작가의 의지가 함축되어 있다.

최인훈이 추구하고자 했던 '리얼리즘'과 '재현'의 가치는 '시' 문학을 비롯한 고대 문학에 대한 그의 지향을 살필 때 더욱 명료해진다. 최인훈이 문학을 통해서 드러내고자 했던 가치는 근대의 장르적 분화 이전의 이야기, '시'로 대변되는 고대 문학의 속성과 맞닿아 있다. 그러므로 최인훈이 소설 집필에서 희곡 창작으로 나아가는 계기는 여러 차원에서 살펴볼 수 있지만, 본질적으로 희곡과 소설이라는 장르를 엄밀하게 구분하고 있다고 보기는 어렵다. 소설과 희곡 모두 생활이 곧 예술이라는 뿌리에서 파생된 것으로, 상상력을 통해 현실을 재현하는 문학예술의 본질을 공유한다는 점에서 크게 다르지 않은 것이다.[55] 작가의 말에 기초하여 문명사적 탐구의 일환으로서 소설창작이 "한국적인 심성의 근원"을 찾는 데에 있다고 볼 때, '시'로 대변되는 최인훈의 문학관이 근대 이전 민족의 초기 기억을 더듬어 볼 수 있는 설화에서 이야기 소재를 찾는 양상으로 귀착되는 것은 자연스럽다. 그러나 「옛날 옛적 훠어이 훠어이」를 비롯하여 한국 설화를 소재로 삼은 최인훈의 희곡 창작이 한국의 특수성을 발견하는 데 그치는 것은 아니다. 이는 고대하던 구원자를 직접 제거한다는 모티프를 보편적인 맥락에서 이해하면서, 아기장수 설화와 유대교에서 예수를 이단자로 몰아갔던 경우를 등가에 놓고 이해하고 있는 작가의 진술을 통해서도 알 수 있다.[56] 결국 최인훈의 희곡 창작은 한국 문화의 기저에 존재하는 정서를 인간의 원형적 욕망이라는 보편적 차원으로 길어 올리는 작업, 특수한 것을 좀 더 추상화하여 풍속적인 현실의 제약에서 벗어나고자 했던 행위인 것이다.[57]

이러한 맥락에서 「총독의 소리」 연작에 나타나는 '시'에 대한 최인훈의 인식은 그의 문학세계를 통시적으로 살펴보는 과정에서도 주요한 시사점을 제공한다. 1976년에 쓰인 「총독의 소리」 4편은 한동안 소설 창작을 중단하기 전에 쓴 마지막 작품으로 알려져 있다. 앞서 발표된 1편과 약 10년의 시차를 두고서 최인훈은 왜 다시 이 연작의 형식을 불러올 수밖에 없었던 것일까.

「총독의 소리」 4편에서 방송의 주된 내용은 1972년에 있었던 남북 7·4 성명을 긍정하며, 오스트리아를 모델로 두 체제가 공존하는 하나의 국가를 만드는 것을 대안으로 제시하는 데에 있다. 그런데 소설을 쓴 시점인 1976년에는 이와 같은 전망의 실효성이 이미 사라져 남북 모두 독재체제가 강화되었다.[58] 물론 도래하지 않은 가능태로서의 현실을 재현하는 것은 미메시스의 기본 정신이다. 문제는 그 서술이 논설을 방불케 할 정도로 너무나도 논리적이고 객관적으로 나타난다는 점이다. 현실과의 견고한 연결 고리 위에 구축된 '가능한 세계'라는 것은 '현실에 대한 해석'에 한정하여 의미화될 뿐, '현실을 넘어선 해결 그 자체'를 고무하는 정서를 심어주는 데로 나아가기 어렵다.

한편 독백 부분은 연설 부분과 대조적으로 1~3편보다 더욱 '추상성'이 강화된다. 독백의 주체가 구체적인 인물로 등장하지 않으며, 그 자리를 대신하는 것은 '아우성치는 소리의 홍수'이다. 소리의 갈피를 구분하며 듣는 특정한 주체의 자리가 사라진 것이다. 말을 건설하기 위해 불면제를 먹는 시인은 창 안에서 밖을 바라보던 위치에서 내려와 웅성거리는 소리의 한 가운데로 이동한다. 이로써 직접적인 행위로 연결되지 못하게 했던 관객과 배우 사이의 '거리'는 소멸한다.[59] 언어의 거품과 실성한 말들의 틈바구니에서 시의 힘을 기다리던 시인은 구체적인 '나'라는 존재에서 '모든 집단의 구성원과 함께하는 나'의 자리로 이동함에 따라 드디어 '한 줄의 시'를 쓰리라는 자신의 책무를 실천하리라는 마음을 굳게 다잡는다.

4편의 독백 부분에 나타나는 이와 같은 시인의 자세는 「하늘의 다리」와의 비교를 통해 더욱 분명히 알 수 있다. 4편의 독백 부분은 1970년에 쓰인 「하늘의 다리」의 13장의 일부를 그대로 옮긴 것이다. 「하늘의 다리」에서 소리의 홍수를 듣는 이는 화가 김준구이며, 그 소리는 하늘로 올라가 다리가 된다. 준구는 환상을 통해 나타나는 비전을 의미하는 '다리'를 화폭에 옮기지 못해 좌절한다. 이는 그가 구체적인 현실과 낙차가 큰 환상을 그리는 것을 망설이기 때문에 발생한 감정이다. 최인훈은 추후 이 소설에 대해 실제 현실에 좀 더 무게 중심을 두어, '환상'을 현실과 조금 다른 정도로만 그려내야겠다는 의식을 대담히 떨쳐내지 못했다고 술회한다.[60] 이런 점에서 작중 김준구의 좌절은 작가 최인훈의 모습이 투사된 것이다. 그러나 4편의 독백 부분으로 옮겨 오면서 현실과의 긴밀한 관계를 가급적 현실을 모방하는 방식을 통해 나타내야 한다는 부담과 제약은 사라진 것처럼 보인다.[61] 그렇다면 그 사이에 현실의 문학적 재현에 대한 작가의 인식 변화가 있었던 것은 아닐까. 시인에 의해 재현된 세계가 의미 있는 까닭은 현실 세계와의 동질성에 있는 것이 아니라, 그 사이에서 발생하는 '차이' 때문이다. 그 '차이'는 현실을 더 나은 방향으로 향하게 하는 것, 즉 '보편화'로 나아가는 길이다. 이는 재현 방법으로서의 추상, 상상력의 비약적 확장을 긍정하는 방향과 맞물려 나타난다. 이러한 맥락에서 최인훈의 희곡 창작은 「총독의 소리」 연작에서 강조했던 '시'의 길로 한 걸음 나아간 것이라 할 수 있다. 또한 「총독의 소리」 4편은 현실의 제약을 벗어나 상상력을 비약적으로 확장해 나가는 작가의 창작 여정의 변화를 단적으로 보여주는 소설이라 하겠다.

5. 나가며

최인훈은 소설과 희곡을 비롯하여 여러 장르에 걸쳐 창작 활동을 했으며, 불가능한 현실을 상상을 매개로 부활시켜 문학을 통해서나마 가능성을 탐구한 작가이다. 이러한 실험이 지속적으로 나타날 수 있었던 까닭은 그가 현실 변혁에 대한 희망을 놓지 않았고,

'말'과 '힘'이 분리되지 않았던 시대의 '시'와 같은 문학을 창작하고 싶은 열망을 갖고 있었기 때문이다.

이 글은 최인훈 문학의 본령이 이와 같은 '시'의 추구에 있다는 전제에서 출발한다. 「총독의 소리」 연작을 중심으로 살펴봄으로써 작가가 추구했던 '시'로서의 문학의 본질이 무엇인지 해명하고자 했다. 예술의 기원으로서의 '시'는 집단화된 정서의 재생산을 통해 공동체를 더 나은 방향으로 나아가고자 했던 삶에 대한 갈망의 표현이 응축된 문학이다. 많은 사람이 공유하는 가치를 다룬다는 점에서 사회적인 동시에 상상을 통해 현실의 잠재적인 가능성을 끄집어낸다는 의미에서 혁명적 성격을 띤다. 최인훈은 이와 같은 '시'가 지닌 속성을 현대 문학에 어떻게 적용해나갈지 지속적으로 고민했다. 이는 그의 문학관과 세계관 형성에 영향을 미쳤고, 여러 형식적 실험을 시도하면서 보편성을 재현하는 문제를 탐구하게 했다.

한편 이 연작의 마지막 소설인 「총독의 소리」 4편은 1960년대 후반에 발표된 네 편의 소설과 다른 성격을 보인다. 당대 현실에 대한 진단과 대안을 제시한다는 점에서는 공통적이나, 현실과 환상의 관계를 재설정한다는 점에서 차이가 있다. 이를 살펴보기 위해 「하늘의 다리」(1970)와의 비교를 수행하였다. 4편의 독백부분은 「하늘의 다리」(1970)의 일부를 그대로 옮긴 것인데, 놓여있는 맥락이 달라짐에 따라 상반되는 의미를 환기한다. 이러한 차이는 '재현'에 대한 작가의 인식 변화에 기인한 것이기도 하다. 「총독의 소리」 4편에는 현실과 유사한 세계를 그려내야 한다는 부담에서 벗어나,

주어진 세계와의 '차이'에 방점을 둔 재현을 긍정하는 작가의 태도가 발견된다. 희곡 창작, 이후 발표된 『화두』와 「바다의 편지」에 나타난 형식적 실험, 그리고 무한으로 확장되는 상상력의 근저에는 이와 같은 '재현'과 '문학'에 대한 인식이 자리하고 있는 것이다.

이 글은 '시'라는 근대 이전의 문학에 대한 인식을 중심으로 작가의 문학관을 살피고, 최인훈 문학을 이해할 때 자주 사용되는 '관념', '리얼리즘', '환상' 등의 의미를 규명하고자 했다. 그렇기에 최인훈 문학이 지향하고자 했던 보편성이 한국적 맥락 속에서 구체화되는 방식을 면밀히 살펴보지는 못했다. 시대적 현실에 민감했던 작가인 만큼, 현대 한국 사회에서 최인훈이 지향했던 보편성의 의미가 문학에 적용되어 구체화되는 양상에 대해서는 별도의 상세한 분석이 필요하다. 이에 대해서는 추후 논의될 과제로 남겨둔다.

'우리 말'로 '사상(思想)'하기[1]

장문석(원광대학교 대안문화연구소 연구교수)

1. 『광장』의 1970년대

최인훈은 600매 분량의 『광장』을 《새벽》에 게재하면서 "舊政權下에서라면 素材가 아무리 口味에 당기더라도 敢히 다루지 못하리라는 걸 생각하면서 빛나는 四月이 가져 온 共和國에 사는 作家의 보람"을 특별히 기록해두었다.[2] 이후 최인훈의 『광장』을 1960년 4. 19 혁명이라는 맥락에서 읽고자 하는 여러 논자들은 이 소감을 거듭 인용하였다. 가령 김현은 "정치사적인 측면에서 보자면 1960년은 학생들의 해이었지만, 소설사적인 측면에서 보자면 그것은 『廣場』의 해이었다고 할 수 있다."라고 언급하였고,[3] 누구보다 최인훈 자신도 그 사실을 거듭 증언하였다.[4] 그 결과 '『광장』=4. 19'는 이 소설에 대한 일종의 선관념으로 기능하게 된다. 『광장』이라는 텍스트가 형성되는 데 있어 4. 19 혁명이 중요한 계기로 기능함은 사실이지만, 그것이 『광장』이 가진 문학사 및 문화사의 의미망을 충분히 드러내는 것은 아니다.

특히 『광장』은 1960년에 최초로 발표된 이래, 10번의 다시 쓰기 및 재출간을 경험하였다.[5] 그리고 다시 쓰기 및 재출간은 1번을 제외하면, 모두 1970년대 이후에 이루어진다. 그중 1973년 민음사의 『광장』 발간과 관련하여 박맹호는 다음과 같은 언급을 남겨두었다.

> 1973년에는 이 책(이제하의 『초식』 ― 인용자) 외에도 박태순 창작집 『정든 땅 언덕 위』를 펴냈고, 4. 19 혁명 전후 큰 화제를 불러 일으켰다가 절판됐던 최인훈의 『광장』을 작가의 가필과 교정을 거쳐 재발간함으로써 이 책을 한국 사회에 지금까지 스테디셀러로 정착시키는 발화점을 제공했다.[6]

주목할 것은 '절판'이라는 말이 주는 단절의 뉘앙스이다. 1976년 문학과지성사에서 《최인훈 전집》을 간행한 이후에 이 소설은 절판된 적이 없지만, 적어도 1973년 당시에는 '절판'된 상태였다. 그리고 절판된 책을 1973년에 다시 '살려내어' 발간한 것이다.[7] 당시의 한 신문 기사는 당시 민음사의 출판활동을 두고 "출판사를 중심으로 문학적 이념을 같이하는 사람들이 모여서 활동할 수 있는 가능성을 보여준 것으로 퍽 새로운 현상"이라고 지적하였는데,[8] 실제로 당시 최인훈, 김현, 고은 등은 많으면 하루 걸러 하루, 적어도 1주일에 1번 이상씩은 민음사에 들러서 박맹호를 만나곤 하였다.[9] 당시 고은의 일기에서 “최인훈 김현 이중한 들과 박맹호의 민음사에서 시간을 몽땅 썼다”[10] 등의 언급을 발견하는 것은 그다지 어려운 일이 아니다. 7. 4 남북 공동성명으로 남북 관계의 재편이 예감되던 1973년 당시 최인훈은 거의 매일 고은, 김현, 박맹호를 만났고 그 와중에 『광장』을 고쳐 썼으며,[11] 또한 그 소설을 박맹호가 설립한 출판사에서 간행하였다. 민음사에서 발간한 『광장』에는 「광장」과 「총독의 소리」, 그리고 「주석의 소리」가 함께 편집되어 있다. 이 책의 판권면에는 다음과 같은 정보가 기록되어 있다.

저자약력

함북 회령생
1959년부터 창작 활동
저서: 광장(장편. 1961)
총독의 소리(단편집. 1966)
서유기(장편. 1971)
회색인(장편. 1972)
소설가 구보씨의 일일(장편. 1972)
문학을 찾아서(평론집. 1971)[12]

판권면에 실린 저자약력은 『광장』이 재간행된 것이 1973년임을 다시금 일깨우는데, ‘이미’ 『총독의 소리』, 『서유기』, 『회색인』,

『소설가 구보씨의 일일』 등 최인훈의 '주요' 소설이 간행된 이후에 『광장』은 개작되고 재간행된 것이었다. 당시 신문은 이 소설집에 실린 「광장」과 「총독의 소리」.「주석의 소리」를 통독한다면, "작가와 일반의 의식이 어떻게 변모하는가 살"필 수 있다고 하면서 최인훈 문학의 시계열적 변모 '과정'을 강조하였다.[13] 비록 최초의 발표는 『광장』이 가장 앞서지만, 1973년에 『광장』이 개작되었다면 『광장』→「총독의 소리」.「주석의 소리」의 순서만을 생각할 필요는 없을 것이다. 가령, 「총독의 소리」.「주석의 소리」→『광장』, 혹은 『회색인』→『광장』의 회로도 가정해볼 수 있다. 즉 『광장』의 개작을 다루면서, 1973년 혹은 1976년이라는 맥락을 보다 염두에 둘 필요가 있다. 1973년의 『광장』은 최인훈이 아이오와 작가 워크숍에 참석하러 미국으로 떠나기 직전에 발간되며,[14] 1976년의 『광장』은 최인훈이 미국에서 돌아온 뒤, 미국에서의 3년간 개작에 기반하여 발간된다.[15]

이 글은 그동안 흔히 '많은 수의 한자어를 토속적인 우리말로 바꾸었다' 정도로 이해된 『광장』의 개작 문제를 재고하고자 한다.[16] '다시 쓰기'의 문제를 최인훈의 1960년대 소설들과 당시의 문화사적 맥락 안에서 의미화하면서, 최인훈의 입장을 반복해왔던 개작에 관한 이전의 연구들과 다른 입장을 구성하고자 한다. 비교할 판본은 1961년 정향사본과 1973년 민음사본, 그리고 1976년 문학과지성사본이다. 《새벽》에 수록된 「광장」은 600매 분량인데, 최인훈은 다음 해 이것을 단행본으로 발간하면서 "雜志의 사정 때문에"

떼어버렸던 200여 매를 "보충하여 얘기를 完成"하였다고 쓰고 있기 때문에, 정향사본을 『광장』의 초기 판본의 표준으로 삼고자 한다.[17] 그리고 1960년대 여러 소설을 창작 및 발표한 이후에 발간한 1973년 민음사본과 미국에서의 변화가 담긴 1976년 문학과지성사본을 검토하고자 한다.

2. 현장과 풍문, 혹은 경험과 교양의 결합 불가능성

1944년생으로 1960년대에 대학을 다닌 소설가 송하춘은 당시의 『광장』 읽기에 관해서 다음과 같은 증언을 남기고 있다.

> 60년대에 대학을 다닌 사람치고 최인훈의 『광장』을 모르는 사람은 없을 것이다. 학창 시절, 소위 말하는 '공부 시간'에, 하라는 공부는 하지 않고 하는 척, 책상 밑에 소설책을 감춰 두고 읽는 모습은 그 당시 교실에서 흔히 볼 수 있는 풍경이었다. 『광장』은 그렇게 몰래 읽다가 선생님한테 빼앗기고, 야단맞고, 하는 추억의 소설은 아니다. 대학에서, 대학생들이 떳떳하게 옆구리에 끼고 다니면서, 모이면 함께 토론하고, 심각하게 고민하는, 말하자면 그런 소설이었다. 학교에서, 혹은 거리에서, 학생들이 소설을 대하던 풍속도를 확 바꿔놓은 것이다. 숨어서 몰래 읽는 소설로부터 드러내놓고 당당하게 토론하는 소설로 열렸다고나 할까. 이와 같은 『광장』의 높은 인기는 70년대를 지나 80년대까지 지

> 속되었다. 『광장』의 무엇이 그토록 우리를 열광하게 만들었을까. 열광은커녕 지금은 소설을 읽는 모습조차 찾아보기 어려운 대학 캠퍼스에서, 세상은 참 많이도 변했구나, 어느덧 추억의 대상이 된 『광장』을 실감하는 것이다.[18]

함께 모여서 소설을 읽고 토론하는 풍경이 사라진 2000년대를 앞에 두고, 송하춘은 그러한 독서 토론 문화가 1960년 『광장』을 계기로 만들어졌음을 '추억'한다. 물론 1960년대 『광장』의 독서, 토론 풍속과 그 '열광'의 의미를 재구하기 위해서라면 더 많은 자료와 증언이 필요할 것이다. 여기에서는 60년대 학번의 한 소설가가 『광장』을 '대학', '공부', '학생', '토론' 등의 의미 맥락에 연관하고 있음을 확인하고자 한다. 물론 이것은 최인훈 글쓰기의 성격으로 당대로부터 여러 번 지적된 "知的 蓄積物로서의 典籍에 대한 깊은 신앙심"으로 이해할 수도 있을 것이다.[19] 하지만 이 문제를 1950년대에서 1970년대까지의 한국 지식사의 풍경과 겹친다면, 어떤 의미를 생산할 수 있을까. 가령, 1950년대 중반 백철은 흔히 사람들이 한국의 현대문학을 논평할 때, "사성성의 빈곤"과 "교양 지적 수준의 저하"를 든다고 지적한 적 있다. 그는 빈곤의 이유를 "우리들"의 재능 부족이 아니라, "학문의 전통과 지성의 수준"이 "뒤떨어져 있기 때문"으로 보면서, 문학을 지망하는 학생들에게 '외국어 실력'을 강조한다.[20] 이러한 언급의 배경에는 전쟁 직후 '대학 붐'으로 인해 급격히 팽창한 대학과 그곳에서 도입한 서구의 '고전'에 기반한 교양교육이 가로놓일 것이다.[21] 1976년 김현이 『광장』을 처음 읽었던 때를 회상하며, "지적으로 충분히 세련된 문체"[22]에 대한 인상을 적어둔 것은 이러한 문화사적 요청과 관련될 것이다.

1961년에 단행본으로 발간된 『광장』은 교양에 관한 문화사적인 요청에 충족하고 있다. 『광장』은 서구 지식과 교양에 근거하여 구성된 텍스트인데, 서구의 지적 전통은 월북 이전 남에서의 이명준이 보여준 생활과 문화적 실천에 모방의 대상으로 관여하고 있다. 가령, 이명준이 《대학신문》에 발표한 시가 그 예이다.

아카시아 있는 風景

아카시아 우거진 언덕을
우리는 단둘이
노상 거닐곤 했다.

푸른 싹이 노리끼하니 움터 오는 季節에
벗은 오히려 하늘을 보면서 말했다.
「근사한 序幕이 눈 앞에 다가 있는 상 싶어, 아카시아 새 싹 같은 말이야, 응?」

(…)

벗은 이윽히 가지에 눈을 주며 말하는 거다.
「人生은 嚴肅한 것이야, 이 아카시아 가지처럼 단단해」

그래도 나는 아주 심상한 낯빛으로 천천히 한 대 피어 물면
그도 헐 일없이 담배를 꺼내 물고 아카시아가 우거진 언덕을
우리는 또 묵묵히 거니는 것이었다.(1961 : 22~23)[23]

이명준의 시는 여러 점에서 예이츠의 「Down by The Sally Garden」을 연상하게 한다. 예이츠의 시에서는 남녀 연인이 등장한다면 이명준의 시에서는 벗이 등장하는 차이가 있으며 전반적인 연·행의 체계는 다르다. 하지만 두 시 모두 두 사람이 등장한다는 점, 그들이 수풀을 걸으면서 대화를 나눈다는 점, 한 사람이 인생에 대한 가벼운 철학적 깨달음을 전한다는 점, 나머지 사람은 그 말을 듣고도 깨닫지 못한다는 점 등 여러 점에서 공통점이 있다. 직접적인 참조관계를 말하기는 어렵지만,[24] 철학과 학생 이명준은 예이츠풍의 시를 쓰고 있었다.

또한 이명준은 변태식의 방에서 우연히 성서를 발견하자, "그것을 뽑아서 잡히는 대로 열어" 본다. 그는 "〈이번에 의미깊은 구절이 나오면 신을 믿으리라〉"라고 생각하면서 거듭 책을 펼치지만, 발견한 구절에서 아무 감흥도 느끼지 못한다. 이것은 "하느님의 말이면 어느 페이지, 어느 구절, 아니 어느 글자든 대번 이 편을 때려눕힐 수 있어야지, 스토리를 읽은 다음에야 그 경중을 가릴 수 있

다면, 인간의 말과 무엇이 다르담”(1961 : 41~42)이라는 냉소로 이어지는데, 이 장면은 4세기 교부 아우구스티누스의 「고백록」에 기록된 유명한 회심장면에 대한 패러디이다.[25] 이명준은 그 스스로도 “단순히 유치한 착상”인지 “더 깊이 단적인 진리”인지 구분하지 못하는 고대 희랍 자연철학자들의 에피그람을 늘 “기쁨으로 읽곤” 하였다(1961 : 86, 128, 130, 28~30). 이처럼 『광장』은 때로는 이명준의 목소리로, 때로는 이명준에게 초점화한 서술자의 목소리를 통해 다이아나와 양치기, 그리고 알렉산더 등 신화나 고대의 인물들의 일화로부터 ‘이태리 로망에 나오는 산적 이야기’를 거쳐 ‘바스티유를 부수던 날의 불란서 인민’의 이야기나 ‘철학이니 예술이니 하는 19세기 구라파의 찬란한 옛날 이야기 책’에 이르기까지, 2,000년이 넘는 역사를 가진 서구의 교양은 텍스트 상에 수렴하고 있다.[26]

파우스트처럼 “행동을 위해선 악마와 위험한 계약을 맺어도 좋다고 뽐내”거나, 서구인 앞에서 ‘University’의 ‘r’을 몹시 굴려 발음하였다가 교정을 당하는 등(1961 : 32, 10), 이명준의 행동은 서구적 지식에 근거하고 있으며, 텍스트에서 알게 된 인물의 행위를 모방하고 있었다. 1960년 및 1961년에 씌어진 이 소설은 1950년대 한국 문학의 지적 빈곤을 지적하던 백철에게 응답이라도 하듯, 다양한 서구의 지적 맥락을 적극적으로 참조면서 인물의 내면을 설명하고 또한 서구의 문화적 정전과 그 전통을 모방하는 인물의 행동을 제시한다. 서구적 교양을 욕망하고 그것을 모방하는 인물의 형상은, 김현이나 송하춘 등 역시 서구적 교양에 기반한 1960년대의 독자들이 지적으로 친숙함과 세련함을 느끼는 근거가 될 수 있었다. 그리고 『광장』이 서구 문화를 모방하는 시기로서 해방공간을 설정한 것 역시 실제 한국문화사의 역사적인 경험과도 상당 부분 어울린다는 점에서 문제적이다. 해방공간이란 외국문학의 위력이 문학의 학문적 위치와 보급 양면에서 전면적으로 드러난 시기로, "광폭한 고쿠고(國語)의 시대가 마감되고 한글과 우리말의 시대가 개시된 줄 알았지만, 개시된 것은 신어의 시대, 신어 사전의 시대이자 영어의 시대, 영어사전의 시대였"기 때문이다.[27] 최인훈은 1950년대를 지적인 논의가 경직된 '잃어버린 10년'으로 이해하는 대신, 해방공간과 4. 19 직후 한국을 두고 정치와 지식문화의 측면에서 '부활'과 '연속성'으로 파악하고 있었기 때문이다.[28]

하지만 이명준이 월북을 하면서 그의 경험을 둘러싼 언어와 교양의 성격은 전혀 다른 것으로 변하게 된다. 남의 언어가 서구의 교양을 모방하고 있었다면, 북에서 만나게 된 언어와 교양은 사회주의적 교양을 현실에 강제하고 있었다. 이명준은 북조선이 "혁명이 아니고 혁명의 모방이" 있는 곳일 뿐이며, "신념이 아니고 신념의 풍문(風聞)"만이 있음을 인지한다(1961 : 126). 자기비판 이후 이명준은 "북조선 인민에게는", 혹은 식민지에서 갓 해방된 한반도의 인민들에게는 "주체적인 혁명 체험이 없었"고 다만 "공문(公文)으로 시달된 혁명"이 있을 뿐이며 그것이 "비극"임을 감지한다(1961 : 153). 북의 언어는 '공문'으로 내려온 혁명과 함께 온 것이었다. 그리고 '공문'은 그곳에서 해야 할 '언어'를 강제하고 '교양'을 재규정하고 있었다.

> 그는 〈볼쉐비키 당사(黨史)〉를 일주일만에 독파했다. 당원들이 〈당사〉라는 말을 발음할 때는 일종의 경건한 가락을 그 말에 주도록 무의식간에 애쓰는 것을 보았기 때문이었다. 어느 집회에서나 당사가 인용되었다. 「일찍이 위대한 레닌동무는 제○차 당대회에서 말하기를…」
> 현실에서 일어나는 사상(事象)의 원형을 또박또박 〈당사〉 속에서 발견하고, 그에 대한 답안 역시 그 속에서 찾아내는 것. 목사가 성경책을 펴들며 「그러면 하나님 말씀 들읍시다. 사도 행저…」 그런 식이었다. 그것이 컴뮤니스트들이 부르는 교양이었다. 언제나 당해 사건에 합당한 〈당사〉의 귀결을 대뜸 정확히 인용할 수 있는 능력. 그것을 컴뮤니스트들은 〈교양〉이라 불렀다. (1961 : 125~126)

『광장』은 해방공간 남과 북의 언어를 통해 후기식민지 한국[29]의 현실과 교양의 이념 사이의 관계를 명징하고 대조적으로 드러내고 있다. 남의 언어가 서구의 교양을 모방하고 지향하고 있다면 북의 언어는 주어진 이념형으로부터 연역적으로 현실을 인식하도록 명령하고 강제하고 있었다. 그러나 차이에도 불구하고 교양과 현실이 결합되지 못했다는 점에서는 남과 북의 문화는 같은 역사적 조건 아래에 있었다. 후기식민지의 역사적 조건을 두고, 『광장』

의 작가와 서술자는 '현장'과 대립하는 '풍문'의 나라라고 부른다.[30]

> 바스티유의 감격도 없고, 동궁(冬宮) 습격의 흥분도 없다. 기로틴(단두대)에서 흐르던 피를 목격한 조선 인민은 없으며, 동상과 조각을 함마로 부수며 대리석 계단을 몰려 올라가서 황제의 침실에 불을 지르던 횃불을 들어본 조선 인민은 없다. 그들은 혁명의 풍문만 들었을 뿐이다(1961 : 153).

역사의 '현장'인 서구로부터 떨어져, 그곳에서 있었던 혁명과 민주주의를 '풍문' 혹은 공문으로만 듣고 알게 되는 비서구 후기식민지의 '거리감'은 『광장』의 이명준에게 주어진 세계의 조건이었다. 『광장』의 「作者의 말」은 "〈메시아〉가 왔다는 이천 년래의 풍문(風聞)이 있습니다. 신(神)이 죽었다는 풍문이 있습니다. 신이 부활했다는 풍문도 있습니다. 컴뮤니즘이 세계를 구하리라는 풍문도 있었습니다."로 시작한다. 그리고 '작자'는 이명준을 두고 "풍문에 만족치 못하고 현장에 있으려고 한 친구"로 부르고 있다(1961 : 1~2). 구체적인 양상은 다르지만, 남과 북 모두 경험과 교양이 결합하지 못한 상태였고, 그 결과 현실의 거리감을 상상의 영역, 혹은 지식의 영역으로 봉합하기 위한, 필연적으로 실패할 '노력'들이 계속되고 있었다.

교양과 경험의 분리 및 불일치를 후기식민지 세계의 한 특성으로 이해할 수 있다면, 『광장』은 교양과 경험의 결합을 목표로 한 교양소설로 읽을 수 있다. 교양과 경험이 일치한 듯 상상을 하던 이명준은, 상상의 붕괴를 경험하고 교양과 경험의 불일치가 세계의 조건임을 인지한다. 그는 그러한 조건을 선험적인 것으로 수용하기를 거부하면서, 자신의 경험과 교양을 결합하고자 하는 '교양 의지'에 충실하지만, 끝내 그가 확인한 것은 결합 불가능성이었다.[31] 여러 논자가 지적한 바 있는, 이명준을 비롯한 최인훈의 소설에 등장하는 남성 인물들이 지식과 여성을 등가로 놓으면서 물신화하거나 소유하고자 하는 욕망과 태도는 이러한 거리감의 뒤집힌 형상이며, 동시에 식민지 지식인들이 가졌던 태도의 반복이기도 하다.[32] 또한 그것은 당대 한국의 지식인-남성들이 가진 태도와도 그다지 거리가 멀지 않았다.

역사의 '현장'이 될 수 없었기에 역사를 '풍문'으로만 전해 들었던 후기 식민지 한국의 상황을 『광장』은 경험과 교양, 혹은 이념과 삶의 불일치라는 틀로 문제화하고 있다. 또한 이 문제는 구체적으로 이명준에게 언어의 문제로 현상하는데, 남에서 그는 서구적인 것을 이념에 두고 그것을 모방하는 언어를 사용하였고, 북에서는 이념에 의해 그의 언어가 강제되는 상황을 겪게 된다. 남과 북에서 모두 그가 사용하는 혹은 사용하고자하는 언어와 그가 이상적으로 꿈꾸었던 조건은 완미하게 결합되지 못한다. 최인훈은 1960년대 글쓰기는 이러한 후기 식민지 언어풍경의 조건과 양상을 지속적으로 논제화한다.

3. 후기 식민지와 언어

『광장』은 1960년에 최초로 발표되고 1961년에 단행본으로 간행되었다. 이후 단행본으로 묶이면서 『회색인』으로 개제되는 「회색의 의자」가 《세대》에 연재된 것은 2년이 지난, 1963년 6월에서 1964년 6월까지였다. 「회색의 의자」에서 독고준은 두 가지 거리감을 마주하고 있었다. 하나는 월남인으로서 남과 북 사이의 거리감이며, 나머지 하나는 후진국 지식인으로서 한국과 서구 사이의 거리감이다. 그는 냉전이라는 문제와 후기식민지라는 문제를 동시에 앞에 두고 있었는데, 두 가지 문제 앞에서 주체가 취할 수 있는 태도에 관해 독고준은 다음과 같이 적어 두었다.

> 개인도 아니고 한 시대를 산 수많은 사람들이 공통으로 지니고 있었던 환상(幻想)을 다른 위치에 있었던 사람으로서 실감한다는 것은 거의 불가능한 일이다. 준은 월남 후 가끔 그것을 전달할 수 있는 방법을 생각해 보았다. 마침내 그는 생각해 냈다. 아날로지에 의하는 길밖에는 없었다. 근세 구라파의 지식인들과 예술가들이 이태리에 보낸 동경과 광기(狂氣). 저 「미뇽의 노래」가 풍기는 향수의 몸부림 속에 그는 그 상사물을 발견하였다. 바이런, 궤테, 헬다린, 니체같은 그 시대의 에일리트들의 이탤리에 대해서 알고 있던 환상의 강렬함. 그들은 이탤리에 그들 영혼의 주소를 가지고 있었다는 사실을 그들의 전기를 읽어 볼 기회를 가진 사람

이면 쉽사리 알 수 있다.(회색① : 309~310)[33]

독고준의 질문은 '특정 시대 수많은 사람의 환상'을 그 자리에 없던 '다른 자리의 사람'이 실감할 수 있는가라는 점에서, 『광장』의 이명준이 북에서 가졌던 질문, 다른 나라의 혁명을 '풍문'으로 들은 사람은 혁명에 대해서 무엇을 어디까지 사유할 수 있는가에도 닿아있다.(1961 : 153) 실제로 독고준은 "우리는 〈현장(現場)〉에 없었던 것이"라고 거듭 확인하면서,(회색④ : 395) 교양과 경험의 결합 불가능성이라는 이명준의 문제의식을 반복하고 있다. 눈여겨볼 것은 첫째 거리감, 곧 남과 북 사이의 거리감을 극복하기 위한 방법을 위해 독고준이 제시하는 해결책이 둘째 거리감, 곧 서구와 비서구의 문제와 연결되어 제시된다는 점이다. 독고준에게는 남과 북의 거리감, 곧 냉전의 문제는 서구와 비서구, 곧 후기식민지의 문제와 겹쳐 있었다.

독고준이 두 가지 거리감을 해소하기 위해 제안한 방법은 '유비(analogy)'이다. 이것은 스스로 후진적이라고 생각하던 근세 유럽의 지식인들이 이탈리아의 문화에 대해 가지고 있던 태도였으며, 그들은 자신들의 위치가 선진적인 이탈리아와 같은 궤에 놓여 있다고 인지함으로써 보편과 스스로의 동시대성을 상상 및 유지하는 방식이었다.[34] 그런데 아날로지라는 방법을 선택함으로써, 최인훈의 자기 인식은 근대성을 글쓰기의 기율로 삼았던 식민지 지식인의 자기 인식을 반복하게 된다. 1930년대 김남천과 임화, 그리고 최재서 역시 보편으로서의 서구 문학과 후진으로서의 조선 문학 사이의 거리감에 좌절하고, 그것을 유비의 방식으로 상상적으로 또 논리적으로 '극복'하고자 하였다. 하지만 그들은 끝내 결핍과 거리감을 재확인하고 분열하였다.[35] 이 점에서 1960년대 후기식민지 최인훈의 문제틀은, 서구 중심의 세계 체제에 뒤늦게 편성된 1910년대의 혹은, 1930년대 비서구 식민지 지식인의 문제틀을 반복하는 것이었다.

「회색의 의자」의 독고준은 끊임없이 서구의 지적 전통에서 등장한 인물들에 '유비'하여 그들과 자신을 같은 궤에 놓고 스스로의 주체를 정립하고자 한다. 그는 『광장』의 이명준보다 적극적으로 서구의 인물을 모방하는데, 그는 라스콜리니코프, 카프카, 드라큘라에 자신을 유비하며 그 아날로지의의 불가능성을 발견하고는 좌절을 반복한다. 독고준이 자신의 이름으로 서명을 하는 유명한 장면은 그러한 유비가 불가능하다는 인식 다음에 온다.

> 불가능한 것을? 그렇다. 내가 신(神)이 되는 것. 그 길이 있을 뿐이다. 그러나 그것은 번역극이 아닌가?" 거짓말이다. 유다나 드라큐라의 이름이 아니고 너의 이름으로 하라. 파우스트를 끌어대지 말고 너 독고준의 이름으로 서명하라. 너의 성명을 회피하고 가명을 쓰려는 것, 그것이 네가 겁보인 증거다. 남의 이름으로는 계약하지 않겠다는 깨끗한 체하는 수작을 모험을 회피하자는 심뽀다. 아니 나는 모험을

했다. (…) 거짓말이다. 현호성은 너를 베스만큼으로는 밖에는 여기지 않는다. 너와는 상대를 안 해주고 있지 않은가. 뼈다귀나 던져 주고 있을 뿐이다. 비겁한 너는 주인의 식탁은 감히 쳐다보지 않았다. 너는 형법을 참조하면서 도적질을 하는 악당처럼 치사한 놈이다. 아니다 아니다. 그는 창으로 걸어가서 우리속을 들여다 보았다. 창백한 남자가 그를 지켜보고 있었다. 그 남자는 쌀쌀하게 말했다. 정직하게 살아. 아주 정직하게.(회색⑬ : 419~420)

'독고준의 이름으로 서명하라'는 명제가 두드러지는 이 서명 장면은 보통 '자유에 기반하여 스스로 행동하는 행동자'로 스스로를 정립한 독고준이 새롭게 정초한 윤리의 단초로 이해된다.[36] 인용문의 앞부분에서 독고준이 파우스트 등 서구의 문화적 인물들을 참조하여 주체성을 구성하는 태도를 '번역극'이라고 규정하며 비판적인 거리를 두는 것은 사실이며, 이 점에서 그는 식민지 시기 이래 한국 지식인의 자기 인식의 한 형태였던 아날로지에서 벗어나, 주체 스스로를 정립하고자 하였다. 하지만 후기 식민지 지식인의 자기정립은 그다지 안정적이지 못하였다. 인용의 다음 부분에 나타나듯, 독고준은 여전히 스스로에게 질문을 던지고 질문에 대해 스스로를 설득하며, 그 대답을 다시금 부정하고 의심하는 과정을 반복하고 있다. 스스로 행동하는 자유로운 '행동자', 곧 서구적 근대 개인이라는 상은 독고준의 확고한 자기 인식에 기반한 존재 이해라기보다는, 물질적 토대를 충분히 갖추지 못한 상태에서 재귀적으로 반복하는 일종의 '선언'이나 '당위'에 가까웠기 때문이다.

후기식민지 지식인으로서 독고준이 가진 자기 인식의 내적 논리와 그 불안정성을 본격적으로 분석하는 것은 식민지의 유산과 그 극복의 문제를 아울러 다루는 문제로 이 글의 범위를 넘는다.[37] 하지만 논의의 맥락을 위해 후기 식민지의 언어풍경에 한정해 다루고자 한다. 독고준이 마지막으로 자신을 유비한 대상은 드라큘라이다. 그는 드라큘라를 '안티-크리스트'로 규정하며 서구 정신사의 기반인 기독교 및 그 윤리에 대한 '역전'인 동시에 독고준이 그토록 벗어나고자 한 한국의 윤리, 곧 가족주의에 대한 '역전'으로 이해한다. 그렇기 때문에 독고준은 자신을 드라큘라에 유비하며, 새로운 윤리를 정초하고자 한다. 하지만 드라큘라의 언어를 따라서 "나는 신(神)이다"라는 선언을 거듭하던 그는 문득 자신이 다시금 "번역극에 출연하고 있었"다는 점을 깨닫고 상념을 그친다.(회색⑬ : 419)

애초에 독고준은 서구와 한국 현실의 낙차에 절망하면서, 그 낙차 위에서 자기를 인식하고자 하였다. 그것은 서구 및 한국의 기성 윤리와 사유 모두로부터 거리를 둔 자리에서 이루어져야 할 것이었다. 하지만 독고준이 선택할 수 있는 것은 결국 드라큘라라는 서구적 표상을 자신의 해결책으로 다시금 가져오는 방법이었다. 서구와의 거리감 때문에 발생한 문제를 해결하기 위해 다시금 서구의 것을 빌려오는 역설 위에 독고준의 선택이 놓여 있었다. 근본적인 문제가 서구와 한국의 역사적 문화적 낙차와 식민지라는 역사적 조건에 있다는 사실을 인지하고 있었고, 개인의 차원에서 서구적인 태도를 모방하는 것은 해결책으로 충분치 못하다는 것을 알고 있었기 때문에, 그는 다른 누구를 향해서가 아니라 스스로에게 자신의 '비겁함'에 대해서 계속 선언하고 다짐해야했다.[38] 그리고 재귀적인 다음의 반복 속에서 독고준은 한국의 사유 언어가 서구 언어의 번역임을 '뒤늦게' 발견한다.

> 핏줄이 다른 언어를(언어라고 얕보고) 받아들였을 때 우리는 그 언어 뒤의 역사까지도 받아들였던 것이다. 그리스도는 우리를 떨게 하지 않는다. 그는 나와 무관한 이방인이다. 그러므로 그와 나 사이에 드라마는 없다. 우리는 다른 각본의 등장인물이다. 동양인과 서양인이 만나는 자리는 서로 족보를 겸허하게 포기한 자리여야 할 게다.(회색④ : 396)

독고준은 언어를 의사소통의 수단으로 한정하여 이해한 것이 아니라, 역사와 지적인 맥락이 모두 관여하고 있는 문화적 집적물로 인식하였다. '혁명'과 '드라큘라'라는 개념에는 누천년 집적된 서구의 문화적 전통이 관여하고 있다. 이것은 언어의 문제뿐만이 아니었다. 독고준은 "우리 동양인은 그리스도교의 비유와 심벌이 가지는 미학적 일반성을 역사적인 동시성으로 착각당해 왔다"라고 지적하면서(회색④ : 396), 동시대 한국의 언어와 상징을 포함하여 문화의 기호들과 사유의 수단 일체가 서구적인 것에 기반하고 있음을 지적하고 있다.

한국에서 서구의 개념어의 유입이란 서구의 언어를 한국어로 번역했다는 양자 사이의 관계에 한정되지 않는데, 한국에서 사용하는 서구의 번역어는 일본을 경유한 것이었기 때문이다. 역사적으로 후기식민지 한국에서 사용하는 사유의 언어는 대개 19세기 말 20세기 초반 제국 일본에서 2~4음절 한자어로 번역되고[39] 이후 식민지 조선에 들어온 것이었다. 20세기(후기) 식민지 한국인들의 언어와 그 언어에 기반한 사유는 서구어를 번역한 일본어의 개념을 그대로 한국어처럼 읽은 경우가 많았다. 해방공간에 새로 소개된 '신어'들 역시 2~4음절 한자어로 번역된 선례를 따랐고, 그 개념이 일상화·자연화하였다.[40] 최인훈 역시 일본어를 통해 서구의 교양을 습득하고 형성한 경험을 가지고 있었다.[41] 『화두』가 증언하는 바를 조심스레 살피자면, 어린 시절 '나'의 교양은 W시의 도서관에 산적한 일본어로 번역된 서구의 문화적 전통에 의거해 형성되었다. 서구의 것을 알파벳이 아니라 제국 일본어의 한자와 가나로 읽는 것은 최인훈에게 자연스러운 일이었다. 그리고 그는 1970년대 초반 도미하기 직전까지도 "외국어 책 읽기는 일본어밖에 하지 않은 형편"이라고 쓰기도 하였다.(화두 : 96~97)[42] 『광장』에서는 서구와 한국이 현장과 풍문으로 바로 대조되었다면, 「회색의 의자」는 그 대립항의 이면에 놓인 (후기)식민지 - (구)제국이라는 또 다른 대립항의 존재를 확인하고 있다.

> 울고 넘은 38선. 항구야 잘 있거라. 마도로스 풋사랑. 비 내리는 고모령. 불효자는 웁니다. 고향길 눈물길. 남매는 단둘이다. 명동 부기 우기. 화류계 사랑. 이런 식민지 멜로디에서 캄 온어 마이 하우스. 유 아 마이 썬 샤인. 오오 캐럴. 테네시 왈쯔. 다알링 아일러브 유. 베비즈 캄잉 홈 같은 GI 센티멘탈리즘까지. 그것들은 놈들의 헛 고함질보다 훨씬 낫다. (회색②~344)

휴전선 근처 음향전에서 북한이 사람의 목소리를 송출한다면, 남한은 노래를 틀었다. 그런데 그 노래에는 냉전 시기 미국의 것과 식민지의 음악이 혼재해 있다. 식민지와 냉전이 모순적으로 절합한 이 풍경은 단지 문화사적인 일화에 그치는 것이 아니라, 후기식민지 한국 지식사의 조건이기도 하였다. 1963년 독고준은 자신의 이름만으로 서명하고자 하였으나, 이후에도 여전히 최인훈은 일본어를 통해 서구 및 세계의 지식을 이해하고 재구성하고 있었다.[43] 민음사에서 『광장』을 다시 발간하기 위해 그 언어를 '우리말'로 고치던 1973년의 어느 봄날까지도 그는 고은과 더불어 시내 일본어 서점에 가서 『수카르노전』을 구입하고 있었다.[44]

에드워드 사이드의 표현을 빌리자면, 1960년대 후기식민지 한국의 문화는 '독립'은 되었지만 아직 '해방'에는 도달하지 못한 위치에 놓여있다고 할 수 있다. 서구-한국이라는 이면에는 (구)제국 - (후기)식민지라는 문제 역시 겹쳐 있었다. 앞서 『광장』에서 살핀 경험과 교양의 분리의 이면에는 일상어와 사유어의 분리라는 맥락도 관여되어 있었다. 이미 20세기 초 일본에서 서구의 개념어를 2~4음절 한자어로 번역할 때, 학문과 사상을 위한 일상어와 사유어의 분리가 일어났다.[45] 한국 역시 그러한 지식체계를 받아들이면서, 일상어와 사유어 사이의 거리는 더욱 멀어지게 된다. 서구의 교양과 한국의 경험 사이의 거리감만큼이나, 관념의 언어와 체험의 언어 사이에도 거리가 있었다.[46] 일상어와 사유어의 분리는 식민지를 경험한 많은 나라에서 공유하고 있는 문제라는 점에서,[47] 1930년대 비평가들의 고민을 1960년대 독고준이 반복하고, 그들과 마찬가지로 '유비'의 방법으로 그 간극을 메우려는 불가능한 시도에 도전하는 것은 일견 자연스럽기도 하다. 1930년대 식민지의 문화적 조건과 1960년대 후기식민지의 문화적 조건은 지연되고 지속된 문제를 공유하고 있었다.

1973년 9월 17일 월요일 최인훈은 아이오와 대학의 세계 작가 프로그램의 초청을 받아 미국으로 건너간다.[48] 탈냉전 시기에 발간된 『화두』에서 최인훈의 자전적인 특성을 반영한 초점화자 '나'는 당시 미국에 도착한 직후의 심사를 다음과 같이 적어 두었다. 그는 미국에 오자마자 이미 "책에서 본 그대로"의 '풍요'(화두 : 374)에 압도된 상태였다.

> 나는 먼 식민지 현실에서 이 고장(미국 — 인용자)에 대해 너무 많이 알고 지냈구나 하는 생각이 들었다. 나는 이 고장

에 대해서 이 사람들의 말로 된 책을 통해서 지식을 형성한 것은 아니었다. 나는 필리핀 사람도, 인도 사람도, 이집트 사람도 아니었다. 일본 사람들의 식민지에서 소년기를 보낸 한 다리 건넌 식민지인이었다. 내가 읽은 일본책들은 압도적으로 〈서양〉 이야기로 범벅이 되어 있었다. 그들 자신이 개화기 이래의 서양 유학생인 거의 모든 일본인 필자들이 자신들을 문화적 식민지 현지인으로 자기정립하고 있었다. 번역책인 경우에는 이 사정은 더욱 치명적이었다. 나는 그들 서양 책들을 각기 그 저작들의 원문으로 읽기나 한 것 같은 지각 혼란을 알지 못하는 사이에 저지르고 있었다. 눈물과 장난과 이상한 신경증적 흥분이 뒤섞인 로렌스 스턴을 영국말로 읽기나 한 것처럼 느꼈다. (…) 이 나라에 입국한 이래, 사람은 관념의 세계시민은 될 수 있어도 그와 마찬가지로 현실의 세계시민은 될 수 없다는 실감이었다.(화두 : 118~119)

위의 인용에는 "도망해온 변방 나라의 노예철학자"(화두 : 371)로서의 자기 인식과 주체 구성의 계기가 드러난다. 그동안 그는 서구어를 통해서 서구를 이해한 것이 아니라, 일본어라는 구제국의 언어를 통해서 '중역'의 형식으로 서구를 이해하고 주체를 구성하였다. 그리고 그 결과 서구에 대해서라면 "너무 많이 알고" 있는 단계에 이를 수 있었다. 인용에서 주목할 점은 두 가지인데, 우선 서구에 관한 지식이 많다고 해도, 현실에서 자신은 결국 세계시민이 될 수 없다는 인식이 그 하나이다. 이것은 '현장'이라고 불렀던 미국에 도달함으로써 후기 식민지 한국의 위치를 다시 한 번 자각하였음을 의미한다. 그런데 동시에 그가 일본을 '문화적 식민지'로 이해하고 있다는 점에도 주목할 필요가 있다. '현장'인 미국에 도달한 주체의 이동은 전지구적 질서 안에서 일본의 위치를 인식하는 계기이기도 하였다. 영어를 통해 일본어를 상대화한다는 태도는 식민지의 반복이기도 하지만,[49] 식민지의 지식인에게 그것은 성소공간(asylum)에서 상상적으로 가능했다면, 후기식민지 지식인에게는 다른 움직임과 실험으로 나아갈 계기로서도 열려 있었다. 1970년대에 수행된 『광장』의 다시 쓰기는 이 지점에 놓여 있다.

4 '일상어 ≡ 사유어'라는 실험

4.1. 다시 쓰기의 두 단계 ―'순화'에서 '개념생산'으로

실제로 『광장』의 다시 쓰기는 도미 이전인 1973년에 한 번 이루어지고, 도미 이후인 1976년에 다시 한 번 이루어진다. 개작의 예 두 가지를 통해 두 번 개작의 전반적인 성격을 간략히 살펴보면 다음과 같다.

> (가-1961) 지도자는 소의소식(素衣素食)해야한다는 건 다분히 동양적인 청빈(淸貧) 취미다.

(가-1973) 지도자는 소의소식해야 한다는 건 다분히 동양적인 청빈 취미다.

(가-1976) 웃사람은 허술하게 입고 먹어야 한다는 건, 한 번도 지켜진 적이 없는, 동양의 거짓말이다.[50]

(나-1961) 한편 안심하고 한편은 더욱 우울했다. 자기만 그런 것이 아니라는 안도감이었고, 풀려야 할 매듭이 풀리지 않은 우울이었다.

(나-1973) 한편 마음놓고 한편은 더욱 울적했다. 자기만 그런 것은 아니라는 안도감이었고, 풀려야 할 매듭이 풀리지 않은 우울이었다.

(나-1976) 한편 마음놓고 한편으론 더욱 답답하다. 자기만 그런 것은 아니어서 마음이 놓였고 풀려야할 매듭이 풀리지 않아 답답하다.

1961년본이 1973년본으로 바뀔 때 나타나는 변화는 (가)와 (나)가 잘 보여준다. 우선 괄호 안에 병기된 한자 표기를 삭제하였으며, '2음절 한자어+어미'의 형태로 된 용언을 고유어로 고쳤다. 1973년의 개작은 전반적으로 한자어를 포함한 용언을 비슷한 의미의 일상적인 고유어로 풀이하는 방식으로 개작이 이루어진다. 이에 비해 1976년본의 변화는 서구적 개념 자체를 대체할 수 있는 일상어 개념을 만드는 것까지 그 목적을 두게 된다.

(다-1961) 현상(現象)이 가지는 상징의 향기를 혼곤히 맡아 보며, 에고의 패배감을 관용이라는 포장지로 그럭저럭 꾸려 가지고, 신이 명령하는 〈이웃 사랑〉의 대용물로 쓰기로 한다는 선에서 주저앉곤 하였다

(다-1973) 현상이 가지는 상징의 냄새를 혼곤히 맡아 보며, 에고의 패배감을 관용이라는 포장지로 그럭저럭 꾸려 가지고, 신이 명령한다는 〈이웃 사랑〉의 대용물로 쓰기로 한다는 선에서 주저앉곤 하였다

(다-1976) 누리와, 삶의 뜻을 더 깊이 읽을 힘이 없는 자기처럼, 남도 불쌍한 삶이거니 싶은 마음을 너그러움이라는 싸개로 그럭저럭 꾸며가지고, 신이 바란다는 이웃사랑과 바꿔 쓰기로 한다는 언저리에서 주저 앉곤 하였다.

1976년 개작에서 (가)의 '지도자'는 '웃사람'이라는 개념으로 바뀌며, (다)의 '에고'는 '자기'라는 개념으로, '관용'은 '너그러움'으로, '포장지'는 '싸개'로, '선'은 '언저리'로 바뀐다. 또한 (가)의 '동양적인 청빈 취미'는 취미라는 맥락을 보다 강조하여, '한번도 지켜진 적이 없는, 동양의 거짓말'로 개작되었으며, (나)에서 '소의소식해야 한다'는 '허술하게 먹고 입어야 한다'로, (다)에서 '현상이 가지는 상징의 향기를 혼곤히 맡아보는 에고의 패배감'은 '누리와, 삶의 뜻을 더 깊이 읽을 힘이 없는 자기'로 대치된다. '현상'을 '누리'로 바꾸어 이해한 뒤, '상징'과 '패배감'의 의미를 합하

는 동시에 개념을 해체하여, '삶의 뜻을 더 깊이 읽을 힘이 없'다는 진술로 바꾼 것이다. (다)에서 드러나듯, 1973년의 개작은 기존의 문장 형태를 유지하면서, 의미상 큰 차이가 나지 않도록 일부 한자개념어를 고유어로 1 : 1에 바꾸거나 용언을 바꾼 것에 그친다. 하지만 1976년 개작에서는 보다 많은 개념어를 일상어로 바꾸고, 그 과정에서 필요한 경우 문장의 형태를 바꾸면서 새롭게 만든 일상어들의 위치를 부여하고 있다.

즉 『광장』의 다시 쓰기는 두 단계로 수행된다. 첫 단계는 의미상 무리가 없을 정도로 한자어와 용언을 1 : 1로 고유어로 대체하는 단계로 '순화'라고 부를 수 있으며, 둘째 단계는 의미상 무리가 가더라도 한자어를 일상어로 바꾸고, 필요한 경우 문장의 형태를 수정하는 것을 무릅쓰는 단계로 '생산'이라고 명명할 수 있을 것이다. 물론 1961년본에서 1973년본으로의 개작과, 1973년본에서 1976년본으로의 개작이 균질적으로 함께 수행된 것은 아니다. 가령 '철학도(哲學徒)'를 '관념철학자의 달걀'로 수정한 것 같은 개념의 생산은 이미 1973년본에서도 나타나며, 1976년본에서도 (나)처럼 '안도감이었고'가 '마음이 놓였고'로 바뀌는 것처럼 용언을 고유어로 바꾸기도 한다. 하지만 전반적인 경향을 볼 때, 1973년본의 다시 쓰기는 병기한 괄호 안의 한자를 삭제하고, 한자어 용언을 일상적인 고유어로 바꾸는 경우가 더 많으며, 1976년본의 다시 쓰기에서는 일상어로 개념을 생산하는 정도가 훨씬 높다. 1973년본에서 용언의 개작이 많이 수행된 이유는, 용언의 순화는 개념의 순화에 비해서 용이하기 때문일 것이다.

물론 이러한 개작에는 시대적인 맥락도 관여되었다. 가령, 1973년본의 한자어 삭제와 고유어 용언의 사용은, 교과서에서 한자 표기를 배제하고 한글 표기만을 채택한 1970년대 초반 박정희 정부의 '민족주의'적인 문화정책을 배경으로 하기도 하였다.[51] 초등학생들이 외래어로 표기된 과자와 빵을 사먹지 말자는 '가두 시위'를 벌였을 정도로, 당시 '순한글 표기'로 표상된 '민족적인 것'에 대한 태도와 열망은 강렬하였다. 당시의 여론 조사에서 서구어의 압도적인 사용은 '주체성'의 부족으로 인식되었고, 서울교대 교수였던 김원경은 외국어에 대한 향수와 '내 것'을 얕보는 허영심에 대항하기 위해 국어를 순화하여야 한다고 주장하였고 '군관민' 각종 단체에 소속된 80여명은 '국어순화' 전국연합회를 창립하기도 하였다.[52] 이러한 국가주도 문화운동에 대해 서구적 교양에 입각한 지식인들은 비판적인 입장을 드러내기도 하였다.

> 국어를 순화한다고 할 때 그것은 맹목적으로 외래의 것을 버리고 본래의 말을 취한다는 생각으로 이루어질 수는 없다. 참으로 의미 있는 일은 인간 생활의 具體를 비추어 의미 있는 일이어야 한다. 그리고 대부분의 경우 근본적인 반성을 통하여 자기 비판을 촉진할 수 있는 원리를 갖지 못한 어떠한 일도 끝까지 발전적인 계획으로 남을 수 없다. (…) 국어순화운동은 대개 유럽어와 일본어의 추방, 그리고 漢

> 文語의 제한을 그 주된 내용으로 하고 있다. 이것은 원칙적으로 바른 것인데, (…) 그러나 이 이유를 생각해본다면 모든 토속어가 외래어에 비하여 발전적인 말일 수는 없다.[53]

최인훈보다 1년 늦은 1937년생인 김우창은 '한 마디의 낱말 뒤에는 말 전체에 퍼지는 소리와 의미의 울림'이 있다고 제시하면서, 언어 및 그 화용의 문화적 맥락과 역사성을 강조한다. 그리고 '순수한 우리말'을 쓰자는 노력이 그저 민족주의적 감성에 근거한다면, '소외와 독단과 허위'로 빠질 위험이 있다고 지적하며, 동시에 "무비판적으로 고운 우리말을 쓰게 된 결과 일어나는 감각과 감정의 타락 현상"을 경계한다.[54] 그는 일상의 고유어를 쓸 경우, 이성과 감성의 섬세한 결을 전달하지 못하고 거칠고 자동화된 표현을 반복할 위험을 제시하고 또한 '졸업'을 '보람'을 바꾼 예에서 보듯, 감정적인 뉘앙스를 담길 위험을 지적하였다. 사실 최인훈의 언어 의식도 김우창으로부터 그렇게 멀지 않았다. 그는 1963년「회색의 의자」의 서두에서 독고준과 '갇힌 세대' 동인들의 토론을 묘사하면서 다음과 같이 쓰기도 하였다.

> 한국의 문학에는 신화(神話)가 없어. 한국의 정치처럼 말야.「비너스」란 낱말에는 서양 시인과 서양 독자가 주고 받는 풍부한 내포와 외연(外延)이 우리에게는 존재치 않는단 말이거든. (…) 왜냐하면 그 말들 배후에 역사가 있기 때문

> 이야. 「니꼬라이의 鐘」하면 희랍정교회의 역사와 비잔틴과 러시아 교회와 동로마 제국의 흥망이 그 밑에 깔려 있는게 아니겠나? 「聖母마리아」는 더 말해서 뭣해? 바이블과 카톨릭 중세 기사들의 순례와 수억의 인간이 긋는 성호(聖號)가 이 고유명사를 받치고 있지 않아? (…) 피카소에게는 필연적인 일이 우리에게는 필연적이 아닐 수도 있다는 것은 이런 때문이 아닌가? 생각해봐. 에어. 풀렌을 날틀이라고 말해본대서 무에 달라지겠는가 말이야. 비행기를 우리 것으로 만드는 것은, 우리 손이 비행기를 만들고 우리들의 육체가 비행기의 진동에 더 많이 친근해지는 때에만 가능해. 문제는 언어의 영역이 아니라 역사의 공간에 있지. (회색① : 303~304)

이미 최인훈은 단지 기호의 차원에서 '에어. 풀렌'을 '날틀'로 대체하는 것에 대해서 비판적인 거리를 두고 있었다. 역사적인 배경을 무시하고, 단지 표현만을 고유어로 '순화'하는 것은 큰 의미가 없었기 때문이다. 하지만 정작 1973년의 『광장』 다시 쓰기는 전체적으로 한자어 병기를 삭제하고, 한자어 용언을 일상적인 고유어로 순화하는 단계 정도에 머무르게 되면서, 1970년대 초반의 국어순화로부터 그다지 거리를 두지는 못한다. 문제는 『광장』의 전면적인 다시 쓰기는 '국어순화'로 나라가 떠들썩했던 지 몇 년 후인 1976년이라는 늦은 시기에 '뒤늦게' 도착했다는 점에 있다.

4.2. 언어의 식민지를 벗어나기 위하여
— '일상어≡사유어'라는 실험

> 한 조선 소년이 일본말로 옮긴 일본 나라가 아닌 나라 사람들의 이야기를 읽으면서 그것이 자기 이야기인 것처럼 느낄 수 있었다는 생각도 정작 이상한 일이라는 것을 한번도 생각해본 적은 없었고 썩 훗날까지는 여전히 그럴 것이었다.(화두 : 43)

다소 뒤늦게 도달한 1976년의 『광장』 다시 쓰기를 다루기 위해서는 『화두』의 한 증언을 참조할 필요가 있다. 1970년대 당대로부터 20년이라는 거리가 있는 '회고'이기 때문에 거리감과 단순화를 감안하고 읽어야하지만, 최인훈이 일본어로 번역된 서구의 지식과 교양을 읽은 경험을 두고 마치 그 저작을 일본어가 아닌 서구어 원문으로 읽는 듯 착각하였다고 썼다는 점에 주목하고자 한다. 적어도 그에게 일본어 문장과 서구의 교양은 전혀 이물감이 없는 상태로 느껴졌던 것이다. 그것을 주체의 장소와 언어의 맥락에서 살펴보자면,[55] '① 원저자(서구/서구어) - ② 번역자(일본/일본어) - ③독자(한국/일본식 한자어)' 사이의 '차이'와 '거리'를 느끼지 못하는 상태였다. 식민지에 유년 시절을 경험하고 제국의 언어로 서구의 지식을 습득하던 최인훈의 경우, 20세기 초반 일본이 서구의 개념을 한자어로 번역한 이후 반세기가 지나면서 그러한 사유언어 자체가 자연화되고(①=②), 한국인인 자신은 이러한 한자어를 아무 이물감 없이 사용하고 있었다.(②=③) 특히 ①=②는 단지 후기식민지에 위치한 자신의 문제에 그치는 것이 아니라, 역시 서구의 문화적 식민지였던 일본의 지식인들이 어떤 문화적 내성을 가지지 못하고, 서구어를 그대로 받아들인 문제도 겹쳐 있었다. 그리고 ②=③의 문제와 관련하여, 그는 한국어가 감당해야 할 "言語表現의 本質인 意識과 現實의 葛藤이라는 過程을, 이미 만들어진 漢字語에 밀어버리고도(미루어버리고도 — 인용자) 그런 줄 모르"는 상태로 후기 식민지의 언어 현실을 진단하고 있었다.[56]

최인훈이 착안한 문제지점은 ①=②=③의 자연화한 삼위일체를 낯설게 하는 데 있었다. ①=②를 낯설게 하는 문제와 관련하여서는 두 사람의 문화적 차이를 감안해야겠지만, 일찍이 일본의 전후 국민문학 논쟁에서 다케우치 요시미가 제시한 의견을 고려할 수 있다. 다케우치 요시미는 서구의 근대를 무비판적으로 수용한 일본의 태도와 이에 비해 자문화와의 긴장을 형성했던 중국의 태도를 비교한다. 일본의 태도는 '모범생'의 것이었지만, 문화적 내성을 가지지 못했기에 '근대주의=식민지주의'의 성격을 피하지 못한 데 반해, 중국의 태도는 '민족'이라는 요인(factor)를 가지고 서구적인 것과 끊임없이 긴장을 형성했다고 보았다. 그는 후자의 태도를 쩡자(掙扎)로 부르면서 그러한 사유와 태도의 필요성을 논하였다.[57]

다케우치의 입장을 참조하여 『광장』을 다시 쓰는 최인훈의 태도를 가늠할 수 있을 것이다. 1960년 및 1961년의 『광장』이라는 텍스트 자체는 고대 희랍 철학자의 단편, 교부들의 문헌, 그리고 영시 등 서구의 텍스트들에 대한 모방 위에서 자신의 사상을 형성하고 있었다. 이것은 노예가 주인을 모방하는 욕망이었지만, 현실의 거리감은 욕망의 불가능성을 드러내었다. 그렇다면 『광장』에서 한자어로 된 서구 개념어를 고유의 일상어로 대체하는 것은, 그동안 자신의 글쓰기와 사유가 서구적인 것의 기반 위에 있는 것을 탈자연화하고, 그것이 구제국 일본을 거쳐 유입되었음에 대해 역사적인 시각을 요청하는 것이었다. 최인훈은 일본을 통해 유입된 한자어 개념어를 해체하면서 후기식민지 지식인인 자신의 인식과 태도를 반성하는 작업을 감당하고자 하였다. 이것은 언어를 바꾸는 것은 곧 세계 인식 전체를 바꾸는 것이라는 최인훈 특유의 입장에 근거한 것이기도 하였다.[58]

에드워드 사이드는 조지 오웰의 한 에세이를 인용하면서, 진부한 표현, 판에 박힌 은유, 게으른 글쓰기를 '부패한 언어'의 사례로 들면서, 부패한 언어를 자연화하여 사용하는 것은 검증되지 않은 관념들과 정서를 수동적으로 받아들이도록 할 뿐이라고 비판하였다.[59] 자연화된 언어를 거슬러 새로운 언어를 만드는 것이 지식인의 역할인데, 조지 오웰은 이러한 새로운 언어를 구성할 때 중요한 점은 새롭게 채용한 언어가 인식에 얼마나 충격을 줄 수 있는가이지, 단지 옛 언어를 살리는지 여부는 그다지 큰 문제가 아니라고 지적하였다.[60] 사고의 충격을 위해서는 새로운 언어를 만들 수도, 혹은 예전 언어를 살릴 수도 있는 것이었다. 이러한 지적은 최인훈의 다시 쓰기를 고려하는데 참고할 수 있다. 그 역시 "慣例的 表現과 어떤 心像이 오래 結合되어 쓰이고 보면, 心像의 形成過程 - 意識과 表現 사이의 싱싱할 葛藤의 자죽이 慣例的 表現으로서는 나타내기가 미흡"하게 된다고 쓰고 있기 때문이다.[61]

최인훈에게도 새로운 언어를 만드는 길도 열려 있었지만, 그는 일상어와 사유어를 일치시키는 방향으로 나아갔다. 이 점은 앞서 살펴본 대로, 식민지를 경험하여 한국에 근대가 '풍문'처럼 도래했기에 발생한 지식 체계의 불완전성과 관련될 것이다. 한국의 근대에서는 사유어와 일상어가 분리되었는데, 이것은 계층 간의 분리이기도 하였다. 식민지 시기 상층 엘리트들은 제국의 언어인 일본어로 지식을 수용하고 그에 기반하여 지식 체계를 완성하려 하였지만 낮은 일본어 해독률로 그 지식은 대중들과 충분히 공유되지 못했고. 사유어와 일상어의 분리는 문식성과 교육 정도의 문제와 겹쳐 있었다.[62] 외래의 개념어를 그대로 살린다면 해당 외국어에 대한 이해가 없는 한 이해할 수 없지만, 고유어와 일상어는 어근과 일상화용을 통해 그 의미를 유추할 수 있다.[63] 최인훈이 『광장』을 다시 쓰면서, 고유어와 일상어를 선택한 것은 이식된 개념어의 토착화이나 흔히 지적되듯 '고유한 것으로의 회복'이라는 측면도 있지만,[64] 동시에 누구나 이해할 수 있는 일상의 언어로 사상을 일상화하고 하방(下防)하는 것이기도 하였다. 또한 앞서 살펴본 것처럼, 사유어와 일상어가 분리된 상황에서 사유어와 일상어가 일치된 언어를 실험적으로 시도하는 것이었다. 이는 '사상(思想)'을

'우리 말'[65]로 재구성하는 작업, 곧 '사상(思想)'을 '생각'으로 탈구축하는 기획인 동시에, 앎의 내용, 형식, 그리고 주체성 사이의 거리를 압착하여[66] 새로운 '앎', 최인훈의 표현으로는 '생각'을 생산하는 기획이었다.

4.3. '우리 말'로 '생각'하기, 형식과 그 곤란

1976년본을 기준으로 최인훈이 『광장』을 다시 쓰면서 새롭게 구성한 개념 중 일부를 제시하면 다음과 같다.[67]

에고(EGO)	〈나〉, 나, 마음, 자기	진실(眞實)	마음, 말, 정말, 참
인간(人間)	사람	지옥(地獄)	진구렁, (그대로)
사회(社會)	고장, 밖, 세상	우울(憂鬱)	울적, 답답
생리(生理)	됨됨이, 버릇, 길, 마음, (그대로)	권태(倦怠)	싫증, 지루
질(質)	됨됨이	불안(不安)	허전함, 걱정
절차(切磋)	앞뒤	허무(虛無)	허전함
이성(理性)	앞뒤, (그대로)	환멸(還滅)	진저리, 한숨 쉬며 주저 앉음
감정(感情)	마음	감격(感激)	단단함, 보람, 노여움과 기쁨
인생(人生)	삶	흥분(興奮)	들뜸, 설레임, 아슬아슬함, 울렁거림, 홍
생활(生活)	나날, 삶	환희(歡喜)	기쁨
역사(歷史)	삶, (그대로)	쾌락(快樂)	기쁨
사유(思惟)	생각	영혼(靈魂)	마음, (그대로)
시(詩)	노래	엄숙(嚴肅)	섬짓

다시 쓰기를 통해 '인간의 육체'는 '사람의 몸'으로, '고층 건물'은 '높은 집'으로 바뀌게 된다. 그 과정에서 서구의 개념어와 사유

어들은 고유어와 일상어로 대체된다. '흥분'은 맥락에 따라 '흥', '설레임', '아슬아슬함' 등으로 다양하게 옮겨지기도 한다. 최인훈은 고유어와 일상어로 사유어를 대체하게 되는데, 어떤 경우는 아래의 예처럼 오히려 고유한 일상어가 낯설기 때문에 어떤 효과가 나타나기도 한다.

> (라-1961) 명준이 그 속에서 도피해 나온 평범이란 이름의 지옥이었다.
>
> (라-1976) 명준이 그 속에서 도망해 나온, 평범이라는 이름의 진구렁이었다.

새롭게 채택한 일상어가 낯설거나 서술에서 돌출적이라면, 이는 어느 정도 기존의 관성화된 사유에 충격을 줄 수도 있을 것이다. 하지만 개작으로 선택한 언어가 일상어라는 점에서, 사유어는 일상화는 동시에 의미가 다소 모호해질 위험을 근본적인 불안으로 가지게 된다.

> (마-1961) 바다의 논리는 남성적이다.
>
> (마-1976) 바다의 말은 남성적이다.

> (바-1961) 꺼끌꺼끌한 표면은 그 따뜻한 기운만큼은 친근하지 못했으나, 손바닥을 맞아 들이는 부피에는 촉감의

확실성이 있었다.

(바-1976) 꺼끌꺼끌한 겉은 그 따뜻한 기운만큼은 정답지 못했으나, 손바닥을 맞아 들이는 부피에는 닿음새만이 지니는 믿음성이 있었다.

(마)의 '논리'와 '말', (바)의 '확실성'과 '믿음성'처럼 새로 채택한 개념이 기존의 개념과 유사한 편이지만 사실상 다른 내포를 지닌 단어인 경우 전달되는 의미 자체가 달라지게 된다. 또한 특정 상태의 '표면'이 익숙하다는 의미에서 '친근하다'는 표현은 가능하지만, '겉'이 '정답다'라고 표현한다면, 명료하게 의미를 파악하기 어렵다. '삶', '됨됨이', '기쁨' 등의 대체 개념은 오히려 한자로 표기된 사유어의 의미를 둔화할 위험이 있다. 결국 1976년본에서도 혁명, 역사, 이성, 감성, 영혼, 지옥 등 역사적인 맥락과 문화적 의미가 '입체적인' 사유어들은 유지될 수밖에 없었다.[68] 하나의 개념이 가지는 역사성은 쉽게 처리할 수 있는 문제가 아니었다. 그래서 하나의 사유어는 용처에 따라서 바뀌기도 하고, 바뀌지 않기도 하였다.

(사-1961) 이 만주의 저녁노을처럼 핏빛으로 타면서 혁명의 흥분 속에 살고 있는 공화국이 아니었다.

(사-1976) 이 만주의 저녁노을처럼 핏빛으로 타면서, 나라의 팔자를 고치는 들뜸 속에 살고 있는 공화국이 아니었다.

(아-1961) 혁명을 판다는 죄, 이상과 현실을 바꾸면서 짐짓 살아가는 죄
(아-1976) 혁명을 판다는 죄, 이상과 현실을 바꾸면서 짐짓 살아가는 죄

혁명이라는 같은 사유어라도 (사)에서는 바뀌었고, (아)에서는 바뀌지 않았다. (사)에서 '혁명'과 문장에서 의미계열을 이루는 개념은 핏빛, 흥분, 공화국인데, 여기서 '공화국'을 제외하면 '핏빛'은 원래 일상어이고 '흥분'은 대체가 어렵지 않은 단어이다. 이럴 경우에는 '혁명' 대신 '나라의 팔자를 고침'을 사용하여서, 개념을 재구성할 수 있었다. 그러나 이에 비해 (아)에는 혁명, 죄, 이상, 현실 등 '혁명'과 의미 계열을 이루는 단어가 각각 그 역사성을 강하게 담지한 개념이었고, 이 모두를 바꾸는 것은 실제적으로 부담이 되는 것이다. (사)와 (아)의 사례는 돌출적으로 하나의 개념을 바꾸는 것은 가능할 수 있지만, 그것을 관련된 의미 계열을 구성하는 여러 개념들과 함께 새로운 개념을 생산하는 일은 쉽지 않음을 증언한다.

새로운 사유의 언어를 만드는 것은 낱낱의 단어를 바꾸는 것으로는 충분하지 않을 것이다. 각 개념에는 역사적 맥락이 놓이기 때문이기도 하지만, (아)의 예에서 보듯, 하나의 개념은 그 자체로 존재하지 않기 때문이다. 곧 하나의 개념은 그것과 의미론적인 유사성과 인접성의 맥락에서 연결되고 함께 논의될 수 있는 개념들과

함께 사용되기 마련이다. 그렇기 때문에 다시 쓰기의 단위는 '단어' 수준이 아니라, 단어들 혹은 문장이나 문단의 단위가 되어야 한다. 또한 개념의 표현을 한자어에서 일상어로 바꾸는 데 그치지 않고, 동시에 일상어 개념을 사용할 수 있는 다양한 용례와 맥락을 개발할 필요가 있다. 1976년의 『광장』 개작이 기존의 문장 형태를 무너뜨리며 문장을 재구성할 수밖에 없었던 것은 이러한 이유 때문이었다. 하나의 '개념'은 개념의 재구성뿐 아니라, 그것이 사용될 수 있는 다양한 용례와 배경이 필요하기 때문이다. '철학도'를 '관념철학자의 달걀'로 대체하면서 최인훈은 다양한 사례를 개발하고자 하였다.

> (자-1961) 자기와 환경 사이에 있는 아무 갈등도 없는 미분화(未分化)의 세계에 사는 시절
> (자-1976) 자기와 둘레 사이에 아무 티격태격도 없는, 달걀속 노른자위 같이 사는 무렵

> (차-1961) 철학도(哲學徒) 이명준에게 의미 있으며, 실감 있는 에고란 그런 것이었다.
> (차-1976) 관념철학자의 달걀 이명준에게 뜻있고 실속 있는 자기란 그런 것이다.

> (카-1961) 윤애의 덤덤한 낯빛은, 철학과 학생 명준에게

화려한 원피스로 단장하고 지척의 거리에 다소곳이 서 있는 물자체(物自體)였다.

(카-1976) 윤애의 덤덤한 낯빛은, 관념철학자의 달걀 이명준에게 화려한 원피이스로 차리고, 손이 닿을 거기에 다소곳이 있는 물자체였다.

(타-1976) 형사의 발길질에 멍이 들고도, 관념철학자의 달걀답게, 이런 어수선한, 곤 달걀 속 같은 꿈 넋두리 속을 오락가락하다가 잠이 든다.

『광장』의 서술에서 가장 먼저 나오는 것은 (자)이다. (자)를 통해 자아와 세계가 대립하지 않은 상태, 혹은 미분화·미성숙의 상태를 '달걀'로 표상하게 된다. 이어지는 (차)와 (카)에서는 그런 의미에서 '달걀'을 '지망생', '학생'의 의미를 대체하는 사유어로 활용한다. 또한 1976년에 처음 삽입된 문장인 (타)를 통해서 이명준의 상처 입은 자아와 그의 꿈을 '곤 달걀'로 표현한다. 이처럼 최인훈은 '달걀', 즉 '알'이라는 존재의 '아직 분화되지 않았지만 부화를 기다린다'는 속성을 표상화하여, '미성숙하지만 계속 성숙하고 있는 상태'를 지시하는 새로운 개념어로 생산하고자 하였다. 다만 '달걀'이라는 예에서 보듯, 일상어와 사유어를 결합한 새로운 실험적 언어의 활용을 위해서라면 많은 용례를 만들 필요가 있었다. 새롭게 구성된 '일상어≡사유어'에 용례를 부여하는 것이 소설의 몫이었겠지만, 그것은 개인이 감당하기에 무척 지난한 일이었다.[69] 부분적으로 최인훈은 '순교자'를 '심청이'로, '스크루지'와 '샤이로크'를 '놀부'로 바꾸는 방식을 통해, 서구의 사유어를 한국의 문화적 전통으로 재구성하는 작업을 시도하기도 하지만, 이 역시 다양한 예를 제출하지는 못한다.

> (파-1961) 행동을 위해선 악마와 위험한 계약을 맺어도 좋다고 뽐내지만, 악마가 얼마나 무서운지는 모르고 하는 소리였다
>
> (파-1976) 보람 있는 일이라면 도깨비하고 흥정해도 좋다고 뽐내지만, 도깨비가 얼마나 무서운지는 모르고 하는 소리다

(파)의 1961년본에 나타나는 주요한 개념어는 '행동'과 '악마'이다. 특히 여기서 '행동'이란 서구의 실존주의와 관련을 맺는 개념으로, '행동을 할 수 있는 서구인들'과 대비되어 '끝내 행동을 하지 못하는 후기식민지 한국인'의 형상은 『광장』의 주요한 의미소이다.[70] 여기서 최인훈은 행동을 그저 '움직임'으로 대체하는 것이 아니라, 『광장』에서 이명준이 거듭 스스로 다짐하였던 '보람 있게 청춘을 불태우는 삶'(1961 : 128)의 '보람'과 연결하고 있다. 또한 서구 문화사에서 주요한 상징인 '악마와의 계약'을 '도깨비와의 흥정'으로 바꾸게 된다. 이 두 개념 모두 서구적인 번역 개념어를 일상적이

고 고유한 언어로 탈구축하여, 일상어와 사유어를 하나로 연결하고자 하는 실험을 보여준다. 하지만 이 두 개념의 경우, 앞서 '달걀'처럼 충분한 용례를 개발하고 제시하지 못했기 때문에 생경한 서술로 남게 된다.

> (하-1961) 그의 아버지가 그의 에고의 내용일 수 없었다
> (하-1973) 그의 아버지가 그의 나의 내용일 수 없었다
> (하-1976) 그의 아버지가 그의 〈나〉의 내용일 수 없었다

(하)는 이러한 곤란을 해결하기 위한 하나의 실험으로 이해할 수 있다. 최인훈은 '에고'라는 '개념'을 1973년에 '나'로 바꾸었다. 그런데 그렇게 하자 '그의 나의 내용'이라는 의미 파악이 어려운 표현이 생겼고, 결국 최인훈은 1976년에 〈 〉 기호를 삽입한다. 『광장』의 1961년본에는 〈 〉 기호가 많이 등장하여, 현재 표기법의 큰따옴표와 작은따옴표의 역할을 수행한다. 1973년본에서는 〈 〉가 거의 사라지는데, 1976년본에서 다시 '나'가 사유어라는 점을 표시하기 위해 〈나〉를 선택한다. 〈 〉라는 비음성적이고 시각적인 기호를 통해 개념어와 일상어를 구분하는 방식은 한국어 표기에서는 무척 낯설고 새로운 방식이었다. 박진영은 '한국어를 한국어로 번역'할 때, 살려야 할 말과 바로잡아야 할 말을 세심하게 가려내는 작업의 중요성과, 원 텍스트의 말투나 어감을 맛깔스레 살리면서도 지금 독자의 어문 생활과 동떨어지지 않는 세심한 접근과 숙고의 필요

성을 함께 강조하였다.[71] 텍스트의 언어가 그 언어를 사용할 독자들의 어문 생활에서 분리될 수 없다는 조건은 '일상어≡사유어'라는 기획이 시도된 최초의 이유였지만, 그 기획을 수행하는 과정에서 오히려 독자의 어문 생활에 '낯선' 실험이 이어지면서 결국 충분한 성과를 거두지는 못하게 된다.

마지막으로 후기식민지의 언어가 마주한 역사적 조건에서 벗어나기 위한 언어 실험이 놓인 보다 근본적인 문제로, 최인훈이 『광장』이라는 소설 전체를 지배하는 '풍문'과 '현장'의 대립적인 인식을 그대로 두고 있었다는 점을 지적할 필요가 있다. 선행 연구들이 밝힌 것처럼 두 마리의 어른 갈매기가 한 마리의 어른 갈매기와 한 마리의 어린 갈매기로 변하여서, 이명준의 사상적 지향과 『광장』의 전체적인 주제는 다소 변경된다. 하지만 그것은 인물의 지향이라는 점에서의 의미변화일 뿐이다.[72] 물론 1976년의 『광장』에서는 미국 체험과 1960년대 소비에트와 스탈린주의의 향방을 살펴보면서 얻었을 법한 다음과 같은 인식도 발견할 수 있다.

> 이런 조건에서 만들어 내야할 행동의 방식이란 어떤 것인가. 괴로운 일은 아무한테도 이런 말을 할 수 없다는 사정이었다. 혼자 앓아야 했다. 꾸준히 공부를 했다. 그런데 이번에는 〈남〉에게 탓을 돌릴 수 없는 진짜 절망이 찾아왔다. 신문사와 중앙도서실의 책을 가지고 마르크시즘의 밀림 속을 헤매면서 이명준은 처음 지적 절망을 느꼈다. 참으로 그

> 것은 밀림이었다. 그럴 듯한 오솔길을 발견했다 싶어 따라 가면 어느새 그야말로 〈일찌기〉 다져진 밀림 속의 광장에 이르는가 하면, 지금 자기가 가진 연장과 차림을 가지고는, 타고내리기가 어림없는 낭떠러지가 나서는 것이었다. 〈전세계 약소민족의 해방자이며 영원한 벗〉들도, 이 밀림의 어디선가에서 길을 잘못 든 것이 틀림없었다. 그렇다면 이 밀림에는 다져진 길도, 따라서 지도도 없으며, 다 제 손으로 할 수밖에 없다는 말이 된다. 목숨에 대한 사랑과, 오랜 시간이 있어야 할 모양이었다. (1976 : 145~146)

1976년본에 새로 삽입된 위의 서술에서 이명준은 자신이 길을 만들면서 걸어야한다는 다짐을 확인한다. 이미 만들어진 길을 걷는 것도 아니고, 다른 이가 만든 지도에 의지하여 걷는 것도 아니라는 점에서, 이 언급은 「회색의 의자」의 마지막 부분을 상기하는 동시에, 시간을 더 거슬러 올라간다면 "생각하면 희망이란 것은 대체 '있다'고도 말할 수 없고 '없다'고도 말할 수 없는 것이다. 그것은 마치 지상에 길과 같은 것이다. 길은 본래부터 지상에 있는 것이 아니다. 왕래하는 사람이 많어지면 그때 길은 스스로 나게 되는 것이다"라는 루쉰의 언급을 떠올리도록 한다.[73] 하지만 이러한 입장은 『광장』에서 다소 돌출적으로 존재할 뿐이며, 이러한 인식에 따라 『광장』의 서사나 인식의 틀은 재구성되지 않는다. 비록 이명준은 일상어로 '사상'하는 연습을 하고 있었지만, 1976년본 『광장』에서도 그는 여전히 서구 지향적이었고 '현장'과 '풍문'의 이분법 속에서 고민하고 있을 뿐이다.[74] 이명준은 여전히 북에 가서 "그들은 혁명의 풍문만 들었을 뿐이다."(1976 : 144)라는 16년 전, 1961년의 고민을 반복하고 있었다. 오히려 1976년본에 와서 이명준이 즐겨 수첩에 기록한 고대 희랍 철학자들의 에피그람을 삭제한다든지, '잠언'이라는 성서 지혜서의 전통으로 그 출처가 명시된 것을 굳이 '어디선가'로 애매하게 처리한다든지, 다이아나 등 서구 문화의 클리셰를 삭제하는 방식으로 이명준의 지식이 '서구'에 도래했다는 사실은 은폐된다.

최인훈이 사유어와 일상어가 분리된 언어의 구조를 해체하고 재구성하여, '일상어≡사유어'라는 새로운 형태의 언어를 제시하고자 했다면, 그것은 단어의 수준을 넘는 재구성이 필요하였다. 언어를 바꾸는 것은 언어가 사용되는 맥락과 사고의 형식 자체를 재구성하는 작업, 그리고 새로운 언어를 언중들이 승인하고 사용하는 과정이 요청되기 때문이다. 하지만 이 문제는 『광장』이라는 소설 한 편, 혹은 최인훈이라는 작가 한 명이 감당하기에는 무리가 있는 작업이었으며, 서구의 개념어를 고유한 일상어로 다시 쓰는 작업은, 표기법의 층위에서 그치게 된다.[75]

5. 최인훈과 다케우치 요시미라는 어긋난 질문

1976년 5월의 어느 날, 미국에 갔던 최인훈은 4년 만에 고은 앞에 다시 나타났다. 고은은 그날의 재회에 관해 다음과 같이 적고 있다.

> 1976.5.12. 민음사에 가서도 큰소리를 쳐댔다. 4년 만에 귀국한 최인훈이 왔다. 껴안았다. 그래 미국 어땠어? 미국, 천국이야 하고 인훈이 반론으로 말했다. 내가, 여기도 유신천국(維新天國)이야 하고 말했고 서로 뜨겁게 웃었다. 집에 몇 번 전화했는데 내가 없더라고 했다. 내가 또 어깃장을 놓아 보았다. 말 때문에 돌아왔구나. 그가 끄덕이며 그렇다 했다. 이놈의 말. 이놈의 글. 인훈은 『광장』을 순 우리말로 풀어서 개작했다 한다. 광장도 넓은 터 또는 장마당으로 고쳤다는 것. 너무 최현배화하는 것은 아닌가. 이화여대의 배꽃계집 큰배움터 말이다.[76]

고은의 증언이 흥미로운 것은 두 가지 점 때문인데, 하나는 실제로 1976년 『광장』의 다시 쓰기 양상은 위의 증언과 다르기 때문이다. 이 기록에 따르면 최인훈은 '광장'도 '넓은 터' 또는 '장 마당'으로 고칠 정도로 전폭적인 개작을 염두에 두고 있었다. 그러나 앞서 보았듯 1976년본에서 '광장'은 그냥 '광장'으로 살린다. 1976년본은 1976년 8월 10일에 초판이 발행된 것으로 판권면에 기록되어 있는데, 최인훈이 모든 사유어를 일상어로 고쳤다가, 이로 인해 발생한 여러 문제나 주변의 조언 때문에 3개월 만에 주요한 개념어들을 다시 한자 표기어로 환원한 것인지, 아니면 단지 고은의 착각인지는 알 수 없다. 두 번째 흥미로운 점은 고은이 최인훈의 개작 방식을 최현배에 빗대면서 바로 '배꽃계집큰배움터'를 떠올린다는 사실이다. 고은 역시 최인훈의 개작 방식을 듣고 단지 축자적으로 서구의 개념어를 일상적인 고유어로 옮기는 작업으로만 이해하고 있었다.

이 글은 흔히 한자어를 순우리말로 고쳤다고 이해된 『광장』의 개작의 이면을 구성하고 있는 몇 가지 문화사적 맥락을 복원해 보았다. 최인훈은 『광장』을 통해 후기식민지 한국을 '풍문'과 '현장'이 대립되는 공간으로 재현하였고, 이는 교양과 경험이 결합하지 못하는 상황을 낳았다. 이 점에서 『광장』은 교양과 경험의 결합을 시도한 교양 소설로 이해할 수 있다. 후기식민지 한국 지식인은 아날로지를 통해서야 서구와 한국을 함께 사유할 수 있었는데, 이들의 사유어는 구 제국 일본어로 번역된 서구의 개념어를 자연화하여 받아들인 것이었다. 그래서 한국에서는 사유어와 일상어는 분리되어 있었다. 최인훈은 『광장』의 개작을 통해 '우리 말'로 새롭게 사유를 구성하고자 하였다. 구체적으로 그는 한자어로 표기된 서구의 개념어를 '우리 말'로 다시 쓰는데, 이것은 일상어와 사유어의 등치 혹은 교양과 경험의 결합을 요청하는 실험적인 언어였다. 이 기획은 19세기 말 세계체제에 접속한 이래 재편된 한국의 지식사와 표상공간의 재구성이 요청되는 과제이기도 하였다. 하지만 최인훈도 사유의 전반을 재구성하는 곳까지 나아가지 못하고, 결국 표기를 바꾸는 수준에 그친다. 그는 '우리 말'로 '생각'하는 단계를 꿈꾸었지만, 결국 '우리 말'로 '사상(思想)'[77]하는 곳에서 멈춘다.

이 글의 결론을 다시 서론 삼아서, 최인훈의 글쓰기에 관한 몇 가지 문제를 다시 구성할 수 있을 것이다. 이 글은 『광장』과 「회색의 의자」, 그리고 『화두』를 실마리로 삼아 최인훈 소설에 등장하는 후기 식민지 지식인이 가진 사유의 한 자락을, 특히 서구와 한국의 거리감의 맥락에서 조망하였다. 그러나 이것은 언어의 문제에 한정하여 현상을 정리하는 데 그쳤을 뿐, 후기식민지 지식인이 가진 인식틀의 특징을 충분히 드러내지는 못하였다. 이 문제와 관련하여 「회색의 의자」의 독고준이 가지고 있는 '가문'에 대한 인식을 재고할 필요가 있다. 서양의 지성들은 신이 죽은 곳에서 인간이 자유를 얻었고 그것을 근대선언으로 인식한다면, 독고준은 가족으로부터 자유한 곳에서 근대를 찾았다(회색④ : 396). 이것은 한국전쟁이라는 냉전하의 역사적 경험이 한국인에게 부과한 가족이라는 개념의 문제성을 문제삼는 것인 동시에, 전통의 문제를 논제화하는 것이다. 즉 서구와의 관련이 끊임없이 한국 지식인들에게 '결핍'을 드러낸다면, 이 문제는 자신이 지금 어떤 자원을 '소유'하고 있는가의 문제를 드러낸다. '결핍'과 '소유', '미달'과 '과잉'의 복합적인 양상을 충분히 다룰 필요가 있다. 이 글은 주로 최인훈의 글쓰기를 후기식민지의 문제, 즉 20세기 초에서 한국의 지식인들이 가졌던 문제의 반복이라는 측면에서 고찰하였는데, 식민지와 냉전을 겹치는 자리에 혹은 국민국가의 문제와 동아시아라는 광역권이 겹치는 자리에 최인훈의 글쓰기를 다시 놓아볼 필요도 존재한다. 『서유기』,

『소설가 구보씨의 일일』, 「크리스마스 캐롤」, 『태풍』 및 『광장』 다시 쓰기 전후의 희곡에 대한 숙고는 이 자리에 둘 수 있을 것이다.

마지막으로 적어둘 것은 최인훈과 다케우치 요시미라는 어긋난 질문에 관해서이다. 앞서 동아시아 근대 문화사에서 최인훈의 다시 쓰기가 놓인 의미를 가늠하고자 다케우치 요시미를 염두에 두었지만, 둘 사이의 거리 자체를 음미할 필요가 있다. 다케우치 요시미가 참조했던 루쉰은 '뻔뻔하게 번역하기'를 통해 외래성과 이질성을 도입하면서 중국의 근대 언어의 구조화를 요청했다면,[78] 최인훈에게 서구어라는 낯선 것이 낯선 것인지조차 알 수 없는 상태였다. 최인훈이 마주하고 있었던 '목까지 차오른 이질성'을 두고 후기식민지 '사유의 식민성'이라 할 수 있다면, 이 지점에 대한 숙려가 필요하다.[79] 식민지와 냉전의 (재)구조화로 이어지는 동아시아의 역사적 경험의 전개 과정에 따라서 서구적인 것 혹은 근대를 이해하고 의심하는 사유의 흐름과 각각의 동/이(同/異) 문제는, 최인훈과 다케우치 요시미라는 어긋난 질문을 첫 자리에 두고 앞으로도 고민해보고자 한다.

『광장』 1976년본에서 제안한 주요 일상어 — 사유어 대조표

일상어	사유어
〈나〉	에고
가슴 속	밀실
가지고 싶다는 마음	소유욕
갈데	귀착지
값지다	귀중하다
갖추다	준비하다
갸륵하다	고매하다
갸륵하다	위대하다
거미줄	함수 관계
거울	스크린
거짓말	허위
걱정	불안
걸음걸이	도식
걸음을 내딛기	결단
겉	표면
겉돎	괴리
게으름	나태
겪음	체험
계집질	애욕의 순례
고갯마루 말뚝	이정표
고삐	주도권
고장	사회
곡절	비밀
곡절	세계
골라잡다	선택하다
관념철학자의 달걀	철학도 / 철학과 학생
광짜리	주인공
굵직하다	위대하다
궁리질 공부꾼	철학 공부하는 친구
그림	공상
글	문장
글월	어귀

일상어	사유어
기쁨	쾌락
기쁨	환희
길	생리
길	진리
길잡이	정신의 선구자
깜빡사이	순간
깨달음	진리
껍데기	초보적인 자태
꼬투리	테마
꾸미개	장식
꿈	착각
끝	극단
낌새	후각
나	에고
나날	생활
나날	세월
나들이	출입
나라	국가
나라차지	국유
나라의 팔자를 고침	혁명
나름	기질
남도 불쌍한 삶이거니 싶은 마음	패배감
낯빛	표정
낯선 땅	이역
낱	개인
내 나라	조국
냄새	역설
너그러움	관용
넓이	평면
노다지 줄기	광맥
노래	시
노여움과 기쁨	감격
놀부	샤이로크
놀부	스쿠루지
높은 집	고층 건물
누리	세계

일상어	사유어
누리	우주
누리	현상
늘 하던 되풀이	상투어
늘 하던 소리	상투어
능란	세련
다 된 사람	관조인
다그치다	요구하다
다루다	취급하다
다른 나라	외국
다짐	약속
단단함	감격
달걀속 노른자위	미분화
닮은 데	유사성
답답하다	우울하다
당하다	피해자이다
대듦	반항
대수롭지 않음	평범
댕기	리본
데	점
도깨비	악마
도움	참고
되새겨지다	회상되다
됨됨이	생리
됨됨이	질
두근거림	기대
두근거림	도취
둔갑	바리에이숀
들뜸	흥분
들르는데	기항지
딱지	상표
때	시간
뜻	내포
뜻	상상
뜻밖	상상외
뜻없다	무의미하다
마음	감정

일상어	사유어
마음	생리
마음	에고
마음	영혼
마음	진실
마음놓다	안심하다
마음이 놓이다	안도감이다
말	강의
말	논리
말	언어
말	진실
말	태도
매듭을 풀다	해결하다
매정스럽다	사무적이다
맺음말	결론
모습	풍경
모임	좌중
목소리	원음
목숨	생명권
몸	육체
몸가짐	태도
몸가짐	자세
몸의 움직임	행동
몸짓	제스츄어
무리	단체
묵직하다	중후하다
물림	유전
미움	염오
믿음	미신
믿음	신념
믿음	신앙 생활
믿음직하다	건실하다
밀려나다	이탈되다
바라다	명령하다
바람직하다	이상적이다
바르다	정확하다
바꿔쓰기	대용물

일상어	사유어
밖	국외
밖	사회
반한 여자	연인
반쪽	분신
밥맛 없다	취미 없다
배움	교양
배움	전공
버릇	생리
버릇	습관
보람	감격
보람	광영
보람 있는 일	행동
붙임성 없다	비사교적이다
비단보자기	베일
빛살	섬광
빠름	속도
사귐	사교
사람	인간
사랑	애욕
살 곳	영주지
살아있는 어울림	유기적인 연결의 함수관계
삶	생활
삶	역사
삶	인생
새삼스러움	감탄
색깔의 바뀜	뉘앙스
생각	사고
생각	사유
생각	상념
생각	상념
생김새	구조
설레임	흥분
섬짓	엄숙
성깔	기질
세상	사회
소꿉장난	유희

일상어	사유어
소리	음
숨	호흡
숨결	호흡
쉬운 일을 어렵게 짠 말	철학적 회의
시들	불감증
시시	경멸
신명	정열
신이 내렸던 것	계시
싫증	권태
심심풀이	오락
심청이	순교자
싸개	포장지
쓸데 없다	필요 없다
아귀	형태
아리송하다	막연하다
아리송하다	신비하다
아슬아슬함	흥분
알아줌	존경
알뜰하다	경건하다
앞뒤	이성
앞뒤	절차
앞일	운명
약한 나라	후진국
양반 아낙네	귀부인
어질머리	도취
언저리	선
옛 우리네 마음 놀이	고대 동양 정신사
오뚜기 놀음	동어 반복
온누리	전세계
옮기다	번역하다
왕초	책임자
우격다짐	전제
우두머리	좌상
우리 사람	한국인
웃사람	지도자
울렁거림	흥분

일상어	사유어
울적하다	우울하다
이음씨	접속숙어
익힘	실습
있는 것	물건
자기	에고
자기	주체
자기 됨됨이를 모르고 제멋에 겨움	자기 도취
자리	풍토
자릿함	쾌감
정말	진실
제 나라	조국
제 자리에 주저 앉음	관조의 태도
지루	권태
지킴꾼	수호자
진구렁	지옥
진저리	환멸
짐	부담
짛음새	양식
짜임	구조
참	정열
참	진리
참	진실
참스러움	진지
참이야기	진리
처지	환경
치레	형식
타고남	본능
턱 없는 몫	부당한 이득
티격태격도 없다	갈등도 없다
탐	승선
팔자	운명
퍽 분별 있음	교양
풀리는 힘	카타르시스
한번도 지켜진 적 없는, 동양의 거짓말	동양적인 청빈 취미
한숨 쉬며 주저 앉음	환멸
한 철	일대

일상어	사유어
허술하게 먹고 입어야 한다	소의소식해야 한다
허전함	불안
허전함	허무
헛궁리	공상
헛궁리	관조
헛느낌	환각
헛씀	낭비
훈김	대기
홍	홍분
홍정하다	계약을 맺다
힘	마술

최인훈 『광장』의 신화적 모티프에 대한 연구
— 1976년 개작을 중심으로

홍주영(공군사관학교 교수)

1. 서론

최인훈(1936, 함북 회령)의 『광장』(《새벽》, 1960.11)은 전후 시대를 끝내고 문학의 새로운 전망을 제시했다고 평가되는 작품이다. 그 새로움이란 남과 북의 이데올로기를 동시에 비판함으로써 소설이 당대인들에게 삶의 좌표를 제시할 수 있는 문학사회학적인 기능을 비로소 회복하게 되었음을 의미한다. 이러한 성과를 통해 최인훈은 '전후 최대의 작가'[1]라는 평을 들었으며, 한국 문학사의 맥락에서 『광장』은 전후의식을 극복하고 한글세대인 김승옥의 감수성으로 이어지는 연결고리로서의 의미를 갖는다.[2]

널리 인정받고 있는 이상의 문학사 서술은 리얼리즘적 현실인식에 입각한 이데올로기 소설로서의 『광장』의 성격에 기대고 있지만, 의외로 『광장』에는 신화적인 모티프들이 다수 사용되고 있다. 예컨대 주인공 이명준이 체험하는 신내림이라든지, 시시때때로 나타나는 갈매기, 그리고 소설의 말미에서 이명준으로 하여금 삶의 의미를 일거에 깨닫게 하는 부채의 사북[3] 모티프와 같은 것들이 이에 해당한다.

따라서 『광장』에 대한 연구는 리얼리즘적 접근을 '주'로 하고, 신화적 접근을 '부'로 하여 분화·축적되어 왔다. 이는 『광장』이 다양한 해석의 가능성을 열어놓은 작품이기 때문에 그러한 것이지만, 작품을 생산한 작가의 정신 활동을 통합적인 것으로 본다면, 리얼리즘과 신화라는 두 관점에서의 평가 역시 통합되어 '일반이론화'해야 할 것으로 보인다.

본고는 두 관점을 연결하는 방법을 신화적 소설로의 재독해[4]에서 모색하고 있는데, 이러한 시도가 처음은 아니다. "『광장』이 강렬히 내보이는 정치적 성격과, 이에 꼭 들어맞는다고 볼 수 없는 반리얼리즘적 성격"[5] 간의 부조화를 신화적 관점에서 통합하고자 하는 연구들은 '이데올로기에서 사랑으로의 변화'[6]를 진단하거나, '샤머니즘적 접신을 통한 낙원 지향'을 읽어내기도 하며[7], '욕망의 대상과 합일할 수 있는 모성적 세계로의 회귀'[8]를 부조하기도 한다. 여기서 더 나아가 『광장』을 '죽음 너머의 세계를 보여주는 작품'[9]으로 해석하기도 한다.

위 논문들은 본고가 각 장에서 기술할 세 가지의 신화적 모티프, 즉 '신내림', '갈매기', '사북(요점)'이 언급된 부분을 공통적으로 인용하고 있으며, 그 결론도 신화적 모티프들의 의미를 중시하는 방향으로 수렴하고 있다.[10]

본고는 이러한 연구 기반 위에서 신들림, 갈매기, 사북이라는 세 가지 신화적 모티프를 통합적으로 이해한 후, 신화적 소설로서의 『광장』와 이데올로기 소설로서의 『광장』을 통합적으로 이해한다는 연구 목적을 달성하기 위해 다음과 같은 접근 방식을 취하고자 한다.

첫째, 『광장』을 '이행 텍스트(text in-process)'[11]로 보고자 한다. 텍스트의 의미는 본질적으로 상호주체적이다. 최인훈은 시대의 변화에 따라 이미 수회의 개작을 한 바 있고, 생존 작가인 까닭에 그 개작이 끝났다고 보기도 어렵다. 변화하는 작가의식은 개작을 낳았고 개작은 진행 중이다.[12] 따라서 최인훈의 작가의식을 파악했다고 할 때, 그것은 운동선수를 찍은 사진처럼 동태적(動態的)인 것이어야 한다.[13]

둘째, '교환관계'에 입각한 작품에서 '증여관계'에 입각한 작품으로 성격이 변화해감을 중시한다. 레비-스트로스는 『*The Elementary Structures of Kinship*』에서 친족 체계를 검토한 결과, 인간 사회의 본질을 '여성을 교환하는 관계'로 이해했는데[14], 이는 다분히 가부장제적인 관계 양상으로서, 『광장』에는 이렇게 '사용 가치를 잃고 교환 가치만을 갖게 된 여성'[15]이 다수 등장한다. 여성 인물에 대한 소외와 폭력 양상[16]이 나타난다는 점에서 작가의 성-정치적 현실 인식은 비판받을 만하다.[17]

그러나 인간 사회가 교환관계에 의해서만 유지되는 것은 아니다. 마르셀 모스(Marcel Mauss)는 『증여론』을 통해 '교환'과는 다른

'증여'의 원리들을 탐구했고, 이를 발전시킨 나카자와 신이치(中澤新一)는 현대 사회로 오면서 세계는 '교환'에 의해 물화되며, 고대적인 '증여'를 통해 생명력을 찾을 수 있다고 말한다. 그의 의하면, 증여의 극한인 '순수 증여'는 '신의 영역'에 있는 것으로서, 삶과 죽음을 초월한 '세계 너머'에서 오는 것이다.[18]

이를 참조할 때, 『광장』의 시각은 교환되는 여성을 포착하고 스스로도 여성을 소모하는 남성의 시각에서, 순수 증여하는 아내를 바라보는 남편의 시각으로, 그리고 자녀를 바라보는 아버지의 시각으로 변화하고 있다고 할 수 있다.

셋째, 신내림과 같은 신화적 모티프를 다루는 정신분석학적 연구로서, 연구의 한계를 분명히 한다. 본고는 최인훈의 무속 경험을 분석하거나 신내림과 같은 신화적 모티프의 실재성을 주장하는 논문이 아니다. '신내림' 모티프는 작가 최인훈에 의해 의도적으로 사용된 서사적 장치로서 문예학적 분석 대상일 뿐이다.[19]

또한 본고는 이명준의 정신병리를 진단하는 논문이 아니다. 작가는 특정 목적을 달성하기 위해 '남성 히스테리'와 같은 정신병리를 지닌 인물을 창조할 수 있다. 이에 대한 진단을 내리는 것은 자못 성급한 것이기도 하거니와 정확하게 진단을 내렸다 하더라도 정신분석의 첫 단계에 지나지 않는다. 그것이 문예학이 되기 위해서는 정신병리를 지닌 인물 창조를 통해 작가가 구현하고자 했던 바가 무엇인지를 밝히는 데까지 나아가야 한다.

이상의 관점을 가지고 『광장』을 해석하기 위해, 2장에서는 신화적 모티프 중 '신내림' 모티프를 중심으로 텍스트를 분석할 것이며, 3장에서는 신화적 모티프를 작품의 이데올로기적 성격과 연결시킬 수 있는 가능성을 제시할 것이다. 4장에서는 상징계의 파국으로 귀결되는 이명준의 여정에서 출몰하는 '하늘새'로서의 갈매기가 기호계적인 위상을 갖고 있음을 살펴볼 것이며, 5장에서는 개작된 『광장』이 새롭게 갖게 된 증여적이고 생명 지향적이고 모성적인 의미에 대해 서술하는 한편, 여전히 개작 과정에 놓여 있는 이행텍스트로서 『광장』의 추이를 예측하여 보도록 한다.

2. 신내림 모티프 — 시간의 질서를 깨뜨리기 위한 서사적 장치

먼저 신내림을 분석하도록 한다. 『광장』의 신내림 모티프에 주목하고 있는 연구로는 전상기(1995), 류양선(2004), 박종홍(2014)의 것을 대표적으로 꼽을 수 있다. 전상기는 작품 서두 말미의 신내림 모티프가 소설의 변형된 액자구조로 기능하되, 그것은 사회적 삶을 무화한다고 정리한다.[20] 류양선은 『광장』의 개작에 대해, 작가가 자신의 뿌리를 찾아가는 과정이며 신내림을 통해 현실 너머의 세계를 보여준다고 평한다.[21] 박종홍은 이명준의 접신을 낙원 지향의 계기로 규정하고, 최인훈의 미국 체험을 신화적인 귀결을 취하는 중요한 개작의 계기로 중시한다.[22]

위에 언급한 세 편의 연구는 나름의 의미를 갖고 있으나, 전상기의 평가는 리얼리즘적 관점하에 신화적 모티프를 한계로 파악하고 있으며, 류양선과 박종홍의 연구는 각각 '현실 너머의 세계'와

'낙원'이 구체적으로 무엇인지 밝히지 않을 뿐더러, 자칫 『광장』의 의미망을 내면 지향적인 소설로 좁힐 수 있다는 점에서 개선의 여지를 갖고 있다.[23]

텍스트를 분석하도록 한다. 1976년 문지판 『광장』에는 네 번의 신내림 장면이 나온다. 첫 번째 신내림(가)은 대학 시절에 예기치 못하게 찾아온다. 『광장』은 소설 초입에 이명준이 타고르호를 타고 가면서 선장과 갈매기에 대한 얘기를 하는 소설의 막바지 장면이 먼저 제시되고, 그 뒤로는 유한계급인 영미의 집에서 기식하며 지루하고 무의미한 대학 생활을 보내고 있는 철학과 3학년 이명준의 자의식이 서술된다. 그러다가 '맥락 없이' 대학 신입생 때의 경험이 회상된다.

> **(가) 대학 3학년 이명준의 신입생 시절 회상**
>
> 늘 묵직하게 되새겨지는 일 한 가지가 있긴 있다. **신이 내렸던 것이라 생각해온다. 대학에 갓 들어간 해 여름.** 교외로 몇몇이 어울려 소풍을 나간 적이 있다. 한여름 찌는 날씨. 구름 한 점 보이지 않고 바람도 자고 누운. 뿔뿔이 흩어져서 여기저기 나무 그늘로 찾아들다가 어느 낮은 비탈에 올라섰을 때다. 아찔한 느낌에 불시에 온몸이 휩싸이면서 그 자리에 우뚝 서 버린다. 먼저 머리에 온 것은 그전에, 언젠가 바로 이 자리에 똑같은 때, 이런 몸짓대로, 지금 겪고 있는 느낌에 사로잡혀서, 멍하니 서 있던 적이 있다는 헛느

낌이었다. 그러나 분명히 그건 헛느낌인 것이 그 자리는 그 때가 처음이다. 그러자 온 누리가 덜그럭 소리를 내면서 움직임을 멈춘다.

조용하다.

있는 것마다 있을 데 놓여져서, 더 움직이는 것은 쓸데없는 일 같다. 세상이 돌고 돌다가, 가장 바람직한 아귀에서 단단히 톱니가 물린, 그 참 같다. 여자 생각이 문득 난다. 아직 애인을 가지지 못한 것을 떠올린다. 그러나 **이 참에는 여자와의 사랑이란 몹시도 귀찮아지고, 바라건대 어떤 여자가 자기에게 움직일 수 없는 사랑의 믿음을 준 다음 그 자리에서 죽어버리고, 자기는 아무 짐도 없는 배부른 장단만을 가지고 싶다.** 이런 생각들이 깜빡할 사이에 한꺼번에, 빛살처럼 번쩍였다. 하긴 이 **신선놀음**은 곧 깨어졌다. 그렇게 짧은 사이에 **그토록 뒤얽힌 이야깃거리**가 어쩌면 앞뒤를 밟지 않고 **한꺼번에** 일어날 수 있었던가, 오래도록 모를 일이었다. 이를테면, 그 여러 가지 생각들이, 깜빡할 사이라는 돌 떨어진 자리를 같이한 몇 겹의 물살처럼 두 겹 세 겹으로 같은 터전에 겹으로 떠오른 것이다. 만일 이런 깜빡사이가 아주 끝까지 가면, 누리의 처음과 마지막, 디디고 선 발밑에서 누리의 끝까지가 한 장의 마음의 거울에 한꺼번에 어릴 수 있다고 그려 본다. (『광장』, 34~35면, 강조 — 인용자)

"신이 내렸던 것이라 생각"되는 이 장면은 흔히 복선과 혼동되지만, 사건의 축적이나 배경의 변화가 없기에 복선이라 이해하기 어렵다.[24] 앞으로 일어날 일에 대한 것이라는 점에서 '예감'과 비슷하지만, 예감은 그 구체성이 떨어진다는 점에서 "그토록 뒤얽힌 이야깃거리"가 "한꺼번에 일어"난 것과 비교할 수 없다. 또한 이 장면은 모든 일들을 다 겪은 후에 '회상'하는 장면도 아니다. 철학과 3학년 이명준이 대학 신입생 때의 경험을 회상하는 것은 맞지만, 회상의 내용은 3학년 이명준도 아직 겪지 않은 미래의 일이다. '회상'은 과거의 것을 되돌려(回) 생각(想)하는 것이므로 시간의 흐름이라는 객관 법칙을 따르지만, 미래의 일을 겪는다는 것은 시간의 법칙을 벗어난 것이다.

이 "신선놀음"의 공간은 분명 여성을 배제하고 있다. "이 참에는 여자와의 사랑이란 몹시도 귀찮아지고, 바라건대 어떤 여자가 자기에게 움직일 수 없는 사랑의 믿음을 준 다음 그 자리에서 죽어버리고, 자기는 아무 짐도 없는 배부른 장단만을 가지고 싶다."에서 알 수 있듯, 이명준이 "신선놀음"의 세계에서 여성의 배제를 "바라"는 것은 분명하되, 그 "어떤 여자"는 "움직일 수 없는 사랑의 믿음"을 준다는 점에서, 모성의 대리표상인 것으로도 이해 가능하다.[25]

그 이후, 독립운동가로서 월북했던 이명준의 아버지가 대남 방송에 등장함에 따라, 이명준은 'S서'로 끌려가 폭행을 당하고, 파티에서 알아 두었던 윤애를 찾아 인천으로 피신하여 동거를 하게 된다. 두 번째 신내림 혹은 첫 번째 신내림의 "가락"은 윤애와 데이트를 하는 장면에서 나타난다.

> **(나) 인천에서 윤애를 만날 때**
>
> 부드러운 살결이 벽처럼 둘러싼 이 물건을 차지해 보자는 북받침이, 불쑥 일어선다. 그러자, 언젠가 여름날 벌판에서 겪은 **신선놀음의 가락이 전깃발처럼 흘러온다.** /「더러운 물건이 갑자기 아름다와 보일 때, 저는 제일 반갑습니다. 눈이 열린다 할까요?」(…) (82면, 강조 — 인용자)

성적 대상으로서의 여성과 육체 결합을 생각하는 장면에서 "신선놀음의 가락이 전깃발처럼 흘러온다."라고 했을 때, 이는 (가)를 참조하면 윤애가 이명준의 세계에서 희생하(되)고 배제될 것을 암시하는 것이다. 윤애에게 아무런 통고 없이 월북을 해버린 이명준은 북의 아버지를 만나 실망을 한 후, 건축 현장에서 일하던 중에 평양의 봄에 신경을 빼앗긴다.

> **(다) 월북하여 아버지에게 실망을 한 후**
>
> 북녘에서 처음 맞은 평양의 봄이었다. **좋은 철이 곧 올 터**이었다. 좋은 철, **오래 잊었던 일**이 번개같이 스치고 지나갔다. 그는 아뜩하는 참에 발을 헛디디면서 아래로 떨어지고 있었다.(124면, 강조 — 인용자)

봄 뒤에 '곧 올 좋은 철'인 여름은 (가)의 "한여름", (나)의 "여름날"과 통하며, (다)의 "번개같이 스치고 지나"가는 "오래 잊었던 일"은 (나)의 "전깃발처럼 흘러"오는 "신선놀음의 가락"과 통한다. 이 장면에서 이명준은 추락하여 골절상을 입고, 병원에 위문 방문을 온 무용수 은혜를 두 번째 애인으로 사귀게 된다.

은혜 역시 이명준의 세계에서 희생하(되)고 배제될 것으로 예상되나, 그 귀결은 1976년 문지판 개작 전과 후로 나뉜다. 1976년 개작 이후에는 태어나기도 전에 죽은 은혜의 뱃속에 있던 딸과 죽은 은혜가 각각 작은 갈매기와 큰 갈매기로 인식되는 것이다. (라) 장면은 이러한 개작에 맞추어 추가된 부분으로서, 사북 모티프에 이어 나온다.

> **(라) 제3국행 배에서 바다로 투신하기 직전에**
>
> **옛날, 어느 벌판에서 겪은 신내림**이, 문득 떠오른다. 그러자, 언젠가 전에, 이렇게 이 배를 타고 가다가, 그 벌판을 지금처럼 떠올린 일이, 그리고 딸을 부르던 일이, 이렇게 마음이 놓이던 일이 떠올랐다. 거울 속에 비친 남자는 활짝 웃고 있다. (『광장』, 200면, 강조 — 인용자)

알게 된 것의 내용을 제시하지 않았던 (가)와 그것과 동일한 내용으로 지칭되는 (라)가 '벌판에서 딸을 부르던 것'으로 제시됨에 따라, (가)의 내용은 여성의 희생과 배제를 내용으로 하는 "신선놀음"에서 사랑의 결과로 얻은 소중한 생명에 대한 내용으로 바뀌게 된다. 이는 1976년 문지판 개작을 통해 작품이 취하고 있는 여성에 대한 시각이 '교환 대상으로서의 여성을 바라보는 남성의 시각'에서 '증여하는 아내(母)을 바라보는 남편(父)의 시각'으로 바뀌었음을 의미한다.[26]

따라서, 개작된 문지판 『광장』을 두고 '사랑의 재확인'(김현)이라 할 때, 그 사랑은 두 남녀 주인공의 사랑이자, '딸'에 대한 어머니(은혜) 혹은 아버지(이명준)의 사랑을 말하는 것이었어야 했다. 이는 『광장』의 개작을 통한 변화이자, 문지판 『광장』부터는 작품 초반부에서 후반부로 가면서 생기는 변화가 된다.

1976년 문지판 개작은 성정치적 인식과 더불어 작품의 시간성에도 중요한 변화를 갖고 온다. 앞서 (가)에서 "그렇게 짧은 사이에 그토록 뒤얽힌 이야깃거리가 어쩌면 앞뒤를 밟지 않고 한꺼번에" 일어났다고 하는 것은 시간의 질서가 깨졌음을 의미한다고 이미 논한 바 있다.

(가)의 신내림에서 시간은 아예 무화(無化)된다. "깜빡사이가 아주 끝까지 가면"이라고 하여, 무한히 짧은 시간에 "누리의 처음과 마지막, 디디고 선 발 밑에서 누리의 끝까지"를 "한 장의 마음"에 '현상'할 수 있다는 것은 시간의 존재 자체가 사라진다는 것을 의미한다. 이렇게 해서 열린 '순수 공간'에서 이명준은 병렬적으로 늘어선, 앞으로 일어날 모든 사건들을 한꺼번에 체험한다.

또한 사북을 향해 부채의 호를 걸어가며 자신이 겪은 모든 일들을 회상하는 장면과 더불어 자신의 딸을 부르며 안심을 하는 (라)의 장면은 (가)에서 체험한 것과 동일한 것이므로, 종결부인 (라)는 초반부의 (가)가 갖고 있는 공시성을 확증해준다.[27]

그러나 시간을 무화시킨 상태에서는 어떠한 서사도 허용될 수 없으므로, 『광장』을 이해하기 위해서는 시간 개념을 인정하면서도 공시성을 설명할 수 있는 영원회귀의 순환론적 시간관에 주목해야 한다. 앞으로의 일이 이미 일어난 일이기 위해서는 시간이 단선적으로 흐르지 않고 순환해야 하기 때문이다. 순환론적 시간관이 과학적 근거를 결여하는 것은 아니다. 시간이 무한하며 공간이 유한하다고 했을 때, 닫힌 계에서 에너지가 보존된다면 물체의 운동은 언젠가는 완전히 동일하게 반복되기 때문이다.[28]

순환의 주기가 충분히 크면 시간은 비가역적이고 직선적인 것으로 인식될 수 있으며, 인간의 존재 또한 고유한 것으로 인식될 수 있다. 그러나 인간의 존재도 하나의 '사건'이므로 이명준의 실재와 이명준의 경험 역시 '이미 숱하게' 그리고 '앞으로 영원히' 존재한다고 할 수 있다.

이명준의 신내림이란 아직 일어나지 않은 일을 한순간에 알게 되는 것이다. 영원회귀를 전제한다 하더라도 순환의 주기를 넘나드는 감각을 설명하기는 어렵다. 이는 망각의 한계를 넘을 정도로 인간의 존재성을 연장할 수 있는 방법이나 서로 다른 시간의 고리가 교차할 수 있는 방법을 필요로 한다.[29]

현상적으로 이는 동시성(synchronicity)으로 이해할 수 있다. 융의 동시성은 그 원인을 분명히 설명할 수 없는 이러한 현상을 지칭하는 용어로서 다음 세 가지가 있다. ① 인접한 외부 사건과 정신의 일치, ② 멀리 떨어진 곳의 사건을 알아차리는 것, ③미래에 대한 예지.[30] 이명준의 경우에는 세 번째에 해당한다.[31]

3. 신내림 현상 — 상징계의 파국에 의한 기호계의 범람

신내림은 어떤 현상이고, 최인훈은 신내림을 어떻게 활용하였을까. 이 장에서는 정신분석학적 논의를 통해 문학 작품 속의 신내림 모티프를 어떻게 이해할 수 있는지 고찰해보도록 한다. 먼저 신내림의 정의를 살펴본다. 사전을 찾아보면 '신내리다'는 "무당에게 신이 접하다"[32]이며, 유사 용어로서 '신들리다'는 "사람에게 초인간적인 영적인 존재가 들러붙다"[33]이다. 신내림이 피동의 주체를 무당으로 하는 특수 용어라면, 신들림은 그 주체의 범위가 일반인으로서 더 넓다고 할 수 있다. 즉, 신들림이 필부(匹夫)의 빙의를 말하는 일반적인 용어[34]라면, 신내림은 접신의 전문가로서 무당의 행위를 일컫는 직업적인 용어이다.[35] 따라서 일반인의 신들림이 통제되지 않는 것임에 비해, 샤먼은 신들린 상태에서도 의식을 유지하며 상황을 통제할 수 있다.[36] 일반인의 신들림과 샤먼의 신내림의 가장 큰 차이는 접신행위의 숙련성인 것이다. 인물 이명준은 분명 '자신이 통제하지 못하는' 신들림을 겪은 것인데, 작가 최인훈은 이를 신내림으로 적고 있다. 작가의 이 같은 '지나침'은 『광장』의 신화적 모티프를 중시해야 하는 또 하나의 이유가 된다.

종교학에서는 접신 행위를 그 양상에 의해 포제션, 엑스타시, 트랜스 세 가지로 구분한다. 포제션(possession)은 영(靈)이 샤먼의 몸으로 들어오는 것을 말하며, 엑스타시(ecstasy)는 샤먼의 영이 육체를 이탈함을 말한다. 그리고 트랜스(trans)는 포제션과 엑스타시를 통칭하는 것으로서 극도의 의식 변화 상태를 말한다. 이중 한반도의 무속에서 빈번하게 일어나는 신내림은 포제션(possession)으로 파악된다.[37]

그렇다면 무속인의 몸을 점유하는 것은 무엇인가. 크리스티나 폰 브라운은 주로 여성들에게 찾아오는 포제션을 접신술로 해석하기보다는 히스테리[38]로 받아들인다. 그녀는 히스테리 발작을 인간 존재가 거대한 인식론적 구조와 갈등을 일으킬 때 일어나는 현상으로 설명한다.[39] 그 구조에서는 여성이 지배적이 될 수 있는 모든 가능성을 차단당하며, 남성 역시 그 구조의 꼭두각시에 지나지 않기에, 남성-히스테리도 나타날 수 있다.[40]

폰 브라운은 프로이트의 시대에 남성 정신분석학자(샤르코) 앞에서 여성 히스테리 환자들이 보였던 발작(62면)에 대해, 고문대 위에서의 자백(45면)과 같은 것이라고 일축한다. 즉, "자신의 육체가 복종해야 될 법을 자기 것으로 만듦으로써 타율적 규정을 지양"(36면)하는, 일종의 "준법투쟁"(60면)이라는 것이다.

여성에게 히스테리를 강요하는 '법'은 단순한 실정법을 넘어서며, 정신분석학에서 법은 실정법을 포함한 상징적 질서(Symbolic System), 나아가 상징계(the Symbolic)로 개념화 · 추상화된다. 여성학이 그렇듯, 정신분석학도 단일한 담론체계가 아니다. 클라인-크리스테바 이론은 프로이트-라캉 이론에 비해 소수의 담론이라 할 수 있는데, 전자의 관점에서 상징계는 현재의 상징계와 그에 의해 억압된 시원적인 상징계로 구분되며, 억압되어 상징계의 지위를 박탈당한 그 심급을 기호계(the Semiotic)라고 부른다.

기호계는 인간 발달의 전오이디푸스 단계에서 주양육자(주로 어머니)가 상징적 질서를 내포한 언어를 교육하게 됨에서 착안된 것으로, 아이는 주양육자에게서 모방한 언어를 상징계의 중핵으로 삼고 상징계를 구축해나간다. 기호계 심급은 주양육자와의 이자관계에서 만들어진다는 점에서 프로이트-라캉 이론의 상상계(the Imaginary)와 비슷하고, 나름의 상징적 질서를 갖고 있다는 점에서 상징계와 비슷하며, 남아(男兒)의 경우 오이디푸스 콤플렉스를 극복하면서 어머니로부터 받은 상징질서를 억압하되 억압된 것은 시시때때로 귀환하기도 한다는 점에서 실재계(the Real)와도 비슷하다.

기호계 개념은 문학에서 환상, 퇴행, 도피, 일탈로 폄하되어 온 '모성적인 것들'에 대한 복권을 가능하게 해주는 것으로서, 그 폄하가 환상, 퇴행, 도피, 일탈의 '非/脫 현실적인 면'에 주목하여 이루어졌듯, 그 복권 역시 그것들이 갖고 있는 대안적인 가능성에 무게를 둠으로써 가능하다. 클라인-크리스테바적 관점은 전오이디푸스기에 주목함으로써 라캉-프로이트적 관점에서 상상계적인 것으로 치부된 것들의 복권을 가능하게 하는 것이다.

다분히 모성적인 모티프로서 이명준의 바다 투신은 라캉-프로이트적 관점에서는 유아기 트라우마가 초래하는 죽음충동에 의한 퇴행[41], 혹은 이데올로기의 '얼룩'인 이명준의 퇴행과 탈출 여정[42], 그리고 무의식적 죄의식을 통해 엿보이는 국민국가의 주체되기 과정[43], 욕망의 환유 끝에 자살에 이르는 여정[44]으로 해석할 수 있되, 이러한 해석들과 달리 본고는 클라인-크리스테바적 관점을 취함으로써 기존의 연구들이 가졌던 이론적 제약을 벗어나고자 한다.

정신분석학적 여성학자인 줄리아 크리스테바와 카트린 클레망은 『여성과 성스러움』[45]이라는 서신 모음집을 출간하였는데, 여기에 실린 편지들은 폰 브라운이 히스테리로 분석한 포제션 현상에 대한 목격담과 분석을 담고 있다. 이 사례들은 포제션 현상을 현행 상징계와 억압된 기호계 사이의 관계로 바라볼 수 있게 한다.

크리스테바는 60년대 파리의 생 탄느 병원에서 여성 히스테리 환자를 목격한다. 그 환자는 "몸을 활처럼 휘게 만든 다음 뻣뻣해진 몸을 머리와 두 다리로 지탱"하는 발작 증상을 보인다. 문맹이었던 환자는 가정부가 되기 위해 시골인 브르타뉴에서 올라와 파리 몽파르나스 역에 내렸다가 발작 증상을 보였다고 하며, 이에 대해 크리스테바는 그녀가 "시골과 도시의 차이에서 받은 문화적 충격 탓에 무의식 상태에 빠졌고, 또 그런 정신적 충격을 급작스럽게 신체적인 증상으로 표현"한 것이라 적는다. 그리고 몽파르나스 역에서 이런 발작을 보는 것은 흔한 것이며, 프로이트가 활동하던 시대에는 'Opistothonos'로 알려진 것과 같은 것으로서, 정신의학에는 신

들림에 대한 처방이 없어서 히스테리로 판단되었다고 적는다.[46]

한편 클레망은 세네갈의 대규모 군중의 가톨릭 미사에 참관했을 때의 경험을 적는다. 그것은 검은 피부의 성모 마리아를 기리는 행사였는데, 군중 속의 여성들이 한 사람씩 "같은 음역에 같은 음조로" 울부짖는 광경을 본다. 구호대원들이 이들을 데리고 나가서 묶어놓을 때, 아프리카 지식인은 클레망을 향해 "이건 히스테리 발작이예요. 늘 있는 일이죠"라고 말했다고 한다. 그 여성들의 공통점은 교육을 받지 않았다는 것이었다.[47]

크리스테바와 클레망은 위와 같은 히스테리 발작을 트랜스 또는 포제션으로 규정한다.[48] 크리스테바가 취재한 사례는 '전근대적 삶의 감각을 갖고 있던 사람이 현대 문명 사회에 던져졌을 때' 일어난 현상으로 이해이며, 클레망이 취재한 사례는 '전근대적 환경에서 살던 사람이 현대 문명에서 간신히 적응하고 살다가 구속 기제가 약해졌을 때' 일어난 현상이다.

이 현상들을 정신분석학적 용어로 정련하면, 히스테리 발작은 '상징계의 균열'을 계기로 한다고 할 수 있으며, 몸을 지배하고 있는 것은 억압에서 풀려나와 분출된 것으로서, 현행 상징계에 의해 억압되었던 기호계가 그것이라 할 수 있다. 즉 신내림은 '상징계의 균열을 타고 올라오는 기호계에 의해 몸이 점유되는 현상'을 말한다고 할 수 있다.

크리스테바·클레망과 폰 브라운의 논의를 통해 알 수 있는 것은 포제션이나 히스테리로 일컬어진 것들이 당대(當代) 사회의 상징질서와 주체 간의 불화를 원인으로 할 수 있다는 것이다. 『광장』의 이명준에게서도 쉽게 그러한 계기들을 찾을 수 있다. 미국 중심의 시장자본주의 사회인 대한민국과, 소련 중심의 공산주의 사회인 북한을 오가며 상징질서를 바꿀 수밖에 없었던 이명준. 그러나 어느 질서에도 안착할 수 없었던 非-존재인 이명준에게 찾아온 신내림들은 정신분석학적으로 볼 때는 이데올로기적인 상징질서의 파국에 의해 발생한 기호계의 범람 현상으로 이해된다.

4. 갈매기 모티프 — 상징계에 틈입하는 기호계적인 것

이명준의 여정은 상징계의 파국, 즉 남과 북의 상징질서에서 아브젝시옹(佛; abjection, 방출, 기각)되는 것으로 읽어야 한다.[49] 이명준은 한국에서 평범한 대학생으로 살아가다가 대남 방송에 등장한 아버지에 의해 순식간에 대한민국의 법의 바깥에 놓인 존재, 대한민국의 상징계를 위협할 수 있는 '나쁜 피'를 가진 존재가 된다.

조르조 아감벤의 『호모 사케르』에서 사케르(sacre)란 신에게 바쳐진 숭고한 자를 뜻하는데, 이는 동시에 인간의 법 외부에 있는, 그래서 인간의 법에 의한 보호를 받지 못하는 추방자, 치외법권에 놓인 자, 벌거벗은 자로 그 의미가 확장된다.[50] 여기서 인간의 법을 『광장』에서의 대한민국 사회의 법이라 보면, 이명준의 처지에 대한 적절한 설명이 된다. 그는 공산주의자 아버지를 두었다는 이유로 한국 사회에서 발붙일 곳이 없게 된 상태로서, 그의 사적 공간마저 경찰 권력에 침해당한 법 밖에 놓인 존재, 호모 사케르이다.[51]

빨갱이 새끼 한 마리쯤 귀신도 모르게 해치울 수 있어. 어둠에서 어둠으로 거적에 말린 채 파묻혀가는 자기 주검이 보인다. 나는 법률의 밖에 있는 건가. 돈과, 마음과, 몸을 지켜준다는 법률의 밖에 있는 어떤 길.(『광장』, 69면.)

한국 사회에서 그는 오염된, 그리고 다른 사람을 오염시킬 수 있는 '빨갱이' 취급을 받는다. 그의 월북을 놓고 불가피한 선택이라고 하는 논문들은 '정치적 삶'에 주목한 것이로되, 그것의 정신분석학적 의미는 '아버지의 법'을 추구하는 행위이다. 아감벤이 준거한 로마의 법은 분명 '아버지의 법', 즉 부성과 유비관계에 있다.

여기서 (다) 부분의 신내림 모티프가 나온다. 이명준이 월북하여 만난 아버지는 로마의 아버지처럼 아들에 대한 생사여탈권을 갖고 있지 못했다.[52] 아버지는 공산당에 의해 거세되어 있었으며, 환멸을 느낀 명준은 아버지의 집을 나간다. 그리고 도피성으로 찾아간 건설 현장에서 신내림이 번개같이 지나가며 아뜩한 찰나에 추락을 하게 된다.

이 신내림은 아버지의 권위와 질서를 부정하고 아버지의 집을 나온 이후 벌어졌다는 점, 그리고 이로 인해 어머니의 대리 표상인 은혜를 만나게 된다는 점에서, 상징계의 폐제와 모성 회귀라는 정신분석학적인 의미를 갖는다.

치료를 마치고 직장인 신문사로 복귀한 이명준은 남만주 조선인 꼴호즈 취재 기사로 인해 북한에서도 법 밖에 놓일 위기에 처한다. 당성이 충분치 않다는 이유로, 자신에게 물들어 있는 '남조선'의 소부르주아지적 면모를 자아비판해야 하는 입장에 놓이게 된 것이다.

> 이명준 동무는, 그가 남조선 괴뢰 정부 밑에서 썩어 빠진 부르조아 철학을 공부하던 시절의 반동적인 생활 감정에서 자신을 청산하지 못하고 있습니다. 뿐만 아니라, 이명준 동무가 그와 같은 반동적 사고방식을 마치 적당한 것이기나 한 것처럼 반성하려 하지 않는 것은, 후보 당원으로서 당과 정부에 대한 충성심의 결여를 의미하는 것이며, 나아가서는 전체 인민에 대한 중대한 반역을 의미하는 것이라 아니할 수 없습니다. 그러므로, 당과 정부 및 전체 인민의 이름으로, 냉정한 자아비판을 요구합니다. (…) 명준은 대들려고 고개를 들었다가, 숨을 죽였다. (…) 빌자, 덮어놓고 잘못을 저질렀다고 하자.(『광장』, 131~134면)

이명준은 위기를 모면하기 위해 거짓으로 잘못을 고하고, 은혜를 만나 위안을 얻는다. 그리고 "가슴과 머리카락을 더듬어오는 손길에서 그는 어머니를 보았다."(138면)고 진술된다.[53]

그럼에도 이명준은 "견뎌야 할, 오랜 시간이, 이(북한) 사회를 바른 모습으로 돌리고, 그런 모습에 맞춰 남녘을 끌어붙일 때까지 사이에는 (자신이) 놓여있는 것이라고 짐작했다."(164~165면)에서처럼, 북한의 '골격'을 한국의 그것보다 우월한 것으로 보고 있었다. 그러던 중 갑자기 전쟁이 발발한다. 이명준은 자신의 생각과 이상이 아닌 눈앞에 벌어지고 있는 전쟁이라는 현실에 몸을 담그고자 정치보위부원으로 자원하여 6·25에 참전하게 된다.

보위부원으로서 서울에 들어와 친구 변태식을 고문하고 친구의 아내이자 자신의 전 애인인 강윤애를 강간하고자 하는 장면은 전쟁국가의 법에 합일하고자 하는 이명준의 움직임을 보여준다. 그러나 그마저도 자신의 양심에 의해 불가능할 때, 그는 비로소 남과 북의 법 양자에게서 멀어진 존재가 되고, 제3국행을 택하게 되는 것이다.

1976년 판 『광장』 176면의 "싸움이 멎었다는 소식을 들었을 땐…" 부터 185면 "그렇게 해서 결정한, 중립국행이었다."까지는 새벽판(1960)에서 누락되었다가 정향사판(1961)에서 복원된 것으로서, 남북한의 이데올로기에 대한 양비론적 비판과 포로송환 심사 장면을 다루고 있다. 이쪽에는 공산군 장교와 '중공' 대표, 저쪽에는 국군 장교와 미군 장교가 북송과 대한민국 귀순에 대한 설득작업을 하는 가운데, 이명준은 연거푸 길게 제시되는 설득에 대해 줄곧 "중립국"이라는 단어만 되풀이한다.

제3국에서의 삶은 모든 정치성이 소거된, 생물학적 삶의 양상으로 상상된다.[54] 이명준이 예상하는 자신의 모습은 병원 문지기, 소방서 감시원, 극장 매표원 등 "될 수 있는 대로 마음 쓰는 일이 적고, 그 대신 똑같은 움직임을 하루 종일 되풀이만 하면 되는 일"

(185면)을 하는 것이다. 그러나 배 안에서의 소요라는 계기를 통해 그러한 삶은 가능하지 않게 된다.

중립국으로 송환되는 포로[55]들은 "떠나서 닿기까지 석방자는 배를 떠나지 못하게 되어 있"음(97면)을 엄연히 알면서도, 포로 대표격으로 있는 이명준에게 기항지인 "불야성" 홍콩에 상륙하도록 요청할 것을 강요한다. "일본에서두 안 됐"었다(22면)고 이명준은 거부하는데, 실상으로 따지자면, 남북한의 국적을 거부한 자로서 이들은 자국 국적거부자에 포로 신분이고, 게다가 '반공포로'가 아니기에 당시 '자유 세계'에 속한 홍콩이 받아들일 수 없는 존재들이었을 것이다. 소설 속에서 포로들의 강요는 군중심리에 의해 증폭되는 것으로 나오며, 상륙을 원하는 31명의 속내는 '김'의 "「여자 맛 못 본 게 벌써 몇 년인가 말일세. 홍콩을 그저 지나다니, 아유.」"(101면)에 드러나 있다. 이 말에 이명준과 '김'은 격투를 벌이게 된다.

실제로는 중립국행을 원한 이들 중에서도 여러 갈래가 나뉘었고, 그 당장에는 어떤 국가도 이들을 이데올로기적으로 '깨끗한' 존재로 받아들이지 않았다.[56] 최인훈은 남과 북의 이데올로기를 모두 거부한 이명준을 내세워 상징계적 질서에서 가장 두꺼운 이데올로기의 층위를 벗겨냈고, 그 밑에서 '여자 맛'을 보기 원하는 필부(匹夫)의 대표격 '김'을 내세워 남성중심주의라는 또 다른 상징계적 질서를 드러내고 또 벗겨낸다. 상륙을 원하는 포로들은 이명준을 때려눕히고 선장을 향해 소요를 벌이다 선실에 감금되고, 혼절했다가 깨어난 이명준은 고독감을 맛본다.

> 여태까지는 늘 누군가와 함께였다. 어떤 때는 여자와, 어떤 때는 꿈과, 또는 타고르호와 같이 있었다. 살아 있음을 다짐해 볼 수 있는 누구든지, 아니면 어떤 것이 늘 있었다. 여름 햇볕에 숨숨히 익어가는 들판의 조약돌인 적도 있었다. 끈질기다느니 차라리 치사할 만큼 거듭 안아보고 쓸어본, 사람의 따뜻한 몸이기도 했다. 또 마지막으로 이 배였다. 동지들이었다. 지금은 아무것도 없다.(『광장』, 105면)

그는 계속 생각하기를, 포로수용소에서도 "갈보들이 드나든다는 소문"(105면)과, "사타구니에 생나뭇가지가 꽂"힌(107면) 상태에서 죽은 여인 목격담 등을 통해 전쟁이 가진 남성적 속성을 반성하면서, "덜 더함은 있을 망정, 더럽혀지지 않은 손은 없을 터였다. 어머니와 누나와 애인의 맑은 눈길을 으젓이 견딜 수 있을 만큼 깨끗한 손"은 없다(108면)는 생각에 닿는다. 그에 대한 짧은 자기 합리화 이후 이명준은 자신을 따라다닌 '헛것'을 떠올린다. 그리고 "무엇을 할 것인가."(109면)라는 환청을 들은 이명준의 행보는 자살을 향하게 된다.

이러한 '목소리'와 '헛것', '얼굴 없는 눈', '갈매기'와 같은 것들은 '신내림'과 같이 反리얼리즘적인 신화적 모티프들로서, 기호계적인 것으로 이해된다. 앞서 설명하였듯이 기호계는 상징계 이면에 억압되어 있는 또 다른 질서이되, 논리를 기반으로 하는 상징계와 달리, 정동을 기반으로 응축되어 있다.[57] 이와 같은 기호계적인 것의 범람은 이명준을 천천히 삶과 죽음의 세계 '너머'로 이끌고 가거니와, 이러한 것들은 이명준이 여성을 억압하는 남성적 질서나 이데올로기에 단순히 편승해 있을 때는 나타나지 않다가, 그가 자신의 양심을 넘어서는 문제적인 행동을 할 때, 혹은 남과 북의 상징질서를 부정하고, 이데올로기의 뒷면에 부착되어 있는 남성중심적인 질서마저 벗겨냈을 때 괴기스러운(uncanny) 존재로 나타난다.

흔히 이명준의 죄의식으로 설명되는 '갈매기'의 시선은 문지판 이전에는 은혜의 시선이자, 윤애의 시선이었다. 아래 《새벽》판 인용문에서 이명준이 갈매기들을 쏘려 할 때, 갈매기들의 정체는 윤애와 은혜인 것이다.

> 그러나 그 희고 빛나는 바닷 새의 모습은 끈질기게 그의 가슴으로 파고들어와 염오라는 이름의 용접제로 녹여붙인 〈과거〉에 이르는 문을 주둥이로 열심히 쪼아대서 끝내 비죽이 틈새를 열어놓고 말았다. 뚫어진 틈새로 한때 그의 생활의 빛이었던 그립고 미운 얼굴들이 어느새 또 갈매기가 되고 얼굴이 되고 하면서 눈앞에서 현란하게 너울거렸다. 그는 급강하해서 내려오는 갈매기들을 올려다 보았다. 그것은 **마치 뒤에다 버리고 온 두 여인이 바닷새로 변신해서 도피해가는 그를 따라 바다끝까지 따라오고 있는 것이라는 환상**이 한 순간 그를 어찔하게 만들었다. 희고 부드러운 맵시가 그녀들의 보얀 얼굴, 둥그런 어깨, 매끄럽던 허리를

연상시킨 것일까. 어쨌든 달고 애수에 찬 환상이었으나 현실로는 아무 부담도 되지 않았다. 아니 않아야 한다고 그는 생각하려 들었다.(『광장』, 《새벽》판, 1960, 239면, 강조 — 인용자)

제발 나를 놓아다구, (…) 그때 마스트 우에서 날카로운 꾸짖음이 날아왔다. 매정한 소릴 하셔! 우리처럼 갈매기가 돼야지, 그리고 같이 날아가야지요. 멀리 우리들만의 나라로,(《새벽》판, 243면)

「용서해 주세요! 용서하세요! 쏘지 말아요!」 / 갈갈 께륵. 동시에 두 마리 갈매기는 연거푸 울어 댔다. 그의 총구에 정확히 조준되어 얹혀진 흰 새의 모습이 떨고 있었다. **그것은 윤애였다.** (…) **은혜였다.** (…) 푸른 광장. 그녀들이 마음껏 날아다니는 광장을 명준은 처음 발견했다. (…) 바다와 희롱하고 있는 모양은 깨끗하고 넓은 잔디 위에서 흰 옷을 입고 뛰어다니는 순결한 처녀들을 연상시켰다. **(저기로 가면 그녀들과 또 다시 만날 수 있다)** (…) 그는 자신이 엄청난 **배반**을 하고 있었다는 생각이 들었다. 제삼국으로? 그녀들을 버리고 새로운 성격을 선택하기 위하여? 그 더럽혀진 땅에 **그녀들을 묻어 놓고** 나혼자? 실패한 광구를 버리고 새 굴을 뚫는다? 인간은 불굴의 생활을 가져야 한다? 아니다. 아니다. 아니지. 인간에게 중요한건 한가지뿐. 인간은 정직해야지. 초라한 내 청춘에 〈신〉도 〈사상〉도 주지 않던 기쁨을 준 **그녀들에게 정직해야지.** 거울속에 비친 그는 활짝 웃고 있었다.(《새벽》판, 294~295면, 강조 — 인용자)

1976년 개작 전까지 유지되던 이러한 진술은 소설 전체 대목에서 다음과 같은 문제를 만들어 낸다. 첫째, 갈매기들의 정체가 너무 빨리 드러나서 점진적으로 그 의미를 확장해나가는 소설 읽기의 재미가 없다. 둘째, 이명준의 실종이 그녀들을 만나기 위한 내세 추구형 자살이라는 것이 명백해진다. 내세 추구형 자살일 경우, 이는 이명준의 여성 편력이 연장되는 것으로서, 소설 전편을 걸쳐 나타난 여성에 대한 폭력과 억압 그리고 대상화에 대한 반성의 계기가 주어지지 않는다. 셋째, "그녀들을 묻어 놓고"를 보면, 윤애가 죽은 것으로 생각되는데, 소설 어디에도 윤애의 죽음은 나타나지 않는다. 물론 윤애는 전황의 전개에 따라 죽었을 수도 있고 아닐 수도 있다. 윤애가 죽었다면, 핍진성을 위해 그에 해당하는 사건을 소설 속에서 등장시켰어야 하며, 윤애가 죽지 않았다고 하면, 갈매기의 의미가 이상해진다.

윤애는 인천의 "그 분지(盆地)에서 자지러지듯한 애무의 도중에 그녀는 불숙 「저것, 갈매기…」 이런 소릴 했다. 그녀의 당돌한 발언이 그에게 준 절망, 그는 갈매기가 그의 라이발처럼 그 때 미웠다"(《새벽》판, 270면)라고 이명준은 진술한다. 이때의 갈매기가 성적 상대의 성적 집중을 흐트릴 뿐인 "라이발"이라면 그것은 단순한

'해안 생물'일 것이며, 훗날 죽은(을) 은혜의 화신일 경우 갈매기의 출현은 이명준을 놓고 벌이는 "라이발"의 질투가 되어 의미가 퇴색하며, 훗날 죽지 않은(을) 윤애는 화신이 될 수 없을 것이다.

문지판에 와서, 애인-갈매기는 딸-갈매기로 변하며, 신내림 모티프를 수미상관으로 배치하여 동시성의 세계를 표현하는 것이 가능해진다. 이를 통해 텍스트의 곳곳에 틈입해 있었던 기호계적인 것들의 의미가 명확해진다. 그것은 모성을 통한 생명의 재생산이다.

> 「저 ─ 」 깊은 우물 속에 내려가서 부르는 사람의 목소리처럼, 누구의 목소리 같지도 않은 깊은 울림이 있는 소리로 그녀가 불렀다. 「응?」 「저 ─ 」 명준은 그 목소리의 깊이에 몸이 굳어졌다. 「뭔데, 응?」 「저 ─ 」 그녀는 돌아누우면서 남자의 목을 끌어당겨 그 목소리처럼 깊숙이 남자의 입을 맞췄다. 그러고는, 남자의 귀에 대고 그 말을 속삭였다. 「정말?」 「아마.」 명준은 일어나 앉아 여자의 배를 내려다봤다. 깊이 패인 배꼽 가득 땀이 괴어 있었다. 입술을 가져간다. 짭사한 바닷물 맛이다. 「나 딸을 낳아요.」 은혜는 징그럽게 기름진 배를 가진 여자였다. 날씬하고 탄탄하게 죄어진 무대 위의 모습을 보는 눈에는, 그녀의 벗은 몸은 늘 숨이 막혔다. 그 기름진 두께 밑에 이 짭사한 물의 바다가 있고, 거기서, 그들의 딸이라고 불릴 물고기 한 마리가 뿌리를 내렸

다고 한다. (…) 「딸을 낳을 거예요. 어머니가 나는 딸이 첫 애기래요.」 **총구멍에 똑바로 겨눠져 얹혀진 새가 다른 한 마리의 반쯤한 작은 새인 것을 알아 보자 이명준은 그 새가 누구라는 것을 알아보았다.** 새는 빤히 내려다 보고 있었다. **이 눈이었다. 뱃길 내내 숨바꼭질해온 그 얼굴없던 눈은.** 그때 어미새의 목소리가 날아왔다. 우리 애를 쏘지 마세요? (『광장』, 195면. 강조 — 인용자)

그는 두 마리 새들을 방금까지 알아보지 못한 것이었다. 무덤 속에서 몸을 푼 한 여자의 용기를, 그리고 마침내 그를 찾아내고만 그들의 사랑을.(『광장』, 199~200면)

이 부분은 문지판 재판(1989)에 가서 더 숭고하게(성스럽게) 개작된다. "… 무덤 속에서 몸을 푼 한 여자의 용기를, 방금 태어난 아기를 한 팔로 보듬고 다른 팔로 무덤을 깨뜨리고 하늘 높이 치솟는 여자를, 그리고 마침내 그를 찾아내고야 만 그들의 사랑을."[58] 에서 갈매기가 가져온 상승의 이미지는 더욱 강화되며, 은혜는 죽음을 초월하여 아이를 낳고 아이와 함께 삶의 영역을 넘어와 그를 찾은 것으로 나타난다. 이를 통해 작품 전편에 걸쳐 있던 갈매기, 새소리, 얼굴 없는 눈 등은 은혜와 '딸'이 명준을 부르는 것에서 비롯된 것으로 의미가 확장되며, 그들은 이미 죽은 존재이기에 그리고 새롭게 태어난 존재이기에 단순한 죽음과도 다른 존재성을 갖는다.[59]

인물과 갈매기를 넘나드는 이종의 중첩된 시선은 주체의 분열을 의미한다고 볼 수 있되,[60] 그 분열은 개인 이명준의 미분적 분열이 아니다. 이명준은 현상 세계의 이면으로 소외되고 억압되었던 여러 기호계적 존재들이 발하는 텍스트들에 의해, 상호주체적으로 점유/소유(possession)된 존재이며, 그것이 이명준에게 찾아온 포제션, 그리고 최인훈이 이명준에게 부여한 신내림 모티프를 위시한 신화적 모티프들의 본질적인 의미로 파악된다.

소설의 초반부부터 생뚱맞게 등장하는 갈매기는 상징계의 균열에 틈입하여 그를 소유하게 된 기호계의 형상화이다. 이 갈매기는 「청산별곡」과 같은 고전 문학 및 「산유화」와 같은 현대 문학 등 숱한 작품에 등장하는 '하늘새'의 일종으로서, 최인훈은 이를 상징계의 통일성을 깨뜨리는 요소로 사용하고 있다. 삼족오 등의 '하늘새'는 죽음 너머의 세계에서 태어난 인간은 다시 그 세계로 돌아가야 한다는 것을 환기하는, 인간에 대한 주권성은 현실 세계가 아닌 죽음 너머의 세계에서 갖고 있다는 것을 알려주는 존재이다.[61]

> 그 때다. 또 그 눈이다. 배가 떠나고부터 가끔 나타나는 허깨비다. 누군가 엿보고 있다가는, 명준이 홱 돌아보면, 쑥 숨어버린다. 헛것인 줄 알게 되고서도 줄곧 멈추지 않는 허깨비다. 이번에는 그 눈은, 뱃간으로 들어가는 문 안쪽에서 이쪽을 지켜보다가, 명준이 고개를 들자 쑥 숨어버린다. 얼굴이 없는 눈이다.(『광장』, 문지판, 17면)

갈매기는 이 부분 외에도 다양한 곳에서 등장한다. 갈매기는 인천의 분지에서 가진 윤애와의 정사를 바라보는 존재이며, 떠나가는 배를 항구에서부터 줄곧 따라가는 연인이기도 하며, 폭력을 정지시키는 양심의 시선이기도 하며, 주인공의 부인과 자녀이기도 하며, 새소리로 등장하여 주인공을 각성하게 하는 존재이기도 하다.

이처럼 『광장』에 등장하는 새는 요소요소에 중요하게 사용되나 중심 서사와는 크게 연관성이 없다는 점에서 일종의 '맥거핀'에 해당하는데, 그것의 의미를 '서사적 환기장치'로 국한시키지 않게 하는 것은 최인훈이 선택한 '신내림'이라는 용어가 무업(巫業)과 연관된 것이며, 솟대에 대한 민간 신앙에서 보듯이 새의 기능 역시 하늘과 땅을 수직적으로 연결하는 데 있기 때문이다. 따라서 『광장』에 등장한 새는 고전 시가와 설화 나아가 신화에 등장하는 새의 계보 그 연장선상에서 현대 문학으로 건너온, 혹은 한국 문단이 보여준 전통 지향성의 편린으로 해석할 수 있는 가능성을 갖는다.

5. 사북 모티프 — 생명의 본질에 대한 각성과 향후 개작의 가능성

최인훈이 1989년판의 『광장』 서문에서 "이 작품을 쓸 당시에 주인공이 그렇게 힘겨워한 일들의 뒤끝이 이토록 오래 끌리라고 예감하지 못하였다"고 토로한 것처럼, 수많은 이명준들은 여전히 남과 북 어느 쪽에 소속되어 있건, '전체'를 사유하기 어렵다. 한반도의 남과 북은 완전한 폐색 상태에 놓여, 서로 상대방의 속성을 지닌 것을 인식 단계에서부터 제거(아브젝시옹) 할 뿐, 어떠한 겹침도 허용하고 있지 않기 때문이다.

그나마 최인훈이 반성적 인식의 계기를 가졌던 것은 세계적 냉전의 접적(接敵) 지역인 한반도, 1972년 유신체제의 제약에서 멀리 떨어져 나오면서였을 것이다.[62] 상징계의 외부인 아브젝트(abject)에 대해서는 온전한 인식이 어렵다. 따라서 한반도 내부에서 살았을 때의 최인훈은 이명준의 중립국 행로와 투신에 대한 의미 부여에서 이렇다 할 대안을 떠올릴 수 없었을 것이다. 작가의 상징질서는 그가 살고 있는 현실 세계의 상징질서에서 영향을 받기 때문이다.

1936년생인 최인훈은 38세가 되는 1973년 미국 아이오와 대학의 세계 작가 프로그램에 초청되어 4년에 걸쳐 미국에 체류하고, 1976년 42세의 나이로 귀국하여 『광장』 개작본을 내놓는다.

김현은 이에 대해 "미국에서 모국어의 한계와 가능성, 그리고 이명준의 운명에 대해서 다시 곰곰하게 생각할 시간을 갖게 되었던 모양이다"라고 추정하면서, "그가 3년에 걸치는, 길다면 길다고 할 수 있는 세월 동안에, 단 한 편의 작품도 발표하지 않고, 『광장』에만 매달려 있을 정도로 그것은 그의 삶 속에서 중요한 위치를 차지하고 있었던" 것으로 짐작하고 있다. 김현은 "가장 중요하게 보인 정정은 서두와 말미에 나타나는 갈매기가 갖는 의미의 변모"라는 것을 짚어낸다.[63]

김현의 평가 중에서 갈매기의 의미 변화가 가장 중요한 것이라는 평가에는 동의하되, 미국 체험은 김현의 평가보다 더 중요한 의미를 가진 듯하다. 정영훈은 최인훈 소설에서 초점 인물로 여성을 사용하는 빈도가 매우 적고, 여성 인물은 규정될 수 없는 존재로 형상화되며, 사랑에 대해 다루는 것은 『광장』이 거의 유일하다고 분석한다.[64] 반면, 연극에 등장하는 여성 인물들은 "남성 주인공들을 '에로스적 정열'로 압도"하는데, 정영훈은 그 이유에 대해 연극에서는 서술자가 없기 때문으로 적는다. "시선을 매개로 하는 대상화의 기획이 가능한 공간인 소설 속에서만 남성 주체는 여성을 지배할 수 있"다는 것이다.[65]

모성적 세계를 확인하는 것으로 『광장』이 개작되는 것과 정열적인 여성 인물을 내세우는 희곡 창작의 시작이 동시간대를 이루고 있다면, 이는 작가의 심리 속에서 논리적인 연관성을 갖는 것으로 추정할 수 있다. 미국 체류 후에 발표한 문학과지성사판 『광장』에서 처음 채용된 '딸-갈매기' 모티프를 통해 생명을 잉태하는 어머니의 위대함과 숭고함을 그려낸 이후, 최인훈은 비로소 그에게 기입되어 있던 외상적인 남성적 상징질서를 극복하고, 모성세계에 대한 추인을 통해 여성 인물들의 재현을 전면적으로 허용하는 희곡작품을 쓸 수 있게 된 것으로 보인다. 장기간의 미국 체류는 그의 이러한 변화에 대한 촉매로 작용했을 것이라 판단된다.

『광장』은 이행 텍스트이다. 개작은 아직 끝나지 않았으며 개작의 방향은 일정하다. 현실적 모티프에서 신화적인 모티프로, 이데올로기에서 사랑으로, 교환관계에서 증여관계로 점차 바뀌어가고 있다. 『광장』은 문지사판(1976)에 이르러 기호계의 권능을 전면화하게 되며, 이를 통해 헤겔철학에 기반을 둔 지식인 관념 소설은 생명을 추구하는 소설로 깊이를 더하게 된다.

《새벽》판 이후의 『광장』이 이데올로그 이명준의 여성 편력 서사였다면, 문지판 이후의 『광장』은 생명을 부여하는 어머니(은혜)의 위대함과 스스로 아버지로서 갖게 된 생명에 대한 책임감 그리고 윤리의식에 대한 서사라 할 수 있다. 아랫세대로 이어지는 생명 모티프를 통해서, 『광장』은 전쟁의 광폭함과 그 속에서도 피어나는 숭고한 생명이라는 보편 주제에 다다르게 되었다.

이명준은 투신을 하기 전, 총을 내려놓고 부채를 잡고 사북에 섰다고 생각하며 거울을 본다.[66] 이 부분은 최인훈이 굳이 신내림이라는 용어를 사용한 것과 연관된다. 앞서 설명하였듯이 신내림은 그 의미상 주체가 무당이며 부채와 거울은 무당이 사용하는 기물이다. 이러한 명칭과 소재들은 모두 이명준이 초월을 할 것임을 암시하며, 또한 최인훈이 무속을 염두에 두고 창작을 하였음을 의미하는 것이다.

그러나 의도적으로 샤머니즘을 지시하는 것이라 판단됨에도 불구하고, 최인훈은 최후의 개작에 이르기까지 부채의 무속적인 기능에 대해서는 큰 의미를 부여하지 않은 듯하다. 서술자는 이명준의 인생이 부채의 테두리에서 펼쳐지는 것처럼 서술한다. 그리고 사북자리는 마치 인생의 막다른 장소인 것처럼 표현되고 있다.

… 펼쳐진 부채가 있다. 부채의 끝 넓은 테두리쪽을, 철학과

학생 이 명준이 걸어간다. (…) 그의 삶의 터는 부채꼴, 넓은 데서 점점 안으로 오므라들고 있었다. 마지막으로 은혜와 둘이 안고 뒹굴던 동굴이 그 부채꼴 위에 있다. 사람이 안고 뒹구는 목숨의 꿈이 다르지 않느니. 어디선가 그런 소리도 들렸다. 그는 지금, 부채의 사북 자리에 서 있다. 삶의 광장은 좁아지다 못해 끝내 그의 두 발바닥이 차지하는 넓이가 되고 말았다. (『광장』, 199면)

이상화의 「나의 침실로」가 인용되는 이 대목에서 부채는 마치 죽기 전 자신의 인생을 회고하는 '주마등'과 같은 기능을 할 뿐이다. 그러나 만약 "부채의 끝 넓은 테두리쪽"을 걷다가 밀려밀려 더 이상 갈 곳이 없는 사북에 닿는 것이 아니라, 모든 삶의 자취들로서의 부채의 호를 지탱하는 대나무 살들이 마치 탯줄처럼 연결된 특이점으로서 사북을 떠올리는 것으로 소설이 개작된다면, 그리고 그 사북이 은혜와의 합일이 이루어지는 원시의 장소 그리고 동시에 생명의 잉태가 일어나는 장소 또한 자신이 존재초월을 이루는 장소로서 동굴과 타고르호의 함상으로 형상화된다면, 『광장』이 취하고 있는 신화적인 모티프들의 의미는 보다 분명해질 것이다.[67]

전통적으로 사북은 인생의 막다른 골목이나 결말이 아니라, 모든 것을 아우르는 데 꼭 필요한 어떤 것을 의미했다.[68] 사북은 새벽판에서는 요점(要點)이었는데, 여기에서도 그 의미가 중심을 지시하고 있음을 알 수 있다. 실제 용례를 보자. 1920년대 최남선은 백두산 천지를 기행하면서 천지를 우리 민족의 사북으로 비유한다.

> (…) 저것이(천지 — 註) 부챗 사북이 되어 서북으로 펼 때에 흑수황하의 문명이 열리고 동남으로 둘릴 때에 백산현해의 개화가 퍼젓스며 한번 다치면 열뇌의 인간이 얇흔 머리를 싸매고 다시 펼치면 청량의 세계가 알튼 소리를 살아 떠리엇스니 (…) (최남선, 「백두산觀參 72」, 《동아일보》, 1926.12.30.)

위와 같은 인식은 최인훈이 달성한 지점이라고 할 수는 없되, 그가 개작을 통해 무의식적으로 따라온 온 흐름을 연장했을 때 비로소 가능한, 그러나 그가 예비해놓은 지점이라고는 할 수 있다. 인생의 막다른 골목으로서의 사북이 아니라, 모든 것의 중심으로서의 사북 위에 선 이명준이라면, 이명준은 더 이상 개인으로의 이명준이 아닐 수 있다. 그는 수많은 타자들에게 소유된(들린) 존재로서, 모든 타자들을 종합하는 존재로서 개인 이명준을 넘어서게 될 수 있다.

만약 그러하다면, 이명준에게 '들린' 그를 소유하고 있는 타자들의 정체는 무엇일까. 6·25전쟁은 절대적인 폭력을 통해 수많은 존재들의 '생명'을 앗아갔다. 혹시나 최인훈은 『광장』을 6·25의 제단에 바치고자 했던 것은 아닌가. 그리하여 신들림을 굳이 무당의 용어인 신내림으로 사용하면서 거울과 부채 등의 제의적 요소들을 가미했던 것은 아닌가. 폭력을 정지시키는 기능을 하는 갈매기의 시선은 분명 도덕적 초자아의 형상화이되, 그것은 또한 수많은 타자들의 목소리와 시선이 아니었던가. 죽음 너머의 세계에서 넘어오는 그 목소리와 시선은 분명 생명을 말하고 있는 것으로 보인다.

끝으로 작품을 읽을 때 전해지는 이명준의 감정도 살펴보자. 남과 북, 광장과 밀실을 이항대립적 공간구조로 비판하는 『광장』을 읽을 때 느껴지는 이명준의 주된 감정은 환멸인데, 생명의 잉태와 그들을 향한 투신에서 이명준을 지배하는 감정은 성스러움 혹은 숭고함으로 읽힌다. 고로 이명준의 투신에 대한 해석도 달라져야 한다. 그의 투신은 환멸에 의해 유도되었지만, 신내림에 의한 영혼의 고양을 직접적인 원인으로 한다고 볼 수 있다.

6. 결론

전후를 끝내고 60년대를 열어젖힌 이데올로기 소설 『광장』에는 의외로 反리얼리즘적인 요소들이 다수 사용되고 있다. 시공간의 질서를 따르는 객관 세계의 것이 아닌 것들, 예컨대 주인공 이명준의 '신내림'과 함께, 시시때때로 출몰하는 '갈매기'와 같은 것은 다분히 신화적인 모티프라 할 수 있다. 개작의 추이를 보았을 때, 신화적 모티프의 역할은 증대되고 있다.

신화적 모티프 중 '신내림'은 무당의 접신술을 뜻하는 직업적 용어로서, 그에 대한 형상화의 미비는 작품의 표현됨에 비해 작가의 의도가 과잉하고 있음을 보여준다. 신내림은 광의적인 포제션 현상으로 이해되며, 정신분석학적으로 그것은 신의 존재를 전제하지 않고도 현대 문명의 억압적 성격과 연관되어 있는 것으로 이해할 수 있다. 억압적인 상징계의 구속력이 약화되었을 때 솟아 나오는 기호계의 범람 현상이라는 점에서 포제션은 신체화된 증상인 히스테리와도 유비관계를 갖는다.

다음으로 갈매기를 살펴보도록 한다. 『광장』을 개작을 통해 그 의미를 변화시켜가는 이행 텍스트로 보았을 때, 가장 중요한 개작은 《새벽》판(1961)의 '애인-갈매기'가 문학과지성사판(1976)에 와서 '딸-갈매기'로 변한 것이다. 이러한 개작을 통해 최인훈은 파국으로 치닫는 상징계를 버리고 제3세계를 선택한 이명준의 투신에 대해, 생명에 대한 지향이라는 의미를 갖게 한 것으로 보인다.

이 갈매기는 「청산별곡」과 같은 고전 문학 및 산유화와 같은 현대 문학 등 숱한 작품에 등장하는 '하늘새'의 일종으로서, 최인훈은 이를 상징계의 통일성을 깨뜨리는 괴기스러운(언캐니한) 요소로 사용하고 있다. 그것은 죽음 너머의 세계에서 태어난 인간은 다시 그 세계로 돌아가야 한다는 것을 알려주는 역할을 한다.

문지판으로의 개작을 통해 『광장』은 교환관계를 기반으로 하는 부성적 원리의 파국을 보여주는 작품에서, 증여관계에 기반을 둔 모성적 원리를 지향하는 작품으로 거듭나게 된다. 생명을 추구하는 이러한 개작은 이미 내재되어 있는 것이었으되, 극한의 대립으로 치닫던 한반도의 상징체계에서 벗어나 있을 수 있는 계기로서 작가의 미국 체류를 통해 가능했을 것이라 판단된다.

『광장』에 사용된 신내림 모티프와 함께 결말부에서 사용된 부채와 거울 등의 소재들은 작가의 전통(무속) 취향을 반영하는 것이며, 개작 과정에서 파악할 수 있는 생명에 대한 지향 역시 아직까지 진행 중인 것으로 보인다. 변화하는 이행 텍스트 『광장』에 대해 앞으로의 개작 가능성을 예측해 보자면, 고양된 상태의 이명준이 올라서게 된 '사북'에 대해, 삶에서 밀려나 있게 된 최후의 모서리가 아닌, 모든 존재를 아우르는 중심점으로 형상화하는 것이 남아 있다고 할 수 있다.

1976년 개작을 통해 이데올로기적 표면 서사의 이면에 기호계적 층위가 활성화됨으로써, 『광장』은 비로소 광장과 밀실의 이항대립을 벗어나게 되고, 그 너머의 가치를 아우르게 될 수 있었다. 그것은 생명의 소중함으로서, 생명을 통해 광장이든 밀실이든 더욱 풍요로워질 수 있을 것이다.

『태풍』의 경로 혹은 두 개의 물음
— '협력'과 '용서', '복구'와 '전환'

공강일(서울대학교 국어국문학과 박사과정 수료)

1. 서론

최인훈의 『태풍』은 1973년 1월 1일부터 10월 13일까지 243회에 걸쳐《중앙일보》에 연재되었던 장편소설이다. 현실에 존재하는 국가, 도시, 사람을 아나그램을 통해 허구적 존재로 변형시켜 놓았다는 사실만으로도 충분히 문제적인 소설이라 할 수 있다. 더욱 문제적인 것은 이 소설의 주인공이다. 주인공 오토메나크는 피식민지인이지만 누구보다 식민모국의 신민이길 원한다. 여기에 '태풍'이 불어온다.

소설의 제목이기도 한 '태풍'은 다양한 의미를 내함하고 있다. 먼저 이 소설의 말미에 등장하는 실질적이고 물질적인 말 그대로의 '태풍'(颱風)이 그 하나라 할 수 있다. 다른 하나는 오토메나크와 관련이 있다. 오토메나크는 피식민지인이나 식민모국의 지배 이데올로기에 깊이 매료되어 자신의 민족을 배신하고 식민모국에 협력적인 태도를 보인다. 그러나 이데올로기의 모순을 발견하게 되면서 인식론적 혼란을 겪게 되는데, '태풍'은 오토메나크의 혼란과 그로 인한 인식의 전복을 상징한다. 마지막으로 '태풍'은 지배와 피지배라는 기존의 세계질서를 전복시키는 힘을 형상화한다. '태풍'이 지나간 후 강대국이 약소국을 지배하는 부조리한 상황은 약소국의 동맹을 통해 극복된다.

이 소설이 연재되었을 당대에도, 그리고 현재에도 이 소설은 파격적이다. 왜냐하면 이 소설은 협력과 저항의 이분법적 구조에 머물러 있던 기왕의 낡은 역사관에 문제를 제기하며 그러한 이분법으로 이해될 수 없는 더욱 복잡하고 복합적인 문제를 다루고 있기 때문이다. 예컨대 이 소설은 제2차 세계대전의 패전국인 독일과 일본을, 승전국인 미국과 영국을 같은 차원에서 다루고 있기 때문이다. 미국을 위시한 서방의 열강은 정의를 지키고 세계 평화를 유지한 국가가 아니라 단지 독일이나 일본과 다를 바 없는 식민모국이라는 것, 전쟁에서 이겼다는 이유로 선(善)의 자리를 차지했을 뿐이라고 이 소설은 말하고 있다.

1990년대까지도 일본문화는 한국에 들어오지 못했고, 일본을 조금이라도 옹호하는 말을 하면 '친일파'라는 말을 들어야 했다. 아직도 한국과 일본의 스포츠 경기는 '한일전(韓日戰)'으로 불리며 관중들은 전쟁에 참여하듯 응원을 보낸다. 그런데 최인훈은 한일협정으로 반일 감정이 고조되었던 1970년대에, 일본과 미국을 동일선상에서 다루었다. 한국을 전쟁의 포화 속에서 구했으며, 우리나라에 원조를 아끼지 않았던 영원한 우방인 미국 역시 제국주의 국가이며 식민모국에 지나지 않는다는 시각은 시대를 초월한 통찰이자 혜안이라 할 수 있다.

이 소설은 탈식민주의 이론이 성행하기도 전에 창작되었다. 탈식민주의는 1960년대 파농(Frantz Fanon)의 「검은 피부, 하얀 가면(Peau noire, masques blancs)」(1952)을 거쳐 에드워드 사이드(Edward Said)의 「오리엔탈리즘(Orientalism: Western Conceptions of the Orient)」(1978)로 이어지면서 이론의 초석이 놓여졌으며, 바바(Hommi Bhabha), 스피박(Gayatri Spivak) 등 서구 중심부에서 활동하는 피식민지인들이 이 연구에 참여하면서 1990년부터 성행하기 시작했다. 우리나라에서 역시 1990년대에 소개되었으며, 일제 강점기의 문학 연구의 대부분이 이 이론에 힘입어 많은 성과물이 양산되었다.

『태풍』은 이러한 이론이나 연구가 등장하기 전에 그런 것들을 앞질러버린 소설이다. 탈식민주의를 이미 육화한 이 소설을 때늦은 탈식민주의적 관점으로 다시 읽어내는 것은 아무래도 무리가 있다. 그럼에도 불구하고 이 소설은 탈식민주의적 관점에서 다뤄져왔다. 탈식민주의적 관점을 이용하여 『태풍』을 긍정적으로 읽는다면, 식민주의 이데올로기에 동조했던 주인공이 철저히 반성하며, 식민주의 이데올로기를 극복하여 이상적 세계를 건설하기까지 과정을 그린 작품으로 읽을 수 있다.[1] 여기에서 나아가 당대의 정치 현실에 대한 알레고리나 비판으로까지 읽어낼 수 있다.[2] 반대로 부정적으로 읽는다면 주인공이 어떻게 식민주의 이데올로기 속에

어떻게 다시 갇히게 되는지에 대한 이야기로도 읽을 수 있다.[3]

벤야민은 역사적 유물론자는 “결에 거슬러서 역사를 솔질하는 것을 그의 과제로 삼는다”고 했다.[4] ‘역사’란 승리자의 역사 또는 지배적 역사를 말하며 ‘결’이란 이러한 역사의 진행방향을 의미한다. ‘결에 거슬러서 역사를 솔질’하는 일은 역사의 승자가 아닌 역사의 패자 혹은 역사에서 소외된 자들을 되돌아보는 일이다. 이런 방법을 소설에도 적용할 수 있다. 작가의 의도나 서사의 진행방향을 따라 읽을 수도 있지만, 작가가 미처 의도하지 못했거나 서사 과정에서 생겨난 균열을 찾을 수도 있을 것이다. 로이스 타이슨은 이런 방법을 ‘결 따라 읽기(reading with the grain)’와 ‘결 거슬러 읽기(reading against the grain)’로 개념화하였다. 그의 설명에 따르면 전자는 “작품의 초대에 응하듯이 작품이 유도하는 대로 해석을 전개하는 것”이며 후자는 “텍스트 자신도 의식하지 못했을 텍스트 내부의 요소들을 분석하는 것”이다.[5]

이 연구에서는 이 두 가지 방법 모두를 사용했다. 2장에서 이 소설의 결을 따라 읽고자 했다. 그래서 체제 협력적 태도를 보이는 주인공과 그러한 주인공의 반성에 대해 어떤 태도를 취하고 있는지를 살폈다. 또 지배 이데올로기에 대한 폐기와 전유가 어떻게 이뤄지는지를 살폈다. 3장에서는 이 소설의 결을 거슬러 읽어 나갔다. 그리하여 오토메나크의 반성과 지배 이데올로기의 전유가 어떤 문제를 야기할 수 있는지를 살폈다.

2. '협력자'의 반성과 지배 이데올로기의 전복적 사용

『태풍』의 주요 무대는 아이세노딘이며, 이 소설의 주인공은 나파유의 장교인 오토메나크다. 세계 어디에도 아이세노딘이나 나파유란 나라는 없다. 완전히 가상적 공간인 것처럼 보이지만, 이 소설의 도입부에서 작가는 "유럽인들이 극동 혹은 동북아시아라고 부르는 지역"이 나타나는데, 여기에는 "아니크, 애로크, 나파유라고 불리는 세 나라"가 모여 있으며, 그중 아니크는 "지구 표면의 4분의 1을 차지하는 큰 대륙"이며, "애로크는 그 동쪽 끝에 붙은 반도이며, 나파유는 이 반도를 활 모양으로 바라보는 몇 개의 섬"으로 된 나라임을 밝히고 있다.[6] 또한 나파유는 애로크를 식민지로 삼은 지 30~40년이 지났으며, 애로크의 반 이상을 점령하고 있다고 했다.

이를 토대로 이 가상의 나라들이 실제의 지명과 공명하고 있다는 것을 알 수 있다. 아니크는 중국, 애로크는 한국, 나파유는 일본에 해당한다. 이러한 이름들은 아나그램(angram)의 원칙에 따라 만들어졌다. 『태풍』의 연재가 끝남과 동시에 김윤식은 "'아이세노딘'은 '인도네시아'를 거꾸로 표기한 것이며 '로파그니스'는 '싱가포르'이며 '나파유'는 일본이며 '애로크'는 '코리아'(한국), '오토메나크'는 '가네모도'(금본)이다. 그리고 거기 나오는 애국투사 '카르노스'는 물론 '수카르노' 수상"이라고 밝힌 바 있다.[7] 그 외에 만하임은 아이히만(Karl Adolf Eichmann)이며, 마야카(Mayaka)는 이광수(Kayama, 香山光郎), 코드네주(Kodnejou)는 독고준(Doko June)의 아나그램이라는 것을 알 수 있다.

주인공인 오토메나크는 나파유의 장교이긴 하지만, 사실 애로크인이다. 그는 오랫동안 니브리타의 식민지였다가 나파유의 식민지가 된 아이세노딘에서 포로감찰임무를 맡고 있었다. 그의 충직함과 충성심을 아는 상부에서 오토메나크에게 중요하고 긴요한 임무를 맡긴다. 그것은 아이세노딘의 독립운동의 구심점이자 지도자인 카르노스를 보호감찰하는 일이며, 카르노스를 포함하여 40명의 니브리타 포로들을 나파유와 아이세노딘의 휴전을 위한 조건으로 석방 및 호송하는 임무다.

이를 수행하는 과정에서 오토메나크는 우연히 니브리타인이 숨겨놓은 비밀창고에서 비밀문서를 발견하게 되고, 이를 통해 니브리타가 아이세노딘을 지배하면서 벌였던 만행을 소상히 알게 된다. 이러한 만행이 나파유에 의해 애로크에서 역시 동일하게 이루어졌을 것이라는 생각에 미치게 되면서 오토메나크는 나파유의 지배담론이 지닌 허위와 모순을 발견하게 되고, 자신이 피식민지인이라는 사실을 깨닫게 된다. 이러한 자각이 있은 후 오토메나크는 카르노스의 독립 전쟁에 동참하여 아이세노딘를 독립시키는데 일조한다. 이후 애로크와 아이세노딘 등 약소국들이 정치적 연대를 통해 니브리타, 나파유와 같은 강대국에 맞서 새로운 국제 질서를 실현했음을 보여주고 있다.

이러한 줄거리를 가진 『태풍』은 몇 가지 중요한 문제를 다루고 있다. 먼저, 친일 혹은 대일협력자의 논리는 무엇인가, 더불어 전쟁범죄자 혹은 대일협력자는 용서받을 수 있는가, 용서받을 수 있다면 어떤 방식으로 가능한가, 두 번째로 태평양전쟁 당시 일본이 외친 '아시아주의' 또는 '아시아 공동체주의'는 현실적으로 가능한가, 이다. 결론부터 말하자면 이 소설은 전범자이자 대일협력자 역시 용서받을 수 있으며, '아시아주의' 역시 가능하다는 장밋빛 비전을 선보이고 있다. 이것이 어떻게 이런 논리가 가능한 것일까?

2.1 '협력자'는 용서받을 수 있는가?

할아버지는 친나파유주의자이며, 아버지는 국책 회사의 중역이었으며, 오토메나크 자신은 대학에서 나파유 고전문학을 전공하였다. 오토메나크는 이러한 분위기 속에서 자연스럽게 친나파유주의가 되었고, 애로크인이라는 약점을 극복하기 위해 나파유인보다 더 나파유 정신을 받아들였다. 또한 그는 애로크와 나파유의 조상과 뿌리가 같다는 '동조동근(同祖同根)'설을 받아들였고, 애로크가 나파유의 식민지가 아니라 자유의사로 통합한 나라로 알고 있으며, 아시아의 평화와 정의를 위해 니브리타와 싸우는 천황의 충성스러운 신군(神軍)이 되는 것을 자랑스럽게 여겼다. 그는 "사관학교 출신보다 더 사관학교 출신다운"(14면) 장교가 되어 있었고, "니브리타를 쳐부수고 모든 아시아 사람에게 독립을 가져오기 위해 싸운다"(48면)는 확고한 대의명분을 가지고 있었다. 오토메나크가 식민지모국의 협력자인 것은 자연발생적이다. 친나파유파 3세대인 오토메나크가 협력적 태도를 보이는 것은 어쩌면 당연하다. 왜냐하면 나파유는 분명한 대의명분을 가진 나라였으며, 오토메나크에게 늘 호의적인 나라였다. 그런 점에서 친나파유파 2세대의 협력적 태도는 자연발생적이며 자연선택적이다. 이들에게 다른 선택지는 없다.

그렇다면 친나파유파 1.5세대의 논리는 무엇인가? 오토메나크의 아버지와 마유카로 대변되는 이들은 단순히 "한 시대에 도박"을 걸었다. 하지만 그들의 도박이 잘못되었다는 것을 알았을 때 이들은 여전히 그 잘못을 철회할 수 없다. "마음에 없는 말, 마음에 없는 일을 하면서 살아"왔으나 그럼에도 불구하고 앞으로도 그렇게 살 수밖에 없다고 마카유는 말한다(75면). 계속 나파유에 협력하며 "애로크 청년들에게 죽음의 싸움에 나가라고" 할 수밖에 없다. 하지만, 오토메나크와 같이 가까운 사람 정도만이라도 구하겠다는 것 이것이 1.5세대가 할 수 있는 최선의 일이다.

나파유에 대한 오토메나크의 신뢰와 지지는 마유카의 등장으로 서서히 균열을 보이기 시작한다. "오토메나크 군, 나파유는 전쟁에 집니다. (…) 원래 이번 전쟁은 제정신이 아니었어. (…) 끝장이 멀지 않았어."(73~74면). 마야카는, 오토메나카의 아버지와 친구이며, 애로크-나파유의 동조동근설을 앞장서 선전한 사람이었기에 그 균열은 매우 심각하다. "청년은 스물 몇 해의 시간을 갑자기 빼앗긴 사람과 같았다."라고 말하는 것 역시 무리는 아니다(79면).

이 균열은 '비밀골방'에서 니브리타가 아이세노딘을 식민화하기 위한 치밀한 계획이 기록된 문서들을 발견하면서 더욱 커지게 된다. 니브리타의 주도면밀한 전략이 나파유의 그것과 동일하다는 것, 니브리타에게는 아이세노딘이지만 나파유에게는 애로크라는 사실, 그러한 것들이 구체적인 형상을 갖으면서 인식으로 자라나기 시작한다.

또한 아만다를 사랑하게 되면서 아시아 공동체주의가 얼마나 모순적인지를 알게 된다. 나파유는 "아시아 공동체가 하나"라고 말하면서 두 나라 간의 결혼을 장려하지 않는다. 오토메나크는 아시아주의가 다른 민족에 대한 지배를 은폐하기 위한 위장된 침략주의라는 것을 깨닫게 된다. 오토메나크가 '아시아 공동체'론에 대한 믿음을 강제하면 할수록, 나파유-애로크의 동조동근설에 집착할수록 나파유의 지배 이데올로기는 모순에 봉착하게 되고 더 빠른 속도로 그의 믿음은 붕괴된다. 결정적으로 오토메나크는 나파유의 무차별 민간인 학살을 직접 목격하면서 아시아 해방을 내세웠던 아사아 공동체론, 나아가 나파유의 지배담론 전체가 기만적이라는 완전히 깨닫게 된다.

그렇다면 나파유에 협력했으나 자신의 잘못을 깨닫고 나파유의 만행을 알게 된 오토메나크는 어떤 태도를 취할 수 있을까? 카르노스와 니브리타의 여성 포로를 동아이세노딘에 송환하는 임무를 맡은 오토메나크는 항해 도중 태풍을 만나 무인도에 좌초하게 된다. 그리고 오토메나크는 아키레마 사령부가 보내는 '진실의 소리' 전쟁보도를 통해 나파유가 거의 패전했다는 것을 알게 된다. 이런 상황에서도 오토메나크는 나파유에게 완전히 등을 돌리지 못한다. 그가 선택하는 것은 죽음으로써 '군인의 본분'을 지켜야 한다고 생각한다. 왜냐하면 나파유로 돌아간다 해도 임무를 수행하지 못한 이유로 군법회의에 회부되어 불명예를 안고 살아가야 할 것이며, 이곳에서 니브리타와 아키레마 연합군을 만나면 죽을 것이다. 그런 이유로 오토메나크는 상사에게 다음과 같이 말한다.

> "우리는 돌아가도 죽고 여기서 적을 맞아도 죽는다. 그런데 돌아갈 길은 없다. 그렇다면 싸우다 죽는 것이 다행하지 않은가?"(『태풍』, 435면)

특히 자신의 나라를 배신하고 나파유에 협력한 오토메나크는 어디에서도 용서받을 수 없을 것이다. 그러한 그가 죽음을 선택하는 것은 당연하다. 실제로 아시아·태평양 전쟁에서 포로로 잡힌 조선인 중 148명이 전범으로 처리되었고, 그중 23명이 사형을 당했다. 이에 반해 전쟁 종주국이자 패전국이었던 일본인은 129명이 전범으로 체포되었고 그중 14명이 사형에 처해졌다. 이렇게 불합리한 조처가 내려진 이유는 전범재판 당시 조선인은 '일본국민'으로 분류되었기 때문이다. 하지만 재판 과정에서 일본의 보호나 변호도, 그렇다고 조선의 보호도 받지 못한 채 억울하게 죽어가야 했다.[8]

이 소설에서 오토메나크는 카르노스의 회유로 죽지 않고, 카르노스를 도와 아이세노딘의 독립전쟁을 성공으로 이끈다. 그렇다고 해서 그의 죄는 용서받지 못한다. 그는 평생 자신의 신분을 숨긴 채 막후 실력자로서만 활동한다. 아이세노딘은 전범인 만하임(아이히만) 재판과 그 처벌에 대해 "역사적인 사건에 대해서 30년 후에 개인적인 책임을 묻는다는 것은 '불필요하게 잔인하다'는 것"이라고 공식적으로 항의한다. 이것이 오토메나크의 주관적 견해라는 것을 예상하긴 어렵지 않다. 설사 이것이 오토메나크의 생각이라 할지라도 이 소설은 오토메나크의 죄를 사해주지 않는다. 아무리 개인이 자신의 잘못을 뉘우치고 새롭게 거듭나더라도, 그리하여 아이세노딘에 평화를 가져온 인물이자 막후 실력자라 할지라도 전쟁범죄와 나파유 협력에 대해서 결코 자유로울 수 없으며 용서받을 수 없다고 이 소설은 말하고 있다. 오토메나크가 애로크에서 부여하는 명예 총영사를 거부하며 "제 마음에 대해서 책임을 져야"(490면) 한다고 말하는 것 역시 모두 이러한 이유 때문이다.

2.2 '전환' — 지배 이데올로기의 새로운 사용

1960년대에 상황주의자들은 '복구'(recuperation)와 '전환'(détournement)에 대해 말했다. 복구를 한마디로 요약하자면, "체제의 궤도에서 벗어난 정치적 일탈들을 바로잡아 원위치로 되돌리는 것"을 뜻한다. 다시 말해 "정치적으로 급진적인 사상이나 형상이 미디어 문화와 부르주아 사회 내에서 뒤틀리고, 포섭되고, 흡수되고, 병합되고, 상품화되어, 중립화하고, 무해하고, 사회적으로 좀더 관습적인 시각으로 해석되는 과정"이라 할 수 있다. 전환은 복구의 과정을 거꾸로 뒤집어놓은 것이다. 지배문화에 순응적인 요소를 전복적이고 혁명적 목적을 위한 수단으로 바꾸어놓는 일이 이것이다.[9]

『태풍』은 '대동아 공영론' 또는 '아시아 공동체론'이라는 지배 담론을 전복시킨다. 1940년 7월 일본이 국책요강으로 '대동아 신질서 건설'이라는 기조를 처음 내세웠다. 여기서 '대동아'란 동아시아에 동남아시아를 더한 지역을 가리키는 말이다. 이것은 일본의 지도적인 역할을 통해 구미열강으로부터 아시아가 해방되어야 한다는 주장을 담고 있다. 1941년 12월 7일 진주만 공습을 계기로 제2차 세계대전에 개입한 일본은 이 전쟁을 대동아전쟁으로 부르기로 결정하였으며, 동년 12월 12일에는 전쟁 목적이 '대동아 신질서 건설'에 있다고 주장하였다. 이것은 아시아 지역에서 공존공영의 신질서를 세운다는 기치를 가지고 있었으나, 이를 통해 전쟁을 정당화하는데 목적이 있었다.

『태풍』의 주인공 오토메나크는 나파유주의자였으며, 한편으로 이러한 아시아 공동체론의 열렬한 신봉자였다. 오토메나크는 아시아주의가 사실은 서구 열강의 식민지 지배체제를 일본식으로 대체한 정도에 불과하다는 것을 깨달음에도 불구하고 '아시아 공동체' 담론을 포기하지 않는다. 오토메나크는 카르노스를 도와 약소국들이 더 이상 강대국들의 등쌀에 휩쓸리지 않는 "슬기로운 국제적 뭉침의 전술"을 이끌어냈다(476면). 이를 통해 강대국은 더 이상 약소국을 마음대로 이용할 수 없게 되었다. 약소국들은 약소국의 뭉침을 이끌어낸 아이세노딘을 "인간적 믿음의 조국"으로 여겼다(476면). 이 약소국의 뭉침은 비단 아시아 공동체에 머물지 않고, 전세계의 모든 약소국을 거대한 공동체로 아우른다는 점에서 그 규모가 훨씬 커졌다고 할 수 있다.

그런데 이러한 뭉침이 어떻게 가능했는지에 대해서 이 소설은 구체적으로 다루고 있지 않다. 다만 어느 국가에도 소속되기를 거부하는 탈민족주의, 혹은 무국적자의 길을 선택하는 바냐킴(오토메나크)을 통해 함으로써 그 실마리를 짐작할 수 있다. 아이세노딘의 독립전쟁에 동참하고 애로크의 통일에 적극적인 도움을 주고, 다른 약소국을 조건 없이 도와줄 수 있기 위해서, 특정 국가의 이익이 아니라 공동의 평화를 위해 노력하기 위해서 오토메나크는 국적을 포기한다. 애로크의 명예 총영사관을 제안하러 찾아온 코드네주는 바냐킴이 어느 나라 사람인지를 알지 못한다. 이에 대해 김종욱은 "일찍이 칸트는 전쟁이 없는 영원한 평화를 구현하기 위해서 세계공화국을 꿈꾸면서 세계시민의 가능성을 모색한 적이 있다. 칸트의 꿈처럼 세계시민이 된다는 것은 어느 국가에도 거주하지 않는 홈리스가 되는 것이며, 더 나아가 근대 국민국가의 질서 바깥으로 떨어져 나와 스스로 무국적자, 곧 '난민'이 되는 것"이라고 말한 바 있다.[10]

여기서 특기할 점은 바냐킴/오토메나크의 가족이다. 그는 니브리타의 포로였던 메어리나와 결혼했으며, 카르노스와 아만다의 딸인 아만다를 양녀로 맞아 하나의 가족을 이루고 있다. 바냐킴/오토메나크의 가족은 이러한 약소국의 뭉침을 상징적으로 보여주고 있다.

3. 되돌아오는 물음 — 역사는 두 번, 반복된다

오토메나크는 나파유가 전쟁에 진 후, 바냐킴으로 이름을 바꾸고 아이세노딘인의 막후 실력자로 살아가고 있다. 이러한 바냐킴에게 애로크의 명예 총영사관이 되어줄 것을 부탁하기 위해 애로크의 대사 코드네주가 그의 집을 방문한다. 코드네주가 이 집의 현관에서 맞닥뜨린 것은 "계단 초입의 마루에 (놓인) 커다란 표범"이다.

> 외교관은 고개를 숙였다. 거기는, 현관을 들어서자, 가운데 이층으로 올라가는 계단을 사이에 두고 양쪽으로 퍼진 넓은 응접실이었다. 코드네주는 그 앞으로 가서 짐승의 눈을 들여다보았다.(『태풍』, 480면)

이 표범은 바냐킴의 집이 과거 카르노스가 수감된 곳과 동일한 장소라는 것을 드러내고 있다. 왜냐하면 오토메나크가 카르노스를 감시하는 임무를 맡기 위해 이 저택에 처음 왔을 때, 응접실의 소파에서 바라보았던 것 역시 이 표범이었기 때문이다. 그때 오토메나크는 "검은 점이 박힌 죽은 짐승은 살아 있을 때처럼 힘찬 자세로 앞을 노려보고" 있는 것 같은 착각을 느꼈다(40면). 그런 점에서 이 표범은 저택의 랜드마크의 기능을 하며, 나아가 바냐킴이 오토메나크라는 것을 암시하기 위한 장치로 작동하고 있다.

이것이 이 소설의 의도일는지는 모르나 이 표범이 그와는 다르게 읽힐 수도 있다. 왜냐하면 이 표범은 아이세노딘의 호랑이였던 토니크 나파유트의 영결식 이후 다시 한 번 거론되기 때문이며, 이 때의 표범에 집중한다면 바냐킴/오토메나크의 현재적 모습까지를 상징하는 형상물로 읽힐 수도 있기 때문이다.

> **오토메나크는 다가서서 표범의 머리를 쓰다듬었다. 폭력의 밀림에서 살다가 권력의 앞잡이가 되어 끝내 반니브리타 선전의 제물이 된 토니크 나파유트, 박제가 된 그의 이름만이 이 밀림의 짐승처럼 역사에 남게 되겠지. 살아 있는 눈을 빼기고 세도 있는 사람의 응접실에 못 박힌 짐승처럼.**
>
> 오토메나크는 짐승의 눈을 만졌다.
>
> (…)
>
> 토니크 나파유트와 자기의 관계가 바로 그것이었다. **집 지킴이라. 지킴 개라.** 그런 말이렷다(『태풍』, 310~311면, 강조 — 인용자).

이 소설의 의도와 달리 이 표범이 말해주는 것은, 자신의 잘못을 씻고 오토메나크에서 바냐킴으로 변신하긴 했으나 그의 삶은 여전히 본래적 삶을 잃어버리고 '집 지킴이' 혹은 '지킴 개'로 전락해버렸다는 것을 의미하는 것은 아닐까? 이러한 방법을 통해 오토메나크가 보여준 반성과 약소국의 뭉침에 대한 새로운 논의가 가능해질 것이다. 소설의 결을 거슬러 읽다보면 소설이 의도하지 않았고 인지하지 못했던 문제들이 떠오르게 된다. 이것은 작품을 해치는 것이 아니라 오히려 작품을 풍성하게 읽는 방식이다.

3.1 반성과 봉합의 경계

지젝은 앎과 모름의 양태를 네 가지로 구분하였다.

> "알려진 알려진 것들(known knowns)이 있다. 이는 우리가 알고 있음을 알고 있는 것들이다. 알려진 알려지지 않은 것들이 있다. 다시 말해서, 알지 못함을 알고 있는 것들이 있다. 하지만 알려지지 않은 알려지지 않은 것들이 있다. 즉 알지 못함을 알지 못하는 것들이 있다." 우리가 잊지 말고 덧붙여야 하는 것은 결정적인 네 번째 항목이다. "알려지지 않은 알려진 것들(unknown knowns)", 즉 알고 있음을 알지 못하는 것들. 이는 바로 프로이트적인 무의식이다. 라캉은 이를 "그 자신을 알지 못하는 앎"이라고 말하곤 했다.[11]

지젝은 '앎'과 '모름'의 양태를 각각 두 가지 씩 총 네 가지로 분류하고 있다. 여기에서 주목할 것은 마지막 항목 "알려지지 않은 알려진 것들(unknown knowns)"이다. 이것은 알고 있다는 것을 인지하지 못하는 상태다. 어떻게 그럴 수 있을까. 이것은 의지의 문제가 아니라 욕망의 문제다. 욕망은 우리가 알고 있었던 것에 대해 알고 있었다는 사실조차 잊게 만든다. 욕망은 주체의 앎을 모르게 만들고 거기에서 혼자 재미를 본다. 라캉은 이것을 '향유(jouissance)'라 불렀다. 향유는 주체의 억압기제를 가시화하고 억압기제는 주체의 욕망을 억압하는 데 목적이 있는 것이 아니라 주체의 급소 혹은 치부를 가리기 위해 작동한다. 즉 우리의 향유를 안다는 것은 주체의 치부를 안다는 것이기도 하다. 여기에서 우리는 오토메나크의 향유를 확인함으로써 자신의 과오에 대해 스스로 얼마나 철저히 인식하고 있는지, 그리고 오토메나크의 반성이 갖는 문제를 확인할 수 있게 될 것이다.

오토메나크는 마유카의 방문 이후 자신이 믿어왔던 신념의 붕괴를 경험하게 된다. 기실 이러한 신념의 붕괴는 마유카의 방문 이전에 카르노스를 경외하면서부터 이미 시작되었다고 보는 것이 옳다. 카르노스는 포로였지만, 자신의 신념을 따르며, 자신의 요구를 정당히 요청할 줄 안다. "소령과 오토메나크의 중간쯤 되는 공간에 눈길"을 둠으로써 비굴하지도 거만하지도 않게 자신의 요구를 전달한다(47면). 무엇보다 카르노스는 아이세노딘에서 가장 영향력 있는 독립 운동가이며, 니브리타에 저항했지만 니브리타의 여론마저 그의 저항을 옹호할 만큼의 인지도를 가진 존재다. 적 아니면 동지라는 오토메나크의 이분법적 가치관은 카르노스에게 적용되지 않는다. 오토메나크가 믿었던 '신국(神國)'은 현실에서도 그의 내면에서도 무너져 내리고 있다. 이때 "신국 밖에서도 저토록, 인간적 의젓함"을 지닌 카르노스는 오토메나크의 가치관을 분열시키기에 충분하다(100면).

이런 상황에서 오토메나크는 아만다와 사랑에 빠짐으로써 자신이 처한 상황을 회피하려 한다. 그러나 그녀에게 집중하면 집중할수록 아시아 공동체주의의 허위와 위선을 더욱 분명한 모습으로 다가온다. 그녀와의 결혼에 대해 진지하게 생각하던 오토메나크는 이런 질문을 던진다. "아시아 공동체가 하나라면, 그들 사이에 결혼이 없다는 것이 이상하지 않은가. (…) 엊그제까지 나파유-애로크가 한 나라임을 의심치 않았던 남자가, 한 여자와의 결혼이라는 일에 부닥치자, 이 점이 대뜸 모순으로 느껴진 것이다."(215면) '아시아 공동체'론이 이론의 영역을 벗어나 현실과 관계 맺을 때, 그 모순을 오토메나크는 뚜렷이 알게 된다.

여기서부터 소설의 결을 거슬러 읽을 필요가 있다. 아만다에 대한 오토메나크의 사랑과 카르노스에 대한 그의 경외심은 자신의 잘못을 깨닫고 반성하는 기제로만 작동하지 않는다. 오히려 다시 오토메나크를 기만하고 그가 진실에 다가가가는 것을 방해한다. 아만다와 카르노스가 정원에서 나비를 잡고 있고, 오토메나크는 그들을 아내처럼, 장인처럼 느낀다. 이 평온함과 아름다움이 은폐하고 있는 것, 그것은 아내같이 장인같이 느껴지는 이들이 사실이다. 오토메나크는 이 단순한 사실을 알면서도 모르려고 한다. 이러한 오토메나크의 향유는 여기에서 그치지 않는다.

> 카르노스 씨의 마음속이 저 잠자리채같이 가볍지 않을 것은 알고 있는 일이다. 태풍이 부는 바다 같을 게다. 그러면

> 서 겉으로 저렇게 태연하다는 것이 무서운 일이었다. 그러나 **아만다는 저기 보이는 저대로의 아만다일 것이다. 오토메나크가 모르는 또 하나의 아만다가 그녀 속에 숨겨져 있으리라는 환상은 우스운 일이었다.** 그런데도 그녀와 카르노스가 서로 눈짓을 주고받은 듯이 느낀 환상은 여전히 사실처럼 그를 괴롭혔다. **아니크 늙은이의 그 무서운 얼굴이 머리에서 떠나지 않았다.** 아카나트 소령이 하던 말을 떠올리면서 평화 교섭의 앞날을 생각해보려 했지만, 생각의 갈피가 잡히지 않았다. 그러자 오토메나크는 문득 깨달았다. **이렇게 뒤숭숭한 것은 자기가 어느 사람에게도 자기의 모두를 털어놓지 못하기 때문이라는 것을**, 아만다, 카르노스, 아카나트 소령, 다라하 중위 — 이들 누구에게 대해서도 오토메나크는 한두 가지씩 숨기는 것이 있었다(『태풍』, 283~284면, 강조 — 인용자).

아만다와 카르노스의 얼굴에 무참히 학살당한 자식을 둔 아니크계 늙인이의 무서운 얼굴이 겹치지는 것은 당연하다. 중요한 것은 아만다에 대한 오토메나크의 사랑이 그녀 속에 웅크린 음음한 어떤 것들에 대한 성찰을 포기하게 만든다는 것이다. 대신 그는 자신의 존재론적 고독 속으로 침잠한다. 오토메나크가 내면적 고독 속에서 깨닫게 될 내용은 너무나 명백하다. 카르노스와 아만다가 의심스러워하는 것은 자신을 이해해줄 누군가가 없기 때문이라는 것, 자신을 이해해 주는 사람은 카르노스와 아만다뿐이라는 것, 그러므로 그들을 의심할 수는 없다는 것. 대상에 대한 탐구가 아닌 자신을 성찰하기 시작한 오토메나크는 이러한 순환론적인 결론에 이르고 말 것이다. 오토메나크는 아만다에게 숨겨진 것에 대해서도, 카르노스의 '신국'에 대해서도 깊이 고민하지 않는다. 그렇게 됨으로써 오토메나크는 아만다와 카르노스에게 호명당한다.

> 인연이 다한 이름을 버리면 됩니다. (…) 사람으로서는, **사회적 주체로 몇 번이고 거듭날 수 있습니다.** (…) 당신이 아이세노딘을 위해 할 수 있는 일에 참가할 수 있습니다. 나파유 군대가 무릎을 꿇은 다음 아이세노딘 사람들은 니브리타와 싸워야 합니다. 그때, 당신들의 무기, 당신들의 조직, 기술이 쓸 데가 있을 것입니다. 당신이 **나파유 군대의 정보와 물자, 그리고 가능하면, 우수한 병력을 우리들에게 넘겨주는 데 협력한다면**, 당신은 아이세노딘 독립의 은인이 될 것이오(『태풍』, 492면, 강조 — 인용자).

태풍으로 무인도에서 갇혔을 때, 오토메나크는 니브리타와 아키레마가 그들을 발견한다면 이들과 죽기로 대항하리라는 각오를 다지고 있었다. 왜냐하면 나파유가 패망한다면 친나파유자인 오토메나크는 애로크로 돌아갈 명분이 없기 때문이다. "더 면목이 없으면 사람은 죽어야 한다"는 것이 토니크 나파유트의 신념이라면

(309면), “사회적 주체로 몇 번이고 거듭”날 수 있다는 언급은 카르노스의 논리이다(492면). 오토메나크를 설득시킨 카르노스의 이 말은 민족주의적 정체성의 허구를 예리하게 지적하고 있다고 보기 어려우며, 더욱이 탈식민을 위해 최인훈이 고안한 방법론으로도 읽기 어렵다. 오히려 오토메나크는 카르노스가 호명하는 주체로 호명될 뿐이다. 그는 대상을 바꾸어 신국의 이념에 잠식당한다.

“카르노스라는 사람은 그 신국 밖에서 저토록, 인간적 의젓함을 지니고 있다. 카르노스 ‘신국’은 어떤 것인가? 그렇다면 ‘신국’은 하나가 아니라 여럿이란 말인가.”(100면) 오토메나크는 이 물음을 끝까지 부여잡아야 했다. 오토메나크는 카르노스의 ‘신국’이 어떤 논리로 작동하는지 고민했어야 한다. 그러나 그는 여기에서 사유를 밀어붙이지 못한다.

오토메나크는 ‘사랑’과 ‘경외심’ 앞에서 모든 방황과 혼란과 동요를 멈추려 한다, 속으려 한다. 이것이 문제다. 오토메나크는 아만다와 카르노스의 욕망을 자신의 것으로 착각하고, 이 착각 속을 살아가게 될 것이다. 이것이 문제되는 이유는 오토메나크의 주체를 구성해왔던 나파유의 지배질서가 붕괴된 그 자리로 카르노스의 이데올로기가 틈입한다는 것이다. 그런 점에서 오토메나크가 바나킴으로 다시 태어났다하더라도 그는 여전히 오토메나크를 벗어날 수 없으며 제국주의적 지배체제를 반복할 수밖에 없다. 그리하여 오토메나크는 다시 파시즘적 이데올로기를 스스로를 속여가며 강제한다.

3.2 반복으로서의 지배 이데올로기

카르노스는 강대국의 조정에서 벗어나기 위해 '약소국의 뭉침'을 외친다. 이러한 주장은 나파유가 외쳤던 '아시아 공동체'론과는 다른 민중의 편에 선 진정한 아시아주의 혹은 세계주의라 할 수 있다. 나파유의 그것과 카르노스의 그것의 결정적 차이는 카르노스의 주장은 국가주의가 아닌 무국적주의에 기반하고 있다는 것이다. 바냐킴/오토메나크는 스스로 특정 국민국가에 소속되는 것을 거부함으로써 다른 민족을 지배하겠다는 욕심조차 버릴 수 있게 된다.

그런데 아이세노딘이 다른 민족을 지배하겠다는 욕심이 없다는 것을 인정하더라도, 다른 민족이 아이세노딘에게 지배당하고 싶다는 욕망까지 제거된 것은 아니다. 아이세노딘이 앞장 서 "슬기로운 국제적 뭉침의 전술에서 비롯된 약소국들의 끈질긴 싸움의 결과" 이들은 강대국의 지배와 간섭에서 벗어나 완전한 독립을 쟁취하게 된다.

> 이 시대의 모든 사람들과 마찬가지로 코드네주도 아이세노딘에 대해서 마치 30년 전의 약한 나라의 지식인들이 강한 나라에 대해 가지고 있었던 바와 같은, 여기가 자기의 인간적 믿음의 조국이라는, 따뜻한 사랑을 가지고 있었다(『태풍』, 476면).

이 소설이 말하고자 하는 바는 아이세노딘이 "인간적 믿음의 조국이라는, 따뜻한 사랑"을 받고 있다는 것이다. 하지만, 그 사랑이 "마치 30년 전의 약한 나라의 지식인들이 강한 나라에 대해 가지고 있었던 바와 같은" 성격이라는 언급 역시 간과해서는 안 된다. 다른 측면에서 보자면 아이세노딘은 자신들이 원하지 않았으되 약소국의 맹주로 자연스럽게 부상하고 그들의 위에서 군림하게 된다. 그런 이유로 애로크는 실체를 드러내지도 않은 막후 실력자인 바냐킴/오토메나크에게 자발적으로 명예 총영사직을 가져다 바친다. 이것은 어떤 측면에서 보자면 제국주의의 진화한 형태다. 다른 민족이나 국가를 무력으로 제압하는 것이 아니라 스스로 무릎 꿇게 만드는 방식, 그런 방식이 지금 열강들이 취하고 있는 방식이기도 하다.

4. 결론을 대신하여

『태풍』의 에필로그의 낙관적 전망이 최인훈의 의도라고 보는 권보드래는 비동맹 운동의 비전과 (카르노스의 모델인) 수카르노의 삶, 그러한 긍정적인 역사를 대면한 최인훈이 낙관적 전망을 내놓을 수 있었다고 본다.[12]

그런데 당대의 역사를 이렇게 단선적으로만 볼 수는 없다. 2차 대전 이후 태동한 신생독립국 또는 개발도상국은 기존 국제질서의 어느 한 진영에 종속되는 것을 거부하였다. 이것이 현실화된 것이 1961년의 비동맹 정상회담이다. 비동맹 운동은 미국과 소련 중심으로 재편되는 세계사의 흐름을 견제하였고, 평화 속에서 공존하는 세계를 지향하였다. 그러나 『태풍』이 쓰인 1973년의 제4차 비동맹정상회담에서는 주요 비동맹 운동의 지도자들이 자국에서 실각하거나 축출당하여 참석하지 못하게 된다.[13] 이러한 비동맹국의 내부적 문제는 1966년에 이미 한 신문에서 심도 깊게 다뤄졌다. 비동맹국이 경제적으로 강대국의 예속경제에서 돌파구를 찾지 못하고 있으며, 정치적으로 '1인정치'로 후퇴하고 있다는 것이 이 기획기사의 골자다.[14] 1961년부터 시작된 비동맹 운동은 시간이 지나면서 그 초기의 정신을 고수할 수 없었고, 강대국의 횡포를 견제할 수도 없었다. 그리고 1973년부터는 친소(親蘇) 움직임은 노골화 되었다.[15]

역사적 인물로서의 수카르노는 어떤 사람이었을까. 수카르노가 처음 우리나라에 소개된 것은 1940년대 후반부터인데, 인도네시아의 독립운동 지도자라는 영웅적인 면모가 부각되었다. 그런데 수카르노는 1955년에는 단명내각을 수립하였고, 1957년에는 '비상사태령'을 선포하고 국회를 해산하였다. 이에 대해《조선일보》,《경향신문》에서는 독재정치라는 말 대신 '훈정적(訓政的) 민주주의'라는 용어를 사용하면서 이를 비판하였다.[16] 수카르노의 독재정치는 1966년부터 그 지지기반에 문제가 생기고, 1967년 3월에는 수하르토에게 정권을 이양하게 된다.《조선일보》,《경향신문》,《동아일보》,《매일신보》는 이러한 인도네시아의 정치 상황을 주시하고 있었다. 1967년 3월 13일에는「수카르노 완전실각」이라는 기사가 각 신문의 헤드라인을 차지하였다. 인도네시아의 정치적 상황이 우리나라의 그것을 상기시키면서 거의 실시간으로 전해졌으리라는 것을 추측하는 것은 어렵지 않다.

이러한 당대의 정세를 통해 알 수 있는 것은 '비동맹 운동'이나 '수카르노'가 긍정적으로 보이지만은 않았으리라는 것이다. 더욱이 이러한 사건과 역사적 인물을 소설 속으로 끌어들여온 작가가 이러한 것들을 긍정적으로 바라보았을 것이라고 보는 견해는 쉽게 수긍이 가지 않는다.

오히려 최인훈은 해방 이후에 펼쳐지는 모든 것들을 의심의 눈초리로 바라보며, 모든 판단을 연기하고 지연시키고 있다. 그러면서 매우 미묘하고 또 곤란한 물음을 던지고 있는 듯하다. 오토메나크와 같이 체제협력적 인물의 반성이 철저한 반성일 수 있는가, 그러한 반성은 용서받을 수 있는가, 지배 담론을 전유하고 전복시킬 수 있는가. 이런 것들. 『태풍』을 통해 최인훈이 말하려고 했던 것은 해방 이후 진행된 혼란의 봉합이나, 해방이 펼쳐 갈 장밋빛 미래가 아니라 끊임없이 의심하고 끊임없이 사유하라는 것이 아니었을까.

『화두』에 나타난 애도와 우울증, 그리고 정치적 잉여[1]

구재진(세명대학교 교수)

1. 서론

1960년, 4·19의 빛 속에서 『광장』을 발표하면서 새로운 시대의 시작을 문학적으로 공표했던 최인훈은 1994년, 베를린 장벽의 붕괴와 동유럽 사회주의의 몰락, 그리고 구소련의 해체 등의 정치적 변화 속에서 『화두』를 발표하면서 냉전 체제의 변화를 문학적으로 성찰하였다. 1973년에 발표된 『태풍』 이후 20여 년의 침묵 끝에 발표된 대작이자 현대문학사의 한 획을 긋는 작가의 자서전적 성격의 작품이었기 때문에 『화두』는 발표되자마자 평단과 학계로부터 큰 주목을 받았다. 20여 년 만에 최인훈의 새로운 소설이 발표되었다는 것만으로도 문학사적인 의미가 큰 데, 에세이적 형식으로 이루어진 방대한 분량의 작품이 담고 있는 내용이 작가 자신의 삶에 대한 기억이자 한국의 근대 정치와 세계의 정치적 격변에 대한 기억이었기 때문이다.[2] 말하자면 『화두』는 한국의 근대 정치에 대한 문학적 탐구라는 최인훈 문학 여정의 완결로 이해되었던 것이다.

뿐만 아니라 『화두』는 최인훈이 발표한 작품에 대한 주석의 성격을 지니기도 한다. 이 작품은 최인훈의 소설이나 비평을 인용하거나 그에 대해서 설명함으로써 작품들에 대하여 의미를 부여하고 있다. 물론 그 의미 부여는 사후적인 것이지만, 그러한 주석은 최인훈 작품 간의 연관성을 긴밀하게 만들어주고 있다. 작품 간의 연관성이라는 측면에서 볼 때 『화두』는 『소설가 구보씨의 일일』 연작과 유사한 성격을 지닌다. 작가를 주인공으로 하고 있다는 점, 그 작가가 최인훈 자신과 구별되지 않는다는 점, 그리고 당대의 격변하는 정치 현실에 대한 문학적 대응이라는 점 등이 그것이다.

그러나 그보다 더 주목되는 것은 두 작품이 세계적인 정치현실의 변화 속에서 작중인물이 스스로에 대한 자기규정을 시도하고 있다는 점이다. 『소설가 구보씨의 일일』 연작은 1960년대에서 1970년대로 이행하는 시간의 변화, 즉 1970년대 초반 미국과 중국의 동서 화해와 미중관계에 의하여 변화된 남북관계 앞에서 작가가 피난민으로서 스스로에게 제기하는, '나는 누구인가'라는 질문을 담고 있다.[3] 그리고 『화두』는 1980년대에서 1990년대로 이행하는 시간의 변화, 정치적 시계의 변화 앞에서 다시 동일한 질문을 제기하고 있다. 1990년대에 이르러 자신의 작품과 삶을 되돌아보고 격변하는 시대를 살아갈 자신의 정체성과 삶의 방향을 모색한 것이다. 본고는 이러한 관점에서 『화두』를 고찰하고자 한다. 즉 이 작품이 1980년대에서 1990년대로 이행하는 시기의 정치적 변화 앞에서 작가가 스스로에게 제기하는, '나는 누구인가'와 '어떻게 살 것인가'라는 질문을 담고 있다고 보는 것이다.

현재까지 『화두』는 다양한 관점에서 활발하게 연구되고 있다. 작가론적인 성격의 연구에서도 『화두』를 구체적으로 분석하고 있는 경우가 많지만[4], 『화두』에 대한 작품론적인 성격의 연구만을 정리해본다면 대략 네 가지로 나누어볼 수 있다. 첫째는 작가의식과 글쓰기 형식의 관계에 주목한 연구이다. 자전적 글쓰기 형식을 통하여 새로운 주체를 구성하고자 하는 낭만주의적 작가의식을 밝힌 장사흠의 연구[5]나 '자아'의 완성과 '책-자아'의 구축을 연결시켜서 이 작품의 글쓰기 형식과 주체 구성의 상관관계를 밝혀준 정미지의 연구[6]가 글쓰기의 형식에 주목한 경우이다. 둘째는 근대문학 작품과의 관계와 근대문학 작품과의 대화가 지닌 의미를 밝힌 연구이다. 「낙동강」과의 관계를 중심으로 공동체 의식과 개인 의식의 문제를 고찰한 조갑상의 연구[7]나 근대문학과의 대화에 주목하여 이 작품의 의미를 작가의 '말년의 양식'으로 규정한 권성우의 연구가 대표적이다.[8] 셋째는 이데올로기의 문제를 중심으로 연구한 경우이다. 탈식민적인 성격을 지니는 이데올로기적 저항이라는 측면에서 연구한 오윤호의 연구[9]와 이데올로기의 허구성에 대한 자각과 이데올로기로부터의 자유라는 측면에서 작품을 분석한 조보라미의 연구가 있다.[10] 마지막으로 기억의 문제를 중심으로 한 연구를 들 수 있다. 『서유기』의 기억과 『화두』의 기억을 비교하면서 기억이 지니는 '실천적' 의미에 주목한 김인호의 연구[11]와 기억을 통한 자아 성찰의 의미에 주목한 연남경의 연구[12]가 대표적이다.[13]

이러한 연구들은 다양한 시각과 방법론으로 최인훈의 문학적 여정에서 이 작품이 지니는 의미를 밝혀주고 있다는 점에서 의의를 지니고 있다. 그러나, 대부분의 경우 이 작품이 지니는 한계에 대해서는 침묵하고 있다는 아쉬움을 남긴다. 그것은 이 작품이 20여 년의 침묵 끝에 발표된 최인훈의 대작이라는 점과 관련이 있다. 더구나 이 작품이 작가의 삶과 작중 인물의 삶이 분리되기 어려운 자서전적인 성격의 작품이어서 작품의 한계에 대한 지적이 곧 작가에 대한 비판으로 비추어질 수가 있었을 것이다. 때문에 이 작품이 지닌 '변화'의 지점보다는 '지속'의 지점에 더 주목하거나, '변화'의 지점에 주목한다고 하더라도 변화의 양상을 발전과 해방으로 해석하면서 고평하는 경우가 많았다.

본고는 이제까지의 연구 성과를 바탕으로 하면서도 『화두』에서 나타나는 변화의 지점을 찾아내어 그것을 비판적으로 검토하고자 한다. 전술한 바 있듯이 본고는 이 작품이 1980년대에서 1990년대로 이행하는 시기의 정치적 변화 앞에서 작가가 스스로에게 제기하는, '나는 누구인가'와 '어떻게 살 것인가'라는 질문을 담고 있다고 본다. 이러한 질문에 대한 해답을 찾는 방법론적 의미를 지니는 것이 바로 기억을 통한 뒤돌아봄이다. 그리고 이러한 뒤돌아봄은 상실과 죽음을 통해서 추동되고 잇다. 그 죽음은 현상적으로는 어머니의 죽음과 조명희의 죽음으로 나타나지만 보다 근본적으로는 사회주의 체제/이념의 죽음이라고 할 수 있다. 사회주의의 몰락으로 인하여 기억하기가 이루어지고 그 기억하기의 과정이 애도의 과정으로 나타나고 있는 것이다. 그 애도가 궁극적으로는 사회주의 체제/이념의 죽음에 대한 애도라는 점에 정치적 함의가 내포되어 있다. 거기에는 남한과 북한의 체제 문제, 자본주의와 사회주의의 문제, 권력과 억압의 문제가 개입되어 있을 뿐만 아니라 작가의 정치적 지향의 문제도 개입되어 있기 때문이다. 본고는 이 점에 주목하여 애도를 통한 기억하기와 망각하기의 과정과 결과를 분석함으로써 이 작품에서 나타나는 뒤돌아보기가 도달한 지점을 비판적으로 조명하고자 한다. 이를 위해 뒤돌아봄, 기억학이라는 방법론, 기억을 소환하는 기술과 과정, 그리고 기억 소환의 결과 등의 세 가지 층위에서 『화두』를 분석할 것이다.

2. 방법론으로서의 '기억학'

최인훈은 2002년에 문이재에서 다시 발간된 『화두』의 서문에서 '〈기억〉은 생명이고 부활이고 윤회다'라고 말하고 있다. 『화두』는 그러한 기억이 지니는 의미가 무엇인가를 문학이라는 형식을 통해서 밝힌 작품이다. 그런 의미에서 기억은 『화두』의 목적이자 방법론이라고 할 수 있다. 이와 관련하여 1994년 발간 당시 이 소설은 기억만으로도 소설이 성립될 수 있다는 것을 보여주었다는 평가를 받기도 하였다. 기억이 '화두'라는 형태가 되어 소설 전체를 지배하는 힘, 그러니까 작품의 모티프이자 주제가 되고 있다고 본 것이다.[14]

『화두』 이전에도 최인훈 문학은 특정한 방법론을 가지고 있었다. 『가면고』, 『구운몽』, 그리고 『서유기』와 같은 작품들은 '고고학'적인 방법론을 표방하고 있고 『소설가 구보씨의 일일』 연작은 고현학적인 방법론을 보여주고 있다. 이와 같은 방법론이 중요한 의미를 지니는 것은 그것이 미래에 대한 전망과 시간의식을 내포하고 있기 때문이다. 최인훈 문학에서 고고학은 항상 미래의 관점에서 나타나는 것으로, 현재에는 모든 것이 파편화되어 있지만 미래의 관점에서는 전체가 될 수 있을 것이라는 기대와 믿음을 보여준다. 그런 의미에서 '최인훈 소설에서 나타나는 미래의 고고학이라는 소설적 장치는 역사와 현실에 대한 총체적 인식에 대한 욕망의 표현이며 그러한 인식의 가능성에 대한 열망이라고 할 수 있다.'[15] 반면 『소설가 구보씨의 일일』 연작에서 나타나고 있는 고현학적 방법론은 현재의 눈으로 현재를 보는 것으로서 미래의 가능성을 상정하지 않는 방법론이다. '일정한 방향으로 흘러간다고 믿었던 역사와 현실이 예측불가능하게 흘러갈 때 미래를 전제하지 않는 고현학이 나타나고 있는 것'이다.[16]

그렇다면 『화두』는 어떠한가? 작품이 제시하고 있듯이 『화두』의 방법론은 '뒤돌아보는 것'이다. '뒤돌아보는 것'은 기억을 통해서 자기 자신과 세계를 인식하는 것으로서 '기억학 memoryology'이라고 명명될 수 있다.

> 〈신〉, 아니면 공동체의 규범, 또 좀 내려오면 〈역사의 법칙〉 그런 것으로 풀이할 수 있는 어떤 것이다. 이 우주와 역사와 인생의 길흉화복과 조화를 한손에 쥐고 있는 존재거나, 법칙이거나, 어떤 소식이 발하는 목소리, 그것이 〈뒤돌아보지 말라〉의 세계다. 그런데 그런 존재나 법칙이나 소식이 모두 희미해졌거나 이미 간 곳 없어 보이는 시간을 사는 시대 '인간'은 어쩌면 좋은가. 그런 뒤돌아봄의 능력을 가진 것은 인간밖에 없으니, 〈앞〉에 무엇이 있다는 약속은 사라지고, 법칙이나 〈예언〉의 신빙성도 떨어진 시대에 인간은 어디에 의지해야 하는가. 오직 〈뒤〉 밖에 더 무엇이 있겠는가. 〈뒤돌아보는 것〉만이 이 암흑에서 그가 의지할 수 있는 힘의 근원이다. 그 뒤돌아봄이 그의 이성의 방식이다.[17]

인용문에서 나타나듯이 '뒤돌아보는 것'은 '신'과 같은 존재나 법칙이나 소식이 모두 희미해졌거나 이미 존재하지 않는 시대를 사는 방법론이다. 즉 신적인 질서든 공동체의 규범이든 역사의 법칙이든 모든 것이 희미해져서 나아가야 할 방향을 알아차릴 수 없을 때, 이성이 의지할 수 있는 힘의 근원이 '뒤돌아보는 것'이라는 의미이다. 여기에는 두 가지 전제가 내포되어 있다. 하나는 이 소설이 창작되고 있는 시대가 바로 신도, 공동체의 법칙도, 역사의 법칙도 더 이상 존재하지 않는, 그래서 미래의 향방을 알아차릴 수 없는 시대라는 것이고 다른 하나는 '뒤돌아보는 것' 속에, 즉 기억 속에 '앞'이 있다는 것이다.

> 나와 나의 기억이 별개가 아니다. 내가 기억이다. 그 기억에 대한 총분류 번호가 이른바 '나'인 것이다. 그러니 나와 기억은 떼어놓을 수 없다기보다는 기억의 부활 — 즉 회상이 철저해지면 철저해질수록 자기라는 것은 그 기억 말고는 없음이 차츰 알아지고 그뿐이랴, 이런 회상을 통해서 비로소 그 기억이라는 이름으로 얼추 처리되고 있던 부분을 더 잘 알게 된다. 우리는 그것을 씹지 않고 꿀꺽 삼켜버렸을 뿐임을 발견한다. (1권 318쪽)

인용문은 기억이 지니는 의미가 무엇인가를 설명하고 있다. 그것은 기억이 나의 일부분이 아니라 '기억이 곧 나'라는 문장으로 요약된다. 여기에서 실재했던 것과 기억하는 것 사이의 괴리나 기억하는 자와 기억되는 것 사이의 균열은 고려되지 않고 있다. 기억을 한다는 것은 한편으로는 망각한다는 것이기 때문에 막 오제는 내가 누구인지 말해주는 것은 기억이 아니라 망각이라고까지 말하고 있지만[18] 이 작품에서는 기억이 수반하는 망각 역시 고려되지 않는다.

불붙는 트로이성을 두고 떠나면서, 타오르는 불길 때문에 더욱 슬프도록 잘 보이던 그 성의 모습대로 로마를 건설했다는 신화의 설명에서 나타나듯이 『화두』에서는 기억이 곧 실재다. 더구나 인용문은 '회상이 철저해지면 철저해질수록 자기라는 것은 그 기억 말고는 없음'을 알게 된다고 한다. 때문에 이 작품에서 '뒤돌아보는 것'을 단순히 과거에 대한 회상으로 이해해서는 안 된다. 그것은 기억을 '의식적으로' 소환하는 일이고 그 기억으로 나를 만드는 일이기 때문이다. 『화두』에서 말하는 '뒤돌아봄'을 일반적인 '기억하기'과 구별하여 '기억학'이라고 명명하고자 하는 것은 바로 이 때문이다. 그러나 기억은 언제나 사후적인 것이기 때문에 기억을 소환하는 현재의 관점에서 변형되고, 왜곡되고, 구성된다.[19] 그래서 기억은 실재가 될 수 없다. 비록 기억대로 실재를 재현한다고 하더라도 기억이 곧 실재는 아닌 것이다. 또한 '기억이 곧 나'라고 보는 관점은 기억에 절대적인 의미를 부여함으로써 나를 기억에 묶어두는 결과를 초래하게 된다. 본래 나는 과거와 현재, 그리고 미래의 복합성 속에 놓여 있지만, 기억이 곧 나라고 할 때 나의 시간은 과거에 결박되기 때문이다. 그리하여 현재는 과거를 회상하는 시간으로서만 의미를 지니게 되고 미래는 사라져버릴 수도 있는 상황에 놓이게 된다.[20]

이 작품에서 이 '기억학'을 추동하는 것은 상실과 죽음이다. 『화두』의 흐름이 서사적인 질서를 갖추고 있는 것은 아니지만, 1부와 2부의 중심에 죽음이 존재하고 있다는 것은 분명하다. 1부에는 미국에서 갑작스럽게 돌아가신 어머니의 죽음이, 그리고 2부에는 러시아에서 총살당한 망명 작가 조명희의 죽음이 있다. 『화두』의 '기억학'은 이 두 죽음을 둘러싼 애도의 과정에서 전개되고 있다. 그러나 결코 간과해서는 안 되는 것은 두 죽음에 대한 애도와 기억을 추동하는, 더 근본적인 상실이 작품에 존재하고 있다는 사실이다. 그것은 사회주의 체제/이념의 몰락이다. 그런 의미에서 이 작품 전체를 사회주의 체제/이념의 상실에 대한 애도/우울증의 서사로 볼 수 있을 것이다.

3. 뒤돌아보기, '기억학'의 기술 — 애도와 우울증

3.1. 우울증의 근원으로서의 사회주의

『화두』의 1부와 2부는 각각 다른 시공간을 배경으로 하고 있다. 1부의 배경은 1970년대와 1987년의 미국이고 2부의 배경은 1990년대 한국과 러시아다. 1부와 2부는 배경의 상이함만큼이나 그 내용 또한 상이하여 미국과 러시아, 자본주의와 사회주의, 그리고 풍요와 빈곤이라는 이분법적인 대조를 보여주고 있다. 이러한 대조에도 불구하고 1부과 2부을 하나의 작품으로 연결시켜주는 것은 일종의 원체험에 해당하는 중학교 자기비판회의 기억과 H고등학교 작문 시간의 기억, 그리고 조명희의 「낙동강」이다. 여기서 특히 주목되는 것은 작문 시간의 기억과 「낙동강」인데, 이전의 작품에서는 언급된 적이 없었던 것으로 이 작품에서 처음으로 제시되고 있을 뿐만 아니라 작품 전체를 지배할 만큼 큰 의미를 지니고 있기 때문이다.

> 기억은 우리가 진지하게 회상할 때에야 비로소 자신들의 모습을 나타낸다. 거기에 그런 기억이 있는 줄을 몰랐던 것을 처음 알게 된다. 자기가 산 삶에 대해서 사람은 이렇게밖에 기억하지 못한다는 것은 아마도 그것을 살았을 때는 그것들을 속속들이 의도되었거나, 행위자의 통제하에 온전히 있었던 것은 아니라는 사정 때문에 자기 기억에 대한 데면데면함이 있게 되는 것은 아닐까?(1권 317쪽)

인용문에 의하면 기억은 결코 저절로 자신의 모습을 드러내지 않는다. 우리가 진지하게 회상할 때에야 기억은 비로소 자신들의 모습을 나타낸다. 그리고 그러한 진지한 회상을 통해서 '거기에 그런 기억이 있는 줄을 몰랐던 것'을 기억하게 된다. 그렇다면 왜, 그리고 어떻게 진지하게 회상을 하게 되는

가? 인용문은 그것에 대해서는 말하지 않고 있지만 아마도 잊었던 기억을 소환하게 되는 것은 어떤 계기에 의하여 의식적으로 이루어지는 회상을 통해서일 것이다. 그렇다면 이 작품에서 작문 시간이나 조명희의 「낙동강」을 기억하게 만든 것은 1990년대의 역사적 변화, 즉 베를린 장벽의 붕괴와 구소련의 해체로 나타난 냉전 체제의 붕괴와 사회주의 체제/이념의 몰락이 아니었을까? 사회주의 체제/이념의 몰락을 계기로 오히려 그와 관련된 기억이 소환된 것이다.

그런 점에서 책의 순서나 시간적 배경으로 볼 때는 1부가 2부의 앞에 놓이지만, 1부에서 제시된 기억의 내용이 이미 2부에서 제시되는 정치 체제의 변화의 영향 아래 사후적으로 구성된 것이라는 점에서 오히려 2부를 1부의 앞에 놓을 수도 있을 것이다. 더구나 1부의 시작과 2부의 마지막은 동일하게 조명희의 「낙동강」의 첫 부분으로 이루어져 있다. 2부의 마지막이 새로운 작품을 집필하기 시작하는 것으로 끝나고 있는데 그 새로운 작품이 바로 『화두』이기 때문이다.

『화두』 2권에서 화자는 1990년대 동유럽 사회주의 국가의 자본주의화와 구소련의 해체 속에서 식민지 시대의 문학인들, 특히 해방 후 사회주의 사상을 지니고 월북했던 작가들과 그들의 작품을 기억하고 있다. 화자는 그들과 자신을 동일시하는 태도를 보이는데, 그 가운데서도 조명희는 나에게 절대적인 의미를 지닌다. H고등학교 일학년 때 「낙동강」에 대한 감상문으로 작문 선생님에게 '미래의 소설가'라는 칭호를 받으며 칭찬을 받았기 때문이다. 이를 계기로 나는 조명희와 박성운과 나 자신을 동일시하게 되었을 뿐만 아니라 작가의 길로 나아가게 되었다. 그러나 그보다 더 중요한 것은 이 기억이 중학교에서 겪었던 자아비판회의 트라우마적 기억과 나란히 위치하면서 그 트라우마적인 기억조차도 소설화할 수 있는 가능성을 실현하도록 만들었다는 점이다.[21]

그런데, 『화두』에서는 자아비판회의 기억과 작문 시간의 기억이 함께 원체험으로 나타나고 있지만 이전 작품에서는 자아비판회의 기억이 방공호 경험과 짝을 이루어 나타났다. 방공호 경험이란 학교의 소집이 있다는 전갈에 부모님이나 역장의 만류에도 불구하고 학교에 갔다가 폭격을 만났던 때의 경험으로, 폭격을 피해 낯선 여인의 손에 이끌려 들어갔던 방공호에서의 경험을 의미한다. 위험한 상황이어서 부모님이나 역장이 만류했음에도 불구하고 학교에 갔던 것은 지도원 동무에 대한 두려움과 자기비판회의 공포 때문이었다. 그것이 방공호에서의 경험이 자아비판의 기억과 짝을 이루어 제시되었던 이유일 것이다.[22]

W시 반공호에서의 경험에 대한 기억이 지워지고 작문시간의 기억이 소환된 것은 1990년대 냉전 체제의 변화와 사회주의 체제/이념의 몰락 때문이리라. 조명희에 대한 기억과 작문시간의 기억은 사회주의 체제/이념의 몰락을 계기로 오히려 현존하게 된 것으

로 보인다. 그런데 작품에서 화자는 북한 사회주의 체제로부터 '정치적 추방'을 당한 존재임에도 불구하고 사회주의의 몰락에 대해 우울증적인 태도[23]를 보이고 있다. 그것은 그러한 몰락과 상실이 최인훈이 이전의 작품에서 보여주었던 '중립'에 대한 정치적 지향성 자체를 위태롭게 만들기 때문이다.[24] 이미 『광장』에서 이명준은 남한도 북한도 아닌 제3국을 선택함으로써 자본주의와 사회주의 모두를 거부하고 '중립'에 대한 지향을 드러낸 바 있다. 그리고 『태풍』에서는 오토메나크가 중립국의 국민으로서 정치적 부활을 함으로써 정치적 '중립'의 가능성이 구체화되었다. 그러나 이 '중립'에 대한 지향성은 냉전 체제를 기본 전제로 하는 것으로서 자본주의와 사회주의라는 양 축이 존재할 때에만 의미를 지니는 것이다. 왜냐하면 '중립'은 중립 자체의 독자적인 체제/이념을 지니는 것이 아니라 자본주의도 아니고 사회주의도 아니라는 두 가지 부정에 의해서 이루어진 것이기 때문이다. 사회주의 체제/이념의 몰락은 '중립'이 존재하기 위한 두 개의 축 가운데 하나를 제거함으로써 '중립'에의 지향을 현실적으로 불가능하게 만드는 결과를 초래할 수 있다.

크레물린 궁에서 붉은 기가 내려질 즈음에 대한 정치적 논평에서 화자가 고르바쵸프의 '자기부정'에 대하여 거의 분노에 가까운 비판을 쏟아낸 것이나 구소련의 붕괴에 대해서 논평하면서 현실 사회주의 체제의 한계를 안타까운 어조로 말하고 있는 것도 바로 이 때문이다.[25] 화자는 사회주의가 몰락하고 나서야 비로소 자신에게 사회주의가 어떤 의미를 지니고 있었는가를 깨달은 것이 아니었을까? 지젝에 따르면 무언가를 상실했다면 이전에 그것을 가지고 있었다는 뜻이 된다. 바로 이런 논리하에 우울증자는 자신을 무조건적으로 상실한 대상에 고착시키고, 그 상실의 포즈 속에서 대상을 소유하게 된다.[26] 때문에 무조건적이고 돌이킬 수 없는 상실 속에서 대상은 오히려 과잉 현존하게 된다.[27] 사회주의 체제/이념은 몰락함으로써 화자에게 오히려 과잉 현존하게 되고 화자는 그 몰락과 상실에 대하여 우울증적인 반응을 보이고 있는 것이다.

이 점은 조명희의 죽음에 대한 애도의 과정 속에서도 나타난다. 조명희에 대한 기억을 소환한 것은 물론 사회주의 체제/이념의 몰락이지만 애도의 직접적인 계기는 1990년 5월 신문에 난, 조명희가 구소련에서 총살당해 죽음에 이르렀다는 기사이다. 조명희의 죽음은 이미 알려져 있는 사실이었지만 그가 총살을 당했다는 것이 처음으로 알려짐으로써 망명작가 조명희의 죽음이 지닌 비극성이 드러났다. 조명희는 사회주의라는 이념의 조국으로 망명하여 그 이념을 지키고자 하였음에도 불구하고 간첩으로 몰려 총살당하고 말았다. 조명희의 죽음이 지닌 이러한 비극성은 오히려 죽은 조명희를 현재로 소환하는 결과를 낳는다. 기억을 소환하고 현재화함으로써 물리적으로는 죽었으나 기억으로 현존하도록 만드는 것이다. 이러한 과정을 통하여 조명희는 돌이킬 수 없는 죽음을 통해 비극적으로 사라졌기 때문에 오히려 우울증적으로 과잉 현존하게 된다.

특히 러시아 여행 과정에서는 이 과잉 현존의 양상이 더욱 극단적으로 나타나고 있다. 러시아 여행 동안 화자는 자기 자신과 조명희를 동일시하며 내가 조명희에게, 조명희가 나에게 빙의되는 것 같은 생각을 한다. 더구나 제자를 통해서 KGB지부에 보관된 포석 관계 서류철에 첨부된 연설문을 찾아 읽으면서 나는 조명희를 감각적이고 물질적인 육체를 지닌 인간에서 사회주의 사상을 육화한 '절대적인 존재'로 승격시킨다. 정상적인 경우, 애도를 통하여 우리는 사랑하는 대상의 죽음을 인정하고, 그 사람의 '이미지, 우상, 혹은 이상을 내면화'하여 우리의 일부로 만든다. 그래서 애도작업이 완성될 즈음이면, 사랑하는 대상은 부재하게 되고 오직 우리의 일부가 된 그의 기억만이 남게 된다. 이것을 기억의 내면화라고 할 수 있다.[28] 그러나 조명희의 죽음에 대한 나의 태도는 그러한 정상적인 애도와는 다른 양상을 보인다. 그것은 죽은 대상과 자신을 우울증적으로 동일시하고 죽은 존재를 절대화하는 태도이다. 지젝에 따르면 '우울증적 주체는 그가 갈망하는 대상을 육체를 지닌 절대성이라는 모순적 혼합물로 승격시킨다'.[29] 화자는 조명희를 사회주의적 이상과 열망을 끝까지 추구하고자 했던 진실한 사회주의자로 위치시킴으로써 조명희와 사회주의 모두를 절대화시키고 있다. 이를 통해 조명희의 죽음이 사회주의 체제/이념의 몰락과 같은 자리에 놓이게 되고 화자는 오히려 상실을 통해서 대상을 소유하고 대상에 고착되는 우울증적인 동일시의 양상을 보이게 되는 것이다.[30]

3.2. 망명자와 작가 — 애도의 자리

전술한 것처럼 『화두』 1부의 시작과 2부의 마지막은 동일하다. 2부에서 소설 쓰기를 시작하는 결말은 1부로 이어져 또 다른 소설이 되고 있다. 그것은 2부의 마지막 부분에서 제시된 다음과 같은 선언의 실현이다.

> 나 자신의 주인일 수 있을 때 써둬야지. 아니 주인이 되기 위해 써야 한다. 기억의 밀림 속에 옳은 맥락을 찾아내어 그 맥락이 기억들 사이에 옳은 연대를 만들어내게 함으로써만 나는 나 자신의 주인이 될 수 있겠다. 그 맥락, 그것이 〈나〉다. 주인이 된 나다. (2권 545~546쪽)

그러니까 인용문에 따르면 1부는 '나 자신의 주인이 되기 위해' 쓰인 작품이며 '기억의 밀림 속에 옳은 맥락을 찾아내어 그 맥락이 기억들 사이에 옳은 연대를 만들어내게' 하는 작품이다. 사회주의 체제/이념의 몰락에 대한 우울증적 주체가 도달한 곳은 위태로워진 '중립'에의 지향성에 대한 성찰이나 모색이 아니라 '나 자신의 주인' 되기였다. 그 주인 되기의 방법, 즉 '기억의 밀림 속에서 옳은 맥락을 찾아' 그 맥락으로 기억을 연결한 것이 1부이다. 그리고 1부에서 그 '되돌아봄'을 추동하는 것은 어머니의 죽음에 대한 애도이다. 그 애도의 과정에서 '망명자'의 위치와 '작가'로서의 자의식이 기억을 구성해내는 맥락이 되고 있다.

1부에서 나는 1973년에 마지막 장편을 끝내고 미국의 아이오와 세계 작가 프로그램(I.W.P)에 참가하기 위하여 1973년 가을에 미국으로 갔다. 그리고 프로그램을 끝내고 귀국하지 않고 미국에 더 머문 뒤 1976년에서야 한국행 비행기를 탔다. 그러니까 나는 3년 이상을 미국에서 살았던 것인데, 타국에서의 3년의 시간, 그것도 아버지가 제기했던 '여기서 사는 것이 어떠냐'는 화두를 두고 고민하며 지낸 경험은 화자가 디아스포라적인 시각을 갖게 만들기에 충분하다. "양간도는 북간도의 역사적 등가물"이라고 하면서 북간도와 양간도, 나아가 해외로 이주한 재외 한인에 대한 단상을 제시하는 부분은 미국에서 '나'가 여행자나 나그네로서가 아니라 디아스포라로서 존재하고 있다는 것을 보여준다. "아메리카는, 객지가 어디나 그런 것처럼 모든 나그네들에게 고향을 가르쳐준다. 나그네가 객지를 고향 삼을 수도 있다는 〈가능성의 고향〉까지를."이라는 말은(1권 357쪽) 미국에서의 삶도 가능할 수 있다는 점을 시사하는 말이다.

『화두』이전 작품에서 나타났던 '피난민'으로서의 자기규정이 '추방자', '유형자', '난민' 등으로 변화하고 있는 것은 이러한 디아스포라적 경험과 무관하지 않다. 작품에서는 온 가족의 미국 이주가 "H에서 시작한 피난길을 끝까지 가서 마지막 항구에 닿은 것"(1권 106쪽)이라거나 "전쟁에 내몰린 가족의 피난길이 여기까지 와 닿은 것"(1권 118쪽)이라는 설명이 자주 보인다. 가족들의 삶의 여정을 '피난길'로 설명하고 있는 것은 『소설가 구보씨의 일일』 연작에서 제시되었던 '피난민'으로서의 자기규정의 연장선상에서 이해할 수 있다.[31] 그러나 『화두』에서 '피난민'은 단지 '정착하지 못하고 부유하는 존재' 이상의 의미를 지닌다. 이 작품에서는 북한으로부터 남한으로의 '피난'이 정치적 변화와 관련된 추방이었고 월남 후 남한에서 살면서 자신을 난민수용소의 난민이나 유형자로 느끼고 있었다고 말하고 있기 때문이다.

> 이런 모든 일은 H역의 그날에 비롯되었다. 아무도 우리에게 H를 떠나라는 행정 명령을 내린 사람은 없었다. 그러나 중년까지에 얻은 생활의 물질적 기반을 회수당하고 인생을 시작했을 때의 자리로 돌아가서 그 고장에서 계속 살기는 어려웠다. 그것은 정치적 추방이었다. W에서 월남할 때도 우리에게 그렇게 하기를 명령한 사람은 없었다. (…) 사람들이 반드시 실천할 '정치적 추방'의 수고를 미리 덜어준 것이 우리들의 월남이었다. 이러한 가족의 한 사람으로서, 월남 이후 남쪽에서의 생활이 차츰 내 마음 속에서 유형자의 그것으로 그려졌다. 이런 사정이 그때까지 내 소설을 지배하고 있었고 그렇게 만들어진 내 소설들이 나의 〈사회적 나〉를 만들기도 하였다.(1권 107쪽)

작품은 이 부분을 과거에 대한 기억으로 술회하고 있지만, 이 기억은 술회하는 시점에서의 기억이기 때문에 과거 사실 자체가 아니라 과거에 대한 해석이다. 그렇다면 '정치적 추방'을 당한 자, 유형자로서의 자의식은 피난과 월남이 이루어진 당시의 자의식이 아니라 바로 이 부분을 술회하고 있는 시점의 자의식이라고 볼 수 있다. 그리고 이러한 자의식은 디아스포라적인 의식과 무관하지 않다. 가족의 미국 이민과 자신의 디아스포라적 경험이 오히려 이전의 피난과 월남의 의미를 정치적으로 규정하고 있는 것이다. 그런 점에서 '피난민'에서 더 나아가서 '난민', '정치적 추방자'로서 자기를 규정하는 것은 디아스포라적 경험에 비추어진 사후적 규정이다.

이러한 사후적 규정은 어머니의 죽음 이후 아버지가 제시한 '여기서 사는 것이 어떠냐'라는 질문과 밀접한 관련을 지닌다. 그러한 화두가 해방 전후 시기의 기억과 월남 이후 남한에서의 삶에 대한 기억을 소환하고 있기 때문이다. 화자는 '여기서 사는 것이 어떠냐'라는 화두에 대한 고민의 과정에서 한국의 정치적 상황, 1960~1970년대까지의 소설쓰기의 과정과 태도를 소환한다. 이것이 어머니의 죽음과 밀접한 관련을 지니고 있다는 점이 중요한데, 아버지가 그러한 화두를 제시한 것도 어머니에 대한 애도의 과정에서 이루어진 것이고 한국으로 돌아가는 일을 미루고 그러한 뒤돌아보기를 하는 것도 애도의 과정에서 이루어진 일이기 때문이다.

어머니의 장례를 치르고 아이오와로 돌아오는 비행기에서 느낀 점을 작품은 다음과 같이 서술하고 있다.

나는 우주선에서 지구를 바라보는 사람처럼 이상한 우주에 있는 이상한 자기를 느꼈다. 이렇게 극히 짧은 사이에 세상은 알지 못할 미궁으로 바뀌어버렸다. 알고 있다고 생각한 모든 것들이 알고 있다는 상태인 대로 모르는 일이 되었다. 세상은 세상인 대로 미궁이었다. 언제나 나의 글쓰기의 중심이었던 그 주제는 주제가 아니라 사실이었다.(1권 262쪽)

인용한 부분은 다시 주인공이 어릴 적 고향 시골의 여름길에서 어머니를 잃어버렸던 장면과 연결되는데, 그는 그곳에서 비어 있음, 혹은 영원을 발견한다. 나에게 영원의 형식은 비어 있음이다. 그것은 "방금 곁에 있던 어머니가 사라지고도 남아 있는 온갖 것들은 그 이전의 것들이 아닌 낯선 것들"이었고 "나 자신조차도 바로 전까지의 내가 아닌 누군가"가 되는 순간을 의미한다. (1권 290쪽) 이 순간은 어머니=고향=자기 자신이라는 등식 속에서 '비어 있음' 자체가 고향이나 상실된 것의 존재 형식이라는 것을 인식하는 순간이다.

그 이후 소설은 월남한 뒤 자기 자신의 모습을 '가족'의 눈에 비쳐 보면서 자신의 '이기심'과 '자기중심주의'에 대해서 말하고 있다. 여기서 월남한 가족의 맏아들로서 가족들에게 가지고 있는 죄책감과 한국의 부패한 정치 현실에 맞서지 못한 자기 자신, 즉 '저항하지 않는 노예'로서의 죄책감이 복합적으로 나타나고 있다. '정상적인 애도'는 내면화를 통해서 타자가 나의 일부가 되도록 만드는 것이어서 '타자가 더 이상 타자가 아닌 것처럼 보이게 되는' 과정을 통해 기억의 내면화라는 애도의 결과에 도달하게 된다.[32] 화자는 이러한 애도의 과정에서 가족의 눈, 어머니의 눈으로 자기 자신의 모습을 회상하고 있다.

> 몸만 가지고 LST에 실려온 피난 가족의 맏이가, 온 나라가 그대로 확대된 피난민 수용소 같은 사회에서 취미에 빠져 살다니! 언젠가 그들에게 갚을 수 있다고 무의식 속에서 짐작하고 있었다는 형국이었을까. 그래서 지금 내 가족의 한 사람이 갚을 길 없는 데로 가버린 찰나에 비로소 내 빚을 깨달았다는 그림이 되는가. 지금의 내 몰골이. 그 빈 자리는 나에게 말하는 것일까. 네가 참아야 할 일을 참지 않고 투정만 부리기 때문에 그 고향 시골의 여름 길의 연장에 다름 아닌 이 인생길에서 어머니는 언제 끝날지 모를 동안 숨어 버린 것일까.(1권 293쪽)

인용문에서 이제 '빈 자리'가 되어 버린 어머니의 자리는 앞에서 '영원'의 존재 형식이라고 표현한 바 있었던 '비어 있음'의 자리이자 자기 자신의 자리라고 할 수 있다. 어머니의 죽음 이후 글쓰기의 주제였던 '미궁'이 더 이상 주제가 아니라 사실이 되어버렸다고 할 때, '나'는 더 이상 이전의 '나'가 아닌 것이다. 이전의 자아의 상실, 그것이 어머니의 죽음 이후 자아의 현존의 모습이다. '여기서 사는 것이 어떠냐'는 아버지의 질문이 나에게 화두로서 무겁게 다가오는 것은 그 질문이 이와 같은 나의 현존을 비추고 있기 때문이다.

이러한 모습에서 벗어남과 동시에 아버지가 던진 화두에 대해서 결심을 말할 수 있게 된 것은 우연히 이루어진 희곡 작품의 창작을 통해서이다. 나는 한동안 일하던 서적 창고에서 사 와서 읽지 않고 두었던 한 권의 책에서 우연히 '장수 잃은 용마의 울음'이라는 전설의 이야기를 읽는다. 그리고 그 이야기를 줄기로 「옛날 옛적이래도 좋고 아니어도 좋고, 훠어이 훠이래도 좋고 아니래도 좋은」이라는 희곡을 창작한다. 이 희곡을 창작하기 전후의 상황은 다음과 같다.

> 덴버에서 산으로 돌아가던 길에 차에서 겪었던 생리적 소외감, 내 몸이 얼른 뒤집어졌다 돌아오는 순간 같은 느낌은 삶과 하나가 되지 못하는 내 삶의 모습이었다. 내 소설들의 증상을 그것은 닮아 있었다. 소설이라는 형식으로 그 증상을 되풀이 진단하는 것은 진단 자체가 적어도 그 증상에 대한 공포를 조금은 진정시키는 효과가 있었다 (…) 지금의 나는 그 버금이라도 좋고 최소한이라도 좋은 해결에도 지쳐 있었고, '글'이라는 중재자 없이 벌거숭이의 증상과 마주하고 있었다, 그것이 차 안에서 겪은 경험의 실상인 듯했다. 그런데 갖다 두고만 있던 책을 시덥잖게 뒤적이다가 만난 이야기가 급하게 무언인가를 말하고 있었다. 그 소리는

어딘가로 나를 부르고 있었다. 나는 무엇인가를 해야 했다. (1권 469~470)

마침내 '나'는 미궁에서 벗어날 수 있는 길을 찾은 것이다. 이제 더 이상 가족의 시선으로 나를 바라보는 태도로 인한 죄책감도, 어머니의 죽음에 대한 죄책감도 나타나지 않는다. 크리스테바에 따르면 자아가 상실을 극복할 수 있는 충분한 역량이 있다면 자아는 상징작용에 의하여 고통과 애도작업을 모두 포괄하는 창조적 활동을 통해 상실을 극복한다.[33] '글이라는 중재 없이 벌거숭이 증상과 마주하던' 나는 희곡의 창작이라는 창조적 활동을 통해서 '글'이라는 중재를 다시 찾게 되고 자아의 상실을 극복하게 된다. 희곡을 창작한 뒤 작품을 고치고 또 고치면서 '밤이 지배하는 고향으로 가기를 두려워하고 있었던' 화자는 이제 '돌아가야 할 만큼만 두려웠다'고 말하고 있다. '내게는 꿈꾸는 힘이 남아 있었'기 때문이다.(1권 471쪽) 화자에게 '꿈꾸는 일'이 곧 창작이었던 것이다. 그로부터 한 달 후인 1976년 초순에 나는 미국에서 한국으로 귀국하는 비행기에 올랐다.[34]

귀국하게 되기까지의 모습을 보면 '여기서 사는 것이 어떠냐'라는 화두가 '어떻게 살 것인가'의 문제를 제기하였고 그 문제는 곧 '어떻게 쓸 것인가'의 문제였다는 것이 드러난다. 나는 「옛날 옛적이래도 좋고 아니어도 좋고, 훠어이 훠이래도 좋고 아니래도 좋은」을 고치고 또 고치면서 두려움을 덜어냈고 자신에게 '꿈꾸는 힘'이

남아 있었다는 것을 자각하였다. 결국 한국으로 돌아가는 이유, '제 고장에서 유형을 사는 고향으로 돌아가기를' 선택한 이유는 이제 쓸 수 있기 때문이었던 것이다. 어머니의 죽음이 가져온 '비어 있음'의 공간이 '꿈꾸는 일', 즉 '쓰는 것'으로 채워질 수 있는 가능성을 발견하면서 어머니에 대한 애도도 완결된다.

이러한 귀결은 애도 과정에서 나타났던 기억의 소환이 작가로서의 자의식이라는 맥락하에서 이루어지고 있다는 점과 무관하지 않다. 어떻게 살 것인가의 문제가 화자에게는 어떻게 쓸 것인가의 문제였기 때문에 자신의 삶에 대한 기억하기의 과정에서 1960년대에서 1973년에 도미하기 이전까지 발표한 작품에 대한 기억하기와 그에 대한 주석 달기가 이루어졌던 것이다. 자기비판회와 작문시간에 대한 기억의 소환 역시 이와 밀접한 관련을 지닌다. 자기비판회에서 비판을 받게 된 것도 벽보에 쓴 글 때문이었고 작문시간에 '미래의 작가'라는 찬사를 받은 것도 「낙동강」에 대한 감상문 때문이었다. 모두 글쓰기의 문제였으며 '어떻게 쓸 것인가'의 문제였다. 즉 두 사건은 사회주의 체제/이념과 더 깊은 관련을 지니고 있고 2부에서는 그러한 관련성이 더 구체적으로 나타나고 있지만, 한편으로 그것은 '글쓰기'에 대한 자의식의 문제이기도 하였다. 그런 점에서 볼 때 1부에서 이루어진 애도와 기억은 작가의 자리에서 이루어지고 있었다고 할 수 있다.

4. 정치적 잉여와 주인 되기의 환상

최인훈의 1960년대~70년대 소설은 한국의 현대사에 대한 문학적 대응이라고 말할 수 있을 정도로 4·19혁명, 5.16 군사 구테타, 한일회담 등의 역사적 사건과 한국의 근대의 양상에 대한 성찰과 비판을 보여주었다. 1987년의 시점으로 이루어진 『화두』 1부에서도 전체주의적인 개발 독재로 인해 자유와 민주가 억압되었던 1970년대 한국 정치와 한국 사회에 대한 논평이 이루어지고 있다. 스스로를 '대한민국이라는 나라를 가로챈 폭도들이 발행한 여권에 적힌 대로의 의미밖에 없는 그들의 피통치자인 — 노예'(1권 339쪽)라고 규정하면서 '군사 정권의 폭압이 끝 갈 데를 모르게 날로 수위를 높여가고 있는' 1970년대의 상황을 소설 속으로 소환한다. 김대중 납치사건, 유신헌법, 청계천 피복노조 전태일 분신 사건을 차례로 언급하면서 4·19 이후의 세상을 '세상이 대낮같이 밝아지는가 싶더니 다음 순간에 바로 그 사회 속에서 홀연히 나타난 어둠의 세력이 지배하는 세상'(1권 346쪽)이라고 표현한다. 이를 통해 혁명에 대한 향수와 그 이후 시간에 대한 환멸을 드러내고 있다.

여기서 주목되는 것은 이러한 상황과 관련하여 화자가 자신의 삶의 모습을 매우 비판적으로 성찰하고 있다는 점이다. 화자는 "나는 더 괴로워해야 했고 그것이 작품의 형식으로 증명돼야 했다"고, 그리고 "그 점에서 나는 철저하지 못했다"고 자책하고 있다.(1권 347쪽) 또한 소설을 쓰는 생활을 '이 세상이 잘못 되었음을 알면서도 꿈쩍 못하는 생활. 입을 다물고 사는 것도 아니고 글이라는 입을 놀리면서도 세상에 어김없이 맞서지 못하는 생활'(1권 336쪽)이라고 말하고 있다. 이 말에는 불의한 정치적 상황에 맞서지 못한 스스로에게 정치적 책임을 묻는 태도가 내포되어 있다.[35] 아렌트의 말처럼 정치적인 의미의 죄를 짓지 않은 사람들도 범죄를 가능하게 한 사회 체계 안에 살면서 적어도 그 체계의 작동을 위해 수동적으로 지원함으로써 정치적 진공 상태를 낳았다는 의미에서 정치적 책임이 있다.[36] 화자는 이러한 정치적 책임을 의식하고 있는 것으로 보인다. 그러나 책임은 어떤 것이든 뒤를 돌아보기와 미래를 바라보기라는 복수의 시간성을 지닌다.[37] '세상에 어김없이 맞서지' 못했다거나 '더 괴로워해야 했고 그것이 작품의 형식으로 증명'되어야 했다는 말은 그것은 미래에 그러한 모습을 반복하지 않음으로써만 의미를 지닐 수 있는 것이다.

그러나 1990년대를 배경으로 하고 있는 『화두』 2부는 1부와는 확연히 다른 모습이다. 물론 1980년 '오월광주'와 그 '피잔치'로 인한 공포의 세월에 대하여 말하고는 있지만, 그것을 언급하는 방식은 1부에서 1970년대의 정치적 현실을 말하는 방식과 같지 않다. 1부에서는 1970년대 정치 현실에 대한 기억의 소환이 작가로서 그러한 현실에 맞서며 대응하지 못했던 모습에 대한 성찰로 이어졌지만, 2부에서는 그러한 성찰이 이루어지지 않고 있다. 1980년대에 대한 작가적 대응에 대한 성찰이 있어야 할 자리는 식민지 시대 문학자에 대한 공감과 기억이 채우고 있다. 망명한 문학자 3인, 즉 김태준, 김사량, 조명희와 국내에서 소설을 쓰거나 평론을 썼던 작가, 그 가운데서도 특히 이태준, 박태원, 임화, 그리고 시인 이용악과 백석에 대한 뒤돌아보기를 수행한다. 그들의 상황과 태도에 공감하면서 화자는 식민지 문학인들에 대한 동일시의 경험을 '열락'의 경험이라고까지 표현하고 있다.

특히 이태준과 박태원의 경우를 '문학 속으로의 망명'이라고 칭하면서 정치적 망명을 선택했던 김태준, 김사량, 조명희와 같은 위치에 자리매김하고 있다는 점에 주목된다. 물론 이태준과 박태원은 모두 월북 문인으로서 해방 이후에는 사회주의적인 지향성을 보였으나 식민 치하에서는 정치적 저항과는 거리를 둔 채 작가로서의 삶에 충실했던 작가들이다. 그럼에도 정치적 저항으로서의 망명과 '문학 속으로의 망명'을 동일선상에 놓음으로써 화자는 1970년대의 폭압적인 정치 현실에 저항하지 못했다는 자책에서 벗어날 수 있는 근거를 얻게 된다. 1부에서 드러났던 정치적 책임의 문제는 '문학 속으로의 망명' 속에 용해되고 '어떤 문학'인가에 대한 질문은 지워지고 있기 때문이다.[38]

2부에서는 1부에서 나타난 자책, 즉 세상에 맞서지 못했다는 자책은 더 이상 나타나지 않는다. '어떻게 살 것인가'라는 화두는 여전히 존재하고 있지만 그 해답을 찾는 과정은 1980년대의 한국 정치 현실이나 그러한 현실에서의 화자의 삶에 대한 반성적 성찰보다는 이태준의 생가 방문이나 조명희가 망명했던 구소련~러시아 방문을 통하여 그들을 소환하고 그들의 삶을 기억하는 과정으로 나타난다. 러시아 방문을 통해서 러시아의 유적지와 러시아 작가의 생가를 돌아보고 자기 자신을 조명희에게 동일화함으로써, 그리고 조명희의 마지막 연설문을 구하여 읽음으로써 '어떻게 살 것인가'라는 화두에 대한 해답을 찾는 것이다.

그 결과 작품의 결말에서 1980년대의 기억은 사라지고 자아비판회와 작문시간의 기억이 다시 소환되고 있다. 그러나 이번 소환은 이전과는 다른 양상을 보인다. 지도원 선생님을 기쁘게 해드릴 일이 있다면서 러시아에서 만난 소년들에게 돈을 준 일, 그들을 찍은 사진을 보내주겠다고 약속하였으나 주소를 잃어버려서 약속을 어긴 일을 자발적으로 자기비판하겠다고 말하고 있다.(2권 545쪽) 중학교 때의 자아비판회가 정치적인 의미의 자아비판회로서 정치적 권력의 억압적 성격을 드러내는 것이었다면 여기서 상상하는 자아비판은 약속을 어겼다는 윤리적 문제에 대한 자이비판으로서 정치적 성격이 탈각된 자아비판인 것이다.

결과적으로『화두』 2부는 한국의 근대는 어디로 가고 있는가, 한국의 정치 현실은 어떻게 변화하였는가, 한국의 국민들은 여전히 폭도들의 노예로 살아가고 있는가 등의 정치적인 문제에 대해서는 침묵하고 있다. 『화두』 2부에서 한국 현실의 정치는 탈각되어 잉여로 남아 있을 뿐이다. 물론 2부에서도 화자는 구소련의 고르바쵸프의 자기부정에 대하여 강하게 비판하면서 세계정세에 대한 비판적인 고찰을 수행하고 있다. 그러나 현실 사회주의 체제의 자기부정에 대한 비판은 한국의 정치, 한국의 현실과 관련을 지니지 못한 채 떠돌고 있다. 때문에 1부에서 나타났던 '노예-철학자'로서의 자기의식 역시 더 이상 발전되거나 심화되지 못하고 있다. 그럼으로써 화자에게 있어서 '어떻게 살 것인가'의 문제는 '어떻게 쓸 것인가'의 문제로 귀결되고 '나는 누구인가'에 대한 대답은 쓰는 자, 작가로서의 위치에 대한 확인으로 귀결되는 것이다.

마지막에 『화두』가 찾은 해답은 '너 자신의 주인이 되라'는 것이다. 나는 '나 자신의 주인이 되기 위하여 써야 한다'고 다짐하며 자신의 주인이 될 수 있는 방법은 바로 "기억의 밀림 속에 옳은 맥락을 찾아내어 그 맥락이 기억들 사이에 옳은 연대를 만들어내게" 하는 것이라고 선언한다.(2권 546쪽) 그리고 "그 맥락, '나'다. 주인이 된 나다."라고 말한다. 그러나 이 선언은 의미심장하지만 한편으로는 공허한 선언이기도 하다. 주인이 되기 위해서는 기억 속에서 '옳은 맥락'을 찾아내야 하는데, 그렇다면 옳은 맥락이란 무엇이란 말인가? 뒤돌아보기, 기억학을 통해서 '나 자신의 주인'이 될 수 있다 하더라도 그 주인은 '기억의 주인'에 불과한 것은 아닌가? 이런 점에서 볼 때 '어떻게 살 것인가'에 대한 대답인 '주인 되기'란 지금 여기의 현실을 타개해나가는 것이 아니라 과거를 사는 환상으로 귀결될 위험성을 가지고 있다고 판단된다. 정치적인 것이 잉여가 된 자리가 '주인'이 된, 아니 '주인'이 될 수 있을 것만 같은 환상으로 채워지고 있기 때문이다.

더구나 이 작품의 2부의 마지막 장면은 1부의 시작으로 이어진다. 「낙동강」의 서두로 시작되는 『화두』를 집필하기 시작하는 것이 이 작품의 결말이다. 결국 『화두』의 끝이 이 작품의 시작이 되고 있는 것이고 이것은 '나 자신의 주인 되기'란 뒤돌아봄을 통해 앞으로 나아가는 것이 아니라 깨달음의 순간 다시 기억학으로 되돌아가는 반복임을 암시한다. 과거로 돌아가 뒤돌아본다는 것, 그것은 기억 속에서 나아갈 길을 찾아내기 위함이 아닌가. 그러나 『화두』가 찾아낸 길은 앞으로 나아가는 길이 아니라 뒤로 돌아가 걸어온 길을 반복하는 길이다.

5. 결론

『화두』는 1990년대 초반의 세계사적인 변화, 즉 베를린 장벽의 붕괴와 동구 사회주의의 몰락, 그리고 구소련의 해체 등의 역사적 사건 앞에서 작가가 스스로에게 제기하는, '나는 누구인가'와 '어떻게 살 것인가'라는 질문을 담고 있는 작품이다. 작품 전체에서 나타나고 있는 기억을 통한 뒤돌아보기는 이러한 질문에 대한 해답을 찾아가는 방법론적 의미를 지닌다. 이러한 뒤돌아보기를 추동하는 것이 바로 죽음이다. 그 죽음은 현상적으로는 어머니의 죽음과 조명희의 죽음이지만 본질적으로는 사회주의 체제/이념의 죽음이다. 사회주의의 몰락이 뒤돌아보기를 추동하여 기억하기가 이루어지고 그 기억하기의 과정이 애도의 과정으로 나타나고 있는 것이다. 그러한 애도가 궁극적으로는 사회주의 체제/이념의 죽음에 대한 애도라는 점에 정치적 함의가 내포되어 있다. 본고는 이 점에 주목하여 애도를 통한 기억하기와 망각하기의 과정과 결과를 분석함으로써 이 작품에서 나타나는 뒤돌아보기가 도달한 지점을 비판적으로 조명하고자 하였다. 이를 위해『화두』를 뒤돌아봄, 기억학이라는 방법론, 기억을 소환하는 기술과 과정, 그리고 기억 소환의 결과 등의 세 가지 층위에서 분석하였다.

우선 기억학이라는 방법론은 기억을 통해서 자기 자신과 세계를 인식하는 것으로, 미래의 향방을 알아차릴 수 없는 시대에 길을 찾는 방법론이 되고 있다. 그러나 기억이 곧 나라는 명제는 기억에 절대적인 의미를 부여함으로써 나의 시간을 과거에 묶어두고 미래가 사라지게 만드는 결과를 초래한다. 애도와 우울증은 그러한 기억을 소환하는 기술로 나타난다. 본질적으로는 작품 전체가 사회주의 체제/이념의 몰락에 대한 우울증적인 서사의 성격을 지니고 이는데 이것은 사회주의의 몰락으로 작가-화자가 지향했던 정치적 중립에의 지향이 더 이상 불가능하게 된 상황과 관련된다. 이것은 조명희의 죽음에 대한 우울증적인 애도로 구체화되고 있다.

미국에서의 어머니의 죽음에 대한 애도는 망명자의 위치와 작가로서의 자의식이라는 두 가지 맥락에서 기억을 소환하는 과정으로 이루어진다. 이러한 기억의 소환을 통해서 '어떻게 살 것인가'에 대한 해답이 발견되는데, 그 해답은 '나 자신의 주인 되기'이다. 그러나 주인 되기는 기억의 밀림에서 맥락을 찾음으로써 가능한 것이지만, 그것은 기억과 환상 속에서만 가능하다는 점에 한계가 있다. 더구나 그러한 주인 되기는 미래를 향해서 나아가는 것이 아니라 과거로의 회귀와 반복으로 나타나고 있다. 그러나 무엇보다도 중요한 것은 그러한 해답을 찾아가는 과정에서 기억의 정치성은 탈각되어 잉여로 남게 되고 정치적 책임의 문제는 지워져 버린다는 것이다.

『화두』는 망명자의 서사이자 기억의 서사로서 한국의 근대와 정치 현실에 대하여 문학적으로 대응해온 최인훈 문학의 귀결점이 어디인가를 보여준 작품으로 무엇보다도 '기억'이 지니는 의미와 '기억학'이라는 방법론에 대한 성찰을 통해서 기억의 문학을 완성했다는 점에서 큰 의의를 지닌다. 그러나, 이 작품에서 기억학은 미래를 향해 나아가는 연금술이라기보다는 막다른 지점에 다다른 상황에서의 생존술에 가까운 것이 아닌가 한다. 기억 속에서 '나'를 만들고 '길'을 찾는 화자가 도달한 곳은 다시 기억이고 과거이기 때문이다.

사람은 한 번밖에 살 수 없어서 슬프다.

살다 보면 인생 한 벌만 가지고는 풀 수 없는 숙제가 사람이 산다는 일이다.

인생은 한 번뿐이고, '재심'도 없고 '부활'도 없다 — '개인'에게는. 그리고, 논의의 중심은 개인에게 있다 — 적어도 종교에게는, 아니 처음은 어쨌든 차츰 종교의 중심도 그렇게 이동해 온 것이라 생각한다, 적어도 나는.

그런데 '부활'도 '윤회'도 없게 되면 그것은 이미 종교가 아니다.
만일 종교가 불가능해지면, 그 상태는 인류라는 생물의 한 '종'이 다른 생물들과 자신을 구별하는 내용을 잃게 된다.
이 상황은 인류문명사상 일찍이 없었던 국면이다.

'부활'과 '윤회'는 인류에게 꼭 필요한 환상이고, 희망이고, 꿈이었다.

'지금의 나'를 되풀이하고 싶다는 희망.

생명이 바로 '지금의 상태'가 연속되는 운동이다. 다른 상태가 아니라 자기 종에 의해 지시된 방식의 되풀이가 생명이다. 개체의 종말은 자손에 의한 계승이라는 방식으로 극복되었다.

그것은 번식을 통한 '부활', '윤회'다.

개인의 생애 자체가 나날의 부활, 날마다 겪는 '윤회'다.

'전생(前生)의 나'는 '전일(前日)의 나'의 비유에 지나지 않는다. 우리는 매일 '윤회'하고, 매일 '부활'할 뿐만 아니라, 하루 중에도 매초 매 순간 '윤회'하고 '부활'한다 — 이 파악은 비유가 아니라 사실이다.

선행한 자기를 자기라고 붙들 수 있는 의식의 힘 — 즉 '기억'이다.

'기억'은 생명이고 부활이고 윤회다.

예술은 약속에 의해서 기억의 엄청난 증폭과 초월이 허락되는 '기억' 놀이다. 예술 속에서 개인은 생애를 몇 번씩이나 '부활'할 수 있고 '윤회'할 수 있다.

문장의 작성자에게는 퇴고(推敲)라는 작업방식은 그의 직업상의 '부활'이요 '윤회'다. 자기의 직업적 전생(前生)을 그때마다 다시 산다.

『화두』, 2002년, 문이재판 서문, 「21세기의 독자에게」에서

PART V

경계를 넘나드는 가능성들 | 희곡 및 비교문학론

선을 못 넘은 '자발적 미수자'와 선을 넘은 '임의의 인물'

— 최인훈의 『광장』(1961)과 홋타 요시에의 「광장의 고독」(1951)

김진규(서울대학교 강사)

1. 들어가며

1968년 출판된 《현대세계문학전집》 12권에는 미시마 유키오(三島由紀夫)의 「금각사」, 아베 코보(安部公房)의 「모래의 여인」, 시이나 린조(椎名麟三)의 「자유의 저쪽에서」가 선택되어 실리고, 책의 말미에는 세 작품이 왜 일본의 전후문학을 대표하는지를 설명하는 최인훈의 「風俗과 觀念」이 실린다.[1] 이 책 앞부분에는 '편집위원'이란 이름으로 「이 책을 읽는 분에게」란 짧은 글이 실려 있는데, 그 내용이 「風俗과 觀念」의 요약이고 같은 어구가 반복 사용된다는 점에서 이 글 역시 최인훈이 썼음을 알 수 있다. 그는 이 서문에서 한국 문학과 일본 문학이 "다 같은 동양적 특수성의 바탕 위에서 西歐의 文學을 받아들였다는 점에서 많은 교훈을 얻을 수" 있기 때문에 "일본 문학이라 해서 구태여 배격할" 필요는 없다고 말한다. 곧이어 그는 아베 코보(安部公房)를 소개하는 자리에서, 실존주의의 영향을 보여주는 그의 작품이 우리에게 "동양적 특수성의 바탕 위에서 西歐文學을 어떻게 받아들일 것인가 하는 점에 많은 문제를 제기한다"고 반복해서 말한다. 즉, '우리 文學의 충실성'을 위해 일본 전후문학이 어떻게 서양 문학을 받아들였는지를 검토해야 하고, 이때 서구 문학은 실존주의에 기초한 문학이 되는 것이다.

이러한 언급과 달리 최인훈은 사르트르는 물론 카뮈, 혹은 그들에게 영향을 받은 일본의 실존주의 문학 등에 대해 거의 언급하지 않았다.[2] 하지만 1950~60년대 한국 문학이 부조리 개념을 중심으로 한 실존주의 사상과 문학에 강하게 매료되었고, 1960년에 나온 최인훈의 『광장』이 "전후소설의 극상(極相)이나 완성"이라는 평가를 받는다는 점을 생각해볼 때,[3] 최인훈 역시 '실존주의'와 관련을 맺었음을 추론하기란 어렵지 않다. 하지만 실존주의와 최인훈 작품 사이의 관련성을 검토한 논문은 그리 많지 않다. 정영훈은 사르트르 철학과 『광장』 사이의 관련성이나 영향 관계를 구체적인 명제로부터 시작해 작품을 지탱하는 철학적 사유의 차원에서 살피고 있다는 점에서 연구사의 앞자리에 놓이며,[4] 백주현은 최인훈이 「가면고」에서 실존주의 철학을 바탕으로 개인의 주체성과 민족 정체성의 회복을 꾀했음을 밝혔다.[5]

이러한 논의는 동시대의 한국 문학과 실존주의의 영향 관계를 다룬 일반적인 연구경향과 사뭇 다르다. 기존 논의는 사르트르와 카뮈를 중심으로 한 프랑스 실존주의가 1950~60년대 한국의 비평과 소설에 큰 영향을 미쳤으나, 당대의 정치·사회적 조건에 의해 왜곡되어 수용되었고, 사상의 형상화면에서도 충분한 내면화에 이르지 못했다는데 의견을 모은다.[6] 여기서 한 가지 의문이 생긴다. 삶의 부조리함에 대한 자각에 충실한 『이방인』의 뫼르소와 달리 「요한시집」의 누혜와 「불꽃」의 현 등이 자신의 죽음으로써 인간의 존엄성과 공산당에 대한 저항을 형상화했다는 한계를 지녔다면,[7] 과연 '푸른 광장'에서 목숨을 잃은 이명준은 프랑스의 뫼르소와 한국의 누혜나 현 사이의 어디에 위치할까? 최인훈이 '전후세대의 막내이면서 동시에 한글세대의 맏이'라는 특수한 지위를 가졌다면, 그 홀로 당대 지식인을 사로잡은 실존주의와 거리를 두는 것이 오히려 이상하지 않을까?

그러나 1950~60년대 한국의 소설이 프랑스 실존주의를 '올바로' 수용하지 못했다고 보는 기존 논의에서처럼 사르트르의 문학 작품과 철학 등 특정한 대상을 표준으로 삼아 최인훈의 작품을 평가하는 것 역시 의미 있는 결론을 내리기 어렵다. 우선 영향을 준 대상인 '실존주의'를 엄격하게 규정하기 어렵다. 실존주의로 분류되는 철학자와 작가가 다양한 상황에서 주로 사르트르의 철학서와 문학 작품을 중심으로 실존주의를 규정하지만, 사르트르 스스로 뚜렷한 사상적 변모 과정을 겪었고, 스스로 실존주의자가 아니라고 규정한 카뮈 등도 '실존주의'란 이름으로 한국 전후문학에 큰 영향을 끼쳤기 때문이다. 프랑스 실존주의자 사이에서도 첨예한 갈등이 벌어진 상황에서,[8] 한국 전후문학을 어느 한쪽을 기준으로 평가하는 것은 무리가 있다. 다음으로 '영향 관계'라는 것은 분명하게 밝히기 어렵다. 장용학의 「요한 시집」과 사르트르의 『구토』 사이의 비교 논의에서처럼, 작가의 직접적인 진술이 없는 한 두 작품 사이의 영향 관계를 분명히 결론짓기는 어렵다.[9] 마지막으로 일방적인 위계의 흐름을 상정하고 서구 문학과 한국 문학의 관계를 살피는 작업으로는 의미 있는 결론을 얻기 어렵다. 비평과 논쟁 등의 차원에서 실존주의 사상이 제대로 수용되지 못했다는 점을 분석하는 것은 당대의 지적 지형도를 재구성한다는 점에서는 의의가 있다. 하지만 실존주의 수용의 심도보다는 "실존주의가 우리 사회나 문화에 자연스럽게 토착화 또는 내면화된 사정을" 고민하는 것이 1950~60년대 소설 이해에 필요하다.[10]

이 글은 최인훈의 『광장』이 사르트르와 카뮈 등의 사상과 연관이 있고, 그러한 연관성을 고려할 때 작품을 새로운 각도로 볼 수 있다는 전제에서 시작한다. 구체적으로 알베르트 카뮈의 『이방인』(1942)을 참고로 하여, 최인훈의 『광장』(1961)과, 홋타 요시에(堀田善衛)의 「광장의 고독」(1951)을 비교함으로써,[11] 전쟁이라는 한계 상황과 부조리의 인식이라는 보편적 주제가 각 나라의 구체적 현실에서 어떻게 달라지는지를 검토하겠다. 인물의 행동과 주제 사이의 표면적 유사성을 넘어서는 둘 사이의 차이를 통해 『광장』을 다시 읽는 것이 이 글의 목표이기 때문이다.

본론으로 가기 전에 먼저 이 글에서 중요하게 사용할 개념인 '관여(commitment)'의 맥락을 정리하겠다. 실존주의의 주요 개념인 'commitment'와 'engagement'는 실제로 거의 구분되지 않고 '관여', '참여' 등으로 번역된다. 사르트르 철학에서 'commitment'와 'engagement'는 실존주의적 상황에서 이성의 추상적 구조나 신의 의지 등으로 도피하지 않는 인간이 의미 있는 삶을 살기 위한 근본적인 근거가 된다.[12] 2차 세계대전 후 사르트르는 실존주의적 참여를 지식인의 정치 참여의 한 방식으로 고수하고자 했으나, 카뮈는 그러한 '관여'가 살인을 용인하거나 조장한다는 점에서 비윤리적이라고 비판했다. 압제에 맞서기 위한 한 개인의 살인은 정당화될 수 있지만, 역사의 이름으로 자행되는 살인은 결코 정당화될 수 없다. 왜냐하면 그것은 한 인간이 자신의 행동에 대해 져야 할 책임을 다른 것에 전가하는 것이기 때문이다. 구체적 현실 세계를 벗어난 일체의 진리를 거부했던 카뮈가 초월적 진리 위에 서 있는 '역사적 부정의를 바로 세워야만 한다.'는 주장을 용납하지 못한 것은 당연하다.[13]

사르트르의 용어를 빌리면 이 '관여'는 '선택(기획투사)'과 '의지적 결단(결의)'으로 나뉜다. 이때 선택은 "우리 자신에 대한 선택, 즉 우리가 어떻게 있기를 바라는가 하는 것에 대한 선택"이며, 결의에 선행하며 그것의 기초가 된다.[14] 물론 '자신을 선택하지 않음' 즉, 도피와 선택의 유예 역시 하나의 선택이다. 하지만 사르트르 입장에서 결단의 기피와 결정의 유예에는 자유가 없다. 왜냐하면 자유는 "자신을 하나의 목표로 기획투사해갈 수 있는 것, 그리고 이러한 기획투사함 속에서 자신의 고유한 존재를 선택하고, 자신을 참여시키는 것"이기 때문이다.[15] 『이방인』의 주인공 '뫼르소'에게는 일견 그러한 '자기 선택'이 없어 보인다. 따라서 당시 일부 비평가들은 카뮈가 '사회와는 아무 관련이 없는 "자연 상태의 인간" 혹은 "식물 상태의 인간"을 그렸다'고 비판했다. 이에 대해 카뮈는 '부정' 역시 하나의 선택이며, 따라서 포기가 아니라고 항변했다.[16] 뫼르소가 부조리를 바탕으로 삶의 가치를 부정하고 죽음을 받아들이는 것은 단순한 허무주의나 삶으로부터의 도피가 아니라, '실질적 유용성을 갖는 새로운 세계를 지향하는 준비 작업으로서의 내적 전복'이라는 것이다.[17] 『광장』과 「광장의 고독」의 주요 단어들의 의미를 잘 드러내기 위해서, 이 글에서는 'commitment'를 정치 참여를 포함해 인간이 세계와 관계 맺는 행위 일체를 지칭하는 단어로 사용할 것이고, '관여'로 번역할 것이다. '관여'는 '선택'을 핵심으로 하는데, 이 글에서 '선택'은 삶을 유지하기 위해 내리는 결정 모두를 아우르고, 분명한 목적 아래 내려지는 '선택'에는 '결단'을 사용할 것이다. 사르트르적 의미의 '선택'은 '자기 선택'과 '기획투사' 등으로 구별하여 쓸 것이다.

2. 한국전쟁, 실존주의 그리고 광장

「광장의 고독(広場の孤独)」은 《중앙공론문예특집》(1951.9월호)에 전문 게재되고, 그해 제26회 아쿠타가와상을 받은 홋타 요시에(堀田善衛)의 작품으로, 동시대 일본에서 한국전쟁을 다룬 몇 안 되는 소설 중 하나이다.[18] 사르트르와 카뮈 등의 프랑스 실존주의와 『광장』의 관계를 살피기 위해 이 작품을 함께 보는 이유는 두 작품

사이에 실존주의 사상의 영향, 소설의 배경과 주제 등의 공통점이 있기 때문이다.

『광장』과 마찬가지로 「광장의 고독」은 실존주의와 관련이 있고, 당대 일본 지식인 역시 실존주의 사상을 바탕으로 이 작품을 독해했다. 사르트르는 1945년 이후부터 일본에 수입되기 시작해 당시 일본 문단에 많은 영향을 끼쳤다.[19] 이러한 상황에서 게이오대학(慶應義塾大学) 불문과를 졸업한 작가가 프랑스 실존주의로부터 거리를 두기는 어려웠을 것이다. 또한 작품 안에서 1950년 당시 일본 내 좌익과 우익의 갈등은 프랑스의 그것과 겹친다. 기가키는 사르트르, 지드 등과 모리악 사이의 갈등, 즉 프랑스가 미국으로부터 독립해 국제 문제에 자유로운 목소리를 내야 한다는 측과 소련의 위협으로부터 프랑스를 지켜주는 미국의 존재를 인정해야 한다는 측 사이의 갈등이 일본의 그것과 같다고 보며, '공포에 의한 판단 정지'인 후자보다 전자를 심정적으로 옹호한다. 미국인 기자 헌트는 그러한 기가키가 현실정세에 어둡다고 보고, 그를 '생각하는 미스터 사르트르 지드 군(考えるミスター_サルトルジイド君)'이라고 부른다. 또한 아쿠타가와상 수상 기념회에 참가한 당시 일본 문인들은 사르트르 등을 언급하며 '개인의 실존과 타인과의 연대'라는 관점에서 작품을 평했다. 두 작품 모두에서 '광장'은 중요한 상징적 의미를 지니고, 그것의 상대어로 '밀실'-'에고'와 '고독'-'태풍의 눈' 등이 대립하는데, 이는 실존주의 독법으로 읽을 때 의미가 명확해진다.

두 번째로, 한국전쟁을 배경으로 하는 두 작품에서, 각 주인공은 좌와 우 사이에서 '선택'을 강요당한다. 『광장』은 한국전쟁 전부터 시작해 휴전 협정 이후까지의 남한과 북한을 배경으로 이명준의 '선택'과 '행동'을 그린다. 「광장의 고독」은 한국전쟁 발발 직후인 1950년 7월, 아직 'GHQ/SCAP' 지배하에 있던 일본을 배경으로 한다. 한국전쟁으로 일본 주둔 미군 부대가 한반도로 이동하고 일본의 방어·치안유지 병력이 존재하지 않게 되자, 같은 해 8월 자위대의 전신인 경찰예비대령이 공포되면서 일본의 재군비 논쟁이 심화되고, 국제정세의 변동에 따라 패전국 일본의 강화조약 역시 전면강화(全面講和)가 아닌 단독강화(單獨講和) 쪽으로 기울게 된다. 이와 함께 공직과 일반 기업에서 공산주의자를 몰아내는 적색추방령(Red Purge)이 본격적으로 진행되었다. 이렇게 좌와 우의 갈등이 표면화되는 상황에서 주인공은 공산당 당원으로부터 입당을 권유받는 동시에 우파 신문사의 정직원이 되는 것과 경찰보안대(예비대)에 들어가 섭외와 정보를 맡는 것을 권유받는다. '동조자(Fellow traveler)'로서 기가키는 심정적으로는 전자에 서 있지만, 그 무엇도 선택하지 않는다. 한국전쟁으로 인해 혼란한 상황에서 제3국으로 떠나는 선택지가 등장하는 것 역시 비슷하다. 휴전 협정 후 남과 북 어디도 선택할 수 없었던 이명준은 '마치 자기를 위해 마련된 조항'으로 보이는 중립국행을 선택한다. 태평양전쟁 말기, 상해에서 간첩사건에 연루되어 곤욕을 치렀던 교코는 일본이 다시 전쟁에 휘말릴지도 모르게 되자 이전부터의 소망이었던 아르헨티나로의 이민을 기가키에게 종용한다. 기가키는 아르헨티나로의 이민을 고민하나, 그것이 생활로부터의 도피라는 이유로 포기한다. 마지막으로 주인공이 두 여자와 관계를 맺는다는 점 역시 흥미롭다. 물론 「광장의 고독」에서 이혼을 하지 않은 부인은 언급되기만 할 뿐, 작품에 등장하지 않는다는 점에서 『광장』의 윤애의 비중과 비교할 수 없다. 하지만 1976년 《최인훈 전집》 초판 이후의 『광장』 판본을 대상으로 할 때, 교코와의 사이에서 태어난 법적 보호를 받지 못하는 '사생아'와 은혜의 뱃속에서 '죽은 아이'가 각각 전면 강화를 맺지 못한 채 국제사회 재등장하는 일본과 통일국가를 수립하지 못한 당시의 한국을 은유할 수 있다는 점에서 이러한 삼각관계는 유의미하다.

마지막으로 주제의 유사성을 지적할 수 있다. 비록 텍스트 안에서 '광장'의 내포적 의미는 다양하지만, 『광장』의 서사는 '존재론적 의미에서의 자유' 모색과 '타자를 만날 수 있는 광장'을 추구하는, 다시 말해 '자유와 공동체의 동시적 추구'를 목표로 한다.[20] 「광장의 고독」의 주인공 기가키 역시 주어진 이데올로기로 자신의 환경을 설명하고 어느 한쪽에 '관여하는(commit)' 대신, '자기의 존재 중심에 있을 허점(虚点)'을 바탕으로 현실을 조망하면서도 타인과 다른 아시아 민중과의 연대가 가능한 '광장'에 대한 추구를 놓지 않는다. 이러한 주제의식은 작가의 아쿠타가와상 수상 기념축하회 기록의 제목인 「광장의 고독과 공통의 광장(広場の孤独と共通の広場)」에서 단적으로 드러난다.[21] 이 기념회에 참석한 문인들은 사르

트르의 명제 등을 인용하며 이 작품이 제시한 개인의 실존과 공동체 추구의 문제에 심정적으로 동조하는 한편, 일본 민중을 포함한 '공통의 광장'을 형상화하는 데는 한계가 있다는 평가를 내렸다. 가령 소설가이자 시인인 타카미 쥰(高見順)은 '광장'과 '동굴' 사이를 헤매는 것을 핵심으로 글을 쓰고 싶다고 생각했으며, 자신의 몸과 문학을 '동굴'에 두는 것이 '광장'으로 나아가는 길이라고 말한다. 문학평론가 야마모토 켄키치(山本健吉) 등은 당시 중국을 예로 들어 작품에 공동체(조국)가 발견되지 않는 것은 홋타 요시에가 민중을 발견하지 못했기 때문이며, 이는 일본 작가 전체의 고민이라고 말한다. 개인의 자유와 그것에 기초한 '광장'의 추구는 서로 모순이며, 이는 사르트르 철학의 근본 한계라고 할 수 있다.[22] 즉 1950년 초반 한국전쟁이라는 구체적 시공간에서 광장을 찾지 못한 것은 최인훈과 홋타 요시에 개인의 한계가 아니라, 그들이 기초한 실존주의 사상의 구조적 모순 때문이다. 따라서 그들의 광장 추구가 단순히 '실패'했다고 판단하는 것에서 그칠 것이 아니라, 자유와 '광장'의 첨예한 갈등, 다시 말해 개인의 자유를 확보하지 못한 한계상황에서 어떻게 참다운 '광장'으로 나아갈 것인가의 문제에 두 작가가 각각 어떻게 답했는지를 살펴야만 작품의 의미를 풍성하게 살필 수 있다.

위의 공통점을 바탕으로 『광장』과 「광장의 고독」을 비교하기 전에 한국과 일본 문단이 자국 전후 현실의 특수성을 인식하고 있었음을 간단히 지적하겠다. 「광장의 고독」의 아쿠타가와상 수상 축하회 사회자 혼다 슈고(本多秋五)는 게오르규(Constant Virgil Gheorghiu)의 소설 『25시』에 나타난 제2차 세계대전 시기 유럽의 절망적인 현실과 「광장의 고독」에 형상화된 일본의 전후 현실 사이의 유사성을 언급한다.[23] 하지만 타카쿠와 스미오(高桑純夫)는 '일본인의 정신은 결코 유럽과 같을 수 없고, 따라서 사르트르의 수용에서도 이 같은 맹점이 있을 것'이라고 말한다. 즉 '일본의 상황은 유럽의 그것과 다르기 때문에 현재 일본의 상황에 대한 해답 역시 유럽적인 것이 아닌 일본적인 것이어야 하며, 「광장의 고독」이 그 해답의 하나를 나타내고 있다'는 것이다. 1960년《日本芥川賞小說集》에서 「광장의 고독」을 번역한 신동문 역시 일본의 문제 상황에 대한 진단과 해답의 하나로 인식된 「광장의 고독」이 한국의 상황과 맞지 않는다고 말한다.[24] 한국전쟁을 직접 겪은 입장에서 볼 때, 「광장의 고독」에 형상화된 고민은 피상적이고 관념적이었던 것이다. 이처럼 『광장』과 「광장의 고독」이 한국전쟁을 배경으로 전쟁이 초래한 황폐함과 좌와 우 사이의 갈등을 형상화했을지라도, 그 양태와 성격은 다를 수밖에 없었다. 이러한 맥락의 차이는 프랑스 실존주의의 영향 아래에서 『광장』과 「광장의 고독」을 함께 살피는 작업의 기반이 된다.

3. 세계와의 분리 — '인간의 혼'과 '에고'

이성에 기초한 분명한 인식으로 세계와의 통합을 이루려는 욕구가 좌절될 때, 다시 말해 자기 자신이 세계로부터 단절되어 있음을 의식할 때 부조리는 솟아오른다. 이명준과 기가키가 느끼는 주된 정서는 '고독'이다. 그들이 '고독'을 느끼는 이유는 그들이 던져진 '광장'에서 '보람찬 삶'을 살겠다는 것을 포기하지 않았기 때문이고, 따라서 그들은 그들이 던져진 '광장'을 자신이 보람을 느낄 수 있는 역사의 '광장'으로 만들어야 하는 문제에 직면한다. 그들의 '선택'과 '행동'을 다음 장에서 비교하기 전에, 먼저 그들이 낯설게 느낀 당대의 현실과 그것에 대한 인식을 검토해보겠다.

왜 이명준과 기가키는 한국전쟁 시기의 한국과 일본에서 '고독'을 느낄 수밖에 없었을까? 원론적인 차원에서 살펴보면, 인간이 '절대에 대한 향수'를 가질 수밖에 없고, 또 그것이 좌절될 수밖에 없는 까닭은 인간의 유한성 때문이다.[25] 이명준이 세계와의 일체감을 일시적으로 획득한 '계시' 같은 순간이 '영원'과 연결되고(27면), 정 선생의 집에서 미라를 보고 "이끼 낀 장엄한 시간이 몸속에 소리쳐 흘러오듯 하는 감격"과 "강렬한 카타르시스"를 느끼는 것(50면)은 그 때문일 것이다.

다음으로, 두 작품의 주인공이 괴리를 느끼는 구체적 세계는 자유가 없고 부패한 사회라는 공통점을 지닌다. '국가의 독립과 정신의 독립이 불가분의 관계에 있다'(14면)는 기가키의 언급대로 이명준과 기가키 등이 겪는 혼란과 고독은 당시 한국과 일본의 현실에 뿌리박고 있다. 『광장』에서 당시 한국의 정치는 "미군부대 식당에서 나오는 청소차를 청부 맡아서 그중에서 깡통을 골라내어 양철을 만들구 목재를 가려내서 소위 문화주택 마루를 깔구 나머지 찌꺼기를 가지고 목축을 하자는"(52면) 것으로, 경제는 "최소한 양심을 지키면서 탐욕과의 조절을 꾀하자는 자본주의의 교활한 악덕조차" 없이, "사기(詐欺)의 안개 속에 협박의 꽃불이 터지고 허영의 아드바룬이 떠"도는 것으로 그려진다(53면). 비록 형식상으로는 독립을 이뤄냈지만 여전히 미국의 영향 아래에서 주체적인 자기 결정을 내리지 못하며, 본래 탐욕을 바탕으로 한 자본주의가 더욱 왜곡되어 진행되는 부패하고 협잡이 난무하는 곳이 당시 남한 사회이고, 이명준은 그곳에서 '환멸'을 느낀다.

1950년 7월이라는 짧은 시기를 배경으로 하는 「광장의 고독」에서는 기가키가 위화감을 느끼는 '광장'이 구체적으로 묘사된다. 정치적으로는 전면 강화가 아니라 단독 강화인 샌프란시스코 강화조약(1951.9.조인. 1952.4.발효)과 정부기관과 기업에서 공산당을 축출하는 레드 퍼지(レッド·パージ)가 진행되고 있었다. 기가키가 '전면강화는 기대하기 어렵다. 군사기지반대론은 이상론'이란 기사가 실린 신문을 짓밟고, 신문사에서 쫓겨난 공산당원 미쿠니 등에게 심정적으로 동조하고, '경찰보안대'[26]로의 권유를 거절하는 것에서 그가 당시 일본의 정치 상황에 비판적임을 알 수 있다. 일본의 경제부패 역시 그가 사회에 위화감을 느끼는 중요한 이유였다. 기가키의 전 직장인 S신문사는 경제적 위기를 겪게 되자, 당시 법정에서 문제가 되고 있었던 'S전공 관계자'로부터 유입된 '수상한 자본'을 받아들인다. 1948년 발각된 '쇼와전공의옥사건(昭和電工疑獄事件)'을 모델로 한 이 사건을 두고 기가키는 '그때쯤부터 이 사회가 밑바

닥부터 흔들리기 시작했다.(10면)'고 술회한다.[27]

세계와의 괴리 앞에서 두 인물이 경험하는 고독은 카뮈가 사르트르의 '구토'를 예로 설명한 부조리의 경험과 연결된다.[28] 로캉탱은 공원의 마로니에 뿌리 앞에서 '인간 세계의 붕괴를 지연시키기 위해, 그가 유지하려고 고집을 부리던 주위 사물과의 관계'가 붕괴하는 경험을 한다. 세계를 통합하기 위해 내 안에 붙들고 있던 타인과 사물과의 관계가 빠져 나가버리고, 그렇게 해서 남은 '나'는 '여분의 존재'가 된다.[29] '여분의 존재', 세계와의 관계절연 끝에 찾아온 자기인식은 두 작품에서 각각 '에고의 방'과 '인간의 혼'으로 나타난다.

> 그저 그렇게 살아가는 것이거니 놀랍도록 철저한 무관심 속에 살아왔다. (···) 에고라는 낱말 속에는 밥이며 신발, 양말, 옷, 이불, 잠자리, 납부금, 우산 그런 물건이 들어 있지 않았다. 오히려 ㉠**어떤 물건에서 그것 모두를 빼버리고 남은 게 에고였다. 모든 것을 의심한 다음까지, 덩그마니 남는 의심할 수 없는 마지막 것.** 철학도 이명준에게 의미있으며 실감있는 에고란 그런 것이었다. 어머니가 그의 에고의 한 식구일 수는 없었다. 에고의 방에는 명준 혼자만 있었다. (···) 애당초 그리로 갈 염을 내지 말아야했고 가고 싶다고 생각한 일도 없었다. 왜냐하면 ㉡**그는 광장을 불신하고 있었기 때문이었다.** 소중하고 값있는 건 에고의 방뿐

이었다. (61~62면, 이후 인용문의 강조는 인용자의 것임.)

소설의 시작부터 이명준은 이미 세상과 절연한 개인의 고독에 빠져 있다. 한국전쟁 이전, 이명준은 "세계와 삶에 대한 그 어떤 그럴싸한 〈결론〉"을 얻기 위해 철학과에 진학하지만 "인생은 그저 살기 위하여 있다"는 동어반복만을 확인하며 삶에 대한 허무감을 느낀다(26면). 위에서 인용한 것처럼 그가 관심을 두는 것은 일상의 삶이 아니라 다른 사람과 사물과의 관계로부터 따로 분리된 자신의 '에고'이다(㉠). 그리고 그가 이렇게 '에고의 방'에 '수인(囚人)'처럼 갇힐 수밖에 없는 까닭은 '광장을 불신하기' 때문이다(㉡). 부조리가 세계를 명확히 인식하여 자기 안에 통합하려는 욕망에서 비롯되듯이, 이명준이 이처럼 삶을 '아무런 의미 없는 부조리의 연속'으로 받아들이며 자신의 '에고의 방'에 갇히는 까닭은 그가 의미 있는 삶, 감격을 느끼며 사는 삶을 간절히 원하기 때문이다.[30] 그리고 그 '에고의 방'에서도 "가장 정직(!)하게 판단해서 부조리하게 밖에는 느껴지지 않는 〈에고〉의 불안을 달래기 위하여 〈힘껏 산다〉 〈시간의 한 점 한 점을 피 방울처럼 진하게 산다〉"고 다짐하며 의미 있는 삶을 포기하지 않는다.

『광장』에서 부조리의 감각이 처음부터 이명준에게 주어져 있었다면, 「광장의 고독」의 첫머리에서 기가키는 일상의 습관에 '어느 날 문득, '왜?'라는 의문'을 던진다. 신문사 섭외부 부부장 하라구찌는 전문(電文)의 '공산군 태스크 포스(task force)'를 '적 기동부대(敵機動部隊)'로 번역한다. '왜 북한군이 일본의 적인가?'라는 의문, 다시 말해 북한을 일본의 적으로 간주하고 미국에 의한 일본의 전쟁 관여를 자연스러운 것으로 보는 당시 일본의 '습관'에 대한 위화감은 작품 안에서 계속 변주된다.

> "저곳을 봐. 절대로 고독하지도 고립되지도 않았어. 자네가 말한 대로 확실히 ㉠**사람들의 마음 밑바닥에는 일말의 의문과 함께 고립감, 고독감이 근본적으로 존재하겠지.** 하지만, 기분의 여하에 상관없이 일본은, 다시 자네 말을 빌리면, 이미 일본은 〈코미트〉하고 있어, 그렇게 해서 저곳에 힘을 모아 일하고 있는 사람들은, 결코 고독하지 않을 것이야."
>
> (···) ㉡**전쟁으로 폐허가 된 곳의 한가운데 세워진 공장이, 다시 전쟁으로, 아니 전쟁을 위해, 가동되고 있다는 것을 어찌 믿을 수 있을까.** 그리고 만일 저 공장이 전쟁을 위해 가동되고 있다면, 저기서 일하는 사람들이 어찌 고독하지 않다고 말할 수 있을까. 기가키는 이 격렬한 대조를 바라보면서, ㉢**자신의 기분의 기조가 살아있는 공장이 아니라, 죽어있는 공장의 황폐한 풍경에 눌러붙어있다고 생각했다.** (53~54면, 이후 「광장의 고독」 인용문은 인용자의 번역임.)

그러한 위화감이 적나라하게 드러나는 장면이 위의 인용문이다. OA통신의 미국인 기자 헌트는 가와사키 중공업 지대를 가리키며, '일본/일본인'이 한국전쟁에 어떠한 방식으로든지 '관여'하는 순간 기가키가 느끼는 근원적 고독감은 사라질 것이라고 말한다(㉠). 헌트의 말대로 태평양 전쟁에 '관여'했던 일본인들은 어떠한 위화감과 의문 없이 한국전쟁으로 인한 전쟁특수를 누리고 있었다. 하지만 기가키는 태평양 전쟁으로 폐허가 된 곳에 세워진 공장이 다시 한국전쟁 때문에 가동된다는 사실에 위화감을 느낀다(㉡). 그는 '습관'처럼 한국전쟁에 '관여'하는 일본인들의 '광장(공장)'에 주목하는 것이 아니라, 전쟁으로 폐허가 된 '광장'에서 '고독'을 느끼는 것이다(㉢). 국제정세의 급변과 일본 사회의 혼란 속에서 자신을 둘러싼 세계에 끊임없이 의문을 제기하는 기가키는 서로 모순되고 갈등을 빚고 있는 바람들, 다시 말해 자기를 둘러싼 세계(태풍)의 부조리함을 직시함으로써, 자기 안에 있을 '인간의 혼(태풍의 눈)'을 명확히 하겠다고 다짐하고, 그것의 실천이 「광장의 고독」의 창작이 된다.[31]

이명준이 '광장'을 불신하는 탓에 '에고의 방'에 갇힌 반면, 가가키는 자기를 둘러싼 '모순되고 대립하고 적대하는 것'과 그것에서 느끼는 위화감을 그림으로써 '인간의 혼'을 찾겠다고 다짐한다. 즉 이명준에게 '에고의 방'은 벗어나야 할 것이며, 기가키에게 '인간의 혼'은 견지해야 하는 것이다. 이러한 차이는 부조리에 대한 각각의 대응 방식에 따라 다르게 표현되었을 뿐, 인간과 그의 삶 사이의 단절감, 다시 말해 부조리 앞에서 느끼는 '잉여로서의 나'에 대한 인식은 그들이 반드시 견지해야 하는 것이다. 왜냐하면 그러한 '부조리'야 말로 인간이 가질 수 있는 단 하나의 '자명함'이기 때문이다.[32] 즉, "존재론적 자유로부터 정치적 자유로 옮아가는 과도기적 양태"[33] 속에서 전자는 벗어나야 하는 것으로 묘사되지만, 그것 역시 이명준이 확보해야 할 자유인 것이다.

세계라는 '광장'과 분리된 『광장』과 「광장의 고독」의 인물들은 '고독'하며, 동시에 그 '고독'은 그들이 정직한 삶을 살기 위해 견지해야 할 것이다. 하지만 어떤 인간도 '밀실'에서만 살지 못한다. 인간의 근원적 조건으로서의 '고독'은 '선택'을 수반한다. 앞의 인용문에서처럼 「광장의 고독」에서 근원적으로 고독한 인간은 세계에 '관여'할 수밖에 없으며, 그 '관여'를 통해 고독에서 벗어난다. 이시카와 준(石川淳)이 '선택한다는 것은 자유롭다는 것이다.'라는 사르트르의 말을 '선택한다는 것은 고독하다는 것이다.'라는 말로 바꿔 「광장의 고독」에서 '관여'가 나타내는 뜻을 살핀 것도 그 때문일 것이다.[34] 이명준 역시 인간은 고독하기 때문에 무엇인가를 선택한다고 말한다.[35] 은혜를 잃고 중립국으로 향하는 배 안에서 이명준은 '고독자(孤獨者)'로서의 자신을 재인식한다.

> 그는 자기의 손을 보았다. 그것은 무엇인가를 더듬고 무엇인가를 잡고 있지 않고는 배기지 못하는 고독자(孤獨者)였다. (203면)

그가 고독을 견디기 위해 '잡아야 할 무엇'은 비단 은혜의 육체만이 아니었다. 그는 보람찬 삶을 위해 끊임없이 무엇인가를 잡아왔고, 그가 고향을 떠나 이국으로 갈 수밖에 없었던 것은 그가 잡아야 할 것이 더 이상 그곳에 없기 때문이다. 그렇다면 그는 어떤 선택과 결단을 했으며, 왜 고향을 떠나야만 했는가.

4. '한 발 내딛기'와 '범죄자 되기'

4장의 목적은 『이방인』을 바탕으로 『광장』과 「광장의 고독」에서 '한 발 앞으로 나아가다' 혹은 '선을 넘다'는 표현으로 묘사된 '관여'의 양태들을 분석하여 한국전쟁으로 야기된 혼란에 직면한 두 인물의 자아정립과 삶의 태도를 비교하는 것이다. 현실에의 '관여'가 결국 '죄를 저지르는 방식'으로밖에 인식될 수 없었다는 점에서 당시 한국과 일본의 시대적 상황은 엄혹했다. 하지만 전쟁에 직접 참여하고, 월북과 고문 등의 뚜렷한 선택에도 이명준은 끝내 자신을 선을 넘지 못한 '자발적 미수자'로 규정하는 반면, 좌와 우 어느 곳도 선택하지 않았지만 삶을 영위하기 위한 일체의 행동 때문에 기가키는 자신을 선을 넘은 '죄인'으로 규정한다.

이러한 차이를 분석하기 위해서는 각 작품에 등장하는 '한 발 앞으로 나아가다'라는 표현에 주목해야 한다. 흥미롭게도 『이방인』, 「광장의 고독」, 『광장』 모두 현실에 '관여'하는 행동을 '한 발 앞으로 나아가다', '선을 넘다' 등으로 표현한다. 이때 그 의미는 '의지적 결단', '인위적 질서의 초월', '죄를 지음' 등 다양한 의미를 띄지만, 그중 가장 뚜렷한 것은 '죄를 지음'이다. '범죄와 위반'을 뜻하는 러시아어 'prestuplenie'와 영어의 'transgression' 등이 '선을 넘다'라는 어원을 공유한다는 점을 생각해 볼 때, '한 발 앞으로 나아가다'가 '죄'와 연결되는 것은 자연스럽다. 하지만 각 작품에서 '한 발 내딛기'의 구체적 맥락과 의미는 다르다.

「광장의 고독」과 『광장』의 해당 표현을 비교하기 위한 준거점으로 『이방인』을 간단히 살펴보자. 『이방인』에서 뫼르소의 아랍인 살인은 카뮈가 설정한 전체 소설의 의미구조를 지탱하는 단 하나의 사건이다. 뫼르소가 태양을 피하기 위해 '한 걸음 앞으로 나서지' 않았다면 이 이야기는 성립하지 않는다.

> 그 햇볕의 뜨거움을 견디지 못하여 ㉠**나는 한 걸음 앞으로 나섰다.** ㉡**나는 그것이 어리석은 짓이며**, 한 걸음 몸을 옮겨 본댔자 태양으로부터 벗어날 수 없다는 것을 알고 있었다. 그렇지만 ㉠′ **나는 한 걸음, 다만 한 걸음 앞으로 나섰던 것이다.**[36]

뫼르소는 아랍인을 권총으로 살인하기 직전 태양을 피하기 위해 '한 발 앞으로 내딛는다'(㉠, ㉠′). 물론 그는 태양을 피할 수 없기에 그러한 행동이 결국 아무 의미 없는 행동임을 알고 있다(㉡). 그렇다면 그는 왜 한 발 앞으로 움직여야 했는가? 우연이나 운명으로 뫼르소의 살인을 설명하거나, 구체적인 살인의 동기를 찾기는 어렵다. 더욱이 법정에서 그가 사형을 선고받은 것은 그가 저지른 살인 때문이 아니라, 그가 법정에서 보여준 삶의 태도 때문이다.[37] 결국 '뫼르소=무고(無辜)한 살인자'라는 장치는 세계의 허위를 꿰뚫어 보는 예외적 인간이 사회로부터 처형당한다는 보들레르의 '저주받은 시인(poètes maudits)'의 구조를 되살려내기 위해 사용된 것으로 이해해야 한다.[38] 뫼르소는 한 발 내디뎌 살인을 저질렀지만 무고하다. 오히려 사회적 가치의 허위와 세계의 무의미성이 그의 처형 때문에 도드라진다.

『이방인』은 1951년 6월호《신조(新潮)》에 일본어로 처음 번역된다. 이 일본어 번역에서 위에서 인용한 "그 햇볕의 뜨거움을 견디지 못하여 **나는 한 걸음 앞으로 나섰다**(A cause de cette brûlure que je ne pouvais plus supporter, j'ai fait un mouvement en avant)"는 "焼けつくやうな光に堪へかねて, **私は一歩前に踏み出した**"로 번역된다.[39] 이때의 '한 발 내딛다(踏み出す)'는 「광장의 고독」에서 '一歩踏み出した'에서처럼 'commit(コミット)', 즉 '죄를 짓다'의 동의어로 사용되며 인물들이 어떤 방식으로든 현실에 관여하는 것을 나타낸다.[40]

인간은 세계와 관계를 맺을 수밖에 없으며, 그것은 구체적 삶에서 내리는 수많은 선택으로 구체화된다. 「광장의 고독」은 이를 표현하기 위해 'コミット(commit)'를 사용한다. '코밋트(コミット)'의 사전적 정의가 에피그래프에 등장하는 것에서 잘 드러나듯이, '코밋트(コミット)'는 작품의 주제와 긴밀하게 연관된다. 에피그래프에서 'commit'의 첫 번째 뜻으로 제시된 것은 '(죄·과오) 등을 저지르다, 범하다'이다. 이 '코밋트(コミット)'는 작품에서 '한걸음 내딛다(一歩踏み出す)'나 '한걸음 한계를 넘다(一歩限界を越える)'와 병기된다. 작중 인물들이 현실에서 하는 일상적인 선택까지도 모두 '죄를 저지르는 것'과 연결함으로써, 다시 한국전쟁에 '관여'하고, 단독강화란 비정상적인 방식으로 국제무대에 등장하는 일본의 현실을 우회적으로 비판하는 것이다. 예를 들어 일본이 한국전쟁에 '관여'하는 것은 물론이거니와 반동 신문사에서 전문(電文)을 번역하는 일, 군수물자를 생산하기 위해 공장에서 일하는 것, 전쟁에서의 통역, 생업을 위해 오락물인 탐정 소설을 번역하는 행위 등이 모두 '한 발 내딛다—歩踏み出した(コミット)'와 '한 발 한계를 넘다—歩限界を越えた(コミット)'로 표현된다. 구체적 현실에서 인간이 하는 일체의 선택과 관여를 '죄나 과오를 저지르는 것'으로 파악하는 것이다. 따라서 작품에서 생활한다는 것은 곧 손을 더럽힌다는 것의 동의어가 된다(28면). 이러한 상황에서 기가키는 일체의 선택과 관여를 유예하려 한다. 그는 자신이 생활을 위해 추리소설을 번역했고, 임시직으로라도 우파 신문에서 일하고 있으므로 이미 '자신의 손은 더럽혀졌다'고 생각하지만, 현재 일하고 있는 신문사의 정식직원 채용 권고, 경찰보안대에서 섭외 담당 권유, 공산당 입당 권유, 동거녀 교코와의 아르헨티나행 등과는 계속 거리를 둔다. 어떠한 선택도 내리지 않음으로써 '관여'를 하지 않으려는 그의 태도는 미국인 기자 헌트와 공산당 당원 미쿠니 양쪽으로부터 비판받는다. 헌트는 기가키 등 일본의 지식인이 한국전쟁 이후로 일본의 고립과 고독은

불가능하다는 사실을 깨닫지 못하거나 외면하고 있다고 비판하고 (83면), 오히려 '관여'함으로써 고독에서 벗어날 수 있다고 말한다 (53면). 공산당 당원 미쿠니 역시, 행동에 옮기지 않는 생각은 의미가 없고 '고독'이 지닌 힘이 관념으로서만 가능하다면 일본이라는 존재 자체가 사라질 것이라며, '아무것도 하지 않는 것을 선택하는' 기가키에게 또 다른 의미에서 '한 발 내딛기'를 요구한다.

> 그러나 그렇게 생각만 하는 것만으로는 가망이 없어요. 점령 상태라 할지라도 한 발 내디뎌 행동하지 않는 한, 당신이 말한 〈고독〉 안에서, 고독마저 영화의 페이드아웃처럼 점차 사라지고, 일본이라는 존재 자체가 어딘가로 녹아 없어질 겁니다. (85면)

공산당원 미쿠니는 생활 때문에 어쩔 수 없이 손을 더럽혔다고 생각하는 기가키에게 '한 발 내디뎌 행동(一歩踏み出して行動)할 것'을 요구한다. 그는 미쿠니처럼 뚜렷한 확신과 희망을 품고 살고 싶어 하지만, 우는 물론 좌와도 거리를 둔다. 어느 한쪽에 '관여'함으로써 그 반대편과 대립하는 것은 안이한 타협이기 때문이다 (110면). 기가키는 아르헨티나로의 도피 자금을 불태우고, 좌와 우 어느 편도 선택하지 않은 상태에서, 자신을 둘러싼 '세계/태풍'을 직시한다. 비록 심정적으로 구체적인 투쟁을 통하지 않고는 역사의 전진이 없다고 보는 공산당 당원 미쿠니의 말에 동조하지만, '애

매한 부분이 조금도 없는 그의 논리가 일상인의 논리가 될 수 없다.'고 생각하기 때문이다(84면). 「광장의 고독」은 기가키가 광장에 벌거숭이로 노출된 자신을 느끼며, 자신이 쓸 소설의 제목인 '광장의 고독'을 적는 것으로 끝맺는다. 어떤 입장이나 선택도 결정하지 않고 자신을 둘러싼 세계를 직시하는 태도는 그가 쓰는 소설 「광장의 고독」의 특성이 된다.

> 임의의 이방인(stranger)을 주인공으로 〈소설〉을 쓰면 어떨까? 이 임의의 인물이 주위의 교차되고 대립하는 현실에 대응해가면서 자기 자신의 입장을 선택한다. **이러저러한 사건과 사고를 접하면서 선택된 그 입장과 위치가 이번에는 반대로 이른바 대각선적으로 이 인물의 위치를 결정한다.** (…) 이 인물은 위치결정에 의해 임의의 인물에서 특정한 인물이 된다. (87면)

서론에서 살폈듯이, 사르트르는 의지적 결단에 앞서 자기 자신에 대한 선택(기획투사)이 선행된다고 보았다. 반대로 기가키가 쓰려는 이 소설에서 주인공은 허구와도 같은 '임의의 인물'이며, 그의 위치는 그가 현실에서 내리는 다양한 선택으로 결정된다.[41] 기가키는 스스로를 '선을 넘은 죄인'으로 규정한다. 하지만 한국전쟁 당시의 일본에서 생활하는 모든 사람 중 선을 넘지 않은 사람은 없다. 오히려 중요한 것은 그러한 선을 넘는다는 말로 표현되는 일체의 관여를 통해 그가 궁극적으로 자기의 존재 중심에 있는 '인간의 혼'을 명확히 하고자, 다시 말해 살아있는 존재로서의 자기를 한층 정확히 파악하고자 했다는 사실이다. 기가키의 이러한 관조의 태도는 한국전쟁의 한 복판에 있었던 사람에게는 적용되기 어려울 것이다. 1960년에 「광장의 고독」을 번역한 신동문의 언급처럼, 한국전쟁을 직접 경험한 입장에서 한국전쟁을 바다 너머에서 바라보며 현실의 부조리를 그림으로써 자기 존재를 분명히 하겠다는 기가키의 다짐은 "지나치게 말초신경질적이고 意識의 深度가 얕"게 느껴질 수밖에 없었을 것이다. 이러한 맥락에서 이명준의 선택과 행동을 살펴보겠다.

비록 구체적인 결의를 하지는 않지만 기가키는 타인과의 연대를 포기하지 않는다.[42] 이명준은 기가키보다 더 적극적으로 자신의 삶에서 "갈빗대가 버그러지도록 부듯한 보람"을 느끼기 위해 결단을 내리기 원하지만, 결국 실패한다. 그가 한국전쟁을 전후한 한국 현실에 어떻게 관여했는지를 구체적으로 살펴보자. 한국전쟁 이전 이명준은 '자기와 환경 사이에 아무 갈등도 없는 미분화(未分化)의 세계'를 즐기는, 다시 말해 '관조(觀照)'의 삶을 살았다. 이 '관조에서의 회의(懷疑)는 뼈아픈 결단까지는 요구하지 않았지만' 그는 '에고의 불안을 달래기 위해 시간의 한 점 한 점을 피 방울처럼 진하게' 살기 원했다(31면). 1961년 정향사 판의 "뼈아픈 결단"이 1976년 문학과지성사 판에서 "뼈아픈 어떤 걸음을 내딛기"로 바뀐다는 점에서 『광장』에서도 '결단'이 '앞으로 한 걸음 내딛기'로 여겨지고 있음을 알 수 있다.[43] 하지만 그러한 '한 발 내딛기'는 이후 이명준의 생각과 달리 전도된 형태로 등장하고, 그것마저도 실패하고 만다.

언젠가는 결단을 내려 '밀실'에서 '광장'으로 나가겠다는 그의 다짐은 정 선생과의 대화에서 잘 드러난다. 정 선생과의 대화에서 인생은 '게임'으로 비유되는데, 흥미롭게도 보람 있게 살기 위해 하는 선택과 행동의 결과는 '실수/실패'로 연결된다. 인생은 "미스를 할 적마다 표 하나씩 뺏기는 께임"이고, 이제 '남은 패가 한 장도 없는' 정 선생과 달리 이명준은 "아직 한 께임도 안했"다. 비록 그가 남한의 현실에 '환멸'을 느끼고, '광장'을 불신하지만 "께임을 하면 실수 없이 할 작정"이다(51면). 하지만 다른 한편으로 그는 자신의 게임이 '부도(不渡)'로 끝날 것임을 알고 있다. 그럼에도 그는 '광장'에서 '치고 박기' 전에 '밀실'에서 '바디·빌딩을 충분히' 하겠다고 다짐한다. 사르트르의 말을 빌리면 이명준은 자신을 '텅 빈 광장으로 시민을 모으는 나팔수'(55면)로 '선택'했고, 그러한 '기획투사'에 따라 의지적 결단을 밀실에서 예비하고 있었다. 하지만 패배가 예정된 그 싸움은 이명준의 생각과 달리 갑자기 시작되었다.

> 여태껏 오해를 해온 것을 어렴풋이 깨달았다. 오해. 에고의 방문이 붕괴되는 소리가 들렸다. 그렇게 튼튼하리라고 믿었던 에고의 문이 녹크도 없이 무례스리 젖혀지고 흙발로 침입한 폭한이 그를 함부로 구타했다. (70면)

'광장'에 대한 불신으로 '에고의 방'에서 '수인(囚人)'이 된 이명준은 그 '밀실'에서 광장으로 나갈 준비를 했다. 하지만 그가 미처 준비가 되기 전에 '에고의 방'은 붕괴되었다. 북한에서 주요인사가 된 아버지를 두었다는 이유만으로 S경찰서에서 형사들로부터 폭행을 당하는 순간, '장난감 같은 에고의 방 자물쇠'는 부서졌다. 강제로 역사의 '광장'으로 내몰린 이명준은 '정말 삶다운 삶을 살기' 위하여 세상에 '관여'하지만, 그러한 선택은 엄밀한 의미에서의 의지적 결단, 즉 '가치를 만들어내기 위한 주체적 행동'과는 거리가 멀다. 왜냐하면 그러한 '기획투사'와 '결의'는 환경에 종속되지 않는 반면, 이명준의 행동은 그가 처한 상황에 의해 반강제적으로 결정되기 때문이다. 실제로 이명준은 "강제에 가까운 동기(動機)가 아니면 행동으로까지 나서지 못하는" 인물이며(75면), "생활을 뿌리로부터 뒤엎어 버릴 사건을 예감하는(76면)", 다시 말해 "자기가 노력하지 않는데도 어떤 사건의 도래를 피부로 느끼는(79면)" 때에 북한행을 제시받았다.

> 그 말을 듣는 순간 명준은 몸에서 힘이 스르르 빠졌다. 깊은 안도감 같은 것이 그의 온 몸을 가볍게 휩쌌다. 마치 그 말을 기대하기나 했던 것처럼 그는 태연했다. (92면)

인천 부두 선술집 주인으로부터 이북으로 다니는 밀수선을 소개받은 그는 '자기에게 도래한 수태고지의 계시'를 따라 '때 묻지 않은 새로운 광장'으로 탈출한다. 비록 보람 있는 삶을 살기 위해 북한을 선택했지만, 거기에서 그의 삶은 역시 '명령'에 따라 결정되었다.[44] 광장에서의 새로운 삶을 다짐했지만, 그가 북한에서 발견한 것은 '잿빛 공화국'이었다. 개인의 자유로운 사고와 선택이 허용되지 않고 오로지 '당사(黨史)'란 '완전한 집단의 언어'만이 존재하는 사회. 이곳에서 이명준의 '밀실'은 다시 붕괴된다.

> 그는 가슴에서 울리는 붕괴음(崩壞音)을 들었다. 그 옛날 그는 S서 뒷동산에서 퉁퉁 부어 오른 입언저리를 혓바닥으로 핥으면서 이 붕괴음을 들었었다. **㉠그의 에고의 방 도아가 붕괴하는 소리였다. 이번 것은 더 큰 음향이었다.** 그러나 먼 소리였다. 둔탁하면서 울리는 소리, 광장에서 동상이 넘어지는 소리 같았다. 할수만 있다면 그 자리에 엎드려서 울고 싶었으나 울기 위해서는 그는 네 개의 벽이 아직도 충실한 그의 방으로 가야했다. 아니 그의 에고의 방이 아니다. 에고의 방은 벌써 무너진지 오랬으므로. **㉡그의 둥글게 안으로 굽힌 두팔 넓이의 광장으로 달려가야 했다.** (143면)

만주에서 취재한 '조선인 꼴호즈의 생활' 보도가 '소부르주아지적인 판단의 낙후성'을 보였다는 이유로 그는 '자아비판회'에 회부된다. 거기서 그는 살기 위해 자신의 사고와 판단을 중지하고 그들 앞에서 자신의 죄를 인정하고 빈다. 'S경찰서'에서 이미 붕괴됐던 '에고의 방'은 이제 결정적으로 붕괴했다(㉠). 그는 '존재론적 자유'와 '광장'에서의 보람 있는 삶에 대한 지향 모두를 잃게 되었다. 이러한 맥락에서 이명준의 '선택불가능성의 자각'이 '자살'로 귀결될 수밖에 없다는 지적에 동의할 수 있을 것이다.[45] 그리고 그러한 '선택 불가능성'은 '중립국 선택' 이전에 이미 '자아비판회'에서 시작되었다고 봐야 한다. 이제 안식을 취할 수 있는 '두 팔 넓이의 광장', 다시 말해 '은혜와의 관계'가 그가 기댈 마지막 보루지만, 그 광장 역시 은혜의 모스크바행으로 무너진다. 이제까지의 게임은 삶을 보람차게 살기 위한, 다시 말해 이기기 위한 게임이었지만, 이제 그의 게임은 '살아남기 위한 게임'이 된다. 이 게임에서 이명준은 '범죄인 또는 인민의 영웅'으로 자신을 '선택'하고, '어쩔 수 없이 나를 구속하는 죄'를 스스로 만들고자 한다. 하지만 그는 이 '살아남기 위한 게임'에서도 자신의 패를 잃게 된다.

> 내 생애에 단 한 번 악마가 될 수 있는 기회를 빼앗지 말아줘. 난 악마가 돼봐야겠어. 옛날 은인의 외아들을 목숨을 걸고 구해주는 공산당원. 안 돼. 그러면 **㉠나는 끝내 공중에 뜬 존재일 뿐이야.** 이런 기관에 온 것도 내가 자원한 일이야. 나는 이번 전쟁을 겪어서 부활하고 싶어. 아니 탄생하고 싶단 말이야. 이런 전쟁을 겪고도 말끔한 손으로 돌아가고 싶지 않다는 거야. 내 손을 피로 물들이겠어. (…) 여태껏 나는 아무 것도 믿지 못했어. 남조선에서 그랬구 북조선에

가서도 마찬가지였어. (…) 지금 나에겐 아무 것도 없어. ㉡ **무엇인가 잡아야지. 그게 무엇인가는 물을 게 아니야.** (…) 그 썩어진 모랄의 집에 불을 지르겠단 말이거든. 그래서 범죄인이 되겠어. 또는 인민의 영웅이 되겠어. 마찬가지 말이야. ㉢**어쩔 수 없이 나를 구속하는 죄를 내 손으로 만들겠다는 거야.** (165~166면)

「사정? 옛날 애인이지만 지금은 친구의 부인이란? 알아. 아니깐 그러는거야.」

㉣**그는 한발 다가섰다.**

「용서해주세요. 이러지 마세요.」

그녀의 말이 명준의 가슴에 불을 달았다. 됐다. ㉣′ **이젠 행동할 수 있다.**

「용서? 무얼 용서하란 말이야? 어떻게 용서해야 하는지 가르쳐 줘.」

그는 뒤로 물러서는 그녀를 따라서 ㉣″**한발씩 따라갔다.**(170면)

폭력으로 '에고의 방'이 붕괴된 이명준은 '광장으로 시민을 불러 모으는 나팔수 되기'를 포기하고, '진정한 공산주의자'가 되기 위해 전쟁에 자원한다. 더 이상 '공중에 뜬 존재'(㉠)가 되지 않기로 한 그는 이제 적극적으로 한쪽에 서서 다른 쪽과 맞선다. 무엇을 잡는다는 것 자체가 중요하지, 그것이 무엇인지는 중요하지 않다(ⓛ). 그리고 자신의 존재를 명확히 하여 주체로 바로 서는 것은 '죄인 되기', 다시 말해 '선을 넘기'의 방식으로 이뤄진다. 그는 이 전쟁에서 태식을 구타하고 윤애를 능욕함으로써, 다시 말해 죄를 저지름으로써 '주체'로 서려 한다(ⓒ). 그리고 그가 '범죄인'이 되려는 결정적인 행동은 '한 발 내딛다'(ⓡ, ⓡ′, ⓡ″)로 표현된다. 하지만 그는 행동할 수 있었을 뿐 행동하지 않았으며(ⓡ′), 한 발 내딛지 못하고, 다만 다가서거나 따라갔다(ⓡ, ⓡ″). 내포된 의미야 다르지만 뫼르소와 기가키는 한 발 내디딘 반면, 이명준은 끝내 한 발 내딛지 못한 것이다.

> 너 나 할 것없이 정도에 차는 있을망정 **ⓖ더럽혀지지 않은 손은 아무도 없을 터였다.** (…) 자기는 무엇이던가. **ⓛ고문자(拷問者). 강간자(强姦者). 그러나 난 자발적인 미수자라?** 닥쳐라 너는 그쪽이 더 유리한 걸 계산하구 한 짓이 아니냐. 아니다. 결코 아니다. **ⓒ그 순간의 내 행동은 계산할 틈새 없이 순수했었다.** 나의 사악한 충동이 순수했던 것처럼, 그녀를 놓아 준 행동도 진실이었다. (113면)

기가키가 한국전쟁 당시 생업에 종사하는 모든 일본인이 현실에 '관여(コミット)', 다시 말해 죄를 저지를 수밖에 없다고 생각했던 것처럼, 이명준은 전쟁에서 죄를 짓지 않은 사람은 없다고 생각

한다(㉠). 그 역시 포로를 고문하고, 강간을 시도했다는 점에서 죄를 저질렀다. 죄를 지음으로써 주체로 서려 했다. 하지만 그는 스스로를 '자발적 미수자'로 규정하고(㉡), 결국 자신이 '악마가 되지 못했다'고 말한다(212면). 그가 한 '선택'과 '결단'들에도 그는 선을 넘지 못했고, 범죄자가 되지 못했다. 뫼르소와 기가키에 비교할 때 분명 그는 수많은 죄를 저질렀다. 윤애를 버리고 북한으로 갔으며, 전쟁 중에는 고문 등으로 그의 손을 더럽혔다. 그럼에도 불구하고 그는 '자발적 미수자'에 머무를 뿐, '범죄자'가 되지 못했다. 왜냐하면 그의 행동은 순수했기 때문이다(㉢).

그가 지은 죄에도 불구하고 이명준은 왜 스스로를 '자발적 미수자'로 규정할까? 카뮈가 『이방인』에 배치한 '무고(無辜)한 살인자'란 장치는 이 '죄를 지은 무고자(無辜者)'란 역설을 이해하기 위한 하나의 실마리를 제공한다. 뫼르소가 사형 선고를 받은 까닭은 그가 살인을 저질렀기 때문이 아니라, '어머니의 장례식에서 울지 않았기 때문이다.' 사회가 그를 처형한 까닭은 그가 담지 하는 삶의 태도 때문이며, '살인'은 그를 법정에 세우기 위한 구실일 뿐이다. 그러므로 그의 처형은 역설적으로 세계의 허위와 무의미성을 폭로한다. 이명준은 죄를 지었으나 무고하다. 왜냐하면 그의 행동은 어떤 계산에 의한 것이 아니라 순수한 것이기 때문이다. 겉으로 보기에 '무고한 살인자'와 '죄를 지은 무고자'는 같다. 하지만 뫼르소는 '프랑스 국민'의 이름으로 처형당하고, 이명준은 스스로를 '선을 넘지 못한 자'로 규정한다. 뫼르소의 사형 선고가 그에게 사형을 선고한 사회적 질서와 가치에 대한 고발이라면, 이명준의 무죄 선고는 그의 내면에 대한 고발이다. 여러 선택과 죄에도 그는 끝내 자신을 '선을 넘지 못한 자'로 규정한 것이다.

이명준의 이러한 감각은 먼저 그가 끝내 행동하는 사람이 되지 못했다는 점과 관련이 있다. 그가 말하는 '순수'는 '수동적'이란 말을 은폐하는 것일 수 있다. '강제에 가까운 동기가 아니면 행동으로까지 나서지 못하는' 이명준이 결국 광장을 찾기 위한 '뼈아픈 어떤 걸음 내딛기'에 실패했듯이, 그러한 특성 때문에 범죄자 또는 인민의 영웅이 되기 위한 '한 걸음 앞으로 나아가기' 역시 실패한 것이다. 다음으로 미국과 소련에 의해 분단된 해방 공간과 대리전의 양상을 띤 한국전쟁에서 주체적인 결단의 자리를 찾는 것의 어려움을 지적할 수 있다. 이명준이 남한과 북한 모두에서 광장을 찾지 못한 것은 결국 주체적으로 나라를 세우지 못한 역사와 관계있으며, 그가 범죄자가 되지 못한 까닭도 한국전쟁 시기 남한과 북한 모두 그를 처벌할 '국민의 이름'을 갖지 못했기 때문이다. 역사의 폭력이 그의 '에고의 방'을 붕괴시켰기 때문에 그는 준비되지 않은 상태에서 광장으로 내몰렸다. 기가키처럼 관여를 유예하고서 자신의 존재를 사유할 공간이 이명준에게는 주어지지 않았다. 하지만 관조자로서 이명준의 속성과 역사적 현실만으로 '죄를 지은 무고자(無辜者)' 이명준을 온전히 설명하기는 어렵다. 3.8선을 넘고, 전쟁에 참여하고, 남한과 북한이 아닌 중립국을 선택했음에도 끝내 '한 발 앞으로 나아가지 못했다'는 그의 감각은 다른 전후 실존주의 소설과의 관련성 속에서 더 깊이 탐구되어야 할 것이다.

5. 나가며

카뮈의 『이방인』을 참고로 하고, 홋타 요시에의 「광장의 고독」과 최인훈의 『광장』을 나란히 놓음으로써, 전쟁이라는 한계 상황과 부조리의 인식이라는 보편적 주제가 각 나라의 구체적 현실에서 어떻게 달라지는지를 검토했다. 세 작품 사이의 직접적인 연관관계를 밝히거나, 실존주의 수용의 심도를 평가하는 것은 이 논문의 목적과 거리가 멀다. 다만 넓은 의미에서 실존주의로 대표되는 세계인식과 정서의 유사성을 지닌 인물들이 구체적인 현실에서 벌이는 행동의 의미를 비교함으로써, 한국과 일본의 한국전쟁 경험과 그것의 형상화를 더 깊이 이해할 수 있는 기반을 마련하고자 했다.

이러한 목적 아래 두 주인공이 당시 한국과 일본의 현실과 단절을 경험하면서 각각 '에고의 방'과 '인간의 혼'이라는 근원적인 자기 인식에 도달하고 있음을 먼저 살폈다. 하지만 그러한 자기인식을 바탕으로 세계에 관여하는 방식은 달랐다. 「광장의 고독」의 기가키는 한국전쟁이 일어난 상황에서의 생활은 어떤 방식으로든 선을 넘는 것이라고 보고, 구체적인 결의를 유예한 채 자기를 둘러싼 세계와 그 속에서 자신이 내리는 선택을 소설로 형상화함으로써 자기의 존재를 규명하고자 했다. 반면 『광장』의 이명준은 의지적 결단을 통해 광장을 획득하고자 했으나, 그의 '에고의 방'이 붕괴됨에 따라 그러한 '관여'는 실패로 돌아간다. 이후 철저히 체제에 순응하여 살아남고자 하는 그의 '범죄자 되기' 역시 실패하고, 은혜와의 최후의 광장이 붕괴됨에 따라 그는 중립국으로 가는 배에서 생을 마치게 된다.

이 논문의 한계는 이명준이 다양한 방식으로 당시 현실에 '관여'했음에도 불구하고, 끝내 자신을 '한 발 내딛지 못한 자'로 규정한 의미를 충분히 밝히지 못함으로써 『광장』을 새로운 각도에서 보겠다는 취지를 온전히 달성하지 못했다는 점이다. 앞으로 「광장의 고독」과의 비교를 통해 드러난 특성들을 전후 실존주의 수용 맥락과 동시대의 소설과의 관련 속에서 깊이 규명하는 작업을 계속하겠다.

『광장』의 이명준과 『고요한 돈강』의 그리고리 멜레호브

허련화(중국 서남민족대학교 교수)

1. 서론

최인훈의 『광장』은 한국 현대 문학사에서 중요한 문제작으로 꼽힌다. 『광장』이 발표된 1960년은 『광장』의 해로 불리기도 한다. 『광장』은 노벨문학상 후보작으로 거론되었고[1], "21세기에 남을 한국의 고전"으로 선정되기도 했다.[2] 『광장』의 출현은 한국 전후문학의 종결을 선언하고 새로운 시대를 알리는 하나의 획기적인 사건으로 평가되었다.

『광장』의 주인공 이명준은 분단 국가에서 공산주의와 자본주의 사이에서 이념 선택의 곤혹을 겪다가 밀항하여 남에서 북으로 가고, 나중에는 남과 북을 모두 부정하고 중립국을 택하는 특수한 성격을 가지고 있다. 이런 이명준의 성격은 20세기 공산주의와 자본주의 양대 사상과 진영의 극단적인 대결이라는 특수한 시대적 환경에서 산생된 인물성격이다. 본 논문에서는 이런 인물성격을

'이념선택곤혹형' 인물형상이라 정의하고자 한다.

공산주의와 자본주의 양대 사상과 진영의 극단적인 대결은 한국에만 국한되는 특수한 상황이 아니며 세계적인 보편성을 띠는 시대적 상황이다. 그런 만큼 이명준 같은 인물성격이 하나의 인물유형을 형성할 가능성도 많다. 이명준과 마찬가지로 이념 선택의 곤혹을 겪으며 대결하고 있는, 양대 진영 사이에서 방황하고 오고 가는 인물로 구소련 미하일 숄로호브의 노벨문학상 수상작 『고요한 돈강』[3]의 주인공 그리고리 멜레호브를 들 수 있다. 그리고리는 돈강 유역의 카자흐로서 10월혁명 이후 적위군과 백위군 사이에서 방황하다가 비극을 맞는다.

본 논문은 비교문학적 연구방법으로 『광장』의 이명준과 『고요한 돈강』의 그리고리를 비교해보며, '이념선택곤혹형'이라는 새로운 인물 유형의 개념을 정립하고자 한다.

기존 연구사를 보면, 『광장』에 대한 연구는 지속적으로 진행되었는데 그중 비교문학적인 연구로는 「한국과 독일의 분단문학 비교 — 크리스타 볼프의 「나누어진 하늘」과 최인훈의 『광장』을 중심으로」,[4] 우남득의 「Road Jim과 『광장』의 비교연구」[5]가 있다. 한국에서 『고요한 돈강』은1987년 맹은빈의 한역본, 1991년 장문평·남정현 외의 한역본, 1991년 홍승윤의 한역본, 1993년 정태호의 한역본 등이 있으나 완역본은 아니다. 『고요한 돈강』에 대한 연구논문은 일부 있으나 비교문학적 연구논문은 없다. 『광장』과 『고요한 돈강』에 대한 비교문학적 연구는 없다.

그렇다면 두 작품을 비교할 수 있는 가능성과 비교의 의의는 무엇인가? 우선 이 두 작품은 여러 차이성을 갖고 있다. 『광장』은 1950년 6·25전쟁을 배경으로 한 짧은 분량의 장편소설인데 반하여 『고요한 돈강』은 1차 세계대전부터 1917년 러시아 10월혁명 전후를 시대배경으로 한, 4권으로 된 대하소설에 가까운 장편소설이다. 또한 『광장』은 관념적인 성격이 강하나 『고요한 돈강』은 리얼리즘적 창작 수법을 사용하고 있으며 일부 역사적 사실과 카자흐의 생활 방식에 대한 묘사에 있어서 너무나 객관적인 나머지 자연주의에 가까운 면모를 보인다.

비록 두 작품은 이러한 차이점을 갖고 있고 두 작품 사이에 직접적인 영향관계도 존재하지 않지만[6] 평행연구의 시각에서 보면 충분한 비교의 가능성과 가치를 지니고 있다. 우선 두 작품의 배경은 비록 구체적 시간은 서로 다르지만 모두 20세기의 자본주의와 공산주의 이념과 사회제도의 극단적인 대립과 대결이라는 공통점을 가지고 있다. 또한 두 작품의 주인공은 비록 민족과 출신, 학력, 성향 등 여러 면에서 완전히 다르지만 양대 이념의 대결 속에서 어느 한쪽에도 안주하지 못하고 부단히 동요하는 이른바 정신적인 표박자라는 점에서, 그리고 그로 말미암아 비극적인 운명을 겪는다는 점에서는 놀랄 만큼 비슷하다.

본 논문은 사회역사적인 연구 방법과 비교문학의 평행연구 방법으로 '이념선택곤혹형' 인물형상이라는 특수한 역사 시대의 인물성격 유형을 연구함으로서 인물형상창조에서의 보편적인 법칙을 탐색하려 한다. 이러한 시도는 또한 한국 문학 연구를 출발점으로 해서 세계 문학의 보편적 이론수립에 이르는 것이 한국에서 하는 비교문학연구의 목적이라고 하는 견해에도 부합된다.[7]

2. 『광장』과 『고요한 돈강』 주인공 비교

2.1 관념적 철학자의 도피적 방황과 죽음의 선택

『광장』의 주인공 이명준과 『고요한 돈강』의 주인공 그리고리는 극단적인 이념 대결의 시대적 상황에서 어느 한쪽에도 안주하지 못하고 방황을 거듭한 결과 비극적 결말을 맺는 인물이다.

이명준은 이남과 이북의 사회제도 사이에서 방황하다가 결국엔 환멸을 느낀다. 첫 번째의 방황은 이남 사회에 대한 부정으로 시작된다. '관념철학자의 달걀 노른자위 같은' 이명준은 이남 사회 전체에 대하여 큰 불만을 느낀다. 정치적으로는 미국정치에 대한 종속적인 추종과 정치가들의 이기주의, 탐욕이 주된 비판대상이며, 이밖에도 경제, 문화 등 제반 분야에 대하여 모두 환멸을 느끼게 된다. 이명준이 "밀실만 푸짐하고 광장은 죽었습니다"고 할 때, 이것은 민주가 결여된 한국의 자본주의 제도에 대한 핵심적인 비판이다. 이와 같은 이명준의 한국 사회에 대한 비판은 자기의 스승인 정선생에게 토로하는 장면에서 잘 나타난다.

"정치? 오늘날 한국의 정치란 미군 부대 식당에서 나오는 쓰레기를 받아서, 그중에서 깡통을 골라내여 양철을 만들구, 목재를 가려내서 소위 문화주택 마루를 깔구, 나머지 찌꺼기를 가지고 목축을 하자는 거나 뭐가 달라요. (…) 한국 정치의 광장에는 똥 오줌에 쓰레기만 더미로 쌓였어요. (…) 경제의 광장에는 도둑 물건이 넘치고 있습니다. 모조리 도둑질한 물건. (…) 문화의 광장에는 헛소리의 꽃이 만발합니다. 또 그곳에서는 아편꽃 기르기가 한창입니다. (…) 개인만 있고 국민은 없습니다. 밀실만 푸짐하고 광장은 죽었습니다. (…) 아무도 광장에서 머물지 않아요. 필요한 략탈과 사기만 끝나면 광장은 텅 빕니다. 광장이 죽은 곳. 이게 남한이 아닙니까? 광장은 비어 있습니다."

설상가상으로, 대남방송에 나온 아버지로 인하여 형사의 심문까지 받게 되자 이명준은 이북에 밀항함으로서 공산주의라는 새로운 이데올로기를 선택하게 된다. 즉 정신적인 방황이 현실적인 방황으로 구체화 되는 것이다.

북한 사회에서 그는 두 번째 정신적 방황을 겪게 된다. 그것은 이상향으로 동경했던 북한 공산주의 사상과 제도, 사회현실에 대한 환멸로 표현된다. 북한 사회에 대한 불만은 개인의 자유가 없는, 오로지 마르크스주의에 대한 맹목적이고 교조적인 추종만 있는 상황에 대한 비판 및 무한대로 팽창한 당의 통제력에 대한 불만과 부정으로 표현된다. 이북 사회가 요구하는 규범을 지키지 못한 관계로 그는 조직의 비판을 받는다. 이북 공산주의에 대한 비판 역시 이론적인 비판이 아니라 감성에 기초한 비판과 자신의 몸으로 직접 부딪친 피해로 구체화 된다. 월북한 지 반년 만에 그는 아버지에게 절규를 하기에 이른다.

> "인민이라구요? 인민이 어디 있습니까? 자기 정권을 세운 기쁨으로 넘치는 웃음을 얼굴에 지닌 그런 인민이 어디 있습니까? (…) 제가 주인공이 아니고 당이 주인공이란걸. 당만이 흥분하고 도취합니다. (…) 마르크스주의는, 역사적 현실의 모든 경우에 한결같이 적용되는 단 한가지의 처방을 내린 것으로 해석되어서는 안됩니다. 마르크스의 이론이란, 정확하게는, 그가 자기 시대를 분석한 그의 저술속에서 쓴 방법론을 가리켜야 합니다. (…)"

1976년 전집판[8]에서는 마르크시즘에 대한 직접적인 언급이 나온다. '마르크시즘의 밀림 속'에서 '낭떠러지를 만난다'는 것은 마르크시즘에 대해 궁극적으로는 이해할 수 없는 상황을 말한다. "〈전세계 약소민족의 해방자이며 영원한 벗〉들도 이 밀림의 어딘가에서 길을 잘못 들었"다는 것은 마르크시즘 이론의 창시자들에 대한 비판이자 이 이론에 대한 비판이다.

이런 조건에서 만들어내야 할 행동의 방식이란 어떤 것인

가. 괴로운 일은 아무한테도 이런 말을 할 수 없다는 사정이었다. 혼자 앓아야 했다. 꾸준히 공부를 했다. 그런데 이번에는 〈남〉에게 탓을 돌릴 수 없는 진짜 절망이 찾아왔다. 신문사와 중앙도서실의 책을 가지고 마르크시즘의 밀림 속을 헤매면서 이명준은 처음 지적 절망을 느꼈다. 참으로 그것은 밀림이었다. 그럴 듯한 오솔길을 발견했다싶어 따라가면 어느새 그야말로 〈일찌기〉 다져진 밀림 속의 광장에 이르는가 하면, 지금 자기가 가진 연장과 차림을 가지고는, 타고내리기가 어림없는 낭떠러지가 나서는 것이었다. 〈전세계 약소민족의 해방자이며 영원한 벗〉들도, 이 밀림의 어디서가에서 길을 잘못 든 것이 틀림없었다. 그렇다면 이 밀림에는 다져진 길도 따라서 지도도 없으며, 다 제 손으로 할 수밖에 없다는 말이 된다. 목숨에 대한 사랑과, 오랜 시간이 있어야 할 모양이었다.

세 번째 방황은 북한 공산주의와 연관된 또 한 번의 선택과 배신이다. 이명준은 비록 이북 사회와 이데올로기에 환멸을 느끼고 부정하지만, 이 부정은 이남으로의 밀항으로 이어지지는 않는다. 밀항 자체가 어렵고, 이남에 왔을 때 정치적 박해가 예상되었기 때문이다. 반대로 그는 공산당과 이북 사회에 인정받는 열렬한 공산주의자가 되고자 6·25전쟁에 참전한다. 그의 말을 빈다면 두 손을 피로 물들여서라도 공산주의자로 다시 태어나고 싶은 것이다. 이것은 그의 또 한 번의 이데올로기 선택이 아닐 수 없다. 그러나 그의 이런 처절한 노력은 그가 간첩죄로 붙잡힌 옛 은인의 아들 태식과 그의 아내를 풀어줌으로서 수포로 돌아간다. 이는 그가 결코 진정한 공산주의자로 거듭날 수 없으며 자신이 선택한 이데올로기를 또다시 배반했음을 보여준다. 그에게는 이데올로기보다 옛 인정이 더 중요했던 것이다. 직무에 불충실한 결과로 낙동강 전선에 온 이명준은 전투를 제쳐놓고 날마다 동굴 속에서 뜻밖에 재회한 옛 연인 은혜와 사랑을 즐김으로서 더 철저히 자신의 이데올로기를 배반한다.

그의 네 번째 방황은 전쟁 결속 후 포로송환 때이다. 그는 결국 이남과 이북 사회를 모두 부정하고 제3국을 선택한다. 즉 그는 자본주의, 공산주의 이데올로기를 모두 부정하고 이데올로기와는 상관없는 자유와 평화를 선택한 것이다. 타고르호에서 죽은 은혜의 화신인 바다새를 따라 바다에 투신자살함으로서 그는 더욱 철저히 이데올로기 선택의 장에서 벗어나 영원한 낙원 — 사랑을 향해 간다.

이명준의 죽음은 치열한 이념대결의 시대에 방황자로서의 필연적인 결말이다. 사실 제3국 선택은 어쩔 수 없는 선택이기도 하다. 왜냐하면 전쟁포로의 신분으로 이남과 이북에서 모두 평범한 삶을 살 수 있는 가능성은 없기 때문이다.

2.2 카자흐 중농의 본능적인 방황과 죽음의 결말

미하일 숄로호브의 『고요한 돈강』은 제1차 세계대전, 1917년 10월 혁명, 국내 전쟁 기간 중 카자흐들이 처한 운명을 보여준다. 그리고리는 카자흐 중농의 우수한 청년이며 제1차 세계대전에서 용감하게 싸워 게오르기 십자훈장 네 개와 메달 네 개를 획득한다. 그러나 그는 짜리전제정권을 위하는 이 전쟁의 본질을 알게 되면서 처음으로 계급의식에 눈을 뜨고 혁명의식을 갖게 된다. 또 카자흐 자치주의에 매혹되어 러시아의 통치를 벗어난 카자흐의 독립을 꿈꾸기도 한다. 10월 혁명 이후에 돈 지구에서는 백위군을 지지하는 돈정부와 볼쉐비크 간의 치열한 정치적 투쟁이 벌어지며 카자흐 군인들은 적위군과 백위군 중에서 하나만을 선택해야 하는 갈림길에 서게 된다. 그리고리의 핵심적 성격은 끊임없는 동요와 방황이다. 그는 적위군에 두 번 참가하고 백위군에 세 번 참가한다. 구체적으로 보면 아래와 같다.

적위군과 백위군 중에서, 그리고리는 적위군의 선전을 듣고 적위군에 가담하여 용감히 싸워 지휘관으로 발탁된다. 이는 그의 첫 번째 선택이다. 그러나 그의 선택은 가족과 마을 사람들의 비난을 받는다. 뿐만 아니라 재판도 없이 포로를 마구 죽이는 경향, 약탈과 강간을 일삼는 일부 적위군의 군기 문란으로 인하여 적위군에 실망을 하게 된 그리고리는 적위군에서 이탈하여 백위군에 참가한다. 이는 그의 두 번째 선택이다. 백위군이 패전하는 바람에 그리고리는 마을에 돌아오게 된다. 그런데 마을을 점령한 적위군이 적위군을 지지하지 않는 사람들을 무자비하게 숙청하게 된다. 백위군 장교로 있는 그리고리는 당연히 숙청대상이다. 그리고리는 목숨을 구하고자 도망쳐 숨어 있다가 백위군과 연합하여 적위군에 반대하는 카자흐들의 폭동에 참가하여 사단장으로까지 진급한다. 반란군은 구라파 각국 연합군의 지원을 받지만 적위군에 패배한다. 패배한 군인들을 후송하는 군함에 올라타지 못한 그리고리는 화가 나서 다시 적위군에 들어간다. 그는 용감히 싸워 중대장으로 진급하나 과거의 경력 때문에 늘 감시를 받다가 제대하여 고향에 돌아온 후 체포될 운명에 처한다. 결국 그리고는 도망쳐 숨어다니던 중 포민 반란군에 가담한다. 반란군은 곧 소멸되고 그리고리는 절망감에 빠진다.

이것을 도표로 그리면 아래와 같다.

선택	선택원인	과정	이탈원인
1.적위군	볼쉐비크의 영향	중대장	재판도 없이 포로를 무차별 학살
2.백군	살인-방화-약탈하는 적위군으로부터 돈 지방을 방위하기 위하여	소위, 적위군에 있은 경력과 부하들에게 약탈을 금지시켜 세 번 강등됨	백위군의 패전과 퇴각으로 하여 마을에 남게 됨
3.반란군(백위군과 연합)	적위군의 숙청을 피해 도주했다가 반란군에 가입	연대장	백위군의 패전, 피난 수송선에 미처 오르지 못함
4.적위군	어쩔 수 없이	부연대장, 감시 받음	부상, 퇴역
5.반란군	적위군의 체포를 피해 도주하다가 반란군에 붙잡혀, 가입	마음의 갈등을 겪음	반란군의 소멸

소설에서 그리고리의 결말은 그려지지 않았으나 그에게 남은 결말은 오직 하나뿐이다. 그것은 적위군에 붙잡혀 처결당하는 것이다. 격변의 시대에 그리고리는 부모형제와 아내, 자식, 연인을 잃고 그 자신 역시 온갖 고난 끝에 죽음을 피할 수 없게 된다. 그리고리의 죽음은 이념선택의 곤혹과 양대 진영 사이에서의 방황의 필연적인 결과이다. 그는 처음 두 번의 선택은 자의적으로 하였으나, 그 후에는 양 측 모두에서 배척되며 점차 선택의 자유를 상실하게 되고 죽음으로 나아가게 된다. 그는 두 진영 모두로부터 신임을 잃고 설자리를 잃었던 것이다.

2.3 비극의 시대적인 원인과 성격적인 원인

이명준과 그리고리의 비극은 시대적인 외인과 성격적인 내인의 결과이다. 1848년「공산당선언」이래, 자본주의와 공산주의 이데올로기의 싸움이 시작되었고, 이는 다수 사람들의 운명에 직간접적으로 영향을 미치게 되었다. 이명준과 그리고리의 비극적인 운명은 그 시대에 생활한 많은 사람들의 운명을 대표하고 있는 바, 대단한 전형성을 띠고 있다. 양대 진영의 극단적 대립은 그들 비극을 조성한 시대적인 외적인 원인이다. 최인훈의 말을 빌자면 그 시대는 "삶의 짐작을 아무도 가르쳐주지 않고, 혼자 힘으로 깨닫기는, 혼자서 태어나기가 어려운 만큼이나 어려운 시대"[9]이다.

그리고리는 카자흐 중농의 대표이며 그가 겪은 곤혹과 동요는 사실상 혁명시기에 카자흐가 겪었던 곤혹이고 동요이다. 숄로호브는 그리고리를 돈강 지역의 카자흐 중농의 독특한 상징이라고 하면서, 그의 비극이 결코 한 개인만의 비극이 아니라 대단한 전형성을 띠고 있음을 말하고 있다.

> 많은 사람들이 왜 『고요한 돈강』의 주요 인물 그리고리가 그렇게 동요하고 방황하는지 묻는데 내가 보기에 그리고리는 돈강 지역의 카자흐 중농의 독특한 상징이다. 돈강 유역의 국내 전쟁역사를 요해하고 있는 사람들은 다 이런 사실을 알 것이다. 즉 1920년 이전에 동요한 사람은 그리고리 단 한 사람뿐이 아니며 또한 근근히 몇십 명뿐인 것도 아니다. 이런 동요, 방황은 현재에 와서도 결코 결속된 것은 아니다.[10]

카자흐는 특수한 계층으로서 러시아 시대에 특별취급을 받았다. 카자흐들이 돈강 유역에 살게 된 것은 14세기부터이다. 짜리와 지주의 가혹한 수탈과 압정을 견디지 못한 농노들이 자유를 찾아 중부 러시아로부터 이곳의 광활한 땅으로 옮겨왔으며 17세기에 이르러서는 엄연한 조직체계를 갖춘 독특한 하나의 계층을 이루었다. 카자흐란 말은 원래 '자유로운 사람', '지키는 사람'이라는 뜻이다. 비옥하고 넓은 초원지대에 살다보니 그들은 외적으로부터 자기를 보존해야 했다. 그들은 잦은 싸움으로 단련되고 그 과정에서 삶의 터전에 대한 강한 애착을 갖게 되었다. 그 결과 카자흐들은 용감하고 강인하며 쾌활하고 낙천적인 모습을 지니게 되었다. 전쟁과 약탈을 일삼은 카자흐 기병은 싸움을 잘하여 유럽, 아시아에 이름을 떨쳤다. 러시아 황제는 카자흐들의 풍습을 인정하고 토지소유에 관여하지 않는 대신 그들을 국경 방위에 종사하게 했을 뿐만 아니라 카자흐 군관들에게는 토지를 책봉하고 종신 소유하게 하였으며 카자흐들의 상대적인 자치권리를 승인하여 주었다. 이런 특수한 혜택을 받은 그들은 황제에게 무한히 충성하였으며 그 대가로 상대적으로 많은 자유와 우월한 경제적, 정치적 지위를 확보하였다. 일반적으로 카자흐 중농이 갖고 있는 토지는 내지의 러시아 중농이 갖고 있는 토지의 다섯 배 남짓하였다. 이런 상대적으로 우월한 경제적 지위로 하여 카자흐는 혁명 시기에 혁명과 반혁명 사이에서 동요하게 되었다.

한편으로 그들은 전쟁을 저주하고 자기들을 총알받이로 내세우는 전제정권을 증오했다. 또한 빈부의 차이가 극심한 사회의 불합리성을 목격하고 계급의식에 눈을 떠 귀족과 자산계급 및 백위군 장교들을 증오하고 노동자, 농민들과 연합하려 했다. 그러나 다른 한편으로는 관습에 의하여 짜리에게 무한히 충성하려 했고 구제도를 옹호했으며 이미 부를 획득한 다른 계층에 비해 상대적으로 많은 토지와 재부를 빼앗길까봐 볼쉐비크를 반대하고 카자흐 자치를 열망했다. 이런 모순성에 의해 카자흐는 자본주의와 공산주의 사이에서 동요했으며, 볼쉐비크를 반대하여 큰 폭동을 일으키기도 하였다. 그리고리가 겪은 곤혹과 방황은 바로 이 시대에 카자흐가 겪은 곤혹과 방황이다.

우선, 중농출신의 그리고리는 지주와 자산계급, 귀족에 반대하는 볼쉐비크의 혁명사상에 동조를 하게 된다. 그래서 선전을 듣고 적위군에 참가했으나 적위군은 포로를 재판도 없이 잔혹하게 처형하고, 쏘베트(소비에트)에 협조하지 않는 부농들을 무자비하게 숙청했다. 일부 적위군부대는 카자흐 마을에서 겁탈, 약탈, 살인을 저질렀다. 이런 현상은 정직한 그리고리로 하여금 적위군에 대하여 반감을 품고 이탈하게 한다. 그러나 이미 계급의식에 눈을 뜬 그리고리는 백위군에 참가해서도 백위군을 좋아할 수 없었으며 백위군 장교를 본능적으로 증오한다. 백위군에서 보통 카자흐는 장교가 될 수 없고 오직 사관생 후보들만이 장교가 될 수 있다. 그리고리는 비록 공을 세우고 장교로 승급했으나 장교들한테 심한 이질감을 느낀다. 그가 부관에게 한 말은 이 점을 충분히 드러내 준다.

> "난 그 녀석들이 하는 짓이란 모두 케케묵은 고루한 냄새가 난다는 말을 하고 있는 걸세. 나도 독일전쟁 이후 줄곧 장교 자리에 앉아 있네만 그들관 생각이 달라! 난 내 온몸으로 부딪치며 피 흘린 대가로 장교가 되었지. 허나 지금 이렇게 사단장이 되여 높으신 양반들 사회, 그들의 장교사회에 뛰어들어보니 겨울날 오두막 안에 있다가 아랫도리만 하나 달랑 걸치고 바깥으로 나온 것 같다네. 녀석들한테선 찬바람이 분다구. 등골이 오싹오싹 소름이 끼칠 정도로!"

"녀석들이 있는 곳에 있다가 나오면 꼭 얼굴에 거미줄이 잔뜩 쳐 있는 것 같은 기분이 든다니까. 근질근질하다고 뭐 꼭 기분 잡칠 것까지야 없다 해도 죄다 싹 씻어내 버리고 싶은 심정이 굴뚝 같다니까."

최인훈 역시 이명준의 운명에 대하여 "이 주인공이 만난 운명은 그 같은 사람에게는 너무 갑작스러웠다는 것, 힘에 부쳤다는 것 — 이런 까닭으로 이 주인공은 파멸로 휘말려 갈 수밖에 없었다. 이 일 또한 주인공 한 사람의 생애라는 말로 끝나지 않는다. 이 국토에 시대를 함께 한 숱한 사람들이 만난 운명이다"고 함으로써, 이명준의 운명이 결코 한 개인의 운명이 아니라 시대의 보편성을 띠고 있음을 말하고 있다.

그렇지만 이명준과 그리고리의 비극은 시대적인 외인 이외에도 개인성격적인 내인을 가지고 있다.

우선 두 사람은 이상과 진리의 추구자이며 정직하고 올바른 삶을 살려고 한다. 그리고리는 비록 농민이고 충동적인 성격의 소유자이지만 동시에 철학적인 진리탐구자이기도 하다.[11] 이는 작품의 곳곳에서 드러난다. 1차대전 기간에 후방병원에서 만난 가란자는 그리고리에게 처음으로 전쟁의 원인을 알려주고 무산계급 혁명의 불씨를 심어준 계몽선생이다.

"흥! 자네는 못난일세. 이건 분명히 해두어야 해. 부르주아를 위해서 우린 싸운 거라구. 알겠어? 그럼 부르주아란 대체 뭐겠나? 그것들은 삼밭에 살고 있는 짐승이야."

"황제는 주정뱅이고 황후는 화냥년이야. 서푼어치도 못 되는 귀족들은 전쟁에서 이득을 보겠지만 우리는 목숨을 내놓는거야! 우리에겐 올가미라구…"

"… 그렇지만 모든 나라에 노동자정권이 생기면 그땐 싸우지 않지. 그렇게 되도록 해야 해. 또 반드시 그렇게 되네. 독일 사람에게나 프랑스 사람에게나 전 세계 모두에 노동자와 농민의 정권이 서네. 그때 가면 무엇 때문에 우리가 티격태격하겠나! 모진 원한도 없어지고 온 세계가 하나가 되어 평화롭게 살아가는 거라구!"

그런가 하면 그리고리는 백위군에서 중대장으로 있으면서 나아갈 진로를 찾지 못하던 중, 열렬한 카자흐 자치주의자 이즈바린의 영향을 받아 카자흐 자치주의에 매료당하기도 한다.

"우선 정치적인 예속에서 벗어나는거야. 러시아의 차르가 말살시킨 우리의 제도를 되살리는 것 말일세. 그리고 타지방에서 이주해온 모든 이민족을 다른 지방으로 추방하는거지… 이 땅은 우리의 땅일세. 우리 선조의 피가 매어있고, 우리 선조의 뼈로 기름지게 된 바로 우리의 땅!"

"그러나 일단 전쟁이 끝나면 볼셰비키는 틀림없이 카자흐의 영토에 손을 뻗쳐올거야. 그땐 어떻게 되겠나? 카자흐들과 볼셰비키의 길은 서로 갈라지지 않겠나? 오늘의 카자흐들의 생활방식과 공산주의, 즉 볼셰비키 혁명의 종국적인 완수 사이에는 뛰어넘을 수 없는 심연이 가로 놓여 있는 걸세…”

부단한 진리탐색의 과정 속에서 그리고리는 황제와 카자흐의 영예를 위해 목숨을 걸다가 전제정권을 증오하고 볼셰비키를 동경하게 되며 나중에는 카자흐 자치주의에 매료당하는 정신적 궤적을 그린다.

성실하고 정직한 성격 역시 그리고리가 양대 진영 사이에서 동요하게 된 내적 원인 중 하나이다. 기타 백위군 장교들이 전리품을 산더미같이 집에 날라갈 때 그리고리는 부하들에게 약탈을 금지시킨다. 또한 적위군의 약탈과 포로사살 같은 행위 역시 그리고리의 반감을 자아낸다.

그리고리는 또한 도전적이고 충동적이며 불같은 성격을 지니고 있다. 사물의 본질을 보지 못하고 지엽적이고 표면적인 현상에 의한 판단을 진리라고 생각하며, 미처 사유를 완성하지 못한 상황에서 성급하게 행동으로 실행하기 때문에 사태를 완전히 파악했을 때에는 이미 잘못이 저질러져 있다. 적위군으로부터의 이탈, 백위군과 포민반란군에의 참가는 모두 충동적인 행위로서 그의 비극의 직접적 원인이다.

이명준은 이상적인 사회제도 내지는 정의를 추구하나 소극적인 도피주의자이다. 이명준이 이남 사회에서 정 선생님과 대화를 나누는 장면에서 그 일단을 엿볼 수 있다.

> "그 텅 빈 광장으로 시민을 모으는 나팔수는 될 수 없을까?"
> "자신이 없어요, 폭군들이 너무 강하니깐."
> "자네도 밀실 가꾸기에만 힘쓰겠다는."
> "그 속에서 충분히 준비가 끝나면."
> "나와서."
> "치고 받겠다는 거죠."
> "그 얘기가 부도가 나면?"
> "부도나는 편이 진실이겠죠."

이남의 사회제도가 부패하다는 것을 안 후에 그는 그것을 개선하기 위한 주관적인 노력을 하지도 않으며, 또한 노력할 의지도 보여주지 않는다. 그러다가 자기 신상에 위험이 오자 윤애에게 도피한다. 그러나 윤애의 사랑이 흡족하지 않자 이북으로 밀항하며, 이북에서 실망하자 굴복하여 전쟁으로 도피하며, 전쟁에서는 은혜와의 사랑으로 도피한다. 은혜가 죽고 자신은 포로가 되자 중립국으로, 중립국에서의 행복도 완전한 것이 될 수 없음을 예감하자 이번에는 영원한 고향인 바다, 즉 죽음에로 도피해간다.[12]

이명준과 그리고리는 기질적으로 동요할 수 있는 성격적 요소를 갖고 있는데 이는 두 사람의 애정과 관련된 선택 과정에서도 드러난다. 이명준은 윤애와 은혜 사이에서, 그리고리는 악씨니야와 나딸리야 사이에서 부단히 방황한다.

2.4 작가의 창작관과 두 주인공의 비극의 미학적 가치

이명준과 그리고리는 모두 그 민족의 우수한 청년들이다. 그들은 진리와 시대적 정의를 추구하며 정직한 삶을 살고자 한다. 이명준은 사회의 부패상에 분노를 느끼며 간첩죄로 잡힌 옛 은인의 아들을 풀어주는 인간미가 있는 청년이다. 그는 이북에서 고위직에 있는 아버지를 이용하여 큰 이득을 취하려고 하지 않으며, 아름다운 사랑과 평화로운 생활을 희망한다. 그리고리는 용감하고 사나이다운 기질을 갖고 있으며 사랑의 추구에 있어서 과감하고 정열적이다. 그는 적위군과 백위군의 온갖 추악한 행위를 멸시하며, 돈을 탐내거나 명예를 탐내지 않으며 카자흐의 행복한 생활을 희망한다. 그러나 이렇게 훌륭한 청년들이 현실에서 좌절하여 모든 것을 잃고 목숨을 잃게 된다.

이들의 죽음과 좌절은 비애미를 갖고 있다. 비애미는 미적 범주의 하나로, '나'의 바람과 소망이 현실적, 사회적 조건 속에서 좌절되어 느끼는 미의식이다. 특히 바다에 투신하는 이명준, 모든 것을 잃은 채 석양을 등지고 서서 비극적 운명을 기다리는 그리고리의 모습은 독자들에게 비장미마저 느끼게 하며, 작품의 예술적 성취도에 크게 기여한다.

이러한 미적가치의 창조는 두 작가의 창작관에서 그 원인을 찾을 수 있다.

숄로호브는 객관현실을 존중하고 생활에 충실한 사실주의 작가이다. 그는 "진실—어머니"라는 명언을 숭상했으며 작가는 "열정적으로, 진실하게, 추호의 숨김이나 거짓도 없이 우리의 벗과 적에 대하여 말해야 하며", "진실을 희생하면서라도 현실을 분식하려는 작가는 좋은 작가가 아니며", "가장 작은 세절에서라도 진실을 배반하는 작가는 독자들의 불신을 얻을 것"이라고 하였다.[13] 그는 "정직하게 독자들과 대화를 해야 하며 인민들에게 진리, 때로는 너무 엄숙할 수도 있으나 그러나 영원히 용감한 진리를 말해야 하며 그리하여 인류의 심령에 미래에 대한 신념을 심어주어야 한다"고 하였다.

구소련 문학계에서는 숄로호브의 창작 특징을 가리켜 '거대한 진실', '무서운 진실', '완강하게 진실에 충성한다', '공개적이고 성실한 진실'이라고 일컫는다. 작가는 1934년 『고요한 돈강』 영문판 서문에서 "진실을 파괴하면서라도 현실을 미화하려는 작가, 독자의 착오적인 기대에 아부하기 위하여 센치멘탈리즘에 빠지는 작가는 좋은 작가가 아니라고 생각한다"고 했다.

최인훈 역시 엄정하게 진실을 밝히려는 작가이다. 그는 기교주의자들처럼 예술형식에만 관심을 쏟지 않고 예술이 능동적으로 기능하지 못하게 하는 사회환경을 폭넓게 문제 삼는다. 인간이 인간답게 살 수 있도록 사회환경이 작동하고 있는지에 관심을 쏟는 일을 정치적이라고 한다면, 그는 분명히 정치적 작가이다. 그는 인간이 자유롭고 행복하게 살아야 한다는 전제로 유토피아를 상정하고 있다. 그렇기 때문에 그의 정치성은 언제나 비판적이다.[14] 최인훈의 문학은 관념적, 반사실주의적 성향을 띠고 있다. 그러나 이로써 사회와 인간 삶의 진실을 말하려는 그의 작가적 의식을 부정할 수는 없다. 그는 인간의 실존적 모습에 대한 사실적 구현보다 본질 그 자체를 추구하려고 하는 진리지향의 끈을 늦추지 않으며, 자신에게 주어지는 관념적 혹은 반사실주의적이라는 비난이나 호칭을 피하려고 하지 않는다.[15] 오히려 그의 반사실주의기법은 하나의 유효한 수단과 방법으로서 역설적으로 민족의 가장 큰 아픔과 비극을 가장 근본적인 차원에서 진실하게 파악하고 밝히려 하는 그의 작가정신을 보여준다.

진실에 대한 두 작가의 태도는 작중 이명준과 그리고리의 비극적 결말에서 잘 나타난다. 최인훈은 이명준의 죽음에 대하여 "소설가는 인생을 모르면서도 주인공을 삶의 깊이로 내려보내야 한다."고 하여 작중 인물의 운명을 작가 마음대로 정하지 말고 인물의 성격과 현실의 논리에 따라 스스로 결정되게 해야 함을 표현하고 있다.

> 나는 12년 전, 이명준이란 잠수부를 상상의 공방에서 제작해서, 삶의 바닷속에 내려보냈다. 그는 이데올로기와 사랑이라는 심해의 숨은 바위에 걸려 다시는 떠오르지 않았다.

여러 사람이 나를 탓하였다. 그 두 가지 숨은 바위에 대한 충분한 가르침도 없이 그런 위험한 깊이에 내려보내서, 앞길이 창창한 젊은이를 세상 버리게 한 것을 나무랐다. 사람들은 옳다. 그러나 숨은 바위에 대해 알고 있다면 누가 잠수부를 내려보낼 것인가. 우리가 인생을 모르면서 인생을 시작해야 하는 것처럼, 소설가는 인생을 모르면서도 주인공을 삶의 깊이로 내려보내야 한다.

잔혹할 정도로 진실을 보여줌으로써 두 작품은 출판 당시부터 많은 논란을 일으켰다. 『고요한 돈강』의 제1부와 제2부가 발표된 후, 라프의 비평가들은 숄로호브가 부농의 부유한 생활을 흠상하며 그 실질은 당의 농민정책을 반대하는 것이라고 중상하였고, 신문에서는 그를 부농 이익의 보위자라고 했다. 『고요한 돈강』의 제3부는 라프의 반대와 간섭으로 인해, 완성되고 나서도 꽤 오랜 시간이 지난 후에야 발표될 수 있었다. 『고요한 돈강』은 발표 후에도 세 차례의 큰 논쟁을 일으켰으며, 숄로호브는 동요하는 농민작가, 동반자작가, 부농의식의 문학에서의 전파자, 무산계급문학의 이기분자라는 비판을 받기도 했다.

문제작이긴 『광장』 역시 마찬가지였다. 남북의 정치체제와 이데올로기를 본격적으로 파헤쳐 작품의 원형성이 남한 사회 비판에 있다는 평을 들을 정도로 남한의 사회체제에 대하여 날카롭게 비판한[16] 『광장』은 4·19혁명 이후 잠깐 동안 개방된 지적토론의 분위기 아래에서만 발표가 가능했던 작품이다. 이 점은 최인훈도 『광장』의 서문에서 특별히 강조하고 있다.

> 아시아적 전제의 의자를 타고 앉아서 민중에겐 서구적 자유의 풍문만 들려줄뿐 그 자유를 〈사는 것〉을 허락지 않았던 구정권하에서라면 이런 소재가 아무리 구미에 당기더라도 감히 다루지 못하리라는 걸 생각하면서 빛나는 4월이 가져온 새 공화국에 사는 작가의 보람을 느낍니다.

이명준과 그리고리라는 인물의 장점과 성격적 결함 및 그들의 운명을 진실하게 그렸기 때문에 그들의 비극적 삶은 독자들의 동정과 공명을 일으키고 큰 전형성을 획득할 수 있었다.

3. '이념선택곤혹형' 인물 유형

3.1 '이념선택곤혹형' 인물 유형의 개념과 특징

본 논문은 이명준, 그리고리와 같은 인물성격을 '이념선택곤혹형' 인물 유형으로 지칭하고자 한다. 구체적으로 말하자면 '이념선택곤혹형' 인물 유형은 1848년 「공산당선언」 발표 이래 20세기에 이르기까지 공산주의와 자본주의의 이데올로기 대립투쟁 가운데서 선택의 곤혹을 겪고 방황하며 그로 인해 비극적 인생을 사는 문학 인물형상을 특별히 지칭하는 용어이다. 즉, 이 인물 유형은 시간적으로는 19세기 중엽부터 20세기 냉전 결속 시기까지, 공간적으로는 여러 민족과 국가의 문학작품 속에 존재하며, 공산주의와 자본주의 이념의 곤혹을 겪는 인물형상을 특별히 지칭하는 용어이다.

'이념선택곤혹형' 인물 유형의 내적인 특징을 개괄하면 아래와 같다.

첫째, 그들의 주요한 성격적 특징은 바로 공산주의와 자본주의 이념에 대한 곤혹과 방황이다. 이런 곤혹과 방황은 때로는 순수한 정신적 동요와 방황이 될 수도 있고 때로는 적극적이고 구체적인 행동양상으로 표현되기도 한다.

둘째, 그들의 곤혹과 방황의 주된 내적 원인은 진리와 이상의 추구이며 시대의 정의를 구현하려 함이다. '이념선택곤혹형' 인물 유형은 보통 경제적으로 풍족한 생활을 영위하는 계층이다. 그들의 곤혹과 방황은 개인의 물질적인 이익이나 명예를 위한 것이 아니며, 시대의 정의와 진리를 추구하기 위한 것으로 심각한 정신적 고뇌를 동반한다. 이것은 그들의 비극적 운명이 독자들의 심금을 울려줄 수 있는 원인으로 된다.

셋째, '이념선택곤혹형' 인물은 농후한 비극적 색채를 띤다. 그들은 양대 진영 모두로부터 완전한 신임을 받지 못하며 우울하게 살다가 대부분 죽음을 맞이한다.

이상 세 가지 특징은 '이념선택곤혹형' 인물 유형을 확정하는 기준이기도 하다. 이 기준에 의하여 아래와 같은 인물 성격을 '이념선택곤혹형' 인물 유형과 구분할 수 있다.

첫째, 기회주의자. 기회주의자들은 외부적인 행동 양상으로 볼 때에는 '이념선택곤혹형' 인물 유형과 마찬가지로 양대 진영 사이에서 오가면서 변신을 거듭하지만 그들의 이 같은 행위는 물질적인 이익이나 개인의 영달을 위한 수단일 뿐이다. 예를 든다면 중국 천중스(陈忠实)의 장편소설 『백록원(白鹿原)』의 백효문(白孝文)을 들 수 있다. 그는 국민당 군대에서 장교(营长)로 있다가 부대가 공산당 쪽으로 귀의하자 귀의한 공을 자기 혼자 차지하고자 진짜 유공자를 살해하며, 해방 후에는 현장(县长) 벼슬을 한다.

둘째, 의지박약자. 구소련의 파제예브의 소설 「괴멸」에 나오는 메치크 같은 인물로, 그는 공산주의 사상에 대한 신념을 계속 지니고 있기는 하지만 열악한 환경에 적응하지 못하고 적위군에서 탈주한다. 또 일부 변절자도 이 부류에 속한다. 그들은 이념적인 동요나 방황은 없지만 육체적 고문이나 죽음의 공포를 이기지 못하고 변절한다.

셋째, 제3의 길을 가려는 자. 그들은 처음부터 확고한 제3의 이념이 있기 때문에 공산주의나 자본주의 이념에 모두 동조하지 않으며, 양 진영 모두의 오해나 미움을 받기도 한다. 조정래의 『태백산맥』에 나오는 김범우와 같은 인물이 여기에 속한다.

넷째, 타의에 의한 방황자. 유기수의 『인간교량』에 나오는 양영균 같은 인물. 그는 양심 있는 의사로서 과격한 이데올로기의 투쟁에 말려들지 않으려 하나, 결국 강제에 의하여 국군과 인민군의 군의관으로 지내야 했다. 이 와중에 그는 의사의 직업적인 도덕과 휴머니즘에 의해 적군 부상병을 비밀리에 구해주기도 한다.

이상의 네 부류의 인물들은 정신적 혹은 외부적인 행동의 일부가 '이념선택곤혹형' 인물 유형과 비슷한 양상을 보이지만 '이념선택곤혹형' 인물 유형과는 다른 인물형상이다.

3.2 한국의 기타 '이념선택곤혹형' 인물

이데올로기로 인한 민족의 분단과 양대 진영의 대리전쟁이라는 특수한 사건을 겪은 한국은 '이념선택곤혹형' 인물 유형을 창조할 충분한 토양을 갖추고 있는 셈이다. 박완서의 『목마른 계절』의 하진과 오빠 하열은 탈주병 전향주의자의 비극을 보여준다. 일찍부터 공산주의에 동조한 하열은 공산당원이고 하진은 민청위원이다. 그러나 열성 당원이었던 하열은 공산주의에 대하여 회의를 품고 전향하며, 그 후에는 사상 문제와는 담을 쌓고 어느 시골학교 선생님이 된다. 6·25가 발발하자 당을 따돌리고 전전긍긍 하던 하열은 강제로 인민군에 끌려간다. 국군이 서울을 점령하고 있을 때 인민군에 끌려갔던 하열은 집으로 탈주해 온다. 그는 인민군에 있었던 경력 때문에 공포에 휩싸이며 국군병사의 총에 다리를 부상당한다. 전세가 다시 역전되어 인민군이 쳐들어 온 후 하열은 새로운 공포에 휩싸이며 인민군 황소좌의 총에 맞아 죽는다. 하열은 인민군과 국군 모두로부터 위협공갈을 당하며, 양측의 총을 모두 맞으며 죽어서 기념비도 세울 수 없는 불행한 삶을 산다.

여동생 하진은 오빠의 전향을 이해하지 못하고, 오빠를 비겁하고 속물적이라고 생각하여 경멸한다. 6·25 발발 후, 그는 기뻐 날뛰며 대학에서 민청의 일을 한다. 그러나 점차 공산주의와 당의 소위(所爲)에 대해 실망하고 회의를 느껴 소극적으로 변화한다. 그녀는 결국 민청을 탈퇴하려 하며, 이후 오빠의 비극을 옆에서 함께 겪는다.

이문열의 『영웅시대』의 이동영은 공산주의에 투신한 부자집 엘리트의 사상적 곤혹과 말로를 보여준다. 부자집 외아들 이동영은 일본유학을 하던 중, 그의 스승 박영창과 함께 공산주의에 경도된다. 그리하여 그는 남로당 당원으로 간고한 지하혁명을 견지하고 6·25전쟁에 참가하여 인민군 장교가 된다. 열성 혁명자인 그는 자기가 속한 계급을 배신할 뿐만 아니라 가정도 돌보지 않는다. 그러나 그는 6·25전쟁 이후, 이북에서 대학교수로 있는 동안 공산주의 이론과 당의 실천의 정확성에 대해 고민하며 심각한 사상적 모순에 빠지게 되어 회의와 곤혹을 느낀다. 게다가 그는 남로당계열이었기에 당의 파벌싸움의 희생자가 되어 당에서 소외되고 생명의 위협마저 느끼게 된다. 그는 일본으로 밀항하고자 하지만, 배에 오르기 직전까지 동요하다가 배에 오르지 않고 체포되어 처형된다. 이동영은 삼천석의 재산을 다 날리고 부모처자를 버리다시피 하면서까지 신봉했던 공산주의 이데올로기에 회의를 느끼게 되는데 그 회의감은 일본 밀항을 꿈꿀 정도로 큰 것이었다.

『목마른 계절』과 『영웅시대』는 작자의 자전적 성향이 강한 작품으로서 작가와 그 가족이 직접 겪은 사실을 소설화한 것이다. 이러한 사정은 이와 같은 인물 유형이 산생할 수밖에 없는 현실적 바탕을 시사해준다. 그러나 오빠나 아버지 같은 가족 구성원을 소설화했기 때문에 가족의 시각에서 바라본 모습만 그렸을 뿐 인물의 심리적 갈등이나 모순을 깊이 있게 묘사하지는 못한 감이 있다. 가족이기 때문에 충분한 심리적 거리를 확보하지 못하여 풍부한 소설적 상상력을 펼치지 못한 것으로 보인다.

3.3 사회주의 국가의 '이념선택곤혹형' 인물의 양상

모든 사회주의 국가는 투쟁을 거쳐 기존의 자본주의 제도를 무너뜨리고 사회주의 제도를 건립하였으므로 '이념선택곤혹형' 인물이 나타날 가능성이 많다. 그러나 필자가 알고 있는 범위 내에서 사회주의 국가의 문학작품은 다년간 흑백논리에 지배당해 작품의 주인공은 주동인물이 아니면 반동인물이라는 식으로 창작되어 왔다. 또한 사회주의 국가의 문학작품은 역사의 발전성, 즉 공산주의 혁명의 승리를 제시해야 한다는 공산주의 사실주의 창작 방법의 요구에 따르다 보니 '이념선택곤혹형' 인물이 형상화되지 못했다. 왜냐하면 '이념선택곤혹형' 인물은 혁명의 승리에 대하여 아무것도 제시할 수 없기 때문이다. 중국에서 중간분자를 형상화하려는 움직임이 전혀 없었던 것은 아니지만 가혹한 정치적 상황 때문에 실행될 수가 없었다.[17] 이런 상황은 조선과 소련 역시 마찬가지였다. 조선과 중국에는 '이념선택곤혹형' 인물이 한 명도 나타나지 못했다. 구소련의 경우는 깊은 문학적 전통과 조금은 관대한 문예정책에 힘입어 『고요한 돈강』이 발표되었고 스탈린문학상까지 받았다. 그러나 『고요한 돈강』과 미하일 숄로호프는 많은 논쟁을 불러일으켰으며 제3부는 출판에 어려움을 겪기도 했다.

모든 '이념선택곤혹형' 인물이 구소련에서 다 순조로웠던 것은 아니다. 그 예로 보리스 파스테르나크의 『의사 지바고』를 들 수 있다. 이 작품의 주인공 지바고 의사는 '이념선택곤혹형' 인물 유형에 속한다. 시베리아 부호산업가의 아들 지바고는 자산계급의 몰락의 불가피성을 시인하고 자본주의의 불합리성을 인정한다. 그래서 처음에는 1905년의 제1차혁명과 1917년의 10월 혁명을 겪으면서 혁명을 환영하고 혁명의 소용돌이와 혁명의 꿈, 혁명의 비극적 미를 즐긴다. 그러나 공산주의자들이 그의 생활과 행동을 간섭하고 지시하는 것에 반감을 품고 저항하며, 혁명의 과정에서 소외감을 느끼고 점차 혁명에 적대감을 품게 된다. 그는 공산주의의 획일적인 혁명이념을 반대하고 혁명지도자들의 환상에 공감하지 않으며 폭력을 거부한다. 두 가지 이데올로기 중 그 어느 것도 선택할 수 없었던 그는, 이데올로기 대신 인간의 덕성, 자연, 사랑, 그리고 미의 지고성을 단언한다. 그는 인간으로서의 양심, 지식인으로서의 양심을 지켰으나 결국 아내와 연인과 생이별하고 세상에서 소외된 채로 고독하게 살다가 죽어간다.

이 작품은 구소련에서 발표되지 못하고 이탈리아에서 이탈리아어로 번역되어 출판되었으며, 1958년에 노벨문학상 수상작으로 결정되었다. 그러나 작가는 소련 정부의 압력에 못 이겨 노벨문학

상 수상을 거부했다. 작가는 소련작가동맹에서 제명 당했다.[18]

보다 흥미로운 것은 '이념선택곤혹형' 인물의 변형이다. 사회주의 국가에서는 진정한 의미에서의 '이념선택곤혹형' 인물이 창조되는 대신 혁명과 반혁명 사이에서 방황하다가 당의 교육과 지도 아래 마침내 혁명의 길에 들어서게 되는 혁명자 형상이 창조되어 독자에게 광명한 미래를 제시하고 교육적 효과를 거둔다. 그 예로 구소련작가 알렉세이 톨스토이의 작품 『고난의 길』에 나오는 두 자매와 그들의 두 남편을 들 수 있다. 상류귀족층 사교계의 꽃으로 소문난 두 자매 다샤와 까쨔의 남편 쩰레낀과 로쒼은 백위군 장교로 취임해 적위군과 싸우나 적위군과 백위군 사이에서 동요하다가 제각기 다른 경로를 통해 적위군에 넘어온다. 두 자매 역시 남편을 찾거나 기다리는 과정에서 백위군의 간첩까지 되지만 나중에는 역시 적위군에 가담한다. 네 사람은 자신이 속했던 계급의 속성상 백위군에 쏠리는가 하면, 백위군과 상류사회의 부패와 무질서에 대한 혐오와 이상사회에 대한 동경 때문에 적위군 쪽에 기울기도 한다. 소설은 교육적 효과를 강화하기 위한 방편으로 두 자매의 아버지를 자산계급 임시정부의 지방위원으로 만들어 두 자매가 적위군에 가담하는 것을 저애하게 한다. 결국 이 소설은 자기가 속한 계급을 배반하고, 부모를 배반한 두 자매와 그들의 남편이 동요와 방황 끝에 적위군과 공산주의에 대한 확고한 신념을 가지고 적위군에 참가한 이야기를 통해 혁명의식을 고취한 셈이다. 이 네 명의 인물은 삼천석의 재산을 날리면서 혁명에 투신한 한국의 이동영과 흡사한 면이 있다. 그러나 이동영이 나중에 곤혹을 겪고 방황하고 갈등하는 반면 이 네 명의 인물은 먼저 갈등을 겪고 나서 혁명에 투신하며, 그 이후의 운명에 대해서는 말하지 않고 있다.

이상 본 논문에서 밝힌 '이념선택곤혹형' 인물을 도표로 정리해 본다.

인물	계급, 신분	동요	최종 이상	결말
그리고리	부유한 중농	적위군과 백위군	카자흐 자치	비극(처결)
이명준	철학과 학생	공산주의와 자본주의, 이남과 이북	이상적인 사회 제도	자살
하진 하열 남매	서민층,교사,대학생	공산주의와 자본주의, 인민군과 국군	이상적인 사회 제도, 인민의 행복	하열 사살
이동영	대지주, 일본유학생	공산주의와 자본주의	공산주의사회 건설	체포(처결)
지바고	귀족, 의사	공산주의혁명과 반혁명	휴머니즘	심장병으로 죽음

4. 결론

본 논문은 비교문학의 평행연구 방법으로 한국 작가 최인훈의 장편소설『광장』의 주인공 이명준과 구소련작가 미하일 숄로호프의 장편소설『고요한 돈강』의 주인공 그리고리 멜레호프에 대한 비교를 거쳐 그들의 핵심적 성격이 비슷함을 분석했다. 이에 '이념선택곤혹형' 인물 유형이라는 문학용어를 창안하여 이 두 주인공의 성격을 지칭하기로 했다.

'이념선택곤혹형' 인물 유형은 1848년 「공산당선언」 발표 이래 20세기에 이르기까지 공산주의와 자본주의의 이데올로기 대립 투쟁 가운데서 선택의 곤혹을 겪고 방황하며 그로 하여 비극적 인생을 사는 문학 인물형상을 특별히 지칭하는 용어이다. 이런 인물들의 사상적, 행동적 방황은 이념 자체에 대한 곤혹, 자기가 속한 계급적 속성, 진리에 대한 추구, 개인의 특별한 체험과 경력 등에 기인하며 비극적 결말과 연결된다.

20세기는 격변의 시기였다. 특히 공산주의와 자본주의 양대 이념과 진영의 극단적인 대결은 다수 인간의 삶에 지대한 영향을 끼쳤다. 격변기의 인간을 네 가지 부류로 나눈다면 첫 번째 부류는 이데올로기의 창조자 혹은 사회변혁의 주도자이며, 두 번째 부류는 뚜렷한 신념과 목표를 가지고 이상의 실현을 위해 분투하는 투사형 인간이다. 세 번째 부류는 명확한 자기주장이 없이 조류에 휩쓸려 살아가는 군중형 인간이며, 네 번째 부류는 이상과 진리를 추구하지만 자기가 서야 할 자리를 찾지 못하며 이쪽저쪽 동요하는 곤혹형 인간이다. '이념선택곤혹형' 인물 유형은 바로 이 네 번째 부류 인간들의 문학적 형상이다.

본 논문은 이명준과 그리고리 이외에도 한국과 구소련의 기타 '이념선택곤혹형' 인물을 찾아 '이념선택곤혹형' 인물이 20세기 문학의 특징적인 인물 유형임을 밝혔고, 중국을 비롯한 공산주의 국가에서 문예정책의 영향으로 말미암아 진정한 의미에서의 '이념선택곤혹형' 인물 형상이 창작되지 못하거나 혹은 그 변형이 창작되었음을 말했다.

공산주의와 자본주의 2대 이데올로기의 대립과 투쟁이 20세기 인류사의 가장 중요한 특징인만큼 '이념선택곤혹형' 인물 형상이 더 많이 존재하리라 믿는다. 앞으로 보다 많은 세계 여러 나라의 문학에서 '이념선택곤혹형' 인물을 찾아 이 인물 유형을 풍부히 하고자 한다.

세덕당(世德堂) 100회본 『서유기(西遊記)』를 패러디한 최인훈의 『서유기(西遊記)』

Barbara WALL(University of Copenhagen)

1. 머리말

『서유기(西遊記)』라는 내러티브는 중국, 한국, 일본, 베트남 등에서 가장 대중적으로 성공한 내러티브 중의 하나이다. 이 내러티브는 「날아라 슈퍼보드」(허영만, 1990)라는 애니메이션이나 「마법천자문」(시리얼, 2003~2011)이라는 만화를 통해서 현재 한국 사회에서도 잘 알려져 있다. 『서유기』를 개작한 이러한 작품들은 깊은 철학적인 질문보다 손오공의 모험들을 더 많이 인용해서 『서유기』의 환상적인 측면에 초점을 둔다. 그렇기 때문에 『서유기』는 대중문화적인 속성이 강한 내러티브로 인식되어 왔다. 다양한 『서유기』 버전들 중에서 환상적으로 『서유기』를 개작한 작품들이 가장 인기가 많지만 모든 『서유기』 버전들이 대중적이고 환상적인 모험담은 아니다.

『서유기』의 가장 복잡한 버전들 중의 하나는 16세기 말에 출판된 세덕당(世德堂) 100회본 『서유기』이다. 학문적인 세계에서는 바로 이 100회본 『서유기』가 "오리지날"이라고 주장하는 경우가 많다. 최인훈이 같은 제목으로 또 하나의 『서유기』 버전을 썼는데 필자는 최인훈의 『서유기』가 제목으로만 『서유기』를 암시할 뿐만 아니라 내용과 구조상으로도 100회본 『서유기』의 패러디로 읽힐 수 있다고 생각한다. 최인훈의 『서유기』는 1960년대 한국의 정치상황을 바탕으로 해석하는 경우가 많은데 필자는 100회본 『서유기』와 최인훈 『서유기』의 면밀한 비교를 통해서 최인훈의 『서유기』가 지닌 새로운 측면을 발견해보려고 한다. 필자는 최인훈 『서유기』가 이데올로기 담론들을 해체하기 위해서 100회본 『서유기』의 다성적(多聲的)인 기법을 이용했다고 보고, 이를 분석하기 위해 바흐찐의 소설이론을 적용해보았다.

최인훈 『서유기』에 관한 기존 연구결과를 보면 『서유기』의 대중적인 이미지 때문인지 100회본 『서유기』에 대한 심층분석이 잘 이루어지지 않아왔다. 또한 최인훈이 100회본 『서유기』를 부분적으로 한국어로 번역했다는 사실[1]도 많은 논문에서 언급되어 있지 않다.

2. 최인훈 「서유기」와 100회본 「서유기」

최인훈 『서유기』[2]는 《문학》이라는 월간지에서 1966년 5월부터 1967년 1월까지 연재된 후, 1971년에 단행본으로 출판되었다. 이 소설은 고대인의 두개골 화석에 대한 고고학 필름을 소개하는 프롤로그로부터 시작된다. 최인훈 『서유기』의 주 내용은 이유정이라는 사람의 방에서 자기 방으로 돌아가는 주인공인 독고준의 꿈 여행을 서술하고 있다. 이러한 여행은 독고준이 자기의 과거와 한국 역사를 마주할 수 있도록 인도하는데 그는 그 과정에서 역사적인 인물 네 명과 만난다. 바로 애국주의자인 기생 논개, 임진왜란의 영웅인 이순신, 사회주의자인 조봉암, 그리고 소설가인 이광수이다. 또한 독고준은 자신의 과거와 관련된 두 사람을 만나는데 바로 역장과 남녀동생과의 만남들이다. 서로 구조는 다르지만 각각의 만남은 독고준이 접한 이데올로기 담론을 대표하며, 그것은 독고준의 여행을 방해하는 역할을 한다. 그러나 어떠한 방해에도 불구하고 독고준은 "W시의 그 여름"으로의 오디세이를 계속한다. 여기서 말하는 "그 여름"은 독고준이 월남하기 전 원산에서 지낸 마지막 여름으로 이해할 수 있다. 그러나 그는 결국 W시에 도착했을 때 환영 받지도 못하고 오히려 제국주의적인 간첩으로 혐의를 받는다.

제목에서 알 수 있듯이 100회본 『서유기』도 여행에 대한 이야기로, 삼장법사의 성공적인 오디세이를 담고 있다. 삼장법사의 성공적인 오디세이이다. 삼장법사는 손오공, 저팔계, 사오정, 그리고 용마라는 네 제자를 데리고 서쪽에서 불경을 구하려고 한다. 100회본 『서유기』를 프롤로그와 에피소드 30개 정도로 나눌 수 있는데 프롤로그에서는 손오공의 환상적인 탄생에서 그가 출세하기까지의 과정이 서술된다. 손오공이 출세하는 과정을 단계별로 크게 구분해보면 손오공이 원숭이의 왕으로 있는 단계, 하늘의 권력자와 싸우는 단계, 부처님을 상대로 한 대결에서 지고 오행산에 갇힌 단계이다. 삼장법사만이 손오공을 도와 줄 수 있다. 삼장법사는 서쪽으로의 여행에서 자기를 보호해달라는 조건을 걸고 손오공을 풀어준다. 그러나 손오공을 통제하기 위해서 손오공의 머리에 말을 안 들을 때 머리를 아프게 하는 머리띠를 쓰인다. 뒤이어 다른 제자들을 받아들인 뒤, 삼장법사의 실제 오디세이가 시작된다.

그 다음에 이어지는 각 에피소드는 비슷한 패턴으로 진행된다.

1) 삼장법사 일행은 여행을 방해하는 다양한 괴물을 만난다.
2) 손오공이 방해를 극복하는 계책을 생각해 낸다.
3) 괴물들은 손오공을 상대로 해서 진다.
4) 삼장법사 일행이 여행을 계속한다.

이렇게 간단하고 반복되는 패턴 때문에 독자들은 100회본 『서유기』를 부분적으로 읽지 않아도 기본적인 맥락을 크게 놓치지 않는다. 이러한 특성 때문에 100회본 『서유기』는 환상적인 개작을 만들기에 적합하다. 그러나 우리는 100회본 『서유기』를 각 에피소드가 특별하고 고유한 의미를 가진 조리 있는 내러티브로도 읽을 수 있다.

3. 100회본 『서유기』의 다성성

여행은 일반적으로 무엇을 찾기 위한 행동이나 무언가와 싸우는 행동으로 이해할 수 있다. 그래서 100회본 『서유기』를 무엇을 가르치기 위한 수단으로 이용할 수도 있고, 무엇을 비판하는 무기로도 이용할 수 있다. 따라서 100회본 『서유기』는 조리 있는 내러티브로서 불교, 도교, 유교의 수행설명서로 분류될 때도 있고 삶과 세상에 대한 풍자로 읽힐 때도 있다. 100회본 『서유기』의 다양하고 때때로 상충하는 특성들, 그리고 아이러니컬한 경향 때문에 100회본 『서유기』를 분류하기는 쉽지 않다. 100회본 『서유기』는 일관성이 있거나 완성된 알레고리가 아니다. 소설 전체를 완전하게 지배하는 입장이나 담론이 없다. 우리가 100회본 『서유기』에서 찾을 수 있는 것은 바흐찐이 말하는 "독립적이고 합병되지 않은 목소리들과 인식들의 다양성, 완벽하게 타당한 목소리들의 진실한 다성성(plurality of independent and unmerged voices and consciousnesses, a genuine polyphony of fully valid voices)"[3]이다. 100회본 『서유기』에서 많은 목소리들을 들을 수 있지만 지배적인 하나의 목소리가 있는 것은 아니다.

100회본 『서유기』의 99회에서 손오공은 이 현상을 "불완전함의 오묘함(不全之奧妙)" 이라고 한다. 삼장법사가 어느 불경의 부분적인 손실을 애통할 때 손오공은 "하늘과 땅은 완전하지 않습니다. 이 경전은 원래 완전했는데 지금 젖어서 찢어진 이유는 바로 이 상태에서 불완전함의 오묘함에 상응하기 때문입니다"[4]라고 한다. 여기서 언급되는 부전(不全)함을 바로 바흐찐이 말하는 "완전한 의미의 불가능함(impossibility of full meaning)"[5] 으로 이해할 수 있고, 이 부전(不全)함 때문에 100회본 『서유기』를 다양한 입장에서 이해할 수 있을 것이다. 100회본 『서유기』는 어느 한 담론의 완전한 알레고리가 아니고, 오히려 바흐찐이 말하는 "완성되지 않은 대화(unfinalized dialogue)"[6] 이다. 계속적으로 지배하는 담론이 없기 때문에 100회본 『서유기』는 여러 담론들을 평등하게 포함할 수 있다. 대부분의 『서유기』 개작들은 100회본 『서유기』에 등재된 담론들 중에서 한 가지를 골라서 새로운 이야기를 만들었는데 최인훈은 100회본 『서유기』의 부전(不全)함을 이용해서 이데올로기 담론들의 기쁜 상대성을 선언하는 것 같다.

4. 마음의 여행을 위한 설명서로서의 프롤로그

100회본 『서유기』에서도, 최인훈 『서유기』에서도 프롤로그가 전체 소설의 체계적인 모방의 역할을 한다. 100회본 『서유기』의 경우에는 원숭이 왕인 손오공의 이야기로 프롤로그가 시작되는데 이것은 "깨달음을 위한 짧은 탐구(mini-quest for salvation)"[7]로 이해할 수 있다. 최인훈 『서유기』의 경우에는 사실 두 가지 프롤로그가 있다. 《문학》에 연재된 최인훈 「서유기」의 프롤로그와 단행본으로 발간된 최인훈 『서유기』의 프롤로그는 서로 다르기 때문이다. 단행본으로 발간된 최인훈 『서유기』의 프롤로그에는 고대인의 두개골 화석에 대한 고고학 필름이 소개된다. 이 프롤로그는 최인훈이 자연과학의 방법을 통해서 소설을 편견 없이 객관적으로 서술할 것이라는 기대를 독자들에게 불러일으킨다.

반대로《문학》에 연재된 최인훈 「서유기」의 프롤로그를 대신하는 "작자의 말"에는 다음과 같은 언급이 있다.

> 이 작품은 현대 한국인의 의식의 깊은 곳에 숨어 있는 여러 관념과 정서를 환상의 형식으로 담아 보면서 주인공의 정신적 적응을 현실의 시공에서, 해방된 방법적 시공에서 전개시키려 합니다. 이 작품은 삼부작의 하나로, 「회색의 의자」와 호응되도록 하면서 전기한 바와 같이 보다 자유로운 형식 속에서 테마를 변주시킨 것입니다.[8]

여기서 최인훈은 우리가 『서유기』에서 만날 환상들이나 꿈들을 소개한다. 그는 이러한 환상들이 정신이나 뇌에서 유래된 관념과 정서들을 상징한다고 강조한다. 또한 그는 이 소설이 실제 시간과 공간을 무대로 하지만 소설을 쓰면서 방법적인 틀에는 집착하지 않았다고 말한다. 독고준의 여행은 뇌나 마음에서 진행되는 생각의 여행이다. 최인훈은《문학》에 연재된 「서유기」의 프롤로그에서는 주인공의 생각을 소설 형식으로 그려보려는 시도를 했다. 이에 비해 단행본으로 발간된 최인훈 『서유기』의 프롤로그에서는 한 발짝 더 나아가 주인공의 생각을 그려보려는 시도를 필름이라는 소재를 이용해 표현한다.

손오공을 "mind-monkey(心猿)"로 부름으로써 100회본 『서유기』의 작가는 최인훈과 비슷한 방법을 쓴다. 원숭이가 만일 마음을 상징한다면 원숭이의 여행을 독고준의 여행과 같이 마음의 여행으로 이해할 수 있다. 독고준의 의식이 소설의 핵심적인 주제가 되므로 『서유기』를 "의식의 흐름 소설(stream-of-consciousness novel)"이라고 할 수도 있을 것이다. 의식의 흐름이라는 기능을 이용함으로써 최인훈이 모든 형식적인 제약을 쉽게 극복할 수 있기 때문에 형식적인 면에서의 다성성이 가능해진다.

최인훈 『서유기』 전체가 독고준의 '상념의 주마등(8)'을 보여주는 방식으로 진행되기 때문에 이 소설은 마치 독고준이 환자로서 자기 뇌수술을 모니터를 통해서 관찰하는 것처럼 느껴진다.[9] 다시 말해, 최인훈은 독자들에게 투명한 뇌를 보여준다고 할 수도 있다. 프롤로그에서 최인훈이 약속한 것과 같이, 독고준의 뇌는 해부된 것 같다. 많은 문장들이 문법적으로 완전하지 않고 주제와 초점의 갑작스러운 변화도 자주 관찰된다. 독고준의 연상은 너무나 자유로워서 마치 내외(內外)세계가 하나가 되는 것 같다.

> 상념의 주마등을 한 계단 한 계단 천천히 밟으면서 그는 2층 자기 방으로 올라갔다 (…) 그는 자기 방 쪽으로 걸어갔다. 아무것도 생각하고 있지 않았다. 다만 그의 두개골의 안쪽 어디엔가 반딧불처럼 촉수 낮은, 그리고 아주 조그마한 전구가 박혀서 그것이 번득 하고 켜졌다가는 깜빡 꺼지

> 고, 또 켜지고 하면서 모세혈관들이 빽빽하게 그물을 치고 있는 번들번들한 벽을 그때마다 밝혀냈다가는 덮고 또 밝혀내고 하는 그 또렷한 움직임을 몸으로 느끼고 있었다. 무엇 때문에? 전혀 뜻밖에, 허공 속에서 불쑥 누군가의 나지막한 목소리가 들렸다. (무엇 때문에) 무엇 때문에 나는… 나는, 하고 독고준은 그 목소리의 임자가 자기라는 것을 알면서 적이 놀랐다. 그는 계단 첫 끝까지 와 있었다. 그는 첫 단을 밟았다. 그러자 두개골 속의 반딧불이 번득 하고 켜졌다가 다음 단에서 깜빡 꺼진다. (8~9면)

"나"와 "그"의 갑작스러운 변화는 내외세계 간의 병합을 암시한다. 외세계에서 유래된 것 같은 움직임과 소리들이 독고준의 뇌로 이동하면서 내세계와 외세계 사이의 경계선이 흐릿해진다.

> 가끔 거미줄이 목덜미에 걸렸다. 그는 손끝에 구름처럼 허망하게 엉기는 그것을 떼어내면서 자기의 신경을 손으로 만져보는 것이라고 생각하였다. (12면)
> 밖에서 지척지척 빗소리가 들리는 것도 같았다. 그런가 하면 그것은 귓속에서 나는 환청 같기도 했다. (17면)

이 입장에서는 두 주인공의 모든 만남들을 그들 마음의 투영으로 이해할 수 있다. 그렇다면 여행은 실제로 벌어지는 것이 아니라 환상이나 꿈에 불과하다. 최인훈은 100회본 『서유기』의 심원(心猿)이라는 개념을 빌려서 의식의 흐름 소설을 만듦으로써 문체상 다성성의 기반을 마련한다.

5. 다양한 시각을 가능하게 한 반복성과 원형성(circularity)

100회본 『서유기』는 다양한 관점으로 읽을 수 있다. 가장 간단한 방법은 『서유기』를 단선적이고 대단원으로 끝나는 여행으로 이해하는 것이다. 그러나 『서유기』는 정말 점진적인 줄거리를 가진 소설인가? 중대한 연구인 『The Four Masterworks of the Ming Novel』의 저자인 앤드류 플라스크(Andrew Plaks)는 100회본 『서유기』의 풍경, 인물, 그리고 사건들의 반복성을 강조한다.

> 그들은 계속 똑 같은 풍경을 지나가고, 똑같은 내적이나 외적인 시험들에 취약하다. 마지막에 약속의 땅에 도착했을 때 이 땅도 그들이 출발했던 당나라의 수도와 너무나 비슷하다.[10]

최인훈의 『서유기』도 100회본 『서유기』의 반복성을 지니고 있는데 100회본 『서유기』보다 더 지나치다고 할 수 있다. 100회본 『서유기』에서 비슷한 풍경이 나타난다고 하면 최인훈의 『서유기』에서 독고준은 석왕사에서 출발하여 다시 석왕사에 도착한다. 나타나는 소리, 향기, 그리고 모습들도 똑같이 반복된다. 독고준은 다양한 사람들을 만나지만 모든 만남의 구조가 크게 다르지 않다.

『*Fictions of Enlightenment*』의 저자인 리 쳰청(Li Qiancheng)은 100회본 『서유기』의 반복성을 『화엄경(華嚴經)』「입법계품(入法界品)」과의 비교를 통해서 설명한다.[11] 「입법계품」의 주인공인 수다나(선재동자[善財童子])는 불경계(佛境界)를 상상(envision)하고 나서 50명의 고문이나 선생님들(善知識)에게 똑같은 질문을 한다.

> 보살이 어떻게 보살의 행을 배우며 보살의 도를 닦습니까?
> 菩薩云何學菩薩行, 菩薩云何修菩薩行?[12]

수다나는 확실한 대답을 받지도 않고 바로 그 다음 사람에게 똑같은 질문을 던진다. 마크 앨런 에만(Mark Allen Ehman)은 이러한 반복적인 질문하기를 "원형으로 걷기(walking in circles)"와 비교한다.[13] 수다나는 왜 반복적으로 똑같은 질문을 하는가? 그는 여러 관점에서 지식을 구하고, 또 다양한 시점에서 진리에 접근하려고 한다. 중심을 여러 입장에서 보기 위해 그는 원형으로 걷는다. 수다나는 다양한 고문이나 선생님들과 대화를 나눈 뒤에야 여러 입장에서 볼 수 있는 능력을 가지게 된다. 『화엄경』에서는 사물을 다양한 입장에서 볼 수 있는 능력이 최고 깨달음의 전제 조건으로 보인다. 질문하는 목적은 구체적인 하나의 대답을 얻고 이 대답에 집착하는 데 않고, 바로 여러 입장에서 진리에 접근하는 데 있다. 이것은 바로 진리로 향하는 대화적(dialogic)인 접근 방법이라고 할 수 있다.

수다나는 서로 평등하게 공존하고 소통하는 단수형의 목소리들을 들으면서 모든 개인적인 목소리들 뒤에 있는 전체를 들을 수 있는 방법을 찾았다.

필자는 100회본 『서유기』와 최인훈의 『서유기』도 「입법계품(入法界品)」과 같이 해석할 수 있다고 본다. 삼장법사나 독고준이 여러 사람들을 만남으로써 무엇을 얻었는지를 말하기는 어렵지만 결국 그들은 어떠한 진리를 분명히 얻었다. 그것은 바로, 변하지 않는 독백적(monological)이며 절대적인 진리란 존재하지 않는다는 진리이다. 100회본 『서유기』에서 삼장법사들이 마지막에 빈 불경을 받는 것은 이 공(空)의 진리를 반영한다. 최인훈 『서유기』의 경우에 독고준은 여러 이데올로기 담론을 접하면서도 자기가 원하던 담론을 찾지 못했다. 표면적으로 그는 그가 겪었던 이데올로기와의 충돌에서 아무 것도 얻지 못한 것처럼 보이지만 자세히 보면 독고준은 이러한 충돌 때문에 모든 절대적인 이데올로기 담화가 공허한 환상에 불과하다는 것을 깨닫는다. 그래서 독고준이 얻은 것은 얻을 것이 없다는 깨달음이다. 이렇게 최인훈은 『서유기』에서 모든 독백적인 진리들이 환상이라는 것을 보여주면서 여러 진리 사이의 대화를 지향한다. 구조상으로는 최인훈 『서유기』가 100회본 『서유기』의 반복성과 원형성을 모방한다. 여러 만남들의 반복적인 패턴이 독자들에게 불필요한 중복으로 느껴질 수 있지만, 사실 구조상으로 이러한 반복적인 패턴은 여러 만남들을 상대화시키면서 다성성을 표현하는 수단으로 볼 수 있다.

6. 움직이는 수단으로의 회색(灰色)

독고준의 여행은 여러 만남들로 이어져 있다.[14] 이 만남들은 모두 의인화(擬人化)된 담론으로 독고준을 자기편으로 끌어들이려고 한다. 독고준은 가끔 망설이긴 해도 결국 어떠한 이데올로기 담론에도 귀속되지 않는다. 독고준은 어느 한 가지 목소리에 집착하지 않고 개인적인 목소리들 뒤에 있는 형형색색(形形色色)의 전체를 듣고자 하였다. 그는 흑과 백 중에 한 가지를 고르려고 하지 않고 바로 회색을 선택한다.

「그레이 구락부 전말기」나 『회색인』이라는 제목들에서도 알 수 있듯이 최인훈의 작품세계에서 회색은 중요한 역할을 한다. 여기서 말하는 회색은 지루하거나 재미없거나 무관심하다는 뜻도 아니고 회색분자를 말하는 것도 아니다. 여기서 말하는 회색은 대화의 색깔로 이해할 수 있다. 이성병원(理性病院)이라는 병원의 방송에서 독고준은 "가치 체계의 다원화 현상이 빚어낸 판단 감각의 혼란"(283) 때문에 정신사병(精神史病)에 걸렸다고 판단이 된다. 그는 다성성을 위해서 독단주의를 부정한다. 그리고 독단주의의 부정은 바로 대화와 애매함을 긍정하는 것이 된다. 최인훈 『서유기』의 프리퀄인 『회색인』에는 독고준에게 오승은(吳承恩)이라고 하는 친구가 있다. 오승은이 바로 100회본 『서유기』의 저자로 알려져 있는데 『회색인』의 오승은은 별명이 손오공을 암시하는 "털보"이다. 『회색인』의 오승은은 "글쎄"라는 표현에 관한 대화에서 흑백논리에 의지한 지나친 단순화를 반대하고 회의론을 칭찬한다.

글쎄란 말이 그렇게 이해가 안 가? 좋은 말 아냐? 판단을 머뭇거리고 있는 회의의 정신이 그대로 나타난 우후한 한국어야. 글쎄. 얼마나 좋은 말인가. 이것이냐 저것이냐, 극적인 정점에 이르렀을 때 한마디 '글쎄,' 이래서 드라마는 맥이 빠지고 위기는 자연 해소가 돼…글쎄, 내 말에도 자신은 없지만.[15]

『회색인』의 오승은은 100회본 『서유기』의 고정된 진리들이 허용되지 않는 대화적인 분위기, 즉 회색을 대표한다. 그는 "글쎄"라는 표현을 칭찬하면서 이데올로기 담론들이 충돌할 때 대화의 혜택을 강조한다.

김성렬은 독고준을 부정(否定)의 변증론자(辨證論者)[16]라고 부르고, 독고준의 친구인 김학은 그를 도로아미타(徒勞阿彌陀)[17]라고 부른다. 독고준은 모든 사람들에 맞는 절대적인 진리를 믿지 않고 이데올로기 담론들 밖에서 살 수 있다고 주장한다.

벗도 적도 아닐 수 있다. (329)

나는 진리를 믿고 싶지 않은 것이다. 천 사람, 만 사람에게 하나같이 꼭 들어맞는 그런 진리를 믿고 그 때문에 가슴을 태울 만한 순결은 이미 내 몫이 아닌 것이다.[18]

> 인간이 된다는 것은 정해놓은 한 가지 틀에 들어가는 것만이 아니라는 것. (331)

독고준은 유동성을 위하여 모든 고정된 것을 부정한다. 유동성은 바로 유연성이 있고 열려 있으며 마지막을 모르는 대화적인 태도의 힘을 상징한다. 이것은 바흐찐이 말하는 다성성과 관련이 있다. 바흐찐에 의하면 "다성성은 완결하는 권력적인 말을 반대하기 때문에 열려 있는 끝을 필요로 한다".[19]

독고준은 최종적으로 절대적인 진리를 안다고 주장하는 모든 철학적인 태도의 완고함을 부정한다.

> 길은 늘 어디론가에 닿는 길이라는 데 인간의 슬픔이 있다는 것을 그는 알고 있었다. 어디로도 닿지 않은 길, 자꾸 가는 길, 가는 것이 기쁨인 그런 길, 그것이야말로 모든 사람이 삶 속에 바라는 희망이지만 불가능한 일이다. (12)
> 운동이 없으면 모든 것은 썩는다 (…) 항해만 하면 된다. 어디로 가는지 몰라도 좋다. (64)

멈춘다는 것은 어딘가에 의지하고, 무언가에 빠지고, 결국 자유를 잃는 것을 의미한다. 그래서 독고준에게 형이상학적인 고향은 없다. 이성병원에서는 독고준을 "정신적 무국적 (精神的 無國籍)" (286)으로 진단한다. 그는 여행을 하면서 여러 이데올로기를 만나지만 어느 한 이데올로기에 관여하게 되지는 않는다. 이데올로기 담론들의 환상적인 성격이 『서유기』의 마지막 방송, 즉 한국 불교 관음종의 방송에서 또 언급된다 (320~321). 이 방송의 핵심내용은 바로 반야심경의 유명한 구절인 "色卽是空(색즉시공), 空卽是色(공즉시색)"이다. 色(색)은 空(공)이고, 空(공)은 色(색)이다. 다른 맥락에서는 色(색)을 현상이나 형체로 이해할 수도 있는데 『서유기』에서 중요한 역할을 하는 회색을 고려하면 여기서 色(색)을 색깔로 이해하려고 한다. 최인훈은 반야심경의 위 구절을 회색으로 표현한 것 같다. 여기서 色(색)은 흑백논리에 빠진 이데올로기 담론들의 유혹적(色)이면서도 환상적(空)인 성격을 잘 드러낸다. 色(색)이 空(공)이라는 것을 밝힌 다음 남는 것이 바로 空(공)의 색깔, 즉 회색이다.

그러나 소설에서 관음종 방송의 두드러진 위치에도 불구하고 『서유기』의 대화적인 분위기를 고려하면 여기서 불교를 절대적 진리로 이해하면 안 된다. 불교나 독고준 자신도 소설의 권위적인 목소리가 되지 않는다. 色(색)은 空(공)이지만, 空(공)은 또한 色(색)이다. 이데올로기 담론들이 환상적이지만 色(색)으로 존재한다. 다시 말하면 이데올로기 담론들이 空(공)이라고 하는 것은 그들이 존재하지 않는다는 것은 아니다. 『서유기』에서 나오는 모든 목소리들은 다른 목소리들과 공존하고 소통하는 평등한 이데올로기들을 대표한다. 결국 형형색색의 개인적인 목소리들을 듣는 이유는 바로 그 뒤에 있는 회색인 전체를 듣기 위해서이다.

연극과의 동행, '최인훈 희곡'의 형성
—「온달」에서 「어디서 무엇이 되어 만나랴」로의 이행 과정을 중심으로

송아름(서울대학교 국어국문학과 박사과정 수료)

1. '최인훈 희곡'의 등장과 연극계의 기대

해방 이후 한국 현대 문학사에서 작가 최인훈이 지닌 무게는 상당한 것이었다. 그의 작품 이력에 방점을 찍게 된 『광장』을 차치하고라도, 그의 출생지와 유년기의 기억들, LST를 타고 월남했던 경험과 미국에서의 생활 등은 그의 삶 자체가 한국 현대사를 관통하는 경험의 소산임을 분명히 했고, 그의 삶이 녹아든 작품들은 한국현대소설사에서 상당한 영역을 차지했다. 사실주의를 비껴갔던 다양한 문학 실험들은 또 한 번 그를 새로운 위치에 올려놓으며, 그의 작품이 이전과는 다른 역사적 감각 속에서 읽혀야 한다는 것을 보여주었다. 흔들릴 수밖에 없었던 삶과 문학의 밀착성은 그에게 '전후(前後) 최대의 작가'[1]라는 수식을 선사했고, 그렇게 그의 문학은 곧 작가 자신으로 간주되었다.[2]

그러나 1970년대에 접어들어 최인훈은 갑작스레 장르를 선회하면서, 새로운 작품세계를 예고한다. 당시 문학의 영역에서 배제되었던 '희곡'과 결합한 '최인훈'이라는 이름은 비평가들의 주목을 끌기에 충분했다. 최인훈의 희곡 선택은 완전한 장르 인식이 자리 잡지 못했던 해방 전 조일재나 윤백남, 이광수 등의 장르전환과는 전혀 다른 의미로 읽힐 수밖에 없었던 것이다. 게다가 '극시인'이라는 칭호로 상찬(賞讚)되었던[3] 그의 작품들은 공연을 위한 대본을 넘어서는 것으로 평가받았고, 한국현대희곡사의 한 자리를 차지하게 된다. 최인훈의 희곡은 신비로움 속에 녹여낸 설화의 세계를 그리고 있었으며, 시적인 지시문과 대사, 극 전체에 퍼져 있는 몽환적인 분위기, 꿈으로 연결되는 극 장면과 설화적 인물들의 재탄생 등을 통해 한국적 특수성과 세계적 보편성을 성공적으로 결합한 작품으로 자리 잡았다.

전에 없던 형식과 내용으로 인해 최인훈 희곡 연구가 작품의 독특함에 대한 해석을 중심으로 진행된 것은 물론이다. 먼저 최인훈 희곡만이 성취하고 있는 문학성과 연극성에 관한 연구와 작품 전체를 관통하고 있는 설화에 대한 연구 등은 최인훈 희곡이 성취하고 있는 미학적 견지를 꼼꼼히 설명한다. 최인훈의 문학성을 중요한 특징으로 보는 연구에서는 시적인 대사와 지시문 등이 최인훈의 희곡을 집단 체험보다는 읽는 희곡으로써 독자들의 상상력을 자극하는 작품으로 보게 하면서도 그 안에 연극의 시공간적 분위기를 내포하고 있다는 것에 큰 의미를 부여한다.[4] 물론 최인훈의 희곡이 무대에 올랐을 때 희곡으로 읽을 때의 특징을 살리지 못할 가능성이 크다는 의견들이 그 반대편에 서 있지만,[5] 여기에도 최인훈 희곡은 단순한 레제드라마로 취급될 수 없으며 그만의 독특한 연극성을 지니고 있다는 점이 전제되어 있다. 설화의 줄거리를 설명하는 것에서 벗어나 그만의 방식으로 재창작을 꾀하고 있는 최인훈 희곡은 까치보은 설화와 온달 설화, 호동왕자와 낙랑공주 설화, 심청전 등을 통해 전통을 창조적으로 변용해낸 작품이라 할 수 있으며,[6] 시행으로 배열되고 있는 시적 특성을 지닌 희곡 속 언어들은 독특한 상상력을 요하면서 그만의 연극성을 성취하고 있다는 논의가 또 다른 축을 이룬다. 최인훈 희곡의 무대 지시문은 서정적이면서도 읽는 이의 상상력을 자극하면서 말더듬이, 느린 몸동작, 함축적인 언어 등으로 연극적 형상에 중요한 역할을 하는 것으로 해석되며,[7] 이때 발생하는 비극적 정서는 1970년대의 발전논리에 대항하는 정치의식과 연결되기도 한다.[8]

상당한 성과를 이루고 있는 최인훈 희곡에 관한 연구에선 몇 가지 흥미로운 특징을 발견할 수 있다. 하나는 작가가 남긴 언급이 그의 작품을 설명하는 데에 중요한 근거로 작용한다는 점이며, 다른 하나는 몇 안 되는 그의 희곡 작품 중에서도[9] 유독 특정 몇 작품이 반복적으로 논의되고 있다는 점이다. 그러나 작가가 남긴 언급에 기대는 것은 곧 그의 작가의식이 작품에 완전하게 투영되었다는 것을 전제하기에, 작가의식 외의 다양한 상황들을 놓칠 위험이 있다.[10] 가령 「어디서 무엇이 되어 만나랴」의 초연 프로그램에서 작가가 직접 언급했던 '만남과 헤어짐'이라는 주제의식이 현재까지 이어지고 있다면, 시간적 간극에서 오는 작품의 새로운 해석 가능성은 간과될 수밖에 없다. 또한, 몇몇 작품에 치우진 논의들은 최인훈 희곡 전체가 몇몇 작품들의 뚜렷한 특징을 통해 이미 완성된 것으로 보는 위험성을 지닐 수 있다. 최인훈의 희곡 중 전집 표제작인 「옛날 옛적에 훠어이 훠이」와 이후 발표된 「둥둥 낙랑둥」은 최인훈의 희곡 연구에서 가장 많이 언급되는 작품이다. 작품의 완성도와 공연의 성과를 볼 때 이 작품들이 중요하게 다루어지는 것은 이상한 일이 아니지만, 암묵적으로 최인훈 희곡의 시작까지도 가장 완성도가 높은 「옛날 옛적에 훠어이 훠이」와 동일선상에 둔다는 것은 문제의 소지가 있다. 이 작품은 1973~1976년으로 이어진 미국 체류기 후 본격적으로 집필한 첫 희곡이 맞지만, 그 이전 최인훈의 본격적인 연극 경험을 가능하게 해 준 것은 「온달」을 수정해 공연했던 「어디서 무엇이 되어 만나랴」이기 때문이다.

현재까지도 상당한 고평을 받고 있는 최인훈의 희곡들과 다르게 그가 처음 발표한 희곡[11] 「온달」[12]은 소설과 희곡이 섞여 있는 과도기적 형태의 작품이었다. 바로 다음 발표한 「열반의 배 — 온달2」(이하 「열반의 배」)[13]는 완전한 희곡의 형식으로 발표되긴 했지만, 딱딱하고 현학적인 대사들과 갑작스런 극적 전개로 현재 최인훈 희곡의 가장 큰 특징으로 손꼽히는 '시적' 특질을 찾아보기 힘들다. 「온달」이 수정된 현재의 「어디서 무엇이 되어 만나랴」 역시 다른 작품에 비해 희곡 구성상의 결함이 발견된다는 점에서 극작술의 미숙함을 확인할 수 있다. 공주의 내면심리를 직접 드러내는 설명적인 대사와 공주를 부각시키기 위해 다른 등장인물의 성격이 유형적이라는 점,[14] 독백이 극을 이끌면서 구성상의 결함을 보인다는 점[15] 등은 그의 첫 작품이 희곡으로서 그리 성공적이지 못했다는 것을 보여준다.

그러나 몇 년 후, 최인훈은 장르의 과도기적 형태를 지우고 독특한 희곡세계를 창조해낸 작가로 평가된다. 1970년 초연된 「어디서 무엇이 되어 만나랴」는 불완전했던 「온달」과 「열반의 배」가 정리되었던 작품임에도 불구하고[16] 한국 연극의 새 가능성을 열어준 작품으로 인정받았으며, 바로 다음 「옛날 옛적에 훠어이 훠이」와 그 이후의 작품들은 최인훈에게 '극시인'이라는 칭호를 선사했다. 몇 년 사이, 최인훈은 전혀 다른 장르에서 또 전혀 다른 평가를 받으며 1970년대의 문화의 장(場)안에 놓이게 되었던 것이다. 그렇다면 바로 이 시기 즉, 최인훈이 「온달」을 발표하고 「어디서 무엇이 되어 만나랴」를 공연하게 된 바로 그때, 「온달」이 「어디서 무엇이 되어 만나랴」로 수정되는 그 시점은 최인훈이 자신만의 희곡의 특징을 발견하고 정착시킬 가능성을 발견한 때로 볼 수 있을 것이다. 이 글에서 주목하고자 하는 것은 바로 이 지점이다. 이 시기, 최인훈의 희곡이 가장 많은 변화를 겪게 되었던 첫 작품의 발표와 초연이 놓인 바로 그때를 최인훈 희곡의 시작으로 보고 '최인훈 희곡'의 형성을 촘촘히 살피고자 하는 것이다.

최인훈이 직접 확인한 바 있는 연극의 '가외(加外)의 힘'[17]은 다른 어떤 작품보다도 「어디서 무엇이 되어 만나랴」를 중심으로 면밀하게 고찰할 수 있다. 최인훈 희곡의 현재의 모습은 초연을 거친 후 자리 잡은 것으로 보이기 때문이다. 최인훈 자신이 변화를 필요로 했던 그 시점의 작품들과 평가, 그리고 희곡을 택했을 때의 연극의 장(場)과 그것이 무대 위에 올랐을 때의 가능성 등 그가 직접 확인한 바 있는 연극의 힘은 이후 최인훈의 완전한, 그리고 최인훈만의 희곡 쓰기로 돌아설 수 있었던 추동력이 될 수 있었던 것이다. 최인훈 희곡은 그 특이성으로 인해 유독 작품에 제한된 논의가 상당했던바, 그의 희곡을 둘러싼 다양한 담론들에 대한 언급을 찾기 힘들다. 그러나 「어디서 무엇이 되어 만나랴」가 문학지에 실리지 않은 채[18] 바로 연극 대본으로 만들어졌던 것은 이 작품이 완결된 하나의 작품이었다기보다 무대를 위해, 연출을 위해, 배우를 위해, 그리고 작가의 변화를 위해 다각도로 개방된 작품이라는 점을 알 수 있기에 작품에 한정된 논의를 벗어날 필요가 있다. 즉, 이 시기의 변화를 확인하는 것은 최인훈 희곡만의 담론을 구축하면서 새로운 작품읽기를 시도하는 것이라 할 수 있다.

2. 고전 패러디 소설의 끝자락, 「온달」

먼저 첫 희곡 「온달」이 이후의 희곡작품들보다 그 이전의 소설들과 더 깊이 연관되어 있다는 점을 언급하고자 한다.[19] '특집소설'란에 실렸던 작품 「온달」은 까치 보은설화를 변형시킨 소설 형식의 1장과 희곡으로 정리된 2, 3, 4장으로 구성되어 있다. 1장은 온달이 사냥을 나간 숲속에서 한 여인을 만나 운우지정(雲雨之情)을 나누고 그 여인이 뱀이라는 것을 알아차리는 내용을 담고 있으며 대부분의 서술은 묘사로 이루어진다. 온달과 여자의 대화는 소설의 대화체로 서술되며 이는 2장을 넘어서면서부터야 각 인물의 대사로 전환된다. 서술자의 목소리까지 드러나는 1장의 말미는[20] 이 작품이 소설과 희곡의 중간에 자리하고 있다는 것을 명확하게 보여준다. 더군다나, 현재성을 상정하지 않은 채, 무대 위의 담화 요소조차 없으며, 산속의 정취와 온달의 전사(前史)를 묘사로 채워 넣었던 1장을 다시금 떠올린다면 이 작품은 사실상 무대 상연을 염두에 두지 않은 것으로 보는 쪽이 옳다. 즉, 최인훈은 이 작품으로 완전한 희곡쓰기를 의도하지 않았으며, 오히려 소설쓰기에 더 큰 부분을 할애하고 있었던 것이다. 최인훈의 첫 희곡이 소설쓰기의 연장선상에 있었다면 그가 이후 완전한 희곡집필로 돌아서게 된 것은 사실상 작가의식만으로는 설명하기 어려워진다. 게다가 그의 첫 희곡이 고전 소설의 패러디와 가깝다면 더욱 그렇다. 최인훈은 장편을 발표하는 중간중간, 혹은 그것과 겹치는 시기에 다수의 고전 패러디 소설을 집필해왔기 때문이다. '온달'의 선택은 그래서 의미심장하다.

최인훈의 문학은 자신의 경험을 형상화하는 것에서부터 시작했다. 최인훈이 대학교 1학년 때 쓴 「豆滿江(두만강)」에는 약간의 변형을 거친 회령읍에서의 어린 시절 경험이 드러나며, 『회색인』에서의 방공호 경험은 그의 단편 「우상의 집」에서도 찾을 수 있는 동일한 경험의 재구성이다.[21] 이처럼 최인훈의 초기작은 개인의 기억을 문학적으로 형상화하는 과정이면서, 당대의 현실과 그에 대한 작가적 자의식을 녹여낸 원체험적 서사들이라 할 수 있다. 문학 창작에서의 기억이 정통성을 유지하는 일반적인 기억이 아니라 작가의 특수한 기억을 현재로 활성화하는 것이라고 할 때[22] 최인훈의 개인적 기억들은 현재성을 확보하는 기억으로 작품 내에 자리 잡아왔고, 그만큼 중요하게 다루어졌다. 역사적 기억이 현재와 과거, 미래를 철저히 분리하는 것에 선행한다면 문학적 회상 기억은 과거와 현재, 미래의 매개가 된다고 할 수 있기 때문에[23] 최인훈의 선택된 기억은 늘 현재와 길항하는 정치적인 것으로 간주되었다.

그러나 작품 속에 어떤 기억이 등장했느냐보다 중요한 것은 최인훈이 이것을 그려내는 방식이다. 최인훈의 기억들은 방공호에서의 본능적인 불안과 이를 잠재우던 한 여인의 체취, 4. 19와 5. 16 사이에서의 잔인한 실체들의 묘사 등 객관적 실체와는 거리를 둔 채, 그것을 향유했던 이들의 몸에 각인된 기억과 정서를 환기하는 방식으로 표현되고 있기 때문이다. 문학 작품이 이성의 우위를 포기하고 몸의 기억에 의존할 때, 이를 통해 형성된 문학적 기억은 단순한 회상 기억이 아니라 애상의 기억이나 몸의 기억을 우위에 둔다.[24] 즉, 최인훈이 강조하는 여인의 체취나, 그때 느낀 자신의 감각을 강조하는 것, 4·19와 5·16에서 느낀 잔인함의 묘사 등은 최인훈 자신의 기억을 작가 개인의 기억으로 남기려는 것이 아니라 독자들에게 공감을 이끌어낼 수 있는 연결고리로 활용하려 했다는 것을 알 수 있다. 문학적으로 형상화된 최인훈의 기억들은 정서적으로 공유하는 매개가 되면서 이 사건들을 거쳐 온 과거와 현재를 읽어나갈 수 있는 하나의 맥락으로 작용하게 되는 것이다.[25] 특히 1960년대를 넘어서면서 이 같은 기억의 확대는 더욱 적극적으로 발현되며, 이후 독자들이 익숙하게 알고 있는 고전을 활용하는 단계로까지 나아간다.

최인훈의 소설을 떠올릴 때 선두에 서는 작품들은 작가 스스로가 5부작으로 읽히길 바랐던 『광장』, 『회색인』, 『서유기』, 『소설가 구보씨의 일일』, 『태풍』 등이다. 흥미로운 것은 최인훈이 이 작품들을 발표하는 시기와 비슷하게 고전문학을 현대적으로 패러디하는 작품들을 꾸준히 창작. 발표했다는 점이다. 「구운몽」(《자유문학》, 1959.12), 「열하일기」(《자유문학》, 1962.7~8), 「금오신화」(《사상계》, 1963.11), 「놀부뎐」(《한국문학》, 1966.3), 『서유기』(《문학》, 1966.5), 「춘향뎐」(《창작과 비평》, 1967.6), 「옹고집뎐」(《월간문학》, 1968.8), 『소설가 구보씨의 일일』(《월간중앙》, 1970.2~1971.4) 등으로 이어지는 고전 소설의 패러디 작품들은 작품의 수도 적지 않을뿐더러 발표 시기가 꾸준히 이어지고 있어 최인훈 소설의 또 한 축이 된다고 볼 수 있다. 이 작품들은 최인훈의 작품 속에서 찾을 수 있었던 정서를 환기하는 방식으로의 기억과 그 맥을 함께 한다. 고전은 내용보다 그것을 함께 기억하고 공유하는 이들 간의 정서적 합의를 우선으로 하기에, 최인훈의 고전 활용은 정서적 기억의 공유를 통해 현재를 살피려는 의도를 더욱 적극적으로 드러낸다고 볼 수 있기 때문이다. 그리고 바로 이 끝자락에 「온달」이 놓여 있다.

「온달」은 온달장수보다는 권력싸움으로 인해 궁에서 축출당한 평강공주를 서사의 중심에 둔 작품이다. 영토를 넓히기 위해 용맹하게 싸우던 고구려의 장수 온달은 「온달」에서 공주에게 혼령으로 찾아와 자신을 죽인 이를 알려주고, 공주와의 운명적인 만남이 얼마나 신비로운 것이었는지를 이야기하는 인물로 재설정된다. 여기에 덧붙여진 불교적 세계관은 평강과 온달의 만남을 인연으로 압축하며, 대사(大師)라는 인물과 그의 대사로 이를 강화한다. 이처럼 고전 패러디에서 흥미를 유발할 수 있는 것은 이미 알고 있는 서사가 어떻게 변형되고 있느냐에 대한 것이며, 그것의 의미를 찾는 일일 것이다. 이러한 고전 다시쓰기는 당시의 전통담론과 맞물리면서[26] 대항 기억으로서의 의미를 획득할 수 있다.[27] 구비문학의 주체가 근본적으로 민(民)을 향하고 있다고 할 때[28] 고전을 차용한 최인훈의 작품들은 곧 이를 통해 현재를 보려는 시도와 다르지 않다.

정치적인 의미로 파악할 수 있는 고전 소설의 패러디는 「온달」로까지 이어지고 있었다. 그러나 중요한 것은 「온달」에서 이러한 문제의식을 포착할 수 있다고는 해도 그것이 잘 전달되지는 않았다는 점이다. 최인훈이 보여주었던 여타의 작품들과 다르게 단편에 머무르던, 다소 가벼운 내용을 담고 있던 고전 패러디 소설들은 많은 관심을 받지 못했기 때문에, 소설과 희곡의 경계에서 부유하며 그 끝자리에 위치한 「온달」이 소설계에서 주목받지 못한 것은 어찌 보면 당연했다. 소설이라기 보단 희곡이라 이야기하면서도, 장르를 구분해 작품을 평가하기보단 이러한 시도를 문학적 가능성의 실험정도로 언급하거나,[29] 비현실적 시간 속으로의 신비주의적 편력을 즐긴 것 같다는 내용의 비판,[30] 「열반의 배」에 대해서는 양식적 관심이 눈에 띄지만 작가가 작중 현실에서 벗어나 있는 듯 보인다는[31] 작가의식에 대한 부정적 언급 등이 이 두 작품에 대한 평가의 대부분이었다고 할 수 있다. 이러한 평가는 '소설가' 최인훈의 소설에 대한 것으로, 소설계는 그의 갑작스러운 변화에 크게 관심 갖지 않았다는 것을 보여준다. 그러나 연극계에서 보는 최인훈의 「온달」은 이와 달랐다. 그의 작품은 단순한 고전의 패러디를 넘어 당시 연극계의 요구를 충족시킬 만큼의 가능성을 지니고 있었기 때문이다.

3. 1970년대 연극계의 욕망이 지나는 교차점

소설과 희곡의 경계를 모호하게 오가던 작품 「온달」의 무대 가능성을 발견한 것은 극단 자유극장의 연출가 김정옥이었다. 번역극 위주의 공연을 하며 변화를 고심하던 차에 김정옥은 문학잡지에 실린 「온달」을 읽고,[32] 이 작품이 여타의 희곡과는 다른 새로운 가능성을 지닌 작품임을 직감한다.

> 최인훈씨의 희곡이 나에게 커다란 매력을 느끼게 한 것은 다음 몇 가지 점에 있어서이다. 우선 희곡의 생명이라 할 수 있는 대사가 시적(詩的)인 품위를 가지고 있다. (…) 둘째로 사실(史實) 또는 전설적 내용을 다루고 있으면서도 종래

의 사극 냄새를 전혀 느낄 수 없으며, 극적인 짜임새와 줄거리를 전혀 무시하고 다만 만난다는 사실 하나에 초점을 맞춤으로써 드라마의 밀도를 시극적(詩劇的)인 차원으로 끌어 올리고 있다는 점이다.[33]

김정옥의 회고에서 확인할 수 있는 것은 김정옥이 최인훈의 「온달」에서 기존의 창작극과 역사극, 양자를 넘어설 수 있는 가능성을 포착했다는 점이다. 1970년대에 들어서면서 한국 연극계는 바로 이 지점을 가장 고심하고 있었다. 1960년대부터 시작된 사실주의로부터의 이탈은 1970년대에 들어 본격화되었고, 이에 힘입어 다양한 실험극들이 무대에 올랐다. 그러나 한국 연극의 양식을 채 실험하기도 전, 이보다 먼저 유입된 서구의 실험극과 번역극들은 당시 급증한 소극장들을 운영할 수 있는 경제적 발판이 되어 있었다. 관객들은 코믹한 번역극과 상업극에 몰려들었고, 이러한 연극만을 좇는 관객에 대한 비판의 목소리가 관객들 사이에서 나올 만큼[34] 상업극과 번역극의 지배는 꽤나 오랫동안 지속되었다. 공연을 위해 경제적 측면을 고려하지 않을 수도, 창작극을 고심하지 않을 수도 없는 상황에서 새로운 창작극에 대한 연극계의 갈망은 어찌 보면 당연한 것이었다.

그러나 창작극이 발표된다 해도 문제가 해결된 것은 아니었다. 1970년대의 강력한 통치 이데올로기의 억압과 사건검열, 공연 금지 조치 등은 실험극의 안전한 공연을 흔들었고, 수준 높은 창작극의 가능성 역시 끌어내렸다. 연극의 육성을 위한 지원금을 빌미로, 관주도의 새마을 연극이나 대한민국 연극제 등의 의무 출품은 당시 연극계가 고민하고 있던 창작극에 대한 요구와는 무관한 사실주의 계열의 희곡들을 쏟아냈기 때문이다. 특히 이 작품들은 민족중흥이라는 목적하에 만들어지면서 과거의 영웅을 내세운 역사를 소환했고, 당시 국가가 만들려는 공적기억에 가까운 역사극으로 또 다른 노선을 만들고 있었다. 1973년 장충동 국립극장의 개관기념 공연 「성웅 이순신」을 시작으로 이후 이어지는 일련의 역사극은 이를 잘 보여준다.[35]

김정옥이 이러한 상황을 넘어설 수 있는 작품으로 최인훈의 「온달」을 꼽았다는 것은 많은 내용을 함축한다. 신비로우면서도 서정적인 분위기를 풍기는 창작 희곡, '온달'이라는 장수를 제목에 내세웠음에도 영웅주의에 치우치지 않는 역사성의 획득, 그리고 설화를 통한 전통으로의 접근까지도 「온달」이 품고 있었기 때문이다. 결코 다른 인물로는 환원될 수 없는, 온달과 평강공주가 지니고 있는 함의와 새로운 해석은 이 작품이 역사 속 인물이자 설화 속 인물을 중심으로 한 창작극의 가능성과 함께 당시 요구되었던 역사와 전통담론으로 옮아갈 수 있었고, 추상적인 작품의 분위기로 읽어낼 수 있는 꿈과 인연, 만남과 헤어짐 등은 관주도의 '종래의 사극'을 넘어설 수 있었던 것이다. 사실적인 내용을 배제하고 다각도로의 해석이 가능한 「온달」은 그렇게 연극계로 호출되었다.

『삼국사기』 열전 편에 짤막하게 실린 온달 설화를 변화시킨

「온달」은 이처럼 다양한 연극계의 요구와 교집합을 그리고 있었다. 영웅이었던 온달은 공주와의 인연을 갈망하는 애틋한 남성으로, 공주를 곧 고구려라 생각하여 지키려는 애잔한 장수로 변화하였고, 두 사람을 이어주던 시적 대사와 서정적 분위기는 새로운 작품으로 받아들여지기에 충분했다. 그 때문에 김정옥이 '아뢰나이다'와 같은 기존의 사극조에서 탈피한 이 작품을 '반사극(反史劇)'이라 명명하고, "역사극을 반대하는게 아니라 종래의 사극조를 반대한다"는 의미로 획기적인 무대를 고안한 것은 매우 적절한 선택이었다. 작품의 추상적이고도 시적인 분위기는 김광섭의 시구를 차용한 「어디서 무엇이 되어 만나랴」라는 제목으로의 전환을 어색하지 않게 했고,[36] 사실주의적 무대구성으로부터 거리를 두는 데도 큰 몫을 하면서, 철재를 이용한 기하학적이면서도 곡선이 많은 새로운 무대를 형상화할 수 있도록 이끌었다.[37] 「온달」은 이처럼 다양한 담론을 가로지르면서 「어디서 무엇이 되어 만나랴로 전환되었던 것이다. 그러나 야심찬 자유극장의 기획 속에 막을 올린 「어디서 무엇이 되어 만나랴」의 초연은 관객들에게 그리 큰 관심을 받지 못했다.[38]

거의 '종교적'이라고 할 수 있을 만큼 무조건 창작극을 공연해야 한다는 것을 넘어 이 작품을 통해 '시도'로서의 창작극을 해보고 싶었다는 당시 자유극장 제작자의 언급에서는[39] 창작극만으로 더 이상 관객을 끌 수도 없으며 새로운 시도만이 무엇인가를 가능하게 할 것이라는 당시의 불안과 기대를 살필 수 있다. 그리고 그들의 기대는 1970년 11월부터 명동국립극장에서의 초연에서 실망으로 바뀌고 만다. 김정옥이 처음 이 작품을 선택했을 때 창작극은 흥행이 어렵고, 내용까지 고답적인 설화이기 때문에 극단 관계자들은 물론이고, 주연배우까지 흥행을 걱정하는 분위기였는데,[40] 그 걱정이 현실로 드러난 것이었다. 그러나 평단에서 이 작품을 대하는 태도는 달랐다. 「어디서 무엇이 되어 만나랴」는 이미 다양한 평을 이끌어 내며 새로운 담론을 형성하는 연극으로 나아가고 있었다.

「어디서 무엇이 되어 만나랴」는 철학적이면서도 서정적이며, 당시 중요한 연극계의 과제였던 '전통의 현대화'까지 명확히 인식하고 있었다는 평을 받는다. 원작이 설화의 현대적인 패러디를 감행하고 있듯이, 연출 역시 전통에 기반을 두고 현대화하면서 상징적인 구조물을 배치하고, 의상도 고대의 복식에 현대적 디자인을 입혔다는 평가는[41] 새로운 시도를 적극적으로 받아들인 결과였다. 물론 극적 전개가 없다는 점, 인물의 성격이 미약하다는 점, '만남' 이후가 미약하다는 점 등이 한계로 지적되기도 했지만, 높은 문학적 감수성과 주인공을 통한 비극적 조형의 추구, 연출과 무대 장치에 대한 고평은 「어디서 무엇이 되어 만나랴」의 예술성을 인정하는 것이었다.[42] 그리고 바로 다음 해 동아연극상의 심사위원들은 「어디서 무엇이 되어 만나랴」에 대상, 남자 연기상, 무대미술상 등을 몰아주며 연극계의 갈증과 기대감을 직접적으로 표현한다. 당시 1차 대상추천 작품 대부분이 번역극이라는 사실만 봐도,[43] 「어디서 무엇이 되어 만나랴」의 대상 수상은 창작극에 대한 요구와 함께 새로운 연극을 통해 기대를 충분히 충족시킨 것에 대한 응답이라 할 수 있다.

첫 공연 이후, 「어디서 무엇이 되어 만나랴」는 재공연을 계획한다. 관객이 들지 않았다 해도 동아연극상을 받아 제작비의 절반이 채워질 수 있었고,[44] 최인훈이 종묘 뒤의 한 사찰로부터 후원금 30만 원을 받아 기부하면서[45] 1973년 「어디서 무엇이 되어 만나랴」의 명동국립극장 재공연이 성사된 것이다. 그리고 초연의 분위기와는 반대로 1회부터 관객이 밀려들어 당시 명동국립극장의 객석 8백 석을 채우고도 매회 4백여 명 정도가 입장을 하지 못하는 사태가 이어진다. 연극계에서 이례적으로 연극 공연이 첫 회부터 만원을 이룬 것은[46] 연극계의 변화에 대한 관객의 관심이라고도 할 수 있을 것이다. 이에 김정옥은 '지금 봐도 재미있고 막 이런 연극은 아닌데' '시적이면서 어떤 운명'에 대한 '격조 높은 드라마로 성공한' 것이며, '우리 창작극도 충분히 관객과 만'날 수 있다는 것을 알게 되었다고 말한다.[47] 이렇게 「온달」에서 시작되어 「어디서 무엇이 되어 만나랴」로 이행하고, 공연을 거치면서 벌어진 일련의 상황들, 연극계의 욕망들과 작품 내 가능성들을 비단 김정옥만 깨달았던 것은 아닐 것이다.

이제 중요한 것은 실제로 최인훈이 「온달」을 「어디서 무엇이 되어 만나랴」로 전환시키면서 남긴 흔적과 초연 후 그것이 어떻게 변화했느냐에 대한 것이다. 이것은 최인훈이 연극의 '가외의 힘'을 어떻게 받아들이고 자신의 작품에 반영했는지를 살펴보는 것이라 할 수 있다. 사실 소설과 그리 멀리 떨어져 있지 않았던 흔적들은 공연 후 '최인훈 희곡'으로 불릴 수 있는 전혀 다른 모습으로 변모해 간다. 이제 그 흔적들을 좀 더 꼼꼼히 살펴봄으로써 최인훈 희곡의 형성 과정을 좀 더 구체적으로 알아보고자 한다.

4. '디테일'의 수용과 탈피, 「어디서 무엇이 되어 만나랴」

현재의 판본을 고려했을 때, 「온달」과 「어디서 무엇이 되어 만나랴」를 구분할 필요는 없어 보인다. 이 두 작품은 시기상 약 1년의 차이가 있을 뿐이며, 현재 확인할 수 있는 「어디서 무엇이 되어 만나랴」는 「열반의 배」를 완전히 삭제하고, 「온달」에서 소설로 쓴 1장 부분을 무대화가 가능하도록 수정한 후, 2. 3. 4장의 내용을 그대로 옮긴 것이기 때문이다. 최근까지 밝혀진 「어디서 무엇이 되어 만나랴」의 가장 오래된 판본은 「어디서 무엇이 되어 만나랴」의 초연을 기념하여 발간된 책자로 보이는 최인훈 작, 김정옥 연출의 「어디서 무엇이 되어 만나랴」(1972)로 여기에 실린 「어디서 무엇이 되어 만나랴」 역시 「온달」이 수정된 현재의 형태를 띠고 있다. 그러나 이 글에서 집중하고자 하는 것이 초연, 바로 그때의 상황이라면 문제는 달라진다. 이 글에서 굳이 「온달」과 「어디서 무엇이 되어 만나랴」를 구분하며 서술한 이유도 바로 여기에 있다. 초연 당시의 「어디서 무엇이 되어 만나랴」는 현재의 판본과 다른 모습으로 쓰여 있기 때문이다. 현재 남아 있는 「어디서 무엇이 되어 만나랴」의 가장 오래된 판본은 초연 대본, 즉 자유극장 16회 공연대본인 「어디서 무엇이 되어 만나랴」이다.[48] 현재 국립극장 내 공연예술박물관에 전시되어 있는 이 대본은 수기로 작성되어 있으며, '최인훈 작, 김정옥 연출, 「어디서 무엇이 되어 만나랴」, 극단 자유극장 제16회 공연작품'으로 명시되어 있다. 이 대본은 초연 당시 온달 역을 맡았던 배우 추송웅이 보던 것으로, 현재와는 다른 몇 가지 흥미로운 점들을 확인할 수 있다. 현재와는 다른 이 대본은 최인훈이 희곡을 집필할 때 고려했던 것이 무엇이었는지 추측할 수 있게 한다.[49]

초연 대본과 현재의 판본을 비교했을 때 가장 두드러진 변화는 「열반의 배」가 극 중간에 삽입되어 있다는 사실이다. 「어디서 무엇이 되어 만나랴」의 초연 공연평 중 '어전회의' 부분에 대한 언급이 있는 것에서도 드러나듯,[50] 「열반의 배」는 처음부터 작품에서 배제되지 않았다. 초연 공연대본에서는 현재와는 다르게 막의 구분이 명확하게 명시되어 있으며,[51] 「열반의 배」가 삽입된 부분을 포함 총 5장으로 구성되어 있다. 초연 대본을 현재의 「어디서 무엇이 되어 만나랴」를 중심으로 배열한다면, 까치보은 설화를 중심으로 온달의 꿈을 그리고 있는 첫 번째 장, 대사와 공주가 온달의 집을 찾아 서로의 인연을 확인하는 두 번째 장을 지나 온달의 반대편에서 그를 제거하려는 음모를 꾸미는 장수들과 대사(大師)와 왕자의 대화를 그린 「열반의 배」 부분이 세 번째로 삽입된다. 이후 공주가 온달의 혼령을 보고 온달의 죽음을 알게 되는 네 번째 장, 그리고 공주와 대사가 함께 온달 모를 찾아 산속으로 들어가고 그곳에서 반대파 장수에 의해 공주가 죽임을 당하는 마지막 장으로 「어디서 무엇이 되어 만나랴」의 초연 대본이 구성되어 있는 것이다.

중요한 것은 최인훈이 처음부터 「열반의 배」를 작품에서 제외시키지는 않았다는 점이다. 그렇다면 「열반의 배」가 삽입됨으로써 달라지는 양상을 추적함으로써, 그가 처음 희곡을 쓰면서 가지고 있던 작가적 무의식을 살필 수 있을 것이다. 「열반의 배」가 삽입되면서 두드러지는 가장 큰 특징은 극 중 상황들이 모두 설명적으로 변해버린다는 점이다. 「온달」의 마지막을 '幕(막)'으로 완결지은 후 '온달2'라는 부제를 단 「열반의 배」의 발표는 의도 자체가 「온달」의 보충적 성격을 띠고 있는 것으로, 이 부분을 「온달」 사이에 삽입하려 한 것은 곧 작품 전체의 개연성을 의식한 것이라 할 수 있다. 이는 흥미롭게도 소설에는 디테일이 필요하다는 최인훈의 언급을 상기시키는 부분이다. 최인훈은 온달을 소설이 아닌 희곡으로 형상화한 이유를 묻는 질문에 먼저 소설은 '자기도 알지 못하는 디테일을 집어넣어야' 하지만 '집어넣는다는 데서부터' '허위가 시작'되며, 소설은 '소설의 토대, 리얼리즘이라는 토대가 구속'하고 있다고 이야기한다.[52] 최인훈의 대답에 따르자면 최인훈은 소설에는 기본적으로 디테일이 필요하며, 소설을 쓴다는 것은 리얼리즘의 구속을 받아야 하는 것이기에 여기에서 벗어나는 방편으로 희곡을 선택했다고 볼 수 있다.

그러나 이 대답과는 다르게[53] 최인훈은 처음 희곡을 쓰면서도, 그리고 그것의 공연대본을 확정하면서도 아직 소설의 설명적인 방식을 버리지는 못했던 것으로 보인다. 상술했듯이 「온달」이 그의 특정한 유형의 소설들 끝자락에 위치했었다는 점이나 소설과 희곡의 경계에 있었다는 점 등은 그가 처음부터 오롯이 희곡으로의 전환을 의도하지 않았다는 점을 잘 보여주지만, '디테일'로 극적 상황이 꼼꼼히 설명되고 있는 초연 대본에서도 역시 이러한 작가적 무의식을 살필 수 있는 것이다. 초연 대본 「어디서 무엇이 되어 만나랴」에서 현재 '최인훈 희곡'을 상기할 때 떠오르는 시적인 분위기를 찾는 것은 쉽지 않다. 앞서 말했듯 「열반의 배」의 삽입은 이를 가장 잘 보여주는 근거라 할 수 있다. 「열반의 배」가 「어디서 무엇이 되어 만나랴」의 중간을 차지했을 때, 온달의 죽음이 정치적 암투 때문이라는 점, 그리고 그 속에서 벌어지는 장수들 간의 알력과 왕자와의 관계, 장수들이 온달을 죽이려는 이유 등이 구체적으로 설명된다. 또한 「온달」에서 딱 한 번 공주의 입을 통해 등장한 바 있는 왕자의 성격 역시 이 부분에서 왕자 자신의 입을 통해 장황하게 제시된다.

> **장3** : 그렇소. 온달 장군이 있는 한 우리 구멍에 햇볕들 날은 없지.
>
> **장2** : 그러면 어전회의에서 중국 토벌이 결정이 된들 무슨 소용이란 말이오?[54]
>
> **왕자** : 옳소. 실은 내가 이번에 인도로 가기로 한 것은 (책을

꺼내 책상 위에 편다) 두 가지 생각에서, 그렇게 하는 것이오. 대사도 잘 아는 일이지만 우리가 보고 있는 불경은 모두 중국 사람들이 옮겨놓은 것이오. 그런데 나는 이 한문불경을 읽으면서 그 뜻을 짐작치 못할 곳이 한두 군데가 아니오. 부처의 말씀이 깊고 높으니 그럴만한 일이지만, 사람이 모두 부처가 되는 것이오. 부처를 가진 것이라면 쉽게 알 수가 있어야 하오. 그런데 중국말에 옮기면서 혹시 원래의 뜻이 약간씩 달라져서 그 뜻을 알지 못할 데가 생길 수도 있으니 이것을 알기 위해서는 부처가 살던 나라의 말로 적힌 경문과 견주어보는 길밖에는 없소. 불경을 읽으면서 뜻을 모를 대목이 나올 적마다 나는 캄캄한 낙심 속을 헤매다가 문득 그 생각에 미치자 나는 새 빛을 본 듯 싶었소. 아니 실은 저절로 그런 생각이 난 것은 아니지. (두루말이를 꺼내서 펼친다) 이게 무엇인지 알겠소?[55]

「어디서 무엇이 되어 만나랴」의 전체적인 분위기와 전혀 다른 이 장면과 대사들은 지극히 현실적인 부분으로 극을 이끌어가고 있다. 또한 「열반의 배」는 장수들과 왕자와 대사(大師)의 공간을 명확하게 분리하고 있기 때문에 극 중에서 그들은 단 한 번도 마주치지 않는다. 즉, 「열반의 배」 속 인물들은 각각 대사로 자신들의 상황을 장황하게 설명하고 있을 뿐, 서로 사건이나 행동을 유발하는 어떠한 극적 요소도 내포하고 있지 않은 것이다. 결국 「열반의 배」

의 장면들은 1장과 2장에서 공주와 온달의 만남을 통해 끌어올렸던 관객들의 감정을 해치고, 객관적인 상황을 환기시킴으로써 극의 전체적인 흐름을 방해한다고 할 수 있다. 초연 대본은 바로 이 부분에 대대적인 수정을 가하는데, 이는 극적인 분위기의 통일성보다는 더욱 '디테일'의 강조를 위한 것으로 보여 흥미롭다.[56]

초연 대본 「어디서 무엇이 되어 만나랴」에서는 「열반의 배」의 긴 대사들 즉, 불교와 관련한 대사들, 특히 왕자의 대사들이 상당수 잘려 나간다. 왕자와 대사(大師)의 대화를 대사(大師)와 온달의 대화로 전환시킨 것도 중요하게 눈에 띄는 수정사항 중 하나이다. 예를 들면 이런 식이다.

(가)

왕자궁의 왕자의 서재. 달밤. 무대 정면 앞쪽에 창. 멀리 백사장에 큰 배. 불상, 한적(漢籍), 두루말이 따위가 있는 조촐한 방. 왕자와 대사, 창밖을 내다보고 서 있다.

왕자: 좋은 달밤이군. 대낮같아. 모래 위에 있는 모습이 마치 물 위에 떠 있는 것 같지? (돌아보면서) 얼마나 더 걸릴 것 같소?

대사: 네, 앞으로 한 달 가량이면 물에 띄우게 되리라 합니다.

왕자: 그래요?

대사: 네.

왕자: 오늘 대사를 부른 것은 다름이 아니오. (돌아서면서) 엊그제 어전회의에서 나는 새로운 근심이 생겼소.

대사: …

왕자: 어전회의에서 있었던 이야기를 들으셨소?

대사: 못 들었습니다.[57]

(나)

달밤. 무대 정면 앞쪽에 창. 멀리 백사장에 큰 배. 불상, 한적(漢籍), 두루말이 따위가 있는 조촐한 방. **온달**과 대사, 창 밖을 내다보고 서 있다.

대사: 좋은 달밤이군**요**. 대낮같아. 모래 위에 있는 모습이 마치 물 위에 떠 있는 것 같지? (돌아보면서) 얼마나 더 걸릴 것 같소?

온달(94): **예**, 앞으로 한 달 가량이면 물에 띄우게 되리라 합니다.

대사: 그래요?

온달(95): 네.

대사: 오늘 장군을 부른 것은 다름이 아니옵니다. (돌아서면서) 엊그제 어전회의에서 **있었다는 얘기 때문에 왕자와 내게는 새로운 근심이 생겼습니다.**

온달: …

대사: **그 이야기가 사실입니까?**

온달(96): **그렇습니다.**[58] (강조 — 인용자)

추송웅의 수정에 따라 대본을 옮기면 위와 같은 차이를 확인할 수 있다. (가)는 「열반의 배」의 한 부분이며, (나)는 동일한 부분이 「어디서 무엇이 되어 만나랴」에서 수정된 것이다. 앞서 밝혔듯이, 이 글에서 살펴보고 있는 초연 대본은 당시 주연 배우였던 추송웅의 대본인데, 바로 이 부분부터 '대사(大師)'로 표기된 것을 '온달'로 수정하고 대사 역시 직접 수기로 수정한 흔적을 확인할 수 있다. 추송웅은 대본의 처음부터 온달의 대사 하나하나에 번호를 매기면서 극 중 대사를 확인했던 것으로 보이는데, 수정된 부분에서도 역시 앞의 장들과 이어지는 번호를 확인할 수 있다. 살피지 않아도 되는 부분은 X로 표시하였고, 온달의 이름 앞에 아무런 번호도 붙이지 않아 이 부분은 무대화가 되지 않았다는 것을 추측할 수 있다. 역할 수정 외에는 온달에 대한 대사의 존칭과 상황에 따른 약간의 수정이 가해졌다.

이러한 수정을 통해, 불교의 힘을 확신하는 왕자의 대사는 대부분 대사(大師)의 것으로 수정되고, 왕자의 말에 대답을 하던 대사(大師)의 대사는 모두 온달의 몫으로 남는다. 결국 「어디서 무엇이 되어 만나랴」의 초연에는 왕자가 등장하지 않았고,[59] 왕자의 대사는 모두 대사(大師)에게로 넘어간 셈이다. 또한 불교에 대한 대사가 상당 부분 잘려나갔기 때문에 「열반의 배」의 중후반부, 원래 왕자와 대사(大師)가 대화를 나누는 장면은 거의 반 가까이 줄어든다.

그렇다면 이러한 수정의 의미는 무엇일까? 이 역시 인물에 맞는 '리얼'에 대한 작가의 욕망이라는 점을 알 수 있다. 대체로 등장인물은 그 인물의 역할에 따라 기대하는 특성이 내재해 있다.[60] 왕자가 불교의 힘에 대해 장황하게 말할 때에는 의아했던 것이 대사(大師)의 대사로 넘어가면 그리 어색하지 않은 것은 바로 여기에서 기인한다. 또한 많은 양의 대사를 잘라낸 것도 극 중 이 부분을 자연스럽게 넘어갈 수 있는 데에 큰 몫을 하고 있다. 이러한 수정은 극중의 설명적인 부분을 줄이면서도 불교적 세계관을 놓지 않고 자연스럽게 전달하려는 작가의식을 보여준다.[61] 그러나 작가가 드러내고자 하는 불교적 세계관은 대사(大師)라는 등장인물에게만 개연성을 부여할 뿐이다.

수정된 부분은 온달의 역할을 축소시킬 뿐만 아니라 온달이라는 인물 자체를 소극적으로 변화시킨다는 문제점을 지닌다. 왕자와 대사(大師)의 대사 중 대사(大師)의 대사가 온달의 대사로 교체되었다는 것에서 짐작할 수 있는 것처럼, 이 부분에서의 온달은 '예.', '그게 좋을 줄 압니다.'와 같이 왕자의 말에 동조하던 대사(大師)의 단답형 대답만을 읊을 수밖에 없다. 더군다나 한 나라의 부마(駙馬)인 온달이 대사(大師)의 질문과 우려에 순종적으로 대답을 하고 있는 상황은 이 장면에서 온달이 왜 등장해야 했는지를 의심케 한다. 「어디서 무엇이 되어 만나랴」에서 온달은 호랑이와 곰을 맨손으로 잡고, 꿈에서 만난 공주도 한눈에 알아볼 수 있으며, 혼령으로 등장하여 자신의 이야기를 늘어놓던 신비로운 존재로 그려졌기 때문에 더욱 아쉬운 수정이라 할 수 있다. 결국 이 부분 역시 조금 더 '리얼'하고 '디테일'한 상황으로 수정하려는 욕망이 만든 어색한 결과라 할 수 있다. 온달이 죽임을 당한 이유를 조금 더 설명해주고, 대사의 입을 통해 불교의 힘을 더욱 명확하게 전달하고자 했지만, 이 작품 전체의 구성으로 보았을 때 이 같은 사실적인 장면이 어울리지 않는 것은 자명하다.

즉, 최인훈의 소설쓰기는 그의 첫 희곡 「온달」에 이어 「어디서 무엇이 되어 만나랴」의 공연대본을 결정하는 데에도 큰 영향을 미친다. 초연 당시 「어디서 무엇이 되어 만나랴」는 평론가들에게 전반적으로 좋은 평을 받았지만, 이 부분, 즉 「열반의 배」가 수정 삽입된 부분만은 좋지 못한 평을 받았다. 설화를 소재로 실험적이면서도 서정적인 분위기를 유지하고 있었던 새로운 연극에서 사실주의적이고도 직접적으로 정치적 색채를 드러냈던 이 부분은 너무나 도드라졌고, 여타의 작품과 상당히 달랐던 이 작품을 종래의 것과 비슷한 느낌을 받게 했던 유일한 장면이었던 것이다.[62] 새로운 무대와 의상, 전체적인 분위기에서 튀어나오는 이 사실적인 장면에는 아직 희곡에 대한 이해가 충분하지 않았으며, 그의 소설쓰기에 대한 의식이 자리 잡고 있었다고 할 수 있다. 그러나 여기서 중요한 것은 최인훈의 극작술이 미흡했다는 것이 아니라 최인훈이 첫 공연을 경험한 후 연극계의 다양한 반응을 그의 작품에 받아들였다는 점이다.

앞서 초연 대본이 발견되기 전, 가장 오래된 「어디서 무엇이 되어 만나랴」의 판본은 초연을 기념하여 발행한 것으로 보이는 1972년 판이라 언급한 바 있다. 공연이 끝나고 1년이 지난 후 바로 발간된 이 책에서 현재의 「어디서 무엇이 되어 만나랴」의 판본을 결정지었다는 것은 결국 최인훈이 연극계의 다양한 결들과 평가를 체득하고 수용한 것이라 할 수 있다. 「열반의 배」가 삭제되면서 공주만을 위해 싸웠다는 온달의 대사는 장수들과의 알력관계를 완전히 벗어났고, 온달과 공주의 시적 대사들을 통해 불교적 인연은 감각적으로 전달되었다. 이제 이 작품은 고구려라는 나라를 벗어날 수 있는, 그리고 특정한 시기도 벗어날 수 있는 '보편'적인 해석이 가능한 신비로운 분위기의 희곡으로까지 자리 잡는다. 그리고 이것은 이후 최인훈 희곡을 형성하는 데에 핵심적인 요소가 된다.

최인훈은 연극계가 처음 최인훈을 반겼던 그 이유, 창작극이면서도 역사와 전통을 이야기할 수 있고, 실험극으로 무대화할 수 있는 면모들은 이후 희곡들에서 더욱 강화된다. 당시 고평받았던 시적 분위기의 강화는 연출가에 대한 작가의 요구라 할 수 있는 지시문의 시행배열을 통해 더욱 직접적으로 드러난다. 느리고도 천천히, 침묵까지도 하나의 언어로 포착할 수 있을 만큼 고요하면서도 의미가 가득한 공간, 해석을 활짝 열어놓을 수 있는 무대에 대한 요구가 이제 '최인훈 희곡'만이 점할 수 있는 특징으로 자리 잡게 된 것이다. 불가능하면서도 완성하고 싶은 연극 뒤에는 「어디서 무엇이 되어 만나랴」를 통해 다진 희곡쓰기의 준비과정이 있었다.[63] 사실주의를 벗어난 연극, 더욱 강화된 서정성과 시적인 분위기, 다양한 해석을 요구하는 보편적 정서는 연극과의 동행을 통해 형성되면서, 그의 작품의 가장 큰 특징으로 자리 잡았고 현국현대희곡사의 한 면을 차지하게 된다.

5. 문화의 장(場)에서 형성된 최인훈'만'의 희곡

「옛날 옛적에 훠어이 훠이」는 1979년 3월 초에 뉴욕 주립 브록포트 대학 연극부 학생들에 의해 공연되는데, 이때 이 작품의 제목은 「Redeemer」로 대속자(代贖者), 즉 예수로 번역되었다. 최인훈은 뉴욕에서 「옛날 옛적에 훠어이 훠이」에 대한 이해가 가능한 것은 바로 이 제목을 통해 알 수 있다고 말한다.[64] 우리에게 아기장수이지만, 그들에겐 예수로 해석될 수 있는 이 보편성이 이 작품의 이해에서 가장 중요한 점이라는 것이다. 「옛날 옛적에 훠어이 훠이」가 취하고 있는 이 같은 보편적 감성을 불러들이는 서정성은 다양한 경로를 통해 최인훈의 희곡 속에 자리 잡아 간 것이었다.

최인훈은 처음 희곡을 창작하면서도 희곡에 대한 완전한 이해나 전환을 의도하진 않았다. 그의 첫 희곡 작품 「온달」은 완성된 희곡의 형태가 아니었을뿐더러 그의 이전 소설들, 구체적으로는 고전 패러디 소설들과 그 맥을 같이 하고 있었다. 또한 약 4개월 후 「온달」의 후속으로 발표한 「열반의 배 — 온달2」에서도 역시 극작술의 미비함을 여실히 드러낸다. 작가로서의 도전이라고도 할 수 있던 이 작품들은 사실 현재의 '최인훈 희곡'의 특징과는 거리가 멀었다. 그러나 중요한 것은 「온달」의 독특함이 연극계에서 환영받았다는 사실이다. 독특한 창작극, 온달이라는 역사적 인물, 전통적인 설화의 선택 등은 당시 연극계의 다양한 요구의 집합이었으며, 작품이 가진 설화에 대한 새로운 해석과 인연의 강조는 독특한 무대화를 상상할 수 있을 만한 것이었다.

그러나 최인훈은 아직 이 작품이 발현할 수 있는 다양성보다 작품의 내적 연관성을 더욱 중요하게 생각했다. 그의 초연 대본 「어디서 무엇이 되어 만나랴」에 삽입된 「열반의 배」와 대본의 수정 양상이 그러한데, 개연성을 추구하던 그의 작품은 작품 내의 불균형을 만들었고, 이 부분은 이 작품의 공연에서 오점으로 남는다. 전체적인 분위기를 해치는 이 장면은 당시 「어디서 무엇이 되어 만나랴」의 공연평 중 유일하게 부정적인 평가를 받은 부분이기도 했다. 최인훈은 공연이 끝난 후 이 부분을 바로 삭제하는 것으로 문제를 해결한다. 이렇게 만들어진 그의 작품 속 시적 분위기는 이후 더욱 세련된 형태로 완성되어 간다.

아기장수를 등장시킨 「옛날 옛적에 훠어이 훠이」에서, 호동왕자와 낙랑공주라는 역사적 인물을 중심으로 하면서도 죽은 공주와의 재회를 바라는 호동 왕자에 대한 연민을 「둥둥 낙랑둥」으로, 심청이의 수난사를 곧 한 민족의 순환사로 이미지화시킨 「달아 달아 밝은 달아」 등으로 이어가면서 그만의 희곡세계를 구축하고 있는 것이다. 난해하면서도 다양한 해석이 가능한, 그리고 그것을 만들어내는 분위기를 전면에 내세운 최인훈 희곡은 이렇게 '최인훈 희곡'으로 연극사에 자리 잡는다. 또한 이 작품들은 한국적 정서를 드러내면서도 세계로 나아갈 수 있다는 가능성까지를 얻으면서 최인훈의 희곡세계를 중요한 논의 대상으로 만들어냈다.

「어디서 무엇이 되어 만나랴」 이후의 작품들은 현재의 평가처럼 보편성을 추구하면서도 한국적 심성을 드러낼 수 있는, 몽환적이면서도 서정적이고 신비로운 분위기를 한껏 살린 작품들로 나아간다. 그러나 이러한 최인훈 희곡의 특징은 그가 고전 패러디 소설 끝자락에 위치시켰던 「온달」과 「열반의 배」에서 찾을 수 있던 대항기억으로서의 면면들을 완전히 제거한 것이었다. 최인훈은 고전 패러디 소설에서도 그러하듯 끊임없이 독자와 관객이 알 수 있는 설화를 그의 작품의 중심에 두었지만, 그것은 곧 보편성이라는 이름으로 그 설화가 선택된 특별한 의미를 찾을 수 없게 한다. 즉 최인훈은 연극의 힘을 경험하면서 의식적으로 소설과의 거리를 두었고, 이것으로 현재 '최인훈 희곡'이라 언급될 수 있는 자신만의 희곡세계를 구축했다고 할 수 있다. 물론 현재의 '최인훈 희곡'만의 특징이 형성될 수 있었던 것은 1970년대의 연극 경험과 연극계의 요구와 그것의 수용, 작가적 의식이 밀접한 관계 속에서 결합하고 있었기 때문이다.

무대 위 심청의 몸과 신식민지의 성정치
— 최인훈 희곡 「달아 달아 밝은 달아」를 중심으로

조서연(서울대학교 국어국문학과 박사과정 수료)

1. 최인훈 희곡의 정치성이라는 문제

최인훈은 그의 문학 활동 초창기인 1960년대부터 이미 한국 문단에서 첫 손에 꼽히는 작가의 위상을 차지했다. 그러한 작가가 1970년대에 갑자기 희곡으로 장르를 선회한 것은 문학계의 큰 사건으로 받아들여졌을 것이다. 이를 증명하듯 최인훈 희곡 연구는 "극시인의 탄생"[1]이라는 상찬으로 시작되어, 시적인 특성이나 연극적 형식의 독창성에 대한 연구에서부터[2] 전통 설화의 변용에 대한 연구,[3] 비극·제의극·메타드라마 등 장르론적 연구[4]에 이르기까지 다양한 관점에서 이루어져 왔다.

선행 연구들의 일반적인 견해에 따르면, 한국의 정치적 현실에 대한 예리한 분석과 비판적 인식을 보여주는 최인훈의 소설과는 달리 그의 희곡은 설화의 세계를 패러디하여 한국인의 원초적 심성을 탐구한 결과물이다. 최인훈이 소설을 창작할 때에는 "19세기

말 이래의 한국사에 대한 투철한 역사인식 위에서(…) 그 인식을 대변하는 인물을 내세워 모순된 현실을 논리적으로 극복해 보려" 하였지만 희곡에서는 "모순된 현실이 있기 이전에 살았던 인간의(…) 원초심성을 지닌 감성적 인간을 추적해 보고자"[5] 하였다는 것이다. 이는 작가 본인에 의해서도 어느 정도 유도된 해석이다. 최인훈은 첫 희곡 「어디서 무엇이 되어 만나랴」의 초연 기념 인터뷰(1970년)에서 "만남의 신비를 바탕에 깔고" "설화의 당의정 속에서 기성의 관념에 구애 없이 보편적인 인간 심리의 미묘한 움직임을 포착하고 싶었"[6]다고 밝히거나, 희곡으로서는 후기작에 속하는 「달아 달아 밝은 달아」의 공연에 와서도 자신의 희곡세계를 '인연'이나 '마음'과 같은 보편적이고 신비로운 개념으로 요약한 바 있다.[7]

그러나 이영미와 이승희에 의해 지적되었듯 이는 최인훈의 희곡이 지닌 정치적 주제를 외면한 연구로서의 한계를 지닌다.[8] "정치적 담론이 하나의 축으로서 텍스트의 긴장을 형성하고 있음에도 불구하고"[9] 최인훈 희곡 연구는 그의 문학세계 전반을 관통하는 정치적 시각에 비교적 덜 주목해 왔던 것이다. 이는 그간의 작품 해석들이 최인훈 본인의 언설을 인용하는 과정에서 '탈정치적 희곡'이라는 관점을 강화하는 자료들을 주로 다루어왔으며 그것을 평면적으로 받아들였다는 점에서도 문제가 된다. 여기에서, '문학의 정치'란 '작가의 정치', 즉 작가의 실질적인 정치 참여나 직접적인 언술에 나타난 사회구조, 정치운동 혹은 정체성의 표상이 아니라 문학이 그 자체로 정치행위를 수행함을 의미한다는 랑시에르의 관점을 참고할 수 있을 것이다.[10] 최인훈의 소설은 한국 사회의 현실에 대한 정치적 담론을 다루는 문학이고 희곡은 현실 이전에 존재하는 원형적 심성을 다루는 문학이라는 장르 간의 단절된 인식은 이러한 관점에서 재고해볼 만하다. 최인훈의 희곡이 역사인식이나 현실의 정치 문제와 별개의 차원에서 전개된 것이라는 해석에 적절히 도전한 사례들이 이미 있을 뿐 아니라, 그러한 해석을 받아들인다고 하더라도 순수한 원형이라는 것 자체가 정치와 무관한 것이 아니기 때문이다.

최근의 최인훈 연구들이 소설에서 희곡으로의 장르 전환 문제를 재검토하면서 그 연속성을 포착[11]하고 있다는 것은 이러한 측면에서 주목할 만한 일이다. 최인훈 희곡과 소설의 연속성은, 첫 발표 희곡으로 인정되는 「어디서 무엇이 되어 만나랴」의 바탕이 된 「온달」과 「열반의 배 — 온달 2」가 형식상 소설과 희곡의 중간에 서 있었다는 점이나, 「어디서 무엇이 되어 만나랴」 자체가 이전까지의 최인훈 소설들과의 연장선상에서 긴밀한 관련을 가지고 창작된 작품이라는 점, 그리고 마지막 희곡으로 여겨지는 「한스와 그레텔」[12]이 최인훈이 희곡의 세계에서 소설의 세계로 즉 설화의 세계에서 현실의 세계로 복귀하려는 조짐의 예고편이라는 점 등으로 거론되고 있다.

이 글은 최인훈 희곡이 현실 세계의 정치와 동떨어진 원형적이고 신비로운 세계가 아니라는 관점에 동의하면서, 그의 문학 속에서 「달아 달아 밝은 달아」의 위치를 다시 한 번 정초해 보고자 한다. 희곡으로의 장르 전환 이후 비교적 후기에 발표된 「달아 달아 밝은 달아」[13]는 일견 설화를 소재로 하여 한국적 정서를 담아낸 일련의 희곡들과 동일선상의 작품으로 여겨질 수 있으나, 엄밀히 말하자면 설화를 직접 차용한 것이 아니라 "초월주의적 세계관과 현실주의적 세계관이 공존하는 판소리계 소설을 패러디한 것으로서 이전까지의 희곡들과 변별"[14]된다는 점에 유의해야 한다. 최인훈이 소설에서 희곡으로 장르를 전환한 것이 그가 밝힌 바와 같이 소설 창작에서 느낀 일정한 한계 때문이라면, 희곡에서 소설로 다시 돌아온 것 역시 그와 반대되는, 즉 희곡의 세계에서 봉착한 또 다른 한계 때문이었을 것이다. 이승희는 이에 대해 "현재적 정치의식이 동기화되어 있을지라도 거증책임으로부터 물러나 있는 설화적 세계"에서는 "원점회귀의 역사의식으로밖에 현상하지 못하"며, 그 설화의 세계가 "인식론적 사유를 중단하고 보편성에 몰두하도록 하는" 것이었다는 점이 최인훈 희곡의 한계였다고 말한다.[15] 이처럼 한계에 부닥친 최인훈이 희곡에서 찾으려던 돌파구가 바로 한국 고유의 설화가 아닌 유럽 민담에서 모티프를 가져오고 제2차 세계대전이라는 현실 세계의 역사적 사건을 직접 다룬 「한스와 그레텔」(1981)이라는 일각의 해석들은 그러한 점에서 타당해 보인다.

이와 관련하여 박미리는 그와 같은 돌파 혹은 전환의 시도가 「한스와 그레텔」에서 갑자기 나타난 것이 아니라, 바로 직전에 발표한 희곡인 "〈달아 달아 밝은 달아〉에서 현실적 시공간 설정이 주는 극적 효과를 더욱 극대화시킨 것"[16]이라고 해석하며, 이전까지의 최인훈 희곡과 달리 현실적 시공간을 적시하여 부조리한 세계를 재현한다는 점에서 두 작품을 동궤에 둔다. 「달아 달아 밝은 달아」에서 문제되는 현실적 시공간이란 바로 작품의 후반부에 등장하는 임진왜란 당시의 이순신 압송 장면을 가리킨다. 「한스와 그레텔」처럼 예외적으로 취급되는 작품을 제외하면 역사적 사건이나 실존 인물이 작품 속에 나타나 이상한 틈을 만드는 것은 「달아 달아 밝은 달아」에서 유난한 현상이다.[17] 서로 간에 만나야만 할 필연적인 이유가 현실의 차원에서도 극작의 차원에서도 딱히 없는, 시대가 특정되지 않은 이야기 속 허구의 인물인 심청과 임진왜란 당시의 이순신이 후반부의 한 장면에서 갑자기 만나게 되는 것이다.[18] 「달아 달아 밝은 달아」에 대한 선행 연구들 역시 이 장면에 대한 분석을 빠뜨리지 않는 경우가 대부분이다. 그러나 이승희나 김동현의 연구 정도를 제외하고는 이 장면이 1978년 발표 당시에는 없던 것을 뒤늦게 삽입한 것임을 언급하거나 의식하지 않고[19] 전개된 작품론들이기에 더욱 세심한 접근이 필요하다. 「한스와 그레텔」의 현실적 시공간이 「달아 달아 밝은 달아」에서도 발견된다는 것은 충분히 동의할 수 있는 바이지만, 이는 「한스와 그레텔」 발표 이후에 이루어진 「달아 달아 밝은 달아」의 개작을 통해 이루어진 것이기 때문이다. 「달아 달아 밝은 달아」에 대한 정치적 분석을 시도한 연구들이 대부분 이 장면에 주목하고 있다는 점에서도, 개작에서의 장면 삽입을 통해 더욱 선명해지거나 새로이 성취된 지점을 면밀히 살펴볼 필요가 있을 것이다.

「달아 달아 밝은 달아」는 『세계의 문학』 1978년 가을호에 처음 발표되었고, 1979년 제3회 대한민국연극제에서 극단 시민극장에 의해 처음 공연되었다. 이 판본이 실려 있는 출판물들은 《세계의 문학》 해당 호수 외에 1979년 문학과지성사에서 펴낸 첫 번째 최인훈 전집의 『옛날 옛적에 훠어이 훠이』, 그리고 1980년에 한국문화예술진흥원이 발간한 『대한민국연극제 희곡집』 제3권이다. 이후 1992년에 최인훈 전집의 개정판이 나오면서 문제의 이순신 압송 장면이 삽입되고[20], 개작 이후의 공연들은 이 판본을 바탕으로 하여 이루어지고 있다. 개작 이후의 공연평이나 연구들은 이 장면이 극작술상으로 돌출되어 있는 무리한 장면이라는 비판을 계속하여 가해 왔다. 그럼에도 불구하고 최인훈은 2009년에 다시 한 번 개정된 전집에서도 이 장면의 삽입을 수정하지 않고 유지하였다. 최인훈이 이미 발표된 작품이라 하더라도 필요할 경우 여러 번 거듭하여 개작하는 작가임을 생각할 때, 이렇게 비판을 받은 장면을 2차 개정판 전집에서도 그대로 둔 것은 의미심장한 지점이라 할 수 있을 것이다.

이 글은 「달아 달아 밝은 달아」가 최인훈이 문학 활동 내내 견지하고 있었던 신식민지인으로서의 세계 인식이 드러난 작품이며, 이 점을 더욱 강화해주는 것이 바로 이순신 압송 장면의 삽입이라는 전제하에 논의를 진행하고자 한다.[21] 심청이 중국에 팔려가고 일본 해적선에 납치되는 것이 해방 이후부터 전개된 신식민지적 상황에 대한 작가의 세계 인식이자 민족주의적인 시각에서 비롯한 것이라는 해석은 선행 연구에서도 어느 정도 이루어진 바 있다.[22] 최인훈의 문학세계 전체의 맥락에 이 작품을 놓고 보면 그러한 관점은 독특함이라기보다는 오히려 작가의 일관성으로 말할 수 있을지 모르며, 혹은 작가의 문학적 변화 및 장르 간의 차이를 평면적으로 만들어버릴 위험이 지적될 수도 있다. 그러나 「달아 달아 밝은 달아」는 배우의 몸을 내세우는 희곡이자 작품을 이끌어가는 중심인물이 여성이라는 점에서, 지식인 남성 초점화자를 내세운 소설과는 다른 층위에 서게 된다. 즉, 한국이 처해 있는 신식민지적 상황과 계속되는 민족 수난사가 '연극 무대'에서 '여성의 몸'을 통해 발현된다는 것이 최인훈 문학의 전체적 맥락 속에서 「달아 달아 밝은 달아」가 놓인 독특한 위치를 만드는 것이다.

이 글은 희곡 창작의 기간을 전후하여 발표된 최인훈의 소설 및 문학론에 나타난 그의 신식민지적 세계 인식을 살피고 「달아 달아 밝은 달아」에 대한 정치적 독해를 우선 시도할 것이다. 그리고 국제적 정치관계에 대한 최인훈의 인식이 연극 무대 위 여성의 몸을 통해 재현됨으로써 독특하게 발현되는 성정치적 측면을 분석하여, 「달아 달아 밝은 달아」의 심청을 하위주체 여성으로 이해할 수 있음을 밝히고자 한다. 이는 최인훈 문학 전체의 흐름 속에서 「달아 달아 밝은 달아」의 위치를 재점검하는 작업인 동시에, 심청을 '창녀'로 설정하는 아이디어를 공유한 다른 작가들의 작품과 「달아 달아 밝은 달아」를 한 궤도에 놓고 볼 수 있는 시각을 준비하려는 시도이기도 하다.

2. 개작을 통한 정치성의 강화와 '창녀 심청'의 등장

최인훈 문학의 장르 전환과 관련한 연구는 소설에서 희곡으로의 방향전환을 주로 다루고 있으며, 그 반대 방향의 전환 혹은 복귀는 상대적으로 덜 주목받아왔다. 소설에서 희곡으로의 이동을 '장르 전환'이라 할 때, 그 어휘에 담긴 뉘앙스는 최인훈의 소설과 희곡 사이에 일종의 단절이 있음을 암시한다.[23] 그러나 이는 1장에서 언급된 초기 희곡인 「온달」이나 「열반의 배 — 온달 2」, 그리고 마지막 희곡인 「한스와 그레텔」이 소설과 갖고 있는 주제적·형식적 친연성에 의해 재고의 대상이 된다.

최인훈은 「한스와 그레텔」 발표를 마지막으로 오랜 절필의 기간을 거친 후, 일종의 자전적 소설인 『화두』에서 자신의 삶과 문학적 여정을 총망라한다. 여기에서 최인훈은 자신이 문학 활동을 시작하기 이전부터 견지했던, 한국 사회의 정치적 조건에 대한 인식의 일단을 서술한 바 있다. 그는 한국전쟁 피난 생활 속에서 한국 사회가 "미국이라는 군대 막사 밖에서 와글거리는 기지촌(…)"이자 "'우리들의 난민촌' 밖에 있는 더 큰 난민촌인(…) '나라 난민촌'"[24] 이라는 처지에 놓여 있음을 깨달았다고 말한다. 즉, 한국은 일제 식민지로부터는 해방되었을지 모르나 곧이어 미국이 주도하는 신식민지의 구도 속으로 다시 들어가게 되었다는 것이다.

이처럼 한국의 위치를 국제적인 관점에서 조망하는 감각은 희곡으로의 장르 전환 이전부터 최인훈의 문학 속에 중요하게 나타나온 것이었으며, 절필 이전의 후기 소설 창작기에 해당하는 1960년대 후반~1970년대 초반에 오면 현재의 한국 사회가 신식민지적 상황 속에 놓여 있다는 작가의 세계 인식이 한층 뚜렷해진다. 특히 1967~1976년에 걸쳐 발표된 「총독의 소리」 연작에서 최인훈은 "지구화가 막 시작되고 있던 시점에서 식민주의적 세계 질서 아래의 강대국의 자본 통제를 읽어내"면서 "전지구적 자본주의 비판"[25]을 치밀하게 전개하였다. 이는 식민주의를 '지배적 시기'와 '헤게모니적 시기(신식민주의)'로 구분하여 식민주의의 변형된 지속을 포착하면서, 후자가 식민자들의 가치, 태도, 도덕, 제도 및 생산양식 전체를 피지배자들이 적극적으로 "동의"하며 수용하는 동시에 그 배경에 군사적 강압의 위협이 도사리고 있는 시기라고 진단한[26] 잔모하메드의 탈식민주의적 비판에 근접한 시각이 최인훈의 문학 속에서 선취되고 있었음을 시사하는 바이다.

> 그는 벽에 붙은 단추를 눌렀다. 벽이 열리면서 이순신李舜臣이 들어섰다. 따라오는 사람을 보니 원균元均이다. 이순신은 여름을 타는지 좀 파리해 보이고 원균은 혈색이 좋다. 그들은 다정하게 서로 앉기를 권한다. 이 방의 주인이자 사학자이자 죄수인 사람이 그들에게 인사하고 자리를 권한다.
>
> 사학자 일부러 나오시라고 해서 죄송합니다.
>
> 두 사람, 약간 고개를 숙이어 괜찮다는 표시.
>
> **사학자:** 다름이 아니고, 임진왜란에 대한 증언을 부탁드리려는 겁니다.

이순신: 기쁘게 응하겠습니다.

(…)

이순신: 퇴장. 원균 뒤처지면서 무슨 말을 할 듯싶더니 고개를 흔들면서 이어서 퇴장. 죄수, 독고준 일행을 향한다.[27]

최인훈의 지속적인 신식민지 인식과 관련하여 이 글이 특히 주목하는 장르 전환 이전의 소설은 『서유기』이다. 『서유기』는 "억압과 지배가 공고한 식민지 시대를 벗어난 이후에도 유지되고 있는 헤게모니적 시기에 해당하는 신식민주의를 염두에 두고 올바른 태도가 무엇인지를 성찰하는 작품"[28]으로서, 희곡 창작기가 마무리된 이후 새로이 발표된 『화두』에까지 이어지는 신식민지적 세계 인식을 보여주는 작품이다. 동시에, 허구와 역사가 차원과 시공을 초월하여 교직하는 양상을 보여준다는 점, 그리고 호메로스의 『오디세이아』나 오승은의 『서유기』와 같이 기존의 고전 텍스트를 패러디한 작품이라는 점에서 「달아 달아 밝은 달아」와의 구조적 유사성을 생각해보는 것도 가능하다.

『서유기』는 최인훈의 첫 희곡 「온달」보다 3년 앞서는 1966년에 발표된 장편소설로, 작품 일부에 희곡의 형식이 나타나고 있다는 점에서도 주목할 만하다. 허구의 인물인 독고준을 역사 속 실존 인물인 이순신과 만나게 하는 문학적 장치로서 희곡의 형식을 차용한 것인데, 이는 역사를 소설로 쓸 경우 소설이라는 장르에 요구되는 리얼리즘적 제약으로 인해 한계에 봉착할 수밖에 없다는 작가의 생각[29]이나 장르 전환 문제와도 연결되는 지점이다. 특히 이 부분에서 나타나는 인물이 이순신과 원균이며, 그 내용은 임진왜란에 대한 토론식 진행이라는 점은 「달아 달아 밝은 달아」와의 연속성을 생각할 때에 의미심장하다. 허구의 인물과 '이순신'을 만나게 하는 작업은 「달아 달아 밝은 달아」의 1992년 개작에서뿐만 아니라 『서유기』에서 이미 한 번 실행된 적이 있는 것이다.

> **사학자**: 그러면서도 공세를 취할 힘까지는 없었다는 말씀인가요?
>
> **이순신**: (눈을 뜨면서) 공세, 공세, 하지만 나한테 힘이 있었다손 치더라도 안 됐을 것이오.
>
> **사학자**: 네? (놀라면서) 그 까닭을……
>
> **이순신**: (약간 역정난 듯이) 여보, 공세를 취해서는 어쩌라는 거요?
>
> **사학자**: 왜 본토에 상륙해서…
>
> **이순신**: (낯을 찌푸리면서) 바른 정신으로 하는 소리요, 그게? 상륙을 해서 내가 소서행장 노릇을 하란 말이오? 원래 왜란의 근본이, 풍신수길이가 글이 없어 국제 정세에 어두웠기 때문에 일어난 것입니다. 그는 명(明)을 쳐서 천하를 얻겠다는 것이 소원이었습니다. 천하는 그가 얻지 않아도 천하입니다. 천하는

> 천하의 것입니다. 중원의 인심이 왜국의 수길이를 부르지 않는데 가겠다 함은 무명지사(無名之士)요 패도가 아니겠소. 동양 3국은 오랫동안 국경이 안정되고 종족이 안정되고 풍습이 서로 달라서 자연의 안정을 얻은 지 오래요. 이것을 지금 와서 이리저리 바꾼다 함은 소의 머리를 뜯어다 원숭이 꼬리에 붙이고, 원숭이 꼬리를 떼어다 토끼 머리에 붙이는 것이나 다를 것이 없소. 소는 넘어지고, 원숭이는 곤두박질하고, 토끼는 실성할 것이오. 이치가 이러한데 무슨 상륙이고 무슨 공세요. 해괴하고 망측한 사문의 난적이오. 그런 생각은…[30]

『서유기』에서 빈번하게 나타난 희곡을 비롯한 소설 외적 장르의 차용은 추상적이고 난해한 소설 겉 서사의 이해를 돕기 위한 상세한 설명이자, 작중인물의 대사를 통해 작가를 직설적으로 대변하는 기능을 한다.[31] 특히 이 장면에서 이루어진 이순신의 긴 언설이 명-조선-일본을 아우르는 동아시아 정세의 맥락 속에서 임진왜란이라는 사건을 해석한 것이었음을 생각할 때, 최인훈에게 있어 이순신과 임진왜란은 단지 민족의 수난을 넘어서서 "국제 정치 감각"[32]을 통해 호출되어야 하는 인물이자 사건이었음에 유의할 필요가 있다.

그런데 『서유기』에서 희곡의 형식이 차용된 것은 작품의 전체 분량에서 작은 일부에 지나지 않는다. 그나마도 이순신의 길고 설명적인 대사가 상당 부분을 차지하고, 이순신과 원균이 퇴장한 후 토론의 사회를 맡았던 사학자가 이순신의 말에 대해 다시 한 번 해설을 해 주는 등, 연극적 성격보다는 소설적 성격이 한층 강하다. 그렇다면 희곡인 「달아 달아 밝은 달아」에 와서는 무엇이 어떻게 달라졌을까. 이 글은 이순신과 마찬가지로 임진왜란을 겪은 주인공 심청이 그와는 달리 하위주체에 속하는 여성 인물이라는 점에 유의하며 「달아 달아 밝은 달아」에 대한 정치적 독해를 시도하고자 한다.

최인훈 희곡, 특히 「달아 달아 밝은 달아」를 정치적으로 해석하려는 시도가 그동안 없었던 것은 아니다. 그러나 최인훈 희곡이 지닌 미적 독창성이나 원형적 심성에 대한 연구의 성과와 양에 비해 정치적 차원을 본격적으로 다룬 연구는 그리 많지 않다. "최인훈 희곡에 대한 지나친 알레고리적 해석은 지양"해야 하며, "어디까지나 최인훈 희곡은 최인훈 소설에 대한 일종의 반작용에서, 문학성 및 예술성을 표출하고자 하는 의도로 해석"함이 적절하다는 것이다.[33] 이는 최인훈이 자신의 희곡이 지닌 보편성을 강조함으로써 한국 사회의 구체적 현실에 대한 인식을 펼쳐낸 소설과 그렇지 않은 희곡을 은연중에 구분했던 데에도 어느 정도 원인이 있는 듯하다.[34] 그러나 이는 최인훈 희곡을 풍부하게 독해할 가능성을 제한하는 걸림돌이 될 수 있다. 설령 문학의 정치를 작가의 정치로 한정하여 작가 본인의 기록에 기대어 희곡을 해석한다고 해도 문제는 남는다. 최인훈 스스로가 「달아 달아 밝은 달아」와 관련하여 신식민지인으로서의 정치적 의식과 국제적 감각을 뚜렷하게 내비친 기록 또한 엄연히 존재하기 때문이다.[35]

「달아 달아 밝은 달아」가 판소리계 소설 「심청전」을 패러디함으로써 해방 이후부터 1970년대까지 한국의 신식민지적 상황을 알레고리적으로 재현한 작품이라고 할 때, 여기에서 가장 눈에 띄는 사항은 원전에서 지고지순한 효녀로 나왔던 심청을 '창녀'로 설정했다는 점이다. 한민족의 대표적인 효녀 표상으로 여겨지는 심청에 대한 그와 같은 비틀기는 많은 반발을 살 수밖에 없었다. 제3회 대한민국연극제 상연작들에 대한 비평에서 드러난 바와 같이[36] 이 설정에 대해서는 초연 당시부터 논란이 따라붙었다. 한국방송공사의 'TV문학관'에서 방영된 277편의 단막극 가운데 유일하게 심의를 통과하지 못했던 작품 또한 희곡 「달아 달아 밝은 달아」를 방송극으로 각색한 동명의 작품이었다(원작 최인훈, 극본·연출 박진수). 원작이 불러일으켰던 논란으로 인해 방송극 「달아 달아 밝은 달아」는 대본 심의과정에서부터 제동이 걸렸으며, 거듭된 수정과 촬영 중단 소동 끝에 완성된 필름 역시 1986년 4월 26일 방영 직전 내부시사회에서 심청의 유곽 생활 장면이 문제가 되어 해당 프로그램 방영작들 중 유일하게 방영 불가 판정을 받았던 것이다.[37] 당시의 통념에 비추어 이렇게 반감이 컸던 설정을 최인훈이 굳이 고집했던 이유, 그리고 논란에도 불구하고 정작 해당 작품이 오랜 시간에 걸쳐 꾸준히 상연될 수 있었던[38] 이유는 무엇이었을까.

이와 관련하여 우선 떠올릴 수 있는 것은 1970년대에 성행했던 호스티스 문학·영화와 「달아 달아 밝은 달아」의 연관성일 것이다. 실제로 「달아 달아 밝은 달아」는, 당대의 호스티스 재현물들이 여성의 성상품화를 고발하는 르포르타주적 외피를 두르고 실제로는 관음증적 욕망을 충족시키는 데에 집중했음에 반하여, "에로티시즘을 제거한 심청을 통해 성상품화와 그 폐해를 깊이 있게 인식하고 그 요인을 1970년대 사회·정치적 모순과 불합리함에서 찾아"[39]내었다는 평가를 받은 바 있다. 그러나 호스티스 문학의 여성들이 '도시로 팔려간 딸'이라는 모티프를 바탕으로 하고 있다면, 심청이 인신매매를 통해 '창녀'로 팔려간다는 설정은 도농 간 구도가 아닌 민족 간의 국제적 구도이자 신식민지의 정치적 차원으로 해석해야 한다는 점에서 이는 한층 더 엄밀한 독해를 필요로 한다.

> 우리 국민은 이 세기의 전반 부분을 외국인의 노예로 살아왔다. 우리 땅을 점령한 외국 군대는 그때까지 나라에 속했던 땅을 모두 자기들 것으로 등록하고, 토착 지배층에게 나머지 땅을 조금씩 나누어주고, 국민의 대부분을 농노로 삼았다 (…) 역사의 단계가 그러했기 때문에 공장도 들어섰고, 어디에서나 그런 것처럼 농촌에서 못 살게 된 농민들이 그 공장의 기계를 돌보는 공장노예가 되었고, 그런 일자리도 없는 농민의 가족들은, 딸들은 도회지의 뒷골목에서 성의 노예가 되었고 아들은 깡패와 양아치, 좀도둑이 되었다

(…) 전쟁은 멈췄지만, 먹고 살 거리도 부족한 땅에서 사람들은 미군 부대 주변의 양아치, 얌생이꾼, 양공주 생활에 본질적으로는 다름이 없는 생활을 할 수밖에 없었다. 나라의 〈대통령〉이라는 것은 이런 경우에 기지촌의 조직깡패의 대장에 다름 아니었다.[40]

위와 같은 최인훈의 현실 인식을 참고하면 '심청-창녀' 설정의 바탕을 이루는 민족주의적이고 정치적인 시각을 쉽게 짐작할 수 있다. 1970년대는 실제로 기생관광에 대한 담론이 급증한 시기이기도 했다.[41] 기생관광 반대 운동은 1980년대까지 이어지는 긴 흐름을 갖고 있는데, 1970년대 담론의 양상은 민족주의적 의식을 바탕으로 하고 있다는 점에서 그 이후의 담론과 변별점을 지닌다. "여성의 인권을 유린하고 내 조국을 일본 남성의 유곽지대화"[42]한다는 여성주의 진영의 비판 뿐 아니라, 당시 기생관광의 주 소비자였던 일본인들이 서울 한복판에서 일으켰던 여러 가지 소동은 "많은 한국인들의 민족감정에 상처를 입히는 사건"[43]이었다. 1970년대 기생관광 반대 운동을 주도했던 '한국교회여성연합회'는 나아가 기생관광을 추동한 사회구조, 즉 불평등한 한일관계 및 '경제제일주의의 개발정책'과 '매춘 관광사업'에 대한 비판으로까지 담론을 확장시켰다. 당대의 담론 속에서 기생관광은 "여성 억압의 문제일 뿐 아니라 자본주의 및 국제관계 불평등의 문제로 여겨졌던"[44] 것이다.

그 발치에 피난민들이
웅기중기 앉아도 있고 누워도 있고
어떤 사람은 무언가 먹고 있다
심청 나온다
남루한 옷에
보따리를 끼고 있다
서서 돌아본다
한옆에 앉는다
옆에 앉은 아낙네가 자리를
좀 비켜준다

아낙네: 색시는 어딜 가우
심청: 네 황해도 도화동으로 갑니다

(…)

죄인을 실은 수레 나온다
사람들 술렁댄다[45]

1970년대의 신식민지적 구도하에서 한국 여성이 성적으로 착취당한 현실과 「달아 달아 밝은 달아」를 연결할 수 있는 결정적인 근거는 바로 작품의 후반부에 나오는 이순신 압송 장면에서 발견된다. 심청이 공양미 300석을 받고 중국 유곽에 팔려가거나, 조선인 손님은 김서방의 도움으로 귀향하는 길에 일본 해적선에 납치되어 성노예 생활을 하는 것은 그 자체만으로는 정치적 알레고리로 읽기에 다소 근거가 부족하다. 물론 개작 이전에도 심청이 조선으로 돌아가게 되는 계기가 임진왜란일 것이라는 암시는 있었으나 이것이 작품 속에서 명확하게 언급되지는 않는다.[46] 심청이라는 한 가련한 인물이 억압적인 효(孝) 이데올로기와 착취적인 가부장제에 의해 수난을 겪는 서사라는 일반적인 해석을 넘어서기에는, '중국'과 '일본'이라는 설정은 어렴풋한 단서에 지나지 않는 것이다. 그런데 1992년 개정판 전집 수록판에서부터 임진왜란이라는 역사적 사건과 피난민들의 모습, 그리고 이순신이라는 실제 역사적 인물이 개입하면서부터 「달아 달아 밝은 달아」에 대한 정치적 독해의 가능성이 급증하게 된다.

「달아 달아 밝은 달아」의 임진왜란은 조선 반도에 왜적이 침입하는 방식으로 재현되지 않는다. 이 작품에서 임진왜란은 고향을 떠나 멀리 중국 유곽과 일본 해적선을 떠돌며 유린당하던 조선 출신의 하층민 여성 심청이 바다 위에서 맞은 전쟁이며, 피난선을 타고 고국에 도착한 그녀가 죄수로 호송되는 이순신의 모습을 보고 피난민들의 설명을 듣고서야 비로소 상황을 이해하게 되는 전쟁이다. 앞서 『서유기』에서 다루어진 임진왜란이나 「달아 달아 밝은 달아」의 임진왜란이나 이처럼 국제적인 공간 속에서 조망되는 전쟁임은 마찬가지이다. 그러나 『서유기』의 임진왜란이 작중 인물의 입을 빌어 "당대의 최고 수준의 인텔리겐차"[47]라고 규정된 이순신의 시각으로 동아시아의 국제정세라는 공식적 정치의 맥락에서 해석된 전쟁이라면, 「달아 달아 밝은 달아」의 임진왜란은 사회에서 배제된 비가시적인 인물이자 허구적 인물인 심청의 입장, 다시 말해 피난민의 입장에서 다른 초점을 가지고 언급되는 전쟁이며, 전자가 관념의 차원에서 분석적인 언설의 대상으로 작품 속에 서술되었다면, 후자는 인물의 몸이 처한 상황을 표현하는 공간으로서 무대 위에 펼쳐지는 것이다. 이러한 연결 및 대비는 「달아 달아 밝은 달아」의 개작을 통해 한층 더 강화되는 해석이다. 신식민지적 상황에 대한 최인훈의 소설적 재현에는 지식인의 관념적인 조망과 난민의식의 표출이 모두 포함된다. 그중에서도 초기에는 파편적인 삽화로 나타나던 난민의식은 한국전쟁 직후의 한국 사회 자체를 "거대한 피난민촌"으로 그리는 후기 소설들에서 보다 집중적으로 나타난다.[48] 이러한 흐름을 생각할 때, 일본에 의한 '지배적 식민주의' 시기에서 미국에 의한 '헤게모니적 식민주의'의 시기로 한국 사회가 이행한다는 최인훈의 국제적 감각과 세계 인식은 난민의식과 함께 점차 본격화하며, 『서유기』에서 다루어진 임진왜란 소재 역시 「달아 달아 밝은 달아」에서 그러한 관점으로 다른 방향에서 다루어진 것이라 이해할 수 있다.

그렇다면 이 장면에 등장하는 임진왜란 피난민 모티프는 최인훈 문학세계의 전반을 관통하는 난민의식과 일정한 접점을 지니는 것이 된다. 말하자면 심청의 귀향은 단순히 만리타향을 떠돌며 천신만고를 겪은 한 여자의 개인적인 귀향이 아니라 동아시아에서 벌어진 전쟁의 피난민 행렬에 속한 귀향이 되는 것이다. 더구나 허구의 인물인 심청이 임진왜란 피난민들 및 조선의 수호자 대접을 받는 이순신과 조우하게 되면서 그녀의 수난은 국제적 맥락 속에서의 민족 수난으로 확장된다.

개작된 「달아 달아 밝은 달아」의 이순신 압송 장면으로 인하여 극중의 '중국'과 '일본'이라는 장소는 식민지적 구도하의 장소로 읽힐 수 있게 되며, 이 작품은 비로소 해방 이후부터 1970년대까지의 신식민지적 상황에 대한 정치적 알레고리로서의 성격을 분명하게 획득한다. 공양미 삼백 석이라는 허황된 약속으로 딸을 색주가에 팔아넘기는 심봉사는 무능력한 정부이자 국민을 팔아넘기는 무책임한 국가가 되고, 중국의 유곽과 일본의 해적선은 이들을 착취하는 강대국을 유비하며, 심청은 이와 같은 국제정치적 구도 속에서 희생되는 인물로 자리하게 된다. 용이 날뛰는 환상적인 장소인 중국의 유곽, 망망대해에 떠다니는 일본의 해적선은 한층 더 현실적인 국적을 부여받으며, "조선에서 건너 온 꽃이랍니다", "조선하고 싸움이 붙었다는데"와 같은 대사를 통해 초판본부터 어렴풋이 암시되던, 국경을 초월한 자본의 성착취와 전쟁이라는 국제정치적 상황 역시 이 개작을 통해 한층 더 선명해지는 것이다. 심청은 중국 유곽에 팔려가 첫 손님을 맞는 장면에서 처녀성을 상실한다. 그 처녀성이 바로 심청이 욕망의 대상으로서 높은 '몸값'을 지니는 근거가 된다는 점은 작품 속에서 상당히 길게 다루어지는데,[49] 이 또한 자본주의적 지구화의 상황에서 희생되는 여성(성)으로 유추될 가능성을 강화하는 요소가 된다. 이러한 장면의 삽입이 극작술상의 난점에도 불구하고 1992년 1차 개정판 전집 뿐 아니라 2009년의 2차 개정판 전집에서도 유지된다는 것은, 21세기 현재까지도 신식민지적 관점이 한국 사회를 해석함에 있어 여전히 유효하다는 최인훈의 인식을 방증하는 바일 것이다.

3. 무대 위의 성노동과 하위주체 여성의 침묵

「달아 달아 밝은 달아」의 신식민지 인식은 해당 텍스트에 고유한 것이 아니라 희곡 창작기를 전후하여 발표된 소설과 작가 자신의 문학론까지를 지속적으로 관통하는 것이었다. 그러나 유사한 정치적 인식을 담지하고 있다 할지라도 「달아 달아 밝은 달아」는 희곡 텍스트라는 장르상의 특성, 주동 인물이 여성이라는 점, 그리고 그 '여성의 몸'을 통해 수난사가 펼쳐진다는 점으로 인해 독특한 효과가 발현됨에 유의해야 한다. 앞서 살폈듯 최인훈은 「달아 달아 밝은 달아」의 초연과 개작 사이의 공연에 부친 글에서 해당 작품과 신식민지의 문제가 결부되어 있음을 스스로 강조한 바 있으며, 개작에서 이루어진 이순신 압송 장면의 삽입은 그와 같은 작가의 의도에서 비롯했을 것임을 짐작할 수 있다. 그러나 '개화 이후 유럽을 만난 비유럽의 문제'를 조선시대를 배경으로 하는 설화나 조선 후기의 역사적 사실을 극화함으로써 적실하게 묘파해내기는 어려운 일이며, 실제로 작품 속에서 그에 대한 답이 뚜렷하게 발견되지도 않는다. 개작에서의 새로운 장면 삽입에서 성취된 것은 오히려,

「달아 달아 밝은 달아」가 무대 위에 직접 상연될 때에 발현되는 성 정치적 효과의 강화일 것이다.

잘 알려져 있듯 최인훈 소설은 남성 주체가 대상으로서의 여성 인물을 바라보는 형식을 자주 취하며, 독자들은 그 남성의 시선을 통하여 작품 속의 세계를 인식하게 된다. 이러한 측면 때문에 최인훈 소설에 나타나는 남성지배적 젠더 인식은 많은 논자들의 연구 대상이 되어 왔다. 정영훈은 이와 관련하여 남성 주체의 응시 자체가 이미 "여성에 대한 남성 주체의 공포와 불안의 산물"[50]이라는 점을 지적한다. 그로 인해 최인훈 소설에서는 "시선을 소유한 남성 화자가 여성 인물을 완벽하게 대상화하지 못"하고, 여성 인물들은 "대상화되지 않는 잉여를 남기는 방식으로 남성 초점화자에게 응시를 되돌려준다"[51]는 것이다. 이는 문학 텍스트 속 여성의 재현에 대한 분석이 '여성 이미지 비평'에 주안점을 둔 나머지 여성에 대한 남성의 지배를 상세히 확인하는 데에 그칠 위험을 극복할 수 있는 관점일 것이다.

> 희곡에서는 무대 위에서 공연될 때에 배역될 배우의 존재를 의식하게 되기 때문에 쓰고 있는 희곡은 언제나 배우에 의해 연기되리라는 인식을 자동적으로 가지게 된다. 즉 희곡의 내용이란 ― 일상 의식과 현실의 육체를 가진 배우가, 자기 자신을 연기자로 파악한다는 회심의 순간을 통해서, 그 속에 들어와서 창조해야 할, 상상 의식과 상상의 육체를

위한 그릇이며 악보라는 사실이 더할 수 없이 뚜렷이 의식되면서 만들어지게 된다.[52]

반면 희곡에서는 서술을 지배하는 초점화자의 존재가 없고 몸을 가진 배우가 무대 위에서 직접 텍스트를 재현한다는 점 때문에 구조가 확연히 달라진다. 위의 인용에서 보듯 작가 스스로도 소설 창작과의 비교를 통해 자신의 극작 방식을 서술하면서 현전(現前)하는 배우의 몸이라는 존재를 뚜렷하게 인식하고 있었음을 알 수 있다. 나아가 최인훈은 자신의 소설에서의 불평등한 젠더 구도가 희곡에 와서는 완연히 뒤집힌다는 점을 스스로 새삼 강조하기도 하였다. 실제로 최인훈 희곡의 여성 인물이 소설에서와는 다른 젠더 구도하에 자리하고 있으며 일견 강력한 힘을 가졌다는 점은 여러 연구자들에 의해 포착된 바 있다. 그러나 "나는 내 희곡에서 그런 것들을 보여주었기 때문에 어떤 페미니스트들도 많은 참작을 할 것이라고 생각"[53]한다는 작가 본인의 장담을 그대로 받아들이기에는 다소간의 무리가 따른다. 그의 희곡은 "남성 중심적 영웅 담론, 민중적 서사 방식에 있어서 새로운 측면을 지니고 있지만, 행동의 주체로서의 여성 인물의 적극성을 끝까지 보장해주지 못하고 있"[54]기 때문이다.

그런데 「달아 달아 밝은 달아」에 오면 2장에서 살펴본 바와 같이 신식민지적 상황 속에서 기생관광과 같은 성노동에 종사하는 여성들의 존재가 알레고리적으로 읽힐 수 있다는 점을 생각할 필요가 있다. 이 작품은 자신의 희곡 전반에 대한 작가 본인의 언급처럼 여성 인물이 "에로스적인 정열"을 갖고 "고귀하게 인간적으로 갈 데까지 가보는"[55] 인물이라는 점이 중요하다기보다는, 공식적인 담론의 장에서 목소리를 갖지 못한 비가시적인 존재였던 하위주체 여성과 그의 체험을 무대 위에 가시화함으로써 성정치적인 의미를 획득해낸 경우에 속하기 때문이다. 특히 「달아 달아 밝은 달아」는 (한국 사회의 신식민지적 상태를 유비하는) 동아시아의 전쟁이라는 국제적인 맥락 속에 있는 '창녀'이자 '피난민'인 하위주체 여성을 내세움으로써, 성관계처럼 사적 행위로 여겨지는 것들, 사회적으로 가장 낮은 층에 있는 개인의 삶과 같은 것이 신식민지와 같은 국제 정치 문제의 차원과 긴밀히 연관되어 있음을[56] 무대 위에 펼쳐내고 있기도 하다.

그와 관련하여 이 작품에서 우선 주목할 만한 부분은 바로 심청이 일본 해적선에 끌려가 성폭력을 당하는 장면들의 극작술에서 발현되는 독특한 효과이다.

(가)

한낮 / 큰 부엌 / 심청, / 누더기를 걸치고 / 맨발로 / 절구를 찧고 있다 / 해적 4, 지나가다가 / 문득 멈췄다가 / 심청의 손목을 잡아, / 부엌간으로 들어간다 / (…) / 해적, 문을 열고 나와 / 가던 쪽으로 사라진다 / 인형 일어선다 / 문을 열고 / 심청 / 흩어진 머리 / 풀어진 옷매무새를 한 채 / 걸

어나와 / 절구로 가서 / 찧는다

(「달아 달아 밝은 달아」, 383~384면)

(나)

심청 / 빨래를 / 하고 있다 / 다른 해적이 / 지나가다가 / 흘긋 / 심청을 쳐다보고는 / 허리를 안고 / 부엌간으로 들어간다 / (…) / 해적이 나온다 / 방 안에서 / 일어서는 인형 / 문을 열고 / 심청 / 나온다 / 풀어진 머리 / 흩어진 매무새에 / 아랑곳없이 / 걸어나와 / 빨래하던 데로 와서 / 집어들고 / 빨래를 한다

(「달아 달아 밝은 달아」, 385~386면)

(다)

불을 때고 있는 / 심청 / 누더기에 / 맨발 / 해적 지나가다가 / 잠깐 / 망설인 끝에 / 심청의 / 머리채를 / 끌고 / 부엌간으로 / 들어간다 / (…) / 문을 열고 나오는 / 심청 / 흐트러진 / 매무새대로 / 아궁이로 와서 / 나무를 지피는 / 심청 / 어두워지는 무대 / 빨간 / 아궁이 / 거기 / 머리를 들이밀며 / 불을 보는 심청

(「달아 달아 밝은 달아」, 387~389면)

(라)

새벽 / 어둑어둑한 무대 / 심청, 아궁이에 불을 때고 있다 / 왁자지껄한 소리 / 해적들 부산하게 / 이리저리 뛰어다닌다 / (…) / 심청의 손목을 끌고 / 사라진다 / 떠드는 소리 / 차츰 / 멀어진다

(「달아 달아 밝은 달아」, 389~390면)

「달아 달아 밝은 달아」의 심청이 성적 유린을 당할 때에 우선 눈에 띄는 지점은, 해당 장면들이 일종의 그림자 연극과 같은 방식을 통해 상징적으로 처리된다는 표현상의 측면이다. 그만큼 중요한 또 다른 지점은 바로 성폭력의 시각적 재현이 비슷한 구조로 여러 번 반복하여 이루어짐으로써, 서사의 전진을 담당하지 않고 있음에도 불구하고 작품의 전체 분량에서 상당한 비중을 차지하고 있다는 것이다. 그런데 중국 유곽에 인신매매된 '창녀'로서 '손님'을 맞는 장면들이 색색의 조명과 파도 소리, 용 그림자 등으로 다소 환상적으로 표현되고 있으며 그 과정이 모두 '벽 너머'에서 그림자로 추상화되어 재현되는 것에 비해, 일본 해적선에서 '성노예'가 된 심청이 당하는 폭력은 한층 더 현실적이고 구체적인 양상을 띤다는 점에 주목할 필요가 있다.

가부장적 사회에서의 가사노동이 성별화된 노동으로서 여성의 몫으로 할당되어 있다는 것은 주지의 사실이다. 그런데 일본 해적선에 납치된 심청의 수난사를 그린 총 다섯 개의 장면 중[57] 납치

장면을 그린 첫 장 외에 나머지 네 개 장의 시작과 끝이 심청이 묵묵히 가사노동을 하는 모습을 반복적으로 보여주는 동일한 구성을 갖추었다는 점은 좀처럼 지적되지 않고 있다. 「달아 달아 밝은 달아」를 다루는 연구의 대부분이 성폭력 장면의 극작술을 분석하는 데에 일정 분량을 할애하고 있다는 점을 생각할 때, 이처럼 매 장면의 앞뒤마다 빠지지 않고 붙어 있는 극행동에 대한 분석이 그간 늘 누락되어 왔다는 것은 우연이 아닐 가능성이 높다. 이는 아마도 육체적 접촉이라는 좁은 의미의 '섹스'가 특수한 것이라는 고정관념에서 비롯된 것으로 보인다.

여기에서, 지금까지의 가부장제와 여성주의 양자 모두가 섹스와 젠더, 젠더와 섹슈얼리티를 구분해 온 것을 비판하면서 섹스/젠더, 젠더/섹슈얼리티의 구분을 모두 '성'으로 통합하고 이를 다시 '성별/성애'로 구분하자는 고정갑희의 제안을 눈여겨 볼 수 있을 것이다.[58] 이 논의에 의하면 '성관계'를 성기중심적인 협의의 섹스관계로 규정하는 기존의 인식은 "성관계들을 사적 관계로 정의함으로써 그것이 사회적 관계, 물질적 관계, 다시 말해 정치적이고 경제적인 관계"임을 은폐하거나 간과하게 만들고, 섹스를 "육체관계에 한정하여 간주함으로써 공적으로 이야기할 그 어떤 것이 아니게"[59] 만든다. 반면 '성=성별/성애'라는 구도는 그러한 성의 사사화를 넘어서서 가부장제의 작동 기제를 재검토할 수 있게 할 뿐 아니라, 성별노동의 상품화와 성애노동의 상품화까지를 함께 사유할 수 있게 한다. 자본주의적 가부장체계에서 성상품화는 단순히 섹슈얼리티의 상품화 뿐 아니라 "성별노동, 예를 들어 여성의 가사노동이나 모성노동의 상품화"와 "성애노동, 예를 들어 매춘노동 등의 상품화"까지를 아우르며 다각도로 발생한다는 것이다.[60]

성별화된 가사노동과 성애화된 매춘노동이 모두 가부장적 성 체계를 받쳐주는 '성노동'의 성격을 갖는다고 할 때, 「달아 달아 밝은 달아」에서 일본 해적선에 붙잡혀 간 심청이 착취당하는 가사노동력이나 (협의의) 섹스는 모두, 그녀가 '가부장적 체제하에서 착취당하는 여성'이라는 정체성을 구성하는 요소가 될 수 있다. 끊임없이 절구를 찧고 빨래를 하고 불을 때는 행위는 단순한 천신만고가 아니라 성노동 착취라는 의미를 지니게 되는 것이다. 앞에서 인용한 (가)~(다)의 해적선 장면에서 부엌 안으로 끌려가 강간을 당한 직후의 심청이 매번 옷매무새를 다듬거나 머리를 매만지는 등의 행동을 하지 않고 그 상태 그대로의 흐트러진 몸으로 아까까지의 가사노동을 이어가는 것으로 매 장면을 열고 닫는다는 것은 가사노동과 매춘노동(이 텍스트에서는 강간)의 연속성 혹은 동질성을 강화한다. 이 작품이 무대 위에 현전하는 배우의 몸을 통해 공연되는 텍스트라는 점을 생각할 때 이는 실제 상연에서 한층 더 선명하게 가시화될 수 있다. 이와 같은 구성이 4회에 걸쳐 반복되는 과정을 통하여,[61] 심청의 수난사는 신식민지적 구도 하에서의 민족적 수난사에 대한 알레고리로서뿐 아니라 성정치적인 측면에서의 여성적 수난사라는 의미까지 획득하게 되는 것이다.

심청: 아이구, 아버지

백미 3백 석을

어디서 얻으려구

심봉사: (머뭇거리며)

왜, 네가 전날에

하던 말 있잖냐?

심청: 무슨 말?

심봉사: 그, 장부자네가

너를 수양딸로

삼겠다던 말

심청: (기가 질려 한참만에)

…그랬지요

(「달아 달아 밝은 달아」, 335~336면)

모든 움직임 / 소리 / 빛이 / 사라지고 / 캄캄해지는 / 무대/ 아득히 / 바닷물이 / 철썩 / 철썩 / 파도치는 / 소리만 / 갑자기 / 어둠 속에서 / 나오는 / 심청의 / 깊은 / 한숨 소리

(「달아 달아 밝은 달아」, 370면)

민족의 일원으로서뿐 아니라 여성으로서 착취당하는 심청이 하위주체로서의 위치에 있음을 보여주는 지점으로는 우선, 심청에게 부여되는 대사의 종류의 정도를 꼽을 수 있다. 작품의 초반에서

심청이 하는 말들 중 스스로의 의지나 욕구, 감정 등을 담은 발화는 거의 없으며, 대사의 대부분이 심봉사의 말이나 행동에 대한 반응으로 나타난다. 심봉사가 공양미 삼백 석을 위해 딸인 자신을 장부자네 소실로 팔려는 의중을 두 번이나 비칠 때에도 그녀는 짧은 대답이나 침묵만을 내비칠 뿐이다. 중국 유곽에 팔려가서 기생으로 성노동을 하는 장면 역시 마찬가지이다. 그녀의 향방은 무대 위에서 언어를 독점하는 매파와 손님들에 의해 좌우되고, 강제된 성노동과 관련하여 심청이 내비치는 심리적 표현은 아무도 없는 깊은 밤의 "한숨 소리" 뿐이다. 일본 해적선 장면에서도 역시 심청이 언어를 잃어가는 것을 관찰할 수 있다. 해적선의 성폭력 장면들은 '가사노동 중인 심청을 해적이 부엌으로 끌고 간다→심청이 인형을 쓰고 등장하여 폭력을 당하는 모습을 무대 위에 보여준다→해적이 퇴장하고 심청 다시 등장하여 가사노동을 이어 간다'는 순서에 따라 진행되고 반복된다. 이때 인형이 당하는 물리적 폭력은, 처음에는 심청이 인형 탈을 쓰고 걷어차이는 것, 그 다음번에는 인형이 바닥에 떨어지는 것, 마지막에는 인형이 벽에 던져지고 발길에 차이는 것 등으로 점차 그 잔인함을 더해가지만, 이때 심청은 인형 탈을 씀으로써 언어 발화의 길을 차단당하고 입을 잃으며 나중에는 바닥에 축 늘어져 무방비한 상황에서 폭력을 감내해야 하는 상황에까지 내몰린다.

심청은 중국 유곽에서 말을 잃었다가 조선인 손님인 김서방의 덕분으로 조선으로 돌아갈 희망이 생기는 작품의 중반부쯤에 다시 말을 되찾는다. 그러나 그 희망이 중국 유곽보다도 더욱 심한 고난인 해적선의 성노예 생활로 좌절되었을 때, 심청은 단지 말을 잃을 뿐 아니라 인형 탈을 쓰고 무감각하게 행동함으로써 얼굴이나 몸짓까지 잃어버린다. 이처럼 상황에 끌려 다니며 고통을 감내하는 심청의 모습을 '수동적인 여성상'으로 보면서 「달아 달아 밝은 달아」의 여성관을 비판할 수도 있을 것이다. 최인훈 문학 전반에 걸친 젠더의식을 생각할 때에 이러한 비판은 일견 타당할 수 있다. 그러나 이러한 설정들이 작가의 손을 떠나 연극의 방식으로 무대 위에서 재현될 때의 효과를 더욱 적극적으로 고려할 필요가 있다. 더 강한 억압이 가해질수록 침묵 또한 점점 더 깊어져가지만, 심청(을 연기하는 배우)의 몸은 그녀의 존재를 무대 위에 계속 가시화시키고 또 전경화시키면서, 그 누구의 언어로도 제대로 설명될 수 없는 하위주체의 상황을 재현하게 된다. 심청이 말을 잃는다는 것 자체가 오히려 성정치적 징후가 될 수 있는 것이다.

> **심청**: 그런데 아주머니
>
> **아낙네**: ……
>
> **심청**: 저 어른이 누구예요
>
> **아낙네**: 이장군 아니우
>
> **심청**: 이장군이 누구예요?
>
> **아낙네**: 아니 이장군이 누구라니, 바다 건너온 도적들을 쳐서 이긴 분이시지 누군 누구야

심청: 바다 건너온 도적들을

아낙네: 그럼

심청: 그런데 왜?

저렇게 잡혀가요?

아낙네: 그러니까 잡혀가는 게지

심청: 네, 왜요?

일어나 앉아 / 신기한 듯이 / 심청을 본다 / 사람들도 / 여기저기서 웅기중기 일어나 / 마치 괴물을 보듯 / 심청을 본다 / 마침내 / 가까운 사람부터 / 멀리 있는 사람까지 / 가까운 사람은 고개를 돌려 / 그 옆사람은 절반 일어나고 / 하는 식으로 피라미드처럼 / 차츰 키가 높아지며 / 멀리 있는 사람은 / 일어서서 심청이 앉은 / 이쪽을 / 쳐다본다 / 마치 / 난데없는 괴물을 주시하듯

(「달아 달아 밝은 달아」, 397~398면)

「달아 달아 밝은 달아」를 신식민지의 알레고리로 파악할 때, 작품 초반의 심청은 그저 심봉사의 효심 깊은 딸 정도에 그치는 존재일 뿐이었다. 그런 그녀가 일개 개인이 아닌 '조선 여자', '조선의 딸'이 되는 것은 오히려 조선을 떠나 중국 유곽과 일본 해적선을 거치면서 외부인들의 호명에 의해 정체성을 부여받으면서이다. 그러나 그렇게 조선으로 돌아온 심청을 정작 조선(인들)은 민족의 일원

으로 받아주지 않는다. 제국의 침탈과 억압을 몸에 새기고 민족의 딸이 되었지만 그 공통의 정체성을 공유할 수 있는 자격을 박탈당하고 마는 것이다.

심청이 중국 유곽으로 유비된 제국의 착취로부터 탈출하여 민족의 딸로서 귀환할 수 있었던 첫 번째 기회는 김서방이 태워 준 조선행 배였다. 그러나 이는 또 다른 제국을 유비한 일본 해적선의 침탈에 의해 좌절된다. 이 좌절은 외부로부터 온 시련이며 민족적 수난을 체현하는 작품 속 심청의 정체성을 오히려 더 공고화하는 역할을 한다. 그러나 민족의 딸로 귀환할 두 번째 기회였던 피난선 나루터 장면에서 심청은 다시 한 번 밀려나는데, 이는 같은 정체성을 공유한 것으로 상상되었던 같은 민족의 피난민들에 의한 것이라는 점에서 문제적이다.

피난선 장면은 곧 이순신 압송 장면이기도 하다. 이 장면은 권력에 의한 희생양으로 표상된 심청과 이순신의 만남으로 해석되는 경우가 대부분이다. 비슷한 처지의 심청과 이순신이 조우함으로써 심청의 희생과 고난이 정치적이고 역사적인 차원으로 확장된다는 것이다. 그러나 이 장면에서 심청과 이순신은 결코 같은 층위에서 매끄럽게 만나지 못한다. 이순신이 허구와 만나는 역사의 상징으로 최인훈 문학에 처음 등장했던 『서유기』에서, 그를 불러낸 사학자는 만일 조선 민중들이 임진왜란 당시 항거를 하여 이순신이 그 진압을 명받았더라면 그는 그 명을 그대로 따를 조선의 엘리트층이었다는 인평을 내린 바 있다. 단지 권력에 의한 희생이라는 측면만으로 둘을 묶기에는 최인훈 문학 속에서 (임진왜란과 결부된) 심청과 이순신이 각각 담지하고 있는 속성들의 계급차가 현저한 것이다.

오히려, 「달아 달아 밝은 달아」에서 이순신의 등장은 심청과 비슷한 계급에 속한 피난민들마저 그녀를 공동체에서 배제하는 계기로 작용하기까지 한다. 심청이 이순신을 모르는 티를 내자 피난민들은 그녀를 "낯선 괴물"처럼 본다. 심청이 자신을 적대적으로 대하는 사람들에 둘러싸여 고립되는 상황은 앞의 인용에서 보듯 세심하게 공을 들인 연극적 형상화를 통해 재현된다. 중국의 유곽과 일본의 해적선을 떠돌며 점차 언어를 잃어가야만 했던 심청은, 민족의 품으로 돌아와 목소리를 되찾으려는 순간 다시 한 번 밀려나는 존재가 된다. 민족의 공통된 지식과 공통된 언어를 소유하지 못한 심청, 희생된 자이지만 동시에 더럽혀진 여자로서 "파괴, 가난, 전쟁의 살육을 보여주는 살아 있는 상징"[62]이기도 한 심청은 제국에 의해, 그리고 민족에 의해 두 번 억압되는 것이다. 즉, 초판본의 중국 유곽 장면과 일본 해적선 장면에서 성적 착취를 당하는 여성으로 형상화된 심청은, 개작본에서 이루어진 이순신 및 피난민들과의 조우를 통해 신식민지적 구도 속에서 이중으로 소외되는 '하위주체 여성'이라는 정체성을 한층 더 분명히 담지하게 되는 셈이다.

「달아 달아 밝은 달아」에서 심청이 다른 인물에 대한 수동적 반응으로서가 아닌 '자기 자신'에 대한 이야기를 발화하는 것은 조선으로 돌아온 후 고향에서까지 축출당하고 결국 광인(狂人) 노파가 되어버린 마지막 장에서가 유일하다. 이 장에서조차 그녀의 고난은 통상되는 기존의 언어를 통해서는 그대로 재현될 수 없고, '미친 노파'인 심청에 의해 동화처럼 각색된 아름답고 환상적인 경험으로 변형되어 이야기된다. 심청은 도저히 언어화할 수 없는 하위주체 여성의 고통을 무대 위에서 체현하며 이 대단원에까지 도달한 후, 광인의 언어로 지난날의 고통을 각색함으로써 그 체험의 언어화가 불가능하다는 사실을 다시 한 번 폭로해낸다. 그렇다면, 김서방이 남긴 손거울을 꺼내어 "갈보처럼" 웃는, 막이 내리기 직전 심청의 행동은 발화되는 언어와 눈에 보이는 현실이 어긋나며 진실이 언뜻 내비치는 섬뜩한 정치적 틈새로 읽을 수 있을 것이다.

4. 현실과 만난 심청의 몸들

「달아 달아 밝은 달아」의 개작에서 이루어진 이순신 압송 장면의 삽입은 최인훈 희곡에서 설화적인 허구의 세계와 역사적인 현실의 세계를 교차하는 결정적인 역할을 담당했다. 2007년 세종M시어터에서 상연된 「달아 달아 밝은 달아」의 심청은 마지막에 광인이 되었을 때에 이름 없는 바닷가가 아닌 서울역 앞에 등장함으로써 극장 밖의 현실과 무대 위의 허구를 더욱 적극적으로 엮어낸다. 허구-현실간의 뒤섞임과 시공간의 넘나듦, 그를 통한 정치적 알레고리화는 최인훈의 개작에서부터 시작되어 실제 상연을 통해 극대화될 수 있었던 것이다.

이순신 압송 장면을 삽입한 개작으로 인해 「달아 달아 밝은 달아」는 식민지적 상황에 대한 어렴풋한 암시 정도만을 깔고 있던 개인의 수난사에서 신식민지적 구도 속 민족의 수난사로서 보다 분명한 의미를 갖게 된다. 이는 최인훈의 희곡을 원형적 보편성의 관점에서 바라보는 해석의 그물코를 빠져나가는 지점이다. 1978년 발표 당시의 「달아 달아 밝은 달아」는 타 문화권의 관객들에게도 보편적으로 다가갈 수 있는 작품이었지만, 1992년 개정판 이후에 등장하는 '이장군'은 한국 민족의 구체적인 수난사를 모르는 이들에게는 그 의미가 온전히 해석될 수 없다. 이는 '원전 설화의 국적 출처' 수준을 뛰어넘는 의미심장한 로컬리티 및 신식민지적 국제정치의 구도를 「달아 달아 밝은 달아」에 부여한다.

민족의 수난사를 여성의 성적 육체에 새기는 일은 많은 남성 예술가들에 의해 장르를 막론하고 흔히 행해져 온 작업이었다. 이는 민족주의적 저항의식이나 신식민지적 세계 재편에 대한 비판을 형성한다는 의의를 지닐 수 있지만, 다른 한편으로는 여성을 대상화하고 여성의 성을 배제·착취하는 이중의 폭력적 구도를 생산해내는 것이기도 했다. 희곡 창작기 이전 최인훈의 소설들이 남성 지식인 초점화자에 의해 여성을 대상화하는 젠더 구도를 갖고 있었던 것을 생각하면, 「달아 달아 밝은 달아」에서 심청의 수난사를 경유하여 만들어진 신식민지의 알레고리에 대해서도 그러한 반(反)여성적 혐의를 의심해보는 것이 그리 이상한 일은 아닐 것이다.

그러나 「달아 달아 밝은 달아」는 현전하는 배우의 몸을 기대하는 희곡 텍스트이기도 하다. 그런 점에서 여성의 몸을 가진 심청이 무대 위에서 체현해 낸 고난은 남성 작가에 의해 부여된 정치적·역사적 알레고리 뿐 아니라 여성 하위주체로서의 성정치적 효과까지를 만들어낸다. 초점화자의 서술이라는 필터를 거치지 않고 실제 여성의 몸을 통해 직접 표현해낸 심청의 수난사와 그렇게 체현된 심청의 침묵은, 그녀가 처한 억압의 실체가 신식민지와 가부장제의 공모임을 폭로해낸다. 최인훈의 문학 전반을 흐르는 젠더 인식을 생각할 때, 작가 자신이 이 정도로 적극적인 성정치적 의도를 갖고 「달아 달아 밝은 달아」를 그렇게 만들었다고 보기는 힘들다. 이러한 효과는 이순신 압송 장면의 삽입을 통해 「달아 달아 밝은 달아」를 신식민지의 알레고리로 만들고자 했던 작가가 택한 장르가 희곡이었다는 점에서 비롯한 기대 이상의 효과라고 보는 편이 알맞을 것이다.

이제야 나는 알 수 있다. 어느 눈 내리는 겨울 저녁에 그의 오막살이를 찾은 큰 귀를 가진 남자의 청을 받고 몇 날 며칠을 잠 못 이룬 끝에 마침내 그의 삶의 새 국면을 맞기로 했을 때 공명이 어떤 결심을 하였는가를. 그는 놀랍게도 현실을 시처럼 살리라는 결심을 유보 조건으로 그 길을 택했던 것이다. 현실을 — 정치와 전쟁을 순수하게, 완전하게, 투명하게, 추상적으로, 상징적으로 살리라, 하는 이 놀라운 결심. 그 결심을 가능하게 한 맨 첫째 이유는 아마 자기 자신에 대한 믿음이었을 것이다. 자기 능력에 대한 믿음이라는 원시적 명쾌함의 감정을 그는 가지고 있었다고 봐야 하며, 회의하면서 미지의 운명에 도전한다는 생각은 없었다고 나는 생각한다. 자신이 없는데도 한다는 것은 원시적 고전적 인간인 공명에게는 악덕 이외의 아무것도 아니었겠기가 쉬우며 우리들의 약점을 그에게 돌려야 할 만큼 우리가 위선적일 필요는 없기 때문이다.

자기 한 몸에서 현실과 상징이 하나가 되었던 인간. 공명은 그런 사람이었다. 공명 이외의 어떤 인간도 이 이원을 그에게서처럼 허심탄회하게 조화한 경우를 발견할 수 있는 예는 없다. 대부분의 권력자는 그가 가진 권력이 아무리 강대했더라도 그들은 불안했으며 자신이 없었다. 왜냐하면 그들은 공명만큼 명석한 정신을 갖지 못했기 때문이다. 대부분의 문학자는 그의 문학적 재능이 아무리 뛰어났어도 그들은 불안했으며 자신이 없었다. 왜냐하면 그들은 공명만큼 강대한 권력을 갖지 못했기 때문이다. 공명은 그 두 가지를 다 가지고 있었다. 그가 가진 교양이 세계 최고의 것이었고, 그가 가진 권력이 인신(人臣)으로 최고의 것이었고, 그가 기동(機動)한 공간이 가장 넓은 것이었으므로 존재의 모든 음계는 공명을 동심원의 중심으로 하여 완전히 겹쳐 있었다.

「공명」, 1969년, 중앙일보사판 《월간중앙》에서

PART Ⅵ

註 · 필진약력

최인훈의 『화두』와 일제 강점기 한국 문학

1) 연남경, 『최인훈의 자기 반영적 글쓰기』, 혜안, 2012, 34면.
2) 이들 문학에 대한 해석의 수준은 매우 높아 연구자들의 시선을 새롭게 할 만한 내용이 적지 않으니 이 점만으로도 이들 문학에 대한 주인공의 독서 체험은 중요한 의미를 갖는다.
3) 최인훈, 『화두』(2), 민음사, 1994, 543면. 앞으로 『화두』를 인용할 경우, (2, 543)과 같이 함.
4) 조갑상, 「최인훈의 『화두』 연구: 「낙동강」과의 관계를 중심으로」, 《한국문학논총》 31집, 2002, 234면.
5) 『화두』의 '담론 흐름'을 '겉이야기-속이야기-겉이야기'로 파악할 때 "문제되는 인물은 서술자이면서 주인공인 '나'의 가족들이 아닌, '나'의 화두를 해결해 줄, 선배 지식인들의 일제 강점기의 사상과 행적을 대표하는 인물인 조명희가 된다."(서은선, 「최인훈의 『화두』에 대한 서사론적 분석」, 『부산대 국어국문학』 32집, 1995, 224면.)라는 지적도 이와 관련된 것이다.
6) 김윤식, 「최인훈론—유죄 판결과 결백 증명의 내력」, 『작가와의 대화』, 문학동네, 1996, 24면.
7) 최인훈, 『회색인』, 문학과 지성사, 2008, 28면.
8) 같은 곳, 30면.
9) 최인훈, 『서유기』, 문학과 지성사, 2013, 230면.
10) "덴버에서 산으로 돌아가던 길에 차에서 겪었던 생리적 소외감, 내 몸이 얼른 뒤집어졌다 돌아오는 순간 같은 느낌은 **삶과 하나가 되지 못하는 내 삶**의 모습이었다."(1, 461, 강조 인용자)의 강조 부분의 숨은 의미도 이것이다.
11) 자신에게 큰 상처를 입힌 지도원 선생을 "자신과 대화를 나눌 수 있는 주체로서 받아들"이는 것을 "타자들의 복위"라 일컬으며 "인식의 전환"을 보여준다고 본 김인호의 해석도 이와 관련된 것이다. 김인호, 「최인훈 소설에 나타난 주체성 연구」, 동국대 박사 논문, 2000, 177~179면. 한편 지도원 선생에 대한 태도 변화에 대한 비판적 의견에 대해서는 정영훈,『최인훈 소설의 주체성과 글쓰기』(태학사, 2008)의 2장 참고.
12) 이효석의 「노령근해」 3부작이 잘 보여주듯, 혁명에 성공하여 역사상 처음 나타난 새로운 사회를 일구고 있던 소련으로 망명했던 1920, 30년대 한국인들을 이끈 것 가운데에는 프롤레타리아 국제주의, 세계혁명론 등도 들어 있었다. 이에 대해서는 정호웅, 「조명희, 「낙동강」, 한국문학사」, 『2회 포석 조명희 학술 심포지움 자료집』, 《동양일보》, 2013, 31~34면.) 참고.

13) 정영훈, 「최인훈 소설에서의 반복의 의미」, 《현대소설연구》 35, 2008, 235면. '결백 증명'이란 용어는 앞서 언급한 김윤식의 「최인훈론—유죄 판결과 결백 증명의 내력」에서 나온 것이다.

14) 『화두』의 주인공이 보이는 "자기 지우기, 판단의 끝없는 연기, 이질적 세계에 대한 관용" 등을 두고 "일종의 회피와 심지어 자기기만으로 발전할 수도 있다."(송승철, 「『화두』의 유민의식: 해체를 향한 고착과 치열성」, 《실천문학》 34, 423~427면.)는 비판적 평가도 있다. 그러나 이 같은 비판은 우리가 말하는 『화두』의 긍정적 성취를 전제하고 이와 관련 지을 때 보다 설득력을 확보할 수 있을 것이다.

15) 이에 대해서는 『포석 조명희 전집』(동양일보 출판국, 1995)에 수록된 망명 이후 창작한 작품들과, 장사선·우정권, 「조명희의 연해주에서의 문학활동에 관한 연구」(《우리말글》 33, 2005) 참조.

16) 『화두』를 일관하는 작가의 태도를 "내부로부터의 저항이나 내부 망명자의 시선"(권성우, 「근대문학과의 대화를 통한 망명과 말년의 양식—최인훈의 『화두』에 대해」, 《한민족문화연구》 45, 2014, 76면.)이라는 의견도 이를 말하는 것이다.

17) 작가로서의 글쓰기와 관련하여 주인공의 행로를 이끄는 다른 하나는 자신이 "전승된 양식의 힘을 타고 서기 노릇만 한 것은 아닐까?"(2, 263)라는 의문이다. 이 의문을 붙잡고 그는 끈질기게 씨름하는데 결론은 "예술의 마지막 메시지는 형식"(1, 340)이라는 것이다. 새로운 형식의 창조와 최인훈 문학의 관련성은 또 다른 과제이다. 이것과 관련하여, 김병익의 평론 「'남북조 시대 작가'의 의식의 자서」(『새로운 글쓰기와 문학의 진정성』, 문학과 지성사, 1997), 김인호의 『해체와 저항의 서사』(문학과 지성사, 2004)에 실린 「변화의 시대에 대응하는 새로운 담론」, 최인훈의 글에서 가려 뽑은 『바다의 편지』(삼인, 2012)에 실린 오인영의 해설 「최인훈의 사유에서 역사의 길을 만나다」의 3장 참고할 만하다.

월남문학의 세 유형

1) 게오르그 루카치, 『소설의 이론』, 김경식 역, 문예출판사, 2007, 68면.

2) 위의 글, 같은 면.

3) 위의 글, 28면.

4) 게오르그 루카치, 『영혼과 형식』, 반성완·심희섭 역, 심설당, 1988, 82~90면 참조.

5) 문동규, 「귀향」, 《범한철학》 64, 2012, 144~145면.

6) 윤병렬, 「하이데거의 존재 사유에서 고향상실과 귀향의 의미」, 《하이데거 연구》 16, 63면.

7) 위의 논문, 65면.

8) 김광기, 「멜랑콜리, 노스텔지어, 그리고 고향」, 《사회와 이론》 23, 한국이론사회학

회, 2013, 187면.

9) 조형국, 「현존재와 염려, 그리고 이야기」, 《철학탐구》 18, 중앙대학교 중앙철학연구소, 2005, 144~140면 참조.

10) 윤병렬, 앞의 논문, 70~72면.

11) 김성, 「사도 바울의 선교 여정 연구」, 《서양 고대사 연구》 21, 한국서양고대역사문화학회, 2007, 127~129면 참조.

12) 귄터 보른캄, 『바울 —그의 생애와 사상』, 허역 옮김, 이화여대출판부, 1996, 31면.

13) 이상범, 「바울행전2」, 《새가정》 344, 1985, 55면.

14) 귄터 보른캄, 위의 책, 36면.

15) 위의 책, 57~58면.

16) 이-푸 투안, 『공간과 장소』, 구동회·심상윤 역, 대윤, 1995, 15~22면.

17) 방민호, 「이효석과 하얼빈」, 《현대소설연구》 35, 한국현대소설학회, 2007, 52면 참조.

18) 정실비, 「일제 말기 이효석 소설에 나타난 고향 표상의 변전」, 《한국근대문학연구》 25, 한국근대문학회, 2012 참조.

19) 선우휘, 「망향」, 《사상계》, 1965.8, 388면.

20) 선우휘, 「십자가 없는 골고다」, 《신동아》, 1965.7, 410면.

21) 이상록, 「1960~70년대 비판적 지식인들의 근대화 인식」, 《역사문제연구》 18, 역사문제연구소, 2007, 226~227면 참조.

22) 함석헌, 「세 번째 국민에게 부르짖는 말—오늘은 우리에게 무엇을 호소하는가」, 《사상계》, 1965.5, 37면.

23) 위의 글, 39면.

24) 선우휘, 「십자가 없는 골고다」, 《신동아》, 1965.7, 411~412면.

25) 위의 글, 같은 면.

26) 위의 글, 같은 면.

27) 위의 글, 413~414면.

28) 위의 글, 429면.

29) 위의 글, 421면.

30) 위의 글, 421면.

31) 위의 글, 406면.

32) 정주아, 「두 개의 국경과 이동의 딜레마 — 선우휘를 통해 본 월남 작가의 반공주의」, 《한국현대문학연구》 37, 한국현대문학회, 2012, 250면.

33) 위의 논문, 271면.

34) 위의 논문, 272면.

35) 선우휘, 「망향」, 《사상계》, 1965.8, 388면.

36) 위의 글, 389면.

37) 이푸 투안, 앞의 책, 232면.

38) 선우휘, 「망향」, 《사상계》, 1965.8, 393면.

39) 위의 글, 393~394면.

40) 위의 글, 396면.

41) 위의 글, 같은 면.

42) 위의 글, 394면.

43) 위의 글, 399면.

44) 방민호, 「이호철 선생을 만나다」, 《문학의 오늘》 13, 2015년 봄호, 45면.

45) 위의 글, 63면 참조.

46) 위의 글, 63~64면.

47) 이호철, 「소시민」, 《현대한국문학전집》 8, 신구문화사, 1965, 11면.

48) 위의 글, 42면.

49) 위의 글, 142~143면.

50) 아리스토텔레스의 『정치학』에서 말하는 시민의 의미와 역할에 대해서는, 방민호, 「손창섭 소설의 외부성—장편소설을 중심으로」, 《한국문화》 58, 서울대학교 규장각 한국학연구원, 2012.6, 212면 참조.

51) 방민호, 「이호철 선생을 만나다」, 《문학의 오늘》 13, 2015년 봄호, 68면.

52) 위의 글, 69면.

53) 최인훈, 『화두』(1), 민음사, 1994, 42~43면.

54) 그러나 이에 대하여 현대 마르크시즘은 비판적인 검토를 보여준다. 단적인 예의 하나로서 알렉스 캘리니코스는 자본주의적 물신화로부터 자유로워지기 위해서는 마르크스나 루카치의 계급성, 당파성이 아니라 기존 담론들의 합리성을 검토하고 그 기초 위에서 현실에 대한 새로운 해석과 전망을 제시해 가는 이론적 지성이 필요하다고 주장한다. 이론이나 시각의 진실성 여부의 최종 척도를 계급과 의식의 동일성에서 찾지 않고 그 논리 구성력에서 찾는 이러한 관점은 계급의식이나 당파성 범주를 마르크시즘의, 불필요한 잉여적 요소로 간주하여 기각해 버린다—알렉스 캘리니코스, 『현대철학의 두 가지 전통과 마르크스주의』, 정남영 역, 갈무리, 1995, 206~209면 참조.

55) 최인훈, 『화두』(1), 민음사, 1994, 89면.

56) 최인훈, 『광장』, 정향사, 1961, 86면.

57) 위의 글, 178면.

58) 위의 글, 186면.

59) 위의 글, 201면.

60) 위의 글, 213~214면.

61) 최인훈, 『서유기』, 문학과지성사, 2013, 7면.

62) 최인훈, 『화두』(1), 민음사, 1994, 110면.

63) 최인훈, 『서유기』, 문학과지성사, 2013, 7면.
64) 위의 글, 273면.
65) 김태우, 『폭격』, 창비, 2013, 110면.
66) 최인훈, 『화두』(1), 민음사, 1994, 78면.
67) 위의 글, 105면.
68) 방민호, 「이호철 선생을 만나다」, 《문학의 오늘》 13, 2015년 봄호, 49면.
69) 서정희, 「심학과 『서유기』의 주제 연구」, 《중국어문학》 62, 2013 참조.
70) 최인훈, 『서유기』, 문학과지성사, 2013, 241~242면 및 261~262면 참조.
71) 위의 글, 290면.
72) 위의 글, 350면.
73) 최인훈, 『화두』(1), 민음사, 1994, 5~6면.
74) 최인훈, 『화두』(2), 민음사, 1994, 431~432면.
75) 위의 글, 358~359면 참조.
76) 연남경은 『화두』를 트라우마의 치유 및 자아 정체감의 회복 과정으로 이해한다. 연남경, 『최인훈의 자기반영적 글쓰기』, 혜안, 2012, 208~212면 참조.
77) 최인훈, 『화두』(1), 민음사, 1994, 104~105면.
78) 최인훈, 『화두』(1), 민음사, 1994, 99면.
79) 최인훈, 『화두』(2), 민음사, 1994, 481면.
80) 위의 책, 483면.
81) 위의 책, 510~511면.

무국적자, 국민, 세계시민

1) 전정근, 『절규 — 태평양전쟁의 원혼들』, 정일출판사, 1989, 97면.
2) 우쓰미 아이코, 『조선인 BC급 전범, 해방되지 못한 영혼』, 이호경 역, 동아시아, 2007, 8면.
3) 해방 이후 동남아시아에서 포로감시원으로 일하다가 전범으로 체포된 조선인 전범들의 소환 대책이 논의되지 않은 것은 아니었다. (《경향신문》, 1949년 12월 29일 자 「전범의 오명 쓰고 동포들 남양감옥서 신음」 및 《경향신문》, 1952년 4월 7일 자 「자유의 날 기다리는 한인 전범」 참조) 하지만 독립국가가 세워지기 전까지는 국민국가에 기반한 국제 질서에 능동적으로 대응하는 것이 불가능했던 탓에 식민지 출신 조선인들은 일본의 국적법에 따라 '일본국민'으로서 국가의 지배를 받아야 했던 것이다.
4) 선우휘, 「외면」, 《문학사상》 46, 문학사상사, 1976.7. 이하 작품을 인용할 때에는 인용 말미에 면수를 밝히는 것으로 각주를 대신할 것이다.

5) 이와 관련하여 소설의 표제인 「외면」은 다층적인 의미를 지니고 있다. 어쩌면 작가는 전쟁 후에 우리가 망각하고 외면한 한국인의 삶을 그리고자 했는지도 모른다. 아시아·태평양전쟁 중에 군속으로 끌려가 끝내 전범으로 처형된 인물들은 우리가 식민지 기간 동안 제국주의와 의도적/비의도적으로 협력할 수밖에 없었고 민족적·인륜적 과오를 저지를 수밖에 없었던 역사를 떠올리게 한다는 점에서 언제나 은폐와 망각과 침묵의 대상이었다. 작가 선우휘는 이렇듯 묻혀 있던 과거를 민족정체성의 관점에서 다시 호명하고 있는 것이다. 그런 점에서 '외면'은 조선인으로서의 정체성을 감춘 채 제국의 신민이 되고자 했던 한 인물의 삶을 의미할 수도 있다. (이 작품의 표제가 복합적인 의미를 지닐 수 있다는 사실에 대해 생각이 미쳤던 것은 2014년 6월 16일 서울대학교 한국어문학연구소 발표회 때 이현희 선생님께서 지적해주신 덕분이다. 선생님께 감사를 드린다)

6) 최인훈, 『태풍』, 문학과지성사, 1998. 이하 작품을 인용할 때에는 인용 말미에 면수를 밝히는 것으로 각주를 대신할 것이다.

7) 『태풍』과는 달리 실재의 역사에서 인도네시아를 지배했던 것은 영국이 아니라 네덜란드였다. 작가가 이렇듯 동남아시아의 역사를 다르게 묘사한 까닭에 대해서는 구재진의 「최인훈의 『태풍』에 대한 탈식민주의적 연구(《현대소설연구》 24, 한국현대소설학회, 2004)에 잘 나타나 있다.

8) 최인훈, 「원시인이 되기 위한 문명한 의식」, 『꿈의 거울』, 우신사, 1990, 247~248면.

9) 고은, 「자전소설 나의 산하 나의 삶」, 《경향신문》, 1994.7.17.

10) 김인덕·김도형, 『1920년대 이후 일본·동남아지역 민족운동』, 독립기념관한국독립운동사연구소, 2008.

11) 이러한 모습 때문에 송효정은 『태풍』이 일본의 군국주의적 파시즘의 자장에서 벗어나지 못한 작품으로 비판하기도 한다. (「최인훈의 『태풍』에 나타난 파시즘의 논리」, 《Comparative Korean Studies》 14-1, 국제비교한국학회, 2006, 98쪽)

12) 최인훈, 「평화의 힘」, 『유토피아의 꿈』, 문학과지성사, 1994, 194면.

13) 최인훈, 『회색인』, 《최인훈 전집》 2, 문학과 지성사, 1991, 288면.

14) I.Kant, 『영원한 평화』, 백종현 역, 아카넷, 2013.

15) 최인훈, 「원시인이 되기 위한 문명한 의식」, 『꿈의 거울』, 우신사, 1990, 248면.

최인훈 문학의 미학적 정치성

1) 차미령, 「최인훈 소설에 나타난 정치성의 의미 연구」, 서울대학교 박사학위논문, 2010.

2) 양윤의, 「최인훈 소설의 정치적 상상력」, 《국제어문》 제50집, 2010, 12.

3) 권명아, 「죽음과의 입맞춤: 혁명과 간통, 사랑과 소유권」, 《문학과사회》, 2010,

봄호.

4) 김형중, 「문학, 사건, 혁명: 4·19와 한국문학」, 《국제어문》 제49집, 2010, 8.

5) 김영삼, 「문학적 진리 공정의 가능성—'사건'과 4·19」, 《한국문학이론과비평》 제63집, 2014, 6.

6) 임태훈, 「'사운드스케이프 문화론'에 대한 시고」, 《반교어문논집》 제38집, 2014.

7) 권성우, 「최인훈의 에세이에 나타난 문학론 연구」, 《한국문학이론과비평》 제55집, 2012.6.

8) 진은영, 「감각적인 것의 분배」, 『문학의 아토포스』, 그린비, 2014, 20면.

9) 위의 글, 26면.

10) 정한아, 「운동의 윤리와 캠페인의 모럴—'시와 정치' 논쟁에 대한 프래그머틱한 부기」, 《상허학보》 35집, 2012, 191면.

11) 신형철, 「정치적 진보주의와 미학적 보수주의」, 《창작과비평》, 2009년 가을호, 370면.

12) 앞의 글.

13) 위의 글, 352면.

14) 백낙청, 「현대시와 근대성, 그리고 대중의 삶」, 《창작과비평》, 2009, 겨울호.

15) 위의 글, 29면.

16) '시와 정치' 논쟁은 처음에는 지난 세기에 일단락된 것으로 간주되고 있었던 특정한 사고방식—순수 대 참여, 리얼리즘 대 모더니즘처럼 이항 대립 구도를 통한 문학과 사회 사이의 분명한 관계에 고착된 갈등과 고민이, 작가와 비평가 등에게 개입하여 '바람직한 것'과 '아름다운 것'을 일정한 방식으로 재현하기를 강제하는—에 다시금 불을 지핀 것처럼 보였으나, 시와 정치 논쟁을 촉발한 장본인인 진은영은 처음부터 지난 시대의 '운동'의 의미를 회의하며, '어떻게'를 묻고 있었다고 생각한다는 정한아의 재기발랄한 지적은 아마도 백낙청의 이 글을 향해 있었던 것으로 보인다.(정한아, 앞의 글, 180~184면.)

17) '윤리적 이미지 체제', '재현적 예술 체제', '미학적 예술 체제'의 세 가지가 그것이며, 이 체제에 따르면 '미학적 예술 체제'는 사회와의 통로가 막힌 기존의 순수모더니즘 개념과 달리지게 된다.(자크 랑시에르, 『감성의 분할—미학과 정치』, 오윤성 옮김, 도서출판b, 2008, 25~40면 참고.)

18) 진은영, 「숭고의 윤리에서 미학의 정치로」, 앞의 책, 77면.

19) 자크 랑시에르, 위의 글, 23면 참고.

20) 백낙청, 「서구문학의 영향과 수용 — 그 부작용과 반작용」, 《신동아》, 1967. 1월호, 402면.

21) 최인훈은 발자크 시대인 근대 프랑스에서 사실주의가 이루어졌듯이 사실주의란 정치적 자유와 표현의 자유의 토양 위에서 꽃필 수 있는 장르라 본다. 그러므로 사실적 민주주의를 이루지 못한 한국의 역사와 정치의 토양에서 문학도 사실주

의를 이룰 수 없다는 논지를 꾸준히 전개한다.

22) 권성우, 「1960년대 비평에 나타난 '현대성' 연구」, 《한국학보》, 1999, 12면.

23) "최인훈 문학의 적극적인 성과는 자신의 소시민적 한계를 비판하고 넘어서려는 노력에서 오는 것이요, 그럼에도 불구하고 그의 작품이 순전히 개인적인 자아에의 집념이나 그에 따른 무절제한 관념유희에 흔히 빠지는 것은 작가로서의 결함이면 결함이었지 미덕일 수는 없는 것이다. (…) 바로 그 점이 60년대 소시민의식의 선구자라는 호칭을 이 작가에게 안겨주었는지는 모르나, 필자로서는 현실이 허용하지도 않는 밀실을 자꾸만 만드는 것이 바로 그러한 自意識過剩이며 그 극복은 최인훈 개인에 국한되지 않는 한국적 시민문학의 숙제로 남아 있다는 사실을 강조하고 싶다."(백낙청, 「시민문학론」, 《독서신문》, 1974.10.6.; 『민족문학과 세계문학』 (1), 창비, 2011, 82~83면.)

24) 김형중, 「문학, 사건, 혁명: 4·19와 한국문학」, 《국제어문》 제49집, 2010, 8, 146~147면.

25) 염무웅, 「상황과 자아 — 최인훈론」, 《현대한국문학전집》, 신구문화사판, 1963.; 『최인훈』, 은애, 1979, 13~28면.

26) 위의 글, 13~14면.

27) 위의 글, 13면.

28) 염무웅, 「풍속소설은 가능한가—현대소설의 여건과 리얼리즘」, 《세대》, 1965, 9월호.

29) 최인훈, 「인공人工의 빛과 따스함—1970년대의 문턱에서」, 『 유토피아의 꿈 』, 문학과지성사, 2010, 150~151면.

30) 권성우, 「최인훈의 에세이에 나타난 문학론 연구」, 《한국문학이론과비평》 제55집, 2012. 6. 292면.

31) "최인훈의 비판을 사실주의에 대한 거부와 모더니즘에 대한 경도로 독해해온 관성적인 독법은 사실과 역사, 인간적인 것과 신적인 것, 개인적인 것과 보편적인 것에 대한 질문과 탐색을 소박한 리얼리즘과 모더니즘의 관습적인 층위로 해소한 결과"로 보는 권명아의 논의 또한 본고와 이해를 같이 한다(권명아, 앞의 글, 304면.).

32) 최인훈·진형준 대담, 「기억을 찾아가는 소설의 길」, 《상상》, 1994, 여름호, 213면.

33) 최인훈, 「원시인이 되기 위한 문명한 의식」, 『길에 관한 명상』, 《최인훈 전집》 13, 문학과지성사, 2010, 28면.

34) 이장욱, 앞의 글, 295면.

35) "시는 문화를 염두에 두지 않고, 민족을 염두에 두지 않고, 인류를 염두에 두지 않는다. 그러면서도 그것은 문화와 민족과 인류에 공헌하고 평화에 공헌한다. 바로 그처럼 형식은 내용이 되고 내용은 형식이 된다."(김수영, 「시여, 침을 뱉어라」(이장욱, 「시, 정치, 그리고 성애학」, 《창작과비평》, 2009 봄호, 312면 재인용).)

36) 진은영, 「한국 문학의 미학적 정치성」, 앞의 책, 41면.

37) "결론부터 말하자. 시의 '뉴 프런티어'란 시가 필요 없는 곳이다. 이렇게 말하면 벌써 예민한 독자들은 유토피아를 설정하고 나온다고 냉소할지도 모른다. 그러나 시 무용론은 시인의 최고 협오인 동시에 최고의 목표이기도 한 것이다. 그리고 진지한 시인은 언제나 이 양극의 마찰 사이에 몸을 놓고 균형을 취하려고 애를 쓴다. 여기에 정치가에게는 허용되지 않는 시인만의 모럴과 프라이드가 있다. 그가 사랑하는 것은 '불가능'이다. 연애에 있어서나 정치에 있어서나 마찬가지. 말하자면 진정한 시인이란 선천적인 혁명가인 것이다."(김수영, 「시의 '뉴 프런티어'」(진은영, 위의 글, 13~14면에서 재인용).)

38) 진은영, 「한국 문학의 미학적 정치성」, 앞의 책, 47면 참고.

39) 가령, 국회의 부정선거, 언론의 부자유, 문학에서의 권위적인 관행에 대한 문제제기, 이북 작가들의 작품 출판 및 연구에 대한 정책 제안에 이르기까지 언어를 통해 기성 세계의 합의된 질서에 불일치를 제기하는 모든 활동을 말한다.(위의 글, 47면.)

40) 자크 랑시에르, 『미학 안의 불편함』, 주형일 옮김, 인간사랑, 2008, 57~82면 참고.

41) 최인훈, 「문학과 현실」, 『문학과 이데올로기』, 《최인훈 전집》 12, 문학과지성사, 2009, 37면.

42) 최인훈, 「광장의 이명준, 좌절과 고뇌의 회고」, 『길에 관한 명상』, 190-191면.

43) 랑시에르는 미학적 자율성과 타율성을 진정한 예술의 두 극으로 이해한다. 그는 그 두 극을 '삶에 저항하는 예술'과 '예술의 삶 — 되기'라는 두 개념으로 다시 표현하면서, 진정한 예술은 언제나 두 극 사이를 운동하며 그 극들 사이의 불편한 긴장을 해소해 버리려 하지 않는다고 말한다.(자크 랑시에르, 앞의 글, 114면) 이때 미학적 자율성은 단순히 예술가가 예술의 형식이나 내용 면에서 무한한 자유를 누려야 한다는 순수모더니즘의 관념과 달리, 미학적 자율성을 이루는 조건들에 대한 직접적 개입을 추구한다. 미학적 타율성은 예술이 새로운 공동체적 삶을 형성하는 방식으로 삶에 기여한다는 것을 의미한다.(진은영, 「한국 문학의 미학적 정치성」, 앞의 책, 41~44면 참조)

44) 어느 장르의 예술이건, 그 예술에서 약속된 저항의 극복이 곧 작품인데, 저항이 크면 극복에 쓰이는 힘도 크며, 그 힘이 곧, 작품의 힘이다. 어떤 예술이 스스로 저항에 대면하기 않고 저항의 산물인 스타일(기성의)이라는 모의模擬 저항에만 의지하면 감동은 줄게 마련인데, 생활이란 모사 대상을 매개로 하는 문학의 경우에는 이 원칙은 치명적이다. (…) 만일 절대가 있다면, 작품 중의 인물이나 사회에가 아니고 그것들을 다루는 작가의 이 책임감과 용기에 있다. 이것은 자기 당대까지에 도달한 인간의 전리품에 대해서 인색해서가 아니라, 인간의 미래의 가능성에 대한 겸손 때문이다.(최인훈, 「소설을 찾아서」, 『문학과 이데올로기』, 251~252면.)

45) 최인훈, 『총독의 소리』, 《최인훈 전집》 9, 문학과지성사, 2009, 94면.

46) 임태훈, 앞의 글, 29면.

47) 권명아, 앞의 글, 304면.

48) 양윤의, 앞의 글, 190~192면.

49) 최인훈, 「크리스마스 캐럴5」, 『크리스마스 캐럴/가면고』, 《최인훈 전집》 6, 문학과지성사, 2009, 180면.

50) 나와 꼭 같은 취미를 가진 사람들은 나와 꼭 같은 방법으로 그녀들을 소유할 수 있다. 그러나 어느 사람도 나와 완전히 같은 방법일 수는 없다. 비록 대상은 하나일망정 우리는 각기 다른 시간에 그녀들의 침대에 들어가며 조금씩 다른 방법으로 사랑한다. 이 조금씩이 중요하다. 그것은 양의 문제가 아니라 질의 문제다. 이 조금씩의 뜻을 아는 사람은 인생을 아는 사람이다.(위의 글, 181면.)

51) 여기서 작가의 소설적 성취가 향해있는 지점은 미학적 질문들(감각적인 것의 분배와 관련한)은 정치적 질문이며, 결국 공동체 자체(공통세계를 편성하는 것)에 관한 질문이라는 랑시에르의 견해와 동일하다.

52) "어떤 공동체도 이루지 못한 자들의 공동체"라는 점에서 '부정의 공동체'로도 불리운다.(모리스 블랑쇼/뤽 낭시, 『밝힐 수 없는 공동체/마주한 공동체』, 박준상 역 문학과지성사, 2005, 47면.)

53) 위의 글, 52면.

55) 백낙청, 「서구문학의 영향과 수용 — 그 부작용과 반작용」, 《신동아》, 1967. 1월호,402면.

56) '유적인(generic) 것'은 경험의 복잡성을 몇몇 주요한 기능들로 축소하는 것, 엄격한 경제성(절약)의 원칙에 의해 통제되는 행위를 말한다. 존재에 대한 '감산/빼기(subtraction)'를 통해 인류의 형상에서 장식과 여흥거리를 제거함으로써 도달할 수 있다. 바디우는 베케트의 글쓰기를 유적인 것으로 보고 진리에 도달하는 과정을 설명한다.(알랭 바디우, 『베케트에 대하여』, 서용순, 임수현 옮김, 민음사, 2013, 11~15면 참고.)

57) 함돈균, 「잉여와 초과로 도래하는 시들 — 과정으로서의 시 그리고 정치」, 《창작과비평》, 2009 겨울호, 53면.

58) 위의 글, 54면.

59) 알랭 바디우, 『베케트에 대하여』, 82면.

60) "가족은 없다, 그러므로 자유다"는 주인공 독고준의 근대 선언이다.(최인훈, 『회색인』, 《최인훈 전집》 2, 문학과지성사, 2010, 139면.)

61) 최인훈, 『서유기』, 《최인훈 전집》 3, 문학과지성사, 2008, 213~236면.

62) 질 들뢰즈/펠릭스 가타리, 『카프카—소수적인 문학을 위하여』, 이진경 옮김, 동문선, 2001.

63) 위의 글, 51면.

64) 알랭 바디우, 앞의 글.

65) 최인훈, 「바다의 편지」, 《황해문화》, 2003, 겨울호.

66) "「바다의 편지」에서 나는 전능의, 초전능의 신과 같은 존재가 되어서, 옛날의 기억을 다 가지고 있지만 이미 그것은 아쉬워할 필요가 없는 어떤 존재가 되어서 어머니와 차를 마시죠. 그땐 차밖에 마실 게 없으니까."(최인훈·연남경 대담, 「두만강에서 바다의 편지까지」, 『길에 관한 명상』, 424면.)

67) 알랭 바디우, 앞의 글, 18-20면.

68) 위의 글, 21~25면 참조.

69) 위의 글, 136면.

70) 최인훈, 「바다의 편지」, 15~19면.

71) 연남경, 「기억의 문학적 재생」, 《한중인문학연구》 28집, 2009, 204면 참조.

72) 최인훈, 「바다의 편지」, 25면.

73) '잘못 말하기'는 '잘 말하기', 즉 일치의 가설과 대립되는 것으로 일치의 지배를 받지 않는 자유로운 말하기, 특히 예술적인 말하기를 뜻한다.(알랭 바디우, 위의 글, 190~200 참조.)

74) 최인훈, 위의 글, 25면.

75) 알랭 바디우, 앞의 글, 242면.

76) 바디우가 특히 베케트의 말년작 『최악을 향하여』에서의 마지막 구절 "nohow on" 이야말로 사건 이후, 진리 짜임 이후의 말하기, 다시 말해 글쓰기에의 충실성을 증명하는 것이라 해석한다는 점을 참조할 만하다.

77) "너의 끈질김을 초과하는 것을 끈질기게 밀고 나가기 위해 네가 할 수 있는 모든 것을 행하라. 중단 속에서도 끈질기게 밀고 나가라. 너를 포획하고 단절시킨 것을 너의 존재 속에서 포착하라"로 '진리의 윤리학'은 언표된다.(알랭 바디우, 『윤리학』, 이종영 옮김, 동문선, 2001, 61~62면.)

78) 연남경, 위의 글.

PART Ⅲ 머무르지 않는 사유, 방법의 탐색

라울로부터 독고준으로, 최인훈 문학의 한 기원

1) 장 폴 사르트르, 『문학이란 무엇인가』, 김붕구 역, 문예출판사, 81면.

2) 최인훈은 본래 1934년생이나 호적에 1936년생이라 기재된 것으로 최근 알려졌다. 관련 내용은 이 책에 수록된 연보 참고.

3) 김윤식, 「어떤 한국적 요나의 체험」, 『최인훈』, 서강대출판부, 1999, 77면.

4) 방민호는 한국문학사를 설명하기 위한 개념으로 '월남 문학'이라는 용어를 제안하면서 그것은 '고향을 상실한 자들의 문학'이며 세 가지 유형으로 구분할 수 있

다고 언급하였다.

"그 첫째 유형은 장소성을 회복하려는 경향"이며 "두 번째 월남은 고향으로의 회귀 욕구를 최대한 억제하고 고향을 떠난 현실 상태 그 자체에 적응하려는 시도"이다. 마지막으로 "생래적으로 부여된 고향과는 다른 차원의 고향을 향한 지향을 수반하는 월남"도 있을 수 있는데, 바로 여기에 최인훈의 경우가 해당된다는 것이다. 방민호, 「월남문학의 세 유형; 선우휘, 이호철, 최인훈을 중심으로」, 《통일과 평화》 7집 2호, 2015. 이 같은 논의를 기반으로 최근 서세림은 「월남 작가 소설 연구 — '고향'의 의미를 중심으로」(서울대학교 박사논문, 2016.)를 통해 월남 작가들을 계열화, 체계화하였다.

5) 최인훈, 「세계인」, 『유토피아의 꿈』, 문학과 지성사, 1980, 80면.

6) 최인훈, 『화두』, 문학과 지성사, 1994, 28~31면.

7) F. V. 콘스탄티노프, 『맑스 레닌주의 철학의 본질』, 김창선 역, 중원문화, 2012.

8) 최인훈, 「세계인」, 『유토피아의 꿈』, 93~94면.

9) 라울전에 대한 대표적인 논의로는 이동하의 「「목공요셉」과 「라울전」에 대하여」(『한국 소설과 기독교』, 국학자료원, 2002.)가 있으며 정영훈도 『최인훈 소설의 주체성과 글쓰기』에서 부분적으로 다루고 있다. 이동하는 「라울전」이 일견 기독교에 대한 비판을 시도한 것으로 읽힐 수 있으나 그러한 방향에서 의미 있는 성과를 낳았다고 보기는 어려우며, 오히려 그 자체로서 기독교의 중요한 특징들을 선명하게 드러내는데 기여했다고 설명하고 있다. 반면 정영훈은 '라울'이라는 허구의 존재를 신의 절대주권이라고 하는 신약의 관점을 비판하기 위해 작가가 설정한 자기 투영적 인물로 보았다. 논자간의 이러한 상이한 해석은 「라울전」이 내포된 담론의 다양성을 방증한다.

10) "가이사랴에 고넬료라 하는 사람이 있으니 이달리아대라 하는 군대의 백부장이라. (「사도행전」 10장 1 절)", "저희가 그리스도의 일꾼이냐, 정신없는 말을 하거니와 나도 더욱 그러하도다. 내가 수고를 넘치도록 하고 옥에 갇히기도 더 많이 하고 (…) (「고린도 후서」 11 장 23절)" 최인훈, 『광장』, 문학과 지성사, 2010, 54~55면.

11) "또 선에서 비법을 물려받은 것은 반드시 석학만이 아니었습니다. 역대조歷代祖 가운데는 낫 놓고 기역자도 모르는 자조차 있었는데, 이것은 초超교양주의라고나 할까요. 이 또한 기독교에도 있는 현상으로서, 은총을 받고 성자가 된 사람은 반드시 박사가 아니었던 것입니다. 들에 핀 백합을 본받으라는 그리스도의 가르침은, 도대체 사람의 배움에 대한 경멸을 나타내는 것으로 보아 무방할 것입니다." 최인훈, 「열하일기」, 《자유문학》, 1962.1; 『웃음소리』, 《최인훈 전집》 8, 문학과 지성사, 1976, 192면.

12) 이와 관련하여 정영훈의 언급을 참고해볼 수 있다. 그는 「크리스마스 캐럴1」에 나타난 "그것은 쓰인 바 박장대소란 말을 이루기 위함이었다."라는 표현이 신약성서의 표현을 패러디한 것임을 지적하고 있다. 그는 이것이 '박장대소'라는 말로부

터 지시대상을 소거하여 그 의미를 사후적으로 추인함으로써 기호를 의미 부재의 상태로 되돌려 놓는다고 지적하며, 이는 다시 말해 의미가 부재하는 구약의 예언들이 신약의 맥락 안에서 현실화되는 것과 유사하다고 쓰고 있다. 이와 같은 해석은 편린으로 제시되어 있지만 상당히 중요하다고 할 수 있다. 정영훈, 앞의 책, 183~184면.

13) 최인훈, 『서유기』, 문학과 지성사, 2008, 292면.

14) "**김**: 특히 「라울전」에서 사울하고 대립되는 인물로 나오는 라울을 들여다보면 개인의 의지와는 관계없는 역사의 움직임이라고 할까, 그런 것에 절망하는 지식인의 모습이 그려져 있어요. 그 지식인을 선생님 자신이라고 보아도 되는 것입니까?
최: 네, 그렇게 보아도 된다고 생각합니다."
김현, 최인훈 대담, 「변동하는 시대의 예술가의 탐구」, 『길에 관한 명상』, 문학과 지성사, 2010, 65~66면.

15) 프라이는 데리다의 논의를 빌려 성서를 자기 뒤에 숨어있는 역사적 존재를 불러내는 '부재'로 명명한다. 노스롭 프라이, 『성서와 문학』, 김영철 역, 숭실대학교 출판부, 1993, 7면.

16) 위의 책, 19면.

17) 귄터 보른캄, 『바울』, 허혁 역, 이화여대출판부, 2006, 참조.

18) 여기서 패러디는 린다 허천의 정의를 따라 '선행텍스트를 모방하면서도 의식적으로 차이를 추구하는 방식'을 의미하는 용어으로 사용한다. 린다 허천, 『패로디 이론』, 김상구, 윤여복 역, 1992, 64면.

19) 「라울전」과 신약의 동일성과 차이는 정영훈도 일정 부분 언급하고 있으나, 상기한대로 그는 이를 신약성서에 나타난 신학적 관점에 대한 비판으로 독해하고 있다는 점에서 본고와는 방향을 달리한다.

20) 위의 책, 80면.

21) 최인훈, 「라울전」, 《자유문학》, 1959.12; 최인훈, 『웃음소리』, 문학과 지성사, 2009, 56면.

22) 위의 책, 73면.

23) 최인훈, 『화두』(1), 문학과지성사, 41~43면.

24) 시엔키에비츠는 당시 제정 러시아의 식민 통치를 받던 폴란드 사람들을 위해 이 소설을 썼다고 알려져 있는데 따라서 소설 속 박해받는 그리스도인들과 리기의 우르수스는 폴란드인들을 상징한다고도볼 수 있다. 상징의 해석은 최성은, 「쿠오 바디스에 나타난 애국적 알레고리 연구」, 《동유럽발칸학》 7(2), 2005, 125~158쪽 참고.

25) 위의 책, 54면.

26) 위의 책, 77면.

27) 최인훈, 「세계인」, 앞의 글, 81면.

28) 최인훈, 한상철 대담, 「하늘의 뜻과 인간의 뜻」, 『문학과 이데올로기』, 문학과 지

성사, 1980, 391면.

29) 김현, 최인훈 대담, 「변동하는 시대의 예술가의 탐구」, 『길에 관한 명상』, 문학과 지성사, 2010, 65~66면.

30) 상기한 언급을 다시 '서양인이 아니기에 기독교에 상응하는 무언가가 필요하다'는 말로 치환한다면, 최인훈은 그 '무언가'를 찾기 위해 차라리 서양의 전통인 기독교에 주목했던 것이라 할 수 있다. 그러한 까닭에 최인훈에게 '기독교'가 무엇인지를 파악하는 과정은, '기독교'라는 타자를 전유하여 현대 한국 사회에 부재하는 '고향'을 상상적으로 구축하고자 한 작가 의식과 긴밀한 연관 하에 놓여 있다. 최인훈은 그의 글 속에서 상당히 많은 기독교적 비유와 상징을 갈무리하고 있지만, 기독교에 종교적으로 귀의한 것은 아니었다는 사실이 이를 방증한다. 그는 어떠한 종교에도 침잠하지 못하였다고 회고하고 있다. 최인훈, 「문학은 어떤 일을 하는가」, 『문학과 이데올로기』, 문학과 지성, 1980, 241면.

31) 김현, 최인훈 대담, 앞의 글, 67면.

32) 최인훈, 「원시인이 되기 위한 문명한 의식」, 『길에 관한 명상』, 앞의 책, 25면.

33) 백철, 「59년도소설 베스트텐 (하) 현대문명과 노이로제」, 《동아일보》, 1959.12.29.

34) 오생근, 「믿음의 세계와 창의 문학 — 해설」, 『웃음소리』에 수록.

35) 최인훈, 「원시인이 되기 위한 문명한 의식」, 앞의 책, 24면.

36) 이 두 인물이 실제로 만나는 장면은 소설의 도입부와 결미에 한 차례씩 나올 뿐이지만 이들은 사유를 통해 지속적으로 서로와 조우하고 있다. 이에 관한 자세한 설명은 권보드래, 「최인훈의 『회색인』연구」, 《민족문학사연구》 10-1, 1997, 226면, 참고.

37) 최인훈, 『회색인』, 문학과 지성사, 2010, 266면.

38) 위의 책, 15면.

39) "이광수처럼 '살여울'에 가야만 하는가. 허승은 물론 가도 좋을 것이다. 그러나 예술가는 아니다" 등의 언급이 그것이다. (위의 책, 271면.) 다만 이 논문에서는 '김학과 허승'의 유비에 대한 분석으로까지 나아가지 못했다. 추후 보충이 필요한 부분이다.

40) ex-appropriation은 appropriation, exppropriation과도 변별되는 데리다의 신조어로, 전적인 '자기화'를 의미함으로써 자칫 폐쇄적일 수 있는 appropriation이나 그에 대한 반발로 온전히 탈자기화(모든 소유를 포기) 하는 exppropriation의 중간쯤에 위치해 있다. 이것은 이른바 '유한한 전유'—동일성의 경제가 운영되는 근본원리인 전유의 운동에서 벗어나야 할 필요성을 상기시키는 한편, 탈형이상학적 운동이 순수한 비전유 운동을 지향하지 않도록 경계해야 할 필요성을 함축하고 있다. 해당 용어에 대한 논의는 자크 데리다가 쓴 「에코그라피」(김재희 역, 민음사, 2002.)의 1장에 상세히 드러나 있다.

41) '독고준'이 조우하는 인물(혹은 목소리) 및 그 순서는 다음과 같다. 창백한 남자-

의사, 간호사-논개-역장-사학자-이순신-역장-조봉암-이광수-역장-자아비판회의 체험-재판-공화국, 불교 방송-재판. 이 중 구체적인 역사 속 인물은 논개, 이순신, 조봉암, 이광수 정도가 될 것이다.

42) 최연식, 「박정희의 '민족' 창조와 동원된 국민통합」, 《한국정치외교사논총》 28-2, 한국정치외교사학회, 2007, 참고.

43) 최인훈, 『서유기』, 문학과 지성사, 2010, 135면.

44) 최연식, 앞의 책, 60면.

45) 최인훈, 『서유기』, 문학과 지성사, 2010, 51면.

46) 위의 책, 139면.

47) 위의 책, 133면.

48) 위의 책, 140면.

49) 위의 책, 185~186면.

50) 위의 책, 188면.

51) 위의 책, 189면.

52) 위의 책, 187~188면.

53) 宋敏鎬, 「春園과 「市場의偶像」」, 《조선일보》, 1961.12.27.

54) 「春園 李光洙 映畫化」, 《조선일보》, 1967.7.30.

55) 이광수 전집(삼중당)은 1962년에 발간이 시작되어 1963년 완간되었다. 「기다리던 完刊 20卷 李光洙全集」, 《조선일보》, 1963.12.21.

56) 「春園 李光洙 遺品」, 《조선일보》, 1969.1.21.

57) "春園은 民族主義者로 啓蒙主義者로 불리어 왔고 自己 스스로도 自認하고 있었다" 「지나간 民族文學 再評價 — 春園 李光洙全集 配本」, 《조선일보》, 1962.4.30.

58) 그 일례로 춘원 전집이 지속적으로 베스트셀러에 선정되었다는 사실을 거론할 수 있다. 「斷然好評! 全集 베스트·셀러 第1位!」, 《조선일보》, 1962.8.23.

59) 郭鶴松, 「그치지 않는 春園 迫害」, 《조선일보》, 1962.1.17.

60) 「春園映畫化에 할말 있다—夫人 許英肅女史와의 인터뷰」, 《조선일보》, 1967.7.30.

61) 사에구사 도시카쓰, 『사에구사 교수의 한국문학 연구』, 베틀북, 2000, 76면.

62) 「제이차 나의 고백, 이광수 이번만은 진실회참?」, 《경향신문》, 1949.2.11.

63) 이러한 문법은 이광수를 조명한 '전기 영화'에서도 동일하게 발견된다. 당시 제작된 춘원의 전기 영화에는 유독 '병치레 장면'과 '괴뢰군에 시달리는 장면'이 반복적으로 등장하는데, 이 텍스트들은 그 경험을 반공주의를 강화하는 '수난의 과거'로 치환하는 한편 일제 말기 대일 협력 역시 '공백의 서사'로 비워둔다. 이광수의 전기 영화의 공통적인 문법에 대해서는 권명아, 『식민지 이후를 사유하다—탈식민화와 재식민화의 경계』, 책세상, 2009, 174~181면.

64) 홍석률, 「1960년대 한국 민족주의의 분화」, 『한국의 근대화와 지식인』, 선인, 2004, 191면.

65) 이준식, 「박정희 시대 지배이데올로기의 형성: 역사적 기원을 중심으로」, 한국정신문화연구원 편, 『박정희 시대 연구』, 백산서당, 2002, 202~203면.

66) 홍석률, 앞의 책, 193면.

67) 오명석, 앞의 글, 123면.

68) 최인훈, 『회색인』, 문학과지성사, 2010, 101면.

69) 예컨대 최인훈 작가는 자신의 소설이 당대 언론매체의 주류적 담론들에 대한 안티테제로 작성되었음을 여러 차례 피력한 바 있다.

70) 신기욱·이진준 역, 『한국 민족주의의 계보와 정치』, 창비, 2009, 167~168면.

71) 최인훈은 자신이 '한일협정'의 문제에 지대한 관심을 가지고 있었다는 점을 피력한 바 있다. 최인훈, 「원시인이 되기 위한 문명한 의식」, 『길에 관한 명상』, 문학과지성사, 2010, 39면.

72) '회색의 의자'라는 제목으로 《세대》 1호(1963.6.)~13호(1964.6.)에 연재.

73) 《문학》1권 1호(1966.5.)~1권 6호(1966.10.)에 연재.

74) 「총독의 소리1」, 《신동아》, 1967.8; 「총독의 소리2」, 《월간중앙》, 1968.4; 「총독의 소리3」, 《창작과비평》, 1968 겨울; 「총독의 소리4」, 《한국문학》, 1976.8; 「주석의 소리」, 《월간중앙》, 1968.4.

75) 안병욱, 「이광수의 「민족개조론」」, 《사상계》, 1967.1. 93면.

76) 오해를 불식시키기 위해 덧붙이자면, 최인훈은 스스로 자신이 이광수로부터 발원한 일제 강점기 서북 지역 문학인들의 정신사적 계보를 이어왔다고 자임한 바가 있다.

77) 최인훈, 『서유기』, 앞의 책, 196~198면.

78) 실제로 당대 정권은 제도나 정책, 의식구조의 측면에서 파시즘적 성향을 다분히 지니고 있었다고 평가되어 왔다. (박한용, 「한국의 민족주의」, 《정신문화연구》 22-4, 한국학중앙연구원, 1999, 13면.) 냉전체제를 전시체제의 변형된 형태로 파악하면서 강력한 지도자를 중심으로 '총화'해야 한다는 논리는 민족주의를 국가주의화 했던 과거의 상황과 거의 흡사한 것이었다.

79) 최인훈, 「총독의 소리2」, 『총독의 소리』, 문학과 지성사, 2010, 111면.

80) 최인훈, 『서유기』, 앞의 책, 130면.

81) 최인훈, 『서유기』, 앞의 책, 277면.

82) 최인훈, 「크리스마스 캐럴」, 『크리스마스 캐럴/가면고』, 《최인훈 전집》 6, 문학과지성, 2010, 117면.

83) 위의 책, 같은 면.

84) 최인훈, 『회색인』, 앞의 책, 206면.

85) 김윤식, 「토착화의 문학과 망명화의 문학」, 앞의 글 참고.

1) 『광장』의 이명준을 비롯해 최인훈 작품의 남성 주인공이 보여주는 자기중심성/여성을 향한 탐닉/몰이해적인 측면을 지적한다. (이광호, 「'광장', 탈주의 정치학」, 『광장/구운몽』, 《최인훈 전집》 1, 문학과 지성사, 2011.; 권영민, 『문학, 시대를 말하다』, 태학사, 2012.; 오생근, 『문학의 숲에서 느리게 걷기』, 문학과 지성사, 2003.)

2) 정영훈, 「최인훈 소설에 나타난 여성인식」, 《한국근대문학 연구》 7-1, 2006.
한창석, 「최인훈 소설의 주체 양상 연구」, 《현대소설연구》 32, 2006.
김지혜, 「최인훈 소설의 여성인물을 통해 본 사랑의 변증법 연구」, 《현대소설연구》 45, 2010.

3) Rita Felski., 『*Beyond Feminist Aesthetics: Feminist Literature and Social Change*』, Harvard University Press, 1989; 『*The Gender of Modernity*』, Harvard University Press, 1995; 『*Doing time : feminist theory and postmodern culture*』, New York University Press, 2000.

4) 오생근은 최인훈 작품에 등장하는 '창' 타입의 인간형을 구체적으로 세 유형으로 나눈 뒤 단편집 『웃음소리』의 작품군을 일별하고 있다. 본고는 「그레이 구락부 전말기」에서 기원하는 '창' 형 인간이 '여성'이라는 실체를 매개로 현실에 접촉해 가고자 하는 과정에 주목해 보고자 한다. (오생근, 「믿음의 세계와 창의 문학」, 『웃음소리』, 《최인훈 전집》 8, 문학과 지성사, 2009, 370면.)

5) 최인훈, 『웃음소리』, 《최인훈 전집》 8, 문학과 지성사, 2009. (이후 인용 면수만 표시)

6) 펠스키는 서구 근대화의 중축을 다룬 여러 지표들을 거론하면서, 근대적 주체의 성별을 어떻게 두느냐에 따라 근대성의 중축이 달라질 수 있음을 피력한다. 그 중 마셜 버먼이 제시한 '파우스트'와 같이 남성 주체를 상정한 경우, 이들은 자기 동일성의 강화를 위해 이성(논리)로 체계화될 수 없는 어떤 것을 여성/여성적인 것으로 치환하며, 여성이 타자화 되는 면면들을 분석한다. 최인훈의 대다수의 작품에서 등장하는 남성 화자의 경우 적확한 시선의 주체가 되기 위한 성찰적 기제로서 그 반대 지표에 있는 여성을 상정하고 그러한 여성 지표들을 다양한 방식으로 은유화하고 있다. (리타 펠스키, 『근대성의 젠더』, 김영찬· 심진경 역, 자음과 모음, 2010, 23면.)

7) 남성 작가들의 작품 속에 등장하는 여성 인물들을 분석하면서 펠스키가 주목한 것은 그러한 여성 인물들이 실제 여성과는 분리되는 지점들이다. 즉, 실존적 주체로서의 여성과 달리 이미지, 기호, 메타포로서의 여성 등은 서사 속에서 남성 주체에 의해 구성된다. 이러한 여성 형상들이 근대적 남성 주체의 타자로서 부유하는 동시에 근대/주체의 복잡성(complexity)을 담보하는 지표로서 재의미화되는 지점들은 주목할 만하다. 최인훈의 소설에서 남성 화자에 의해 구현되는 여성 형

상들이 이러한 면면들을 복합적으로 드러내고 있다는 점에서 주목을 요하는 부분이다.(리타펠스키, 앞의 책, 52면.)

8) 여성/여성적인 것의 특질을 거론할 때 대표적으로 제시되는 것이 히스테리이다. 최인훈의 이 두 작품이 문제적인 것은 이러한 여성의 히스테리 혹은 히스테릭한 여성을 다루고 있어서가 아니라 여성 화자의 내면에 밀착해 히스테리의 언어(여성성)의 형상을 그대로 텍스트화한 지점에 있다. 본문에 설명한 것처럼 최인훈의 작품에서 여성이 주인공인 작품 자체가 극소수인데다 그러한 작품이 이러한 방식으로 텍스트의 젠더 자체를 변화시키고 있다는 점, 이러한 여성 화자의 히스테리가 '사랑/죽음의 (불)가능성'에 대한 인지 과정과 연계되고 있다는 점등은 주의를 요하는 부분이다.

9) 남성 주체에 의해 타자화된 근대적 여성성은 다른 한편으로 근대의 모호성, 자기 분열성과 연계되면서 근대를 구성하는 또 다른 중요한 지표로서 의미화된다. 이른바 모더니즘 미학과 여성성의 연계지점들이 맥락화되는 것인데, 최인훈의 두 텍스트가 이러한 관점으로도 의미화될 수 있을 것이다.(펠스키, 앞의 책, 58면)

20대의 혁명에서 70대의 배려까지

1) 이 글은《한국어와 문화》12, 숙명여자대학교 한국어문화연구소에 동일 제목으로 실렸던 글을 수정 보완한 것이다.

2)《새벽》, 1960.11/정향사, 1961.2./신구문화사, 1968.1/민음사, 1973.7/문학과지성사, 초판, 1976.7/문학과지성사, 재판, 1989.4/문학과지성사, 3판, 1994.8/문학과지성사, 4판, 1996.11/문학과지성사, 5판, 2001.4/문학과지성사, 6판, 2008.11/문학과지성사, 7판, 2010.5

3) 김현,「사랑의 재확인 —『광장』개작에 대하여」,『광장/구운몽』,《최인훈 전집》1, 문학과지성사, 1976; 권봉영,「개작된 작품의 주제변동 문제—최인훈의『광장』의 경우」,《어문교육집》2, 부산대 사범대학, 1977.

4) 지덕상,「『광장』의 개작에 나타난 작가의식」, 고려대학교 석사학위논문, 1982; 박현주,「최인훈의『광장』연구」, 숙명여자대학교 석사학위논문, 1996; 최유진,「최인훈『광장』에 관한 개작 연구」, 동덕여대 여성개발대학원 석사학위논문, 2000; 백수진,「최인훈의『광장』의 개작 연구 — 개작의 변모 양상을 중심으로」, 단국대학교 교육대학원 석사학위논문, 2000.

5) 권오룡,「이념과 삶의 현재화 — 1960년대서 1990년까지『광장』변천사」,『한길문학』06, 한길사, 1990; 장양수,「『광장』개작은 실패한 주제 변개 — 전집판의 경우」,《국어국문학지》30, 부산대학교 인문대학 국어국문학과, 1993; 노상래,「『광장』에 나타난 상징성 연구」,《어문학》60, 한국어문학회, 1997; 김인호,「『광장』개

작에 나타난 변화의 양상들」, 『해체와 저항의 서사 — 최인훈과 그의 문학』, 문학과지성사, 2004; 류양선, 「최인훈의 『광장』 연구」, 《성심어문논집》 26, 성심어문학회, 2004; 장문석, 「'우리 말'로 '사상'하기 — 후기식민지 한국과 『광장』의 다시 쓰기」, 《사이間SAI》 17, 국제한국문학문화학회, 2014; 최윤경, 「『광장』 개작의 의의 — 폭력에 대한 인식의 변화」, 《현대문학이론연구》 59, 현대문학이론학회, 2014.

6) 그런데 작품의 말을 다듬고 하는 것은 작품 전체의 보편적 질감의 문제지 그 내용에 대한 논란과는 관계가 없는 거죠. 물론 내용을 다시 손본 것도 있는데, 특히 소설의 마지막에 죽음의 의미를 명확하게 할려고 한 것 같은 경우가 그렇죠. 그러나 보통 개작이라는 말의 통념으로 볼 수 있는 대폭적인 고침은 아니었어요. 즉 내가 처음에 가지고 있었던 비전은 별로 양보하지 않았다고 할 수 있죠. (이창동, 「최인훈의 최근의 생각들」, 《작가세계》 1990 봄, 57~58면.) 이후 최인훈은 스스로 『광장』을 '개작'했다고 하지만, 여기에도 그렇게 많이 바뀌었다는 점이 강조되기보다는, 최초의 골격이 유지되고 있음을 강조한다. 최인훈, 「나의 첫책—개작 거듭한 장편소설 『광장』」, 《출판저널》 82, 대한출판문화협회, 1991.

7) 이동하, 「서문과 본문의 거리 — 최인훈 『광장』에 대한 재고찰」, 《한국문학》, 한국문학사, 1986.1.

8) 위의 글, 341면.

9) 《새벽》, 1960.11.; 정향사, 1961.2.; 민음사, 1973.7.; 일역판, 동수사, 1973.; 문학과지성사, 1976.7.; 문학과지성사, 1989.4.; 문학과지성사, 2010.

10) Gerard Genette, Jane E. Lewin trans., 『*Paratexts -Thresholds of interpretation*』, NY: Cambridge University Press, 1997, p.1. 이를 김현은 『분석과 해석』에서 '곁다리 텍스트'라 번역해서 부른바 있다. 김현, 『분석과 해석/보이는 심연과 안 보이는 역사 전망』, 《김현문학전집》 7, 문학과지성사, 1992.

11) Philippe Lejeune, 『*La Seconde Main*』, Seuil, 1979, p. 328. (Gerard Genette, 앞의 책, 2면에서 재인용).

12) Gerard Genette, 앞의 책, p.197. 참조.

13) 《새벽》 7권 11호, 새벽사, 1960.11.

14) 정향사, 1961 판본에는 '會社'라고 되어 있지만, 추후에 '사회'로 고친 것으로 보아서 사회의 오식으로 여겨진다.

15) 4·19혁명 후 장면 내각에 대한 비판과 당시 사회적 분위기에 대해서는, 강준만, 《한국 현대사 산책 1960년대편》 1, 인물과사상사, 2004. 참조.

16) 실제로 혁명과 축제는 긴밀한 연관성을 가지고 있다. 축제 자체가 "기득권적 권력, 불평등적 모순, 억압과 갈등, 어두움과 희미함을 걷어내고자"(류정아, 『축제인류학』, 살림, 2003, 4면)하는 것으로 혁명도 일종의 축제라고 볼 수 있다. 이런 점에서 뒤비뇨는 "혁명은 이념화된 축제" (J. Duvignaud, 『축제와 문명』, 류정아 옮

김, 한길사, 1998, 13면.)라고도 불렀다. 역사적으로 혁명기에는 많은 축제들이 발생한다.

17) 이외에 신구문화사 판본(1967)이 있다. 이 판본에서 최인훈의 서문은 앞선 정향사 판 서문이 아니라《새벽》판 서문을 붙였으며, 그 서문이 『광장』이라는 제목 하에 본문과 거리를 두지 않고 편집되어 있다. 그 이후 본문부터는 숫자가 붙여져 편집되어 있어 차별성이 있기는 하지만, '서문'이나 '작가의 말' 과 같은 표지들이 전혀 없이 본문 속에 섞여 들어가 있다. 오히려 서문의 역할을 하고 있는 것은 "이 책을 읽는 분에게"라는 형식의 글로 '편집위원'이 최인훈에 대해서 소개하고 있다. 이러한 방식은 뒤 4장에서 살펴볼 번역본에서 나타나는 방식으로, 독자들에게 편집위원의 관점에서 왜 이 최인훈의 "『광장』/『회색인』/「가면고」/「구운몽」"을 "현대한국문학전집"에 넣었느냐를 풀이하는 해설이다. 따라서 이 글의 2장에서는 이에 대해서는 본격적으로 다루지는 않기로 한다.

18) 전경(figure)과 배경(background)에 대해서는 Peter Stockwell, 2. Surreal figures, Joanna Gavins, Gerard Steen ed., 『*Cognitive Poetics in Practice*』, London: Routledge, 2003. 참조. 여기서는 인지시학적 방법론을 바탕으로 시와 소설에서 '전경화'되는 것과 배경으로 남아있는 것을 분석하고 있다.

19) "이명준, 나의 친구여. 그제나 이제나 다름없는 나의 우정을 받아주기를. 그리고 고이 잠들라" (민음사)

20) 이는 최인훈의 사상적 변화라는 독립된 주제로 연구 가능할 것이다.

21) 김성훈, 「푸코의 권력개념에 대한 분석과 비판」,《인문학연구》33권 1호, 조선대학교 인문학연구원, 2005, 166면.

22) 스탈린 이후 소비에트 사회에서의 공식적인 당의 문학이론은 '사회주의 리얼리즘'이었다. 당을 대표해서 연설했던 쥬다노프는 "작가는 견고한 유물론적인 기초 위에서 당과 노동계급의 전생활과 그 투쟁을 가장 준엄하고 냉혹한 실천활동과 최대의 영웅성 및 빛나는 전망에로 결합시키지 않으면 안된다"라고 하였다. 당에 의해서 지도되는 문학으로의 개념은 레닌에서부터 이후 소비에트 문학 이론을 지배한다. 김학수, 「문학의 당파성과 이데올로기 ― 소비에트문학의 이론과 실제」, 연세대학교 동서문제연구원, 1989, 178~179면.

23) 이러한 관점에서 논의되었던 새로운 주체성 개념이 바로 네그리로 대표되는 자율주의자들의 '다중' 개념이라 할 수 있다. 기존 인민/군중/대중/국민이라는 개념에 비해 '다중'은 복수성과 특이성을 가진 개념이며 동시에 능동적인 사회 주체를 의미한다. 정통 마르크스-레닌주의 입장이 프롤레타리아트라는 단일한 혁명적 주체성을 대표하는 당을 매개로 공적 권력 획득을 목적으로 했다면, 자율주의적 입장은 복수의 주체성들의 소수자 운동으로 일상과 생활에 편재된 권력들에 저항하는 방식이다. 관련 내용에 대해서는 윤수종, 「새로운 주체의 등장과 사회운동의 방향」,《철학연구》102, 대한철학회, 2007.5. 참조.

24) 사랑에 대한 논자들은 '사랑'의 의미를 일반적으로 추구와 욕망의 단계와 진정한 사랑의 의미를 나누며 후자는 자아를 초극하여 타자와 세계에게로 나아가는 것이라 논의한다. 이는 막스 셸러에게는 "추구"(Streben)와 사랑 사이의 구분, 로쯔에게는 "자아에 사로잡힌 사랑과 자아로부터 해방된 사랑", 에릭 프롬에게는 "확대된 이기주의"와 "사랑" 사이의 구분 등으로 서로 다른 용어들로 제시되지만, 궁극적으로는 자아에 갇힌 나르시즘적 충동과 자아를 넘어서서 타자와 세계로 나아가는 것으로서의 사랑을 구분한다는 점에서는 일치한다. 조정옥, 『감정과 에로스의 철학-막스 셸러의 철학』, 철학과현실사, 1999; 요한네스 로쯔, 심상태 옮김, 『사랑의 세 단계 — 에로스, 필리아, 아가페』, 서광사, 1984; 에릭 프롬, 정성호 옮김, 『사랑의 기술』, 범우사, 1999(4판) 참조.

25) 조정옥, 앞의 책, 40면.

26) 관련 내용은 조정옥, 「감정의 본질과 종류」, 앞의 책 참조.

27) 전종봉, 「실험소설론과 염상섭 자연주의」, 《동서 비교문학저널》 11, 한국동서비교문화학회, 2004.

28) 이동하, 앞의 글, 338면.

29) 문학과지성사, 2010에서 재인용.

30) 이러한 폭력의 내면화는 이창동의 영화 「박하사탕」(2000)에서 잘 드러나 있다. 이창동 감독, 「박하사탕」, 서울: 스펙트럼디브이디, 2003. 130분. (2000년 개봉)

'얼굴/가면'에 가려진 '몸/예술'의 가능성

1) 1976년 『가면고』가 단행본으로 출판되면서 함께 수록된 김병익의 해설 「사랑, 혹은 현대의 구원」에서는 「가면고」가 사랑과 구원의 명제를 다양한 차원에서 보여주고 있다고 분석하고 있다. 「가면고」에 나타난 세 개의 모티프는 "인간은 사랑을 통해 구원받는다"는 주제를 보여주며, 그것이 현대인, 종교, 예술에서도 "지상의 명제"임을 보여준다는 것이다. 김병익, 「사랑, 혹은 현대의 구원」, 『크리스마스 캐럴/가면고』, 《최인훈 전집》 6, 문학과 지성사, 2009년, 315~323면. 이후 많은 연구들이 사랑, 구원, 주체의 문제에 초점을 맞추며 「가면고」를 분석하고 있다. 한편, 김진규의 연구는 「가면고」에 나타난 사랑/구원의 주제를 탐색하고 있으면서도 그 가능성을 정임이 아닌 미라에게서 찾고 있다는 점에서 흥미롭다. 미라가 그린 독고민의 맨발을 독고민 안의 "낯선 타자"로 해석하는 이 연구는 "타자가 사물화한 나의 '앙상한 발'이 내 것임을 인정"하는 것이 "나에게 가능한 '주체성'"(143면)이라고 분석하고 있다. 김진규, 「「가면고」에 나타난 자기 관계적 부정성과 사랑」, 《현대문학연구》 53, 2017.

2) 레비나스의 개념을 활용하여 「가면고」를 분석하는 대표적인 연구는 장혜련, 「〈가

면고〉의 "정체성 찾기" 연구」, 《현대소설연구》 38, 한국현대소설학회, 2008이 있다. 이 연구에서는 '정임의 얼굴'이 독고민의 반성과 윤리적 책임을 야기하고, 이를 통해 진정한 '주체성'의 형성이 가능하다고 보고 있다.

3) 강영안, 「레비나스 : 타자성의 철학」, 《철학과 현실》 25, 철학문화연구소, 1995, 156~158 면 참조.

4) 이러한 판단은 소설의 초반에 우연히 마주친 여인의 얼굴에 대한 독고민의 서술을 근거로 연구자가 내린 것이다. 하지만, 이 부분을 제외하고 독고민이 '얼굴'을 매개로 타인을 평가하는 부분을 찾을 수 없다. 다문고 왕자의 경우 마가녀의 '얼굴'을 우월한 위치에서 내려다보고 있기는 하지만 그것은 '브라마의 얼굴'을 갖기 위한, 즉 진정한 자신의 얼굴을 찾을 수 없던 다문고의 임시방편일 뿐이다. 오히려 '얼굴'에 대한 서술은 타자가 아닌 주체의 내면을 향하고 있으므로, 얼굴에 대한 주인공의 탐색은 "자기 찾기의 끝없는 모색"(이정숙, 「관념소설에 그려진 '가면'의 의미 ─「가면고」, 「가면의 꿈」, 「가면의 영혼」을 중심으로」, 《한중인문학연구》 47, 한중인문학회, 2015, 224면)으로 보는 것이 타당할 것이다.

5) "그것은 얼굴에 대한 서술을 '생략'하고 있는 것이 아니라 오히려 재현할 수 없는 난처한 상황임을 드러낸다. 또한 그것은 지금껏 주관화된 판단과 논평을 일삼던 초점자의 시선에 어떤 유보 지점이 생겼다는 것을 반증하는 것이기도 하다. 그것은 바로 '맞서오는 사람'의 '살아있는 모습'이다. 그 어지러움과 무서움을 유발하는 산 '사람'의 강력한 실루엣은 어떤 구체화된 언어로 규정할 수 없는 은폐된 방식으로 주체 앞에 맞서오는 피할 수 없는 타자의 '얼굴'이다. 독고민은 살아있는 '사람'을 얻은 대신 정임의 얼굴을 잃었다고 말할 수 있다." 양윤의, 「최인훈 소설에 나타난 '얼굴'의 도상학 ─「가면고」를 중심으로」, 《한국문예비평연구》 23, 한국현대문예비평학회, 2007, 224면.

6) 최인훈, 「그레이 구락부 전말기」, 『웃음소리』, 《최인훈 전집》 8, 문학과 지성사, 2009, 43면.

7) 최인훈, 「가면고」, 『크리스마스 캐럴/가면고』, 《최인훈 전집》 6, 문학과 지성사, 2009, 202면.(이하 제목과 면수만 표기)

8) 「가면고」, 294면.

9) 김민정, 「메를로퐁티의 살 존재론과 몸의 반성」, 《미학》 79, 한국미학회, 2014 참조.

10) "자리에 들어서도 부스럭거리다가 종내 잠드는 것을 단념하고 일어나 앉은 그는, 윗목에 걸린 경대 앞에 다가섰다. 거울 속에는 쫓기는 사람의 초조함을 숨기느라고 짐짓 평정을 꾸민 가짜 성자의 탈이 있었다. 신의 창조에 들러리 선 사람만이 가질 만한 자신을 꾸민 눈, 바로 그것을 어기고 있는 입의 선. 탈의 데생은 위태로워 어느 선 하나 차분함이 없다. 양식의 모방에 과장된 필체로 그려진 서투른 초상화였다. 저 탈을 피가 흐르도록 잡아 벗겼으면. 그 뒤에는 깨끗하고 탄력 있는 살갗으로 싸인 얼굴이 분명 감춰진 것을 알고 있다." 「가면고」, 205면.

11) 「가면고」, 270~272면.

12) 이수형은 「가면고」에서 독고민과 미라가 "진정한 자기를 구하기 위해 타자를 배제한다"는 점에서 유사한 인물이라고 분석한다. 즉, 타자의 '자유 추구'를 인정하지 않기 때문에 미라와 독고민은 사랑할 수 없는 사이라면, 이와 달리 정임에 대한 독고민의 사랑은 "그녀가 '사람'임을 발견하는 데서 출발"하기 때문에 윤리적인 것이라고 평가하고 있다. 이수형, 「최인훈 초기 소설에서의 결정론적 세계와 자유」, 《한국근대문학연구》 7-1, 한국근대문학회, 2006, 331~336면 참조) 정혜련 또한 민과 미라의 시선에 "해석과 분석의 주관성"이 담겨 있다는 점에서 이 둘이 유사한 인물이라고 보고 있다. 정혜련, 앞의 글, 359면.

13) 「가면고」, 248~249면.

14) 「가면고」, 255면.

15) 「가면고」, 279~281면.

16) **이태동**: 발레리나 정임이 공연을 마치고 옥상에 올라가 균형을 잃지 않고 뛰어내리는 상징성과 경마를 즐기는 것은 무엇을 의미합니까?

최인훈: 육체와 정신의 조화를 나타내기 위해, 그것(심신 미분열)이 예술이라고 생각하기 때문입니다. 누군가 경마라고 하는 것에 정의를 내려 보라고 한다면, 움직임이라는 것과, 움직임의 의미를 분리해 답을 줄 수 있을까 하는 의문을 가져봅니다. 춤 역시 경마와 비슷한 속성을 지녔습니다. 춤을 추는 행위 자체를 보고 우리는 '춤'이라고 부릅니다. 무희와 춤을 분리해서 굳이 정의를 내리지 않아도 우리는 그것이 춤인 것을 압니다. 마찬가지로 경마의 의미가 뭐냐고 묻는다면 말이 뛰어가는 것이라고 대답할 수밖에 없지요. 경마는 말이 주인인가, 기수가 주인인가 그런 설명도 필요 없는 이를테면, 인마일체의 행위라고 할까요. 극 중에서 내면과 외면이 합체된 인물로 설정된 발레리나 정임이 그러한 경마를 좋아하는 것도, 어떻게 보면 자연스러운 일이라 할 수 있겠습니다. 「작가와의 대화—재발견하는 한국 모더니즘 소설—최인훈vs이태동」, 최인훈, 『작가와 함께 읽는 소설 「가면고」』, 지식더미, 2007, 191~192면.

한편, 최인훈이 생각하는 경마의 모습이 '인마 일체'라는 점은 마가녀가 코끼리를 타는 장면을 연상시키기도 한다.

17) 「가면고」, 273~274면.

18) 메를로-퐁티에 의하면, 대상을 바라보는 행위는 단순히 '봄'에 그치는 것이 아니라, 세계, 그리고 그 대상에 들어가고, 그 대상 안에 거주함을 의미하는 것이다. '몸'의 감각은 끊임없이 세계와의 교섭을 시도하며, 이를 통해 인간은 세계와 함께 존재하게 된다. (김종헌, 「메를로 퐁티의 몸과 세계, 그리고 타자」, 《범한철학》 30, 범한철학회, 2003, 320~322면 참조)

19) 메를로-퐁티가 사유하는 '몸'의 이미지는 이중적이다. 주체이면서 객체인 '애매

성'이 주체와 세계가 함께 가지는 속성이며, 이 교섭을 통해 주체는 세계를 향해 열린 존재가 된다. 하지만 이 '몸'은 여전히 '코기토'적 성격을 지니고 있는 것이라는 한계 인식은 메를로-퐁티의 후기 철학이 '몸'이 아닌 '살'의 존재론으로 나아가게 한다. '몸'이 아닌 '살'에 기반한 '키아즘(chiasme)'은 단순히 '봄'과 '보이는 것'의 이분법을 의미하는 것이 아니라, "보는 것과 보이는 것의 변증법적 관계"로 구조화된 것이다. 주체 혹은 세계의 애매성에 근거한 '봄'은 상호구성적 '봄'이며, 이는 주체로 하여금 "존재의 분열에 참여할 기회", 즉 자기가 아닌 것으로 나아갈 수 있는 기회를 제공하는 것이다. 김희봉, 「시선의 미학」, 《철학연구》 89, 철학연구회, 2010, 55~61면 참조.

20) 프랠리(Sondra H. Fraleigh)의 Dance and the Lived Body는 메를로-퐁티의 현상학을 바탕으로 '춤'의 의미를 살피고 있다. 이에 따르면, "춤을 지각한다는 것은 단순한 수용이 아닌 능동적인 형태적 지각, 즉 춤에의 적극적인 참여를 의미하는 것이다. 나아가 춤 예술의 미적 가치는 행위자의 행위와 지각자의 행위가 춤을 통해 상호 관련을 맺을 때 부여될 수 있다"고 한다. (이희나, 「춤의 감각적 소통과 존재의미 연구—메를로-퐁티의 현상학 및 존재론을 바탕으로」, 《무용역사기록학》 30, 한국무용기록학회, 2013, 187면.

21) 김종헌, 앞의 글, 316면.

22) "그녀는 웃음을 참느라고 꽃을 깨물고, 민은 그 모양을 바보처럼 보고만 있었다. 쯧쯧, 이게 무슨 꼴이람… 내가 시킬 탓으로 움직일 인형… 그는 자기 방 시렁 위에 얹힌 인형들을 얼핏 떠올렸다.
그러나 얼마나 잘 만든 인형인가? 말도 하고 웃기도 하고… 어쩌면… 그의 머릿속에서는 사연 있는 필름의 맨 마지막 어떤 장면이 예언처럼 흘러갔다. **그때 그는 자신을 저주하면서 그런 환상을 물리쳤다.** 그녀의 모습에서 창작 의욕이 건드려진 것뿐이라고 생각하려 들었다"(「가면고」, 276면. 강조 인용자)

23) 「가면고」, 293~294면.

24) 이태동 역시, 「가면고」의 서사에서 '무용'의 역할에 주목한 바 있다.
"실제로, 아일랜드 시인 W. B. 예이츠가 '아 음악에 따라 흔들리는 육체여, 빛나는 눈빛이여/ 우리가 어떻게 춤과 무희를 구별 하겠는가'라고 표현했듯이, 춤은 정신(being)과 육체(becoming)가 완전한 조화를 이룬 혼합의 형태를 나타낸다.
다시 말해, 발레 무용에 대한 민의 관심은 영과 육의 거리를 배제시켜, 겉모양과 실체를 일치시키는 데 그 목적이 있다. 그가 그의 애인인 미라와의 사랑에 거리감을 느끼고, 이전에 준비했던 각본을 불태우고 다시금 「신데렐라 공주」라는 각본을 완성한 후 프리마 발레리나인 강 선생의 누이동생 정임을 맞아 그것을 공연하게 되었을 때, 뿌리에 해당되는 정신의 상징인 얼굴이 육체와의 거리를 일치시키는 결과를 가져온다" 이태동, 「가면고 : 현상과 실체의 일치된 세계」, 최인훈, 『작가와 함께 읽는 소설 「가면고」』, 지식더미, 2007, 203~204면.

25) "민에게 있어 자아의 완성이란 몸과 마음이 다 같이 살 수 있는 단 하나의 구원이었다"(「가면고」, 238면.) "좋은 작품을 쓴다는 것은 유력한 자기 구원의 길이었다." 「가면고」, 233면.

26) 「가면고」, 298~300면.

27) "민이 재작년 가을 '현대발레단'으로부터 입단 교섭을 받은 것은, 그 사건이 있은 다음이었다. 어느 문예 잡지에 실은 '무용론'이라는 글이 발레단의 연출자의 눈에 띄었던 것이다. 평소에 무용이라는 예술이, 사람의 몸이라는 원시의 수단을 가지고, 공간의 조형에다 시간까지를 포함시킨 점에 예술 활동의 이상을 느껴오던 중, 그러한 무용의 상징성을 본으로 삼아 예술론을 펴보았다." 「가면고」, 206면.

28) 『서유기』에서 이미지와 춤, 시의 관계를 설명하는 〈모형〉 부분의 논의는 세 개의 이미지를 제시하는 것으로 시작한다. 그것은 "발끝으로 선 무희", "종이 비둘기", "백조의 湖水"인데, 이 첫 번째 이미지는 「가면고」의 정임의 이미지와 이어지는 것으로 보인다.

29) "나와 이들 사상가와 근본에서 다른 데는 이들 선배들은 다소간에 정신에 우위를 주고 그들 실재가 결국 어떤 의미에서 '정신적'인 것이라고 하지만 나는 이 정신이란 안개 같은 것을 물체로서 확인하고, 제3공간의 찢어진 '틈'을 참가시켜 '나'란 영원히 나의 소유일 수 없으며 '나는 신의 사물'임을 분명히 하려는 점이다." 최인훈, 『서유기』, 《최인훈 전집》 3, 문학과 지성사, 2008, 248면. (이하 제목과 면수만 표기)

30) 『서유기』, 254~255면.

31) 메를로-퐁티가 전개한 '봄'의 사유는 세잔의 회화와 이어진다. 메를로-퐁티는 세잔의 회화가 '생성'의 과정을 통해서 나타나는 의미를 전달한다는 점, 이로 인해 비가시적인 세계를 그의 회화에서 구현할 수 있다는 점, 또한 유화가 가진 중량감과 색채 위에서 "뇌와 우주의 만남"이 가능하다는 점에 주목한다. 세잔의 회화는 "마법적인 봄"을 실천하는 방식이며, 화가가 사물을 그저 보는 것이 아니라, 그림을 통해 "사물이 자기 속에 들어오는" 경험을 의미하는 것이다. 메를로-퐁티의 사유가 시각성, 회화에 국한되어 있는 반면, 최인훈의 사유는 시각이 아닌 감각, 무용과 같은 행위 예술로 나아간다. 그럼에도 불구하고 메를로-퐁티와 최인훈의 예술적 지향점은 유사하다. 그들은 부피를 가진 질감 위에서 자아와 대상이 서로 만나며, 이는 대상 그 너머에 있는 세계를 구현하는 '마법적 보기'(혹은 마법적으로 감각하기)를 예술의 이상으로 삼았다.

32) 『서유기』에서 최인훈이 개진한 문학이나 이미지의 '형상성'이 '춤'과 이어진다는 점, 이 춤이 추상적인 개념을 "실제의 경험으로 느낄" 수 있게 한다는 점은 최인훈이 생각한 문학(시)이 곧 '재현' 행위에 초점을 두고 있음을 보여준다고 할 수 있다. 이행미, 「부활과 혁명의 문학으로서의 '시'의 힘」, 《한국학 연구》 39, 인하대학교 한국학연구소, 328면 참조.

33) 『서유기』 256면.

34) 메를로 퐁티가 생각하는 '회화의 가능성은 '살'이라는 존재가 드러나는 차원. 몸-정신 / 주체-대상 / 나타나는 것-존재하는 것 / 보이는 것-보이지 않는 것의 이분법에서 벗어난다는 점에 있다. 모리스 메를로 퐁티, 김화자 역, 『간접적인 언어와 침묵의 목소리』, 책세상, 2005, 8면 참조.

35) 메를로-퐁티의 독특한 시각 인식은 "육화된 시각"이라는 말로 표현할 수 있다. 이는 '신체의 시각'으로, 신체에 의해서 사물들은 신체가 그 사물들에 참여하는 방식으로 규정된다. 류의근, 「메를로-퐁티 : 시각과 회화」, 《철학과 현상학 연구》 16, 한국현상학회, 2000, 153~157면 참조.

36) Linda Nochlin, 정연심 옮김, 『절단된 신체와 모더니티』, 조형교육, 2001, 37면.

37) "춤, 이 가슴 미어지는 몸짓. 우리는 관람석에 앉아서 무대를 바라보는 신세가 아니다. 우리가 관객이라고 생각하는 데서 실수가 생긴다. 관객은 신이다. 그가 정당하게 그것을 손에 넣었는가 어쩐가를 따지는 것은 바보다. 현실로 우리는 댄서이고 그녀가 귀부인인 바에는." 『서유기』 262면.

38) 최인훈 소설에서 '심령학'은 반복적인 모티프로 등장한다. 이는 최인훈의 사유 체계와 '심령학'이라는 학문의 밀접한 연관성을 짐작케 한다.

39) 「가면고」, 313~314면.

40) "이런 문제에 대하여 이런 주장을 하는 그 논문의 중첩된 관계대명사와 꼬리를 문 형용절과 추근추근한 조건절에 휘감긴 그 구문 속에서, 민은 동양인 두 배는 보통 되는 저 부하니 털이 있는 두툼한 손, 기름진 반들거리는 서양인의 육감적인 손이 자기의 목구멍에 밀려드는 환상을 보며 울컥 메스꺼워지는 것이었다. 로맨티시즘의 최후의 거점, 달로 인간의 비행기를 띄워 보낸 저 서양인의 '기름진 손'을. 그렇다. 동양에 없는 것은 이 '기름진 손'이다." 「가면고」, 219면.

독고준의 이름, 자기 서사의 출발

1) 이 글은 이경림, 「서사의 창조에 의한 자기 정위(定位)의 원칙: 최인훈의 『회색인』론」, 《한국현대문학연구》 42, 한국현대문학회, 2014를 수정한 글임을 밝힌다.

2) 구재진, 「최인훈의 『회색인』 연구」, 《한국문화》 27, 한국학연구원, 2001.
권성우, 「최인훈의 『회색인』에 나타난 현실 인식 연구」, 《어문학》 74, 한국어문학회, 2001.

3) 김치수, 「자아와 현실의 변증법, 『회색인』」, 문학과지성사, 1977.
우찬제, 「모나드의 창과 불안의 철학시, 『회색인』」, 문학과지성사, 2008.
김선주, 「최인훈 『회색인』 연구」, 《논문집》 5, 덕성여대 대학원, 2003.

4) 『회색인』이 "4·19에 대한 문학적 진단"이라고 본 권보드래의 논문(「최인훈의 『회

색인』 연구」, 《민족문학사연구》 10, 1997)이나, 『회색인』에서 1960년대 대학생들을 중심으로 하는 '회색지대'의 성격을 읽어낸 서영채의 논문(「최인훈 소설의 세대론적 특성과 소설사적 위상 : 죄의식과 주체화」, 《한국현대문학연구》 37, 2012) 등이 이러한 논의를 대표한다.

5) 『광장』을 비롯한 최인훈 초기 소설의 세계관에 대해서는 이수형, 「최인훈 초기 소설에서의 결정론적 세계와 자유」, 《한국근대문학연구》 7, 한국근대문학회, 2006을 참조. 이수형의 논의는 『회색인』을 다루지 않고 있다. 본 논문은 이수형이 말하는 최인훈 초기 소설의 결정론적 세계관이 『회색인』에도 공유되어 있다고 판단한다.

6) 이러한 관점에서 볼 때, 기존 연구에서 종교와 자기정립의 관계에 대하여 충분한 논의가 개진되지 않았다는 한계가 드러난다. 『회색인』에 나타난 종교 표상에 관련하여 기독교 서사와 서양 역사주의와의 상동성에 주목하고 기독교 비판 의식을 읽어낸 정재림(「최인훈 소설에 나타난 기독교 비판의 의미 — 『회색인』을 중심으로」, 《문학과 종교》 15, 한국문학과종교학회, 2010)의 선행 논의가 있다. 이 논의는 『회색인』에 드러난 기독교의 형상화 방식이 인과적 필연성을 원칙으로 하는 서양 역사주의의 서술 방식과 유사함을 지적하고 최인훈이 '회상'의 기법을 활용함으로써 역사의 허구성을 시사했다고 보았다. 이 논의는 식민지적 근대화 혹은 서구화라는 특수한 역사적 과정을 기독교와 동일시함으로써 『회색인』의 탈식민적 특성을 고찰했다는 데 의의가 있다고 생각된다. 다만 이 논의는 기독교를 포함하는 '종교' 자체의 비유가 텍스트 내에서 어떻게 작동하는지는 고찰하지 않았다.

7) 자유의지 혹은 자기 원인(causa sui)으로서의 자유란 주체의 전 행위가 어떠한 타자 원인으로부터도 독립적이며 따라서 주체의 원인성을 규정하는 근거가 외부에 있지 않은 상태를 의미한다. — I. 칸트, 『실천이성비판』, 백종현 역, 아카넷, 2002, 198~224면.

8) 연남경, 「최인훈 소설의 자기반영적 글쓰기 연구」, 이화여대 박사학위논문, 2009.

9) 폴 리쾨르, 『타자로서 자기 자신』, 김웅권 역, 동문선, 2006, 230~231면.

10) 폴 리쾨르, 앞의 책, 128면.

11) '자유(의지)에 의한 인간의 행동'은 『가면고』에서 인간의 행동을 구별해주는 '제3의 계기'를 강조하는 것에서도 알 수 있듯 최인훈 초기 소설을 관류하는 주요 주제다.

"이를테면… 모든 사람의 정신 활동을 이처럼 환경과 그에 대한 '대응'의 두 가지로 나누어버리면 결국은 인간을 해체한다는 거나 다름이 없지 않을까 하는 생각입니다. 제일 과학적인 방법으로 인간을 연구한다는 노력이 마지막에는 인간의 파편을 한 아름 얻었을 뿐, 살아있는 인간은 잃어버리는 결과가 된다는 건, 방법론 자체에 커다란 모순이 있는 것으로 여겨집니다. **'환경' '대응' 그리고 제3의 요소가 필요합니다. '꿈' 이랄지,** '명예'랄지. 물리학은 환경과 반작용으로 충분히 세계를 설명하지요. **그러나 인간을 설명할 때는 또 하나 제3의 계기가 반드시 필요하지 않을까요? 그렇지 않고서야 운동과 행위를 구별할 수 없지요.**"(최인훈, 『크리스마스 캐럴/가면고』, 문학과지성사, 2009, 313면, 강조 필자.)

12) 최인훈, 『회색인』, 문학과지성사, 2008, 28면. 이하 동일 판본을 인용할 때에는 『회색인』, 면수로 약칭하겠다. 별도의 표시가 없는 경우 이 논문에 인용한 글의 강조 표시는 모두 필자가 한 것이다.

13) 『회색인』, 28면.

14) 『회색인』, 29면.

15) 『회색인』, 216면.

16) 『회색인』, 57면.

17) 최인훈, 『광장/구운몽』, 문학과지성사, 2010, 129면.

18) 『회색인』, 40면.

19) 『회색인』, 213면.

20) 『회색인』, 211면.

21) 『회색인』, 224면.

22) 『회색인』, 139~141면.

23) 여기서 독고준이 말하는 "나 자신을 선택"할 자유란 자기 자신을 규정하는 항목들을 스스로 구성하는 자유라는 의미에서 진정한 주체로 일어서는 토대가 된다. 자기를 스스로 규정함으로써 만들어지는 '술어적 주체성'에 대해서는 이정우, 『주체란 무엇인가』, 그린비, 2009, 21면을 참고.

24) 『회색인』, 233면.

25) 『회색인』, 310면.

26) "**참으로 혈연이라는 것이야말로 신화가 아니고 무언가.** 수백 년을 두고 내려오는 유전자들의 행렬. 항렬이란 말은 그럴싸하다. 그것은 돌림자의 모자이크가 아니라 서로 닮은 버릇을 가진 생식 세포들의 꾸준한 항해의 선열이다. **그중에서 내가 차지하는 자리, 그것이 우리들의 값이었다. 항렬 속에 한 자리를 차지하고 있는 한 이 우주에서의 나의 위치는 든든한 것이었다.**" — 『회색인』, 311면.

27) 『회색인』, 95면.

28) 『회색인』, 38면.

29) 정체성에 대하여 리쾨르는 한 사람의 '동일성'을 뜻하는 'idem'과 한 사람의 '항구성'을 뜻하는 'ipse'를 구별했다. 한 사람의 진정한 정체성을 구성하는 ipse는 서술(이야기)을 통해 자기 자신에게 일어나는 변화를 계속해서 포섭해나가며 끊임없이 재형상화되는 것이다.(칼 심스, 『해석의 영혼 폴 리쾨르』, 김창환 역, 앨피, 2009, 125~126면; 190~191면.) 독고준이 다른 인물의 행동을 모방하고 서사를 전유함으로써 자기 자신에게 일어나는 변화를 해석·수용하고, 이로써 정체성을 확립해나가는 과정은 리쾨르가 말하는 '이야기 정체성'의 형성 과정이 텍스트화

된 것이라 볼 수 있다.

30) 리쾨르는 '나'라는 표현이 매번 새로운 맥락에 의거하여 상이한 인격들을 지칭하는 비어 있는 용어라고 설명한다. 이처럼 비어 있는 용어이므로 '나'의 위치에는 잠재적인 여러 언술자들이 서로 대체될 수 있는데, 이는 '나'라는 표현이 가지는 쉬프터(shifter)로서의 성격을 보여준다. 그러나 발언을 수행함으로써 '나'라는 표현은 '지금 여기서 말하고 있는 인격'만을 지칭하도록 고정된다. 이러한 정착(ancrage)을 통해 '나'는 대체 불가능한 것이 된다. — 폴 리쾨르, 앞의 책, 76~77면.

31) 구재진은 독고준이 현호성을 통해 '사이비 가족'과 '집'을 함께 얻음으로써 "망명자"가 지닌 비판과 저항의 힘을 상실했다고 지적한 바 있다. — 구재진, 앞의 글, 93면.

32) 『회색인』, 244면.

33) 『회색인』, 259면.

34) 최인훈, 『문학과 이데올로기』, 문학과지성사, 2009, 136면.

35) 위의 책, 243면.

36) 위의 책, 25면.

37) 『회색인』, 234면.

38) 『회색인』, 259~260면.

39) 『회색인』, 263면.

40) 『회색인』, 264면.

41) 리쾨르에게 있어서 자기를 이해한다는 것은 해석하는 일이고, 자기를 해석한다는 것은 이야기 속에서 특권적인 매개 형식을 발견하는 것이다. 리쾨르는 인간 행동의 공식을 "기술하다, 이야기하다, 규정하다"라고 말했다. 인간이 행동하기 위해서는 먼저 세계 속에 주어진 상황을 기술해야 하며, 이를 토대로 무엇을 할 것인지 규정해야 하는데 이 두 단계를 매개하는 것이 이야기(narrative)의 역할이다. (칼심스, 앞의 책, 191-192면) 이러한 의미에서 『회색인』에 등장한 라스콜리니코프, 카프카, 드라큘라는 독고준의 이야기적 정체성(narrative identity)을 구성한다.

42) 최인훈, 『문학과 이데올로기』, 문학과지성사, 2009, 101면.

43) "그 가난한 러시아 학생은 한 노파를 죽였다. 그의 눈으로 볼 때 살 값어치가 없는 한 늙은 여인. 한 떨기의 꽃보다도 이 세상에 유익지 못한 늙은 돈버러지. 그런 흉물에게서 돈을 뺏어 쓰는 것은 옳은 일이다. 그렇게 해서 자기 같은 전도 유망한(그러나 돈만 없는) 청년이 생활의 위협을 덜게 된다면 이 세계를 위해서 좋은 일이라고 판단하고 노파를 죽였다." — 『회색인』, 138면.

44) 『회색인』, 265면.

45) 『회색인』, 263~264면.

46) 『회색인』, 308면.

47) 『회색인』, 334~335면.

48) 폴 리쾨르, 앞의 책, 281면.
49) 『회색인』, 348~349면.
50) 『회색인』, 12면.
51) 『회색인』의 첫 장면에서 독고준이 《간힌 세대》에 썼던 글에 '식민지 없는 민주주의'란 가능한가라는 문제가 등장했다. 이 맥락에서 식민지란 마치 '전통'처럼 인간 사회의 새로운 원리를 구성하기에 필요한 거름을 비축한 곳으로 묘사된다. 그렇다면 식민지나 전통과 같은 거름이랄 것이 없는 우리의 현실에서 주체적 윤리의 창출은 불가능한가? 이에 대해 독고준은 "사랑과 시간"을 거름으로 내세운다. "사랑과 시간"은 "막 뺏고, 밟고, 퍼내도 아깝지 않을 그런 것"(『회색인』, 12면), 우리가 소유하고 있는 것이기 때문에 외부에 의존하지 않고 자유롭게 사용하여 다른 것을 만들어낼 수 있는 바탕이다.
52) 『회색인』, 379면.
53) 『회색인』, 382면.
54) 이진경, 『외부, 사유의 정치학』, 그린비, 2009, 78면.
55) 폴 리쾨르, 「서술적 정체성,
김동윤 역, 임양묵 편, 『현대 서술 이론의 흐름』, 솔, 1997, 61면.
56) 폴 리쾨르, 앞의 책, 151면.

최인훈 문학에 나타난 '연작'의 의미

1) 이 글은 《현대소설연구》 제60집에 실린 논문을 재수록한 것입니다.
2) 김윤식, 「'우리' 세대의 작가 최인훈 — 어떤 세대의 자화상」, 『총독의 소리』, 《최인훈 전집》 9, 문학과지성사, 2009, 531면 서영채, 「최인훈 소설의 세대론적 특성과 소설사적 위상: 죄의식과 주체화」, 《한국현대문학연구》 37, 한국현대문학회, 2012, 284면.
3) 연남경, 『최인훈의 자기 반영적 글쓰기』, 혜안, 2012, 203~7면.
4) 정영훈, 「최인훈 소설에서의 반복의 의미」, 《현대소설연구》 35, 한국현대소설학회, 2007, 232면.
5) 최인훈의 전집은 1979년 말에 이미 간행되어 나왔는데, 40대 중반이 채 되지 못한 나이에 전집 발간은 작가에게 꽤 부담이 되었을 것이다. 하지만 그는 "전체는 부분의 산술적 합계가 아니"며, "나의 작품이 전집의 형태로 묶인 것이 행복하다"고 말한다. 「원시인이 되기 위한 문명한 의식」, 『길에 관한 명상』, 《최인훈 전집》 13, 문학과지성사, 2010, 35면.
6) 위의 글, 28~9면.
7) 김인호, 『해체와 저항의 문학 — 최인훈과 그의 문학』, 문학과지성사, 2004, 제1부;

차미령, 「최인훈 소설에 나타난 정치성의 의미 연구」, 서울대학교 박사학위논문, 2010; 구재진, 『한국문학의 탈식민과 디아스포라』, 푸른사상, 2011, 제2부; 김영찬, 「한국적 근대와 성찰의 난경(難境) — 최인훈의 「크리스마스 캐럴」 연구」, 《반교어문연구》 29, 반교어문학회, 2010; 조보라미, 「'한국적인 심성의 근원'을 찾아서: 최인훈 문학의 도정(道程)」, 《한국현대문학연구》 30, 한국현대문학회, 2010 등 참조.

8) 서은주, 「'한국적 근대'의 풍속: 최인훈의 「크리스마스 캐럴」 연작 연구」, 《상허학보》 19, 상허학회, 2007, 445면; 장문석, 「후기식민지라는 물음 : 최인훈의 '회색의 의자'에 관한 몇 개의 주석」, 《한국학연구》 37, 인하대학교 한국학연구소, 2015, 39면.

9) 연남경, 「최인훈 소설의 장르 확장과 역사의식」, 《현대소설연구》 42, 한국현대소설학회, 2009; 장성규, 「후기·식민지에서 소설의 운명 — 고전 서사 장르 전유를 중심으로」, 《한국근대문학연구》31, 한국근대문학회, 2015; 장문석, 앞의 글.

10) 권성우, 「최인훈의 에세이에 나타난 문학론 연구」, 《한국문학이론과 비평》 55, 한국문학이론과 비평학회, 2012, 287~8면.

11) 박근예는 최인훈의 문학 비평을 본격적으로 고찰하고 있으나 결국 당대의 현실문제와 이를 연결시키고 있다. 박근예, 「자기시대의 문학형식에 대한 탐구와 모색 — 최인훈 문학비평 연구」, 《한국문예비평연구》 44, 한국현대문예비평학회, 2014, 참조.

12) 「원시인이 되기 위한 문명한 의식」, 『길에 관한 명상』, 《최인훈 전집》 13, 문학과지성사, 2010, 28면.

13) 현재 전집의 『유토피아의 꿈』, 『문학과 이데올로기』, 『길에 관한 명상』을 가리킨다. 이 텍스트들의 원전은 다음과 같다. "1970년에 간행된 『문학을 찾아서』(현암사)는 그 이후 발표된 다른 산문이 덧붙여지면서 『문학과 이데올로기』(1979, 문학과지성사)로 통합되었다. 그리고 1989년에 간행된 『길에 관한 명상』(청하)는 그 이후에 발표된 다른 글들이 추가되면서 2005년 솔과학에서 재출간되었으며, 이 판본이 다시 2010년 문학과지성사 전집판 『길에 관한 명상』으로 거듭났다" 권성우, 앞의 글, 288면.

14) 김현·최인훈 대담, 「변동하는 시대의 예술가의 탐구」, 『길에 관한 명상』, 《최인훈 전집》 13, 문학과지성사, 2010, 79~80면.

15) Forrest Ingram, 『*Representative Short Story Cycles of the Twentieth Century*』, the Hague: Mouton, 2012, c1971, pp.15~9.

16) 김재영은 1970년대 여러 연작소설들을 놓고, 최인훈의 경우 "에세이 정신의 소설적 발현"을 그 특징으로 보고 있다. 이는 일리 있는 지적이지만, 최인훈이 연작에 대한 뚜렷한 의지를 드러냈다는 논의는 동의하기 어렵다(김재영, 「연작소설의 장르적 특성 연구—1970년대 연작소설을 중심으로」, 《현대문학의 연구》 26, 한국문학연구학회, 2005, 337~45면.). 그럼에도 불구하고 본고가 '연작'의 관점으로 최

인훈의 문학을 읽어내려는 것은 연작이 '시리즈'나 '몇 부작'과 결정적으로 구별되는 지점, 즉 동일한 제목을 가져야 한다는 가장 기본적인 조건 때문이다. 여기에서 「크리스마스 캐럴」, 「총독의 소리」, 『소설가 구보씨의 일일』만을 대상 텍스트로 삼는 것은 그러한 조건에 기반을 둔 하나의 시도이다.

17) 김현·최인훈, 앞의 대담, 75면.

18) "composite novel"은 '합성 소설' 혹은 '복합 소설' 등으로 번역할 수 있겠으나 '교향곡 소설'로 생각하면 이해가 용이하다. 그것은 단순한 멜로디(모티프)의 반복이 아니라 여러 텍스트 조각들이 교향곡의 악장들처럼 상호 관계를 가지며 전체 텍스트를 구현하는 것이다. Maggie Dunn and Ann Morris, 『*The Composite Novel — The Short Story Cycles in Transition*』, Twayne publishers: New York, 1995, pp.6~7.

19) 위의 책, 18면.

20) 김현·최인훈, 앞의 대담, 74면.

21) 「소설과 희곡」, 『문학과 이데올로기』, 《최인훈 전집》 12, 문학과지성사, 2009, 514면.

22) 위의 글, 515면.

23) 이 어휘는 김인호, 『해체와 저항의 서사 — 최인훈과 그의 문학』(문학과지성사, 2004)에서 빌려왔다.

24) 「스타일과 소개 — 어떤 작품 선고(選考)」, 『문학과 이데올로기』, 《최인훈 전집》 12, 문학과지성사, 2009, 106면.

25) 「크리스마스 캐럴1」, 『크리스마스 캐럴/가면고』, 《최인훈 전집》 6, 문학과지성사, 2009, 30면.

26) 「행동과 풍속」, 『문학과 이데올로기』, 《최인훈 전집》 12, 문학과지성사, 2009, 113면.

27) 위의 글, 110면.

28) 위의 글, 112~3면.

29) 김영찬, 앞의 글, 330면.

30) 서은주, 앞의 글, 463면.

31) 이행미, 「최인훈 「총독의 소리」에 나타난 일상의 정치화」, 《한국어와 문화》 10, 숙명여자대학교 한국어문화연구소, 2011, 178면.

32) 「원시인이 되기 위한 문명한 의식」, 『길에 관한 명상』, 《최인훈 전집》 13, 문학과지성사, 2010, 27면.

33) 「세 사람의 일본 작가」, 『문학과 이데올로기』, 《최인훈 전집》 12, 문학과지성사, 2009, 88면.

34) 위의 글, 89면.

35) 김현·최인훈, 앞의 대담, 79면.

36) Maggie Dunn and Ann Morris, 앞의 책, 16면.

37) 이에 관해서는 『화두』(민음사, 1994)에 상세하게 묘사되어 있으며, 당대의 시대

적 상황에서 월북 작가인 박태원의 작품을 제목까지 그대로 가져와 자신의 작품으로 재탄생 시킨 것은 그 자체로 정치적인 행위였다. 정영훈, 「1970년대 구보 잇기의 문학사적 맥락」, 《구보학보》 9, 구보학회, 2013, 294면.

38) 《신상》(1970년 겨울호)의 「소설가 구보씨의 일일 3」, 《월간문학》(1971년 4월호)의 「소설가 구보씨의 일일 4」는 연작 『소설가 구보씨의 일일』과 제목을 공유하지만 엽편으로 씌어진 작품들이다. 이 작품들은 전집에는 아예 『총독의 소리』에 실려 있는데, "일일"이라는 형식을 갖추지 못하고 있다는 점에서 구별된다.

39) 「주석의 소리」에서는 주체를 "정부", "기업인", "지식인", "국민" 등 네 가지로 분류하는데, 지식인의 영역이었던 소설가의 지위가 '노동자'로 인식되기 시작한 것은 여러 측면에서 주목할 필요가 있다. 구재진, 「최인훈의 고현학, '소설노동자'의 위치 —『소설가 구보씨의 일일』 연구」, 《한국현대문학연구》 38, 한국현대문학회, 2012, 306면.

40) 「원시인이 되기 위한 문명한 의식」, 『길에 관한 명상』, 《최인훈 전집》 13, 문학과지성사, 2010, 29면.

41) 소설 속에서 "남북 적십자 회담의 제의와 수락, 이른바 '실미도 사건'으로 불려지는 특수부대 사건, 중소분쟁과 미국과 중국의 정상회담, 그리고 중공의 UN 가입 문제" 등이 신문이나 방송을 통해 구보에게 전달된다. 최인훈은 신문 기사를 그 형태로 그대로 텍스트에 삽입함으로써 "개인은 미처 손써볼 틈 없이 일방적으로 전달되는 현실 질서의 속성을 암시"하고 있다. 구재진, 앞의 글, 325~6면.

42) 「소설과 희곡」, 『문학과 이데올로기』, 《최인훈 전집》 12, 문학과지성사, 2009, 507면.

43) 위의 글, 같은 면.

44) 최인훈은 자주 음악과 문학을 비교 대상으로 놓는데, 음악이 음악 그 자체이지 거기에 대한 해설이 아닌 것처럼, 문학도 교훈 운운하는 순간 문학이 아니라고 본다.

45) 이 변화의 과정에 놓여 있는 작품들 중 「하늘의 다리」(1970), 『태풍』(1973)은 면밀히 검토될 필요가 있는데, 이는 추후의 과제로 남겨둘 수밖에 없을 듯하다.

최인훈 소설에 나타난 '기억'과 '반복'의 의미에 대한 연구

1) 방민호, 「월남문학의 세 유형 선우휘, 이호철, 최인훈을 중심으로」, 《통일과 평화》 7권 2호, 서울대학교 통일평화연구원, 2015, 188면.

2) 중편 「서유기」의 발표년도와 지면을 확인할 수 없었는데, 문학과 지성사 전집의 수록권수 차례가 초판 발행 연도를 기준으로 했다는 것을 참고할 때, 9권에 함께 실린 「낙타섬에서」(1970), 「무서움」(1971) 뒤라고 추론할 수 있으나 추후 정확한 정보를 확인할 필요가 있다.

3) 조보라미, 「'한국적인 심성의 근원'을 찾아서: 최인훈 문학의 도정」, 《한국현대문

학연구》 30, 한국현대문학회, 2010, 381면 참고.

4) 최인훈, 『화두』(2), 《최인훈 전집》 15, 문학과 지성사, 2008, 192면.

5) 「최인훈작 『서유기』 한국적 한계상황과 지성의 고뇌」, 《동아일보》, 1971.8.25.

6) 정영훈, 「주체 없는 사유와 익명적 글쓰기의 전략: 최인훈의 『서유기』」, 《한국현대문학회 학술발표회자료집》, 한국현대문학회, 2005.2 참고.

7) 이렇게 종결한 것이 작가의 의도인지, 미완으로 그친 것인지 알기 어려운데 후자의 가능성이 큰 것으로 보인다. 장성규(「후기·식민지에서 소설의 운명」, 《한국근대문학연구》 31호, 한국근대문학회, 2015)는 이에 대해 의도적인 차이두기로 보았다.

8) 최인훈, 『서유기』, 《최인훈 전집》 9, 문학과 지성사, 1976, 262면. 이후 중편 「서유기」로 지칭.

9) 『서유기』의 사상은 깊다. 손오공을 다루지 못해서 부처들에게 응원을 청하러 가는 마귀들은 극락의 연못에 있던 고기이기도 하고, 오래 가까이 두고 쓰던 기물이기도 하는 그 이야기에는 가장 깊은 사상이 있다. (…) 그 이야기는 훌륭한 자연철학이며, 논리학이며, 신학(神學)이다.
최인훈, 『서유기』, 《최인훈 전집》 3, 문학과 지성사, 1977, 261면. 이후 장편 『서유기』로 지칭.

10) "나는 내일 당장 너희들을 떠나 산을 내려가서, 먼 바다의 구석까지 구름처럼 돌아다니고, 멀리 하늘 가장자리까지 찾아가겠다. 반드시 이 세 곳을 방문하여 불로장생의 비법을 배우리라. 그리고 영원히 염라대왕이 몰고올 재난을 피하리라!" 아! 이 한마디 말이 그로 하여금 어느 날 갑자기 윤회의 그물에 뛰쳐나와 하늘과 위세와 수명을 나란히 하는 위대한 성자인 제천대성齊天大聖(손오공, 인용자)이 되도록 만들었던 것이지요!
오승은, 『서유기』, 서울대학교 서유기 번역 연구회 옮김, 솔출판사, 2004, 46~7면.

11) 벌을 받아 바위산에 눌려있던 손오공은 서유를 통해 죄를 씻을 수 있다는 약속을 받고 삼장을 따라나서며, 저팔계와 사오정은 천상의 존재였으나 죄를 지어 쫓겨나 요괴처럼 삶을 연명하고 있었고, 삼장법사를 태우고 서유를 함께 하는 말 또한 벌을 받아 말로 변한 용왕의 아들이었다.

12) 이명준이 바다로 몸을 던지는 것은 일상적 의미의 죽음이 아니라 미래로의 열린 가능성을 시사한다는 해석도 있다. 그런데 이러한 가능성이 『서유기』의 구도 여정을 통해 그 의미가 드러나는 것으로 볼 수 있다. 김영삼, 「문학적 진리 공정의 가능성」, 《한국문학이론과 비평》 63, 한국문학이론과 비평학회, 2014, 173면 참고.

13) 방민호, 앞의 논문, 192면.

14) 방민호의 연구에서 『서유기』는 『광장』의 이명준이 부채꼴의 요점으로 뒷걸음쳐 가는 가능성의 공간으로 인식하였다. 방민호, 위의 논문, 194면.

15) '회색인'의 속편인듯한 이 작품에서는 그러한 주인공의 정신질환에 관한 리포트를 쓰고 있다. 「최인훈작 『서유기』한국적 한계상황과 지성의 고뇌」, 《동아일보》,

1971.8.25.

16) 잠재적인 것은 가능적인 것과 달리 비-실재가 아니라, 아직 현실화되지 않은 실재이다. 무의식적인 과거 전체는 잠재적으로 실재한다. 이 잠재적인 실재(순수기억)는 질적 변화의 과정을 거쳐서 의식적인 표상(상기된 기억 이미지)으로 현실화한다. (…) 잠재적인 실재에서 현실적인 실재로의 질적 변화는 시간을 들여야 하는 예측 불가능한 창조의 과정이기 때문이다. 김재희, 베르그손, 『물질과 기억—반복과 차이의 운동』, 살림, 2008, 163면.

17) 한국의 경우에는, 신은 죽었다, 그러므로 자유다, 하는 생각은 근거 없는 유행가다. (…) 그래서 우리들의 근대 선언은, 가족은 흩어졌다(혹은 없다), 그러므로 자유다, 하는 이론을 만들어냈다. 최인훈, 『회색인』, 《최인훈 전집》 2, 문학과 지성사, 1977, 233면.

18) 이처럼 반복되는 인물이 「가면고」 등 다른 작품에서도 나타난다는 것을 분석하여 동일한 인물의 반복과 변형의 분신 모티프라고 설명한 최애순의 연구(「최인훈 소설의 반복 구조 연구: 「구운몽」, 「가면고」, 『회색인』의 연계성을 중심으로」, 《현대소설연구》 26, 한국현대소설학회, 2005)가 있다. 그러나 그 이유를 '작가의 혼란하고 괴기한 시대에 대한 인식'에서 찾고 있다는 점은 수긍하기 어렵다.

19) 조선희, 「최인훈 패러디 소설의 시간적 특성 연구」, 충북대학교 박사학위논문, 2007.

20) 오승은의 '서유기'의 바탕짓는 불교적 세계관과, 윤회와 영원회귀에 주목하는 들뢰즈의 세계관을 입체적으로 비교하면 최인훈의 『서유기』에 드러나는 개체와 집단의 세계의 전모에 더 근접할 수 있을 것인데 이에 대해서는 차후의 연구를 통해 진행하도록 하겠다.

21) 독고민 극비極秘. 당신을 만나고 있는 독고민 박사를 그 자리에서 체포하라. 그의 죄명은 '풍문인風聞人'. 그는 인생을 살지 않았으며 살았으되 마치 풍문 듣듯 산 것임. 최인훈, 『구운몽』, 《최인훈 전집》 2, 문학과 지성사, 1976, 303면.

이는 『광장』의 이명준에 대해 "풍문에 만족지 못하고 현장에 있으려고 한 우리 친구"라고 설명한 작가의 말을 떠오르게 한다. 최인훈, 「서문」, 《새벽》, 1960.11.

22) 민. 얼마나 오랜만에 불러보는 이름입니까? 저를 너무 꾸짖지 마세요. 지금의 저는 민을 보고 싶은 마음뿐입니다. 돌아오는 일요일 아세아극장 앞 '미궁'다방에서 기다리겠어요. 1시에서 1시 30분까지. 모든 얘기는 만나서 드리기로 하고 이만. 민, 꼭 오셔야 해요. 『구운몽』, 224면.

23) 이에 대해서는 3장에서 자세히 분석하도록 하겠다.

24) 돈키호테를 재연하고 싶지 않았을 뿐이다. 필요하다면 한다(독고준, 인용자). 돈키호테인 줄 알면서 풍차를 향해 달려가는 길밖에는 이 시대에는 남지 않았다는 걸 몰라? 그리스도 없이 유다가 돼야 한다는 걸 몰라?(유리 속 창백한 남자, 인용자) 『회색인』, 383면.

25) 심혜련, 「새로운 놀이 공간으로서의 대도시와 새로운 예술 체험: 발터벤야민 이론을 중심으로」, 《시대와 철학》 14, 한국철학사상연구회, 2003.
26) 윤미애, 「흔적과 문지방, 벤야민 해석의 두 열쇠」, 《브레히트와 현대연극》 28권, 한국브레히트 학회, 2013, 201면.
27) 설혜원은 아케이드 누구의 장소도 아니면서 누구에게나 열려 있는. 광장과 밀실을 같이 표지하기에 알맞은 메타포라고 설명하며, 벤야민의 아케이드 프로젝트를 『서유기』의 내포 텍스트로 논의하였다. 설혜원, 「최인훈의 몽유소설 연구」, 중앙대학교 박사학위논문, 2015.
28) 이러한 타자의 오인이 반복을 부른다는 연구도 있다. 실재를 가리기 위한 환상 때문에 타자의 오인 이 생기고 이로 인한 불쾌와 쾌락 때문에 반복이 계속된다는 것을 최인훈 소설의 특징으로 보았다. 정영훈, 「최인훈 소설에서의 반복의 의미」, 《현대소설연구》 35, 한국현대소설학회, 2007.
29) 김남석, 「최인훈 문학에 나타난 희생제의 연구」, 《한국학연구》 15, 고려대학교 한국학연구소, 2001.
30) 김현, 「르네 지라르 읽기」, 『오늘의 문예비평』(편집부 편), 오늘의 문예비평, 1996, 65~6면 참고.
31) 르네 지라르, 『나는 사탄이 번개처럼 떨어지는 것을 본다』, 김진식 역, 문학과 지성사, 2004, 197면.
32) 희생물이 이 위기의 책임을 떠맡고 그 공동체에서 쫓겨난다는 것을 확인하게 해준다. 김현, 앞의 논문, 80면.
33) 김현, 위의 논문, 73면.
34) "부디 스님께서 서천에 가시면 부처님께 말씀드려 제가 언제나 껍질을 벗고 사람의 몸을 얻을 수 있는지 알아봐주십시오." 오승은, 앞의 책 5권, 290면
35) 역장이 벌떡 일어서는 것을 보니 어느새 그의 낯빛은 검푸르고 입에서는 실오리 같은 피가 흐르는데 날카로운 덧니가 입술 밖으로 내밀렸다. 두 부하들을 돌아보고 독고준은 놀란다. 그들도 변모하고 있었던 것이다. 『(장편) 서유기』, 100면.
36) 카프카의 세계는 전통과 질서에 대한 질문이다. 그가 처음 카프카를 읽었을 때의 놀라움. 문학이 이런 세계를 불러내는 것도 가능하구나, 하는 생각이었다. 위의 책, 262면.
37) 김윤식, 「'우리' 세대의 작가 최인훈」, 《최인훈 전집》 9, 문학과 지성사, 1976, 536면.
38) 카프카는 돈키호테가 아닌 산초 판자에게 포커스를 맞춘다. 프란츠 카프카, 프란츠 카프카, 『변신·시골의사』, 「산초판자에 관한 진실」, 전영애 역, 민음사, 1998, 207면 참고.
39) 김재희, 앞의 책, 228면.
40) 과거는 잠재적인 무의식으로 정신의 심층에 존속하고 있으며, 현재와 항상 동시적으로 공존하면서 현재의 질적 변화와 이행하는 가능 근거가 되고 있다. 김재희,

위의 책, 160면.

41) 각각의 과거는 자신이 한때 구가했던 현재와 동시간적이고, 과거 전체는 그것이 과거이기 위해 거리를 둔 현재와 공존하지만, 과거 일반의 순수 요소는 지나가는 현재에 선재한다. 질 들뢰즈, 『차이와 반복』, 김상환 역, 민음사, 2004, 195면.

42) 습관은 시간의 시원적 종합이며, 이 종합은 지나가는 현재의 삶을 구성한다. 기억은 시간을 근거짓는 종합이며, 이는 과거의 존재(현재를 지나가게 하는 것)을 구성한다. 질 들뢰즈, 김상환 역, 위의 책, 189면.

43) 정신분석학적 의미와는 다른 무의식 개념을 제시한다. 베르그손의 무의식은 억압된 욕망이나 상처입은 기억(트라우마)가 아니다. 과거는 끊임없이 재구성되고 재해석되어야 하는 억압된 무의식이 아니라, 예측 불가능한 미래를 향해 현재의 변화를 가능하게 하는 풍부한 잠재력이다. 김재희, 앞의 책, 161면.

44) 김재희, 위의 책, 78~79면.

45) 순수 기억은 바로 이러한 의미에서 뇌에 저장되지 않고 스스로 존속하는 과거 일반을 말한다. 김재희, 같은 책, 112면.

46) 김재희, 같은 책, 같은 면.

47) 김정화, 「최인훈 소설의 탈식민주의적 연구」, 서울대학교 석사학위논문, 2002, 47면.

48) 질 들뢰즈, 앞의 책, 198-199면 참고.

49) 조 휴즈, 『들뢰즈의 '차이와 반복' 입문』, 황혜령 역, 서광사, 2014, 73면.

50) 조 휴즈, 위의 책, 118면.

51) 그는 이 모든 파괴 활동을 회상回想이라는 흉기로 범행하였습니다. 『(장편) 서유기』, 296면

52) 'ge'는 과거를 나타내며 'denken'은 사유한다는 뜻인데, 적극적이라는 의미의 'ein'이 붙은 것으로 벤야민 특유의 개념이다.

53) 과거는 구원을 기다리고 있는 어떤 은밀한 목록을 함께 간직하고 있다. (…) 우리들 귀에 들려오는 목소리 속에서는 이제 침묵해 버리고 만 목소리의 한 가락 반향이 울려퍼지고 있는 것은 아닐까? (…) 그렇다면 앞서 간 모든 세대와 마찬가지로 우리들에게도 희미한 메시아적 힘이 주어져 있고, 과거 역시 이 힘을 요구할 권리를 가지고 있는 것이다. 발터 벤야민, 「역사철학테제」, 『발터 벤야민의 문예이론』, 반성완 역, 민음사, 1983, 344면.

54) 발터 벤야민, 『1900년경 베를린의 유년시절 베를린 연대기』, 윤미애 역, 길, 2007, 191~2면.

55) 고고학적 작업 대상으로 1960년대 서울을 미래의 시간에 위치시켜 1960년대의 사건은 과거에 잠겨 있는 것이 아니라 미래로의 지속적 열림을 향한다. 김영삼, 앞의 논문, 179면.

56) 유임하, 「분단현실과 주체의 자기정—최인훈의 『회색인』」, 《한국문학연구》 24, 동국대학교 한국문학연구소, 2001, 329면.

57) 일련의 고전 명칭 차용 작품들을 쓴 나의 미학적 문제의식과도 관련된 표현행동이었다. 문학사의 연속성이라는 것은 선후 작품들 사이에서 부르고, 받고, 그렇게 대화하는 관계—하나하나의 문학작품들이 등장인물이 된 드라마의 형식으로 존재한다는 믿음이다. '문학사' 전체가 끝날 줄 모르는 열린 미완의 작품이라는 생각. '미완'이란 말은 결코 소극적 의미가 아닌, 진화론적 열림의 뜻으로 그렇게 부르고 싶다는 것. 문학사에서의 한 시대의 모습은 다음 시대에서 메타모르포시스되는 것이라는 생각. 문학사를 채우는 작품들은 다음 시대의 다른 작품으로 메타모르포시스된다는 생각. 문학사는 자기 자신을 프로테우스처럼 한없이 변모시켜 가는 푸가 같다는 생각. 선행, 후행하는 작품들은 자기들끼리 서로 알아보고, 시간과 배경을 건너뛰면서 부르고 화답하는 과거와, 현재와 미래가 공존하는 환상의 생태계라는 생각. 시대의 저편에서 부르는 소리. 시대의 저편에 걸린 거울에 비친 내 얼굴.

『화두』(2), 56~7면.

58) 이휘재, 「기억을 통한 역사 다시쓰기」, 경희대학교 석사학위논문, 2013, 9면.

59) 그런 점에서 『광장』에서 부채의 사북자리에 몰렸던 이명준이, 「구운몽」과 『서유기』에서 반복과 윤회를 통해 길을 찾고자 한 것으로 볼 수 있다. 이렇듯 『서유기』적 세계의 윤회적 시간관과 최인훈 소설에 나타난 누층적 세계관은 차이를 만들어내는 반복과 영원회귀를 강조한 들뢰즈의 입장을 통해 새롭게 해명될 수 있을 것으로 기대되는데 이에 대해서는 차후의 연구를 통해 진행하겠다.

60) 기차 안에서 악몽을 꾸는 김학의 자세(『회색인』, 117면 참고)와 「구운몽」에서 동사한 독고민의 자세는 흡사하다.

61) 이는 『화두』(『화두』(2), 100면)에서 유년 시절의 기억에 대해 더듬어 보는 다음 장면에서도 여전하다.

"이 기억은 아무리 되풀이 떠올리고 그때마다 새 사실이 발견될까 싶어 들여다봐도 새 사실은 속에 없는 모양이다. (…) 원근법을 갖춘 이 시선은 본인의 직접 체험일 수 없고, 원래 기억을 떠올리게 된 다음부터 이 기억의 직접 형태인, 어른들이 만든 원 안에서 어른들을 둘러봤을 상황에 덧붙여진 기억이리라. 어머니에게서 들은 사후 설명도 이 시선의 형성에 참가하고 있을 것이다. 기억은 이처럼 원기억과 그것의 회상이라는 과정에서 생기는 2차 기억의 복합물인 모양이다. 원기억을 A라 하고 2차 기억을 a라 하면 〈기억=A·a1, 2, 3 (…)(…). N〉 이렇게 된다."

62) 자서전은 시간, 과정, 그리고 삶의 부단한 흐름을 이루는 것과 관계되기 때문이다. 반면에 내 책에서는 하나의 공간, 순간들, 그리고 불연속적인 것이 이야기된다. 발터 벤야민, 앞의 책, 2007, 11면.

63) 그는 북쪽 스탠드 중간 지점에 앉아서 명상을 저질렀는데, 『서유기』, 282면

64) 카프카의 「변신」에서 인물은 갑충이 되었다. 카프카의 '갑충'이 최인훈에게 '구렁이'가 된 것은 어떤 이유일까. 뱀과 곤충은 허물벗기와 탈피하는 점이 유사하지

만, 탈피를 통해 급격하게 변화하는 곤충과 달리 허물을 벗으며 조금씩 성장하는 뱀의 상징이 최인훈 작품 속 인물들과 더 어울린다고 여겨진다. 또한 앞서 말한 껍질 벗기와도 통한다.

65) 멀리서 가까워지고 있는 폭음이다. 수많은 비행기들이 떼를 지어 어느 하늘을 날아오는 소리다. 부드럽고 그러나 단호하게 무쇠의 근육을 진동시키면서 그들은 날아오고 있었다. 강철의 새들이. 그 소리를 듣자 역장과 그의 부하들은 어쩔 줄 몰라 하면서 귀를 막는다. 『서유기』, 100면.

66) 어떠한 상도 그에게 만족스럽지 못하다. 왜냐하면 그는 그 상이 더 펼쳐질 수 있음을 이미 알기 때문이다. 원래 우리가 이 모든 것을 쪼개고 펼쳤던 이유는 바로 접혀진 주름 안에 자리 잡고 있는 어떤 고유한 것, 어떤 이미지, 어떤 취향, 어떤 촉감 때문이 아닌가. 발터 벤야민(2007), 앞의 책, 160면.

67) 프루스트는 베르그손의 뒤를 이어 다시 묻고 있다. 그런데 대답은 아주 오래 전부터 주어져 있는 것 같다. '플라톤적 의미의' 상기(想起)가 바로 그것이다. 사실 상기는 자발적 기억의 모든 능동적 종합과는 본성상 다른 어떤 수동적 종합이나 비—자발적 기억을 지칭한다. 질 들뢰즈, 앞의 책, 200면.

68) 어디로 어떻게 가야할지를 확실히 정하지 않은 여정을 통해 그동안 보지 못한 것을 인식하게 된다는 점에서는 또한 벤야민의 산책 개념이 연상되기도 한다.

69) 달려가노라면 만날 것이다. 미라는 그렇게 생각한다. 바람이 세다. 그래도 그녀들은 달린다. 달리면 구원될 것이다. 『구운몽』, 291면.

70) "스님께서는 고생을 치르면서 여러 나라를 거치지 않으면 고해苦海를 벗어나지 못해. 우리는 스님 목숨을 지킬 수는 있어도 괴로움을 바꿔서 치러드리지는 못한단 말이야. 설령 우리가 먼저 천축에 가서 부처님을 뵈온대도 부처님이 우리한테 경을 주시지는 않을 거야. 고생 않고 진리를 손에 넣지는 못한다는 거지. 서로 업이 다른 이치를 알겠나?" 「서유기」, 469~70면.

71) 발터 벤야민(2007), 앞의 책, 13면.

72) 정영훈(2005), 앞의 논문, 46면 참고.

73) 각각의 타종, 각각의 진종이나 자극은 순간적 정신인 다른 타종이나 진동에 대해 논리적으로 독립적인 관계에 있다. 그러나 우리는 이것들을 어떤 내적이고 질적인 인상 안으로 수축한다. (…) 그 수축은 살아 있는 현재 안에서, 지속으로서의 이 수동적 종합 안에서 이루어진다. 질 들뢰즈, 김상환 역, 앞의 책, 173면.

74) 이 저주받은 내 것이 아닌 나의 '눈'은 감고 싶어도 못하는 업業의 눈이다. (…) 이 업의 눈을 감기는 것은 오직 신의 손밖에는 없다. 자비의 원願이 이루어지는 날 크낙한 손이 뻗쳐 이 비참한 업의 윤회로부터 "쉬어라" 하는 말을 하시리라. (…) 본다는 것은 이처럼 행위의 근본에 있다. 그것 없이는 '나'의 뿌리가 설명되지 않는다. '안'과 '밖'과 그것을 보는 '눈'과 이 세 단위가 실재實在를 풀이하는 데는 빠질 수 없다. 『서유기』, 249면.

75) 그에게는 지금 목적이 있었다. 그녀가 그를 찾고 있는 것이었다. 그녀를 만나야 했다. 그것은 독고준의 생애의 의미였다. 『서유기』, 16면.

76) 그것은 두려움임에는 틀림없었다. 그러나 찢어지는 쇠뭉치에 대한 것이 아니라, 부드러운 살의 공포였다는 것을 가족들이 알 리 없었다. 하늘과 땅을 울리는 폭음이 아니라 귀를 막아도 들리는 더운 피의 흐름 소리 때문에 떨고 있는 것을 아는 사람이 있을 리 없었다. 『회색인』, 67면.

77) 돈키호테를 재연하고 싶지 않았을 뿐이다. 필요하다면 한다(독고준, 인용자). 돈키호테인 줄 알면서 풍차를 향해 달려가는 길밖에는 이 시대에는 남지 않았다는 걸 몰라? 그리스도 없이 유다가 돼야 한다는 걸 몰라?(유리 속 창백한 남자, 인용자) 회색인, 383면.

78) 욕망은 영원히 대상을 얻을 수 없다는 해석에는 동의하지만 그것이 실패가 아니라는 점을 강조하고자 한다. 구재진, 「최인훈 소설에 나타난 '기억하기'와 탈식민성: 『서유기』를 중심으로」, 《한국현대문학연구》 15, 한국현대문학회, 2004, 394면.

79) 최현희는 「구운몽」의 반복에 대해 자동적으로 이뤄지던 반복이 능동적으로, 또 반성적으로 이뤄지는 것으로 바뀐 것이며, 주체는 반복의 굴레를 벗어날 수 없고 다만 한 순간 자신의 모색이 반복으로 채워진 무의미한 것이라는 점을 인지하는 것에서 의미를 가진다고 설명했다. 최현희, 「반복의 자동성을 넘어서: 최인훈의 「구운몽」과 정신분석학적 문학 비평의 모색」, 《한국문학이론과 비평》 34, 2007, 447면.

80) 吳承恩의 『서유기』에서는 일행이 초월자의 도움을 받지만 근대인인 독고준은 트라우마를 극복하는 여로를 혼자 진행한다는 평가도 있으나 최인훈의 『서유기』서도 모든 인물들은 각자의 역할을 통해 독고준의 서유에서 의미를 만들어낸다. 설혜원, 「최인훈의 몽유소설 연구」 중앙대학교 박사학위논문, 2015, 138면.

81) 작가는 이러한 인물들이 사상을 의인화한 것이라고 설명한 바 있고(최인훈, 「원시인이 되기 위한문명한 의식에서」, 『길에 관한 명상』, 1989, 청하, 37면), 그에 따라 독고준이 마주치는 다른 인물들이 독고준의 관념(설혜원, 앞의 논문), 혹은 읽은 텍스트를 의인화한다는 것(정영훈(2005), 앞의 논문 참고)도 일리가 있다. 그러나 『서유기』의 구도 여정이 혼자서는 불가능한 것이라는 점을 참고할 때 이 인물들 모두가 있어야 할 이유가 있는 것이라고 설명하는 것이 더 어울리며 이들 모두의 역할이 있다는 점에서 과거를 구원하고자 하는 벤야민의 역사철학과도 더 부합한다고 생각된다.

82) "보타암에 가서 관음보살님을 뵙고 여쭤봐야겠다. 이 요괴는 어디 출신이고 이름은 무엇이냐고 말이야. 그놈의 할애비를 찾아 그놈 가족을 잡고 이웃들을 여기로 데려와서 요괴를 붙잡고 사부님을 구해야겠다" 吳承恩. 오승은, 『서유기』 5권, 서울대 서유기 번역연구회, 솔, 2004, 280면 280면; 불길이 활활 타오르자 우마왕은 미친 듯이 포효하고 머리와 꼬리를 흔들어대며 괴로워했어요. 겨우 변신술을 써

벗어나려고 하는데, 또 탁탑천왕이 요괴를 비추는 거울인 조요경照妖鏡으로 본모습을 비추자, 꼼짝도 못하게 되어 도망갈 수가 없었어요. 吳承恩, 오승은, 『서유기』 7권, 49면.

83) 발터 벤야민(2007), 앞의 책, 23면.

84) 이러한 인식에서 이광수를 탈정치, 탈역사 지향한 당시의 문학주의를 경계하는 것, 이순신을 통해 5.16 비판하거나 혹은 혁명에 회의적인 작가의 생각을 대변한다고 분석한 연구가 있다. 서은주, 「소환되는 역사와 혁명의 기억 : 최인훈과 이병주의 소설을 중심으로」, 《상허학보》 30, 상허학회, 2010, 161~2면 참고.

85) 이경림, 「서사의 창조에 의한 자기 정위의 원칙: 최인훈의 『회색인』론」, 《한국현대문학연구》 42, 한국현대문학회, 2014, 319면.

86) 구재진, 앞의 논문.

87) 그러나 이 논문(조선희, 「최인훈 패러디 소설의 시간적 특성 연구」, 충북대학교 박사학위논문, 2007, 197면 참고)에서는 이러한 회귀의 배경이 문제가 과거로부터 시작되었다는 업사상의 관점이라고 설명하는데, 과거와 현재가 단선적인 선후관계를 이루지 않고 중층적이라는 점에서 이보다는 『서유기』 속 세계의 윤회나 벤야민의 과거와 현재에 분명한 경계가 없는 시간관과 더 가깝다.

88) 소설의 주인공에 대해서 그것이 작가의 분신이라는 말을 한다. 손오공도 자기 문제를 풀기 위해서 분신을 만들어낸다. 그들은 서로 닮은 일을 하고 있다. 다르다면 손오공은 현실에서 그렇게 하고 소설가는 상상 속에서 그렇게 한다는 점이다. 손오공의 작자는 자기가 하는 일의 거울로서 손오공을 창조한 것이다. 『서유기』는 소설로 쓴 소설론이다. 「서유기」, 262면.

89) 구재진, 앞의 논문, 390면.

90) 김정화, 앞의 논문, 71면.

망명자의 정치 감각과 피난의 기억

1) 이 글은 《현대소설연구》 58호(한국현대소설학회, 2015)에 게재된 것이다.

2) 이인숙, 「최인훈의 『서유기』 그 패로디의 구조와 의미」, 《국제어문》 6·7, 국제어문학회, 1986.
김성렬, 「한국적 문화형의 탐색과 구원 혹은 보편에 이르기 — 최인훈의 『서유기』 연구」, 《우리어문연구》 22, 우리어문학회, 2004.

3) 서은주, 「최인훈의 소설에 나타난 '방송의 소리' 형식 연구」, 《배달말》 30, 배달말학회, 2002.

4) 박은태, 「최인훈 소설의 미로구조와 에세이 양식 — 『서유기』를 중심으로」, 《수련어문논집》 26, 부산여자대학교 국어교육학과 수련어문학회, 2001.

5) 서은선, 「최인훈 소설 『서유기』의 해체 기법 연구」, 《한국문학논총》 19, 한국문학회, 1996.
6) 함돈균, 「최인훈 『서유기』의 다성성(多聲性)과 아이러니 연구」, 《국제어문》 42, 국제어문학회, 2008.
7) 윤대석, 「최인훈 소설의 정신분석학적 읽기 — 『회색인』, 『서유기』를 중심으로」, 《한국학연구》 16, 인하대학교 한국학연구소, 2007.
이연숙, 「최인훈의 『회색인』과 『서유기』의 대비 고찰 연구 — 기표적 연작으로서의 두 작품 간 실재계 대비를 중심으로」, 《현대문학의 연구》 27, 한국문학연구학회, 2005.
8) 양윤모, 「최인훈의 『서유기』 연구: 환상의 의미 분석」, 《어문학연구》 8, 상명대학교 어문학연구소, 1998.
김윤정, 「최인훈 소설의 환상성 연구 — 『서유기』의 시간성을 중심으로」, 《구보학보》 4, 구보학회, 2008.
9) 김주언, 「우리 소설에서의 비극의 변용과 생성 — 최인훈의 『회색인』·『서유기』를 중심으로」, 《비교문학》 28, 한국비교문학회, 2002.
김인호, 「기억의 확장과 서사적 진실—최인훈 소설 『서유기』와 『화두』를 중심으로」, 《국어국문학》 140, 국어국문학회, 2005.
설혜경, 「최인훈 소설에서의 기억의 문제 — 『회색인』과 『서유기』를 중심으로」, 《한국언어문화》 32, 한국언어문화학회, 2007.
10) 구재진, 「최인훈 소설에 나타난 '기억하기'와 탈식민성 — 『서유기』를 중심으로」, 《한국현대문학연구》 15, 한국현대문학회, 2004.
김미영, 「최인훈의 『서유기』 고찰 — 패러디와 탈식민주의를 중심으로」, 《국제어문》 32, 국제어문학회, 2004.
장현, 「최인훈 소설의 탈식민주의적 양상 연구 — 『서유기』와 「총독의 소리」를 중심으로」, 《성심어문논집》 27, 성심어문학회, 2005.
11) 연남경, 「최인훈 소설의 자기 반영적 글쓰기 연구」, 이화여자대학교 박사학위논문, 2009.
12) 최인훈, 『서유기』, 《최인훈 전집》 3, 문학과지성사, 2008, 28면.
13) 최인훈, 앞의 책, 14면.
14) 비교역사문화연구소, 『기억과 전쟁 — 미화와 추모 사이에서』, 휴머니스트, 2009, 22면.
15) 최인훈, 앞의 책, 50면.
16) 구연정, 「상상과 실재 사이: 헤테로토피아로서 베를린 — 발터 벤야민의 「1900년경 베를린의 유년시절」에 나타난 도시 공간을 중심으로」, 《카프카연구》 29, 한국카프카학회, 2013, 128면.
17) 이-푸 투안, 『공간과 장소』, 구동회·심승희 역, 대윤, 2011, 34~240면 참조.

18) 박상진, 「공간의 기억」, 철학아카데미, 『공간과 도시의 의미들』, 소명출판, 2004, 34면.
19) 알라이다 아스만, 『기억의 공간』, 변학수·채연숙 역, 그린비, 2014, 34면.
20) 최인훈, 앞의 책, 198-201면.
21) 위의 책, 203면.
22) 한나 아렌트, 『혁명론』, 홍원표 역, 한길사, 2012, 186면.
23) 위의 책, 19면.
24) 최인훈, 「상황의 원점」, 『길에 관한 명상』, 문학과지성사, 2010, 47면.
25) 최인훈, 「문학사에 대한 질문이 된 생애」, 위의 책, 302면.
26) 최인훈, 『서유기』, 문학과지성사, 2010, 109~110면.
27) 최인훈, 「『광장』의 이명준, 좌절과 고뇌의 회고」, 『길에 관한 명상』, 문학과지성사, 2010, 179-180면.
28) 최인훈, 「인공의 빛과 따스함 — 1970년대의 문턱에서」, 『유토피아의 꿈』, 문학과지성사, 2010, 150면.
29) 미셸 푸코, 『헤테로토피아』, 이상길 역, 문학과지성사, 2014, 12~15면.
30) 구연정, 앞의 글, 135면.
31) 김수진, 「보르헤스 문학의 헤테로토피아」, 《스페인어문학》 31, 한국스페인어문학회, 2004, 278면.
32) 미셸 푸코, 앞의 책, 52면.
33) 최인훈, 『서유기』, 문학과지성사, 2008, 295~296면.
34) 최인훈, 앞의 책, 327면.

PART Ⅳ 탐독과 의미의 분광

1970년대 구보 잇기의 문학사적 맥락

1) 기존의 서지상의 오류를 바로잡기 위해 이들을 발표순으로 늘어놓아 본다. 괄호 안은 문학과 지성사에서 나온 전집에 수록된 형태를 표시한 것이다. ◇ 「소설가 구보씨의 일일」, 《월간중앙》, 1970년 2월호 (『소설가 구보씨의 일일』 제1장 「느릅나무가 있는 풍경」) ◇ 「소설가 구보씨의 일일 2」, 《창작과비평》, 1970년 봄호 (『소설가 구보씨의 일일』 제2장 「창경원에서」) ◇ 「소설가 구보씨의 일일 2」(재수록), 《문학과지성》, 1970년 가을호 (『소설가 구보씨의 일일』 제2장 「창경원에서」) ◇ 「소설가 구보씨의 일일 3」, 《신상》, 1970년 겨울호(『총독의 소리』 중 「소설가 구보씨의 일일 3」) ◇ 「소설가 구보씨의 일일 3」, 《월간중앙》, 1971년 3월호 (『소설가 구보씨의 일일』 제3장 「이 강산 흘러가는 피난민들아」) ◇ 「소설가 구보

씨의 일일 4」,《월간문학》 1971년 4월호(『총독의 소리』 중 「소설가 구보씨의 일일 4」) ◇ 「갈대의 사계」 1~12,《월간중앙》 1971년 8월호~1972년 7월호(『소설가 구보씨의 일일』 제4장~제15장)

2) 김우창, 「남북조시대의 예술가의 초상」, 최인훈, 『소설가 구보씨의 일일』(재판), 《최인훈 전집》 4, 문학과지성사, 1991, 329면.

3) 최인훈 자신의 이야기를 옮겨 본다. "그들(월북문인—인용자)이 해방이전 일본군 점령시절에 발표한 일체의 문장들이 그 동안 여기서는 발간은 물론이요, 정식으로 논의도 해서는 안 되는 상태가 유지되었던 것이다. 일부의 문학사에서 꼭 필요할 때면 이○준이니 김○천이니 임○니 하는 식으로 표기해서 처리되었다."(『화두』(2), 민음사, 1994, 40면)

4) 김윤식·김현, 『한국문학사』중판, 민음사, 1981, 253면.

5) 작품을 언급할 경우, 논의의 편의를 위해 박태원의 소설은 「소설가 구보씨의 일일」이라 하고, 최인훈의 소설은 『소설가 구보씨의 일일』이라 한다. 『화두』의 경우 『화두』(민음사, 1994)를 텍스트로 삼고, 작품을 인용할 때는 면수만을 표시하기로 한다.

6) 구보의 이러한 현실 인식과 여기서 비롯되는 무력감에 대해서는 구재진, 「최인훈의 고현학—'소설 노동자'의 위치」, 《한국현대문학연구》 38, 한국현대문학회, 2012.12의 제4장을 참조할 수 있다.

7) 이와 관련한 자세한 논의는 권보드래, 「중립의 꿈—1945~1960」, 《상허학보》 34, 상허학회, 2012 참조.

8) 안혜련, 「최인훈의 『소설가 구보씨의 일일』 서술 특성 고찰」,《한국문학이론과 비평》 7, 한국문학이론과비평학회, 2000.3, 64면

9) '빙의'라고 쓴 이유와 관련한 다른 대목을 옮겨 본다. "그 화두는 무릇 그것이 철학이든, 종교이든, 혹은 그 어떤 다른 것이든 간에 그런 지적인 체계도 아니며, 현실적이기는 하나 좁고 제한된 세계인 정치 그 자체도 아니며, 1920, 30년대의 식민지 지식인들이 인생을 던져 풀려고 그렇게 몸부림쳤던, 그 〈몸부림〉 자체가 나의 몸으로 알아진 상태—라기보다 나 자신이 그 몸부림이 되는 실감이 있어온다는 사정을 나는 〈빙의(憑依)〉라고 표현해 본다."(206면)

10) 유철상, 「'소설가 구보씨의 일일' 계열 소설의 창작 동기에 대하여」, 《우리말글》 56, 우리말글학회, 2012.12, 712면.

11) 김윤식은 박태원과 구보를 "자연인으로서의 소설가"와 "오직 소설가, 순수한 소설가"라고 구분한 바 있다. 박태원은 이상의 필명 '하융'을 '하웅'으로 바꾸어 소설에 등장시켰던바, 김윤식에 따르면 이런 식의 "획수 하나의 차이"는 박태원과 구보를 구별하기 위해 의도적으로 고안된 장치의 일종이다. 이에 대해서는 김윤식, 『한국현대문학사상사론』(일지사, 1992) 2장 2절 「고현학의 방법론—박태원의 방법론 비판」 참조.

12) 이에 대해서는 서은주, 「최인훈 소설 연구 : 인식 태도와 서술방식의 상관성을 중심으로」, 연세대학교 박사학위논문, 2000 참조.
13) 박재영, 「아버지 박태원—탄신 100주년을 지내고」, 《근대서지》 1, 근대서지학회, 2010.3, 71면.
14) 「박태원의 소설 세계」, 『문학과 이데올로기』, 《최인훈 전집》 12, 문학과지성사, 1979, 326면.
15) 박태원, 「후기」, 『성탄제』, 을유문화사, 1948, 236면.
16) 윤정헌, 「'소설가 구보씨의 일일'에 나타난 패로디적 양상고」, 《한민족어문학》 22, 한민족어문학회, 1992.12, 214면에서는 최인훈이 주인공의 이름을 '丘甫'로 쓴 것에 대해 "逐字解釋하면 '언덕에서 관망하는 者'로 유추할 수 있다. 즉 다분히 自嘲的인 仇甫에 비해 丘甫란 애펠레이션은 대상에 대한 보다 적극적 규명의지를 상징케 한다"고 해석한 적이 있다. 이런 식의 의미부여가 불가능한 것은 아니겠지만, '丘甫'라고 쓴 이유에 대한 답으로는 적절하지 않아 보인다.
17) 최인훈의 등단작인 「그레이 구락부 전말기」(1959)의 주인공 이름은 현이다. 이태준의 자전적인 소설인 「토끼 이야기」와 「해방전후」에 나오는 주인공과 이름이 같다. 우연의 결과일 테지만, 혹 이 이름의 이태준의 작품에서 빌려온 것이라면, 이 정도가 이태준을 드러낼 수 있는 최대치였다고 해석해 볼 수도 있을 것이다.
18) 박일영, 「북녘에서 보낸 仇甫의 36년을 더듬다」, 《작가세계》 21, 2009.가을, 61면.
19) 김연회, 「월북문인의 실태 — 6·25 열세 돌을 맞으며」, 《조선일보》, 1963.6·25.
20) 「월북작가 이기영 등 작품 활동 계속」, 《조선일보》, 1972.9.3.
21) 『문학과 이데올로기』 초판의 서지사항을 보면 1979년 7월 25일 인쇄하여 8월 1일에 발행한 것으로 되어 있다. 반면 1994년에 나온 재판에는 초판이 1980년 2월 1일에 발행된 것으로 나와 있다. 이런 차이가 어디서 비롯된 것인지는 알 수가 없다.
22) 나은진, 「구보 박태원 소설 다시 읽기」, 한국학술정보, 2010, 88~94면 참조.
23) 위의 책, 109면.

최인훈의 「소설가 구보씨의 일일」 연구

1) 장편 『소설가 구보씨의 일일』의 서지는 다음과 같다. 「소설가 구보씨의 일일」, 《월간중앙》, 1970년 2월호(『소설가 구보씨의 일일』 제1장 「느릅나무가 있는 풍경」); 「소설가 구보씨의 일일2」, 《창작과비평》, 1970년 봄호(『소설가 구보씨의 일일』 제2장 「창경원에서」); 「소설가 구보씨의 일일2」(재수록), 《문학과지성》, 1970년 가을호(『소설가 구보씨의 일일』 제2장 「창경원에서」); 「소설가 구보씨의 일일3」, 《신상》, 1970년 겨울호(『총독의 소리』 중 「소설가 구보씨의 일일3」); 「소설가

구보씨의 일일3」, 《월간중앙》, 1971년 3월호(『소설가 구보씨의 일일』 제3장 「이 강산 흘러가는 피난민들아」); 「소설가 구보씨의 일일4」, 《월간문학》, 1971년 4월호(『총독의 소리』 중 「소설가 구보씨의 일일4」); 「갈대의 사계1~12」, 《월간중앙》, 1971년 8월호~1972년 7월호(『소설가 구보씨의 일일』 (제4장~제15장)). 정영훈, 「1970년대 구보 잇기의 문학사적 맥락」, 《구보학보》 9, 구보학회, 2013, 290면.

2) 최인훈의 『소설가 구보씨의 일일』은 다음의 논문을 통해 박태원의 「소설가 구보씨의 일일」과 비교하여 연구되거나, 구보계열의 소설로 분류되어 설명되고 있다. 정영훈, 「1970년대 구보 잇기의 문학사적 맥락」, 《구보학보》 9, 2013(정영훈, 위의 글); 안혜련, 「최인훈의 『소설가 구보씨의 일일』 서술 특성 고찰」, 《한국문학이론과 비평》, 2000; 최인자, 『박태원과 최인훈의 '소설가 구보씨의 일일' 대비 연구』, 전북대학교 교육대학원 석사학위논문, 1995; 양지욱, 「'소설가 구보씨의 일일'의 상호텍스트성 연구」, 《한민족문화연구》 22, 한민족문화학회, 2007; 김신운, 『박태원과 최인훈의 '소설가 구보씨의 일일' 비교 고찰』, 조선대학교 교육대학원 석사학위논문, 1991; 김성렬, 「최인훈의 『소설가 구보씨의 일일』에 나타난 작가의 일상, 의식, 욕망」, 《우리어문연구》 38, 우리어문학회, 2010.

3) 최인훈, 『화두』(2), 문학과 지성사, 2012, 52면.

4) 류동규, 「탈식민적 정체성과 근대 민족국가 비판」, 《우리말글》 44, 우리말글학회, 2008; 구재진, 「최인훈 소설에 나타난 타자화 전략과 탈식민성」, 《한중인문학연구》 13, 한중인문학회, 2004; 배경열, 「최인훈의 『태풍』에 나타난 탈식민지론 고찰」, 《인문학연구》 37, 2009; 김정화, 「최인훈 소설의 탈식민주의적 연구」, 서울대학교 석사학위논문, 2002.

5) 본고는 근대적 역사를 서구 사회의 근대화 논리를 바탕으로 구성된 역사주의적 이해를 기반으로 하는 것으로 상정하고자 한다. 역사주의적 시간의 특성에 관해서는 다음을 참조해 볼 수 있다. '전형적인 역사주의는 발전에서의 복합성과 지그재그를 용인할 수 있다. (…) 발전 서사와 개념을 구성하면서 경과하는 이 시간은 발터 벤야민의 유명한 말로 하자면, 역사의 세속적이고 텅 빈 동질적 시간이다. 디페시 차크라바르티, 『유럽을 지방화 하기』, 김택현·안준범 역, 그린비, 2014, 83면.

6) 본고에서는 로버트 영의 "포스트식민주의 인식론의 원천뿐만 아니라 그 국제주의적인 정치적 동일시까지도 정확하게 포착하는 용어인 트리컨티넨탈리즘"과 유사한 맥락에서 국제주의적 정치체제로서 제국주의 이후 독립을 달성한 국가들을 지칭하기 위해 '탈식민사회'라는 용어를 사용하고자 한다. 로버트 영, 『포스트식민주의 또는 트리컨티넨탈리즘』, 김택현 역, 박종철출판사, 2005, 24면 참조.

7) 최인훈, 『소설가 구보씨의 일일』, 문학과지성사, 2012, 173면.

8) 최인훈, 앞의 책, 175면.

9) 구재진은 '소설노동자'의 위치를 통해 현실에 대한 직접적인 비판이나 판단이 불가능한 구보의 입장을 분석하여 이를 '무지의 전략'으로 설명하고 있다. 이와 같

은 '무지의 전략'이 결국 현실의 부조리함을 효과적으로 드러내고 있음에도 불구하고 그것이 '고현학'의 방법으로 전환된다는 논리에는 동의하기 어려운 점이 있다. '소설노동자'의 위치는 "아직 정리되지 않은 현재의 시선"(335면)을 드러내기보다는 냉전적 권력구조 너머에서 존재하는 제3자의 시선으로 존재하며, 여전히 세계에 대해 알고자 하는 욕망을 드러내고 있기 때문이다. 따라서 본고는 소설노동자의 정체성이 1970년대의 현실 속에서 이루어지는 '알고 있다고 가정된 주체'의 변모과정을 증명한다기보다, 여전히 근대사회의 일부가 될 수 없는 식민지인 자기인식 탐색과정 속에 놓여있다는 점을 전제로 한다. 구재진, 「최인훈의 고현학 '소설 노동자'의 위치」, 《한국현대문학연구》 38, 한국현대문학회, 2012. 316면.

10) 최인훈, 앞의 책, 168면.

11) 디페시 차크라바르티, 앞의 책, 45~46면.

12) 최인훈, 앞의 책, 109면.

13) 구보씨는 이북 고향에 두고 온 논밭이 있는 것도 아니다. 그의 부친은 가난한 월급쟁이였다. 6·25 때 남들 하는 모양으로 자식을 남쪽으로 피난을 시킨 것은 당시 한국 서민의 정치의식에 그중 알아먹기 쉽던 '민족주의'에다가 그 지도자라던 이승만 박사의 슬하에 가서 좋은 세상 보라는 뜻이었다. 그런데 구보씨는 이승만 박사가 독재자요, 반민주주의자라는 것을 알게 되었고 급기야 4·19에 이르러 그의 동상이 길거리에 끌려 다니는 것을 보게 되었던 것이다. 위의 책, 179면.

14) 최인훈, 앞의 책, 217면.

15) 미셸 푸코, 『지식의 고고학』, 이정우 역, 민음사, 2007, 267면.

16) 모든 역사의 주체로서 유럽의 지배는 훨씬 더 심층적 이론적 조건의 일부이며, 이러한 조건아래 제3세계에서 역사 지식이 생산된다. 디페시 차크라바르티, 앞의 책, 89면.

17) John Lewis Gaddis, 『*The Long Peace*』, International Security, vol.10. No. 4. 1986.

18) 냉전이 2차 세계대전이 남긴 결과를 공간적으로 동결시킨 것처럼, 데탕트는 냉전을 공간적으로 동결시키려 했다. 데탕트의 목적은 대립을 종식시키는 데 있다기보다 그런 대립 상태를 관리하는 규칙을 확립하는 데 있었다. 존 루이스 개디스, 『냉전의 역사』, 정철·강규형 역, 에코리브르, 2010, 271면.

19) 1950년 한국전쟁이후에도 제3 세계에는 전쟁의 위기에서 벗어나지 못한다. 아시아의 베트남 전쟁을 비롯하여 아프리카지역의 이집트, 콩고, 앙골라, 에티오피아-소말리아, 중남미지역의 과테말라, 칠레, 쿠바 등을 중심으로 냉전적 내전이 발발한다. 베른트 슈퇴버, 『냉전이란 무엇인가』, 최승완 역, 역사비평사 2008, 137~166면.

20) 최인훈, 앞의 책, 249면.

21) Christina Klein, 『*Cold war Orientalism*』, University California, 2003. p.14.

22) 위의 책, 160면.

23) 최인훈, 위의 책, 122면.
24) 앞의 책, 204면.
25) 다카하시 데쓰야, 『국가와 희생』, 이목 역, 책과함께, 2008, 65면.
26) 특히 소설에 자주 인용되는 신문의 인용이 실제의 신문 기사를 그대로 활용하고 있다는 점은 이러한 소설의 의도를 선명하게 드러낸다. 5장 홍콩 부기우기의 인용된 기사내용(139면)은 1971년 7월 22일 동아일보의 기사를 인용하고 있으며, 8장에 언급된 신문 기사(215면, 218면) 역시 1971년 10월 26일의 동아일보 기사에서 두 개를 인용하여 제시하고 있다.
27) 필립 르죈, 『자서전의 규약』, 윤진 역, 문학과 지성사, 1998, 54면.
28) 최인훈, 앞의 책, 126면.
29) 에드워드 사이드, 『문화와 제국주의』, 김성곤 외 역, 2011, 창, 33면.
30) 최인훈, 위의 책, 358면.
31) 최인훈, 위의 책, 358면.

부활과 혁명의 문학으로서의 '시'의 힘

1) 이 글은《한국학연구》39호(인하대학교 한국학연구소, 2015)에 수록된 논문으로, 전체 논지의 변화는 없으나 내용과 문장의 일부를 수정·보완했음을 밝혀둔다.
2) 최인훈에 따르면 '분석적 이론화'는 보편적인 요인으로 분해하여 직관 모형을 만드는 작업으로 이루어진다. 이 책은 "소설을 방법으로 인생을 생각하고, 인생을 방법으로 소설을 생각하려고 노력"하겠다는 작가의 문제의식이 투영된 산물이다. 그러한 맥락에서 수록된 글들은 일관된 주제 아래 묶인다(최인훈, 「머리말」, 『문학을 찾아서』, 현암사, 1970, 3~5면). 전집이 출간되면서 『문학을 찾아서』에 수록된 글은 『문학과 이데올로기』와 『유토피아의 꿈』에 나누어 실리게 된다. 「우리를 슬프게 하는 것들」, 「감정이 흐르는 하상」, 「크리스마스 유감」, 「상아탑」, 「노벨상」, 「돈과 행복」, 「정당이라는 극단」, 「안수길 소묘」, 「세계인」, 「일본인에게 보내는 편지」, 이렇게 10편의 글만 『유토피아의 꿈』에 실렸으며, 나머지 글들은 『문학과 이데올로기』에 수록된다. 또한 이 「머리말」은 1979년에 출간된 『문학과 이데올로기』에 「어떤 머리말」이라는 이름으로 실린다.
3) 김병익·김치수·김현, 「창간호를 내면서」,《문학과 지성》1, 1970년 가을, 5~8면.
4) 최인훈, 「우리를 슬프게 하는 것들」, 『문학을 찾아서』, 앞의 책, 12~16면.
5) 한 대담에서 김현은 '공명'이 최인훈 문학의 인물 중 유일하게 방황을 하지 않는다는 점에서 긍정적인 인물이라고 평가한 바 있다. 최인훈, 「변동하는 시대의 예술가의 탐구」, 『길에 관한 명상』,《최인훈 전집》13, 문학과지성사, 2010, 81면.
6) 최인훈, 「공명」, 『문학을 찾아서』, 앞의 책, 452면.

7) 위의 글, 451면.

8) 최인훈, 「감정이 흐르는 하상」, 『문학을 찾아서』, 앞의 책, 20~21면.

9) 『총독의 소리』의 발표연도는 다음과 같다. 「총독의 소리1」(《신동아》, 1967.8), 「총독의 소리2」(《월간중앙》, 1968.4), 「총독의 소리3」(《창작과비평》, 1968 겨울), 「총독의 소리4」(《한국문학》, 1976.10). 「총독의 소리3」이 발표된 이듬해 「주석의 소리」(《월간중앙》, 1969.6)가 발표되었다(《한국학연구》에 게재 당시 작품의 발표연월에 오기가 있어 바로잡는다). 이 글에서는 방송의 발화 주체가 '총독'에서 '주석'으로 바뀌었으나, 형식이 유사하다는 점에서 함께 살펴보도록 하겠다.

10) 서은선, 「최인훈 소설 「총독의 소리」, 「주석의 소리」의 서술 형식 연구」, 《문창어문논집》 37, 문창어문학회, 2000; 서은주, 「최인훈 소설에 나타난 '방송의 소리' 형식 연구」, 《배달말》 30, 배달말학회, 2002; 이인숙, 「최인훈 소설의 담론특성 연구 : 서술층위를 중심으로」, 고려대학교 박사학위논문, 1998, 127~143면.

11) 구재진, 「최인훈 소설에 나타난 타자화 전력과 탈식민성」, 《한중인문학연구》 13, 한중인문학회, 2004; 류동규, 「탈식민적 정체성과 근대 민족국가 비판」, 《우리말글》 44, 우리말글학회, 2008.

12) 권영민, 「정치적인 문학과 문학의 정치성」, 《작가세계》, 1990 봄; 양윤의, 「최인훈 소설의 정치적 상상력」, 《국제어문》 50, 국제어문학회, 2010; 임태훈, 「'사운드스케이프 문화론'에 대한 시고」, 《반교어문연구》 38, 반교어문학회, 2014; 차미령, 「최인훈 소설에 나타난 정치성의 의미 연구」, 서울대 박사학위논문, 2010, 135~146면.

13) 최인훈, 「원시인이 되기 위한 문명한 의식」, 『길에 관한 명상』, 《최인훈 전집》 13, 앞의 책, 26~27면.

14) 연남경은 「총독의 소리」 4편이 쓰인 이유를 해명하는 데 초점을 두면서, 현실에 대한 '시인의 책무'를 비중 있게 다룬다. 작가의 미국 체류라는 자전적 체험을 구체적으로 살펴보면서, 작가가 깨닫게 된 문학적 책무가 4편의 독백 부분에서 시인의 새로운 말의 건설 다짐으로 나타난다고 해석한다(연남경, 「냉전 체제를 사유하는 방식 : 최인훈의 「총독의 소리」를 중심으로」, 《상허학보》 43, 상허학회, 2015). 이행미는 담화구조의 형식적 분석에 기초하여, 시인이 쓰고자 했던 시의 함의를 살펴보았고, 이를 일상을 무자각적으로 살아가는 존재들을 현실 변혁의 주체로 세우기 위한 실천적 행동으로 해석했다(이행미, 「최인훈 「총독의 소리」에 나타난 일상의 정치화」, 《한국어와 문화》 10, 숙명여자대학교 한국어문화연구소, 2011).

15) 최인훈, 「총독의 소리1」, 『총독의 소리』, 《최인훈 전집》 9, 문학과지성사, 1993, 87~91면. 이하 동일한 책에서 인용한 작품은 각주 없이 본문에 면수만 표기한다.

16) 「총독의 소리」 1편에 인용된 오상순의 「아세아의 여명」을 원문과 비교해 본 결과, 행과 연 구분 및 문장부호가 달라지는 부분을 제외하면, 내용적 차원에서는 큰 차이를 보이지 않는다. 몇 군데 차이가 나타나는 부분은 다음과 같다. 인용

된 시의 6행의 '廣墟'라는 시어는 본래 '廢墟'이며, 2연의 3연의 '길이'는 본래 '깊이'이다. 또한 2연에서 "몇 번이고 靈魂의 太陽이 뜨고 沒한 이 땅/ **燦爛한 文化의 꽃이 피고 진 이 땅**/ 歷史의 樞軸을 잡아 돌리던/ 주인공들의 수많은 시체가"(강조는 인용자 표시) 부분에서 원문에는 있던 강조 부분이 「총독의 소리1」에는 빠져 있다. 그런데 이 시는 오상순의 작고를 알리는《경향신문》기사에도 소개되기도 했는데, 신문 기사에는 강조 부분이 빠져 있으며, '깊이'가 아닌 '길이'로 쓰여 있다. '廢墟'를 오식으로 간주하여 제외할 경우, 두 부분이 공통적이라는 점에서 경향신문에 실린 시를 작가가 인용했을 가능성도 고려해 볼 수 있다.

17) 「「廢墟」 同人 中 홀로 文壇을 지키던 吳相淳翁 永眠」,《경향신문》, 1963.4.

18) 연보에 따르면, 오상순은 1936년 1월 6일《조선일보》에 「生의 序曲」을 발표했고, 1940년에 낙향했다. 1946년에는 서울에서 생활하다 1949년《문예》에 「한잔 술」을 발표했다. 구상 편, 『시인 공초 오상순』, 자유문학사, 1988, 252면.

19) 박상훈, 「先親의 옛 벗」, 위의 책, 42~44면.

20) 위의 글, 44면.

21) 황동연, 「20세기초 동아시아 급진주의와 '아시아' 개념」,《대동문화연구》 50, 성균관대학교 대동문화연구원, 2005, 137~141면.

22) 이은지는 1920년대 발표된 오상순의 텍스트에 나타난 이상적 공동체를 규명하는 연구에서, 같은 시기 반복적으로 언급했던 '아시아', '동양' 표상과의 관련성을 제기하며 「아시아의 마지막 밤 풍경」과 함께 「아시아의 여명」을 논한다(이은지, 「1920년대 오상순의 예술론과 이상적 공동체상」,《상허학보》 43, 상허학회, 2015, 277면). 조은주 또한 「아시아의 여명」이 1922년에 쓴 「아시아의 마지막 밤 풍경」과 비슷한 시기에 쓰였다고 전제하고 두 시를 함께 분석한다(조은주, 「1920년대 문학에 나타난 허무주의와 '폐허(廢墟)'의 수사학」,《한국현대문학연구》 25, 한국현대문학회, 2008, 20~21면).

23) 최인훈은 대학 재학 당시 명동에 있는 청동다방에서 오상순을 자주 만났고, 그 경험을 소재 삼아 「우상의 집」을 썼다고 회고한다. 소설의 내용은 허구라 할 수 있으나, 최인훈이 오상순과 많은 대화를 나눴음을 알 수 있다(김종회, 「관념과 문학, 그 곤고한 지적 편력」,《작가세계》, 1990 봄, 28면). 이러한 맥락에서 「아세아의 여명」이 대동아공영권의 담론과 떨어져 있는 시라는 것을 최인훈이 몰랐을 가능성은 희박하다고 판단된다.

24) '撃ちてし止まむ'는 昭和18년(1943) 결전 표어로 쓰였다(難波功士, 『撃ちてし止まむ：太平洋戦争と広告の技術者たち』, 東京：講談社, 1998, 165~157면). 1936년 태어나 일제 말기 초등교육을 받은 최인훈에게 일본 군가, 일본식 국민가요는 유년 시절 깊은 각인으로 새겨져 있어 그의 창작 활동에 영향을 미쳤으리라 본다(김윤식, 「'우리' 세대의 작가 최인훈」, 『총독의 소리』,《최인훈 전집》 9, 앞의 책, 536~538면). 김윤식은 '귀축미영', '신민' 등 일제 말기의 상황과 용어로 이끌어

가는 이 작품의 언어감각을 세대의 특징으로 설명하고 있다. 그러나 '撃ちてし止まむ'라는 어구에는 주목하고 있지 않다.

25) 정영훈, 「최인훈 소설에 나타난 주체성과 글쓰기의 상관성 연구」, 서울대학교 박사학위논문, 2005, 115면.

26) 장동천, 「리샹란 영화가 투사한 제국의 환영 : '대륙 3부작'에 대한 반향을 중심으로」, 《중국현대문학》 46, 한국중국현대문학학회, 2008, 50면.

27) 최은주, 「리샹란과 이민족간 국제연애, 식민주의적 욕망 — 여배우의 페르소나와 '조선인 일본군 위반부' 표상」, 《동아시아 문화연구》 59, 한양대학교 동아시아문화연구소, 2014, 262~263면.

28) 최인훈, 「세계인」, 『문학을 찾아서』, 앞의 책, 431~432면.

29) 권보드래, 「중립의 꿈, 1945년~1968년 : 냉전 너머의 아시아, 혹은 최인훈론을 위한 시론」, 《상허학보》 34, 상허학회, 2012, 261~258면.

30) 최인훈, 「소설을 찾아서」, 『문학을 찾아서』, 앞의 책, 232~235면.

31) 고려가요의 삽입에 대해서는, 적층성과 구술성에 주목하여 집단적 노래가 공통감각을 형성할 수 있는 민주적 성격을 띤 것으로 보는 견해가 있다(이행미, 앞의 글, 186~188면). 이 글은 앞서 발표된 이 논문의 해석에서 나아가 이러한 문학의 특성이 '시'와 맞닿아 있음을 살펴보았다.

32) 최인훈, 『서유기』, 《최인훈 전집》 3, 2008, 문학과지성사, 254~256면.

33) J.해리슨, 『고대 예술과 제의』, 오병남·김현희 공역, 예전사, 1996, 43면.

34) 최인훈, 「원시인의 되기 위한 문명한 의식」, 『길에 관한 명상』, 《최인훈 전집》 13, 앞의 책, 27면.

35) 최인훈, 「계몽(啓蒙)·토속(土俗)·참여(參與)」, 《사상계》 188, 1968.12, 104~109면. 이 글은 '신문학 60년의 작가 상황'이라는 특집하에 실린 글이다. 최인훈은 관념 내부에는 '방법'과 '풍속'이라는 모순하는 두 극이 있는데, '주체성'에 의해 양 극의 긴장과 분리가 가능하다고 보았다. 이러한 관점으로 한국 문학을 살펴보는 글이다.

36) J.해리슨, 앞의 책, 39~53면.

37) 추상적이면서도 종결되지 않는 모호한 문장의 연쇄처럼 보이는 이 부분은 소극적인 대응을 보이는 부분으로 치부된 경향이 있다. 총독의 방송에 대한 직접적인 논평을 찾아보기 어렵고 쉽사리 파악되지 않는 의식의 단편들이 나열된다는 점에서, 그 세부적인 내용을 면밀히 살펴보지 않고서 평가되었던 것이다. 가령 임태훈은 시인이 환청과 언어장애에 시달리면서, 방송에서 전달되는 내용을 "조리 있게 재매개 할 수 있는 상태"가 아니며, "횡설수설 하다가 비명을 질러대는 이 시인의 사회적 신체는 통제하기 수월한 위축된 정동의 전형"이라고 평가한다. 임태훈, 앞의 글, 33면.

38) 최인훈, 「소설을 찾아서」, 앞의 책, 224면.

39) 최인훈, 「문명 감각」, 『유토피아의 꿈』, 《최인훈 전집》 3, 문학과지성사, 2010, 175면. 이 부분과 관련하여 팔레스타인 광장에 모인 사람들이 가슴 속에 뜨거움을 간직한 사람으로 서술된다는 점에서 도시에서 일상을 살아가며 '존재 없음'으로 전락한 사람들과 대비를 이룬다고 보는 견해가 있다(이행미, 앞의 글, 198면). 관점이 변화됨에 따라 해석상의 변화가 있음을 밝혀 둔다.

40) 최인훈, 「소설을 찾아서」, 앞의 책, 236~237면.

41) 군터 게바우어·크리스토프 불프, 『미메시스』, 최성만 역, 글항아리, 2015, 36~37면.

42) 김현, 「한국 소설의 가능성 — 리얼리즘론 별견」, 《문학과 지성》 1, 1970년 가을, 50~51면.

43) 위의 글, 51면.

44) 최인훈, 「작가와 성찰」, 『문학을 찾아서』, 앞의 책, 44~45면.

45) 김현, 앞의 글, 39면.

46) 최인훈, 「원시인이 되기 위한 문명한 의식」, 『길에 관한 명상』, 《최인훈 전집》 13, 앞의 책, 32면.

47) 최인훈, 「예술이란 무엇인가」, 위의 책, 247면.

48) 최인훈, 「소설을 찾아서」, 앞의 책, 225~226면.

49) 군터 게바우어·크리스토프 불프, 앞의 책, 29면; 아리스토텔레스, 『시학』, 김한식 역, 펭귄클래식코리아, 2010, 196면.

50) 이와 관련하여 최인훈은 예술이 현실인데, "현실 속에 있으면서 현실이 아니라는 약속 하에 우리가 불가능을 가능케 하기로 약속한 의식 절차"라고 설명한 부분을 참고할 수 있다. 이러한 규정이 있는 글의 제목이 "원시인이 되기 위한 문명한 의식"인 점도 의미심장하다(최인훈, 「원시인이 되기 위한 문명한 의식」, 『길에 관한 명상』, 《최인훈 전집》 13, 앞의 책, 33면).

51) 최인훈, 「소설을 찾아서」, 앞의 책, 236~242면.

52) 최인훈, 「총독의 소리1」, 『총독의 소리』, 《최인훈 전집》 9, 앞의 책, 93~95면.

53) 최인훈, 「추상과 구상」, 『문학을 찾아서』, 앞의 책, 302~308면.

54) 최인훈, 「기술과 예술에 관하여」, 『문학과 이데올로기』, 《최인훈 전집》 12, 문학과지성사, 2009, 140~145면.

55) 최인훈, 「남북조 시대의 예술가의 초상」, 『길에 관한 명상』, 《최인훈 전집》 13, 앞의 책, 360면.

56) 최인훈, 「하늘의 뜻과 인간의 뜻」, 『문학과 이데올로기』, 《최인훈 전집》 12, 앞의 책, 462~263면.

57) 「한스와 그레텔」과 같이 서양 동화를 모티프 삼아 창작된 희곡이 있다는 사실에서도 알 수 있듯, 최인훈이 오래전부터 전래되어 온 이야기 세계에 관심을 가진 것은 인간의 원형적 욕망이 담겨 있어 모두가 공감할 만한 보편성을 띤다고 보았기 때문이 아닐까 싶다. 이러한 맥락에서 그의 희곡 창작의 원인을 한국적 특수성

을 재발견하려는 의도로 한정하여 이해하는 것은 그의 문학적 변모 양상을 둘러싼 맥락을 충분히 구명하기 어렵게 만든다.

58) 권보드래, 앞의 글, 262~264면.

59) J.해리슨, 앞의 책, 119~121면.

60) 최인훈, 「「두만강」에서 「바다의 편지」까지」, 『길에 관한 명상』, 《최인훈 전집》 13, 앞의 책, 401면.

61) 「하늘의 다리」와 「총독의 소리」 4편에 나타났던 언술은 최인훈의 마지막 발표작인 「바다의 편지」에서 재출현된다. 이 소설에서 그 소리는 "누구의 의식인지도 알 수 없는 이 넋두리"들로, '나'에게 스며들어 '나'라는 한 개인을 해체하는 동시에 "머나먼 미래의 어느 날 나는 나이면서 이 우주가 그때까지 마련하고 있을 놀라운 기억 재생장치 — 몇 천억 광년(光年)의 과거의 기억을 재생시키는 녹음재생장치 — 를 갖추기도 한 또 다른 나"가 되게 한다(최인훈, 「바다의 편지」, 《황해문화》 41, 새얼문화재단, 2003 가을, 25면). 이 대목에 이르러 시(예술)는 과거 - 현재 - 미래라는 시간의 흐름과 지구와 우주라는 공간의 제약을 넘어서 인간의 삶과 정서의 오랜 기억이 집결된 개인이자 동시에 집단인 '나'를 구성한다는 점에서 흥미롭다. 세계와 우주와 직접적으로 연결되어 함께 호흡할 수 있는 이와 같은 새로운 인식의 탄생은 '상상력'의 무한한 확장으로 인해 가능하다.

'우리 말'로 '사상(思想)'하기

1) 이 글은 《사이間SAI》 17호(국제한국문학문화학회, 2011)에 실린 글이다.

2) 최인훈, 「作者所感 - 風聞」, 《새벽》, 1960.11, 239면. 당시 《새벽》을 주재하던 신동문은 파문을 의식하여 은밀히 편집하고 인쇄하였다. 정규웅, 『글동네에서 생긴 일』, 문학세계사, 1999, 83~84면.

3) 김현, 「사랑의 재확인 — 『廣場』 改作에 대하여」, 최인훈, 『광장』, 문학과지성사, 1976, 343면.

4) "내가 『광장』의 구상을 언제부터 가지고 있었는지는 생각이 나지 않는다. 그러나 이 해의 4·19 혁명으로 형성된 사회적 분위기가 『광장』이라는 꿈의 현실의 조건이었던 것은 분명하다. 『광장』은 4·19 이후의 분위기와 내가 1945년부터 1950년까지 북한에서 생활했기 때문에 쓸 수 있었던 소설이었다" (최인훈, 「『광장』의 주인공 이명준에 대한 생각」, 『길에 관한 명상』, 청하, 1989, 179면)

5) ① 『광장』(《새벽》, 1960.11.), ② 『광장』(정향사, 1961), ③ 『광장』(백철 외편, 《현대 한국문학 전집 16 - 『廣場』 : 최인훈 전집》, 신구문화사, 1967), ④ 『광장』(민음사, 1973), ⑤ 『광장』(전집 1판, 문학과지성사, 1976), ⑥ 『광장』(전집 2판, 문학과지성사, 1989), ⑦ 『광장』(전집 3판, 문학과지성사, 1994), ⑧ 『광장』(전집 4

판, 문학과지성사, 1996), ⑨『광장』(발간 40주년 한정본; 전집 5판, 문학과지성사, 2001), ⑩『광장』(전집 6판, 문학과지성사, 2008), ⑪『광장』(전집 7판, 문학과지성사, 2010). 1967년본과 2001년본을 개작으로 보는가 여부에 따라 개작 회수는 다르게 계수된다. 여기서는 2010년본을 '10번째 개작'이라고 부른 기사를 준용하고자 한다. 「최인훈 소설 '광장' 10번째 개작한다」, 《한국일보》, 2010.2.8.

6) 박맹호, 『책』, 민음사, 2012, 81면.

7) 1973년 『광장』 재출간의 맥락에 관해서 김욱동은 "정향사의 단행본은 절판된 지 오래 되고 1968년에 신구문화사의 '현대 한국 문학 전집' 속에서 겨우 그 명맥을 유지하고 있던 이 작품은 민음사의 단행본과 더불어 이 세상에서 다시 새롭게 태어난 것과 다름없다"고 적었다. 김욱동, 『『광장』을 읽는 일곱가지 방법』, 문학과지성사, 1996, 240면.

8) 「활기 띠는 문학 단행본」, 《서울신문》, 1973.8.23.; 박맹호, 앞의 책, 82면에서 재인용. '이 새로운 현상', 곧 비슷한 문학적 이념을 함께하는 문학인들의 등장과 1970년대 초반 문단의 지형 형성에 관해서는 추후에 논의하고자 한다.

9) 고은 『바람의 사상 — 고은의 일기, 1973~1977』, 한길사, 2012. 고은이 1973년에 김현, 최인훈, 박맹호를 만나거나 민음사에 간 회수는 다음과 같다. 이후 1976년 고은은 최인훈과 자신이 "저 60년대 말 70년대 초 우리 둘은 동성연애로 오해될 만큼 하루 하루를 함께 보냈다"고 적기도 하였다(같은 책, 770면).

	4월	5월	6월	7월	8월	9월	10월	11월	12월
김 현	4	2	11	4	6	5	4	5	7
최인훈	4	5	7	2	4	8	0	2	2
박맹호	5	0	9	4	3	6	9	5	7
민음사	4	3	4	0	5	3	4	3	8

10) 고은, 앞의 책, 77면. 1973년 8월 30일의 일기.

11) 7·4 남북 공동 성명과 『광장』 재발간에 관한 추론은 김욱동, 앞의 책, 240면. 그는 『광장』이 "다시 태어나는데 있어 산파 역할을 한 것이 다름 아닌 7·4 남북 공동 성명이다"라는 흥미로운 추론을 남기지만, 이를 논증하지는 않았다. 다만 최인훈 스스로 『광장』을 발상한 "객관적 조건"으로 4·19 직후에 "터져나온 통일논의"를 들었다는 점(최인훈, 「제3국행 선택한 한 '전쟁포로' 이야기 개작 거듭한 장편소설 『광장』」, 《출판저널》 82, 1991.4, 22면), 그가 7·4 공동 성명의 중요성에 관해서 「총독의 소리·4」 등 소설에서 뿐 아니라 산문에서도 거듭 강조하였다는 점(최인훈, 「상황의 원점」 및 「평화의 축적」, 『길에 관한 명상』, 청하, 1989) 등을 염두에 둘 때 이 문제는 다른 지면에서 본격적으로 다룰 필요가 있다. 최인훈 문학과 '중립의 꿈'에 관해서는 권보드래·천정환, 『1960년을 묻다』, 천년의상상, 2012, 5장 참조.

12) 최인훈, 『광장』, 민음사, 1973, 판권면.

13) 「새 책 — 광장(최인훈 작)」, 《경향신문》, 1973.9.13.

14) 고은은 1973년 9월 3일에 민음사판 『광장』을 증정받는다. 그리고 최인훈은 9월 20일에 출국한다. 고은, 앞의 책, 80면 및 100면.

15) 1973년 11월 최인훈의 모친상으로 인한 만남을 제외한다면, 1976년 5월 12일 이들은 4년 만에 재회한다. 그리고 그날 고은은 최인훈으로부터 『광장』의 개작에 대한 말을 듣는다. (고은, 앞의 책, 763면) 최인훈이 1976년본을 3년간 개작했다는 증언은 김현, 「사랑의 재확인」, 344면 참조.

16) 대표적으로는 김욱동, 앞의 책, 102쪽. 이러한 보통의 이해로부터 거리를 두면서, 개작에 나타난 최인훈의 언어의식에 관한 선행 연구 중 정영훈의 성과를 주목할 수 있다. 그는 최인훈의 주장을 무비판적으로 반복할 것이 아니라, 개작의 실상 및 개작 과정에 감추어진 의도나 욕망 등을 포괄적으로 다룰 필요성을 제기하면서, 「그레이 구락부 전말기」의 개작을 검토하였다. 정영훈, 『최인훈 소설의 주체성과 글쓰기』, 태학사, 2008, 215~227면. 또한 김인호의 연구도 『광장』의 개작과 관련된 주요 연구이다. 김인호, 『해체와 저항의 서사』, 문학과지성사, 2004.

17) 최인훈, 「追記 — 補完하면서」, 『광장』, 정향사, 1961, 5면. 이러한 입장은 《새벽》에 발표된 『광장』의 당대 파급력을 축소할 위험이 있다. 하지만 『광장』의 1960년을 묻는 것은 별고를 요하는 작업이라 판단되며, 이 글은 성권(成券) 이후 개작을 중심으로 1970년대의 맥락에서 '우리말' 문제에 집중하고자 한다.

18) 송하춘, 「한자어를 우리말로 풀어 쓴 소설—최인훈의 『광장』」, 《새국어생활》 18-3, 국립국어원, 2008.

19) 김현, 「최인훈의 정치학」(1973), 『사회와 윤리』, 일지사, 1974, 202면.

20) 백철, 「문학을 뜻하는 학생에게」, 《사상계》, 1955.6, 122면.

21) 서은주, 「1950년대 대학과 '교양' 독자」, 《현대문학의 연구》 40, 한국문학연구학회, 2010, 7~22면.

22) 김현, 「사랑의 재확인」, 343면.

23) 최인훈, 『광장』, 정향사, 1961, 22~23면. 이하 정향사본을 인용할 때는 (1961 : 면수)만 기입한다.

24) 예이츠의 "Down by the Salley Garden"이 번역된 주요 목록은 다음과 같다. 億生 譯, 「버들동산」, 《개벽》 2, 1922.4; 『沙羅樹庭園옆에서·이니스프리의 湖島 — 노오벨상문학전집2』, 김수영 역, 신구문화사, 1964; 『예이츠의 명시』, 황동규 역, 한림출판사, 1973; 『예이츠시선』, 최창호 역, 삼중당, 1975 등. (김병철, 『한국근대번역문학사연구』, 을유문화사, 1975, 425면; 김병철, 『한국현대번역문학사연구』, 을유문화사, 1998, 365면, 742~ 743면)

25) 성 아우렐리우스 아우구스띠누스, 『고백록』, 최문순 역, 성바로오출판사, 1965, 181~182면. "때마침 이웃 집에서 들려오는 소리가 있었읍니다. 소년인지 소녀인

지 분간이 가지 않으나 연달아 노래로 되풀이되는 소리는 '집어라, 읽어라. 집어라, 읽어라'는 것이었읍니다. (…) 이는 곧 하늘이 시키시는 일, 성서를 펴들자 마자 첫눈에 띄는 대목을 읽으라 하시는 것으로 단정해버린 것입니다. (…) 집어들자, 펴자, 읽자, 첫눈에 들어온 장귀는 이러하였읍니다. '폭식과 폭음과 음탕과 방종과 쟁론과 질투에 (나아가지 말고) 오직 주 예수·그리스도를 입을지어다. 또한 정욕을 위하여 육체를 섬기지 말지어다'(로마, 13·13) 더 읽을 마음도 그럴 필요도 없었읍니다. 이 말씀을 읽고난 찰나, 내 마음엔 법열이 넘치고, 무명의 온갖 어두움이 스러져 버렸나이다."

26) 조남현은 『광장』의 에세이적인 측면과 에피그람에 주목하면서, 이 소설이 한국 소설사의 흐름에서 해부(anatomy)에 대한 경험과 인식의 폭을 넓힐 계기였다고 보면서, 그 성과와 한계를 살핀 적이 있다. 조남현, 『한국현대소설의 해부』, 문예출판사, 1993, 247면.

27) 김윤식, 「한국 근대문학에 비친 외국 문학의 영향 — 민족의 해방과 자유에서 개인의 해방과 자유에로」, 《비교문학》 56, 한국비교문학회, 2012, 7면; 황호덕, 「해방과 개념, 맹세하는 육체의 언어들 — 미군정기 한국의 언어정치학, 영문학도 시인들과 신어사전을 중심으로」, 《대동문화연구》 85, 성균관대학교 대동문화연구원, 2014, 100면.

28) 최인훈은 『광장』 창작의 "객관적 조건"에 관해 "4·19 후의 전반적인 분위기, 특히 터져나온 통일논의, 전쟁 후 10년 동안 경직되었던 지적 논의의 해빙 — 10년을 격해서 부활된 듯한, 45~50년 사이의 기간을 방불케 하는 정치적 참여의 분위기 등"을 들었다. 최인훈, 「제3국행 선택한 한 '전쟁포로' 이야기 개작 거듭한 장편소설 『광장』」, 《출판저널》 82, 1991.4, 22면.

29) '후기식민지'라는 문제틀은 식민지로부터 '독립'은 되었지만 아직 '해방'은 충분히 수행하지 못한 문화적 상태를 주목한 에드워드 사이드의 시각을 참조하였다.(에드워드 사이드, 『권력 정치 문화』,최영석 역, 마티, 2012, 200면.) 가령 1930년대 후반 임화는 "描寫(環境의!)와 表現(自己의!) 〈하아모니!〉"를 서구적 본격소설의 기율로 이해하고 식민지 조선에서 그것이 분열되어 나타나는 현상에 대해 절망하였다. 그리고 그것이 단지 작가 개인의 문제가 아니라 비서구 식민지의 역사적 조건과 관련됨을 발견하고 이 문제에 관한 문화사적 탐색으로 나아갔다. (임화, 「본격소설론」, 『문학의 논리』, 학예사, 1940, 365~386면) 한국의 경우가 예증하듯, 구 제국으로부터의 '독립'이라는 상황이 문제를 바로 해소하지는 못하였으며, 이후에도 잔존한다. 특히 한국의 경우는 식민지 이후 내전의 경험과 냉전체제에 종속되는 과정을 통해 후기식민국가로 재구조화되는데, 비서구 식민지의 경험에 기인한 문제들이 충분히 해소되지 못한 해방 공간으로부터 1970년대(혹은 그 이후)에 이르는 시기의 한국의 문화적 상황을 '후기식민지'로 조심스레 규정하고자 한다. '후기식민지'는 황호덕과 권보드래, 천정환이 사용한 전례가 있다(황호

덕, 『벌레와 제국』, 새물결, 2011, 567~598면; 권보드래·천정환, 『1960년을 묻다』, 천년의상상, 2012, 278~282면)

30) '풍문'과 '현장'의 대립으로 최인훈 문학을 이해하는 관점은 다음 논문에서 계발된바 크기에 감사의 마음을 담아 기록해둔다. 서호철, 「루멀랜드의 신기료장수 누니옥(NOOHNIIOHC)씨—최인훈과 식민지 / 근대의 극복」, 《실천문학》, 2012.여름. 서울대 이소영 선생은 이 논문이 완성되는 과정에서 여러 차례 소중한 의견을 제시해주었다.

31) 게오르크 루카치, 『소설의 이론』, 김경식 역, 문예출판사, 2007, 161~163면을 참조하여 서술하였다. 이 글과 맥락은 다르지만, 복도훈 역시 『광장』을 해방 후의 혼란한 현실과 전쟁의 파국 속에서 한 젊은이의 성장과 교양의지가 좌절되는 과정을 다룬 교양소설로 읽고 있다. 그는 이명준을 교양의지를 충실히 수행할 임무를 지니고 세계와 자아의 불화를 각인하는 동시에, 그럼에도 타자와 더불어 창조적으로 살아야 할 공동체를 적극적으로 꿈꾼 인물로 해석하였다. 복도훈, 「범속한 세계에서의 교양의 (불)가능성에 대한 서사적 모험—교양소설로서의 『광장』에 대하여」, 《비교문학》 61, 한국비교문학회, 2013, 120면.

32) 『광장』에서는 "사상과 애인"이 등가에 놓이면서, 이 둘을 잃어버린 이명준이 절망하는 장면이 등장하며, 이명준은 "사유(思惟)란 이름의 요부(妖婦)"(1961 : 32)라는 표현처럼 지식을 젠더화하여 표상하기도 한다. 이 점에서 이명준은 여성을 타자화하면서 자기의 주체를 정립하고자 했던 식민지 남성 지식인의 계보를 잇고 있다. 이혜령, 「동물원의 미학 — 한국근대소설의 하층민의 형상과 섹슈얼리티에 대하여」, 《한국근대문학연구》 3-2, 한국근대문학회, 2002.

33) 최인훈, 「회색의 의자1」, 《세대》, 1963.6, 309~310쪽. 「회색의 의자」는 1963년 6월부터 1964년 6월까지 매달 총 13회 연재된다. 연재회수를 기입하며 (회색○ : 면수)로 표기한다.

34) 유비에 대해서는 미셸 푸코, 「세계의 산문」, 『말과 사물』, 이규현 역, 민음사, 2012, 51~54면 참조. 후진국 독일지식인의 이와 같은 자기인식은 위에서 독고준이 인용한 괴테의 『빌헬름 마이스터의 수업시대』에 특징적으로 두드러진다.

35) 김동식, 「진화·후진성·1차 세계대전」, 《한국학연구》 37, 인하대 한국학연구소, 2015; 김동식, 「1930년대 비평과 주체의 수사학」, 《한국현대문학연구》 24, 한국현대문학회, 2008, 189면.

36) 최근의 연구로는 이경림, 「서사의 창조에 의한 자기 정위(定位)의 원칙 — 최인훈의 『회색인』론」, 《한국현대문학연구》 42, 한국현대문학회, 2014, 319면.

37) 이 문제와 관련해서는 「회색의 의자」가 제기한 사유의 후기식민성의 문제와 제3세계 지식인됨, 그리고 근대성의 문제에 대한 재구성이 필요하다. 별고로 보완하고자 한다.

38) 서은주는 독고준을 통하여 최인훈이 환멸과 계몽의 길항 속에서 방황하는 자유

주의자의 모습을 구현하고 있다고 분석하였다. 이것은 최인훈 자신에게 작가적 태도를 정당화하는 근거 찾기의 과정이기도 한데, 그러나 이와 같은 자유주의자는 구체적 역사 현실 속에서 '비겁자'라는 도덕적 판단을 피할 수 없다. 서은주, 「최인훈 소설 연구」, 연세대학교 박사학위논문, 2000, 57면.

39) 마루야마 마사오 외, 『번역과 일본의 근대』, 임성모 역, 이산, 2000, 106~110면.

40) 황호덕, 「해방과 개념, 맹세하는 육체의 언어들」, 116면.

41) 최인훈이 서구의 인문학적 전통을 일본어로 만난 것의 의미는 김윤식, 『작가와의 대화』, 문학동네, 1996, 19~23면에서 지적된 적 있다. 이 글에서 김윤식은 아이를 위한 자장가를 부르다가 무심결에 일본 군가가 나왔다는 고백을 하기도 한다.

42) 최인훈, 『화두』(1), 민음사, 1994, 96~97면. 이하 (화두 : 면수)로 표기.

43) 1962년 '조연현-정명환' 논쟁의 이면에는 구제국 일본어의 독서에 기반을 둔 교양과 서구어를 원어로 읽은 교양 사이의 '세대교체'가 있었다. (김건우, 「'조연현-정명환' 논쟁 재론 — 1960년대 한국 현대비평에서 原語 능력이 갖는 의미」, 《대동문화연구》 83, 성균관대학교 대동문화연구원, 2013.) 이후 원어 능력을 내장한 새로운 문학 세대가 전면에 등장하지만, 일본어 읽기의 문제는 순식간에 사라진 것은 아니었다. 가령 박맹호는 민음사의 세계시인선을 '원어'에서 번역했음을 강조하지만, 실제 번역 과정에서는 여전히 일본어 번역이 참조되기도 하였다. 박맹호, 앞의 책, 84면; 고은, 앞의 책, 110면. 1973년 11월 16일 일기.

44) 고은, 앞의 책, 37면. 1973년 5월 15일 일기. 이날 구입한 책은 다음 서지의 책으로 추정된다. スカルノ, 「スカルノ自傳 : シンディ·アダムスに口述」, 東京 : 角川書店, 昭和44[1969] . 이 독서체험은 『태풍』의 서사 구성과 관련될 것이다.

45) 야나부 아키라, 『번역어성립사정』, 서혜영 역, 일빛, 2003, 5면.

46) 김윤식, 『한국근대문학의 이해』, 일지사, 1974, 105면. 최인훈 문학에서 일상어 사유어의 분리문제가 가지는 중요성은 일찍이 정과리가 지적한바 있다. 정과리, 「자아와 세계의 대립적 인식」, 『문학, 존재의 변증법』, 문학과지성사, 1985, 160~163면.

47) 각 식민지의 정책과 언어의 문제는 상이하고 복잡하지만, 일상어와 사유어, 혹 에드워드 사이드의 표현을 빌자면 토착어와 문화어 사이의 분리는 많은 식민지에서 경험한 문제이다. 에드워드 사이드, 앞의 책, 60~61면.

48) 고은, 앞의 책, 86면.

49) 식민지 시기 '내지'에서 영어의 위상은 '열등한 일본어에 대한 우등한 서구어'라는 단순구조를 지니고 있었지만, 식민지에서 영문학의 위상이란 보다 미묘해서 '서구어〉일본어〉조선어'라는 위계가 형성되었지만 동시에, 서구어 능력이 보통 일본인보다 우월할 경우, 조선인들은 정신적인 측면에서나마 자율성과 상승욕망을 획득할 수 있었다. 그렇기에 교양과 영문학이라는 보편성은 자신의 식민지성을 은폐하는 기제가 되기도 하였다. 윤대석, 「경성제대의 교양주의와 일본어」, 《대

동문화연구》 59, 성균관대학교 대동문화연구원, 2007, 116~125쪽 및 정준영, 「경성제국대학과 식민지 헤게모니」, 서울대학교 박사학위논문, 2009, 224~226면.

50) 이하 각 대본의 문장을 비교할 때는 (인용문 기호 - 발간연도)의 형식으로 표기하고자 한다. 다음 판본을 이용하였다. 최인훈, 『광장』, 정향사, 1961; 최인훈, 『광장』, 민음사, 1973; 최인훈, 『광장/구운몽』, 《최인훈 전집》 1, 문학과지성사, 1976.

51) 「이해 힘든 漢字 표기 한글專用 교과서 — 첫날부터 혼란」, 《매일경제》, 1970.3.3.; 「17개 大學生들 한글전용 순회계몽」, 《경향신문》, 1970.2.7.; 「어휘 빈도 조사, 한글전용화에 대비」, 《매일경제》, 1970.4.29.; 「國語醇化는 이렇게」, 《경향신문》, 1971.2.24.; 「내일부터 國語醇化 전국규모로」, 《경향신문》, 1973.10.31.; 「國民校서부터 외면된 國語醇化」, 《경향신문》, 1973.12.25.

52) 「"外來語 표시 과자·빵 사먹지말자" 고사리손 國語醇化 앞장」, 《경향신문》, 1973.11.3.; 김원경, 「国語醇化 (1) — 오늘의 實態와 必要性」, 《경향신문》, 1973.10.9.; 「국어醇化 전국연합회 創立」, 《경향신문》, 1973.11.17.

53) 김우창, 「말과 현실 — 국어순화운동에 대한 몇 가지 생각」, 「궁핍한 시대의 시인」, 민음사, 1977, 384면.

54) 위의 글, 387면.

55) 최인훈은 주체의 이동과 장소에 대한 예민한 감각을 가지고 있었으며, 그 장소에서 단절된 전통과 혁명의 기억을 심문하였다. 손유경, 「최인훈의 『광장』에 나타난 만주의 '항일 로맨티시즘'」, 《만주연구》 12, 만주학회, 2012, 27~47면.

56) 최인훈, 「전집판 서문」, 『광장/구운몽』, 《최인훈 전집》 1, 문학과지성사, 1976, 8면.

57) 마루카와 데쓰시, 『냉전문화론』, 장세진 역, 너머북스, 2010, 43~48면.

58) 가령 『광장』의 이명준은 북한에 간 이후 자신이 사용하는 언어의 내포를 모두 바꾸어야함을 인정한다. "명준이 써오던 언어들의 내포가 모조리 수정돼야 했다. 새로운 언어를 만들어내는 사람들. 허지만 그것이 문제인 건 아니었다. 다다이스트나, 오토마티스트의 일단이 새로운 언어를 창조하려고 음모했던 일이 정당한 노력이었다면, 새로운 조건에서 인간을 지도하자는 사람들이 그에 적합한 새 언어를 만든대서 명준으로서 구태여 분만일 것은 없었다."(1961 : 126)

59) 에드워드 사이드, 『지식인의 표상』, 최유준 역, 마티, 2011, 43면.

60) 조지 오웰, 「정치와 영어」, 『나는 왜 쓰는가』, 이한중 역, 한겨레출판, 2010, 273면.

61) 최인훈, 「전집판 서문」, 『광장/구운몽』, 《최인훈 전집》 1, 문학과지성사, 1976, 7면.

62) 최경봉, 『한글민주주의』, 책과함께, 2012, 92~93면.

63) 위의 책, 123면.

64) '고유어의 회복'에 대한 비판적 성찰은 다음을 참고할 수 있다. "'우리말'의 당대적 화용은 흔히 회복했거나 더 회복해야할 말, 새로운 공동체에 마땅한 말, 남의 말이 아닌 자신의 육체에 새겨진 말, 대중/민중의 언어라는 함의를 띄고 있었던 것으로 보인다. 그러나 세대나 지역에 따라서는 이 '우리말'이 새롭게 회복한 말

이 아니라 새로 배워야 할 말, 새로운 정치 공동체가 강요하는 말일 수도 있었을 것이다."(황호덕, 「해방과 개념, 맹세하는 육체의 언어들」, 121면.) 다만 이 글에서는 이러한 위험을 애초에 안고 시도된 사유어와 일상어의 결합이라는 실험의 의미에 방점을 두고자 한다.

65) 1976년본 『광장』에서 최인훈은 '한국'을 '우리'로 고치고, '언어'를 '말'로 고친다. 『광장』에는 '한국어'라는 개념은 나오지 않지만, 만약 '한국어'가 있었다면 '우리 말'로 고쳤을 것이다.

66) 천정환, 『대중지성의 시대』, 푸른역사, 2008, 119면.

67) 『광장』의 개작에 관한 보다 다양한 사례는 김욱동, 앞의 책, 2장 및 김인호, 앞의 책 등 선행 연구를 참조할 것.

68) 다음은 1976년본에서도 유지된 대표적인 사유어들이다. 정치, 광장, 밀실, 경제, 윤리, 자본주의, 카타르시스, 특고, 좌익, 자발적 미수자, 경찰권, 석방자, 공화국, 컴뮤니스트, 다다이스트, 오토마티스트, 혁명, 진리, 해석, 권리, 공문, 혁명쟁이, 영혼, 악마, 풍경. (제시한 사유어 중 일부는 문맥에 따라 일상어로 바뀌기도 한다).

69) 황호덕이 지적한 "한국 현대 '소설 문장' 혹은 '문학어'가 분기"된 지점은 이러한 실험의 곤란 다음에 놓인다. 황호덕, 「해방과 개념, 맹세하는 육체의 언어들」, 118면.

70) 김진규, 「선을 못 넘은 '자발적 미수자'와 선을 넘은 '임의의 인물'」, 《상허학보》 40, 상허학회, 2014 참조.

71) 박진영, 『책의 탄생과 이야기의 운명』, 소명출판, 2013, 389면.

72) 『광장』 개작에서 의미론적 변화를 '사랑의 재발견'으로 고평한 선행연구자는 김현이었다. 그러나 서은주는 이러한 입장은 개작의 의미를 지나치게 확대해석한 것으로, 갈매기 떼에 대한 이명준의 상념은 절망적 상황이 만들어낸 환각이며, 이명준의 비극적 죽음에 대한 소설적 수사에 지나지 않는다고 지적한다. 그는 '이데올로기'에 대한 기대가 좌절된 것과 마찬가지로 '사랑'에 대한 기대도 현실 속에서 충족하지 못한다고 보았다. 서은주, 앞의 글, 2000, 24면.

73) 루쉰, 「고향」, 이육사 역(《조광》, 1936.12.), 손병희 외편, 《이육사전집》, 깊은샘, 2004, 130면. 이 문장에 관해서는 다음 주석을 참조할 수 있다. "그(다케우치 요시미 — 인용자)는 형이상학적 수준에서 세계의 문학적 구조를 논의하는 일은 용납하지 않았다. 스스로 그 속에서 몸을 던지는 문화적 행위를 그것이 지금 존재하는 장으로부터 끄집어내고, 다시 원래로 되돌린다는 추출과 환원의 반복. 바로 그 과정에서 현대 세계 안에 있는 주체가 자기 자신을 건설하는 길을 찾았던 것이다" 쑨거, 『다케우치 요시미라는 질문』, 윤여일 역, 그린비, 2007, 144~145면.

74) 1991년의 한 회고에서 최인훈은 『광장』이 다루고 있는 후기식민지 한국의 문화적 분위기에 대해 다음과 같이 썼다. "문명사회에서의 인간행동은 '오류'를 본질적으로 전제하면서 그 '오류'에 대한 '예방'과 '교정, 보상'의 구조 속에서 이루어져야 한다. 아마 이런 '약속'이 '문명'이라는 현상의 형식적 실체일 것이다. 『광장』

의 주인공이 살았던 시대에는 '문명'에 대한 그런 분위기가 없었고 그렇다고 해서 주인공 자신에게 그만한 신념이 준비되어 있었던 것도 아니었다. 그랬더라면 그는 덜 괴로웠을 것이고 좀 더 강할 수 있었을 것이다. 그다지 강하지 못해도, 그다지 슬기롭지 못해도 너무 슬퍼하거나 괴로워할 것까지는 없다는 생각을 그는 하지 못하였다." (최인훈, 「제3국행 선택한 한 '전쟁포로' 이야기—개작 거듭한 장편소설 『광장』」) 이 언급을 근대에 대한 성찰적 분위기와 태도를 갖출 여건이 되지 못하고 다소 '조급'한 상태에 있었던 후기식민지에 관한 자기고백으로 읽는다면, 최인훈은 1960년뿐 아니라 1970년대 중반에도 이러한 태도로부터 자유롭지 못하였다.

75) 최인훈의 전집본 『광장』이 발간된 1976년, 이른 봄 3월에 창간된《뿌리깊은 나무》는 문화적 민중주의라는 입장 아래서 순한글 사용과 '민중적' 현실과 '토박이 문화'에 대한 천착을 수행하였다. (천정환, 『시대의 말 욕망의 문장』, 마음산책, 2014, 252면) 외형상으로는 유사하지만, 실제 맥락과 화용에서는 거리가 있을 이러한 두 가지 문화적 실천 사이의 관계와 이를 통해 1970년대의 후기식민지 글쓰기의 문제틀을 재구성하는 것은 추후 과제로 두고자 한다.

76) 고은, 앞의 책, 763면.

77) 1976년본에서 '사유(思惟)'는 '생각'으로 고쳐지지만, '사상(思想)'은 끝내 '사상'으로 남는다.

78) 김월회, 「루쉰과 번역」,《번역비평》 2, 한국번역비평학회, 2008, 285~293면.

79) 김윤식은 자연화된 최인훈의 사유어에 대해 다음과 같은 평을 제시한다. "기껏 일어가 가져다준 내면 또는 자아각성을 그는 마치 자기의 타고난 총명성인 양 착각했던 것이다. 이 점에서 최인훈은 「오감도」의 작가 이상보다 둔감했다고 볼 것이다." 김윤식, 『내가 읽고 쓴 글의 갈피들』, 푸른사상, 2013, 218면. '정직하게 자신의 삶을 대면하고자 했던 비서양계 지식인이 가닿는 불가피한 자리'와 그곳에서 서양적 가치를 우월성을 보편적인 것으로 치환하는 실천으로 에드워드 사이드와 다케우치 요시미를 이해하고, 그 이해의 가능성을 묻는 자리에 최인훈을 둔 논의로는 정명교, 「'내'가 달성할 '그'의 완성 — 동아시아인의 타자 인식이라는 모험의 어느 지점에 대하여」, 『동아시아 타자 인식과 담론의 과제』, 국제비교한국학회 제28회 국제학술대회, 도시샤대학 2014.9.19.~20. 다케우치 요시미와 최인훈의 비교라는 문제틀이 가진 '어긋남'은 익명의 심사위원 선생님께서 일깨워주셨다. 아울러 이 글이 부족한 점과 보완해야할 점을 여럿 제시해주셨지만, 충분히 수렴하지 못하였다. 값진 의견을 남은 과제로 두며 계속 공부하겠다는 약속을 드리는 것으로 깊은 감사의 인사를 대신하고자 한다.

1) 김현·김윤식, 『한국문학사』 개정판, 민음사, 1999, 408면.

2) 김윤식·정호웅, 『한국 소설사』 개정증보판, 문학동네, 2000, 383~393면.

3) '사북'은 '가장 요긴한 부분' 혹은 '부챗살이나 가위다리의 교차된 곳에 박는 못과 같은 물건'을 의미한다. (이숭녕 감수, 『새국어대사전』, 한국도서출판중앙회, 2000) 새벽판 『광장』에서는 '요점'으로 표현되어 있다.

4) 신화적 소설로서의 재독해 방법은 문학을 종교의 관점에서 읽는 방법에 대한 논의에서 도움을 얻을 수 있다. 양병현은 궁극적인 실재에 대한 관심에서 비롯되어, 자의식과 자기초월능력을 통해 얻은 총체적이고 신성한 체험을 상징적으로 드러낸 것을 문학이라 정의한다. (양병현, 「현대문학비평의 이해와 역할」, 《문학과 종교》 1, 한국문학과종교학회, 1995, 171면) 이는 거꾸로 문학의 상징 분석과 작가의 자의식 그리고 초월세계에 대한 지향을 통해 작가가 가진 궁극적인 실재에 대한 관심을 드러낼 수 있다는 것을 뜻한다.

5) 류양선, 「최인훈의 『광장』 연구」, 《성심어문논집》 26, 성심어문학회, 2004, 7면.

6) 김현, 「사랑의 재확인 — 『광장』 개작에 대하여」, 『광장 / 구운몽』 3판, 문학과지성사, 1994.

7) 박종홍, 「『광장』의 낙원회귀 고찰」, 《한중인문학연구》 42, 한중인문학회, 2014.

8) 차미숙, 「최인훈의 『광장』 연구—모성회귀본능을 중심으로」, 원광대학교 석사학위논문, 2011.

9) 류양선, 앞의 글.

10) '환각' 즉 비현실적인 것에 대해 지지하는 작가의 말도 그러한 해석 가능성을 방증한다. "이 소설의 마지막 장면을 필자는 그렇게 이해하고 있다. 주인공은 현실에서 불가능했던 가족상봉과 영생을 환각 속에서 성취했던 것이다. 나는 이 환각에 관대하고 싶고, 인간에게 소중한 것으로 옹호하고 싶다."(최인훈, 「제3국행 선택한 한 '전쟁포로' 이야기 — 개작 거듭한 장편소설 『광장』」, 《출판저널》 82, 1991. (장문석, 「'우리 말'로 '사상(思想)'하기」, 《사이間SAI》 17, 국제한국문학문화학회, 2014, 427면에서 재인용))

11) '이행 텍스트(text in-process)'는 줄리아 크리스테바의 용어이다. 그녀에 의하면 텍스트의 의미는 상호주체적인 관계 속에서 변화하고 있다. (노엘 맥아피, 『경계에 선 줄리아 크리스테바』, 이부순 역, 앨피, 2007)

12) 정기인, 「'이명준'과 '우리'의 소멸과 거리감의 확보—최인훈 『광장』 서문들의 변화」, 《한국어와 문화》 12, 숙명여자대학교 한국어문화연구소, 2012.

13) 본고는 1976년 문학과지성사판 『광장』을 정본으로 삼아 논의를 진행하는데, 이는 논의의 편의를 위한 것이거니와, 이 판본에서 애인-갈매기에서 딸-갈매기로 변개가 일어난 것이 『광장』의 개작 중 핵심이라 생각하기 때문이다.

14) 임봉길, 「사회통합이론으로서의 모쓰(M. Mauss)의 선물론과 레비-스트로스의(Levi-Strauss)의 교환이론」, 《민족과 문화》 8, 한양대학교 민족학연구소, 1999, 255면.

15) 뤼스 이리가라이(Luce Irigaray), 「여자들의 시장」, 『하나이지 않은 성』, 이은민 역, 동문선, 2000, 229면.

16) 김한성, 「제국의 바다, 식민지 육지: 공간의식으로 본 『광장』」, 《동아시아 문화연구》 54, 한양대학교 동아시아문화연구소, 2013.

17) 개작양상에 주목하면 최인훈의 성정치적 인식에 대해 작은 변명을 할 수 있다. 일부 연구자들은 1976년의 개작에서부터 나타나기 시작한 여성에 대한 '폭력 반성'에 주목한다.(최윤경, 「『광장』개작의 의의: 폭력에 대한 인식의 변화」, 《현대문학이론연구》 59, 현대문학이론학회, 2014) 작가의식을 규명하는 데 있어서, 재현된 양상보다 더 중요한 것은 서술자의 시선이다. 분명, 최인훈의 작품에서 서술자의 '마지막 식민지'는 여성이다. 그러나 다음을 참고할 만하다. 정영훈과 조서연은 최인훈 작품 중 서술자의 중개를 받을 때는 여성인물이 하강하며 서술자의 중개가 없는 연극에서는 여성인물이 상승한다는 사실을 분석한 바 있다. (정영훈, 「최인훈 소설에 나타난 주체성과 글쓰기의 상관성 연구」, 서울대학교 박사학위논문, 2005., 조서연, 「무대 위 심청의 몸과 신식민지의 성정치」, 《한국극예술연구》 47, 한국극예술학회, 2015) 서술자의 가부장성은 외상적으로 기입된 것으로 보이며, 이 역시 서서히 변하고 있다.

18) 나카자와 신이치, 『사랑과 경제의 로고스-물신숭배의 허구와 대안』, 김옥희 역, 도서출판 동아시아, 2004.

19) 신내림을 '모티프'라는 서사적 장치로 분석하는 본고의 관점은 실제 신내림에 비하면 '과소'한 것이다. 반면, 무당이 아닌 이명준에게 신들림이 아닌 신내림이라는 명칭을 쓰는 최인훈의 작가의식은 '과다'한 것이다. 본고는 위의 '과소'와 '과다' 사이에서 균형을 잡고자 한다. 그것은 실제 신내림 현상과 그에 대한 과학적 이해, 그리고 작가의 의도적 활용이라는 차원에서 텍스트를 분석하는 것이다.

20) 전상기, 「최인훈의 『광장』에 대한 비판적 고찰」, 《반교어문연구》 6, 반교어문학회, 1995.

21) 류양선, 앞의 글.

22) 박종홍, 앞의 글.

23) 본고는 서두말미에 배치된 신내림 모티프를 중점 활용한다는 점에서 전상기의 논의를, 현실 너머의 세계에 주목한다는 점에서 류양선의 논의를, 미국 체류를 중시한다는 점에서 박종홍의 논의를 계승한다. 그 성과 위에서 본고는 신내림 모티프의 수미상관적 배치를 통해 영원회귀적인 시간상이 만들어짐을 논구하고(2장), 현실 너머의 세계를 증여론적인 원리가 지배하는 생명의 세계로 구체화하며(4장), 미국 체류를 통해 냉전하 한반도의 상징계에 대한 반성적 사유를 할 수 있게

되었다고 본다(5장)는 점에서 각각의 논의를 발전시키고자 한다.

24) 복선은 독자에게 사건의 진행이 너무 우연적이지 않게 받아들여지도록, 혹은 소설의 재미를 배가하기 위해 제시되는 것으로서 보통 사건들의 축적 혹은 배경의 변화 등을 통해 제시된다.(한용환, 『소설학사전』, 고려원, 1992, 181면)

25) 최인훈 소설에서 여성은 어머니의 대리표상이며, 남성은 냉전적 현실 속에서 가부장적 남성주체가 되기 위해 대리표상에 대한 억압을 통해 심리적인 모친살해(matricide)를 행하게 된다. 이는 남성주체가 벗어나야 하는 어머니의 강한 권능(佛; pouvoir)을 전제로 한다. 이는 인용문 (나)에서 이명준이 아름다움과 더러움을 하나로 사유하는 것과도 연관이 있다. 이에 대한 자세한 분석은 별도의 논문을 필요로 한다.

26) 이러한 인식은 여성에 대한 남성의 이중적인 인식, 즉 상스럽게('창녀'형)가 아니면 성스럽게('성모'형) 바라보는 시각과 크게 다르지 않다. 그러나 변화의 흐름을 짚어보는 것도 의미가 있다. 최인훈은 삶의 경험이 쌓이고 스스로 아버지가 되는 경험을 통해 여성이 갖고 있는 생명창조의 권능을 인정하게 된 것으로 짐작된다.

27) (라)에서 "언젠가 전에, 이렇게 이 배를 타고 가다가, 그 벌판을 지금처럼 떠올린 일"이 떠올랐다고 진술되는 부분에서 이미 이 일이 일어난 일이었음을 알 수 있다.

28) 다케다 세이지는 니체의 사상을 에너지 보존법칙이라는 당대의 과학적 지식장과 연관하여 설명한다. 다만, 완전히 동일하게 반복되는 것인지, 조금씩 다르게 반복되는 것인지에 대해서는 견해의 차이가 있을 수 있다. (다케다 세이지, 『니체 다시 읽기』, 윤성진 역, 서광사, 2001, 153~154면)

29) 참고로, 김동리는 점(占)과 같은 동시성적 현상에 대해 이를 인간의 인지능력 한계로 이해하고자 했다. 세계는 온통 원인과 결과로 이루어져 있는데, 인간의 인지적 한계 때문에 이를 우연적인 동시성으로 받아들인다는 것이다. (김동리, 「우연성의 연구」, 『신사조』, 1950.5. 참조) 그러나 김동리적인 '인과적인' 이해만으로는 미래를 체험하는 이명준의 신내림을 이해하기 어렵다.

30) 요시무라 미카(吉村美香), 「C.G.융의 동시성에 관한 연구」, 동국대학교 석사학위논문, 2012.

31) 정재림은 '꿈'을 통해 무의식에 질서를 부여했던 프로이트의 작업에 대한 바흐친과 데리다의 비판을 환기시킨 후 최인훈의 『회색인』에서 "인과의 율을 따지고 보면 그 싫은 심연 속에는 뜻밖에도 이 '우연'이 미소하고 있단 말이다."라는 대목을 들어, 최인훈이 역사를 본질적으로 '우연적인 것'으로 이해하고자 했다고 진술한 바 있다.(정재림, 「최인훈 소설에 나타난 기독교 비판의 의미—『회색인』을 중심으로」, 《문학과 종교》 15, 한국문학과종교학회, 2010, 90~94면)

32) 『새국어대사전』, 한국도서출판중앙회, 2000.

33) 『표준국어대사전』, 국립국어원.

34) 통상적으로 '신들린 A'라고는 해도 '신내린 A'라고는 잘 쓰지 않는다.

35) 최인훈은 '가장 한국적인 것'을 샤머니즘에서 찾던 김동리적인 전통지향성 위에 활동했던 작가로 이해되고 있다.(김주현, 「1960년대 소설의 전통 인식 연구」, 중앙대학교 박사학위논문, 2007) '신내림'이라는 용어를 사용한 데에 이것도 원인이었을 수 있다.

36) 미르치아 엘리아데, 『샤머니즘』, 이윤기 역, 까치, 1992, 42면.

37) 김태곤, 「한국 샤마니즘의 정의 — 샤마니즘의 특성을 중심으로」, 『한국의 무속문화』, 박이정, 1998.

38) 히스테리는 자궁을 뜻하는 그리스어 'hystera'에서 비롯된 용어이다. (크리스티나 폰 브라운, 『히스테리 : 논리 거짓말 리비도』, 엄양선·윤명숙 역, 여이연, 2003, 37면) 최근까지도 히스테리는 여성적인 질병으로 여겨졌다.

39) 크리스티나 폰 브라운, 위의 책.

40) 폰 브라운은 남성 히스테리를 예의 그 구조에 의해 내재한 양성성에서 여성성을 잃어버릴 때, 즉 사회가 원하는 남성 젠더로 강제로 주조될 때 일어나는 19세기적 현상으로 본다.(위의 책, 6장 참조) 이명준의 경우에도 포제션에 대한 여성학적 이해로서 히스테리는 타고르호에서 이명준이 스스로 젠더적인 상징질서에 억압되어 있다는 것을 깨달으면서 나타난다.

41) 윤대석, 「최인훈 소설의 정신분석학적 읽기」, 《한국학연구》 16, 인하대학교 한국학연구소, 2007.

42) 이강록, 「최인훈 소설의 정신분석학적 연구 : 라깡과 지젝의 이론을 중심으로」, 배재대학교 박사학위논문, 2012.

43) 서영채, 「최인훈 소설의 세대론적 특성과 소설사적 위상 : 죄의식과 주체화」, 《한국현대문학연구》 37, 한국현대문학회, 2012.

44) 박해랑, 「최인훈 소설의 인물 심리 연구 : 비극적 세계 인식과 심리적 대응 양상」, 동국대학교 박사학위논문, 2015.

45) 줄리아 크리스테바 · 카트린 클레망 공저, 『여성과 성스러움』, 임미경 역, 문학동네, 2002.

46) 위의 책, 18~19면.

47) 위의 책, 11~13면.

48) 『여성과 성스러움』에서 크리스테바의 possession과 클레망의 trans는 모두 신들림으로 번역되었다. 실제 용례가 그러하거니와 두 사람이 이를 특별히 구분하지 않기 때문이라고 역자는 밝힌다.(위의 책, 42면)

49) 줄리아 크리스테바의 아브젝시옹 이론은 김윤식의 『이상문학 텍스트 연구』(서울대출판부, 1998)에 의해 압젝션으로 소개된 바 있다. 단일한 상징계를 취하는 공동체에서 다른 상징질서를 취하는 존재는 공동체 상징계의 안정성을 위해 외부로 배척된다는 것이 아브젝시옹 이론의 골자이다.

50) 조르조 아감벤, 『호모 사케르—주권 권력과 벌거벗은 생명』, 박진우 역, 새물결,

2008. 치외법권에 놓인 자를 숭고한 대상으로 만드는 데는 희생제의와 같은 일정한 조건이 필요하다. 이에 대해서는 르네 지라르, 『폭력과 성스러움』 개정판, 김진식·박무호 역, 민음사, 2000.

51) 이같은 고찰은 최윤경에 의해 행해진 바 있다. (최윤경, 앞의 글)

52) 푸코가 『성의 역사』에서 논한 로마의 생사여탈권은 부자관계에서 적용되는 법으로서, 아버지가 아들에게 갖는 무조건적인 권한을 말한다. 로마인들은 이러한 아버지의 권한과 정무관의 지배권 사이에서 본질적인 친화성을 느꼈기 때문에 부권법과 주권권력이 결국 긴밀하게 얽히게 되었다. (아감벤, 앞의 책, 183~185면)

53) 은혜를 찾는 이명준을 어머니를 찾는 아들에 대입하여 읽으면 흥미롭다. 그에게 위안을 주던 은혜는 발레리나로서 러시아 공연을 하게 되어 있다. 명준을 설득력 없는 고집을 내세워 순회공연을 말리고, 은혜는 그에게 약속한 것과 달리 순회공연을 떠난다. 상심한 명준은 전쟁에 자원하고, 은혜는 공연에서 돌아오자마자 그를 만나기 위해 간호병으로 참전한다. 재회한 은혜는 명준에게 자신의 잘못을 참회하며, 명준은 "(약속을) 뚜렷이 어긴 은혜를, 한치 틈새도 없이 믿고 있는 자기를"(『광장』, 169면) 인식한다. 이러한 심리변화는 어머니를 향한 아들의 그것과 같다.

54) 아감벤에 의하면, 그리스인은 생명에 대해 모든 생명체가 가진 생물학적 생명(zoe)과 어떤 개인이나 집단에 특유한 삶의 형태나 방식(bios)를 구분했다고 한다. 정치적 삶은 조에가 아닌 비오스에 해당하는 것이다.(아감벤, 앞의 책, 33면) 권보드래는 이에 대해 당대 중립국 담론의 불가능성을 읽어내며, 그 가능성은 최인훈의 후일 창작에서 가능했다는 것을 밝힌다. 권보드래, 「중립의 꿈 1945~1968—냉전 너머의 아시아, 혹은 최인훈론을 위한 시론」, 《상허학보》 34, 상허학회, 2012.

55) 1,600여 명의 인도군과 함께 인도로 떠난 중립국행 포로들은 88명이었다. 이들의 원국적은 중국 12명, 북한 75명, 한국 2명이었으며, 북한송환 거부 후 남한체류 거부자 74명, 남한송환 거부 후 북한체류 거부자 2명, 중국 인민지원군 출신으로 중국송환 거부자 1명으로 구성되어 있었다. 이들을 태운 아스투리아스(Asturias)호는 1954년 2월 9일 인천을 떠나 홍콩, 싱가폴을 경유, 2월 21일 전원이 인도 마드라스항구(첸나이)에 도착했다.(이선우, 「한국전쟁기 중립국 선택 포로 연구」, 이화여자대학교 사학과 석사학위논문, 2012)

56) 이들은 인도잔류파와 반공노선인 남미송환파로 나뉘었고, 남미파는 처리방안이 마련될 때까지 제26육군병원에 2년 동안 수용되었다. 세계정세의 변화에 따라 친서방국가에서는 이들을 받고자 하지 않았기 때문에, 이들의 운명은 여러 갈래로 달라졌다. 최종 행선지는 북한 6명, 한국 2명, 브라질 46명, 아르헨티나 9명, 인도 8명, 미국 5명, 캐나다 1명이다. (이선우, 위의 글) 이 논문에는 포로들의 인적사항이 정리되어 있는데, 남한 출신자로 확인된 사람은 6명으로 파악된다.

57) 크리스테바에 의하면, 상징계는 기호계가 가진 질서를 핵으로 구축되며, 사라지거나 극복되지 않고 정동적인 것으로서 상징계의 이면에 존재하고 있다. 기호계는 상징계에 위기를 초래하기도 하지만, 경화된 상징계에 균열을 일으켜 변화를 이끌어내고 때론 균열을 봉합함으로써 위기를 극복하게 하기도 한다고 설명한다. 이에 대해서는 줄리아 크리스테바의 『시적 언어의 혁명』(김인환 역, 동문선, 2000), 『공포의 권력』(서민원 역, 동문선, 2001), 『검은 태양』 (김인환 역, 동문선, 2004) 등을 참조.

58) 최인훈, 『광장』, 『광장/구운몽』 개정판, 문학과지성사, 1989, 188면.

59) 이는 '순수증여'의 표상으로 보인다.

60) 이광호, 앞의 글.

61) 새 상징은 해를 쏘는 신화와 삼족오 신화에서 등장하는 상상의 새와 연관이 있다. (김중순, 「한국문화원류의 해명을 위한 문화적 기호로서 '새'의 상징」, 《한국학논집》56, 계명대학교 한국학연구원, 2014.

62) 1970년대 미국은 오히려 냉전의 심장부였다는 비판이 있을 수 있다. 그러나 분단모순의 하나인 상상력의 제약은 북미의 미국인들보다 한반도의 한국인들에게 더욱 직접적으로 다가오는 것이다. 당대의 미국이 사상적으로 자유롭다고 말할 수는 없지만, 유신체제인 당대 한국보다 상대적으로 자유로웠다고 말할 수는 있다. 특히 1972년부터 시작된 미중 간의 핑퐁외교는 데탕트 분위기의 절정이었다.

63) 김현, 앞의 글, 314~315면.

64) 정영훈, 「최인훈 소설에 나타난 여성 인식」, 《한국근대문학연구》 7, 한국근대문학회, 2006, 161, 165, 170면.

65) 위의 글, 171면.

66) 총을 내려놓는다는 것은 생명을 위해 일상세계의 폭력을 '정지'하는 것이다.

67) 사북을 향해 테두리를 걸어가는 이명준의 움직임은 작가 최인훈이 『광장』 개작을 통해 여성에 대한 시력을 회복하고, 생명의 자각에 이르렀던 여정을 말해주고 있다.

68) 신범순은 이상(李箱)이 만들고자 한 '부채꼴인간'에서 이상이 사북을 모든 존재를 아우르는 중심으로 사유하고 있음을 드러내 보인다. 그에 의하면, "부채는 밖에 펼쳐지는 그 무수한 주름들을 한 꼭지점(사북)에 모은다. 어떤 부채들은 그곳에 연꽃을 그려놓기도 한다. (…) 이 로터스 연꽃은 태양꽃이며 우리 고구려 고분에 그려진 연꽃들이기도 하다. 말하자면 부채는 태양이 펼쳐내는, 혹은 접기도 하는 자연의 세계를 가리키는 도상학"이며, 부채에서 "주름의 만곡 어딘가에 존재하는 주체의 파편들은 모두 부채살로 연결되어 하나로 펼쳐진다. (…) 주체의 중심은 라캉의 경우처럼 비어있지 않고 (…) 부채살이 모인 꼭지점에 존재한다. (…) 이 태양이 활성화된 주체야말로 고대적 정신 세계의 꼭대기에 있는 숭고한 존재였을 것이다."(신범순, 『이상 문학 연구 — 불과 홍수의 달』, 지식과 교양, 2013,

216면, 219~220면)

『태풍』의 경로 혹은 두 개의 물음

1) 조보라미, 「최인훈 소설의 탈식민주의적 고찰」, 《관악어문연구》 25, 서울대학교국어국문학과, 2000: 강진구, 「반식민(Anti-Colonization)의 이중성을 넘어—최인훈의 『태풍』을 중심으로」, 문학과비평연구회, 「탈식민의 텍스트, 저항과 해방의 담론」, 이회, 2003: 구재진, 「최인훈의 『태풍』에 대한 탈식민주의적 연구」, 《현대소설연구》 24, 한국현대소설학회, 2004: 이상갑, 「식민국과 식민지의 이분법을 넘어서 — 『태풍』(최인훈)론」, 「근대민족문학비평사론」, 소명출판, 2003: 조순형, 「최인훈 소설 『태풍』의 탈식민주의적 고찰」, 《어문연구》 64, 어문연구학회, 2010.
2) 차미령, 「최인훈 소설에 나타난 정치성의 의미 연구」, 서울대학교 박사학위논문, 2010.
3) 송효정, 「최인훈의 『태풍』에 나타난 파시즘의 논리—근대 초극론과 동아시아적 가족주의를 중심으로」, 《비교한국학》 14, 국제비교한국학회, 2006: 박진영, 「되돌아가는 제국, 되돌아가는 주체」, 《현대소설연구》15, 한국현대소설학회, 2001.
4) 발터 벤야민, 『발터 벤야민의 문예이론』, 반성완 편역, 민음사, 1983, 347면.
5) 로이스 타이슨, 『비평이론의 모든 것』, 윤동구 역, 앨피, 2012, 36면; 37면.
6) 최인훈, 『태풍』(1978), 문학과 지성사, 1992, 7~8면. 이후 『태풍』을 인용할 때는 책 제목과 면수만 인용한다.
7) 김윤식, 「민족과 역사의 인류학적 의미—소설 『태풍』을 읽고」, 《중앙일보》, 1973.10.15.
8) 우쓰미 아이코, 『조선인 BC급 전범, 해방되지 못한 영혼』, 이호경 역, 동아시아, 2007, 8면.
9) 진중권, 「소비자에서 생산자로: 회복과 전환」, 『진중권 미학에세이』, 씨네21북스, 2013, 참조.
10) 김종욱, 「무국적자, 국민, 세계시민」, 《역사와 담론》 72, 호서사학회, 2014.10, 148면.
11) 슬라보예 지젝, 『이라크』, 박대진 외 역, 도서출판b, 2004, 19면.
12) 권보드래, 「양면 — 자유와 독재」, 「자유라는 화두 — 한국 자유주의의 열 가지 표정」, 김동춘 외, 삼인, 1999, 195면.
13) 엄기문, 「비동맹과 제3세계의 구조」, 《국제정치논총》 22, 한국국제정치학회, 1982.12.
14) 「제3의 세계는 어디로—「1인정치」의 후퇴와 반전하는 「비동맹노선」(4)」, 《조선일보》 1966.3.24.

15) 유해종, 「비동맹 운동의 특성과 그 전망」, 《국제정치논총》 21, 한국국제정치학회, 1981.12.

16) 이승만은 1954년 '사사오입' 개헌을 통해 대통령의 3선 제한을 바꾸었으며, 조봉암의 의문스러운 죽음이 있은 후 1956년 5월 22일 3대 정부통령 선거에 대통령으로 당선되었다. 이승만 정권이 독재로 접어들고 있던 시기에 신문은 수카르노를 통해 우의적 비판을 진행하였던 것으로 보인다.

『화두』에 나타난 애도와 우울증, 그리고 정치적 잉여

1) 이 글은 2015년 《외국문학연구》 57호에 「최인훈의 『화두』에 나타난 애도와 기억」이라는 제목으로 발표된 논문이다.

2) 1994년 『화두』가 발간된 직후에 많은 비평이 발표되었는데, 그 가운데 대표적인 것으로, 피난민/망명자의 시각에 초점을 맞춘 송승철의 글과 작가의 의식에 초점을 맞춘 김병익의 글, 기억의 문제에 초점을 맞춘 김윤식과 김주연의 글이 있다. 김병익, 「'남북조 시대 작가'의 의식의 자서전-최인훈의 『화두』를 보며」, 《문학과사회》 제7권2호(통권 26호), 1994.5; 김윤식, 「최인훈론-유죄판결과 결백 증명의 내력」, 『작가와의 대화』, 문학동네, 1996; 김주연, 「체제변화 속의 기억과 문학 — 최인훈의 장편 『화두』」, 《황해문화》 제2권 2호(통권3호), 1994.6; 송승철, 「『화두』의 유민의식: 해체를 향한 고착과 치열성」, 《실천문학》 통권34호, 1994.5.

3) 구재진, 「최인훈의 고현학, '소설노동자'의 위치 — 『소설가 구보씨의 일일』 연구」, 《한국현대문학연구》 38집, 2012, 310쪽.

4) 대표적인 연구는 다음과 같다.
김인호, 「최인훈 소설에 나타난 주체성 연구」, 동국대 박사논문, 1999; 서은주, 「최인훈 소설 연구 — 인식 태도와 서술방식의 상관성을 중심으로」, 연세대학교 박사논문, 2000; 연남경, 「최인훈 소설의 자기반영적 글쓰기」, 이화여대 박사논문, 2009; 정영훈, 「최인훈 소설에 나타난 주체성과 글쓰기의 상관성 연구」, 서울대학교 박사논문, 2005.

5) 장사흠, 「최인훈 『화두』의 자전적 에세이 형식과 낭만주의적 작가의식」, 《현대소설연구》 제38권, 2008.

6) 정미지, 「『화두』의 자전적 글쓰기와 '책-자아'의 존재 방식」, 《한국문학이론과 비평》 제55집, 2012.

7) 조갑상, 「최인훈의 화두 연구 — 「낙동강」과의 관계를 중심으로」, 《한국문학논총》 제31집, 2002.

8) 권성우, 「근대문학과의 대화를 통한 망명과 말년의 양식 — 최인훈의 『화두』에 대해」, 《한민족문화연구》, 제45권, 2014.

9) 오윤호, 「『화두』와 20세기 식민지 지식인의 탈이데올로기적 저항」, 《국제어문》 제46집, 2009.

10) 조보라미, 「이데올로기에 대한 매듭짓기와 매듭풀기: 『광장』과 『화두』」, 《국제한인문학연구》 11호, 2013.

11) 김인호, 「기억의 확장과 서사적 진실-최인훈 소설 『서유기』와 『화두』를 중심으로」, 《국어국문학》 140권, 2005.

12) 연남경, 「기억의 문학적 재생」, 《한중인문학연구》 제28권, 2009,

13) 이 외에 구조나 서사의 특성을 밝힌 연구로 다음과 같은 연구가 있다.
김기우, 「최인훈의 예술론과 『화두』의 구조적 특성」, 《한국언어문학》 제56집, 2006; 서은선, 「최인훈의 소설 『화두』에 대한 서사론적 분석」, 《국어국문학》 제32집, 부산대학교, 1995.

14) 김주연, 같은 논문, 349쪽.

15) 구재진, 같은 논문, 321쪽.

16) 같은 논문, 324쪽.

17) 최인훈, 『화두』(2), 문이재, 2002, 533쪽. 이후 인용 부분은 본문에 인용 면수만 제시하기로 함.

18) 막 오제, 『망각의 형태』, 김수경 역, 동문선, 2003, 21쪽.

19) 이진우, 「기억의 병과 망각의 덕」, 『기억하는 인간 호모메모리스』, 책세상, 2014, 35쪽.

20) 이런 점에서 "과거를 뒤져 현재를 증명하고 미래를 예견하는 것이 『화두』의 역할"이라고 보는 김인호의 관점(김인호, 앞의글, 157쪽)이나 『화두』에서 작가의 사유가 "개체 기억과 계통 기억의 관련성, 인류의 기억을 축적한 한 개인이 갖는 기억 능력, 역사를 구성하고자 하는 개인, 역사 위에 과거와 미래의 기억을 잇는 것으로 나아간다"고 보는 연남경의 관점(연남경, 앞의글, 201쪽)에는 동의하기가 어렵다. '미래의 예견'이나 '미래의 기억'이 의미하는 것이 무엇인지가 불분명하기도 하지만 그보다는 『화두』에서는 미래가 본래의 의미를 지니지 못하고 있기 때문이다.

21) 이 작품에서 자아비판회와 그 비판회를 주도했던 지도원 선생님에 대한 기억은 빈번하게 서술되고 있고 그 트라우마적인 성격이 강조되고 있다. 때문에 많은 연구가 이 기억을 비중 있게 다루고 있다. 특히 김윤식은 이 작품 전체가 자아비판회의 유죄 판결에 대한 결백 증명의 성격을 지닌다고 평가하면서 결백증명이 외부적인 개입에 의하여 이루어졌음을 지적하고 있다.(김윤식, 같은 논문, 27~28쪽)

22) 이 기억이 가장 구체적으로 제시된 작품은 『서유기』로서 이 작품의 내용은 표면적으로 '운명'으로 표현되고 있는 방공호에서의 여인을 만나기 위해 W시로 가는 독고준의 여정으로 이루어져 있다. 그러나 W시에 도착해서 만난 것은 방공호에서의 여인에 대한 기억이 아니라 자아비판회의 기억이다. 독고준은 여기서 재판의 형식을 통해서 자아비판회의 기억을 반복 체험하고 있다. 이에 대해서는 구재

진, 『한국문학의 탈식민과 디아스포라』, 푸른사상, 2011, 155~162 참조.

23) 우울증은 애도와 마찬가지로 보통 사랑하는 사람의 상실, 혹은 사랑하는 사람의 자리에 들어선 어떤 추상적인 것, 즉 조국, 자유, 어떤 이상 등의 상실과 관련된 반응이다. 그러나 상실을 성공적으로 받아들이는 '정상적인 애도'의 주체와는 달리 우울증적 주체는 상실한 대상에 대한 나르시시즘적 동일시에 머물러 있다. (지그문트 프로이트, 「슬픔과 우울증」, 『무의식에 관하여』, 윤희기 역, 열린책들, 1998, 248쪽; 슬라보예 지젝, 「우울증과 행동」, 『전체주의가 어쨌다구?』, 한보희 역, 새물결, 2008,218쪽)

24) 최인훈 문학에서 중립에 대한 정치적 지향이 지니는 의미에 대해서는 권보드래, 「중립의 꿈: 1945~1968 — 냉전 너머의 아시아, 혹은 최인훈론을 위한 시론」, 《상허학보》 34집, 2012를 참조할 것.

25) 김주연은 이 작품이 구소련에 대해서는 비탄과 함께 아쉬움을 드러내고 고르바초프에 대해서는 환멸과 야유를 숨기지 않는 것을 난민의식의 소산이라고 보면서도 고르바초프가 자기부정을 하지 않을 수 없게 된 배경에 대한 이해가 결여되어 있는 것은 아닌가 의아해 하고 있다.(김주연, 같은 논문, 356쪽) 그러나 구소련에 대한 이 작품의 태도는 이해의 결여 때문이 아니라 상실한 대상에 자신을 고착시키는 우울증적 태도 때문에 나타난 것이다.

26) 슬라보예 지젝, 같은 책, 221쪽.

27) 같은 책, 222쪽.

28) 왕철, 「프로이트와 데리다의 애도이론 — "나는 애도한다 따라서 나는 존재한다"」, 《영어영문학》 제58권 4호, 2012, 788~790쪽 참조.

29) 슬라보예 지젝, 같은 책, 같은 쪽.

30) 양윤의는 "포석 조명희는 예술가 전체를 상징하는 거대한 이름"이고 "조명희에 대한 애도는 그가 걸어간 역사의 투명한 길에 대한 애도이자, 예술과 죽음과 사랑을 결합한 윤리적 주체에 대한 애도"이기도 하다고 평가하고 있다.(양윤의, 「최인훈 소설의 주체 연구」, 고려대학교 박사논문, 2009, 109쪽)

31) 『소설가 구보씨의 일일』 연작에서 주인공 구보는 단테의 시에 나오는 '표류', '유랑', '방랑', '순례' 등의 말을 모두 '피난'으로 이해하면서 스스로를 남한에서 안정적인 기반 없이 부유하고 있는 존재로서 바라보고 있다.(구재진, 같은 논문, 329쪽)

32) 왕철, 같은 논문, 789쪽.

33) 박선영, 「클라인씨의 '우울적 위치'와 그 정신분석적 고찰: 애도와 회복을 통한 주체의 탄생」, 《라깡과현대정신분석》 제6권 2호, 한국라깡과현대정신분석학회, 2004, 50쪽.

34) 『화두』 1부에서 1987년에 이루어진 이 희곡의 미국 공연에 대해서 장황할 만큼 많은 분량이 서술되어 있는 이유는 바로 이 때문이다. 「옛날 옛적이래도 좋고……」는 1부의 중심 되고 있는 화두, '이곳에 남아서 살 것인가'의 문제에 대한

해답을 마련해 준 작품이다.

35) 이는 스스로를 '소설 노동자'로 규정한 바 있는 『소설가 구보씨의 일일』 연작과도 다른 태도이다.

36) 아이리스 M. 영, 『정치적 책임에 관하여』, 허라금 외 역, 이후, 2013, 157쪽.

37) 같은 책, 190쪽.

38) 이런 맥락에서 볼 때 화자가 이태준과 자신을 동일시하고 현재의 상황을 이태준의 「해방 전후」의 상황과 동일시하는 대목은 의미심장하다.

PART V 경계를 넘나드는 가능성들

선을 못 넘은 '자발적 미수자'와 선을 넘은 '임의의 인물'

1) 최인훈, 「風俗과 觀念」, 《현대세계문학전집》 12, 신구문화사, 1968. 이 글은 문학과 지성사의 최인훈 전집 『문학과 이데올로기』에 「세 사람의 일본작가」로 제목이 바뀌어 실린다.

2) 정영훈, 「『광장』과 사르트르 철학의 관련성」, 《한국문예비평연구》 21, 한국현대문예비평학회, 2006, 398면.

3) 조남현, 「해방50년, 한국 소설」, 『한국현대문학50년』, 민음사, 1995, 147면.

4) 정영훈, 앞의 글; 정영훈, 『최인훈 소설의 주체성과 글쓰기』, 태학사, 2008.

5) 백주현, 「최인훈의 「가면고」에 나타난 프랑스 실존주의의 영향」, 《비교문학》 49, 한국비교문학회, 2009.

6) 비평과 논쟁의 차원에서는 1950년대 한국문단에서 실존주의에 관한 해설과 번역이 활발히 이루어졌지만 비판적 수용을 통한 내면화에는 이르지 못했다는 한수영의 논의가 대표적이다(한수영, 『한국현대 비평의 이념과 성격』, 국학자료원 국학자료원, 2000.).

7) 박지영, 「번역된 냉전, 그리고 혁명: 사르트르, 마르크시즘, 실존과 혁명」, 《서강인문논총》31, 서강대학교 인문과학연구소, 2011, 102면.

8) 예를 들어 이념적 편향성을 거부하고 삶의 부조리를 피하지 않은 채 분명한 의식으로 삶을 바라봐야 한다는 카뮈의 '반항(révolte)'은 그 소극성 때문에 사르트르의 진영으로부터 '부르주아적 발상'이라 비판을 받는 등 당시 프랑스 지성인 사이에서 공감을 얻지 못했다. 유기환, 「카뮈, 공산주의, 한국전쟁」, 『프랑스 지식인들과 한국전쟁』, 민음사, 2004, 224~226쪽.

9) 이재룡, 「실존과 생존—『구토』와 「요한시집」의 비교」, 『실존과 참여—한국의 사르트르 수용 1948~2007』, 문학과지성사, 2012.

10) 조남현, 앞의 글, 146면.

11) 이 글에서 사용하는 각 텍스트는 다음과 같다. 최인훈, 『광장』, 정향사, 1961.; 堀田善衛, 「廣場の孤獨」, 新潮社, 1982; 알베르 카뮈, 『이방인』, 김화영 역, 책세상, 1993. 앞으로 이 텍스트들의 인용은 쪽수만 표기할 것이다.

12) Steven Crowell, "Existentialism", 『*The Stanford Encyclopedia of Philosophy*』(Winter 2010 Edition), Edward N. Zalta (ed.).

13) 위의 글, 176~178면.

14) 빌터 비멜, 『사르트르』, 구연상 역, 한길사, 1999, 196~198면.

15) 위의 책, 205~206면.

16) 이양재, 「『이방인』의 형이상학적 의미와 사회적 의미」, 「불어불문학연」83, 한국불어불문학회, 2010, 453면.

17) 위의 글, 469면.

18) 나카네 다카유키, 「홋타 요시에(堀田善衛) 「광장의 고독」의 시선」, 《한국어와 문화》7, 숙명여자대학교 한국어문화연구소, 2010, 195면. 홋타 요시에는 1950년을 전후해 등장한 아베 코보(安部公房), 홋타 요시에(堀田善衛), 시마오 도시오(島尾敏雄) 등과 함께 제2차 전후파라 불린다. 특히 아베 코보와 홋타 요시에는 1951년 25회·26회 아쿠타가와상을 받으며 나란히 등단했다. 「광장의 고독」의 줄거리는 다음과 같다.

1950년 한국전쟁 발발에 따라 물밀 듯 들어오는 전문(電文)을 번역하기 위해 전직 기자 출신 기가키(木垣)는 임시로 한 신문사에서 며칠 전부터 일하고 있다. 그는 일본이 독립하기 전까지 사회에 관여하지 않겠다고 다짐했지만, 생활을 위해 신문사에 들어갔던 것이다. 그는 신문사에서 전문의 '북한군'을 아무 의심 없이 '적'으로 바꾸어 말하는 상황에 문제를 제기하는 등, 한국전쟁으로 다시 전쟁에 관여하는 일본을 비판적으로 바라본다. 부정적인 현실에 관여하지 않으려 하지만, 그는 공산당 당원 미쿠니(御国), 미국인 기자 헌트, 중국인 기자 장국주, 옛 오스트리아 귀족 테일핏 등을 만나며 국가 일본과 마찬가지로 자기 자신 역시 어떠한 방식으로든 현실에 관여할 수밖에 없음을 깨닫는다. 동거녀 교코(京子)와 그는 혼란스러운 일본을 떠나 아르헨티나로 떠나고 싶어 했고, 테일핏은 그 꿈을 이룰 수 있는 돈을 준다. 하지만 돈으로 자유를 살 수 없다는 생각에 그는 그 돈을 불태운다. 신문사에서 제안한 정규직도, 하라구찌(原口)가 제안한 경찰보안대(경찰예비대)로의 이직과도 거리를 둔 채, 그는 자신을 둘러싼 이해할 수 없는 세계를 그리기 위해 소설 『광장의 고독』을 쓰기 시작한다.

19) 増田靖彦, 「サルトルは日本でどのように受容されたか : その黎明期を中心として」, 《Jinbun》 6, 学習院大学, 2007, 85면.; 石井素子, 「日本におけるJ.-P.サルトルの受容についての一考察 : 翻訳·出版史の視点から」, 《京都大学大学院教育学研究科紀要》 第52号, 京都大学大学院教育学研究科, 2006. 사르트르 등 프랑스 실존주의 사상은 1945년 이후 미국을 경유해 일본으로 들어오기 시작했으며, 철학보다

는 문학 등에서 그 영향이 뚜렷했고, 피상적인 이해가 점차 개선되는 방향으로 나아갔다. 이는 한국의 사르트르 수용과 유사하다.

20) 정영훈, 「『광장』과 사르트르 철학의 관련성」, 앞의 글, 407~408면.

21) 「広場の孤独と共通の広場」, 《近代文学》 7巻5號, 1952. 참고로 수상기념 축하회는 1952년 2월 25일에 혼다 슈고(本多秋五)의 사회로 진행되었다.

22) 정영훈, 「『광장』과 사르트르 철학의 관련성」, 앞의 글, 409~410면.

23) 「広場の孤独と共通の広場」, 《近代文学》 7巻5號, 1952, 3면.

24) "美國과 쏘聯이라는 兩大勢力과 理念下에서 방황해야 했던, 當時 被占領下 日本의 인테리의 고민과 자각을 다른 主題를 이만큼 成功시킨 作品이 아직 없"지만 "그 主題 속에는 우리의 눈으로 (直接 動亂의 도가니 속에서 世紀的인 苦痛을 맛본) 볼 때에는 지나치게 말초신경질적이고 意識의 深度가 얕은 點이 없지 않다" 신동문, 「광장의 고독 역자의 말」, 『日本芥川賞小說集』, 신구문화사, 1960, 376면.

25) 알베르 카뮈, 『시지프 신화』, 김화영 역, 《알베르 카뮈 전집》 4, 책세상, 2013, 58~60면.

26) 자위대의 전신인 '경찰예비대'를 나타내는 것으로 보인다.

27) 이 문단에 나와 있는 당시 일본 사회의 사건에 대한 정보는 '伊藤博, 「堀田善衛と日野啓三 ―「眼の虛無」から「虛点の精神」へ」, 《法政大学大学院紀要》 Vol. 65, 法政大学大学院, 2010, 169~170쪽.'의 것임.

28) "인간 자신에게서 엿보이는 비인간성을 접하면서 느끼는 막연한 불안, 우리 존재 자체의 모습 앞에서 경험하는 측량할 길 없는 추락, 이 시대의 어느 작가가 말한 바 있는 '구토(嘔吐)', 이것도 또한 부조리이다." 알베르 카뮈, 『시지프 신화』, 《알베르 카뮈 전집》 4, 앞의 책, 31면.

29) 장 폴 사르트르, 『구토』, 방곤 역, 문예출판사, 1999, 237~ 246면.

30) 정영훈, 앞의 책, 114면.

31) 바꿔 말해, 태풍을 태풍으로 성립시키는, 태풍의 중심에 있는 눈의 허무를, 바깥 현실의 바람을 그림으로써 명확하게 하는 것이다. 이렇게 해서 나의 존재의 중심에 있을 허점을 현실 안으로 끄집어내면, 내 살아있는 육체로 존재하는 나를 한층 정확하게 파악할 수 있는 것은 아닐까. 예견이 불가능한 지역, 태풍의 눈, 그것은 인간에게 있어서는 혼이라고 불리는 것이리라. 堀田善衛, 『廣場の孤獨』, 新潮社, 1982, 87면.

32) 알베르 카뮈, 『시지프 신화』, 김화영 역, 《알베르 카뮈 전집》 4, 책세상, 2013, 76면.

33) 정영훈, 「『광장』과 사르트르 철학의 관련성」, 《한국문예비평연구》 21, 한국현대문예비평학회, 407면.

34) 「広場の孤独と共通の広場」, 『近代文学』 7巻5號, 1952, 8면.

35) "여자를 껴안고 딩구는 건, 그러지 않고는 배기지 못할 아담의 고독이 빚어내는 여러가지 몸부림 가운데 하나일 것이었다. 어떤 사람은 여자 대신 전쟁을 택했다.

그래서 그는 알렉산다가 되고 징그스칸이 되었다. 어떤 사람은 물질 사이에 걸쳐 있는 눈에 보이지 않는 함수 관계를 택했다. 그래서 그는 갈릴레오가 되고 뉴톤이 됐다. 돈·환답게 태식은 걸 알고 있었다." 최인훈, 『광장』, 정향사, 1961, 39면.

36) 알베르 카뮈, 『이방인』, 김화영 역, 책세상, 1993, 81면.

37) René Girard, "Camus`s Stranger retried", 『*PMLA*』, Vol. 79, No. 5, Modern Language Association, 521~523면.

38) 위의 글, 527면.

39) 『이방인』의 일본어 번역 텍스트는 'カミュ, 「異邦人」, 窪田啓作譯, 新潮社, 1968'의 것임. 窪田啓作는 1951년 6월호《신조(新潮)》에 『이방인』을 번역했다.

40) 伊藤博, 앞의 글, 167면. 伊藤博는 이러한 표현상의 유사점, 「광장의 고독」이 작품 속에서 「*Stranger in town*」의 일본어 번역이라는 점, 작품의 주제와 카뮈의 사상과의 관련성 등을 바탕으로 제목이나 사상의 계보 면에서 『이방인』과 「광장의 고독」을 연결한다.

41) 자신이 던져진 '세계라는 광장'을 보이는 대로 묘사함으로써 자기 안에 있을 '인간의 혼'을 명확히 하겠다는 다짐은 '부조리의 인간에게 중요한 것은 설명하고 해결하는 것이 아니라, 투시력을 갖춘 무관심으로부터 시작해 세계를 실감하고 묘사하는 것이며, 따라서 예술작품은 출구 없는 막다른 길을 정확히 가리켜 보이는 것'(알베르 카뮈, 「시지프 신화」, 앞의 책, 147~148면.)이라는 카뮈의 언급과 긴밀히 연결된다.

42) 기가키는 일본이 국제사회에 정당하게 나서기 위해서는 단독강화가 아니라 한국 등을 포함한 모든 나라와의 전면강화가 이뤄져야 한다고 생각하고, 요코하마의 일본 민중을 식민지, 반식민지의 아시아 민중과 겹쳐 놓고, 전쟁의 극한 고통을 겪는 한국인에 대한 안타까움을 표출한다. 또한 비록 공산당에 입당하지는 않지만 그들의 입장에 동조하고, 입당을 진지하게 고민한다. 이처럼 그는 민족적 차원과 개인적 차원에서의 현실 '관여'를 포기하지 않는다.

43) "관조(觀照)에서 오는 회의는 그래도 뼈아픈 결단까지는 요구하지 않았다."는 "헛궁리에서 오는 어수선함은 그래도 뼈아픈 어떤 걸음을 내딛기까지는 다그치지 않는다."로 바뀐다.

44) "그는《노동신문》본사 편집부 근무를 명령받았을 때 새로운 생활을 결심했다." (125면)

45) 서영채는 이명준의 자살이 선택 불가능성의 완성이며, 따라서 그의 자살은 이미 중립국을 선택했을 때부터 예정된 것이라고 보았다. 서영채, 「최인훈 소설의 세대론적 특성과 소설사적 위상: 죄의식과 주체화」,《한국현대문학연구》37, 한국현대문학회, 2012, 304면, 311면.

1) 1992년 1월 27일, 《동아일보》에 의하면, "최씨의 주된 테마는 삶의 의의와 휴머니즘에 입각한 인간성을 다루고 있을 뿐만 아니라 각 개인의 인간관계를 중요하게 취급하고 있다"는 점이 추천사의 주된 내용이다.
2) 최인훈의 『광장』은 한국일보사 '21세기에 남을 한국의 고전' 조사에 문인 100명이 꼽은 11편의 소설가운데서 박경리의 『토지』 다음으로 제2위를 점하였다. 그 추천이유는 한국 지식인의 운명에 대한 깊은 성찰로 이후 젊은이들에게 지대한 영향을 미쳤다는 점이다.
3) 1925년부터 1940년까지 15년에 걸쳐 완성된 『고요한 돈강』은 센세이션을 불러일으켰으며, 1965년 노벨문학상 수상작인 동시에 스탈린문학상 수상작이기도 하다. 이 작품으로 하여 미하일 숄로호브는 일약 세계적인 작가의 반열에 오르게 되었다.
4) 한미숙, 「한국과 독일의 분단문학 비교: 크리스타 볼프의 『나누어진 하늘』과 최인훈의 『광장』을 중심으로」, 이화여자대학교 석사학위논문, 2003.
5) 우남득, 「Road Jim과 『광장』의 비교연구」, 《연구논총》 7, 이화여자대학교 대학원, 1977.
6) 『광장』의 작자 최인훈은 1997년 6월 중국 연변대학 강연에서 "『고요한 돈강』을 읽었지만 영향은 받지 않았다"고 했다. 또한 두 작품에 대한 검토 결과 직접적인 영향관계를 찾을 수 없었다. 그런데 작품 구조상 흥미로운 점도 발견된다. 두 작품의 주인공은 부단한 곤혹과 방황이 그 성격의 핵심인데, 두 사람은 대립되고 있는 양대 진영 사이에서 방황하는가 하면 사랑하는 두 여자 사이에서도 방황하며, 사랑하는 여자를 잃고 나서는 생의 의욕을 잃고 영원한 안식처인 죽음을 향해 간다. 비록 두 작품의 구조상 이런 공통점이 있으나 영향관계를 입증하기는 어렵다.
7) 조동일, 『한국문학과 세계문학』, 지식산업사, 1995, 9~13면 참조.
8) 『광장』은 여덟 개의 판본을 가지고 있으며, 매번 일부 내용이 개작되었다. 이 인용문은 『광장/구운몽』, 《최인훈 전집》 1, 문학과지성사, 1976.8, 145~146면)에 새롭게 보충된 내용이다.
9) 최인훈, 『광장』의 일역판 서문.
10) 孫美玲 , 「肖洛霍夫研究」, 外国语教学研究出版社 , 1982, 414页.
11) 엽이소부, 「俄罗斯苏维埃文学史」, 莫斯科 , 科学教育出版社 , 1982
孟湘, 「人的魅力—论格里高利性格的悲剧美」에서 재인용, 外国文学研究 , 1989年第一期.
12) 이동하, 「서문과 본문의 거리—최인훈의 『광장』에 대한 재고찰」, 《한국문학》, 한국문학사, 1986.1.
13) 刘铁, 「肖洛霍夫真实的得与失」, 『社会科学前线』, 1986, 年第一期.

14) 김현, 「전반적 檢討」, 김병익·김현 책임편집, 『우리 시대의 작가연구총서』, 도서출판 은애, 1979.

15) 김주연, 「슬픈韓國人의 意志」, 《소설문학》, 소설문학사, 1980.6

16) 한기, 「『광장』의 원형성, 대화적 역사성, 그리고 현재성」, 《작가세계》 4, 작가세계, 1990.

17) 중국 문학평론가 소전린(邵筌麟)은 1962년 대련에서 열린 '농촌제재단편소설창작좌담회'에서 사실주의를 심화할 것을 강조하고 인물형상의 다양화를 제창하면서 작품에서 주동인물과 부정인물 외에도 중간상태에 처한 인물도 묘사해야 한다는 것을 제기하였다. 후에 소전린은 이 문제 때문에 박해를 받다가 1971년에 감옥에서 억울하게 죽었다.

세덕당(世德堂) 100회본 「서유기(西遊記)」를 패러디한 최인훈의 「서유기(西遊記)」

1) 최인훈, 『총독의 소리』, 《최인훈 전집》 9, 문학과 지성사, 2009

2) 최인훈, 『서유기』, 《최인훈 전집》 2, 문학과 지성사, 2008 [1997].

3) Bakhtin, M.M. 『*Problems of Dostoevsky's poetics*』, Ed. and trans. Caryl Emerson. Minneapolis: Minnesota. (Orig. pub. 1984.), 2014. 6.

4) 蓋天地不全, 這經原是全全的, 今沾破了, 乃是應不全之奧妙也.

5) Bakhtin, M.M. 『*The dialogic imagination: four essays*』, Ed. Michael Holquist. Trans. Caryl Emerson and Michael Holquist. Austin: University of Texas Press. (Orig. pub. 1981.), 2011. xxxiii

6) Bakhtin, M.M. 『*Problems of Dostoevsky's poetics*』, Ed. and trans. Caryl Emerson. Minneapolis: Minnesota. (Orig. pub. 1984.), 2014. 32.

7) Plaks, Andrew. 『*The Four Masterworks of the Ming Novel*』 Princeton: Princeton University Press, 1987. 209.

8) 최인훈, 「서유기」, 《문학》, 1966.5~1967.1.

9) 정영훈, 「최인훈의 담론적 특성 연구」. 《한국현대문학연구》 17, 한국현대문학회, 2005, 486면.

10) Plaks, Andrew. 『*The Four Masterworks of the Ming Novel*』 Princeton: Princeton University Press, 1987. 243.

11) Li, Qiancheng. 『*Fictions of enlightenment*』 Honolulu: University of Hawai'i Press, 2004. 82. 호적(胡適)도 그의 『서유기고증(西遊記考證)』에서 『화엄경(華嚴經)』이 100회본 『서유기(西遊記)』에 끼친 영향을 언급한다.

12) 『大方廣佛華嚴經』 http://tripitaka.cbeta.org/zh-cn/T10n0279_067

13) Ehman, Mark Allen. The Gandavyūha: search for enlightenment. PhD diss.,

University of Wisconsin, 1977. 72.

14) 최인훈 『서유기(西遊記)』에서 등장하는 여행, 변신, 방해하는 만남들 등과 같은 모티브들에 대해서 Wall, Barbara. Deconstruction of Ideological Discourses: Ch'oe Inhun's Sŏyugi as a Parody of Xiyouji. 『*Acta Koreana*』, Vol. 20, No. 1, 2017. 281~306 참조.

15) 최인훈, 『회색인』, 《최인훈 전집》 2, 문학과 지성사, 2005 [1977], 73.

16) 김성렬, 「한국적 문화형의 탐색과 구원 혹은 보편에 이르기. 최인훈의 『서유기』 연구」, 《우리어문연구》, 22호, 2004, 296.

17) 최인훈, 『회색인』, 《최인훈 전집》 2, 문학과 지성사, 2005 [1977], 67.

18) 최인훈. 『회색인』, 《최인훈 전집》 2, 문학과 지성사, 2005 [1977], 70.

19) Bakhtin, M.M. 『*Problems of Dostoevsky's poetics*』, Ed. and trans. Caryl Emerson. Minneapolis: Minnesota. (Orig. pub. 1984.), 2014. 39.

연극과의 동행, '최인훈 희곡'의 형성

1) 김현·김윤식, 『한국문학사』, 민음사, 1973, 251면.

2) 최인훈에 관한 논의 중 작품의 해석을 통해 작가의 정치성을 밝히려는 논의가 유독 많다는 것은 이를 방증한다.

3) 이상일, 「극시인의 탄생」, 『옛날 옛적에 훠어이 훠이』, 《최인훈 전집》 10, 문학과 지성사, 1979.

4) 권오만, 「崔仁勳 戲曲의 特質」, 『國際語文』 1, 국제어문학회, 1979.9, 3~19면.
양승국, 「최인훈 희곡의 독창성」, 《작가세계》 4, 작가세계, 1990봄호, 99~111면.

5) 한상철, 「원초적 비극으로 부각된 생의 역리 : 극단 산하 「옛날 옛적에 훠어이 훠이」」, 《공간》, 공간사, 1977.1.
이상일, 「특집, 70년대 한국연극 문제작을 말하다 : 「어디서 무엇이 되어 만나랴」」, 《연극평론》 18, 연극평론사, 1979. 이상의 의견들은 최인훈 희곡의 특질을 비판적으로 보았다기보다, 무대로 잘 구현되지 못한 것에 대한 안타까움을 더 크게 드러내고 있다.

6) 장혜전, 「현대희곡의 소재변용에 관한 연구」, 이화여자대학교 박사학위논문, 1988.
김유미, 「판소리 심청가의 현대적 계승에 대한 일고찰 : 채만식의 「심봉사」와 최인훈의 「달아 달아 밝은 달아」를 중심으로」, 고려대학교 석사학위논문, 1991.
홍진석, 『최인훈 희곡연구』, 태학사, 1996.
김윤정, 「1970년대 희곡의 전통 활용 양상과 극적 형상화 연구」, 서울대학교 박사학위논문, 2005.

7) 이종대, 「최인훈 희곡의 극언어」, 《작가세상》 14, 새미, 2002.
김성수, 「최인훈 희곡의 연극성에 관한 연구」, 연세대학교 석사학위논문, 1991.
주소형, 「최인훈, 이현화, 오태석 희곡의 연극성 연구」, 상명대학교 박사학위논문, 2010.
조보라미, 『최인훈 희곡의 연극적 기법과 미학』, 연극과인간, 2011.

8) 조정희, 「최인훈 희곡에 나타난 생태주의 의식 연구 : 「봄이 오면 산에 들에」, 「달아달아 밝은 달아」를 중심으로」, 《한어문교육》 28, 언어문학교육학회, 2013.5.

9) 최인훈은 1970년대에 집중적으로 희곡을 발표하고, 이후 더 이상 희곡을 발표하지 않는다. 현재 전집에 실린 작품 중 분량 상 공연이 힘든 「첫째야 자장자장 둘째야 자장자장」을 제외한다면, 총 6작품(「어디서 무엇이 되어 만나랴」, 「옛날 옛적에 훠어이 훠이」, 「봄이 오면 산에 들에」, 「둥둥 낙랑둥」, 「달아 달아 밝은 달아」, 「한스와 그레텔」)이 전부이다.

10) 최인훈에 대한 논의가 작가의 언급에 과도하게 기대어 있다는 것을 비판하면서 작품의 내적 논리로 표면적인 주제의식을 넘어서고자 했던 논의로는 김만수·안금련, 「인격의 성숙과 성장으로서의 환상 : 최인훈 희곡 「어디서 무엇이 되어 만나랴」를 중심으로」, 《한국문학이론과 비평》 11, 한국문학이론과 비평학회, 2007. ; 이승희, 「최인훈의 극작 여정, 그 보편성에의 유혹과 정치적 무의식」, 《민족문학사 연구》 35, 민족문학사학회, 2007. ; 박남훈, 「최인훈 소설에 나타난 극적 구조의지 : 그의 희곡장르선택의 해명을 위한 시론」, 《한국문학논총》 8·9, 한국문학회, 1986. ; 이영미, 「난해한 작품의 자의적 해석 : 「어디서 무엇이 되어 만나랴」, 『민족예술운동의 역사와 이론』, 한길사, 1991. 등을 꼽을 수 있다.

11) 현재 최인훈이 발표한 첫 번째 희곡은 1969년 7월에 《현대문학》에 발표한 「온달」로 보는 것이 지배적이다. 김향은 1963년에 발표한 「놀부뎐」을 희곡으로 편입시키기도 하지만(김향, 『최인훈 희곡 창작의 원리 』 (보고사, 2005), 9면.) 이 작품은 처음 소설 형식으로 발표되었고, 1974년 연출가 허규에 의해 각색·공연 된다. 이후 1983년 《한국연극》에는 「70년대단막희곡선 I 」 중 하나로 「놀부뎐」이 실리는데, 이 작품에 대해 서연호는 이 작품이 판소리의 전통을 계승한 서사구조로 '엄밀하게는 희곡으로 볼 수 없으나' 판소리가 가진 극적요소를 현대의 감각에 맞게 살려 '공연의 가능성'을 열어 놓았다고 본다(서연호, 「동시대적 삶과 연극」, 《한국연극》, 1983.6, 176면). 즉, 이 작품은 처음부터 희곡으로 썼다기보다 희곡의 가능성을 '발견'한 것에 가깝기 때문에 본고에서는 기존 견해에 따라 최인훈 희곡의 시작을 「온달」로 보고 논의를 끌어나가고자 한다.

12) 최인훈, 「온달」, 《현대문학》, 현대문학사, 1969.7, 104~141면.

13) 최인훈, 「열반의 배 — 온달2」, 《현대문학》, 현대문학사, 1969.11, 100~111면.

14) 김만수·안금련, 앞의 글 66~68면.

15) 조보라미, 앞의 글, 232~233면.

16) 현재까지 「어디서 무엇이 되어 만나랴」는 「열반의 배」와는 전혀 상관없는 「온달」의 수정본으로 간주되었다. 그러나 본고에서 처음 언급하는 초연 대본의 양상은 이와 다른데, 이에 대해서는 4장에서 자세히 설명하고자 한다.

17) 최인훈은 "이론적으로는 어떻게 하는 건지 연구를 못했지만 직감적으로 희곡이란 희곡 대본을 쓰는 사람의 힘, 연극하는 배우의 힘, 이런 것을 넘어선 가외의 힘이 보태지는 장르라고 봐요. 형식 자체가 가지고 있는 창출력, 혹은 축적된 그것 자체의 양식화의 능력, 양식이 갖고 있는 표현은 다 못할망정 표현을 증폭시켜주는 개방성, 그런 것이 있는 것 같아요."라고 말한다. 한상철·최인훈 대담, 「하늘의 뜻과 인간의 뜻」, 『문학과 이데올로기』, 문학과지성사, 1979, 398면.

18) 여타의 논의에서 최인훈의 희곡 「어디서 무엇이 되어 만나랴」가 《현대문학》이나 《세계의 문학》 등에 발표된 것으로 기술되기도 했지만, 이 작품은 문학지에 실리지 않은 채 바로 공연대본으로 수정된 작품이다. 최근까지 알려진 가장 오래된 「어디서 무엇이 되어 만나랴」의 판본은 초연을 기념하여 발간된 책자로 1972년의 「어디서 무엇이 되어 만나랴」(서울: 자유극장)이다(조보라미, 앞의 책, 13면.). 그러나 필자는 이 글을 준비하던 중 현재 국립극장 공연예술박물관에 전시되어 있는 「어디서 무엇이 되어 만나랴」의 초연 대본(1970)을 확인할 수 있었다. 초연 대본 「어디서 무엇이 되어 만나랴」에는 기존에 논의되지 않은 부분이 포함되어 있는데, 이에 대해서는 4장에서 더욱 상세하게 다룰 것이다.

19) 조보라미 역시 이 부분을 지적한다. 최인훈의 첫 희곡은 소설역정 중간에 창작됐기 때문에 이후 희곡 보다는 비슷한 모티프가 겹치고 있는 소설과 더 연관성이 깊으며, 이를 다른 희곡 작품과 같은 선상에 둘 수 없다고 논한다(조보라미, 「최인훈 소설에서 희곡으로의 장르전환 고찰」, 《한국연극학》 28호, 한국연극학회, 2006.). 그러나 이 논의에서는 조보라미는 그의 첫 작품을 현재의 판본인 「어디서 무엇이 되어 만나랴」로 확정짓고 있으며, 최인훈의 장편 소설들과의 연관성을 중심에 둔다.

20) 「온달」의 첫 번째 장은 서술자의 목소리 '빨리 가서 보아라. 그대 보다 더 빠른 걸음의 팔자가 그 사립문 안에 어떤 모란을 피웠는가를.'로 마무리된다. 최인훈, 「온달」, 《현대문학》, 현대문학사, 1969.7, 108면.

21) 최인훈, 『길에 관한 명상』, 솔과학, 2005, 57~73면.

22) 변학수, 『문학적 기억의 탄생』, 열린책들, 2008, 31면.

23) 위의 책, 32면.

24) 같은 책, 39면.

25) Schacter, Daniel L, 『기억의 일곱가지 죄악』, 박미자 역, 한승, 2006, 233면. 정서적으로 자극하는 사물은 자동적으로 주의를 끌어들이면서 다른 것들을 부호화 할 수 있는 자원을 거의 남기지 않는다. 이는 사람들이 정서적으로 자극하는 사건의 중심 초점을 잘 기억한다는 것을 의미하는데 최인훈은 이러한 역사적 체험들을 정서와 밀접하게 연관시키면서 감정을 우위에 두고 있다. 이러한 정서적인 기억

은 독자들에게 역시 객관적 기억이 아닌 정서적 기억으로 자리 잡으면서 이것이 불러들인 사건을 중심적인 사건으로 기억할 수 있게 한다.

26) 1962년에 《사상계》는 '현대 시 50년 심포지움'과 '신문학 50년 심포지움'을 개최한다. 현대시 심포지움에서는 우리의 고전에서 이어받을 전통의 유무에 대해 집중했고, 신문학 심포지움에서는 한국적이라는 것에 대해 논의했다. 이 논의는 같은 해 《신사조》지 11월호로 확대되었고, 같은 해 《사상계》에서도 꾸준히 이어진다. 한승우, 「최인훈의 작가의식과 페로디 소설 고찰」, 《어문론집》 46, 중앙어문학회, 2011.3, 384면.

27) 애상적 기억, 혹은 과거 기억에 대한 공감의 유대는 1960년대 말에서 1970년대로 이어졌던 국가적 공적 기억 만들기에 상반되는 방식이다. 개인에게 기억은 대부분 심리적 기제에 따라 일어나지만 집단이나 제도적 영역 안에서의 기억들은 의도적으로 만들어지거나 망각을 통해 조정된다(Aleida Assmann, 『기억의 공간』, 변학수 외 역 (경북대학교 출판부, 2003), 16~17면.). 1970년대 초부터의 문화 정책이 정권유지와 대중동원을 위한 목적으로의 국가, 민족, 역사에 대한 기억을 특정한 방식으로 구조화시켰다는 점은 이데올로기 안에서의 공적기억을 만들기 위한 시도로 볼 수 있다. 그러나 최인훈은 이와는 다른 고전을 통한 공감을 이끌어 냄으로써 기억으로 대항하는 다른 방식을 택했다고 볼 수 있다.

28) 이해경, 「민요에서의 기억과 망각」, 최문규 외, 『기억과 망각』, 책세상, 2003, 98~104면.

29) 서기원, 「7月의 作壇 小說」, 《조선일보》, 1969.7.29.

30) 염무웅, 「육탄으로 속물주의 극복 한국 69년 문단」, 《경향신문》, 1969.12.30.

31) 이호철, 「11月의 小說」, 《조선일보》, 1969.11.27.

32) 김정옥은 이 작품의 제목을 '평강공주'로 기억한다. 작품이 온달보다는 평강공주를 중심으로 하기 때문에 착각한 듯하다. 김정옥, 「예술인 김정옥 구술 채록본 — 3차 극단 민중극장과 자유극장 장찬」, 한국예술디지털 아카이브(www.daarts.o.rkr), 2007, 141면.

33) 김미도, 『한국현대극의 전통수용』, 연극과 인간, 2006, 198면.

34) 《조선일보》, 1974. 6. 21.

35) 이에 대한 자세한 내용은 백소연, 「1970~80년대 역사극 연구」, 이화여자대학교 박사학위논문, 2011, 1~5면 참조.

36) 김정옥, 앞의 글, 141면.

37) 당시 「어디서 무엇이 되어 만나랴」의 독특한 무대 장치는 화제가 되었다(《조선일보》, 1970.12.10., 1971.3.4. 참조). 장치가 상당히 현대적이고 종래의 것과는 다르며, 의상, 장치, 소도구 등이 일품이라는 평 역시 이끌어 낸다(안병섭·여석기·한상철, 「합평—이번호의 문제작들」, 《연극평론》, 연극평론사, 1971.4, 52면).

38) 기본적으로 1970년의 국립극장 관객 수가 많지는 않았지만, 당시는 심각한 수준

이었다. 관객 동원은 한 극단 당 평균 3천명 정도였고, 820석의 국립극장 1회 공연에 2백 명 안팎의 관객밖에 들지 않았다. 이 중 자유극장의 「어디서 무엇이 되어 만나랴」는 5일간 1천 6백 81명의 관객이 들어 내용과 별도로 '보지 않는 연극'이 늘어나는 현상이 계속되고 있었다.《경향신문》, 1970.12.22.

39) 創作劇은… 創作劇이니까… 등. 차라리 宗教的이라고도 할 수 있는 이러한 思考方式에서 벗어나 이 作品을 여러 가지로 시도해보고 싶었다. '왜 눈을 쑤셔서 눈을 앓느냐?' 누구의 말처럼 이 엄청나게 막연하고 不安한 생각이 自業自得이기는 하겠지만 우리 것을 가지고 좀 더 고민을 함으로써 애정을 체험할 수 있지 않을까 싶다. (…) 無限할 수 있는 可能性을 舞臺와 觀客이 같이 참여해서 모색해 보자는 거다. (…) 어쨌든 창작극을 새로운 각도에서 다루어보자는 우리의 뜻만은 성실한 걸로 自負해도 별 험이 되지 않을 상 싶다. 이병복, 「왜 쑤셔서 눈을 앓느냐」, 《자유극장 십년지》, 극단자유극장, 1976, 37면.

40) 김미도, 앞의 책, 51면; 김정옥, 앞의 글, 142면 참조.

41) 김미도, 앞의 책, 57면.

42) 소설가의 창작희곡이어서인지 다소 論理的인 대사가 詩的 분위기 조성에 제동을 하나 가슴에 담기는 哲學性을 띤 대사가 인상 깊다. 溫達說話를 바탕으로 한 이 작품의 主題를 다양한 照明 속에서 담백한 수채화를 그리듯 산뜻하게 처리한 연출의 역량을 살만하다. 多目的 효과를 살린 무대와 독창적 의상이 '反史劇'의 연출 의도를 뒷받침하고 있다.《조선일보》, 70.11.22. ; 안병섭·여석기·한상철, 앞의 글, 48~50면.

43) 동아연극상의 1차 추천작은 「맥베스」, 「사자의 훈장」, 「우리 읍내」, 「천사 바빌론에 오다」, 「성난 얼굴로 돌아다보라」, 「이구아나의 밤, 「우리」, 「페드라」, 「왕교수의 직업」, 「생일파티」, 「방화범」, 「어디서 무엇이 되어 만나랴」였다(「동아연극상 심사 후기」,《조선일보》, 1971.1.8.). 작품 목록을 보면 알 수 있듯이 「어디서 무엇이 되어 만나랴」는 「왕교수의 직업」과 함께 번역극 사이에 놓인 매우 희소한 창작극이었다.

44) 김정옥, 앞의 글, 143면.

45) 김미도, 「증언으로 찾는 한국연극사5 김정옥 선생과 함께 ③자유극장 창단과 카페 떼아뜨르」,《한국연극》, 한국연극사, 2001.10, 89면.

46) 「첫날부터 만원공연, 자유극장의 「어디서…」」,《조선일보》, 1973.9.4.

47) 김정옥, 앞의 글, 145면.

48) 《자유극장 십년지》는 이 공연, 즉 1970년의 초연을 16회와 17회로 혼용하고 있다. 그러나 대본에는 16회로 표기되어 있으며, 당시 초연 프로그램에도 역시 16회로 명시되어 있으므로 이 글에서는 당시에 쓰인 공연 회 차를 따르도록 한다.

49) 배우 추송웅의 아들 추상록이 공연예술박물관에 기증한 이 대본은 대본 앞에 커다랗게 '추'라는 배우의 성(姓)이 표시되어 있으며, 당시 스태프의 명단과 배역의

분배, 수정 내용 등이 자필로 남아 있다. 이 글을 빌어 다소 많은 요구사항에도 불구하고 기꺼이 자료를 공개해주신 국립예술박물관 측에 감사드린다.

50) 안병섭·여석기·한상철, 앞의 글. 52면.

51) 현재 최인훈의 공연 대본은 막과 장을 명확하게 구분하지 않는다. 다만 전환부분에서 문단의 첫 글자를 크게 쓰는 것으로 극의 단위를 구분하는 정도이다. 초연 대본과는 다르게 명확한 막과 장의 구분이 없다는 것 역시 현재 최인훈 희곡만의 분위기, 읽는 희곡으로서의 묘미를 느끼게 하는 하나의 장치라 할 수 있다.

52) 한상철·최인훈 대담, 앞의 책, 398면.

53) 앞선 대담은 이미 「옛날 옛적에 훠어이 훠이」의 발표와 공연까지를 마친 후, 즉 도미 후 완전한 희곡쓰기로 돌아선 후의 언급이라는 점을 주목할 필요가 있다.

54) 최인훈, 「열반의 배 — 온달2」, 《현대문학》, 현대문학사, 1969.11, 102면.

55) 위의 글, 109면.

56) 이러한 수정의 과정이 연출가에 의한 것인지 작가에 의한 것인지 역시 중요하게 살펴보아야 할 테지만, 이 수정은 최인훈에 의한 것일 확률이 크다. 최인훈은 이 작품과 공연에 상당한 관심을 가지고 있었다. 첫 공연을 보고 배우에게 감사를 표한 것은 물론, 두 번째 공연 전에는 라디오에서 극중 대사를 읽으며 직접 선전을 하기도 했으며,(김정옥, 앞의 글, 143~144면), 사찰에서 직접 후원까지 받아 재공연을 추진했을 정도이다. 게다가 최인훈은 자신의 작품이 어떻게 변형되는 지에 민감한 작가 중 하나이다. 1979년 최인훈의 소설 「놀부뎐」을 각색한 극단 민예의 공연 프로그램에는, 본인 소설에서 누락된 부분에 대한 안타까움이 세심하게 적혀 있다.(최인훈 작, 허규 각색·연출, 「놀부뎐」, 극단 민예극장, 1979.) 『광장』의 거듭된 개작만 보아도 「어디서 무엇이 되어 만나랴」의 초연 대본 수정은 작가에 의한 것으로 보는 것이 더욱 타당하다.

57) 최인훈, 「열반의 배—온달2」, 《현대문학》, 현대문학사, 1969.11, 106면.

58) 최인훈, 「어디서 무엇이 되어 만나랴」 초연대본, 자유극장(1970), C-21면.

59) 초연 대본에서 확인한 캐스팅 명단에서 왕자의 배역은 빠져있다. 즉, 수정본대로 연극이 진행되었다고 볼 수 있다.

60) 한 공동체 전체에 공통적으로 내재하는 심상을 전형이라 할 수 있는데 등장인물은 이러한 전형의 특징을 내포한다고 할 수 있다. Gilles Girard 외, 『연극이란 무엇인가』, 윤학노 역, 고려원, 1992, 126면.

61) 김현은 최인훈의 정신분석에 대한 관심이 외적 흔적을 찾는 정신분석보다는 불교적인 정신의 움직임과 유사해 보인다고 지적한다. 김현은 유럽적인 정신분석학을 우리나라의 정신의 원형을 찾으려는 문화사적 측면과 결합시킨 것을 불교로 보면서, 최인훈의 작품에서 드러나는 불교적 색채를 중요하게 언급한다. 최인훈·김현 대담, 「변동하는 시대의 예술가의 탐구」, 김향, 앞의 책, 266~267면.

62) 안병섭·여석기·한상철, 앞의 글. 52면. 당시에도 이 장면은 그리 좋지 않은 평을

받았지만, 본 대본으로 공연한 것으로 보이는 1986년의 「어디서 무엇이 되어 만나랴」에서도 이 장면은 부정적인 평가를 받는다. 1986년은 이미 전집《옛날 옛적에 훠어이 훠이》가 간행된 후, 즉 「어디서 무엇이 되어 만나랴」의 판본이 현재로 굳어진 이후이기 때문에, 이영미는 '원전에는 없지만 어전회의 장면이 추가'되었다고 설명하며 추상적인 작품의 성격을 해치는 장면으로 부정적 평가를 내린다. 이영미, 앞의 글 참조.

63) 최인훈의 희곡 중에서도 설화를 소재로 하지 않으며, 서정적이면서 시적 정취를 전혀 느낄 수 없는 작품이 있다. 최인훈이 발표한 가장 마지막 희곡 「한스와 그레텔」이 그것인데, 이 작품은 여타의 최인훈 작품에 비해 많이 언급되지 않는다. 즉, 최인훈 희곡의 특징은 이미 형성되어 있으며, 전에 없던 스타일을 성취한 것이기에 그에 부합하지 않은 작품은 논의하기 힘들었던 것으로 보인다. 그리고 「한스와 그레텔」 발표 후, 최인훈 역시 긴 공백기를 갖게 된다.

64) 최인훈·한상철 대담, 385~386면.

무대 위 심청의 몸과 신식민지의 성정치

1) 이상일, 「극시인의 탄생」, 『최인훈 희곡 전집』 10, 문학과지성사, 1979.

2) 양승국, 「최인훈 희곡의 독창성」, 《작가세계》 2-1, 작가세계, 1990; 조보라미, 「최인훈 희곡의 '침묵'의 미학」, 《한국극예술연구》 23, 한국극예술학회, 2006; 조보라미, 「최인훈 희곡의 연극적 기법과 비학 연구」, 서울대학교 박사학위논문, 2007; 김동현, 「최인훈 시극의 장르론적 연구」, 부산대학교 박사학위논문, 2011.

3) 사진실, 「「달아 달아 밝은 달아」의 구조와 의미—패로디의 구조와 '희생양'의 의미」, 《한국극예술연구》 4, 한국극예술학회, 1994; 이미원, 「장르 특성의 혼재(混在)—최인훈 희곡의 경우」, 《한국현대문학연구》 5, 한국현대문학회, 1997; 김현철, 「판소리 「심청가」의 패로디 연구」, 《한국극예술연구》 11, 한국극예술학회, 2000; 여세주, 「최인훈의 「달아 달아 밝은 달아」에 문제된 환상성과 현실성」, 《드라마연구》 31, 한국드라마학회, 2009; 최두례, 「최인훈 희곡 「둥둥 낙랑둥」의 알레고리적 읽기」, 『새국어교육』 87, 한국국어교육학회, 2011.

4) 이상우, 「전통으로서의 비극과 경험으로서의 비극」, 《어문논집》 32, 안암어문학회, 1993; 이상우, 「최인훈 희곡에 나타난 '문(門)'의 의미」, 《한국극예술연구》 4, 한국극예술학회, 1994.; 서연호, 「최인훈 희곡론」, 《민족문화연구》 28, 고려대학교 민족문화연구원, 1995; 김기란, 「최인훈 희곡의 극작법 연구」, 《한국극예술연구》 12, 한국극예술학회, 2000.

5) 송전, 「원초심성의 탐구 — 최인훈의 문학세계」, 《외국문학》 15, 열음사, 1988, 56면.

6) 「'溫達說話'에서 '만남의 美學' 추구」, 《조선일보》, 1970.11.18, 5면.

7) 최인훈, 「마음」, 극단 시민극장 2회 공연 팜플렛(1979.9.), 서연호, 앞의 글, 298~299면 수록.

8) 이승희, 「최인훈의 극작 여정, 그 보편성에의 유혹과 정치적 무의식」, 《민족문학사 연구》 35, 민족문학사학회, 2007; 이영미, 「난해한 작품의 자의적 해석」, 『민족예술운동의 역사와 이론』, 한길사, 1991.

9) 이승희, 같은 글, 250면.

10) 자크 랑시에르, 『문학의 정치』, 유재홍 역, 인간사랑, 2009, 9면.

11) 조보라미, 「최인훈 소설에서 희곡으로의 장르전환 고찰」, 《한국연극학》 28, 한국연극학회, 2006; 이승희, 같은 글; 송아름, 「연극과의 동행, '최인훈 희곡'의 형성」, 『서강인문논총』 40, 서강대학교 인문과학연구소, 2014.

12) 최인훈과 2011년에 면담을 진행한 조보라미에 따르면, 일반적으로 알려진 바와 달리 실제로 최인훈이 마지막으로 쓴 희곡은 「한스와 그레텔」이 아닌 「첫째야 자장자장 둘째야 자장자장」이며, 이러한 착각은 전집의 편집 순서에 따른 것으로 추정된다(조보라미, 『최인훈 희곡의 연극적 기법과 미학』, 연극과인간, 2011, 14면). 그러나 이 작품은 전집 기준 총 6쪽의 아주 짧은 분량으로, 최인훈의 희곡들 중 유일하게 실제로 공연되지 않았고 타 지면이나 공연을 통해 미리 발표된 일 없이 1992년 개정판 전집에 처음 실린 것으로 대부분의 최인훈 연구에서 논외로 두고 있다.

13) 최인훈, 「달아 달아 밝은 달아」, 《세계의 문학》 3-3, 민음사, 1978.

14) 사진실, 앞의 글, 149면.

15) 이승희, 앞의 글, 269~270면.

16) 박미리, 「최인훈 희곡에 대한 연극적 고찰」, 《한국극예술연구》 16, 한국극예술학회, 2002, 262면.

17) 「어디서 무엇이 되어 만나랴」나 「둥둥 낙랑둥」과 같은 작품 역시 실존 인물 및 사건을 모티프로 하고 있으나, 이는 애초에 작품이 저본으로 삼고 있는 설화의 핵심적인 요소이기에 「달아 달아 밝은 달아」와는 다른 경우이다.

18) 이처럼 역사적 시공간과 설화, 신화, 꿈, 혼령 등의 허구적 요소를 뒤섞어 '상상적 역사극'을 만드는 것은 최인훈을 비롯하여 오태석, 윤대성, 김상열, 노경식, 이현화, 이강백 등 1960년대 말~1970년대 초에 작품 활동을 시작한 극작가들이 다수 공유하고 있는 극작술이기도 하다. 1970년대 이후 새로이 출현한 유형의 역사극들은 역사적 사실에 비하여 픽션이 우위를 차지하는 경향을 보인다. 이는 민주주의에의 열망이 좌절된 당대의 정치적 현실로 말미암아 기존의 계몽주의적 역사관이 퇴조하면서 '역사적 사실의 재현'만으로는 역사극을 만들어낼 수 없다는 문제의식에서 비롯한 현상이었다. (김민조, 「1970년대 역사극의 재현 방식 연구」, 서울대학교 석사학위논문, 2013, 63~64면면 참조.) 기실 이러한 새로운 역사관은 희곡 창작기 이전 최인훈의 소설 작품들에서도 충분히 나타난 바 있으며, 「달아

달아 밝은 달아」의 개작은 그러한 경향을 더욱 급진적으로 강화한 시도인 셈이다.

19) 김동현 역시 개작 사실을 언급하는 정도에 그치고 있다(김동현, 앞의 글, 147면). 이 개작이 최인훈의 주제의식을 더욱 선명하게 만들어준다는 분석은 이승희에 의해 이루어진 바 있다(이승희, 앞의 글, 268면).

20) 1980년과 1992년 사이의 「달아 달아 밝은 달아」 공연들이 어떤 대본을 썼는지 확인할 수 있는 자료는 현재까지 구하기 힘든 상황이다. 따라서 이 글에서는 부득이하게, 확정된 텍스트로 남아 있는 경우만을 언급하기로 한다.

21) 따라서 1978년 《세계의 문학》에 발표된 첫 번째 판본이 아닌, 2009년 개정판 최인훈 전집 중 『옛날 옛적에 훠어이 훠이』에 실린 판본을 기본 자료로 사용한다.

22) 이 문제를 다룬 연구는 다음과 같다. 사진실, 앞의 글.; 이승희, 앞의 글; 최상민, 「근대 여성의 재현과 복수의 상상력」, 《한국문학이론과 비평》 34, 한국문학이론과 비평학회, 2007.

23) 가령 한상철은 최인훈의 소설과 희곡 간 단절에 대하여 다음과 같이 정리한다. "최 선생님의 소설을 평하는 분들을 봐도 그렇고 제가 느끼는 것도 그런데 이를테면 남북 분단이라든지 고향 상실이라든지 역사적 사건들, 역사가 우리한테 결정적으로 부여한 사건들이 소설 속에서는 상당히 강하게 주제가 돼서 나타나고 있는데 희곡에서는 그렇게 보기 어려운 것 같아요(…)근대적 상황이 있기 이전의 한국인의 정서나 의식, 훨씬 더 원초적이고 보다 더 근본적인 의식이나 인간의 감성을 희곡 속에서 보여주는 게 아니냐 하는 거죠." (최인훈·한상철 대담, 「하늘의 뜻과 인간의 뜻」(1970년), 『문학과 이데올로기』, 문학과지성사, 2009, 482면.)

24) 최인훈, 『화두』(1), 민음사, 1994, 104면.

25) 차미령, 「최인훈 소설에 나타난 정치성의 의미 연구」, 서울대학교 박사학위논문, 2010, 144면.

26) Abdul R. Janmohamed, The Economy of Manichean Allegory: The Function of Racial Difference in Colonialist Literature, 『*Critical Inquiry*』 Vol.12 No.1, The University of Chicago Press, 1985, pp.61~62.

27) 최인훈, 『서유기』, 문학과지성사, 2008, 132~139면.

28) 김미영, 「최인훈의 『서유기』 고찰」, 《국제어문》 32, 국제어문학회, 2004, 192~193면.

29) 최인훈, 「문학과 역사」, 『문학과 이데올로기』, 문학과지성사, 2009, 84면.

30) 최인훈, 『서유기』, 앞의 책, 136면.

31) 연남경, 「최인훈 소설의 장르 확장과 역사의식」, 《현대소설연구》 42, 한국현대소설학회, 2009, 261면, 263면 참조.

32) 최인훈, 앞의 글, 138면.

33) 조보라미, 앞의 글(2007). 그러나 조보라미 역시 「한스와 그레텔」에 오면 "한국의 정치·사회·역사·문화적 현실에 대한 비판적 인식을 주로 하는 최인훈 소설과의 유사성"을 포착할 수 있는 해석을 내놓는다(조보라미, 앞의 책, 242~243면.).

34) 가령 최인훈은 「옛날 옛적에 훠어이 훠이」의 미국 공연에 부치는 글에서 "이번 공연은 우리 희곡을 외국어로 우리나라 학생들이 공연한다는 점에서 특별한 뜻이 있습니다. 특별하다는 것은 이 희곡의 보편적 설득력이 시험받을 수 있다는 뜻입니다"(최인훈, 「막이 오르기를 기다리면서」, 『길에 관한 명상』, 문학과지성사, 2010, 282면)라는 의의를 부여하거나, 이후 『화두』에서 그 공연을 회상하며 미국 대학의 부총장이 "연극이 재미있었고 주제를 잘 알 수 있었다(…)특히 주제가 universal하다"(최인훈, 『화두』(1), 민음사, 1994, 168면)라고 평한 점을 다시 한 번 언급하는 등 자신의 희곡이 지닌 보편성을 여러 번 강조한 바 있다.

35) 최인훈, 「현대인이 잃어버린 것—「달아 달아 밝은 달아」」, 『길에 관한 명상』, 문학과지성사, 2010, 130면.
이 글이 작성된 연도는 분명하지 않다. 그러나 산문집 『길에 관한 명상』이 1989년에 묶여 출판된 것임을 생각할 때, 이 글은 「달아 달아 밝은 달아」가 초연된 1979과 개작이 확정되는 1992년의 사이에 상연된 공연에 부쳐진 글임을 알 수 있다. "개화 이후의 우리는 백인들이 만들어낸 것들 과학·정치제도, 그들의 종교 같은 것들이, 마치 그것들을 알기 전의 우리 삶에는 끄트머리도 없던 것이거나, 그렇지 않더라도, 우리 조상들의 삶과는 차원이 다른 무엇을 가져다줄 것처럼 생각해왔다"거나 "유럽의 문명과 만난 모든 비유럽권이 고통을 겪으면서 배운 진상"이라는 그의 진술은, 작가 본인이 이 작품을 통해 신식민지의 문제를 다루고자 했으며 개작을 통해 이를 성취하려 했으리라는 점을 추정할 수 있게 해준다.

36) "市民劇場의 「달아 달아 밝은 달아」(崔仁勳 작 沈賢祐 연출)는 공연 초반부터 찬반의 논란을 불러일으킨 작품이었다. 沈淸說話가 지니고 있는 아름다운 幻想構造를 깨버렸기 때문이다. 작가는 봉건사회속의 孝心의 沈靑을 거부하고, 자본의 횡포와 역사속에서 참담하게 몰락하는 運命의 女人(娼女)으로 그려놓았기 때문이다" (유민영, 「수준작 없는 창작극 행렬」, 《조선일보》, 1979.11.28, 5면.)

37) 《한겨레》, 1996.12.7, 21면.

38) 필자가 현재까지 확인할 수 있었던 「달아 달아 밝은 달아」의 공연사는 다음과 같다: 1979년 극단 시민극장 '대한민국 연극제' 공연(서울극평가그룹 희곡상), 1981년 전국대학연극축전 성균관대 공연, 1985년 대구 우리극단, 시민극장 공연, 1993년 제1회 젊은연극제 한양대 공연, 1995년 정동극장 고선웅 연출 공연, 2007년 세종M시어터 이윤택 연출 공연, 2007년 밀양연극촌 송년특별공연 이윤택 연출 공연, 2014년 마포아트센터 플레이 맥 신일수 연출 공연.

39) 여세주, 앞의 글, 136~137면 참조.

40) 최인훈, 『화두』(1), 민음사, 1994, 327-328면,

41) 당시 주요 일간지들에서 '기생관광'과 관련하여 발표된 기사는 1960년대부터 간간히 등장하다 1970년대 들어 그 수가 급증하여 1973년에 정점을 이룬 후 1970년대 후반까지도 계속된다. 1980년대 중반을 전후한 시기와 1990년대에도 관련

기사가 계속하여 등장하지만 1970년대와는 담론의 양상이 다르다는 점에서 이는 따로 다루어야 할 대상이다.

42) 박정미, 「성 제국주의, 민족 전통, 그리고 '기생'의 침묵」, 《사회와역사》 101, 한국사회학회, 2014, 405면.

43) 같은 글, 411면.

44) 같은 글, 415면.

45) 최인훈, 「달아 달아 밝은 달아」, 『옛날 옛적에 훠어이 훠이』, 《최인훈 전집》 10, 문학과지성사, 2009, 390~391면. 이하 작품 인용 시에는 해당 책의 면수만을 밝힌다.

46) **해적** 5: 빨리 빨리

해적 6: 어디로 간다는 거야

해적 5: 조선하고 싸움이 붙었는데 우리도 청부를 맡았대

(…)

문득

심청을 보고

해적 5: 응, 너도 태우고 가자

해적 6: 그렇군

해적 5: 한동안 돌아오지 않게 되는데 두고 가서야 되나 (「달아 달아 밝은 달아」, 389~390면.)

47) 최인훈, 『서유기』, 앞의 책, 140면.

48) 차미령, 앞의 글, 163~164면.

49) 「달아 달아 밝은 달아」, 335~358면.

50) 정영훈, 「최인훈 소설에 나타난 여성 인식」, 《한국근대문학연구》 7-1, 한국근대문학회, 2006, 158면.

51) 같은 글, 163-164면.

52) 최인훈, 「소설과 희곡」, 『문학과 이데올로기』, 문학과지성사, 2009, 515면.

53) 최인훈·김인호 대담, 「기억이라는 것」, 『길에 관한 명상』, 문학과지성사, 2010, 333면.

54) 김옥란, 「민중담론과 여성성」, 『한국 현대 희곡과 여성성/남성성』, 연극과인간, 2004, 155면.

55) 최인훈·김인호 대담, 같은 글, 332~333면.

56) 캐서린 H.S. 문, 『동맹 속의 섹스』, 이정주 역, 도서출판 삼인, 2002, 20~21면 참조.

57) 「달아 달아 밝은 달아」는 명시적인 장 구분이 없는 희곡이지만 시간 혹은 공간의 전환이 뚜렷하여 내용상 장 구분이 용이한 편이다. 심청이 일본 해적선에서 성노

예 노릇을 하게 되는 장면은 총 다섯 장으로, 심청이 타고 있던 조선행 배가 납치되는 장면과 위에 인용된 (가)~(다)의 해적선 생활 장면, 그리고 해적들이 임진왜란에 참전하면서 전쟁 도중 성욕을 풀 도구로 심청을 데리고 가는 인용 (라)로 이루어져 있다.

58) 고정갑희, 『성이론—성관계 성노동 성장치』, 여이연, 2011, 19면. 성의 개념에 대한 이와 같은 대안적 규정은, 섹스/젠더의 이항화 혹은 섹스/젠더/섹슈얼리티의 삼분법이 이성애적 매트릭스에 갇힌 관점임을 비판하며 모든 섹스는 젠더임을 주장한 주디스 버틀러의 퀴어 이론을 떠올리게 하는 데가 있다. 양자 간의 차이가 있다면 고정갑희의 주장은 성별화된 노동(가령 모성노동 등)과 성애화된 노동(가령 '매춘') 등을 분리하지 않고 가부장적 체계에서 같은 선상에 놓여 있는 것으로 파악하기 위한 이론적 발판을 다지는 데에 그 목적을 두었다는 점일 것이다.

59) 같은 책, 61~63면.

60) 같은 책, 197면.

61) 심청이 당하는 성적 유린의 시각적 재현을 유난히 긴 분량으로 여러 번 반복하는 것은, 해적선에 납치당하기 이전에 심청이 팔려가 일하던 중국 유곽 장면들에서 이미 행해진 바 있는 것이기도 하다.

62) 캐서린 H.S. 문, 앞의 책, 29면.

필진약력

방민호

서울대학교 국어국문학과를 졸업하고 동대학원에서 박사학위를 받았다. 현재 서울대학교 국어국문학과 교수로 재직 중이다. 1994년《창작과비평》에 최인훈, 이청준, 이문열의 소설을 논의한 평론「현실을 바라보는 세 개의 논리」를 발표하면서 비평으로 동시대 문학 활동을 시작했다. 2001년부터는 시인으로, 2012년에는 소설가로 등단했다. '국문학 연구와 비평, 시창작과 소설 창작을 합친 하나의 대문자 문학세계를 구축하는 것이 목표'라 밝힌 바 있다. 주요 저술로『채만식과 조선적 근대문학의 구상』,『한국 전후문학과 세대』,『일제 말기 한국문학의 담론과 텍스트』,『이상 문학의 방법론적 독해』,『비평의 도그마를 넘어』,『문명의 감각』,『감각과 언어의 크레바스』등이 있다.

정호웅

현재 홍익대학교 사범대학 국어교육과 교수로 재직 중이다. 1986년《중앙일보》신춘문예에「관념 편향적 창작방법의 한계 — '영웅시대'론」이 당선된 후 문학 평론 활동을 시작했다. 저서에『우리 소설이 걸어온 길』,『반영과 지향』,『한국현대소설사론』,『한국문학의 근본주의적 상상력』,『한국의 역사소설』,『문학사 연구와 문학교육』등이 있다.

김종욱

서울대학교 국어국문학과를 졸업하고 동대학원에서「1930년대 한국 장편소설의 시간-공간 구조 연구」로 박사학위를 받았다. 1992년에는《중앙일보》신춘문예 평론 부문에 당선되었다. 세종대학교를 거쳐 현재 서울대학교 국어국문학과 교수로 재직 중이다. 지은 책으로는『한국 소설의 시간과 공간』,『한국 현대소설의 서사 형식과 미학』,『한국 현대 문학과 경계의 상상력』등의 연구서와『소설 그 기억의 풍경』,『텍스트의 매혹』등의 평론집이 있다.

연남경

이화여자대학교 국어국문학과를 졸업하고 동대학원에서 박사학위를 받았다. 현재 이화여자대학교 국어국문학과 부교수로 재직 중이다. 현실의 한계를 보완하고 삶을 풍성하게 하는 문학의 힘을 믿으며, 한국현대문학 연구에 매진하고 있다. 저서로『최인훈의 자기 반영적 글쓰기』,『탈경계 사유와 서사의 윤리 — 한국문학과 이주』,『한국문학이론과 비평총서1: 기호학』,『글누림 작가총서: 최인훈』,『1960년대 문학지평탐구』,『한국소설의 추리기법』 등이 있다.

전소영

서울대학교 국어국문학과 대학원에서 박사과정을 수료하였다. 2011년《문학사상》평론 부문 신인상을 수상한 후 문학평론가로 활동 중이다. 중앙대, 경희대 등에 출강했으며 현재 홍익대학교 강사로 재직 중이다. 최인훈을 비롯한 분단 작가의 생애와 문학세계 연구에 주력하고 있다. 주요 논문으로「해방 이후 월남 작가의 존재 방식」,「전유와 투쟁하는 전유 — 최인훈의 춘원」등이 있다.

최정아

서울대학교 국어국문학과 대학원에서 박사학위를 받았다. 현재 경희대학교 강사로 재직 중이다. 한국을 비롯한 동아시아 근대 담론과 젠더 정체성 등을 지속적인 연구 주제로 삼고 있다. 공저로『동아시아 문화 공간과 한국 문학의 모색』,『나혜석 연구 총서』등이 있다.

정기인

서울대학교 국어국문학과 대학원에서 박사학위를 받았다. 현재 동경외대 특임준교수로 재직 중이다. 주요 논문으로「한국 근대시의 형성과 한문맥」,「육당 최남선과 석전 박한영의 여행기 『풍악기유(楓嶽記遊)』」 등이 있다. 옮긴 책으로 『쿠데타의 기술』, 『착한 일본인의 탄생』 등이 있다.

허선애

서울대학교 국어국문학과 대학원에서 박사과정을 수료하였다. 현재 순천향대학교 강사로 재직 중이다. 주요 논문으로는 「일상적인 것의 예술과 미학적 실천으로서의 독서」,「감수성과 상상력의 리얼리즘」 등이 있으며, 주로 1970년대 문학을 연구하고 있다.

이경림

서울대학교 국어국문학과 대학원에서 박사학위를 받았다. 현재 충북대학교 등에 출강하고 있다. 한국의 근대 초기에서부터 식민지 시기에 간행된 소설의 연구에 매진하고 있다. 주요 연구로 「신소설에 나타난 '악'의 표상 연구」 등이 있다.

노태훈

서울대학교 국어국문학과 대학원에서 박사과정을 수료하였다. 현대소설을 전공하고 있으며, 주로 소설이라는 장르와 형식에 관심을 갖고 연구를 진행하고 있다. 2013년 중앙신인문학상 평론 부문으로 등단하였다.

남은혜

서울대학교 국어국문학과 대학원에서 박사과정을 수료하였다. 김명순을 비롯한 여성 작가들의 문학에 지속적으로 관심을 기울이는 한편 한국 전쟁 전후의 현실에 소설로써 대응하고자 한 작가들의 작품을 연구하고 있다. 「김명순 문학 연구」, 「최인훈 소설에 나타난 '기억'과 '반복'의 의미에 대한 연구」 등의 논문이 있다.

서세림

서울대학교 국어국문학과 대학원에서 박사학위를 받았다. 광운대, 공주대, 서울대 등에 출강하였다. 주요 연구로는 「월남문학의 유형 — '경계인'의 몇 가지 가능성」, 「탈북 작가의 글쓰기와 자본의 문제」, 「한국소설과 재일조선인 귀국사업 — 체제의 의도와 주체의 의지 사이」, 『한국 현대문학의 향연』 등이 있다.

정영훈

서울대학교 국어국문학과를 졸업하고 동대학원에서 박사학위를 받았다. 2004년 중앙신인문학상 평론 부문을 수상하며 등단했다. 《세계의 문학》 편집위원을 역임하였으며, 지금 경상대학교 국어국문학과 교수로 재직 중이다. 주요 저서로 『최인훈 소설의 주체성과 글쓰기』와 『윤리의 표정』이 있다.

이민영

서울대학교 국어국문학과 대학원에서 박사학위를 받았다. 현재 서울대학교에 출강 중이다. 해방기와 한국전쟁기 문학에 관한 연구에 매진하고 있다. 주요 연구로는 「1945년~1953년 한국소설과 민족담론의 탈식민성연구」, 「해방기 자기고백과 식민사회의 기억」, 「발화하는 여성들과 국민되기의 서사」 등이 있다.

이행미

서울대학교 국어국문학과 대학원에서 박사학위를 받았다. 현재 숙명여대 등에 출강 중이다. 한국 근대문학과 가족법과의 관련 양상을 살피는 연구로 학위를 받고 관련 연구를 진행 중이다. 논문으로는 「두 개의 과학, 두 개의 운명: 이광수의 『개척자』를 중심으로」, 「전혜린 문학에 나타난 '고향'과 '회상'의 글쓰기」 등이 있다.

장문석

서울대학교 국어국문학과 대학원에서 박사학위를 받았다. 현재 원광대학교 대안문화연구소 연구교수로 재직 중이다. 제국/식민지와 냉전의 너머를 상상했던 동아시아의 사상과 학술의 역사를 연구 대상 삼고 있다. 주요 논문으로 「김태준과 연안행」, 「주변부의 세계사 — 최인훈의 『태풍』과 원리로서의 아시아」 등이 있다.

홍주영

서울대학교 국어국문학과 대학원에서 박사학위를 받았다. 현재 공군사관학교 부교수로 재직 중이다. 손창섭과 김동리를 전공하였으며 우리 문학에 깃든 샤머니즘과 천문우주사상에 관심을 갖고 정전에 대한 재해석 작업을 하고 있다. 주요 논문으로 「김동리의 「산화」에 대한 자생 풍수적 독법과 신적 폭력으로서의 파국」 등이 있다.

공강일

서울대학교 국어국문학과 대학원에서 박사과정을 수료하였다. 서울대 등에 출강했으며 이미지에 관심을 갖고 시적 이미지와 시대와의 관련성을 살피는 연구를 진행하고 있다. 주요 저술로 『시, 현대사를 관통하다』가 있다.

구재진

서울대학교 국어국문학과를 졸업하고 동대학원에서 박사학위를 받았다. 현재 세명대학교 미디어문화학부 교수로 재직 중이다. 대표적 저서로 『한국문학의 탈식민과 디아스포라』가, 주요 논문으로는 「증인과 죄인 사이 — 최인훈의 「한스와 그레텔」 연구」, 「최인훈의 『화두』에 나타난 애도와 기억」 등이 있다.

김진규

서울대학교 국어국문학과 대학원에서 박사학위를 받았다. 현재 서울대학교에 출강 중이다. 한국 전후 소설을 대상으로 박사 논문을 썼고, 한국 전후문학을 동아시아적 시야에서 연구하고 있다. 주요 연구로 「한국 전후소설에 나타난 자기소외의 극복 모색 : 행동과 주체 정립을 중심으로」, 「박연희 소설 속 냉전기 동아시아에 대한 탈민족적 인식」 등이 있다.

허련화

서울대학교 국어국문학과 대학원에서 박사학위를 받았다. 현재 중국 서남민족대학교 한국어학과 교수로 재직 중이다. 주요 저술로는 「김동리 소설의 현실참여적 성격」, 「중국에서의 한국어교육과 인재양성」, 『한국 현대 소설이 걸어온 길』(공저) 등이 있다.

Barbara Wall

독일 Heidelberg대학교 일본학과와 중국학과를 졸업하고, 성균관대학교 유교철학과에서 석사, 독일 Ruhr University 한국학과에서 박사학위를 받았다. 현재 덴마크 코펜하겐대학 한국학과 조교수로 재직하고 있다. 최근 논문으로 "Deconstruction of Ideological Discourses: Ch'oe Inhun's Sŏyugi as a Parody of Xiyouji." (Acta Koreana, 2017), "Self-mockery of the Korean Wave (hallyu) in the Korean drama My Love from the Star and the role of the seventeenth century novel The Dream of the Nine Clouds." (Journal of Japanese and Korean Cinema, 2016) 등이 있고, 저서로는 Mapping The Journey to the West as Literary Network: A Visual Approach to the Dynamic Text in Korea from the 14th Century to Today를 준비하고 있다.

송아름

서울대학교 국어국문학과 대학원에서 박사과정을 수료하였다. 한국 현대문학의 극(Drama)을 전공하며, 연극·영화·TV드라마에 대한 논문과 글을 쓰고 있다. 저서로는 『한국 영화역사 속 검열제도』, 『영화의 장르, 장르의 영화』 등이 있다.

조서연

서울대학교 국어국문학과 대학원에서 박사 과정을 수료하였다. 울산대, 홍익대, 청강문화산업대 등에 출강하였다. 주요 연구로는 「전후 희곡의 성적 '자유'와 젠더화의 균열」, 「누아르와 멜로드라마 사이의 좌절」, 『그럼에도 페미니즘』, 『그런 남자는 없다』 등이 있다.

최인훈

오디세우스의 항해

2018년 8월 02일 1판 1쇄 박음
2018년 8월 12일 1판 1쇄 펴냄

책임편집 방민호
지은이 방민호 外 23인
펴낸이 김철종 박정욱
편집 최윤선 **디자인** 이정현 **마케팅** 오영일 김지훈
인쇄제작 정민문화사

펴낸곳 에피파니
출판등록 1983년 9월 30일 제1 - 128호
주소 110 - 310 서울시 종로구 삼일대로 453(경운동) KAFFE빌딩 2층
전화번호 02)701 - 6911 **팩스번호** 02)701 - 4449
전자우편 haneon@haneon.com **홈페이지** www.haneon.com

ISBN 978-89-5596-854-5 93810

* 책값은 뒤표지에 표시되어있습니다.
* 잘못 만들어진 책은 구입하신 서점에서 바꾸어 드립니다.

이 도서의 국립중앙도서관 출판예정도서목록(CIP)은 서지정보유통지원시스템 홈페이지(http://seoji.nl.go.kr)와 국가자료공동목록시스템(http://www.nl.go.kr/kolisnet)에서 이용하실 수 있습니다.(CIP제어번호: CIP2018024174)